中国历代海洋文学经典评注 上册

"十三五"国家重点出版物出版规划项目

冷卫国 主编

山东画报出版社

图书在版编目（CIP）数据

中国历代海洋文学经典评注／冷卫国主编. --济南：山东画报出版社，2021.10
ISBN 978-7-5474-3743-8

Ⅰ.①中… Ⅱ.①冷… Ⅲ.①中国文学—古典文学—文学欣赏 Ⅳ.①I207.2

中国版本图书馆CIP数据核字（2020）第264257号

ZHONGGUO LIDAI HAIYANG WENXUE JINGDIAN PINGZHU
中国历代海洋文学经典评注
冷卫国 主编

项目策划　赵发国
责任编辑　张　欢　郑丽慧
装帧设计　王　芳

出 版 人　李文波
主管单位　山东出版传媒股份有限公司
出版发行　山东画报出版社
社　　址　济南市市中区英雄山路189号B座　邮编 250002
电　　话　总编室（0531）82098472
　　　　　市场部（0531）82098479　82098476（传真）
网　　址　http://www.hbcbs.com.cn
电子信箱　hbcb@sdpress.com.cn
印　　刷　山东星海彩印有限公司
规　　格　160毫米×230毫米　1/32
　　　　　43.5印张　1202千字
版　　次　2021年10月第1版
印　　次　2021年10月第1次印刷
书　　号　ISBN 978-7-5474-3743-8
定　　价　240.00元

如有印装质量问题，请与出版社总编室联系更换。

编委会

主 编

冷卫国

编 委
（按姓氏笔画排序）

王双腾　王竹奇　王 芳　王昕洁　王 彦
孙文成　朱 钰　刘珊珊　刘 颖　李 婧
张 耀　沈 伟　岳俊丽　柳卓霞　贺 琴
徐 钧　曹景华　董方伯　薛海燕

前言

认识海洋、经略海洋、建设海洋强国，这是时代赋予我们的使命。

随着国家海洋战略的提出，海洋的重要地位日益凸显。我们编撰本书的目的在于深化对中国海洋文化和海洋历史的认识，了解中国历代的人—海关系，纠正西方人认为中国无海洋文化的偏见，增进国人对中国海洋文化的关注，从而更好地理解中国的海洋文化特质，为今天的海洋文化建设提供借鉴。

本书按文体分类，以时代为经，分为文、诗、赋、词、散曲、戏曲、小说七编，每编大致分为先唐、唐、宋、元、明、清等时段，每一类文体，从起源时期选起，一直选至清末，力求相对完整地展示中国历代海洋文学和海洋文化的特质。从这个意义上说，本书兼具一定的海洋文学"文献性"和文体"集成性"的特点。

由于中国古代海洋文学作品数量浩瀚，为充分保证入选作品的经典性，我们在确定篇目时根据入选作品的数量，采取了逐级汰选法。如有的作品在选10篇时可以选入，在选5篇时则只能淘汰。换言之，选篇要充分照顾到作品的代表性、传世性和每个历史时期在数量上的均衡性。如先唐时期，没有词、曲，只有诗、赋、文、小说，其时关于"海"的作品也较少，在选篇的数量上，当然不能与后世的选篇等量分配。简言之，遵循历代文体迭代称胜的历史原则的同时，一定要有观照全局的通盘考量。

众所周知，中国古代典籍在传抄过程中，会产生不少的异文现象，因此在具体确定入选篇目的文本时，我们在版本的选择上，尽量选择精善之本。

书中的部分篇目我们是第一次进行标点断句、注释评析，无从参照前人时贤的成果，再加上文献本身的复杂性和特殊性，我们在撰写过程中难免会遇到一些比较棘手的问题，比如对于具体的语句如何标点，对于文本中的名物如何解释，等等，此类问题，虽路歧多惑，但我们勉力为之，争取适从有归。

每一篇作品的评注，呈现为以下几个部分的内容：

1. 作者简介。简要介绍作者的生平、主要作品、风格特征等。
2. 作品正文。力求选择最好的版本，必要时可在题解中加以说明。重要的异文予以保留。对于异文的处理，除了校同异，亦定是非，不能定者，则两存之。
3. 注释。务求准确，简明扼要，必要时征引重要的原文。对于涉及海洋风物、海洋现象、海洋领土、海路贸易等有关海洋的历史事实或文化事象，则加以重点提示，帮助读者了解有关的历史背景。
4. 评析。主要点出该作品的要点，如主旨、文本的独特性或在文学史、文化史上的地位等，行文力求清通畅达。

本书编写的初衷，是为了配合国家的海洋战略，帮助广大读者进一步了解中国海洋文学的发展脉络，同时也为专业研究者提供一定的参考。

"节物风光不相待，桑田碧海须臾改。"本书的编撰，从2014年春天至今，已不知不觉七易寒暑。虽然节序轮替，风物变换，但不变的是诸位同人的金石之志。在此期间，诸位同人勠力同心，锲而不舍，为本书的完成付出了辛苦和努力。中国海洋大学宣传部陈鷟部长也一直关心此书的工作进展情况。本书就是这段岁月的最好见证。

本书在出版过程中,得到了山东画报出版社总编辑赵发国同志的鼎力相助,责任编辑张欢、郑丽慧同志以高度负责的专业精神审读书稿,为本书的顺利出版提供了质量保证,在此一并致谢!

由于水平所限,书中错误在所难免,祈请读者和方家批评指正。

冷卫国
2021 年 8 月 5 日

目　录

前言 ·· 1

上册

文编

先唐海洋文选

尚书·禹贡（节选） ·· 3
国语·鲁语上（节选） ·· 5
庄子·逍遥游（节选） ·· 7
庄子·秋水（节选） ·· 9
庄子·外物（节选） ·· 12
管子·海王（节选） ·· 14
荀子·王制（节选） ·· 16
韩非子·说林下（节选） ·· 17

史记·封禅书（节选） ……………………………… 19
　　盐铁论·论邹 …………………………………………… 22
　　奏驳耿寿昌增海租及近籴计 ……………………… 24
　　言治河 …………………………………………………… 25
　　拾遗记·唐尧（节选） ……………………………… 27
　　魏书·食货志（节选） ……………………………… 28
　　水经注·胶水（节选） ……………………………… 30
　　博物志·异鱼（节选） ……………………………… 31
　　世说新语·雅量（节选） …………………………… 32

唐代海洋文选
　　册东海神为广德王文 ……………………………… 35
　　祭海文 …………………………………………………… 37
　　禜海文 …………………………………………………… 39
　　石桥铭 …………………………………………………… 42
　　说潮 ……………………………………………………… 43
　　海涛论 …………………………………………………… 45
　　南海神庙碑 …………………………………………… 50
　　东海若 …………………………………………………… 56
　　日至海成潮入图法 ………………………………… 60
　　海潮论（并序）（节选） …………………………… 61
　　唐故杨府君神道之碑（节选） …………………… 69

宋代海洋文选
　　海说 ……………………………………………………… 75
　　录海人书 ……………………………………………… 79
　　海说 ……………………………………………………… 81
　　北海十二石记 ………………………………………… 84
　　代祭海神文 …………………………………………… 86

海神祝文 …………………………………………… 89
　　海翁序 ……………………………………………… 91
元代海洋文选
　　泛海小录 …………………………………………… 95
　　送叶伯几序 ………………………………………… 99
　　海观字说 …………………………………………… 102
明清海洋文选
　　海山亭记（节选）………………………………… 107
　　观海楼记 …………………………………………… 111
　　海志（节选）……………………………………… 115
　　海市记 ……………………………………………… 118
　　海市记 ……………………………………………… 121
　　海行记 ……………………………………………… 125

诗编

先唐海洋诗选
　　观沧海 ……………………………………………… 131
　　梁甫行 ……………………………………………… 133
　　远游篇 ……………………………………………… 134
　　拟四愁诗（其一）………………………………… 136
　　游仙诗（其六）…………………………………… 138
　　游赤石进帆海 ……………………………………… 140
　　小临海 ……………………………………………… 142
　　饯临海太守刘孝仪蜀郡太守刘孝胜诗 …………… 144
　　登云峰山观海岛诗 ………………………………… 146

望海 …………………………………………………… 147
唐宋海洋诗选
　　春日望海 ………………………………………………… 149
　　海 ………………………………………………………… 151
　　海上作 …………………………………………………… 153
　　入海二首 ………………………………………………… 154
　　岁暮海上作 ……………………………………………… 156
　　登高丘而望远 …………………………………………… 157
　　西陵口观海 ……………………………………………… 159
　　观海 ……………………………………………………… 161
　　雨中望海上怀郁林观中道侣 …………………………… 163
　　楚州盐壔古墙望海 ……………………………………… 164
　　海人谣 …………………………………………………… 165
　　学诸进士作精卫衔石填海 ……………………………… 167
　　海水 ……………………………………………………… 168
　　海漫漫 …………………………………………………… 170
　　海边远望 ………………………………………………… 171
　　归海上旧居 ……………………………………………… 173
　　海客 ……………………………………………………… 174
　　海上 ……………………………………………………… 175
　　海上谣 …………………………………………………… 176
　　南海 ……………………………………………………… 178
　　送僧雅觉归东海 ………………………………………… 179
　　南海晚望 ………………………………………………… 180
　　海上秋怀 ………………………………………………… 182
　　望海 ……………………………………………………… 183
　　东海 ……………………………………………………… 185

海上生明月 ……………………………………… 186

谪居海上 ………………………………………… 187

海 ………………………………………………… 189

登泰山日观峰（并序）………………………… 190

初食车螯 ………………………………………… 192

鬻海歌 …………………………………………… 194

世上 ……………………………………………… 196

收盐 ……………………………………………… 197

登州海市（并序）……………………………… 199

六月二十日夜渡海 ……………………………… 201

海贾 ……………………………………………… 202

寄黄几复 ………………………………………… 204

山海 ……………………………………………… 205

渡海 ……………………………………………… 207

大海水 …………………………………………… 208

海气 ……………………………………………… 210

海上作 …………………………………………… 211

海上作 …………………………………………… 213

造海船（并序）………………………………… 214

诸侄孙登白峰观海上一景 ……………………… 216

登高丘而望远海 ………………………………… 217

望海尖望海 ……………………………………… 219

观海口占 ………………………………………… 220

观海 ……………………………………………… 221

哭陆丞相秀夫 …………………………………… 223

元代海洋诗选

海上观涛 ………………………………………… 225

望海吟 ………………………………………… 227

望海 …………………………………………… 229

横波亭 ………………………………………… 230

观海潮 ………………………………………… 232

约平叔高秋泛海 ……………………………… 234

鹦鹉螺（其一） ……………………………… 236

水站亭供给海船 ……………………………… 238

题莱州海神庙 ………………………………… 240

到宁海 ………………………………………… 241

题航海图 ……………………………………… 242

海扇 …………………………………………… 245

海滨道中 ……………………………………… 247

送舶司李郎中 ………………………………… 248

观海 …………………………………………… 250

潮 ……………………………………………… 254

壶山绝顶望海 ………………………………… 256

送刘明叟治盐事还省 ………………………… 258

盐城县 ………………………………………… 261

大浪 …………………………………………… 262

盐官观海二首 ………………………………… 263

次韵鲁参政观潮（其一） …………………… 265

望海 …………………………………………… 267

登沓磊驿楼自此渡海 ………………………… 269

送海东铦上人十首（其二） ………………… 271

待潮 …………………………………………… 272

长芦镇 ………………………………………… 274

还舍后人来问海上事诗以答之 ……………… 276

题观海图为张晋贤作 280
初至宁海二首 282
海人谣 285
观海门 287
直沽海口 288
登金山吞海亭了公韵赋 290
岛夷行 291
送逯都水赴海运万户 293
观日行（并序） 295
梦游沧海歌 298
海乡竹枝歌四首 300
海歌十首 303
游补陀 306
直沽口（其一） 307
长芦 309
同赋观海有感 310
奉檄泛海督漕运 312
送颐上人归日本 314
观海 316
次韵孟天伟郎中看潮十首（其一） 317
望海 318

明代海洋诗选

沧浪翁泛海 321
题杨子文罗汉渡海图 322
次方明谦指挥海上筑城韵（二首） 325
送李千户时有海东之役 327
登高丘而望远海 328

泛海咏雾 …… 330
登海昌城楼望海 …… 331
送李使君镇海昌（州有双庙）…… 333
海上读书 …… 335
峤屿春潮 …… 337
登南海驿楼 …… 338
渡海 …… 339
海上竹枝词（其四、其六）…… 341
沧海寒潮 …… 342
风雨叹（吴江舟中作）…… 344
天津八景之海门夜月 …… 347
泛海 …… 348
武夷次壁间韵 …… 350
海上述事 …… 351
海虾图 …… 353
奉同王浚川海上杂歌三首 …… 355
登高丘而望远海 …… 357
登州蓬莱阁观东海 …… 359
海上凯歌二首赠汤将军（其一）…… 360
彼倭行 …… 361
海上 …… 363
海波平 …… 364
送汤世登 …… 366
庚子纪事 …… 367
观海 …… 372
泛海 …… 373
春怀（其三）…… 374

与客登招宝山观海，遂有击楫岑港一窥贼垒之兴，
　　谨和开府胡公之韵奉呈 ………………………… 376
奁山凯歌六首（其三、其六） …………………… 377
望夫石 ……………………………………………… 379
白沙海口出沓磊 …………………………………… 379
望海二首（其一） ………………………………… 381
宿海边山店 ………………………………………… 382
海口城晚望 ………………………………………… 384
渝关望海楼 ………………………………………… 385
南城楼集 …………………………………………… 387
哀江南（其五、其八） …………………………… 390
舟师 ………………………………………………… 392
与尹推府 …………………………………………… 393
海上纪事（其三、其十二） ……………………… 394
过文登营 …………………………………………… 396
望阙台 ……………………………………………… 397
薄暮望海 …………………………………………… 399
登高丘而望远海 …………………………………… 400

清代海洋诗选

海市（其三） ……………………………………… 403
东莱行 ……………………………………………… 405
后秋兴（其十三） ………………………………… 408
精卫 ………………………………………………… 410
海东谣三首 ………………………………………… 412
蓬莱看海市歌 ……………………………………… 414
崖门谒三忠祠 ……………………………………… 417
海门歌 ……………………………………………… 419

七月十九日海灾纪事五首（其二、其五） ……… 422
天津 ……… 424
始见海 ……… 425
山海关 ……… 427
海楼望日 ……… 429
忆莱杂诗（其一） ……… 431
海飓风 ……… 432
弄潮曲 ……… 434
望海 ……… 436
虎门望海 ……… 437
渡海中流作 ……… 439
登别峰庵望海忽值风雨 ……… 441
后观潮行 ……… 442
鼓山绝顶望海歌 ……… 444
海天吟 ……… 447
海门 ……… 449
寰海十章（其九） ……… 450
关将军挽歌 ……… 452
送陈荄南方伯之米利坚（其二） ……… 455
回港舟中 ……… 457
海上 ……… 459
哀旅顺 ……… 460
五度大西洋放歌 ……… 463
舟过大沽望炮台二首（其一） ……… 466
太平洋遇雨 ……… 468
黄海舟中日人索句并见日俄战争地图 ……… 469

赋编

先唐海洋赋选

- 览海赋 475
- 游海赋 478
- 沧海赋 480
- 海赋 482
- 沧海赋 488
- 海赋 490
- 望海赋 492
- 海赋 494

唐宋海洋赋选

- 海上生明月赋 501
- 江汉朝宗赋（以"百川会流必归于海"为韵） 504
- 海重润赋 506
- 海水不扬波赋
  （以平上去入倒用为韵） 508
- 西海双白龙见赋
  （以"天下安乐，龙见于海"为韵） 510
- 早秋望海上五色云赋（以"余霞散成绮"为韵） 513
- 白云照春海赋（以"鲜碧空镜春海"为韵） 515
- 海潮赋 517
- 众水归海赋（以"纳众流而成深广"为韵） 530
- 望海亭赋 532

元明清海洋赋选

- 江汉朝宗赋 537
- 航海赋 541

海若赋 …………………………………………………… 551
南海赋 …………………………………………………… 554
观海赋 …………………………………………………… 558
海月赋 …………………………………………………… 561
海市赋 …………………………………………………… 565
滇海波恬赋 ……………………………………………… 569

词编

唐五代海洋词选
拨棹歌（其三）………………………………………… 579

宋代海洋词选
南歌子·八月十八日观潮，
　　和苏伯固二首（其一）…………………………… 581
减字木兰花·读《神仙传》…………………………… 583
水龙吟·次韵任世初送林商叟海道还闽中 ………… 584
鹧鸪天·癸酉吉阳用山谷韵 ………………………… 585
朝中措·黄守座上用六一先生韵 …………………… 587
采莲令（延遍·寿乡词）……………………………… 589
木兰花慢 ……………………………………………… 590
水龙吟·为梦庵寿 …………………………………… 592
满江红·齐云月酌 …………………………………… 593
水龙吟·题天风海涛呈潘料院 ……………………… 595
西河·和旧韵 ………………………………………… 597
水调歌头·题斗南楼和刘朔斋韵 …………………… 598

瑞龙吟（黄钟商，俗名大石调，
　　犯正平调）·蓬莱阁 ………………………… 600
沁园春·登候涛山 ………………………………… 601
望海潮·拱日亭 …………………………………… 603
忆旧游·登蓬莱阁 ………………………………… 605
渔家傲 ……………………………………………… 606
渔父词 ……………………………………………… 608

金元海洋词选

水调歌头 …………………………………………… 611
念奴娇 ……………………………………………… 613
鹊桥仙·待月 ……………………………………… 615
望海潮·发高丽作 ………………………………… 617
水调歌头 …………………………………………… 620
西江月·题邯郸王化吕仙翁祠堂 ………………… 623
临江仙 ……………………………………………… 625
渔父咏 ……………………………………………… 626
月中仙·望海 ……………………………………… 628
洞仙歌·述怀 ……………………………………… 630
秋霁·继古韵述怀 ………………………………… 631
柳梢青 ……………………………………………… 632
水龙吟 ……………………………………………… 634
虞美人·浙江舟中作 ……………………………… 635
摸鱼儿·赋潮 ……………………………………… 637
渔父 ………………………………………………… 638
望海潮·丁巳清明日，登定海县招宝山望海 …… 639
八犯玉交枝·招宝山观月上 ……………………… 641
满江红·次韵耶律舜中樟亭观潮 ………………… 643

八声甘州·饯帅阃张仲渊外郎
　　先福建帅府出海捕寇收功 …………………… 646
木兰花慢 ……………………………………………… 649

明清海洋词选

风入松·海天一览 ……………………………………… 653
望海潮·八月十八日潮生 ……………………………… 655
满江红·海上寄慨 ……………………………………… 658
归朝欢·澄海楼 ………………………………………… 661
望海潮·本意 …………………………………………… 664
满江红·同家兄西樵观海 ……………………………… 666
金明池·大热有怀蓬莱阁 ……………………………… 668
满江红·琅邪山望海 …………………………………… 671
满江红·观海 …………………………………………… 673
贺新郎·海市 …………………………………………… 675
浪淘沙·望海 …………………………………………… 676
鹊踏花翻·浏阳废城望海 ……………………………… 678
望海潮·乍浦天妃宫观潮 ……………………………… 681
高阳台 …………………………………………………… 683
水龙吟·夜闻海涛声 …………………………………… 685
潇湘夜雨 ………………………………………………… 688
沁园春·富家女嫁归海上风景之苦闻而感赋 ………… 690
水龙吟·渡海 …………………………………………… 692
法驾导引·随金门夫子渡琼海 ………………………… 695
酹江月 …………………………………………………… 696
虞美人·渡海 …………………………………………… 699
水龙吟·渡海 …………………………………………… 700
望海潮·海上 …………………………………………… 703

汉宫春·海上醉赠王梦湘 ································· 705

散曲编

元代海洋散曲选

【双调·殿前欢】登江山第一楼 ······················· 711
【双调·水仙子】乐清箫台 ··························· 713
【中吕·满庭芳】渔父词（其十五）····················· 714
【双调·拨不断】大鱼 ······························· 716
【双调·蟾宫曲】广帅饯别席上赠歌者江云 ·············· 717
【双调·蟾宫曲】汝南怀古 ··························· 719
【双调·庆宣和】（其一）····························· 720
【越调·平湖乐】寿李夫人六首（其一）·················· 722
【正宫·鹦鹉曲】洞庭钓客 ··························· 723
【般涉调·哨遍】赠长春宫雪庵学士 ···················· 725
【双调·折桂令】归隐 ······························· 726
【商调·集贤宾】客窗值雪 ··························· 728
【双调·湘妃引】旅舍秋怀 ··························· 729
【中吕·满庭芳】京口感怀 ··························· 731
【般涉调·哨遍】思乡 ······························· 732

明清海洋散曲选

【北双调·新水令】汤沂东海上凯歌 ···················· 735
【北中吕·满庭芳】海 ······························· 737
【南大石调·念奴娇】观潮 ··························· 739
【南仙吕·傍妆台】海 ······························· 740
【南越调·浪淘沙】八仙过海 ························· 742

【南南吕·一江风】题沧海一粟生乘风破浪图 ………… 744
【北般涉调·耍孩儿】乘桴行送孔达生出国…………… 745

下册

戏曲编

元代海洋杂剧选
沙门岛张生煮海（第一折、第二折）………………… 751
庞居士误放来生债（第三折）………………………… 762

明代海洋杂剧选
奉天命三保下西洋（第三折）………………………… 769
争玉板八仙过沧海（第二折）………………………… 777
齐东绝倒（第四出）…………………………………… 786
虬髯翁（第四出）……………………………………… 793

清代海洋杂剧选
西台记（第三出、第四出）…………………………… 799
百灵效瑞（第三折）…………………………………… 809
鲁仲连单鞭蹈海……………………………………… 814

明代海洋传奇选
鱼篮记（第十出、第二十二出）……………………… 821
四美记（第十二出、第三十三出）…………………… 825
鸣凤记（第十七出、第二十一出）…………………… 834
玉丸记（第四出、第十出）…………………………… 841
白袍记（第十六折、第十九折）……………………… 847
旗亭记（第三十出、第三十一出）…………………… 854

焚香记（第十出、第二十六出） 860
梦境记（第十五出、第二十二出） 870
双雄记（第三折、第三十二折） 877
牟尼合（第二十一出、第二十六出） 886

清代海洋传奇选

快活三（第十五出、第十七出） 895
化人游（第三出、第四出） 906
秋虎丘（下卷第十六出、第十八出） 917
琥珀匙（第九出、第十八出） 924
耆英会记（第二十四出、第二十五出） 932
女昆仑（第三十八出） 938
蟾宫操（第二十二出、第二十八出） 944
锡六环（第十八出） 960
奎星见（第十一出、第十二出） 965

小说编

先秦海洋神话选

山海经·精卫填海 975
山海经·蓬莱海市 978
山海经·北海神 980
列子·一钓而连六鳌 984

汉魏六朝海洋笔记小说选

海内十洲记（节选） 987
临海水土异物志（节选） 997
博物志·天河与海通 1001

佛国记（节选） ……………………………………… 1004
唐宋海洋笔记小说选
　　古镜记（节选） ……………………………………… 1013
　　萍州可谈·舶船航海法 ……………………………… 1019
　　萍州可谈·海哥 ……………………………………… 1023
　　萍州可谈·东坡处忧患 ……………………………… 1026
　　萍州可谈·琼管无登第士 …………………………… 1029
　　岭外代答·木兰皮国 ………………………………… 1032
　　岭外代答·东南海上诸杂国 ………………………… 1035
　　梦粱录·江海船舰 …………………………………… 1038

明清海洋文言小说选
　　剪灯新话·水宫庆会录 ……………………………… 1043
　　闽小记·海参 ………………………………………… 1051
　　闽小记·西施舌（节选） …………………………… 1053
　　聊斋志异·罗刹海市 ………………………………… 1056
　　觚剩·海天行 ………………………………………… 1067
　　续子不语·王谦光 …………………………………… 1073
　　谐铎·鲛奴 …………………………………………… 1077
　　淞隐漫录·海底奇境 ………………………………… 1081
　　淞隐漫录·海外壮游 ………………………………… 1087
　　拿破仑岛 ……………………………………………… 1093

明清海洋通俗小说选
　　西游记·第三回　四海千山皆拱伏
　　　　九幽十类尽除名（节选） ……………………… 1111
　　喻世明言·第十八卷
　　　　杨八老越国奇逢（节选） ……………………… 1120
　　情史·海王三 ………………………………………… 1134

目　录

情史·鬼国母 …………………………………………… 1136

初刻拍案惊奇·卷之一　转运汉遇巧洞庭红

　　波斯胡指破鼍龙壳（节选）………………………… 1139

二刻拍案惊奇·卷三十七　叠居奇程客得助

　　三救厄海神显灵（节选）…………………………… 1157

三宝太监西洋记通俗演义·第二十回

　　李海遭风遇猴精　三宝设坛祭海渎 ……………… 1171

东游记·第四十八回　八仙东游过海 ………………… 1186

东游记·第五十三回　八仙推山筑海 ………………… 1189

金云翘传·第十九回　假招安明山殒命

　　真断肠翠翘消劫（节选）…………………………… 1192

水浒后传·第三十六回　振国威胜算平三岛

　　建奇功异物贡遐方 ………………………………… 1203

绿野仙踪·第五十九回　剿倭寇三帅成伟绩

　　斩文华四海庆升平 ………………………………… 1215

绿野仙踪·第七十六回　救家属城璧偷财物

　　落大海不换失明珠 ………………………………… 1230

红楼梦·第五十二回　俏平儿情掩虾须镯

　　勇晴雯病补雀金裘（节选）………………………… 1242

海游记·第一回　虎蛇肆虐信天翁飘泊江干

　　欧鹭订盟管城子归来海外 ………………………… 1255

镜花缘·第八回　弃嚣尘结伴游寰海

　　觅胜迹穷踪越远山（节选）………………………… 1259

蜃楼志·第一回　拥资财讹生关部

　　通线索计释洋商 …………………………………… 1266

海上花列传·第一回　赵朴斋咸瓜街访舅

　　洪善卿聚秀堂做媒 ………………………………… 1279

海底旅行·第十回　巨蟹横行电枪命中
　　老鱼吹浪偃伏逃生 ………………………………… 1284
老残游记·第一回　土不制水历年成患
　　风能鼓浪到处可危（节选）……………………… 1291
老残游记·第十一回　疫鼠传殃成害马
　　瘌犬流灾化毒龙（节选）………………………… 1299
狮子吼·第三回　民权村始祖垂训
　　聚英馆老儒讲书（节选）………………………… 1308
孽海花·第一回　一霎狂潮陆沉奴乐岛
　　卅年影事托写自由花 ……………………………… 1318
廿载繁华梦·第三十八回　闻示令商界苦诛求
　　请查封港官驳照会 ………………………………… 1324
海外扶余·第十五回　败荷兰兵夺台湾岛
　　访隐逸礼聘陈永华 ………………………………… 1332
海上魂·第十五回　陆秀夫负主投海
　　张世杰殉国亡身 …………………………………… 1345

文编

先唐海洋文选

尚书*·禹贡（节选）

海、岱惟青州[1]。嵎夷既略[2]，潍、淄其道[3]。厥土白坟，海滨广斥[4]。厥田惟上下，厥赋中上。厥贡盐、絺[5]，海物惟错[6]。岱畎丝、枲、铅、松、怪石[7]。莱夷作牧。……

淮、海惟扬州[8]。彭蠡既猪[9]，阳鸟攸居[10]。三江既入[11]，震泽底定[12]。……岛夷卉服[13]，厥篚织贝[14]。厥包橘、柚，锡贡。沿于江、海，达于淮、泗。

荆及衡阳惟荆州[15]。江、汉朝宗于海，九江孔殷[16]，沱、潜既道，云土梦作乂[17]。厥土惟涂泥……

导岍及岐，至于荆山，逾于河。壶口、雷首，至于太岳。砥柱、析城，至于王屋。太行、恒山，至于碣石，入于海。……

---

*《尚书》是记载上古时期帝王事迹的历史典籍，书中所述之事最早至于尧舜时期，最晚至于春秋初年，是研究上古史的重要资料。它在古代地位极高，与《诗经》并称《诗》《书》，被列为"五经"之一，受到君主和士人的尊崇。

附：《逸周书·王会解》（节选）

东越海蛤，欧人蝉蛇，蝉蛇顺，食之美。姑于越纳，曰姑妹珍。且瓯文蜃，共人玄贝，海阳大蟹，自深桂。

注释

〔1〕海、岱：渤海与泰山。

〔2〕嵎夷：胶东地区。略：划定土地。

〔3〕潍、淄：潍水与淄水。道：导，被疏通流入海。

〔4〕斥：盐碱。

〔5〕绨(chī)：细葛布。

〔6〕海物：海产品。错：杂。

〔7〕畎：山谷。

〔8〕海：指东海。

〔9〕彭蠡：古代泽名，大概在今湖北安徽交界位置。

〔10〕阳鸟：候鸟，随阳气迁徙，故名。

〔11〕三江：娄江、吴淞江、东江。

〔12〕震泽：太湖。

〔13〕岛夷：居住在海岛上的人。

〔14〕织贝：用线串起的贝壳。

〔15〕荆：山名，在今湖北。衡：山名，在今湖南。

〔16〕九江：泛指众多江流。孔：很。殷：盛大。

〔17〕云土梦：应如《汉书·地理志》作"云梦土"。作乂：耕种、治理。

评析

《尚书·禹贡》一般被认为是东周时期儒生所作，其中包含着丰富的地理知识,反映着那个时代人们对各地风土、物产的认知情况。其中,对于青州、扬州、荆州的叙述还包含着很多与海洋有关的信息:比如一些沿海地区的特有物产,即文中提到的"海物""织贝"等;再如沿海地区的自然与人文地理的情况,我们亦可从文中"海滨广斥""岛夷卉服"等语得到大致印象。而《逸周书·王会解》记载的是西周时代诸侯来朝、进贡方物的情形,与《尚书·禹贡》有相似之处,其中也提到了来自海滨方国的特产,可作为《禹贡》的补充和参考。从两部书来看,在商周时代,中原地区与滨海地区的往来、联系已经比较密切,中原政权的影响力已经扩展至沿海地区,可见《诗经·商颂·长发》"相土烈烈,海外有截"、《诗经·小雅·北山》"率土之滨,莫非王臣",这些诗句的描述并不是夸词,而是有相应的事实为基础的。总之,《尚书》《逸周书》作为先秦时期古老而重要的典籍,其中出现了这些颇能反映当时海洋文化的信息,它们是弥足珍贵的,从这一点我们也能体会到海洋文化自古便是我们中华文明的重要组成部分。

(张耀)

国语·鲁语上(节选)

左丘明*

海鸟曰"爰居",止于鲁东门之外三日,臧文仲使国人祭之。展禽曰:"越哉[1],臧孙之为政也!夫祀,国之大节也[2];而

---

* 左丘明(生卒年不详),春秋时期史学家。孔子视其为君子,曰:"巧言、令色、足恭,左丘明耻之,丘亦耻之;匿怨而友其人,左丘明耻之,丘亦耻之。"(《论语·公冶长》)汉代太史司马迁称其为"鲁君子"。相传《左传》《国语》为其所作。《国语》一书记载了春秋时期列国重要事件及君臣言行,是研究当时社会生活的重要史料,其中不少信息对我们考察当时的海洋文化有重要帮助。

节,政之所成也。故慎制祀以为国典。今无故而加典,非政之宜也。……今海鸟至,已不知而祀之,以为国典,难以为仁且智矣。夫仁者讲功,而智者处物[3]。无功而祀之,非仁也;不知而不能问,非智也。今兹海其有灾乎?夫广川之鸟兽,恒知避其灾也。"

是岁也,海多大风,冬暖。文仲闻柳下季之言,曰:"信吾过也[4],季子之言,不可不法也[5]。"使书以为三策[6]。

注释

〔1〕越:迂阔。

〔2〕节:制度。

〔3〕处物:考察事理。

〔4〕信:的确。

〔5〕法:遵守。

〔6〕策:竹简。

评析

这一则材料保留了珍贵的海洋气候的信息,由文中"是岁也,海多大风,冬暖"可知,这一年发生了两种反常的气候现象,一是冬季比往年温暖,二是沿海的大风天气比往年增多。这些现象背后所蕴含的气候信息,有待于气候专家的解读,它们对于认识我国历史气候的变迁是有一定价值的。另外,气候变化对动物行为造成的影响在材料中也有所反映,并且当时像展禽这类有智慧的人已经注意到这种规律,可见鲁国虽然深处内陆地区,但鲁人对海洋的认识依然达到了很高的一个层级,海洋对于先秦的人们来说并不陌生,已经成为人们理性认知的一个对象。

(张耀)

庄子·逍遥游(节选)

庄子*

北冥有鱼,其名为鲲[1]。鲲之大,不知其几千里也。化而为鸟,其名为鹏[2]。鹏之背,不知其几千里也。怒而飞[3],其翼若垂天之云[4]。是鸟也,海运则将徙于南冥[5]。南冥者,天池也[6]。

……

汤之问棘也是已[7]:

汤问棘曰:"上下四方有极乎?"

棘曰:"无极之外,复无极也。"穷发之北[8],有冥海者,天池也。有鱼焉,其广数千里,未有知其修者[9],其名为鲲。有鸟焉,其名为鹏,背若泰山,翼若垂天之云,抟扶摇羊角而上者九万里[10],绝云气,负青天[11],然后图南[12],且适南冥也。

附:《吕氏春秋·孝行览·本味》(节选)

藿水之鱼,名曰鳐,其状若鲤而有翼,常从西海夜飞游于东海。

---

* 庄子(约前369—前286),姓庄,名周,字子休,宋国蒙人。他是战国时期著名的思想家、哲学家和文学家,是继老子之后,战国时期道家学派的代表人物。《庄子》一书中,"内篇"被认为是庄子本人的作品,"外篇"和"杂篇"被认为是他后学的作品。《庄子》是一部思想巨著,亦有重要的文学价值,该书内容恢诡谲怪、宏博奇丽,尤其是对海洋的描述和想象,更是"意出尘外,怪生笔端",对于中国古代的海洋文化来说有着重要的史料价值和文学价值。

注释

〔1〕北冥：北海，冥为黑色，水深广则黑，故名。鲲：传说中的大鱼。有学者认为它的本义是鱼子，庄子发挥齐同大小的哲理，辅以浪漫的想象，将其变更为大鱼的代称。

〔2〕鹏：传说中的大鸟名。

〔3〕怒：鼓起翅膀将要奋飞的样子。

〔4〕垂：通"陲"，边际。

〔5〕海运：是指海浪大的波动，将会掀起大风，鹏乘此风而翔。南冥：南海。

〔6〕天池：天然形成的大海。

〔7〕汤：商朝开国君主汤。棘：当时的贤人。

〔8〕穷发：草木不生的荒凉之处。

〔9〕修：长。

〔10〕抟：此处指鸟盘旋升起。扶摇：旋风。

〔11〕负：背对着。

〔12〕图南：往南方去。

评析

《庄子》一书与海结下了不解的缘分，广袤的海洋成了庄子驰骋自己想象的绝佳平台。作为一书的开篇，本段直接从"北冥"写起，让自己虚构的鲲鹏由此飞向天空，再凭"海运"而"徙于南冥"，整个过程由海入天再入海，丝毫不沾一点地上的烟火气息。大概在庄子心中，海和天一样成了超越世俗的高远"仙境"，是安顿"鲲鹏"这种方外之物的最佳处所。庄子塑造的这一入海上天、亦鱼亦鸟的神物，启发了后人的更多想象，成书于战国末年的《吕氏春秋》便沿袭这一思路，虚构了能飞能游、"若鲤而有翼"的鳐。《吕览》中的鳐可能以现实中的鳐鱼为原型，又结合《庄子》的鲲鹏形象进行发挥、夸大。有趣的是，两书都将这类鱼的生活环境置于东西或南北两边的海洋中,这更印证了上文我们对庄子设置环境时用意的推测。当然,这一次惊艳的亮相还只是《庄子》恢宏"海洋叙事"的一个开端,之后还有更多的雄奇景观等着我们。

(张耀)

庄子·秋水(节选)

庄子

秋水时至[1],百川灌河[2],泾流之大[3],两涘渚崖之间,不辩牛马[4]。于是焉,河伯欣然自喜,以天下之美为尽在己。顺流而东行,至于北海,东面而视,不见水端。于是焉,河伯始旋其面目[5],望洋向若而叹曰[6]:"野语有之曰'闻道百,以为莫己若'者,我之谓也。且夫我尝闻少仲尼之闻,而轻伯夷之义者[7],始吾弗信。今我睹子之难穷也[8],吾非至于子之门,则殆矣,吾长见笑于大方之家[9]。"

北海若曰:"井蛙不可以语于海者,拘于虚也[10];夏虫不可以语于冰者,笃于时也[11];曲士不可以语于道者[12],束于教也。今尔出于崖涘,观于大海,乃知尔丑[13],尔将可与语大理矣[14]。天下之水,莫大于海:万川归之,不知何时止而不盈;尾闾泄之[15],不知何时已而不虚[16]。春秋不变,水旱不知,此其过江河之流[17],不可为量数,而吾未尝以此自多者[18],自以比形于天地,而受气于阴阳,吾在天地之间,犹小石小木之在大山也[19]。方存乎见少[20],又奚以自多[21]!计四海之在天地之间也,不似礨空之在大泽乎[22]?计中国之在海内,不似稊米之在大仓乎[23]?号物之数谓之万[24],人处一焉;人卒九州,谷食之所生,舟车之所通,人处一焉;此其比万物也,不似豪末之在于马体乎?五帝之所连[25],

三王之所争，仁人之所忧，任士之所劳[26]，尽此矣。伯夷辞之以为名，仲尼语之以为博，此其自多也，不似尔向之自多于水乎？"

……

（鳖）于是逡巡而却[27]，告之海[28]曰：夫千里之远，不足以举其大；千仞之高，不足以极其深。禹之时，十年九潦[29]，而水弗为加益；汤之时，八年七旱，而崖不为加损。夫不为顷久推移[30]，不以多少进退者，此亦东海之大乐也。

注释

〔1〕秋水：中原地区秋季降水多，蒸发少，河流水量充沛。时：按时令。

〔2〕川：小河流。灌：奔注。河：黄河。

〔3〕泾：《释名·释水》谓："水直波曰泾。"

〔4〕不辩：分不清。

〔5〕旋：转，改变。

〔6〕望洋：指茫然抬头、若有所失的情态。

〔7〕伯夷：商孤竹君之子，与弟叔齐争让王位，被认为节义高尚之士。

〔8〕子：原指海神若，此指海水。

〔9〕长：永远。大方之家：有见识的人。

〔10〕虚：通"墟"，《文选·西征赋》注文引《声类》谓："墟，故所居也。"

〔11〕笃：固，引申为束缚、限制。时：时间。夏虫夏生秋死，不知冬之冰为何物。

〔12〕曲士：孤陋寡闻的人。

〔13〕丑：鄙陋，缺乏知识。

〔14〕大理：大道。

〔15〕尾闾（lǚ）：海的底部，排泄海水的地方。

〔16〕虚：指水流干。

〔17〕过：超过。

〔18〕自多：自夸。

〔19〕大：同"太"。

〔20〕方：正。存：意识到。见（xiàn）少：显得太少。

〔21〕奚：何，怎么。

〔22〕礨（lěi）：石块。礨空：石块上的小空洞。大泽：大湖泊。

〔23〕稊米：泛指细小的米粒。

〔24〕号：称。本句是说当表示物的数量很多时，我们称"万物"。

〔25〕连：继续。

〔26〕仁人：指儒家，其以仁为贵。任士：指有能力又躬行的墨家者流。

〔27〕逡巡：徘徊不进。却：退却。

〔28〕告之海：告诉它大海的情形。

〔29〕潦：指水灾。

〔30〕顷久：顷刻抑或长久。

评析

　　海洋在庄子心中一直是宏大高远的象征，基于这种认识，于是有了《秋水》篇中河海间的对比。"天下之水，莫大于海：万川归之，不知何时止而不盈；尾闾泄之，不知何时已而不虚。春秋不变，水旱不知，此其过江河之流，不可为量数。"庄子这段描写海洋的语言运用了其所擅长的夸张笔法，将海的浩渺描写得淋漓尽致，成为后世文人描写海洋的典范。《秋水》篇是庄子"齐物"思想的代表，尤重于探讨"小大之辩"，此处以河海两意象的对比承载这一哲理，的确为精恰之选。可以说，庄子的这一尝试为中国文化中的海洋意象增添了许多哲思，对后世启发深远，比如我们现代常用的成语"望洋兴叹""井底之蛙"，海洋和水井正好代表着"高远"和"狭促"两种不同的境界，它们都出自《秋水》篇，承载的内涵是极其丰富的。

（张耀）

庄子·外物（节选）

庄子

任公子为大钩巨缁[1]，五十犗以为饵[2]，蹲乎会稽[3]，投竿东海，旦旦而钓[4]，期年不得鱼[5]。已而大鱼食之[6]，牵巨钩，錎没而下[7]，骛扬而奋鬐[8]，白波若山，海水震荡，声侔鬼神[9]，惮赫千里[10]。任公子得若鱼，离而腊之[11]，自制河以东[12]，苍梧以北[13]，莫不厌若鱼者[14]。已而后世辁才讽说之徒[15]，皆惊而相告也。夫揭竿累[16]，趣灌渎[17]，守鲵鲋[18]，其于得大鱼难矣。饰小说以干县令[19]，其于大达亦远矣[20]。是以未尝闻任氏之风俗[21]，其不可与经于世亦远矣[22]。

注释

〔1〕任：周代诸侯国名。为：做。缁：黑丝绳。

〔2〕犗(jiè)：被阉割的牛。饵：诱饵。

〔3〕会稽：山名，在今浙江绍兴东南。

〔4〕旦旦：每天。

〔5〕期年：一年。

〔6〕已而：后来。

〔7〕錎：通"陷"，沉入。

〔8〕骛扬：向上冲击之态。奋：扇动。鬐(qí)：鱼脊。

〔9〕侔（móu）：相同，等同。

〔10〕惮（dàn）赫：令人害怕。

〔11〕离：分割，剖开。腊（xī）：干肉，这里是动词，把肉晾干。

〔12〕制河：制，浙河，今钱塘江。

〔13〕苍梧：山名，在今湖南省南部。

〔14〕厌：饱餐。

〔15〕辁（quán）才：才疏学浅之人。辁是由原木直接做成的车轮，没有辐条，显然特别简陋粗糙。

〔16〕揭：举起。竿：钓鱼竿。累：指钓线。

〔17〕趣：通"趋"，疾走。渎：小沟渠。

〔18〕鲵（ní）鲋：泛指小鱼。

〔19〕小说：浅薄荒诞的话。干：求。县（xuán）令：高名令闻，指美好的名声。县：高。令：美好。

〔20〕大达：博学明理，大通于至道。

〔21〕风俗：风范。

〔22〕经：治理。

评析

《庄子》一书以恢诡谲怪著称，普通的事件在庄子笔下经过艺术夸张，总会产生震撼人心的效果。这段"任公子钓鱼"的描写思接天外，令人难以置信，但细节逼真，又似乎令人身临其境，而之后作者将"海钓"与"河钓"做了讽刺性对比，这必定令当时未尝观海的内陆之人对海洋平添了几分向往。当然，除却艺术手法不说，这则故事同样反映着当时海洋生物的一些信息，这种使"海水震荡""白波若山"的"大鱼"，用我们现代人的知识推测，可能就是鲸鱼。鲸鱼自然是不会被钓上来的，故事的原型可能是鲸鱼在海滩搁浅，人们才有机会见到并饱餐这一庞然大物。古代海中大鱼的故事很多，《庄子》的寓言只是一个简单的开头,之后"海中大鱼"渐成为传说、逸闻的重要素材。

(张耀)

管子·海王(节选)

管仲*

桓公曰:"然则吾何以为国?"管子对曰:"唯官山海为可耳[1]。"桓公曰:"何谓官山海?"管子对曰:"海王之国[2],谨正盐策[3]。"桓公曰:"何谓正盐策?"管子对曰:"十口之家,十人食盐。……"桓公曰:"然则国无山海不王乎?"管子曰:"因人之山海,假之名有海之国[4]雠盐于吾国,釜十五,吾受而官出之以百。我未与其本事也,受人之事。以重相推[5]。此人用之数也。"

附:管子轻重·轻重丁(节选)

甯戚驰而东,反报曰:"东方之萌,带山负海[6],苦处[7],上断辐[8],渔猎之萌也。治葛缕而为食[9],其称贷之家丁惠高国[10],多者五千钟,少者三千钟。其出之,中钟五釜也。其受息之萌八九百家。"

隰朋驰而北,反报曰:"北方萌者,衍处负海[11],煮沸为盐,梁济取鱼之萌也[12]。薪食,其称贷之家,多者千万,少者

---

* 管仲(?—前645),名夷吾,字仲,谥敬,颍上人(今安徽省颍上县或河南省登封市颍河上游),春秋时期著名的政治家、哲学家、军事家。《管子》一书反映了管仲的主要思想,但作者应为战国时期的学者。管仲帮助齐桓公治理齐国,充分发挥了齐国滨海的区域优势,大力发展渔盐产业,富国强兵,故而《管子》一书中记载的关于管仲发展渔盐的政策,对现在研究古代海洋经济史有重要意义。

六七百万，其出之，中伯二十也。受息之氓，九百余家。

凡称贷之家，出泉参千万，出粟参数千万钟，受子息民参万家。"

注释

〔1〕官山海：将山海资源纳为公有。

〔2〕海王：因海之利而为王。

〔3〕正：收税。

〔4〕假：凭借。

〔5〕以重相推：上文加价之意。

〔6〕带山负海：指沿着山，对着海。

〔7〕苦处：马非百认为此句"意为土地咸卤，不生五谷"。

〔8〕上断辐：指上山砍断树枝用作车轮辐条。

〔9〕葛缕：用来做麻衣的材料，贫民所服。

〔10〕丁惠高国：泛指贵族，丁惠不详，"丁"原作"下"，据赵用贤本改，高国指高氏和国氏。

〔11〕衍处：指住在沼泽一带。

〔12〕梁济取鱼：指在河中间建鱼梁捕鱼。

评析

齐国东临大海，收渔盐之利，富冠诸侯，其中管仲起到了至为重要的作用，上述《管子》中的两则材料就反映了管子经略海洋的思想。在《海王》篇中，管子提出了"海王之国"的概念，将海洋经济置于国家战略之中，可见海洋对齐国的战略意义之重。古代海洋的经济价值主要在"渔业""盐业"等方面，管子提出的"官山海"思想，即主张由国家控制盐的生产流通以增加财政收入，这为之后历代封建王朝的盐业政策奠定了基础。而《轻重丁》一篇则详细地介绍了齐国沿海一带煮盐的情况，对我们认识当时的制盐水平有重要价值。

（张耀）

荀子·王制（节选）

荀子*

北海则有走马吠犬焉，然而中国得而畜使之；南海则有羽翮、齿革、曾青、丹干焉〔1〕，然而中国得而财之；东海则有紫紶、鱼盐焉〔2〕，然而中国得而衣食之；西海则有皮革、文旄焉〔3〕，然而中国得而用之。

注释

〔1〕羽翮：泛指鸟类。齿革：特指象牙和犀牛皮。曾青：矿产名。色青，可供绘画及化金属用。丹干：朱砂。

〔2〕紫紶：紫色的布。

〔3〕文旄：染有文采的旄牛尾。多用以装饰旗帜。

评析

荀子是当时博学的大儒，这段文字记载四海特有的物产，颇能反映其广博的学识，由此我们也可以了解当时沿海地区人民的生产与生活情

---

* 荀子（约前313—前238），名况，字卿，战国末期赵国人。著名思想家、文学家、政治家，时人尊称"荀卿"。因"荀"与"孙"二字古音相通，西汉时，为避汉宣帝刘询讳，故又称孙卿。曾三次出任齐国稷下学宫的祭酒，后为楚兰陵（位于今山东省兰陵县）令。《荀子》一书大部分篇章都被视为荀子本人所作，承载着荀子的主要思想。荀子学说以礼为核心，主张"法后王"，提出了"天人相分""人定胜天"等进步理念。其作品视野广博，有许多论述涉及当时海洋的开发、利用情况，有较大的参考价值。

况。但需要注意的是，其中的北海、西海并非实指海洋，而是代指极远之地。在古人的四海观念中，东海作为海洋应该是最早被认知的，之后随着地理的开发，南海也进入了人们的认知范围，而北海、西海则一直存在于概念中（或有古人将渤海或贝加尔湖称作北海，但终究不确）。

（张耀）

韩非子·说林下（节选）

韩非子*

靖郭君将城薛[1]，客多以谏者。靖郭君谓谒者曰："毋为客通[2]。"齐人有请见者，曰："臣请三言而已。过三言，臣请烹[3]。"靖郭君因见之。客趋进曰："海大鱼。"因反走[4]。靖郭君曰："请闻其说。"客曰："臣不敢以死为戏。"靖郭君曰："愿为寡人言之。"答曰："君闻大鱼乎？网不能止，缴不能絓也[5]，荡而失水[6]，则蝼蚁得意焉。今夫齐亦君之海也。君长有齐，奚以薛为？君失齐，虽隆薛城至于天，犹无益也。"靖郭君曰："善。"乃辍，不城薛。

注释

〔1〕靖郭君：齐威王之子田婴的谥号，封于薛地。城薛：在薛地筑建城池。

〔2〕谒者：掌管宾客谒见的人。通：通报。

---

* 韩非子（约前280—前233），韩国都城新郑（今河南省新郑市）人，战国末期杰出的思想家、哲学家、政治家和散文家。是先秦法家学派的代表人物。《韩非子》一书中的绝大部分篇章被认为是韩非本人的作品。《韩非子》中的寓言内容丰富、数量庞大，反映了当时社会生活的诸多方面，其中不乏涉及海洋文化的信息。

〔3〕三言：三个字。烹：烹杀。

〔4〕反：通"返"。走：跑。

〔5〕缴：系有线的箭。絓：通"挂"。

〔6〕荡：乱游。失水：指搁浅。

评析

  这则"海大鱼"的故事反映的应该是鲸鱼在海岸搁浅的情况，盖此类事件当时在沿海地区偶有出现，人们有所认识，故将其作为寓言以寄寓"鱼不可脱于渊，人不可失其恃"的哲理。这则故事在战国流传很广，《战国策·齐策》对此也有记录。有趣的是在此之后，人们便常将大鱼失水和贤才失位联系起来，如干宝《搜神记》记载："至永始元年春，北海出大鱼，长六丈，高一丈，四枚。哀帝建平三年，东莱平度出大鱼，长八丈，高一丈一尺，七枚，皆死。灵帝熹平二年，东莱海出大鱼二枚，长八九丈，高二丈余。《京房易传》曰：海数见巨鱼，邪人进，贤人疏。"追本溯源，后世的这类意识似乎和战国的此类寓言有着深层联系。具体来说，先秦时人常以鱼为喻象来说明人对环境的依凭，这大概是因为鱼只能生活在水中，与人类相比生存环境较特殊，故而人们会由鱼的"失水"或"得水"联想到人之境遇的逆与顺。如《诗经·小雅·鱼藻》"鱼在在藻，有颁其首。王在在镐，岂乐饮酒"，这是以鱼在水藻中的欢乐比喻周王在王城中的安乐。再如《老子》"鱼不可脱于渊，国之利器不可以示人"，也是用了鱼水相依的意象，只不过此处要说明的是物对环境的依凭。还有《庄子·逍遥游》中的"鲲"，其有庞大的身躯，亦是栖居在浩渺的北冥，这同样基于鱼水相依的认识。再到后世则出现了"如鱼得水"之类的说法，更可以看作是这种认识的固化与普及。

（张耀）

史记·封禅书（节选）

司马迁*

　　于是始皇遂东游海上，行礼祠名山大川及八神，求仙人羡门之属。八神将自古而有之，或曰太公以来作之。齐所以为齐，以天齐也[1]。其祀绝，莫知起时。八神：一曰天主，祠天齐。……

　　自齐威、宣之时，驺子之徒论著终始五德之运[2]，及秦帝而齐人奏之，故始皇采用之。而宋毋忌、正伯侨、充尚、羡门高最后皆燕人[3]，为方仙道，形解销化[4]，依于鬼神之事。驺衍以阴阳主运显于诸侯[5]，而燕齐海上之方士传其术不能通，然则怪迂阿谀苟合之徒自此兴，不可胜数也。

　　自威、宣、燕昭使人入海求蓬莱、方丈、瀛洲。此三神山者，其传在勃海中，去人不远；患且至，则船风引而去。盖尝有至者，诸仙人及不死之药皆在焉。其物禽兽尽白，而黄金银为宫阙。未至，望之如云；及到，三神山反居水下。临之，风辄引去，终莫能至云。世主莫不甘心焉[6]。及至秦始皇并天下，至海上，则方士言之不可胜数。始皇自以为至海上而恐不及矣，使人乃赍童男女入海求之[7]。船交海中，皆以风为解[8]，曰未能至，望见之焉。其明年，始皇复游海上，至琅邪，过恒山，从上党归。后三年，游碣

---

* 司马迁（约前145—？），字子长，西汉时期伟大的史学家、文学家、思想家，汉武帝时任郎中、太史令、中书令，所著《史记》是中国第一部纪传体通史，被鲁迅称为"史家之绝唱，无韵之离骚"。《史记》被认为是中国史书的典范，因此后世尊称司马迁为史迁、太史公。司马迁不仅掌握了第一手的历史材料，还游历了众多名山大川，做过实地考察，故而他的叙述有着重要的史料价值，《史记》中有很多内容反映了东部沿海地区的历史、文化，值得我们研究者重视。

石,考入海方士,从上郡归。后五年,始皇南至湘山,遂登会稽,并海上,冀遇海中三神山之奇药,不得,还至沙丘崩。

…………

入海求蓬莱者,言蓬莱不远,而不能至者,殆不见其气。上乃遣望气佐候其气云。

…………

上遂东巡海上,行礼祠八神。齐人之上疏言神怪奇方者以万数,然无验者。乃益发船,令言海中神山者数千人求蓬莱神人。公孙卿持节常先行候名山,至东莱,言夜见大人,长数丈,就之则不见,见其迹甚大,类禽兽云。群臣有言见一老父牵狗,言"吾欲见巨公",已忽不见。上即见大迹,未信,及群臣有言老父,则大以为仙人也。宿留海上,予方士传车及间使求仙人以千数[9]。

附:史记·秦始皇本纪(节选)

还过吴,从江乘渡。并海上,北至琅邪。方士徐市等入海求神药,数岁不得,费多,恐谴,乃诈曰:"蓬莱药可得,然常为大鲛鱼所苦,故不得至,原请善射与俱,见则以连弩射之。"始皇梦与海神战,如人状。问占梦博士,曰:"水神不可见,以大鱼蛟龙为候。今上祷祠备谨,而有此恶神,当除去,而善神可致。"乃令入海者赍捕巨鱼具,而自以连弩候大鱼出射之。自琅邪北至荣成山,弗见。至之罘,见巨鱼,射杀一鱼。遂并海西。

注释

〔1〕天齐:天之中央。
〔2〕驺子:邹衍,先秦阴阳家代表,提出五德终始说。
〔3〕最后:甚后,再往后之意。
〔4〕形解:指神仙方术所宣扬的释形登仙之类的迷信。

〔5〕主运：应是邹衍著作中的一个篇章，论述王朝运数五德相代之理。

〔6〕甘：甘羡，渴求。

〔7〕赍：借助。

〔8〕解：为自己开解。即以大风为借口开脱自己。

〔9〕传车：古代驿站的专用车辆。

评析

　　先秦的燕齐地区濒临浩渺的大海，产生了独特的方士文化，秦始皇信任方士所言，从而入海求仙，这些故事在历史上广为流传，《史记》的《秦始皇本纪》《封禅书》等篇对此都做了详细的记载，由此我们可以一览当时的"盛况"。当然，求仙方术作为一种迷信，是糟粕，但是它客观上推动了当时人们对海洋的探索，如徐福东渡等事，在我国航海史上有着重要的地位。另外，方士们创造的"蓬莱仙山"的神话系统，也为我国的浪漫主义文学提供了重要的素材。这些都是需要我们正视并研究的内容。

（张耀）

盐铁论·论邹

桓宽*

大夫曰:"邹子疾晚世之儒墨,不知天地之弘,昭旷之道[1],将一曲而欲道九折,守一隅而欲知万方[2],犹无准平而欲知高下[3],无规矩而欲知方圆也。于是推大圣终始之运[4],以喻王公,先列中国名山通谷,以至海外。所谓中国者,天下八十一分之一,名曰赤县神州,而分为九州。绝陵陆不通,乃为一州,有大瀛海圜其外。此所谓八极,而天地际焉[5]。《禹贡》亦著山川高下原隰[6],而不知大道之径。故秦欲达九州而方瀛海[7],牧胡而朝万国。诸生守畦亩之虑,闾巷之固,未知天下之义也。

文学曰:"尧使禹为司空,平水土,随山刊木[8],定高下而序九州[9]。邹衍非圣人,作怪误,荧惑六国之君,以纳其说[10]。此《春秋》所谓'匹夫荧惑诸侯'者也。孔子曰:'未能事人,焉能事鬼神?'近者不达,焉能知瀛海?故无补于用者,君子不为;无益于治者,君子不由。三王信经道,而德光于四海;战国信嘉言[11],而破亡如丘山。昔秦始皇已吞天下,欲并万国,亡其三十六郡;欲达瀛海,而失其州县。知大义如斯,不如守小计也。"

---

* 桓宽(生卒年不详),字次公,西汉汝南郡(今河南省上蔡县西南)人,治《春秋公羊传》。宣帝时举为郎,后官至庐江太守丞。其知识广博,善为文。著有《盐铁论》六十篇。《盐铁论》是根据昭帝始元六年(前81)召开的盐铁会议的文件写成的政论性散文集。它比较生动地记述了御史大夫桑弘羊和从全国各地召集来的"贤良""文学"们的辩论,保存了许多周汉的思想史料和风俗习惯。

注释

〔1〕昭旷：宏大高远。

〔2〕一隅：一处小角落。万方：指覆盖各个方向的至大空间。

〔3〕准平：测量平面的仪器。

〔4〕大圣终始之运：大圣、终始原来应该是邹衍著作中的篇名，主要宣扬五德终始之说，是阴阳家对王朝更替规律的主观解释。

〔5〕所谓中国者……而天地际焉：此即邹衍大九州学说的简括，即认为中国（赤县神州）为中九州之一，中九州为大九州之一，各州之间由海隔绝，莫能相通。故中国为天下八十一分之一。陵陆：陆地。圜：环绕。八极：八方之极。

〔6〕原隰：平原和洼地。

〔7〕方：意同"航"，航行之意。

〔8〕刊：砍斫其木以为标记。

〔9〕序九州：记载九州的情况。

〔10〕荧惑：蛊惑、欺骗之意。

〔11〕嘉言：听起来美好的语言。郭沫若认为"嘉"通"讹"字。

评析

《史记·孟子荀卿列传》对"大九州"理论有这样的介绍："儒者所谓中国者，于天下乃八十一分居其一分耳。中国名曰赤县神州。赤县神州内自有九州，禹之序九州是也，不得为州数。中国外如赤县神州者九，乃所谓九州也。于是有裨海环之，人民禽兽莫能相通者，如一区中者，乃为一州。如此者九，乃有大瀛海环其外，天地之际焉。"这一惊人的设想源自战国时期齐人邹衍，他将世界分为九大州，而中国只是九个大州中某一州下的一小州，名曰赤县神州，其下冀、荆、扬等九州只能算是更小的九个州罢了，于是这一套学说便成为"大九州"之说。海洋在"大九州"学说中有着重要地位，大九州间"有裨海环之"，故而

"人民禽兽莫能相通",而大九州整体上"乃有大瀛海环其外",这便是"天地之际"。可见在邹衍的意识中,海洋代表了认知的极限,但又蕴含着无穷的可能。这种理念大概是基于齐人面对海洋时那种不知所穷但又遐思无限的感性体验而形成的,它可以被看作齐国海洋文化积累到一定程度而结出的奇异之果。

邹衍的"大九州"学说是先秦阴阳家的代表思想,在当时产生了极大影响,在后世也引发了很多争议。《盐铁论》记录了西汉官僚和儒生两大势力集团针对各类社会问题进行的辩论,其中也涉及对邹衍学说的评判。官僚集团有着开疆扩土的雄心,对于邹衍学说自然十分欣赏,儒生集团则更注重保境安民,认为这套学说宏大不经。其实这两种截然不同的评判代表了中国传统文化中向外与向内两种不同的心态,中国的历史正是在这两种心态相互斗争融合的过程中渐渐走向海洋,融入世界的。

(张耀)

奏驳耿寿昌增海租及近籴计

萧望之[*]

　　故御史属徐宫,家在东莱,言往年加海租[1],鱼不出。长老皆言:武帝时,县官尝自渔[2],海鱼不出。后复予民,鱼乃出。夫阴阳之感,物类相应[3],万事尽然。今寿昌欲近籴漕关内之谷[4],筑仓治船,费直二万万余[5],有动众之功,恐生旱气,民被其灾。寿昌习于商功分铢之事,其深计远虑,诚未足任,宜且如故。

---

* 萧望之(?—前47),字长倩,西汉东海兰陵(今山东省兰陵县兰陵镇)人,徙杜陵(今陕西省西安市东南)。历任左冯翊、大鸿胪、太傅等官。后遭宦官弘恭、石显等诬告下狱,愤而自杀。

注释

〔1〕海租：出海打鱼所要上交的税钱。

〔2〕自渔：完全由官府垄断打鱼。

〔3〕阴阳之感，物类相应：汉代流行的天人感应理论，将人事与自然现象做因果式的联系。

〔4〕籴（dí）：买米或其他粮食。

〔5〕直：通"值"，指钱款的数额。

评析

上文提到，渔业、盐业是古代海洋经济的两大支柱，本文保留了重要的汉代海洋渔业资料。文中宣扬的阴阳相感、物类相应的理论自然属于迷信，无足可道，但其中反映的汉代渔业税制与官营问题颇有价值。大概捕鱼在当时是一种极富技术性的劳动，当国家加租，或者希望直接由政府垄断渔业时（文中称"县官尝自渔"，大概是政府要直接参与捕鱼以垄断其收益），这些渔民便会消极怠工，运用经验尽量减少捕获量，并托称"阴阳之感"以逼迫政府让步，这样政府也对他们无可奈何。

（张耀）

言治河

王横*

河入勃海，勃海地高于韩牧所欲穿处。往者天尝连雨，东北风，海水溢，西南出，浸数百里，九河之地，已为海所渐矣〔1〕。禹

---

* 王横（生卒年不详），西汉王莽时期大司空掾，曾上《言治河》于王莽，建议修整黄河河道和入海口。

之行河水,本随西山下东北去。《周谱》云,定王五年河徙[2]。则今所行,非禹之所穿也。又秦攻魏,决河灌其都[3],决处遂大,不可复补。宜却徙完平处,更开空,使缘西山足,乘高地而东北入海,乃无水灾。

附:孙禁《治河方略》

今河溢之害数倍于前决平原时。今可决平原金堤间,开通大河,令入故笃马河。至海五百余里,水道浚利,又干三郡水地,得美田且二十余万顷,足以偿所开伤民田庐处,又省吏卒治堤救水,岁三万以上。

注释

〔1〕渐:浸没。
〔2〕河徙:黄河水改道。
〔3〕决河灌其都:指公元前225年,秦军攻打魏国都城大梁,久攻不克,遂掘开黄河水淹大梁城。

评析

王横《言治河》一文载于《汉书·沟洫志》,记录了汉代黄河入海口地区的海水倒灌灾害及其防治办法。汉代着手于黄河的治理,河口地区的整治亦是整个治黄工程的一部分,由此亦可推测在当时的滨海河口地区可能已经有不小规模的聚落,使得海水倒灌酿成灾害,进而引起了朝廷的重视。但王横是王莽时期的大臣,据《汉书·沟洫志》后文记载"王莽时,但崇空语,无施行者",可知王横的这一设想亦未实施。但是他留下的文字能让我们得以窥见古人防治海洋灾害的思想,对现在的海洋防灾工作亦有一定借鉴意义。

(张耀)

拾遗记·唐尧（节选）

王嘉*

尧登位三十年，有巨槎浮于西海[1]。槎上有光，夜明昼灭，海人望其光乍大乍小若星月之出入矣。槎常浮绕四海，十二年一周天，周而复始，名曰"贯月槎"，亦谓"挂星槎"。羽人栖息其上[2]，群仙含露以漱，日月之光则如暝矣[3]。虞、夏之季，不复记其出没，游海之人，犹传其神伟也。

注释

[1] 槎：简易的木舟。

[2] 羽人：指仙人，古人有羽化登仙的说法。

[3] 暝：昏暗的样子。

评析

六朝时期志怪小说兴起，海洋经常作为故事环境出现在这类书中。《拾遗记》中出现这则"巨槎浮海"的传说不足为怪，因为幽邃浩渺的海面总会令人产生无尽遐想，尤其到了夜里，漆黑的远处，一点点光星便会打开观者想象的空间，于是滨海地区常产生这类离奇的传说。随着后世人们的加工，它们形成不同的版本，附会不同的人物，产生不同的细节，本文只是其中之一而已。"贯月槎"在后世已成为滨海仙话中的

---

* 王嘉，字子年，陇西安阳（今甘肃省渭源县）人。东晋时期方士。曾隐居长安终南山。前秦苻坚屡征不起，后秦主姚苌入长安，颇礼遇之，后因答问忤姚苌意被杀。《拾遗记》由王嘉编著，内容以杂录和志怪为主，想象力丰富，恢诡奇丽，有许多段落成为后世文学创作的素材。

代表,甚至在当今,富有想象力的人们还会以"不明飞行物"来附会它,给它蒙上更"神秘"的面纱。其实按照现代科学的眼光来看,这很可能是"海火"现象,科学家认为这是由海洋中发光生物引起的,或者是由于海底地震时岩石碎裂而引起的,并没有太多神秘色彩。

(张耀)

魏书·食货志(节选)

魏收[*]

自迁邺后[1],于沧、瀛、幽、青四州之境傍海煮盐[2],沧州置灶一千四百八十四,瀛洲置灶四百五十二,幽州置灶一百八十,青州置灶五百四十六,又于邯郸置灶四,计终岁合收盐二十万九千七百二斛四升,军国所资得以周赡矣[3]。

附:《南史·张融传》(节选)

(张融)浮海至交州,于海中遇风,终无惧色,方咏曰:"干鱼自可还其本乡,肉脯复何为者哉?"又作《海赋》,文辞诡激,独与众异。后以示镇军将军顾觊之,觊之曰:"卿此赋实超玄虚[4],但恨不道盐耳。"融即求笔,注曰:"漉沙构白[5],熬波出素[6],积雪中春,飞霜暑路。"此四句后所足也。

---

[*] 魏收(506—572),字伯起,小字佛助。下曲阳(今河北省晋州市西)人。南北朝时期史学家、文学家,北魏骠骑大将军魏子建之子。魏收历仕北魏、东魏、北齐三朝,与温子昇、邢邵并称"北地三才"。《魏书》记载了鲜卑拓跋部早期至东魏被北齐取代这一阶段的历史。

注释

〔1〕邺：指三国时期魏国都城邺都。

〔2〕沧、瀛、幽、青：都在今渤海周围一带。

〔3〕军国所资：军国大事所耗费的开支。

〔4〕玄虚：晋代文学家木华的字，曾作有《海赋》，颇知名于世。

〔5〕漉沙：指淘漉掉杂质。

〔6〕熬波：指煮海水出盐。

评析

《魏书》《南史》两则材料为我们提供了六朝时期制盐业的信息，《魏书·食货志》用详细的数据反映了当时制盐的盛况，其"军国所资得以周赡"的效果更是让我们认识到了盐业在国家经济中的重要地位。而《南史·张融传》则用颇有文学性的笔调描写了制盐运盐的过程，十分形象巧妙，足以流传千古。前文曾介绍了《管子》《汉书》等书中反映的周汉盐业发展情况，相比之下，此处两则材料反映的情况更加详细形象，让我们感触到了中国古代盐业从先秦到六朝的发展。

（张耀）

水经注·郦水(节选)

郦道元*

县有土山,胶水北历土山注于海[1]。海南,土山以北悉盐坑[2],相承修煮不辍。北眺巨海,杳冥无极[3],天际两分,白黑方别[4],所谓溟海者也。故《地理志》曰:胶水北至平度入海也。

注释

〔1〕历:经过。

〔2〕盐坑:盐池。

〔3〕杳冥:因距离太远而看不清。

〔4〕白黑方别:白指天空,黑指海水。

评析

郦道元的《水经注》是六朝一部重要的地理著作,该书除了对当时各大川河的水域状况进行客观介绍,也有许多描写山水风景的精彩手笔,本段对胶水入海口海域的描写便颇见其功底。盖郦道元曾生活在山

---

* 郦道元(约466—527),字善长,北魏范阳涿县(今河北省涿州市)人。郦道元从少年时代起就有志于地理学的研究。他喜欢游览祖国的河流、山川,尤其喜欢研究各地的水文地理、自然风貌。足迹遍及今河北、河南、山东等地,调查当地的地理、历史和风土人情等。有《水经注》四十卷。《水经注》因注《水经》而得名,《水经》一书约一万余字,《水经注》看似为《水经》之注,实则以《水经》为纲,详细记载了一千多条大小河流及有关的历史遗迹、人物掌故、神话传说等,是当时最全面、最系统的综合性地理著作。《水经注》记载河流时,涉及其发源、支派、流向、入海口等要素,其中对于入海口的描述包含很多海滨自然、人文的信息,值得我们重视。

东半岛地区，此处胜景为其亲眼所见，故下笔如此深情，描状笔墨虽少，但颇见精神。尤其是"北眺巨海，杳冥无极，天际两分，白黑方别"四句令人眼前开阔，神思远驰，堪称古人写海的佳笔。

（张耀）

博物志·异鱼（节选）

张华*

南海有鳄鱼，状似鼍[1]，斩其头而干之，去齿而更生，如此者三乃止。东海中有牛体鱼，其形状如牛，剥其皮悬之，潮水至则毛起，潮水去则毛伏。东海鲛鲭鱼生子，子惊，还入母肠，寻复出[2]。……东海有物，状如凝血，从广数尺方员[3]，名曰鲜鱼，无头目，处所内无脏，众虾附之，随其东西，人煮食之。

附：搜神记·卷十二（节选）

南海之外有鲛人，水居如鱼，不废织绩。其眼泣则能出珠。

注释

〔1〕鼍：扬子鳄。俗名土龙、猪婆龙。
〔2〕寻：过了一小会儿。
〔3〕方员：方圆，指总面积。

---

* 张华（232—300），字茂先。范阳方城（今河北省固安县）人。西晋时期政治家、文学家、藏书家。张华工于诗赋，辞藻华丽，编纂有《博物志》，分类记载了异境奇物、古代琐闻杂事及神仙方术等，多取材于古籍，包罗繁杂，内容丰富，有许多脍炙人口的佳篇。

评析

  六朝时期，随着人们地理认知的扩展，各地的珍奇动物逐渐为时人所知，其中海洋生物尤其受到关注。更有趣的是人们还喜欢给它们附会奇异的传说，《博物志·异鱼》中记载的这些海洋生物大多数有现实的原型，如"牛体鱼"大概就是今天的美人鱼，作为哺乳动物，它们的身上有少量体毛，以至于被剥下的皮还能随潮水涨落而起伏，这大概属于人们的想象，尚无科学解释。海洋在古人的认知中是盛产奇物的地方，大概基于这一原因，人们才会对海洋生物进行如此多的奇异附会。

（张耀）

世说新语·雅量（节选）

刘义庆*

  谢太傅盘桓东山时[1]，与孙兴公诸人泛海戏。风起浪涌，孙、王诸人色并遽[2]，便唱使还[3]。太傅神情方王[4]，吟啸不言。舟人以公貌闲意说，犹去不止[5]。既风转急，浪猛，诸人皆喧动不坐。公徐云："如此，将无归！"众人即承响而回[6]。于是审其量，足以镇安朝野。

---

  * 刘义庆（403—444），字季伯，原籍彭城（今江苏省徐州市），世居京口（今江苏省镇江市），南北朝文学家。宋武帝刘裕之侄，长沙景王刘道怜次子，其叔临川王刘道规无子，即以刘义庆为嗣，袭封临川王。刘义庆自幼才华出众，又曾任秘书监一职，掌管国家的图书著作，有机会接触与博览皇家典籍，为文学创作打下坚实基础，使得他完成了《世说新语》这部名著。《世说新语》是一部笔记小说集，此书记载了自汉、魏至东晋士族阶层的言谈、逸事，反映了当时士大夫们的思想、生活和清谈放诞的风气，语言简洁精练，文字生动鲜活，在后世颇受推崇。

注释

〔1〕谢太傅：谢安，东晋大政治家、名士。盘桓东山：指在赋闲后在东山一带居住修养。

〔2〕遽：紧张。

〔3〕唱：高呼。

〔4〕王：指依然在劲头上。

〔5〕去：指继续远离陆地往海中行进。

〔6〕承响而回：指回应像回声那样迅速。响：回声。

评析

泛舟大海，在先秦时已经成为人们娱乐休闲的一种方式，《晏子春秋》记载了数则齐景公游海忘归的故事，可见海上泛舟之乐。魏晋时期，名士追求洒脱自然，泛舟于海，纵横无边之域，吟啸天地之间，这更是成了他们喜好的活动。只不过当时许多名士的豁达洒脱都是表面之态，像孙绰等人一旦遇到一些风浪便难以自持，惊惧之情毕露，而谢安在风浪中仍能悠然自得、吟啸自若，方乃真名士，确有魏晋风流真意。"谢公泛海"是一个关于气度的典故，大海的凶猛和谢公的淡定形成了鲜明的对比，令人印象深刻，故而后世传记常用类似的情节来表现一个人的度量。如《南史·张融传》："（张融）浮海至交州，于海中遇风，终无惧色，方咏曰：'干鱼自可还其本乡，肉脯复何为者哉？'"再到之后苏轼《六月二十日夜渡海》一诗更是用渡海遇风雨的事来抒发自己豁达的胸襟，其中颇有谢公的精神。"风中泛海"这一情节在文学史上如此频繁出现，可见在古人意识中，大海已成为映照高人与俗人的一面明镜，只有大海般的胸襟才能承载得下海浪天风的波摇，今人有云"沧海横流方显英雄本色"，其意与此庶几相近。

（张耀）

唐代海洋文选

册东海神为广德王文

李隆基[*]

维天宝十载,岁次辛卯[1],三月甲申朔十七日庚子,皇帝若曰:於戏!四瀛[2]宅日,百谷称王。望祀之礼虽申[3],崇名之典犹缺。惟东海浴日浮天,纳来宏往[4],善利万物,以宗以都。朕嗣守睿图[5],式存精享,神心允穆[6],每叶休征[7]。今五运惟新,百灵咸秩,思崇封建[8],以展虔诚,是用封神为广德王。其光膺典册[9],保乂寰宇[10],永清坤载[11],敷佑邦家。可不美欤?

---

* 李隆基(685—762),即唐玄宗,是唐朝在位时间最长的皇帝,前期励精图治,开创了开元盛世,后期荒废政事,导致了长达八年的安史之乱。天宝十五载(756),玄宗出逃蜀地,传位肃宗李亨,被尊为太上皇,卒谥"至道大圣大明孝皇帝",世称唐明皇。玄宗不仅有杰出的政治军事才能,而且工诗文,通音律,善书法,曾注《孝经》、作《霓裳羽衣曲》。《全唐文》存文22卷,《全唐诗》存诗1卷。

注释

〔1〕岁次：古代以岁星纪年，每年岁星所值的星次与其干支称为岁次。以岁次加干支年，是中国传统的表示年份的用语。

〔2〕四瀛：四海。

〔3〕望祀：古代遥祭山岳河海之礼。

〔4〕宏：避乾隆帝讳，《唐大诏令集》卷七四作"弘"。

〔5〕睿图：指帝王的宏图和谋划。

〔6〕允穆：淳和，肃穆。

〔7〕休征：吉祥的征兆。

〔8〕封建：封邦建国，这里指封四海为王。

〔9〕典册：帝王的册命。

〔10〕寰宇：指天下。

〔11〕坤载：指大地，因为大地能负载万物。

评析

本文是天宝十载（751），唐玄宗册封东海为广德王的册文。我国是一个临海的国家，古代先民对海洋的敬畏以及对海神的崇拜由来已久。在古代传说中，中国的疆土被东、西、南、北四海环绕，即内有九州，外有四海，四海之内为"海内"。四海的范围没有确指，其中东海一般是指中国大陆以东的海域，最受古人重视，东海与先民的生产生活息息相关。东海是日出之地，又时有海市蜃楼出现，神秘莫测，被认为是藏有仙人和长生药的三仙山的所在之地。最晚到汉代，山东半岛莱州一带已经兴起了对东海神的祭祀，然而，唐以前，历代对四海只有祭祀而无封号，直至唐玄宗天宝十载册封四海为王——东海为广德王，南海为广利王，西海为广润王，北海为广泽王，并分别派太子中允李随、义王府长史张九章、太子中允柳奕、太子洗马李齐荣前往主持祭祀，以示重视。之后，宋、元、明、清各朝延续了对东海的祭祀，视之为关乎江山社稷的大事；同时，对东海神不断加封，对神庙不断修缮。册文中表明，因百谷都有王的封号，而东海具有"浴日浮天""善利万物"的重要地位，却没有名分，故封其为"广德王"，以便于进行祭祀；同时，也彰显皇帝的虔诚之心，希望东海神能保佑邦国安宁、寰宇太平。这是历史上对东海的第一次册封，由此也可以看出，到唐朝时，随着社会进步，随着人们对海洋的开发利用以及航海贸易的发展，海洋在人们生产生活中的影响越来越重要。

（刘珊珊）

祭海文

王义方*

思帝乡而北顾[1]，望海浦而南浮，必也行愆诸己[2]，义负前修。长鲸击水，天吴覆舟[3]，如因忠获戾[4]，以孝见尤[5]。四维雾廓[6]，千里安流，灵应如响，无作神羞。

注释

〔1〕帝乡：指帝都长安。

〔2〕愆：罪过。

〔3〕天吴：传说中的水神，《山海经》中将其描述为人面八首八足八尾的怪物。

---

* 王义方（615—669），唐代侍御史，字号不详，泗州涟水（今江苏省淮安市涟水县）人。举明经入仕，为人正直，为官清廉。王义方曾两次被贬。贞观年间，刑部尚书张亮被诛，王义方受牵连被贬为吉安（今海南省昌江黎族自治县）县丞，其间办学讲经，被誉为开创海南儒学教育的第一人。显庆年间，因弹劾李义府被贬为莱州（今山东省莱阳市）司户参军，后隐居不仕。著有《笔海》《文集》各10卷，今已散佚。两《唐书》有传，《全唐文》存文3篇。

〔4〕戾：罪过。

〔5〕尤：过失。

〔6〕雾廓：廓清迷雾阴霾。

评析

  海洋对沿海人民的生产生活具有重大影响，历朝都十分注重对海神的祭祀，朝廷对海神的祭祀主要是将海洋放在与日月山川同样的地位，祈求海神保佑社稷安宁、江山稳固，而民间的祭祀则偏向于祈求海神保佑风调雨顺和出海平安。

  本文是王义方在贬途中渡海所作。据两《唐书》记载，王义方被贬为吉安县丞，行至南海时，见船工准备拿酒和干肉来祭祀海神，他说："黍稷非馨，义在明德。"意为黍稷等祭品不是最馨香的，光明的德行才能感动神明。于是酌水而祭，并写下了这篇祭文。王义方素与张亮交好，张亮涉嫌谋反被诛后，王亦受其牵连遭贬，因此，他在这篇祭文中，以"思帝乡而北顾"表达对帝京的眷恋，以"如因忠获戾，以孝见尤"表达对无辜受到牵连的不满，以及自己忠孝之人却遭遇贬谪的不平和愤懑。时值盛夏，毒热逼人，海浪翻涌，海雾蒸腾，非常不利于渡海，海神虽然没有享受到酒肉祭品，祭文中也没有歌功颂德之言，但或许是海神有感于王义方的美好品行，对他的遭遇心生同情，竟在王义方酌水祭祀后，忽然开露天云，让他得以安然渡海，人们见此状也都感叹不已。

（刘珊珊）

禜海文[1]

陈子昂*

万岁通天二年月日，清边军海运度支大使虞部郎中王元珪[2]，敢以牲酒驰献海王之神[3]，神之听之：我国家昭列象胥[4]，惠养戎貊[5]，百蛮率职，万方攸同。鲜卑猖狂，忘道悖乱，人弃不保，王师用征。故有渡辽诸军[6]，横海之将，天子命我，赢粮景从[7]。今旌甲云屯，楼船雾集[8]，且欲浮碣石[9]，凌方壶[10]，袭朔裔，即幽都[11]。而涨海无倪[12]，云涛洄澓[13]，胡山远岛，鸿洞天波。惟尔有神，肃恭令典，导鹢首[14]，骑鲸鱼，呵风伯[15]，遏天吴[16]，使苍兕不惊[17]，皇师允济，攘罴剿虐[18]，安人定灾，苍苍群生，非神何赖？无昏汩乱流，以作神羞。急急如律令[19]。

注释

〔1〕禜（yíng）：是古代一种向山川日月之神祈求消除灾殃的祭祀，如《左传·昭公元年》所载："山川之神，则水旱疠疫之灾，于是乎禜之。日月星辰之神，则雪霜风雨之不时，于是乎禜之。"

〔2〕王元珪：《陈伯玉文集》和《文苑英华》均作"王玄珪"，《全唐文》为避康熙皇帝讳而改为"王元珪"，史书对此人记载较少，据《唐大诏令集》，武则天圣历元年（698）的《却置潼关制》中提到王玄珪

---

* 陈子昂（659—700），字伯玉，梓州射洪（今四川省射洪市）人。唐睿宗文明元年（684）进士及第，武后时官任右拾遗，后世称陈拾遗。陈子昂慷慨任侠，曾于武则天垂拱二年（686）、万岁通天元年（696）先后两次从军北征。圣历元年（698）辞官还乡，被县令段简构陷，冤死狱中。陈子昂提倡汉魏风骨和风雅兴寄，对初唐诗歌的革新具有重要意义。有《陈子昂集》10卷传世。

亦为虞部郎中。

〔3〕牲酒：指祭祀用的牲口和甜酒。

〔4〕象胥（xū）：古代精通外语、掌管外交事务的官员，设于秋官司寇之下。《周礼·秋官·叙官》载，"象胥，每翟上士一人，中士二人，下士八人，徒二十人"，是说对每一少数民族设立上士一人为主管，并配有中士二人、下士八人、徒二十人为助手。郑玄注："通夷狄之言者曰象。胥，其有才知者也。此类之本名，东方曰寄，南方曰象，西方曰狄鞮，北方曰译。今总名曰象者，周之德先致南方也。"《周礼·秋官·行夫》具体介绍象胥的职责是接待四方使者："象胥掌蛮、夷、闽、貉、戎、狄之国使，掌传王之言而谕说焉，以和亲之……凡其出入送逆之礼节币帛辞令，而宾相之……"

〔5〕戎貊（mò）：先秦时将中原周边的少数民族称为"四夷"：东夷、西戎、南蛮、北狄。貊，也是先秦北方民族。戎貊泛指西北少数民族。

〔6〕渡辽：渡过辽海。唐初曾多次渡辽与高丽作战。

〔7〕赢粮：负担粮食。

〔8〕云屯：像云一样集结。雾集：像雾一样集结。云屯、雾集，形容甲兵和楼船数量众多，气势磅礴。

〔9〕碣石：在今河北省秦皇岛市，曾是秦始皇、汉武帝登临求仙处，曹操《观沧海》诗云："东临碣石，以观沧海。"隋炀帝、唐太宗东征高丽时，也曾途经碣石。

〔10〕方壶：又称方丈、壶梁，是传说中漂浮于东海之上的仙山。据《山海经》和《海内十洲记》所载，渤海之东有五座仙山——岱屿、员峤、方壶、瀛洲、蓬莱，分别被巨鳌背负，山上有长生不老药。后来岱屿与员峤两座不知踪迹，只余方壶、瀛洲、蓬莱三山。

〔11〕幽都：指北方之地。

〔12〕倪：边际。

〔13〕洄潏(yù)：水流回旋涌起的样子。

〔14〕鹢(yì)首：古代船头常雕画鹢鸟，故用"鹢首""画鹢"作为船的别称。

〔15〕风伯：传说中的风神，又称风师、飞廉、箕伯。《山海经》记载，蚩尤曾请风伯、雨师操纵风雨，助他攻打黄帝。

〔16〕天吴：传说中的水神，《山海经》中将其描述为人面八首八足八尾的怪物。

〔17〕苍兕(sì)：传说中的水兽，十分凶猛，善于奔突，能覆舟。

〔18〕攘慝(tè)剿虐：消除一切灾祸。攘，除。慝，奸恶；灾祸。剿，消灭。虐，灾害。

〔19〕急急如律令：本是汉代公文常用的结尾语词，意谓情势紧急，应如同依照法律命令一般火速办理。后多为道士念咒驱使鬼神时所用的末语，也作祭文的末语，例如白居易《祭龙文》："若三日之内，一雨滂沱，是龙之灵，亦人之幸。礼无不报，神其听之！急急如律令。"

评析

唐武则天万岁通天元年(696)，契丹李尽忠反，朝廷派军讨伐，陈子昂在其列。此文即作于次年大军渡辽(今渤海)祭祀海神之时。唐军虽然"旌甲云屯，楼船雾集"，士气高昂、英勇强大，但海洋的神秘力量令人生畏，海面上"云涛洄潏"，时有迷雾狂风，传说有神秘的仙山和海兽，因此渡海往往面临着极大的风险。文中用"忘道悖乱，人弃不保"谴责契丹的猖獗，向海神声明，我军乃是正义之师，奉天子之命前去征讨，故祈求海神能够"呵风伯，遏天吴"，令海面风平浪静，帮助唐朝军队平安顺利地渡海。

《禜海文》语气自信、坚定，气度恢宏，又多用短句，干净利落、简洁有力，虽是一篇祭文，却更像是一篇檄文。从"神之听之"这样的表达方式可以看出，与其说是向海神祈求护佑，不如说是居高临下地命令,彰显着唐朝的威仪和自信,显示着唐军锐不可当的气势和必胜的决心。

(刘珊珊)

石桥铭

张说*

玉梁架迥[1],碧沼涵空[2]。石鞭海上[3],锁锻河中。横汉飞鹊[4],规天拖虹[5]。仙圣来往,风云路通。

注释

〔1〕架迥:形容石桥高高架起的样子。

〔2〕涵空:形容水映照天空。

〔3〕石鞭海上:指仙人帮助秦始皇鞭石入海成桥的传说。

〔4〕横汉:银河,银河又称云汉、银汉、天河、天汉、星河。相传每逢阴历七月初七,会有成群的喜鹊在银河上搭桥,帮助牛郎织女相会。

〔5〕规天:天,古人认为天圆地方。

评析

这篇铭短小精悍,用凝练又不失华美的语言描写了石桥凌空高架的形象,既运用了鞭石成桥的典故,又有鹊桥横跨银河的比拟,为石桥

---

* 张说(667—731),唐代政治家、文学家。字道济,一字说之,世居河东(今山西省永济市),后迁至河南洛阳。封燕国公,前后三次为相,执掌文坛三十年,为开元前期一代文宗,与许国公苏颋并称"燕许大手笔",卒谥文贞。著有《张说之文集》30卷。

增添了浪漫的神话色彩。其中，鞭石成桥用以突出石桥的巧夺天工、如有神助。传说，秦始皇想要渡海观看日出，于是计划造一座深入大海的长桥，这时，出现了一位神仙，能鞭驱石块入海，令其自成为桥。无边无际的大海是秦始皇求仙的最大阻碍，他命徐福渡海到三仙山寻找不死药，在海边盼望徐福早日带回仙人的秘密。凡人不能凌波踏浪，古人在大江大河上尚且难以架起渡桥，面对无边无际的大海更是无能为力。秦始皇希望能在海上架起长桥，体现了他深入海洋、探求这片神秘世界的渴望；仙人鞭石成桥的传说体现了古人无力征服海洋而只能寄希望于神力相助的幻想；最后，因秦始皇破坏约定惹怒仙人而导致石桥坍塌，则体现了海洋和大自然的不可征服，即使是统一六国的始皇帝，也只能无奈兴叹，跨越海洋只能是一个美好的愿望。

（刘珊珊）

说　潮

封演*

余少居淮海，日夕观潮，大抵每日两潮，昼夜各一。假如月出潮以平明，二日三日渐晚，至月半，则月初早潮翻为夜潮，夜潮翻为早潮矣。如是渐转，至月半之早潮，复为夜潮，月半之夜潮，复为早潮。凡一月旋转一匝[1]，周而复始，虽月有大小，魄有盈亏[2]，

---

* 封演（生卒年不详），渤海蓨县（今河北省景县）人。天宝中为太学生，天宝十五载（756）登进士第。至德间为相卫节度使薛嵩从事、检校屯田郎中。大历年间官邢州刺史。大历十年（775）随薛嵩弟薛崿投靠魏博节度使田承嗣为从事。贞元中仍在魏博任职，官检校吏部郎中兼御史中丞。约卒于贞元末。撰有笔记小说《封氏闻见记》10卷，涉及唐代科举、铨选等政治制度，壁记、烧尾等官场习俗，以及婚仪、饮食、打球等社会生活的方方面面，是研究唐代文化的重要资料。《新唐书·艺文志》载其著有《古今年号录》1卷、《续钱谱》1卷，皆佚。

而潮常应之，无毫厘之失。月，阴精也；水，阴气也，潜相感致，体于盈缩也。

注释

〔1〕匝（zā）：圈，周。

〔2〕魄：指除了新月，所有肉眼可见的月相。

评析

封演这篇《说潮》是建立在观察的基础上的，并没有准确的数据记录和推算，但他用文字把潮汐逐日推移的情况和一月间的变化周期描述得十分详尽清晰，可视为后文窦叔蒙《海涛志》之《论涛期》中对"高低潮时推算图"的文字注解，而晚唐五代邱光庭的《海潮论》之《论潮候渐差》可视为对《说潮》的进一步具体补充："又夜于海下而论，则天体东转，日月西行，月速渐西，至子渐迟，故潮来亦渐迟（月朔夜半潮来者，日月俱在子，至初二初三，月去日渐远，日已至丑而月方至子，故潮来在子后丑时也），是以昼潮入夜（一日午时，二日午后，三日未时，四日未后，五日申时，六日申后，七日酉时，八日酉后，此谓昼潮入夜也）。"这段描述同时又印证了窦叔蒙《海涛论》之《论涛数》中对一天里潮汐周期的推算（即每天的潮汐比前一天延迟50分钟左右）。三人不啻为异代相知，也足见古人对大自然的不断探索。

（刘珊珊）

海涛论

窦叔蒙[*]

第一章　总论

原天地之本始，不知根荄孰先[1]。盖自坯璞卵胎，并鼓于太素也。天人之变，古今言者详矣。著之成说，存诸史册，故无以间然。而地灵之推运，水德之经纬，则夫恒数，与天并骛[2]，探而究之，可得历数而计之也。前史氏蔑如不记[3]，其无乃有阙典乎[4]？夫阴阳异仪而反违，以其反违，故赖以相资。是故天与地违德以相倾，刚与柔违功以相致，男与女违性而同志。造化何营？盖自然耳。若夫凝阴以结地，融阴以流水，钟而为海[5]，瓠而为泉[6]。或配天守雌，或制火作牝[7]，观其幽通潜运，非神谓何？是故潮汐作涛，必符于月；百泉不息，以经地理，犹三光未息之健于天也[8]。晦明牵于日，潮汐系于月，若烟自火，若影附形，有由然矣。驰轮不转毂[9]，固无是也。地载乎下，群阴之所藏焉；月悬乎上，群阴之所系焉。太溟，水府也，百川之所会焉；北方，阴位也，沧海之所归焉。天运晦明，日运寒暑，月运朔望。错行以经，大顺小异，以合大同，是大运广度也。夜明者，太阴之主也。故为涨海源，月与海相推，海与月相明。苟非其时，不可踵而致也，时既来，不可抑而已也；虽谬小准，不违大信。故与之往复，与之盈虚，与之消息。蜉蝣伺日[10]，蜃蛤候月[11]，蕣以晨荣[12]，蕈以晦零，况海月

---

[*] 窦叔蒙，生卒年不详，唐宝应、大历年间人，浙东处士。所撰《海涛志》是史籍所载最早的潮汐学专著，对海洋潮汐知识进行了较为全面的总结，创制了高低潮时推算图，为我国古代海洋潮汐学的发展做出了极大的贡献。

乎？方诸接明水[13]，阳燧延景火[14]，昭昭乎见日月之感致矣[15]。

第二章　论涛数

涛之潮汐，并月而生，日异月同，盖有常数矣。盈于朔望[16]，消于朏魄[17]，虚于上下弦[18]，息于朓朒[19]，轮回辐次，周而复始。自太初上元乙巳岁日南至甲子朔[20]，宵分七纬，俱起北方，至唐宝应元年癸卯南至，积年七万九千三百七十九，积月九十八万七百八十七余八日，积日二千八百九十九万二千六百六十四，积涛五千六百二万一千九百四十四也。

第三章　论涛时

涛时之法，图而列之。上致月朔、朏、上弦、盈、望、虚、下弦、魄、晦，以潮汐所生，斜而络之，以为定式。循环周始，乃见其统体焉，亦其纲领也。

第四章　论涛期

甲之日乙之夜，日月差互，月差十三度，日差迟月，故涛不及期。一晦一明，再潮再汐，一朔一望，载盈载虚，一春一秋，再涨再缩，盖天一地二之通率也。天动地应，约为差率十三度，一寒一暑后岁期，是故，日至之期建子午，寒暑之大建丑未，月周之期极朔望，潮汐之期极朏魄。凡潮汐之期也，一日之期，期日中，在阴日加子，在阳日临午，盈虚之期也。一月之期，期月极，在阳期于朔，在阴期于晦，涨涛之期也。一岁之期，期河汉，在阳期析木[21]，在阴期大梁[22]。

第五章　论朔望体象

夫日以一致而月体盈亏，君臣之义斯在矣。月以有素而晦明殊质，将相之业斯分矣。月朔譬诸相，月望譬诸将。相朔以合，故附亲。将望以远，故分权。附亲故授其任，分权故专夜明。是故推日月知君臣，体朔望知将相。将相，臣之贵也，朔望，月之盛也，是乃潮大于朔望焉。

第六章　春秋仲涛涨解

二月之朔，日月合辰于降娄，日差月移，故后三日而月次大梁。二月之望，日在降娄[23]，月次寿星[24]，日差月移，故旬有八日而月临析木矣。八月之朔，日月合辰于寿星，日差月移，故后三日而月临析木之津。八月之望，月次降娄，日在寿星，日差月移，故旬有八日而月临大梁矣。仲月临之，季月经之，故三月九月抑其次也。夫析木，汉津也，大梁，河梁也，阴主经行，济于河汉，乃河王而海涨也。

注释

〔1〕根荄：植物的根。比喻事物的根本。

〔2〕并骛：并驰，齐驱并进。

〔3〕蔑如：细微。

〔4〕阙典：指史料记载上的缺漏。

〔5〕钟：集中。

〔6〕汹：通"汩"，水涌动的样子。

〔7〕牝(pìn)：雌性的，跟"牡"相对。

〔8〕三光：指日、月、星。

〔9〕毂(gǔ)：古代车轮中心的部件，中有圆孔，可以插轴转动，周围与车辐的一端相接。

〔10〕蜉蝣：一种有翅昆虫，朝生暮死。

〔11〕蜃蛤：一种贝类。传说蚌蛤会在月圆之夜张开介壳，吸收月

光精华，凝结成珍珠，如《广东新语》所载："蚌蛤食月之光以成珠，珠者，月之光所凝。"

〔12〕蕣（shùn）：木槿花，朝开暮落。郭璞《游仙诗》："蕣荣不终朝，蜉蝣岂见夕。"

〔13〕方诸：在月下承露取水的器具，说法有争议，可能是阴鉴，《旧唐书·礼仪志三》载："鉴燧，取水火于日月之器也……今司宰有阳燧，形如圆镜，以取明火；阴鉴形如方镜，以取明水。"

〔14〕阳燧：铜制的凹面镜，用于聚集日光取火。《淮南子·览冥训》云："夫阳燧取火于日，方诸取露于月。"

〔15〕昭昭：光明，明亮。

〔16〕朔望：阴历每月初一为"朔"，十五为"望"。

〔17〕朏（fěi）魄：阴历初三时，新月开始成光，如谢庄《月赋》写道："朒朓警阙，朏魄示冲。"李善注："朏，月未成光；魄，月始生，魄然也。"

〔18〕上下弦：阴历每月初七、初八为上弦月，出现在上半夜西半天。二十二、二十三日为下弦月，出现在下半夜东半天。

〔19〕朓朒（tiǎo nù）：阴历月末时，月亮早上出现在西方为"朓"，月初时，出现在东方为"朒"。据《说文解字》，"朔而月见东方谓之缩朒"，"晦而月见西方谓之朓"。《宋史·律历志七》："所谓古历平朔之日，月或朝觌东方，夕见西方，则史官谓之朓朒。"

〔20〕太初上元乙巳岁日南至甲子朔：古代历法一般以太初上元乙巳岁为历元，即历法推算的起算点。唐代有《乙巳占》，据清代藏书家陆心源所说："上元乙巳之岁，十一月甲子朔，冬至夜半，日月如合璧，五星如连珠，故以为名。"日南至：冬至日。夏至以后，太阳自北向南运行到南回归线；冬至以后，又自南向北运行到北回归线，故又称冬至日为"日南至"，称夏至日为"日北至"。

〔21〕析木：十二星次之一。配十二辰为寅时，配二十八宿为尾、

箕二宿。日至其初为立冬，至其中为小雪。

〔22〕大梁：十二星次之一。配十二辰为酉时，配二十八宿为胃、昴、毕三宿。日至其初为清明，至其中为谷雨。

〔23〕降娄：十二星次之一。配十二辰为戌时，配二十八宿为奎、娄二宿。日至其初为惊蛰，至其中为春分。在阴历二月。

〔24〕寿星：十二星次之一。配十二辰为辰时，配二十八宿为角、亢二宿。日至其初为白露，至其中为秋分。在阴历八月。

评析

《海涛志》又名《海峤志》，共六章，《全唐文》卷四四〇中只收录了总论，题作"海涛论"，缺其余五章；北宋欧阳修在《稽古录》中也只记载了六章篇名；清代俞思谦在《海潮辑说》中辑录了该志的全文，使之得以传世。

第一章为总论。作者用一连串的问句，表现出对自然奥秘的探讨，也引发读者的思考。作者用朴素的阴阳相生理论解释潮汐成因，认为海是凝聚阴气、聚水而成，因此海的潮汐现象与至阴的月亮密切相关，是自然而然的道理，"晦明牵于日，潮汐系于月，若烟自火，若影附形，有由然矣"。同时，这种作用有一定的周期性和规律性，非人力可强行改变，"苟非其时，不可踵而致也，时既来，不可抑而已也"，并感慨"天运晦明，日运寒暑，月运朔望"的造化神迹和宇宙力量。

第二章为《论涛数》，将潮汐与月亮盈亏联系起来，每月的两次大潮分别发生在朔、望（阴历的初一和十五），两次小潮分别发生在上弦、下弦（阴历的初七、初八和二十二、二十三日）。第三章《论涛时》建立起高低潮时的推算图法。第四章《论涛期》主要讲述了潮汐在一日之内、一月之内、一年之内变化的周期性。第五章《论朔望体象》用日月运行的自然现象象征君臣将相关系。第六章《春秋仲涛涨解》主要阐释一年之中的两次大潮，即二月朔望后第三天的春季大潮和八月朔望后第三天的秋季大潮。

到了唐代，随着航海业的发达和社会生产力的进步，人们需要对潮汐涨落的规律有更加精确的掌握，《海涛志》对解决这些实际问题有很大的帮助。作者在长期观察和实践的基础上，对潮汐现象进行了比较科学的记录和推算，总结了潮汐现象的周期性规律，以及潮汐涨落与月亮盈亏的关系，是我国古代了不起的潮汐学研究著作。

（刘珊珊）

南海神庙碑

韩愈[*]

海于天地间为物最巨。自三代圣王，莫不祀事，考于传记，而南海神次最贵，在北东西三神[1]、河伯之上[2]，号为"祝融"[3]。天宝中，天子以为古爵莫贵于公侯，故海岳之祝，牺币之数[4]，放而依之，所以致崇极于大神。今王亦爵也，而礼海岳，尚循公侯之事，虚王仪而不用，非致崇极之意也。由是册尊南海神为"广利王"，祝号祭式，与次俱升。因其故庙，易而新之，在今广州治之东南，海道八十里，扶胥之口，黄木之湾。常以立夏气至，命广州刺史行事祠下，事讫驿闻。而刺史常节度五岭诸军，仍观察其郡

---

[*] 韩愈（768—824），唐代文学家、政治家，字退之，河南河阳（今河南省孟州市）人，自称郡望昌黎，世称"韩昌黎""昌黎先生"。贞元八年（792）登进士第，历任监察御史、国子博士、刑部侍郎等。贞元十九年（803）遭谗被贬为阳山令。元和十二年（817）出任宰相裴度的行军司马，随征淮西。元和十四年（819）因谏迎佛骨被贬至潮州。晚年官任吏部侍郎，卒谥文。韩愈在古文和诗歌的创作和理论方面都有重大成就，是唐代"古文运动"的倡导者，为"唐宋八大家"之首，与柳宗元并称"韩柳"；诗风奇诡，与孟郊并称"韩孟"。著有《韩昌黎集》40卷、《外集》10卷。

邑，于南方事无所不统，地大以远，故常选用重人。既贵而富，且不习海事，又当祀时，海常多大风，将往皆忧戚[5]。既进，观顾怖悸[6]，故常以疾为解，而委事于其副，其来已久。故明宫斋庐，上雨旁风，无所盖障；牲酒瘠酸[7]，取具临时；水陆之品，狼藉笾豆[8]；荐祼兴俯，不中仪式；吏滋不供，神不顾享；盲风怪雨，发作无节，人蒙其害。

元和十二年，始诏用前尚书右丞国子祭酒鲁国孔公为广州刺史兼御史大夫[9]，以殿南服。公正直方严，中心乐易，祗慎所职；治人以明，事神以诚；内外单尽，不为表襮[10]。至州之明年，将夏，祝册自京师至，吏以时告，公乃斋被视册，誓群有司曰："册有皇帝名，乃上所自署，其文曰：'嗣天子某，谨遣官某敬祭。'其恭且严如是，敢有不承！明日，吾将宿庙下，以供晨事[11]。"明日，吏以风雨白，不听。于是州府文武吏士，凡百数，交谒更谏[12]，皆揖而退。公遂升舟，风雨少弛，棹夫奏功[13]，云阴解驳[14]，日光穿漏，波伏不兴。省牲之夕，载旸载阴[15]；将事之夜，天地开除，月星明斯[16]。五鼓既作[17]，牵牛正中[18]，公乃盛服执笏[19]，以入即事。文武宾属，俯首听位，各执其职。牲肥酒香，樽爵净洁，降登有数，神具醉饱。海之百灵秘怪，慌惚毕出，蜿蜿蛇蛇[20]，来享饮食。阖庙旋舻[21]，祥飙送帆[22]，旗纛䌖麃[23]，飞扬晻霭[24]，铙鼓嘲轰[25]，高管嘄噪，武夫奋棹，工师唱和，穹龟长鱼[26]，踊跃后先，乾端坤倪[27]，轩豁呈露[28]。祀之之岁，风灾熄灭，人厌鱼蟹，五谷胥熟。明年祀归，又广庙宫而大之：治其庭坛，改作东西两序，斋庖之房[29]，百用具修。明年其时，公又固往，不懈益虔，岁仍大和，螯艾歌咏[30]。

始公之至，尽除他名之税，罢衣食于官之可去者；四方之使，不以资交；以身为帅，燕享有时[31]，赏与以节；公藏私蓄，上下与足。于是免属州负逋之缗钱廿有四万[32]，米三万二千斛。赋金之州，耗金一岁八百，困不能偿，皆以丐之〔33〕。加西南守长之俸，诛其尤无良不听令者，由是皆自重慎法。人士之落南不能归者，与流徙之胄百廿八族〔34〕，用其才良，而廪其无告者〔35〕。其女子可嫁，与之钱财，令无失时。刑德并流，方地数千里，不识盗贼；山行海宿，不择处所；事神治人，其可谓备至耳矣。咸愿刻庙石，以著厥美，而系以诗。乃作诗曰：

南海之墟〔36〕，祝融之宅。即祀于旁，帝命南伯。吏隋不躬，正自今公。明用享锡〔37〕，右我家邦。惟明天子，惟慎厥使。我公在官，神人致喜。海岭之陬〔38〕，既足既濡。胡不均宏〔39〕，俾执事枢〔40〕。公行勿迟，公无遽归〔41〕。匪我私公，神人具依。

注释

〔1〕北东西三神：指北海、东海、西海三神。

〔2〕河伯：神话传说中的黄河水神，原名冯夷，相传他渡黄河时淹死了，被天帝任命为河伯，管理黄河。

〔3〕祝融：上古神话中的火神，代表夏官火正，属南方之神，因此也兼任南海之神。

〔4〕牺币：牺牲和币帛。古代祭祀用的祭品。

〔5〕忧戚：忧愁、忧惧。

〔6〕怖悸：惊惧。

〔7〕牲酒：指祭祀用的牲口和甜酒。

〔8〕笾豆：古代祭祀时盛放祭品的两种高足器具，笾用竹编成，用来盛放果脯、干肉，豆为木制或铜制，用来盛放肉酱、腌菜。

〔9〕鲁国孔公：孔戣（kuí），孔子的第三十八代孙，时任广州刺史兼御史大夫。

〔10〕表襮（bó）：自炫、自夸。

〔11〕晨事：在清晨举行的祭祀。

〔12〕交谒更谏：谒，拜见。谏，直言规劝。这里是说，因为南海地区多风雨，进行祭祀十分危险，所以孔戣的下属官员交替不断地前去劝阻。

〔13〕棹（zhào）夫：船夫。

〔14〕解驳：形容云彩离散斑驳。

〔15〕载旸（yáng）载阴：时晴时阴。旸，晴天。

〔16〕概（jì）：本义是指谷物稠密，这里形容夜空中星月璀璨。

〔17〕五鼓：古代将一夜分为五更，即一更、二更、三更、四更、五更，用鼓打更报时，所以也叫作五更、五鼓或五夜。这里五鼓即第五更，寅正四刻，天色将明。

〔18〕牵牛：星宿名，北方玄武七宿之一。《礼记·月令》曰："季春之月，旦，牵牛中，又仲秋之月，昏，牵牛中。"祭祀南海神在立夏时节，故天亮时正好可见"牵牛正中"。

〔19〕盛服：穿着整齐庄重。笏（hù）：笏板，古代大臣上朝时手中所拿的狭长板子，按品第有玉制、象牙制、竹制等。

〔20〕蜿蜿蛇蛇：像蛇一样蜿蜒前行。

〔21〕旋舻：调转舟船返程。

〔22〕祥飙：祥瑞之风。

〔23〕纛（dào）：大旗。

〔24〕晻（ǎn）霭：重叠荫蔽的样子。这里用以形容这次祭祀旌旗蔽天的盛况。

〔25〕铙（náo）：铜制圆形的打击乐器。

〔26〕穹龟：大龟。

〔27〕乾端坤倪：指天地的边际。倪，端、边际。

〔28〕轩豁：敞亮开阔。

〔29〕斋庖：斋祀用的厨房。

〔30〕耋（dié）艾：高寿之人。

〔31〕燕享：即"燕飨"，以酒食祭祀神灵，也泛指宴饮。

〔32〕负逋：拖欠。缗(mín)钱：指以千文钱结扎成串的铜钱，自汉武帝时作为计算税课的单位，故后世泛指税金。

〔33〕丐：施与。

〔34〕胄：后裔。

〔35〕廪：指给予俸禄。

〔36〕墟：即"归墟"，传说海中有无底之谷，是众水汇聚之处。

〔37〕享锡：即"享赐"，燕飨和赏赐。

〔38〕陬(zōu)：角落，形容偏远。

〔39〕宏：避乾隆帝讳。《昌黎先生文集》卷三一、《文苑英华》卷八七九作"弘"。

〔40〕事枢：职权。

〔41〕遽：急速。

评析

　　南海神庙位于广州珠江入海口处，建于隋文帝开皇十四年(594)，是我国古代海神庙中唯一遗存下来的最完整、规模最大的建筑群。唐元和十四年(819)，韩愈因谏迎佛骨被贬往潮州，与广州刺史孔戣相交深厚，次年量移袁州，其间应孔戣之邀，写下了这篇碑文。

　　碑文主要包括两个部分：第一部分点明南海的重要地位，进而引出祭祀海神和修缮神庙的必要性。第二部分记叙了广州刺史兼御史大夫、孔子的第三十八世孙孔戣祭祀海神和修缮神庙之事，并赞美他的政治功绩。天宝十载(751)，朝廷封四海为王——东海广德王、南海广利王、西海广润王、北海广泽王，并如期安排祭祀。韩愈认为，海是天地间最巨大之物，而南海王地位在其他三海和河伯之上，最为尊贵。然而，因每到盛夏祭祀时节，南海一带常有恐怖的大风，以往官吏常借故推辞，导致对南海神的祭祀荒废，南海神庙也早已破败不堪。神灵因享受不到祭祀，更加带来狂风暴雨，造成了严重的危害。孔戣到任后，身体力行，不畏艰险，冒雨乘船前往神庙，主持了隆重的祭祀，他"盛服执笏"，准备好丰盛的祭品，令海神和海中的灵怪醉饱而归。祭祀之年，"风灾熄灭，人厌鱼蟹，五谷胥熟"。第二年，孔戣又广修南海神庙，坚持祭祀，因此连年风调雨顺。通过祭祀海神一事，足见孔戣"治人以明，事神以诚"的正直恭严，为官期间，他免去了各州拖欠的赋税，约束下属自重慎法，使岭南一带社会安定、经济发展。

这篇碑文由大文豪韩愈撰写，又经著名书法家陈谏书丹、雕刻家李叔齐勒石，被人称为"三绝碑"，是南海神庙的镇庙之宝。广州是中外海上贸易的重要港口，然而南海一带经常遭受台风和风暴潮的侵袭，对沿海居民的生产生活造成严重的破坏，也使出海捕鱼和贸易面临巨大的危险，因此，朝廷和民间都十分重视对南海神的祭祀。碑文生动再现了唐代祭祀南海神的盛况，使人如临其境。例如，祭祀者盛服执笏、各司其职的肃穆场面，牲酒樽爵等祭祀用度一应俱全的细致准备，锣鼓喧天、旌旄飞扬、高歌唱和的热闹场面；作者还用想象和夸张的方式，绘声绘色地描摹了海中神灵和精怪踊跃而至、醉饱而归的情形。这篇文章行文简洁流畅，描写鲜活生动，既有非常高的文学价值，也是记录和保存古代祭祀南海情况的珍贵资料。

（刘珊珊）

东海若

柳宗元*

　　东海若陆游[1],登孟诸之阿[2],得二瓠焉[3],刳而振其犀以嬉[4],取海水,杂粪壤蛣蚏而实之[5],臭不可当也[6]。窒以密石,举而投之海。逾时焉而过之,曰:"是故弃粪耶?"其一彻声而呼曰:"我大海也。"东海若呀然而笑曰[7]:"怪矣,今夫大海,其东无东,其西无西,其北无北,其南无南,旦则浴日而出之,夜则滔列星,涵太阴[8],扬阴火珠宝之光以为明,其尘霾之杂不处也,必泊之西澨[9]。故其大也深也洁也光明也,无我若者。今汝海之弃滴也,而与粪壤同体,臭朽之与曹[10],蛣蚏之与居,其狭咫也,又冥暗若是,而同之海,不亦羞而可怜哉!子欲之乎?吾将为汝抉石破瓠,荡群秽于大荒之岛,而同子于向之所陈者可乎[11]?"粪水泊然不悦曰:"我固同矣,吾又何求于若?吾之性也,亦若是而已矣。秽者自秽,不足以害吾洁;狭者自狭,不足以害吾广;幽者自幽,不足以害吾明。而秽亦海也,狭、幽亦海也,突然而往,于然而来,孰非海者?子去矣,无乱我!"其一闻若之言,号而祈曰:"吾毒是久矣!吾以为是固然不可异也。今子告我以海之大,又目我以故海之弃粪也,吾愈急焉。涌吾沫不足以发其窒,旋吾波不足以穴瓠之腹也,就能之,穷岁月耳,愿若幸而哀我哉!"东海

---

* 柳宗元(773—819),唐代文学家。字子厚,河东(今属山西省)人,世称"柳河东"。贞元九年(793)登进士第,任秘书省校书郎。永贞元年(805)擢礼部员外郎,参与王叔文倡导的永贞革新,宪宗即位,被贬为永州司马,后徙柳州刺史,卒于柳州任上,世称"柳柳州"。为"唐宋八大家"之一,与韩愈并称"韩柳",与刘禹锡并称"刘柳"。有刘禹锡编《河东先生集》传世。

若乃抉石破瓠，投之孟诸之陆，荡其秽于大荒之岛，而水复于海，尽得向之所陈者焉。而向之一者，终与臭腐处而不变也。

今有为佛者二人，同出于毗卢遮那之海[12]，而汩于五浊之粪[13]，而幽于三有之瓠[14]，而窒于无明之石[15]，而杂于十二类之蛲蛔[16]。人有问焉，其一人曰："我佛也，毗卢遮那、五浊、三有、无明、十二类，皆空也，一也，无善无恶，无因无果，无修无证[17]，无佛无众生，皆无焉，吾何求也！"问者曰："子之所言，性也，有事焉。夫性与事，一而二,二而一者也，子守而一定，则大患者至矣。"其人曰："子去矣，无乱我！"其一人曰："嘻，吾毒之久矣！吾尽吾力而不足以去无明，穷吾智而不足以超三有、离五浊，而异夫十二类也。就能之，其大小劫之多不可知也，若之何？"问者乃为陈西方之事，使修念佛三昧一空有之说[18]。于是圣人怜之，接而致之极乐之境[19]，而得以去群恶，集万行，居圣者之地，同佛知见矣。向之一人者，终与十二类同而不变也。夫二人之相违也，不若二瓠之水哉！今不知去一而取一，甚矣！

注释

〔1〕东海若："海若"是传说中海神的名字，例如《楚辞·远游》："使湘灵鼓瑟兮，令海若舞冯夷。"东海若即东海神。

〔2〕孟诸：古代泽薮名，在今河南省商丘市东北，《尔雅·释地》记载古代有"十薮"："鲁有大野，晋有大陆，秦有杨陓，宋有孟诸，楚有云梦，吴越之间有具区，齐有海隅，燕有昭余祁，郑有圃田，周有焦护。"

〔3〕瓠(hù)：葫芦。

〔4〕刳(kū)：剖开并挖空。犀：瓠的籽实。

〔5〕蛲(náo)蛔：两种寄生虫。

〔6〕臭不可当：臭得使人无法忍受。当，承受。

〔7〕呀然：开口笑貌。

〔8〕太阴：月亮。古人将日月对举，一阴一阳，日称太阳，月称太阴。

〔9〕澨（shì）：涯岸。

〔10〕曹：等，辈。

〔11〕向：从前。

〔12〕毗卢遮那：大日如来，象征平等觉性、法界无量。

〔13〕五浊：大乘佛教提出劫浊、见浊、烦恼浊、众生浊、命浊共五浊，象征众生的生存状态。其中，劫浊象征饥馑灾、疾疫灾、刀兵灾；见浊象征正法已灭、邪法转生、人不修善道；烦恼浊象征众生的诸多爱欲；众生浊象征众生的诸多弊恶；命浊指恶业增加，人寿转减。具有这五种众生生存状态的时空，谓之为"五浊恶世"。

〔14〕三有：指欲有、色有、无色有三界。修罗、畜生、饿鬼、地狱，各随其业因而受果报，故名"欲有"；虽离欲界粗染之身，而有清净之色，故名"色有"。虽无色质为碍，而亦随其所作之因，受其果报，故名"无色有"。

〔15〕无明：不能见到世间实相的根本力量，是人们执取和贪嗔的根源。无明包括"一念无明"和"无始无明"。"一念无明"指"见、欲、色、有"四种住地烦恼，其无始有终，是众生轮回的原因，断尽"一念无明"，就斩断了轮回，一切妄想烦恼永不复起。"无始无明"指无始以来恒常存在之无明，为生死流转之根本惑体。

〔16〕十二类：众生的十二种生命形态，包括：卵生、胎生、湿生、化生、有色、无色、有想、无想、非有色、非无色、非有想、非无想。据《楞严经》："是故世界，因动有声，因声有色，因色有香，因香有触，因触有味，因味知法。六乱妄想成业性故，十二区分由此轮转。是故世间声、香、味、触，穷十二变为一旋复。乘此轮转颠倒相故，是有世界……"

〔17〕无修无证：指禅宗的修行方法。禅宗认为一切皆空，主张顿悟，认为每个人都有佛性，不需向外寻求，只要能明心见性，即能成佛。

〔18〕念佛三昧：指净土宗的修行方法。净土宗主张念佛、持戒等修行实践，只要相信净土的存在，念"南无阿弥陀佛"，都可以得到佛的度化，带业往生。三昧，指修行者止息杂念，使心神平静的禅定境界。

〔19〕极乐之境：指与人间秽土相对应的佛国净土，是幸福极乐之地。

评析

  这篇文章运用寓言的形式，采用比喻和拟人的手法，借助大海和瓠的故事，生动形象地宣扬了佛教净土宗的思想。第一部分是寓言故事，东海若将夹杂着粪土的海水分别放入两个瓠中，再用石头堵住瓠口丢弃。过了一段时间，东海若再次遇到两个瓠，其中一个中的粪水自认为和东海若一样，同是大海；另一个却号泣求助，希望东海若将自己带进真正的大海中。于是东海若将后一个瓠打破，荡涤污秽，使之归于大海，恢复原来的清净，而前一个将永远与污秽相随。第二部分揭示寓意，"海"象征着佛法，两个"瓠"象征学佛之人，"粪土"等污物象征"五浊"。第一个瓠象征着唯心自净的禅宗，第二个瓠象征着念佛三昧的净土宗。柳宗元认为，像禅宗提供的那样一味地无修无证、无佛无众生是得不到解脱的；而力求佛度的人，才会得到佛的感念，才会在佛的度化下消除罪恶，去往极乐。文章将精深的佛法道理通过生动有趣的寓言故事来阐释，形象地展示了禅宗和净土宗两种不同的修行方式，并通过两个瓠的不同结局达到宣扬净土宗教义的效果。

  在这篇文章里，"海"是一个寓言形象，但文中对海的描写也向读者展示出唐人观念中的海——一是无边无际，"其东无东，其西无西，其北无北，其南无南"；二是深洁光明，"旦则浴日而出之，夜则滔列星，涵太阴，扬阴火珠宝之光以为明，其尘霾之杂不处也"。正因为海如此广阔、深邃，有浴日涵月的神奇力量，才会被作者用来寄托神圣无边的佛法。

（刘珊珊）

日至海成潮入图法

卢肇*

八月之望[1]，日在翼、轸之间[2]，此时潮最大。今立此望之夕，日入初于时在戌[3]，见潮初生之候。

注释

[1]八月之望：阴历八月十五。

[2]翼轸：星宿名，二十八宿之南方朱雀七宿中的翼宿和轸宿。阴历八月初到九月初，太阳运行至鹑尾，对应二十八宿中的翼、轸两宿，阴历八月十五恰好在这期间。

[3]戌：戌时，即17—19点之间，阴历八月十五前后，日落月升及涨潮的时间在18点左右。

评析

卢肇是晚唐文人，同时对海潮等自然科学有浓厚的兴趣，并以赋的

---

* 卢肇（818—882），字子发，袁州宜春文标乡（今江西省新余市分宜县）人，唐会昌三年（843）状元，咸通年间先后在歙州、池州、吉州等地做过刺史。颇有才名，曾受李德裕垂青，却在官场中傲然孑立，未曾卷入"牛李党争"，为人称道。著有《海潮赋》《天河赋》等，有《文标集》3卷传世。

形式表现对自然现象的独到见解，如作《海潮赋》，用雄浑恣肆的笔调探讨日月运行与海潮涨退的关系。卢肇潮汐理论中最独特的一点是，尤为注重太阳对潮汐现象的影响，但他重"日"轻"月"的错误观点也招致后世潮汐研究者的批判。

此文类似一则观察记录，在为数不多的古代科技文中显得弥足珍贵。作者根据自己太阳影响潮汐的推论，认为八月十五这天，太阳在翼、轸（星宿名）之间，所以潮水最大。因此"今立此望之夕"，在这天傍晚早早站立在海边，等待日落潮生，到了戌时（约在下午六点），太阳入海，潮水初生。由此可见，古人对潮汐的时间有比较准确的观察和记录，在观察实践的基础上推论并验证自己的猜想。

（刘珊珊）

海潮论（并序）（节选）

邱光庭*

夫元功美宰，神物混成，不可以智知，不可以情诘者。圣人皆置之度外，略而不论。而后之学者，独以不论海潮为阙事，多著文以穷之。今其遗文得见者三数家。《山海经》以"海鳅出入穴而为潮"，王充《论衡》以"水者，地之血脉，随气进退而为潮"，窦叔蒙《海涛志》以"月，水之宗，月有亏盈，水随消长而为潮"，卢肇《海潮赋》以"日出入于海，冲击而为潮"。斯乃俱无据验，各以其意而为言也。然而潮之所生元矣。寻其源而不可究其极，睹其末而不可窥其端。苟或是非，无所勘会。唯其近理，则谓得

---

* 邱光庭（生卒年不详），一作丘光庭，浙江吴兴人。主要活动在唐末五代时期，吴越时官国子博士。有《兼明书》5卷传世，《全唐文》收文12篇。其中，《海潮论》10篇是研究我国古代潮汐学的重要资料。

之。今观诸家之说，咸尽乎善，不可备陈其短。辄以管见自立一家之言[1]，名曰《海潮论》。其意以为水之性，只能流泾润下[2]，不能乍盈乍虚。静而思之，直以地有动息上下，致其海有潮汐耳。乃立渔翁隐者更相答，凡四十问，分为十篇，成一卷，冀其穷理尽性[3]，多言或中者也。又以析理之书[4]，不宜染尚文字，但以理明义白为善也。故今之所论，直言其归趣而已，所贵精微朗畅，览读无烦者焉。

（其一）论潮汐由来大略

东海渔翁访于西山隐者曰："余生于海上，若风雨云霞雷电霜雪之自（自者，所从来之谓也），（编者注：此为作者自注，以下皆同，不再一一说明。）余皆略知宗旨矣。至于海潮之来，朝闻夕见，终莫晓其所由然也。遐观竹帛（古者未有纸，或书于竹简，或书缯帛，故呼经史为竹帛），博考古今，海经（夏禹治水之时记山川百物，其书名《山海经》也）论衡之文（后汉王充著书考论物理，其书名曰《论衡》），窦氏（浙东处士窦叔蒙，著《海涛志》）、卢侯之说（袁州刺史卢肇，著《海潮赋》），虽多端指谕，咸于义未安。闻吾子志学能文，精智辩物。愿为余明白而陈之。"西山隐者曰："仆岩居林处[5]，遥海远江，安能知涛潮之所起乎？且天地广大，谁能睹其根源！请为子远取诸经，近取诸物以考之。虽其至广至大，亦不能逃于理矣。今按《易》称'水流泾'（《周易·乾卦》之文），《书》称'水润下'（《尚书·洪范》之文），俱不言水能盈缩，斯则圣人之情可见矣。水既不能盈缩，则海之潮汐（音夕，潮之落也，今人呼为泽）不由于水，盖由于地也。地之所处，于大海之中，随气出入而上下（音暇，后意同者皆仿此）。气出则地下，气入则地上。地下则沧海之水入于江河，地上则江河之水归于沧海。入于江河之谓潮，归于沧海之谓汐。此潮汐之大略备矣。"问曰："古今言潮汐者多矣，皆以海水盈缩而为之，未有言由地之上下者也。子之独见，深得其源。然其必非海水之盈缩，从何理以知之？"答曰："视百川则知之矣。百川亦水也，不能盈缩（此破窦氏言月为水之宗，水随月盈缩者）。海岂独能盈缩乎？假令海异百川，独能盈缩，则海水既盈，地亦随盈而升，百川随地而上。彼此俱上，则无潮矣。海水既缩，则地亦随缩而降，百川亦随地而下。彼此俱下，则无汐矣。固以百川居地之上，地居海之上。地动而海静，动静相违，则潮汐生矣。以斯知非海水之盈缩也。"

（其四）论潮汐名义

渔翁问曰："若如所论，则是地自上下，水乃去来，而为之潮。何也？"答曰："潮者，朝也（潮，音朝廷之朝），潮本无名，强名之曰'潮'。至江汉之流，自归于海，而《夏书》谓之朝宗于海（《尚书·禹贡》文也），其意言百川之赴海，如诸侯之朝天子也。古人见海来朝百川，亦名之曰'潮'。如天子出而见诸侯，亦谓之'朝'。故《明堂位》云（《明堂位》，《礼记》篇名）'昔者周公朝诸侯于明堂之位'，意同于此矣（周公，周成王之叔父也，成王年幼，周公摄行天子之事而受诸侯之朝也）。"问曰："谓之汐，何也？"答曰："汐者，水归于海，如臣夕见于君然（早见于君曰朝，晚见于君曰夕）。故《左传》曰：'国家无事，则朝（音朝廷之朝也）而不夕（务闲也）'，《诗》云：'邦君诸侯，莫肯朝夕（《小雅·雨无正》篇）'，此其义也。"问曰："谓之涛，何也？"答曰："涛，大波也。凡风之驾水皆谓之涛，不得专于潮也（考其义理则窦氏、卢侯谓潮为涛失之矣）。"

（其五）论潮有大小

渔翁问曰："潮来有大小，何也？"答曰："二月、八月，阴阳之气交；月朔、月望，天地之气变。交变之时，其气必盛。气盛则出甚（如人行步则喘急），气出甚则地下甚（下者暇，意同者仿此），地下甚则潮来大。其非交变之时，其气安静则出微，气微则地下微，地下微则潮来小。故二月、八月，其潮遂大于诸月，月朔、月望，其潮遂大于诸潮。"问曰："大不正当朔望之日，常于朔望之后何也（朔大于初二、初三、初四，望大于十六、十七、十八）？"答曰："凡物之动，先感而后应，先微而后盛，朔望之气虽至，而地动之势犹微，故潮来大常于朔望之后也。"问曰："何知二月、八月阴阳之气交者？"答曰："阳气生于子（谓十一月也），出于卯（谓二月也），浮于午（浮者，盛于地上，谓五月也），入于酉（谓八月也）。阴气生于午，出于酉，浮于子，入于卯（子、午、卯、酉皆谓月建也）。故曰卯酉者，阴阳出入之门户也（二月阳气出而阴气入，八月阴气出而阳气入）。是知二月、八月，阴阳之气交也。"问曰："何知月朔、月望，天地之气变者？"答曰："日，天伦也（俱阳物也）。月，地类也（俱阴物也）。朔，形交焉（日月周旋，故曰形交）。望，光偶焉（月望光满，故曰光偶。光偶者，团圆盛大，与日相对）。光偶形交，其变如一（所以朔望之时，天地之气皆有变动，朔望无异，故曰如一也）。故阴阳书占正月之朔，知一岁之祥（祥者，善恶之通变，今人占岁旦云物风气，知一年之内水旱丰荒也）。又称五月、十一月望为天地牝之辰（牝者，阴阳交接之名也）。彼其诸月，犹此一隅（言诸月之朔望皆于正月、十一月之朔，举此二月，则诸月可知，故曰犹此一隅。犹，如也。隅，角也）。是知月朔望，天地之气变也。故《洪范》云：'星有好风（箕星好风[6]），星有好雨（毕星好雨[7]。《诗》云："月离于毕，俾滂沱矣。离，丽也。丽，著也。"）。'月之从星，则以风雨。然则月从箕毕之星，天地尚为之风雨，岂其交接而气不变者乎？"

(其六)论潮候渐差

渔翁问曰:"潮来或午或未,渐差何也?"答曰:"昼夜系日,翕辟随月[8]。月临子午则地辟,故潮之来,月皆临子临午(夜潮月临子,昼潮月临午)。天体西转,日月东行。日迟而月速,每二十九日过半而月及日。日月同会,谓之月朔。故月朔之夜潮,日月俱临于子,昼潮日月俱临于午。自此之后,月速渐东,至午渐迟。故潮亦渐迟也(天体西转,日月东行,月速而日迟,从月朔之后,月去日渐远,初二初三日至未而月方至午,故潮来在午后未时也。所谓昼夜系日,翕辟随月者也)。又夜于海下而论,则天体东转,日月西行,月速渐西,至子渐迟,故潮来亦渐迟(月朔夜半潮来者,日月俱在子,至初二初三,月去日渐远,日已至丑而月方至子,故潮来在子后丑时也),是以昼潮入夜(一日午时,二日午后,三日未时,四日未后,五日申时,六日申后,七日酉时,八日酉后,此谓昼潮入夜也)。"问曰:"何谓月临子午,夜潮入昼(一日子时,二日子后,三日丑时,四日丑后,五日寅时,六日寅后,七日卯时,八日卯后,所谓夜潮入昼也),则地辟乎?"答曰:"《礼运》云(《礼记》篇名):'地秉阴窍于山川,播五行于四时(郑元云[9]:窍,孔也。言地持阴气,出内于山川以舒五行于四时也),和而后月生也(言此气和乃月生也)。是以三五而盈,三五而阙。'则是月为地类也。《易》说阳气生于子,阴气生于午(《易》说者,《周易》之义也),故月临子午则地气生,地气生则辟而出也。"问曰:"说卦云(《周易》下系也):'离为日,坎为月。'则是月为水类。而《礼运》月为地类,与《说卦》不同,何也?"答曰:"地、水皆属于阴,俱主于月。故《礼运》《说卦》,互而言之,以相显也。且日为群阳之精,非独专于火也。月为群阴之精,非独专于水也。何以言之?按五行,天一生水于北,地二生火于南。是故火为雌,水为雄也。若以日专主火,月专主水,则亦日雌而月雄也。今按《礼》说云(《礼记》之义):'日为君象,月为臣象。'观其所象,正与水火相违。故知日非专火,月非专水也。《易》曰:'乾,天也,有君父之道焉(《周易·说卦》云:乾为天,为君,为父)。坤,地也,有妻臣之道焉(坤文云地道也,妻道也,臣道也)。'然则日象与乾同(日为君象),月象与坤同(月为臣象),故曰三五而盈,三五而阙。三五者,水一火二木三金四土五(此五行生数也),合其数为十五。满十五而盈(月望也),尽十五而阙(月晦也)。既与坤道同象,总五行之气,非地类而何(地亦总五行也)?与《说卦》参而求之,足表群阴之义。"问曰:"阳燧开而火出[10](阳燧者,五月丙午日午时,铸铜锡为之,其形如镜,举之照日,以艾蓺[11],得其火也),阴鉴举而水流[12](阴鉴者,用十一月壬子日子时,铸铜锡为之,其形如蚌壳,举之照月,以物取之,得水者也)。则似月专于水矣。何以释之?"答曰:"所言不专于水,岂谓全无水也?但其兼主诸阴,水亦在其中矣。举阴鉴而得水,与掘地而得泉,何以异也?"问曰:"五行云:阳数奇,阴数偶。水一土五奇数,子云皆属于阴,何也?"答曰:"水成数六,土成数十,然则水之与土,属阳而终属于阴,阴极则阳、阳极则阴之义。"

(其七)论浙潮

渔翁问曰:"浙江之潮特大,何也?"答曰:"诸江淮河,发源皆远,其水多(按,楚江出岷山,淮出桐柏山,河出昆仑山)。江水既多,则海水入少。水入既少,其潮皆小也。而浙江发源独近,其水少(浙江之源,近者三四百里,远者不过千里)。江水既少,则海水入多。水入既多,故其潮特大也。"问曰:"潮来有头,何也?"答曰:"地势广远,垂入海中(今人见海岸谓之海际,非也。殊不知地势渐低为海水所漫,其际不可见也)。地下则潮生(下音暇),潮生于地际自际涌,涌则蹙,蹙则奔,奔则有头,水之常势也。"渔翁问曰:"浙江之潮,或东或西,何也?"答曰:"夫水之性,攻其盈而流其虚。沙随其流而积其虚。积而不已,变虚为盈。盈则受攻,终而复始。所以或东或西也。"问曰:"何故浙江之水,独能攻其盈乎?"答曰:"大川皆然,非独浙江也。凡水之回折之处,涯岸皆迭盈迭虚,或三十五十年而一变,水势使之然也(今黄河及诸大川之岸皆有移易是也)。《易》曰'地道变盈而流谦',此之谓也。"

注释

〔1〕管见:指从管中窥物,喻目光短浅,见闻不广。多用作谦辞。

〔2〕润下:指水具有滋润、下行的特性。《尚书·洪范》:"水曰润下,火曰炎上,木曰曲直,金曰从革,土爰稼穑。"

〔3〕穷理尽性:出自《易经·说卦》"穷理尽性,以至于命",意为穷究万物万事的根本原理。

〔4〕析理:剖析事理。

〔5〕岩居林处:居住在山林处,指西山隐者的隐居状态。

〔6〕箕星:星宿名,主风。

〔7〕毕星:星宿名,主雨。

〔8〕翕(xī)辟:开合,启闭。这里指海潮的涨落。"昼夜系日,翕辟随月",就句法言,即"昼夜翕辟,系日随月"。

〔9〕郑元:应为"郑玄",即避康熙帝讳。

〔10〕阳燧:铜制的凹面镜,用于聚集日光取火。《淮南子·览冥训》云:"夫阳燧取火于日,方诸取露于月。"《旧唐书·礼仪志三》云:"鉴燧,取水火于日月之器也……今司宰有阳燧,形如圆镜,以取明火;阴鉴形如方镜,以取明水。"

〔11〕爇(ruò):燃烧。

〔12〕阴鉴:阴燧,在月下承露取水的器具。《周礼·秋官·司烜氏》

云:"司烜氏掌以夫遂取明火于日,以鉴取明水于月。"阴鉴即方诸,一说为大蛤,《淮南子·天文训》云:"方诸见月,则津而为水。"高诱注云:"方诸,阴燧,大蛤也。熟摩令热,月盛时以向月下,则水生。"故文中称"其形如蚌壳"。

评析

邱光庭在序中交代了写《海潮论》的起因,截至唐朝,关于海潮成因的研究主要有四种观点:《山海经》认为海潮是海兽出没造成的,王充《论衡》认为海水为地之血脉,窦叔蒙《海涛志》认为潮水涨退与月亮的盈亏有关,卢肇《海潮论》则认为海潮的成因在于太阳。在邱光庭看来,前人的这些观点"俱无据验",都没有追寻到海潮发生的根源,因此,他作《海潮论》,用渔翁和隐者问答的形式,分十个篇章来解释海潮的成因。

本文仅选序以及其中最能体现作者观点的五篇。其一《论潮汐由来大略》是邱光庭海潮论的核心,认为潮汐源于地气,地气出则地面卜落,海水进入江河,产生潮;地气入则地面上升,江河之水入海,产生汐。并以此否定了窦叔蒙海水随月亮盈亏而产生盈缩的观点。其四《论潮汐名义》从训诂的角度解释了对"潮汐"命名的原因。百川入海如诸侯朝见天子,故名为"潮";臣子拜见君王,早为"朝"晚为"夕",水退归于海犹如臣子晚见君王后退回,故早上水涨名为"潮",夜间水退名为"汐"。其五《论潮有大小》,解释二月、八月以及月朔、月望时,潮水较之其他时间特别大的原因,是与地气的强弱有关。以上几个时间恰好是在阴阳之气交变之时,所以地气特别强盛,犹如人疾走时会大口喘气,地气强盛则从地下涌出来得多,所以地面会下落得特别厉害,因此海水流向地面的量就特别大,形成大潮。其六《论潮候渐差》一章对一月之中每天涨潮的时间及其与月升月落的联系有比较科学的记录,但在后半部分,作者又将原因归于地气,认为月亮临近子时、午时,地气产生,故而潮生。其七《论浙潮》解释了钱塘江潮水特别大的原因。发源地较远的江河,一路流过来水量较多,进入的海水比较少,因此潮小;而浙江(即钱塘江)离海近,因此水量少,倒流进的海水就比较多,因此潮大。

此外,其九《论浑盖轩宣诸天得失》还论述了浑天说、盖天说、轩天说、宣天说等古人的几种宇宙观,进一步支持和丰富了浑天说,因此,借渔翁之口夸赞:"问少得多,问潮闻汐,又闻天地之元理也,昭昭乎若夜之旦晓,梦之醒矣。"邱光庭的《海潮论》围绕地气影响潮汐的论点,解释了潮汐的时间、大小等几个问题,相对于窦叔蒙的《海涛论》来说,并不十分科学,缺少必要的建立在实践观察基础上的客观的分析论证,但是他能对前人的推论做出自己的判断,能重新提出自己的见解,这种勇于探索的精神是难能可贵的,也体现了古人对潮汐现象的不断研究,体现了人们对神秘海洋的持续探索。他用渔翁、隐者对答的形式,用通俗的语言,并借用"四书五经"中的相关语句来阐释自己的海潮理论,明白晓畅,饶有趣味,尤其是将潮汐现象与儒家经典、文字训诂结合的行文方式,生动形象,体现了作者的发散思维。

(刘珊珊)

唐故杨府君神道之碑(节选)

陆邳*

唐故右三军僻仗[1]、太中大夫、行内侍省内给事,赐紫金鱼

---

* 陆邳(生卒年不详),唐宪宗时人。擅长篆隶,尤工八分书,元和年间段文昌所撰《平淮西碑》即为其所书。据《唐故杨府君神道之碑》所载,陆邳时任朝请郎、行虔州南康县丞、云骑尉、翰林待诏,后迁朝议郎等。

袋、上柱国、弘农县开国男、食邑三百户杨公神道碑铭并序。

朝请郎、行虔州南康县丞、云骑尉、翰林待诏陆邳撰。

承务郎、守郴州司兵参军、云骑尉、翰林待诏赵良裔书。

给事郎、守洪州都督府兵曹参军、云骑尉、翰林待诏汤陟篆额。

……贞元初[2]，既靖寇难，天下乂安，四海无波，九译[3]入觐。昔使绝域[4]，西汉难其选；今通区外，皇上思其人。比才类能[5]，非公莫可。以贞元元年四月，赐绯鱼袋[6]，充聘国使于黑衣大食[7]，备判官、内傔[8]，受国信、诏书。奉命遂行，不畏乎远。届乎南海，舍陆登舟。遐迩无惮险之容[9]，凛然有必济之色[10]。义激左右，忠感鬼神。公于是剪发祭波[11]，指日誓众，遂得阳侯敛浪[12]，屏翳[13]调风，挂帆凌汗漫之空[14]，举棹乘颢渺之气[15]，黑夜则神灯表路，白昼乃仙兽前驱。星霜再周，经过万国，播皇风于异俗，被声教于无垠。往返如期，成命不坠，斯又我公仗忠信之明效也。……

铭曰：云从龙兮风从武，圣功出兮忠臣辅。天降公兮竭心府，历四纪兮奉四主。鸡常鸣兮忘风雨，躬尽瘁兮心神苦。伏哥舒兮罚不吐，抚慈隰兮惩戎虏。西乞师兮清中宇，南奉使兮慰北户。聘大食兮声教普，监汝洛兮勋超古。校切业兮无俦伍[16]，赐赉繁兮莫得数[17]。一命偻兮三命俯，恩弥崇兮孰敢侮。垂金章兮结绶组，既分茅兮亦祚土[18]。琢贞石兮表忠臣，昭令德兮示后人。

元和元年岁次景戌十月庚申朔十四日癸酉建吴郡朱士良刻字

注释

〔1〕僻仗：唐代僻仗使，多由宦官充任。

〔2〕贞元：唐德宗李适的第三个年号。德宗即位后，力图削藩，结果先后引发四镇之乱和泾原兵变。建中四年（783），德宗出逃奉天，后依

靠李晟、浑瑊等将士平定叛乱。故文中云"贞元初，既靖寇难"。

〔3〕九译：经过多次翻译，指语言不通的遥远外邦。

〔4〕昔使：昔日的使者，文中指汉代外交使者张骞，"丝绸之路"的开拓者，凿空西域，打通了中原王朝同西亚、欧洲诸国的交往的道路。

〔5〕比才类能：即此类才能。比，能够匹配。类，相似。

〔6〕绯鱼袋：绯衣和鱼符袋。唐制，官员三品以上紫袍，佩金鱼袋；五品以上绯袍，佩银鱼袋；六品以下绿袍，无鱼袋。

〔7〕国使：外交使节。《周礼·秋官·象胥》："象胥掌蛮、夷、闽、貉、戎、狄之国使。"郑玄注："谓番国之臣来眺聘者。"黑衣大食：即阿拉伯帝国的阿拔斯王朝。751年，怛罗斯战役中，阿拔斯王朝击败唐朝，与唐朝隔葱岭相对，二者成为屹立于东西方的两大帝国。

〔8〕傔（qiàn）：侍从。

〔9〕遐迩：远近。

〔10〕凛然：令人敬畏的样子。

〔11〕剪发祭波：渔民出海有剪下头发、祭祀海神的习俗。

〔12〕阳侯：传说中的波涛之神。

〔13〕屏翳（yì）：传说中的风神。

〔14〕汗漫：形容无边无际。

〔15〕颢渺：即"浩渺"，形容水面宽阔。

〔16〕俦（chóu）伍：同等之人。

〔17〕赉（lài）：赏赐。

〔18〕分茅：古代帝王分封诸侯的仪式，因为要用白茅裹着泥土授予被封者，象征授予土地和权力，故称"分茅"。祚土：指封赐土地。

评析

1984年，陕西省泾阳县出土了唐代杨良瑶（736—806）的神道碑，碑文记录了唐代宦官杨良瑶的家族情况和生平事迹。杨良瑶是历事唐肃宗、代宗、德宗、顺宗四朝的宦官，曾参与"借兵回纥""出使岭南""出使大食""平叛淮西"等重大历史事件。贞元元年（785）四月，杨良瑶受德宗之命出使黑衣大食，这是我国历史上第一次穿越印度洋的航海记录，比明成祖永乐三年（1405）郑和下西洋早了620年。本文所节选的内容就是对这次航海活动的记述。

杨良瑶的这次出使具有重大的历史意义。安史之乱以后，吐蕃伺机侵占陇右、河西，甚至一度威胁到长安。杨良瑶此次出使很有可能是要联合黑衣大食，以共同遏制吐蕃，如其后李泌为德宗提出的建议，"北和回纥，南通云南，西结大食、天竺，则吐蕃自困"。据两《唐书》所载，唐德宗贞元年间，黑衣大食成为吐蕃劲敌，牵制了吐蕃大半的兵力，大大缓解了唐朝的边患，可能正是杨良瑶这次出使的效果。

"昔使绝域，西汉难其选；今通区外，皇上思其人"。通过出使背景的交代，作者将大唐与西汉对比，突出两个朝代的强盛和交通外域的抱负；将此次杨良瑶出使大食与当年汉武帝派张骞凿空西域对比，突出其重要的政治、军事意义，同时突显杨良瑶比肩博望侯张骞的丰功伟绩。接下来，碑文首先对杨良瑶的品行和能力进行了高度的评价，"比才类能，非公莫可"，杨良瑶是国使的不二人选，他不畏远、不惧难，携带国信、诏书，"舍陆登舟"，穿越南海、印度洋，踏上出使大食的漫漫航海征程。碑文中用"遐迩无悍险之容，凛然有必济之色"来形容他的凛然无畏和忠义之心，并赞扬其足以激励左右、感动鬼神。接着生动再现了当时的航海情况，他们剪下头发祭祀海神，祈求出海平安，于是"阳侯敛浪，屏翳调风"。他们一路顺利前行，夜间有沿途的灯塔指示，白天有通灵的海兽在船前引领。碑文没有具体描写出使团队所遇到的艰难险阻，但通过一句简短的"星霜再周，经过万国"，足以展现这次出使的耗时之久和路途之遥。他们沿途宣扬大唐国威、传播风教，顺利完成了出使任务并如期返回。这与杨良瑶的忠信、才干和坚定意志是分不开的。然而，现存的正史中，对历事四朝，对唐代政治、军事、外交有如此重大影响的杨良瑶鲜有提及，对他远渡印度洋出使大食这一在航海史上具有里程碑式意义的壮举也没有记录，《唐故杨府君神道之碑》的发现无疑补充了这些记载缺憾，给我们留下了弥足珍贵的历史资料，尤其在我国的航海史上记下了浓墨重彩的一笔。

（刘珊珊）

宋代海洋文选

海　说

柳　开*

夏禹理水[1]，东入于海，百川会流，混波而注。能纳是水者，谓乎处下也。虽处下也，且水注其内，自古至今，无暂息焉，固有盈而溢之时也。既不闻有盈而溢之，其水是归何地也？夏禹既能理之，必能知之矣；所以不言者，阴阳运化之道，自然往复也。

历代言之者多矣，皆不究其本，讹乱其辞。或言纳于尾闾矣[2]，或言注于大荒之中矣。其余言者，不复正其所说。且言尾闾者，是羿射落之日也[3]，落之为石，其大千里，炎炽其质，故能渗纳其水焉。且言注于大荒之中者，言大荒之中有天台之山，有不勾之山，有融天之山，海水或东入焉，或南入焉，或北入焉。以予言

---

* 柳开（947—1000），原名肩愈，字绍先（一作绍元），号东郊野夫、补亡先生，后改名开，字仲涂，大名（今属河北省）人。宋太祖开宝六年（973）进士，历官知常州、润州、贝州等职。提倡学习韩愈、柳宗元，反对宋初的华靡文风，为宋代古文运动倡导者。

之，皆非也。言尾闾能渗纳其水者，以其炎炽也。且物有燃之于火，炎炽极焉，以水沃之，不过一二，即冰然不复能渗纳水矣。且海自古已来，积众之水多矣，若尾闾能渗纳其水，岂至今炎炽乎？以海沃之，固亦冰矣。物之情与人之情岂远哉？尾闾苟不冰而能渗纳其水，即必有物于今常燃之矣，未知燃尾闾者用何物耳？予是知尾闾之说虚诞也。其言海水入于大荒之中山也，是大荒之山内别有纳水之地，未知其水竟在于何也？若有纳水之地，亦与此同海矣，岂此不能纳而彼能纳之也？其说亦以屈矣。予以为天地若人之身，江河若人之血。人身之有血，常会于脑，会而复散，归于四支之中。苟会于脑，积而不散，即卒成疾矣，疾成于内，人亦殒其命也；运而不竭，是能动转手足，变易神气，为物之灵也，为命之固也。江河于天地之间亦若是耳，流会于海，复入于土，散乎四维，居地之下。使地能厚载万物者，以水扶之也。且掘地逾于寻丈〔4〕，则必有泉涌而出矣，以是而言，岂不然乎？苟若会流于海，无所散入，则混溢天地，垫溺生聚，安足胜也？是知百川之朝于海，不能纳而涸也，亦复循环天地之中，东而复西，南北从矣。阴阳运化，理在于此。又天地之气，结为山，融为川。结为山者，古有所定，大小高卑，名数无所改易；融为川者，则流而不止，浩浩奔涌。岂融为川者，即往而忘反？结为山者，凝而能定之乎？苟结而无定，则曰大其形遍天地矣，岂有九州乎？岂有万物乎？是水其天地之半，山其天地之半也，今之人民，何其处焉？是知结为山者，古今定矣；融为川者，古今亦定矣。

又或言海有大鱼曰鳅，身横于海之中，朝出其穴，海乃潮焉，暮入其穴，海亦潮焉，鳅之出入有节，故潮之朝暮有期。此之说鳅之出入，能致海有潮之进退也，是其穴与海相侔也〔5〕，未知海之何地乃能容是穴也？又为虚诞甚矣。予以水者，凝阴之气所成也。大凡阴阳之气，皆自下而升乎上，日出而阳盛，日入而阴胜。夫旦之有潮，以其阳气发于地中，阴气上散，水以阳逼之，故从阴气以溢，乃朝有潮焉。夕之有潮，以其阴气发于地中，阳气上散，水以阴扶之，故从阳气以浮，乃暮有潮焉。

此之数说于海者，皆不可闻于人也。然说于此者，未必彼非而我是，彼虚而我实。以情测之，以理究之，即我之说为当矣。虑其好迂怪之徒，泯绝吾言[6]，故著其辞以广于我之徒也。

注释

〔1〕夏禹理水：大禹治水。

〔2〕尾闾：古代传说海水归聚之处。《庄子·秋水》："天下之水，莫大于海，万川归之，不知何时止而不盈；尾闾泄之，不知何时已而不虚。"

〔3〕羿：传说中国夏代有穷国的国君，善于射箭，曾射九日，亦称"后羿"。

〔4〕寻丈：泛指八尺到一丈之间的长度。

〔5〕相侔：相等，同样。

〔6〕泯绝：完全消灭或消失。

评析

《海说》是一篇探讨海水去往何处的科学说明文，条理明晰，文字简洁。

这篇文章可以分为四部分。第一部分提出海水归于何处的问题。三皇五帝时期，黄河泛滥，鲧、禹父子先后受命于尧、舜二帝负责治理洪水。鲧治水采用堵塞的办法，没有成功；禹从中吸取教训，面对滔滔洪水，率领民众，采用疏导的办法终获胜利。大禹治水十三年，三过家门而不入，耗尽心血与体力，成为百姓心中的英雄。作者认为夏禹治水而不言其去向，是因为海水只是遵循阴阳运化的自然之理，无须多言。第二部分是文章的主体。作者就有关海水去向的错误观点——海水最终纳于尾闾和海水注于大荒之中——进行了批驳。作者认为此二者皆是不究其本之说，不符合自然之理。文章以人体血液循环为喻，说明海水不可能止于一处聚集不散。接着作者提出自己的观点：自然界中的江河、泉流之属乃海之枝节，"百川之朝于海，不能纳而涸也，亦复循环天地之中，东而复西，南北从矣"；而且它们"流会于海，复入于土，散乎四维"，而后居于地下，"掘地逾于寻丈，则必有泉涌而出矣"，海水不停地循环于天地之中。第三部分作者对有些人认为海中有大鱼曰鰍，能致海潮进退的说法进行了批驳，指出如果大鱼能致海潮进退，则鱼穴应与大海等量，不知在海中如何能容纳如此之大穴。故这种观点荒谬可笑，不堪一击。作者解释海潮也是海水遵循阴阳运化的自然之理形成的。早潮是"阳气发于地中，阴气上散，水以阳逼之，故从阴气以溢"，晚潮是"阴气发于地中，阳气上散，水以阴扶之，故从阳气以浮"，作者再次从朝夕潮汐的形成论证自己的观点。第四部分，作者重申了自己的立场，认为"以理究之，即我之说为当矣"，以海水纳于尾闾、注于大荒之中，大鱼致海潮等说法为荒谬。

　　柳开反对宋初浮靡的文风，认为当学韩愈、柳宗元散文，言之有物。这篇科学说理文先提出观点，边破边立，破立结合，严谨有致，颇有气势。当然文章中的有些论据在今天看来也有不科学之处，需要读者仔细辨识，如："结为山者，古有所定，大小高卑，名数无所改易；融为川者，则流而不止，浩浩奔涌。"

（柳卓霞）

录海人书

王禹偁*

秦末有海岛夷人上书诣阙者[1]曰：月日，东海岛夷人臣某谨昧死再拜，上书皇帝阙下；臣世居海上，盗鱼盐之利以自给。今秋乘潮放舟，下岸渐远，无何，疾飙忽作，怒浪四起，飘然不自知其何往也。经信宿[2]，风恬浪平，天色晴霁，倚桡而望，似闻洲岛间有语笑声，乃叠棹而趋之。至则有居人百余家，垣篱庐舍，具体而微，亦小有耕垦处。有曝背而偃者[3]，有濯足而坐者，有男子网钓鱼鳖者，有妇人采撷药草者，熙熙然殆非人世之所能及也。臣因问之，有前揖而对臣者，则曰："吾族本中国人也，天子使徐福求仙，载而至此，童男卯女[4]，即吾辈也。夫徐福，妖诞之人也，知神仙之不可求也，蓬莱之不可寻也，至是而作终焉之计。舟中之粮，吾族播之，岁亦得其利；水中之物，吾族捕之，日亦充其腹。又取洲中苊卉以苊之[5]，由是吾族延命而未死焉。死则葬于此水矣，生则育于此洲矣，怀土之情亦已断矣。且不闻五岭之戍，长城之役，阿房之劳也。虽太半之赋，三夷之刑[6]，其若我何！"且出食以饷臣。明日，臣登舟而回，复谓臣曰："子能以吾族之事闻于天子乎？使薄天下之赋，休天下之兵，息天下之役，则万民怡怡，如吾族之所居也。又何仙之求，何寿之祷邪？"臣因漂遐方，传此异说，非敢隐匿，谨录以闻，惟陛下详览焉。

---

* 王禹偁（954—1001），字元之，诗人、散文家，济州巨野（今属山东）人。宋太宗太平兴国八年（983）进士，任右正言。晚年被贬于黄州，故世称王黄州。王禹偁是北宋诗文革新运动的先驱，文学韩愈、柳宗元，诗学杜甫、白居易，诗文多反映社会现实和积极入世的政治抱负，风格平易、清新。有《小畜集》。

此书献时，盖秦已乱而不得上达，故《史记》缺焉。余因收而录之，以示于后。

注释

〔1〕夷人：古代指中国东部地区各部族。
〔2〕信宿：连宿两夜。
〔3〕偃：仰面倒下，放倒。
〔4〕丱女：幼女。
〔5〕芼：取，拔。
〔6〕三夷之刑：诛灭三族的刑法。

评析

这篇文章借海岛夷人之口，劝谏君王轻徭薄赋，其利多于访仙求道。文章主体部分讲述了海岛夷人惊险奇幻的经历，波澜曲折，与陶渊明《桃花源记》有异曲同工之妙。

海岛夷人在上书开篇即言"臣世居海上，盗鱼盐之利以自给"，点明自己生活之艰辛。"盗"字犹可见夷人生活之战战兢兢、朝不保夕的窘境。"今秋乘潮放舟，下岸渐远，无何，疾飙忽作，怒浪四起，飘然不自知其何往也"，描绘了一个衣衫褴褛的渔夫在惊涛骇浪中求生的画面，令人动容。值得庆幸的是，经过两天两夜的海上漂泊，海岛夷人没有葬身海底，而是到了一个鸟语花香、欢声笑语的世外桃源，此中人过着其乐融融、祥和太平的生活，恍如神仙世界。但出乎意料的是，这些人并非世外仙人，而是秦始皇时派出求仙的童男童女。更令人惊叹的是，这些人也并不是得道成仙，不食人间烟火，而是徐福自知神仙之术虚妄，故备齐生存所需物资，定居于此，以至繁衍至今，因为没有赋税徭役、守边征戍之苦，故人人长寿，得享天伦。最后，这些海外之人希望海岛夷人能转告当今君王，神仙乃虚妄，轻徭薄赋，造福于民，其利倍于求仙大矣。

这篇文章情节曲折离奇，步步设疑，又合情合理；借海岛夷人的故事，告诫君王当实行仁政，让百姓过上安居乐业的生活。

（柳卓霞）

海　说

王禹偁

凡物有纳者，必有所出。海，吾见其纳也，未见其出也。然则弥天地，更万世，滔滔百川，靡昼夜而东注，虽海之巨者，庸能不满溢乎？伯阳谓海为百谷[1]，固为王矣，固善下矣。然不独有所纳，抑亦有所施也。犹圣人之道，日用而不知。故朝夕被海之泽者，曰海之功也。何以明之？海函虚东荒，密迩旸谷，每日浴于渊而气腾乎天，由是蒸而润者谓之露，嘘而霈者谓之雨，飞而结者谓之霜，飘而散者谓之雪。雨露之生成，雪霜之收藏，是万物朝夕被海之泽也明矣。譬设爨于釜[2]，盖之以盎缶，则釜未沸而盎缶已濡矣[3]。物之小者犹尔，况巨浸乎？故曰不独有所纳，抑亦有所施也。或谓方载万里，海在一隅[4]，岂海之泽能备于天下邪？噫，海既为王矣，则以五湖为五侯，以九州为九伯，以四渎为四岳[5]，至于池沱沼沚、陂泽浦薮，皆附庸也。故五侯得以专其惠，九伯得以供其职，各以其所属土地分野，而为雨露以生成之，为霜雪以收藏之，斯亦上尊王室而旁市民利也。诚所谓有所纳而必有所施者尔。

故古之王者厚往薄来，以恩信御天下，不敢侮于鳏寡，况诸侯乎？故禹会涂山[6]，玉帛万国，未闻禹之盈而覆，满而溢也，盖所纳鲜而所施广矣。商受积粟渭桥，聚财鹿台[7]，知所纳而不知所施，故盈而覆，满而溢亦宜矣。是知海不特以柔远而为尊，亦以惠物而能永。是以屯其膏者，《易》象有悔；竭其泽者，《诗》人攸讥。自秦郡天下，恩苦惠乾，食民若蚕，吞国若鲸，六雄之鬼馁而不祀，兆民之首悬而不解。汉用晁错削夺诸侯[8]，亲亲之恩绝于上，憧憧之赋疲于下[9]，厚敛自足，多藏取亡。

呼，可惜哉！以至天道用违，人心以离，春露之不滋，夏雨之不时，秋霜之不令，冬雪之不正，怨气积而为骄阳，谤言振而为迅雷，饿肤散而为飞蝗，战骨化而为暴电，凶荒盗馑[10]，良由是欤？呜呼，人君者，大海也；诸侯者，江湖川泽也；兆民者，百谷草木也。人君善下则诸侯归之，国君利下则兆民戴之。苟有所纳而无所出，知其积而不知其施，则诸侯叛，兆民乱矣，又焉能长久乎！如是则为天下者，无于人鉴，当于海鉴。

注释

〔1〕伯阳：老子。

〔2〕爨：灶。釜：锅。

〔3〕濡：沾湿，润泽。

〔4〕隅：角落。

〔5〕四渎：长江、黄河、淮河和济水。四岳：掌管四方的诸侯。

〔6〕涂山：古涂山国所在地，据说原来荆山和涂山是一座山，大禹治水把山一劈为二，让淮河水改道，变成由南往北流。涂山也是大禹娶妻及大会诸侯的地方。

〔7〕鹿台：商纣王所建之宫苑。

〔8〕晁错：西汉政治家、文学家，汉文帝、景帝时进言削藩，剥夺诸侯王的特权以巩固中央集权，以吴王刘濞为首的七国诸侯以"请诛晁错，以清君侧"为名，举兵反叛。景帝听袁盎之计，将晁错腰斩于东市。

〔9〕憧憧：往来不断的样子。

〔10〕馑：荒年。

评析

这篇文章借大海"不独有所纳，抑亦有所施"，阐明君王之道与历代王朝兴衰之理。

文章第一部分采用一波三折的笔法，句句转折，步步深入，提出论点：大海"不独有所纳，抑亦有所施"。"凡物有纳者，必有所出"，这是一个普遍的自然现象，由这一自然现象，作者笔锋一转，直言："海，吾见其纳也，未见其出也。"大海滔滔万世，怎么可能"不满溢乎？"作者引用伯阳的话回答："海为百谷，固为王矣，固善下矣。"但是作者没有止于此，而是更深入一层提出："然不独有所纳，抑亦有所施也"，认为大海之道与圣人之道相通："犹圣人之道，日用而不知。故朝夕被海之泽者，曰海之功也。"作者在设问中将观点引出，并将圣人之道与大海之道相联系，开启下文。文章接着写海水惠及万物的方式。海水施之万物的方式之一是升腾于天，为露、为雨、为霜、为雪，这些露雨霜雪是海水的变形。为了说明这个道理，作者以煮水为喻，"设爨于釜，盖之以盎缶，则釜未沸而盎缶已濡矣"，明白易懂。然后文章又以设问展开。大海居于世间一隅，如何能泽被万物？这是因为江、河、湖、泊皆为大海的枝叶，是大海的附庸。作者又以君王与诸侯臣属的关系为喻进行说明，将自然与人事结合起来，深入浅出，平易通俗，生动有致。文章第二部分将重点转移到对君王之道的阐释。君王之道亦须有所纳，有所施，像大海一样"不特以柔远而为尊，亦以惠物而能永"。作者以历史为证，从古往今，从正反两方面来说明这个道理，认为夏禹是惠及万民的典范，故能得到百姓的拥护；而商聚财敛民、秦并六国、汉用晁错，皆不知要有所施，故不得长久。第三部分是文章的收束。作者再次将自然与人事、大海之道与君王之道结合起来论说，重申："呜呼，人君者，大海也；诸侯者，江湖川泽也；兆民者，百谷草木也。"有所纳，亦有所施，才能保证满而不溢，才能长久。

　　王禹偁这篇《海说》为议论文，以大海喻君道，笔法委婉有致，立论作答，有理有据，首尾呼应，完备紧凑，气势充沛。

（柳卓霞）

北海十二石记

苏轼*

　　登州下临大海[1]，目力所及，沙门、鼍矶、车牛、大竹、小竹凡五岛。惟沙门最近，兀然焦枯[2]。其余皆紫翠巉绝，出没涛中，真神仙所宅也。上生石芝[3]，草木皆奇玮，多不识名者。又多美石，五采斑斓，或作金文。熙宁己酉岁，李天章为登守，吴子野往从之游。时解贰卿致政[4]，退居于登，使人入诸岛取石，得十二株，皆秀色粲然。适有舶在岸下[5]，将转海至潮。子野请于解公，尽得十二石以归，置所居岁寒堂下。近世好事能致石者多矣，未有取北海而置南海者也。元祐八年八月十五日，东坡居士苏轼记。

注释

〔1〕登州：地处山东半岛。

〔2〕兀然：突兀的样子。

＊苏轼（1037—1101），字子瞻，号东坡居士。今四川省眉山市人。北宋著名文学家、书画家。与父亲苏洵、弟弟苏辙合称"三苏"。苏轼文章汪洋恣肆，明白畅达，与欧阳修并称"欧苏"；诗歌清新豪健，擅长夸张比喻，与黄庭坚并称"苏黄"；词作豪放旷达，与辛弃疾并称"苏辛"。有《东坡集》《东坡乐府》等。

〔3〕石芝：一种稀有的灵芝。

〔4〕致政：犹致仕，退职。

〔5〕适：刚巧。

评析

苏轼于宋神宗元丰七年（1084）被任命为登州知事。登州被称为"山海名邦"，在今天的山东省蓬莱市。苏轼到任后仅十余日，又被任命为礼部郎中。因为苏轼在登州任上的时间过于短暂，正史中叙述很少，但是从他的诗歌《登州海市》对于登州景色的描写可以看出苏轼对登州的热爱："东方云海空复空，群仙出没空明中。荡摇浮世生万象，岂有贝阙藏珠宫。"

《北海十二石记》不足二百字，文笔生动，意趣盎然。全文紧扣题目，宛如一篇为十二奇石作的小传。"登州下临大海，目力所及，沙门、鼍矶、车牛、大竹、小竹凡五岛。"从大处着眼，以"海"字落笔，气势非凡，接着就所见到的五岛，形成聚焦定位。五岛或兀然焦枯，或紫翠巉绝，奇伟华美，"真神仙所宅也"，尤妙。登州与蓬莱相邻，蓬莱是著名的海上仙山，登州美不胜收，自然也是神仙的所在。从中可以想见观赏者赞不绝口的神态。然后文章顺势描写岛上的石头，或五彩斑斓，或纹路奇特，更是让人称奇。从"登州下临大海"至"或作金文"，作者的描写像镜头一般把所要突出的重点快速拉近、放大，由海到岛，由岛到石，镜头愈近，所见愈奇，简洁有力，毫无阻滞，令人拍案。从"熙宁己酉岁"至"置所居岁寒堂下"，作者又同样以简净之笔写十二石的来历。"熙宁己酉岁"，当朝名士李天章、吴子野、解贰卿因缘际会同居于登州。解贰卿使人采石十二株于岛，皆"秀色粲然"。"秀色粲然"，呼应上文"又多美石，五采斑斓，或作金文"，却没有细部描绘，足见作者惜墨如金。因有船舶至潮，吴子野求十二石尽归，置于岁寒堂。叙事宛转有致，简净明了。结笔"近世好事能致石者多矣，未有取北海而置南海者也",再次紧扣题目,同时将景奇、石奇、人奇、事奇、理奇结为人心之妙,韵致高妙,含意无穷。

(柳卓霞)

代祭海神文

刘弇*

维年月日,谨以清酌腶脩之奠[1],致祭于大海之神,曰:海之在天地间,酾百川使下赴[2],且包焉而不拒也,初无小大污洁之辨;纷万族使蕃息冗长,而吞吐踥踕乎洞鸿潆瀁之滨也[3],曾美恶之莫予间。夫惟万族也而无所间,则宜亦不使一民或失其所;夫惟百川也而无所辨,则宜亦不使一方之独被其患。

闻之往岁,若实凭怒,弗循厥经,漩澜倒注,奔鲸骇陆,蛙龟生釜。天吴马衔[4]。蜩蟟阳侯[5],抃手舞歌[6],飓母抗雠[7],吓蠡曝鬐,千里悉湫[8]。斯民嗷嗷,靡所控告,彼膏者壤,燨焉如扫。岂伊民祀,弗将弗虔;岂伊沉磔,旷废历年?若讃若诃,靡道斯愆[9]。

今令之来也,实父母斯民,而适继其后,实猥有此土以处,而休戚是究。实土毛生齿之弗靖为忧[10],实赋舆贯粒之腐败是疚。实维霖霪惧或沛滂,实维堙防未悉完构[11]。用迪悃诚,将事浒湄,硕肥者牲,肴羞孔时[12],神若庥止,以妥以绥[13]。

将若是,使往者之汹涌妄行,反而为今兹之利涉安流也。将

---

* 刘弇(1048—1102),字伟明,今江西省人。宋神宗元丰进士。初知峨眉县,改太学博士。宋哲宗元符中,进《南郊大礼赋》,除秘书省正字。宋徽宗时,改著作佐郎、实录检讨官。有《龙云集》《龙云先生乐府》。

若是，使往者之秘怪腾轩[14]，激射涛波，反而为今兹之储密宅幽也。将若是，使往者拔木飞屋不约之怒号，反而为今兹泠风之疏、和气之游也。将若是，使往者霾昏不祥，祲曀蔽亏，充塞上下，反而为今兹望舒之夕泛、翔阳之朝浮也[15]。登余波于上，而挥苏苗之旱泽；雾澄漪于下[16]，而为瑞世之闳休[17]。长鱼虫蚶[18]，民食夥稠；鸟卤淫夷[19]，下渗弗留。毋或赑屃[20]，摧樯倾舟；毋或溃啮，荡漫民畴。毋使锯牙剑尾乎摇毒，毋使旱魃螟螣乎肆媮[21]。毋怠乎其应，毋悆乎其求。其毋爽神之贶，其毋贻令之羞。尚飨！

注释

〔1〕清酌：古人祭祀用的清酒。脤脩：捣烂全熟的肉脯，或脯加姜桂。

〔2〕酾：疏导，分流。

〔3〕蹯踔：奔跃。洞鸿漭漾：辽阔广远，漫无涯际。

〔4〕天吴马衔：人面虎身的天吴、马首龙角的马衔。天吴，神话传说中的水神，人面虎身。马衔，神话传说中的海怪，马首，一角而龙形。

〔5〕阳侯：传说中的水神，能兴风作浪，造成灾害。

〔6〕抃手：鼓掌。

〔7〕飓母：预兆飓风将至的云晕，形似虹霓，亦指飓风。

〔8〕湫：水潭。

〔9〕遁：逃避。愆：罪过，过失。

〔10〕靖：平安，安静。

〔11〕堑：防御用的壕沟，护城河。

〔12〕孔时：适时，及时。

〔13〕绥：安好。

〔14〕腾轩：腾跃高举。

〔15〕望舒：传说中为月亮驾车的神，后亦指月亮。

〔16〕澄漪：清波。

〔17〕闳休：大业美德。

〔18〕蚶：软体动物，介壳厚而坚实，生活在浅海泥沙中，肉可食，味鲜美。

〔19〕舄卤：含有盐碱的瘠土。

〔20〕赑屃：又称龟趺、霸下，传说龙生九子，赑屃排行第一，貌似龟而好负重，有齿，可驮负三山五岳。

〔21〕旱魃：神话传说中引起旱灾的怪物。螟螣：食苗的害虫。

评析

这是作者刘弇代新任县令作的祭祀海神的祭文，祈祷海神能够停止暴虐，造福百姓。祭文通常在开篇说明年月日，致祭于某人。维是发语词，没有实际意义。文章结尾的"尚飨"，亦是文体格式特征。

文章可以分为四个部分。第一部分赞扬海神的美德。大海漫无涯际，容纳百川，不择细流；滋润万物，不分大小；繁衍万族，生生不息；泽被万民，造福绵长。大海之神洞鸿溽瀁，辽阔广远，虚空混沌，毫无偏私地庇佑着天下生灵。第二部分没有承接第一部分赞美海神的品德，转而写近些年海神"弗循厥经，潋澜倒注"，造成民不聊生、哀鸿遍野的悲惨局面。海神肆意发怒，倒潋逆流，奔涌岸上；迅猛的鲸鱼、巨大的蛙龟、人面虎身的天吴、马首龙角的马衔来到陆地上，惊吓百姓；巨大的波浪、暴虐的狂风，让千里沃野变成泥泞的沼泽；百姓嗷嗷，生灵涂炭，无处控告，只能看着赖以生存的土地毁于一旦。作者对海神提出质问：难道是因为百姓的祭祀不够虔诚吗？难道他们要承受沉重的惩罚吗？如果真要承受惩罚，如何能够躲避呢？这一部分描写的正是古代海水上涨改道时的情形。第三部分叙写这位县令被委任为地方官，正是海神暴虐的时候，他虔诚祈祷，希望海神能够回归安宁。作为一方父母官，县令与这里的百姓休戚与共，时刻担心这里会成为不毛之地，警惕这里浪费腐败的行为，担心这里会淫雨连绵，洪水肆流，警惕这里的防汛是否完备。今天，县令以丰盛的祭品和虔诚的敬意来祷告，作为地方长官，他将以百姓之急为急，克勤节俭，兢兢业业，希望大海之神能够停止暴虐，恢复平静，还百姓安宁，让他们能够安居乐业。第四部分承接第三部分，希望海神能够接受祝祷，改变以往的暴虐，将汹涌险流变为可以渡航的安稳水流，将海怪猛兽、万丈波浪变为可以为民谋福的宝藏，将怒号狂风变为徐来之清风，将满天阴霾变为晴天丽日。这样，就可以使庄稼不再遭受旱涝之灾，使人民不再遭受饥饿之苦，使土地不再成为盐碱之所，使飙厉不再成为摧樯倾舟之险，使毒蛇旱魃螟螣不再肆虐。请大海之神不要无视这些请求，而是实现这些请求，不要使身为父母官的县令蒙羞。这部分是对海神消除暴戾、恢复平静、造福民间的展望。

这篇文章从海神之德写起，欲抑先扬，并通过对比说明海神作恶与为善的不同，文字激昂，简洁有力。

（柳卓霞）

海神祝文

真德秀*

大海之神，比者温明之寇[1]，来自北洋，所至剽夺，重为民旅之害。舟师致讨，稍挫其锋，而余孽尚蕃也[2]，倪弗即扑除，则其纵横海道，未有穷已。某既大集官民之兵，俾往迹捕，然鲸波

---

* 真德秀（1178—1235），字景元，又更为希元，世称西山先生。建宁浦城（今福建省浦城县）人。庆元进士。学术继承朱熹，与魏了翁齐名。有《西山文集》等。

浩渺，实为危道，非神力助顺，岂能必济！是用一诚遥祝，且委官僚致少牢之荐[3]，以乞灵于大神。伏惟挤狂寇于立败之途，导王师以必胜之机，使一网尽获，庶几万舶安行，群生嘉赖。某之所以图报于神者，其敢弗虔！

注释

〔1〕比者：近来。温明：丧葬殓具。称"温明之寇"，意为诅咒。

〔2〕蕃：繁殖。

〔3〕少牢：古代祭祀时，牛、羊、豕三牲全备者为"太牢"，只有羊、豕，没有牛者为"少牢"。

评析

这是一篇典型的祝文，祈祷海神能够帮助官兵消灭海盗，结构明晰，叙事简洁，情感激昂。文章起句即直接召唤"大海之神"，呼喊海神，希望海神能够到来，倾听祝祷。接着开门见山，叙写海寇为害人民，祈祷官兵能够得到海神的庇护，消灭海寇。海寇到处剽掠，民不聊生，如果官兵在海战中不能全胜，海寇则"纵横海道，未有穷已"，还会继续猖獗，将后患无穷。"某"，此处是作者的自称。虽然我们已经厉兵秣马，但无奈"鲸波浩渺，实为危道，非神力助顺，岂能必济"。在海战中，天时、水势、海风的影响巨大，如果天时、水势、风向不利，那么在战争中很可能失败。故在此献上祭拜之礼以表达虔诚，祈求海神能够"挤狂寇于立败之途，导王师以必胜之机，使一网尽获"，使"万舶安行"，百姓享利。文章的结尾，作者再次表达了虔诚的愿望。这篇祝文虽然篇幅短小，但是首尾完备，叙事清晰，情真意切。

（柳卓霞）

海翁序

释道璨*

海于天地间大包无外,昔者达观逸游之士咸至焉。泛灵槎而上霄汉[1],踞龟壳而食蛤蜊者[2],心与海为侔,身与海为准,而二子或未知也。海翁家在东国,百千大海,纳在一眉睫,不待登科从汗漫[3],已彻海之源底矣。来游大唐,受钓竿于径山老子[4],所谓大身众生,盖其掌握中物也。世路迫隘,吾将乘槎东游矣,翁归国中,为问津者。北道主人闻沧茫广漠外[5],逐文鱼而略扶桑[6],胯苍龙而索明月,必予无疑者。翁倘问讯行藏,当质之眠沙鸥鹭。

注释

[1]灵槎:晋代张华《博物志》记载天河与海相通,每年八月有浮槎来往。有人乘槎至天界,并与牵牛晤谈。返回后,至蜀,严君平告之曰,某年月日有客星犯牵牛宿,计之,正是此人到天河之时。

[2]踞龟壳而食蛤蜊者:出自《淮南子·道应训》。卢敖漫游到北海,到达蒙谷山,发现有人在那里迎风起舞,此人眼睛深邃,肩膀高耸,他发现卢敖后就停止舞动,躲了起来。卢敖走近发现这人此前正蹲在龟壳上吃蛤蜊。卢敖于是与他说话,告诉他自己喜欢周游四方,希望能与其为友。这位食蛤蜊者笑道,虽然卢敖去过很多地方,但是与他曾经到过的地方相比,皆不足道。他说尽管自己可以飞举几千万里,但仍

---

* 释道璨(1213—1271),号无文,俗姓陶,江西豫章(今江西省南昌市)人。释道璨本潜心理学,但由于科场失利,遂弃学从僧,历访四方高僧名刹,宋理宗、宋度宗年间曾住在饶州荐福寺和庐山开先寺,僧名、诗名远播,不仅受到当时佛家的推崇,也受到文坛的关注。著有《柳塘外集》等。

无法到达水天相连的海洋边岸,并说自己与汗漫先生已约好在九垓之外会面,所以无法在这里久留。说完,便举臂耸身飞入云端。

〔3〕汗漫:广大无垠之所。

〔4〕径山老子:佛教得道高僧。

〔5〕北道主人:在北道上接待过客的主人,与"东道主人"同意,见于《后汉书·邓晨传》。

〔6〕扶桑:神话中的树木名。传说太阳每天在咸池沐浴后,渐渐升起,升高到扶桑树树梢时,天刚刚微明。

评析

这篇文章不足二百字,条理分明,重在表达个人志趣。海翁即作者自称。中国古代的传记文章最初称为"序"或"叙",本篇题为《海翁序》,可以看作一篇精彩的个人小传。与陶渊明的《五柳先生传》、欧阳修的《六一先生传》为同类作品。

文章开篇即写"海于天地间大包无外",气势磅礴,吐纳万物。海洋无所不包的特质,使它成了古代"达观逸游之士"的精神向往。这两句一方面着眼于海洋所具有的自然特性,表现其博大;另一方面着眼于海洋所承载的文化意蕴,表现其深厚,气势夺人。游于海的"达观逸游之士"皆是"泛灵槎而上霄汉,踞龟壳而食蛤蜊者",皆是通晓世事、通达洞明之人,其"心与海为侔,身与海为准",非泛泛平庸之辈可比,也非碌碌世俗之人可解。这一部分为写海翁的志趣张本。从"海翁家在东国"至"必予无疑者"可以看作这篇小传的主体。海翁家在"东国",终日与海为伴,观览潮起潮落,故"百千大海,纳在一眉睫",虽"不待登科",未有功名,但已超越世事,游历八荒之表,洞察天海之变。"不待登科从汗漫",指作者本潜心理学,由于科场失利,遂弃学从僧,周游四方。海翁从学于得道高人径山老子,希望有补于世,然而世路险恶狭仄,海翁不得已回归东国,"逐文鱼而略扶桑,脍苍龙而索明月"。

"翁倘问讯行藏，当质之眠沙鸥鹭"，写海翁不容于世，回归东海，与沙鸥、沙鹭为伴，过着自由、无机的逍遥生活。这篇文章以"达观逸游之士"游于海起笔，为个人东游于海张本，但在旷达之下，篇中亦有科举无成、无用武之地的些许遗憾。

（柳卓霞）

元代海洋文选

泛海小录

王恽*

日本盖倭之别种,恶其名不雅,乃改今号。其国在洋海之东,所属州六十有八,居近日出,故曰日本。国王一姓,宋雍熙初,已传六十四世,中多女主,今所立某氏云。

大元至元九年,上遣秘监赵良弼通好两国,次对马岛[1],拒而不纳。十七年己卯冬十一月,我师东伐,明年夏四月,次合浦县西岸[2],入海东行约二百里,过拒济岛。又千三百里,至吐剌忽苦[3],倭俗呼岛为苦。又二千七里,抵对马岛。又六百里,逾一歧岛[4]。又四百里,入容甫口。又二百七十里,至三神山,其山峻削,群峰环绕,海心望之,郁然为碧芙蓉也。上无杂木,惟梅

---

* 王恽(1227—1304),字仲谋,号秋涧,卫州汲县(今河南省卫辉市)人。幼好学善文,中统年间入仕,官至翰林学士、知制诰。卒赠翰林学士承旨,谥文定,《元史》有传。王恽有才干,操履端方,为元初著名文臣,曾受教元好问,著有《秋涧集》。

竹、灵药、松桧、杪罗等树。其俗多徐姓者，自云皆君房之后（君房，徐福字）。海中诸屿，此最秀丽方广。《十洲记》所谓海东北岸，扶桑、蓬丘、瀛洲，周方千里者也。又说洋中之物莫巨于鱼，其背鬐矗然山立，弥亘不尽，所经海波，两坼不合者数日[5]。又东行二百里，舣志贺岛下[6]，与日本兵遇，彼大势结阵不动[7]，旋出千人逆战数十合者[8]，凡两月。我师既捷，转战而前，呼声勇气，海山震荡，所杀获十余万人，擒太宰滕原、少卿弟宗资，盖全宋时朝献僧奝然后也[9]。兵仗有弓、刀、甲，而无戈、矛，骑兵结束殊精[10]，甲往往以黄金为之，络珠琲者甚众[11]。刀制长，极犀锐，洞物而过。但弓以木为之，矢虽长，不能远。人则勇敢，视死不畏。自志贺东岸前去太宰府三百里，捷则一舍而近，自此皆陆地，无事舟楫，若大兵长驱，足成破竹之举。惜哉！志贺西岸不百里，有岛曰"毗兰"，俗呼为骷髅，即我大军连泊遇风处也。大小船舰多为波浪揣触而碎[12]，唯勾丽船坚得全，遂班师西还，是年八月五日也。往返凡十月，省大帅实、都副察呼、次李都帅牢山、次宋降将范殿帅文虎、总二十三，南一十三，隋唐以来，出师之盛，未之见也。

注释

〔1〕对马岛：日本岛屿，今属长崎县。

〔2〕合浦县：今韩国马山，元代曾在此处置征东行省。

〔3〕吐剌忽苦(shān)：耽罗岛，位于拒济岛与对马岛之间。

〔4〕逾：经过。一歧岛：日本岛屿，与对马岛对峙。

〔5〕坼：裂开。

〔6〕舣：停船靠岸。志贺岛：日本岛屿，在北九州福冈县。

〔7〕大势：大批，形容军队力量强大。

〔8〕旋：立即。逆战：迎战。

〔9〕奝(diāo)然：日本僧人，雍熙元年（984）与其徒五六人来宋。

〔10〕结束：装束。

〔11〕络：悬吊。珠琲：珠串。

〔12〕揃(jiǎn)：分割。

评析

  本篇记录了元代至元十七年（1280）忽必烈发动的一次征服日本的战争。元初至元三年（1266）至至元十八年（1281），忽必烈先后五次派出黑的、殷弘、赵良弼、杜世忠、何文著出访日本，要求称臣纳贡，遭到日本拒绝，日本杀戮使臣。至元十八年（1281），在第五次遭到轻视和拒绝之后，忽必烈以日本杀使臣为由，下令集合军队对日本发起战争。这次战争兵分两路，一路由洪茶丘、忻都率领，从高丽渡海远征，一路由阿塔海、范文虎、李庭率领，从浙江庆元、定海东渡，两军先后在日本对马岛、一岐岛、志贺岛与日军交战，两月之后，由于遭遇飓风，东征日本以失败告终。王恽的这篇文章就记录了这场战争的行军路线和战况，非常有价值。

  文章开篇先介绍日本的由来、历史，日本前身为"倭"，魏晋南北朝时期魏明帝曾封当时的日本君主为"亲魏倭王"，倭国由此得名，唐朝时再改为日本，即文中所言"恶其名不雅，乃改今号"。日本在大洋之东，有六十八州郡，因在古人眼中，东方是靠近日出的地方，故名日本。国王从宋代雍熙年间至今，已经传了六十四世，且多女主。

  介绍了日本的大致情况之后，作者直接叙述元代的这次战事。首先交代战争缘由：至元九年（1272）元朝遣赵良弼出使日本，至对马岛遭拒。接着进入主题，至元十七年（1280）冬十一月，朝廷整师东伐，到第二年四月到达合浦西岸。由此入海，东行二百里，至拒济岛；再行一千多里，到吐剌忽苫；再过二千多里，抵达日本对马岛；再过六百里，至一岐岛；再四百里，入容甫口；再二百七十里，抵达传说中的三神山。那里山势峻峭，群峰环绕，从海中望去，郁郁葱葱，似盛开的碧芙蓉。山上没有其他树木，只有梅竹、灵药、松桧、桫椤等树。岛上人多姓徐，皆自称为徐福后人。东海岛屿中，这是最为秀丽方广之处，也就是《十洲记》所谓海东北岸，有扶桑、蓬丘、瀛洲，方圆千里，海中之物莫巨于鱼，它的背脊矗立如山，绵亘不绝，所到之处，海波坼裂，数日不能合。《史记·秦始皇本纪》载："齐人徐市等上书，言海中有三神山，名曰蓬莱、方丈、瀛洲，仙人居之。请斋戒与童男女求之。于是发童男女数千人，入海求仙人。"徐市率童男女、百工、携五谷种子渡海求仙，一去不回，被认为留在了日本。此文中这段描写三神山的文字将古代历史、传说与现实进行比照，给这段东征的经历赋予了神秘、传奇的色彩。

　　欣赏了传说中三神山的美景后，元军再行二百里，军船停靠于志贺岛下，与日本军队相遇，战争打响。日军以防御为主，结阵不动，又出千人对战数十回合，两军对峙两月之久，元军才取得胜利，继续转战向前，呼声勇气，海山震荡，共斩获十余万人，俘虏了太宰滕原等人，他们应该是宋朝时日本僧人奝然的后人。日军的装备奇异，与元军不同，他们有弓、刀、甲，但没有戈与矛，骑兵装备精良，甲胄往往是用黄金做成的，挂满了璎珞珠琲。刀非常长，且犀利锋锐。弓箭是用木头做的，虽然很长，但射程不远。士兵则勇悍非常。从志贺岛东岸到太宰府仅三百里，走捷径则三十里即至，自此之后皆为陆地，不用乘船，如果率大批军队，即可长驱直入，势如破竹。前景似乎很美好，但是令人惋惜的是，距离志贺岛不足百里之处，有岛名"毗兰"，俗称骷髅岛，元军停泊于此处，飓风来临，大小船舰被风浪撞击，支离破碎，只有高丽船较为坚固，得以幸存。在飓风的袭击下，元军损失惨重，只好在八月五日班师西还。这次战事历时十多个月，将强兵广，规模宏大，自隋唐以来未见其盛。

这篇文章简要记述了元朝的海上战争，线索清晰，记述精要，是研究元朝中日交往的重要史料。

（贺琴）

送叶伯几序

任士林*

余家越天门之阳[1]，坐瞰海波，水天际远，蛮洲蜃屿，历历晴豁[2]。时则天光曙发，风阔潮平，舟大小凌鼍头来，杳若撒菽[3]。少则帆影抑扬，棹歌出没，径列步下[4]。市侩布立岸上[5]，遥呼问海伴故旧三老[6]，倚桅长揖。载输、委市、废举，毕问且悉对。然后乃登岸，洋洋入市侩家[7]，挥霍醉语无谁何。明日，椎羊沥神[8]，击鼓召市。贩夫日来，争贸急售，幸不幸听轩轾[9]，唯浅深，赖不臭厥载为贺[10]。既又涉旬月，市侩计觚筹[11]，然后审知乾没[12]，则莫不大呼起舵[13]，列啸扬帆，视厚薄各满志去。又尝观富人之舶，挂十丈之竿，建八翼之橹，长年顿指南车[14]，坐浮皮上[15]。百夫建鼓番休[16]，整如官府令。拖碇必良[17]，绋缡必精[18]。载必异国绝产，时一上步，纲孔目大小[19]，杀牛醨酒，畅欢而后去。市侩过，不敢顾。盖将输官场之入，保天府之珍者也[20]。

余在隐约[21]，犹为学校诸生，每见职教者充孔杨来[22]，不险济以求[23]，赢则幸，不幸输尔载以悁入者也。

叶君伯几之至也，未数月也，以下州例不得设学录[24]，故去。

---

* 任士林（1253—1309），字叔实，号松乡，奉化（今浙江省宁波市）人。早有文名，通晓诸子百家，元大德年间曾受廉访使之托建文公书院，授上虞教谕，后讲学会稽，授徒钱塘。至大初年由中书左丞郝天挺举荐为湖州安定书院山长，不久病卒于杭州。著有《松乡集》《中庸论语指要》等。

然其深藏而不贾，厚载而未输，大类富人之舶不入市侩之顾，以满志去者固多矣[25]。叙以道其别。

注释

〔1〕天门：山名，在浙江省宁波市。阳：山的南面。

〔2〕历历：清晰的样子。晴霁：天气晴朗。

〔3〕杳：隐约。菽：豆。

〔4〕步：通"埠"，码头。

〔5〕市侩：牙侩，买卖的中间人。

〔6〕故旧：旧交。三老：有声望的老人。

〔7〕洋洋：自得喜乐的样子。

〔8〕椎(chuí)：用椎打击。沥：过滤。

〔9〕轩轾：车前高后低叫轩，前低后高叫轾。引申为高低、轻重、优劣。

〔10〕厥：代词，其。载：所装运的物件。

〔11〕觚：酒器。筹：计数用具。

〔12〕乾没：侵吞他人财物。

〔13〕舵：船舵。

〔14〕顿：设置。

〔15〕庋(guǐ)：置物的架子或板。

〔16〕建鼓：以鼓指挥进退。番休：轮流休息。

〔17〕碇：系船的石墩。

〔18〕绋(fú)：绳索。縲(lǜ)：粗绳子。

〔19〕纲：提网的总绳。

〔20〕输：运输。官场：官府设立的贸易市场。天府：物产富饶之地。

〔21〕隐约：困厄。

〔22〕职：掌管。教：教化。充：发扬。

〔23〕险济：经过险阻。

〔24〕学录：元代路、州、县学学官，协助教授、学正教育所属生员。

〔25〕固：当然，无怪。

评析

本篇为送别之作，落脚点在最后"然其深藏而不贾，厚载而未输，大类富人之舶不入市侩之顾，以满志去者固多矣"几句上。好友叶伯几学识深厚，但此次未能得到学录之职一展才华，作者将他比作"富人之舶"，深藏而厚载，安慰他不必因"不入市侩之顾"而失望。基于这样的出发点，作者在文章的前部分别铺陈描写海滨渔村贸易中市侩与富人的不同风貌，并细腻、具体地反映了海洋贸易的全过程。

文章开篇写海洋风景，作者生活在海滨，对于大海有一种自然而然的亲切感，在他的眼中，大海是平静而美好的。坐在大海边远眺，天朗气清，海水远接天际，岛屿沙洲、海市蜃楼，清晰分明。曙光初照之时，海上大大小小的船伴着海市蜃楼驶来，远远看去像撒开的豆子般点缀在海面上。不一会儿，帆影伴随着渔歌起起落落，渔船停靠在岸边，岸上交易活动即将开始。接下来作者不仅描写了渔民交易的全过程，还生动地刻画了他们的神态。舟主们还未上岸，只见众多"市侩"已经等候在岸边，远远招呼，殷勤作揖，询问货物、价格、地点。然后舟主们纷纷登岸，踌躇满志，与市侩饮酒挥霍。第二天，他们杀羊祭神，击鼓开市，小商贩每日争先恐后买进卖出，只要货物能不腐烂在船上就好。这样一个月之后，市侩计算数量，审明账目，舟主们再次起舵，各自列啸扬帆，满意而去。

在描写市井渔民的交易之后，作者又铺陈了"富人之舶"。富人之船外观高大华丽，"挂十丈之竿，建八翼之橹，长年顿指南车，坐浮庋上",百人轮番击鼓,号令整齐如官府令,船碇、绳索装备精良,所载必然是异国珍宝,一上岸,只看账目清单大小,杀牛分酒,开怀畅饮,欢尽而去。市侩路过,不敢正面去看一眼。

作者分别描写了市井细民与富豪之家不同的海边贸易过程,形象描绘了舟主"洋洋""大呼""满志"的神态、心理,又凸显了富人之船的华丽精良,反映了元代浙江沿海贸易的繁荣。

(贺琴)

海观字说

李祁*

海,天下之大物也。然人知海之为大,而不知其所以为大。故善观海者,必观其所以为大焉。今夫海,测之而莫知其深,望之而莫知其广,舟之航之,而莫知其所底止[1],是固可以为大矣。观者于是苟徒见其广,见其无所底止,而曰"海之大也如是,是可以广吾见矣"。

吁!若是者,岂为善观海者哉?天下之物,小以受小[2],大以受大,小受者受小名,大受者受大名。挟潢污行潦之量[3],而与之议洞庭彭蠡[4],夫且不可,而况于海乎?盖天下之能受者莫如海,物之大者莫如海,知所受,则可以知其大矣。不然,则知其大而不知其所以大,夫何取于海哉?

吾宗弟字海观,锐气而欲求天下之奇闻异见[5],以广其观。

---

* 李祁(生卒年不详),字一初,号希蘧,又号危行翁,茶陵(今湖南省茶陵县)人。元惠宗元统元年(1333)登左榜进士第二,授应奉翰林文字,以奉养老母改婺源州同知,迁江浙儒学副提举,后以丁母忧退隐永新。时天下大乱,又避乱于云阳山中,不复出。明初洪武征聘旧儒,李祁力辞不起,自号"不二心老人",年七十余卒。有《云阳集》。

余甚期之[6],而犹恐其所观之不得其术[7],则徒如海之为大,而不切于己[8],故复为之说焉。今而欲尽夫观之之术,其必因海之不择细流也,而知一言之微、一行之小,在己者不可以不谨[9],在人者不可以不容[10]。因海之含污纳秽也,而知祸福之来,荣辱之至,是非得失之交,集乎吾前者,不可以不顺受。因海之汪洋浩瀚[11]而不自足也,知义理之无穷,学问之无尽,而吾之所以用吾力者,不可以不孜孜焉[12]。夫如是,则观海之术,于是乎在,而不为徒观矣。《中庸》曰:"今夫水,一勺之多,及其不测,鼋鼍蛟龙鱼鳖生焉,货财殖焉。"非吾弟,夫谁望哉?

注释

〔1〕底止:终止。

〔2〕受:容纳。

〔3〕潢污:聚集不流之水。行潦:沟中的水。

〔4〕洞庭:洞庭湖。彭蠡:古泽薮名。

〔5〕锐气:指气势旺盛。

〔6〕期:盼望,期望。

〔7〕术:方法。

〔8〕切:符合。

〔9〕谨:慎重,小心。

〔10〕容:包容,对人度量大。

〔11〕瀚:底本作"污",据文意改。

〔12〕孜孜:勤勉,不懈息。

评析

本篇是一篇以"观海"为主题的议论文。提到大海,人们往往惊叹于它的广博浩大,却不知海为什么那么大,这篇文章要探究的就是这个问题。

　　作者开篇就阐明一个问题：人们都知道海是天下之大物，但往往不知道它为什么大。所以，懂得观海、善于观海的人，必定要观其所以为大。大海有不可测量的深度、不可穷尽的广度，在海上航行也不知终点在何处，这些都是海的浩大的体现。观海者只看到海的广博、无止境，就说："海如此之大，可以增广我的见闻了。"

　　然而，这就是善于观海的人吗？并不是。天下之物，小者容小，大者容大，容量小的受小名，容量大的受大名。以沟壑坑洼中水的量去和洞庭彭蠡相提并论，尚且不可，更何况是大海呢？天下最有容量的莫过于大海，事物之广大也莫过于大海，知道它能容纳的度量就可以知道它的广大了。如果不是这样，就只知其大，而不知其所以为大，观海者又能从海中得到什么呢？作者驳斥了一般观海者的看法，提出要观海之所以大，就要明白海的容量、度量，为下文议论张目。

　　接着作者回答了自己为什么要提出这个问题，他的弟弟字海观，颇有锐气，想要求尽天下的奇闻异见，以增广见闻。作者对其寄予厚望，但又担心他不得其法，就像徒然知道海之大，而不切合实际，所以要为他说一说这观海的道理。

　　下文是作者对海之所以广大的原因的阐述，也是对观海、观物之法的阐述。首先，想要知道所有的观海之法，就要知道大海的不择细流，让人明白一言之微、一行之小，在自己来说不可以不谨慎，在对别人时不可以不宽容。因为大海能含污纳秽，明白了祸福、荣辱的到来，是非得失的交集，不可以不顺从、接受。大海的汪洋浩瀚而不自足，使我们明白了世间义理之无穷、学问之无尽，我们也不可以不用尽全力，孜孜以求。只有这样，才是观海之法，而不是徒然观之了。就像《中庸》所说："假如水以一勺之多，积累到浩瀚难测的大海，那么鼋鼍、蛟龙就会从那里诞生了，而财宝货物也就在那里繁殖了。"

　　从全篇用意来看，作者是为了激励自己的弟弟用广博、探究的眼光看待世界，以观海来阐述积少成多、有容乃大的道理。大海不择细流、忍辱纳垢、不自满，所以才成为"天下之大物"；同样，在人生道路、求学道路上，我们只有如大海一般宠辱不惊、孜孜以求，才能获得成功。

（贺琴）

明清海洋文选

海山亭记(节选)

毛纪[*]

东莱郡城之艮隅[1],仅里许,有故台焉,实当教场公署之后[2]。岿然数仞[3],日就荒颓[4],过而睥睨[5],莫有问之者。考之郡志,为南燕慕容氏所筑,号为燕台。然父老相传,旧名望海。疑秦汉间占气候仙者所为也[6]。又尝忆国初沿海设有望海夫,以备倭寇。此殆其墩之遗址邪[7]?皆未可知也。盖世道恬熙之余[8],斯民相忘于无事之天久矣[9]。

嘉靖丙戌,巡察海道山东宪副碧崖冯公子际偶于阅武之暇[10],陟而观之[11],则见神洞诸峰,罗于东南;渤澥洪涛[12],汇于西

---

[*] 毛纪(1463—1545),字维之,号鳌峰逸叟,山东掖县(今属山东省莱州市)人。明成化二十二年(1486)进士,选庶吉士,弘治初年授检讨,进修撰,充经筵讲官兼东宫侍读,正德年间任礼部尚书、东阁大学士,嘉靖初年任内阁首辅,以"大礼议之争"辞官回乡,结"五老忘形会",以诗文自娱,不问政事。毛纪为人持正,学识渊博,勤于著述,有《鳌峰类稿》《归田杂识》《密勿稿》等。

北，而其雄峻浑阔之气，悉于是乎会萃焉[13]。乃慨然叹曰：兹一方之胜概也[14]，可使其芜没于荒烟野草之际，而与寻常丘垤等邪[15]？爰命工氏因其旧基增而拓之[16]，高广加三之一，垒石于麓[17]，甃甓于颠[18]，树亭其上，栋楹桷槛，黝垩丹漆，绘斫举以法。亭外缭以垣墉[19]，可凭可倚。前为石磴[20]，四十有九级，萦回以上[21]，若凌虚御风然[22]。台以丈计，高不逾三，而围可二十有八。亭以尺计，高至二十，而围则百余。材用以百计，皆取诸公羡[23]。人力以千计，皆取诸怠逋[24]。里闾之下[25]，不知有是役也。经始于是年二月凡八，越月告成。居然异境突出[26]，海邦山川为之改色。公于是援孟轲氏登山观海之说[27]，以名其亭。

每值戎宪余间[28]，时一登焉；或芳辰令节，与郡之士夫燕会其中[29]，把酒长吟，凝眸远眺，鲸波蜃气[30]，浩瀚杳霭[31]，瀹瀹瀰瀰[32]，仿佛荡乎吾之襟次。而层峦叠巘，苍翠硉兀[33]，相对恍然若超出于尘埃之表者。至若风清云淡，雨霁霞飞，市火村烟，林霏鸟语，若远若近，出没不常，朝暮之间，变态万状，会心感怀，可喜可愕。则斯亭之景，岂非所谓瑰伟绝特之称者哉？

注释

〔1〕艮隅：东北方，东北角。

〔2〕教场：古时操练和检阅军队的场地。公署：古代官员办公的处所。

〔3〕峭然：高大独立貌。

〔4〕就：接近。荒颓：这里比喻故台坍塌的样子。

〔5〕睥睨：斜视。

〔6〕占气：观云气风色以测吉凶。

〔7〕殆：大概，也许。

〔8〕恬熙：安宁。

〔9〕无事：指没有战争。

〔10〕阅武：讲习武事。

〔11〕陟（zhì）：登高。

〔12〕渤澥：渤海。

〔13〕会萃：聚集。

〔14〕胜概：美景。

〔15〕丘垤：小山丘，小土堆。等：一样。

〔16〕爰：于是。

〔17〕麓：山脚下。

〔18〕甃甓（zhòu pì）：砖壁。颠：最高的部分。

〔19〕缭：绕。垣墉：墙。

〔20〕石磴：石级，石台阶。

〔21〕萦回：盘旋往复。

〔22〕凌虚：升向高空或高高地在空中。御风：乘风飞翔。

〔23〕羡：多余，剩余。这里指建造海山亭的材料费用都是朝廷富余的款项。

〔24〕怠逋：懒惰，逃亡。

〔25〕里闾：里巷，乡里。

〔26〕异境：奇妙的境界。

〔27〕援：引用。孟轲氏：孟子。

〔28〕戎宪：军事司法长官，这里指冯时雍。

〔29〕燕会：宴饮聚会。

〔30〕鲸波：指惊涛骇浪。

〔31〕杳霭：云雾渺茫貌。

〔32〕潏潏：水流急声。濊濊：渔网入水声。

〔33〕硉（lù）兀：高耸突出。

评析

  海山亭位于莱州掖县城东的燕台上,这里曾是南燕慕容德望海之处,故名为燕台。明嘉靖五年,巡察登莱海防兵备道副使冯时雍建海山亭于其上,请邑中名宿毛纪作记,并刻石碑,成为明清时期东莱一处胜迹,这篇文章就是毛纪所撰之碑文。

  本篇介绍了海山亭所处的位置和历史,讲述了冯时雍修筑海山亭的过程和海山亭修成之后的美丽景象。

  作者首先回顾了海山亭的历史,相传它是秦汉时期观察天文、预测吉凶的土台,也是当年慕容德登高望海之处。明代初期这里又设置瞭望夫,以防备倭寇侵扰,传至现在,虽仍然是"岿然数仞",但已经颓败不堪,而天下承平日久,人们也早忘记这一处历史遗迹了。

  介绍了建造海山亭的背景之后,作者详述冯时雍重建海山亭的缘由和经过。海道副使冯时雍在公务之暇游览此地,看到这里依山面海,气势浑阔,惋惜一方胜景沦于荒芜,所以在原来的基础上进行重修、扩建。作者接下来从"台""亭""材""人力"几个方面介绍了海山亭建造的规模和经过,赞扬冯时雍修筑海山亭的功绩"海邦山川为之改色",既体恤民情,又让恢宏盛景得以重现。

  最后一段是本篇最精彩的部分,细致描绘了作者在海山亭所见到的景色。海上鲸波万仞,巨浪滔天,蜃景变换,浩瀚杳渺,深邃无边,山上层峦叠嶂,树木茂密,郁郁葱葱。这样的景观,令人荡涤胸臆,超然世外。海的汹涌广袤与山的巍峨雄壮,显示出一种阳刚之美。之后,作者又写海山亭的阴柔、明丽之美。在云淡风轻的雨后,彩霞满天,远处乡村升起缕缕炊烟,山中云雾渐开,鸟语婉转,似远似近。海山亭的景色朝暮之间变化万千,令人"会心感怀,可喜可愕"。作者描写在海山亭中所见的不同景色,在写法上与范仲淹《岳阳楼记》描写岳阳楼"淫雨霏霏""春和景明"的不同景观极为相似,他先写波涛汹涌、雄伟壮观的场面,后写风和日丽、云淡风轻的安静美好,写出了海边变化万端的景色。句法上骈散结合，读起来节奏变化，声调跌宕，文采斐然。

这篇文章从总体上来看，第一段议论，第二段叙事，第三段写景、抒情，既有对海山亭历史、现状和建造过程的交代，又有优美的景色描写，并在写景中融入作者旷达、洒脱、超然物外的心态，是一篇优秀的描写海边风景的散文。

（贺琴）

观海楼记

方孝孺*

中国之地，南至吴越[1]而尽，吴越之东南，际海而穷。宁海陈君与文所居直海滨，因作楼以据高爽，临溟渤[2]，暇日登览，以舒忧娱情[3]，甚自适也。已而坐微法[4]，谪蜀江上，思其故乡不置。蜀人与之游者，多为赋观海之诗与文，间持以归，属其所亲善者语余曰[5]："子居亦并大海[6]，知海者，宜莫如子，请为记之。"

嗟乎，人之与人同也，余与与文皆越人，又同也。然与文之所存，吾不能知，况无涯之海，余何自而知之，何从而言之乎？虽然，由其异者而观之，则人之与我不能以相合。由其同者而观之，则万物可视为一身。苟欲观海之形，其茫洋弥漫，浮天地，浴日月，抗阴阳以侔大[7]，敝古今以为寿者，章亥不能测其数，海若

---

* 方孝孺（1357—1402），字希直，一字希古，号逊志，人称正学先生，浙江省宁海县人。幼好学，师从宋濂。洪武间除汉中府学教授，任蜀王世子师。建文帝时召为翰林侍讲，迁侍讲学士，改文学博士，《太宗实录》总裁等。燕王朱棣举兵，方孝孺多次为建文帝起草诏檄，燕王攻入南京，命其起草登极诏书，拒不受命，掷笔于地，且哭且骂，遂被杀，诛十族，死者凡八百七十余人。方孝孺以文章、理学闻名于世，著有《逊志斋集》。

不能述其概[8]，庄周不能尽其辞。苟识其理，则浮沤流沫[9]，举足为学者师[10]。吾试与与文观海于形质之表[11]，可乎？彼其倏焉而盈，忽焉而涸，进退消长，与时升降者，能知其故，以处贵贱富贫荣辱福祸之际，则可以忘得丧，捐忧喜[12]，浩然而无疑。夫彼之无所不下，以成其深者，能以之为法，则可以自卑而下人[13]，以成其德。彼之兼容泛受，不择细大[14]，暴以久旱而不减，灌以洪流而不加者，能因之以廓吾之量[15]，则可以容众养人，临大事遇大变而不惑。于其摩荡涵浸之势[16]，可以作吾气；于其恬波怒涛开阖变化之态[17]，可以发吾文；于其生育濡载之利[18]，可以推吾仁；是则得于观海者，亦多矣。与文之居斯楼也，其亦有同焉否乎？

　　吾闻蜀人称与文，处忧如平时，无几微见于颜色[19]，此其于海也，殆有得矣，斯可记也。若曰燕安之余[20]，为一室以自快于山阻海澨[21]，饮食游观而恣其般乐啸傲[22]，以逸其身。此直庸众人之事，余焉敢为与文愿哉！

注释

〔1〕吴越：吴国和越国的故地，指江浙一带。

〔2〕溟渤：溟海和渤海，泛指大海。

〔3〕舒忧：抒发忧虑之情。

〔4〕坐微法：犯了小罪。微法，小罪。

〔5〕属：通"嘱"，嘱咐、嘱托。语：作动词，告诉。

〔6〕并：同。

〔7〕侔：通"牟"，求得。

〔8〕章亥：大章和竖亥，传说中善走的人。海若：传说中的海神。

〔9〕浮沤流沫：水面上的泡沫，这里指大海微不足道的一部分。

〔10〕举足：轻易。

〔11〕形质之表：指海的外表的种种变化，与下文海的气势、精神形成对比。

〔12〕捐：抛弃。

〔13〕自卑：自谦。下人：居于人下，对人谦让，也即自谦之意。

〔14〕不择细大：不挑选小的或大的，即兼容并包之意。

〔15〕廓：开拓，扩大。

〔16〕摩荡涵浸：形容浪潮震荡浸没海滩的气势。

〔17〕恬波：形容平稳的波浪，与下文"怒涛"相对。

〔18〕濡载：濡，浸润、润泽。载，生长。

〔19〕几微：些微，些许。颜色：面容、面色。

〔20〕燕安：指安逸享乐。

〔21〕山阻：险要的山地。海澨：海滨。

〔22〕般乐：玩乐。

评析

本文为方孝孺为同乡友人撰写的一篇杂记，以议论为主。篇首介绍观海楼所在的位置，说明此篇杂记撰写的缘由。中国之地，南至吴越而止，吴越东南处面临大海，而宁海陈与文所居之处正处于海滨，所以建高楼以据清爽。观海楼面临大海，闲暇之日登高观览，以舒忧娱情，甚为自适。但不幸的是，陈与文因事获罪，被贬到蜀江，思乡不止。蜀地的友人多为他撰写观海的诗文，有的带着诗文回来，托与其亲善者和作者说："您也居住在大海边，知海者莫过于您了，请您作观海之文。"作者从大处着手，从中国转到吴越，再从吴越转到东南沿海，再转到陈君的观海楼，逐步聚焦，并说明此文是为了安慰友人陈君的思乡、思海之情。

下文作者应人之邀作观海之文，但他并不描绘大海的景观，而是发表了一段对大海的议论，以纾陈与文的抑郁之情："人与人都是一样的，我与陈与文都是越人，然而，我并不知道与文心中所想，更何况无涯的大海，我从何而知，从何而言呢？这样说来，似乎对于如何对陈与文说海十分为难。然而，虽然是这样，从不同之处来说，人与我必不能有相合之处，从相同之处来说，则天地万物都可以视作一身。如果要观海之形，它汪洋弥漫，浮于天地，浴于日月，与阴阳等量齐观，年岁超越古今，章亥不能测其数量，海神不能述其概貌，庄周也无法用言辞去描述。连章亥、海神、庄子这样的人都不能测尽、说尽大海，可见海之浩瀚广大。如果说要认识其中包含的事理，即便是它的浪花泡沫，也足以为学者师，我试与与文观海的表面形质，这样就可以吗？"实际上，作者在这里回答了为什么他不写大海表面呈现的景物，因为海之广博，连古代善言善述之人都无法全部概括，更何况是作者自己呢？这就是为什么面对大海，人们往往会产生渺小之感。

既然大海的表面形质无法用语言去描述，那么就只能去探究大海所包含的哲理了。"大海的盈涸消长，随时序升降，如能知道其原因，那么处于贫贱、富贵、荣福、福祸之际，也就可以忘记得失，抛开忧喜，浩然而无疑了。大海无所不下，成就了它的深不可测，如能以它为法，则可以成就谦虚而不耻下问的品德。大海兼收并蓄，不择细大，暴晒久旱而不减其量，灌以洪流而不见有所增加，如果能以此来扩大我的度量，则可以容众养人，遇事临变从容而不慌乱。大海浩荡浸润之势，可以振作我们的气度；大海恬波怒涛、开阖变化之态，可以启发我们的文思；大海的孕育润泽之利，可以推广我们的仁心。所以，我们能从观海中获得很多。陈与文居于观海楼，是否亦与我有相同之感呢？"

"我听闻蜀人称赞与文，虽然遭到贬谪，但处忧不惊，不形于色，一如平时，这就是他从大海中得到了启发，所以以此文为记。如果建造观海楼只是为了安宁太平之余在山海之间耽于饮食游观、恣意游乐，自得其乐，这只是庸人之事，我哪里敢应与文之愿写这篇杂记呢？"

整篇文章层层递进，作者以"观海"为主题，但并不写观海楼上所见之海景，而是思考大海带给人的深刻哲理，阐明厚德载物、静水流深、宠辱不惊的深刻道理，观海不仅观其形，更重在观其理，为善观海之人。

（贺琴）

海　志（节选）

张岱*

出蛟门十里许[1]，为三山大洋。山多磁石，舟板有铁，傍山恐吸住，故牵舟沙上住。夜潮平水落，舟勿颠动。五鼓潮来岸失[2]，悉为大洋，赖缆固不漂没。风号浪炮[3]，轰怒非常。或大如五斗瓮，跃入空中，坠下碎为零雨；或如数万雪狮，逼入山礁，触首皆碎。自卯至酉[4]，舟起如簸，人皆瞑眩[5]。蒙被僵卧，懊丧此来，面面相觑而已。

夜半风定，开篷视之，半规月在山峡[6]。风顺架帆，余披衣起坐。渡龙潭、清水洋，风弱水柔，波纹如縠[7]，月色丽金[8]，簇簇波面，山奥月黑[9]，短松怒吼，张髯如戟，吞吐海氛，蠢蠢如有物蠕动。舟人戒勿抗声，以惊骊窟[10]。

注释

〔1〕蛟门：山名，在今宁波市镇海区东海中，环绕镇海口。

〔2〕五鼓：五更，古人将夜晚分为四个时间段，打鼓计时。

＊张岱（1597—1689），字宗子，一字石公，号陶庵，又号蝶庵居士，浙江山阴（今浙江省绍兴市）人。出身于仕宦家庭，博学多才，落拓不羁，早年游历山水，阅历广博，一生未入仕途。明亡以后隐居山林，专意著述。张岱尤以小品文声誉卓著，有《陶庵梦忆》《西湖梦寻》《琅嬛文集》等。

〔3〕风号浪炮：风像号叫一样，浪像开炮一样，形容风大浪高。

〔4〕自卯至酉：从卯时到酉时，卯时是上午的五点到七点，酉时是下午的五点到七点。

〔5〕瞑眩：头晕目眩。

〔6〕半规：半圆形。

〔7〕縠：原指有皱纹的纱，此处喻水波。

〔8〕罶（lǐu）：原指小渔网，此处指悬挂。

〔9〕奥：幽深。

〔10〕抗声：高声、大声。骊窟：骊龙居住之地。

评析

本篇节选自张岱散文《海志》，原文长达五千余字，记录了作者游普陀山的经历和见闻，是张岱山水游记的佳篇。崇祯十一年（1638）春，张岱到普陀山参拜观音，二月十六日登招宝山游览后返回舟中，乘舟前行，途中遇到风浪，记录下了这段不平静的海上之旅。

这段散文是作者游普陀山途中的一段插曲，写从凌晨到夜晚一天时间中小舟在海上巨浪排击下的遭遇与作者的心境，突出描写了海上巨浪滔天的雄奇凶险。作者乘坐小舟出蛟门十多里，来到三山大洋，这里的海面颇为凶险，海中之山多磁石，舟板上有钉铁，人们担心沿着山前行时船被吸住不能动弹，因此只能停靠在沙岸上。夜晚海面平静，潮平水落时，小舟还比较稳当，没有颠簸。但五鼓时分，海潮涌来，沙岸流失，小舟处于大洋之中，全靠着绳缆固定才不至于随海浪漂没。接着进入作者视线的是咆哮怒吼的大海：风号浪炮，轰怒非常。海浪之大如五斗瓮，先跃入半空，而后猛然坠下，撞为碎雨飘泼而下；海浪之大如百万雪狮，奔向礁石，触首即碎。在狂风巨浪的轰击之下，自凌晨到夜晚，小舟在海中颠簸，舟中人人眩晕，面面相觑，为此行懊悔不已。

后一段写经历一天风号浪炮之后归于平静的大海。到了晚上，海风逐渐平息下来，打开舟篷，只见半轮明月挂在山峡。等到风顺后架帆起航，作者披衣起坐，再看夜色中的海上风景，又有了一番不同于前的体会。小舟渡过龙潭、清水洋，风轻而水柔，月色朦胧，映射在波浪上，像给海面蒙上了一层细纱。而在远处月光照不到的山坳里，松涛怒吼，在风中须髯皆张，如林立的剑戟，吞吐着海上云气，像有什么东西在其中蠢蠢欲动。连舟人都告诫不要出声，以免惊动沉睡的鱼龙。

这段散文所描写的大海有动有静，动时轰怒非常，静时风顺水柔。作者用"跃""坠下""逼""触首"等动态化、拟人化的词写海浪的翻滚腾挪，形象生动，如在眼前。又用"波纹如縠，月色丽金"短短数语描绘出夜晚海面的平静，与前述形成了鲜明的对比。同时，不论是动还是静，在作者的意识里，对大海、大自然有一种敬畏之心，风号浪炮时，海浪如五斗瓮，如百万雪狮，狂涛巨浪下，人显得那样弱小和无力；风平浪静时，海山吞吐海氛，蠢蠢欲动，显得那样神秘，舟人的"僵卧""懊丧""面面相觑"又何尝不是作者对自己心声的吐露？事实上，神秘而值得敬畏，这也是千百年来人们对于大海的一种普遍的认知，反映的也是一种普遍的人类心理。

（贺琴）

海市记

吴伟业[*]

余尝之中州[1],与吾友张石平相见于大梁[2]。大梁为天下饶,其城郭险以固,宫观崇以峻,士女之所杂沓[3],车马之所辐辏[4],五方百货,罗布而错列。乃置酒登繁台[5],北望黄河从天来,屈潢倒注[6],汹汹乎奔伊阙以走龙门[7],岂不壮哉!

别去十余年,石平官两浙观察,余访之湖上,握手话旧事,叹息久之。酒酣耳热,石平曰:"子乃言大梁哉!予过盐官,观海市矣。姑登楼望海,见海中有浮图,长三十仞,白云瀚瀚从之[8],初谓绝岛所未有之奇也。已而石塘阗沸[9],盐官人皆走且呼曰:'海市矣,海市矣!'未几赤壁矗起,堑城剥落若堵墙[10]。少间,色变白,危楼数十间涌出其际,窗棂玲珑,金碧如画。忽苍烟飞来,复阁尽没[11],而修竹万丛,松柏槎枒[12],层城睥睨[13],横亘异状。烟尽,楼脊渐出,顿还旧观,乃有长桥出于水上,隐隐历历,车马无声,楼船旗帜,似有人队介而立,其余若鼎者、铛者、幡盖者、盘盂杯鎗者[14],目之所接、手之所指者,盖不可胜数矣,而又倏忽尽矣。"石平之述海市如此。

---

[*] 吴伟业(1609—1672),字骏公,号梅村,别号鹿樵生,江苏省太仓市人。崇祯进士,授翰林院编修,充东宫讲读官,历任南京国子监司业、左中允、左庶子等职,弘光时任少詹事,因与马士英、阮大铖不合,辞官归里。清兵南下后长期隐居不出,以复社名宿主持东南文社活动,声望显著,引起清政府关注,顺治十年(1653)征召其出山,吴伟业被迫屈节出仕,任秘书院侍讲、国子监祭酒,顺治十三年(1656)以丁忧南还,从此不出。吴伟业学问博赡,精于史学,擅诗、词、曲,工书画,其诗自成一体,为"梅村体",与钱谦益、龚鼎孳并称"江左三大家"。著有《梅村家藏稿》《梅村诗余》等,今人辑有《吴梅村全集》。

嗟乎！黄河决，汴城陷，畴昔之游所登临而肆眺者，尽荡为洪流，堙为鱼鳖[15]，乃东海巨浸中，顾有宫阙城市，舟车百物，俨然一都会焉[16]。嘻！此不可解也。余与石平复相视笑，遂援笔为之记。

注释

〔1〕中州：指今河南省一带，古豫州位于九州之中，又称中州。

〔2〕大梁：指河南省开封市，因魏国都城大梁曾在开封，故隋唐以后多称开封为大梁。

〔3〕杂沓：纷杂繁多。

〔4〕辐辏：集中、汇集。

〔5〕繁台：古台名，在今河南省开封市。相传是春秋时师旷吹乐之台，汉朝时梁孝王增筑，后有繁氏居住在附近，故名为繁台。

〔6〕屈潢：指河水像弯弯曲曲的大积水池。

〔7〕伊阙：地名。在今河南省洛阳市南，因两山相对如阙门，伊水流经其间，故名。龙门：相传大禹治水处。在山西省河津市西北和陕西省韩城市东北。黄河至此，两岸峭壁对峙，形如门阙。

〔8〕滃滃：云起貌。

〔9〕阗沸：喧哗。

〔10〕甓城：砖砌的台阶。

〔11〕复阁：重叠的楼阁。

〔12〕槎枒：形容树枝的枝杈参差不齐。

〔13〕睥睨：即"埤堄"，城墙上的矮墙，也泛指城墙、围墙。

〔14〕鎗：通"铛"，酒器。

〔15〕堙：埋没，淹灭。

〔16〕俨然：仿佛，如同。

评析

本篇创作于顺治六年（1649），吴伟业至杭州访同年进士张石平，张为之叙述所见海市景象，吴伟业作此《海市记》，并《海市》诗四首。

全文三部分紧密联系，第一部分追述十年前与友人张石平相聚大梁之事，第二部分是本篇的主体，根据友人的叙述描写海市蜃楼的情景，第三部分照应前文，由海市、黄河、大梁发出兴亡之叹，余味不尽。

第一部分，作者回忆十年前与张石平同游大梁，描绘大梁曾经的繁华。十年前是崇祯十二年（1639），那时候的大梁"为天下饶"，城郭坚固，宫宇崇峻，在巍峨的城墙内，人来人往，车马喧鸣，集市上五方百货汇集错列。描绘完大梁城内的繁华景象之后，作者将笔触转向城外的黄河，他与友人登上繁台，饮酒远眺，只见黄河奔涌而来，气势恢宏。作者从内而外，追忆当年大梁的繁华壮丽，为后文写"黄河决，汴城陷"做铺垫。

第二部分作者以"别去十余年"将时空拉回现实，十年后他再次到杭州过访好友，把酒言欢，追忆旧事，感慨万千。张石平为作者讲述他在浙江海宁做官时所见的海市蜃楼，当时的情形从好友的口中和吴伟业的笔下缓缓道出。张石平登楼望海，忽见海中白云翻腾，高大的佛塔隐隐出现，这是海市初现的时候，海边人声鼎沸，人们既惊奇又激动，纷纷奔走转告海市出现的消息，这里用周围人的反应烘托海市来临的壮伟奇观。接下来正面描写海市的变化，不一会儿只见空中城墙矗立，高楼数十间涌出其间，"窗棂玲珑，金碧如画"，但忽然云雾弥漫，楼阁隐没，"修竹万丛，松柏槎枒，层城埤倪，横亘异状"，一会儿又烟雾散尽，高楼再现，又有长桥跨水，忽隐忽现，而水上林立着楼船旗帜，似乎有人列队而立，鼎、铛、幡盖、杯盘等隐现其中，令人目不暇接，最后又都在转眼间消失。这一段描写海市蜃楼的变化万千，作者用了"已而""未几""少间""忽""顿""倏忽"等词，极写变化之迅速，并且条理清晰，行云流水。

最后一部分作者抒发议论和感想，他想起十年前的大梁，现在已经是"黄河决，汴城陷"，昔日登临远眺所见的繁华壮美皆随洪流东去，不复存在。而今东海之中宫阙城池、舟车百货一一再现，仿佛就是昔日的大梁，作者发出感叹："此不可解也。"作者感叹的黄河决堤，汴城陷落，似有所指，令人深思，亦属"不可解"。

（贺琴）

海市记

魏际瑞*

海盐有放庵，庵之僧曰自庆者曰："吾居此十年矣，亦尝见海市，城郭、人民、楼观，犹登州也。惟城中牛马出，则大水，徙牛马，水亦不溢"云。

是为庚戌二月二十有五日。是日也，春初霁，草木之华待霁而荣者[1]，如积怒之不可遏。于是大中丞范公，遂以次日霁定，巡行于海甸[2]。予与诸同志者[3]，登涉园之石，以观于海。縠水成岸[4]，互如银沙，将不可纪极[5]，而林木障其北。公忽遣骑来言曰："海之北，楼台出矣！"

众皆骑而往。则有若堡者，若松林者，若城垣雉堞者[6]。于是若堡者变而为亭，林木者为椭山若鞍，城垣雉堞长亘而为桥，桥之上若二人扛帷轿而徐徐若行[7]。又有山正方如屏者，析其角而矗然为单峰如笔[8]。于是而亭者复为芝，芝为盖，盖为盘盂[9]，

---

* 魏际瑞（1620—1677），原名祥，字善伯，江西省宁都县人。明末诸生，与其弟魏禧、魏礼并称"宁都三魏"。入清后，魏禧、魏礼皆弃诸生不应试，独魏际瑞为支应门户应试，为顺治十七年（1660）贡生，因家贫，游食四方，康熙十六年（1677）为南赣总兵哲尔肯说降韩大任，被杀。著有《魏伯子文集》。

皆有趺承之〔10〕，业业然如笾豆〔11〕。楠之山半析为二，一伏一偲者分焉〔12〕。于是与盘盂皆又为亭，而正方之蠹然者，为"亚"字，又为"员"，又析为峰。而盘盂楠山之为亭者，又为腰鼓，而桥不可复见矣。惟历历如碎石，析为峰者，仍正方也。诸为腰鼓者，为飞盖矣〔13〕。正方之上，为人独立焉。

或曰："正方者，名'铁山'，其先为堡、为林，为城堞者，曰'斗牛山'，人皆可至。"然则是山也，何以变？且其或有之也，亦见于秋。年七十者曰："未尝春见之也。"于是乎自午以至于未之末〔14〕，而所谓山者，亦杳然没焉〔15〕。土人之谓山也，是邪？非邪？

或曰："大中丞公出入蛇龙虎豹之区，往反且万里〔16〕，沾淫雨〔17〕，曝骄阳，饭蔬啗菜〔18〕，方一年所，浙民之苦荒逋灾伤者〔19〕，为数百有余万，一旦蠲释〔20〕，延及子孙，天地知公一无所受，于是乎不爱其奇，矢以相贶〔21〕。"

予从公之后，而以得此巨观也，于是乎为记。

注释

〔1〕荣：繁茂，盛多。

〔2〕海甸：近海地区。

〔3〕同志：志趣相同，志向相同。

〔4〕蹴（cù）：收缩，退缩。

〔5〕纪极：终极，限度，引申为穷尽。

〔6〕雉堞：城上的矮墙，泛指城墙。

〔7〕帷轿：带有帐幕的轿子。

〔8〕析：劈，剖。

〔9〕盘盂：圆盘与方盂的并称，用于盛物。

〔10〕趺：泛指条状物的末端。

〔11〕业业然：高大雄壮貌。笾豆：礼器，竹制为笾，木制为豆。

〔12〕倨：直。

〔13〕飞盖：高高的车篷。

〔14〕午：午时，上午十一时至下午一时。未：未时，下午一时至三时。

〔15〕杳然：邈远貌。

〔16〕反：通"返"。

〔17〕淫雨：久雨。

〔18〕啮：咬。

〔19〕逋（bū）：逃亡。

〔20〕蠲（juān）释：消除，解除。

〔21〕贶（kuàng）：赐。

评析

本篇详细地记录了康熙九年浙江海盐的一次海市蜃楼，通篇并未用多少华丽的辞藻形容海市的奇幻壮美，而是用朴实无华的笔调描绘海市中出现的事物和变化，目的不是写景而是写人，通过记录这次海市赞扬浙江巡抚范承谟赈灾抚民的功绩。

文章开篇用海盐当地一位名叫自庆的僧人的话引出主题，海盐也有如登州那样的海市蜃楼，城郭、人民、楼观，并无不同。唯一的不同的在于，如果城郭中有牛马出现，就预示着有大水来临，但不至于泛滥成灾。海市预示着未来的吉凶，为后文颂扬范公做铺垫。

接着作者写他与范公等人目睹的一次海市。二月正是春天来临，万物复苏，草木萌发，生机勃勃之际，大中丞范承谟定于二月二十六日去海边巡视。作者与诸同人随行，登石观海，只见碧海银沙相拥，不分边际，北边则有林木为障。正在此时，范公遣人来告知：大海北边有海市出现了。

下一段是本篇的主体，描写海市的变化。海市中有堡垒、松林、城郭，一会儿堡垒变为亭台，松林变为像马鞍一样的椭圆的山，城郭女墙变成绵延不断的长桥，桥上好像有两人扛着轿子慢慢行走。还有如屏风一般方正的山，从边角上分开成为矗然而立的笔直的山峰。再看亭台又化为小盖，小盖又化为盘盂，盖放在盘盂之上，像鼓座一样，而高大雄伟的样子又像古时祭祀用的笾和豆。椭圆的山也分而为二，一伏一偃，盘盂又变为亭子，与正方矗立的山峰合为"亚"字，又为"员"字，而后又变为山峰。由盘盂椭山变来的亭子，又变成了腰鼓，而之前绵延不断的长桥已经不见了，只剩下粒粒碎石，清晰可见。而山峰仍然是正而方，腰鼓变为高高的车篷，正方的山峰之上，有人独立。

有人说正方的山名为"铁山"，之前变幻为堡垒、林木、城郭的，名为"斗牛山"，人都可以上去的。可是既然是山，为什么会变化呢？即便是有这样两座山，也只是在秋天里出现，这里七十多岁的老人都说，从未在春天看见过。且至午后，那些所谓的山也无影无踪了，土人所说的山到底是不是山呢？

又有人说，一年多以来，大中丞范公出入于蛇龙虎豹出没的险地，冒着骄阳、淫雨往返万里，饭蔬啮菜，解救百余万浙江民众于灾荒之中，福泽延及子孙，天地之神知道范公的功德，因而以此奇幻之景相赐，而作者自己也因为跟随着范公，而得以亲历此天地奇景巨观。

作者写海市蜃楼重在工笔描绘，力求展现海市中景物的细微变化，而用意则在最后一段，既表达对海市奇观的惊异赞叹，又表达对范公为政功绩的由衷赞美。

（贺琴）

海行记

戚学标[*]

濒海人畏风涛，或终身不至海。此为虎而恶食人肉，失其所以为虎矣。余欲往，未有名，间岁，有事东瓯[1]，闻自江下两潮可到，慨然作海上游。

始出，见青屿、洞黄诸山，绿翠如芙蓉，历历在目。一炊饭顷，抵楚门，明代防倭处，故隶本邑，今析入玉环者也。再过，有山一带，如龙蛇，横卧水际，即玉环山，在古称木榴屿。然皆夹山行，洋面不甚宽，稍出，至岐头，澄波一望，无复山影，莽莽荡荡[2]，若世界俱浮。内洋如此[3]，设出大洋，江神、河伯两醯鸡矣[4]。风顺，坐看五两拂拂[5]，瞬息百余里。过磐石，入温州里港，绝不觉险。

竣事归，或劝改道出大京为稳。笑曰："舟行一帆风抵家耳，何故崎岖陟峻岭，听舆人唱'姚岙遥到天'耶[6]？"下步一昼夜，望见玉环，忽转北风，船上复落，逆风敲戗[7]，每船一侧，半落海中，左右不定，船中人从而左右如转轴毂[8]，尽作呕吐，面土色。视操橹者貌如常，心略安。讫不能行[9]，乃择可泊处下木碇[10]。深夜望海波深处，火光如乱萤。睡中荡汩有声[11]，船似移行，明仍在故处。先下船时，备五日粮，至是尽出与众同食。既尽，所携乳柑亦出[12]，连皮啖之。虑风不止，作海中莩矣。突见

---

[*] 戚学标（1742—1825），字翰芳，号鹤泉，浙江太平（今属浙江省温岭市）人。乾隆四十六年（1781）进士，官涉县、林县知县，因忤上官罢归，后改宁波府学教授，旋归里，潜心著述。博通经史，尤长于声韵训诂之学，有《汉学谐声》《景文堂诗集》《鹤泉文钞》等。

西南片云，长年能占色[13]，曰"风转矣"，鼓舵行[14]，不半日达江下。向游鉴湖过洪泽[15]，自诧奇观，今视之，直衣带水。然尚未见鱼龙出没，万怪惶惑，未敢谓观止也。

注释

〔1〕东瓯(ōu)：今浙江省温州市。

〔2〕莽莽荡荡：广远貌。

〔3〕内洋：内海。

〔4〕江神：江水之神。河伯：河神。醯鸡：出自《庄子·田子方》："孔子出，以告颜回曰：'丘之于道也，其犹醯鸡与！微夫子之发吾覆也，吾不知天地之大全也。'"醯鸡即醋瓮中生出的小飞虫，即蠛蠓，后比喻见识浅薄。

〔5〕五两：古人用鸡毛做成的悬于高竿的测风器。拂拂：风吹动貌。

〔6〕舆人：轿夫。

〔7〕戗(qiàng)：支撑墙壁免于倾倒的木头。

〔8〕毂：车轮中心穿轴承辐的部分。

〔9〕讫：终究，最终。

〔10〕碇(dìng)：系船的石墩或铁锚。

〔11〕荡汩：迅疾流动。

〔12〕乳柑：温州蜜柑，柑的良种之一，味似乳酪，故名。

〔13〕占色：观察天色。

〔14〕鼓舵：摇动船舵，谓泛舟。

〔15〕鉴湖：镜湖，又称长湖、庆湖，在浙江绍兴城西南，为绍兴名胜之一。

评析

　　本篇记录了作者往返温州一带时的海上见闻，洋溢着勇敢与乐观的冒险精神。

　　大海既以丰富的海产滋养着海滨的人们，也充满着神秘与凶险，住在海滨的人们常年面对着海上风涛，难免产生畏惧，以至于有些人终身不愿入海，作者认为这无异于老虎害怕吃人，已经失去了作为老虎的本质了。而他则一直向往着大海，想要入海，但一直找不到机会。这一年他因有事到东瓯，即温州一带，因而特选海路，做海上之游。

　　文章主体部分记录了作者两次不同的海上游历。先写从台州去往温州的海上见闻。坐在船上，作者环望四周，只见青屿、洞黄等山翠绿如芙蓉。不过一顿饭的工夫，即抵达楚门，这里是明代抵御倭寇的重镇，原来隶属于作者的家乡太平县，如今已析入玉环。继续行船，就看到有山如龙蛇绵延，横卧于水上，这就是玉环山，古称木榴屿。一路行来，船都是夹在山谷之中，水面并不宽敞，等出到岐头，则豁然开朗，只见水面上再无山影，澄波万里，莽莽荡荡，仿佛整个世界都漂浮在水上。作者不禁设想，现在仍在内洋，已经如此浩瀚，如果去到大洋，连江神、河伯都变得浅薄了。作者去时顺风顺水，坐看五两随风拂动，瞬息之间已过百余里，转过磐石，就进入温州里港，一路上并没有觉得有多危险。作者写去温州的经历，根据行船路线逐步推进，由青屿、洞黄诸山到楚门、玉环，再入海，转入温州港，海上风平浪静，悠然自得。

　　然后写从温州返回的海上经历，这次与去时完全不同了，也让作者体验了一回海上的凶险。作者在准备返回时，就有人劝他为求稳妥还是走大京，避开海路，但作者并不以为意，笑答："乘船一帆顺风就可到家，为什么要走陆峭的山路，听车夫唱'姚岙遥到天'呢？"所以他还是乘船走海上，一个昼夜后，到了玉环山，海上忽转北风，凶险顿生。船逆风而行，每次侧转船身，几乎要落入海中，左右摇摆不定，船上的人们也像旋转的轱辘一样，从左边摇晃到右边，呕吐不止，面如土色，只有看到摇橹的船工仍然保持镇定，面色如常，心中才稍微安定。最后实在不能行驶了，就找了一处可以停泊的地方停靠。此时正值深夜，望向海波深处，火光如乱萤跳动。躺在船上，睡梦中听到汩汩的水声，船似乎在行走，但人们心里明白，船仍在原处。作者先前坐船时准备了五天的粮食，到现在全部拿出来和众人一起分食，粮食吃尽，又拿出携带的蜜橘，连皮一起吃掉。正担心风若不停，会饿死在海上的时候，忽然看到西南方向出现了一大片云，一位能观天色的长者说："风要转向了。"于是乘此机会鼓舵而行，不到半日工夫就抵达目的地。作者的回程显然与去时的平静悠然形成了鲜明的对比，这次的海上之行，作者从听觉、视觉等写起，生动描绘了海上遇险时起伏不定的心理状态。

以往作者游览鉴湖、洪泽，惊异于那里的奇景异观，而经过这次的海上之行，再想到鉴湖和洪泽，就觉得直衣带水、平平无奇了，大海带给了他更大的震撼。但同时，这次没有看到百怪隐现、鱼龙出没，对于作者来说还不能说是一次完美的冒险之旅，仍然带有那么一丝缺憾。这也正反映出作者的乐观和勇敢，实际上也是千百年来人们敬畏大海、征服大海的源泉和动力。

（贺琴）

诗编

先唐海洋诗选

观沧海

曹操*

东临碣石[1],以观沧海。水何澹澹[2],山岛竦峙[3]。树木丛生,百草丰茂[4]。秋风萧瑟[5],洪波涌起。日月之行,若出其中。星汉灿烂[6],若出其里。幸甚至哉,歌以咏志。

注释

〔1〕碣石:山名。在河北省昌黎县北。

〔2〕澹澹:荡漾的样子。

---

* 曹操(155—220),字孟德,小名阿瞒,谯县(今安徽省亳州市人)。三国时政治家、军事家、文学家。建安元年(196),将汉献帝迎于许都(今河南省许昌市),挟天子以令诸侯。建安十三年(208),进位为丞相。后封为魏王。曹丕称帝后,追尊为武帝。曹操一生征战,扩大了军事力量,基本上完成了北方大部分地区的统一。主张唯才是举,打破门第观念。在文学上形成了以"三曹"父子为中心的建安文学。精于兵法、音律、诗赋,钟嵘《诗品》"曹公古直,颇有悲凉之句",敖陶孙《臞翁诗评》"魏武帝如幽燕老将,气韵沉雄",都正确地指出了其诗歌特点。

〔3〕竦峙：耸立，挺立。

〔4〕丰茂：这里指草木丰盛茂密。

〔5〕萧瑟：形容风吹树木的声音。

〔6〕星汉：银河。

评析

建安十二年（207），曹操在北征乌桓凯旋途中，创作了这首诗。乌桓，本居于辽西一带，汉末逐渐南下，攻城略地，不但成为北方的边患，而且也是曹操统一北方的严重障碍。

首两句要言不烦，直接点明了地点和目的。"碣石"，一般认为即今河北省昌黎县北部的碣石山，一说已沉入今河北省乐亭县境内的大海中。诗人登上碣石山，举目遥望，是苍茫的大海。从"水何澹澹"至"洪波涌起"，写的全是诗人所见。澹澹，此处指大海水波荡漾的样子。竦峙，岛屿耸立的样子。作者纯用赋法，写水、山、岛、木、草、风、涛，笔之所触，一句一境——虽然简短，但是移步换景，以散点透视之法，描写了秋天背景下的大海以及周围的环境。虽然秋风萧瑟，但是"澹澹""竦峙""丛生""丰茂"等字眼，却凸显了一片生机勃发的大千世界！清代王士禛在《带经堂诗话》中说："古人山水之作，莫如康乐、宣城，盛唐王、孟、李、杜及王昌龄，刘眘虚、常建、卢象、陶翰、韦应物诸公，搜抉灵奥，可谓至矣。然总不如曹操'水何澹澹，山岛竦峙'二语，此老殆不易及。"

"日月之行，若出其中。星汉灿烂，若出其里"从正面入手，诗人以想象之笔，写出了大海的气魄。日月运行，好像出自大海之中。星汉灿烂，好像出自大海之内。这是何等宏大的气象！不是宇宙吞吐着大海，而是大海吞吐着宇宙。仅凭这四句诗，也足以见出曹操的文学修养之深厚。这几句字面上写的是海，可这又何尝不是一代枭雄经略四方、雄视天下的自我写照呢？

结尾"幸甚至哉,歌以咏志"是合乐的套语,因为该诗在体裁上是一首乐府诗。

这首诗是文学史上的第一首真正意义上的山水诗,也是第一首海洋诗歌。中国古代海洋诗歌史亦以牢笼百世的雄浑面目,而由此开篇。

(冷卫国)

梁甫行

曹植*

八方各异气[1],千里殊风雨。剧哉边海民[2],寄身于草野。妻子象禽兽[3],行止依林阻[4]。柴门何萧条,狐兔翔我宇[5]。

注释

[1] 异气:气候不同。

[2] 剧:艰难。

[3] 妻子:妻子和儿女。

[4] 行止:行步止息,犹言动和定。林阻:山林险阻之地。

[5] 宇:房屋,居所。

---

* 曹植(192—232),字子建,谯县(今安徽省亳州市)人。三国时期曹魏诗人,建安文学的代表作家。因与曹丕争太子位,在曹丕继魏王位后,成了被打击的对象。曹丕病逝后,其子曹叡继位,即魏明帝,曹植的处境没有得到根本好转。其人生可分为前后两个阶段,前期是优游宴乐的贵族公子,后期则是处处受限、多次迁封的藩王。卒于陈,谥思,故后人称之为"陈王"或"陈思王"。与曹操、曹丕合称"三曹"。钟嵘称曹植之于文章,"譬人伦之有周、孔,鳞羽之有龙凤"。

评析

  该诗大约作于建安十二年(207),曹植随曹操征乌桓,"东临沧海"(《求自试表》),到达了今河北一带的渤海之滨。诗人以白描的手法,写下了对边地百姓生活的深切同情。

  "八方""千里",极言地域之广。"八方",指的是东、西、南、北、东南、东北、西南、西北八个方向。"八方各异气,千里殊风雨",指四面八方地域不同,气候、条件等也各不相同。三、四两句点出生活于渤海之滨的百姓过着艰难痛苦的生活,只能寄身于草野林莽之中。他们就像飞禽走兽一样,或行或止,一举一动,都凭借着山林和险阻。由于长期的战乱,他们过着几乎食不果腹、衣不蔽体的生活,同时,他们的生活朝不保夕、充满着战战兢兢的忧惧。"柴门何萧条,狐兔翔我宇",生活的家园早已破败不堪,狐狸、兔子等在柴门、房子中蹿来蹿去,人也早已与野兽为伍了。这两句一方面写出了长期的战乱导致的民不聊生、人烟稀少的状况,另一方面,也说明,在这种条件下,即使幸存下来的妇人和孩子,也早已沦落到与禽兽生活在一起了。

  这首诗继承了《诗经》的风雅精神,以现实主义手法写出了建安时期民不聊生的真实画面,寄寓了作者关心民瘼的情怀,对于作为贵族公子的曹植来说,这是难能可贵的。同样值得注意的是,在中国古代诗史上,这也是第一首写到渤海之滨"边海民"生活的诗歌。

(冷卫国)

远游篇

曹植

  远游临四海,俯仰观洪波。大鱼若曲陵,承浪相经过。灵鳌戴方丈[1],神岳俨嵯峨[2]。仙人翔其隅,玉女戏其阿[3]。琼蕊可疗饥[4]，仰首吸朝霞。昆仑本吾宅，中州非我家。将归谒东父[5]，一举超流沙[6]。鼓翼舞时风，长啸激清歌[7]。金石固易弊，日月同光华。齐年与天地，万乘安足多。

注释

〔1〕灵鳌：神话传说中的巨龟。《楚辞·天问》："鳌戴山抃，何以安之？"方丈：海上神山名。传说海中有三神山，名曰蓬莱、方丈、瀛洲。

〔2〕嵯峨：高峻的样子。

〔3〕阿：山的弯曲处。

〔4〕琼蕊：玉花。

〔5〕东父：东王父。《海内十洲记·聚窟洲》："扶桑在碧海之中，地方万里。上有太帝宫，太真东王父所治处。"

〔6〕流沙：这里指西方。

〔7〕清歌：清亮的歌声。

评析

曹植远离朝廷，但是依然心怀邦国，胸中抱有作为魏王室成员却不得为朝廷效力的愤懑。在希望与失望之间，诗人将笔触寄托于远离人间的仙境，该诗就是在这样的背景中创作的。

首两句概括全篇，点出"远游"的主题，为全文设下铺垫。诗人的思想飞升到了仙境，俯瞰人世，看到的是广袤的四海，俯仰之间，巨浪翻腾。大鱼如同丘山，穿越于浪涛之中。四海之内，是巍然屹立的高山大岳。"仙人"以下四句，作者创造了一个自由自在、超尘脱俗的仙境。作者陶醉于斯，继而笔锋直落而入，"昆仑本吾宅，中州非吾家"，他要在西方仙境世界中随风而舞，放声啸歌，过着神仙般的生活。金石固然坚固，可是终究还要毁坏，只有日月才能够光辉永存。能够像神仙一样长寿,与天地一样永恒,即使是拥有天下的国君,又有什么值得羡慕和称赞的呢?在曹植的后半生,由于受到曹丕、曹叡父子的猜忌,生活上经常受到限制,其早年"戮力上国,流惠下民,建永世之业,流金石之功"(《与杨德祖书》)的人生理想也逐渐归于幻灭,于是他将一腔愤懑之情,化为文字,托于仙境,实是不得已。"哀怨起骚人""文穷而后工",正是这样的现实,所以才玉成了这意境高远、形象鲜明的游仙诗。

本诗明写仙境之乐,实写忧患之切,善用比兴,营造了鲜明的艺术形象。钟嵘《诗品》评价曹植的诗歌"骨气奇高,词采华茂,情兼雅怨,体被文质",此诗足以当之。另外,诗中第一次出现了"大鱼"的意象,这在诗歌史上也是第一次。

(冷卫国)

拟四愁诗(其一)

傅玄*

我所思兮在瀛洲[1],愿为双鹄戏中流。牵牛织女期在秋,山高水深路无由。悯予不遘婴殷忧[2],佳人贻我明月珠。何以要之比目鱼[3],海广无舟怅劳劬[4]。寄言飞龙天马驹,风起云披飞龙逝。惊波滔天马不厉,何为多念心忧泄。

注释

〔1〕瀛洲:传说中的海上神山。

---

* 傅玄(217—278),字休奕,北地泥阳(今陕西省铜川市耀州区)人,西晋初年的文坛宗主、文学家、思想家。性情刚直,博学善属文,曾封爵鹑觚子,《隋书·经籍志》载"晋司隶校尉《傅玄集》十五卷",今佚。明人张溥辑有《傅鹑觚集》一卷,收入《汉魏六朝百三家集》中。其诗作以乐府诗见长。

〔2〕悯：忧伤。遘：相遇。婴：遭受。

〔3〕要：通"邀"。

〔4〕劳劬：劳苦，劳累。

评析

傅玄在该诗的序中称："昔张平子作《四愁诗》，体小而俗，七言类也。聊拟而作之，名曰《拟四愁诗》。"该诗之作，起于对东汉文学家张衡《四愁诗》的模拟。

这是一首写男女思慕之情的诗。诗中的"我"与"佳人"因为迫于现实中的种种限制而会合无缘，由此而产生了哀怨清切的暌违之痛。"我"所思慕的对象在缥缈的东海仙山，"我"多么希望能够和"佳人"一起像双鹄一样嬉戏在水中。那传说中的牵牛和织女尚有秋夕之会，可是"我们"之间却别后即成永诀！登山无路，下水无由，升天无门，一切都是徒劳。时不我遇，"我"只能心怀深切的挂念和忧惧。诗人运用了一连串的繁复意象，来隐喻重重艰难险阻导致了"佳人"的遥不可及。如果与作者的另一首诗《昔思君》对照来读："昔君与我兮形影潜结，今君与我兮云飞雨绝。昔君与我兮音响相和，今君与我兮落叶去柯。昔君与我兮金石无亏，今君与我兮星灭光离。"则对该诗的理解，自可更进一步。元陈绎曾说傅玄诗"思切清苦，失之太工"（《诗谱》），确是有识之见。

值得注意的是，诗中密集出现了"瀛洲""比目鱼""海""舟"等与海洋有关的意象。瀛洲为传说中的东海仙山，出自汉东方朔撰的《海内十洲记》："瀛洲在东海中，地方四千里，大抵是对会稽，去西岸七十万里。上生神芝仙草。又有玉石，高且千丈。出泉如酒，味甘，名之为玉醴泉，饮之，数升辄醉，令人长生。洲上多仙家，风俗似吴人，山川如中国也。"关于比目鱼，《尔雅·释地》中解释道："东方有比目鱼焉，不比不行，其名谓之鲽。"以上都反映了古人对海洋地理和海洋生物的朴素认识。而以"比目鱼"来比喻男女爱情的不离不弃和坚贞不渝，此诗盖是首创之作。

（冷卫国）

游仙诗（其六）

郭璞*

杂县寓鲁门[1]，风暖将为灾。吞舟涌海底，高浪驾蓬莱[2]。神仙排云出，但见金银台。陵阳挹丹溜[3]，容成挥玉杯[4]。姮娥扬妙音[5]，洪崖颔其颐[6]。升降随长烟，飘摇戏九垓[7]。奇龄迈五龙[8]，千岁方婴孩。燕昭无灵气[9]，汉武非仙才[10]。

注释

〔1〕杂县：海鸟名，亦名爰居。《尔雅·释鸟》："爰居，杂县。"

〔2〕蓬莱：传说中的神山名。

〔3〕陵阳：传说中的仙人陵阳子明。丹溜：道教所说的仙水。

〔4〕容成：传说中黄帝的大臣，发明了历法。

〔5〕姮娥：神话中的月中女神。

〔6〕洪崖：传说中的仙人名。

〔7〕九垓：中央至八极之处，这里指九天。

〔8〕五龙：古代传说中五个人面龙身的仙人，道教称为五行神。

〔9〕燕昭：指战国时的燕昭王，姬姓，名职。

---

* 郭璞（276—324），字景纯，河东闻喜（今山西省闻喜县）人，东晋著名学者、文字学家、训诂学家。惠帝间避乱江东，明帝时因为阻止王敦谋逆被杀。《晋书·郭璞传》称其"词赋为中兴之冠"。《游仙诗》是其主要代表作品，现仅存14首，是中国游仙诗的鼻祖。

〔10〕汉武：即汉武帝刘彻。

评析

　　这是郭璞游仙诗的第六首。诗中描写了怡然自乐的神仙世界，暗喻对现实的不满和对统治者的讽刺。

　　该诗首两句运用了《国语·鲁语》中的典故——海鸟曰"爰居"，止于鲁东门外，展禽曰："今兹海其有灾乎？夫广川之鸟兽，恒知而避其灾也。""是岁也，海多大风，冬暖。"继而作者发挥想象，写了风浪之巨。随着惊涛骇浪，出现了一个超然世外、金银筑台的神仙世界：陵阳子明、容成公、嫦娥、洪崖先生、宁封子、五龙，都是著名的神仙。他们有的服食石脂，有的挥动酒杯，有的妙歌曼舞，有的怡然陶然，有的积火自烧，上下飘摇于九天之间。他们的年龄都超过千岁，但是依然像婴儿一样。仙界，是理想的乐地。可是燕昭王、汉武帝又怎样了呢？他们虽然好仙，但是学仙不成，不都早已化作消逝的云烟了吗？

　　诗中有高蹈出世的思想，但是也不乏人仙殊途的清醒之思。全诗由大海的风浪之灾写起，结穴于历史上帝王好仙的灰飞烟灭，章法上富于变化，想象奇特，语言夸张生动。"吞舟涌海底，高浪驾蓬莱"两句，更是风格劲健，语力超迈。

（冷卫国）

游赤石进帆海

谢灵运*

首夏犹清和^[1]，芳草亦未歇。水宿淹晨暮，阴霞屡兴没^[2]。周览倦瀛壖^[3]，况乃陵穷发^[4]。川后时安流^[5]，天吴静不发^[6]。扬帆采石华^[7]，挂席拾海月^[8]。溟涨无端倪^[9]，虚舟有超越^[10]。仲连轻齐组^[11]，子牟眷魏阙^[12]。矜名道不足^[13]，适己物可忽^[14]。请附任公言^[15]，终然谢夭伐。

注释

〔1〕首夏：初夏，指农历四月。

〔2〕阴霞：云霞。

〔3〕瀛壖：海岸。瀛，海；壖，岸。

〔4〕况乃：恍若，好像。穷发：极北不毛之地。《庄子·逍遥游》："穷发之北有冥海者，天池也。"

〔5〕川后：传说中的河神。《文选·曹植〈洛神赋〉》："于是屏翳收风，川后静波。"

〔6〕天吴：海神名。《山海经·海外东经》："朝阳之谷，神曰天吴，是为水伯。"《山海经·大荒东经》："有神人，八首人面，虎身十尾，名曰天吴。"三国魏嵇康《琴赋》："天吴踊跃于重渊，王乔披云而下坠。"

〔7〕石华：介类，附生于海中石上，肉可食，壳如牡蛎而大。晋郭

---

* 谢灵运（385—433），小名客儿，陈郡阳夏（今河南省太康县）人。东晋末年，袭封康乐公。宋少帝时，为永嘉太守。性情狂傲，喜游山水，是中国山水诗的鼻祖。诗风清新自然，改变了玄言诗占据文坛主流的局面，山水诗由此成为中国古代诗歌的一大流派。明人辑有《谢康乐集》。

璞《江赋》:"王珧海月,土肉石华。"

〔8〕海月:海生动物名,亦称窗贝,贝壳圆形,薄而透明,肉可食。

〔9〕端倪:边际。

〔10〕虚舟:轻捷之舟。

〔11〕仲连:鲁仲连,又称鲁连,战国末期齐国人。功成身退,不接受齐王的封赏而到海边隐居。组:古代佩官印的绶带,引申为官印或做官的代称。齐组,这里指齐王的封赏。李白《古风》(其十):"齐有倜傥生,鲁连特高妙。明月出海底,一朝开光曜。却秦振英声,后世仰末照。意轻千金赠,顾向平原笑。吾亦澹荡人,拂衣可同调。"

〔12〕子牟:魏公子牟。战国时人,封于中山,又称中山公子牟。其尝言:"身在江海之上,心居乎魏阙之下。"

〔13〕矜名:崇尚名声。

〔14〕适己:自在自得。

〔15〕任公:指太公任,传说为春秋时人。

评析

景平元年(423)初夏,谢灵运被贬至永嘉(今浙江省温州市)做太守已近一年。在这一年中,诗人流连山水,搜求探胜。本文开篇写道,在风清气和、花草犹盛的初夏,诗人在赤石一带经历了长时间的水路游历,虽然也颇多烟霞夕霏、风光变幻的景致,但是游览已倦。赤石,据谢灵运《游名山志》"永宁、安固二县间,东南便是赤石,又枕海",在今温州湾附近。既然生倦,遂有挂帆行海之思。大海风平浪静,水波不兴,在溟无涯涘的大海之上张帆行舟,采食石华、海月两种海味,"虚舟有超越",说明作者忘情于大海之上,心无挂碍,陶然自乐。接下来,作者将鲁仲连和公子牟比较,前者是功成不受赏,逃禄隐于海上的真君子,后者则是"身在江湖之上,心在魏阙之下",留恋高官厚禄的假隐士。二者相比,高下自然判若云泥。功名不足贵,只要逍遥自适,世间万物都可以忽略不计了。任公言,出自《庄子·山木》,任公教导孔子说,直木先伐,甘井先竭,意思是只要韬光养晦,就可以全命而终。不过,富有讽刺意味的是,谢灵运这位出身于名门士族的贵族诗人,虽然深知道家全性保真的道理,但是毕竟处在那样一个黑暗的人间乱世,加上其恃才傲物、性情躁竞,最后也难逃在广州被弃市的厄运。

这首诗从结构上可分为三层,叙事—写景—言理,是谢灵运山水诗的一贯模式,该诗无疑是这种模式的代表性作品。从前面六句到中间六句再到最后六句,连字数上都是锱铢必较,斤两相称,在讲究富艳精工的字面背后,是作者运思太过的人工痕迹。由此而言,谢诗离兴象玲珑的自然神韵,也就尚有一段距离了。

"扬帆采石华,挂席拾海月",诗人以名物巧妙作对,在描写其隐居海上、怡然自乐的同时,也从一个侧面说明了古人以石华、海月这两种海味为食,早就有悠久的历史了,而这无疑是反映古代人海关系的一个缩影。

(冷卫国)

小临海

刘孝威[*]

碣石望山海,留连降尊极。秦帝柱钩陈[1],汉家增礼饰。石桥终不成,桑田竟难测。蜃气远生楼,鲛人近潜织[2]。空劳帝女

---

[*] 刘孝威(496—549),名不详,字孝威。彭城(今江苏省徐州市)人,南朝梁诗人、骈文家。出生官宦之家,刘绘之子、刘孝绰第六弟。其生平历梁、陈、隋三朝。孝威以诗胜,与庾肩吾、徐摛等十人并为太子萧纲"高斋学士"。其诗作以宫体诗为主。明张溥《汉魏六朝百三名家集》辑有《刘孝仪孝威集》。今存诗六十余首。

填〔3〕，讵动波神色〔4〕。

注释

〔1〕星官名。《文选·扬雄〈甘泉赋〉》："诏招摇与太阴兮，伏钩陈使当兵。"李善注引服虔曰："钩陈，神名也。紫微宫外营陈星也。"

〔2〕鲛人：传说中的人鱼。

〔3〕帝女：传说中的古帝之女，这里指填海的炎帝之女精卫。

〔4〕波神：这里指海神。

评析

碣石，一说在今河北昌黎，一说在山东无棣。按诸史实来看，此诗中的碣石山，应以后者为宜。因为黄河以北，已是北朝控制的范围。诗中一开始写到，为求长生不死之药，秦皇、汉武等都流连于此，放下了贵为人主的架子。秦始皇率领浩浩荡荡的仪仗卫队，最后也是无功而返。汉武帝提高了祭祀的等级，多次祭祀东海，也是空手而归。石桥，说的是秦始皇海上造石桥的典故。晋伏琛《三齐略记》："始皇于海中作石桥……海神为之竖柱。始皇……求与相见，海神答曰：'我形丑，莫图我形，当与帝会。'乃从石塘上入海三十余里相见。左右莫动手，巧人潜以脚画其状。神怒曰：'帝负我约，速去。'始皇转马还。前脚犹立，后脚随崩，仅得登岸。画者溺于海，众山之石皆住，今犹岌岌，无不东趣。"《太平御览·天部四》："《三齐略》曰：秦始皇作石桥于海上，欲过海看日出处。有神人驱石去不速，神人鞭之皆流血。今石桥犹赤色。"桑田，典出晋葛洪《神仙传·王远》："麻姑自说：'接待以来，已见东海三为桑田。向到蓬莱，水又浅于往者，会时略半也，岂将复还为陵陆乎？'"这里用以上两个典故说明求仙的渺茫难成和沧海桑田的变化莫测。蜃气，此处显然指"海市蜃楼"现象。《史记·天官书》："海旁蜃气象楼台，广野气成宫阙然。"古人认为海市蜃楼是海中的大蛤蜊吐气而成。鲛人,晋干宝《搜神记》和张华《博物志》中认为"南海之外,有鲛人,水居如鱼,不废织绩。其眼泣,则能出珠"。帝女,指的是精卫填海的神话传说。《山海经·北山经》云:"又北二百里,曰发鸠之山,其上多柘木。有鸟焉,其状如乌,文首,白喙,赤足,名曰精卫,其鸣自詨。是炎帝之少女,名曰女娃。女娃游于东海,溺而不返,故为精卫,常衔西山之木石,以堙于东海。漳水出焉,东流注于河。"最后两句是说大海的广大浩瀚,即使有精卫填海,可是依然丝毫改变不了大海的本色。

该诗的创作时间不可考,但是,值得注意的是,它几乎囊括了从先秦两汉到魏晋南北朝时期的所有与海洋相关联的神话故事,这是本诗最为显著的一个创作特征。大海广大无边,充满神秘,人类长生求仙的愿望渺茫难求——大海永恒,人类有限,这恐怕就是本诗所要传达出的主要寓意。

(冷卫国)

饯临海太守刘孝仪蜀郡太守刘孝胜诗

萧纲*

碣石临东海,峨嵋距西候。两杜昔夹河[1],二龙今出守[2]。方无夜犬惊,向息神牛斗[3]。凉风绕轻幕,麦雨交新溜[4]。念此一衔觞[5],怀离在惟旧。

---

* 萧纲(503—551),即南朝梁简文帝,字世缵。南兰陵(今江苏省常州市西北)人。梁武帝第三子。中大通三年(531)被立为太子,太清三年(549),侯景之乱,梁武帝被囚饿死,萧纲即位,大宝二年(551)为侯景所害。萧纲雅好诗赋,文学作品以"宫体"为主。明代张溥辑有《梁简文集》。

注释

〔1〕两杜：指西汉杜氏兄弟杜延寿、杜延考。

〔2〕二龙：比喻刘氏兄弟刘孝仪、刘孝胜。暗喻作者希望二人成就一番大的事业。

〔3〕神牛斗：晋张华《博物志·异兽》："九真有神牛，乃生溪上，黑山时共斗，即海沸；黄或出斗岸上，家牛皆怖。人或遮，则霹雳，号曰神牛。"

〔4〕麦雨：麦子将熟时所下的雨。

〔5〕衔觞：含杯，指饮酒。

评析

这是一首送别诗。作者作诗送别自己的朋友刘氏兄弟刘孝仪、刘孝胜分别出任临海太守、蜀郡太守。

开篇点题，碣石、峨眉，分别是刘氏兄弟的赴任之地。两杜，指的是汉代的杜氏兄弟杜延寿、杜延考，分别担任河南太守、河北太守。二龙，隐喻刘氏兄弟，意思是希望他们能够如飞龙在天，干出一番事业。继而写景，这是一个宁静的夜晚，听不到犬吠，也没有翻江倒海的浪涛之声。在这样一个麦子将熟的时节，只有凉风习习，细雨脉脉。最后抒情，在这样一个将要分离的时刻，举杯饮酒，就此别过，对朋友的怀念，只能化作温馨的回忆。

该诗写送别，既有对朋友的相知相惜之情，也有对朋友的期许期盼之意，层次井然，除去最后两句之外，处处运用对偶。"凉风绕轻幕，麦雨交新溜"，语言清新，在萧纲诗中别具一格。

在诗中运用了神牛的传说，平添了几分神秘色彩。

（冷卫国）

登云峰山观海岛诗

郑道昭[*]

　　山游悦遥赏，观沧眺白沙。云路沉仙驾[1]，灵章飞玉车[2]。金轩接日彩[3]，紫盖通月华[4]。腾龙蔼星水，翻凤映烟家。往来风云道，出入朱明霞。雾帐芳宵起，蓬台植汉邪。流精丽旻部，低翠曜天葩[5]。此瞩宁独好，斯见理如麻。秦皇非徒驾，汉武岂空嗟。

注释

〔1〕云路：这里指云间、天上。

〔2〕灵章：指道教的经典、符箓。玉车：仙人所坐的车子。

〔3〕金轩：装饰华贵的车舆。

〔4〕紫盖：紫色的车盖。

〔5〕天葩：非凡的花朵。

评析

　　该诗作于作者任光州刺史期间。云峰山，在今山东莱州境内。"山游悦遥赏，观沧眺白沙"，开篇点题，说明登山游赏并远眺海岛的行程。接下来宕开诗笔，写天上的神仙世界。在日月光华之间，仙人乘坐着华贵的车子，上面满载着道教的经典、符箓。在星河烟霞之间，氤氲缭

---

[*] 郑道昭（455—516），字僖伯，荥阳开封（今属河南省）人。北魏诗人、书法家。累官至秘书监。好为诗赋，尤工书法，是魏碑体的鼻祖，被称为"书法北圣"，在书法上与王羲之齐名，有"南王北郑"之誉。康有为称其书法"体高气逸，密致而通理，如仰人啸树，海客泛槎，令人想象不尽"。其诗长于写景，是北魏时期较有代表性的诗人。

绕,龙腾凤飞,西王母的宫阙闪耀于秋天的晴空,各种非同凡间的花朵在绿叶的映衬下华妍无比。流精,东方朔《海内十洲记》:"昆仑山有三角,其角一正东有㙩城,有流精之阙,西王母所治也。"最后是作者抒发感慨,以反诘的语气写出"秦皇非徒驾,汉武岂空嗟",秦皇、汉武都是历史上有名的热衷于求仙长生的皇帝。

作者性好山水,又笃信道教,通过他的诗歌,营构了一个道教徒心目中的仙人居所——天上的仙界。作者生活的时代,大约相当于南朝的永明时期,通过这首诗,明显地可以看到他对南朝诗歌——特别是对谢灵运的写景诗和郭璞的游仙诗进行有意识模仿的痕迹。但是,与谢诗相比,这首诗缺少了些许的富艳精工;与郭诗相比,则又缺少了些许的比兴寄托。该诗总体上来说,对仗工整,雕缋满眼,文字虽华妍但意象稍嫌繁杂,这也是北朝诗歌发展过程中应当经历的一个必然阶段。

(冷卫国)

望 海

祖珽*

登高临巨壑[1],不知千万里。云岛相接连,风潮无极已。时看远鸿度,乍见惊鸥起。无待送将归,自然伤客子[2]。

注释

〔1〕巨壑:指大海。

---

* 祖珽(生卒年不详),字孝征。北齐范阳(今河北省容城县)人。博学多才,工诗善文,妙解音律,善奏琵琶。为人恶俗,聚敛钱财,骄纵淫逸,党附权贵,甚至有偷盗之癖。其文章传诵一时。逯钦立《先秦汉魏晋南北朝诗》辑有其诗3首。

〔2〕客子：离家在外的人。

评析

  该诗起笔擒题，"登高临巨壑，不知千万里"，既写出登高望远，也写出了大海的广阔无边，"不知千万里"使得这一层意义得到了进一步的强化。巨壑，指大海。《庄子·天地》："大壑之为物也，注焉而不满，酌焉而不竭。"作者继而写海上所看到的景象：放眼望去，看到的是远处天上的云与海岛相接，大风卷动着海浪滚滚而来，无穷无尽。时而见到远处的鸿鸟飞翔于天际，时而见到近处受惊的海鸥突然飞起。最后作者写道，面对此情此景，无须登山临水，无须送别亲族还乡，已经足以让客居异地的游子黯然伤心了。送将归，出自宋玉《九辩》中的"登山临水兮送将归"。

  就章法而言，全诗起承转合，层次井然，点题、承接、转折、扣题，纹丝不乱。写景、抒情，前起后结，由登高望海而写海上之景：海之广、云之阔、岛之高、风之巨、潮之大、鸿之远、鸥之近，上与下、动与静，凡此海上的种种景物，诸多情状，林林总总，均形诸笔下，颇具尺幅千里之势。不过，就诗歌的意义表达而言，又不能不说略显平直。尽管如此，对北朝的诗人来说，这也是难能可贵的。

（冷卫国）

唐宋海洋诗选

春日望海

李世民*

披襟眺沧海[1],凭轼玩春芳[2]。积流横地纪[3],疏派引天潢[4]。仙气凝三岭[5],和风扇八荒[6]。拂潮云布色,穿浪日舒光。照岸花分彩,迷云雁断行。怀卑运深广,持满守灵长[7]。有形非易测,无源讵可量。洪涛经变野,翠岛屡成桑。之罘思汉帝,碣石想秦皇。霓裳非本意[8],端拱且图王[9]。

注释

〔1〕襟:衣服的胸前部分,指衣服。沧海:指渤海。

〔2〕轼:古代车厢前面用作扶手的横木。玩:玩赏,欣赏。

---

* 李世民(599—649),即唐太宗,公元626—649年在位,在统治期间任贤纳谏,形成了社会稳定、经济繁荣、文化昌盛的局面,史家誉之为"贞观之治"。李世民能诗善文。有《唐太宗集》。

〔3〕地纪：大地。

〔4〕天潢：天河。

〔5〕三岭：古代传说东海即渤海之上有蓬莱、瀛洲、方丈三座仙山。

〔6〕八荒：八方。

〔7〕灵长：广远绵长。

〔8〕霓裳：神仙的衣裳。

〔9〕端拱：指帝王庄严临朝，清简为政。

评析

《春日望海》是唐太宗李世民于贞观十八年（644）和十九年（645）亲征高丽经过渤海时所作，当时随从奉和的大臣有许敬宗、杨师道等，题名为"奉和春日望海"。

《春日望海》首二句开篇点题，交代时间和地点等。风和日丽，春光旖旎，一代帝王披襟倚轼，登高远眺，一览大海的辽阔。"眺"，表现了登高远观的壮志豪情，与题目中的"望"字相呼应。"玩"则表现出沉浸于自然之中的愉悦心情。

"积流横地纪"至"无源讵可量"写眼前所见之景。"积流横地纪，疏派引天潢"写渤海苍茫浩荡的气势，似欲把整个大地变成海洋，甚至还要冲向天河，吞纳整个宇宙。"仙气凝三岭，和风扇八荒"，海风温和轻柔，令人心旷神怡，又似凝聚在仙山的灵气，散向四面八方。"拂潮云布色，穿浪日舒光。照岸花分彩，迷云雁断行"，海天之际云卷云舒，在明媚的阳光照耀下，海面上波光荡漾，沿岸花团锦簇。空中翱翔的雁群，在云中穿梭，断断续续的，像迷失在云层中一般。"有形非易测，无源讵可量"，海水虽然总是匍匐在低处，但它确是深广浩荡、广远绵长。大海虽有形，但是它到底有多广大，根本无法测量，它的源头在哪里，也无法找寻。这两句写沧海之品性，非人力可以想象。接下来从"洪涛经变野"至结尾,唐太宗由沧海桑田的更替,感慨人间世事的变迁,表达了身为一代帝王的雄心壮志。汉武帝晚年幻想长生不老,迷信神仙方术,"尤敬鬼神之祀",多次到今天的山东沿海一带寻访传说中的神仙,并举行隆重的祭祀活动。太始三年(前94)二月,垂暮之年的汉武帝忍受颠簸之苦长途跋涉,东巡海上,到达之罘,举行了隆重的祭神典礼。秦始皇曾五次东巡,其中一次到达碣石,并在这里遣方士入海寻找长生不老之药。俱往矣,秦皇汉武已经不复存在。"霓裳非本意,端拱且图王",唐太宗表达了自己并非贪图享乐,追求长生之人,而是追求王道,希望能够一展宏图,成就盛世伟业。

《春日望海》整首诗气象宏大,视野开阔,思古抚今,表现了一代帝王开创盛世局面的豪迈胸襟。

(柳卓霞)

海

李峤[*]

习坎疏丹壑[1],朝宗合紫微[2]。三山巨鳌涌[3],万里大鹏飞[4]。楼写春云色,珠含明月辉。会因添雾露,方逐众川归。

注释

〔1〕习坎:《周易》第二十九卦,上坎下坎之意。丹壑:很深的沟壑。

---

[*] 李峤(645—714),唐代诗人。字巨山,赵州赞皇(今河北省赞皇县)人。与杜审言、崔融、苏味道并称"文章四友"。李峤诗歌绝大部分为五言近体,风格似苏味道而辞采过之,与苏味道并称"苏李"。

〔2〕朝宗：指古代诸侯春、夏朝见天子，《周礼·春官·大宗伯》："春见曰朝，夏见曰宗，秋见曰觐，冬见曰遇。"后泛称臣下朝见帝王。紫微：紫微星。

〔3〕三山：传说东海即渤海之上有蓬莱、瀛洲、方丈三座仙山。

〔4〕大鹏：出自《庄子·逍遥游》："北冥有鱼，其名为鲲。鲲之大，不知其几千里也。化而为鸟，其名为鹏。鹏之背，不知其几千里也，怒而飞，其翼若垂天之云。是鸟也，海运则将徙于南冥。"

评析

此诗写春日望海，气势磅礴，生动明丽。

首联"习坎疏丹壑，朝宗合紫微"写众川归海，浪激盈空，如众星朝向紫微。颔联"三山巨鳌涌，万里大鹏飞"，神思开阔，意境阔大。颈联"楼写春云色，珠含明月辉"由颔联的想象转入对景物实写，但又不质实，运用比喻的手法，春日大海上空的云朵像层层叠叠的小楼，夜晚明月倒映在海中，又像夜明珠璀璨夺目。从白天写到晚上，时间跨度很大。尾联由景及人，雾露渐生的时候，作者才逆流而上，回到自己的寓所。

紫微星号称"斗数之主"。古人把紫微星看作"帝星"，命宫主星是紫微的人，实指帝王。结合"方逐众川归"，可以看出，整首诗虽然写景，但同时也表现了大唐的宏伟气象和作者建功立业思想。

此诗对仗工整，平仄、词性等方面都有精心的布置，典雅富丽。唐朝初年，沈佺期、宋之问等人注重声律、对偶，促进了律诗的成熟，且以描写王公贵族的生活和描摹事物为主要题材，精工富丽，具有宫廷诗的特点。明代胡震亨《唐音癸签》云"巨山五言，概多典丽"，此诗极具有代表性。

（柳卓霞）

海上作

宋务光*

旷哉潮汐池,大矣乾坤力。浩浩去无际,泛泛深不测[1]。崩腾翕众流,浟㴑环中国。鳞介错殊品[2],氛霞饶诡色。天波混莫分,岛树遥难识。汉主探灵怪,秦王恣游陟。搜奇大壑东,竦望成山北。方术徒相误,蓬莱安可得。吾君略仙道,至化孚淳默。惊浪晏穷溟,飞航通绝域。马韩底厥贡[3],龙伯修其职[4]。粤我遘休明[5],匪躬期正直。敢输鹰隼执,以间豺狼忒。海路行已殚,轺轩未皇息[6]。劳歌玄月暮,旅睇沧浪极。魏阙渺云端[7],驰心附归翼。

注释

〔1〕泛泛:形容水流动。

〔2〕鳞介:指有鳞和介甲的水生动物。错:参差,错杂。殊品:奇异的种类。

〔3〕马韩:存在于古代朝鲜半岛西南的部落联盟。

〔4〕龙伯:传说中的大人国。《列子·汤问》:"龙伯之国有大人,举足不盈数步而暨五山之所,一钓而连六鳌。"

〔5〕休明:美好清明,赞美明君或盛世。

〔6〕轺轩:古代使臣乘坐的一种轻车。

〔7〕魏阙:朝廷。

---

* 宋务光(生卒年不详),一名烈,字子昂,汾州西河(今山西省汾阳市)人,进士及第后,武则天时任洛阳尉,升迁右卫骑曹参军,中宗时进殿中侍御史,官至右台。

评析

  诗歌首句至"岛树遥难识",写大海磅礴的气势与奇特的风物。以感叹词"旷哉""大矣"和重叠词"浩浩""沄沄"开篇,散文化和口语化的句式,使人切身感觉到大海的宽广、磅礴、深沉和天地之间的伟大力量,给人以情感的冲击。"鳞介错殊品,氛霞饶诡色""岛树遥难识"具体描写海中、海岸以及海天相接的景象,亦与题目相呼应。"汉主探灵怪"到"蓬莱安可得"批判秦始皇、汉武帝迷信方士之言,到海上求取不死之药。"吾君略仙道,至化孚淳默"歌颂当今圣皇之英明,百官各司其守,国泰民富,外族来贡。采用对比手法凸显当今帝王的英明神武。"粤我遘休明,匪躬期正直。敢输鹰隼执,以间豺狼忒"写朝廷派诗人出使边疆民族,宣扬国威,以粉碎外族入侵的企图和妄念。诗末写傍晚时分,海路已到达尽头,诗人遥望海天,感慨一路颠簸,但也决心定不辱使命,凯旋。

  整首诗层次分明,脉络清晰,气势磅礴,在表现大海的辽阔气势,批判古人求仙的荒唐行为的同时,表现了诗人生活在圣明皇朝下的昂扬精神和不辱使命回归故国的决心。

(柳卓霞)

入海二首

张说*

  乘桴入南海[1],海旷不可临。茫茫失方面,混混如凝阴[2]。云山相出没,天地互浮沉。万里无涯际,云何测广深。潮波自盈

---

* 张说(667—731),唐代文学家、政治家。字道济,一字说之。洛阳(今属河南省)人,封燕国公,与苏颋(封许国公)齐名,人称"燕许大手笔"。有《张说之文集》30卷。

缩，安得会虚心。

海上三神山[3]，逍遥集众仙。灵心岂不同，变化无常全。龙伯如人类，一钓两鳌连。金台此沦没，玉真时播迁[4]。问子劳何事，江上泣经年。隰中生红草[5]，所美非美然。

注释

〔1〕桴：木筏。

〔2〕凝阴：指阴云。

〔3〕三神山：传说中的蓬莱、瀛洲、方丈三座仙山。

〔4〕玉真：指仙人。

〔5〕隰：指湿地，此处指相对宽广的江海。

评析

张说在武则天时被流放到今广西境内。这是他到达南海时所作的两首诗，诗歌借海上的险恶环境，表达了宦海沉浮和自己失意的心情。

孔子云："道不行，乘桴浮于海。""乘桴入南海"，指进献朝廷的建议不受采纳，自己反而因此被贬谪到南方。"茫茫失方面，混混如凝阴"，作者乘坐小船，在大海中漂流，四顾茫茫，不辨东西南北，只感觉与天地共浮沉。这两句表面写海上的恶劣环境，实际是写仕途险恶。"潮波自盈缩，安得会虚心"写作者虽然被贬，但还是心向朝廷，绝不随波逐流。

第二首诗的主要特点是化用神话传说。高大威猛的龙伯从沧海之中钓出了驼负仙山的六只巨鳌。巨鳌在陆地上化为一座座山峦。龙伯绞尽脑汁也没有撼动它们一丝一毫。这些鳌形山峦耸立在烟波浩渺的海边，日夜守望着波涛汹涌的大海。神仙们居住的仙山被龙伯摧毁，无所归依，日夜在岸边哭泣。江海之上虽然也有其他美丽的地方，但皆非这些神仙想要的乐土。这首诗以神仙的无所归依寓意作者自己被贬谪的经历。

（柳卓霞）

岁暮海上作

孟浩然*

仲尼既云殁，余亦浮于海[1]。昏见斗柄回，方知岁星改[2]。虚舟任所适，垂钓非有待。为问乘槎人[3]，沧洲复谁在[4]。

注释

[1] 浮于海：《论语》载孔子云："道不行，乘桴浮于海。"

[2] 岁星：即木星。

[3] 乘槎人：晋代张华《博物志》记载天河与海相通，每年八月有浮槎来往。有人乘槎至天界，并与牵牛晤谈。返回后，至蜀，严君平告之曰：某年月日有客星犯牵牛宿，计之，正是此人到天河之时。

[4] 沧州：今河北省沧州市。传说秦始皇派徐福从沧州出发到海上求取不死仙药。

评析

孟浩然，盛唐著名诗人，一生未仕，其诗歌以表达隐逸生活和思想为主。孟浩然中年时期有一段不得意的求仕经历。这首《岁暮海上作》即表达了他放弃仕途，追求隐居的思想。

---

* 孟浩然（689—740），唐代诗人，襄州襄阳（今属湖北省襄阳市）人，世称"孟襄阳"。孟浩然是唐代山水诗派的代表，与王维合称为"王孟"。有《孟浩然集》。

诗歌开篇即言"仲尼既云殁,余亦浮于海",孔子一生不得志,孟浩然自己也身处江湖,含有怀才不遇的抑郁与不满。"昏见斗柄回,方知岁星改",晚上看到北斗星指回原来的位置,才知道又过了一年。以"昏"字置于句首,既表现作者在隐居中不知不觉到了黄昏、年末的意思,又表现了对世事的不关心。

孟浩然《望洞庭湖赠张丞相》"欲济无舟楫,端居耻圣明。坐观垂钓者,徒有羡鱼情",表达了希望时任宰相张九龄能够举荐自己的心理。这首诗中的"虚舟任所适,垂钓非有待"与"坐观垂钓者,徒有羡鱼情"形成对照,说明自己已经放弃仕途。"为问乘槎人,沧洲复谁在"并不是在说求仙,而是说能够与自己一样逍遥隐居的人,又有谁呢。

清代沈德潜《唐诗别裁》云:"襄阳诗从静悟得之,故语淡而味终不薄,此诗品也。"又云:"孟诗胜人处,每无意求工,而清超跃俗,正复出人意表。"此诗将作者的抑郁之情巧妙地隐藏在隐逸情怀中,正显示了此种特点。

(柳卓霞)

登高丘而望远

李白[*]

登高丘,望远海。六鳌骨已霜[1],三山流安在。扶桑半摧折[2],白日沉光彩。银台金阙如梦中[3],秦皇汉武空相待[4]。精卫费木石[5],鼋鼍无所凭[6]。君不见骊山茂陵尽灰灭[7],牧羊之子来攀

---

[*] 李白(701—762),字太白,号青莲居士,唐朝诗人。自称祖籍陇西成纪(今甘肃省静宁县西南)。唐玄宗天宝初年,供奉翰林,后来遭受权贵谗毁,仅一年余即离开长安。被后人誉为"诗仙",与杜甫合称"李杜"。存世诗文千余篇,有《李太白集》。

登〔8〕。盗贼劫宝玉〔9〕，精灵竟何能〔10〕。穷兵黩武今如此，鼎湖飞龙安可乘〔11〕。

注释

〔1〕六鳌：传说盘古死后，一只脚的脚趾化为五座仙山。开始时，这五座仙山与陆地相连，共工撞不周山时，仙山被撞离陆地，整日在海上漂移，天帝便派五只巨鳌分别背负，使之安定下来。因为大鳌载负仙山，山上神仙按时给他们食物，时间久了，神仙们懒惰起来，经常忘记给大鳌食物。有一天，一个叫龙伯的巨人，在东海垂钓，一下子钓走了几只巨鳌，于是蓬莱、方丈、瀛洲三座仙山就漂流到了大海之上。

〔2〕扶桑：神话中的树木名。传说太阳每天在咸池沐浴后，渐渐升起，升高到扶桑树树梢时，天恰好微明。

〔3〕银台金阙：黄金白银建成的亭台宫阙，指神仙居住的地方。

〔4〕秦皇汉武：秦始皇、汉武帝，他们热衷于追求长生不老之术，但最终都没有逃脱死亡的命运。

〔5〕精卫：传说中的鸟名。《山海经》记载，炎帝的小女名女娃，在东海游玩时被淹死，化为精卫鸟。它不停地从西山衔木石，欲填没东海。

〔6〕鼋鼍：传说周穆王出征越国，在九江架鼋鼍为桥渡江。鼋，大鳖。鼍，鼍龙，俗称猪婆龙，鳄鱼的一种。

〔7〕骊山：在今陕西省西安市临潼区东南，秦始皇的陵墓修建于此。茂陵：汉武帝刘彻的陵墓。

〔8〕牧羊之子：《汉书·刘向传》记载，有个牧童在骊山牧羊，有一只羊进入山洞，牧童用火照明到洞中寻羊，引起大火，把秦始皇的外棺烧掉了。

〔9〕盗贼：据《晋书·索靖传》记载，赤眉起义军曾取走汉武帝陵园中的部分金银财宝。

〔10〕精灵：指秦皇、汉武的神灵。

〔11〕鼎湖飞龙：据《史记·孝武本纪》记载，黄帝曾在荆山下铸鼎，鼎成后，黄帝乘龙上天，故其地被称为鼎湖。

评析

此诗作于天宝十载（751），是李白登高望海引发的一系列联想，表现出对仙山琼阁的怀疑，讽刺了秦始皇、汉武帝穷兵黩武的政策和妄图求仙的愚蠢行为，认为统治者应以仁治天下。诗人由登高而怀古，实际是借古讽今，感情激愤，表现了伤时忧世的情怀。

（柳卓霞）

西陵口观海

薛据[*]

长江漫汤汤[1]，近海势弥广。在昔胚浑凝[2]，融为百川泱。地形失端倪[3]，天色溃溟漾[4]。东南际万里，极目远无象。山影乍浮沉，潮波忽来往。孤帆或不见，棹歌犹想象。日暮长风起，客心空振荡。浦口霞未收，潭心月初上。林屿几遭回，亭皋时偃仰。岁晏访蓬瀛，真游非外奖[5]。

注释

〔1〕汤汤：水流大而急。

---

[*] 薛据（生卒年不详），盛唐诗人，河中宝鼎（今山西省万荣县西南）人。幼孤，与兄薛播为伯母林氏所育。开元进士，授永乐主簿、涉县令。官至水部郎中。薛据为人骨鲠有气魄，诗文亦然，多写仕途流转、怀才不遇之感。

〔2〕浑凝：混沌，传说宇宙形成以前的景象。这里指长江浩渺广阔。

〔3〕端倪：边际。

〔4〕濆：水聚集的样子。

〔5〕真游：指游览道教圣地或道观。

评析

西陵口即长江西陵峡的入海口。这首诗描写了长江浩浩荡荡奔流入海的气势。

诗歌开篇写长江入海处一片混沌，百川相融浩荡无涯。接着写从白天到傍晚观海时所见所闻所感：天地失去了界限；天色在水中荡漾；山峦倒映海中，随波起伏；只能听见渔歌声远远飘来，却不见渔船的踪影；傍晚时分海风渐起，心情随之飘荡；浦口的晚霞依旧绚烂，海中的月亮已经升起；海水萦绕着葱翠的岛屿，人们随性在水边平地上休息。最后两句"岁晏访蓬瀛，真游非外奖"以蓬莱仙山之想，抒发对西陵口海景的赞叹。

唐人殷璠《河岳英灵集》记载："据为人骨鲠有气魄，其文亦尔。自伤不早达，因著《古兴》诗云：'投珠恐见疑，抱玉但垂泣。道在君不举，功成嗟何及。'怨愤颇深。"元人辛文房《唐才子传》云："据为人骨鲠有气魄，文章亦然。尝自伤不得早达，造句往往追凌鲍（照）、谢（灵运）。"《西陵口观海》气势磅礴，大有吞吐宇宙之气，但是从"日暮长风起，客心空振荡"中也能看出诗人对一事无成之懊恼，而"林屿几邅回，亭皋时偃仰"，则有徘徊之感，"岁晏访蓬瀛，真游非外奖"虽然是写景象之人间罕见与奇绝，但也有因不满现状要隐居求仙的牢骚。

（柳卓霞）

观 海

独孤及[*]

北登渤澥岛[1]，回首秦东门[2]。谁尸造物功[3]，凿此天池源。颎洞吞百谷[4]，周流无四垠。廓然混茫际，望见天地根。白日自中吐，扶桑如可扪。超遥蓬莱峰[5]，想像金台存[6]。秦帝昔经此[7]，登临冀飞翻。扬旌百神会，望日群山奔。徐福竟何成[8]，羡门徒空言。唯见石桥足[9]，千年潮水痕。

注释

〔1〕渤澥：现在的渤海。

〔2〕秦东门：司马迁《史记》记载，秦始皇三十五年"立石东海上朐界中，以为秦东门"。

〔3〕尸：执掌。

〔4〕颎洞：弥漫无际的样子。

〔5〕蓬莱：传说中的仙山。

〔6〕金台：北魏郦道元《水经注》引《海内十洲记》："昆仑山在西海之戌地，北海之亥地。……其处有积金，为天墉城，面方千里，城上安金台五所，玉楼十二。其北户山、承渊山又有墉城，金台玉楼，相似如一。渊精之阙，光碧之堂，琼华之室，紫翠丹房，景烛日晖，朱霞九光，西王母之所治，真官仙灵之所宗。"

---

[*] 独孤及（725—777），唐代文学家。字至之，河南洛阳人。与李华、萧颖士等人同以古文名于当时。独孤及不满齐、梁以来奢靡繁缛、骈偶藻丽的文风，故其为文质朴、长于议论，开启了唐代古文运动的先声。也能诗。有《毗陵集》20卷。

〔7〕秦帝：指秦始皇。

〔8〕徐福：传说秦始皇统一六国后派徐福带三千童男童女出海寻求仙药，但是徐福等人始终未归。

〔9〕石桥：据唐朝欧阳询《艺文类聚》记载，秦始皇一统天下后，欲求长生不老，听说东海之上有神山，故作石桥，欲过海观日出处。

评析

相对于个体生命，大海以其空间的广阔无垠和时间的悠长绵渺令人感叹，人类也因此想象出了海上的神仙世界，以至现实生活中有统治者做出入海求仙的荒诞行为，这些都成为文人墨客吟咏讽诵的对象。

《观海》开篇"北登渤澥岛，回首秦东门"，一自然之物象，一人类社会之事象，一直面之，一回首之，说明沧海永存，而人世已几经改朝换代。全诗以此句为纲，铺排渲染。"谁尸造物功"至"扶桑如可扪"照应"北登渤澥岛"，感叹沧海为万物之源，容纳百川，吞吐日月，奔流不息，与天地相始终。"超遥蓬莱峰，想像金台存"由对沧海的感叹转入世人对海上神仙世界的想象。"秦帝昔经此"至结束写秦始皇东巡，见此浩荡之景心生求仙长生之念，派徐福入海求药，又建立石桥以渡海观日，但都徒然劳民伤财，枉费心机。潮起潮落依旧，而人为的一切只能在潮水的冲刷中渐渐消失。诗歌采用总分的写作手法，将对沧海的感叹和对统治者妄想的讽刺结合在一起。刘克庄《后村诗话》评价这首诗："常州《观海》篇……虽高雅未及陈拾遗，然气魄雄浑，与岑参适相上下。"

（柳卓霞）

雨中望海上怀郁林观中道侣

钱起*

山观海头雨,悬沫动烟树。只疑苍茫里,郁岛欲飞去。大块怒天吴[1],惊潮荡云路。群真俨盈想[2],一苇不可渡。惆怅赤城期,愿假轻鸿驭。

注释

〔1〕大块:指自然,宇宙。《庄子·齐物论》云:"夫大块噫气,其名为风。"天吴:一种怪兽。《山海经·海外东经》载:"朝阳之谷,神曰天吴,是为水伯。"

〔2〕群真:圣人。诗中以"群真"称呼郁林观诸僧侣。

评析

郁林观位于江苏省连云港市云台山青峰顶上,建于隋朝开皇年间。据题目可知,这首诗是钱起在海边观雨,怀念郁林观诸道友所作。雨天在山顶观海,雨珠似悬沫飘舞,对岸云烟朦胧,郁林观似欲飞离人间。"欲飞去"不仅写出了雨中郁林观给人的观感,也表现了郁林观的风景似仙境般优美,观中道人道法高深,精通妙理。作者真切地思念郁林观中的道友,但这场惊风骇雨,好像水兽搏斗时掀起的海潮,直冲云空,阻碍了小舟的航行,让人一筹莫展。作者希望自己可以驾驭飞鸿,奔赴

---

* 钱起(约720—约782),字仲文,吴兴(今浙江省湖州市)人。天宝进士,官至考功郎中,故世称"钱考功"。钱起工诗,与当时诗人朗士元并称"钱郎"。"大历十才子"之一。其诗以五言为主。有《钱考功集》。

已定的约会。

　　大历十才子多以王维为宗，寄情山水，歌咏自然，其诗作格律规整、字句精工。清代乔亿《大历诗略》云："仲文诗如苤珠春色，精丽绝尘，右丞以后，一人而已。"沈德潜《唐诗别裁》云："仲文五言古仿佛右丞，而清秀弥甚。然右丞所以高出者，能冲和，能浑厚也。"《雨中望海上怀郁林观中道侣》格律规整，风格清秀绝尘，是钱起诗歌的典型代表。

（柳卓霞）

楚州盐壒古墙望海

长孙佐辅*

　　混沌本冥冥[1]，泄为洪川流。雄哉大造化[2]，万古横中州[3]。我从西北来，登高望蓬丘[4]。阴晴乍开合，天地相沉浮。长风卷繁云，日出扶桑头。水净露鲛室[5]，烟销凝蜃楼。时来会云翔，道蹇即津游[6]。明发促归轸[7]，沧波非宿谋。

注释

　　[1] 冥冥：幽暗深远。

　　[2] 造化：指自然界。

　　[3] 中州：古豫州，今河南一带。诗中指中原地区。

　　[4] 蓬丘：蓬莱。传说海上有蓬莱、方丈和瀛洲三座仙山。望蓬莱就是望大海之意。

　　[5] 鲛室：传说中鲛人的居室。

---

* 长孙佐辅，唐德宗时人。屡举进士不第，放荡不羁。其弟长孙公辅为吉州刺史时，曾前往依附。工于诗。有《古调集》。

〔6〕蹇：迟钝，不顺利。
〔7〕轸：古代车箱底部四周的横木。

评析

楚州，地处京杭大运河与苏北灌溉总渠交汇处，靠近淮安市。墢，尘埃，诗中指被人们废弃的盐矿。诗歌开篇写混沌之时茫然一片，造化之功雄奇壮观，汹涌澎湃而为江河湖海，这些江河湖海终年流经中原，万古不变。从空间和时间上表现了大海的广阔与久远。诗人自言从西北而来，登上高处远望蓬莱所在，海天一色，水天接连处似阴晴之开合；天地随波起伏；海风卷席着云彩，太阳从海边扶桑升起；海水清澈时可以看见鲛人的居室；烟云凝聚时可以看到海市蜃楼。接着诗人说明有此一游的原因："我"到来的时候云彩正在海口处徘徊，预示着不适合赶路。因为道路不通，所以"我"在此暂游。"明发促归轸，沧波非宿谋"，明天"我"就该起程回去了，在海边长久的居住不是"我"的夙愿。孔子有言："道不行，乘桴浮于海。"诗人言"沧波非宿谋"，即指自己无隐居之意，要继续赶路，为前程奔波。

（柳卓霞）

海人谣

王建[*]

海人无家海里住[1]，采珠役象为岁赋[2]。恶波横天山塞路，

---

[*] 王建（约767—约830），字仲初，许州（今河南省许昌市）人。擅长乐府诗，创作了大量反映民生疾苦的作品。与张籍齐名，世称"张王"。又以《宫词》知名，曾作《宫词》一百首，描绘宫廷的奢华生活。王建一生沉沦下僚，曾官至陕州司马，故世称"王司马"。有《王司马集》。

未央宫中常满库[3]。

注释

〔1〕海人：潜水海底的劳动者。
〔2〕役象：海南出象，采珠人使象作为纳税的交通工具。
〔3〕未央宫：西汉时的皇家宫殿。

评析

  王建一生沉沦下僚，生活贫困。他了解人民的疾苦，创作了大量反映社会现实的乐府诗。《海上谣》以"海人"为描写对象，运用写实的笔法记叙了社会下层劳动人民遭受的残酷剥削和压迫，以及社会统治阶层的奢靡无度，对现实提出了强烈的控诉。
  "海人无家海里住"，直入主题，写海人无家可归，只好住在海里。"住"字反映出海人长时间浸泡在又咸又涩的海水里，无比艰辛。"采珠役象为岁赋"，海人用笨重能负的大象作为交通工具来运送珍珠，用以交纳赋税，可以想见海人采得的珍珠数量之巨大和赋税之繁重。"恶波横天山塞路"写海人采集珍珠时经常会遇到风大浪急、波涛蔽日的天气，运送珍珠的路途也是山陡路仄、坎坷难行，而海人却还是要年复一年、日复一日地辛苦劳作。诗歌前三句对海人采集珍珠和缴纳赋税进行了层层深入的记叙。最后一句"未央宫中常满库"，将海人无家可归与未央宫里珠宝满库做鲜明强烈的对比。作者到此截住全诗，未做任何评论，但主题不言自明，入木三分。故王安石评价王建诗歌"看似寻常最奇崛"。
  明人高棅云："大历以还，古声愈下。独张籍、王建二家体制相似，稍复古意。或旧曲新声，或新题古意，词旨通畅，悲欢穷泰，慨然有古歌谣之遗风。"《海人谣》语言通俗易懂、短小精悍，不动声色地将统治者的贪婪和海人的贫苦淋漓尽致地表现出来，令人震撼。

（柳卓霞）

学诸进士作精卫衔石填海

韩愈*

鸟有偿冤者,终年抱寸诚[1]。口衔山石细,心望海波平。渺渺功难见,区区命已轻。人皆讥造次[2],我独赏专精。岂计休无日,惟应尽此生。何惭刺客传[3],不著报雠名。

注释

〔1〕终年:一年到头。
〔2〕造次:轻率,随便。
〔3〕刺客传:司马迁《史记》有《刺客列传》。

评析

传说天帝的小女儿女娲渡海时不慎溺死,便化作精卫鸟,口衔石块和树枝投入海中,希望可以将大海填平。那么小的一只鸟,竟然想去填平辽阔浩瀚的海洋,这确实是不可能的事。然而,精卫鸟"终年抱寸诚",日复一日从未放弃过。"口衔山石细""心望海波平",山峦巨大、山石众多已经足以让一只小鸟望而却步了,它却还要填平大海,这就无异于痴"鸟"妄想了。因为"渺渺功难见,区区命已轻",填平大海的想法没见出多大的成效,小鸟的区区性命恐怕早已经没有了,所以"人

---

* 韩愈(768—824),字退之,唐朝河南河阳(今河南省孟州市)人。自谓郡望昌黎,故世称"韩昌黎"。贞元进士。历任监察御史、国子博士、刑部侍郎等职。韩愈是唐代古文运动的倡导者和韩孟诗派的领袖,对后代影响深远。苏轼称他"文起八代之衰",明人推他为唐宋八大家之首,与柳宗元并称"韩柳"。其诗风奇崛雄伟,力求新警,有时流于险怪。又善为铺陈,好发议论,后世有"以文为诗"之评。诗与孟郊齐名,并称"韩孟"。有《昌黎先生集》。

皆讥造次",人人都讥笑这只小鸟是多么的疯狂。但是诗人"我独赏专精",特别欣赏它的"精诚"。"岂计休无日,惟应尽此生",怎么能天天只算计着、担心着事情有没有完成的时候呢?我们所要做的应该是用毕生精力把应该做的事情做好,而不应该只求事情的结果会如何。"何惭刺客传,不著报雠名",诗人认为这只小鸟的行为足可以列入《刺客列传》,但令人感叹的是没有人为它的报仇精神所动容,也表现了诗人对世人短见的惋惜。

这首《学诸进士作精卫衔石填海》,表面是"学",实际上是告诫新科进士要努力上进,忠于朝廷,并用以自勉。韩愈善于将散文句法融入诗歌,以文为诗,如首句"鸟有偿冤者,终年抱寸诚",又"岂计休无日,惟应尽此生"。散文句法入诗常常会造成晦涩的弊病,但这首诗浅显易懂,道理深刻,较为通俗晓畅。

(柳卓霞)

海　水

韩愈

海水非不广,邓林岂无枝[1]。风波一荡薄,鱼鸟不可依。海水饶大波[2],邓林多惊风。岂无鱼与鸟,巨细各不同。海有吞舟鲸,邓有垂天鹏。苟非鳞羽大,荡薄不可能[3]。我鳞不盈寸,我羽不盈尺。一木有余阴,一泉有余泽。我将辞海水,濯鳞清冷池。我将辞邓林,刷羽蒙笼枝[4]。海水非爱广,邓林非爱枝。风波亦常事,鳞鱼自不宜。我鳞日已大,我羽日已修。风波无所苦,还作鲸鹏游。

注释

〔1〕邓林：神话传说中的树林。《山海经·海外北经》载："夸父与日逐走，入日。渴，欲得饮，饮于河渭，河渭不足，北饮大泽。未至，道渴而死。弃其杖，化为邓林。"

〔2〕饶：丰富，多。

〔3〕荡薄：激荡。

〔4〕刷羽：鸟类以喙整刷羽毛，以便奋飞。

评析

  这首诗是韩愈自明心志之作。诗人以鲸、鹏自喻，虽然暂时不能在深海中遨游，不能在密林中飞翔，但相信，只要努力进取，终究会海阔天空，一展抱负。

  "海水非不广，邓林岂无枝"，大海非不广阔，邓林非不茂密，意思是现在的环境足以让每个人发挥才能。"风波一荡薄，鱼鸟不可依"，但有些鱼儿不能在波涛汹涌的环境中生存，有些鸟儿不能在狂风怒吼的环境中栖息。况且"海水饶大波，邓林多惊风"，大海和邓林的环境更是凶险。沧海里有可以吞掉整条船的鲸鱼，邓林里有羽翼垂天的飞鹏。如果鲸鱼没有鳞甲，飞鹏没有翅膀，它们是不可能在相应的环境里居住的。从"我鳞不盈寸"到诗歌结束"还作鲸鹏游"，作者以鱼、鸟作喻，写自己目前鳞甲和翅膀尚弱小，一根树枝或一口泉眼就足以栖居，所以不在沧海和邓林里搏击，但相信等鳞甲长成，翅膀丰满，再不惧怕狂风骇浪时，定会像鲸鱼一样在大海里畅游，像鹏鸟一样在邓林里翱翔。

  清初叶燮《原诗》云："举韩愈之一篇一句，无处不可见其骨相棱嶒，俯视一切，进则不能容于朝，退又不肯独善于野，疾恶甚严，爱才若渴，此韩愈之面目也。"《海水》一诗正表现了韩愈建功立业的抱负和雄心。

（柳卓霞）

海漫漫

白居易*

海漫漫,直下无底傍无边。云涛烟浪最深处,人传中有三神山[1]。山上多生不死药,服之羽化为天仙。秦皇汉武信此语,方士年年采药去。蓬莱今古但闻名,烟水茫茫无觅处。海漫漫,风浩浩,眼穿不见蓬莱岛。不见蓬莱不敢归,童男丱女舟中老[2]。徐福文成多诳诞[3],上元太一虚祈祷[4]。君看骊山顶上茂陵头,毕竟悲风吹蔓草。何况玄元圣祖五千言[5],不言药,不言仙,不言白日升青天[6]。

注释

[1] 三神山:传说中的蓬莱、瀛洲、方丈三座仙山。

[2] 丱女:童女。丱,指把头发束成两角的样子。

[3] 徐福:秦时方士。文成:汉代方士。

[4] 上元:上元夫人。太一:太乙,天帝神。

[5] 玄元圣祖:指老子,被唐朝皇族追认为始祖。五千言:指《道德经》。

[6] 白日升青天:方士之言,意思是人服食金丹后,便能白日飞升成仙。

---

* 白居易(772—846),唐代诗人,字乐天,晚年号香山居士,迁居下邽(今陕西省渭南市北)。贞元进士。历任左拾遗、苏州刺史、刑部尚书等职。晚年闲居洛阳,吟咏自适,自号"醉吟先生"。白居易于元和中提倡新乐府,指斥时弊,开创了通俗易懂的"元白体"诗歌。与元稹合称"元白",与刘禹锡合称"刘白"。有《白氏长庆集》。

评析

  这是白居易《新乐府》诗中的一篇。此诗针对当时统治者求仙修道所发，并告诫统治者此类行为之虚妄。

  古代帝王热衷于求仙访道，但是大海浩渺宽广，"直下无底傍无边"，更何况传说中的仙山在"云涛烟浪最深处"，找寻起来谈何容易。秦始皇和汉武帝等人并不因此而放弃长生不老、羽化登仙的想法，多次派人出海寻找。秦始皇派方士徐福带童男童女数千入海求仙，未果；汉时方士文成，以鼓吹鬼神方术为武帝所信任，后因骗局拆穿被杀。"蓬莱今古但闻名，烟水茫茫无觅处"，有关仙山的传说至今还流行，但是秦始皇和汉武帝等人却早已死去。诗人最后说，先秦圣贤老子著述的《道德经》中，从未说过有白日升仙之事。

  白居易提倡通俗易懂、老妪能解的新乐府诗，希望达于君上，有补于时政。明人何良俊《四友斋丛说》言："余最喜白太傅诗，正以其不事雕饰，直写性情。夫《三百篇》何尝以雕绘为工耶？世又以元微之与白并称，然元已自雕绘，唯讽谕诸篇差可比肩耳。"《海漫漫》，即通俗、警策之诗篇。

（柳卓霞）

海边远望

施肩吾*

扶桑枝边红皎皎[1]，天鸡一声四溟晓[2]。偶看仙女上青天，

---

* 施肩吾（生卒年不详）。字希圣，号东斋，睦州分水（今浙江省桐庐县西北）人。唐代著名诗人，慕神仙轻举，入道后号栖真子。历宪宗、穆宗、敬宗、文宗诸朝。施肩吾工诗，早年亦有艳情之作。有《施肩吾诗集》。

鸾鹤无多采云少〔3〕。

注释

〔1〕扶桑：传说太阳出于扶桑之下，拂其梢而升，是为日出处，后人遂以扶桑代指太阳。

〔2〕天鸡：传说中的神鸡，居东南桃都山大桃树上，又传居东海岱舆山扶桑树上，率天下之鸡报晓。四溟：四方之海。

〔3〕鸾鹤：鸾与鹤，相传为仙人所乘。

评析

《海边远望》写海边日出的壮美景象。日出时分，太阳升上扶桑树，海天之际一片通红，云彩或像飞升的仙女，或像飞舞的鸾鹤，蔚为壮观。明人胡震亨《唐音癸签》云："施肩吾学道西山，自诧群真之一，而章句尚艳硕，乏韵致，未稔何以御风？"丁仪《诗学渊源》云："人但知'三十六体'始于温、李，不知李贺是其所宗，而元和时施肩吾实已先之。肩吾……为诗奇丽，以近体名于时。"《海边远望》写太阳初升时海边绚烂的景象，"仙女上青天""鸾鹤"等词语确有道家痕迹，但亦浓艳，难怪胡震亨有"未稔何以御风"之说。

（柳卓霞）

归海上旧居

章孝标[*]

乡路绕蒹葭[1],萦纡出海涯。人衣披蜃气[2],马迹印盐花。草没题诗石,潮摧坐钓槎。还归旧窗里,凝思向余霞。

注释

〔1〕蒹:没有长穗的芦苇。葭:芦荻,芦苇,生长于水中。
〔2〕蜃:原指大蛤蜊,诗中指乡亲带有海水的味道。

评析

根据题目可知,这是诗人回到以前海边住所作的一首诗歌。

诗人的家乡位于近海之地,乡间小路在蒹葭的掩映中从海边蜿蜒曲折而来,小路的起点因为被蒹葭遮挡,看起来似乎是在遥远的天涯。小路上行人的衣服上满是海水的味道,甚至连路上的马蹄印都有盐花的痕迹。诗人离家已久,居室旁边的野草已经没过了题有诗句的石头。傍晚上涨的潮水催促着钓鱼人早点回家。"草没题诗石,潮摧坐钓槎",这两句实指作者长期在外漂泊流浪,应该回归故里了。"还归旧窗里,凝思向余霞"承接上句,并与题目相照应,写自己回到旧居,欣赏着海边傍晚的美景,然而神思凝重。

《归海上旧居》前六句写海边之景,蒹葭、海涯、蜃气、盐花、潮、

---

[*] 章孝标(生卒年不详),唐代诗人,字道正,章碣之父。元和进士,授秘书省正字,迁校书郎。唐文宗太和年间曾为山南道从事,试大理寺评事。唐武宗会昌年间曾游历淮南。与李绅、白居易、无可、朱庆余等诗人有酬唱。

钓槎,句句不离海,紧扣题目。又将自己的境况通过景物的状态表现出来,虽经雕琢,但干净爽利,清丽阔大,可谓"爽朗"。

(柳卓霞)

海 客

李商隐*

海客乘槎上紫氛[1],星娥罢织一相闻[2]。只应不惮牵牛妒[3],聊用支机石赠君[4]。

注释

〔1〕海客:乘槎到达天河的人。紫氛:指天界。

〔2〕星娥:指织女。传说织女是天上织布的仙女,牛郎是织女的丈夫。

〔3〕惮:怕,畏惧。

〔4〕支机石:支撑织布机的石头。

评析

西晋张华《博物志》记载,天河与海通,有居海者,见年年八月有浮槎来,甚大,往返不失期。此人乃多赍粮,乘槎去,忽忽不觉昼夜,至一处,有城郭居舍。望室中,多见织妇。又有一丈夫牵牛饮于河边。牵牛人惊问何由至此,此人即问此地为何处,答曰:"君可诣蜀访

---

* 李商隐(约813—约858),字义山,号玉谿生,怀州河内(今河南省沁阳市)人。李商隐擅长骈文和近体诗,与杜牧合称"小李杜",与温庭筠合称"温李"。诗文与同时的段成式、温庭筠风格相近,因三人在家族中皆排行十六,并称"三十六体"。李商隐诗歌构思新奇,风格浓丽,属对精工,想象丰富。其爱情诗缠绵悱恻,但过于隐晦迷离,难于索解,至有"诗家总爱西昆好,独恨无人作郑笺"之说。有《李义山诗集》。

严君平,则知之。"此人还乡后,问于严君平。君平曰:"某年某日有客星犯斗牛。"南朝梁宗懔《荆楚岁时记》记载,张骞寻找黄河源头,"得一石,示东方朔",东方朔云:"此是天上织女支机石。"这首诗化用这两个典故,写海客达到天河,织女听闻后罢织相见,不但不害怕丈夫的迁怒,还把支机石赠送给他。在古代,妇女要遵守三从四德,《海客》中,织女竟然不忌惮丈夫的权威,把珍贵的支机石赠送给了乘槎来天河的男子。因此有学者认为,这首诗记叙了李商隐与官宦人家的侍女相互爱慕,暗地赠送礼物一事。也有学者认为,李商隐深陷牛李党争,被认为是牛僧孺党人,这首诗实际是李商隐写自己有心向李德裕一党交好。此诗的写作初衷已难以考索,但"只应不惮牵牛妒,聊用支机石赠君",在当时确是大胆的言论和思想。

(柳卓霞)

海 上

李商隐

石桥东望海连天[1],徐福空来不得仙[2]。直遣麻姑与搔背[3],可能留命待桑田。

注释

〔1〕石桥:据唐朝欧阳询《艺文类聚》记载,秦始皇一统天下后,欲求长生不老,听说东海之上有神山,故作石桥,欲过海观日出处。

〔2〕徐福:秦始皇统一六国后派徐福带三千童男童女出海寻求仙药,但徐福等人始终未归。

〔3〕麻姑:道教神话人物。据《神仙传》记载,麻姑修道于牟州东南姑余山。东汉时应仙人王方平之召降于蔡经家,年十八九,貌美,自

谓已见东海三次变为桑田。蔡经见麻姑手指纤细似鸟爪，自想背大痒时，得此爪当佳。王方平洞悉了蔡经的心思，大喝一声："大胆！麻姑是神仙，你竟然想用她的手搔背！"说罢，便把蔡经捆起来鞭打。

评析

"石桥东望海连天"，站在石桥上向东望去，所见到的是什么呢？海天一片，浩浩荡荡，广阔无垠。"徐福空来不得仙"，开门见山，直言虽然秦始皇拥有巨大的权势，但也没有求取到长生不老的仙药。诗人想象"直遣麻姑与搔背"，如果真能让麻姑来搔背，或许可以看到沧海变成桑田。此诗题为《海上》，但诗歌所写不仅是海上景物，更多的是历史的幽思和想象。诗人运用徐福求仙不成感叹生老病死乃无可奈何之事；又借秦始皇求仙不得、蔡经遣麻姑搔背不得，感叹人生的失落。整首诗充满了人生短暂和不如意的感喟。

（柳卓霞）

海上谣

李商隐

桂水寒于江[1]，玉兔秋冷咽[2]。海底觅仙人，香桃如瘦骨[3]。紫鸾不肯舞[4]，满翅蓬山雪[5]。借得龙堂宽，晓出揲云发[6]。刘郎旧香炷，立见茂陵树[7]。云孙帖帖卧秋烟[8]，上元细字如蚕眠[9]。

注释

〔1〕桂水：湖南省的一条河流。
〔2〕玉兔：传说居于月亮上的神兔，这里指月亮。
〔3〕香桃：指仙境的桃树。

〔4〕紫鸾：传说中的神鸟。

〔5〕蓬山：仙山，王母的住处。

〔6〕揲：古代用蓍草占卜时，数蓍草的数目，把它分成几份。

〔7〕茂陵：汉武帝的陵墓。

〔8〕云孙：父之子为子，子之子为孙，孙之子为曾孙，曾孙之子为玄孙，玄孙之子为来孙，来孙之子为昆孙，昆孙之子为仍孙，仍孙之子为云孙，云孙之子为耳孙。帖帖：《释名·释床帐》云："床前帷曰帖，言帖帖而垂也。"

〔9〕上元：农历正月十五日，又称上元节、元宵节、灯节。

评析

清秋时节，到处一片寒冷萧瑟，就连一向习惯了月宫清冷的玉兔都受不了这凉意。形容人太瘦，有"骨瘦如柴"之语，诗人却反用之，说在这肃杀的环境中，连海底仙境的仙桃也异常萧条，"香桃如瘦骨"，像人一样干枯。"紫鸾不肯舞，满翅蓬山雪"，在这寒冷彻骨的季节，紫鸾因为翅膀沾满了雪，不能飞翔起舞。在皇宫大殿上，占卜结果显示这是出发求仙的好日子。汉武帝祈祷的香灶还在，他却已经死掉了。现在，汉武帝的云孙也已经到了暮景。说不定在明年的上元佳节，众人欢乐融融时，汉武帝和他的子孙都会淡出人们的记忆，求取不死之药更是惘然。

这是一首讽刺求仙的诗歌。前半部分的写景是为了突出严寒的季节中，有人需要潜入海底寻觅仙人，攀登高山摘取长生不老的仙桃。诗人想象仙桃一定非常干枯，就像在海底高山劳作的人一样，实际是批判统治者运用权势劳役百姓的残忍。但是即使如汉武帝般拥有强大的权势，也没能实现长生的愿望，他不但死去，而且很快被人遗忘，这是多么可悲呀。

（柳卓霞）

南 海

曹松[*]

倾腾界汉沃诸蛮，立望何如画此看。无地不同方觉远，共天无别始知宽。文鲵隔雾朝含碧[1]，老蚌凌波夜吐丹[2]。万状千形皆得意，长鲸独自转身难。

注释

〔1〕文鲵：鱼。《广东谣》有："涠蚌之胎有玫瑰，文鲵之腹有美玉。"又："文鲵鸣，美玉生。"

〔2〕丹：这里指珍珠。

评析

曹松是舒州（今属安徽）人，年轻时因屡试不第，长期流落福建、广东。《南海》表达了万物皆得意，"我"自独落寞的心境。

"倾腾界汉沃诸蛮"，南海翻滚着波涛把中原和南方分开。在南方羁旅，"无处不同""共天无别"的生活使人分外感受到天地的广袤。"文鲵隔雾朝含碧，老蚌凌波夜吐丹"，文鲵和老蚌在南海自得其乐，吐出美玉珍珠，但是"长鲸独自转身难"，长鲸却不能遨游。《庄子·庚桑楚》记载了庚桑楚与其弟子的一段对话。弟子说："夫寻常之沟，巨鱼

---

[*] 曹松（生卒年不详），晚唐诗人，字梦徵。舒州（今安徽省潜山县）人。早年曾避乱于洪都西山，后依建州刺史李频。李频死后，曹松流落江湖，无所遇合。唐昭宗光化四年（901）中进士，年已七十余，特授校书郎。曹松工五言律诗，注重炼字琢句，取境幽深，形成了清苦澹宕的风格，其诗取材狭窄，多穷苦之辞和旅思离情，很少接触社会问题。其"凭君莫话封侯事，一将功成万骨枯"为千古名句。

无所还其体,而鲵鳅为之制;步仞之丘陵,巨兽无所隐其躯,而孽狐为之祥。"庚桑楚听后,说:"夫函车之兽,介而离山,则不免于网罟之患;吞舟之鱼,砀而失水,则蚁能苦之。故鸟兽不厌高,鱼鳖不厌深。"诗人以长鲸自喻,表达了不得志和才华无用武之地的苦闷。

(柳卓霞)

送僧雅觉归东海

张乔*

山川心地内,一念即千重。老别关中寺,禅归海外峰[1]。鸟行来有路,帆影去无踪。几夜波涛息,先闻本国钟[2]。

注释

[1] 海外:指外国。
[2] 本国:指雅觉的故国。

评析

这是一首送别诗。友人雅觉身为得道高僧,在中原早已声名远播,年迈的他现在将要离开,带着高深的禅理回到东海之外的故国。山川地貌虽熟稔于心,但分别后,即使一念之想,也隔着千山万水。中原不仅仅失去了一位高深的得道者,禅学的一座高峰也随着他移到了海外。"鸟行来有路,帆影去无踪",鸟来有路,去帆无影。"几夜波涛息,先闻本国钟",诗人想象雅觉经过几天几夜海路的颠簸,尚未到达祖国,

---

* 张乔(生卒年不详)。池州(今安徽省池州市贵池区)人。与郑谷、许棠等人并称为"咸通十哲",曾漫游吴越、河洛、关中等地。黄巢之乱后,曾隐居九华山。有《张乔诗》。

在登陆前，定会先听到本国寺院传来的钟声。

清人谭宗辑《近体阳秋》云："乔诗高清，突绽飘忽而来，迥出尘外，读之令人风生习习。"张乔诗歌具有超凡脱俗之气质，非他人可比。

（柳卓霞）

南海晚望

贯休[*]

海上聊一望[1]，舶帆天际飞[2]。狂蛮莫挂甲[3]，圣主正垂衣[4]。风恶巨鱼出[5]，山昏群獠归[6]。无人知此意，吟到月腾辉[7]。

注释

〔1〕聊：姑且。

〔2〕舶：船。

〔3〕蛮：中国古代称南方各族为蛮，这里指外族。挂甲：原指用绳索穿连并且层叠的甲片，下一片总要覆盖上一片的底端，从而形成下层宽于上层的缀甲样式，这里指发动战争。

〔4〕垂衣：圣主治理天下和平安定，国泰民安。《周易·系辞》云："黄帝、尧、舜垂衣裳而天下治。"

〔5〕风恶：指狂风。

〔6〕獠：凶恶的野兽。

〔7〕腾辉：闪耀光辉。

---

[*] 贯休（832—912），俗姓姜，字德隐。婺州兰溪（今浙江省兰溪市）人。唐末五代著名画僧。贯休雅好吟诗，受戒以后，诗名日盛，远近闻名。唐昭宗乾宁中，被诬，流放黔州，入蜀，为王建所礼，称为"禅月大师"。有《禅月集》。

评析

　　这首诗题为晚望,首句点明"望"字。放眼海上,千帆竞飞,万舸争流。"狂蛮莫挂甲",外族不要妄想侵略中原,因为"圣主正垂衣",中原和平安定,百姓富庶。只有风涛险恶的时候,才会有水怪兴风作浪;只有当山林充满瘴气的时候,才会有凶恶的猛兽聚集。言外之意,现在中原一片承平,外族如果轻举妄动,只会落得失败的下场。"无人知此意,吟到月腾辉",作者感叹无人明白这个道理,只有独自沉吟徘徊,直到月亮上来,洒下满地光辉。诗歌题目为《南海晚望》,在此点明已是深夜时分。

　　五代孙光宪《白莲集序》云:"议者以唐末诗僧,唯贯休禅师骨气混成,境意卓异,殆难俦敌。"贯休生于晚唐,正当社会一片混乱之时。这首诗在告诫异族不要虎视中原的同时,也告诫统治者,要无为而治,保持社会的安定,国祚才会长久。元人辛文房《唐才子传》云:"休一条直气,海内无双,意度高疏,学问丛脞,天赋敏速之才,笔吐猛锐之气,乐府古律,当时所宗。虽尚崛奇,每得神助,余人走下风者多矣。"此诗语短意直,猛锐崛奇,与晚唐诗歌多靡靡无力相比,确是独树一帜。

(柳卓霞)

海上秋怀

吴融*

辞无圭组隐无才[1],门向潮头过处开。几度黄昏逢罔象[2],有时红旭见蓬莱[3]。碛连荒戍频频火[4],天绝纤云往往雷。昨夜秋风已摇落,那堪更上望乡台[5]。

注释

[1]圭组:玉圭与印绶,指爵位、官职。

[2]罔象:亦作"罔像""魍象",传说中的水怪,或木石之怪。《国语·鲁语下》:"水之怪曰龙、罔象。"韦昭注:"或曰罔象食人,一名沐肿。"

[3]红旭:早晨。

[4]碛:水中的沙滩,指作者的居处。荒戍:荒废的营垒。

[5]望乡台:指古代久戍不归或流落外地的人为眺望故乡而登临的高台,可能是人为建造的,也可能是自然形成的。

评析

这是吴融的怀乡之作。"辞无圭组隐无才,门向潮头过处开",意指自己身无功名,亦无才华,在海边过着隐居的生活。"潮头"点明自

---

* 吴融(?—903),字子华,唐代诗人,越州山阴(今浙江省绍兴市)人。龙纪进士。随宰相韦昭度出讨西川,任掌书记,累迁侍御史。曾一度去官,流落荆南,后召为左补阙,拜翰林学士、中书舍人。天复元年(901)朝贺时,受命御前起草诏书十余篇,顷刻而就,深得唐昭宗激赏,进户部侍郎。同年冬,昭宗被朱全忠劫持至凤翔,吴融扈从不及。后复召还为翰林学士承旨。有《吴融诗集》。

己居所的环境。"几度黄昏逢罔象，有时红旭见蓬莱"，在海边居住，傍晚和清晨，有时候会看见怪异的水兽，有时候会看到蓬莱一样的仙境。"几度黄昏"和"有时红旭"运用互文的修辞手法，将罔象出现的可怕景象和蓬莱显现的喜人景象并提，表现海上景观变化巨大，出人意料。"碛连荒戍频频火，天绝纤云往往雷。"这句从上句的自然景观过渡到所处的社会环境。虽然居住在海边荒废的营垒，但时时也会硝烟弥漫，就像晴天的响雷一样。遥远的海边也卷入了残酷的战争，可知社会一片混乱。"昨夜秋风已摇落，那堪更上望乡台"，昨天已进入秋季，万木开始凋零，这本该是回归故乡的时节，但是我还滞留遥远的海边，思乡的沉痛使我不忍再登上望乡台。这句表达了作者在战乱纷争的社会中深深的思乡之情。

（柳卓霞）

望　海

周繇*

　　苍茫空泛日，四顾绝人烟。半浸中华岸，旁通异域船。岛间应有国，波外恐无天。欲作乘槎客[1]，翻愁去隔年[2]。

注释

　　[1]乘槎客：晋代张华《博物志》记载天河与海相通，每年八月有浮槎来往。有人乘槎至天界，并与牵牛晤谈。返回后，至蜀，严君平告

---

* 周繇（生卒年不详），字允之，池州（今安徽省池州市贵池区）人。擅长诗歌，唐懿宗咸通年间，周繇与许棠、张乔等人齐名，合称"咸通十哲"。咸通十三年（872）登进士第，授校书郎，调福昌尉，曾任建德令。有《周繇集》。

之曰：某年月日有客星犯牵牛宿，计之，正是此人到天河之时。槎，木筏，船。

〔2〕翻愁：愁绪增加。翻，成倍。

评析

  此诗首联写海边远望所见之景，"苍茫空泛日，四顾绝人烟"，四顾茫茫，只有太阳高高挂在遥远的天际。这句描写了海面的辽阔。"半浸中华岸，旁通异域船"，大海环绕了大半个中国，与异域通过船舶互通有无。"岛间应有国，波外恐无天"，作者想象，海洋是世间最广远辽阔的存在，与天相接，其间应该有许多别的国家。"欲作乘槎客，翻愁去隔年"，"我"欲乘舟去往天外，但要等海槎经过之时，来回需经年之久，这不禁使"我"愁绪倍增。这句从渡海时间之长言海之宽广。

  这首诗将客观景物与主观想象联系起来，大胆新奇，又格律精整，受到历代评论家的称赞。沈德潜《唐诗别裁》言："余谓咏海何难万言，惟简而该为贵也。读'岛间应有国，波外恐无天'，爽然自失也。"《唐诗选脉会通评林》记载周珽论宋之问与周繇诗之不同云："宋之问《洞庭湖》云'地尽天水合'，又'滢荧心欲无'，写尽眼界浩荡、心境奇幻。若周繇《望海》云'半浸中华岸'，又'波外恐无天'，亦称作手。然宋诗古调，气象空洞雄浑；周诗律体，规模整饬精深：两美并举，不无初、晚之别。"

（柳卓霞）

东 海

汪遵*

漾舟雪浪映花颜,徐福携将竟不还。同作危时避秦客,此行何似武陵滩[1]。

注释

[1]武陵滩:晋陶渊明《桃花源记》记载,有武陵人曾到一处桃花源,见到黄发垂髫怡然自乐,男耕女织欢声笑语,到处一片祥和安静。他们是秦时避乱的世外之人,不知今世何世,过着自食其力、自给自足、没有赋税徭役的生活。桃花源是人人自得其乐的大同世界。

评析

这是一首咏史诗。"漾舟雪浪映花颜,徐福携将竟不还",徐福出海时,海浪激打着船只,溅起的浪花像船中的童男童女一样漂亮,说明这是一个适合出海远航的好天气,预示着会有好的收获。但是徐福连同他所携带三千童男女竟然一去不回。"竟",表示惊讶。秦始皇当时一统天下,权势强大,但徐福"竟"不回,这是大大出乎意料的事情。"同作危时避秦客,此行何似武陵滩",作者想,当时在武陵桃花源就有避秦时之乱的人,徐福和他携带的秦人应该和武陵人一样,去寻找自得其乐的大同世界了吧。

明人许学夷《诗源辩体》云:"晚唐七言绝,周昙有《咏史》

---

* 汪遵(生卒年不详),宣州泾县(今安徽省泾县)人。初为小吏,家贫,常借人书,昼夜苦读。擅长绝句。唐懿宗咸通七年(866)擢进士第。

一百四十六首,胡曾一百首,孙元晏七十余首,汪遵五十余首。"创作咏史诗是晚唐诗坛的风气。汪遵咏史诗视野开阔,概括性、思想性较强,是咏史诸家中的高手。《东海》一诗没有像大多数咏史诗歌一样将重点放在批判秦始皇上,而将重点放在避世的逸人上,可谓独到。

(柳卓霞)

海上生明月

朱华*

皎皎秋中月[1],团圆海上生。影开金镜满,轮抱玉壶清。渐出三山岊[2],将凌一汉横。素娥尝药去[3],乌鹊绕枝惊。照水光偏白,浮云色最明。此时尧砌下,蓂荚自将荣[4]。

注释

[1] 皎皎:皎洁,洁白。

[2] 三山:传说东海即渤海之上有蓬莱、瀛洲、方丈三座仙山。岊:山角落。

[3] 素娥:月中女神嫦娥。传说嫦娥是后羿的妻子,因为偷吃了不死仙丹,奔向月亮。

[4] 蓂荚:传说一种奇异的小草,生于帝尧时的帝庭,由每月的头一天开始,每日生出一片叶子,十五天后,每天落一片叶子,至月尾最后一天刚好落尽;如果此月为小月(少一天),最后的那片叶子就只凋零而不落下。帝尧奇之,呼为"蓂荚"。蓂荚又名"历草",人们认为它是象征祥瑞的仙草。

* 朱华,五代诗人。生平事迹不详。

评析

　　"皎皎秋中月,团圆海上生",秋天的月亮分外明亮,圆圆的一轮从海边升起。"影开金镜满"至"乌鹊绕枝惊"写月亮升起的过程。月亮刚刚显露时,带着金黄的色彩,像金镜一样闪耀;慢慢呈现皎洁的光辉,像玉壶一样清澈;月亮越过仙山,圆圆的一轮挂在天际,让海天之间的分界线看起来更加笔直。此处诗人化用王维《使至塞上》的"大漠孤烟直,长河落日圆"。月亮越升越高,皎洁的光芒惊醒了栖息在树枝上的乌鹊,"乌鹊绕枝惊",它们绕着树枝飞翔。月亮升到高空,照着海水,白茫茫的一片,在云彩的映衬下,月光更觉明亮。"此时尧砌下,蓂荚自将荣",在此皎洁月光的照耀下,大地上的蓂荚和万物欣欣向荣地生长着。此句营造出一派静谧和谐的气氛,与首句"团圆"相呼应。

(柳卓霞)

谪居海上

熊皦*

　　家临泾水隔秦川[1],来往关河路八千[2]。堪恨此身何处老,始皇桥畔又经年[3]。

注释

　　[1]泾水:泾河,发源于宁夏,经甘肃、陕西,流入渭河。
　　[2]关河:函谷关和黄河。
　　[3]桥畔:传说秦始皇派徐福入海求长生不老药,但徐福一去不

---

* 熊皦(生卒年不详),一作熊皎,九华山(在今安徽省青阳县)人,故号九华山人。后唐清泰二年(935)进士。熊皦工古律,语意皆妙。有《屠龙集》。

回。秦始皇决心在琅琊山建立石桥，通往海中，以达仙山。秦始皇嫌工程太慢，就用长鞭驱打石块，有些石块不堪折磨，一直流血，最后石桥终于建成，但是秦始皇的愿望还是落空了。

评析

　　熊皦在后晋初期曾为廷州刺史刘景岩从事。他发现刘景岩跋扈难制、野心勃勃，就劝其离开边地，奏请内调。当刘景岩派他入朝时，他又乘机向朝廷奏言："景岩不宜在边，可徙之内地。"于是皇帝将刘景岩移徙邠州、保义、武胜等地，熊皦入朝拜补缺。熊皦后为刘景岩所诬奏，被贬为商州上津（今湖北省郧西县西北）令。熊皦惧怕刘景岩报复，在去往商州上津的途中逃亡，隐匿于山中。《谪居海上》可能是熊皦亡命时所作。

　　"谪"，指官员降职调往外地，作者实际并非外调，而是逃难在外。后晋（936—947），石敬瑭所建，建都开封，历二帝，前后十二年。后晋强盛时疆域约占据今天的山东、河南两省，山西、陕西的大部及河北、宁夏、甘肃、湖北、江苏、安徽的一部分。首句"家临泾水隔秦川，来往关河路八千"，"家"指后晋的疆域。在疆域如此广大的国家里，作者因为逃难，心里生出"堪恨此身何处老"的忧思，只能"始皇桥畔又经年"，在海边度过一年又一年，毫无立身之地，透露出了内心的悲凉。

（柳卓霞）

海

丁谓*

积润容零露^[1]，无涯任酌蠡^[2]。浮空长浴日^[3]，表圣不扬波^[4]。江汉源流众^[5]，番夷岛屿多^[6]。客槎如可泛^[7]，咫尺是星河^[8]。

注释

[1] 积润：积久湿润。零露：降落的露水。

[2] 酌：度量。蠡：瓠瓢，用葫芦做的瓢。《汉书·东方朔传》记载有以蠡测海的故事。

[3] 浮空：天空漂浮在海面上。浴日：《山海经》记载在遥远的东南海外，有羲和国，国中有个异常美丽的女子叫羲和，她每天在甘泉冲洗太阳。太阳在夜晚会被污染，经过羲和的洗涤，太阳第二天升起时会皎洁明亮如初。

[4] 表圣：赞美圣人。

[5] 江汉：指长江、汉水。

[6] 番夷：旧时中原对外族的统称。

[7] 槎：传说来往于海上和天河之间的木筏。晋代张华《博物志》载："天河与海通，近世有人居海渚者，年年八月有浮槎去来，不失期。"

---

* 丁谓（966—1037），字谓之，后更字公言，苏州长洲（今属江苏省苏州市）人。宋太宗淳化年间进士，曾任饶州通判、户部侍郎等职。《东轩笔录》云："丁谓有才智，然多希合上旨，天下以为奸邪。及稍进用，即启导真宗以神仙之事，又作玉清昭应宫，耗费国帑，不可胜计。"宋仁宗时被贬至崖州等地。

〔8〕咫尺：形容距离近。星河：天河。

评析

"积润容零露，无涯任酌蠡"，大海不嫌弃滴露之小，故能成其辽阔博大、浩荡无涯，任由人们来度量。"浮空长浴日，表圣不扬波"，大海浮起清湛的天空，把太阳洗得一尘不染但从不夸耀，不兴风作浪，呈现出一片祥和。"江汉源流众，番夷岛屿多"，大海磅礴有力，托浮起众多的陆地，其中有广袤的中原地区，也有很多番夷小国。"客槎如可泛，咫尺是星河"，如果真有可以到达天涯的木槎，大海和天空距离咫尺，那么星河就在眼前。

这首诗赞美了大海的品质、能量、功德及广远，用词典雅富丽，气象开阔。同时诗歌融合了对当政者的赞扬和对自己身为朝廷大臣的期许，如"表圣不扬波""咫尺是星河"。这首诗具有朝廷大臣的气度和风格。

（柳卓霞）

登泰山日观峰（并序）

梅尧臣[*]

予泊瓜步山下，梦王景彝问韦应物《日观峰诗》。予即诵，知语不属，谓景彝曰：当为检《韦集》。觉而亟阅《韦集》，无此题，尚记梦中所诵首

---

[*] 梅尧臣（1002—1060），字圣俞，北宋诗人。宣州宣城（今属安徽省）人。宣城古称宛陵，梅尧臣又称梅宛陵。初试不第，以荫入仕，历任州县官属。宋仁宗皇祐三年（1051）召试，赐同进士出身，为太常博士。欧阳修荐为国子监直讲，累迁都官员外郎，故世称梅直讲、梅都官。与欧阳修并称"欧梅"，又与苏舜钦并称"苏梅"。有《宛陵先生集》。梅尧臣诗歌风格古淡，对宋初诗风的转变有重要影响。

句云"晨登日观峰",遂续补之。

晨登日观峰[1],海水黄金熔。浴出车轮光[2],随天行无踪。正视刺我目,攒集如剑锋。照曜万物兴,磨灭万物凶。草木既无命,必闻石间松。当时一避雨,安得大夫封[3]。入而苟不遇,抱简诵六龙[4]。

注释

〔1〕日观峰:泰山玉皇顶东南,古称介丘岩,因观日出而闻名。

〔2〕浴出车轮光:《山海经》记载,在遥远的东南海外,有羲和国,国中有个异常美丽的女子叫羲和,她每天在甘泉冲洗太阳。太阳在夜晚会被污染,经过羲和的洗涤,太阳第二天升起时会皎洁明亮如初。

〔3〕安得大夫封:相传秦始皇在封禅泰山路上遇雨,无处遮挡,见附近有棵松树,遂在其下避雨。雨停后,秦始皇为表彰松树的遮雨之功,就封松树为五大夫。

〔4〕简:古代用来写字的竹板,诗中指书籍。六龙:传说日神乘车,驾以六龙,羲和为御者。后来古代天子的车驾为六马,马八尺称龙,因以之为天子车驾的代称。

评析

"晨登日观峰",首句点题,写登泰山观日出。太阳在东海经过沐浴,焕发光辉。初升时,阳光照射海水,大海一片金黄。太阳渐升渐高,虽了无痕迹,但光芒愈发强烈,直视太阳,眼睛就像被攒集的剑芒刺射一样。有了太阳的照耀,万物兴盛,没有太阳,则万物不作。天子如天上的太阳。石间的松树因曾为秦始皇遮风挡雨被封为五大夫。"入而苟不遇,抱简诵六龙",如果一个人没有遇到发挥才能的时机,就应该坚持不懈,勤读诗书,努力成为朝廷需要的人才。

梅尧臣初试不第,以荫补河南主簿。在宋仁宗皇祐三年(1051),

始得召试，赐同进士出身，为太常博士。这首诗非常切合梅尧臣的生平遭际。梅尧臣在这首诗中亦表达了心向朝廷的志愿。

（柳卓霞）

初食车螯

欧阳修*

累累盘中蛤[1]，来自海之涯。坐客初未识，食之先叹嗟。五代昔乖隔[2]，九州如剖瓜。东南限淮海，邈不通夷华。于时北州人，饮食陋莫加。鸡豚为异味，贵贱无等差。自从圣人出[3]，天下为一家。南产错交广，西珍富邛巴[4]。水载每连舳，陆输动盈车。溪潜细毛发[5]，海怪雄须牙[6]。岂惟贵公侯，闾巷饱鱼虾。此蛤今始至，其来何晚邪。螯蛾闻二名，久见南人夸。璀璨壳如玉，斑斓点生花。含浆不肯吐，得火遽已呀。共食惟恐后，争先屡成哗。但喜美无厌，岂思来甚遐[7]。多惭海上翁，辛苦斫泥沙。

注释

〔1〕蛤：蛤蜊。

〔2〕隔：阻隔。

〔3〕圣人：指道德修养高尚的人，诗中指宋朝的君主。

〔4〕邛巴：指四川。

〔5〕细毛发：纤细的毛发，诗中指淡水生物。

---

* 欧阳修（1007—1072），字永叔，号醉翁，晚年又号六一居士。北宋文学家、史学家。吉州吉水（今属江西省）人。天圣进士，曾任枢密副使、参知政事。王安石变法时因政见不合退居颖州。谥号文忠，世称欧阳文忠公。唐宋八大家之一，领导了宋代的新古文运动，曾与宋祁合修《新唐书》，独撰《新五代史》。有《欧阳文忠公集》《六一词》等。

〔6〕雄须牙：粗壮的毛发和尖利的牙齿，诗中指海生物。

〔7〕遐：远。

评析

  车螯，即螯蛾，蛤蜊的一种。"累累盘中蛤，来自海之涯"，餐盘中的蛤蜊层层叠叠，来自遥远的海滨。"坐客初未识，食之先叹嗟"，客人们初次见到，无不感叹。从"五代昔乖隔"到"其来何晚邪"为感叹的内容。五代以前，天下如同被剖开的瓜果，人们互不往来。淮海东南地区，地处偏远，与中原和东方互不交往；北州人没有贵贱之分，吃的东西简陋异常，到了无以复加的地步，连鸡豚都以为是异样的食物。宋王朝建立后，结束了天下分裂的局面，各地互通有无，人们有机会品尝到各地的美食。南方和西部四川物产丰富，通过水陆和陆路运到各地。河海中的鱼虾，不但王孙贵族能吃到，就连闾巷中的平常老百姓也能品尝到。至今才认识这些蛤蜊，是何其晚呀！从"螯蛾闻二名"到"争先屡成哗"写蛤蜊的鲜美。早就听过南方人夸说蛤蜊味道极美，现在才见识到它们的样子："璀璨壳如玉，斑斓点生花。"蛤蜊虽紧含泥浆，但一遇热火便张开。客人品尝到如此可口的食物，都争先恐后，使宴会一片喧哗。"但喜美无厌，岂思来甚遐"，大家只知道享受美味，但是有谁会想到它来自遥远的海边呢？作者深感有愧于在海边淘漉泥沙、辛苦劳作的渔人，故有"多惭海上翁，辛苦斫泥沙"之句，表现了对民生疾苦的关心。

（柳卓霞）

鬻海歌

柳永*

鬻海之民何所营,妇无蚕织夫无耕。衣食之源太寥落,牢盆鬻就汝输征[1]。年年春夏潮盈浦,潮退刮泥成岛屿。风干日曝咸味加,始灌潮波溜成卤[2]。卤浓咸淡未得闲,采樵深入无穷山。豹踪虎迹不敢避,朝阳山去夕阳还。船载肩擎未遑歇,投入巨灶炎炎热。晨烧暮烁堆积高,才得波涛变成雪。自从潴卤至飞霜[3],无非假贷充糇粮[4]。秤入官中得微直[5],一缗往往十缗偿[6]。周而复始无休息,官租未了私租逼。驱妻逐子课工程[7],虽作人形俱菜色。鬻海之民何苦辛,安得母富子不贫。本朝一物不失所,愿广皇仁到海滨。甲兵净洗征输辍,君有余财罢盐铁。太平相业尔惟盐,化作夏商周时节。

注释

〔1〕牢盆:用来煮海水的盆子。

〔2〕溜:通"馏"。

〔3〕潴:积水。飞霜:指盐。

〔4〕糇粮:干粮。

〔5〕直:通"值",价值。

〔6〕缗:量词,一千文铜钱串在一起叫一缗。

---

* 柳永(约987—约1053),原名三变,字景庄。后改名永,字耆卿,排行第七,又称柳七。崇安(今福建省武夷山市)人。北宋婉约派词人,代表作《雨霖铃》。宋仁宗景祐年间进士,官屯田员外郎,世称柳屯田。柳永一生怀才不遇,穷困潦倒,以"白衣卿相"自许,自称"奉旨填词柳三变",以毕生精力作词,对宋词的发展有一定影响。有《乐章集》。

〔7〕课：督促。

评析

《鬻海歌》又名《煮海歌》，柳永在昌国县（今浙江省舟山市定海区）任晓峰盐场监官时作。柳永目睹了海边盐民的悲惨生活和深重苦难，诗歌所关注的是底层百姓的生活，同时表达了去兵、辍征和罢盐铁的主张，希望能达上听，减轻百姓疾苦。

鬻海之民，在海边靠煮海卖盐为生的盐民。因为海边多盐碱地，种不出桑麻五谷，所以"妇无蚕织夫无耕"，衣食没有来源，只好靠煮海卖盐来充抵官府像车轮般频繁的赋税。

"年年春夏潮盈浦"至"才得波涛变成雪"写煮盐的过程。每年春夏时节，海水上涨，盐民就刮泥筑坝，把一部分海水截留住。风吹日晒一段时间后，海水的咸味有所增加，这时候要开始制作盐卤。海水制成的卤水虽然很咸，但是盐味还很淡，这时盐民要到大山深处砍柴煮海水，使之最终变成盐。砍柴随时可能遇到豺狼虎豹，但无处逃避，也别无生路，煮海人不得不早出晚归。砍得柴后，船运肩扛，一刻都不得停歇地运出深山，运回家中，投入到巨大的灶炉里。熊熊大火从早烧到晚，才能把海水煮成雪一样的白盐。

"自从潴卤至飞霜"至"虽作人形俱菜色"写盐民的艰苦生活。在煮海的数月辛劳中，盐民们只能靠借贷果腹。盐民把盐卖给官府，也只能得到很少的报酬，而这些钱常常不够偿还所借的高利贷。就这样一年又一年，周而复始地辛苦劳动，盐民们一刻不得休息，每天都在为怎么也还不清的债务发愁。官家的赋税还没有缴完，高利贷的债主已经来逼着还钱了。尽管饥饿已使全家青黄寡瘦，面如菜色，但盐民们还是不得不驱遣妻儿辛苦劳作。

从"鬻海之民何苦辛"至诗歌结束，表达了作者对朝廷的期望，希望皇家的仁厚之德能尽快推广到海边盐民，使他们脱离苦海；普天下老百姓都能过上太平的生活,从繁重的兵役和徭役中解脱出来;希望朝廷有充足的财富,废除盐铁业的赋税;希望宰相能像调料中的盐一样发挥重要作用,使国家变得像夏商周三代那样太平安乐。

(柳卓霞)

世 上

王安石*

范蠡五湖收远迹[1],管宁沧海寄余生[2]。可怜世上风波恶,最有仁贤不敢行。

注释

[1] 范蠡:春秋时期楚国人,在吴越争霸中,曾献策辅助越王勾践复国,功成后隐居。

[2] 管宁:管仲的后人,三国时期高士,自幼好学,饱读经书,一生不慕名利。

评析

范蠡,出身贫贱,但博学多才;与文种相识,相交甚深。他们因为不满楚国的政治黑暗和非贵族不得入仕的政策,一起投奔越国。他们说服越王勾践"十年生聚,十年教训",以西施为"美人计"消灭吴国。范蠡认为自己虽有功于越国,但越王勾践可与其共患难,难与其同安

---

* 王安石(1021—1086),字介甫,号半山。抚州临川(今江西省抚州市)人。北宋杰出的政治家、思想家、文学家,唐宋八大家之一。官至宰相,晚年封荆国公,人称王荆公,又称临川先生;谥号文,又称王文公。王安石诗歌"学杜得其瘦硬",擅长说理,善于用典,风格遒劲有力,警辟精绝。有《临川先生文集》。

乐,遂与西施泛舟五湖,更名为鸱夷子皮,带领儿子和门徒在海边结庐而居。三国时期的管宁不慕名利,魏国多次征召,委以太中大夫、光禄勋等要职,固辞不受,居于辽东授徒讲学。范蠡辅佐勾践打败夫差后,泛舟五湖;管宁躲避时难,乘桴越海,羁旅辽东三十余年。这首诗借用范蠡和管宁的故事说明世事险恶,圣人不出。

王安石出生于一个小官吏家庭。宋仁宗庆历二年(1042)中进士,先后任淮南判官、提点江东刑狱等职。治平四年(1067)神宗即位,诏其知江宁府,旋为翰林学士。熙宁二年(1069)为参知政事;从熙宁三年起,两度任同中书门下平章事,推行新法;熙宁九年王安石罢相,隐居江宁。王安石坚决推行新政,损害了部分官僚贵族的利益,也不被当时的某些大臣理解,在朝廷中受排挤和攻击非常严重。宋哲宗赵煦元祐元年(1086),王安石去世,司马光说:"介甫文章节义过人处甚多,……不幸介甫谢世,反覆之徒必诋毁百端。……朝廷宜特加优礼,以振起浮薄之风。"王安石在《世上》中表达了自己所处的政治环境之险恶。

王安石的古体诗多用典故,好发议论,五绝和七绝尤负盛誉,重炼意和修辞,被称为"王荆公体"。这首诗中,王安石用范蠡泛舟五湖和管宁隐居辽东的典故说明世间已无平静的环境可供贤人居住,只能在海上寻找乐土,使读者很自然地联想到孔子的"道不行,乘桴浮于海",表达了一种对贤人无用武之地的悲哀与愤慨。

(柳卓霞)

收 盐

王安石

州家飞符来比栉[1],海中收盐今复密。穷囚破屋正嗟唏[2],

吏兵操舟去复出。海中诸岛古不毛，岛夷为生今独劳。不煎海水饿死耳，谁肯坐守无亡逃。尔来盗贼往往有，劫杀贾客沉其艘。一民之生重天下，君子忍与争秋毫[3]。

注释

〔1〕比栉：像梳篦的齿一样紧密相连。

〔2〕嗟唏：叹息。

〔3〕秋毫：原指秋天鸟兽新长的细毛，比喻细微的事物。《孟子·梁惠王上》："明足以察秋毫之末，而不见舆薪。"

评析

王安石诗歌以熙宁九年（1076）罢相为界大致分为前后两个时期，后期以隐居生活为主要表现内容，风格清丽宁静；前期多关注下层人民的生活，涉及许多尖锐的社会问题，长于说理，为百姓发出不平之声。

《收盐》是反映海滨百姓备受压榨的一首诗歌。官府的文书年年像梳齿一样密集，今年收海盐的文书来得比往年更加频繁。煮盐的百姓住在囚房一样破烂的屋子里，天天为生计哀叹，那些负责收盐的官船刚刚离开又回来了。海岛是不生长庄稼的地方，此地的百姓生活更加艰辛。如果不煮海盐就会饿死，但是面对如此沉重的赋税，也只有死路一条。所以，人民怎么可能不逃亡呢？然而"尔来贼盗往往有，劫杀贾客沉其艘"，最近盗贼猖獗，劫杀掠夺，沉没船只，百姓又能逃到哪里去呢？"一民之生重天下，君子忍与争秋毫"，百姓的生死比天还重，作为官员的君子怎么忍心与他们争夺蝇头小利呢？儒家将具有完美人格的士人称为君子，君子重义轻利。在诗歌中，王安石将欺压百姓的官员称为"君子"，极尽讽刺之意。欺压百姓的官员本是读圣贤书的人，但是读圣贤书的人取得官位之后，却将圣人的教导置之脑后，做着与"君子"的行为相违背的事情,让人愤慨、不齿。整首诗充满了对海边百姓的悲悯与对官府的斥责。

(柳卓霞)

登州海市(并序)

苏轼

予闻登州海市久矣[1],父老云尝出于春夏,今岁晚不复见矣。予到官五日而去,以不见为恨,祷于海神广德王之庙[2],明日见焉,乃作此诗。

东方云海空复空,群仙出没空明中。荡摇浮世生万象,岂有贝阙藏珠宫。心知所见皆幻影,敢以耳目烦神功。岁寒水冷天地闭[3],为我起蛰鞭鱼龙。重楼翠阜出霜晓,异事惊倒百岁翁。人间所得容力取,世外无物谁为雄。率然有请不我拒,信我人厄非天穷。潮阳太守南迁归,喜见石廪堆祝融[4]。自言正直动山鬼,岂知造物哀龙钟。伸眉一笑岂易得,神之报汝亦已丰。斜阳万里孤鸟没,但见碧海磨青铜。新诗绮语亦安用,相与变灭随东风。

注释

[1]登州:在山东蓬莱。海市:海市蜃楼。
[2]广德王:传说中的东海龙王。
[3]天地闭:草木不生之时,这里指农历十月。
[4]潮阳太守南迁归,喜见石廪堆祝融:韩愈因为上疏谏迎佛骨,被贬到广东潮州,后来又改为江陵法曹参军。上任途中韩愈游衡山,写下"紫盖连延接天柱,石廪腾掷堆祝融"。

评析

  宋神宗元丰八年（1085），苏轼被任命为登州知州，到任五天，朝廷又任命他为礼部郎中。在诗歌小序中，苏轼说自己听闻登州海市已久，但无缘一见。这次有机会来登州，很希望能够欣赏到海市美景。然而很不巧，登州海市常出现在春天和夏天，苏轼到任时是农历十月。于是苏轼便向龙王祈祷。第二天，海市果然出现。他便作了这首诗。根据石刻"元丰八年十月晦书呈全叔承议"可知，这首诗是在农历十月底写成。

  诗歌开篇，苏轼记叙了自己对海市的期待和海市初现时的情景。茫茫东方云海中，成群的神仙或隐或现。不免让人怀疑，难道海中真有仙人主宰浮生万象？诗人又转念一想，海市蜃楼不过是幻象，作为凡人，怎敢劳烦神仙们为了满足自己观赏海市的愿望而兴师动众呢？但接下来海市的壮观景象真的出现了。在"岁寒水冷天地闭"的时节里，神仙们把已经蛰伏的虫鱼鞭打起来，使"重楼翠阜"出现在"霜晓"中。这种景象就连百岁的老人也没有见过，他们惊异于这次海市的出现。诗人不禁感慨人世间的东西可以用力量去取得，但是像海市蜃楼这种根本不存在的事物，又有谁能占据称雄呢？诗人认为自己向龙王发出请求，龙王亦不拒绝，说明个体经历艰难和困厄不是上天的原因。苏轼继而将自己与唐朝韩愈做比较，韩愈认为自己的正直可以感动山神，但苏轼认为"岂知造物哀龙钟"，其实是上天哀怜他年老力衰。表面写韩愈，实际是写自己。作者看到海市后眉头舒展，认为上天对自己已经非常丰厚了。诗歌最后写海市蜃楼隐退后，只剩下斜阳余晖、万里孤鸟和如铜镜般风平浪静的海面。作者又解嘲道，"新诗绮语亦安用，相与变灭随东风"，用华美的辞藻记下海市的壮美又有什么用呢？海市还是随着风消失了。这绮丽的辞藻，最终也会随风飘散的。

（柳卓霞）

六月二十日夜渡海

苏轼

参横斗转欲三更[1]，苦雨终风也解晴[2]。云散月明谁点缀，天容海色本澄清。空余鲁叟乘桴意[3]，粗识轩辕奏乐声[4]。九死南荒吾不恨[5]，兹游奇绝冠平生[6]。

注释

〔1〕参横斗转：参星和斗星是二十八星宿中的两个，参星横斜，北斗星转向，说明时值夜深。三更：黎明前五点钟左右。

〔2〕苦雨终风：久雨不停，终日大风。

〔3〕鲁叟：孔子。桴：木筏。《论语》载孔子言："道不行，乘桴浮于海。"

〔4〕轩辕：黄帝。奏乐声：形容涛声，也指玄理。《庄子·天运》记载，黄帝曾在洞庭湖边演奏《咸池》，并借音乐演说玄理。

〔5〕南荒：僻远荒凉的南方。恨：悔恨。

〔6〕游：游历，实指贬谪海南。

评析

绍圣元年（1094），宋哲宗亲政，蔡京、章惇等人执掌朝政，大肆报复元祐旧臣，苏轼是打击迫害的主要对象，被一贬再贬，最后远放儋州（位于现在的海南岛），前后长达七年。广东、海南在北宋皆属蛮荒瘴疠之地，直到宋哲宗薨逝，苏轼才被赦北还。《六月二十日夜渡海》是苏轼自海南儋州北还时所作。在诗歌中，苏轼表达了九死不悔的决心和旷达豪放的襟怀。

三更时分，参横斗转，预示此前的狂风骤雨已经过去。"苦雨终风也解晴"，苏轼表面写自然天气，实际是写自己在经历一连串的政治打击后，坚信风雨如晦的日子终会过去，最后定能迎来明媚的晴空。作者仰视天空"云散月明"，俯视大海"天容海色"，青天碧海本来就澄清明净；政治上的诬陷和政坛的混乱如蔽月浮云，也终会消散。俯仰之间，可以看出诗人开阔与深邃的眼界。苏轼曾经致力于社会改革，但屡受打击，最后被流放海南。苏轼认为自己虽然做了一些有利于人民的事情，但不能算实现了心中的"道"，因此有"空余鲁叟乘桴意"的感慨。以"粗识轩辕奏乐声"来形容时下所听到的波涛声，实际是苏轼回想自己政治生涯时的万般滋味。"九死南荒吾不恨，兹游奇绝冠平生"，表现了苏轼的乐观与自信。苏轼被流放海南，实是政敌的打击与迫害，他却说即使在这里死去，也并不悔恨，因为海南有中原没有的奇景。苏轼旷达的胸襟和豪迈的性情令人动容。

（柳卓霞）

海　贾

朱长文[*]

千艘万货集江边，争较锥刀逐利迁[1]。生理幸逃鱼腹馁[2]，梦魂犹怕蜃楼烟[3]。

---

[*] 朱长文（1039—1098），字伯原，号乐圃，自号潜溪隐夫，吴县（今江苏省苏州市）人。北宋书法家。朱长文未冠举进士，以病足不仕，筑室乐圃坊，著书阅古，名动京师。宋哲宗时召为太学博士，后迁秘书省正字。朱长文著述颇丰，有《乐圃余稿》《琴史》《墨池编》等。

注释

〔1〕锥刀：指微利。南朝鲍照《代边居行》："悠悠世中人，争此锥刀忙。"唐代杜甫《遣遇》："闻见事略同，刻剥及锥刀。"

〔2〕生理：性命。

〔3〕蜃楼：海市蜃楼。

评析

宋代海上贸易繁荣。据吴自牧《梦粱录》记载，南宋海上贸易船只不但数量巨大，而且极为发达，大型船只可载重300吨，中等的约200吨，朝廷组织修造的使节船载重甚至达600吨。又据《诸蕃志》记载，有53个国家和地区与南宋进行通商贸易，宋人到达20多个国家和地区进行经商，形成了海上丝绸之路。这条海上商路有两个方向，一是向东北方去往朝鲜和日本；一是向南方去往东南亚、印度洋地区和西亚、北非。《海贾》一诗反映了繁荣的海上贸易背后商人们艰辛险恶的生存环境。

"千艘万货集江边"，江边码头商人甚多，商货堆积如山。商人们"争较锥刀逐利迁"，在此追逐着微薄的利润。这两句首先以千万艘货船装载的丰富物资与商人们追逐的纤毫之利形成鲜明对比；其次以"迁"字说明商人们的艰辛还在于要随时迁移，过着漂泊无定的生活。诗歌紧接着写商人的旅程，无论是到达，还是出发，经历都如梦魇一般："生理幸逃鱼腹馁，梦魂犹怕蜃楼烟。"商人们在海上要躲避凶恶鱼群的追逐，即使在梦中也会担心自己迷失在海中，不小心葬身海底。商人们整天过着担惊受怕的日子与"锥刀"之利再次形成对比，突出了海商的不易。宋代海上贸易发达，但是在发达的背后是商人们命悬一线的惊险生涯与心酸历程。这首诗表达了作者对海商的同情和关注。

（柳卓霞）

寄黄几复

黄庭坚*

我居北海君南海[1],寄雁传书谢不能。桃李春风一杯酒,江湖夜雨十年灯。持家但有四立壁[2],治病不蕲三折肱[3]。想得读书头已白,隔溪猿哭瘴溪藤。

注释

[1]我居北海君南海:《左传·僖公四年》:"君处北海,寡人处南海,唯是风马牛不相及也。"作者在原诗跋中说:"几复在广州四会,予在德州德平镇,皆海滨也。"

[2]四立壁:《史记·司马相如传》:"文君夜亡奔相如,相如乃与驰归成都。家居徒四壁立。"即四面墙,形容家境贫寒。

[3]蕲:祈求。肱:上臂。古代有三折肱而为良医的说法。

评析

此诗作于宋神宗元丰八年(1085),其时黄庭坚在山东德州德平镇。黄几复,黄庭坚少时好友,时为广州四会县县令。传说大雁南飞,不过衡阳回雁峰,更不用说岭南了,故有"寄雁传书谢不能"。首两句写自己与好友黄几复南北分隔,音讯难通。"桃李春风一杯酒,江湖夜雨十年灯",距两人上次相聚畅饮已经十年多了,十年间,两人远离朝廷,

---

* 黄庭坚(1045—1105),字鲁直,号山谷道人、涪翁。洪州分宁(今江西省修水县)人。治平进士。历任叶县尉、国子监教授、校书郎、著作佐郎、涪州别驾等。与张耒、晁补之、秦观并称"苏门四学士"。与苏轼并称"苏黄"。黄庭坚诗风奇崛瘦硬,以杜甫为宗,提出"点铁成金""夺胎换骨"的诗歌主张,是江西诗派的开山之祖。有《山谷集》《山谷琴趣外篇》。

漂泊流徙，每逢夜雨，各自与孤灯相对。接下来，作者赞扬黄几复虽身为县令，但家徒四壁，生活清贫；具有非凡的治国才能，根本不需要多次跌撞，积累经验。作者又想象黄几复虽鬓发斑白，但还是和以前一样孜孜不倦，乐于读书。但是读书声是否像十年前那样悦耳呢？作者没有明写，而是转写景物"隔溪猿哭瘴溪藤"，凄凉之境衬托出悲凉的情绪，不平之鸣蕴含其中。

黄庭坚主张作诗应"无一字无来历，无一字无出处"，提出"点铁成金""夺胎换骨"之法。这首诗中，黄庭坚运用《左传》《史记》的典故，贴切自然，同时也使整首诗具有了苍劲古朴的韵味。

（柳卓霞）

山 海

张耒*

愚公移山宁不智[1]，精卫填海未必痴[2]。深谷为陵岸为谷，海水亦有扬尘时。杞人忧天固可笑[3]，而不忧者安从知。圣言世界有成坏，况此马体之毫厘[4]。老人行世头已白，见尽世间惟叹息。俯眉袖手饱饭行，那更从人问通塞。

注释

[1]愚公移山：出自《列子·汤问》，记叙一位老者因为自家门前有两大座山挡路，遂决心将其铲平。有一位智叟笑他太傻，认为这是不

---

* 张耒（1054—1114），字文潜，号柯山，楚州淮阴（今江苏省淮安市淮阴区西南）人。北宋著名文学家，擅长诗词，与黄庭坚、晁补之、秦观并称"苏门四学士"。熙宁进士，历任临淮主簿、著作郎、史馆检讨、太常少卿等。张耒诗歌学习白居易、张籍，平易畅达；词作风格与柳永、秦观相近。有《柯山词》《张右史文集》等。

可能的事情。愚公告诉智叟说，自己死后还有儿子，儿子死后还有孙子，子子孙孙无穷无尽，而两座山却不会变高，所以终有一天会被铲平。天帝得知后大受感动，便命大力神把两座山搬走了。

〔2〕精卫填海：出自《山海经》，记载天帝的小女儿女娃游东海溺死，遂化为精卫鸟决心每天衔西山上的木枝、石子填平大海以报仇。

〔3〕杞人忧天：出自《列子·天瑞》。杞是周代的一个诸侯国，在河南杞县一带。杞国有个人每日担心天会塌、地会陷，自己无藏身之所，便食不下咽，寝不安席。

〔4〕毫厘：二者均为计量单位，极言数量之小。

评析

诗歌题目"山海"，取自愚公移山和精卫填海两个典故。

诗人开篇即借用典故表达自己对世事的态度：沧海桑田，愚公移山未必是痴心妄想；精卫填海也未必是痴人说梦；杞人忧天固然可笑，但是没有忧愁的人又怎会料到世事的变化？圣人有言，世界有成坏之时，更何况一海一山只不过像马身上的一根毫毛那样渺小。头发雪白的垂垂老者见过无数世事播迁，经历过万千世间成败，叹息不语，只管饭饱后两手放在袖兜里，低头前行，哪里会问前面的路是通畅还是堵塞？《晋书·阮籍传》记载："（阮籍）时率意独驾，不由径路，车迹所穷，辄恸哭而反。"阮籍之哭穷途，实际是为国家命运、个人身处的乱世而哭。诗中的老人不再哭泣，不再过问世事，只是叹息，其中意蕴深厚。

张耒在《贺方回乐府序》中云："文章之于人，有满心而发，肆口而成，不待思虑而工，不待雕琢而丽者，皆天理之自然，而情性之至道也。"苏轼在《答张文潜书》中评价张耒文章，"汪洋淡泊，有一唱三叹之声"。此诗亦然。

（柳卓霞）

渡 海

折彦质[*]

朝宗于海固愿也[1]，一苇杭之如勇何[2]。著浅惊呼过又喜，此生是等事尝多。

注释

〔1〕朝宗：古代诸侯春、夏朝见天子，《周礼·春官·大宗伯》："春见曰朝，夏见曰宗，秋见曰觐，冬见曰遇。"后来泛指臣下朝见帝王。又《尚书·禹贡》："江、汉朝宗于海。"孔颖达疏："朝宗是人事之名，水无性识，非有此义。以海水大而江、汉小，以小就大，似诸侯归于天子，假人事而言之也。"

〔2〕杭：古同"航"。

评析

"朝宗于海固愿也"，朝宗大海是作者长久以来的愿望。大海辽阔浩瀚，充满惊涛骇浪，在大海中航行并非易事，但作者相信凭着"一苇之杭"和超人胆识，定能成功。"著浅惊呼过又喜"，渡海时最担心遇到浅险的地方，害怕搁浅不能前行，所以内心会感到惊恐，等到浅险的地方通过后，内心又会充满愉悦。诗人感叹"此生是等事尝多"，在自己的一生中，这种感受和滋味已经尝过很多次了。

通观全诗，作者所渡之海既指自然界中真实的大海，也指世事之

---

[*] 折彦质（生卒年不详），字仲古，别号介之，又自号为葆真居士。文武兼备，抗金名将，曾筑草堂于寿安锦屏山中，名为"葆真"。绍兴六年，赐进士出身，擢端明顾学士。

海,且世事之海比真实的大海更加惊险。"朝宗于海固愿也",实际指为朝廷效忠是作者长久不变的心志。"一苇杭之如勇何",表达了一种愿意在内忧外患的现实惊涛骇浪中搏击,即使处在一苇之舟、势单力薄的情势下,也会奋勇前进,用十足的豪气战胜各种困难的决心。"著浅惊呼过又喜",表现了不愿搁浅,不愿停滞,不愿在失败中放弃,希望在汹涌澎湃、波浪滔天的环境中一显身手的气魄。"此生是等事尝多"则说明作者已多次经历濒临失败的险境,但愈挫愈勇,始终以自信、乐观的心态为国家、为宋王朝的振兴出谋献策。

在诗歌中,诗人将自己报效国家的志向、才能、经历和心态与渡海的过程做比较,贴切生动,无牵强议论之弊,显示出豪迈的气度。

(柳卓霞)

大海水

史尧弼*

大海汤汤水所积[1],太山岩岩云所出[2]。翻腾一俯仰[3],能为雨三日。旱苗滋生物滋殖[4],田夫得耕女得绩[5]。式歌且谣拜手乞[6],泰山云,勿纡郁[7]。大海水,无终极[8]。

注释

〔1〕汤汤:水势浩大、水流很急的样子。

〔2〕岩岩:山高大耸立。《诗经·閟宫》:"泰山岩岩,鲁邦所詹。"

---

* 史尧弼(约1118—约1157),字唐英。眉州(今四川省眉山市)人。史尧弼少有文采,声名远播。宋高宗绍兴二十七年(1157),与弟弟史尧文同登进士。未授官而卒。史尧弼诗歌纵横排宕,为文明白晓畅。有《莲峰集》。

孔颖达疏："言泰山之高岩岩然，鲁之邦境所至也。"

〔3〕翻腾：飞腾、翻滚。俯仰：原指低头抬头，诗中指云彩翻飞。

〔4〕滋：增加，增益。

〔5〕绩：把麻搓捻成线或绳，指纺织。

〔6〕式：典礼。歌：歌咏。谣：古代指不用乐器伴奏的歌唱。拜手：古代的一种跪拜礼。

〔7〕纡郁：郁积。

〔8〕终极：尽头。

评析

中国自古以农业经济为主，自然气候、天气条件的变化对人民的生产生活影响巨大。《大海水》应为古代的求雨歌，表现了人民对大自然的礼敬和祈求能够风调雨顺的愿望。

大海浩浩荡荡，辽阔无垠；泰山巍峨耸立，白云出没其间。海水在泰山形成的云彩，只要翻腾呈现，就能够形成多日的雨水。旱苗凭借这些雨水生长，万物凭借这些雨水繁殖。田夫得以在田间耕种，女子得以纺线织布。人们举行隆重的仪式，且歌且谣，庄重虔诚地祈祷，希望泰山的云不要集聚不出，希望大海水浩浩荡荡，永无终极。有了大海水，有了泰山云，才有雨露的滋养，百姓才能安居乐业。

据现有史料，公元7世纪的唐代，四川盆地东部和中部旱灾频发，其中以638、669年干旱范围最大。在11—12世纪的宋代，仍以东部、中部干旱为重，1039、1136、1160、1182、1192、1193、1197、1201、1211等年份干旱都较为严重。诗人有"四岁尚少房玄龄"的壮志，他心怀百姓疾苦，祷告沧海高山能够带来降雨，解救天下苍生。

（柳卓霞）

海 气

陆游*

浴罢来水浒[1],适有渔舟横。浩然纵棹去,漫漫菰蒲声[2]。海祲乃尔奇[3],万象空际生。骎骎牧龙马[4],夭矫腾蛟鲸[5],或如搴大旗[6],或如执长兵[7]。我欲记其变,忽已天宇清。成坏须臾间,使我叹且惊。世事正如此,何者非强名。

注释

〔1〕水浒:水边。

〔2〕漫漫:广远无际。菰蒲:菰和蒲,长于浅水的多年生草本植物。

〔3〕祲:盛大。乃尔:竟然如此。

〔4〕骎骎:马奔跑的样子。龙马:古代传说中形状像马的龙。《礼记·礼运》:"河出马图。"孔颖达疏引《中候·握河纪》:"伏羲氏有天下,龙马负图出于河。"龙马或指骏马。

〔5〕夭矫:矫健。蛟鲸:蛟龙与鲸鱼,指巨大的水中动物。

〔6〕或:有时。搴:举。

〔7〕长兵:长兵器。

---

* 陆游(1125—1210),字务观,号放翁。越州山阴(今浙江省绍兴市)人。宋高宗时应礼部试,为秦桧所黜。宋孝宗时赐进士出身。中年入蜀从军,曾任夔州通判,官至宝章阁待制。晚年退居家乡。陆游一生志在收复中原。今存诗歌九千多首,多抒发其政治抱负,风格雄浑豪放;抒写日常生活之作,清新圆润。明代杨慎认为陆游词纤丽处似秦观,雄慨处似苏轼。与范成大、杨万里、尤袤并称为"南宋四大家"。有《剑南诗稿》《渭南文集》《老学庵笔记》等。

评析

　　诗歌以叙事开篇。作者新浴后，来到水边，适有渔舟横岸，便划舟而去，四围静寂，只听见水击菰蒲的声音向广远无际的空中传去。"海视乃尔奇"至"使我叹且惊"，写泛舟所见，表现出诗人的浪漫主义情怀。海水盛大，空中的云彩变化莫测，有时像万马齐奔，有时像蛟龙巨鲸飞腾翻越，有时像士兵手拿兵器、挥舞大旗。作者想记下这奇妙的景象，但是宇宙立刻又变得一派澄清。作者不由惊叹空中万象的形成和消失如此迅疾。联想世事，作者感慨"世事正如此，何者非强名"，世事也是如此，个人为什么要博得一个盛名呢？陆游从小受父辈的熏陶，满怀抗金复国的抱负，二十九岁参加科考，因排在秦桧孙子的前面而落榜，等到秦桧死后才被起用。陆游中年入蜀，投身军旅，曾任镇江、隆兴、夔州通判，官至宝章阁待制，但一直不受重用，后来更是被罢官在家闲居六年。此后虽有被起用，但仍出任地方官。宋光宗即位后，陆游改任朝议大夫礼部郎中，他连上奏章，谏劝朝廷减轻赋税，结果反遭弹劾，以"嘲咏风月"的罪名再度罢官。此后，陆游长期蛰居乡村，度过余生。"世事正如此，何者非强名"，这是陆游看到空中万象瞬息万变所引发的感慨，也是他人生的体悟，更是对自己一生抱负落空的宽慰。

（柳卓霞）

海上作

陆游

　　厌逐纷纷儿女曹[1]，挂帆江海寄吾豪。鲸吞鼍作浑闲事[2]，要看秋涛天际高。

注释

〔1〕厌：厌烦。逐：追赶。纷纷：一个接一个地，接二连三地。曹：等、辈。

〔2〕鼍作：鼍在水中兴风作浪。鼍，又称扬子鳄、鼍龙、猪婆龙。浑：全，满。闲事：无关紧要的事，跟自己没有关系的事。

评析

　　陆游年少时便志在抗金复国，临终仍念念不忘，有"但悲不见九州同"之恨。陆游一生遭际坎坷，多次被罢官，闲居故里，英雄无用武之地，只能和儿孙辈无聊嬉戏。"厌逐纷纷儿女曹"，表面上写儿孙众多，不停地打扰自己，自己厌烦了和他们的无聊游戏，实际是以"儿女曹"指当权派，写自己厌烦了朝堂争斗。"挂帆江海寄吾豪"，诗人要乘船远航，到大海里搏击，实际表达了希望能一展才能，摆脱无所作为的境地的豪情。"鲸吞鼍作浑闲事，要看秋涛天际高"，对于鲸鱼和鼍的兴风作浪，作者毫不挂在心上，只愿欣赏海阔天空、秋高气爽的美景。这是诗人乘舟海上的心境，也是面对人生遭际的心境。陆游一生坎坷，但他一直以自信、豪迈的心情来面对。所谓"鲸吞鼍作"，既指诗人曾经经历的不幸，也指当下被当权派排挤闲居的无奈，还包括以后可能会遇到的种种折磨与打击；"要看秋涛天际高"，则表现了诗人平静、自信、旷达的心态。

（柳卓霞）

海上作

喻良能*

晴浪空仍白，云峰远更青。乾坤几万里[1]，聚落一浮萍[2]。自昔闻溟渤[3]，从今小洞庭。端如初发覆[4]，坐觉病眸醒[5]。

注释

[1]乾坤：天地、宇宙。

[2]浮萍：水面浮生植物，根部很短，不能在水底扎根，故漂浮水面，随波逐流。唐代王勃《秋日登洪府滕王阁饯别序》："关山难越，谁悲失路之人？萍水相逢，尽是他乡之客。"意为互不相识的人像浮萍一样偶然聚在一起，然后又随流水分散各处。

[3]溟渤：指大海。

[4]端如：正如。发覆：把被掩盖的东西挖掘出来，指透过表面探究真实。

[5]坐：因为。病眸：害病的眼睛。

评析

《海上作》记叙了作者泛舟海上的所见所感。首联写景。天朗气清，海水翻腾奔越，激起的浪花洁白纯净。在海上眺望远处的山峰更觉茂密蓊郁，青葱幽深。颔联写在海上漂浮的感受。宇宙如此浩瀚，海上泛舟

---

* 喻良能（生卒年不详），字叔奇，婺州义乌（今浙江省义乌市）人。宋高宗绍兴二十七年（1157）进士，补广德尉，历任工部郎中、太常寺丞等。常与杨万里唱和，诗歌风格清新自然。陈亮《题喻季直文编》评云："其为文精深简雅，读之愈久而意若新"。存《香山集》。

就像水中浮萍一样，随波起落。"自昔闻溟渤，从今小洞庭"，从前就听闻沧海辽阔，今天才知道，与之相比，洞庭湖确是渺小。"端如初发覆，坐觉病眸醒"，作者认为，这次泛舟海上不但增加了对生命的认识和体悟，而且有醍醐灌顶之感，顿觉眼前一片清澈，不再迷茫混沌。宋人作诗写文章爱议论，喜欢表达生活中感悟到的哲理，喻良能《海上作》正体现了这一特点。

（柳卓霞）

造海船（并序）

周麟之*

　　河朔道中逢太平车数百两，相尾而北，皆载竹木绳纤，揭旗曰："某州起发北通州造海船物料"。或曰北通州，旧潞县也，隶燕山，今升为州。在燕京之北，地滨海，虏于此造海船千数百艘，将由胶西浮海而南矣。作《造海船》。

　　造海船，海旁朴斫雷殷山[1]。大船辟舰容万斛[2]，小船飞鹘何翩翩。传闻潞县燕京北，木柹翻空浪头白[3]。近年升作北通州，谓是背吭宜控扼[4]。坐令斩木千山童[5]，民间十室八九空。老者驾车辇输去，壮者腰斧从鸠工[6]。自期鼓楫沧溟隘，他时取道胶西寨[7]。樯愿相风风北来[8]，飞航信宿趋吴会[9]。谁为此计狂且愚，南北土性天渊殊。北人鞍马是长技，南人涛濑如坦涂。果尔疑非万全策，驱民忍作鱼龙食。任渠转海入江来，自有周郎当赤壁。

---

　　* 周麟之（生卒年不详），字茂振，海陵（今属江苏省泰州市）人。宋高宗绍兴十五年（1145）进士，中博学宏词科，历任起居舍人、兵部侍郎、直学士院、给事中、知制诰、翰林学士等，官至同知枢密院事。有《海陵集》。

注释

〔1〕朴斫：砍伐，砍斫。殷山：位于扬州市。

〔2〕辟：建设，开辟。斛：古代的量器名，也是容量单位。一斛本为十斗，后改为五斗。

〔3〕柿：砍下来的木头碎片。

〔4〕吭：喉咙，嗓子。

〔5〕坐：遂、将。童：秃。

〔6〕鸠工：聚集工匠。

〔7〕胶西：指山东胶河以西，高密以北地区。

〔8〕相风：观测风向，亦指观测风向的仪器。

〔9〕信宿：连宿两夜，两三天。吴会：吴郡、会稽的合称，指今江苏、浙江一带。

评析

《中原民谣》是周麟之创作的一组诗歌，意在反映民生的艰辛，揭露官府欺压百姓、作威作福的行径，具有乐府诗针砭时弊的特点。本诗是其中之一。

从开篇至"飞航信宿趋吴会"是诗歌的第一部分。潞县的官员为了制造海船，役使人民到海边的殷山上砍伐树木。"雷殷山"既指砍伐树木的声音像天雷一样巨大，也指官府要以万钧雷霆之势夷平殷山。官府修造的船只，大的可容万斛，小的轻巧犹如飞鹘，在海面上疾驰。传说燕京以北的地区，砍斫下来的木屑在水面成片漂浮。近年来，这位潞县官员又升任到北通州，认为通州是险要的关隘，乃兵家重地，因此又役人造船进行防护。为了造船，周边的千座高山被一砍而光。民间十室九空，老人驾车运输，年轻人腰间别着斧头跟随工匠做工。这位官员又说，从前胶西道路太过狭仄，现在要坐船从水路通过。如果风从北来，从燕京到吴会应只需要两三天时间就可以了。这部分记叙了潞县官员不顾人民死活，大量砍斫树木，制造海船，并因此得到升迁的事件。

第二部分从"谁为此计狂且愚"到诗歌结束，是诗人对这位官员发出的质问与谴责。北方人和南方人的特性差异犹如天壤。北方人长于骑马射箭，南方人长于水性。砍斫树木，制造海船，原本就不是保障国家安全的良策。三国时，曹操计划渡过长江，一统南北。但北人不习水性，曹操只好以铁锁连接各船。周瑜在赤壁以火攻之法打败曹操，成为历史上一场以少胜多的著名战役，奠定了三国鼎立的局面。现在，任由官府想尽各种办法引海入江，只能重蹈历史覆辙，不可能成功。何况身为官员，怎能不顾百姓死活，让他们以身蹈险，葬身鱼腹呢？

诗歌前半部分重在叙事，后半部分重在运用历史典故发表议论。诗歌叙议结合，不但深刻揭露了一些官员的愚昧和劳民伤财，而且鲜明地表达了作者对他们的厌恶和痛恨。

（柳卓霞）

诸侄孙登白峰观海上一景

戴复古[*]

自有此山在，无人作此游。气吞云海浪，笑撼玉峰秋[1]。开辟几百载，登临第一筹。诸郎莫高兴，刻石记风流。

注释

〔1〕玉峰：玉峰山，位于浙江省临海市。

---

[*] 戴复古（1167—？），字式之，台州黄岩（今浙江省台州市黄岩区）人。一生不仕，浪游江湖，后归隐，曾居南塘石屏山，自号石屏、石屏樵隐。曾从陆游学习诗歌，又受晚唐诗风和江西诗派的影响，部分作品记录了人民的疾苦，抒发了他的爱国思想。有《石屏诗集》《石屏词》。

评析

  戴复古是南宋江湖诗派的名家，以布衣终老，曾漫游闽瓯、吴越、襄汉、淮南等地。《诸侄孙登白峰观海上一景》是他与侄孙辈登临浙江白峰观览海景所作。"自有此山在，无人作此游"，自从白峰矗立在这里，就没有人像"我们"今天这样登临远眺。情感激越，豪迈畅达。从白峰向下俯视，波涛拍打着海岸，声势凶猛，似乎要冲上天空吞掉云彩；海浪的咆哮声又像沧海在开怀大笑，震天动地。"开辟几百载，登临第一筹"，从开天辟地以来，"我们"是登临游赏的第一批人，诗人以"几百载"与"第一筹"形成对照，为自己能够发现如此佳境兴奋不已，喜悦之情跃然而现。"诸郎莫高兴，刻石记风流"，作者告诉侄孙，看到如此胜景不要只顾高兴，定要刻石留念，因为"我们"是"登临第一筹"。

  这首诗风格洒脱、飘逸，语言简易清新，明快畅达，没有江湖诗派的粗浅，这与作者曾从陆游学习有关。

（柳卓霞）

登高丘而望远海

李涛*

  登高丘，望远海，万里长城今安在。坐使神州竟陆沉[1]，夷甫诸人合菹醢[2]。望远海，登高丘。知我者谓我心忧，不知我者谓我何求[3]。归枕蓬莱漱弱水[4]，大观宇宙真蜉蝣[5]。

注释

  [1] 陆沉：陆地无水而沉，指国土沦陷于敌手。

---

* 李涛，字养源，临川（今江西省抚州市）人。宋宁宗时人。有《蒙泉诗稿》。

〔2〕夷甫：王衍，西晋宰相。菹醢：古代把人剁成肉酱的酷刑，后用以泛指死刑。

〔3〕知我者谓我心忧，不知我者谓我何求：出自《诗经·王风·黍离》。

〔4〕蓬莱：传说中的仙山。弱水：古时许多浅而湍急的河流不能用舟船而只能用皮筏过渡，古人认为是由于水羸弱而不能载舟，因此把这样的河流称为弱水，后来用来泛指险而远的河流。

〔5〕蜉蝣：朝生暮死的小虫。

评析

登上高山，遥望大海，诗人感慨"万里长城今安在"？竟然使神州大地葬送于敌手。《晋书·王衍传》记载："衍将死，顾而言曰：'呜呼！吾曹虽不如古人，向若不祖尚浮虚，戮力以匡天下，犹可不至今日。'"《世说新语》记载："桓公入洛，过淮泗，践北境，与诸僚属登平乘楼，眺瞩中原，慨然曰：'遂使神州陆沉，百年丘墟，王夷甫诸人不得不任其责！'"李涛作为李唐宗室后裔，对唐王朝的灭亡有着更深刻的痛楚，对奸佞之臣也有着更深刻的仇恨。诗歌借桓温对王夷甫的批评，斥责晚唐当权者使中原沦陷，不思复兴。

《诗经·王风·黍离序》云："《黍离》，闵宗周也。周大夫行役至于宗周，过故宗庙宫室，尽为禾黍。闵周室之颠覆，彷徨不忍去，而作是诗也。"黍离之悲意指亡国之痛。"知我者谓我心忧，不知我者谓我何求"，正切合诗人当时的处境和心境。"归枕蓬莱漱弱水，大观宇宙真蜉蝣"，归卧海边，过着与世无争的隐居生活。在永恒的宇宙中，世事变迁，朝代更替，一切如白驹过隙，瞬间消逝，表达了作者的亡国之痛、无可奈何的心理和消极的情绪。

（柳卓霞）

望海尖望海

赵友直[*]

天悬一柱郁崔嵬[1]，海若遥看出不回[2]。叠岸犹疑鞭石起[3]，独惭无计觅蓬莱。

注释

〔1〕郁：青翠茂盛。崔嵬：山峰巍峨高耸。

〔2〕海若：传说中的海神。《庄子·秋水》："于是焉河伯始旋其面目，望洋向若而叹曰……"

〔3〕鞭石：传说秦始皇当年派徐福出海求取长生不死仙丹，但徐福一去不回。秦始皇决心在琅琊山建立石桥，通往海中，以达仙山。秦始皇又嫌工程太慢，就用长鞭驱打石块，有些石块不堪折磨，一直流血，最后石桥终于建成，但秦始皇的愿望还是落空了。

评析

望海尖位于浙江省。诗歌开篇即凸显出望海尖的冲天气势，望海尖犹如擎天巨柱般拔地而起，巍峨森然，直插云霄。从望海尖遥望大海，只见海潮滔滔不息，奔腾而去。海边的岩石层层叠叠，不由得让人怀疑它们是秦始皇鞭打过的石头，遗憾的是，秦始皇当年没能寻觅到蓬莱，现在站在巨石之上，自己仍然没有办法去往仙山，只能望洋兴叹罢了。

南宋末年，宋恭帝于德祐二年（1276）春天投降元军，当时的礼部

---

[*] 赵友直，字益之，号兰洲，上虞（今属浙江省）人。宋度宗咸淳元年（1265）与祖父、父亲同登进士第，授桐川簿，迁知县事。后隐居眠牛山，自号牛山子。

侍郎张世杰和陆秀夫先后拥立宋度宗的两个庶子赵昰和赵昺为帝,在温州、福州、南海各地继续抗元,三年后,退至今天的广东崖山。赵昺祥兴二年(1279)二月,元军将领张洪范据海口,绝汲道,强攻崖山。陆秀夫度不能脱,驱赶妻子入海,随即背负赵昺投海而死。赵友直的父亲在抗击元军时不幸身亡。赵友直身为南宋遗民,创作这首诗具有深层意蕴。所谓"海若遥看出不回",即指当年在舟中飘摇的南宋朝廷随着赵昺之死一去不回;"独惭无计觅蓬莱",则指自己虽然还在,但是也已无力回天。这首诗实际表达了作者对南宋灭亡的哀悼和身为遗民的悲凉。

(柳卓霞)

观海口占

胡仲弓*

扬帆饱风腹,望眼无东西。天围沧海阔,日射昆仑低[1]。鱼鳖夜深泣[2],鸿鹄空中迷[3]。风涛且莫作,心撼神龙栖[4]。

注释

〔1〕昆仑:诗中指在大海周围所见的高山。

〔2〕鱼鳖:鱼和鳖,诗中泛指生活在海里的生物。

〔3〕鸿鹄:鸿雁与天鹅,诗中泛指大鸟。

〔4〕龙:古代的神兽,古代亦将皇帝称为"真龙"。

---

* 胡仲弓,约1266年前后在世,字希圣,清源人。登进士第后曾为会稽令。生平多浪迹江湖。有《苇航漫游稿》。

评析

口占,指不打草稿,即兴作诗。《观海口占》是胡仲弓观海时的即兴之作。

诗歌前四句实写观海所见的景象。在辽阔的大海上,"扬帆饱风腹",船帆被海风鼓吹,像吃饱的肚腹。诗句幽默不失形象。放眼海面,一片苍茫,分不清东西南北。海天相连,更觉大海辽阔无边,与此相比,山峰在太阳的照射下,则显得比平时低矮了许多。"鱼鳖夜深泣,鸿鹄空中迷"写作者的想象。大海如此辽阔苍茫,深夜里,海中的鱼鳖会因为找不到出路而哭泣;上空飞翔的鸟儿会因为辨不清方向而迷茫。最后两句"风涛且莫作,心撼神龙栖",意为狂风骇浪不要妄作,神龙正在此处栖息,根本不把你们放在心上。范仲淹《上张右丞书》有:"希圣者,亦圣之徒也。"周敦颐《通书·志学》有:"圣希天,贤希圣,士希贤。"希圣,意为效法圣人,由此可知作者的抱负。诗歌将"神龙"与"鱼鳖""鸿鹄"进行对比,暗指圣人在世,现实的险恶不足为惧,表达了诗人的愿望和期许。

(柳卓霞)

观 海

林一龙*

昔者吾夫子[1],浮海思乘桴[2]。彼美鲁仲连[3],蹈海耻帝呼。寥寥千载间,此意霜月孤。而我欲涉海,夫岂夫子徒。长风吹我

---

* 林一龙(生卒年不详),字景云,人称石室先生,永嘉(今属浙江省温州市)人。宋度宗咸淳七年(1271)进士,曾任绍兴教授、史馆检讨、秘书郎等。林一龙性格直爽,乐道人善,尤工古文辞。晚年在家乡大若岩寄情山水,徜徉泉石。有《石室文集》。

帆，高浪拍我舻[4]。所愿鸥鸟同，浩荡烟中徂[5]。

注释

〔1〕夫子：指孔子。
〔2〕乘桴：《论语》记载孔子曾言："道不行，乘桴浮于海。"
〔3〕鲁仲连：战国名士，亦称鲁连。
〔4〕舻：船舷。
〔5〕徂：往。

评析

这首诗的题目虽然是"观海"，但作者在诗中没有写观海的情景，而是思接千载，记叙了历史上与海有关的贤人——孔子和鲁仲连，表达了自己的志向和隐居的愿望。

公元前257年，秦军围困赵国国都邯郸。鲁仲连以利害说服赵魏两国联合抗秦。秦军因此撤军。七年后，燕将攻占齐国的聊城。齐王派田单收复聊城却久攻不下，燕齐双方损兵折将，死伤严重。鲁仲连闻讯赶来，修书一封，射入城中，燕将读后，拔剑自刎。齐军一举攻下聊城。赵齐两国大臣皆奏请君王为鲁仲连封官嘉赏。他一一推辞，退而隐居。

孔子和鲁仲连是古代深受人们推崇的两位贤人。孔子曾言，"道不行，乘桴浮于海"；鲁仲连不受千金之赏、高官之任，隐居山海之间。诗歌中诗人称孔子为"吾夫子"，在鲁仲连前加一"美"字，敬佩之情不言而喻。"寥寥千载间，此意霜月孤"，千载而下，有隐居之意者寥寥无几，正如寒夜的月亮。作者自言意欲居于海上，这难道不是延续圣人的意志吗？海风吹动着船帆，海浪拍打着船舷，船和鸥鸟一样，在烟雨中自由来往。这首诗表达了作者的出世之念和崇尚自由、乐于山水的思想。

（柳卓霞）

哭陆丞相秀夫

方凤*

祚微方拥幼，势极尚扶颠。鳌背舟中国[1]，龙胡水底天[2]。巩存周已晚[3]，蜀尽汉无年。独有丹心皎，长依海日悬。

注释

〔1〕鳌背：指海中。《列仙传》："有巨灵之鳌，背负蓬莱之山，而抃舞戏沧海之中。"

〔2〕龙胡：《史记·孝武本纪》："黄帝采首山铜，铸鼎于荆山下。鼎既成，有龙垂胡髯下迎黄帝。黄帝上骑，群臣后宫从上龙七十余人，龙乃上去……百姓仰望黄帝既上天，乃抱其弓与龙胡髯号。"故后有"龙胡之痛"。

〔3〕巩：春秋战国时期的诸侯国之一。

评析

南宋末年，宋恭帝于德祐二年（1276）春天投降元军，时礼部侍郎张世杰和陆秀夫先后立宋度宗的两个庶子赵昰和赵昺为帝，在温州、福州辗转南海各地继续抗元，三年后，退至今天的广东崖山。"祚微方拥幼，势极尚扶颠"即指此事。赵昺祥兴二年（1279）二月，元军将领张洪范据海口，绝汲道，强攻崖山。张世杰力不能支，与帝赵昺入舟中，

---

* 方凤（1241—1322），字韶卿，自号岩南老人。浦江（今属浙江省）人。方凤试太学，举礼部，均不第，以特恩授容州文学。宋亡后，归隐于仙华山。有诗文集《存雅堂稿》，后人张燧辑为《存雅堂遗稿》。

断缆入海。南宋政权仅在海舟之中得以维持。陆秀夫推断在元军的包围中不能逃脱，便驱赶妻子入海，自己背负小皇帝赵昺投海而死。又有传说陆秀夫等人拥立赵昺为帝时，有黄龙现身，故有"鳌背舟中国，龙胡水底天"之句。公元前256年秦灭周，巩仍奉周天子为正朔，诗歌故言"巩存周"。建安二十五年（220），曹丕废掉东汉皇帝刘协，登基称帝，改国号为魏；第二年，自称中山靖王之后的刘备称帝，国号汉，建都成都，史称蜀汉；四十三年后，蜀汉为魏所灭。故有"蜀尽汉无年"。"巩存周"和"蜀尽汉无年"暗指陆秀夫维持的南宋朝廷最终还是无力回天，被元军所灭。"独有丹心皎，长依海日悬"，这两句赞扬陆秀夫、张世杰等人的忠义之心，南宋朝廷虽然已经灭亡，但他们虽死犹荣，其皎皎丹心，如海日高悬，照耀后世。

方凤作为南宋遗民，在颂扬陆秀夫、张世杰等人时，不能直言，只能隐晦说出，句句有所指，厚重中透露出悲怆。

（柳卓霞）

元代海洋诗选

海上观涛

丘处机[*]

大风时起北溟寒[1],万里惊涛辊雪山。怒色冲天昏气象,雷声出地骇尘寰[2]。江神汹浪潜输款[3],河伯威灵溢汗颜。白马素车空有势[4],非仙无路可跻攀[5]。

---

[*] 丘处机(1148—1227),字通密,道号长春子,世称长春真人,登州栖霞(今属山东省)人,道教全真道掌教、"北七真"之一、思想家、政治家、文学家、养生学家和医药学家。十九岁入道,拜王重阳为师。师卒后在陕西磻溪穴居,又到龙门山潜修。道成,远方学者多往依之。大定二十八年(1188)奉金世宗诏赴中都(今北京市)演说玄义。金章宗明昌元年(1190)下诏禁罢道教,即归栖霞,建太虚宫居处。兴定三年(1219),南宋及金先后遣使来召,皆不应,独应蒙古成吉思汗诏请。次年春率尹志平等十八弟子从莱州出发,于兴定六年(1222)到达大雪山。元太祖问以为治之方,对以敬天爱民为本,不嗜杀人。太祖深以为然,待之甚厚,称为"丘神仙"。后请东归,太祖赐以虎符、玺书,命其掌管天下道教,并诏除道院和道士赋役。返燕京(今北京市)住天长观(后改为长春宫),道流参叩者众多,由是玄风大振。丘处机羽化后葬于长春宫处顺堂(今北京白云观丘祖殿)。著有《大丹直指》《磻溪集》《摄生消息论》。门人又录其言为《长春祖师语录》。丘处机开创的全真龙门派,成为全真道的最大派别,流传至今。

注释

〔1〕北溟：古人意识中北方最远的大海。此处泛指大海。

〔2〕尘寰：人世间。

〔3〕输款：投诚之意。

〔4〕白马素车：喻指钱塘江潮及传说中的潮神伍子胥。

〔5〕跻攀：攀登。

评析

这首诗是于海边观海涛之作，整体意象阔大，风格豪壮，围绕"涛"字展开描写，不失为一首写海涛的佳作。

首联起笔不凡，"大风时起北溟寒，万里惊涛辊雪山"，海上狂风骤起，寒气逼人，推动海水，扬起巨大的波浪。这浪头远远看上去就像海面上升起了一座座巨大的雪山。这里一个"辊"字，巧妙点出了海上波浪像车轮一样向前滚动的动态。颔联"怒色冲天昏气象，雷声出地骇尘寰"进一步描写海涛的声势。这海涛一面浪头极高，直上云霄，天地为之变色；一面声音极大，平地惊雷，人间为之震撼。颈联使用了对比手法，"江神汹浪潜输款，河伯威灵溢汗颜"，江神和河伯都是掌管水的神仙，可是江涛、河涛的声势与海涛相比却不值一提。"潜输款""溢汗颜"用拟人，隐隐写出了众水神斗法的画面，更加突出了海涛之大。最后一句"白马素车空有势，非仙无路可跻攀"用江潮潮神伍子胥的传说，进一步侧面衬托出了海潮的浩大。这海潮汹涌澎湃，威力无穷，恐怕只有仙人才可以接近吧。这就为海潮这一普通的自然现象染上了灵异之色，深刻表明了作者望海涛之后内心所受到的震颤和对自然威力的叹服。

总之，全诗描写细致，运用了多种手法突出了海涛的声势巨大，并隐含着作者对自然的敬畏。

（朱钰）

望海吟

丘处机

余观天下形势壮观，自潼关以东、淮水以北，无出登州，因作《望海吟》，用纪其实。

蓬莱僻东隅，壮观天下绝。地邻仙圣域，山枕鱼龙穴。凭高望羲和[1]，目极犹未彻。苍苍天水回，泛泛云霞泄。长风起波涛，万里卷霜雪。凭凌登岛屿，溟濛失丘垤[2]。有时灵气和，变化非常别。森罗无限景，欲辨难措舌。大哉百谷王[3]，沉沉洞清彻。随时潮有信，历代旱无竭。人间顷亩池，是处广开列。比之鲸波大，状若蛙井劣。望洋不见端[4]，弥天自严洁[5]。众流莫浑浊，万古超生灭。

注释：

[1]羲和：太阳。

[2]溟濛：犹渺茫，不确定。丘垤：小山丘、小土堆，此处指隆起的岛屿形状。

[3]百谷王：指江海。百谷之水必趋江海，故称。

[4]望：通"汪"。

[5]严洁：庄严洁净。

评析

此诗为丘处机中年时的作品，为一首古乐府体裁的五言长诗，作于金章宗年间。当时金章宗禁止全真教，丘处机由陕西祖庵回到故乡登州，这首诗便是他闲暇游经蓬莱时所作，通篇描绘了登高望海之景，并借景抒发了道之理。

  首四句是全观介绍，言蓬莱虽然地处偏僻的东方角落，其景象壮观程度却是天下一绝，是少有的"仙圣域""鱼龙穴"。"仙圣域"指蓬莱自古被称为仙人与神圣所居之地；"鱼龙穴"则指大海，是鱼龙出没的地方，两者极言蓬莱之非凡。铺垫好背景后，接下来诗人用了许多笔墨详细描述了此处景观是如何"壮观天下绝"的。作者先从登高望海所看到的景象说起，"凭高望羲和"，"羲和"指太阳，这里借指日升之处，"望羲和"即向东方观望。但"目极犹未彻"，已经达到视野极限仍然没有看到边际。"苍苍天水回，泛泛云霞泄"指海天相接，海水犹如天水，而云霞也犹如从大海中发泄出来的一样。"长风起波涛，万里卷霜雪"指大风刮起时波涛汹涌，如同万里霜雪卷地而来，极其观壮。"凭凌登岛屿，滉漭失丘垤"指巨浪登上岛屿时只看见海水"滉漭"之势，却看不见岛屿。"有时灵气和，变化非常别。森罗无限景，欲辨难措舌。"这几句意思是一旦天气晴朗，又别是一番景象，这种景象用语言无法表达。因为有了对上述景象的壮观描述，于是诗人产生出了"大哉百谷王，沉沉洞清彻"的感叹。"百谷王"三字见老子《道德经》："江海所以能为百谷王者，以其善下之。"大海是如此广博深邃，深沉清透，足以包蕴万物。"随时潮有信，历代旱无竭"指海潮的涨落是有规律的，所以旱地并不会受到太大影响。"潮有信"出自唐李益《江南曲》："嫁得瞿塘贾，朝朝误妾期。早知潮有信，嫁与弄潮儿。""旱无竭"出自唐释道绰《安乐集》："附水灵河，世旱无竭。""人间顷亩池，是处广开列"两句指人们居住的内陆地区有几顷或几亩大的池塘就算很大了，可是这里的水域却是漫无边际的"广开列"，用对比的手法突出了海洋之大。"比之鲸波大，状若蛙井劣"二句以只能居住青蛙的内陆水井来与大海中鲸鱼搅起的巨大波浪相比，更显出井水的渺小与劣势了。"望洋不见端，弥天自严洁"指虽然汪洋大海看不到终端，但是它却与天相接，自然是庄严而圣洁。结句"众流莫浑浊，万古超生灭"是说天下所有水系最终都到了大海这里,因为与圣洁的大海融为一体,所以不再是浑浊的。也只有这样,"众流"才会超越自我,不生不灭。这一句实际上抒发了玄理,就是:一滴水只有融入大海才不会消失。

丘处机是修道之人,他面对着这广阔无际、包容一切的大海,说出了他所悟到的玄理:如果以大海为道,则修道之人只有把个人生命融入道中,与道合真,与道为一,才会永恒存在。

(朱钰)

望 海

丘处机

海色吞天色,风声杂水声。云翻鱼鳖骇,雷动鬼神惊。射激千岩险,汪洋万里平。时无钓鳌手[1],掷犗引长鲸[2]。

注释:

[1] 钓鳌手:指有远大抱负或豪迈不羁的人。
[2] 犗:阉割过的牛。

评析:

这首诗是丘处机望海之作,较为细致地描绘了望海所见之景,风格豪迈,最后用典抒发了自己内心远大的抱负和郁郁不得志之情。

首联"海色吞天色,风声杂水声"一出,用"色"和"声"渲染出了一幅动态的海天图。远远望去,海色天色茫茫一体,细细听去,风声水声浑然天成,多么壮观,使人心生敬畏。"云翻鱼鳖骇,雷动鬼神惊"两句继续刻画大海壮阔的气势,海上白浪滔天仿佛白云翻动,使海中生物害怕到极点;涛声隆隆恰似雷声轰鸣,使天上鬼神惊惧不已。"射激千岩险,汪洋万里平"写大海海面的状态,当海浪涌起,浪头猛烈地冲刷着岸边陡峭的山崖,使之愈发惊险无比,寒意刺骨。当海面平静的时候,极目远眺,万里无垠,不见边际。最后两句使用了用典手法,引用了钓鳌和任公子的故事抒发了自己的感慨。"钓鳌"出自《列子·汤问》:"龙伯之国有大人,举足不盈数步而暨五山之所,一钓而连六鳌,合负而趣归其国,灼其骨以数焉。"后以"钓鳌"喻抱负远大或举止豪迈,钓鳌手多谓有远大抱负或豪迈不羁的人。"掷犗"出自《庄子·外物》:"任公子为大钩巨缁,五十犗以为饵。"任公子是古代传说中善于捕鱼的人。作者感叹当时没有像任公子这样的高士豪杰能够钓到"长鲸",无法吸引接纳真正的人才。因时年丘处机不为当时政局所认可,故有此嗟叹。

总之,这首诗歌继承了丘处机一贯的写海景的风格,带有豪迈壮阔的气势,又反映了其致力于传道的精神,是一篇佳作。

(朱钰)

横波亭

元好问[*]

孤亭突兀插飞流,气压元龙百尺楼[1]。万里风涛接瀛海[2],千年豪杰壮山丘。疏星澹月鱼龙夜,老木清霜鸿雁秋。倚剑长歌一

---

[*] 元好问(1190—1257),字裕之,号遗山,世称元遗山。秀容(今山西省忻州市)人。七岁学诗,聪颖过人,有神童之称。金宣宗兴定五年(1221)进士。官镇平、内乡、南阳等县县令。后入朝,历尚书省左司员外郎、知制诰。金亡,不仕。其诗、词、曲、文并工,尤以诗的成就最高,多反映时艰,有慷慨悲愤之音,构思奇特,写景述怀,境界开阔。七律最见功力。词学苏、辛一派,风格豪放,气势纵横。针对时弊,论诗主张建安以来的刚健朴质之风,反对雕琢浮艳,提倡创新。其《论诗绝句三十首》集中体现了他的主张,对后世影响很大。著有《遗山先生文集》四十卷。又编金人诗为《中州集》11卷。

杯酒,浮云西北是神州。

注释

〔1〕元龙百尺楼:《三国志·魏志·陈登传》:"备曰:'……而君(许汜)求田问舍,言无可采,是元龙所讳也,何缘当与君语?如小人,欲卧百尺楼上,卧君于地,何但上下床之间邪?'"后借指抒发壮怀的登临处。

〔2〕瀛海:浩瀚的大海。

评析

横波亭位于江苏省连云港市赣榆区,始建于南北朝时期,有好事者集资,在青口河入海口的南岸修建了一处亭台。亭台坐落在海边,大约有二十米高,六角亭盖,飞檐翘角,气势恢宏,傲然屹立于惊涛骇浪之中。文人墨客题匾额于亭上,曰"横波亭"。到了金末正大年间,金派统帅移剌瑗率军驻守青口,称移剌瑗为"青口帅"。移剌瑗,本名粘合,契丹人,世袭千夫长。元好问和移剌瑗私交甚厚,在移剌瑗驻防青口期间,北方铁木真的蒙古军攻城略地,金和南宋岌岌可危。元好问随着逃难的人流南下,投奔老朋友青口帅移剌瑗。故人的到来,让移剌瑗很是高兴,在青口独特的风景横波亭宴请元好问。坐于横波亭之中,面对一望无垠的大海,元好问为之动容,触景生情。席间,吟七律《横波亭为青口帅赋》。现今,随着时间的流逝,青口河已向东绵延,横波亭不知为兵燹所毁,还是为海水所没,现在已荡然无存。

"孤亭突兀插飞流",从横波亭的雄峻落笔,描绘亭的高耸特立和非凡气势。"亭"后接着"突兀"二字,以状其高耸特出,再加"插飞流"更着重凸现横波亭凌空横出的雄姿。"气压元龙百尺楼"是对横波亭豪雄气势的赞赏,进一步衬托了横波亭的高峻。颔联"万里风涛接瀛海,千年豪杰壮山丘"接写横波亭周围环境之美。前一句从空间的角度着笔，实写横波亭凭高临远，可望见"飞流"奔入海口，与驱挟万里风涛的瀛海相接。后一句从时间的角度着笔，虚写地处古徐州的横波亭周围的山丘之壮美。颈联"疏星澹月鱼龙夜，老木清霜鸿雁秋"转写萧瑟秋景。前一句写虚静寂寞之境：夜静江平，鱼龙潜藏，有静中寓动之象。后句写深秋的清旷之境，既由鸿雁南来的凄厉哀鸣引发出如今黄河以北大半河山惨遭蹂躏、人民处于水深火热之中的联想，又以凄清高旷的情境为末联的登高望西北铺开了广阔的视野。尾联"倚剑长歌一杯酒，浮云西北是神州"是全诗的主旨。味"倚剑"二字，其主人公当指移剌瑗，地点仍是横波亭。诗人以"浮云西北"比喻半壁河山惨淡无光。诗人想象在这种背景下，移剌瑗及其幕僚们登上横波亭，怅望浮云低压的西北方向，杯酒慷慨，倚剑长歌。

整首诗以"疏星""澹月""老木""清霜""鸿雁"名词叠加，构成了一幅寂静萧瑟的秋夜江景图，渲染出凄清的氛围，不仅为后文表达对清口帅的期许之情张本，还造成了行文的波澜起伏。总之，诗人借环境勾勒，衬托出危难时刻挺身而出，坚定威武的将军形象，借此表达诗人对国家危难的担忧和对将帅真诚深切的期望之情，表现了自己赤诚的爱国情怀。

（朱钰）

观海潮

王义山*

凭谁撼得海门开[1]，疑是神兵着力推。霎地起来银一线，驾

---

* 王义山（1214—1287），字元高，号稼村，丰城（今属江西省）人。宋景定三年（1262）进士。元初，提举江西学事。有《稼村类稿》30卷。事迹见其自撰墓志铭及《稼村类稿自序》。

山卷起雪千堆。列江画舫浮天去，几片红旗逐浪回。毕竟神京钟王气，海神岂为子胥来。

注释

〔1〕海门：海口。内河通海之处。

评析

这首诗是诗人观海潮之作，描绘的画面十分生动。

"凭谁撼得海门开，疑是神兵着力推"，首联开门见山，描绘了海潮之威猛气势对于作者的震撼。谁才具有推动大海的力量呢？怕是只有那天上的神兵了，然而就是那神兵，也需要"着力推"。只一句就说出了海潮震撼人心的巨大力量。"霎地起来银一线，驾山卷起雪千堆"描写潮水涌来的景象。潮水涌来之前，是平地忽然出现一条银白色的线，向岸边迅速移来；随着潮水越来越大，那一条细细的银线变成了一座座巨大的雪山在海面上翻滚。

在写完潮水之景后，作者把笔墨转向了海潮浪水中的人物活动。"列江画舫浮天去，几片红旗逐浪回。"通海口的江面上，画舫在水上移动，仿佛要一直浮到天际去；巨大的浪头中，弄潮儿手里把着红旗，尽情展现矫健的身姿。尾联抒发了观潮的感慨："毕竟神京钟王气，海神岂为子胥来。"看，这个地方能有这么大的海浪，这么威猛的气势，一定是秉了神京王气。子胥一句用了典故，相传春秋时伍子胥死后化作涛神，其魂魄常驾白马素车来往于江水之中。后一般用来代称"钱塘潮"。这句也就是说，即使是潮神伍子胥也未必能有这么大的情面让海神造访。故此联隐隐通过对比，突出了涨潮观潮之地钟灵毓秀出自天然，并赞美了这种波澜壮阔的自然海潮风光。

整首诗诗意明朗，意象鲜明，值得一读。

（朱钰）

约平叔高秋[1]泛海

舒岳祥[*]

乘桴欲看日生东,借子门前一席风。白石凿余云补穴,青峰开处月浮宫[2]。持螯斫洄鲙万事足[3],踞壳食蛎千劫空[4]。剩欲作诗招酒社[5],恐君户小趣难同[6]。

注释

〔1〕高秋:重阳节。

〔2〕青峰:青翠的山峰。

〔3〕斫鲙:薄切鱼片。

〔4〕千劫:佛教语。指旷远的时间与无数的生灭成坏。现多指无数灾难。

〔5〕剩欲:颇想,犹欲。

〔6〕户小:也作小户,指酒量小。

评析

这是一首邀约诗。受邀对象根据题目来看应叫平叔高。

首联"乘桴欲看日生东,借子门前一席风"直接点出邀友泛海的主题。诗人想象着与朋友乘上船向"日生东"处出发的情景。那时,迎着霞光顶着风,四顾茫茫大海,怎不令人心胸开阔?同时,一个"借"

[*] 舒岳祥(1219—1298),字舜侯,一字景薛。台州宁海(今属浙江省)人。宝祐四年(1256)进士,官奉化尉,终承直郎。宋亡不仕,讲学以终。诗存七百余首,诗风自然流畅,清新恬淡,颇具陶渊明诗之神韵。但身遭亡国之痛,其诗亦不乏慷慨悲歌之作。有《阆风集》12卷传世。

字，生动点出了两人之间深厚的友情。我向你的门前借一缕清风，这缕清风伴着我们遨游海上，见证着我们的友谊，这是一幅多么美好的画面。颔联写泛海所见景色，即"白石凿余云补穴，青峰开处月浮宫"。岸边山崖高耸入云，远远望去，若隐若现的崖洞仿佛都是被它补上的；层峦叠嶂，天海相接，月轮挪移，那一轮明月恰似从青翠的山峰中浮出。观景罢，便有对于人的行为和心理的描写："持螯斫鲙万事足，踞壳食蜊千劫空。"泛舟海上，大吃着鲜美的螃蟹腿和薄切鱼片，咀嚼着肥美的贝类和蛤蜊，不由得使人心生满足之感，人生纵使多灾多难，也不足一提。这一句的豁达，颇似苏轼的那一句"日啖荔枝三百颗，不辞长作岭南人。"最后一联作者抒发感慨："剩欲作诗招酒社，恐君户小趣难同。"面对如此美景美食，作者自然是想呼朋引伴，借酒当歌，舞文弄墨，这就引起了邀约之意。但是这里有一个小小的调侃，调侃朋友酒量太小，而不能尽兴，可见诗人和这位朋友的感情是相当不错的。这一联一出，配合着前面的"借风"和对海景的描写，使得整首邀约诗瞬间变得明快了起来。

  这首诗写的情景并未真实发生，作者却细细写来，使景如在眼前，食在鼻下，具有巨大的吸引力，不失为一首好的邀约诗。

（朱钰）

鹦鹉螺（其一）

王恽*

翠衿红嘴漫多知[1]，不觉流形入化机[2]。凄断陇云迷旧宿[3]，润涵炎海有余辉[4]。酒波碧饮珠还浦[5]，螺女栖深玉作围[6]。昨日玳筵挥饮处[7]，故令歌缓恐惊飞。

注释

[1] 翠衿：亦作"翠襟"。指鹦鹉胸前的翠色羽毛。红嘴：红色的鸟嘴。特指鹦鹉的嘴。

[2] 流形：谓万物受自然之滋育而运动变化其形体。化机：变化的枢机。

[3] 陇云：陇，陇山，在陕西、甘肃交界处。陇云即西北方的云，泛指北方。

[4] 炎海：泛指南海炎热的地区。

[5] 珠还浦：珠还合浦。《后汉书·循吏传·孟尝》载："（合浦）郡不产谷实，而海出珠宝，与交阯比境，常通商贩，贸籴粮食。先时宰守并多贪秽，诡人采求，不知纪极，珠遂渐徙于交阯郡界。……尝到官，革易前弊，求民病利。曾未逾岁，去珠复还……"比喻失而复得或去而复还。

---

* 王恽（1227—1304），元代文学家。字仲谋，号秋涧。卫州汲县（今河南省卫辉市）人。王恽好学善属文，早年受知于元好问，与东鲁王博文、渤海王旭齐名。至元二十八年（1291）召至京师，次年春，见元世祖于柳林行宫，上万言书议时政，授翰林学士，元贞元年（1295），奉旨修《世祖实录》，集《圣训》6卷。卒后追封太原郡公，谥文定。王恽入仕以才干见称。尤好著述。有《秋涧集》100卷。王恽还著有《相鉴》50卷，《汲郡志》15卷，今均不传。

〔6〕螺女：神话传说人物。俗称田螺姑娘。传说晋侯官人谢端少孤，得一大螺如斗，贮瓮中。每晨见有饭饮汤火。疑之，于篱外窥见一少女自瓮中出，至灶下燃火。端乃到灶下问之曰："新妇从何所来而相为炊？"答曰："我天汉中白水素女也。天帝哀卿少孤，恭慎自守，故使我权为守舍炊烹。"事见晋陶潜《搜神后记》卷五。

〔7〕玳筵：玳瑁筵，指宴会。

评析

  这是写海上生物之一鹦鹉螺的诗歌。鹦鹉螺，即为海螺的一种，旋纹尖处屈而朱红，似鹦鹉嘴。其壳青斑绿纹，壳内光莹如云母。唐刘恂《岭表录异》与《艺文类聚》卷七十三均记载说，用这种鹦鹉螺制成的酒杯，可容二升许。古代诗词中常提到鹦鹉杯。李白《襄阳歌》便有："鸬鹚杓，鹦鹉杯，百年三万六千日，一日须倾三百杯。"卢照邻《长安古意》诗亦有："汉代金吾千骑来，翡翠屠苏鹦鹉杯。"可见鹦鹉杯在当时颇得人们喜爱。

  首联"翠衿红嘴漫多知，不觉流形入化机"描写了鹦鹉螺的本体形态和转变。鹦鹉螺旋纹尖处屈而朱红，似鹦鹉嘴，而其壳上有青斑绿纹，正是"翠衿红嘴"的特征。诗人想象它前世就是一只鹦鹉，在漫长的时间长河中一定经过了某种变化，成了现在的样子。"凄断陇云迷旧宿，润涵炎海有余辉"这两句使用想象的手法描绘了鹦鹉螺所经历的流机变化。它曾在西北浮云处，也曾在南海炎热处，也曾见过古戍游子夕阳晚，也曾遍经潮来月落辉照明。颈联连用两个与螺贝有关的典故，进一步说明鹦鹉螺的神奇美妙。用鹦鹉螺制成的酒杯来盛酒，酒水荡漾着悠悠的光芒，仿佛海水在摇动，鹦鹉螺就好像又恢复了往日的生机活力，在大海的碧波中游动，犹如珠还合浦。而且这鹦鹉螺外表如此精美，像是白玉围成，怕是有螺女在此中深处栖息吧。尾联进一步说明了鹦鹉螺带给诗人的美好感受。在宴会上，鹦鹉螺被做成酒杯使用，这酒杯如此精美，使人爱不释手。甚至要让筵席的丝竹歌声缓下来，恐怕嘈杂的乐曲惊飞了这美丽的鹦鹉螺化成的鹦鹉。

　　这首诗以海洋生物鹦鹉螺为描写主体，发挥超凡的想象力，将其与鸟类鹦鹉结合起来，从山林到海洋，从现实到神话，紧密相连又独具特色。总之，在诗人的笔下，小小的鹦鹉螺有了前世今生，既有实用价值又有艺术审美价值，使人联想缤纷，赞叹不已。可以说，该诗不失为一首较好的咏物诗。

（朱钰）

水站亭供给海船

郭昂*

　　天书一扎下三台[1]，星火驰飞过九垓[2]。编户万家成废宅[3]，霸基千古漫荒台。船随浪起惊鸥去，人趁潮回拾蚬来。惟有海珠禅榻畔[4]，四时无恙绝织埃[5]。

注释

　　[1]天书：帝王的诏书。三台：中国古代官制。尚书为"中台"，御史为"宪台"，谒者为"外台"，合称"三台"。

　　[2]星火：流星。形容急速。九垓：亦作"九畡""九陔"。中央至

---

* 郭昂（约1229—约1289），字彦高，彰德林州（今河南省林州市）人。早年稍通经史，喜读兵书。至元二年（1265），上书言事，受权臣廉希宪赏识。屡佐戎幕，机敏有效率。曾调赴广东，监造战舰。早年受北方儒家思想熏陶，有能诗之名，诗风近于元好问，以"横槊赋诗，下马草檄"（柳贯语）著称。一生写诗六百多首，后人将其诗篇结集为《野斋集》。其诗多是七言近体，除了咏怀咏志，还有不少是描写南方民族聚居区域的风土人情。生平事迹见《元史》卷一六五。

八极之地。

〔3〕编户：指编入户籍的普通人家。

〔4〕海珠：一种海洋生物，此处代指海洋。禅榻：禅床。

〔5〕无恙：指没有发生疾病，引申指虽然受到了不良侵害但是没有产生不良影响。织埃：织机上的尘埃。

评析

　　这首诗应是作者在广东任职，监造战舰时所写，大致讲作者运送建材供给时在海边的所见所感。

　　首联"天书一扎下三台，星火驰飞过九垓"写出出海到此的缘由。"一扎""驰飞"生动写出了帝王命令的繁多和急迫。那么这里是什么样子的呢？作者看到的是"编户万家成废宅，霸基千古漫荒台"，岸边海村，千家万户一片萧条，曾经的霸主基业也不过是如今的荒台旧苑。时间和历史最无情，能够抹杀许多的痕迹。面对此地此景，诗人生出许多感慨。但航行还在继续，于是诗人将目光放到了眼前："船随浪起惊鸥去，人趁潮回拾蚬来。"在茫茫无际的大海上航行，船头激起一串串浪花，有时候大的浪头惊飞了海上飞翔的海鸥。岸边有渔民还在捕捞，趁着潮水退去捡拾各种海蚬贝类。最后一联作者又生发了感慨，"惟有海珠禅榻畔，四时无恙绝织埃。"世事纷纷扰扰，无论是荒凉的过去，还是热闹的现在，将来都会变成一捧尘土，消散在历史的滚滚的烟尘中。只有那禅榻和真正的禅者隐士，才能挨过历史的烟尘，长久无虞，不染一尘。

　　元代海运发达，造海船、押海船尤为常见。该诗写海上航行所见，由眼前之景转入对时间、历史的感慨，颇有意蕴。

（朱钰）

题莱州海神庙

徐琰*

龙宫高拱六鳌头，六合乾坤日夜浮[1]。贝殿走珠蛟构室，戟门烘雾蜃喷楼[2]。中原北顾真孤岛，外域东渐更九州[3]。只尺深航倭濊近[4]，好将风浪戒阳侯[5]。

注释

[1] 六合：天地四方，整个宇宙的巨大空间。

[2] 戟门：立戟为门。古代帝王外出，在止宿处插戟为门。

[3] 外域：指本国以外的地区或国家。东渐：向东流入。

[4] 只尺：即咫尺，形容距离很近。濊：古地名和民族名。《后汉书·东夷传·濊》载："濊北与高句骊、沃沮，南与辰韩接，东穷大海，西至乐浪。濊及沃沮、句骊，本皆朝鲜之地也。"

[5] 阳侯：古代传说中的波涛之神。借指波涛。

评析

莱州位于今山东东北部、渤海莱州湾之滨，自古为沿海重镇，海边设有海神庙保佑一方平静。此首诗应是作者游览海洋海岸，途径莱州庙所作。

---

* 徐琰（约1220—1301），元曲家、诗人。字子方，又作子芳，号容斋，又号养斋、汶叟，东平（今属山东省）人。《录鬼簿》列其名于"前辈名公"节，《太和正音谱》归其名于"词林英杰"一百五十人之中。早年受教于元好问，至元初由翰林承旨王磐推荐，任陕西行省郎中，后出任中书左司郎中。后历任南台中丞、江南浙西肃政廉访使、翰林学士。卒谥文献（一作文贞）。徐琰人物伟岸，襟度宽洪，在江南十余年，文人学士翕然归之。有《爱兰轩诗集》，今不存。诗散见于《庶斋老学丛谈》《夜山图题咏》等书。生平事迹见《（至正）金陵新志》卷六、《元诗选·癸集》乙集小传（为避清嘉庆帝讳，作徐琬）。

"龙宫高拱六鳌头,六合乾坤日夜浮"概写海洋风光。"六鳌"是神话中负载神山的六只大龟。海底有龙宫,海上有神龟,天宽地广,浩瀚无际。"贝殿走珠蛟构室,戟门烘雾蜃喷楼"继续刻画海洋风光,将海洋描述得更为神秘莫测,光怪陆离。颈联和尾联开始转入对海洋现实的描写,并寄寓了作者的感慨。"中原北顾真孤岛,外域东渐更九州。"于莱州海庙极目四望,不由得使人建立起一种巨大而疏离的空间感。在中原东望是一片寂寥,一个孤岛于海中央伫立;向海上远眺,海水东流,流向另一个九州国土。"只尺深航倭濊近,好将风浪戒阳侯。"海上船来船往,有献宝的贡船,亦有进犯的敌寇,都离着莱州海庙不过咫尺。最后一句作者表示了对海庙海神的希冀,希望海神能用神力平息波涛,庇佑一方平静。

诗歌中规中矩,作为一首题地诗,不仅点出了所题之地的位置与风光,又表达了诗人的感慨和美好祝愿,用典精当,语言明丽。

(朱钰)

到宁海

张之翰[*]

城郭山光翠欲流,人家疑与水相浮。直从西北天高处,行到东

---

[*] 张之翰(1243—1296),字周卿,号西岩,邯郸(今属河北省)人。元世祖中统初任洺磁知事。至元十三年(1276)除真定路知事。以行台监察御史按临福建,因病侨居高邮,寓居名为"归舟斋",专一读书,教授学生。后被任命为户部郎中,又任翰林侍讲学士。出知松江府,颇有政声,兴利除弊,敢作敢为。白珽《赠张知府周卿》诗赞誉为"雄文直气耿心胸""今日云间陆士龙"。有《西岩集》30卷,原本不传,清乾隆年间修《四库全书》,从《永乐大典》中辑出《西岩集》20卷,其中诗词12卷,文8卷。诗受南宋江湖派影响,文章比较拘谨。张之翰写有《镜灯诗》,在当时流传十分广泛,是比较典型的元人咏物诗,以至被称为"张镜灯"。生平事迹见《元诗选·癸集》乙集小传、《南畿志》卷一八。

南地尽头。三面波涛连大海，一隅形势限中州〔1〕。海风吹落无尘句〔2〕，要向昆仑顶上浮〔3〕。

注释

〔1〕中州：中原。

〔2〕无尘：不着尘埃。常表示超尘脱俗。

〔3〕昆仑：古代泛指中南半岛南部及南洋诸岛各国或其国人，借指海洋。

评析

这首诗是诗人南下赴任经宁海之作，写沿海风光颇为清新。

首联"城郭山光翠欲流，人家疑与水相浮"寥寥几笔，点出了作者初到宁海的感受。山光水色苍翠郁郁，城郭人家临海摇摇，一派清新之景。诗人一路南下，心情愉悦，一路由"直从西北天高处"，行到了"东南地尽头"。在行进之中看到的景色就是"三面波涛连大海，一隅形势限中州"，这两句使用白描的手法，勾勒出了眼前开阔的三面环海，背依中原的宁海海洋风光之景。最后两句作者抒发感慨："海风吹落无尘句，要向昆仑顶上浮。"面对此种纯净而辽阔的景色，吟出来的诗句也是那么不染一尘，在海风中飞向遥远的天涯海角。

整首诗直白如话，意境清新辽阔。

（朱钰）

题航海图

张之翰

海于天地最为巨，风起中洋谁敢渡。银山大浪几千丈，不是吾曹亦徒遇[1]。翰林修撰曰惟简[2],监察御史字正父。一朝万里朱崖行[3],长鲸跳波老蛟舞。以忠为舟信为楫,深入南溟复何虑。潜珍秘宝炫光怪[4],翠阜重楼出云雾[5]。青山一发是中原[6],想像坡仙旧题处[7]。残膏剩馥磨不尽[8],留作二君奇绝句。我生足迹半天下,怅恨兹游不能与。挑灯夜跋航海图[9],汹涌笔头有神助。

注释

〔1〕吾曹:犹我辈,我们。

〔2〕修撰:撰写,编纂。

〔3〕朱崖:红色山崖。

〔4〕潜珍:隐藏的珍宝。

〔5〕翠阜:翠绿的山丘。

〔6〕青山一发:青山远望,其轮廓仅如发丝一样。极言其遥远。

〔7〕坡仙:宋苏轼号东坡居士,文才盖世,仰慕者称之为"坡仙"。

〔8〕残膏:残余的灯油。亦指将灭的灯。

〔9〕跋:一般写在书籍、文章、金石拓片等后面的短文,内容大多属于评介、鉴定、考释之类。

评析

这是一首题画诗。题画诗是一种艺术形式。在中国画的空白处,往往由画家本人或他人题上一首诗。诗的内容或抒发作者的感情,或谈论艺术见地,或咏叹画面的意境。诚如清代方薰所云:"高情逸思,画之不足,题以发之。"(《山静居画论》)这种题在画上的诗就叫题画诗。题画诗是绘画章法的一部分,通过书法表现到绘画中,使诗、书、画三者之美极为巧妙地结合起来,相互映发,丰富多彩,增强了作品的形式美感,使人在读诗看画、看画赏诗之中,充分享受中国艺术之美。

作者所题之画是一幅航海图，根据诗歌内容来看应该是一幅航海路线图。作者面对这幅航海路线图，浮想联翩，既有对海洋航行和海洋风光的想象，又有对朋友出行的羡慕及朋友品质的赞美。

"海于天地最为巨，风起中洋谁敢渡。银山大浪几千丈，不是吾曹亦徒遇。翰林修撰曰惟简，监察御史字正父。"这几句总起全文，大海在宇宙间，可谓最为广大辽阔，在这茫茫的大海中航行，风雨飘摇，惊涛骇浪，这世上恐怕没有多少人敢去横渡吧。但作者的朋友，也是当时的两个官僚就具有这样的勇气，诗人在诗中称呼他们为翰林惟简和御史正父。

继而作者就开始想象他们按照航海图航行的情景。启程是"一朝万里朱崖行，长鲸跳波老蛟舞。"在那一天，两位朋友乘上船在大海上航行，一边是红色的山崖陆地，一边是蛟龙飞舞的波涛大海。即使危险重重，但是作者相信，这两位朋友能够"以忠为舟信为楫"，在忠诚和信义的双重支撑下，就算是航行到大海深处，又有什么可以惧怕的呢？然后诗人将笔墨运用到了对于航行风光的描写上。"潜珍秘宝炫光怪，翠阜重楼出云雾。"海洋之中有着各种秘藏，光怪陆离，而在那遥远的海天相接、山水相连处还有着神仙楼阁，直上九霄。"青山一发是中原，想像坡仙旧题处。"船航行在大海上，回望中原，青山隐隐细如一发，不由得使人想起当年苏东坡航行海上，赋诗明志的心情。"残膏剩馥磨不尽，留作二君奇绝句。"那些心情和那些经历，还有在想象中与古人刹那间的心意相通，是不会像残灯粉香一样被时间所磨灭，而是会化作两位朋友的"奇绝句"，彰显着他们的经历和感慨。这里化用了苏东坡的两句诗，一句出自《澄迈驿通潮阁》"杳杳天低鹘没处，青山一发是中原"，一句出自《六月二十日夜渡海》"九死南荒吾不恨，兹游奇绝冠平生"。这两首诗都是苏轼于被贬海南后又回中原之作，其航行与作者友人的航海所经所历颇有相通之处。

最后诗人把目光放到了自己身上来，遗憾自己"我生足迹半天下，怅恨兹游不能与",不能够和好友相约在海上航行,无法去见识更多的奇绝之景。在这样失落的心情下,作者"挑灯夜跋航海图,汹涌笔头有神助",在深夜里燃起灯,细细欣赏这幅航海图,并为其加上跋。所有的情绪一齐涌上心头,作者手里的笔仿佛有了生命力一般,写下了这首诗。

细细读来,诗人在深夜沉思冥想、心潮澎湃写下的文字,不仅仅是一幅航海图的跋,更是对朋友航行的羡慕,对辽阔大海所象征着的神秘美好的向往。

(朱钰)

海 扇

任士林[*]

汉宫佳人班婕妤[1],香云一箧秋风初[2]。网虫苍苍恩自浅,犹抱明月冯夷居[3]。至今生怕秋风面,三月三日才一见。对天摇动不如烹,肯入五云清暑殿。

注释

〔1〕班婕妤:西汉女文学家,成帝时选入后宫,始为少使,后立为婕妤。少有才学,善诗赋。作品今仅存《自悼赋》《捣素赋》《怨歌行》

---

[*] 任士林(1253—1309),元文学家,理学家,字叔实。奉化(今属浙江省)人。六岁能属文,诸子百家,无不周览。后乃讲学会稽,授徒钱塘。至大元年(1308)荐任湖州安定书院山长。任士林早有文名,通晓经学,但一生困顿,被称为"山林一老儒",未见用于时。赵孟𫖯为其所撰墓志铭评其文曰:"叔实之于文,沉厚正大,一以理为主,不作廋语棘人喉舌,而含蓄顿挫,使人读之而有余味。"著有《松乡文集》10卷。生平事迹见元赵孟𫖯《松雪斋集》卷六《任叔实墓志铭》,《元诗选·二集》小传。

三篇，写她在宫中的苦闷心情。《汉书》卷九七有传。

〔2〕香云：女子的鬓发。

〔3〕冯夷：水神。这里也指海洋。

评析

　　这是以海洋生物为吟咏对象的难得的佳作。作者由"扇"发生巧妙的联想，借以抒情，古典今用，不仅颇有新意，而且含蓄地表明了诗人怀才不遇的心态和困顿不已的愤懑。

　　"汉宫佳人班婕妤，香云一箧秋风初。网虫苍苍恩自浅，犹抱明月冯夷居"诗人面对着海岸边的海扇（实即"砗磲"，大型贝类），独发忧思，团团的形状让他想起了汉代班婕妤所作的《团扇诗》。眼前的海扇形状规整，有隐隐约约的珠光，简直就是赋秋扇诗的汉宫佳人班婕妤的化身。她无端遭受帝王遗弃，却犹独自抱珠，伴明月独居，贞心自守。"至今生怕秋风面，三月三日才一见。对天摇动不如烹，肯入五云清暑殿。"但是年年月月被冷落的经历与偶尔被想起随即又被抛弃的遭遇，终于让其不堪心灵的折磨，不禁发出了"对天摇动不如烹"的长恨之叹，既幽怨又刚烈，其情感之强烈，实已突破了一般宫怨诗的雅正作风。

　　这首诗表面上是为汉宫佳人班婕妤抱不平，然而实际上这又何尝不是诗人内心强烈的呼声？诗人满腹才华，却不见用于当世，内心定有愤懑不平。当他游荡海滨，面对灿灿光华却无人理会的珍珠砗磲之时，心有所感，借古之幽思发今之情感，纵然激烈一些，也是可以理解的。该首诗于物理、物情的毕现中凝结着作者对于人情世态的深刻体验，故不仅体物精湛，而且寓意深远。

（朱钰）

海滨道中

刘敏中*

镜里衰颜每自惊,筋骸得似向时轻[1]。五年不去还山住[2],千里须来傍海行。天拥赤波朝日上,雷轰白雪晚潮生。定因眼界宽胸次[3],时有新诗马上成。

注释

〔1〕筋骸:筋骨,即韧带及骨骼,亦引申指身体。向时:从前,昔时。

〔2〕还山:致仕,退隐。

〔3〕胸次:胸间,胸怀。

评析

这首诗是诗人回乡经海于海滨道上所写。全诗对仗工整,语言清新,抒情明朗。

"镜里衰颜每自惊,筋骸得似向时轻。"人生奔波多年,忽有一日揽镜自照,发现镜中容颜衰老至此,满是风霜雨雪,使人心头不由得暗惊,生发出急流勇退之感。而今终于可以放下繁重的事务,享受片刻轻松愉快。在好心情的影响下,四肢百骸都仿佛焕发了全新的力量,就和以前一样轻盈灵活。"五年不去还山住,千里须来傍海行。"诗人已经有多年

---

* 刘敏中(1243—1318),字端甫,号中庵,章丘(今属山东省)人。至元中拜监察御史,后起为御史台都事,累迁翰林直学士兼国子祭酒。大德七年(1303)以宣抚使巡行辽东、山北诸郡。平生身不怀币,口不论钱,历任要职,每以时事为忧。卒后追封齐国公,谥文简。刘敏中为文理备辞明,有《中庵集》。生平事迹见《元史》卷一七八、《元诗选·癸集》丙集小传。

未回家乡，如今终于致仕归隐，踏上征途。诗人家在今山东一带，回乡须经海岸，故说"傍海行"。在这样一条愉快轻松的路途上，诗人看到的景色亦是十分清新悦人："天拥赤波朝日上，雷轰白雪晚潮生。"日间眺望茫茫大海，赤日光华灿烂，映照海面一片通红，海浪翻涌似乎冲向九霄，天水相接，上下不分。晚间静听海潮声浪，潮头晶莹雪白，声如车走雷声，月色迷离，又是一番别有风味的海景。于是在如此辽阔清新的海洋风光之中，人只觉天地苍茫，心无杂尘，胸襟怀抱随着眼界的放宽而开阔，就连文思灵感也频频闪现，倚马千言，书就新诗。

整首诗层次分明，由过海原因写到眼前风景，再从眼前风景写到心中的感慨，使读者深刻感受到了清爽的海风和诗人超脱的情怀。

(朱钰)

送舶司李郎中

丘葵*

朝家三尺法[1]，海舶一帆风[2]。物到琛声上，人行浪屋中。货因拼命得[3]，廉故秉心公。行李清如洗，名应达陛枫[4]。

注释

〔1〕朝家：国家，朝廷。三尺法：指法律。古代以三尺竹简书法律，故称。

---

* 丘葵（1244—1333），字吉甫，号钓矶翁，泉州同安（今属福建省）人。笃修朱子性理之学，长期避居海岛，以求终生隐居，不求人知。延祐四年（1317），御史马祖常执币礼聘，却而不受，并作诗明志。作为隐逸诗人，他的"却聘诗"在当时颇有名。有《钓矶诗集》行世。《全元文》编录其文4篇。另著《周礼补亡》6卷。生平事迹见《宋元学案》卷六八、《新元史》卷二三五。

〔2〕海舶：海船。

〔3〕拼命：豁出性命，竭尽全力。

〔4〕陛枫：即枫陛，谓朝廷。陛为皇宫的台阶，代指皇宫。

评析

　　该诗是一首送别诗。诗题提到的舶司，是元代重要的官职之一。市舶司是中国在宋、元及明初在各海港设立的管理海上对外贸易的机构，相当于现在的海关，是中国古代管理对外贸易的机关。在元代，海洋运输和贸易相对发达，元代见于记载的与中国建立海道贸易关系的国家和地区在一百个以上，东至日本、高丽（今朝鲜），西至东北非和西南亚。进口的舶货亦是种类繁多。

　　诗中的李郎中暂不考为何人，据诗中表达的美好祝愿和丘葵本人生平来看，李郎中应该是丘葵的一位好朋友，且为官清廉公正。"朝家三尺法，海舶一帆风"点出朋友的官职地位。朝家即朝廷，三尺法指法律，海舶就是海船；短短十个字，写出了友人为朝廷管理海运的官员之一，也给下文送行做了铺垫。"物到琛声上，人行浪屋中"是作者想象的这位李郎中在海上航行之情景。海船运输着珍贵的物资，在茫茫的大海和巨大的海浪之中穿行，这就是当时海上运输航行的常态。"货因拼命得，廉故秉心公"，当运输的物资到达终点后，航行一切顺利，没有任何损失。可是，在这背后，是这位李郎中在海上风浪滔天时候的拼命保护，也是他面对众多珍宝依然保持坚贞清廉的品格，他不取一分一毫，也不允许别人来侵占。换句话说，航行的顺利背后充满了这位好友的努力。

　　海航舶运向来被认为是一个油水很足的差事，但是这位李郎中却是"行李清如洗"，两袖清风不染一尘。这样的高风亮节怎么能不使人敬佩不已？诗人对这位朋友充满着深情厚谊，也相信他的品格和能力，所以诗人坚定祝愿他的朋友能"名应达陛枫"，能够被朝廷所认可和奖赏。

总之，这首诗歌作为一首送别诗，不仅展现了诗人对朋友的情谊，同时也侧面展现了当时元代海运发达的背景，具有一定的历史意义。

（朱钰）

观　海

王旭*

平生爱山仍爱水，培塿蹄涔逢亦喜[1]。山登岱岳愿始酬[2]，水欠沧溟心未已[3]。岁当庚子秋八月，偶与鲸川数君子，飘然有此观海行。正值东风暮潮起，冯夷击鼓天吴趋[4]，白马素车来万里[5]。乾坤摇荡雾雨昏[6]，走鬼奔神辨奇伟。可知河伯昔东游，向若望洋羞欲死。沙边立马听天声，风云怒吼千雷霆。须臾潮退风亦息，但见浩渺涵青冥[7]。兴尽归来天已夕，暗思浮世心还惊[8]。潇潇茅屋秋气清，梦逐群仙访蓬瀛。珠宫贝阙延我入，注酌玉醴烹长鲸[9]。金支翠旗映歌舞[10]，举手笑谢安期生[11]。雄鸡唤人天五更，起观日出不可停。白虹气射青玻璃，赤玉盘擎红水晶。水天上下同一色，五彩照耀扶桑国[12]。六龙促驾不肯留[13]，走上寒空犹带湿。双眸眩极浮空花[14]，不觉潮生没岸沙。从此胸中有东海，问津何必待灵槎[15]。天吴跃马导冯夷，河伯江神首自低。日月浮

---

* 王旭（生卒年不详），字景初，东平（今属山东省）人。以文章知名于时，与同郡王构、永年（今属河北省）王磐并称"三王"。早年家贫，靠教书为生。元世祖至元二十七年（1290）受砀山县令礼遇，被请到县学主持讲席。足迹遍及南北，但一生未入仕，依靠他人资助为生。主要活动于至元到大德年间。有《兰轩集》20卷，原本已不传。清乾隆年间修《四库全书》，重编为《兰轩集》16卷，其中诗9卷，文7卷。王旭上许衡书中曾自称"旭布衣，穷居于时，世无所好，独尝有志于古"。与王构、王磐相比，王旭处境最不好，诗文中往往流露出怀才不遇的情绪，《古风三十首》集中表达了对人生的感慨。生平事迹见《元诗选·癸集》乙集小传、《元书》卷五八。

沉为窟宅[16],乾坤轩豁露端倪[17]。蟠空蜃气千楼阁[18],卷地潮声万鼓鼙[19]。我欲醉乘风雨去,直寻蓬岛跨鲸鲵[20]。

注释:

〔1〕培塿(póu lǒu):小土丘。蹄涔(tí cén):指容量、体积等微小。

〔2〕岱岳:指泰山。

〔3〕沧溟:大海。未已:不止,未毕。

〔4〕冯夷:传说中的黄河之神,即河伯。泛指水神,传说中鱼尾人身。天吴:古代神话传说中的水神,人面虎身。

〔5〕白马素车:喻指钱塘江潮及传说中的潮神伍子胥,用春秋时伍员死后为涛神的典故。

〔6〕昏:黑暗,模糊。

〔7〕青冥:天空。

〔8〕浮世:人间,人世。旧时认为人世间是浮沉聚散不定的,故称。

〔9〕玉醴:美酒。

〔10〕金支:一种黄金饰品,常施于乐器之上。后指代乐器。

〔11〕安期生:亦称"安期""安其生",仙人名,传说他曾从河上丈人习黄帝、老子之说,卖药东海边。

〔12〕扶桑国:传说中日出之处。

〔13〕六龙:指太阳。神话传说日神乘车,驾以六龙,羲和为御者。

〔14〕空花:佛教语,隐现于视觉中的繁花状虚影。

〔15〕问津:询问渡口。灵槎:能乘往天河的船筏。

〔16〕窟宅:指神怪的居处。

〔17〕轩豁:高大开阔。

〔18〕蜃气:一种大气光学现象,光线经过不同密度的空气层后发

生显著折射，使远处景物显现在半空中或地面上的奇异幻象。常发生在海上或沙漠地区。古人误以为蜃吐气而成，故称。

〔19〕卷地：贴着地面迅猛向前推进。鼙：古代军中的一种小鼓。

〔20〕蓬岛：蓬莱。

评析

这是一首游览观海诗歌，体裁为歌行体，是作者王旭擅长的体裁。该首诗歌通篇语言流畅，用典繁多，时间和空间顺序转换极多但又不显纷乱，为一篇可圈可点之作。

"平生爱山仍爱水，培塿蹄涔逢亦喜。山登岱岳愿始酬，水欠沧溟心未已。"诗人一开篇就讲明了自己生平最爱游览山水，即使是小山小水也能从中收获独有的乐趣。诗人的足迹踏过许多地方，就连泰山也曾登上过，但是诗人也有遗憾，就是还未去过大海游览。很快，这个机会来了。"岁当庚子秋八月，偶与鲸川数君子，飘然有此观海行。"诗人终于有机会去神往已久的大海游玩。同行好友是"鲸川数君子"，应该是一个地区的文士集团。

诗人接下来便从不同的角度和顺序，以时间顺序为主，每一个时间段都有空间的变化，详细刻画了自己观海所见的景象和生发的感慨。诗人到来的时间，正是"东风暮潮起"的时候，海面汪洋，波涛滚滚，潮水汹涌。"冯夷击鼓天吴趋，白马素车来万里。乾坤摇荡雾雨昏，走鬼奔神辨奇伟。可知河伯昔东游，向若望洋羞欲死。沙边立马听天声，风云怒吼千雷霆。"诗人面对如此浩瀚汹涌的大海，定是震惊十分。在这样的情景下，诗人敏感的情绪被激发出来，蓬勃的想象力也迅速生发，在他面前，海上巨大的波浪和变幻莫测的天气是各路天神在争相施法，直搅得天昏地暗，日月无光。至此，作者感叹，真正理解了河伯所谓的"望洋兴叹"之意。这个典故出自《庄子·秋水》，河伯（黄河神）自以为大得了不得。后来到了海边，望见无边无际的海洋，才感到自己的渺小，于是仰望着海神发出了叹息。除了海色与潮水，自然还有海声，大海的声音十分巨大，就如风云激荡怒吼。"须臾潮退风亦息，但见浩渺涵青冥。"海潮并没有持续很久，随着天色渐晚慢慢退去，风声也渐渐小了，举目四望，唯有青天朗朗，不染一尘。

"兴尽归来天已夕，暗思浮世心还惊。"天色渐晚，作者观海归来，于住处休息。但是傍晚观潮的场面那么宏大，使得诗人一直沉浸在当时的情景中，恍然间，感觉与尘世隔绝了开来。"潇潇茅屋秋气清，梦逐群仙访蓬瀛。"正值秋天，秋风潇潇，在隐隐的风声中，作者进入了睡眠，进入了另一个奇幻的海上世界。这个海外仙山是什么样子呢？"珠宫贝阙延我入，注酎玉醴烹长鲸。金支翠旗映歌舞，举手笑谢安期生。"各色神仙楼阁邀请诗人进入，各色美酒仙食任意品尝，各种精美歌舞可尽情享受，诗人徜徉其间，还与仙人安期生相对笑拜，一切多么奇幻又多么美好。

"雄鸡唤人天五更，起观日出不可停。"转眼，天亮了，诗人从梦中回到现实，去观赏海上日出。"白虹气射青玻璃，赤玉盘擎红水晶。"诗人用了比喻，把日出的海气、天色、太阳、海水分别比喻成白虹气、青玻璃、红玉盘和红水晶，巧妙地刻画出了海上日出的剔透之景。"水天上下同一色，五彩照耀扶桑国。六龙促驾不肯留，走上寒空犹带湿。"此时眺望大海，海天一色，五色缤纷，太阳升到天际，甚至还带有海水的湿意与凉意。诗人注目良久，只觉"双眸眩极浮空花"，眼前出现了许多繁花状虚影。在目眩神迷之中，"不觉潮生没岸沙"，海岸开始涨潮，没过了低矮的沙岸。

观海之后，诗人便发出了他的感慨。海洋之包蕴万物，见过的人"从此胸中有东海，问津何必待灵槎"。每一个见到过海洋的人，都会眼界始宽，胸界始大，不再对前路幽微感到无处"问津"，内心自有一片大海。在这片内心丰盈的大海中，"天吴跃马导冯夷，河伯江神首自低。日月浮沉为窟宅，乾坤轩豁露端倪。蟠空蜃气千楼阁，卷地潮声万鼓鼛"。各路水神施展神通,小河小江心悦诚服,日升月落,乾坤开阔,蛟龙盘空,蜃气迷离,潮声汹涌,声入九霄。恍然间,现实中辽阔的海洋与内心中浩大的海洋融为了一体。最终,诗人发出了飘飘欲仙的感慨:"我欲醉乘风雨去,直寻蓬岛跨鲸鲵。"诗人想要乘风远去,骑长鲸,访仙岛,寻找一方真正的净土。

全篇意境极其开阔纵横,写海色海景汪洋肆意,如在眼前。诗中各类神话典故层出不穷,比喻、对比等修辞手法亦是大量运用,渲染了海洋的神秘和美丽,是元代一首比较好的写海洋景色的歌行体诗歌。

(朱钰)

潮

仇远*

一痕初见海门生,顷刻长驱作怒声。万马突围天鼓碎[1],六鳌翻背雪山倾。远朝魏阙心犹在[2],直上严滩势始平[3]。寄语吴儿休踏浪,天吴象罔正纵横[4]。

注释

〔1〕天鼓:天神所击之鼓。传说云天鼓震则有雷声。

〔2〕魏阙:古代宫门外两边高耸的楼观,楼观下常为悬布法令之

---

* 仇远(1247—1326),字仁近,一字仁父,号近村,又号山村民,人称山村先生,钱塘(今属浙江省)人。元至元中出任溧阳州儒学教授,转宝庆路教授,不赴,改将仕郎、杭州路总管府知事。晚年退隐后,喜与方士游名山佛寺,足迹所到,常有题咏,是元初南方诗坛一位有影响的诗人。仇远论诗也有与江西诗派一致处,于宋诗人中独尊陈与义,称"简斋吟册是吾师"。著有《金渊集》。其词集为《无弦琴谱》,另有笔记小说《稗史》。其生平见《元诗选·二集》小传、《新元史》卷二三七。

所。亦借指朝廷。

〔3〕严滩：严陵濑。在浙江桐庐县南，相传为东汉严光隐居垂钓处。

〔4〕天吴：古代神话传说中的水神，人面虎身。象罔：水神。

评析

这首诗是诗人观潮所写。浙江潮作为久负盛名的海潮，许多文人墨客都为其赋诗，诗作亦是各有特色。仇远作为元初南方诗坛一位有影响力的诗人，写诗论诗主唐风，但又受到宋代江西诗派影响极深，其诗作颇有特色。

首联"一痕初见海门生，顷刻长驱作怒声"写潮水即将到来之景，声色并茂。极目远眺，在目力所及范围之内是一痕水线奔腾前来，顷刻即到眼前。比潮水来得更早的是声音，随着潮水不断向前推进，声音亦是越来越大，就像大海发怒的声音。"万马突围天鼓碎，六鳌翻背雪山倾"写潮水来到眼前之景。巨大的浪头纷至沓来，就仿佛千军万马并驾齐驱，那潮水的轰鸣可不正像天上的神仙敲碎了天鼓。雪白的浪花不断翻腾，越叠越高，而后退去，就如巨大的雪山不断耸起，继而崩塌。"远朝魏阙心犹在，直上严滩势始平"两句结合典故写潮水来去之态。潮水汹涌澎湃，冲上的方向似乎是在朝拜朝廷；而潮水退去，又仿佛学那隐者严光一样急流勇退。最后两句作者抒发了观潮的感慨："寄语吴儿休踏浪，天吴象罔正纵横。"潮水如此澎湃，希望那些吴郡少年不要轻易踏浪弄水，滚滚波涛正是各路水神在肆意纵横。象罔是《庄子》寓言中的人物。《庄子·天地》："黄帝游乎赤水之北，登乎昆仑之丘而南望，还归，遗其玄珠。使知索之而不得，使离朱索之而不得，使吃诟索之而不得也。乃使象罔，象罔得之。"象罔含无心、无形迹之意，在此处是水神之意。这里使用反衬的手法说明了潮水之汹涌以及带给作者的震撼之大。

从诗作中可以看出，诗人多处用典故说明观潮的情景及带给人的感受，显然受到江西诗派的影响较深。

（朱钰）

壶山绝顶望海

何中*

萦磴入苍霭[1]，断崖倚晴暾[2]。天飙荡胸驶[3]，城气迎瞩昏。磐石偃危椒，谷王浩无垠[4]。坞交群龙战[5]，舶点微鸥翻。浮云岌云朵[6]，悬霄浴霞根[7]。空溶东南突[8]，迤逦[9]日月门。指数十洲翳[10]，招呼九仙存[11]。余怀已潨潨[12]，前境方浑浑[13]。乘槎寄虚感[14]，微迹犹当论[15]。

注释

〔1〕萦磴：萦，回旋，盘绕。磴，石头台阶。萦磴即弯曲盘绕的石阶。苍霭：烟雾，云雾。

〔2〕断崖：陡峭的山崖。晴暾：明亮的朝日。

〔3〕天飙：指天风。飙，本意为暴风、疾风，引申泛指风。

〔4〕谷王：江海的别称，以其能容百谷之水，故名。

〔5〕坞：四面高中间凹下的地方。这里也指水边停船或修造船只的地方。

---

* 何中（1265—1332），字太虚，一字养正。元初文学家、诗人、学者。抚州乐安（今江西省乐安县）人。其学弘深，对《易经》《书经》有深入研究。何中无意仕途，以布衣讲学终老。至顺二年（1331），江西行省平章全岳柱聘其为龙兴路东湖书院、宗濂书院山长。其诗平易自然，清新幽静，意境深邃。著述甚丰，有《知非堂稿》6卷。生平事迹见元揭傒斯《揭文安公全集》卷一三《何先生墓志铭》、《元史》卷一九九。

〔6〕岌：山耸起的样子。

〔7〕悬霄：云霄和天河，指天空。

〔8〕溶：形容宽广。

〔9〕迫遝：及也。《方言》曰："东齐曰迫，关之东西曰遝。"

〔10〕指数：屈指计数。十洲：道教称大海中神仙居住的十处名山胜境。亦泛指仙境。翳：遮掩。

〔11〕九仙：九类仙人。泛指神仙仙人。

〔12〕瀁瀁：动荡，荡漾。

〔13〕浑浑：形容一片模糊的景象、状态。

〔14〕乘槎：乘坐竹、木筏。传说乘之可到天河。

〔15〕微迹：谓暗中追踪。

评析

这首诗为一首登高望海诗，写景精细，多用对仗和典故，角度多变，风格深邃。

"萦磴入苍霭，断崖倚晴暾。天飙荡胸驶，城气迎矖昏。"开头四句描绘了登临壶山所览之景。山间小路蜿蜒盘旋，陡峭入云，悬崖峭壁上闪烁着灿烂的阳光。当登临到绝顶时候，天风骤起，激荡胸襟，城气幽微，明暗不定。就在这样的情景下，诗人俯视四周山水，远眺海洋，看到的就是"磐石偃危椒，谷王浩无垠"这样一种于山林悬崖间隐约可见、汪洋浩大的海洋景象。继而诗人进一步写所望到海洋景色。因为是在山顶，故望海是向下俯视，是"坞交群龙战，舶点微鸥翻。浮云岌云朵，悬霄浴霞根"。在地面凹陷处就是浩瀚的大海，各色船坞恰如鱼龙腾跃，船只往来，有无数海鸥相对翻飞。因登高故而望远，远看海天一色，融为一体，天空的云朵和彩霞也在海面上漂浮显现，而横亘于海上的连绵山脉便是那些美丽物体的生发之处。

"空溶东南突，迫遝日月门。指数十洲翳，招呼九仙存。"大海向东南方向绵延无尽,像是要延伸到日月升起的地方。海气弥漫,那些仙岛不可寻踪。这里的十洲便是仙岛的代称。《海内十洲记》载:"汉武帝既闻王母说八方巨海之中有祖洲、瀛洲、玄洲、炎洲、长洲、元洲、流洲、生洲、凤麟洲、聚窟洲。有此十洲,乃人迹所稀绝处。"但倘若呼唤,想必那些神仙也是能听到的吧。这里的"九仙"是神仙的代指。《云笈七签》载:"九仙者,第一上仙,二高仙,三火仙,四玄仙,五天仙,六真仙,七神仙,八灵仙,九至仙。"

面对这雄豪之景,诗人目眩神迷,"余怀已瀁瀁,前境方浑浑",心情摇荡不已,不知前方何方,一片空茫。"乘槎寄虚感,微迹犹当论",只想驾起一叶扁舟,在空阔的天地中寄寓自己微妙的情感,追寻玄妙的道理。

全诗生动地写出了作者面对大海时激荡的心情和感受,又寄托了诗人追寻自然之理的理想,幽静深邃,颇有魏晋时期山水诗的遗风。

(朱钰)

送刘明叟治盐事还省

袁桷*

海上银沙百炼成[1],年年飞骑走纵横[2]。人传一马二童至[3],

---

* 袁桷(1266—1327),字伯长,庆元鄞县(今浙江省宁波市)人。儿童时即以能文出名。以茂才异等举为丽泽书院山长。大德初为国史院检阅官,进十议,升应奉翰林文字、同知制诰,兼国史院编修官,迁待制,拜集贤直学士,改翰林直学士、知制诰同修国史,后迁侍讲学士。泰定初辞归,卒谥文清。在元代中期,他是一位有影响的人物,其文采风流,有承先启后之功。诗多写景抒怀、往来赠答之作,少量诗吊古伤今,流露出沧桑之感。其诗大抵近体胜古体,绝句胜律诗,律诗受李商隐影响。七言绝句最能体现他学唐的痕迹,工整雅致,意境优美,五言诗古峭,但喜说理,七古则流利顺畅,亦有唐人风韵,颇多警句。今存《清容居士集》《延祐四明志》。生平事迹见《元史》卷一七二。

春在十洲三岛生〔4〕。乌帽多情簪菊蕊，瑶琴有意送潮声。经纶满腹须时用，早上囊封致太平〔5〕。

注释

〔1〕银沙：银白色的沙粒、沙滩。这里指盐。

〔2〕纵横：奔驰无阻。

〔3〕一马二童：北宋司马光于退居洛阳十五年后，被起用为门下侍郎，拜左仆射。苏轼《司马温公神道碑》叙司马光上任，有"公来自西，一马二童"语。后用作居官简从之意。

〔4〕十洲三岛：指的是道教称距陆地极遥远的大海宇宙空间之中的三岛十洲，是仙人居所。三岛的原型为三神山，即先秦传说中的蓬莱、方丈、瀛洲，后《云笈七签》定三岛为昆仑、方丈、蓬莱丘。明代道书《天皇至道太清玉洲》整理历史传说定十洲为：瀛洲、玄洲、长洲、流洲、元洲、生洲、祖洲、炎洲、凤麟洲、聚窟洲。

〔5〕囊封：封事，密封的奏章。古时臣下上书奏事，防有泄漏，用皂囊封缄，故称。

评析

这首诗是一首送别诗，送的是刘明叟。根据题意，刘明叟其人是当时的盐官，是回朝廷觐见皇帝，汇报盐事事务。盐课是中央财政收入中的重要来源之一。在元代，海盐生产技术上有所进步，浙东竹篾的采用即一例，故较之宋金时期，海盐生产的数量有了较大的发展。为此，元廷加强了对盐业的管理，采取了抓大放小的措施，设立了九个盐运司，且盐司官吏的种类和数目也较之前代为多。另外元代对盐官的管理亦有所加强，形成了较为明确的盐官选拔、迁除、考核和俸禄制度。可以说，元代的盐官地位十分重要。

"海上银沙百炼成，年年飞骑走纵横。"在海边，一个最重要的产出就是盐。自古以来,盐、铁都是朝廷所重点关注的行业。盐是人民生活的必需品,盐业的稳定对于国家社会的发展至关重要。因此朝廷经常下派盐官来视察监督,并召回相关官员定期询问。"银沙百炼成"说明制盐之不易,"年年""走纵横"突出了朝廷的关注之密切。那么,作为重要官员的刘明叟,是什么样的形象呢?"人传一马二童至,春在十洲三岛生。""一马二童"用司马光之典故,生动地刻画出了盐官刘明叟其人的简朴清廉。而在他走来的路上,山海之间,皆是春意。"乌帽多情簪菊蕊,瑶琴有意送潮声。"诗人用"菊蕊""瑶琴"等清明高洁的意象,刻画了刘明叟的形象。"乌帽"即官帽,官帽上簪着几朵菊花的形象使人不由得想到了陶渊明等高洁之士爱慕菊花的典故,表达了刘明叟其人自拔于流俗、我行我素的气概。"瑶琴"是用玉装饰的琴。自古有"君子之近琴瑟,以仪节也"的说法,故琴以其"平和雅正、至纯至清"而成为君子的象征。当琴声伴着潮声响起,也正是在为刘明叟高洁的情操做注。在前面运用一系列语言对这位官员的形象进行描写和称赞后,最后两句是诗人对这位官员的美好祝愿,希望他"经纶满腹须时用,早上囊封致太平"。即希望这位朋友的满腹才学能够被君主赏识,为当世重视,在朝廷上尽情地施展身手,献计献策,为国家社会太平稳定做出自己的贡献。

全诗多用意象,有学李商隐之痕迹,但并未生搬硬套,故意象繁多而不堆砌,精美而不娇气。这些意象的使用,不仅从各个角度刻画了刘明叟清正的形象,还略略点明了社会背景和海洋风光,是一首比较好的送别诗。

(朱钰)

盐城县

朱希颜*

芋亭数户日烧盐[1]，一角荒城浸海天。忆似扬州三二月，春风十里卷珠帘。

注释

〔1〕芋亭：茅草亭子。

评析

朱希颜其人，据现有资料可知，曾经有过海上生活，因此他写了许多有关海上生活与海洋风光的诗歌。这首诗歌应该是他在盐城县居住时所作。

"芋亭数户日烧盐，一角荒城浸海天。"寥寥两笔，写出了盐城县家家户户烧盐煮盐的情景。许许多多煮盐的茅亭日夜不休，海岸边，荒城断壁，绵延不尽，与海天相接，寂寥无言。

后一联"忆似扬州三二月，春风十里卷珠帘"化用杜牧《赠别》一诗："娉娉袅袅十三余，豆蔻梢头二月初。春风十里扬州路，卷上珠帘总不如。"这海边煮盐雾气蒙蒙，海风飘飘的情景，可不正似烟花三月扬州春雨蒙蒙吗？诗人把两者相比，一个是生活的劳顿，一个是生活的欢愉，在某一刹那，似乎两者一样，但又不是一样的。这就让人在反复

---

* 朱希颜（生卒年不详），一作朱晞颜，号苏台吟人，吴兴（今属浙江省）人。曾从盐城县"乘桴浮海"，度过半年的海上生活，将写有远洋经历的诗篇结为《鲸背吟》。生平见《鲸背吟》自序。

咀嚼中陷入了沉思，思考起更多背后的含义。

（朱钰）

大　浪

朱希颜

吞天高浪雪成堆，摇荡惊心眼怕开。深谢波神费工力[1]，几回风雨送将来。

注释

〔1〕工力：指功夫和力量。

评析

这是一首描写海浪的诗歌，诗人把大浪描写得非常形象而逼真，诗意十分晓畅明白。

首联"吞天高浪雪成堆，摇荡惊心眼怕开"，意思是像雪一样一层层成堆的大浪高高涌起，仿佛把青天都给吞了下去。穿行在波浪间摇曳晃荡，惊心动魄，吓得眼睛都不敢睁。"吞天"是夸饰，是极力写浪的高和大。"雪"是比喻，形容浪涛的颜色洁白如雪。后两句"深谢波神费工力，几回风雨送将来"，意思为深深感谢水神费了很大的功力，经过多少回风风雨雨才把这大浪送来。这里用转折之笔，写出这大浪不是自然的现象，而是水神费了许多功夫才弄成的，值得感谢。由害怕到感谢，这种心理变化为本诗增添了无穷的韵味。

（朱钰）

盐官观海二首

唐元*

怒潮初退后,衰草嫩寒时[1]。浩荡浮元气[2],微茫入岛夷[3]。帆归分夕照,醝运殷秋鼙[4]。自是羁栖者[5],何妨步屧迟[6]。

海风吹秃鬓,江树映深杯。潮落乌犍卧[7],天清白鸟回。贡输通万国,象纬印三台[8]。极目真无际,方隅亦壮哉[9]。

注释

〔1〕嫩寒:轻寒。

〔2〕浩荡:水势大,泛指广阔或壮大。元气:中国道家哲学术语。构成万物的原始物质。

〔3〕微茫:模糊不清楚。岛夷:岛夷是古代用语,本意是海岛上的少数民族。在不同时期,其含义所有不同。分别为民族名、沿海居民、岛国以及来自海外的入侵者等。

〔4〕醝运:即盐运,"醝"通"鹾"。殷:震,震动。秋鼙:秋战中的鼙鼓声。

〔5〕羁栖:淹留他乡之意。

〔6〕步屧:脚步。

---

* 唐元(1269—1349),字长孺,号筠轩,歙县(今属安徽省)人。泰定四年(1327)以义学授平江路录,迁分水县教谕。又任集庆路南轩书院山长,以徽州路儒学教授致仕。时名颇著,但一生主要在江南任教职,著有《艺圃小集》,原书已不存。今存唐元诗文集《筠轩集》13卷。还著有《易大义》《见闻录》等书。生平事迹见杜本撰墓志铭(《新安文献志》卷九五)、《(弘治)徽州府志》卷七。

〔7〕乌犍：阉过的公牛，驯顺、强健、易御。常泛指耕牛。

〔8〕象纬：象数谶纬。亦指星象经纬，谓日月五星。三台：中国古代官制，在不同朝代有不同的代指。

〔9〕方隅：全面积中的一部分，多指边侧之地或角落之地。

评析

盐官位于海宁市南，在钱塘江北岸，是观赏天下奇观海宁潮的胜地，也是观赏海色海景的好地方。这两首诗就是作者在盐官观海时所写的。

"怒潮初退后，衰草嫩寒时"点明了时间和天气——潮落时分，初秋时刻，作者于盐官的海岸边上观览海洋胜景。"浩荡浮元气，微茫入岛夷"总写海洋风光。这大海浩浩荡荡，横无际涯，海气弥漫，难辨岛屿，远远望去，只感觉整个天地都归于原始的寂静。"帆归分夕照，醝运殷秋鼙"写海面上人文之景。海上运输是古代运输物资的重要方式，同时，古代食盐生产的重要基地多在沿海一带，故与海相关的人类活动是非常丰富的。此句写夕阳西下，秋声响起，忙碌的船舶归来，暂时停靠岸边，将海面上的夕阳分为两半。最后两句写作者的感慨："自是羁栖者，何妨步屟迟。"天色渐晚，秋气浓重，本该早点离开岸边。但是作者内心自况，在这边自己本来就是一个淹留他乡的异乡人呀，那么脚步迟一点，慢一点又有什么关系呢？

第二首依然是写海洋风光，间入作者的观海感慨。

"海风吹秃鬓，江树映深杯。""秃鬓"是诗人的自谦之词，"深杯"为用酒杯饮酒之意。巨大的海风拂面而来，使人心生寒意；岸边树木稀疏，影子倒映在酒杯之中。"潮落乌犍卧，天清白鸟回。"潮水退去，岸边的沙田有耕牛懒洋洋地卧着，天朗气清，海畔海面有众多白鸟不断盘旋。"潮落""白鸟"的意象，也点出了诗人观海的时间、地点——秋日的傍晚。"贡输通万国，象纬印三台"两句是从海运和海洋外交角度来描写海洋的阔大无际。"极目真无际，方隅亦壮哉"，这是作者的感慨。

极目眺望海洋，如此浩大，足以涵盖万物，甚至因为它的存在，使得这盐官小小的地方，都显得如此不同寻常。

两首诗从诗意上来看应该都写于同一时段，是作者秋日傍晚观海之感，均从不同的角度描写了海洋的景色以及海洋带给作者的震撼和思考。二诗虽然在意义表达上有着相似之处，但是在意象的运用，写景的角度，抒发的情感等角度又有不同之处，颇有新意。两首诗对照阅读，可以看出古代诗人遣词造句、抒情表意的微妙。

（朱钰）

次韵鲁参政观潮（其一）

柳贯[*]

怒潮卷雪过樟亭[1]，人立西风酒斾青[2]。日毂行天沦左界[3]，地机激水出东溟[4]。倒排山岳穷千变，阖辟云雷竦百灵[5]。望海楼头追胜赏，坐中宾客弁如星[6]。

注释

〔1〕樟亭：古地名。在今浙江省杭州市，为观潮胜地。

〔2〕酒斾：酒旗。

〔3〕日毂：太阳。毂，车轮的中心部分，有圆孔，可以插轴，此借指车。左界：西方。

---

[*] 柳贯（1270—1342），字道传，号乌蜀山人。婺州浦江（今属浙江省）人。大德间为江山县教谕，迁昌国州学正。延祐间除国子助教，寻改博士。泰定间迁太常博士、江西儒学提举，秩满归。至正元年（1341），以翰林待制兼国史院编修官起复，明年卒。文章根底深厚，雄浑严整，长于议论。为"儒林四杰"之一。诗则慷慨激烈、忧深思远。有《待制集》传世。生平事迹见《元史》卷一八一。

〔4〕地机：指大地活动的枢要。宋姚宽《西溪丛语》卷上："观古今诸家海潮之说者多矣，或谓天河激涌，亦云地机翕张。"东溟：东海，东边的海。

〔5〕阖辟：闭合和开启。𫧲：通"悚"，惊惧。

〔6〕弁：古代的一种帽子。

评析

这是一首次韵诗。所谓次韵，是指旧时古体诗词写作的一种方式。按照原诗的韵和用韵的次序来和诗。次韵就是和诗的一种方式，也叫步韵。根据题目来看，本诗是诗人与这位鲁参政观潮时所作，鲁参政先成一首，诗人依照其诗歌的用韵又作一首。

"怒潮卷雪过樟亭，人立西风酒旆青"描写了观潮的场面。潮水涌来，排山倒海，雪白的浪头高高扬起，直扑向观潮的樟亭。观潮的日子一般是农历八月，正是秋天，所以说"西风"。观潮亭上，酒旗被风吹得猎猎作响，观潮的人在西风中伫立，看着潮水奔涌来去。"日毂行天沦左界，地机激水出东溟。"日车在天界运行时，突然左边的轮子塌陷下去。地轴在地下转动时，把东海的水激涌出来。"倒排山岳穷千变，阖辟云雷𫧲百灵。"大潮上涨如山岭摇动，瞬时倒下，声如惊雷开合，使天界的各路神仙都为之震惊发抖。这两句从不同角度描绘了钱塘潮的形态和气势。前两句诗人用天覆地动、倒海翻江比喻江潮之迅猛急湍。这是从整体上写江潮的汹涌之势，后两句则是具体描绘江潮的形态和声音。最后两句"望海楼头追胜赏，坐中宾客弁如星"做了一个观潮总结，"坐中宾客"都聚集在望海楼，观看这难得一见的江涛海潮，人数多得"弁如星"，帽子像天上的星星一样密集。这一句使用了侧面烘托的手法，表面上未写潮水之景，却从侧面突出了海潮之景的震撼和值得游览。试想，能让众多人争相观看的景色一定是不同寻常的吧。

总之，这首诗作为一首写观潮的诗，作为一首和诗，可以说尽到了其描写和应和应有的作用。诗人笔底走风雷，用语奇崛，气势雄阔，充满豪情地把钱塘潮的声威状摹殆尽，使之色犹在目前，声犹在耳畔。其中颔颈两联写景尤其出色，历来被后人传诵。

（朱钰）

望　海

杨载*

海门东望浩漫漫，风飓无时纵恶湍。黑雾涨天阴气盛，沧波衔日晓光寒[1]。岂无方士求灵药，亦有幽人把钓竿[2]。摇荡星槎如可驭[3]，别离尘土亦何难[4]。

注释

〔1〕晓光：清晨的日光。

〔2〕幽人：幽隐之人，隐士。

〔3〕星槎：往来于天河的木筏。传说古时天河与海相通，汉代曾有人从海渚乘槎到天河，遇见牛郎织女。

〔4〕尘土：尘间，尘世。

---

* 杨载（1271—1323），字仲弘。祖籍蒲城（今属福建省），后迁居杭州（今属浙江省）。幼年丧父，博涉群书，赵孟頫推崇之。年四十未仕，户部贾国英数荐于朝，以布衣召为国史院编修官，与修《武宗实录》。调管领系官海船万户府照磨，兼提控案牍。延祐初应科举，登进士第，受饶州路同知浮梁州事，迁儒林郎，官至宁国路总管府推官。杨载诗文与范梈、揭傒斯、虞集并称元诗四大家。其诗注重格律，风格刚劲典雅，无宋末萎靡陋习，自成一家。他主张作诗题材取源汉魏，而音律则效法唐诗，因此选题不广，模仿颇多。有《杨仲弘集》8卷。

评析

　　这是"元诗四大家"之一的杨载所写的一首以望海为主要内容的诗歌。对于杨载来说，在描写山水景物方面，他善于用较有色彩的语句来表现景象，使意境富有层次感与动态感，能够把较为严整的律诗形式与山水境界的刻画结合在一起。

　　首联直写望海第一印象："海门东望浩漫漫，风飓无时纵恶湍。"向东望海，海洋辽阔无际，海面上时有风雨骤起，引起一次又一次的惊涛骇浪。"黑雾涨天阴气盛，沧波衔日晓光寒。"颔联进一步刻画海洋风浪滔天、阴沉压抑的状态。"黑雾"就是黑云，黑云满天，海气弥漫。而在这样的情景下，就连那清晨本该明亮灿烂的太阳都带上了一层阴暗的气息，使人感觉那光芒都变得极为寒冷。颈联"岂无方士求灵药，亦有幽人把钓竿"两句，引用了有关海洋的典故，更为其增添了神秘感和寂寥感。"方士求灵药"是用了徐福为秦始皇出海求长生不老药的典故，"幽人钓竿"用的是严光垂钓避世隐居的典故。尾联"摇荡星槎如可驭，别离尘土亦何难"也使用了典故，并且间入了作者的思想感情。"星槎"典出晋张华《博物志》卷十，传说古代有人见海上年年八月有浮槎来往，于是乘槎上天，至一处见有房屋，内有织妇，又有人牵牛饮水，后至蜀地问术士严君平，方知所到之处是天河，牵牛人即牵牛星。故后人多用这个典故表现上天遨游等仙家事迹，寄托作者的想象和情怀。作者四十未仕，难免有怀才不遇之感，又难免有就此归隐求仙之感，所以便幻想着若是能够乘坐上那传说中可直到天河的船，去寻找牛郎织女，那么即使离开这个纷扰的尘世，又有什么可留恋的呢？

　　全诗文笔敏捷多变，语言简明含蓄而颇寓新意，老到而不觉陈腐，是一首较好的写景诗，也是写海洋的一首佳作。

（朱钰）

登沓磊驿楼自此渡海[1]

范梈*

半生长以客为家,罢直初来瀚海查[2]。始信人间行不尽,天涯更复有天涯[3]。

注释

[1]沓磊:沓磊驿,旧址在徐闻县东南二十里(今雷州半岛南端徐闻县),为当时渡海之驿站。

[2]瀚海:指海南之大海。

[3]天涯:犹天边,极远的地方。

评析

这是"元诗四大家"之一的范梈所写的一首海洋诗歌。延祐元年(1314),范梈离开京师到岭南担任海北海南道肃政廉访司照磨。肃政廉访司负责监察百官,照磨这个职位负责磨勘和审计工作,地位虽低,但是责任却非常重大。因为工作职责,范梈曾经多次到达海南。因地域阻隔,来往不便,海北海南道肃政廉访司在海南设置廉访分司,时常派出官员前往料理相关事务。故范梈常有机会渡海。而范梈第一次到达海

---

* 范梈(1272—1330),字亨父,一字德机,人称文白先生,临江清江(今属江西省)人。家贫,少孤,三十六岁入京师,即有声名,被荐为左卫教授,迁翰林院编修,擢海北海南道肃政廉访照磨,所至兴学教民,雪埋冤狱。迁江西湖东,选充翰林应奉,改擢福建闽海道知事。不久因病归故里。论诗重教化,学古主要是学唐,力追李、杜,像杜甫那样,针对现实弊政作歌讽喻。范梈诗有时也受李贺影响,有幽冷意境。在他的近体诗中,绝句胜过律诗。今传《范德机诗集》七卷,按诗体编次。生平事迹见《元史》卷一八一、《蒙兀儿史记》卷一二〇、《新元史》卷二三七。

南是在延祐二年（1315）五月，由徐闻县沓磊驿码头乘船渡海在琼州白沙港登岸，此后又多次前往，而且每次巡视海南各州县，都长达半年之久。

首联"半生长以客为家，罢直初来瀚海查"，诗人简略写出了他来到此处的背景。据《元史》卷一八一载，范梈"为翰林院编修官，秩满，御史台擢海南海北道廉访司照磨"。故诗说"罢直"，就是罢去原任朝官翰林院编修，来当肃政廉访司照磨巡查的差事。又因为"初"，故此首诗应是范梈初次登上沓磊驿望海所写。范梈一生仕途多变，随着官职的变动到处漂泊，也就难免生出"半生长以客为家"的心境，这半生劳劳碌碌为哪番？不知道什么时候回到自己的归处，能享受真正的宁静。

"始信人间行不尽，天涯更复有天涯。"当渡海漂泊，随波逐流，踏上最南边的土地，原以为这里就是天涯了。谁料登上驿楼南望，隔海青山一缕，茫茫苍苍，天涯的那边，遥遥望去，更复有一番苍茫辽阔的天涯。

诗的最后两句堪称是警语，虽是眼前实景，但蕴藏着更深刻的人生道理。不要被眼前的一方所限定，也不要被内心的狭窄所限定，放眼望去，人生还有更多的辽阔天地等着去开拓，去探索，还有更多的美好值得去体验和享受。

（朱钰）

送海东铦上人十首[1]（其二）

虞集*

日色出海水，千波散明霞。一杯承足来，九载不为赊。要观香炉峰，折芦长风沙。微吟动林响[2]，苍龙送浮槎[3]。

注释

〔1〕铦上人：入元日僧铦仲刚。

〔2〕微吟：轻声吟诵。

〔3〕浮槎：指古代传说中来往于海上和天河之间的木筏。

评析

这首诗是诗人送别日本僧人铦仲刚所作。铦仲刚是在元代中国长期居住过的日本僧人，与元代诗人虞集、丁复等人均有来往，彼此交情深厚。丁复在送别铦仲刚的诗中如此描述日本及日本人："扶桑有国自鸿荒，有国有人天性良。亦复有君臣，栋宇垂衣裳。"

"日色出海水，千波散明霞。"这两句以淡笔写出了日出时候的海景，霞光万丈悠悠，海水清澈摇动。"一杯承足来，九载不为赊。"这两

---

* 虞集（1272—1348），字伯生，号道园，又号邵庵，抚州崇仁（今属江西省）人。元成宗大德初年，授大都路儒学教授，升国子博士。元仁宗即位，除太常博士，迁集贤修撰，又改翰林待制。泰定初年授国子司业，迁秘书少监。拜翰林直学士，不久兼任国子祭酒。谥文靖，追封仁寿郡公。虞集是元代中期最有影响的文臣之一，承前启后的关键人物。与杨载、范梈、揭傒斯并称为"元诗四大家"。号称"为文万篇"，诗文结集为《道园学古录》《道园类稿》等多部专集。他称自己的诗如"汉廷老吏"，以章法讲究、格律工稳自许。又往往在深沉老练之余，体现出典雅，甚至相当清新的一面。历来诗论家均将虞集视为元诗的巅峰。生平事迹见《元史》卷一八一、《宋元学案》卷九二、《元诗选·初集》小传。

句写作者与友人的深情厚谊。共同饮尽这一杯离别的清酒吧,酒中饱含着的,是作者与友人多年的情感。"要观香炉峰,折芦长风沙。"远观是香炉峰,山峰沉默伫立,也在为朋友送行。"折芦"的典故出自张炎的《八声甘州·记玉关踏雪事清游》:"折芦花赠远,零落一身秋。"指折取芦花送别之意。"微吟动林响,苍龙送浮槎。"轻声吟诵着告别的诗句,嘱咐着互相珍重的话语,林间有风骤起,似乎也在呜咽。"苍龙"在这里是海水之意。浩荡的海水推送着船舶前行,船一直向东方行去,慢慢变成天际微茫的小点。

虞集在诗歌创作上,主张宗唐学杜,以李白、杜甫为正宗,其送别诗在语言上深得杜甫诗风,并在充分消化吸收前人诗作优点的基础上,多能适景融情,舒适而淡泊,稳健雅致,发乎自然。虞集在这首海上送行诗中,抓住海上送别的特点,选取几个海洋风物加以轻点,如"千波散明霞""折芦长风沙""苍龙送浮槎",把自然风物与人的行为自然地联系在了一起。从而在一个较为广阔的空间里,构成了一种空廓而深沉的美感。

(朱钰)

待 潮

揭傒斯*

扁舟夜阁寒沙际,欹枕待潮红日高[1]。无数征帆背人去,海门何处水滔滔。

---

* 揭傒斯(1274—1344),字曼硕,富州(今江西省丰城市)人。幼贫,刻苦读书,早有文名。延祐初,授翰林院编修官。后擢为授经郎,甚见亲重。元统初,迁翰林待制,升集贤学士,改翰林直学士,再升侍讲学士,同知经筵事。卒谥文安。揭傒斯与虞集、杨载、范梈齐名,同为"元诗四大家"。为文严整简当,诗尤清婉丽密。工书法,正、行、草书皆精雅隽丽,颇得智永遗韵。著有《揭文安公全集》14卷。生平事迹见《元史》卷一八一。

注释

〔1〕欹枕：斜倚枕头。

评析

对于揭傒斯本人的创作来说，在题材选择上，由于揭傒斯内心喜爱悠然自得、安谧恬淡的生活，他常以萧疏清淡的山水自娱，追求闲静淡远的审美情趣，所以他的诗歌，就像一幅幅古朴淡雅、恬静闲适的画卷，宁静而生机勃勃。而这首诗是诗人在海岸边等待涨潮之作。全诗冲淡自然，轻灵生动，生动地体现了揭傒斯本人诗歌创作的特色。

"扁舟夜阁寒沙际，欹枕待潮红日高"二句，点出了作者在此待潮的时间和地点。撑着一叶扁舟，停靠在沙岸上，诗人斜靠着枕头，等着潮水涌来。身边是浩荡苍茫的海水，头顶是光华灿烂的明日。寥寥几笔，就写出了诗人潇洒安闲于海边观景待潮的形象。"无数征帆背人去，海门何处水滔滔"二句，诗人就眼前所见之景抒发感慨。无数的渔船货船在海面上来往，从岸边驶向海中，所以说是"背人去"。"海门"为入海口之意。"何处"在这里表示反问，意为为什么，怎么。在这海门入海口之处，波浪滔滔，怎么会有那么多的水，一任此处波浪滔滔？

全诗纯用白描手法，语言清淡，意境鲜明，是写海洋风景的一首比较好的诗歌。

（朱钰）

长芦镇

朱思本*

长芦际东海，海水日夜盈。斥卤白皓皓[1]，穷年事煎烹。舟车遍燕赵，射利俱营营[2]。官盐苦高价，私鬻祸所婴[3]。里胥肆奸贩[4]，均输及编氓[5]。食货实邦本[6]，损益偕时行。竭泽匪中道[7]，无乃伤其生。丙魏垂休光[8]，弘羊竟何成[9]。

注释

〔1〕斥卤：盐。

〔2〕射利：谋取财利。营营：指追求奔逐。

〔3〕鬻：卖。婴：缠绕。

〔4〕里胥：古代管理乡里事务的公差。

〔5〕均输：古代国家的财政制度之一。目的主要是限制富商大贾对市场的操纵，而由官府来左右贱买贵卖的商业行为，使国库增加收入。编氓：普通人民。编，编入户籍的意思。

〔6〕食货：社会经济生活之概念。食，即农业；货，即工商业。

〔7〕竭泽：形容只图眼前利益，不做长远考虑；也指过度榨取。匪：非。

〔8〕丙魏：丙吉、魏相的合称。两人均为汉宣帝时丞相，以识大体、为政宽平名重当时。休光：盛美的光华。比喻美德或勋业。

---

* 朱思本（1273—？），字本初，号贞一，临川（今江西省抚州市）人。龙虎山道士。出家于上清宫三华院。至治元年（1321），主玉隆万寿宫。朱思本不但能诗，是元代中期活跃的诗文家，而且精于舆地之学。除诗文集《贞一斋诗文稿》，另著有《广舆图》，是今存元代重要地理学著作。生平事迹见《贞一斋稿》卷首虞集等序、《元诗选·癸集》壬集小传、《元诗纪事》卷三三。

〔9〕弘羊：桑弘羊。西汉人，也是古代贤人之一。

评析

朱思本是元代一位特殊的文学家，少时拜正一教张留孙为师，于龙虎山出家为道，故其又兼具玄教法师、地理学家双重身份。作为玄教法师，他协助元朝政府管理道教事宜、代祀岳镇海渎、主持江西玉隆万寿宫。作为地理学家，他倾十年之力绘《舆地图》，"自至大辛亥迄延祐庚申，而功始成"。总之，这样特殊的经历使得他能够长期驱驰各地，有更多机会亲睹民间真实情态。加之遍览群书，颇具文人情怀，尤对老杜之诗喜爱有加，因而其诗文处处可见对秽浊现实的揭露、对百姓苦难的悲悯、对改良现状的思索。

这首《长芦镇》作于朱思本南下纪行时期，当在1322—1330年之间。在此行中他写了不少反映海滨风景与海边人民生活的诗歌，是对罹受干旱、海啸等一系列灾难的百姓的沉痛哀歌和对民间疾苦的关怀。其中在《长芦镇》一诗中，他对地方官员以公谋私、欺凌弱小的行为进行了揭露。

"长芦际东海，海水日夜盈。斥卤白皓皓，穷年事煎烹"这四句写长芦镇盐业生产的情景。这许许多多雪白的盐，都是海滨人民日夜不休煎煮海水才得到的，十分来之不易。"舟车遍燕赵，射利俱营营。……食货实邦本，损益偕时行"，这几句控诉了部分利欲熏心的地方官员和商贩相互勾结，攫取民利的行为。海盐等一系列海滨货物都是保持国家社会稳定的重要物资，如果那些官员和商贩为了一己之力，祸乱市场，扰乱民心，最后只会导致社会更加动荡不安。最后几句，作者表达了他的看法和期待。"竭泽匪中道，无乃伤其生。"竭泽而渔，无休无止地压榨劳动人民获取利益不是一个长久的、合乎道义的行为，迟早会引起祸患。那么对于这种情况，作者曾经在他的《广海选论》中提过，海隅遐陬之地若治理不善，便会危及中州。他给出的解决办法就是任用良吏，强调勿重内轻外,以"丙魏垂休光,弘羊竟何成"来改善社会问题,抒发对贤臣名士的的企望,体现了一颗始终热爱和报效国家的拳拳之心。

总之,作为一位周游极广,涉及颇多的文学家,朱思本在诗中始终透露出一种以天下为己任的天下情怀和天下视野,在这首写海边长芦盐镇的诗歌中体现得尤其明显。

(朱钰)

还舍后人来问海上事诗以答之

吴莱*

去家才五旬[1],恍若度一岁。岂不道路艰,周流东海澨[2]。故人喜我返,来问海何如。所经何城邑,相去几里余。我言始戒涂[3],尚在越西鄙[4]。随波到勾章,满目但积水。人云古翁洲,遥隔水中央。一夜三百里,猛风吹倒樯。初从蛟门入,极是险与恶。白浪高于山,神龙盹以跃[5]。似雪复非雪,倚樯欲上看。舟子禁不可,使入舟中蟠。寻常重性命,今特类儿戏。信哉昌黎言,有海无天地。掀掀终达岸,盐卤间黄芦。人烟寄岛屿,官府犹村墟。水族纷异嗜,鱼蟹及蝛蚅[6]。我宁不忍餐,救尔相吐沫。荒尘栖予发,旭日照我身。似闻六国港,东压扶桑津。或称列仙居,

---

* 吴莱(1297—1340),字立夫,婺州浦江(今属浙江省)人。七岁即能作文。延祐间,贡举法行,有司以《春秋》荐,试礼部不第,后出游海上。归后居同县陈士贞家,后以茂才荐,署饶州路长芗书院山长,未行而病卒。其学生宋濂等人认为其经义玄深,文辞贞敏,私谥其为渊颖先生。其同门柳贯一生极少称许人,却每每赞吴莱为绝世之才。吴莱与黄溍、柳贯皆出于方凤之门,又再传于宋濂,是承前启后的大儒。吴莱文章雄深宏博,诗多古体歌行,气势纵横,很少写近体律、绝。胡应麟称其诗"大篇气骨可观,而多奇僻字"(《诗薮》)。其诗常描写仙境。有《渊颖集》12卷,系门人宋濂编,今存。《元史》卷一八一有传。

去此亦不远。蟠木秋更花,蓬莱辟真馆。我非不愿往,此险何可当。天吴布牙爪[7],出没黑水洋。于奇岂易得,似足直一死。方去徒自惊,既归亦云喜。珍重故人言,勿以险为奇。兹行已侥幸,慎勿疾乎夷。虽然此异乡,固是难久客。圣出风且恬,时清海如席。我犹爱其然,恨不少淹留。尔毋为我惧,遭此千丈虹。试看尘世间,甚彼大瀛海。衣裳日沉溺,篙舻相奔溃。奔溃孰能救,沉溺将奈何。口呿舌不下[8],聊为故人歌。

注释

〔1〕旬:十日为一旬,一个月分上中下三旬。

〔2〕滴:水波,水。

〔3〕戒涂:亦作"戒途",出发,准备上路。

〔4〕鄙:郊野之处,边远的地方。

〔5〕眣:眯眼远视或久视。

〔6〕蠊蚎:即蠊和蚎,皆为海洋贝类或壳类生物。

〔7〕天吴:水神。

〔8〕呿:口张开。

评析

据史载,吴莱于泰定元年(1324)夏六月自庆元桃花渡觅舟,出游海东洲(舟山),历蛟门峡,过小白华山,登盘陀石,著《观日赋》以见志,并顺道探望居住海岛的故人,当年八月自昌国归来。此次历险给了他别样的生命体验,故他写下了不少有关海洋的诗歌作品。与其他诗人仅在岸上审视大海的隔一层体验不同,吴莱关于海洋题材的诗歌,是他与大海"亲密接触"后获得的刺激性体验的艺术结晶。

这首《还舍后人来问海上事诗以答之》的长篇写于吴莱结束东海之行后,可算是对这次难忘经历的总结。全诗采用问答体,叙述中夹杂些许议论，混合着多种复杂的情感体验。他写诗又长于铺叙，写实和想象并行，故他笔下的海洋，充满了神秘莫测的魅力。

"去家才五旬，恍若度一岁。……所经何城邑，相去几里余。"交代背景，写出了他曾经有过的一段海上航行经历，以及他写下这首诗的原因。这次接近两月的海上航行，让他至今想起仍生出一股恍若隔世之感。回乡之后，有同邑之人问他在海上航行的感受，经过的地方，每个地方相距多远。在询问之下，诗人渐渐地回忆起他的这次航行的具体经历。"我言始戒涂，尚在越西鄙。……一夜三百里，猛风吹倒樯。"这几句是作者对海上航行的一个大致概括。在海上航行时，触目所及是茫茫无际的一片海水。航行距离之远，从西边偏远的地方一直到东边无尽的天地，一夜直行三百里，风猛浪急，那些古代传说中的仙岛圣地，更在那缥缈的烟水之间。

继而作者回忆起初次海上航行的情景："初从蛟门入，极是险与恶。……信哉昌黎言，有海无天地。"在海面上随风航行，置身于辽阔的天地之间，白浪滔天，鱼龙潜跃，这奇特的感受和风景，使得诗人忘却了危险，生发了对从未领略过的海洋景观的审美兴趣，甚至想爬上甲板，倚在桅杆上看个究竟。但是这种好奇、浪漫的行动苗头被舟子发现并制止了，诗人只得乖乖地躲进船舱里，然而那种震撼在他的心中已然激起了巨大的波涛，一种前所未有的审美念头与生命体验占据了诗人心头。在这狂暴不定的大海面前，他开始感受到了生命的渺小，并开始感到后怕，感到了对于海洋的畏惧。海洋航程总是美好与危险并存，并因此引发了人们许许多多的情绪，其中既有一种单纯的而超脱功利的苍茫辽阔的审美愉悦，也有一种立足现实却畏惧紧张的功利心态。这种从审美到功利的心理转折与心理对比，正是中国古代文人典型的海洋自然观。

经过一番海上历险之后，诗人终于登上了圣地普陀岛，"掀掀终达岸，盐卤间黄芦。人烟寄岛屿，官府犹村墟。"岛上岸边，来去的海水、枯黄的苇草、稀疏的人烟、荒凉的村落，这一切与诗人想象的并不相同。历经众多险阻后,来到的不是一个高远缥缈的所在,大概对此诗人也多少有点失望,这也为他下文不愿再追寻列仙之居打下了思想基础。另外,有了海上"生命之轻"的真实体验后,作者对海洋生物也产生了一种怜悯之情:"水族纷异嗜,鱼蟹及蠊蚎。我宁不忍餐,救尔相吐沫。"

"荒尘栖予发,旭日照我身。似闻六国港,东压扶桑津。"作者在岛上徘徊远望,感受着这与之前经历截然不同的风情,回想着他之前的听闻和理想,感受着内心的激动、喜悦、惶恐等种种复杂的情绪,他最终丢掉了逐胜蓬莱真观的幻想,并理性地认为列仙居虽去此不远,但如果贸然前往,"此险何可当",因为"天吴布牙爪,出没黑水洋。于奇岂易得,似足值一死"。他感到了某种恐惧,寻仙的理想也就因此而破灭了。

诗人终于扬帆而归,回到了陆地并向邑人发表了此行的感想:"方去徒自惊,既归亦云喜。珍重故人言,勿以险为奇。兹行已侥幸,慎勿疾乎夷。"去的时候是惊险万分的,能再次回到这里,已经是一件很值得高兴、很侥幸的事情了。诗人告诫他人千万不要把危险当作是奇观,要知道一旦稍有不慎,便会粉身碎骨。"虽然此异乡,固是难久客。……尔毋为我惧,遭此千丈虬。"从这里可以看出,吴莱深受中国传统观念的影响,即以平淡的山林为快,不崇尚刺激的海上历险。这是因为自古以来,中国人民就居住在山林和平原,对于浩茫无际但又危险丛生的大海,天然地有一种对立的情绪。例如上古神话"精卫填海"便含有对海的憎恶仇视,这也持久地影响着民族心理。因此,与欧美古典诗人对大海怀有特殊的亲密情感不同,中国诗人的海洋诗歌映现的则是敬畏型的情感。这也是吴莱诗中对海洋航行的最直接的感受。

一般文人都喜欢在诗歌的结尾带一些说理的尾巴,吴莱亦不例外,借海洋的意象展开了对现实的批判:"试看尘世间,甚彼大瀛海……奔溃孰能救,沉溺将奈何。口呿舌不下,聊为故人歌。"他认为人世之沉沦、道德之崩溃甚于海洋的狂暴,救世无望,只得默默无语。这种写法与张可久的"比人心,山未险"如出一辙,表达了他对现实社会的深深失望。

总之,吴莱的这首诗秉承了传统文化对于大海认知的原型,他对海洋的生命体验是真实、丰富、复杂的,并折射出了我们民族的传统海洋心理,也为他的东海之旅做了很精彩的艺术总结。另外,在研究元代海洋发展史方面,这首诗作为重要的元代海上纪行诗之一,也为人们认识海洋、了解海洋、接受海洋提供了文本的记录,具有鲜明的时代特征和重要的情感内涵。

(朱钰)

题观海图为张晋贤作

丁复*

自古十洲三岛胜[1],几时一钓六鳌连[2]。千年王母蟠桃实[3],五百童儿采药船。日出早看金柱涌,天空只拟玉壶县。乘槎欲接张公子,直到牵牛织女边。

注释

〔1〕十洲三岛:十洲三岛,道教认为有神仙居住的地方。

〔2〕六鳌:神话中负载五仙山的六只大龟。

〔3〕王母蟠桃:仙桃,吃之可延年益寿。

---

* 丁复(约1272—1338),字仲容,号桧亭,天台(今属浙江省)人。早年有诗名,延祐初北游京师,公卿大夫奇其才。与杨载、范梈等一同被荐,拟授馆阁之职。后寓居金陵。其诗不事雕琢,而自然超逸。杨翮序其诗:"必因酒而作,引觞挥毫,若不经意,而语率高绝。"故当时论诗者,亦以李白方之。著有《桧亭集》九卷。生平事迹见《元书》卷八九、《元诗纪事》卷一四。

评析

　　这是一首题画诗。题画诗题得好，不仅能反映画面内容，而且对于画面意蕴的表达也十分重要。这首题画诗通篇使用了许多个与海洋有关的典故，说明了这幅观海图带给观看者的种种遐思。

　　"自古十洲三岛胜，几时一钓六鳌连"二句开门见山，直接表明该图是一幅与海洋风物相关的图画。"十洲三岛"中三岛的原型为三神山，即先秦传说中的蓬莱、方丈、瀛洲，后《云笈七签》定三岛为昆仑、方丈、蓬莱丘。明代道书《天皇至道太清玉册》整理历史传说定十洲为：瀛洲、玄洲、长洲、流洲、元洲、生洲、祖洲、炎洲、凤麟洲、聚窟洲。"一钓六鳌连"典故出自《列子·汤问》："龙伯之国有大人，举足不盈数步而暨五山之所，一钓而连六鳌，合负而趣归其国，灼其骨以数焉。""千年王母蟠桃实"中，这个蟠桃是神话中的仙桃，传说仙桃出自海上。《太平广记》卷三引《汉武内传》载，七月七日，西王母降，以仙桃四颗与帝。帝食辄收其核，王母问帝，帝曰："欲种之。""五百童儿采药船"用的是徐福入海为秦始皇求取长生不老药的典故。"日出早看金柱涌，天空只拟玉壶县"用汉代费长房的典故，《后汉书·方术传下·费长房》载，东汉费长房欲求仙，见市中有老翁悬一壶卖药，市毕即跳入壶中。后费便拜叩，随老翁入壶。但见玉堂富丽，酒食俱备。后知老翁乃神仙。玉壶县在这里指代海洋风光的美丽。"乘槎欲接张公子，直到牵牛织女边"用"八月浮槎"的典故，出自晋张华《博物志》卷十："天河与海通。近世有人居海渚者，每年八月有浮槎去来，不失期。"

　　全诗多用典故，作为一首题画诗，描摹画面内容，算是独树一帜。

（朱钰）

初至宁海二首

黄溍[*]

地至东南尽，城孤邑屡迁。行人云作路，累石海为田。蜃炭村村白[1]，棕林树树圆。桃源名更美，何处有神仙？

缥缈蛟龙宅，风雷隔杳冥[2]。人家多面水，岛屿若浮萍。煮海盐烟黑，淘沙铁气腥。停骖方问俗[3]，渔唱起前汀[4]。

注释

〔1〕蜃炭：蜃灰与木炭，古代把蛤壳烧成灰粉，可涂饰墙壁以驱虫，也可燥湿，谓之蜃炭。

〔2〕杳冥：犹渺茫。

〔3〕骖：三匹马同驾一车叫"骖"。

〔4〕渔唱：渔人唱的歌。汀：水边平地，小洲。

评析

这两首诗的写作时间当是作者初到台州宁海县任县丞时。诗人新科登士，新至此地，受当地风景民俗影响触动，有所感发而写，刻画了宁

---

[*] 黄溍（1277—1357），字晋卿。婺州义乌（今浙江省义乌市）人。延祐进士。任台州宁海县丞、诸暨州判官期间，压抑豪强，平反冤狱，颇有政绩。后调任国史院编修官、翰林直学士、翰林侍讲学士等职。晚年求归乡里。卒谥文献。与虞集、揭傒斯、柳贯号称元末"儒林四杰"。其天资介特，清风高节，博极天下之书，而约之于至精。诗作能同情人民疾苦，揭露百姓在官吏压榨下的悲惨生活，情感沉痛悲凉。有《金华黄先生文集》43卷。生年事迹见《元史》卷一八一。

海广阔而阴晴不定的海洋景象,以及海村优美的景色和静谧的风情。语言清新明丽,写景生动有致。

"地至东南尽,城孤邑屡迁。行人云作路,累石海为田"写出了宁海县的地理位置和自然风貌。宁海位于今浙江沿海一带,因境内天台山而得名。宁海县是台州下辖县,地处浙东沿海丘陵区,因地处东南,所以诗人说是"东南尽"。自古以来,该地多次改制,隋开皇九年(589)省入临海县。唐武德四年(621)复置,治海游,七年又省入章安县。永昌元年(689)再置,治广度里,属台州,元又属台州路。故说"邑屡迁"。宁海位于东南丘陵一带,地势崎岖,山丘林立,又靠着海岸线,所以说"行人云作路,累石海为田"。

"蜃炭村村白,棕林树树圆"这两句继续写宁海的景色,不过转向了人类居住的景观。在这里家家户户烧制蜃灰作为屋宅之涂料,故多白墙白瓦,正是"村村白"之景。而且,人家的屋前屋后,还栽种着一排排海边特有的棕榈树,故而称"树树圆"。试想,这样一幅绿树白墙,碧海蓝天的画面,是多么美好静谧,怪不得作者赞叹"桃源名更美,何处有神仙",将其比作陶渊明笔下静谧的桃花源。

这首诗写景极为清新,表达了作者初至此地愉悦而开阔的心情。

第二首诗也是写诗人所看到的宁海景色。"缥缈蛟龙宅,风雷隔杳冥"点出了宁海地处沿海,风雾缥缈的气候特征。"人家多面水,岛屿若浮萍"两句写出了当时的人与自然和谐相处的风光。家家户户都沿海临水居住,远方的海面上,有岛屿像水面上的浮萍若隐若现。"煮海盐烟黑,淘沙铁气腥"写海边人民的日常劳作和生活。在古代,沿海一带的居民基本以煮盐制盐、淘沙冶炼和捕捞鱼类为主。煮盐是用容器煮沸海边滩涂下的海水并加凝固物来使其结晶成盐。煮盐的时候要一直烧煮添柴,柴火燃烧会有浓烟,故说"盐烟黑"。淘沙冶炼亦是在海边,难免沾上海的腥味,故说是"铁气腥"。最后两句引入了诗人的活动,从旁观者角度转变成参与者的角度。"停骖方问俗,渔唱起前汀。"诗人作为当地的官员，初到此地，停下马匹向当地人了解当地的风俗习惯、民生百态，是多么自然而然的一件事。作者寻访时，正值出海捕鱼的人唱着号子归来，将船停靠在岸边的沙汀那里。这是一幅多么优美而静谧的画面：人民安居乐业，各司其职。作者在此时此景中徜徉，心情应该也是愉悦十分。

　　这两首诗是作者初到宁海任官时所作，所以特别注意对风俗的观察。他对该县的海洋性特征有客观的描述，诸如拦海为田，烧蜃壳做石灰，煮盐淘沙等，多关涉国计民生，有的可补县志之不足。诗中累累的棕林，面海的建筑，浮沉的岛屿，悠远的渔唱点缀其间，使语言充满了韵味，而且作者对所描绘的事物能以一字突出其典型特征，如蜃炭之白，棕林之圆，盐烟之黑，铁气之腥，或述色彩，或见形状，或生感觉，十分准确。经过作者一双惊异的眼睛扫描、过滤之后，写下的这两首诗很像是一幅宁海速写图，隐藏在字面后的情感是淡淡的。两首诗最后突出桃源和渔唱，多少流露了传统文人对隐逸的向往。杨维桢曾经评价黄溍的诗歌"遇佳山水，竟日忘去，形于篇什，多冲淡简远之情"，当是如此。

（朱钰）

海人谣

陈樵*

海南蛮奴发垂耳[1],朝朝采宝丹崖里[2]。夜光盈尺出飞鱼,柏叶收珠寒蕊蕊。幽箔连钱生绿花,切玉蛮刀如切水[3]。九译来朝万里天[4],北风不动琅玕死[5]。

注释

[1] 蛮奴:古代对南方部族的称呼。

[2] 丹崖:海边绮丽的岩壁。

[3] 蛮刀:西南少数民族常用武器刀类的统称。一般与峒刀相类,或以褐皮为鞘,用金银丝饰把,朱皮为带,佩之于肩。以大理刀为最佳。

[4] 九译:指边远地区或外国。

[5] 琅玕:中国神话传说中的仙树,其实似珠。

评析

这是一首写生活在海南一带的海洋部族的诗歌。所谓海人,就是住在船上,经常下海采珠的船民。珍珠生长在蚌壳里,蚌在海中,采珠就

---

* 陈樵(1278—1365),字君采,东阳(今属浙江省)人。元末隐居,身披鹿衣,自号鹿皮子。幼承家传,师事李直方。摒弃仕途,以读书著述自娱。长于说经,诗对仗工整精巧,作文精于状物写情,清新超逸,人喻为"挺立孤松"。生平未尝出乡里,而声名远播。丞相伯颜读其文,欲起用,坚辞不就。当时著名学者虞集、黄溍、欧阳元等皆敬慕樵,郑善世说其经学有创见,宋濂、杨铁崖等对其学术造诣亦极推重。其诗古体五言胜七言,近体七言胜五言。部分诗有过于雕琢之病。著有《鹿皮子集》4卷。生平事迹见《宋元学案》卷七〇、《元诗选·初集》小传、《新元史》卷二三六。

得入海，故名为海人。

"海南蛮奴发垂耳，朝朝采宝丹崖里。"这两句写出了海人的外形和谋生的行为。这些生活在海之南的海人头发垂到耳际，每天的活动就是下海采取珍珠或者其他珍贵的海底宝物。"夜光盈尺出飞鱼，柏叶收珠寒蕊蕊"，写他们夜晚还在海中搜寻宝物。夜光幽幽，时而有飞鱼跃海，溅起长长的水痕，岸边树木，映衬着海底珍珠，散发着冰冷的光芒。"幽箔连钱生绿花，切玉蛮刀如切水。"绿花是铜锈之指，这里是说，在海水的侵蚀下，一些金钱银宝都生了锈。但那海人腰间配着的蛮刀，还是十分锋利凛冽，用来切玉就如同划开水面一样轻松。"九译来朝万里天，北风不动琅玕死。"九译指边远地区，这里用来比拟海人居所的遥远偏僻。北风指寒冷的风，夜晚冷风刺骨，长着珠宝的仙树都被冻死了。这进一步说明了海人生活环境和生活状态留给一般人的瑰丽印象。

陈樵诗多学李贺，但未曾死学。杨维桢指出他学的是李贺诗之"势"，而不是袭其词，诗思跳跃，意象多变，属对工巧，想象奇特。锤炼词句也与李贺相似，色调冷艳凌厉。这首《海人谣》利用了多种冰冷的意象和奇峭的形容词，像"夜光""寒蕊蕊""北风""琅玕死"都给人一种寒冷的感觉，进一步烘托了海人阴暗冰冷的生活环境与心理状态。

（朱钰）

观海门

洪希文*

观海难为水，斯言亦旨哉。华嵩同培塿[1]，河汉等涓埃[2]。官哨时旁午[3]，吴盐日往来。何曾瞻蜃气[4]，重叠起楼台。

注释

[1]华嵩：华山和嵩山。培塿：小土丘。

[2]河汉：黄河和汉水。涓埃：细流与微尘。比喻微小。

[3]旁午：交错，纷繁。

[4]蜃气：一种大气光学现象。光线经过不同密度的空气层后发生显著折射，使远处景物显现在半空中或地面上的奇异幻象。常发生在海上或沙漠地区。古人误以为其由蜃吐气而成，故称。

评析

这首诗是诗人登临观海而作，描绘了海洋风情，并赞叹了大海的广阔。

"观海难为水，斯言亦旨哉。"首两句开门见山，直接抒发了大海带给诗人的震撼和感受。如果曾经到过沧海，接触过宽广的汪洋，那么以后看到别处的河流也就不足为顾了。这句话是从《孟子·尽心》的"观

---

* 洪希文（1282—1366），字汝质，号去华山人，兴化莆田（今属福建省）人。在家乡授徒为业，郡之名族争相聘请，后被聘为郡庠训导。他的一生几乎与元王朝相始终，其诗既有如《仙邑馆所归溪行书触目》的"盛世"之音，又有叹老嗟贫，感时伤乱，企望太平的咏唱。诗有古朴之风，而文采不足，受江西诗派影响。其父有《轩渠集》，希文因自名其集为《续轩渠集》，集前有希文自序。生平事迹见《元诗选·初集》小传、《新元史》卷二三七。

于海者难为水"脱化而来的。当作者终于看到大海,才知道古人之言诚不欺哉。在广阔的大海面前,"华嵩同培塿,河汉等涓埃",高大的华山和嵩山也不过是一个小土堆,宽阔的黄河和汉水亦不过是细流与微尘。"官哨时旁午,吴盐日往来。"在海边,官方的岗哨交横纷繁,监视着海岸线的平静。海面上,有许许多多运输盐和其他物资的船来来往往,一片繁忙之景。最后两句集中表达了作者观海的感受:"何曾瞻蜃气,重叠起楼台。"什么时候才能看到传说中的蜃气,欣赏到那神秘的海市蜃楼之景呢?表现了作者对大海梦幻奇丽世界的向往。

全诗写观海,有景有情,景有自然之景与人文之景,情有观海之震撼之情和对奇丽海洋世界的向往之情,语言流畅,朴素可观。

(朱钰)

直沽海口

王懋德[*]

极目沧溟浸碧天[1],蓬莱楼阁远相连。东吴转海输粳稻[2],一夕潮来集万船。

注释

〔1〕沧溟:大海。

---

[*] 王懋德(生卒年不详),字仁甫(一作仁父),高唐(今属山东省)人,外貌伟岸,韬略内藏。曾授户部主事,至治元年(1321)拜南行台监察御史,出为淮南廉访史,转江浙行省参知政事,又拜御史中丞。后至元二年(1336)擢中书左丞,不久卒。王懋德善书、工诗,有《仁甫集》。他的七言绝句写得风致极佳,对生活观察得相当细致,混入唐人集中,而毫不逊色。由于传世作品很少,所以往往为人所忽视。生平事迹见马祖常《王仁甫左丞德符堂铭》、《(至正)金陵新志》卷六、《元诗选·三集》小传等。

〔2〕东吴：古地域名，相当于现在江苏南部、浙江、安徽南部地区。

评析

直沽是古地名。金、元时称潞（今北运河）、卫（今南运河）二河会合处为直沽。在今天津市内狮子林桥西端旧三汊口一带，为天津聚落最早兴起之地。元延祐三年（1316）置海津镇，为南北漕运和海运的咽喉。元时由于直沽聚落的发展，专称旧三汊口一带为小直沽，称其东南入海口附近一带（今天津市东南海河北岸）为大直沽。该诗就是诗人来到大直沽入海口，见景色而生发感慨所写。

"极目沧溟浸碧天，蓬莱楼阁远相连。"首两句写于直沽入海口极目远望，天水相接，一片苍茫，海气漫空，远处隐隐约约有楼台相连。这就是入海口的风光，浩茫无际，上下一色。"东吴转海输粳稻，一夕潮来集万船"写直沽口繁华热闹的运输景象。直沽口作为当时北方重要的河运与海运港口，每天的运输吞吐量十分巨大。"东吴转海输粳稻"讲许多南方的稻米通过海运运到北方。"一夕潮来集万船"用潮水的涨落侧面衬托海运船数量之多，运输量之大。

这首七绝语言十分简洁，但意象的使用，动词的应用都十分恰当准确，不仅描绘了直沽入海口的自然风光，而且描绘了人类活动的景象，展现了一幅充满生机的海运画面，值得一读。

（朱钰）

登金山吞海亭了公韵赋

张翥*

危亭突兀戴鳌头，俯视沧溟一勺浮[1]。龙伯衣冠藏下府[2]，梵王台殿起中流。扶桑夜色三山日[3]，滟滪江声万里秋[4]。老我惜无吞海句，但磨崖石记曾游。

注释

[1] 沧溟：大海。
[2] 龙伯：指巨人。下府：水府。
[3] 扶桑：传说中的地名。三山：传说中的海上三神山。
[4] 滟滪：滟滪堆，长江瞿塘峡口的险滩。

评析

金山在今江苏镇江，了公是金山寺长老，张翥的方外交。此诗是登吞海亭应了公之请而作。

"危亭突兀戴鳌头，俯视沧溟一勺浮"中"鳌头"指金山最高处的金鳌峰，又叫金鳌头；"沧溟"指大海。吞海亭矗立在地势最高的金鳌峰上，尤显突兀，站在吞海亭中俯视，浩瀚的大海只好比一勺水。"龙

---

* 张翥（1287—1368），字仲举，号蜕庵，晋宁襄陵（今属山西省）人，后迁钱塘（今浙江省杭州市）。少不羁，后受业于名儒李存，又从仇远学文辞音律。乃以诗文名一时。至正初，召为国子助教，分教上都。寻退居淮东。起为翰林国史院编修官。历应奉、修撰，迁太常博士、国子祭酒等。以翰林学士承旨致仕。长于诗，尤工近体，多忧时伤事之作。古诗则多讽喻，有元白遗意。善音律，其词婉丽风流，有南宋之风。今传有《蜕庵集》。生平事迹见《元史》卷一八六。

伯衣冠藏下府，梵王台殿起中流"中"龙伯"典故出自《列子·汤问》："龙伯之国有大人，举足不盈数步而暨五山之所，一钓而连六鳌。""梵王台殿"指金山寺。此两句言吞海亭地势如此之高，可以俯视金山寺，其下为能藏纳龙伯巨人的大海。

《十洲记》载："扶桑在碧海之中地方万里。"《拾遗记》载："海中有三山，其形如壶。""扶桑夜色三山日"句写自金山东望，传说中的"扶桑""三山"日夜可见，都在东海之中。"滟滪江声万里秋"写自金山西望，万里之外的长江上游在一片秋色之中，清晰可见。"老我惜无吞海句，但磨崖石记曾游。"而"我"如今衰老，壮年词笔都忘却，已写不出气吞沧溟的雄壮诗句，只能在山崖石壁上刻下这首诗，记录"我"曾经来此游玩而已。

这首七律写高山望海，气势壮阔，堪称元诗中的上乘之作。

（朱钰）

岛夷行

黄镇成*

岛夷出没如飞隼[1]，右手持刀左持盾。大舶轻艘海上行，华人未见心先陨[2]。千金重募来杀贼，贼退心骄酬不得。尔财吾橐妇吾家[3]，省命防城谁敢责。

---

* 黄镇成（1288—1362），字元镇，号秋声子，邵武（今属福建省）人。立志于学，不慕荣利，筑南山耕舍，隐居著书。至顺间，曾历览楚汉名山，周游燕、赵、齐、鲁之地。浮海而返，登补陀，观日出，慷慨赋诗，有摆脱尘世纷扰之志。其后政府奏授江西儒学副提举，命下而已卒，集贤院定号为贞文处士。遭逢乱世，诗中多忧时感事之语。又由于历游南北，得江山之助，山水景物诗成为其诗歌中的精品。有《秋声集》4卷，《尚书通考》10卷行于世。生平事迹见《元儒考略》卷四、《元诗选·初集》小传、《元书》卷八八。

注释

〔1〕飞隼：鸟名。凶猛善飞，故名。

〔2〕陨：害怕。

〔3〕橐：口袋。

评析

　　自古以来，我国的边境海防就经常遭受外来民族的骚扰和侵略，该首诗就讲述了一场抵抗海上贼寇对边境造成的困扰和抵御贼寇的战斗。

　　"岛夷出没如飞隼，右手持刀左持盾。大舶轻艘海上行，华人未见心先陨。"这几句写出了岛夷的来势汹汹之态。这些狡猾的侵略者在海上出没，持刀弄盾，来去迅速，就像一群凶猛的恶鸟时刻骚扰着我国的边境和平。他们的存在极大惊扰了海边正常居民的生活，使得海岸人民总是"心先陨"，内心充满惶恐不安。"千金重募来杀贼，贼退心骄酬不得。尔财吾橐妇吾家，省命防城谁敢责。"官府赏下千金，招募勇士来抵抗击杀这些作乱的贼寇，打得贼寇退去，这种功劳是千金也难相酬的。与这些岛夷倭寇的斗争，事关沿海居民的身家性命，故无论男女老少，都齐心协力，承担起保卫一方家园的责任。

　　这首诗诗意简单，但是反映了元代一个重要的海洋史实。在元代，日本与中国开始逐渐交恶，诗中出现了倭寇形象，到明朝中后期，倭寇渐成海防的祸患。这首诗就是一个鲜明的例证，可以看出我国海防的变化。

（朱钰）

送逯都水赴海运万户

宋沂[*]

都水使者日边来,黄金虎符照漕台[1]。笑持英荡入沧海[2],不比徐福求蓬莱。将军昔骑青骢马[3],风采桓桓丹阙下[4]。紫髯如戟半成霜[5],议论精神更潇洒。今年运来发东吴,三百万石皆明珠。扬旗列戟耀云汉,伐鼓鸣金转舳舻[6]。将军尚文今尚武,何物鲸鲵敢予侮[7]。欃枪荡灭涸瘵平[8],报政归来奏明主[9]。

注释

〔1〕虎符:古代帝王授予臣下兵权和调发军队的信物,为虎形。漕台:漕运总督。主管漕粮的取齐、上缴、监押、运输等。

〔2〕英荡:古代竹制的符节,持之以做凭证,犹汉代的竹使符。后亦泛指外任官员的印信和证件。

〔3〕青骢马:青白杂色的马。

〔4〕桓桓:威武高大的样子。丹阙:赤色的宫阙,借指皇帝所居的宫廷。

〔5〕紫髯如戟:胡子像戟一样坚硬,形容男子容貌威猛。

〔6〕舳舻:这里指首尾衔接的船只。舳,指船尾;舻,指船头。

〔7〕鲸鲵:凶恶的敌人。喻邪恶势力。

〔8〕欃枪:彗星的别名。古人认为是凶星,主不吉。涸瘵:指困穷

---

[*] 宋沂(生卒年不详),字子与,清江(今属江西省)人。泰定元年(1324)入太学,文宗时为艺文监令史,除奎章照磨。至正五年(1345)授两淮屯田府知事,累迁常山县城尹。能诗,尝与玉山主人顾瑛会于白鹤观,出示诗集《春咏亭稿》。生平事迹见《草堂雅集》卷八、《元诗选·三集》小传等。

之民或衰败之象。

〔9〕报政：陈报政绩。

评析

　　元代漕运海运十分发达，故运送物资多从海运。这里的都水使者就是元代的一个和水事水运有关的官职。自秦汉以来，朝廷便有管理水事的机构。晋代正式设置都水台，立使者一人，掌舟楫之事。元代以来，都水台主管全国川泽津梁、水利工程、舟船漕运、堤堰渔钓等事。其长官为监（或称使者、令、都尉等），下有少监、丞、主簿等官。明代水利之事掌于工部都水司，都水台遂废。可见，在元代，都水使者是一个十分重要的官职。

　　这首诗是诗人送别一位官员朋友所作，由题目可知，这位朋友姓逯，其官职正是都水使者。全诗对这位朋友的外貌、品质都进行了描绘和赞美，表达了作者对他的美好祝愿。

　　"都水使者日边来，黄金虎符照漕台。笑持英荡入沧海，不比徐福求蓬莱。"寥寥几笔，勾勒出来这位使者的官职与任务。他深得皇帝信任，故被委以重任，掌管水上运输等一系列事务。他拿着皇帝的文书，替朝廷办事，但并不同于当年替秦始皇入海求仙问道的徐福，因为他是真正办理实事。

　　之后诗人从朝廷议论和督运办差两个方面继续突出使者的形象。"将军昔骑青骢马，风采桓桓丹阙下。紫髯如戟半成霜，议论精神更潇洒。"诗人随即从外貌和精神状态来描写和夸赞这位使者。并且将军是对这位使者的尊称，想当年，使者骑着高头大马，威风凛凛，在朝堂上做官，长须虽已半白，但依旧能够潇洒阔论，精神气度极佳。"今年运米发东吴，三百万石皆明珠。扬旗列戟耀云汉，伐鼓鸣金转舳舻。"使者来督查漕运，运输千百万石珍贵的粮食。船头高昂，旗帜飘扬，金鼓齐鸣，舟行浩荡，又是另一番雄豪的气势。

至此，诗人发出了衷心的祝愿和感叹："将军尚文今尚武，何物鲸鲵敢予侮。欃枪荡灭涴瘵平，报政归来奏明主。"这位使者真乃文武双全，没有什么妖邪之物敢来欺辱。但愿他能够荡平一切的邪恶势力，解救万民于水火，而后回到朝廷向贤明的君主汇报自己的光辉政绩，被皇帝继续重用。

全诗感情充沛，对朋友的祝福、对贤明君主能人的期待溢于言表。

（朱钰）

观日行（并序）

贯云石*

丁巳春三月，余之所谓宝陀，山颠有石曰盘陀，可观之。初疑其大不可量。既归宿，作方夜半之余诗。僧鲁山同赋。

六龙受鞭海水热[1]，夜半金乌变颜色[2]。天河醮电断鳌膊[3]，刀击珊瑚碎流雪。朔方野客随云闲[4]，乘风来游海上山。飞骧拖空渡香水[5]，地避中原杂圣凡。壮鳌九尺解霜鼓，瘦纹巨犬自掀舞。惊看月下墨花鲜，欲作新诗授龙女。人生行此丈夫国[6]，天吴立涛欺地窄[7]。乾坤空际落春帆，身在东南忆西北。

---

* 贯云石（1286—1324），元代文学艺术家。维吾尔族人。他是一位接受汉族文化、用汉语进行创作并取得卓越成就的维吾尔族文学家。原名小云石海涯，因父名贯只哥，就以贯为姓。号疏仙、酸斋、芦花道人。初袭父官为两淮万户府达鲁花赤，镇永州。后北上从学于姚燧。任翰林侍读学士、知制诰同修国史等职。人称"小翰林"。后称疾辞官，还居钱塘。其古文峭厉有法，歌行乐府，慷慨激烈，深为姚燧欣赏。善草隶书、工诗文，尤以散曲驰名，深通音律。他还是散曲评论家，曾为《阳春白雪》《小山乐府》作序。为人疏放旷达。他的诗"似长吉"，飘逸豪放，他的曲"俊逸为当行之冠，即歌声高引，可彻云汉"，以写山林生活与男女恋情为主。今人将他创作的散曲与徐再思的散曲合辑为《酸甜乐府》。

注释

〔1〕六龙：日车。传说中日神乘车，驾以六龙。

〔2〕金乌：指太阳。

〔3〕天河：银河。鳌膊：鳌足。相传女娲断鳌足以立四极。

〔4〕朔方：北方。野客：村野之人，多借指隐逸者，此处为自指。

〔5〕飞骧：飞马。骧指后右蹄白色的马。香水：佛家供佛的水，用香料和水制成。

〔6〕丈夫国：据《山海经·海外西经》记载："丈夫国在维鸟北，其为人衣冠带剑。"此处代指江南。

〔7〕天吴：东方水神名。据《山海经·东经》记载："朝阳之谷，神曰天吴，是为水伯。"

评析

在元朝统一全国之后，南北方打破了两地分裂的状态，经济、文化出现了南北交融的趋势，文人北上入朝，南下求学，借山川景物寄情抒怀之作，逐渐增多。西域诗人、维吾尔族作家贯云石在"称疾辞归江南"之后，开始了长达十年的漫游历程，在南下途中写了很多的留题之作，记录这一路的所见所闻给自己带来的不同感受。他在延祐四年（1317）年春，与岳鲁山同游昌国州，登上了普陀山顶，这是他第一次面临大海，波澜壮阔、气势磅礴的景象使他欣喜若狂，遂作《观日行》，把眼中美景与自己的心境结合起来。该诗思维奇特，想象丰富，诗境阔大，充满了浪漫主义色彩。全诗借用神话传说故事描写海上日出的壮丽景象，突出了山河之壮丽。

普陀山是位于东海中的佛教圣地，古往今来吸引着无数的游人，而在普陀山的盘陀石上看日出是游观者最为向往的。诗序就介绍了此诗写作的时间、地点、事件及其同伴。鲁山是元代名僧，与贯云石交往甚密，常常一同出游，探讨佛理，诗歌唱和。

"六龙受鞭海水热,夜半金乌变颜色。天河蘸电断鳌膊,刀击珊瑚碎流雪。"黎明时分,旭日缓缓升出海面,海水升温,海面上波涛汹涌,浪花朵朵,冲击着海岛的岩壁。激烈的雷电在大海上激起巨大的风浪,就好像鳌足被斩断,珊瑚被击碎。"朔方野客随云闲,乘风来游海上山。飞骧拖空渡香水,地避中原杂圣凡。"诗人自称"朔方野客",乘风来海上观看日出,普陀山素有海上佛国之称,故称"飞骧拖空渡香水",与地大物博,容纳百川,各色人物隐居其中而显得混杂的中原截然不同。"壮鳌九尺解霜鼓,瘦纹巨犬自掀舞"化用了诗人李贺《绿章封事》中的诗句"青霓扣额呼宫神,鸿龙玉狗开天门"。"巨犬",即天狗,《山海经·西山经》:"阴山,……有兽焉,其状如狸而白首,名曰天狗,其音如榴榴,可以御凶。""惊看月下墨花鲜,欲作新诗授龙女"两句写诗人观日回来后作新诗以记录如此盛大的景象。"龙女"典出自《太平御览》引《梁四公记》略云,震泽中东海龙王女掌龙王珠藏。龙嗜烧燕。梁武帝以烧燕献龙女,龙女食之大喜,……以大珠三、小珠七、杂珠一石以报帝。这几句化用了诸多神话传说,异彩缤呈。既有天上的神兽起舞引导着太阳的前行,又有水神天吴立在海水中指挥水族,企图淹没被海水包围的海岛。这些神话传说的运用使得大海具有了生命力与神秘的色彩。

"人生行此丈夫国,天吴立涛欺地窄"两句写诗人面对祖国辽阔的疆域,壮丽的景象,内心感到无比的震撼与自豪。民族间的融合,元朝的统一,扩大了少数民族诗人的生存空间,使其能够到如此繁华的地界定居,诗人深受中华民族文化的洗涤,感到无比的自豪和荣幸。"乾坤空际落春帆,身在东南忆西北。"诗人面对如此壮阔美丽的景象,站在盘陀石上北望家乡,流露出在外游子对北庭乡亲们的绵绵思念。

全诗突破了以往汉族诗人诗作的传统格式,打破了先写景,后写事抒情的传统,带有个人特色的情景交融的创作手法,突出了少数民族特有的豪爽与不拘一格的创作特点。这首《观日行》作为海洋诗歌,值得一观。

(朱钰)

梦游沧海歌

杨维桢[*]

东海之东去国十万里,其洲名沧洲[1]。地方五百里,上有琼涛玉浪出没九岫如罗浮[2]。风光长如二三月,琪花玉树不识人间秋[3]。人鸟戏天鹿,昆吾鸣天球[4]。橘子如斗,莲叶如舟。白凤如鸡,红鳞如牛。青瞳绿发紫绮绹,日夕洲上相嬉游。铁崖道人隘九州,凌风一舸来东泒[5]。始青天开月如雪,锦袍着以黄金缕。楼中仙人眅物表,瑶笙引鹤缑山头[6]。戏弄玉如意,击碎珊瑚钩。相招元处士,浩歌海西流。长梯上摘七十二朵之青菡萏,玉龙呼耕二万六千顷之昆仑丘。黄河清浅眼中见,海屋老人为我添新筹[7]。

注释

[1] 沧洲:滨水的地方。古时常用以称隐士的居处。

[2] 九岫:传说的九座神山。罗浮:神山名。

[3] 琪花:仙境中玉树之花。

[4] 昆吾:美石名。天球:古玉名。

[5] 东泒:东海。泒,水的意思。

[6] 缑山:即缑氏山,谓修道成仙之处。

---

[*] 杨维桢(1296—1370),字廉夫,号铁崖、东维子,别号铁笛道人,诸暨(今浙江省诸暨市)人。泰定进士,任天台尹,官至江西儒学提举。喜游山水,善吹铁笛,在杭州西湖留居七八年,晚年迁居松江。明洪武初年,奉召赴京编书,四月后辞归,抵家卒。其诗,尤其古体和乐府,奇诡多变,颇有特色。不少拟古之作,好驰骋异想,运用奇辞,眩人耳目,受李贺影响很深,明初人有"文妖"之讥。所作乐府或以史事和神话传说为题材,或取材元末之事,多宣扬封建伦理道德、颂扬元统治者和诋毁农民起义。其他诗文亦有此倾向,兼善行、草书。著作有《东维子文集》《铁崖先生古乐府》等。

评析

  元朝多民族文化的大激荡和大融合，激发出艺术创造的不少野性活力。杨维桢作为最有色彩、最有个性的诗人，受其影响，其诗也在怪异中闪烁着生命的光彩。"天仙快语为大李（李白），鬼仙呓语为小李（李贺）。"在双李的影响下，杨维桢的诗风放荡不羁，出入于大、小李之间，其狂怪的"铁崖体"在元末人文荟萃的江浙地区风靡一时，可以说是元代文风在雅俗、文野、刚柔之间推移的结果。

  "东海之东去国十万里，其洲名沧洲。地方五百里，上有琼涛玉浪出没九岫如罗浮。"起笔不凡，大笔一挥就把人带入了沧海的梦境里纵横肆意。在梦里，诗人有了通天彻地的本领，来到了东海之东的国度，这个国度方圆五百里，在海上的惊涛骇浪中上下出没缥缈难寻。这个国度内部的风情是怎么样的呢？是"风光长如二三月，琪花玉树不识人间秋。"一年四季如春，仙花仙草从没有秋季的萧瑟之感。"人鸟戏天鹿，昆吾鸣天球。橘子如斗，莲叶如舟。白凤如鸡，红鳞如牛。青瞳绿发紫绮绹，日夕洲上相嬉游。"这里有着各种不同凡世的精灵动物，体型巨大，面貌各异，而这些仙禽仙兽还有"青瞳绿发紫绮绹"的仙人的日常活动就是在岛上嬉戏玩闹，一派祥和愉悦之景。

  "铁崖道人隘九州，凌风一舸来东沤。"诗人的笔墨转向了自己，趁着东风，乘着风浪，来到了这个神奇美妙的东方海之国度后，诗人是怎么做的呢？诗人继续发挥想象，写出自己潇洒不羁的风流之态。"始青天开月如雪，锦袍着以黄金缕。楼中仙人睨物表，瑶笙引鹤缑山头。"诗人拨云弄月，身着黄金缕织就的锦袍，吹起瑶笙，奏起动听的音乐吸引仙鹤纷纷起舞，吸引楼阁中的各种神仙争相来寻求。"戏弄玉如意，击碎珊瑚钩。相招元处士，浩歌海西流。"继而诗人的动作、行为更加夸张和肆意，手里拿着玉如意，却用它击碎了珊瑚钩，大声呼喊着各色在岛上隐居的隐士，纵情高歌，甚至引得沧海为之西流。

  诗到最后，诗人愈加开心，也愈加张狂，"长梯上摘七十二朵之青菡萏，玉龙呼耕二万六千顷之昆仑丘。黄河清浅眼中见，海屋老人为我添新筹。"爬到长梯上摘取七十二朵青色莲花，唤来蛟龙为他耕遍昆仑二万六千顷土地，就算是黄河，此时在诗人的眼中也不过是清浅的一道河流。"海屋老人"引用了典故。典故出自宋苏轼《东坡志林》卷二："海水变桑田时，吾辄下一筹，迩来吾筹已满十间屋。"诗人让海屋老人为他添新筹，用在这里更加表明了作者之狂，这也不仅让我们想到了李白的力士脱靴、贵妃磨墨的典故。

全诗结构奔放，意象奇特，想象丰富，思维敏捷，通过丰富的联想来描绘梦境，给人以身临其境之感。一切景语皆情语，情景交融，不仅抒发了诗人的豪迈情怀，还表达了蔑视权贵的精神和对于自由的追求。

（朱钰）

海乡竹枝歌四首

杨维桢

潮来潮退白洋沙，白洋女儿把锄耙[1]。苦海熬干是何日？免得侬来爬雪沙。

门前海坍到竹篱[2]，阶前腥臊蟛子肥[3]。哑子三岁未识父，郎在海东何日归？

海头风吹杨白花，海头女儿杨白歌。杨花满头作盐舞，不与斤两添铜铊。

颜面似墨双脚赪，当官脱裤受黄荆。生女宁当嫁盘瓠[5]，誓莫近嫁宋家亭。

注释

〔1〕锄耙：农用耕作工具。

〔2〕圮：倒塌。

〔3〕腥臊：腥臭的气味。也泛指水产动物。蟛子：螃蟹的一种，身体小，穴居海边或江河泥岸。

〔4〕盘瓠：古代传说为帝高辛氏所畜犬，其毛五彩。时犬戎侵暴，帝募能得犬戎吴将军头者，妻以少女。后盘瓠衔其头来，帝即以女配之。

评析

竹枝词，又称"竹枝""竹枝曲""竹枝歌"等，是一种由刘禹锡等人奠定，上连屈原《九歌》、下连民间歌谣与地域风土人情的文学体式。唐人顾况的《竹枝》是《乐府诗集》收录最早的竹枝作品，刘禹锡、白居易、苏轼、杨万里等唐宋文人皆有创作，但未成群体。至元代文人竹枝词数量激增，出现以北京王释熙、杭州杨维桢为核心的大规模文人唱和群体，至明清时期，竹枝词创作达到最繁荣时期。因此，元代竹枝词在发展史上起到承前启后的重要作用。而杨维桢无论从其竹枝词创作的质量、数量还是对当时竹枝词的传播方面来看都有重要的地位。究其创作特色，杨维桢的竹枝词可谓继承与开拓并举，他自觉的"风土化"意识与"情性论"诗学理念让他的竹枝词有着独特的价值。

杨维桢的《海乡竹枝歌四首》尤其别具特色，跳出男女爱情和田园风光而着眼于民生疾苦，把原本表现爱情和愁思的竹枝词，移而揭示社会黑暗的现实，因时感事，忧心如焚，其内容题材远远超出了竹枝词的表现范围，与其《铁崖古乐府》中的《盐车重》《买妾言》《家仕叹》《法吏》相类，为"悯时病俗"之作。故诗中字里行间充斥着杨维桢对海乡百姓困苦生活的同情和感同身受的沉痛。

第一首中，"潮来潮退白洋沙，白洋女儿把锄耙"，虽以女子为叙述中心，却没有了爱情的浪漫，满是生活的艰辛。劳作中是"白洋女儿把锄耙"，而非"采菱三五唱歌去"。"苦海熬干是何日？免得侬来爬雪沙。"长年晒盐的生活犹如在熬苦海，这苦海绝无熬干之日。而这苦海般的生活也就永无尽头。

第二首依然以女子为中心。"门前海坍到竹篱，阶前腥臊蟛子肥。"海水的冲积物已经堆到了竹篱前，海边的水产肥了又肥，却一直没有等到郎君归来。在这样痛苦的婚姻中，"哑子三岁未识父，郎在海东何日归"，连期盼也不再是炽热的誓言，而是用子女之口发出痛苦的控诉。

第三首中，"海头风吹杨白花，海头女儿杨白歌"写海边劳作的女子们的春日生活。在漫天的杨花里和沉重的徭役中唱着杨白歌，这里的杨花除了隐喻春日，还有着更深一层的含义，即指"盐花"，指向了海边女子晒盐制盐的生涯，一语双关。快乐总是短暂的，她们虽有"杨花满头作盐舞"的美好愿望，但只能被"不与斤两添铜铊"的悲凉现实撞得粉碎。

在同情之余，杨维桢还有对压迫盐户的酷吏的愤怒。第四首中，"颜面似墨双脚赪，当官脱裤受黄荆。生女宁当嫁盘瓠，誓莫近嫁宋家亭"，盐户们大声疾呼，就算是嫁给一只狗，也不要在这里受压迫。寥寥几句，把海边人民艰辛劳顿、牛马不如的生活和她们的无可奈何的悲愤暴露无遗。

这几首竹枝词，语言简洁明快，意蕴传达清晰，字里行间饱含着作者无比的同情，是反映海乡生活的佳作。

值得一提的是，杨维桢这种对酷吏的愤怒和对海乡盐户的同情不仅仅停留于诗文中，而是身体力行。据宋濂《元故奉训大夫江西等处儒学提举杨君墓志铭》记载，"时盐赋病民，君为食不下咽，屡白其事江浙行中书，弗听；君乃顿首涕泣于庭，复不听；至欲投印去，讫获减引额三千"。无论是为民奔走，还是泣涕于庭，从杨维桢的知行合一中，我们能够看出他诗文发乎最本真的情性，故他的竹枝词写得如此之好，反映如此之深亦是有迹可循了。

（朱钰）

海歌十首

贡师泰*

黑面小郎棹三板，载取官人来大船。日正中时先转舵，一时举手拜神天[1]。

出得蛟门才是海，虎蹲山下待平潮。敲帆转舱齐着力，不见前船正过焦。

大星煌煌天欲明[2]，黄旗上写总漕名。愿得顺风三四日，早催春运到燕京。

只屿山前放大洋，雾气昏昏海上黄。听得舵楼人笑道，半天红日挂帆樯。

---

* 贡师泰（1298—1362），字泰甫，宁国宣城（今属安徽省）人，性倜傥。以国子生中江浙乡试，除泰和州判官，改徽州歙县丞，擢应奉翰林文字，除绍兴路总管府推官，善决疑狱。再入翰林，迁宣文阁授经郎，历翰林待制、国子司业，擢礼部郎中，拜监察御史。至正十四年（1354），擢吏部侍郎，迁兵部侍郎，除浙江都水庸田使。至正十五年，迁福建廉访使，除礼部尚书，调平江路总管。授两浙都转运盐使，除江浙行省参知政事。至正二十二年（1362），召为秘书卿，行至海宁卒。长于政事，亦有政绩，也以文字知名。其诗题材多样，反映生活面较广，凡官宦民情、战争行役、灾害农事等都有反映。胡应麟对其诗也颇有好评，评其七律"全篇整丽，首尾匀和"，格调高雅，诗中清空之作颇多。有《玩斋集》。生平事迹见集中所附年谱、《元史》卷一八七、《两浙名贤录》卷五四、《宋元学案》卷九二、《新元史》卷二一一。

四山合处一门开，雪浪掀天不尽来。船过此间都贺喜，明朝便可到南台。

千户火长好家主，事事辛苦不辞难。明年载粮直沽去，便着绿袍归作官。

大工驾舵如驾马，数人左右拽长牵。万钧气力在我手，任渠雪浪来滔天[3]。

碇手在船功最多，一人唱声百人和。何事浅深偏记得，惯曾海上看风波。

亚班轻捷如猿猱，手把长绳飞上高。你每道险我不险，只要竿头着脚牢。

上蓬起舵气力强，花布缠头裤两裆。说与众人莫相笑，吃酒着衣还阿郎。

注释

〔1〕神天：谓神与上天。
〔2〕煌煌：明亮辉耀貌，光彩夺目貌。
〔3〕渠：方言，他。

评析

贡师泰的《海歌十首》是典型的海上纪行诗，其关注的焦点在于海船上的水手。

据《元史·贡师泰传》载,贡师泰有两次负责筹备运粮的经历。第一次是在至正十四年(1354):"至正十四年,除吏部侍郎。时江淮兵起,京师食不足,师泰奉命和籴于浙右,得粮百万石,以给京师。迁兵部侍郎。"第二次是在至正二十年(1360):"二十年,朝廷除户部尚书,俾分部闽中,以闽盐易粮,由海道转运给京师,凡为粮数十万石,朝廷赖焉。"《海歌十首》流露出的对海员船工技艺的嘉许和完成使命后的轻松感,语调平和,像是至正十四年(1354)之作。诗中提到的"千户火长""大工伙""碇手""亚班"等,均是航海船上的重要船工。"千户火长"当是海船或船队的负责人,"大工"是海船的舵手,"碇手"是负责抛碇、起碇的水手,"亚班"则负责在船上挂帆。

十首诗大约按照出海航行的顺序来写,先是转舵出海前要拜神天,然后是出江口而到海口,向北直上。第三首到第十首,从不同的海上航行的情景说明了船工的工作,描绘了他们不畏风雨,技艺高超的形象。这十首诗与其他诗歌相比的特别之处,是对海船水手的航海技艺等进行了特写式的描写,这就与纯粹将海洋作为想象的对象或诗中点缀意象不同,诗中写出了人在海上的活动,体现了人对海洋的掌控力,对于海洋诗歌传统来说是一个突破。同时也因为作者拥有亲身的海洋航行经历,才写出了如此真切生动的诗歌来。联系元末南方战乱的情形与贡师泰作为朝廷特派官员的身份,诗中对海员技艺的嘉许就有了更深的含义和更丰富的社会文化内涵。比如诗中提到加入漕运粮船还可以成为做官的捷径:"明年载粮直沽去,便着绿袍归作官",更具有元末的时代特征。

在元代海上纪行诗中,诗人们赞叹海洋辽阔,思念家乡亲人,情感朴实真挚;描写自然海景、航运历程,凶险或平静,富有真情实感。而《海歌十首》超越了对海洋的凶险想象,独树一帜刻画海员船工,形象生动,展现了人征服海洋的愉悦感,充满了乐观、开朗、进取的情调。对于中国古代海洋文学书写来说,元代的海上纪行诗是特别值得注意的一种题材。

(朱钰)

游补陀

赵孟頫*

缥缈云飞海上山，挂帆三日上屠颜[1]。两宫福德齐千佛[2]，万里恩光照百蛮[3]。涧草岩花多瑞气，石林水府隔尘寰。鲰生小技真荣遇[4]，何幸凡身到此间。

注释

〔1〕屠颜：即潺湲，形容水慢慢流动的样子。

〔2〕福德：福分和恩德。

〔3〕恩光：恩泽、荣宠。

〔4〕鲰生：浅陋无知的小人，也可作为谦恭的自称。

评析

补陀即普陀山，位于浙东海域的舟山群岛，素有"浙东门户"之称，并久负"海天佛国""观音道场"之盛名。山中梵宇林立，风貌绝佳，历来都是佛子参学、游人观光的必到之所。元代的时候，普陀山已成为国际性的佛教圣地。

在元大德五年（1301），元成宗命赵孟頫赴普陀山撰立"昌国州宝

---

* 赵孟頫（1254—1322），字子昂，号松雪道人，又号水晶宫道人、鸥波。湖州（今浙江省湖州市）人。南宋末至元初著名书法家、画家、诗人。至元二十三年（1286），以荐入仕。累官翰林学士承旨、荣禄大夫。晚年逐渐隐退，后借病乞归。获赠江浙中书省平章政事、魏国公，卒谥文敏。著有《松雪斋文集》等。博学多艺，文学艺术开创一代风气。经学主治《尚书》，尤精于礼、乐之学。对律吕之学也有精深研究，颇得古人不传之妙。诗赋及文章，清邃高古，读来往往使人有飘然出世之感。生平事迹见《元史》卷一七二、《新元史》卷一九〇。

陀寺碑"。当赵孟頫渡海至普陀时,遂作《游普陀》七律一首纪游。

"缥缈云飞海上山,挂帆三日上孱颜"写渡海到普陀的经历。诗人在云雾缥缈的海上航行了三日,终于到达了海天佛国。上岛之后诗人看到的景象是"两宫福德齐千佛,万里恩光照百蛮。涧草岩花多瑞气,石林水府隔尘寰"。寺庙宫殿供着百千神佛,慈眉善目,遍施恩泽,达及那些蛮荒之地。这里的花草树木,岩石溪水都萦绕着一股瑞气,与尘世那些俗物全然不相同。最后作者抒发了感慨"鲰生小技真荣遇,何幸凡身到此间",感叹自己的渺小无知,今日有幸以凡俗之身到达这里,实在是一场荣遇。

诗歌对仗工整,语言清丽,是对当时普陀山作为"海天佛国"胜景的一个描述。虽然意蕴上陷入了一般的歌功颂德,但是对于反映当时的佛教状况却是一个良好的例证。

(朱钰)

直沽口(其一)

傅若金*

远漕通诸岛[1],深流会两河。鸟依沙树少,鱼傍海潮多。转粟昏秋入[2],行舟日夜过。兵民杂居久,一半解吴歌[3]。

---

* 傅若金(1304—1343),字汝砺,揭傒斯为其改字与砺。新喻(今江西省新余市)人。少孤贫,勤于学,能文章,以布衣入京师,数日之间,辞章广为传诵,京中名流无不倒屣而迎,诗名大振。得虞集、揭傒斯、宋褧赏识,以异才荐。元顺帝即位,即以傅若金为参佐出使安南(即今越南)。出使归来,以功授广州路儒学教授,遇暴病而死。其诗题材广泛,内容丰富,上至军国大事,下至民间疾苦,诗歌形式多样,除古体、律、绝,还有民歌体。以律体为高,胡应麟称赞其五律"步趋工部",为元人之冠。著有《初稿》《南征稿》《使还新稿》《牛铎音》。至正间其弟若川汇集刻印,总名《清江集》。后又并成《傅与砺诗文集》20卷。生平事迹见《元诗选·初集》小传、《新元史》卷二三八。

注释

〔1〕漕：可供运输的河道。

〔2〕转粟：运送谷物。

〔3〕吴歌：泛指江南之歌。

评析

据《新元史》载，顺帝至元四年（1338）四月，傅若金离开大都赴任广州路儒学教授，此诗即作于赴任途中。因此，《直沽口》是他后期的作品，也是他一生中所写纪行诗的重要组成部分。

北宋在隋朝大运河的基础上改凿了永济渠，使之经柳口（今杨柳青）后，不再北行至涿郡，而是向东折入今日的南运河至海河，再由海河北入北运河。后元代在今北京建立大都，而大都所需要的粮食，要通过海路和运河从南方运送，天津这个地方（曰直沽寨）作为海运的终点和漕运的转运重地，南来北往的官员、客商和船工多聚集于此。由此便出现反映直沽漕粮接运、航海风险及盐业生产的诗作。

"远漕通诸岛，深流会两河"点出了直沽口的地理位置，故说是"通诸岛""会两河"。"鸟依沙树少，鱼傍海潮多"是对直沽口附近风景的描写，白鸟依树，海鱼趁潮，充满着野性的生机。

"转粟昏秋入，行舟日夜过。兵民杂居久，一半解吴歌"描绘了直沽口的人类活动与人文风情。"春秋入""日夜过"两句对仗工整，突出了此处漕运海运的繁忙。最后一句颇有意趣，"一半解吴歌"的现象正是"兵民杂居久"的结果。由于漕运海运的发达，在元代，南北方的交往愈加密切，这种亲密交往的结果，就是互相能理解乡音。诗人仅用了一个小小的细节，就把直沽口的人文景观描绘得淋漓尽致，这种构思足以为人称道。

（朱钰）

长 芦

傅若金

水国常含卤,沙场业煮盐。转输分使出[1],征榷置官监[2]。桥坏仍通市,船来总落帆。依依道傍柳,无那拂征衫[3]。

注释

〔1〕转输:运输。

〔2〕征榷:谓国家征收商品税与官府专卖。官监:负责监督的官吏。

〔3〕无那:无奈。

评析

这首诗亦是傅若金南下广东途中所写,通过对长芦这个地方的描绘,反映了天津地区盐业的发展。

"水国常含卤,沙场业煮盐"写出了长芦这个地方盐业资源极其丰富,"常含""业煮"强调了产盐量之多。"转输分使出,征榷置官监"写盐产业之受国家朝廷重视,从生产到运输整个过程都处于严密的监管之下。"桥坏仍通市,船来总落帆。"即使桥梁坏了但是盐业交易依然繁荣,船舶来往众多,几乎都在这里落帆驻扎。这从一个对比的角度说明了元代盐业和盐运的繁荣。"依依道傍柳,无那拂征衫。"诗人把笔墨从繁荣无比、来往不息的海面上移开,细细描绘道旁的柳树。那柳树轻轻柔柔飘拂,拂过行人的衣衫,仿佛无心,又仿佛有着无限情意,挽留着什么。

全诗诗意明朗,语言明快,对长芦这个地方做了一个速写式的描绘，盐业生产的发达，盐业运输的繁忙都极富画面感，而最后的闲笔，更使得整首诗歌愈加生动活泼。

（朱钰）

同赋观海有感

顾瑛*

晓日曈昽海气清[1]，海烟灭处见蓬瀛。鸟栖云外三花树[2]，风动竿头五色旌。大艑出洋捶战鼓[3]，怒潮入穴走奔鲸。愿听捷报边尘息[4]，净洗戈铤乐太平[5]。

注释

〔1〕曈昽：日初出渐明貌。

〔2〕三花树：贝多树。一年开花三次，故名。

〔3〕艑：船。

〔4〕边尘：代指边境战事。

〔5〕戈铤：戈与铤。亦泛指兵器。

---

* 顾瑛（1310—1369），一名阿瑛，又名德辉，字仲瑛，自号金粟道人，平江昆山（今江苏省太仓市）人。年三十始折节读书，举茂才，署会稽教谕，辟行省属官，皆不就。年四十，筑玉山草堂，四方名士如张翥、杨维桢、柯九思、李孝光等常在其家，日夜置酒赋诗。一时风流儒雅，著称东南。张士诚据吴，欲强授顾瑛官职，顾瑛避去，隐于嘉兴之合溪，后散尽家财，削发为在家僧。其诗不及玉山雅集诸人，但词语流丽，亦有动人之作。其诗闲适恬淡，在豪华放纵的生活中表现出颓废思想。绝句有的写得颇有情韵，著有《玉山璞稿》2卷、《玉山逸稿》4卷，编有《玉山名胜集》8卷及外集1卷、《草堂雅集》14卷。生平事迹见《元诗选·初集》小传、《新元史》卷二三八。

评析

　　顾瑛为人"轻财喜事，以意气自豪"，他虽出身于豪富之家，却仗义疏财，交游广泛，诗人性格上的豁达豪放、无所拘束，在创作中就表现为诗歌意境的阔大和情绪的激昂，因而呈现出豪放雄浑的诗歌风貌。

　　至正十四年（1354），顾瑛奉命督守水军漕运粮草，镇压义军，时常在海上，写下了不少与海洋有关的诗歌。这些诗歌中，既有"以用报明朝"的决心，又有"兹游绝奇壮，直欲到蓬莱"的豪迈。多数诗歌都是借壮阔之景展现了描写主体的胸襟和气魄，"超以象外，得其环中"。

　　诗人先写海上景色"晓日曈昽海气清，海烟灭处见蓬瀛"，旭日初升，光芒四射，那些雾蒙蒙的海气都消散无迹，海面上一片清明之境，甚至能看见远处的小岛屿。次联"鸟栖云外三花树，风动竿头五色旌"写海岸边的风情。鸟儿栖息在岸边的花树上，微风吹过军营门前杆头的五色旗帜。一动一静，使得画面格外美好清幽，同时也为下文做了一个对比铺垫。颈联开始写海军军威，"大艑出洋捶战鼓，怒潮入穴走奔鲸"，借以宣扬队伍的所向披靡。海面上，巨大的船只纷纷出海，就像一头头巨大的海鲸那样，在滔天的巨浪、巨大的潮头中穿行。结尾表明诗人心志："愿听捷报边尘息，洗净戈铤乐太平。"诗人衷心祝愿，希望边境早日平息战火，洗净武器，整个社会安享太平。

　　全诗对仗工整，韵律和谐，并引用了"大艑""怒潮""奔鲸"等一系列力量型意象，诗境壮阔，气势磅礴。

（朱钰）

奉檄泛海督漕运

刘仁本*

风露双清满舵楼[1],两旗催发漕官舟。银河直下天倾泻,铁笛横吹海逆流。三四点星瞻北斗,几千里路到皇州。白鸥不管人间事,共此乾坤日月浮。

注释

〔1〕舵楼:船上操舵之室。亦指后舱室。因高起如楼,故称。

评析

元朝海道漕运始于至元十九年(1282)。顺帝至正十一年(1351)红巾军起义爆发,海道漕运受到了影响,至正十六年(1356)海运被迫中止,长期依赖南粮北运的元朝,粮食供给迅速陷入困境。至正十九年(1359),朝廷重新启动海运,频繁派官员前往江浙督漕。至正二十年(1360)海运恢复,至正二十三年(1363)秋,海运因张士诚拒绝供粟而最终停止。

刘仁本于至正十四年(1354)年入方国珍幕,至正十六年(1356)三月方国珍降元,刘被任为海道运粮漕运万户,兼防御海道事。故刘仁本应该是从这时起关注海运漕运,并以极大的热忱投身其中的建设,把

---

* 刘仁本(约1311—1367),字德玄。天台(今属浙江省)人。元末以乙科进士,历官温州路总管,元顺帝至正十九年(1359)任江浙行省左右司郎中。刘仁本在浙东与文坛名流酒贤、谢理、盛熙明、朱右等人过从较密切,影响较大。他的文章较古简,成就不如诗;而诗以七言古诗最佳,以七言律诗数量最多。有《羽庭集》6卷。生平事迹见《羽庭集》自序、《元诗纪事》卷二八。

保障海运畅通当作自己挽救国家颓势的一个效力途径的。刘仁本不但参与了元末的海运，而且还以亲历者的身份用诗文记录。特别是刘仁本作为主持四明备舟的官员，与督漕的各方面使者往来密切，亦熟知海上督漕的行程和事物，其诗歌和文字记录堪称是元末漕运史，可补史书之不足。该诗便是他督漕运经海运之作，是一首纪实之作，对督漕期间的所见所感进行了细致的描绘。

"风露双清满舵楼，两旗催发漕官舟。"首联写景以及催发官舟之事。海气散尽，海面平静，风清露洁，船头昂扬，正是漕运的好风光好时节。故有"催发官舟"，希望漕运顺利快速到达。"银河直下天倾泻，铁笛横吹海逆流。"颔联写海水像是那九天之上的万里银河，从天上倾泻而下；漕运的大船在催发航行的笛声之中，竭力跨越风波、逆流而上。颈联亦是使用了对仗："三四点星瞻北斗，几千里路到皇州。"天上的星宿都望向北斗星的方向，跨越几千里路就可以到达京都。"星瞻北斗"典故来自《晋书·天文志》："北斗七星在太微北……斗为人君之像，号令之主也。"后以北斗喻帝王。这里用此典故，联系下文的运粮皇州之事，用语含蓄，暗含着希望有一天元朝能够收复失地早日统一的理想。"白鸥不管人间事，共此乾坤日月浮。"最后诗人的目光停在了船头翻飞不定的白鸥上，感叹白鸥自由自在，人间的沧桑巨变都与其没有关系，只与这高远的天地，辽阔的大海一同上下浮沉。此处用了"鸥鹭忘机"的典故。《列子·黄帝》："海上之人有好沤鸟者，每旦之海上，从沤鸟游，沤鸟之至者百住而不止。其父曰：'吾闻沤鸟皆从汝游，汝取来，吾玩之。'明日之海上，沤鸟舞而不下也。"后用以比喻淡泊隐居，不以世事为怀。

虽然在这首诗中，诗人感慨自己为尘俗之事所束缚，对隐逸生活心向往之，但总体基调还是集中在为朝廷运粮建设的自豪感和充实感中。观刘仁本的一生，虽诗中偶有隐逸心态，但始终未付诸行动，一生勤劳王事，最终为国殉难。由此可见，刘仁本内心虽然渴望隐逸，但依然恪守儒家思想准则,怀抱生民仁政思想,为官一任,造福一方,不为隐居之安逸所动。

(朱钰)

送颐上人归日本[1]

王冕*

上人住近扶桑国[2],我家亦在蓬莱邱[3]。洪涛逼屋作山立,白云绕床如水流。问讯不知谁是客[4],多时忘却故园秋[5]。明朝相别思无限,万里海天飞白鸥。

注释

〔1〕颐上人:日本僧人。

〔2〕扶桑国:今日本。

〔3〕蓬莱邱:海上仙山。此处表明自己清高之志。

〔4〕问讯:打听信息。

〔5〕多时:很长时间。

评析

这是一首送日僧入海东归的诗歌。所送的日僧在诗中被称呼为颐上

---

* 王冕(?—1359),元代画家、诗人。字元章,号煮石山农、梅花屋主等。诸暨(今属浙江省)人。出身农家,幼贫牧牛,晚至佛寺长明灯下读书。学识深邃,屡试进士不第,即弃去,南入淮、楚,北游大都(今北京市),历览名山大川。后归隐九里山,卖画为生。擅画竹石,尤工墨梅。其诗多写隐逸生活,表现自己高洁清白,亦有部分作品谴责统治者的骄奢淫逸,描写老百姓在赋税、徭役、兵灾的煎熬下无衣无食的凄惨遭遇,表达对人民的同情。诗作题材广泛,善用比兴手法。语言朴实自然,不拘常格。有《竹斋集》。

人。在元代，中国与日本开始交恶，诗文中首次出现了倭寇形象，如王恽《泛海小录》、成廷珪《丁十五歌》等。但与此同时，僧侣、商人等天性善良者的形象仍时有出现，如丁复的《扶桑行送铦仲刚东归》、杨维桢的《送僧归日本》等。

"上人住近扶桑国，我家亦在蓬莱邱。"这两句，用清新恬淡的笔墨写出两人之间亲密的关系。你居住在东边遥远的日出扶桑之处，我亦生活在海上虚无缥缈的神山之间，我们都在幽静寂寥的地方生活，有着不与世俗同流合污的相同志趣。"洪涛逼屋作山立，白云绕床如水流"两句写颐上人归途在海上航行的风景。这里的"屋""床"都是船的代称。海面风浪滔天逼近船舶，就像一座雪山那么巨大；海上白云烟雾迷蒙，在船周漂流，就像潺潺的水流一样。"问讯不知谁是客，多时忘却故园秋。"在海上问讯，不辨谁是客居者，也不辨谁是归乡者，离开家乡那么久，恐怕也忘了家乡秋天的样子了吧？这是从共情的角度来写颐上人在海上航行的感受，也侧面突出了两人之间的亲密无间。

"明朝相别思无限，万里海天飞白鸥。"最后两句是作者送别朋友之后的感慨，一旦相别，就不知再次相见又是何日，只有"我"绵绵的思念无穷无尽，伴着这漫天的海鸥随你到遥远的东方。这句颇有李白《闻王昌龄左迁龙标遥有此寄》的"我寄愁心与明月，随君直到夜郎西"之风韵。

（朱钰）

观 海

潘伯修*

海气兼天赤,山云捧日黄。波涛开霁景[1],岛屿极清光[2]。南下思秦帝,东巡忆武王。刀弓清似水,神物敢跳梁[3]。

注释

[1] 霁景:雨后初晴的景色。

[2] 清光:清美的光彩。

[3] 神物:神异的事物,鬼怪一类。跳梁:跳跳蹦蹦,多比喻跋扈、猖獗。

评析

这首诗是作者观海有感所写。时值元末战乱,社会动荡,民不聊生,因此作者在诗歌中也隐晦地表达出了对乱世的厌弃和对贤君明主的渴望。

"海气兼天赤,山云捧日黄。波涛开霁景,岛屿极清光。"这四句用极为生动的笔墨,描绘了壮阔优美的海洋景象。在这一望无际之处,山岚海气摇摇相接,黄日红光辉映成趣。波涛翻滚,激起的清气给人一种爽朗的感觉,看那海面上隐隐约约的岛屿都显得极为通透。这几句中,

---

* 潘伯修(生卒年不详),字省中,黄岩(今属浙江省)人。至正年间曾三中省试,但会试都未能得中,便还归乡里,以教授学生度日。元末社会动乱,方国珍占据浙东,将潘伯修劫至庆元,想使他归附。潘伯修力辞,被杀。潘伯修以其富五车,受时人器重。他的诗出入于晚唐二李(李贺、李商隐),缠绵感慨,辞藻秾丽。顾嗣立特别指出,其诗如《燕山秋望》《丙申元旦》诸篇,"则忠君爱国之心,固蔼然溢于言外也"。生平事迹见《两浙名贤录》卷二、《元诗选·二集》小传。

色彩词"赤""黄"和动词"开""极"的应用,使得诗句描绘出的画面感十足,色彩明丽,景色灵动。

"南下思秦帝,东巡忆武王。刀弓清似水,神物敢跳梁。"这四句写作者的感慨。面对如此美丽的景色,作者自然想极力留住这种美景,但是一想到当世的混乱,奸邪横行,民生凋敝,就不由希望有一个像秦皇汉武那样具有雄才大略,懂得治世用人的君主来拯救这个黑暗的世道。"刀弓清似水"暗喻清明的才干,名刀亮剑一出,那些妖魔鬼怪之物一定不会再猖獗,社会可以重获太平。

该诗写景语言清丽,抒情直出胸臆。寓情于景,是一篇海洋诗歌的佳作。

(朱钰)

次韵孟天伟郎中看潮十首(其一)

陈基[*]

海上初看一线低,须臾排突与山齐。平吞百粤天为堑[1],雄障全吴石作堤。浩浩鲸波流似带,纷纷蜗角斗如鸡。世间别有风涛险,莫向平途信杖藜[2]。

注释

〔1〕百粤:我国古代南方越人的总称。分布在今浙、闽、粤、桂等

---

[*] 陈基(1314—1370),字敬初,浙江临海(今属浙江省)人。受业丁黄溍,随师至京师,至正中被荐为经筵检讨。后明太祖召入预修《元史》,书成赐金而还,病逝于家。诗文驰骋,而自有雍容揖让之度。善书檄,颇有功力,落笔自然天真,笔力清健典雅,结体绰约多姿。著有《夷白斋稿》35卷、外集1卷。生平事迹见尤义《陈基传》(《夷白斋稿》附录)、《元诗选·初集》小传。

地，因部落众多，故总称百越。亦指百越居住的地方。

〔2〕杖藜：一年生草本植物，茎直立，嫩叶可吃。茎可以做拐杖。

评析

  这首诗是作者同孟天伟郎中观潮时所写，孟郎中先成，陈基次韵。

  "海上初看一线低，须臾排突与山齐"写潮起与潮即将到来之景。远远望去，遥远的海天相接处，只有一痕白线慢慢出现，但是转眼间，它就到了眼前，携带着呼啸的狂风和滔天的巨浪，甚至与天平齐。"平吞百粤天为堑，雄障全吴石作堤。浩浩鲸波流似带，纷纷蜗角斗如鸡"讲潮水涌来之势。陈基七律气势豪迈，这首诗就明显具有风格豪迈的特点。"平吞百粤""雄障全吴"两句把潮水涌来之汹涌之态刻画得淋漓尽致。"浩浩鲸波""纷纷蜗角"又用对比手法把潮水的澎湃描写得格外突出。

  浩渺无际的海洋，总能诱发文人的哲理玄思。最后一句"世间别有风涛险，莫向平途信杖藜"是作者观潮的感慨，也是作者观览人生的感悟。这世间总是会有惊涛骇浪，没有什么总是一帆风顺，甚至比这眼前的海潮更为惊险，不要放松警惕，被眼前的"平途"、手中的"杖藜"所迷惑，而要做好前路坎坷的心理准备，只有这样，才能取得最后的成功。

（朱钰）

望　海

殷弼*

吴淞江口海门东〔1〕，万里京师咫尺通。白舵红旗三月浪，紫

---

* 殷弼（生卒年不详），华亭（今属上海市）人。元至正间为枢密分院参谋官，明洪武初，修《元史》。生平见《元诗选·癸集》辛集下。

箫花鼓午潮风。

注释

〔1〕吴淞江：吴淞江为黄浦江主要支流之一。

评析

  吴淞口就是今天的上海黄浦江的入海口。"吴淞江口海门东，万里京师咫尺通。"在入海口眺望，江面辽阔，海面浩瀚，在这样奔腾的水势之下，万里之外的北方京城也仿佛距离很近，这也从侧面说明了水路交通的发达。"白舵红旗三月浪，紫箫花鼓午潮风"讲望海所见之景，"白舵红旗"与"紫箫花鼓"指的都是海船，海船在浪中来往，潮中上下，这正是远眺大海所见之景。

  整首诗浅白如话，纯用白描手法，描写了望海所见之景。

（朱钰）

明代海洋诗选

沧浪翁泛海

朱元璋*

海天漠漠际无穷,巨舰樯高挟两龙。帆饱已知风力劲,舵宽方觉水情雄。鳌鱼背上翻飞浪,蛟蜃鬐头触见虹[1]。何日定将归泊处,也应系缆水晶宫[2]。

注释

〔1〕蛟蜃:泛指水族。
〔2〕水晶宫:指龙王居住的地方。

---

* 朱元璋(1328—1398),濠州钟离(今属安徽省凤阳县)人,字国瑞,原名重八、兴宗,明朝开国皇帝,庙号太祖。其为人聪明而有远见,法纪严明,于政治上成就极大。因贫民出身,读书不多,但颇通文墨,常援笔作诗。

评析

明太祖朱元璋颇通文墨,常作诗。这首诗即描写了他出海航行的情景与感受。其中"沧浪翁"为朱元璋自指。

首句上来就写出了大海的苍茫无际,"海天漠漠际无穷"。随后深入刻画帝王出海场面壮观之景,"巨舰樯高挟两龙"指的是巨大的船舰,高耸的桅樯,"两龙"当指船舰两侧的龙形装饰图案,这里也喻指巨舰航行的速度与气势,有如两龙推引一般。"帆饱已知风力劲,舵宽方觉水情雄。"风力强劲,船帆张满,水势浩大,宜用宽舵。这两句写实的句子尚不足以形容出海的气势和乐趣,接下来两句则带有幻想和浪漫色彩:"鳌鱼背上翻飞浪,蛟蜃鬐头触见虹。"巨大的船舰仿佛在海中巨龟的背上乘浪翻飞,又似乎在蛟龙的触角之上,与彩虹相遇。"何日定将归泊处,也应系缆水晶宫。"这么美丽壮观的航行将止于何处呢?那一定是到达龙王居住的水晶宫之后才肯系缆吧。

这首诗在艺术上相对粗糙,却写出了开国皇帝朱元璋首度出航、君临大海的情怀,写实与想象交织,霸气外露,符合他的性格和身份。

(朱钰)

题杨子文罗汉渡海图

张以宁*

天台之东巨瀛海,蒙蒙元气浮无边。应真十六山中来,径渡万里蛟鼍渊[1]。巨灵前驱海若伏,翠水帖帖开红莲[2]。神螭猛兽竞

---

* 张以宁(1301—1370),元末明初文学家。字志道,因家居翠屏峰下,自号翠屏山人,古田(今属福建省)人。有俊才,博学强记,擅名于时,人呼"小张学士"。泰定中,以春秋举进士。官至翰林侍读学士。明灭元,复授侍讲学士。奉使安南,还,卒于道。张以宁工诗,著有《翠屏集》《春王正月考》等。

轩鬐^[3]，穹龟巨鱼相后先。一山浮玉当其前^[4]，石室古薛垂千年。异人高居役众鬼，挽过巨浸如飙旋^[5]。贝宫神君迎且拜^[6]，明星玉女争花妍。阴风黯淡百怪集，夫容旍影飞翩翩^[7]。石桥回望渺何处，紫翠明灭空云烟。问渠飞锡何所往^[8]，毋乃鹫岭朝金仙^[9]？金仙雪山方宴坐，笑汝狡狯何纷然^[10]。书生平生未省见，太息此画人间传。清时麟凤在郊野^[11]，白日杲杲行青天^[12]。

注释

〔1〕蛟鼍：指水中凶猛的鳄类动物。

〔2〕帖帖：形容帖伏收敛之貌。

〔3〕轩鬐：飞举之意。出自《楚辞·远游》："雌蜺便娟以增挠兮，鸾鸟轩鬐而翔飞。"

〔4〕浮玉：浮玉之山，传说中之神山。出自《山海经·南山经》："又东五百里，曰浮玉之山。"

〔5〕巨浸：大水，这里指大海。

〔6〕贝宫：贝阙珠宫，此指神仙居住的场所。

〔7〕旍：古代的一种旗子，上绘蛟龙并有铃铛。

〔8〕飞锡：佛教语，谓僧人等执锡杖飞空，指僧人游行四方。

〔9〕鹫岭：鹫山，这里借指佛寺，进一步指西方极乐世界。

〔10〕狡狯：狡诈奸猾的样子。

〔11〕麟凤：麒麟和凤凰，这里比喻才智出众的人。

〔12〕杲杲：明亮的样子。出自《诗经·卫风·伯兮》："其雨其雨，杲杲出日。"

评析

该诗是一首题画诗，题于《罗汉渡海图》之上，该图作者为杨子文。画卷描绘的是佛教故事里著名的罗汉渡海传说，据佛典记载，古摩揭陀国无忧王因为厌恶伪充罗汉的摩诃提婆,下令将摩揭陀国的所有僧人全部淹死,结果隐身在僧人中的诸罗汉各显神通,腾云驾雾渡过大海。张以宁这首诗就是用奇丽的语言、瑰奇的想象、繁多而怪异的意象"复原"了这幅图画。

前两句写渡海的环境:"天台之东巨瀛海,蒙蒙元气浮无边。"大海茫茫空阔无边,水气弥漫。在这样一片苍茫的情境中,"应真十六山中来,径渡万里蛟鼍渊"。据北凉道泰译的《入大乘论》"尊者宾头卢、尊者罗睺罗,如是等十六人诸大声闻散在诸渚……守护佛法"来看,"十六山"指的是十六罗汉。此时此刻在画卷上展示的情景是罗汉各显神通,从海上飞渡而过。此后十二句描写罗汉渡海时的景象,各种海洋特有的生物纷纷涌现。"神螭猛兽竞轩轾,穿龟巨鱼相后先",各种异兽都在罗汉脚下跪服。又有"贝宫神君""明星玉女"纷纷出来,跪拜迎接,施展媚态。总之整个场面"阴风黯淡百怪集,夫容旍影飞翩翩",阴沉的狂风吹个不停,各种仙鬼都纷纷出没,穷奇瑰丽,豪放罕见。继而六句描写渡海后的情景,想象诸罗汉到了西方极乐世界言笑晏晏,欢聚一堂的情景。"问渠飞锡何所往,毋乃鹫岭朝金仙?"这些罗汉渡海后将去向哪里呢?原来都去向鹫岭,即去西方极乐世界朝拜金仙。"金仙雪山方宴坐,笑汝狡狯何纷然。"金仙在居处摆好了宴席,罗汉渡海后赴宴就座,宾主尽欢。末四句是对整幅画及画作作者的一个极高的评价,"书生平生未省见,太息此画人间传"。这幅画成就如此之高,在人间传播实属难得。"清时麟凤在郊野,白日杲杲行青天。"而画作的作者也实在是"麟凤",才智出众,潜于民间,正如青天里明亮的日头那样耀眼。

张以宁的题画诗总体艺术成就很高,描写画作场景,赞颂画作价值都富有特色,该首诗歌以其对于海洋及渡海情景的壮丽奇异的描写尤其值得回味,从另一方面也显示了我国古代绘画艺术的高超。

(朱钰)

次方明谦指挥海上筑城韵（二首）[1]

袁凯*

城堞遥连北斗斜[2]，岛夷从此识中华。诸侯幕府多春酒，上将歌谣杂暮笳。别去几时还下榻[3]，兴来何日欲乘槎。为报安期头白尽，更烦重觅枣如瓜[4]。

旗影翩翩整复斜，中天星月动光华。千群貔虎方屯戍[5]，万里鱼龙听鼓笳[6]。圣主自多开国老，小夷休恃上天槎[7]。却烦上将频思念，时问东门二亩瓜[8]。

注释

〔1〕方明谦：明代将领，又作方鸣谦。《明史》只在汤和的传记里附记："鸣谦，国珍从子也，习海事。"

〔2〕城堞：城上的矮墙，泛指城墙。

〔3〕下榻：指礼遇宾客，源出《后汉书·陈蕃传》："郡人周璆，高洁之士。前后郡守招命莫肯至，唯蕃能致焉。字而不名，特为置一榻，去则县之。"

〔4〕枣如瓜：传说中的仙枣，食之可延年益寿。又称安期枣。典出《史记·封禅书》："少君言上曰：'……臣尝游海上，见安期生，安期生食巨枣，大如瓜。'"

---

* 袁凯（生卒年不详），字景文，号海叟，以《白燕》一诗负盛名，人称袁白燕。松江华亭（今上海市松江区）人，洪武三年（1370）任监察御史，后因事为朱元璋所不满，伪装疯癫，以病免职回家，终"以寿终"。工诗，七绝尤擅长。著有《海叟集》等。

〔5〕貔虎：貔和虎，泛指猛兽。喻勇敢强猛的军队，或比喻桀骜不驯的武夫。

〔6〕鱼龙：鱼和龙，泛指鳞介水族。这里也比喻整齐勇猛的军队。

〔7〕小夷：指蛮夷、侵略者。天槎：传说中通往天河的船筏。

〔8〕东门二亩瓜：化用东门种瓜典故，借指离官隐居务农。

评析

这两首诗是次韵，为和诗的一种形式，诗中事例即明初抗倭将员方明谦筑城建防之事。方明谦，台州黄岩（今浙江省台州市黄岩区）人。时倭患东南沿海，明太祖汤和、方明谦巡视海防，设置防御。袁凯深感其对民生国计有利，亦步韵作诗两首加以赞颂。

"城堞遥连北斗斜，岛夷从此识中华。"城墙连绵直接天边北斗，直显国威浩大，使得那些边夷小岛自此认识到中华国力之盛。"诸侯幕府多春酒，上将歌谣杂暮笳。"诸侯府中大摆筵席，美酒飘香；将军宅里唱起了边塞战歌，鼓笳齐鸣。"别去几时还下榻，兴来何日欲乘槎。""下榻"指的是周璆拜访陈蕃之事，"乘槎"出自张华《博物志》记载的游仙之事，后指入朝为官，两个典故连用表现了主将之重才。"为报安期头白尽，更烦重觅枣如瓜。"这里用了安期生食如瓜巨枣的典故，后有"安期枣"之称，用以表达贺寿延年之意。这两句又回到作者的自况，感谢主将的款待和为民生的所作所为。

第二首同第一首诗意思大致一样，也是表达了对沿海建防及主将的赞颂之情。"旗影翩翩整复斜，中天星月动光华。"海边城楼上，旌旗迎风飒飒飘动，星月当空，光华流泻，一派静谧又肃然的场景就此被烘托而出。"千群貔虎方屯戍，万里鱼龙听鼓笳。"貔虎与鱼龙泛指猛兽，这里指勇敢强猛的军队驻军听令，把守边关。"圣主自多开国老，小夷休恃上天槎。"中国历史悠久，国土稳固，君主圣明，小小的夷蛮也不要妄想着用小舟兴风作浪。"却烦上将频思念，时问东门二亩瓜。"最后一句转回对主将的赞颂，东门种瓜借指离官隐居务农，此为作者自指，主将关心作者，也从侧面体现了主将关心民生之心，同时也为作者写作此诗做了一个情感的铺垫。

从两首诗的内容来看，应该是作于宴席上或同游时，是对同题诗歌的应和，一方面表达了宾主尽欢之意，一方面又通过对海洋典故的运用和海洋景物的描写，赞颂了在沿海一带筑城建防的举措，表达了对国土的热爱。

（朱钰）

送李千户时有海东之役

袁凯

中国人俱化，东夷贡未修。圣君能大勇，沧海即浮沤[1]。貔虎当前队，鱼龙避上流。人言汉飞将，今日定封侯[2]。

注释

[1] 浮沤：水面上的泡沫。因其易生易灭，常用以比喻变化无常的世事和短暂的生命。

[2] 汉飞将：指汉代李广，其征战匈奴，战功显赫，匈奴畏服，数年不敢来犯，称为飞将军，其事迹见于司马迁《史记·李将军列传》。

评析

这是一首壮行诗，是送人出征之时所作。千户，金朝始置，为世袭军职。明代卫所兵制亦设千户所，千户为一所之长官，驻重要府州，故知李千户为当时边境的重要官员，此次出征为海东之役而去。

"中国人俱化，东夷贡未修。"中国指当时的明朝，意为万国之中，国家的人民都蒙受教化，文明懂礼，而东夷指当时海边小岛小国家，这些岛国人民野蛮尚未开化，不进贡中国并加以修好而是时时骚扰。在这种情况下,"圣君能大勇,沧海即浮沤",在贤明的国君领导下,整个朝廷和人民都具有非凡的勇气,气势浩大的沧海也不过是水面的泡沫罢了。"貔虎当前队,鱼龙避上流",这里的貔虎与鱼龙指的是勇敢刚猛的军队,喻出征的队伍气势威猛,锐不可当,必能取胜。最后一句表达了对出征的将军即李千户的美好期望和赞颂:"人言汉飞将,今日定封侯。"人人都说您的气势就如汉代的飞将军李广一样,有勇有谋,用兵如神,您今日此去一战,定能大破敌虏后凯旋。

这首诗在艺术上较为平淡,内容是对一场海战及其领导将帅的美好期盼,音节和谐,气势豪迈。

(朱钰)

登高丘而望远海

刘基*

登高丘,望远海,长风簸浪高于山,蓬莱宫阙无光采。云雾翳阳谷[1],羲和[2]安所之?鲸鲵作队行[3],鳞鬣如朱旗[4]。精卫衔石空有心,口角流血天不知[5]。登高丘,望远海,弱水浩荡不可航[6],一望令人玄发改。

注释

〔1〕阳谷:旸谷,古称日出之处。

---

* 刘基(1311—1375),字伯温,处州青田县南田乡(今属浙江省温州市文成县)人,故称刘青田,元末明初军事家、政治家、文学家,明朝开国元勋。洪武三年(1370)封诚意伯,故又称刘诚意。卒后追赠太师,谥号文成,后人称他刘文成、文成公。刘基佐朱元璋平天下,论天下安危。朱元璋多次称刘基为:"吾之子房也。"在文学史上,刘基与宋濂、高启并称"明初诗文三大家"。有《诚意伯文集》传世。

〔2〕羲和：中国上古神话中的太阳神与制定时历的神，后代指太阳。

〔3〕鲸鲵：鲸鱼。雄曰鲸，雌曰鲵。这里泛指水族。

〔4〕鳞鬣：指龙的鳞片和鬣毛，这里代称鱼。

〔5〕精卫衔石：指上古精卫填海的神话。相传精卫本是炎帝神农氏的小女儿，名唤女娃，一日女娃到东海游玩，溺于水中。死后其不平的精灵化作花脑袋、白嘴壳、红色爪子的一种神鸟，每天从山上衔来石头和草木，投入东海，永不停息。

〔6〕弱水：古代神话泛指传说中遥远险恶，或者汪洋浩荡的江水河流。

评析

《登高丘而望远海》是乐府歌辞的一种，《乐府诗集》卷二十七列于《相和歌辞》。其古辞无闻，最早见于李白的《登高丘而望远海》，可能是李白自创新辞。清代王琦注云："此题旧无传闻。郭茂倩《乐府诗集》编是诗于相和曲中魏文帝'登山而远望'一篇之后，疑太白拟此也，然文意却不类。"但自宋以后不少作家用此辞写登高望海之感，例如宋代李涛之《登高丘而望远海》。

"登高丘，望远海"是对所处之地与所做之事的交代，登上高山，眺望远处的海洋。"长风簸浪高于山，蓬莱宫阙无光采。"海上风浪极大，风卷起的浪头甚至比山还高，直显得原本金碧辉煌的蓬莱仙阁也失去了光彩。这里用夸张的手法写出了海上风高浪急的特点。"云雾翳阳谷，羲和安所之？"旸谷是传说中日出的地方，亦作"汤谷"。传说太阳早晨从东方的"旸谷"出发，晚上落入西方的"禺谷"。羲和是御日之神，《楚辞·天问》："羲和之未扬，若华何光？"王逸注"羲和，日御也"，是为太阳驾车的神。这句的意思是云雾充满了整个日出的地方，羲和不知道该往何处去，喻指海上云雾弥漫，不辨方向。"鲸鲵作队行，鳞鬣如朱旗。"鲸鲵和鳞鬣指的都是海洋的生物，海洋生物出没，似列队而行，又似旗帜招展。"精卫衔石空有心，口角流血天不知。"此处用精卫填海的典故。精卫填海力量渺小，空有心而能力不足，即使是嘴角流血，上天也不会知晓。此句又进一步烘托出了大海的广袤无垠。"登高丘，望远海，弱水浩荡不可航，一望令人玄发改。"这几句发表感慨，这海洋是如此宽广浩大，不可航越，而海洋之大更显示人之渺小，此时此刻，望向海洋，真使人一望惊心，空余叹息。

这首乐府歌辞通篇抓住了海洋的种种特点，广阔无际，风高浪急，鱼龙成群，生动地展现了登高所望大海的情景，使人一读此诗，无边而汹涌的大海若在眼前。

（朱钰）

泛海咏雾

刘基

海上苦多雾，北风吹更长。才交积水气，已翳太阳光。浅乱洲渚色[1]，深迷鸿雁行。神奸冯出入[2]，君子慎周防。

注释

[1] 洲渚：水中小块陆地。

[2] 神奸：指能害人的鬼神怪异之物，也指奸诈狡猾的人。冯：凭，凭借。

评析

这是一首咏海雾之诗。

在茫茫的大海上，常常存在一种气候现象，就是海雾，即海洋上低层大气中的一种水汽凝结现象。海雾在海上形成后，会向风的下游扩展。在沿海地区，海雾可以深入陆地，甚至持续好几天，所以刘基说："海上苦多雾，北风吹更长。"接下来两句刘基就详细描述海雾的特征：

"才交积水气,已翳太阳光。"这是说海雾刚刚出现,就浓密到遮挡了太阳的光辉。"浅乱洲渚色,深迷鸿雁行。"洲渚是水上的小岛,雾小的时候,水上小岛的景色都被浅浅的雾气遮住,看不清楚;雾大的时候,海边的鸿雁也会被雾气所挡,在雾里找不到方向。最后两句转为说理:"神奸冯出入,君子慎周防。"神奸指的是害人的鬼神怪异之物,也指奸诈狡猾的人。这句表面是说,一些鬼怪害人之物会凭借着此种雾气出来害人,实际上是讽喻现实,在朝堂上,总有一些奸诈的小人凭借着圣明暂时缺席的时候,出来害人,兴风作浪,希望君子们能够明察秋毫,谨慎辨别,以免受害。

这首诗借咏海上之雾来抒发对君子小人之关系的感慨,描写海雾生动形象,转入说理亦是透彻有趣,是典型的托物抒情之作,亦是海洋诗歌的佳作。

(朱钰)

登海昌城楼望海

高启*

百川浩皆东,元气流不息[1]。混茫自太古,于此见容德[2]。积阴涨玄涛,万里失空色。鸿鹄去不穷,鱼龙变莫测。朝登兹楼望,动荡豁胸臆,始知沧溟大[3],外络九州域。日出水底宫,烟生岛中国。宽疑浸天烂,怒欲吹地戹[4]。常时烈风兴,海若不受

---

* 高启(1336—1374),元末明初著名诗人、文学家。字季迪,号槎轩,长洲(今江苏省苏州市)人。元末隐居吴淞青丘,自号青丘子。明洪武初,以荐参修《元史》,授翰林院国史编修官,受命教授诸王。后因连坐被杀。高启才华高逸,学问渊博,能文,尤精于诗,与刘基、宋濂并称"明初诗文三大家",又与杨基、张羽、徐贲并称"吴中四杰"。著有《高太史大全集》《凫藻集》等。

职。长堤此宵溃,濒劳负薪塞。况今艰危际,民苦在垫溺[5]。有地不可居,顽洞风尘黑[6]。安得击水游,图南附鹏翼[7]。

注释

〔1〕元气:中国道家哲学术语,指构成万物的原始物质。
〔2〕容德:谓宽容之德,这里指大海景象状况。
〔3〕沧溟:大海。
〔4〕昃:倾斜。
〔5〕垫溺:指淹入水中,即受水灾。
〔6〕顽洞:指水势汹涌的样子。
〔7〕鹏翼:鲲化鹏之传说,典出《庄子·逍遥游》:"《谐》之言曰:'鹏之徙于南冥也,水击三千里,抟扶摇而上者九万里,去以六月息者也。'……背负青天,而莫之夭阏者,而后乃今将图南。"

评析

海宁自古以来就是观潮胜地。高启是长洲人,也就是今江苏苏州人,他来到海宁,在城楼上遥望大海,受到极大的震撼,乃以此诗记下所见所感。

首两句不写大海,而是从最终将汇入海的百川写起:"百川浩皆东,元气流不息。"陆地上气势壮观的河流,诗人见得多了,但众所周知,这些"元气流不息"的"百川"最终要汇入大海。这两句是为下文蓄势,比百川更加磅礴的大海会是怎样的呢?今日终于得见尊容:"混茫自太古,于此见容德。"极目所视,一片混茫,自太古时期便是如此。下面具体描述其混茫之状。"积阴涨玄涛,万里失空色。"海涛无边无际,极远处与天空相接,难以辨别。"鸿鹄去不穷,鱼龙变莫测。"上句极写海面之阔大辽远,令鸿鹄长飞而难渡;下句则极写大海之瞬息万状,变幻莫测。于是,"朝登兹楼望,动荡豁胸臆。"清晨时分登楼望海、胸襟自然为之阔大,为之激荡。进而"始知沧溟大,外络九州城。"亲眼见到大海,才知道其无边无际,连接着九州之外的地域。"日出水底宫,烟生岛中国。"海上观日出,太阳仿佛从海底升起;海雾弥漫,笼罩着若隐若现的岛国。"宽疑浸天烂,怒欲吹地夐。"大海是如此宽广,恐怕要把远天浸烂了吧。海风又是如此强劲,恐怕要将大地吹得倾斜了吧?这两句是全诗的过渡,由对海势的描写、赞叹转入对民生疾苦的牵挂。"常时烈风兴,海若不受职。长堤此宵溃,频劳负薪塞。况今艰危际,民苦在垫溺。有地不可居,颎洞风尘黑。"由于海神没有尽职,海风大作,海浪冲垮了长堤,百姓流离失所,还得辛苦服役,修复长堤,生活困苦不堪。"安得击水游,图南附鹏翼"两句用《庄子·逍遥游》中的典故,幻想受灾百姓能够像大鹏鸟一样,高飞远举,离开这片水难深重的区域。

这首诗描写了大海的广阔、气势磅礴,以及初见之下的震撼心理,但全诗的重心并不在此,而在于诗末对民生疾苦的关怀,以及为百姓解脱苦难的心愿。写海则澎湃雄浑,写民生则关怀深挚,实为中国古代海洋诗歌中的佳作。

(朱钰)

送李使君镇海昌(州有双庙)

高启

海风千里卷双旌,按辔初闻属部清。人杂岛夷争午市[1],潮随山雨入秋城。鸣狐不近睢阳庙[2],突骑犹屯广利营[3]。肯扫帐中容我辞,夜深燃烛卧谈兵。

注释

〔1〕午市:中午的集市。

〔2〕鸣狐：指神鬼之类。典出司马迁《史记·陈涉世家》："……乃丹书帛曰'陈胜王'，置人所罾鱼腹中……夜篝火，狐鸣呼曰'大楚兴，陈胜王'。"睢阳庙：供奉唐代爱国名将张巡之庙，其因抗击叛军战死于河南睢阳，睢阳民众皆招魂葬之，并奉为神灵。

〔3〕突骑：用于冲锋陷阵的精锐骑兵。广利营：指汉代名将飞将军李广所驻扎之营地，其抗击匈奴，威名远播。

评析

此为送别诗，是高启送别李使君去往海昌，即今海宁任职之作，李使君应为他一个姓李的朋友，使君是对州郡长官的尊称。

"海风千里卷双旌，按辔初闻属部清。"海风吹拂千里，吹动出行的仪仗；此时此刻，按辔勒马遥看，出行的队伍浩浩荡荡。"人杂岛夷争午市，潮随山雨入秋城。"作者遥想海昌城之景，午市时间，沿海一带的人们熙熙攘攘，来往穿梭；又恰值秋天，天高气清，秋雨连绵，和着海边的浪潮一同涌入海昌城。这两句写出了海昌的海边景色和特有的人文风情。下句用陈胜起义、张巡守城与李广的典故表达行军的情景，"鸣狐不近睢阳庙"，从题目可以看出，大军应该是驻扎在双庙附近。鸣叫的狐狸不敢靠近驻扎的营帐，表明防备森然。同时这里暗用了陈胜吴广起义的典故，表明在这位将领治下军队毫无异心；张巡守城严防死守，也突出了驻扎军队之气势威猛。"突骑犹屯广利营"，突骑是精锐的骑兵。用于冲锋陷阵的精锐骑兵，在此地静静驻守，保卫一方平安，此处也用飞将军李广之威猛来称赞这位朋友。最后一句用朋友之间的语气做了一个调侃的反问："肯扫帐中容我辞，夜深燃烛卧谈兵。"请问您愿不愿意收拾好军帐，让我和您一起住下一同行军，在夜深的时候，点燃蜡烛商讨军机？留下来陪着朋友固然是好，但是在当时的条件下是不可能的，这也就从侧面表达了朋友间的依依不舍之情。

这首诗是一首典型的送行诗，通过对李使君即将到达的海昌城的典型海洋风景和行军情景的描写，表现了对李使君的深情厚谊。

（朱钰）

海上读书

林鸿*

浮云薄海色，万里如秋空。青苍杳无际，岛屿蟠蛟龙。上有读书者，结茅谁与同[1]。朝餐海上霞，夕友沧江翁。乘桴嗟尼父，把钓思任公。犹慕鲁连子，不受却秦功。千金若土壤，清名吊高风。愧予老儒术，白首且相从。

注释

〔1〕结茅：编茅为屋。谓建造简陋的屋舍。

评析

林鸿之诗"声调圆稳，格律整齐"，一洗元代诗人纤弱之习，被称为明代开国后第一诗人。这首诗就声调圆稳，情感抒发适分合宜。

前四句疏疏几笔就描绘出了海洋上平静的景色，为下文的读书做和抒发感慨做了铺垫。"浮云薄海色，万里如秋空。青苍杳无际，岛屿蟠蛟龙。"海洋上风平浪静，向上看，浮云悠悠，长天一碧如洗，仿佛秋日高爽的天空；向远看，碧海茫茫无边无际，远处的岛屿就像蛟龙一样，盘卧在海面上。接下来就转入描写读书者的状态："上有读书

---

* 林鸿（生卒年不详），明洪武十六年（1383）前后在世。字子羽，福清（今属福建省）人。洪武初年，以《龙池春晓》和《孤雁》两诗得到明太祖赏识，荐授将乐训导，又拜礼部精膳司员外郎。年未四十自免归。善作诗，诗法盛唐，为"闽中十才子"之首。著有《鸣盛集》。

者，结茅谁与同。"结茅指的是建造简陋的屋舍，这里是说在海上有一位读书者，不知道有谁与他相伴，暗指这位读书者不流于世俗，高标独立，潜心隐居读书，其实这也是作者自况。那么这位读书者每天在做什么呢？接下来就继续描述这位读书者的行为："朝餐海上霞，夕友沧江翁。"早上以朝霞为餐，也就是沉醉在海上的美景之中，不知疲倦；晚上与渔夫为友，高谈阔论，这里的沧江翁也是同样独标高格的隐士的喻指。接下来连用了三个高洁之士的典故，来表现读书所悟之理："乘桴嗟尼父，把钓思任公。犹慕鲁连子，不受却秦功。"乘桴嗟尼父是一个典故，源出《论语》，子曰："道不行，乘桴浮于海"，指传道不行，主张不为当时所接受就泛舟海上。任公指的是太公任，即古代传说中善于捕鱼的人，源出《庄子·外物》："任公子为大钩巨缁，五十犗以为饵，蹲乎会稽，投竿东海，旦旦而钓，期年不得鱼。……是以未尝闻任氏之风俗，其不可与经于世亦远矣。"后常用以指超世的高士。鲁连子即为鲁仲连，是战国末年齐国稷下学派后期代表人物，著名的平民思想家、辩论家和卓越的社会活动家。他曾经游历到赵，适逢秦国围赵之邯郸，鲁仲连坚持正义，力主抗秦，反对投降，并和秦国派到赵国的"亲秦派"辛垣衍展开一场激烈的论争，解围之后又婉拒了奖赏，其高风亮节令人赞叹。这四句用名人高士的事例，来表明诗人高洁的志向，从这里可以看出，如果用典贴切就可以丰富诗的内涵，提高语言的表现力。"千金若土壤，清名吊高风"是对三位贤士的评价，称赞他们视金钱如粪土，行直坐正。最后两句发表议论："愧予老儒术，白首且相从。"诗人感慨自己与古代圣贤相比，还有诸多不足，并立志相随。

《四库全书提要》中说："鸿则时绕清韵。"说明了林鸿的诗格调清丽高标，这一点从这首诗中可见一斑。全诗写海景清丽，用典独到，表明了诗人海上读书之感，并蕴含了自己的志向。

（朱钰）

峤屿春潮

高棅*

瀛洲见海色[1],潮来如风雨。初日照寒涛,春声在孤屿[2]。飞帆落镜中,望入桃花去。

注释

[1] 瀛洲:指古代神话传说中的海上仙山。
[2] 孤屿:孤立的岛屿,此处指独立的小岛。

评析

"峤屿"是指有山的小岛,此诗即描写春日在岛上观看海潮。

"瀛洲见海色,潮来如风雨。"传说海上有蓬莱、方丈、瀛洲三神山,为仙人所居,后来用以喻指仙境。此处"瀛洲"即指诗人所在的"峤屿",同时喻指海景优美,如同仙境。在此仙境中观海,只见春潮骤至,仿佛夹杂着风雨。"初日照寒涛,春声在孤屿。"初日照在海面,此时波涛犹带寒气,唯有岛上略显春意。"飞帆落镜中,望入桃花去。"此时波涛已定,远望海面如镜,船扬帆前行,帆影映入水面。船将驶向何处呢?诗人远望之下,想象其大概会驶入桃花源一般的仙境之中。此句照应首句"瀛洲"二字。

这首诗很能体现高棅取法盛唐的诗学主张,创造了清空的诗境,末

---

* 高棅(1350—1423),字彦恢,后改名廷礼,号漫士,长乐(今属福建省)人,"闽中十才子"之一。永乐初以布衣征为翰林待诏,迁典籍。论诗主唐音,所著《唐诗品汇》为明初诗歌复古的里程碑,也是中国文学评论的重要著作。他的复古理论直接影响了前后七子。有《啸台集》《木天清气集》。

两句特具韵味。

(朱钰)

登南海驿楼

汪广洋*

海气空蒙日夜浮[1],山城才雨便成秋。冯唐头白怀多感,倚遍天南百尺楼[2]。

注释

〔1〕海气:海面上或江面上的雾气。
〔2〕天南:指岭南。亦泛指南方。

评析

这是一首登高望海之诗,诗意晓畅。

首两句"海气空蒙日夜浮,山城才雨便成秋"是说登高所见之海景,大海浩瀚无垠,海面上海气氤氲,空蒙淋漓。海边的山城也因此水气沉重,才下了一场雨,就凉了下来,有了秋天的森森凉意。"冯唐头白怀多感,倚遍天南百尺楼。"这两句用汉代冯唐的典故。据《史记》记载,冯唐贤能有才,历文、景、武三朝,当时"武帝立,求贤良,举冯唐。唐时年九十余,不能复为官,乃以唐子冯遂为郎",后人通常用冯唐来形容"老来难以得志"。所以这句作者表面上感叹古人境遇,其

---

* 汪广洋(?—1379),江苏高邮人,字朝宗。元末举进士。朱元璋称赞其"处理机要,屡献忠谋",将他比作张良、诸葛亮。洪武十二年(1379),因受胡惟庸毒死刘基案牵连,被朱元璋赐死。善篆,通经能文,工诗歌。其近体诗多清新明畅之作。著有《凤池吟稿》。《明史列传》卷九、《明史》卷一二七有传。

实也是在感叹自己难以得志,纵然身居高位,在强势的当权者统治之下也是有心无力,所以倚尽高楼,拍遍栏杆,空余叹息。

这首诗写登高望海之感,借景抒情,值得一观。

(朱钰)

渡 海

戴良*

结屋云林度半生[1],老来翻向海中行。惊看水色连天色,厌听风声杂浪声。舟子夜喧疑岛近[2],估人晓卜验潮平[3]。时危归国浑无路,敢惮波涛万里程。

注释

〔1〕云林:指隐居之所。

〔2〕舟子:驾船的人,亦称船夫。

〔3〕估人:商人。

评析

戴良是元末明初时的一位贤士,至正十八年(1358),朱元璋攻占婺州,戴良与胡翰等人被朱元璋从山中召回,为朱元璋陈述治世之道。至正十九年(1359),朱元璋授戴良为学正。又一年,宋濂与刘基、章溢、叶琛同受朱元璋礼聘,尊为"五经"师。但是戴良因坚守气节,心

* 戴良(1317—1383),字叔能,元末明初著名诗人。浦江建溪(今属浙江省诸暨市)人。元亡,隐居四明山。洪武十五年(1382),明太祖召至京师,欲与之官,托病固辞。因忤逆太祖意入狱。作书告别亲旧,仍以忠孝大节为语。次年,卒于狱中。或说系自裁而逝。其人博通经史诗文,旁及诸子百家,诗文并负盛名,其诗尤胜,多为悲凉感慨。著有《九灵山房集》等。

怀故国，弃官而走。戴良弃官后的去向就是渡海北上，闯过黑水洋，寻找元军。这首诗就是他渡海时所写。

"结屋云林度半生，老来翻向海中行。""结屋云林"就是在山中隐居，王维的《桃源行》中有"当时只记入山深，青溪几度到云林"句。这两句是说，作者在山中已经隐居了半生，而如今到老了却要渡海去追求自己所坚守的。这与现实中戴良年近五十去寻找元军踪迹的经历是吻合的。"惊看水色连天色，厌听风声杂浪声。舟子夜喧疑岛近，估人晓卜验潮平。"此四句写渡海所见所闻。在海上航行，大海茫茫，水天相接浑若一体；风高浪急，风声浪声杂为一体。船夫夜里喧闹起来，使人惊疑是不是已经找到了可以登岸的小岛；商人白天的时候就算卦算账，看日后的航行是否风平浪静，是否适合做生意。这几句生动形象地写出了在海上航行的一般情况，也就是船上人的海洋生活。最后一句抒情表达自己的意愿："时危归国浑无路，敢惮波涛万里程。"国家破碎，时局艰难，在这茫茫的海洋之上，找不到来路，也不知道该去往何处，这是作者内心最大的忧虑，既然如此，那么这海上的波涛汹涌又算得了什么呢？

这首诗一方面描绘了渡海的情景及船上生活，另一方面表达了对故国的深切思念和忧虑，情感真挚，也不失为描写海洋景色的一篇佳作。

（朱钰）

海上竹枝词(其四、其六)

顾彧*

平川多种木棉花[1],织布人家罢缉麻[2]。昨日官租科正急,街头多卖木棉纱。

大浦横塘九里湾,蚤潮船上晚潮还[3]。侬心恰似东流水,直到海门无日闲[4]。

注释

[1]平川:地势平坦的地方。

[2]缉麻:绩麻,把麻析成缕连接起来。

[3]蚤:通"早"。

[4]海门:海口,即内河通海之处。

评析

竹枝词是一种诗体,由古代巴蜀间的民歌演变过来,可和拍吟唱。顾彧的《海上竹枝词》,被视为上海有竹枝调的开始。顾彧曾长期在地方工作,并编纂了第一部《上海县志》,他对浦东的风土人情非常熟悉,他热爱家乡,同情劳动人民,写下了大量的《竹枝词》,是竹枝词名家,生动记述了往昔上海风光,反映了当时人民的生活。

---

* 顾彧(生卒年不详),字孔文,华亭(今属上海市)人。明洪武初年任上海县儒学训导,主要从事地方上的教育工作。顾彧才智横溢,知识渊博,治学严谨,在地方上有着很好的口碑。仕途顺畅,官至户部左侍郎,正三品。

"平川多种木棉花,织布人家罢缉麻。"上海的沙田不太适合种粮食而能种棉花,所以棉纺织业比较发达,棉织品逐步取代了麻织品。"昨日官租科正急,街头多卖木棉纱。"但在官府租税的压榨下,农民连棉布都来不及织,就直接抛售棉纱,可见当时海边人民的主要经济来源和人民生活的疾苦。

"大浦横塘九里湾,蚤潮船上晚潮还。"这里是说吴淞江等江流蜿蜒九曲,过堤越坝汇入东海的情景。岸边人民白天涨潮出海,晚上落潮返回,这是沿海人民的生活写照。"侬心恰似东流水,直到海门无日闲。""侬"是吴语的我,我的心就像这东流而去的水一直到入海,没有安静下来的时候,这里化用了李后主的"问君能有几多愁,恰似一江春水向东流",指海边女子的相思与愁绪绵长。

这两首诗歌都描绘了海边人民的生活方式和心理活动,前者涉及物质生活,后者说情感生活,都颇有意趣,可以由此观照古代沿海劳动人民的生活。

(朱钰)

沧海寒潮[1]

苏平*

怒挟长风过海门,须臾新涨没沙痕。鲸波吼夜千兵合[2],雪浪翻空万马奔。信候有期当子午[3],震雷余响撼乾坤。兴来便欲乘槎去[4],拟向扶桑一问津[5]。

---

* 苏平(生卒年不详),字秉衡。海宁(今属浙江省)人。年少曾作《绣鞋》诗,颇为时人传诵,人称其为"苏绣鞋"。永乐中,举贤良方正,不就,布衣终身。为景泰十才子之一。所作律诗,颇注意用词和声调,古体能自抒情怀,只是笔力较荏弱。著有《雪溪渔唱集》。

注释

〔1〕沧海寒潮:海宁潮,为钱塘江入海口的海潮,壮观无比。

〔2〕鲸波:惊涛骇浪。

〔3〕子午:指夜半和正午。旧时计时法,以夜间十一时至一时为"子"时,以白昼十一时至一时为"午"时。子时和午时都是涨潮最盛的时间。

〔4〕乘槎:传说中有通往天河的船筏,乘之可到银河。

〔5〕扶桑:指东方极远处或太阳出来的地方,传说也指东方海中的古国。问津:寻访或探求。

评析

这是一首咏海宁潮的诗,海宁潮也就是俗称的钱塘江大潮。钱塘江位于我国浙江省,最终注入东海,在它入海口的海潮即为钱塘潮。从明代起,海宁盐官便成为观潮第一胜地,故亦称"海宁观潮"。本首诗就吟咏这一潮水景观。

首联"怒挟长风过海门,须臾新涨没沙痕"直接写出了海潮的气势,大潮汹涌而来,仿佛这呼呼的海风也是由这巨大的海潮所激起的。在片刻之间,海岸也被这滚滚而来的波涛所吞没了。接下来两联,便对海潮的特征,包括声音、形态、涨潮时间等进行了深入的刻画。"鲸波吼夜千兵合,雪浪翻空万马奔。"这两句描写了海潮的形态和声音,海潮高高涨起,浪头急急抛起,仿若千军万马从空中奔腾而来,声势浩大。"信候有期当子午,震雷余响撼乾坤。"这两句写潮来的时间和潮落的情景。海潮来的时候,通常是在夜半和正午,这时候由于受地球引力的影响,潮水便格外壮观,并且总是如此,从不失期,所以说是"信候有期"。每当海潮落后,也并不是杳无声息,其气势往往还残留一段时间,轰隆隆的余潮声直震着乾坤也为之震荡。那么观潮过后人的感受又是如何呢?"兴来便欲乘槎去,拟向扶桑一问津。"观潮之后,人依然心神摇曳,不禁想乘坐传说中能够通往天河的木筏,朝着潮退的方向,大海的深处继续探索,看看究竟能到哪里去。这两句生动地写出了观潮对人产生的巨大的冲击力,也从侧面表现了海宁潮的壮丽浩大。

总之,该首诗歌生动地描绘了作为海昌八景之一的沧海寒潮的景色,对仗工整,音韵妥帖,不失为一首写海景的佳作。

(朱钰)

风雨叹(吴江舟中作)

李东阳*

壬辰七月壬子日,大风东来吹海溢。峥嵘巨浪高比山,水底长鲸作人立。愁云压地湿不翻,六合惨淡迷乾坤[1]。阴阳九道错白黑[2],乌兔不敢东西奔[3]。里人苍黄神屡变[4],三十年前未曾见。东村西舍喧呼遍,牒书走报州与县。山隤谷汹豺虎嗥[5],万木尽拔乘波涛。州沉岛灭无所逃,顷刻性命轻鸿毛。我方停舟在江皋,披衣踞床夜复昼,忽掩青袍涕双透。举头观天恐天漏,此时忧国况思家,不觉红颜坐凋瘦。潼关以西兵气多,芦笳吹尘尘满河[6],安得一洗空干戈。不然独破杜陵屋[7],犹能不废啸与歌。世间万事不得意,天寒岁暮空蹉跎。呜呼!奈尔苍生何。

注释

〔1〕惨淡:指凄惨暗淡,不景气的样子。

---

* 李东阳(1447—1516),字宾之,号西涯。茶陵(今属湖南省)人。历代宗、英宗、宪宗、孝宗、武宗五朝,累官礼部尚书兼文渊阁大学士。卒谥文正。明代中后期"茶陵诗派"的核心人物,以台阁重臣而主盟文坛,奖掖后学,影响极为深远。台阁体外,不乏清新之作。有《怀麓堂集》。

〔2〕九道：古人指日月运行的轨道。

〔3〕乌兔：中国神话传说日中有乌，月中有兔，故合称日月为乌兔。这里指日月运行混乱，表现了水灾之下一片混乱的样子。

〔4〕里人：邻居，邑人之意，此处指百姓。苍黄：匆促，慌张的样子。

〔5〕砏：发出轰响，也指轰响声。

〔6〕芦笳：古代的一种管乐器。以芦叶为管，兵营巡哨多用之。这里指边塞。

〔7〕杜陵屋：杜甫有《茅屋为秋风所破歌》，后因指破旧的房屋。

评析

据《明通鉴》卷三二记载，宪宗成化八年（1472）秋七月，"南畿大风雨，坏天地郊坛、孝陵庙宇，苏、松、扬三府亦以水灾告。浙江海溢，杭、绍、嘉、湖、宁五府各被水。灾民凡八郡。沦没田禾，漂毁官民庐舍畜产无算，溺死者二万八千四百六十余人"。此次东南沿海特大水灾，由于江海暴溢，水患波及苏州、松江、扬州、杭州、绍兴、嘉兴、湖州、宁波八府，生灵涂炭，民不聊生。李东阳时任翰林院编修，随父李淳从北京回故乡茶陵扫墓，过吴江，目睹惨状，乃作此诗。

"壬辰七月壬子日"即成化八年七月十七日。"大风东来吹海溢"点明此次水患由于海水暴溢，倒灌陆地。"峥嵘巨浪高比山，水底长鲸作人立"，写水势之巨大，海浪横空，如山而至，海底长鲸竟然随海水涌起，而做人立之状。这两句以想象之词、夸张之句，写滔天海浪，极为传神。"愁云压地湿不翻，六合惨淡迷乾坤。"上下四方为愁云所笼罩，乾坤一片惨淡。"阴阳九道错白黑"，"阴阳九道"指日月运行的轨道，"错白黑"是说日月运行混乱。"乌兔不敢东西奔"，"乌"为"金乌"，指太阳，"兔"即玉兔，指月亮；此句仍是形容日月运行混乱。这两句生动地写出了在这场水灾之下，各种自然时序混乱的场面，也侧面表现了水灾之严重。"里人仓皇神屡变，三十年前未曾见。"百姓面临此灾患，惊慌失措，所谓"三十年前"指明英宗正统九年（1444），这年山东、河南、浙江、湖广等地大水。"东村西舍喧呼遍，牒书走报州与县。"百姓惊慌奔走，官府急忙上报文书。"山岊谷汹豺虎嗥，万木尽拔乘波涛。"山间轰鸣，山谷间大水汹涌，豺狼猛虎哀号，树木尽被拔起，浮于洪水之上。"州沉岛灭无所逃，顷刻性命轻鸿毛。"无论陆地还是海岛，尽被洪水淹没，顷刻之间生灵涂炭。"我方停舟在江皋，披衣踞床夜复昼。忽掩青袍涕双透，举头观天恐天漏。"此时诗人正好停舟江边，见此惨状，日夜难眠，泪下沾衣，举头望天，恐是天漏大水。"此时忧国况思家，不觉红颜坐凋瘦。"此时忧国思家，直令年轻的容颜为之衰老。诗人忧患者何？"潼关以西兵气多，芦笳吹尘尘满河，安得一洗空干戈。"当时鞑靼部族经常侵扰潼关以西地区，芦笳是西北胡人的管乐，"芦笳吹尘尘满河"喻边塞战乱不息。另一方面，就眼前所见洪水肆虐，百姓流离失所的景象，诗人遂发出"不然独破杜陵屋，犹能不废啸与歌"的感慨。杜甫《茅屋为秋风所破歌》："安得广厦千万间，大庇天下寒士俱欢颜，风雨不动安如山。呜呼！何时眼前突兀见此屋，吾庐独破受冻死亦足。"此句化用老杜诗意，是说如果能令百姓得到安置，哪怕"我"独自屋破受冻，也能长啸高歌，不改其乐。"世间万事不得意，天寒岁暮空蹉跎。呜呼！奈尔苍生何。"但是，世间之事岂能尽如人意，面对百姓疾苦，诗人自己无能为力，只有空自蹉跎，大呼奈何而已。

　　这首诗继承杜甫的诗史精神，对百姓的痛苦感同身受，这对于一个二十六岁的馆阁之臣而言，实属不易。此外，诗中多处化用杜诗，如"举头观天恐天漏"化用杜甫《九日寄岑参》"安得诛云师，畴能补天漏"，"安得一洗空干戈"化用杜甫《洗兵马》"安得壮士挽天河，尽洗甲兵长不用"，"不然独破杜陵屋"又来自《茅屋为秋风所破歌》，可见杜诗对作者的影响。

（朱钰）

天津八景之海门夜月

李东阳

海门东望极空明,月里山河影乍晴。万里沧波天一色,数声灵籁夜三更[1]。水精宫阕鱼龙冷[2],白玉城高鹳鹤轻[3]。不用扁舟泛寥廓[4],且看奇绝尽平生。

注释

[1] 灵籁:指风声。
[2] 水精宫:亦作"水晶宫",传说中水神或龙王的宫殿。
[3] 白玉城:指月宫。鹳鹤:一种鹤,似丹顶鹤。
[4] 寥廓:空旷深远。

评析

《天津八景》是李东阳在天津游览时所写的吟咏天津风物的八首诗,大约写于明正德年间(1506—1521),一诗一景,分别描写当时天津著名而富有特色的景色。《海门夜月》描写了海河与渤海交汇处的夜月海上景色。诗中提到的"海门"就是指海河的入海处——大沽口,这一景是指大沽口每当皓月当空时海天一色的幽美之景。

"海门东望极空明,月里山河影乍晴。"首联交代了描写的地点是在海门,也就是今天的天津大沽口,在此处伫立向东方远望,海天相接,一片空明,在如水的月色下,山河朦胧,影影绰绰,清光四溢。"万里沧波天一色,数声灵籁夜三更。"大海茫茫,波涛汹涌,与远处的长天融为一体,海天一色;"灵籁"指风声,也指优美动人的音乐。夜里三更,在这辽阔的海面上,清风拂过,风声过耳,就像奏起动人的乐曲。

这两句写景，寥寥几笔抓住了月夜大海空灵清透的特征，使人仿佛进入一个水晶世界。下文继续对这个水晶世界进行刻画："水精宫阒鱼龙冷，白玉城高鹳鹤轻。"水精宫指的是一片银白色的月光下笼罩着的海面，白玉城则是明亮清冷的月宫。你看，在这玲珑的水晶宫里，因至清而至冷，鱼龙潜跃也颇觉凄寒；在这清凉的白玉城里，鹳鹤高飞，因至明而至轻。最后一联发表感慨和赞美："不用扁舟泛寥廓，且看奇绝尽平生。"在这至清至净至明至透的海上月色中，直觉着身心也一片清朗，又何必乘扁舟出海，只消在岸边缓步漫观，就已经为这奇绝之景陶醉不已，认为它的美好是天下至冠之一了。

整首诗围绕海门月色而写，紧紧扣题，动静结合，营造出了一方清明剔透的海上夜月景象，虽说是一篇游览题咏之作，但是描写的海洋景色也颇有风味。

（朱钰）

泛　海

王守仁[*]

险夷原不滞胸中[1]，何异浮云过太空？夜静海涛三万里，月明飞锡下天风[2]。

---

[*] 王守仁（1472—1529），字伯安，号阳明子，世称王阳明，余姚人（今属浙江省）人。弘治十二年（1499）进士，授刑部主事，改兵部。正德初，因触怒刘瑾，贬贵州龙场驿丞。历南京刑部主事、鸿胪卿等，擢右佥都御史，巡抚南赣。曾平定宁王朱宸濠之叛。卒谥文成。有《王文成公全书》。他是明代大哲学家、思想家，主张"致良知""知行合一"，学者从之。也称其学为"王学"，与宋儒陆九渊之学并称"陆王心学"，对明后期思想影响极其深远。其诗作多表现哲理，较少含蓄，但亦不乏佳作。

注释

〔1〕险夷：崎岖与平坦，比喻艰难与顺利。

〔2〕飞锡：锡杖，即禅杖，多指和尚云游，作者借此表达他淡然世间荣辱的心态。天风：天地之正气。

评析

明武宗正德元年（1506），宦官刘瑾专权，朝政日非。冬，戴铣、薄彦徽等人上疏切谏，刘瑾大怒，下令逮捕戴、薄等二十余人入狱，廷杖除名。王守仁义愤填膺，抗疏援救戴、薄诸人，随之下狱，廷杖四十，贬为贵州龙场驿驿丞。正德二年（1507）夏，王守仁到达钱塘，发现有阉党爪牙尾随盯梢，企图暗中加害。他在江边留下遗物，假装投江，摆脱阉党追杀。然后搭乘商船前往舟山，又转往福建。路上曾遇飓风，这首诗就是他安然到达福建之后所作。

"泛海"即海上夜航。"险夷原不滞胸中"，是说诗人原本就并未将安危祸福放在心上，即便是惊涛骇浪，扁舟一叶，也无所畏惧。"何异浮云过太空"，指不论是旅途的惊涛骇浪，还是宦途的种种险恶，都不过是浮云，而诗人的内心如太空一般澄澈，从不曾被轻轻掠过的浮云所遮蔽。此句应是从苏轼"云散月明谁点缀，天容海色本澄清"（《六月二十日夜渡海》）句化出。有着这样的襟怀，"夜静海涛三万里"，诗人在夜航之时所见，是一片寂静之中的三万里海涛，这正与他的浩然胸次相合拍，也与他轻视外在艰险的哲学思想相一致。"月明飞锡下天风"，锡指锡杖，古代外出时所携带的法器，可用作拐杖和防身器具，"飞锡"也就是僧人游行四方，此处借指海上之行，取其飞快之意。此句言航行之速，有如乘风而下，迅捷无比，令人胸襟大畅。

此诗先讲哲理，讲诗人对世事的看法与心态，且用"何异浮云过太空"一句比喻使之形象化，应该是拿眼前景做比较。接下来以夜航的经历来印证之，使哲理进一步形象化。本诗旨在表现人生感悟，妙在所述哲理能与夜航经历互相发明,说理而不让人感觉枯燥,堪称理趣诗的上品。而最不可及的,是哲人的胸次气度。

(朱钰)

武夷次壁间韵

王守仁

肩舆飞渡万峰云[1],回首沧波月下闻[2]。海上真为沧水使[3],山中又遇武夷君[4]。溪流九曲初谙路,精舍千年始及门[5]。归去高堂慰垂白[6],细探更拟在春分。

注释

[1]肩舆:轿子,一种山行的工具。

[2]沧波:碧波,指海。

[3]沧水使:即沧水使,指海神。

[4]武夷君:武夷山神。

[5]精舍:原指书斋,后指道士、僧人等修行者修炼居住之所。及门:正式登门拜师受业的学生。

[6]高堂:指父母。垂白:白发下垂,谓年老。

评析

王阳明泛海到达福建后,又取道武夷山返回浙江。这首诗就作于武夷山上。所谓"次壁间韵",是说王阳明在武夷山的石壁之上见到一首诗,于是依原诗用韵和诗一首。

"肩舆飞渡万峰云",武夷山山峰连绵,耸立云中,诗人乘坐肩舆,越过群峰有如于云中飞渡一般。"回首沧波月下闻",由于长时间在海上航行,此时月下回首,仿佛还能听到海涛的声音。此外,这两句同时也将武夷山上的云海比作沧波,依稀有涛声可闻。接下来继续写海上之行。"海上真为沧水使","沧水使"指海神,回想海上航行旷日持久,自己仿佛成了海神。"山中又遇武夷君","武夷君"指武夷山神,此时连日山行,得山景之真,似乎又与武夷山神相遇。"溪流九曲初谙路",武夷山最著名的一段,蜿蜒屈曲,被称为"九曲",诗人走过之后,方才初识路径。"精舍千年始及门","精舍"原指佛寺,后来道观或儒生讲经之处都可称为精舍,武夷山是道教名山,此处精舍指道观;"及门"意即为弟子,此处指找到了精神归宿。此二句谓经历了长途山路之后,终于入住道观,身体和心灵得以安顿。"归去高堂慰垂白,细探更拟在春分","高堂"指父母,"垂白"喻年老;这两句是说我不能在此久留,因为还要去探望父母,以宽慰两位老人的思念之情,待到明年春分,再来此处探寻道家的精义。

这首诗写出了武夷山行的全过程,且与之前的海上航行联系起来,即由山中的云海联想到海上的波涛,仿佛能听到涛声,这种感受由长途旅行的经历而来,真切自然。

(朱钰)

海上述事

陈缉*

浮生南北任流萍[1],漫刺江湖忆祢衡。雁去关河愁万里[2],潮来江海月三更。磷光夜伴蚩蝥泣[3],妖气晴连蟠蛛横[4]。欲向灵氛问人事[5],中原何日可休兵?

---

* 陈缉(生卒年不详),字熙文,号观白,嘉兴人。少承家学,有诗名,为人称道。时人评价其诗歌"秀倩可诵,直逼晚唐"。《明诗纪事》云:"熙文七律音节浏亮,有唐人标格。"

注释

〔1〕流萍：漂荡的浮萍，常比喻漂泊无定的人生。

〔2〕关河：关山河阻，比喻艰难的旅途。

〔3〕磷光：指海里磷虾所发的光。蛩螿：蟋蟀和寒蝉。

〔4〕妖气：指海气。蝃蝀：虹的别名。

〔5〕灵氛：指古代善占吉凶者。

评析

  作者为海盐人，靠海而居，此首诗应该就是在家乡隐居时所写。

  "浮生南北任流萍，漫刺江湖忆祢衡。"作者回忆自己半生，一直在江湖流落，像浮萍一样漂泊。祢衡是东汉末年名士，性格刚直高傲，其品格一直为后世文人赞赏。作者怀想祢衡亦是敬佩其品格，也暗指了作者本身的性格亦是刚直耿介，心怀民生，故隐居避世，但亦心忧天下。"雁去关河愁万里，潮来江海月三更。"大雁北回，关河万里愁绪连绵；海潮涨起，三更月色清冷如水。"磷光夜伴蛩螿泣，妖气晴连蝃蝀横。"蟋蟀和寒蝉凄苦地鸣叫，海里的磷虾幽幽发光；"蝃蝀"，是虹的别名，海气氤氲，阴晴不定。这四句描述了海洋生活日常所见的景色，但因作者心怀愁绪，所以这里选用的意象都带有一种凄凉的气氛。"欲向灵氛问人事，中原何日可休兵？"灵氛指古代善占吉凶者。元朝灭亡后，北元分裂形成的鞑靼部落时常进犯明朝的北部边境，中原地区也不太平。作者抒发情感，想向占卜的人发问，这中原大地何时得以和平，人民何时可以安居乐业呢？这两句可以看出作者强烈的忧国忧民之感，之前描述的海洋凄切景色最根本的情感立足点也就在于此。

  这首诗通过对海洋景色的描述，隐晦地表达了自己心忧民生的思想感情，情景交融，情感真挚。

（朱钰）

海虾图

王鏊*

茫茫大海浮穹壤[1],日月升沉鳌背上[2]。其间物怪何所无,海马天吴大如象[3]。有鱼如屋鲎如帆[4],虾最细微犹十丈[5]。鬅鬙怒气须如戟[6],力战洪涛欲飞出。江湖鱼蟹总蜉蝣[7],畜眼平生未曾识。画工何处写汝真,梦中曾到长须国[8]。黑风吹海浪如山[9],鱼龙变化须臾间。从龙愿作先驱去,去上青天生羽翰[10]。

注释

〔1〕穹壤:天地。

〔2〕鳌背:借指大海。

〔3〕海马:一种小型海洋动物。天吴:古代神话传说中的水神。

〔4〕鲎:鲎鱼,一种海洋节肢生物。因有一个宽的新月形的头胸甲,故有鲎帆之称。

〔5〕丈:古代计量单位,明清时十丈约为今30米。

〔6〕鬅鬙:形容头发蓬松。

〔7〕蜉蝣:比喻微小的生命。

〔8〕长须国:神话传说中的虾国。

---

* 王鏊(1450—1524),字济之,号守溪,晚号拙叟,学者称其为震泽先生,吴县(今江苏省苏州市)人。明代名臣、文学家。王鏊自幼随父读书,聪颖异常。成化进士,授翰林编修。明孝宗时历侍讲学士。明武宗时任吏部左侍郎。旋即入阁,拜户部尚书、文渊阁大学士。次年,加少傅兼太子太傅、武英殿大学士。后辞官归乡。此后家居,终不复出。追赠太傅,谥号文恪,世称"王文恪"。王鏊博学有识鉴,经学通明,文章修洁。善书法,多藏书。为弘治、正德间文体变革的先行者和楷模。他黜浮崇古的文学观和尚经术、去险诡的取士倾向,影响了一代文风。著有《震泽集》《震泽长语》《姑苏志》等。

〔9〕黑风：狂风。

〔10〕羽翰：翅膀。

评析

  这是描写海洋生物——海虾的一首诗。全诗使用了夸张的手法，将海洋生物描写得巨大无比，富有气势，从而借颂赞图画而含蓄地表达出自己的志向，是一首很好的托物言志的诗歌。

  "茫茫大海浮穹壤，日月升沉鳌背上。""穹壤"就是指天地，《文选·沈约〈齐故安陆昭王碑文〉》："思所以克播遗尘，敷之穹壤。"张铣注穹壤说："言使遗尘之声，与天地同敷。"故穹壤成为天地的代称。"鳌背"借指大海。这句是说大海茫茫存在于天地之间，而日月星辰的升起落下都从大海里发源。"其间物怪何所无，海马天吴大如象。"在这海洋之上，又有什么稀奇古怪的物种是没有的呢？君不见海马等那么多海洋生物都巨大无比吗？天吴是古代神话传说中的水神，这里是海洋生物的统称。"有鱼如屋鼋如帆，虾最细微犹十丈。"有鱼像房屋那样大，也有乌龟像船那么大，而只有虾是最小的，也有足足十丈那么大，也就是大约今天的30米左右。这里引出了海虾，运用了夸张的手法，突出了海洋生物的巨大和凶猛无比。接下来继续描写海虾的气势："鬅鬙怒气须如戟，力战洪涛欲飞出。""鬅鬙"，形容头发蓬松，这里是说海虾的外表十分狰狞凶猛，气势十足，虾须就像戟一样坚硬锋利。"江湖鱼蟹总蜉蝣，畜眼平生未曾识。"这两句运用对比手法对虾做了一个进一步的描述夸张，满江湖的鱼虾螃蟹在这个海虾面前，都不过是小小的蜉蝣罢了，这些微小的生物又怎么能真正认识到海虾呢？这里暗暗化用了逍遥游的小大之辩的典故，这就让被描写的海虾有了一种独特、超然尘外的气势。"画工何处写汝真，梦中曾到长须国。"这两句就转过来写画工画虾技艺的高超，仿佛梦中曾经到虾国游览过，这也侧面说明了所画的海虾生动逼真。最后借海虾抒发感情："黑风吹海浪如山，鱼龙变化须臾间。从龙愿作先驱去，去上青天生

354

羽翰。"海上大风猛烈,浊浪排空,在这种情境下鱼龙变化莫测,那么在其中的海虾,应该会跟随海底的巨龙,做先锋而直上九天,生出翅膀从长风远行吧。这里托物言志,海虾不同于江湖的小虾,而有着远大的志向和上天的本事,一旦跟随巨龙,驾起长风,便能直上九天,翱翔天际。

其实海虾就是作者的自指,表达了他想要跟随明主,建功立业的强烈渴望。

(朱钰)

奉同王浚川海上杂歌三首[1]

薛蕙*

天鸡啼处夜生潮[2],东望蓬莱翠雾消[3]。紫贝高为云外阙[4],青龙盘作日边桥[5]。

石门双阙入蓬瀛[6],日日惟看云雾生。白蜃吹霓晴后见[7],翠蚪衔月夜中行[8]。

海上三山倒影垂[9],风吹波动锦涟漪。云中对出神仙阙,地底双开日月池。

注释

〔1〕王浚川:王廷相(1474—1544),字子衡,号浚川,时人称王

---

* 薛蕙(1489—1541),字君采,号西原。十二岁能诗。明正德九年(1514)进士,授刑部主事。谏武宗南巡,受杖夺俸,遂引疾归里。后起为吏部考功司郎中。因忤旨获罪,遂解任南归。著有《考功集》,又有《西原遗书》及《约言》行世。

浚川、浚川先生。其人学识渊博，倡习唐诗，为"明代前七子"之一。

〔2〕天鸡：古代神话传说中的神鸡，传居东海岱舆山扶桑树上，率天下之鸡报晓。

〔3〕蓬莱：古代神话传说中的神山名，常泛指仙境。翠雾：苍郁的雾气。

〔4〕紫贝：一种贝类。云外阙：高空，指代仙境。云外阙：仙人居住的仙宫。阙，宫殿。

〔5〕日边：太阳的旁边，犹言天边，指极远的地方。

〔6〕石门：控制水流的石闸，此处指海边的山峰。蓬瀛：蓬莱和瀛洲，相传为仙人所居之处。泛指仙境。

〔7〕白蜃：白色大蛤。霓：一种自然现象，为彩虹的一种。

〔8〕翠虬：翠色蝌蚪。此处指海中鱼类。

〔9〕海上三山：中国神话传说中的海上三神山。

评析

这三首诗都很浅显，以描绘海洋景象为主。通篇运用了比喻、夸张、拟人等多种手法，且色彩分明，形象生动。

第一首，"天鸡啼处夜生潮，东望蓬莱翠雾消"中"天鸡啼处"指日出东方，东边在这里就是海边的意思，海边通常是晚上潮水较大，所以说是"夜生潮"。太阳升起，浓重的海雾也会散去一些，东望远处诸山，朦朦胧胧的感觉就没有那么强烈，如在眼前。"紫贝高为云外阙，青龙盘作日边桥。"紫贝为海底贝类，与青龙一样皆为海底生物，紫贝和青龙体积巨大，远远望去就仿若巨大的建筑一般。这两句充分运用了想象和夸张的手法，指其仿佛云外城阙、日边长桥。

第二首也运用了海洋的典型景物来描写海景。"石门双阙入蓬瀛，日日惟看云雾生。"海边的山峰遥遥相对，向东延伸直入大海，山间岚气和海边雾气交织缠绕，空蒙一片。"白蜃吹霓晴后见，翠虬衔月夜中行。"

白蜃指白色大蛤，翠虯指海中鱼类，在神秘的海洋之中，各种奇怪的海洋生物弄霓衔月，姿态各异。这两句也运用了想象的手法来写海景。

第三首从写海面倒影入手，突出海面平静时的清透美好。"海上三山倒影垂，风吹波动锦涟漪。"在晋王嘉《拾遗记·高辛》中有："海中三山也。一曰方壶，则方丈也；二曰蓬壶，则蓬莱也；三曰瀛壶，则瀛洲也。"极目远望，环海的山峰的影子静静倒映在水中，一阵微风吹过，海面上泛起细小的波纹，这里以动衬静，更突出了平静的海洋之美。"云中对出神仙阙，地底双开日月池。"这两句都是写倒影之美，现实中的山峰和日月倒映在海上，此时一望，上下一体，实景虚景相映成趣，颇显海洋平静之美。

（朱钰）

登高丘而望远海

顾璘[*]

登高而望远，不见天地端。日月互上下，东西如跳丸[1]。长风自何起，瀛海翻波澜[2]。六鳌正抃舞[3]，五岳无时安。恍惚青天中，仙人跨飞鸾。邀我谒帝室，金门郁盘桓[4]。青龙对人怒，玉女倾笑欢。彷徨返路故，北斗方阑干[5]。坐地仰天叹，三日不能餐。

注释

〔1〕跳丸：跳动的弹丸。形容时间过得极快。

〔2〕瀛海：浩瀚的大海。

---

[*] 顾璘（1476—1545），明代文学家。字华玉，号东桥居士，长洲（今江苏省苏州市）人，寓居上元（今江苏省南京市），有知人鉴。弘治进士，授广平知县，累官至南京刑部尚书。少有才名，以诗著称于时，与其同里陈沂、王韦号称"金陵三俊"，后宝应朱应登起，时称"四大家"。著有《息园诗文稿》《国宝新编》等。

〔3〕抃舞：指拍手而舞。

〔4〕盘桓：广大貌。

〔5〕阑干：横斜貌。

评析

  这是一首登高远望海洋的诗歌，多位诗人以此为题写过登高眺海之感。首两句"登高而望远，不见天地端"开门见山描写了远望大海之感，突出表现了海洋的浩瀚。"日月互上下，东西如跳丸。"那么海洋之大大到什么程度呢？日月在其中上下不分，东西南北的方向不辨，水天相接浑然一体，不知几何年岁。接下来几句就开始描写海洋的具体景色。"长风自何起，瀛海翻波澜。六鳌正抃舞，五岳无时安。"不知道长风从哪里吹来，整片大海翻涌起了巨大的浪头。"六鳌"是神话中负载岱舆、员峤、方壶、瀛洲、蓬莱五仙山的六只大龟。六鳌在海中翻滚舞蹈，它们所托载的五座仙山也上下起伏不定。这四句说明了海上的风浪之大，这也是作者登高观海所见实景。观赏大海，必然心有所感，继而作者开始了他的想象："恍惚青天中，仙人跨飞鸾。邀我谒帝室，金门郁盘桓。青龙对人怒，玉女倾笑欢。"恍恍惚惚之中，有仙人骑着神鸟从天际飞来，邀请"我"去往天宫。宫殿金碧辉煌，豪华无比，仙人姿态各异，青龙气质威严，神女笑逐颜开。这是诗人想象中的游仙情景。游仙之后必然要回归现实，那回归现实又是怎样一番情景呢？"彷徨返路故，北斗方阑干。坐地仰天叹，三日不能餐。"作者从想象中清醒过来，彷徨不知所来所去，北斗横斜夜已深，不由得坐地长叹，食不知味。这几句生动表达了作者观赏海洋的浩大景色后为之震撼迷醉的心理活动，也侧面突出了海洋之浩瀚汹涌。

（朱钰）

登州蓬莱阁观东海[1]

赵鹤[*]

蓬莱阁下晚凉开，倦客乘凉坐未回。不住鸟声冲雨过，有时龙起带潮来。愁云尚识田横岛[2]，仙月还虚汉武台[3]。回首夕阳瀛海上，一尊怀古独徘徊。

注释

[1]登州：中国历史上于山东境内设置的一个州，地处山东半岛。明清时为登州府。蓬莱阁：位于山东省烟台市蓬莱区，是一处凝聚着中国古代劳动人民智慧和艺术结晶的古建群。

[2]田横岛：位于青岛市即墨区东部海域的横门湾中。因齐王田横及岛上将士挥刀殉节于此，遂命名此岛为田横岛。

[3]汉武台：汉武帝为求仙所筑的高台，在今河北省昌黎县，其地俯临大海，长澜接天，巉岩峻石，颇为壮观。

评析

登州蓬莱阁在今山东省烟台市蓬莱区，倚海而建，可观海景。诗人在此登临，眺望海景。

"蓬莱阁下晚凉开，倦客乘凉坐未回。"天近傍晚，蓬莱阁下，海风吹来，凉爽无比。"倦客"指客游他乡而对旅居生活感到厌倦的人，这

---

[*] 赵鹤（生卒年不详），字叔鸣，号具区，江都（今江苏省扬州市）人。弘治进士，授户部主事，曾任金华知府，以忤刘瑾谪官。后起为山东提学佥事，平生好学，晚年注诸经，考论历代史，正其谬误。一生著述、辑录颇丰，主要有《书经会注》《维扬郡乘》《具区文集》《金华文统》《金华正学编》等。另有一些医学、佛学类著作。

里是作者自指。作者享受这微凉的海风,醉而忘返。继而就对此次观赏大海所见景色进行描写:"不住鸟声冲雨过,有时龙起带潮来。"鸟声嘤嘤,穿过雨幕,海浪骤起,潮水涌来。"愁云尚识田横岛,仙月还虚汉武台。""田横岛",源于《史记·田儋列传》,秦末原齐贵族田横起事自立为齐王。汉朝建立,横率部属五百人逃亡海岛。高祖召之,横不欲臣服,于途中自杀,其部属闻之,悉于岛上自杀。后以"田横岛"指忠烈之士亡命之处。"汉武台",据《史记·孝武本纪》记载,元封元年(前110),汉武帝到有"神岳"盛名的碣石山祭神求仙。对此,郦道元的《水经注·濡水》有明确记述:"濡水(滦河)又东南至絫县碣石山……汉武帝亦尝登之,以望巨海,而勒其石于此。"这两句运用了和海洋及海边山岳之事的典故,来表达怀古之情。最后一句发表议论感慨:"回首夕阳瀛海上,一尊怀古独徘徊。"作者回首沧海烟波,夕阳西沉,独自斟酒,在岸边徘徊,看这世事沧海桑田变化无穷,无限忧思不由得充溢胸怀。

这首诗写登阁所见所感,触景生情,写景生动,写情真挚自然。

(朱钰)

海上凯歌二首赠汤将军(其一)

唐顺之[*]

偃旗休角寂无猜[1],百丈楼船泊不开[2]。夜半贼营流矢满[3],才惊汉将是飞来[4]。

---

[*] 唐顺之(1507—1560),字应德,一字义修,号荆川。武进(今江苏省常州市)人。明代儒学大师、军事家、散文家、数学家、抗倭英雄。嘉靖八年(1529)会试第一,官翰林编修,后调兵部主事。当时倭寇屡犯沿海,唐顺之以兵部郎中督师浙江,曾亲率兵船于崇明破倭寇于海上。升右金都御史。嘉靖三十九年(1560),督师抗倭途中不幸染病,于通州(今江苏省南通市)去世。崇祯时追谥襄文。学者称其为"荆川先生"。著作有《荆川先生文集》。

注释

〔1〕偃旗：放倒旗帜。
〔2〕楼船：楼船，中国古代战船，因船高首宽，外观似楼而得名。
〔3〕流矢：乱飞或无端飞来的箭。
〔4〕飞来：指西汉飞将军李广。

评析

这是一首得胜的凯歌，赠予抗倭将帅之一的汤将军。"偃旗休角寂无猜，百丈楼船泊不开。"偃，放倒，休，停止，军旗放倒，角声停歇，一片寂静，海边停泊着无数的船舶。"夜半贼营流矢满，才惊汉将是飞来。"夜半三更，倭寇的驻扎之地忽然射来无数的流箭，贼寇们大惊失色的同时，才醒悟到原来是抗倭军队杀了上来。这场战争的结果可想而知，必是抗倭大军大获全胜。

这首诗很简单，纯写海洋战争中汤将军用兵如神，是一首胜利之歌。

（朱钰）

彼倭行

王问*

去年倭奴劫上海，今年绎骚临姑苏[1]。横飞双刀乱使箭，城边野草人血涂。五郡陈红王外禀，洪武以来无一警。自从妖啸失农耕，伐鼓敲金穷旦暝。四月五月圩水平[2]，氓丁悉索驱上城[3]。

---

* 王问（1497—1576），字子裕，号仲山，江苏无锡人。嘉靖进士，历官车驾郎中，擢广东按察佥事，因思念老父，未赴任，即弃官归家。书法类米芾，又似黄庭坚，点染山水、花鸟皆精。诗作萧闲疏放，冲然自得，有《仲山诗选》《崇文馆稿》等。

官军岂无一寸铁,坐劝彼倭来横行。

注释

〔1〕绎骚:骚动,扰动。

〔2〕圩:防水护田的堤岸。

〔3〕氓丁:指农村居民。悉索:尽其所有。

评析

  这首诗顾名思义,就是写倭寇进犯我国沿海一带的情景。

  "去年倭奴劫上海,今年绎骚临姑苏。"上一年倭寇进犯了上海县,今年又大举深入侵犯骚扰姑苏一带。"横飞双刀乱使箭,城边野草人血涂。"倭寇贼人是如此残暴,对无辜的平民百姓使刀弄箭,所经之处连野草上也沾满了鲜血。这一句正面写了倭寇横行给百姓带来的灾难。"五郡陈红王外廪,洪武以来无一警。自从妖啸失农耕,伐鼓敲金穷旦暝。"这是说这种倭寇横行血流成河的场面,从洪武年间以来并不多,但是自从倭寇进犯以来,沿海一带人民的生活就此失去了平静,战斗被频繁挑起,日夜不休。"四月五月圩水平,氓丁悉索驱上城。官军岂无一寸铁,坐劝彼倭来横行。"四月五月正是农忙的时候,但是农村居住的人都被横行的倭寇驱赶逃到了上城躲避,这也照应了前面的"失农耕"。然而在这种民不聊生的情景下,官兵是怎么做的呢?诗中用平静的口吻说出"坐劝彼倭来横行"的冰冷现实。难道这些官兵手中没有武器吗?既然有武器,为何又如此冷漠,坐视不管呢?诗中没有给出原因,但是我们可以想象,这正是由于沿海一带官吏并没有把民生放在心上,这样的对比,使读者不由自主对当地无所作为的官员表达出强烈的愤慨之情。

  整首诗语言平静,但是揭露的事实颇残酷,描写了沿海一带真实的战斗景象和民不聊生的场景,令人掩卷深思。

(朱钰)

海 上

施渐[*]

秦山青截海门斜[1],万筏凌秋叠浅沙。聚落萧疏耕读尽[2],潮来潮往是生涯。

注释

〔1〕秦山:位于浙江省嘉兴市海盐县。
〔2〕耕读:指既从事农业劳动又读书或教学。

评析

这是一首典型的描写海洋景色和海洋生活的诗歌。

"秦山青截海门斜,万筏凌秋叠浅沙。"秦山位于今天浙江省嘉兴市海盐县,依江傍海,所以说是海门斜。海滩浅沙边,无数的船停泊着,重重叠叠,这一句也点明了时节是秋天。"聚落萧疏耕读尽,潮来潮往是生涯。"前一句讲海岸周边景色和作者的日常生活,聚落萧疏指地处僻静,作者耕读为生,享受闲暇生活。后一句化用苏轼的《南歌子(再用前韵)》:"寓身化世一尘沙。笑看潮来潮去、了生涯。"事物就像潮水一样,时而涨潮,时而退潮,如此往复循环。所以面对人生,应保持一份豁达坦然的心境,尽人事,听天命,不去争蝇头小利,只要拥抱自然世界就好。

---

[*] 施渐(1496—1556),字子羽。无锡人,以诸生岁贡,授海盐县丞。嘉靖三十三年(1554),他在乡里与顾可久、华云、张选、王问、华察等人复举碧山社。其诗不务浮华,写得清雅淡逸。著有《武陵集》。

这首诗借景抒情，在描写自己寓居海上的生活的同时，表达了对人生对生命的豁达态度。

（朱钰）

海波平

皇甫汸*

岛夷日本称最雄，髡首骈拇炯两瞳[1]。乘舟截险洪涛中，跳梁若蝶聚若蜂。揭竿烈炬耀日红[2]，攻城掠邑谁婴锋[3]。红女休织田无农[4]，帝命祀海惟司空[5]。授脤秉钺有胡公[6]，狼兵苗卒集江东[7]。夜纵巨舰突蒙冲，俘海系直奏肤功[8]，兔穷鸟尽艰厥终。

注释

〔1〕髡首：剃去头发。骈拇：大脚趾跟二脚趾连在一起了，成了畸形的脚掌。骈，并列，这里是指合在一起。拇，大脚趾。

〔2〕烈炬：火把。

〔3〕婴锋：正面交战。婴，触犯。锋，锋利，代指兵刃。

〔4〕红女：古指从事纺织、缝纫等工作的女子。

〔5〕司空：古代官职名，掌水利、营建之事。

〔6〕授脤：受命统军。秉钺：掌握兵权。

〔7〕狼兵：专指广西出身之战斗人员，此类人不隶军籍，彪悍武勇，多投身明代"剿贼""御倭"，且战绩不俗。苗卒：数量众多的军士。

* 皇甫汸（1498—1582），明嘉靖时长洲（今江苏省苏州市）人，字子循，号百泉、百泉子。嘉靖进士，授工部主事，官至云南金事，以计典论黜。好声色狎游。工诗，尤精书法。与皇甫冲、皇甫涍、皇甫濂为四兄弟，人称"皇甫四杰"。时吴人有云："前有四皇，后有三张。"有《百泉子绪论》《解颐新语》等。

〔8〕肤功：即肤公，指大功。《诗经·小雅·六月》："薄伐狎狁，以奏肤公。"

评析

《海波平》是乐府曲辞，曲凡十三句，句七字。

"岛夷日本称最雄，髡首骈拇炯两瞳。"在时常进犯沿海一带的蛮夷中，日本，也就是倭寇的实力最为强大。"髡首"，是秃头的意思，"骈拇"，是说大脚趾跟二脚趾连在一起了，成了畸形的脚掌。这句是形容日本倭寇的面貌狰狞可怕，一看就绝非善类。他们的行为也同他们的相貌一样可怕阴狠："乘舟截险洪涛中，跳梁若蝶聚若蜂。揭竿烈炬耀日红，攻城掠邑谁婴锋。"这些倭寇驾着船在巨大的浪头中出没，聚齐像蜜蜂抱团，散开像蝴蝶飘飞，到了陆地上就大举进攻，烧杀抢劫无恶不作，给当地的居民带来了深重的灾难。"红女休织田无农，帝命祀海惟司空。"这两句从侧面反映了倭寇进犯带来的影响，织妇放弃织布，农夫无田可种，即使是皇上要求的祭祀海神的仪式，也没有相应的官员来管理，民生凋敝，官不尽职由此可见一斑。"授脤秉钺有胡公，狼兵苗卒集江东。"脤是古代王侯祭社稷所用的肉，"授脤"，指受命统军，"秉钺"，持斧，借指掌握兵权。"狼兵苗卒"，指军队人数众多，战力雄厚。这句说幸亏有胡公临危受命，带领精锐的兵卒出海抗倭。抗倭的过程就犹如天降奇兵："夜纵巨舰突蒙冲，俘海系直奏肤功，兔穷鸟尽艰厥终。""肤功"，指大功，《诗经·小雅·六月》："薄伐狎狁，以奏肤公。"胡公晚上率兵驾着大船偷袭，大破贼人，建立大功，侵犯海岸边境的倭寇都惊慌失措四散奔逃，"兔穷鸟尽"写出了其失措态。而这种结果就是真正的"海波平"的含义。

该诗借乐府古辞写倭寇进犯直至被驱赶的经历，展示了沿海一带居民被侵犯的经历以及抗倭生活，而这也正是作者心中"海波平"的含义。

（朱钰）

送汤世登

许榖*

万里携家上海船，到时黎蛋拜车前[1]。鲸涛蜃雾围官舍[2]，铁树琼花照酒筵。验岁土人占草节[3]，采珠波客候龙眠[4]。遥知问俗经过地[5]，停舾常投饮马钱[6]。

注释

〔1〕黎蛋：一个水居民族，因无田可耕，久居水上，其船如蛋形，故称。

〔2〕鲸涛：惊涛巨浪。蜃雾：传说中蜃吐雾，此处为大雾之意。

〔3〕验岁土人：善于占卜的人。

〔4〕采珠波客：去深海底采取珍珠的人。

〔5〕问俗：访问风俗。

〔6〕饮马钱：饮马，给马喝水。此处指问路。

评析

这是一首送行诗，汤世登应为作者的朋友。据诗意，应当是在送行的酒席上写就的。

"万里携家上海船，到时黎蛋拜车前。"此两句写汤世登带领家人航海出行的场面。此后四句描述想象中在海上航行的场面。"鲸涛蜃雾围

---

* 许榖（1504—1586），字仲贻，号石城。上元（今江苏省南京市）人。嘉靖十四年（1535）进士，官至南京尚宝卿。归田后，家居三十年，未尝通书政府；缙绅有造门求见，不报谢。好读书，博涉精诣，有文名。诗格爽俊，得古人意。著有《省中稿》《二台稿》《归田稿》等。生平事迹见《国朝献征录》卷七七。

官舍,铁树琼花照酒筵。"既然是在海边官舍摆下酒席,那么自然酒宴上充满了海洋风味。"鲸涛蜃雾"指鲸鱼扬起的巨浪与海蜃吐出的雾气,喻指海上风浪滔天,海气弥漫;"铁树琼花"指的是海洋植物,如珊瑚一类。下两句进一步描写在海上航行的状况:"验岁土人占草节,采珠波客候龙眠。""验岁土人"指善于占卜的人,一般船上都有一个这样的人占卜风浪大小、船行方向;"采珠波客"指海底采珠人,采珠人常常在海底采集珍珠,传说海底有龙,所以这里说是伴龙眠。颈联颔联使用多种海洋意象,既符合送别的场景与主题,又让全诗带有一种别有情调的海洋特色。"遥知问俗经过地,停旆常投饮马钱。"最后两句诗人仍在展开细致的想象,想象朋友在海上航行的旅途一定十分有意思,路上会访问风俗,休旗问路。

这首诗通过想象朋友在海上航行即将经历的事情和看到的风景,表达了对朋友的深情厚谊。

(朱钰)

庚子纪事

陆之裘*

南沙顽夫不满千[1],恃险攫货争鱼盐。椎牛杀狗亦耕种,黄芦白苇波连天。海滨耆豪利兼取[2],逞技献谋官府前。喜功忧变守臣职,抚召不听心烦煎。兵舟阅送文武吏,炎秋直薄南沙边。诸军相猜不相协,遇贼出斗戈矛捐。披帆击鼓各归县,腾讹道路欢相传。谁为赝书揭都市[3],台司受诬盗亦冤。南畿咫尺路非邈,惜无一人

---

* 陆之裘(生卒年不详),字象孙,号南门。明南直隶太仓(今属江苏省)人。贡生。官景宁教谕。与王宠交深。工诗,善曲。著有《南门仲子集》《南门续集》。

能照奸。称王命将何等语，凤楼疏入惊云旒[4]。重华震怒遣使者，械系失事诸官员。红颜白发哭相送，秋风泪滋西郭阡。夏曹荐出总兵者，幕府聊分边将权。拥来邠儿半降盗[5]，提兵过市同饥鸢[6]。群愚心知罪难免，始从华屋搜金钱。璜泾市上换残衲[7]，吴淞江头焚戍船。阻拦朝防貔虎出，吹击夜恼蛟龙眠。我师扬舲复停泊[8]，欲出不出期频愆[9]。太仓孤城上官满，骑兵剑客相喧阗[10]。家家月黑宵鸣柝[11]，巷巷风寒朝执鞭。霜台按节问武帅[12]，今日举事何迍邅[13]。群盗廿舟无带甲，官军百艘多控弦。江郊犒师万石馈，州门赏士千金县。戎衣战器等山积，嗟尔虎牙胡敢然。夜分蓐食晓出海[14]，贼舟一字遮津连。将军拜呼驾五桨，颤夫感激争相先。人生自古有天幸，巨海浪静如平川。龙须火枪杂羽箭，腾烟迷目衣皆穿。纷纷溺水急钩取，斩首二百班师还。金珠衔舻喜夸捷，小教场中开舞筵。将军怀家乞返辔，御史不从持益坚。昨朝逋寇半犹在[15]，巢穴未入功非全。人奴诱贼杀酋长，牙旗夜报风翩翩。宫祠刑尸若儿戏[16]，剁剥淋漓谈笑间。登□遍村昼纵火，老稚妇女残刀铤[17]。官牌下令要生缚，十无三四随拘挛[18]。台司揭榜戒骄横，受降释枉哀危颠。南军囊轻北军重，猎较岂是辕门偏[19]。捷书遥闻九重喜，玉旨急下飞华鞯[20]。守臣除罪各加俸，相国亦赐宫罗鲜。鲸涛余蛮窜绝域，愿还海县民同编。移文此辈早投槊[21]，沿江戍儿归扣舷。儒臣只知赞画寄，殷勤屡乞刍荛言[22]。真情自来几人达，湖海只应惭昔贤。三沙谁献暂安策，民开义塾军屯田。鱼盐禁弛战斗息，坐令斥堠销烽烟[23]。村村鸡犬映花柳，婚嫁缔结朱陈缘[24]。鸣琴提壶变习俗，疮痍疾困从兹痊。书生作赋纪平海，嘉靖时逢庚子年。玉堂太史访边事，予词合入穹碑镌[25]。

注释

〔1〕顽夫：凶恶的人。

〔2〕耆豪：耆老和豪强。

〔3〕赝书：假造的书信或文件。

〔4〕云斾：此处为皇帝之意。斾，古代的一种赤色曲柄旗。

〔5〕邳：今邳州市，在江苏省北部，隶属于江苏省徐州市。

〔6〕饥鸢：饥饿的鸢鸟，比喻凶猛的样子。

〔7〕璜泾：位于今江苏省太仓市。

〔8〕舲：小船。

〔9〕愆：错过，耽误。

〔10〕喧阗：喧闹杂乱。多指车马喧闹声。

〔11〕鸣柝：敲击梆子使发声。常用以巡夜和聚众。

〔12〕霜台：御史台的别称。御史职司弹劾，为风霜之任，故称。

〔13〕迡邅：指不敢前进。

〔14〕蓐食：早晨未起身，在床席上进餐。形容时间之早。

〔15〕逋寇：逃寇、流寇。

〔16〕宫祠：官名。宫观使。

〔17〕刀铤：刀和短矛，均为古代兵器。

〔18〕拘挛：拘禁、关押。

〔19〕猎较：争夺猎物，比喻争斗。

〔20〕华鞯：此处指皇帝的使者。鞯，衬托马鞍的垫子。

〔21〕投槊：此处指放下兵器，投降。槊，古代兵器。

〔22〕刍荛言：割草打柴人的话，指浅陋的言辞。刍荛，即割草打柴的人。

〔23〕斥堠：即斥候，古代的侦察兵。

〔24〕朱陈缘：指缔结姻缘。白居易《朱陈村》诗曰："徐州古丰县，有村曰朱陈……一村唯两姓，世世为婚姻。"朱陈为古村名。

〔25〕穹碑：圆顶高大的石碑。

评析

  很明显，这是一首长篇叙事诗歌。由最后四句："书生作赋纪平海，嘉靖时逢庚子年。玉堂太史访边事，予词合入穹碑镌"可知，全诗记载的是嘉靖年间庚子年的事件，并且得到官方认可，把发生的事件刻碑入传。

  这首诗可以分为三部分，第一部分为"南沙顽夫不满千，恃险攫货争鱼盐……南畿咫尺路非遐，惜无一人能照奸"。这几句为第一部分，写沿海一带民众遭受南沙贼寇侵扰，民不聊生，但是官兵并不负责，甚至"相猜不相协"，反而巧取豪夺，导致战事愈演愈烈。首句直接进入主题，点出引起动乱的人物是"南沙顽夫"——一群凶恶的人，动乱的原因是"攫货争鱼盐"，即争夺各种物产资源。而后继续写这些人的行径之可恶，引起了巨大的风波，"椎牛杀狗亦耕种，黄芦白苇波连天"。后几句开始写官府的反应："海滨耆豪利兼取……炎秋直薄南沙边"，官府起初采取了一些策略，但是结果却是"诸军相猜不相协，遇贼出斗戈矛捐……南畿咫尺路非遐，惜无一人能照奸"。官府和军队内部就存在重重矛盾，导致战争一战即退，弃械投降。但是为了传报上去好听，伪造了捷报传给皇帝。但实际上，战祸越来越严重，最终还是被皇帝所察觉。

  第二部分从"称王命将何等语，凤楼疏入惊云旃"到"南军囊轻北军重，猎较岂是辕门偏"。当战败的消息传来，伪造的战报便也瞒不住了，于是皇帝震怒，派遣使者来督战，同时也写了在这种情景下不同官员的不同反应，有继续搜刮民脂民膏的，也有一心为民作战的。这一部分还详细描写了作战的场面，先铺陈明朝军队的强大，又突出海寇的兵力弱小。接着就描写战争过程中的场面，由于兵力占优，明军大获全胜，最后又写乘胜追击。"称王命将何等语，凤楼疏入惊云旃。重华震怒遣使者，械系失事诸官员。"当皇帝察觉后，对于此事勃然大怒，下令彻查并派兵清剿叛乱。于是"红颜白发哭相送，秋风泪滋西郭阡。夏曹荐出总兵者，幕府聊分边将权。"一方面大举征兵，开赴前线，一方面也推举出

370

相关带兵将领和谋士，准备战斗。但是皇帝震怒后，一些官员及其手下的军队反而变本加厉，"提兵过市同饥鸢。群愚心知罪难免，始从华屋搜金钱……吹击夜恼蛟龙眠"。他们趁着混乱继续敛财，使边防更加破败，就仿佛饥饿的鸢鸟一样，所过之处，无一幸免。此时朝廷派来的官兵按兵不动，讨伐的期限一推再推，"我师扬舲复停泊，欲出不出期频愆……巷巷风寒朝执鞭"。此时御史台亲自过问，"霜台按节问武帅，今日举事何迍邅……嗟尔虎牙胡敢然"。这几句用对比说明了朝廷军队的装备与作乱贼人的差别，为下面的战斗胜利做了铺垫。接下来就是描写战争具体的过程："夜分蓐食晓出海，贼舟一字遮津连……金珠衔舻喜夸捷，小教场中开舞筵。"而后又深入描写战斗进一步的发展及战斗的收尾："将军怀家乞返辔……猎较岂是辕门偏。"层层描写，有条不紊。

最后一部分是"捷书遥闻九重喜，玉旨急下飞华鞯……玉堂太史访边事，予词合入穹碑镌。"这一段写战事结束后，朝廷封赏，民众重回安居乐业的情景。"捷书遥闻九重喜，玉旨急下飞华鞯。守臣除罪各加俸，相国亦赐宫罗鲜。"战争胜利后，朝廷大举加封奖赏相关参与官员。"鲸涛余蛮窜绝域，愿还海县民同编。移文此辈早投槊，沿江戍儿归扣舷。"曾经作乱的贼人都纷纷逃窜，躲入深海遥远的岛屿中，或是投诚后被编入良民籍，再也不敢出来兴风作浪；公文下发，参加讨伐的官兵都鸣金收兵，准备归家。"儒臣只知赞画寄，殷勤屡乞刍荛言。真情自来几人达，湖海只应惭昔贤。"这几句作者使用了反讽的语气，讥讽朝廷上一开始对于动乱不管不问，而后又大献殷勤的朝臣们。事实上，真正的辛苦只有亲身参与过战斗的人、那些深入民间的贤人才了解。最后几句写战乱过后，沿海居民休养生息，恢复了之前安居乐业的情景。"三沙谁献暂安策，民开义塾军屯田。鱼盐禁弛战斗息，坐令斥堠销烽烟。"为了让人民的生活尽快回到正轨，官府、军队、民众一起努力，官府放松税务，军民开田建塾，于是"村村鸡犬映花柳，婚嫁缔结朱陈缘。鸣琴提壶变习俗，疮痍疾困从兹痊"，终于出现了一派祥和的场面。

整首诗条理清晰,叙事详略得当,记载了庚子年间海边一场明军最终取得胜利的战事。笔墨之间颇有杜甫"诗史"的遗风。

(朱钰)

观 海

叶之芳*

海碧何冥冥,空光连太清[1]。白云飞不过,红日落还生。去鸟难分影,遥山安可名[2]。何当借鳌背,载我向东行。

注释

[1] 空光:阳光。
[2] 遥山:远处的山峰。

评析

这是一首观海之作,描写了观海所见所感,并在结尾处隐晦地表达了自己的志向。

"海碧何冥冥,空光连太清。"海水是如此浩瀚,波光粼粼,水天上下相接,一片空蒙碧色。"白云飞不过,红日落还生。"这两句继续写海之大,白云飘移万里,还在沧海的范围中,红日升起落下,总是在海面上浮沉。"去鸟难分影,遥山安可名。"海上的鸟儿在这一片碧海之上的天空翱翔,海面上的倒影一直跟随着它;远处海上有隐隐约约的山峦轮

---

* 叶之芳(生卒年不详),字茂长,号雪樵子。主要活动在万历年间。以能诗出游各地,好使酒骂座。其诗作在两方面较有成就。一是倾吐自己哀怨有一定艺术感染力,二是描写景观较为细腻,显示出一定的艺术功力。著有《雪樵集》。

廓,不知道那是不是就是传说中的仙山。这两句还是在写海洋的广阔。最后两句发表议论:"何当借鳌背,载我向东行。"什么时候"我"才能借助海底大鳌的力量,跨越眼前的沧海,向东前行?这一句体现了作者由眼前海景生发对自己生命的追寻,表达了追寻心中愿望的强烈渴望。

(朱钰)

泛 海

张可大[*]

到处啼莺倚棹歌[1],客怀偏向布帆多。黄云飞尽天如洗,鳌背山前万顷波。

注释

〔1〕棹歌:行船时所唱之歌。

评析

这是作者泛海出行,观赏海景写下的一首诗歌,诗意明白晓畅,语言清新。"到处啼莺倚棹歌,客怀偏向布帆多。"由"啼莺"可知其时是春天,清脆的鸟鸣和着船夫的棹歌。"布帆",布质的船帆。亦借指帆船,在这样一片生机的情境下,最能勾动羁旅的游人思乡的情怀,所以许多人出海远行归家或是散心,即"布帆多",这也隐晦地写出了诗人自己的心境。"黄云飞尽天如洗,鳌背山前万顷波。"泛海出行,船遥遥

---

[*] 张可大(?—1632),字观甫,明末爱国将领。世袭南京羽林左卫千户。万历进士。授浙江都司,又先后升为游击、参将。后调往宁波,驻扎舟山,多次击败入犯倭寇,升副总兵。崇祯年间,升为总兵,驻防山东。后因"吴桥兵变",败于叛军,自尽。朝廷追赠太子少傅,谥壮节。

行在无边的海面上,仰看长空万里黄云飞尽,一碧如洗,远眺山川千里白浪滔天,一片海色。

这首诗纯用白描手法,不加修饰,写出了春日泛海出行所见海景。

(朱钰)

春怀(其三)

孙承宗*

穹庐东徙海波平[1],大壑鱼龙卧不惊。县古汤泉迷旧垒[2],台高望海控新旌。醝花万灶歌三月[3],宝气千山到五城[4]。何日三韩烽燧息[5],却从徐福问长生[6]。

注释

[1]穹庐:指海面阔大。

[2]汤泉:古代称温泉。

[3]醝花:此是盐花的意思。醝,盐。

[4]宝气:珍物、财宝等所显现的光气。

[5]三韩:指古代朝鲜半岛,代指明代东北部边境。烽燧:也称烽火台、烽台、烟墩、烟火台。如有敌情,白天燃烟,夜晚放火,是古代传递军事信息最快最有效的方法。此处是战火之意。

[6]徐福:秦朝著名方士,道家名人。

---

* 孙承宗(1563—1638),字稚绳,号恺阳,北直隶保定高阳(今属河北省)人。明末军事家、教育家、学者和诗人。曾任兵部尚书、辽东督师、东阁大学士等。后辞官回乡。崇祯十一年(1638),清军进攻高阳,孙承宗率领全城百姓及家人守城,城破后自缢而死。著有诗集《高阳集》、军事著作《车营扣答合编》等。

评析

  这是一首春日海上遣怀诗,《春怀》一共六首,此为第三首。

  首联"穹庐东徙海波平,大壑鱼龙卧不惊"直接描写海景,此刻春日浩瀚的海面上,平静如镜,鱼龙不惊。这给全诗奠定了一个平和的氛围。颔联描写海岸周边景色,"县古汤泉迷旧垒,台高望海控新旌"。旧时古县边垒都已经成为陈迹,而如今新台筑成,新旗挂起,古今对比,更显世事沧桑变化,诗人由变化而心生嗟叹。颈联"醝花万灶歌三月,宝气千山到五城"描写眼前所见具体情状。"醝花",即盐花,"宝气",即珍物、财宝等所显现的光气。海边人民的主要的劳作及经济来源之一就是晒盐制盐。旧时曾把煎盐的人家称为"灶户",古代生产盐是用锅灶进行烧煮,将水烧净,最后沥出细盐。此时正是三月初春,家家户户海边煮盐,场面壮观。既然是春日,那天气必然是极好的,煮盐的蒸汽、海上的海气在清透的日光的照射下显得光华流转,仿佛珠宝映出来的瑞气,直达海城,描写了春天海边真实而热烈的劳动场景及海畔风景。尾联:"何日三韩烽燧息,却从徐福问长生。"作者在春日里展开种种怀想。"三韩",指古代朝鲜半岛,代指明代东北部边境,当时正是明清交战的时候,所以也是指明清北部战场;"烽燧",指战火。作者发表感慨,展开期待,什么时候战事能够停息下来呢?到了那个时候,国家祥和,就可以出海像徐福那样寻找不老药了。徐福是秦朝著名方士,为给秦始皇找长生不老药而出海。传说中他第二次出海的时候,来到了"平原广泽",他感到当地气候温暖,风光明媚,人民友善,便停下来自立为王,教当地人农耕、捕鱼、捕鲸和沥纸的方法,自此便安居稳定下来。后人便用徐福长生表示安定祥和的生活。这一联表达了强烈的爱国意识和和平意识。

  作者当时正处于朝代交替的时期,内心有着无数的忧思愁绪,所以面对眼前景色,难免生出追古抚今之意,而这也正体现了作者准备为国尽忠的决心。

(朱钰)

与客登招宝山观海,遂有击楫岑港一窥贼垒之兴,谨和开府胡公之韵奉呈

徐渭*

沧海遥连雉堞明[1],登临喜共幕宾清[2]。千山见日天犹夜,万国浮空水自平。不分番夷营别岛[3],愿图方略至金城[4]。归来正值传飞捷,露布催书倚马缨[5]。

注释

〔1〕雉堞:有锯齿状垛墙的城墙。

〔2〕幕宾:指官员手下的谋士和食客,非官非吏,无品无位,只是一种受聘于幕主官员的佐治人。

〔3〕番夷:旧指边境的少数民族,此处指进犯海境的侵略者。

〔4〕方略:方法与谋略。

〔5〕露布:军事捷报。

评析

这是一首和诗,时间、地点、事件、人物已经在题目中说明。作者与客登招宝山观海,并且一窥营垒兴建。开府胡公也就是一同登山的人,他作了一首诗,徐渭便步韵作了一首相和的诗歌。

---

* 徐渭(1521—1593),绍兴府山阴(今浙江省绍兴市)人。初字文清,后改字文长,号青藤老人、青藤道士、白鹅山人等。明代著名文学家、书画家、戏曲家。多才多艺,书、画、文、诗、戏剧等皆有第一流之成就。胡宗宪下狱后,徐渭在忧惧发狂之下自杀九次却不死。后因杀继妻被下狱论死,被囚七年后,赖张元忭等好友力救获免。诗豪放恣肆、狂怪奇绝,抒其幽愤之情。有《徐文长集》。

首联"沧海遥连雉堞明,登临喜共幕宾清",点明地点、人物及事件。雉堞,又称齿墙、战墙,是有锯齿状垛墙的城墙,可用来供守御城墙者在反击攻城者时做掩蔽之用。诗人登山瞰海,向远处眺望,城墙清晰可见,感慨今日登临,有诸位幕宾相陪身边一同欣赏景色。接下来一联描写瞰海所见之景:"千山见日天犹夜,万国浮空水自平。"这联写海景,海气氤氲,即使是晴天,也有一层浅淡的雾气,仿佛天临傍晚;水天相接上下一体,岛屿国家在海面上,也就仿佛浮在天上。"不分番夷营别岛,愿图方略至金城。"眺望远处岛屿,难以分辨是夷蛮的驻营之地还是其他,心中只想着好好筹谋进攻的计划,一举攻破侵犯者。"归来正值传飞捷,露布催书倚马缨。"诗人与宾客下山归来,此时却传来了得胜的消息。现在要把这个消息继续上报,所以赶紧倚着马写上报的文书,一股喜悦之情充溢而出。

这首诗写登山观海景,又写必破倭寇的信心,最后用收写捷报文书来进一步烘托喜悦的心情与破敌的信心,不失为一首昂扬的海洋战前诗歌。

(朱钰)

龛山凯歌六首(其三、其六)

徐渭

七尺龙蟠皂线绦[1],倭儿刀挂汉儿腰。向谁手内亲捎得,百遍冲锋滚海蛟。

夷女愁妖身画丹[2],夫行亲授不缝衫。今朝死向中华地,犹上阿苏望海帆[3]。

注释

〔1〕蟠：盘曲，盘结。皂线绦：此处应指腰带或者束带。皂，黑色。

〔2〕愁妖：妖媚的样子。

〔3〕阿苏：日本著名活火山。

评析

　　凫山即今浙江坎山。徐渭也是明代重要抗倭将领之一，《凫山凯歌六首》应该作于一次战役的胜利之后，纯是胜利之情的自然流露，现选两首。

　　第一首写官兵在军旗的指挥下勇猛冲锋的场景，甚至获得了许多战利品，也就是"倭儿刀"。战利品是怎么获得的呢？"百遍冲锋滚海蛟"，是在海上的战场中一遍又一遍浴血奋战，九死一生得来的。这首诗体现了明代抗倭兵士们艰苦的作战环境和大无畏的战斗精神。

　　第二首从另一个侧面来描写战斗的胜利。"夷女愁妖身画丹，夫行亲授不缝衫。"夷女就是倭国的女子，身涂丹朱，体态妖娆，亲手缝制衣服，盼望着男人们平安归来。但是结果又是如何呢？"今朝死向中华地，犹上阿苏望海帆。"侵略者，也就是夷女们的丈夫死在了战场，即他们所侵略的地方。而隔着茫茫大海，消息传不回来，甚至没有人传递消息，那些女人们只能徒劳地登上阿苏山日日眺望，一直等待，阿苏山是今日本的一座名山。这一句颇像名句："可怜无定河边骨，犹是春闺梦里人。"战争是不义的，但是人是无辜的，战争是一把双刃剑，给我国沿海人民带来了无尽的灾难，反过来说，也给侵略国的人民带来了灾难。这样两相对比，更揭示出了战争的残酷，表达了作者渴望和平的愿望。

（朱钰）

望夫石

徐渭

海天万里渺无穷，秋草春花插髻红。自送夫君出门去，一生长立月明中。

评析

这首诗咏叹望夫石传说。

首句写望夫石终日所见："海天万里渺无穷"，唯有碧海青天，渺茫无际，所思之人何在？"秋草春花插髻红"，历经无穷岁月，不见丈夫归来，寂寞无依，只有春花秋草，仿佛同情望夫石的遭遇，为她稍加修饰。"自送夫君出门去，一生长立月明中。"末两句点明望夫石所执着坚守的原因：为等待夫君，不惜伫立明月之中等待一生。全诗饱含对望夫石的深切同情，读罢余韵不尽。

（朱钰）

白沙海口出沓磊

汤显祖[*]

东望何须万里沙，南溟初此泛灵槎[1]。不堪衣带飞寒色，蹴

---

[*] 汤显祖（1550—1616），字义仍，号若士、海若，别署清远道人，晚号茧翁。临川（今属江西省）人。万历十一年（1583）进士。除南京太常寺博士，迁礼部主事，以疏劾辅臣申时行等贬徐闻典史，迁遂昌知县，有政声。后辞官归。有传奇"临川四梦"，其中《牡丹亭》最为著名。诗属性灵派，天然秀逸。有《玉茗堂集》。

浪兼天吐石花。

注释

〔1〕南溟：大海，语出《庄子》"南冥者，天池也"。灵槎：指能乘往天河的船筏。

评析

万历十九年（1591），汤显祖上疏弹劾辅臣申时行、给事中张文举等，触怒了神宗皇帝而被贬为徐闻（今属广东省）典史。这首诗就是诗人泛海游琼州（今海南省）之后归来时所作。

"沓磊"，地名，在今广东省徐闻县海安镇。"白沙海口"即白沙口，又名神应港，在今海口市南，明代置守千户所，称海口所，是当年出入琼州最主要的港口。汤显祖游琼州后从海口白沙门渡口回徐闻沓磊港，就眼前所见，写成此诗。"东望何须万里沙"，何须到万里之外去寻找沙漠？白沙门渡口就有一望无垠的沙滩。这景色真让初来此地的汤显祖赞叹不已。"南溟初此泛灵槎"，"南溟"即南海，"灵槎"即诗人所乘舟船，此次是初次泛舟环游海南岛。"不堪衣带飞寒色，蹴浪兼天吐石花。"诗人归来时天色渐晚，天气渐冷，衣带随海风飞起，让人感觉寒意更浓；眼见连天的海浪拍打到岩石上，仿佛海石上盛开着雪白的花朵。

这首诗就眼前所见，写泛海的感受，极为真切。

（朱钰）

望海二首（其一）

俞安期*

纷纷灵异变昏朝[1]，阴火随波远自飘[2]。龙藏函经连水府[3]，蜃楼开市借云霄。星临东极无分野[4]，山入南荒有沃焦[5]。日日潮来长应候，似应西答百川朝。

注释

[1]灵异：指神怪。

[2]阴火：也称鬼火。磷化氢燃烧时的火焰，常在夜晚墓地出现。

[3]函经：经典著作。

[4]东极：东方极远的地方，指遥远的地方。分野：指将天上星空区域与地上的国、州互相对应。

[5]南荒：指南方荒凉遥远的地方。沃焦：古代传说中东海南部的大石山，也称地处遥远。

评析

这是一首描写海洋景色的诗歌。

"纷纷灵异变昏朝，阴火随波远自飘"写海气空蒙，日夜不分，磷火一闪一闪在海面上漂浮着。第一联就烘托出了海洋空茫阴沉的氛围。"龙藏函经连水府，蜃楼开市借云霄。"这两句借用龙宫和海市蜃楼的传说写

---

* 俞安期，约明神宗万历中前后在世。初名策，字公临，后改安期，字羡长。江苏吴江（今江苏省苏州市）人，徙阳羡（今江苏省宜兴市），老于金陵（今江苏省南京市）。魁颜长身，才气横溢。尝以长律一百五十韵投王世贞，世贞为之延誉，名由是起，然竟以布衣终，亦工书。有《翏翏集》；编有《唐类函》《诗隽类函》等。

海色幽迷，不可捉摸。"星临东极无分野，山入南荒有沃焦。"我国古代占星家为了用天象变化来占卜人间的吉凶祸福，将天上星空区域与地上的国州互相对应，称作分野。南荒，指南方荒凉遥远的地方；沃焦，古代传说中东海南部的大石山。这两句用了夸张和用典的手法，表明了大海一直向东南方向延伸，海面极其广阔，直到天地尽头。"日日潮来长应候，似应西答百川朝。"海边潮水日日涌来，仿佛在等待和追寻着什么，大概是在回应由西向东而来的汇入海洋的百条江流河川。这两句用了拟人的手法，将海潮这种自然现象情感化了，这样就使得整首诗歌所描写的自然现象瞬间生动活泼了起来。

这首诗写海洋除了描写常见的海洋景色，还别具匠心地将海洋拟人化，富有特色。

（朱钰）

宿海边山店

陈价夫[*]

草舍依荒驿，孤村背夕阳。海云秋漠漠，山霭夜苍苍。木客歌畲月[1]，鲛人泣岸霜[2]。谁能当此地，高枕不思乡。

注释

〔1〕木客：传说中的深山精怪。畲：焚烧田地里的草木，用草木灰做肥料的耕作方法。

---

[*] 陈价夫（1557—1614），名邦藩，字价夫，以字行，号湾溪。福建闽县（今福建省福州市）人。为万历廪生，厌功名，遂隐居赋诗以自娱。为人崇尚品德，性旷达，有长者之风。好吟咏，工书画，妇孺皆知其名。价夫与从弟荐夫等人在福州结有"芝山诗社"，诗酒往来甚密，为闽中名士之一。曾作戏曲传奇《异梦记》，著有《招隐楼集》等。

〔2〕鲛人：又名泉客，是中国古代神话传说中鱼尾人身的神秘生物。

评析

这首诗描写了夜晚宿于海边所见所感所思。

"草舍依荒驿，孤村背夕阳。"首联点明了海边山店的地点和环境，即在一处荒凉的驿站之旁，孤村之边，背靠夕阳。"海云秋漠漠，山霭夜苍苍。"海云满空，秋色连波；山岚浮起，夜色苍茫，简单几句就烘托出了一片寂静萧索的海边秋晚之景。继而又用典，进一步渲染荒凉的景色："木客歌畲月，鲛人泣岸霜。""木客"，即传说中的深山精怪。实则可能为久居深山的野人，因与世隔绝，故古人多有此附会。晋邓德明《南康记》载："木客，头面语声亦不全异人，但手脚爪如钩利，高岩绝峰，然后居之。""鲛人"，又名泉客。是中国古代神话传说中鱼尾人身的神秘生物。《太平御览》引《搜神记》说："南海之外有鲛人，水居如鱼，不废织绩。其眼泣则能出珠。"在这一片凄凉的秋叶海景之中，山人望月悲歌，鲛人依海流泪。在这种凄切的环境中夜宿，必然心生百感，作者最后一联说"谁能当此地，高枕不思乡"就是由此生发。无论是谁，处在这个环境之中，都会不由得思念家乡吧，怎么能做到真正安眠呢？这一句用强烈的反问，更加突出了海边山店的环境之凄凉，也间接抒发了自己的感情，表达了思乡愁绪。

（朱钰）

海口城晚望

陈荐夫*

蒹葭蔼蔼树苍苍,平楚闲看益渺茫[1]。驿路绕山多落木,孤城临水易斜阳。潮回近浦寒生雨,雁度遥天夜带霜。暂息征鞍瀛海上,烟波千里断人肠。

注释

[1]平楚:从高处远望。

评析

这是临城眺望时所作诗歌。首联"蒹葭蔼蔼树苍苍,平楚闲看益渺茫"点出季节为秋天,"益渺茫"写出了海城一带茫茫的景象,"平楚",意思是从高处远望,丛林树梢齐平。"驿路绕山多落木,孤城临水易斜阳。"城外山道上,落叶纷纷;斜阳余晖下,一座古城孤独地伫立在海边,瞬间一种苍茫的感觉油然而生。"潮回近浦寒生雨,雁度遥天夜带霜。"潮水涨起,冲刷着近处的海岸,水气弥漫;一行大雁飞过天空,天高地远,寒夜凄冷,霜露深重。这四句通过写景,运用寒冷凄清的意象,烘托出了晚望所见凄清的海洋景象。"暂息征鞍瀛海上,烟波千里断人肠。"尾联触景生情,环境凄清自然会触动人心,使人也不由得心生悲戚,在这茫茫海边独自断肠。

* 陈荐夫(生卒年不详),名藻,字荐夫,以字行。福建闽县(今福建省福州市)人。荐夫少孤而贫。万历二十二年(1594)中举,后会试屡考不中。善为六朝文,诗亦工丽,有中晚唐之风。和价夫皆以诗名。晚年贫益甚。著有《水明楼集》14卷。

整首诗基调悲凉,设色清冷,写景生动,是一首写景佳作。

(朱钰)

渝关望海楼

阮汉闻*

海需筑海底,波面没楼址。海若不敢嗔,龙宫定应徙。邃磴复藏兵[1],高甍疑役鬼[2]。潮回远屿青,日簸惊涛紫。方壶几问津[3],扶桑归决眦[4]。木赋难具陈[5],吾笔敢轻泚[6]。三酬戚将军[7],整暇乃能尔[8]。物力宽蓟燕,戎心慹旌垒[9]。征虏时投壶[10],鲜卑可折棰[11]。醪纤奉鹰扬[12],鸟藻歌燕喜[13]。铃韬逐整居[14],头屑寓深旨。捉露至今兹,传舍而已矣[15]。三数十年同,潇然雨天水。

注释

〔1〕磴:石头台阶。

〔2〕甍:意为房屋、屋脊。

〔3〕方壶:传说中的神山。问津:寻访探求。

〔4〕扶桑:古代神话中海外的大桑树,说是太阳出来的地方,也指东海海上一带的岛国。决眦:睁裂眼角,形容张目极视的样子。

〔5〕木赋:指木华的《海赋》。

〔6〕泚:浸湿。

---

* 阮汉闻(1569—1642),字太冲,原为浙人,万历年间寓居河南开封府,明末文学家。居具茨山下数十年。有《太冲集》存世。《畿辅人物志》说他"闭门著述,天中之士,翕然师之,四方造门者,户屦恒满。家贫,亲剪韭以供客。间出游山水,门弟子争肩篮舆以从。赋诗论道,斫斫如也"。

〔7〕戚将军：指戚继光。

〔8〕整暇：形容既严谨而又从容不迫的样子。

〔9〕慹(zhé)：恐惧。旌垒：旌旗壁垒，喻指军事防卫工程。

〔10〕投壶：古代士大夫宴饮时做的一种投掷游戏，也是一种礼仪。

〔11〕折棰：折断策马的杖，谓用短杖即可制敌，喻轻易制敌取胜。

〔12〕醪纩：指酒和丝绵，喻饱暖之惠。

〔13〕鸟藻：水鸟在水中嬉戏，用来比喻欢愉。燕喜：宴饮喜乐。

〔14〕钤韬：指兵书伟略。

〔15〕传舍：古时供行人休息住宿的处所。

评析

渝关，古关名，依渝水而建，渝水源自燕山东麓，古代渝水水量充沛，水流湍急，古人因此设立关隘，一作榆关，又称临闾关、临渝关、临榆关。明洪武初徐达、刘伯温复建此关时，渝水水量减少，水势减缓，已经不再适合作为军事重地，遂将此关东迁至石河一线，复用渝水关名，故渝关所望之海在今辽宁沿海一带。

"海需筑海底，波面没楼址。海若不敢喷，龙宫定应徙。邃磴复藏兵，高甍疑役鬼。"这几句说明了望海楼所处的地势，面临深邃的大海，邃磴与高甍都说明了其地势险峻。"潮回远屿青，日簸惊涛紫。方壶几问津，扶桑归决眦"说明了望海楼观海所见之景：潮涨潮还，远处的岛屿时隐时现，浪起浪涌，在太阳的照射下粼粼发光。方壶是传说中的仙山，扶桑，指东海上的岛国，这句是说海洋辽阔，难以寻找去往仙山的路，极力远望，眼睛都要裂了才能勉强看见远处隐约的岛国轮廓，实际上都是说海洋之大。"木赋难具陈，吾笔敢轻泚。"这里的景色是如此壮阔，木华的《海赋》难以将其充分描绘，"我"的文辞和笔墨更是无能为力。接下来几句就开始赞扬驻城边守也就是戚继光戚将军："三酾戚将军，整暇乃能尔。物力宽蓟燕，戎心慹旌垒。征虏时投壶，鲜卑可折棰。醪纩奉鹰扬,乌藻歌燕喜。铃韬逐整居,头屑寓深旨。"这个戚将军十分能干,发展蓟燕地区的物力生产,率领军队加强海防,使得戎夷心惊胆战。"醪纩",指酒和丝绵,喻饱暖之惠;"乌藻",指水鸟在水中嬉戏,用来比喻欢愉;"铃韬",指兵书伟略。这几句是说在这样的整顿治理之下,人民安居乐业,万物欢畅。"挹露至今兹,传舍而已矣。三数十年同,潇然雨天水。"最后四句借景抒情,青天碧海,三十余年,一片宁静。喻指海事平静,也说明渝关起到了相应的镇守边防的作用。

这首诗从渝州望海楼的风光切入,对其周边的海景及海边民生进行了整体的描写刻画。

(朱钰)

南城楼集

许相卿*

坐瞰重溟八千尺[1],怅望蓬丘桃已核[2]。飘飘直欲凌紫烟[3],何物虚名论赫奕[4]?指挥如意按悲歌,徙倚女墙扶瘦腋[5]。咄哉世事翻更覆[6],老矣夕郎玄尚白[7]。习池岘首今蒿莱[8],转眼兹游雪鸿迹。林缺长虹淅河暝,鸟外残阳越山夕。童冠薰风笑咏归,三年病怀聊一适。掀髯清啸动海堧[9],豪宕从来曾此客[10]。

注释

〔1〕重溟:指海洋。

---

* 许相卿(1479—1557),字伯台,号云村。海宁(今属浙江省)人。正德进士。嘉靖时授兵科给事中。相卿为给事中三年,所言世宗皆不从,遂称病归里。家居三十余年,从事著述。其作诗聊取适意,运笔疏朗,诗风清润。有《云村集》。其生平见《明史》卷二〇八。

〔2〕蓬丘：指蓬莱山，海外仙山之一。

〔3〕紫烟：紫色瑞云，指天宫。

〔4〕赫奕：形容光辉或者显赫貌、美盛貌。

〔5〕女墙：建在城墙顶部内外沿上的薄型挡墙。其与大城相比，极为卑小，故称女墙。瘦胳：消瘦的肩膀，比喻瘦弱的样子。

〔6〕咄哉：古文中的感叹词，类似"哎呀，啊"等意思。

〔7〕夕郎：一种官职，即黄门侍郎的别称。玄：通"元"，头。

〔8〕习池：习家池，又名高阳池，著名私家园林。岘首：指岘山。蒿莱：杂草丛生貌。

〔9〕啸：通"霄"，烟雾云气。海壖：海边地，亦泛指沿海地区。

〔10〕豪宕：豪荡，指意气洋溢，器量阔大。

评析

这是一首登城楼远眺观海的诗歌，借描写海洋景色来抒发自我情怀。"坐瞰重溟八千尺，怅望蓬丘桃已核。飘飘直欲凌紫烟，何物虚名论赫奕？""重溟"，指海，"八千尺"，指海洋之大，"蓬丘"即蓬莱山，"桃已核"指西王母的蟠桃，据《汉武帝内传》记载，西王母曾与汉武帝相会，送给汉武帝四个蟠桃，汉武帝吃后只觉通体舒泰，齿根生香，便想在皇宫花园栽种。西王母告知，中夏地薄，蟠桃种之不生。故汉武帝将桃核收藏起来，后人也用桃核比喻天上人间的区别及沧海桑田的变化。"紫烟"，紫色瑞云，代指天宫；"赫奕"，形容光辉的样子。这几句意思是说，在南城楼上远眺海洋，海洋极大，无边无际，人于此地远眺，心神摇荡，仿佛到了蓬莱天宫去，但是去了天宫又如何呢？当年的蓬莱王母所种的桃子现在恐怕也已经成核了吧，世事沧海桑田变化，又有什么东西能够永远辉煌不变呢？"指挥如意按悲歌，徙倚女墙扶瘦胳。咄哉世事翻更覆，老矣夕郎玄尚白。""女墙"指一种薄型挡墙，"瘦胳"比喻人消瘦的样子，"夕郎"，官名，这里应是作者自称，也比喻自己年近夕阳。自己已经年老力衰,头发花白,独自靠着矮小的城墙望着远处依然茫茫不尽的海涛,手里敲着如意,不由得唱起了悲歌。"习池岘首今蒿莱,转眼兹游雪鸿迹。林缺长虹浙河暝,鸟外残阳越山夕。""习池"即习家池,是著名私家园林,全国现存少有的汉代名园,被誉为"中国郊野园林第一家"。在汉末,以士族子弟为主体的文人雅集逐渐兴起,出现了像"兰亭集会""金谷诗会"等在社会上造成广泛影响的吟诗集会活动,流风所被,以"游宴名处"而著称的习家池成为举办此类活动的理想场所。"岘首",指岘山,唐代孟浩然有诗《与诸子登岘山》,诗中有名句:"人事有代谢,往来成古今",说明人事变迁,至今为人传诵。"蒿莱"指杂草丛生的样子,"雪鸿迹",出于苏轼《和子由渑池怀旧》:"人生到处知何似,应似飞鸿踏雪泥",形容时间易逝,人生短促,就好像飞鸿落在积雪上留下浅浅的脚印一样。这几句连续运用了多个典故,打破历史和现实的界限。作者在高台上,自是思绪万千,怀想曾经的楼台高阁,青山翠水如今一片杂草丛生,尽情游玩过的痕迹和记忆也会转眼就消失;林间河岸架起长虹,山中归鸟越过夕阳,一切都是自然的常态,一切都会衰落,不需要为此而执着。"童冠薰风笑咏归,三年病怀聊一适。掀髯清啸动海壖,豪宕从来曾此客。""童冠薰风笑咏归"用了孔子与其弟子的典故,当孔子问到曾点的志向时,曾点说:"暮春者,春服既成,冠者五六人,童子六七人,浴乎沂,风乎舞雩,咏而归。"这实际上表达了对无忧无虑,充分的、诗一般的身心自由的追求。作者用这个典故,也是为自己纾解愁绪,三年抱病,今日登楼,本应畅怀,宜当"咏而归"。所以最后一句思想感情由清苦转向了豪迈。面对这无边的大海和徐徐拂来掀起海浪吹动长髯的清风,不如就抱着豪迈的乐观心态继续做这漫长人生中的一个潇洒的过客,这才是生命的真谛。

  这首诗以描写海景入手,追古抚今,用典和写景巧妙结合,情感变化随着景色变化而动,由低沉转向高昂,颇有可品味之处。

(朱钰)

哀江南（其五、其八）

谢榛*

华亭未奏捷[1]，烽火更西湖。海舰贼来去，天兵功有无[2]。人心多为汉，国计竟全吴。野哭征求尽[3]，苍茫寒月孤。

氛祲频年动[4]，东南尽处看。海摇千舰出，兵犯七闽寒。杀伐宁无定，凭陵信有端[5]。遥闻日本使，犹自贡长安。

注释

〔1〕华亭：今上海市松江区。

〔2〕天兵：古代统治者把自己的军队说成是秉承天意之兵，故称"天兵"。

〔3〕征：征伐，讨伐。

〔4〕氛祲：妖气。

〔5〕凭陵：侵犯，欺侮。

评析

组诗作于嘉靖三十四年（1555）秋，时倭寇极为猖獗。《明通鉴》卷六一载："五月……乙巳，倭率舟三十余艘，约千余人，自海洋突犯苏州，登岸肆劫。复有新倭千余，合犯苏州之陆泾坝。南京都督周于德引

---

* 谢榛（1495—1575），字茂秦，号四溟山人。临清（今属山东省）人。嘉靖间，与李攀龙、王世贞等结诗社，为"后七子"之一。后客游诸藩王间，布衣终身。其诗以近体为工，功力深厚，法度谨严。有《四溟集》《四溟诗话》。

兵赴援，一战而败，镇抚孙宪臣被杀。贼遂分其众为二：一北掠浒墅关，一南掠吴县、横塘等镇，延蔓常熟、江阴、无锡之境，出入太湖，莫能御者。"此组诗用庾信《哀江南赋》之题，所哀者，倭寇为患而官兵不能止。这里选两首。

"华亭未奏捷，烽火更西湖。"华亭即今上海松江，官兵在此处阻击倭寇而未能成功，致使战火竟然烧到了杭州西湖！"海舰贼来去，天兵功有无"，倭寇乘船源源而来，我天朝军队竟无法抵御。"人心多为汉，国计竟全吴。"百姓愿意为国家尽力，江南之地为战事耗尽了人力物力。"野哭征求尽，苍茫寒月孤"，壮年人多从军或战死，百姓流离于野外号泣，唯苍茫寒月为伴。

"氛祲频年动，东南尽处看。""氛祲"即妖气，此指倭寇，云年来倭患不止，骚扰东南一带。"海摇千舰出，兵犯七闽寒。"大海动荡，倭寇乘船而来，兵犯福建一带。"杀伐宁无定，凭陵信有端。""凭陵"即欺凌、侵犯，句言倭寇对我东南沿海人民的杀戮、侵犯一定会有被阻止的那一天。"遥闻日本使，犹自贡长安"，听说日本的使者，还在向长安进贡，表示臣服。事实上明朝的都城并非长安，这里是以唐喻明，言下之意有二：其一，自唐代开始，中华文化世世代代泽被日本，换来的却是倭寇的杀戮和掠夺。其二，唐代、明代日本都臣服中国，唯有明代倭患不止，原因何在？

这两首诗写倭寇之患的剧烈，以及由此引发的思考，表现出强烈的忧患意识，感情极为真挚。

（朱钰）

舟　师

俞大猷*

倚剑东冥势独雄[1]，扶桑今在指挥中[2]。岛头云雾须臾尽，天外旌旗上下翀[3]。队火光摇河汉影，歌声气压虬龙宫。夕阳景里归篷近，背水阵奇战士功。

注释

〔1〕东冥：东海。
〔2〕扶桑：指日本国。
〔3〕翀：向上直飞。

评析

诗人是著名的抗倭英雄，这首诗就是一首抗倭战争的胜利凯歌。

"倚剑东溟势独雄，扶桑今在指挥中。"首两句便透露出战争胜利的消息。作为战斗的指挥官，诗人倚剑于东海之上，尽显雄豪气魄，因为此次打击倭寇之战已尽在指挥之中。"岛头云雾须臾尽"，此句是写眼前实景，云消雾散，同时也暗示此战将一举扫清倭寇，所以下句说"天外旌旗上下翀"，胜利已在眼前。"队火光摇河汉影，歌声气压虬龙宫。"船队炮火在海水中摇动，胜利的凯歌已然唱起，气势之大，恐怕会惊动龙宫吧。"夕阳景里归篷近，背水阵奇战士功。"战士们在夕阳之中战胜

---

* 俞大猷（1504—1580），字志辅，号虚江。晋江（今属福建省）人。明代著名抗倭将领，一生转战南北，战功卓著，与戚继光并称。曾任都督佥事、广西总兵官等。谥武襄。诗歌直抒胸臆，慷慨雄壮。有《正气堂集》。

归来了。

这首诗在艺术上并无独特之处,只是胜利之情,自然流露,欢欣鼓舞,气势豪雄。

(朱钰)

与尹推府

俞大猷

匣内青锋磨砺久[1],连舟航海斩妖魑。笑看风浪迷天地,静拨盘针定夏夷。渊隐虬龙惊阵跃[2],汉飞牛斗避锋移[3]。捷书驰报承明主,沧海而今波不㵐[4]。

注释

[1]青锋:清白的锋芒,代指锋利的长剑。
[2]虬龙:古代传说中一种有角的龙。
[3]汉:河汉,指天河。牛斗:指牛宿和斗宿。
[4]㵐:水的声音。

评析

这也是一首描绘抗倭战争的诗歌。"匣内青锋磨砺久","青锋"是宝剑之名,此处代指剑。这句包括两层暗喻,一是指自己作为主帅,平时练武艺、习兵书;二是指士兵们日常刻苦操练。所为何事?"连舟航海斩妖魑","妖魑"自然是指倭寇,养兵千日用兵一时,所有的准备只为在海上斩杀妖孽,歼灭残害百姓的倭寇。而此时,时机已然到来。"笑看风浪迷天地,静拨盘针定夏夷。""夏"指大明,"夷"即倭寇,"定夏夷"意即严华夷之辨,摆正华夏与蛮夷之间的位置,暗指战争的胜利。诗人在滔天的波浪中指挥若定,轻轻地拨动罗盘,谈笑之间,樯橹灰飞烟灭。"渊隐虬龙惊阵跃,汉飞牛斗避锋移。""汉"即天上的"河汉","牛斗"指牛宿和斗宿。此两句描写战争激烈,令隐藏在深海之中的虬龙受惊跃出;杀气冲天,又使河汉中的斗宿、牛宿为之转移。"捷书驰报承明主,沧海而今波不澌。"末两句写战争已然胜利,驰书上奏皇帝,倭寇之患已除。

这首诗与上一首相似,描写战争胜利,气势充沛,慷慨豪迈。

(朱钰)

海上纪事(其三、其十二)

归有光*

海上腥膻不可闻[1],东郊杀气日氤氲。使君自有金汤固,忍使吾民饵贼军!

海潮新染血流霞,白日啾啾万鬼嗟[2]。官司却恐君王怒,勘报疮痍四十家。

注释

〔1〕腥膻:腥而膻的味道,指血腥气。
〔2〕啾啾:形容鸟儿发出的鸣叫声,泛指像各种凄切尖细的声音。

---

* 归有光(1506—1571),字熙甫,号项脊生。昆山(今属江苏省)人。嘉靖进士。徙居嘉定安亭江上,读书谈道,学徒常数百人,世称震川先生。后官南京太仆寺丞,预修《世宗实录》。与王慎中、唐顺之等并称"唐宋派",抗衡七子。诗纯朴自然,有《震川集》。

评析

　　嘉靖三十四年（1555），严嵩党羽工部侍郎赵文华请祷海神以杀倭寇，被派往江浙督察军事。至则大肆欺凌百姓，搜刮财物，又牵制军机，四处征兵，倭寇之患愈烈。归有光组诗《海上纪事》十四首，即描写赵文华给百姓造带来的深重苦难，并对朝廷的腐败加以辛辣的嘲讽。这里选录两首。

　　"海上腥膻不可闻，东郊杀气日氤氲。"这两句描写倭寇杀掠之时的场面。在茫茫的大海上，在沿岸的荒地里，倭寇大肆烧杀劫掠，杀气氤氲，海上充满了尸体的腥膻气味。后两句是一句强烈的反问："使君自有金汤固，忍使吾民饵贼军！"使君指的是赵文华，作为长官，赵文华有着固若金汤的城池躲避不应战，还能继续压榨人民，却忍心使得人民白白成为倭寇的口中之饵！强烈的反问句和对比手法的应用，使得全诗尤其具有批判力度。

　　"海潮新染血流霞，白日啾啾万鬼嗟"描写倭寇杀掠之后的凄惨恐怖场面：百姓血流成河，染红了海水，光天化日之下都能听到无数冤魂凄厉的哀号。后两句却是一大转折："官司却恐君王怒，勘报疮痍四十家。"官府害怕皇帝怪罪，所以上报朝廷，只有四十家百姓受害。前两句与后两句之间，形成强烈反差：黎民百姓苦难之深重，官府之麻木不仁、欺瞒取宠，以质朴无华的语言写出，却极具揭露、讽刺和鞭挞的力度。

（朱钰）

过文登营

戚继光[*]

冉冉双幡度海涯[1]，晓烟低护野人家。谁将春色来残堞[2]，独有天风送短笳。水落尚存秦代石，潮来不见汉时槎。遥知百国微茫外[3]，未敢忘危负岁华。

注释

〔1〕幡：用竹竿等挑起来竖着挂的长条形旗子。
〔2〕残堞：破败的城墙。
〔3〕百国：指倭寇。

评析

嘉靖中，戚继光继承父职，任登州卫都指挥佥事于山东。佥事的职务为巡察，此诗即作于巡视文登驻军之时。文登，今属山东，古名不夜城，明属登州。文登营为文登驻军的营地。

"冉冉双幡度海涯"，"双幡"，指船头所树军旗，此时戚继光乘船将至文登，船行缓慢，越过大海。"晓烟低护野人家"，清晨时分，烟雾未散，笼罩岸边荒野，隐隐可见有村落人家居住。"谁将春色来残堞，独有天风送短笳"，"堞"，即城上用于防卫的矮墙；笳，原为胡人所用的

---

[*] 戚继光（1528—1588），字元敬，号南塘。登州（今山东省烟台市蓬莱区）人。明代著名抗倭将领、军事家。曾于浙、闽、粤沿海诸地抗击倭寇，历十余年，大小八十余战，终于扫平倭寇之患，战功卓著。世称其所率军队为"戚家军"。晚年不得意，以老病辞官，卒于家。万历末，赐谥武毅。有《止止堂集》《纪效新书》等。戚继光堪称儒将。其诗亦劲健沉雄，足以自立于一代。

一种乐器,此处指军中号角。此两句继续写眼前所见,几处矮墙已经破损,呈衰颓之象,但已经显现出春天的气息,诗人不禁问道:是谁把春天带到这荒凉偏远之地?回答他的只有那短促的悲笳之声,顺着天风传来,时断时续。这两句由杜甫"山楼粉堞隐悲笳"(《秋兴八首》其二)句化出,转而写初春时节海上所见边城景象。"水落尚存秦代石",相传秦始皇东巡至海,欲作石桥渡海观日出,有神人驱石下海,石去不速,神辄鞭之,皆流血,至今悉赤。"潮来不见汉时槎",传说天河与海相通,每年八月海上有浮槎来去,汉代曾有人乘槎到达天河,见到牛郎、织女。后来此事又被附会到张骞的身上,说张骞奉汉武帝之命,寻找黄河发源处,河源与天河相通,张骞泛槎天河,至牵牛宿之旁。此两句用典,抒发海滨怀古之情。"遥知百国微茫外,未敢忘危负岁化","百国"指倭寇,《汉书·地理志》云:"夫乐浪海中,有倭人,分为百余国,以岁时来献见云。"这两句是说此时虽看不见倭寇,但倭寇始终虎视眈眈,诗人勉励自己保持高度警惕,绝不松懈,为国建功立业,方不辜负大好年华。

这首诗描写了巡视文登营所见所感,表达一心报国的情怀,显露忧患意识,诚挚感人。对海边景物描写真切,所用关于海洋的典故也极为贴切。

(朱钰)

望阙台

戚继光

十年驱驰海色寒,孤臣于此望宸銮[1]。繁霜尽是心头血,洒向千峰秋叶丹。

注释

〔1〕宸銮：金銮殿，指皇帝处。

评析

望阙台在今福建省福清市，是戚继光自己命名的一个高台。戚在《福建福清县海口城西瑞岩寺新洞记》中记道："一山抱高处，可以望神京，名之曰望阙台。"阙，指的是宫闱，这里特指皇帝居处。

"十年驱驰海色寒，孤臣于此望宸銮"，十年，指作者调往浙江，再到福建抗倭这一段时间。从调浙江任参将，到援福建，前后约十年左右。此诗虽为登临之作，却不像一般登临诗那样开篇就写景，而是总括作者在苍茫海域内东征西讨的卓绝战斗生活。"寒"，既指苍茫清寒的海色，同时也暗示旷日持久的抗倭斗争是多么艰难困苦，与"孤臣"有着呼应关系。第二句写登临，又不是写一般的登临。"望宸銮"，交代出登临望阙台的动机。"孤臣"，不是在写登临人的身份，主要是写他当时的处境和登阙台时复杂的心情。战斗艰苦卓绝，而远离京城的将士却得不到来自朝廷的足够支持，作者心中充满矛盾。得不到朝廷支持，对此作者不无抱怨；可是他又离不开朝廷这个靠山，对朝廷仍寄予厚望。所以，他渴望表白自己的赤诚，希望得到朝廷的支持。正是这矛盾的心情，促使作者来到山前，于是望阙台上出现英雄伫望京师的孤独身影。第一句诗并不是徒然泛设，它其实为下面的登临起着类似领起的作用。没有多少年艰苦的孤军奋战做前提，那么此次登临也就不会有什么特殊的感情。"繁霜尽是心头血，洒向千峰秋叶丹。"这一联是借景抒情。作者登上望阙台，赫然发现：千峰万壑，秋叶流丹。这一片如霞似火的生命之色，使作者激情满怀，鼓荡起想象的风帆。这两句诗形象地揭示出封建社会中的爱国将领忠君爱国的典型精神境界。在长达十来年的抗倭战争中，作者之所以能在艰苦条件下，不懈地与倭寇展开殊死较量，正是出于爱国和忠君的赤诚。故"繁霜"二句中，作者借"繁霜""秋叶"

向皇帝表达自己忠贞不渝的报国之心。虽然，朝廷对自己海上抗战支持甚少。而且甚有责难。但自己保家卫国的一腔热血虽凝如繁霜，也要把这峰上的秋叶染红。作者轻视个人的名利得失，而对国家、民族有着强烈的责任感和使命感。哪怕自己遭到不公之遇，也仍然忠心耿耿地驰海御敌。

由于作者有着崇高的思想境界、高尚的爱国情怀，尽管是失意之作，也使这首诗具有高雅的格调和感人至深的艺术魅力。

（朱钰）

薄暮望海

陈子龙[*]

山光齐入暝，海色静分秋。独眺群峰上，虚疑万里游。星连阴火动[1]，天接浪云浮。明月生东峤[2]，清辉满十洲[3]。

注释

〔1〕阴火：也称鬼火。磷化氢燃烧时的火焰，常在夜晚墓地出现。

〔2〕峤：泛指高而陡峭的山峰。

〔3〕十洲：指古代传说中仙人居住的十个岛。

---

[*] 陈子龙（1608—1647），字人中，更字卧子，号铁符，又号大樽，华亭（今上海市松江区）人。崇祯初，参加复社，后又与夏允彝等结"几社"，与复社相应和。崇祯十年（1637）进士，初仕绍兴推官。南明弘光时，任兵科给事中，世称陈黄门。朝政腐败，愤而辞职。明亡，为奉养祖母，隐遁为僧。后结太湖义军抗清，事泄被捕，于押解南京途中乘隙投水死。其诗早年学七子，国变之后，乃感慨悲歌，雄浑高壮，被尊为"殿残明一代诗，当首屈一指"（陈田《明诗纪事》）。有《陈忠裕公全集》。

评析

  这首诗写薄暮时分望海所见景色。"山光齐入暝,海色静分秋。"日色渐落,群山在暝色笼罩之下一片宁静。远望此时此刻秋日的大海,亦是无风无浪,在一片暮色之中。"独眺群峰上,虚疑万里游。"此时诗人站在山峰之上,眺望群峰与大海,仿佛凭虚御空,神游万里。"星连阴火动,天接浪云浮。"极目远眺海天相接处,此时天色渐暗,海上有点点渔火闪烁,与星星相混淆,彼此莫辨;而海浪又翻涌而起,与遥天相接。"明月生东峤,清辉满十洲。""十洲"指古代传说中仙人居住的十个岛。《海内十洲记》载:"汉武帝既闻王母说八方巨海之中,有祖洲、瀛洲、玄洲、炎洲、长洲、元洲、流洲、生洲、凤麟洲、聚窟洲。有此十洲,乃人迹所稀绝处。"一轮皓月升于东山之上,清辉洒满陆地与大海,诗人想象,月光也一定洒满海上仙人所居住的岛屿吧。

  各体诗中,陈子龙最擅长七律,五言诗也有部分佳作。此诗在其作品中并不算上乘,却是一首较有代表性的描写海景的诗歌。

(朱钰)

登高丘而望远海

宗泐*

  登高丘,望东溟[1]。溟水方荡潏[2],中有怒吼鲸。耸脊类峰岳,鼓浪如雷霆。嘘烟喷沫云雾冥,扬鳍掉尾三山倾。腹吞巨舟者百十,虾蟹不足饥肠撑。奈何骄悍当海横,官漕贾舶不敢行[3]。

---

* 宗泐(1318—1391),字季潭,号全室,临海(今属浙江省)人,俗姓周。明初著名诗僧谈吐风雅,精通诸子百家,善诗,工书。太祖临南京天界寺,赞赏其博学通儒,呼为"泐秀才"。其诗风骨高骞,圆融渊湛。尤擅隶书,笔法以古拙见功夫。著有《全室外集》。

鲛人织绡机杼停，神仙局蹐居蓬瀛[4]。天吴既辟易[5]，龙伯亦震惊[6]。徒为虫族长，空有水神名。制御一颠倒[7]，含羞请寻盟。吁嗟彼鲸尔何狞，恃其险恶雄势成。若失此海水，何以藏其形。使居陆阜间，转眼遭剥烹。海滨壮士瞋目瞪[8]，拔剑欲往心悬旌。曷不诉之于上帝，天威下殛无遗生[9]。立见海水清且平，海光不动青瑶琼[10]。

注释

〔1〕东溟：东海。

〔2〕溟水：海水。

〔3〕官漕贾舶：官府与经商之人的船舶。

〔4〕局蹐：形容谨慎恐惧的样子

〔5〕天吴：古代神话传说中的水神。

〔6〕龙伯：东海龙王。

〔7〕制御：控制，防备。

〔8〕瞋目：瞪大眼睛表示愤怒。

〔9〕殛：杀死。

〔10〕瑶琼：泛指美玉。

评析

这是一首登高远望海洋的诗歌，多名诗人以此为题写过登高眺海之感。但此首诗歌稍有不同，是以海洋生物之凶猛喻海洋之浩大可怕，也借物来指摘社会现实。

"登高丘，望东溟"点明题意。"溟水方荡激，中有怒吼鲸。"海水激荡起巨大的浪花，原来是海内有一头巨鲸。这头鲸到底有多巨大多可怕呢？作者接下来就继续深入刻画其各种可怕形态和作为。"耸脊类峰岳，鼓浪如雷霆。嘘烟喷沫云雾冥，扬鳍掉尾三山倾。腹吞巨舟者百十,虾蟹不足饥肠撑。"这几句是讲鲸体形巨大,耸起的后背如同小山丘一样高,掀起浪花震天撼地,喷水弄云使得海气氤氲,摇头摆尾令山岳倾倒,吞食了难以计数的舟船,海里的鱼虾蟹也都不够它垫肚子的。这些是正面描写,接下来是侧面描写,通过旁人旁物的反应来衬托鲸的凶猛:"奈何骄悍当海横,官漕贾舶不敢行。鲛人织绡机杼停,神仙局踏居蓬瀛。天吴既辟易,龙伯亦震惊。徒为虫族长,空有水神名。制御一颠倒,含羞请寻盟。"这头海鲸如此可怕,在大海中横行霸道,使得来往的官船民船都不敢航行。在神族界,海底的鲛人停下了织绡的机器,神仙在蓬莱三山上拘束不敢下来。天吴龙伯指的都是水神,即使是水神也拿这海鲸没有一点办法,阻挡这个凶猛海兽的防御通通无效,只能含羞忍臊地联合起来结盟以对付。下两句:"吁嗟彼鲸尔何狞,恃其险恶雄势成。"这海鲸为何如此凶猛?原因就在于它有所凭借,即借着大海兴风作浪。"若失此海水,何以藏其形。使居陆阜间,转眼遭剥烹。"如果它失去了海水这个凭靠,让它来到陆地上,那么很快它就会被杀死,被剥皮烹制。"海滨壮士瞋目瞪,拔剑欲往心悬旌。曷不诉之于上帝,天威下殛无遗生。立见海水清且平,海光不动青瑶琼。"海滨壮士对于这头猛兽心生愤怒,准备拔剑去斩杀,但是事物都有一定的规律,上天自有能够克制它的办法,所以不如顺遂自然规律,就像海鲸上岸也必无招架之力。猛兽去除,海水平静,此刻海面如一块平静的美玉,就像一切都会归于空无。

这首诗借登高看海,借海洋生物发表玄理,暗喻了社会现实和自然规律。

(朱钰)

清代海洋诗选

海　市（其三）

吴伟业

东南天地望中收[1]，神鬼苍茫百尺楼。秦畤长松移绝岛[2]，梁园修竹隐沧洲[3]。云如车盖旌旗绕，峰近香炉烟霭浮。却笑燕齐迂怪士[4]，只知碣石有丹丘[5]。

注释

〔1〕望中：视野之中。

〔2〕畤：祭祀天地五帝的祭坛。绝岛：孤岛。

〔3〕梁园：西汉梁孝王刘武所建，为游赏之所。沧州：也作"沧洲"，靠近水的地方，常喻指隐士的居处。

〔4〕迂怪士：怪诞迂曲之人，此处指方士。

〔5〕碣石：大海。丹丘：传说中山丘名，为神仙所居之处。

评析

本诗选自《梅村家藏稿》卷五，为《海市》四首之一。自注："次张石平观察韵。"次韵，也称步韵，即依照所和诗中的韵及其用韵的先后次序写诗。据《吴梅村年谱》记载，清顺治六年（1649）夏，吴伟业游杭州访同年进士张天机。时年，清兵已攻至长江以南。江阴黄毓祺以抗清被执，不屈而死。江南人士牵连死者甚众。张天机时任两浙粮储观察，相与道旧，感叹久之，并叙所见海市景象。吴伟业因作《海市记》，并次张天机诗韵作《海市》诗，此为其三。

首联"东南天地望中收，神鬼苍茫百尺楼"，总体描绘海市宏大的景象，天地苍茫之间矗立起百尺危楼。颔联对仗工整，"畤"为秦汉时祭祀天地五帝的祭坛。梁园为西汉梁孝王刘武所营建的游赏之所，园中种植修竹，一望无际。这两句表面上是说好似秦时祭坛的长松移植到绝岛上，梁园的修竹出现在水边，实则用"秦时长松"和"梁园修竹"指代汉室江山，"移绝岛""隐沧洲"则暗含明朝虽已灭亡但抗清势力仍在之意（此时在郑成功等抗清名将和农民军的支持下，南明朝永历政权得以生存下来并支撑台湾及中南、西南数省半壁江山，声势颇大）。颈联"云如车盖旌旗绕"化用了曹丕诗句"西北有浮云，亭亭如车盖"。"旌旗"亦可借指士兵，王昌龄有诗句"旌旗十万宿长杨"。"峰近香炉"指江西庐山之北有香炉峰，奇峰突起，状似香炉，气霭若烟，有如焚香。尾联"燕齐迂怪士"指秦汉时期夸诞不经的方士多为燕齐一带沿海地区的人。《史记·封禅书》称"海上燕齐迂怪之方士"。碣石自汉末起已逐渐沉没海中，此处借指大海。据《史记·封禅书》载，秦始皇和汉武帝受方士蛊惑都曾至碣石山以寻望传说中的海中蓬莱、瀛洲、方丈三神山。丹丘，传说中山丘名。昼夜常明，为神仙所居之处。《楚辞·远游》中有"仍羽人于丹丘兮，留不死之旧乡"。此句暗指燕齐不仅有方士，茫茫大海也不仅有仙山，更隐藏着抗清势力。

这首诗表面上以丰富的想象、绚丽多彩的笔触，极力描绘海市蜃楼神奇变幻的景色，历历如在眼前，构成令人神往的艺术境界，实际上抒发了作者对山河破碎的感慨，对犹存的抗清力量仍寄予希望。

（李婧）

东莱行

吴伟业

汉皇策士天人毕，二月东巡临碣石[1]。献赋凌云鲁两生，家近蓬莱看日出。仲孺召入明光宫[2]，补过拾遗称侍中[3]。叔子轺轩四方使[4]，一门二妙倾山东。同时里人官侍从，左徒宋玉君王重。就中最数司空贤，三十孤卿需大用。君家兄弟俱承恩，感时危涕长安门。侍中叩阁数强谏，上书对仗弹平津[5]。天颜不怿要人怨[6]，卫尉捉头捽下殿[7]。中旨传呼赤棒来[8]，血裹朝衫路人看。爱弟弃官相追从，避兵尽室来江东。本为逐臣沟壑里[9]，却因奉母乱离中。三年流落江湖梦，茂陵荒草西风恸。头颅虽在故人怜，髀肉犹为旧君痛[10]。我来扶杖过山头，把酒论文遇子由[11]。异地客愁君更远，中原同调几人留？司空平昔耽佳句，千首诗成罢官去。战鼓东来白骨寒，二劳山月魂何处？左氏勋名照汗青，过江忠孝数中丞。孺卿也向龙沙死[12]，柴市何人哭子卿[13]？只君兄弟天涯客，飘零尚是烟霜隔。思归诗寄广陵潮[14]，忆弟书来虎丘石[15]。回首风尘涕泪流，故乡萧瑟海天秋。田横岛在鱼龙冷[16]，栾大城荒草木愁[17]。当日竹宫从万骑[18]，祀日歌风何意气。断碑年月记乾封[19]，柏梁侍从谁承制[20]？鲁连蹈海非求名[21]，鸱夷一舸宁逃生[22]？丈夫沦落有时命，岂复悠悠行路心？我亦沧浪钓船系，明日随君买山住。

注释

〔1〕碣石：山名，位于今河北省昌黎县。汉武帝曾至此祭祀求仙。

〔2〕仲孺：汉灌夫字。明光宫：汉武帝时宫殿。

〔3〕拾遗：谏官名。侍中：古代职官名。

〔4〕叔子：晋羊祜字。軺轩：古代使臣乘坐的一种轻车，指代古代使臣。

〔5〕平津：古地名。汉时为平津邑，武帝封丞相公孙弘为平津侯，即此。后多用为典，亦以泛指丞相等高级官员。

〔6〕怿：高兴的意思。要人：指居高位、有权势的显要人物。

〔7〕卫尉：官名。为统率卫士守卫宫禁之官。

〔8〕赤棒：赤色的棒。古代大官出行，前导仪仗中兵器之一。

〔9〕逐臣：被朝廷放逐的官吏。

〔10〕髀肉：大腿内侧靠近大腿根的地方的肉。指骨肉。

〔11〕子由：宋苏辙字。

〔12〕龙沙：泛指塞外漠北边塞之地，荒漠。

〔13〕柴市：指南宋民族英雄文天祥的就义处。

〔14〕广陵潮：扬州长江边上的潮汐现象。此处指江浙一带。

〔15〕虎丘石：苏州阊门外西北的虎丘山风景。此处指江浙一带。

〔16〕田横岛：岛屿名，位于青岛即墨东部海域的横门湾中。此处泛指海上岛屿。

〔17〕栾大城：位于太行山南部。此处泛指旧地荒城。

〔18〕竹宫：用竹建造的宫室，指甘泉祠宫。后用作祠坛的泛称。

〔19〕乾封：晒干新筑的祭坛。

〔20〕柏梁：柏梁台，此处借指宫廷。

〔21〕鲁连蹈海：为一典故名，成语，语出《战国策》。"鲁连"，即鲁仲连，战国时名士。"蹈海"，蹈东海而死。表示宁死而不受强敌侮辱的气节、情操。

〔22〕鸱夷：为一典故。语出《战国策》："昔者伍子胥说听乎阖闾，故吴王远迹至于郢。夫差弗是也，赐之鸱夷而浮之江。"此处指伍子胥，代指不屈的气节。

评析

顺治元年（1644），大清已定鼎燕京。诗人自注"为姜如农、如须兄弟作也"。姜埰，字如农，莱阳人。崇祯进士，礼科给事。姜垓，字如须，崇祯进士，官吏部考功司主事。

诗前八句从东莱总点二姜。首用汉武帝东巡碣石的典故。汉灌夫，字仲孺；晋羊祜，字叔子。此处指姜如农、如须兄弟，仲孺、叔子指其排行，与灌夫、羊祜有关。姜埰曾任礼科给事中，掌规谏、补缺等事，相当于侍中；姜垓则授官行人，掌奉使诸事。故诗云："补过拾遗称侍中。叔子轺轩四方使。"至于汉皇东巡、鲁生献赋事，《吴诗集览》称"崇祯间无东巡事，而如农等亦无献赋事，盖迷离其词耳"。诗人用此二事暗寓崇祯赏识姜氏兄弟。然后详细叙述二姜兄弟的遭遇。接着"司空平昔耽佳句"至"二劳山月魂何处"写宋玫事迹。宋玫官至司农卿，因而诗中称之为司空。他长于诗，故诗人称他"平昔耽佳句"。宋玫于崇祯十五年（1642）罢官，以守莱阳殉国，故诗中有"千首诗成罢官去""二劳山月魂何处"之句。后面四句写左氏兄弟。左都御史与汉代御史中丞大体相当，故诗中称左懋第为"中丞"。懋第之行，与汉代苏武相似，苏武字子卿，故吴伟业称懋第为"子卿"，苏武的弟弟苏贤，字孺卿，所以吴伟业又用"孺卿"代指懋泰。"孺卿也向龙沙死，柴市何人哭子卿"即说假若左懋泰也死了，有谁去收殓其兄左懋第的尸骸呢？"本为逐臣沟壑里"至"髀肉犹为旧君痛"六句写姜埰崇祯十七年（1644）被贬宣州，来至戍所，李自成进入北京，于是南渡，弘光朝灭亡后又奉母亡命江浙，时至今日已流落三年之久，故诗中有"三年流落江湖梦"之句。吴伟业还以"二苏"喻二姜，故有"我来扶杖过山头，把酒论文遇子由"之句。据姜垓讲，姜埰奉命南来，七月间至真州，在仪征一带，地近扬州，所以诗中又说"思归诗记广陵潮，忆弟书来虎丘石"。诗的最后则写姜氏兄弟思念故乡，眷恋前朝的感伤及诗人自己感时伤世归隐山林的愿望。

（李婧）

后秋兴（其十三）

钱谦益*

海角崖山一线斜[1]，从今也不属中华。更无鱼腹捐躯地[2]，况有龙涎泛海槎[3]。望断关河非汉帜，吹残日月是胡笳[4]。嫦娥老大无归处，独倚银轮哭桂花[5]。

注释

　　[1] 崖山：崖门山，在广东新会海中。
　　[2] 鱼腹捐躯：这里指投水而死。捐躯，舍弃生命。
　　[3] 龙涎：一种珍贵的香料，此指代皇帝。海槎：传说中通往天河的船筏，乘之可到银河。
　　[4] 胡笳：一种弯形管乐器。
　　[5] 银轮：比喻圆月。

---

*　钱谦益（1582—1664），字受之，号牧斋，晚年号蒙叟，又号东涧遗老。常熟（今属江苏省）人，万历进士。清初诗坛盟主之一。东林党领袖，官至礼部侍郎。明亡降清。学问渊博，功力深厚，著有《列朝诗集小传》，总结有明一代诗作。论诗不满前后七子的复古模拟，也反对公安、竟陵派的油滑或拗涩，工诗文，奥博沉郁，自成一家。与吴伟业，龚鼎孳并称为"江左三大家"。有《初学集》《有学集》等。

评析

　　顺治十八年（1661）南明皇帝朱由榔被缅人献出。次年被吴三桂绞死于昆明，南明灭亡。本诗即咏此事。在当时情形下，国事颇涉忌讳，而作者本人又已仕清，多有难言之隐，所以借喻史事，寓意晦深。杜甫有《秋兴》诗，作者以步和形式十三次用其题叠韵成诗，凡一百零四首，故名《后秋兴》。本诗乃第十三叠中的第二首。

　　"海角崖山一线斜，从今也不属中华"，借南宋亡国之事喻南明永历帝之亡。崖山，一称崖门山，在广东新会大海中。南宋末，张世杰奉帝昺退守于此，后为元兵追击，陆秀夫负幼帝沉于海，南宋亡。"更无鱼腹捐躯地，况有龙涎泛海槎"二句谓自己已无殉国之地，更何况永历帝流亡海外，传闻已不在人间。《楚辞·渔父》："宁赴湘流，葬于江鱼腹中。"龙涎是一种珍贵的香料，此指代皇帝。海槎，晋张华《博物志》："天河与海通，近世有人居海渚者，年年八月有浮槎去来，不失期。"借此说皇帝已离世。"望断关河非汉帜，吹残日月是胡笳"二句谓明朝从此灭亡。日月，合成"明"字，隐指明朝。胡笳，一种弯形管乐器，此处以"胡"指满族统治者。最后两句诗人用"嫦娥"自比。嫦娥本为后羿妻，飞离人间后，别居月宫，暗指诗人自己已经降清。借月中桂树暗指永历皇帝原为桂王。抒发了诗人对明王朝残存势力被消灭后无可奈何的痛苦心情。

（李婧）

精 卫

顾炎武[*]

万事有不平[1],尔何空自苦[2]?长将一寸身,衔木到终古[3]。我愿平东海,身沉心不改。大海无平期,我心无绝时。呜呼!君不见,西山衔木众鸟多,鹊来燕去自成窠。

注释

〔1〕不平:不公正或不公平的事。

〔2〕自苦:自己受苦,自寻苦恼。

〔3〕终古:久远,永远。

评析

清顺治四年(1647),清军在南方顺利推进,南明的福王、唐王政权都已相继失败,许多抗清志士如陈子龙、顾咸正、杨廷枢、夏完淳等,也在斗争中殉难。尽管在东南沿海、西南边陲,还有抗清力量在坚持,但清王朝在全国的统治已经几成定局。在这种情况下,诗人写下这首诗,以精卫自喻,用它坚贞不渝的精神和坚定不移的决心来表达自己

---

[*] 顾炎武(1613—1682),初名绛,明亡后改名炎武,字宁人,号亭林。江苏昆山人。早年入"复社",反对宦官权贵。清兵南下时,参加昆山、嘉定一带的抗清起义。失败后,奔走于华北各省,考察山川民情,纠合同道,从事秘密抗清复明活动。晚年居陕西华阴,卒于曲沃。顾氏学识渊博,在经学、史学和文学上皆有较大建树,提倡"经世致用",开有清一代朴学风气,对后来考据学中的吴派、皖派均有影响。著有《日知录》《天下郡国利病书》《音学五书》等。他的诗多写兴亡之事,表现强烈的爱国主义精神和崇高的民族气节。沈德潜《明诗别裁集》评顾诗云:"然词必己出,事必精当,风霜之气,松柏之质,两者兼有。就诗品论,亦不肯做第二流人。"

反清复明的坚强意志。

  诗的内容取材于神话故事《山海经》，精卫，古代神话中的鸟名。相传炎帝小女，名女娃，溺死于东海，死后化为鸟，名精卫，常衔西山木石以填东海。此诗对精卫的形象塑造不是单纯叙述，而是通过对话和对比，揭示精卫的内心世界，从而展现精卫的崇高精神：天地间万事万物多有不平，你为什么徒然衔木填海自找苦吃呢？我的志愿是填平东海，就算我的身体牺牲了，我的志愿也是不会改变的，因此说"身沉心不改"。下面两句进一步强调了"心不改"："大海无平期，我心无绝时"，既然平东海是自己坚定不移的志愿，衔木是平东海的唯一手段，只要东海不平，就一定要"衔木到终古"。这里用精卫坚贞不渝的精神，表达自己反清复明的坚强意志永不动摇，永不屈服。诗的最后"呜呼"这个感叹词的应用和"君不见"这三字的提领，借燕雀衔木各自成窠，讽刺那些只图自己的富贵安乐而投降变节的降清、仕清者。燕雀忙碌的行为和渺小卑微的目的构成了明显的讽刺，与精卫坚贞不渝的形象形成了鲜明对比。

  这首诗最大的艺术特点是托物寄兴，用精卫和燕雀进行鲜明对比。用燕雀来比喻蝇营狗苟、投降清朝求官谋位的士大夫，加以讽刺，并表示了极大的蔑视，而对精卫不屈的意志和高昂的斗争精神，表示了钦佩和敬仰，从而表现了诗人崇高的爱国精神和民族气节。

（李婧）

海东谣三首

施闰章[*]

海东旱三年矣,施子过之,减驺并食[1],歌促急不成声,窃比于海人之谣云尔。

海中阴火烧扶桑[2],专车鱼骨擎为梁,截骨为臼舂无粮。嘱儿忍饥勿夜哭,墙头跳叫多豺狼!

场丁醝贾无完屋[3],一握黄粱盐十斛,差科络绎相驱逐。前日路死骨未收,且缓须臾莫鞭扑!

黄蒿飒飒风啾啾[4],遗黎眼枯无泪流[5],卖男得钱新买牛。垦荒给种圣人出,何时亲幸海东头?

注释

〔1〕驺:古代给贵族掌管车马的人。

〔2〕阴火:磷火的俗称,又叫鬼火,为磷化氢燃烧时的火焰。扶桑:指海中岛屿。

---

* 施闰章(1618—1683),字尚白,号愚山,安徽宣城人。清顺治进士,历官山东学政、江西参议等职。康熙十八年(1679)召试博学鸿儒,授翰林院侍讲,纂修《明史》。负有诗名,与宋琬并称"南施北宋"。长于五言,诗风古朴浑厚,有不少关心民生疾苦的诗作,晚年取径王孟韦柳,意境悠深。其诗当时被称为"宣城体",为诗坛风从和膜拜,连与他诗风相悖、主张神韵的王士禛也给予他很高的评价:"予读施愚山侍读五言诗,爱其温柔敦厚,一唱三叹,有风人之旨。其章法之妙,如天衣无缝,如园客独茧。"(《池北偶谈》)。著有《学余堂文集》《蠖斋诗话》等。

〔3〕鹾贾：盐商。

〔4〕啾啾：拟声词，形容声音凄惨。

〔5〕遗黎：指亡国之民，或是劫后残留的人民。泛指百姓。

评析

  施闰章生当明末清初的动乱之世，兵祸频仍，赋税繁多，民生凋敝。他继承了汉乐府民歌与杜甫的现实主义传统，以诗歌深刻地反映现实。诗作中贮满情感，表达他关注民生、同情疾苦的哀悯情怀。顺治十八年（1661），由于郑成功的反清活动，清政府颁布残酷的"迁海令"，将北起河北、山东，南至广东的沿海居民一律内迁三十里，这就是"立界移民"或"迁界"，以制造一个无人区，并将所有沿海船只悉行烧毁，寸板不许下海，还派兵时时查看，违者死无赦。天下连年大旱，人民流离失所，苦不堪言。再次经过沿海地区的施闰章感而赋诗。

  第一首写出了民不聊生的社会状况，时乱年荒，米珠薪桂，盐民们忍饥挨饿，苦不堪言。"嘱儿忍饥勿夜哭，墙头跳叫多豺狼"写出了天灾、人祸等社会不安定因素对百姓生活造成的巨大危害和强烈的恐惧感。

  第二首则通过东海盐民的自白来具体地抨击赋税的苛重和官吏的横征暴敛。盐工们住无房，食无粮，还要受到"差科"不断催租催税，敲诈勒索。"前日路死骨未收，且缓须臾莫鞭扑"让我们看到了催租税的差官如狼似虎的凶相恶态，看到了盐户人家被逼得家破人亡的惨景。盐工们的诉述，包含着千言万语也难以倾诉的悲愤。

  第三首开头"黄蒿飒飒风啾啾"渲染了沉重悲凉的现实氛围，被逼上绝路的盐民们已经哭不出来眼泪，只能贩卖家中男丁用来买牛垦荒，以此存活下去。诗的最后发出了"垦荒给种圣人出，何时亲幸海东头"的感叹，呼唤圣人的救赎，渴望太平盛世的到来。

  施闰章反映民生疾苦针砭时弊类的诗歌，多采用"直书其事"的创作方法。以极强的概括力从日常的社会生活中摄取最典型的镜头，用精练的笔墨、质朴的语言把它白描出来，画面集中突出，给人强烈的视觉震撼。钱谦益《施愚山诗集序》中赞道："诗人之针药救世，愚山盖身有之。"这类诗歌在其诗作中占有很大比重，集中体现了诗人关心社会民瘼的现实主义诗风。

（李婧）

蓬莱看海市歌

施闰章

校士东牟[1]，思见海市[2]，事竣谒海庙，因祷焉。翌日临发[3]，海市适见，歌以纪之。

蓬莱海市光有无，玄冬物色夸大苏[4]。我亦再拜乞海若[5]，愿假灵异看须臾[6]。是时苦旱海水竭，神龙困懒枯珊瑚。鼍鼓忽鸣津吏呼[7]，天吴出舞鲛人趋[8]。大竹盈盈横匹练[9]，小竹湛湛浮明珠[10]。方圆断续忽易位，明灭低昂顷刻殊。列屏复帐闪宫阙，桃源茅屋成村墟。沙门小岛更奇绝[11]，浮图倒影凌空虚，有时离立为两人[12]，上者为笠下者车。奡然双扉开白板[13]，中有奇树何扶疏[14]。三山十洲一步地，群仙冉冉来蓬壶[15]。神摇目眩看不足，惜哉风伯为驱除。人间快意亦如此，浮云长据胡为乎[16]？噫嘻[17]，浮云长据胡为乎？

注释

[1] 校士：考评士子。东牟：古县名，郡名，古山名。亦作牟山别称，位于今山东文登西北。

[2] 海市：海市蜃楼之景。是一种因为光的折射和全反射而形成的

自然现象。

〔3〕翌日：指第二天，明日，明天。

〔4〕玄冬：指冬天。"玄"为黑色，古代以四方为四季之位，北方冬位，其色黑，故冬天又别称"玄冬"。

〔5〕海若：传说中的海神。

〔6〕假：借，凭借。

〔7〕鼍鼓：用鼍皮蒙的鼓。其声亦如鼍鸣。津吏：古代管理渡口、桥梁的官吏。

〔8〕天吴：水神名。鲛人：神话传说中的人鱼。

〔9〕大竹：岛屿名。盈盈：形容清澈的样子。匹练：形容流水、瀑布、光环等如一匹展开的白练或彩练。

〔10〕小竹：岛屿名。湛湛：清明澄澈貌。

〔11〕沙门：岛名。

〔12〕离立：并立。

〔13〕砉（huā）然：象声词。常用以形容破裂声、折断声、开启声、高呼声等。白板：指不施油漆的木板，木门。

〔14〕扶疏：枝叶茂盛的样子。

〔15〕蓬壶：即蓬莱，古代传说中的海中仙山。

〔16〕据：占据。

〔17〕噫嘻：语气词，表叹息。

评析

《蓬莱看海市歌》是施闰章的一首七言古诗，主要描写诗人在蓬莱亲眼看见海市蜃楼的盛景，并大为赞叹。"蓬莱海市光有无"至"神龙困懒枯珊瑚"，交代了蓬莱因旱灾，海水减少、近乎枯竭的现实背景，诗人渴望见到海市奇景而祭拜海神。"海若"是传说中的海神，出自《楚辞·远游》："使湘灵鼓瑟兮，令海若舞冯夷。"王逸注："海若，海神名也。""鼍鼓忽鸣津吏呼"至"群仙冉冉来蓬壶",具体地描写了蓬莱海市的奇特和美妙,形象生动,给人以身临其境之感。"大竹盈盈横匹练,小竹湛湛浮明珠","盈盈""湛湛"皆指清明澄澈貌,动词"横"和"浮"的运用生动刻画了大竹岛水雾弥漫似白绢、小竹岛清澈晶莹如明珠的美景。"方圆断续忽易位,明灭低昂顷刻殊"写出了海市奇景的顷刻异貌、变幻莫测,"列屏复帐闪宫阙,桃源茅屋成村墟"展示了蓬莱海市呈现出的具体景象,并转瞬即逝。"沙门小岛更奇绝"至"中有奇树何扶疏"几句形象描绘了沙门小岛的壮观景象,忽而"离立为两人",时而"双扉开白板",形态各异,变幻万千,真是宛若人间仙境,令人目不暇接。然而正当诗人陶醉其中之时,眼前之景顷刻被风吹散。风伯,神话中的风神。虽然如此奇景顷刻化为乌有,但诗人仍觉心满意足,快意人生不过如此,连发两声"浮云长据胡为乎"的感叹,足见诗人乘兴而来、兴尽而归的满足感。

施闰章在《绥庵诗稿序》中提出"夫诗以自然为至,以深造为工",认为诗歌的最高境界在于"自然"二字,诗歌创作要能收放自如,融深造于无形,敛光芒于雅淡,同时主张诗歌要缘情而作、有感而发,不能刻意造文、矫情为诗,流于形式之弊。这首诗集中体现了施闰章的诗歌主张,兼具丰富充实的情感内容与优美和谐的形式,自然流畅,毫无造作雕琢之痕。

(李婧)

崖门谒三忠祠[1]

陈恭尹*

山木萧萧风又吹[2],两崖波浪至今悲[3]。一声望帝啼荒殿[4],十载愁人拜古祠[5]。海水有门分上下,江山无地限华夷[6]。停舟我亦艰难日,畏向苍苔读旧碑[7]。

注释

〔1〕三忠祠:为纪念文天祥、陆秀夫和张世杰所建的祠堂,建于陆秀夫投海处。

〔2〕萧萧:草木摇落声。

〔3〕两崖:即崖门山,在广东新会南海中,南宋末年为抗元的最后据点。

〔4〕望帝:又称杜宇。相传商朝时蜀王杜宇称帝,号望帝,为蜀治水有功,后禅位臣子,退隐西山,死后化为杜鹃鸟,啼声凄切。后常指悲哀凄惨的啼哭。

〔5〕愁人:心怀忧愁的人。此处为诗人自称,诗人作此诗时明朝灭亡已十年,故云。

〔6〕华夷:指汉族与少数民族。此处夷暗指清朝统治者。

〔7〕苍苔:青色苔藓。旧碑:指表彰三忠的碑文。

---

* 陈恭尹(1631—1700),字元孝,初号半峰,晚号独漉子。广东顺德人。顺治三年(1646)清军陷广州,其父举兵抗清,兵败殉国,全家被害,陈恭尹只身逃脱。后南明永历帝授以世袭锦衣卫指挥金事之职。南明亡后,定居广州。曾因三藩之乱,被牵连入狱,从此心怀畏惧,壮志渐消,避迹隐居,自称"罗浮布衣"。晚年寄情诗酒。其诗前后内容有所不同,然而眷怀故国之思,未尝消释。与屈大均、梁佩兰并称为"岭南三家"。著有《独漉堂集》。

评析

《崖门谒三忠祠》是作者拜谒新会崖门三忠祠时所作的一首怀古诗。崖门三忠祠，祀宋末文天祥、陆秀夫、张世杰三名臣。开篇两句描绘了苍凉的景色，寄托了遥深的哀思，为全诗奠定了悲壮的基调。"山木萧萧风又吹"写诗人登上崖门山，听到萧萧的风声，似乎又见到了风雨飘摇、岌岌可危的国家局势；"两崖波浪至今悲"，看见两崖的波浪，似乎又映现陆秀夫从容抱帝赴海的悲壮景象。"至今悲"三字，点明了诗人不是在单纯吊古，而更是在伤今，南宋灭亡的这一幕在几百年后的南明又再次重演，怎能不使诗人悲恸万分？

"一声望帝啼荒殿"写三忠祠荒凉的大殿上，猛然传来一声杜鹃的啼叫，骤然令诗人想起其中的亡国哀思，因而悲不自胜。大殿只有杜鹃声，而无人声，可见人们已久不来祭拜了，他们或是忘却了这三位英烈，或是迫于高压不敢来此。"十载愁人来古祠"，此诗作于顺治十一年（1654），从清兵入关（顺治二年）到本年，正好是十年。在这十年中，诗人时时刻刻是个心系故国的"愁人"。

"海水有门分上下"描写波涛汹涌、横无际涯的大海，在海港入口处尚有上、下海门之别；"江山无地限华夷"，紧对上句，大好的锦绣河山被异族占领，以至于无法分别华、夷的界限。这两句即景成对，景中含情，表现了对清朝统治者的极大义愤！

尾联以三位忠烈的事迹激励自己永葆志节。永历帝失败后，陈恭尹曾避于江汉一带，现返回广东，虽然结束了避难逃离的亡命生涯，但前途依然充满了艰难险恶。"畏向苍苔读旧碑"是说自己惧怕去诵读表彰三位英烈的碑文。言下之意，对自己未能像三位英烈那样舍身明志，却苟活于世深感不安。这是诗人的自责之词，但苟活尚且不安，屈节当然更不可能，所以，这句也表明了诗人誓不与清统治者合作的决心。

该诗追念南宋王朝在新会崖门覆亡的历史，怀古伤今，寄寓国亡家破之恨，感情郁勃，格调高卓。《粤东诗话》称之"大气磅礴，大笔遥深,卓绝千古",实非过誉。

(李婧)

海门歌[1]

王士禛*

岷峨东下江水长[2],远从井络来吴乡[3]。奔涛万里始一曲,古之天堑维朱方[4]。北界中原壮南纪[5],鱼龙日月相回翔。中流一岛号浮玉,登高眺远何茫茫!长空飞鸟去不尽,江海一气同青苍[6]。山外两峰远奇绝,双阙屹立天中央。左江右海辨云气,如为八裔分纪疆[7]。江流到此一缚束,早潮晚汐无披猖[8]。烛龙晓日出云海[9],山光照曜连扶桑。年来海戍未停罢[10],峨舸大舰来汪洋[11]。胡豆洲前起烽火[12],徒儿浦上披裲裆[13]。古闻京口兵可用,寄奴一去天苍凉[14]。我愿此山障江海,七闽百粤为堤防。作歌大醉卧岩石,起看江月流清光。

注释

〔1〕海门:即海门山。

〔2〕岷峨:指岷山,古人认为的长江发源地。

---

* 王士禛(1634—1711),字子真,又字贻上,号阮亭,晚号渔洋山人,人称王渔洋或渔洋山人。新城(今山东省桓台县)人。雍正朝,避清世宗胤禛之讳,遂改名作"士正";清高宗时再改为"士禛"。王士禛生于官宦世家,顺治进士,廿三岁游历济南,因《秋柳诗》及"秋柳诗社"闻名天下,后为清初文坛公认的盟主。论诗主张"神韵说",其诗清新蕴藉、刻画工整。《四库全书总目提要》:"士禛等以清新俊逸之才,范水模山,批风抹月,倡天下以'不着一字,尽得风流'之说,天下遂翕然应之。"而钱锺书《谈艺录》称其诗:"一鳞半爪,不是真龙。"著有《带经堂集》《渔洋山人精华录》《居易录》《池北偶谈》《蚕尾集》《香祖笔记》等数十种。

〔3〕井络：指岷山。

〔4〕天堑：天堑指天然形成的隔断交通的大沟。有时也指江河（多指长江），形容它的险要。堑，壕沟。朱方：古代地名，今江苏一带。

〔5〕南纪：南方。

〔6〕青苍：深青色。常用以形容树色、山色、天色、水色等。

〔7〕八裔：八方边远地区。

〔8〕披猖：猖獗，猖狂。

〔9〕烛龙：古代神话中的神名。传说其衔烛能照耀天下。

〔10〕海戍：海边防守。

〔11〕峨舸：高大的船。

〔12〕胡豆洲：即胡逗洲，指的是南北朝时长江中下游形成的沙洲，在今江苏南通。

〔13〕徒儿浦：历史上古运河入江口之一，在今江苏一带。裲裆：古代的一种背心，多为布帛所制。

〔14〕寄奴：南朝宋武帝刘裕，建立了刘宋王朝。

评析

　　这首七古作于顺治十七年（1660）冬月。海门，又称海门山。据《南畿志》，焦山东北有二峰雄峙，古人称海门。这首七言歌行气魄雄浑，感情豪放，用典自如，一气呵成，暗喻对国家强盛安定的几许期盼，与诗人讲究神韵的五七言绝句的创作取径不同，反映了他对诗歌风格多样化的追求。

　　前八句写海门有雄踞南北的地势，景色壮阔，蔚为大观。长江从岷山发源一路东下，流经今江苏一带。江水滔滔数万里，在它之上便是古代有名的天堑。"岷峨""井络"，均指岷山，即古人所认为的长江发源地。海门居天下重要地位，有操控南北之势，其下有鱼龙在江中遨游，其上有日月在天空轮转。江水中央有一小岛，唤作浮玉山，若是在此岛上登高远眺，将会看到一番多么气势磅礴的景象啊！无尽的飞鸟在头顶翱翔，漫天的水雾在眼前弥漫，远处的松柏与近处的江水，仿佛浑然一体。海门双峰耸峙中央，左右的江水雾气缭绕，如同为八方的边远地区划分疆域。江流在这里汇聚，潮汐也失去了猖狂的气势。

诗人笔锋一转，由写眼前之景转为凭古吊今。首先，作者独具匠心地将日出天边比喻成是烛龙衔烛照亮了大地；接着写郑成功等人为反清复明，率领浩荡的船队在汪洋大海上不停地斗争，处境就像当年单舸败走、被围胡逗洲的侯景，也像穿着单衫、驰入贼阵的薛安都。以前听说京口的兵将骁勇善战，但是当宋武帝离开后，京口英雄就后继无人了。寄奴即南朝宋武帝刘裕，他生于京口，起兵推翻东晋，建立了刘宋王朝。这几句抒发了作者的愤懑无奈之情，所以他希望以海门山为屏障，联合闽人一同抵抗清朝。想到这，作者已经醉卧在江边的岩石上，唯见皎皎的月光，倾洒在静静的江上。

本诗开篇意境宏达，中间"江流到此一缚束"一句，避免了全诗直流而下，可见作者构篇之精巧。本诗上下篇写景与吊古相结合，气概磅礴豪迈。末尾两句意境清远，可谓"不着一字，尽得风流"。

（李婧）

七月十九日海灾纪事五首(其二、其五)

查慎行*

借穿殊少屐[1],欲济况无舟。我怯行携杖,儿扶劝上楼。鸡豚混飞走[2],鹅鸭乱沉浮。小劫须臾过[3],茫茫织室忧[4]。

亭户千家哭[5],沙田比岁荒[6]。由来关气数[7],复此睹流亡[8]。痛定还思痛,伤时转自伤。艰虞吾分在[9],无计出穷乡。

注释

〔1〕屐:木制的鞋。底大多有二齿,以行泥地,后泛指鞋。

〔2〕豚:小猪,泛指猪。

〔3〕小劫:灾祸、磨难。

〔4〕织室:织女织作处。

〔5〕亭户:为古代盐户之一种。唐乾元元年(758)第五琦定盐法,将制盐民户编为特殊户籍,免其杂役,专制官盐。因煮盐地方称亭场,故称盐户为亭户。

〔6〕沙田:指水边或水洲沙淤之田。明徐光启《农政全书》卷五:"沙田,南方江淮间沙淤之田也。或滨大江,或峙中洲。"比岁:连年,近年。

---

* 查慎行(1650—1727),清初著名诗人。初名嗣琏,字夏重,后更名慎行,字悔余,号他山,人称初白先生,浙江海宁人。查慎行受经史于著名学者黄宗羲,受诗法于桐城诗人钱澄之,又与朱彝尊为中表兄弟,得其奖誉,声名早著。康熙进士,授翰林院编修。性不协俗,后乞休归里,家居十余年。雍正时,因弟查嗣庭讪谤案,以家长失教获罪,被逮入京,次年放归,不久去世。

〔7〕气数：一年二十四节气的常数。后泛指气运，命运。

〔8〕流亡：因在本乡、本国不能存身而流落在外。

〔9〕艰虞：指灾荒多，战乱频繁的年月。

评析

佛典、道藏皆谓小劫之中历经各种灾难，俗因以喻天灾人祸之较轻者。苏轼《别子由》诗之一云："愿君亦莫叹留滞，六十小劫风雨疾。"查慎行《六月廿三夜大雨》诗："二更小劫须臾过，不碍先生高枕卧。"诗中多将风雨与小劫相联系，疑查慎行此处将小劫比风雨。织室一典出自唐卢照邻《七夕泛舟》诗："水疑通织室，舟似泛仙潢。"织室忧，大概为牛郎织女遥隔银河，相隔之忧。

这组诗作于雍正元年（1723）七月十九日，时诗人家居海宁，年七十四岁。是年海宁遭受巨大水灾，《清史稿》卷九《世宗本纪》记载："是岁，免江南浙江等省五十七州县衙灾赋有差。"水灾的波及面之广，由此可见一斑。诗人以平实形象的文笔写出了作为此次水灾亲历者的体验。第一首诗写水灾来时的景象及诗人作为一个亲历者的所见所感。寻鞋而不见，寻船而不得，诗人面对汹涌的洪水内心也感到有些怯懦，拄着拐杖在幼辈的搀扶下上楼避水，慌乱中却看到鸡鸭等家禽家畜被洪水冲散，在水中沉浮。进而诗人感叹，这些小的灾祸都会转瞬即逝，只是这茫茫大水让众多骨肉离散、亲友分离，委实让人觉得忧心。最后一句诗人借天上的织室忧，写人间的骨肉情，以七十岁乡野老叟之身，心系洪水中遭到损失的百姓，与范仲淹"先天下之忧而忧，后天下之乐而乐"的士子情怀不谋而合。全诗不加雕饰，笔调平实，以白描的手法写出了洪水发生时诗人的所见所感。

第二首诗写了海灾之后的景象。大水冲破盐田，盐民财产遭到巨大损失，海边的淤田也已经连续多年歉收，本来这些人都是靠天吃饭，以为富贵贫贱均由天定，经过这一场劫难更是又一次看到百姓流亡，不停回想这一次灾难只是徒劳自伤,也许贫困艰难是"我"的本分所在,没有办法走出这穷乡僻壤。全诗语词朴素,不加雕饰,以一种哀婉自伤、一切皆有定数的口气,写出了诗人面对这场灾难无可奈何的心理。人祸尚可避,天灾哪得免?也正是因为天灾让人无法预防、无法躲避,诗人格外感到生而为人的渺小,既然面对天灾我们什么都做不了,倒不如相信命由天定,心里多少会得到些宽慰。在这种无可奈何中诗人的忧愁表现得淋漓尽致。

(李婧)

天 津

爱新觉罗·玄烨[*]

转粟排千舰[1],分流纳九河[2]。潮声连海壮,树色入京多。鼓楫鱼龙伏[3],停帆鹳鹤过[4]。津门秋望远,明月涌金波[5]。

注释

〔1〕转粟:转运粮食,即漕运。舰:大型的运粮船。

〔2〕九河:古代黄河下游许多支流的总称。

〔3〕鱼龙:鱼和龙,泛指鳞介水族。《周礼·地官·大司徒》"鳞物",汉郑玄注:"鱼龙之属。"

〔4〕鹳鹤:泛指鹤类。

〔5〕金波:反射着耀眼光芒的水波。

---

[*] 爱新觉罗·玄烨(1654—1722),顺治皇帝第三子。八岁登基,年号康熙,在位六十一年,史称清圣祖。曾撤三藩,定台湾,平噶尔丹,抗沙俄。兴文重教,编纂典籍,开放海禁,废止圈地,修建畅春园、承德避暑山庄等。曾六下江南,谒明孝陵。现存诗千余首,气势雄浑,清新晓畅,很多诗是"起居注",体现了他的务实精神和励精图治。有《御制文集》。

评析

　　这首诗写于康熙二十年(1681)九月,诗人由南苑出游,沿大运河直到天津三岔河口,看到三岔河口的盛况,挥笔而成。大运河是清政府的经济命脉,粮食和土特产都要经过天津运往北京,因此此处有大量的运粮船聚集。九河,近人多认为是古代黄河下游许多支流的总称。《尚书·禹贡》:"九河既道。"天津位于九河下梢。此处写汇入天津的河流之多。

　　这首诗写出了三岔河口波澜壮阔,粮船众多的繁荣景象。诗人乘船到此处,只见河口一片宽广,运粮的大船纷纷攘攘,一片繁华景象。运河连着渤海,涛声愈显壮阔,回望京城方向,大河宽广,越靠近京城,岸越窄,树色也越苍翠。船上桨橹齐动,惊得水中的鱼儿都沉到了水底,停下船,就有鸟儿在船边飞翔,不知不觉已到晚上,在月光的照耀下,水面粼粼更是好看。全诗波澜壮阔,情景交融,足见天津港当年的繁华盛况。

(李婧)

始见海

赵执信*

　　洗眼看云海[1],前期未参差[2]。心目忽一豁,神情恍四驰。大地直前赴,高天欻下垂[3]。颠波从东来[4],神山竞西移[5]。斜

---

　　* 赵执信(1662—1744),字伸符,号秋谷,晚号饴山老人。山东益都(今山东省青州市)人。康熙进士,官至右春坊右赞善。后因国丧期间观看戏剧《长生殿》,被劾革职。此后五十年间,漫游南北,放情诗酒。赵执信为王士禛甥女婿,然论诗与其异趣,反对"神韵说",主张诗中有人,以意为主。所作诗文深沉峭拔,不乏反映民生疾苦的篇目。著有《饴山诗集》《谈龙录》《声调谱》等。

日万里碧，寒风十月吹。半生在坎井[6]，跬步临津涯[7]。蠡测亦云妄[8]，桴泛将安归[9]。玄虚倘可作[10]，词赋犹能追。

注释

〔1〕洗眼：犹拭目。谓仔细看，观赏秀美的景色。

〔2〕参差：齐貌，长短、高低不齐的样子，表纷纭繁杂。

〔3〕欻：忽然。

〔4〕颠波：指汹涌的波浪。

〔5〕神山：神话中谓神仙所居住的山。

〔6〕坎井：一种地下水渠。

〔7〕跬步：指半步，跨一脚，引申至举步、迈步。津涯：岸、水边。

〔8〕蠡测：成语"以蠡测海"的略语，用蠡（贝壳做的瓢）来量海，比喻见识短浅，以浅见量度人。

〔9〕桴：小竹筏或小木筏。

〔10〕玄虚：指玄妙虚无的道理。倘：假设之意，相当于"或许""大概"。

评析

赵执信性喜游览，"登山临水，兴会所触，高吟啸呼，可喜、可悲、可惊、可愕之状，一一寄之于诗"（黄叔琳《赵执信墓表》），写下了大量纪行游览的诗作。康熙二十八年（1689）被革职后，诗人为散其"断送功名到白头"的郁闷，两次东游观海，共作诗八十二首，收入《观海集》。《始见海》一诗，正是气势混茫，自抒真性，片语之言间描绘出了诗人初次见到大海时心胸大开精神大振的感受。

前四句围绕"始见"二字着笔，描写诗人在大海跃入眼帘那一瞬间的心情，先是觉得和自己脑海中设想的差不多，然而这个想法刚露头，整个人的心目就忽然被气势磅礴的大海所震慑，豁然开朗，心神飞驰。接下来的六句展开了宏大而细致的画卷，"大地""高天""神山"本不会动，此刻却在大海的颠簸下好似剧烈移动一般。如此则使人身临其境地感受到大海波涛汹涌，一往无前的情状。又以"斜日"之漫天挥洒，"寒风"之肆意呼啸来渲染大海的摄人心魄以及诗人苍凉的心境，将初次见到大海的感受描写得淋漓尽致。最后六句则表达自己的思考，诗人在看到大海后发现原来自己半生都在坎井牢笼中小心翼翼地辗转求生，实在太过渺小太过悲哀。今日来到海边，以蠡测海不免虚妄，乘桴浮于海又不知该如何归来。浮生如梦，唯有追慕西晋写有《海赋》的木华，以辞赋来表达自己的感情吧。诗人从实际的景物联想到个人生活，联想到红尘俗世，把自己胸中之苦闷，人生之迷惘，不落痕迹地表达了出来。如此，诗人的感情一气贯通，同时字字句句纤毫毕现，正是"观海则意溢于海"，意与景浑然一体，贯彻了诗人"诗言志"的文学主张。

（李婧）

山海关

纳兰性德*

雄关阻塞戴灵鳌[1]，控制卢龙胜百牢[2]。山界万重横翠黛[3]，海当三面涌银涛[4]。哀笳带月传声切[5]，早雁迎秋度影高。旧是六师开险处，待陪巡幸扈星旄[6]。

---

* 纳兰性德（1655—1685），原名成德，字容若，号楞伽山人，满洲正黄旗人，清初著名词人，大学士明珠之子。康熙进士，官一等侍卫。少时聪颖，过目能诵，善骑射，好读书。工诗，尤长于词，以小令见长，多哀感婉艳，有李后主遗风。一生著作颇丰，有《通志堂集》《渌水亭杂识》等。

注释

〔1〕阻塞：水流、交通等因被某物堵塞而不能通过。灵鳌：中国神话传说中的巨龟。此处指海洋。

〔2〕卢龙：地名，近山海关，在今秦皇岛。百牢：百牢关。隋置，原名白马关，在今陕西省勉县西南。

〔3〕翠黛：眉的别称。古代女子用螺黛（一种青黑色矿物颜料）画眉，故名。此处指山形。

〔4〕银涛：银白色的波涛，指海洋。

〔5〕笳：中国古代北方民族的一种乐器，类似笛子。

〔6〕巡幸：指帝王出巡，到达某地。扈：随从。

评析

纳兰性德曾于康熙二十一年（1682）秋奉命去东北侦查，即《通志堂集》所谓"觇唆龙"。此诗即此行途中经过山海关时所作。山海关，古称榆关，是东部长城的第一关，北依角山，南临渤海，位于山海之间，地势险要，被称为"两京锁钥无双地，万里长城第一关"。纳兰性德以词闻名，风格多华丽清隽，细腻缠绵，而在此诗中，却将山海关的壮丽风光和诗人自身的忧郁情怀结合起来，形成了一种独具一格的风格，展现了苍凉雄浑的一面。

此诗主要描写山海关的地理形势和气候特色，突出其险要和壮丽，并表达了诗人集结六军，保家卫国的愿望。首联描绘了山海关雄踞渤海之滨，占据交通要道，点明了山海关的重要性。颔联形容山势层峦叠嶂，山色有如女子的黛眉，风景不但雄伟而且秀丽。山海关三面环海，有银色的波涛不断涌上岸来。山和海互为衬托，正是点题，突出了山海关在此间的独特地理位置和奇伟的风景。颈联则由壮丽转为苍凉，描写山海关的夜晚有哀怨的笳声伴着凄清的月色穿透离人的耳朵，初秋的大雁也排列成行，从远戍边关的战士们头顶飞去，更突显了诗人胸中的寂寞悲凉之感。尾联收起茫远的思绪,以皇帝与战士们一同保卫国家为展望收束全诗,想象了到时六军齐列,旌旗招展的壮观景象。全诗既有对祖国山河的热爱,对国家统一的强烈维护,亦有在景色触发下产生的苍凉心境,使情感不致流于片面,而显得情景交融,笔力雄健又细腻。

正如王国维《人间词话》中所说:"纳兰容若以自然之眼观物,以自然之舌言情。"此诗虽然只是描写山海关的风景,然而直写怀抱,从阔大处落笔,以现实生活收束,短短几句写景诗包含了自身的思想情趣和生活经历,出于真情实意,显得雄浑沉着,气魄宏大,自然而然地流露出作者的胸怀抱负,以及落落寡合的气质。

(李婧)

海楼望日

丁耀亢*

指点扶桑镜里收,崚嶒石壁自登楼[1]。半泓碧海诸天晓,万里银河一线流。变化劫尘成巨浸[2],浮沉今古任虚舟。归来卧看禅林月,不种梅花香自幽。

注释

〔1〕崚嶒:形容山势高峻。
〔2〕劫尘:佛家语,义同劫灰。巨浸:大水。此处指海。

---

* 丁耀亢(1599—1669),字西生,号野鹤,山东诸城人。一生著述宏富,著有《丁野鹤先生遗稿》,小说《续金瓶梅》及传奇剧本《西湖扇》等。诗文踔厉风发,情感激越。

评析

  此诗为《莲山十景诗》之第五首，组诗有总序曰："东武有九仙，东坡题曰九仙奇秀不减雁荡。其东为五朵峰，青嶂壁立，其峰有五，明神宗时蜀僧心空住锡于此，敕建为寺，改名五莲。其高足金公复创大之，遂为海上名山，因修志征诗紫林间士，以十景诗来属，予和之。予既皈依，以诗代偈。"交代了作诗缘起，而且可知诗为逃禅皈依后所作。

  海楼指望海楼，在五莲山东端望海峰上，清代建筑，三层八角，为五莲山一大名胜。岐嶒，高耸突兀的样子，写出了望海峰之险峻及壮观。颔联用极为精练的语言写出了登楼后眺望到的水天一色等壮丽景色。自陈子昂《登幽州台歌》后，历代文人登楼之作，最容易"摅怀旧之蓄念，发思古之幽情"（《西都赋》）；或者感慨运命不偶，壮志难酬，于是萌生巢由之志。丁耀亢此诗也如此。颈联第一句点明作者历经陵谷变迁，山河易色，沉痛的心情无以言表。劫尘，佛家语，义同劫灰，称劫火焚烧世界灰飞尘灭，喻指明代的灭亡。浮沉，指盛衰和得失。大势已去，非个人所能力挽狂澜。过往的盛衰和得失都已经不再重要，也无须挂心了。"任虚舟"用范蠡功成身退之典，范蠡佐助越王勾践，"既雪会稽之耻"，"乃乘扁舟，浮于江湖"（《史记·货殖列传》）。作者有归隐之志，但是希望能和范蠡一样，在扭转乾坤之后再归隐，但是这一切已经成为梦幻，所以作者也只好故作旷达，写下"归来卧看禅林月，不种梅花香自幽"这样的表达"逃禅"后的悠然而带有自我安慰意思的诗句。

  《今世说》中说丁耀亢"襟期旷朗，读书好奇事，高谭惊座，目无古人"，乾隆《诸城县志》称他"为诗踔厉风发，少作即饶风韵，晚年语更壮浪，开一邑风雅之始，县中诸诗人皆推为前辈"。从此诗也能窥见一斑。《莲山十景诗》名为写景，实则抒情，寓情于景，将作者郁结于心的愤懑倾泻而出，对清朝黑暗的统治做出了无言的控诉。

（李婧）

忆莱杂诗（其一）

王士禄[*]

时复寻春郭[1]，烟光纵目宽。山姿浓大泽，潮势汩三韩。小立抛藤杖，微吟侧箨冠[2]。醉归还倒载[3]，未厌海风寒。

注释

〔1〕郭：外城。
〔2〕箨冠：指竹皮冠，即用竹笋皮制成的帽子。
〔3〕倒载：倒卧车中，形容沉醉之态。

评析

《忆莱杂诗》组诗作于顺治十七年（1660）年底。顺治十二年（1655）十二月，王士禄赴莱州府教授任。顺治十二年到顺治十六年（1659）间，除了顺治十三年（1656）正月自莱休沐、暂时归家省觐两个月，一直待在莱州。顺治十六年秋天八月，王士禄升任国子助教，便道省觐于家。十一月，和弟王士禧（字礼吉）一道往京师。顺治十七年一直在京师，岁末，写了《忆莱杂诗》二十首，论者以为杜甫的《秦州诗》也比不上，这当然是溢美之词，却透露出这套组诗确实水平不低。而这首是《怀莱杂诗》组诗中最负盛名的一首。作者怀想当时在莱州府教授任内的生活情景：寻春访胜，流连风景，即事赋诗，醉而忘归。写出了作者

---

[*] 王士禄（1626—1673），字子底，号西樵山人，山东新城（今山东省桓台县）人。顺治进士，选莱州教授，迁国子监助教，擢吏部主事。康熙二年，以事下狱，久之，得雪，免归。居数年，起原官。以诗闻名，与其弟王士禛并称"二王"。著有《十笏堂诗选》《辛甲集》《上浮集》等。

在莱州放达自适的生活和对莱州的眷恋之情。

开篇"访春郭"三字点明访胜的时节,而且一个"复"字说明作者不是第一次访胜,可见作者对莱州府里风景的喜爱。纵目而眺,风景无边无垠。颔联"山姿浓大泽,潮势汩三韩"就是对所望风景的一个整体概括:高山和大泽相互映衬,更显艳丽多姿;海潮浪头汹涌,都要淹没三韩之地了。着简要之言,写壮观之景。其中"潮势汩三韩"一句历来为人称道。汪琬《说铃》云:"王博士《忆莱杂诗》,有'潮势汩三韩'句,形容颇极雄阔。或云'汩'字无来历,予曰:'亦子美"吴楚东南坼"之类耳。坼字、汩字,正以独造见奇。'"接下来用纯白描的手法写了自己的情态,因景色优美而精神抖擞以至抛却藤杖,吟咏时竹皮冠都歪了,读之尚可想见作者摇头吟咏而冠歪的样子,其闲适之情跃然纸上。"醉归还倒载"用山简之典。《世说新语·任诞》:"山季伦为荆州,时出酣畅,人为之歌曰:'山公时一醉,径造高阳池。日莫倒载归,茗艼无所知。'"作者访景喜之过望以至不顾自己的身份,也任诞起来,倒载而归。"未厌海风寒"之"厌",从全诗看来,当为"饱经""满足"等意,作者用这一句充分表达了自己对风景的留恋之情。诗虽曰怀旧,却全然写景,是一首很好的写景抒情诗。

(李婧)

海飓风

彭孙遹[*]

海飓风[1],振山谷,荡我田禾摧我屋。黄茅白苇百万家[2],

---

* 彭孙遹(1631—1700),字骏孙,号羡门、金粟山人。海盐(今属浙江省)人。顺治进士,康熙间举博学鸿词科第一,授翰林院编修。才藻工丽,多应酬、纪游、抒情、咏物之作,亦不乏反映社会现实的作品。

夜雨啾啾野鬼哭[3]。风伯莫怨嗔，海若[4]何不仁。安得精卫填此津，五山相属皆扬尘。长鲸北徙白浪开，复尔邦族尔莫哀[5]，牵缁十月削蜃灰[6]。漉波煮水霜皑皑，飓风之后春风来。

注释

〔1〕飓风：台风，风力极大的风。

〔2〕黄茅：茅草名。白苇：茅草名。"黄茅""白苇"都是可以用来建造房屋之物，此处代指房屋。

〔3〕啾啾：凄厉的叫声。

〔4〕海若：海神。

〔5〕邦族：邦国宗族。此处指百姓家族。

〔6〕牵缁：指任公子钓鱼的典故。蜃灰：蛎灰，沿海地区一种重要的传统建筑材料。

评析

中国古籍中明代以前将台风称为飓风，明代以后按风情不同有台风和飓风之称。飓风是风力极大的风，破坏力强，严重威胁人们的生命财产安全，对于民生、农业、经济等造成极大的冲击，是一种危害严重的自然灾害。史书中有不少关于飓风毁坏生产资料的记载，如《清史稿·志十九灾异五》："（顺治）十年八月，澄海飓风大作，舟吹陆地，屋飞空中。"这首诗可能是为一次造成巨大破坏的飓风而写。

诗作一开始就写到飓风的威力大、破坏大。海飓风一来，震荡山谷，毁坏禾苗，摧毁房屋。因为海飓风的破坏，人民流离失所，死伤无数，不仅令人想起杜甫《兵车行》所说"新鬼烦冤旧鬼哭，天阴雨湿声啾啾"的景象。正因为海飓风造成的破坏太大，所以人们寄托于精卫填海，表达了希望海飓风不再汹涌恣肆，早日看到扬尘之象，而不是一片汪洋的愿望。长鲸北徙导致波涛汹涌，后面用《庄子》里面任公子牵缁钓大鱼而离而腊之的典故,所以说"复尔邦族尔莫哀"。最后表达波涛汹涌、一片汪洋的日子总会过去的,飓风过后春风就会到来,也即人民的生活会逐渐恢复。本诗记述了海飓风给黎民百姓带来的巨大灾难,作者在其中表达了希望赶紧恢复生产生活的愿望,体现了作者对受灾百姓的同情与悲悯。

(李婧)

弄潮曲

郑燮[*]

钱塘小儿学弄潮,硬篙长楫捺复捎[1]。舵楼一人如铸铁[2],死灰面色睛不摇。潮头如山挺船入,樯橹掀翻船竖立[3]。忽然灭没无影踪,缓缓浮波众船集。潮平浪滑逐沙鸥,歌笑山青水碧流。世人历险应如此,忍耐平夷在后头[4]。

注释

〔1〕篙:撑船的竹竿或木杆。捺:按,摁。捎:从近处带往远处的动作。

〔2〕舵楼:此处指船头。

〔3〕樯橹:樯与船桨。

〔4〕平夷:平坦。

---

[*] 郑燮(1693—1765),字克柔,号板桥,兴化(今江苏省兴化市)人。乾隆进士。历任山东范县、潍县知县十余年,后因赈济等事得罪豪绅而罢官,卖画扬州。燮诗、书、画俱工,为"扬州八怪"之一。在文学理论上,他倡导文学"理明词畅,以达天地万物之情,国家得失兴废之故"(《与江宾谷江禹九书》),"道着民间痛痒"(《潍县署中与舍弟第五书》),要有关世道人心,反映民间疾苦。其诗、词、文章,大都反映现实,言之有物。著有《郑板桥集》。

评析

　　今天我们往往把站在时代前列、敢闯敢干的人称为"弄潮儿",把走在潮流前头的人称为"潮人"。"弄潮儿"的本意是指与潮水搏击嬉戏的人,大海涨潮时汹涌澎湃,能在海潮中戏水,必定是胆量非凡而极富进取精神之人。

　　郑板桥此诗就是专门歌咏在钱塘江上戏水的弄潮儿的。作者特别选取了他们撑船游于惊涛骇浪之中的最惊心动魄的一幕。"硬篙长楫捺复捎",弄潮儿以硬篙和长桨与大潮抗衡、周旋,他们的动作连续而紧迫,又是向下按,又是拂掠水面。此时,作者适时地将镜头拉近,给了舵手一个特写——"舵楼一人如铸铁,死灰面色晴不摇",在如此凶险的情况下,舵手却能够不慌不乱,面色坚定,稳如铸铁,毫无动摇,如果不是有过人的胆量和绝对的信心,又怎么能够做到在如此巨浪面前仍从容不惊呢?这些勇猛无畏的弄潮儿们颠簸在风口潮尖,险象环生,"潮头如山挺船入,樯橹掀翻船竖立",只见海潮如山崩一般向他们的船席卷而来,樯橹都被潮水掀翻了,船身也竖立起来,与水面垂直,几乎倾覆;"忽然灭没无影踪"船只忽然就被狂涛吞没,消失得无影无踪。弄潮儿的船被海潮冲走了吗?此时读者也不禁为他们提心吊胆。"缓缓浮波众船集",缓缓地,弄潮儿们的船都浮出了波涛,又聚集了起来,现在海面上潮平浪滑,顺风顺水。读者为弄潮儿担忧紧张的心情也得以放松,心中油然生起对他们的敬佩与赞叹。按照吴地风俗,弄潮完毕,往往要唱歌庆祝,弄潮儿们高歌着胜利的凯歌,追逐着水面的沙鸥,此刻真是感到山青水碧啊。

　　此诗描写生动形象,将弄潮时的惊心动魄和得胜后的舒畅欣喜写得如在眼前,弄潮儿的形象也呼之欲出。更难能可贵的是,作者以理句结尾,将弄潮儿的精神归结为"世人历险应如此,忍耐平夷在后头",从感性地欣赏弄潮中提炼出哲理上的启示,饶富理趣,无疑将此诗又提升了一个高度。

(李婧)

望 海

袁枚[*]

一望水天空，方知海不同。分来中国好，洗出太阳红。地少难寻岸，龙多易起风。人间宦途客，都泊此当中！

评析

此诗为袁枚游浙江乐清时所作，所望之海为白沙海。"一望水天空，方知海不同"，起语看似平易如话，却境界开阔，呈现了一幅烟水茫茫、海天相接的壮阔画面。"分来中国好"句意谓中国有这片海水真好，"洗出太阳红"谓太阳从大海中升起，两联似脱口而出，而气势非凡。颈联"地少难寻岸"写大海浩瀚无边，看不到陆地，难以寻到崖岸。"龙多易起风"写由于海中蛟龙潜藏，海面上常常狂风大作。此联既写景，同时也暗含哲理，因为这样的海况正是仕宦之途的写照。所谓"宦海沉浮"，仕宦之途往往明争暗夺，钩心斗角，正如蛟龙暗潜的大海一样充满着危险，一旦步入官场，就像茫茫大海找不到崖岸，再想退出可就难了。因而，袁枚在尾联感慨道，那些追求功名富贵的仕宦之士，都执迷不悟，深陷宦海，不能自拔，他们哪里知道仕途之险恶，正如同小舟泊于茫茫

---

[*] 袁枚（1716—1798），字子才，号简斋，晚号仓山居士、随园老人。钱塘（今浙江省杭州市）人。乾隆进士，历任溧水、江浦、江宁等地知县，有政绩。四十岁即辞官告归，于江宁（今江苏省南京市）小仓山下筑随园。此后游山玩水，吟诗撰文，恬淡自居，收集书籍，创作诗文，悠闲度过四十余载。交游广泛，门生众多，广收弟子，女弟子尤众。袁枚是乾嘉时期代表诗人之一，与赵翼、蒋士铨合称"乾隆三大家"。论诗主张抒写性情，创性灵说。著有《小仓山房诗文集》《随园诗话》等。

大海中一样呢!

  此诗融写景与说理于一体,景物壮阔,道理深刻。而袁枚之所以由茫茫大海而联想到宦海无边,并表达出对深陷其中者的不解和感叹,乃是基于他一贯的思想主张。袁枚于四十岁之壮年即辞官,在江宁小仓山下筑随园,此后游山玩水,吟诗作赋,收徒交友,悠游自在地度过了四十余载闲云野鹤般的隐居生活。袁枚生性疏淡,与那些执着于仕途的官迷异趣,此诗所表达的正是他这种厌恶官场的隐居志趣。

(李婧)

虎门望海[1]

赵翼*

  目力将穷境更赊[2],望洋今日得雄夸[3]。信知地外皆为水,应到天边始是涯。蛟蜃嘘还成幻市[4],神仙过或驭飞车。苍茫何处蓬壶路[5],我欲扬帆采石华[6]。

注释

  [1]虎门:今属广东东莞,南临伶仃洋。

  [2]赊:宽广。

  [3]雄夸:极力赞美。

  [4]蛟蜃:蛟与蜃。亦泛指水族。嘘:吐气。幻市:海市蜃楼之

---

  * 赵翼(1727—1814),字云崧、耘崧,号瓯北,阳湖(今江苏省常州市)人。乾隆进士,曾任镇安、广州知府,官至贵西兵备道。旋辞官,主讲扬州安定书院。赵翼是毗陵诗派的代表人物之一,与袁枚、张问陶并称清代性灵派三大家。论诗重性灵,主创新。五、七言古诗中有些作品嘲讽理学,隐喻对时政的不满。更长于史学,考据精赅,所作《廿二史札记》为史学考证开创新例。另有《瓯北诗集》《瓯北诗话》等。

景。传说海市蜃楼是蜃蛟一类水族吐气幻化而成。

〔5〕蓬壶：传说中的海上仙山。

〔6〕石华：介壳类，附生于海中石上。

评析

赵翼是毗陵诗派的代表人物之一，毗陵派是由常州诗人组成的地域性诗歌流派，创作了许多杰出的边塞诗，本诗属于东南海防诗。虎门，今属广东东莞，南临伶仃洋。此诗写于诗人观海之时，诗中几乎没有正面描写眼前所见的情景，更多以今昔对比和观海的感受为主体，诗歌末两句，诗人表达了自己扬帆出海、探访仙境的愿望。全诗气魄十足，洋溢着乐观向上、向命运挑战的积极精神。

首联极力赞美海洋的广阔无边，赊，宽广；雄夸，极力赞美。目光有穷尽而大海无尽头，一"穷"一"赊"形成强烈对比。以前，通过别人的描述，诗人曾对海洋有过种种猜想和想象，但百闻不如一见，"今日"一词暗含与往日的对比。两处对比的使用更加突出了大海的浩瀚无穷，面对如此广阔的大海，诗人不禁开始联想。颔联、颈联便是诗人联想的内容：确切地知道从脚下的土地延伸开去，一定是无边无际的海水，天边或许会是它的尽头。相形之下，巨大的蛟龙都变得渺小，也许，只有神仙才能驾着飞车跨越此等距离。颔联的"信知"二字，似乎显得诗人无比地肯定，但颈联的一个"或"字又显露出他的不自信，在一望无际的大海面前，谁能确切地估计它的范围呢？"皆""始""还""或"四个词，揭露了诗人从肯定到怀疑的心理变化过程。尾联，诗人触景生情，不再满足于视觉上的满足感，他想要亲自扬帆，去海上采集珍珠贝壳，探访传说中通往蓬莱仙岛的道路。

（李婧）

渡海中流作

翁方纲[*]

海山正青海水黑,水间十丈水花白。千顷万顷烟茫茫,东见扶桑一痕碧[1]。云影倒漾为沙滩,云气却起作岭岚。谁言天与水一色,天转如墨水转蓝。须臾急雨来冥冥[2],连天连海合众形。风帆沙鸟那复辨,滔滔浩浩浑一青。日光俄截云脚断[3],始识中流大洋半。长风一霎鼓帆来,椰子林青指南岸。

注释

〔1〕扶桑:传说中日出之地,此处指海中岛屿。

〔2〕冥冥:渺茫阴暗的样子。

〔3〕俄:时间很短,突然间。

评析

此诗为翁方纲督学广东时作,描写作者船过琼州海峡赴海南岛时所见的海上壮观景象。

作者写海别具一格,首四句从色彩角度写静态之海,连用"青""黑""白""碧"四个色彩词,将一幅明媚绚丽宁静的青山碧海白浪图呈现在读者眼前。

而诗的后六句则极力描摹海天变幻莫测的动态之美,围绕一个

---

[*] 翁方纲(1733—1818),字正三,号覃溪,晚号苏斋,河北大兴(今北京市)人。乾隆十七年进士,授翰林院编修。历督广东、江西、山东三省学政,官至内阁学士。精通金石、谱录、书画、辞章之学。论诗独创"肌理说",试图调和王士禛"神韵说"和沈德潜"格调说",而与袁枚"性灵说"相抗衡。著有《石洲诗话》《复初斋集》等。

"变"字写来。先写云之变，白云倒映在海水中，随着水波的荡漾，看那白云在水中的倒影就像沙滩一样，而飘动的云气又形成了山岚的样子。次写色之变，暴雨欲来，海天为之变色，天变得阴暗如墨，海水则在天色的映衬下，颜色变浅，由黑转蓝了。此句也带出急雨将至的征兆。继之，作者写大海的变幻莫测，瞬息之间，雨来，日来，风来。急雨来时是天昏海暗，天连海，海连天，天海间一切物体都混为一体了，航行在海面的风帆和飞翔在空中的沙鸟，都已经分辨不清了，只见波涛滚滚，海浪滔滔，浩浩渺渺，全是一片青色，此为一变。不久，太阳就出来了，阳光截开满天乌云，海上又重回明亮平静了，此又为一变。紧接着，海上长风袭来，海面又有了变化。

  需要注意的是，作者在写海上瞬息万变的同时，也暗含了自己船行其上的情感变化。在急雨中，一切混茫难辨，诗人的心情也随之紧张起来。而当雨过天晴，作者看到船已行到大海的中流，走过了一大半的路程时，心情也变得平静和明朗。最后，当一阵海风吹来，把风帆鼓得满满的，大船乘风破浪，直指长满了青青椰子林的海南岛时，可以想见，此时作者也是意气风发、满怀豪情了。因而，此诗可谓一首构思别致、情景交融的写海佳作。

（李婧）

登别峰庵望海忽值风雨[1]

洪亮吉*

朝曦色染沧溟绿[2]，东望海门如半粟[3]。沧溟突处天荡摇，顷刻已见西来潮。象山南头蒜山尾[4]，一舸倒流还数里。风威不敌潮势狂，吹角北岸停帆樯。君不见日居万瓦鳞鳞内，眼暗头低殊不耐。此时怀抱觉暂开，足底隐隐闻惊雷。天公似把炎蒸洗[5]，东海叱龙龙尽起。一晌江都电影来，翠屏洲上红三里。

注释

〔1〕别峰庵：位于镇江焦山。

〔2〕沧溟：指大海。

〔3〕半粟：比喻极微小的东西。

〔4〕象山：山名，位于今中国浙江省镇江市焦山风景名胜区内。蒜山：山名，位于今中国浙江省镇江市。

〔5〕炎蒸：炎热之意。

评析

此诗描绘海上风雨大作的景色。作者以豪放的笔法对狂风暴雨中的大海进行了热情的赞美。作者是站在镇江焦山上的别峰庵来望海的，此

---

* 洪亮吉（1746—1809），原名礼吉，字君直，一字稚存，号北江。阳湖（今江苏省常州市）人。乾隆五十五年榜眼，嘉庆年间因上书指斥朝政获罪，戍伊犁，次年赦还，自号更生居士，寄情山水，专意著述。居家十年而卒。学识广博，精于经传训诂、地理沿革之学，曾论人口增长过速的危害，为近代人口学说之先驱。工诗文，著有《卷施阁诗文集》《附鲒轩诗集》《更生斋诗文集》《北江诗话》等。

处四面环水,与象山、蒜山夹江对峙,视角绝佳,苍茫的大海可尽收眼底。只见青绿色的大海极其广阔,相形之下,远处的海门渺小得如半粒米大小了。

此时作者看到远处天空摇荡,大海似乎突出了一块,顷刻之间,已经涌到眼前了,原来是滚滚狂潮。潮水来势汹涌,在象山、蒜山这一带正在行驶的小舟无法前进,被狂风吹卷着倒行了数里。风狂,潮更狂,海上的行船只能纷纷停靠到北岸。眼前的壮观景象让作者大为兴奋,他不禁感叹每日生存在屋舍之内,直让人眼暗头低,倍受限制。此时,望着风狂浪高的大海,真让人感到怀抱大开。

狂风昭示着暴雨的来临,作者听到从脚上隐隐传来隆隆雷声。一时,暴雨齐下,好像东海群龙尽起降雨,天公像要把世界都彻底清洗了一样。狂风暴雨中,还夹杂着闪电,在一道闪电过后,海边洲畔被映照得一片通红。

此诗气势豪迈,出语不凡,不仅尽展海上暴风雨的汹涌澎湃,同时也足以见出作者的豪放胸怀。只是,结尾戛然而止,略显突兀,似有不足。

(李婧)

后观潮行

黄景仁[*]

海风卷尽江头叶,沙岸千人万人立。怪底山川忽变容[1],又报天边海潮入。鸥飞艇乱行云停,江亦作势如相迎。鹅毛一白尚天

---

[*] 黄景仁(1749—1783),字汉镛,一字仲则。武进(今江苏省常州市武进区)人。一生怀才不遇,穷困潦倒,四岁而孤,家境清贫,为生计四处奔波。后授县丞,未及补官即在贫病交加中客死他乡。诗负盛名,多抒发个人愁苦,哀怨婉丽。著有《两当轩集》。

际,倾耳已是风霆声。江流不合几回折,欲折涛头如折铁。一折平添百丈飞,浩浩长空舞晴雪。星驰电激望已遥,江塘十里随低高。此时万户同屏息,想见窗棂齐动摇[2]。潮头障天天亦暮,苍茫却望潮来处。前阵才平罗刹矶[3],后来又没西兴树[4]。独客吊影行自愁[5],大地与身同一浮。乘槎未许到星阙[6],采药何年傍祖洲[7]。赋罢观潮长太息,我尚输潮归即得。回首重城鼓角哀,半空纯作鱼龙色。

注释

〔1〕怪底:亦作"怪得"。惊怪,惊疑。

〔2〕窗棂:窗户。

〔3〕罗刹矶:位于安徽翠屏山下长江中一段。

〔4〕西兴:即西兴堤,位于钱塘江南岸,今属杭州萧山。

〔5〕吊影:典故名。只有自己的身子和影子在一起互相慰问,形容非常孤单,没有伴侣,喻孤独寂寞。

〔6〕星阙:天上宫殿。

〔7〕祖洲:古代中国神话中的地名,是虚构的仙境之地。

评析

《后观潮行》是黄景仁两首观海潮名篇之一。乾隆三十二年(1767)秋,诗人应浙江观察使潘恂之邀出游杭州,并客居杭州观察署,曾前往钱塘观潮,而作此诗。全诗有景有情,描绘了钱塘江涨潮之前、潮来之时及退潮之后的壮观景色,摹写了潮头壁立、波涛汹涌、声如雷霆、长空舞雪等种种奇观,层次分明,惟妙惟肖,生动形象而气力雄浑。结尾即景生情,抒写了诗人孤独愁闷的心绪。

开篇四句,写海潮到来前风卷落叶、岸上众人翘首以待的紧张气氛,好似一场激动人心的戏剧即将拉开序幕。只见山河突然间神奇地改变了颜色，天边的海潮即将滚滚而来。这时海上白鸥飞起，船只纵横交错，天上行云停滞，江水也作涨势好似在迎接，风雷般的声响震耳欲聋，真是声势浩大，无法抵挡。

紧接着第二部分具体描绘壮观的钱塘江潮。潮水涌至，诗人借海潮与江流的相互较量，显示海潮的排山倒海之势和雷霆万钧之力。潮水奔腾，激起浪花飞溅，漫天飞舞，十里江塘都好似随着潮头而高低起伏，甚是壮丽。千家万户都屏息观看，感受好似屋子的窗棂也随之动摇。潮头遮蔽天空使之昏暗，回望只见潮来处的苍茫模糊。前面潮水刚刚漫了罗刹矶，后来又没了西兴堤树。潮势凶猛，使人印象深刻。

最后一部分写潮退后的情景，抒发自己的孤独感和愁闷心情。大自然如此壮美，相形之下，诗人却如此渺小。乘木筏升到天上宫阙，何时才能采药到祖洲仙府，这些都是不可能实现的愿望，流露出诗人消极的情绪。这样的感慨源自黄景仁自身才华横溢却科场失利，多病的身躯难以承受沉重的生活负担，唯有喟然一声长叹而已。

（李婧）

鼓山绝顶望海歌

梁章钜[*]

千山万山列眼底，倚天空碧不知止。眼中沧海小如杯，海上浮

---

[*] 梁章钜（1775—1849），字闳中，晚号退庵。长乐（今福建省福州市长乐区）人。嘉庆七年进士。历任荆州知府、山东按察使、江苏布政使、甘肃布政使。鸦片战争期间，任广西巡抚。后调江苏巡抚，兼代理两江总督。后因病辞官。曾学诗于翁方纲。论诗笃守儒家"温柔敦厚"之说。曾燠评其诗曰："五、七古取材奥衍，用笔生健，其选韵虽险而控制自如，则尤非深于韩、苏者不能。近体亦质实不佻，具征功力之纯。"（《退庵诗存题词》）著有《藤花吟馆诗抄》《退庵诗存》等。

云白如纸。流虬一发来青青[1]，鲲身隐约浮东宁[2]。天吴阳侯亿巨测[3]，蜃楼倒矗蛟涎腥[4]。昨夜黑风吹海立[5]，阴火难消水仙劫[6]。天末遥遥蜑客愁[7]，浪头隐隐鲛人泣[8]。我欲乘风远扶携，楼船突兀谁能攀。徒有襟期偃溟渤[9]，惜无长策回狂澜[10]。忽忆神仙隔缥缈，蓬莱清浅无人晓。排云但望金银台[11]，珊瑚枝老蟠桃小。便要东搴若木华[12]，群仙接引如虫沙[13]。拍肩教我洗毛髓[14]，应龙十二空衙衙[15]。知不可得下山去，富贵神仙亦朝露。不如呼酒东际楼，海月山风足良晤[16]。

注释

〔1〕流虬：游动的龙。虬：古代神话传说中有角的小龙。

〔2〕鲲：传说中的大鱼，生活在北边幽深的大海北冥。

〔3〕天吴：水神名。阳侯：古代传说中的波涛之神。巨测：不可推测。亿巨测，形容数量之多。

〔4〕蜃楼：古人谓蜃气变幻成的楼阁。即海气蜃楼之景。

〔5〕黑风：暴风，狂风。

〔6〕阴火：海中生物所发之光。

〔7〕蜑客：即蛋家，蛋民。他们生活于福建闽江中下游及福州沿海一带，终生漂泊于水上，以船为家。

〔8〕鲛人：中国古代神话传说中鱼尾人身的神秘生物。

〔9〕襟期：襟怀、志趣。偃：停止。溟渤：指溟海和渤海。

〔10〕长策：能起长远作用的策略。狂澜：巨大而汹涌的波浪。

〔11〕排云：推开白云。排：推开，冲破。

〔12〕搴：拔取。

〔13〕虫沙：虫子和沙砾。形容数量极多。

〔14〕毛髓：毛发和骨髓。

〔15〕应龙：古代传说中一种有翼的龙。衙衙：相向而立的样子。

〔16〕良晤：欢聚。

评析

从诗题我们便可以看出，作者是从鼓山之绝顶来向下俯视大海的，因而与一般的望海歌相比，作者的视点更高，眼中的大海就变得与众不同了。

从首句"千山万山列眼底，倚天空碧不知止"，我们就不难想象鼓山绝顶之高简直是直入云霄。从这样的高度向下俯视，眼中的沧海就变得像杯一样小了，而海上的浮云也像纸片一样洁白渺小了。向来咏海的诗歌都比喻海之大，只有此诗比喻海小如杯，这一不同寻常的比喻并非有意标新立异，而是恰恰符合绝顶望海的特殊情境，不禁令人耳目一新，正是本诗出彩之处。

可惜的是，紧接着作者又回到写海的老套路上来了。这就是以神幻写海景。作者铺排了一系列海底的神怪，像"虬""鲲""蛟"，以及"蜑客"与"鲛人"等，营造了一个光怪陆离的神幻仙境。由仙境而及游仙，作者经过海上的凶险，来到了缥缈的蓬莱仙境，只看到有金银筑成的宫阙，生长着珊瑚与蟠桃。在这里，作者被群仙接引着，简直忘却了世俗人间。当然，这么美的经历只是神游，作者实际上还站在鼓山绝顶上呢。所以，诗歌的最后陡然回转，作者反思游仙之不可得，因而感慨富贵神仙都如朝露一样瞬息消逝。与其如此，何不狂歌痛饮，尽享这人世间的海月山风呢？

此诗一气呵成，流转自如，足见作者在七言歌行体上的功力。不过，诗中的不少词句皆借鉴古人，如"昨夜黑风吹海立"出自苏轼《有美堂暴雨》中的名句"天外黑风吹海立"；而"排云但望金银台"则从郭璞《游仙诗》"神仙排云出，但见金银台"化成。

（李婧）

海天吟

黄培芳*

南溟万古滔滔流[1]，中有三山日照之神洲。仙人骑鲸欻隐见[2]，破浪忽到东南头。铁城锦水一都会，群山万壑开遐陬[3]。七星峰上琼花发，五桂岩边琪草幽。疑从十洲三岛分此境[4]，离离员峤波间浮[5]。金屑垣，桂花村，何须秦时桃花源。我住花村最深稳，夜夜海月照我门。珊瑚宝树出海底，明珠簸弄蛟龙吞[6]。天风吹月海山白，仙人与我倾芳樽。遥指海水千尺深，琅琅高歌海天吟[7]。海波连山高接天，天上灵妃顾嫣然，会当乘槎牛斗边[8]。

注释

〔1〕南溟：南海。

〔2〕欻：忽然。

〔3〕遐陬：边远一隅。出自《宋书·谢灵运传》："内匡寰表，外清遐陬。"

〔4〕十洲三岛：指的是道教称距陆地极遥远的大海宇宙空间之中的三岛十洲，都是神仙居住的地方。三岛的原型为三神山，即先秦传说中的蓬莱、方丈、瀛洲，后《云笈七签》定三岛为昆仑、方丈、蓬莱丘。明代道书《天皇至道太清玉洲》定十洲为：瀛洲、玄洲、长洲、流洲、元洲、生洲、祖洲、炎洲、凤麟洲、聚窟洲。

---

* 黄培芳（1778—1859），字子实，又字香石，自号粤岳山人，学者称粤岳先生。广东香山（今中山市）人。嘉庆九年副贡生，道光二年补武英殿校录官。历任乳源、陵水县教谕，封内阁中书衔。少以诗名，与张维屏、谭敬昭并称"粤东三子"。亦工书画。著作甚丰。著有《岭海楼诗文钞》《香石诗话》等。

〔5〕离离：井然有序貌。员峤：古代传说中海外五仙山之一，后沉没。

〔6〕簸弄：上下玩弄。

〔7〕琅琅：象声词，形容歌声响亮。

〔8〕乘槎：传说中有通往天河的船筏，乘之可到银河。牛斗：指牛宿和斗宿。

评析

　　海与天，以其辽阔遥远，超越了人类感知的范围，成为人类幻想中的仙境所在。古今中外，流传了大量关于海与天的神话传说。黄培芳这首诗紧紧抓住海与天的奇幻性，由海及仙，由仙而及人间仙境，由人间仙境而及"我"，由"我"而及天上仙境，谱写了一曲奇妙的海天吟。

　　开篇实写海水万古滔滔流。紧接着便转入虚幻，将读者引入三山日照之仙境，骑鲸的仙人也隐约现身，破浪而来。作者笔墨宕开，来描绘有实有虚、亦真亦幻的山海景致。浩浩海水，群山万壑，海边山上琼花英发，琪草幽生。作者是丹青妙手，此处写景之句，亦见出其构图设色之功，颇有虚实画境之妙。面对这般山海壮丽，奇花异草，无怪作者要感叹此为世外仙境。神山仙海之畔是一个以金屑为墙、长满桂花的村落，是个远胜陶渊明笔下桃花源的所在。

　　作者就住在这个花村的最深处，沉浸在这世外仙境里，尽享这神山仙海的光怪陆离。只见珊瑚宝树从海底涌出，灿灿明珠被蛟龙吞吐玩弄。海月朗照，海山尽白。作者情高意远，与仙人同饮共醉，指海高歌，共唱海天吟，真是酣畅淋漓、豪迈之极。末句更加放旷，由"海波连山高接天"的眼前景色，想及天上灵妃正下顾自己、嫣然而笑，作者于是壮言一定要像汉时张骞那样乘槎到牛斗星河边一游，去一睹天上灵妃的芳容。这便从人间仙境而遥及天上仙境，更加情高意远，为本诗留下了无尽的韵味。

本诗构思新颖大胆,想象瑰丽神奇,笔法汪洋恣肆,字里行间无不透露出作者的豪放旷达之气,是一首不可多得的佳作。

(李婧)

海 门

张维屏*

七省边隅接海疆[1],海门锁钥费周防[2]。贾生一掬忧时泪[3],岂独关心在梓桑[4]。

注释

〔1〕边隅:边境。

〔2〕锁钥:比喻军事要地。

〔3〕贾生:指贾谊。

〔4〕梓桑:古代常在家屋旁栽种桑树和梓树,后成为家乡的代称。

评析

海门,这里指我国的海口。"七省边隅接海疆",指我国有辽、冀、鲁、江、浙、闽、粤七个省份靠近海边,具有绵长的海岸线。张维屏认识到这些临海口岸就是中国的"海门",必须要严锁紧防,才能抵御外

---

* 张维屏(1780—1859),字子树,号南山,又号松心子,别署楚客、第七洞天樵客、珠海老渔等。番禺(今广东省广州市番禺区)人。道光二年进士。历任湖北广济县知县、江西候补同知,署南康府知府。因厌倦官场黑暗,于道光十六年(1836)辞官归里,隐居"听松园",闭户著述。后被聘为学海堂学长。是近代著名爱国诗人,在鸦片战争爆发后,写下了赞颂人民英勇抗英的《三元里》《三将军歌》等不朽诗篇。著有《张南山全集》《听松庐诗话》《艺谈录》《国朝诗人征略》等。

国列强的入侵。在这里,他大声疾呼必须重视加强中国的海防。

1840年英国殖民主义者悍然发动鸦片战争,用坚船利炮从海上攻开了清朝闭关锁国的大门,彻底击碎了清政府天朝上国的迷梦,清王朝不得不以大量赔款的方式屈辱求和。鸦片战争给中华民族带来沉重的打击,痛定思痛,不少有识之士开始反思失败的症结,探索未来的出路。在以林则徐和魏源为代表的一批有识之士的倡导下,一度形成了一个"睁眼向洋看世界,师夷长技以制夷"的探索热潮,先驱者们提出了建设海军海防的一系列主张,为近代中国海防建设拉开了序幕。张维屏曾于1830年与林则徐、魏源等在北京结"宣南诗社",相交甚厚,或许正是受到他们的影响,有感于迫切的现实,而提出严防海门。

在诗的后两句,张维屏表示,他主张严防海门,绝不是一己私心,因为他的家乡在临海的广东番禺,而实在是出于像贾谊一样忧国忧民的公心啊。诚然,加强海防不仅是张维屏个人的英雄所见,也是那个时代有识之士的共同呼声。

(李婧)

寰海十章(其九)

魏源[*]

城上旌旗城下盟,怒潮已作落潮声。阴疑阳战玄黄血[1],电

---

[*] 魏源(1794—1857),字默深,又字墨生、汉士,号良图,邵阳(今湖南省邵阳市)人。道光二十四年进士,官江苏高邮知州。后见清政府和战不定,投降派昏庸误国,愤而辞归,潜心学佛,立志著述。魏源是近代中国"睁眼看世界"的先行者之一。他主张经世致用之学,力主变法改革,倡导学习西方先进科学技术,总结出"师夷之长技以制夷"的新思想。诗多反映鸦片战争前后的社会现实,赞扬广大人民英勇抗英,揭露清统治者的昏聩腐朽。著有《古微堂诗集》《清夜斋诗稿》等。

夹雷攻水火并。鼓角岂真天上降[2]？琛珠合向海王倾[3]。全凭宝气销兵气，此夕蛟宫万丈明。

注释

〔1〕阴疑阳战：比喻侵略者气焰嚣张，逼使被侵略者奋起自卫。玄黄：皆为颜色词。玄为天色，黄为地色。后代指天地。

〔2〕鼓角：古代军队中用来发出号令的战鼓和号角。

〔3〕琛珠：琛，珠宝。琛珠即海中宝藏之意。

评析

《寰海十章》是魏源作于鸦片战争期间的一组诗。作者时在两江总督裕谦的幕府中，曾参与浙东的抗英斗争，目睹了鸦片战争期间清廷的腐败无能，故而创作这组诗记述海疆战事。诗中对清政府的软弱无能、妄信权佞，排斥爱国将领等种种做法，表示出了极大的愤慨。这里所选的为第九首，讽刺英国侵略者包围广州时奕山的投降卖国行径。

首联写奕山与英军签订了屈辱的《广州和约》。只见广州城上徒然悬挂着战旗，其实已经在敌人兵临城下时与其签订了耻辱的和约。1841年5月21日，英国侵略者包围广州，仅五天时间，城外炮台就全被英军占领，奕山战败，与英国签订了屈辱的《广州和约》，不仅答应向英军缴纳赎城费六百万元，还要赔偿英商馆损失三十万元。清王朝此次抵抗侵略的怒潮到此已近尾声了。

颔联记述中英炮火相加的激战情景。"阴疑阳战玄黄血"语出《周易》，据《坤》卦上六爻辞："龙战于野，其血玄黄。"文言："阴疑于阳必战。"古人认为阴气盛，侵凌阳气，势在必战。此处指面对英帝国主义的入侵，清朝被迫起来抵抗。

然而战争的结果令人痛心。"鼓角"一联，反问英国侵略军真的是从天而降的"天兵"，不可抵御吗？金钱真应当向掌握了海上霸权的他们倾献啊。此联正言反说，语含讥讽，讽刺奕山向英国侵略者交付巨额赔款。

尾联讽刺的语气更强，指全靠奕山以金钱赎城求和，才止住了战争。获得了清政府大量赔款的英国侵略者，今晚该是满载而归，珠光宝气直冲万丈了吧。蛟宫，指海龙王宫殿，内多奇珍异宝，此处借喻英国侵略者。

此诗极具讽刺性，以高超的反讽手法，将奕山等投降卖国的丑态昭然揭示，蕴涵了作者对投降派无比的愤慨，以及对国家民族命运的痛心与忧虑。

（李婧）

关将军挽歌[1]

朱琦*

飓风昼卷阴云昏，巨舶如山驱火轮[2]。番儿船头摇大鼓[3]，碧眼鬼奴出杀人。粤关守吏走相告，防海夜遣关将军。将军料敌有胆略，楼橹万艘屯虎门[4]。虎门粤咽喉，险要无比伦。峭壁束两峡，下临不测渊。涛泷阻绝八万里[5]，彼虏深入孤无援。鹿角相觭断归路[6]，漏网欲脱愁鲸鲲[7]。惜哉大府畏儒坐失策[8]，犬羊自古终难驯[9]。海波沸涌黯落日，群鬼叫啸气益振。我军虽众无斗志，荷戈却立不敢前。赣兵昔时号骁勇，今胡望风同溃奔。将军徒手犹搏战，自言力竭孤国恩[10]。可怜裹尸无马革，巨炮一震成

---

* 朱琦（1803—1861），字伯韩，临桂（今广西壮族自治区桂林市）人。道光十五年进士，官至御史，直言敢谏。鸦片战争期间，坚决反对帝国主义侵略，讴歌抗敌，指斥投降。晚年总理杭州团练局，遇太平天国攻杭州，被杀。诗多忧时愤世、反映民生疾苦、揭露统治阶级腐朽之作。以长篇叙事诗见长。诗格雄浑。著有《怡志堂集》《倚云楼诗》。

烟尘。臣有老母年九十,眼下一孙未成立。诏书哀痛为雨泣。吾闻父子死贼更有陈连升[11],炳炳大节同崚嶒[12]。猿鹤幻化那忍论[13],我为剪纸招忠魂[14]。

注释

〔1〕关将军:即关天培(1781—1841),字仲因,号滋圃,山阳(今江苏淮安)人,时为广东水师提督。挽歌:哀悼死者的诗歌。

〔2〕巨舶:巨大的船。这里指英国侵略军以蒸汽机为动力的兵舰。

〔3〕番儿:中国古代对周边少数民族和外国的称呼。此处指英国侵略者。下句的"碧眼鬼奴"意同。

〔4〕楼橹:古代军队中用以瞭望的望楼,这里指楼船,即设有瞭望台的兵舰。

〔5〕涛泷:波涛汹涌貌。

〔6〕鹿角:本指用树木插在地上的障碍物,后来借指防御工程。

〔7〕鲸鲲:海中大鱼,借指英国侵略军的兵舰。

〔8〕大府:明清时泛指总督、巡抚,这里指琦善。

〔9〕犬羊:这里指英国侵略军,说他们的贪婪本性犹如犬羊一般难改。

〔10〕孤国恩:辜负国家的恩德。

〔11〕陈连升:广州三江口副将,英军攻击大沙角炮台时与儿子一起殉难。

〔12〕崚嶒:原形容山势的险峻,这里形容品德的高尚。

〔13〕猿鹤幻化:据《艺文类聚》引《抱朴子》载,周穆王南征,一军尽化,君子为猿为鹤,小人为虫为沙。后用为战死沙场的典故。那忍论:不忍诉说。

〔14〕剪纸:剪纸招魂是我国民间的风俗。这里表示诗人对爱国将士的哀悼和敬仰。

评析

这首诗选自林昌彝《射鹰楼诗话》卷一，本集未载。此诗是为1841年2月26日在中英第一次鸦片战争中英勇牺牲的广东水师提督关天培老将军而作的挽诗。诗中以十分沉痛的心情讴歌了关将军及陈连升等爱国将领英勇奋战、为国捐躯的事迹，指责执行投降政策的琦善等人的怯懦。

此诗内容层层递进，先写风云滚滚，英军来犯，"番儿""碧眼鬼奴"等都是指入侵的英军。他们气焰嚣张，所开的火轮船如山一样巨大，还擂着大鼓，悍然入侵。

再写关天培被派遣防守虎门，他严布海防，在虎门设置了万艘设有瞭望台的军舰。作者在此节中浓墨重彩地描述了虎门之险要，作为扼守珠江入海口的咽喉，虎门险要无比。它东西有大虎、小虎两山对峙，下面深不可测，水流湍急汹涌。英国侵略军远涉重洋，孤军深入，后援阻绝，如果能两面夹击，成掎角之势，断其退路的话，他们就插翅难逃，绝对不可能漏网。此一节渲染了虎门之险要，并分析了有利于我军的作战形势，这本来是令人欢欣鼓舞的，然而实际的战况是清军惨败。

这是因为琦善等人实行投降方针，不肯派兵增援。大府，上级官府，此处指琦善。当关天培向他请求增援时，这个可耻的卖国贼唯恐妨碍"议和"，不敢发兵，坐失了有利战机。英军气焰更加嚣张，而清军则失去斗志，不敢上前迎敌，甚至某些平日号称骁勇的战士，今天都纷纷望风溃逃。此节的惨败与上节的有利形势对比写来，更让人对投降派深恶痛绝。

接下来的一节是本诗的高潮，在这样众军溃逃的情况下，关将军仍然坚持"徒手犹搏战"。早在大战前夕，他就派人将自己的旧衣与遗齿送回故乡，与家人留念，以明死志。此时，靖远炮台只剩几百守军，在孤军无援的绝境下，关天培抱定捐躯殉国的必死之心，坚决与英军战斗到底。部将几次要背他撤退，都被他厉声拒绝，坚持亲自指挥战斗。最终,老将军不幸被敌人的一发炮弹击中,可怜他的尸体被人找到时,一半已被炮火烧焦了,甚至都不能马革裹尸还。

诗的最后一节写对关将军英勇就义的悲痛,以及作者对像关将军一样在此次鸦片战争中英勇卫国的爱国将领的崇敬。关将军上有老母年近九十,下有一个未成人的小孙子,当他们听到关将军战死的诏书时,都哀痛得泪如雨下。这就更可见出关将军舍小家为国家的崇高精神。不仅有关天培,还有负责守卫沙角炮台的陈连升,他率领儿子陈长鹏及士兵六百人英勇抵抗,最终壮烈牺牲。他们这些爱国志士的炳炳大节真是无比崇高。作者不忍他们就这样逝去,要为他们剪纸招魂。猿鹤幻化,指战死沙场。《太平御览》卷九一六引《抱朴子》云:"周穆王南征,一军尽化,君子为猿为鹤,小人为虫为沙。"剪纸招魂,是我国古代民间的一种风俗,剪纸为衣,以招取客死远方的鬼魂。这虽然是个带有封建迷信色彩的活动,饱含的却是作者对英雄逝去的悲痛与不忍。

(李婧)

送陈荔南方伯之米利坚(其二)

金和[*]

一片槎如驶[1],天宽水更宽。斯人即舟楫,大海不波澜。陆贾南横剑,班超老据鞍。勋名从古重[2],莫作壮游看。

---

[*] 金和(1818—1885),字弓叔,号亚匏,江苏上元(今南京市)人。曾陷太平军中,几及于难。此后主要在长江下游和广东一些地方坐馆,为幕僚。光绪初年,应聘入上海招商局。金和亲历危苦,因而诗歌内容富于现实性,其诗大多反映鸦片战争、太平天国起义等重大历史事件。以长篇叙事诗见长。艺术上极尽讽刺之能事,尤对清军的腐败无能揭露得淋漓尽致。金和是近代诗坛上诗歌成就颇有争议的诗人之一,可谓毁誉参半,梁启超以金和与黄遵宪、康有为并举,誉为"元气淋漓,卓然称大家"(《清代学术概论》)。著有《秋蟪吟馆诗钞》。

注释

〔1〕槎：船。

〔2〕勋名：功名。

评析

此诗为金和送别即将出使外国的陈荩南所作。陈荩南，名树棠，二品道台，广东人，曾应聘入上海招商局。米利坚，即美利坚。陈树棠曾于1880年1月至1882年4月间，经当时驻美公使陈兰彬奏派而担任驻旧金山首任总领事。金和也曾在上海招商局任职，二人或于此时相熟识。

首两联写陈荩南登舟即将起航的情景。槎此处指陈荩南所乘坐的船。友人即将乘船远航，驶入水天茫茫的大海。金和真诚地为朋友祈祷海面上能风平浪静，波澜不惊。

为了给陈荩南壮行，金和特举了两个历史上著名的使臣及他们的故事。一个是陆贾，陆贾为西汉人，曾两度出使南越，招谕南越王尉佗，使其放弃起兵的想法，对汉称臣，是为"陆贾南横剑"。而"班超老据鞍"，则是指东汉的班超，他是史学家班彪的幼子，班固的弟弟。他少有投笔从戎之志，后出使西域，以夷制夷，平定西域。金和在此列举这两个历史上著名的成功出使的例子，正是希望陈荩南能够以他们为榜样，不要把这次出使美国仅仅当作一场壮游，而要争取建立功勋，不辱使命，为国家的富强贡献力量。

光绪时期，清朝与美国的交往已经很频繁了。金和虽是旧派知识分子，但思想较为开通，并不排斥西方文明。因而才如此看重友人对美国的出访。然而，此时在腐败的清政府统治下，早已不是汉代时候的天朝上国了。弱国无外交，再想建立像陆贾、班超那样的功业，又谈何容易！

（李婧）

回港舟中

洪仁玕[*]

船帆如箭斗狂涛,风力相随志更豪。海作疆场波列阵,浪翻星月影麾旌[1]。雄驱岛屿飞千里,怒战貔貅走六鳌[2]。四日凯旋欣奏绩,军声十万尚嘈嘈[3]。

注释

〔1〕麾旌:即旌麾,帅旗。

〔2〕貔貅:传说中的一种猛兽。比喻勇猛的军队。六鳌:神话中负载五仙山的六只大龟。这里喻海洋。

〔3〕嘈嘈:众声喧杂的样子。

评析

此诗见于《干王洪仁自述》。1851年洪秀全发动金田起义,成立太平天国,在清远的洪仁玕得到消息后,赶往会合,无奈多次受阻,甚至被清军俘虏,险些丧生。1853年太平天国建都天京(今南京),满怀憧憬的洪仁玕于1854年春从香港登轮驶往上海,拟由上海前往南京。然而恰逢小刀会起义,上海被封,洪仁玕赴宁无望,只好折返香港。在回港舟中作了此诗。诗中抒写了作者对太平天国运动的热情和对如火如荼

---

[*] 洪仁玕(1822—1864),字益谦,号吉甫,花县(今广东省广州市花都区)人,洪秀全族弟。"拜上帝会"创始人之一。太平天国农民起义后期主要领导者。1853年避难香港期间接受了资本主义思想。1859年到天京(南京)后,封为"干王",总理太平天国朝政,发布《资政新篇》,提出了不少带有资本主义色彩的改革措施,但未能实行。1864年被俘就义。洪仁玕的诗文富有革命精神,颇有气势。

的战斗生活的向往。

　　此诗想象大胆，意象雄奇。作者的船遭遇了海上的狂风巨浪，然而面对危险，洪仁玕不但丝毫没有畏惧，反而激起了战斗的豪情。他感到自己乘坐的船只就像箭一样在狂涛中疾行，恶风袭来，他反倒豪情万丈。他想象着现在整个大海就是一个战场，波涛就是列阵的士兵。星月的倒影在波涛里翻动，如同战旗挥舞。而此时他自己就是与大海抗争的斗士，他将岛屿都驱散到千里之外，怒战猛兽貔貅和海中六个巨鳌。终于经过四日鏖战，他高唱凯歌，取得胜利，顺利回到香港。此刻，海上的波涛声如同千军万马的嘈杂声，还在耳畔回响。

　　本诗所描绘的与大海酣战的壮观场景，同时也是如火如荼的太平天国运动的折射。作者创作此诗时，正值太平天国的全盛时期。继1853年定都南京后，太平军随即展开了北伐和西征，一度势如破竹，重创清军。这些胜利使洪仁玕对太平天国事业成功的信心倍增，满怀豪情。可以说，此诗不仅展现了洪仁玕个人的战斗精神，同时又是一首为太平天国运动所唱的赞歌。

（李婧）

海 上

樊增祥[*]

神马飙轮世岂无[1],楼船飞渡散樯乌。亦知方丈神仙远[2],坐觉中天日月孤。龙伯几闻膏玉斧[3],鲛人空遣泣明珠[4]。平生忧患多于海,未觉沧溟是畏途。

注释

[1]飙轮:指御风而行的神车。
[2]方丈:传说中海上仙山。
[3]龙伯:古代神话传说中巨人国的人。
[4]鲛人:中国古代神话传说中鱼尾人身的神秘生物。

评析

此诗写作者乘船渡海的情景及产生的感慨。樊增祥是近代中晚唐诗派的代表,诗法晚唐西昆,以炫才逞巧为能,陈衍在《石遗室诗话》中谓其"论诗以清新博丽为主,工于隶事,巧于裁对"。本诗亦是如此,对仗工稳,多用典故,特别是"龙伯几闻膏玉斧,鲛人空遣泣明珠"一联,清新博丽,用了两个海中灵怪龙伯及鲛人的典故。龙伯,古代神话

---

[*] 樊增祥(1846—1931),字嘉父,号云门,一号樊山。湖北恩施人。光绪三年进士,官江宁布政使、署理两江总督。辛亥革命爆发,避居沪上。袁世凯执政时,官参政院参政。曾师事张之洞、李慈铭,是近代中晚唐诗派的代表,"论诗以清新博丽为主,工于隶事,巧于裁对"(陈衍《石遗室诗话》),诗贪多贪巧,次韵、叠韵之作尤多,欲因难见巧,显示才气。甲午战争之后,写下一些关切时局的作品,记述清末名妓傅彩云(赛金花)事的长诗《彩云曲》曾传诵一时。死后遗诗三万余首,著有《樊山全集》。

传说中巨人国的人,长三十丈,生万八千岁而死。《列子·汤问》曰:"龙伯之国有大人,举足不盈数步,而及于五山之所,一钓而连六鳌。"鲛人,也是海底的灵怪,据张华《博物志》载:"南海水有鲛人,水居如鱼,不废织绩,其眼能泣珠。"鲛人流出的眼泪可以化为珍珠。这两句诗,正像李商隐《锦瑟》"沧海月明珠有泪,蓝田日暖玉生烟"一联一样,很难确切地说明含义。作者在此用这两个典故,应该是借以表现大海的神灵怪异、变化莫测,同时烘托出一种神秘、灵异、阴沉的气氛,与颈联"坐觉中天日月孤"所突显的海上孤独凄清的感觉相一致。尾联卒章显志,说自己平生忧患比这凄清、阴沉的大海还要深重。考樊山生当清末民初的历史大变革时期,国家内忧外患,矛盾重重,政局更迭,樊山作为一名清朝官员,个人的命运也随着历史的大变革而浮沉。这或许就是他在结尾的感慨所系吧!

(李婧)

哀旅顺[1]

黄遵宪*

海水一泓烟九点[2],壮哉此地实天险!炮台屹立如虎阚[3],红衣大将威望俨。下有深池列巨舰[4],晴天雷轰夜电闪。最高峰头纵远览,龙旗百丈迎风飐[5]。长城万里此为堑[6],鲸鹏相摩图

---

* 黄遵宪(1848—1905),字公度,别号人境庐主人。广东嘉应州(今广东省梅州市)人。光绪二年举人,历任驻日、英参赞及旧金山、新加坡总领事。回国后,积极参加资产阶级改良派的维新活动,戊戌变法期间任湖南按察使,助巡抚陈宝箴推行新政。戊戌变法失败后,被放归乡里。晚年,思想渐趋保守,有明显的保皇倾向。其诗广泛地描写了重大的历史事件,喜熔铸新事物入诗,是当时"诗界革命"中成就较高的诗人,被誉为"诗界革命之导师"。著有《人境庐诗草》。

一啖[7]。昂头侧睨视眈眈[8]，伸手欲攫终不敢[9]。谓海可填山易撼，万鬼聚谋无此胆。一朝瓦解成劫灰[10]，闻道敌军蹈背来[11]！

注释

〔1〕旅顺：又称旅顺口，在辽东半岛最南端，形势险要，与山东威海卫同为北洋海军基地。

〔2〕一泓：一片。泓，水深的样子。烟九点：中国古时分为九州，从天上俯视大地，不过像九点烟尘。诗中指中国国土。

〔3〕虎阚：虎怒视貌。阚，望。

〔4〕深池：借指海湾。

〔5〕龙旗：清朝的国旗。飐：(zhǎn)，招展，飘动。

〔6〕堑：防御用的深沟。此句说旅顺形势险要，好像是万里长城的护城河。

〔7〕鲸鹏：长鲸和大鹏。比喻指帝国主义列强。啖：吃。

〔8〕睨：斜视。眈眈：贪婪注视的样子。

〔9〕攫：抓取。

〔10〕劫灰：劫火余灰。诗中指旅顺的陷落。

〔11〕蹈背来：从背后而来。当时日军先占领大连，随后从旅顺的背后发起进攻，攻陷旅顺。

评析

黄遵宪的诗"诗之外有事，诗之中有人"（《人境庐诗草自序》），广泛反映了诗人经历的时代，具有深厚的历史内容。反帝卫国和变法图强是他诗歌的两大重要主题。在反帝方面，特别关切中日战争，写下《悲平壤》《哀旅顺》《哭威海》《台湾行》《渡辽将军歌》等一系列诗作。

《哀旅顺》记叙了甲午中日战争时期旅顺沦陷的情景。旅顺，在辽宁省辽东半岛最南端，和威海卫隔海相对，扼守着渤海海峡的通道。此诗欲抑先扬,大起大落。诗共十六句,前十四句极言旅顺港的形势之险要、战备之精良、军威之雄壮。作者浓墨重彩地描述了旅顺港上炮台巍然屹立,势如虎怒;红衣大炮排列于上,凛然生威。下面大船坞上排列着巨大的战舰,发炮时晴天声如惊雷,黑夜光似闪电。从最高峰头瞭望,到处是清朝旗帜迎风招展。战备之精良,兵力之雄厚,真可谓坚不可摧,固若金汤。旅顺军港乃清廷费时十余年、耗资无数经营的,有海、陆炮台二十多座,火炮七八十尊,且有三十余营重兵驻守,当时被称为"远东第一军港"。如此壁垒森严的旅顺港也确实对帝国主义列强起到了强大的威慑。列强虽然虎视眈眈,摩拳擦掌,即使海可填平、山可撼动,却也不敢斗胆轻易对旅顺下手。

可就是这样坚不可摧的旅顺港,被装备差得远的日军从背后轻而易举地攻陷了。据史载,日军估计正面攻打旅顺比较困难,遂先从陆上攻陷大连,再由大连自背后攻陷旅顺,清朝将领顿时慌乱,纷纷溃逃,旷世天险,顷刻崩溃瓦解,化为劫灰。这就不是"坚船利炮"的问题,而是人的原因了。最后两句急转直下,反差强烈,笔锋陡转与形势陡转相一致,这样的大起大落彻底暴露了清政府的腐败无能已到了极点,寄托了作者无限的悲痛、震惊、愤怒,同时也蕴含了对迫在眉睫之民族危亡的深切焦虑。诗虽戛然而止,却引人深思,发人深省。

全诗感于哀乐,缘事而发,真实地记录了旅顺失守的情景。题为"哀旅顺",实则表现了诗人对昏庸无能之清政府的愤怒谴责、对迫在眉睫之民族危亡的深切焦虑,同时也蕴含有抵御外侮的爱国情怀。这首诗在艺术上采取史诗般的笔法,站在历史的高度,对甲午海战加以高度概括与真实记录,显示了诗人驾驭重大题材的能力。另外,全诗以大量篇幅对清、日双方的形势加以渲染,采用层层铺垫、卒章显志的方法来突出主题。

(李婧)

五度大西洋放歌

康有为[*]

浩浩乎浮天渺无涯，洪波如山，蛟龙是家。翻压巨舰，樯折众哗。四海皆汪洋，西洋尤深鲸鼍拿[1]。严冬无风不可渡，老鼋吹浪白日遮[2]。东罗美洲，西限欧罗巴[3]，北浮坤兰接冰海[5]，时有雪山流出照霓霞。南通南极不可到，莽莽囊括非利加[5]。迩来千百万亿载，岂经人迹一泛槎。美洲大陆十万里，肮肮原野莽烟花[6]。落机母山安底斯，只有丫士惕人种之所家。岂有文明开新地，只循太平洋岸捕鱼虾。秘墨遗文久灭绝，但余破殿供摩挲。若无科仑布[7]，岂睹电灯汽道照云霞。骤然辟新无限土，动植繁怪可惊呀。世久人多国土窄，资此移植民富加。南美巴西阿根廷，丰原万里蔽榛蛇。长流㶁㶁亚马孙，护溉神皋饶仙葩[8]。驾非烟蓝乃土产，可移百谷种桑麻。吾国生繁养不足，殖民寻地吾久查。乐土乐国无如此，廿年纬繣久咨嗟[9]。航海誓开新国土，移吾种族新中华。虽知此愿未易就，指图向若吾先夸。呜呼天地无尽藏，冒险勇往鬼神诃。噫嘻，科仑布之功，酬酒赞叹岂有他。五度西洋如庭户，侧身望洋频叹嗟！

---

[*] 康有为（1858—1927），字广厦，号长素，又号西樵山人，戊戌后称更生，晚年别署天游化人。广东南海人，人称"南海先生"。光绪进士。早年习经史，后赴香港，接触西学，成为近代资产阶级改良派的领袖。1895年领导公车上书，1898年支持光绪帝发动戊戌变法。变法失败后，逃亡海外十余年，遍游欧美各国。辛亥革命后，趋向保守，宣扬尊孔复辟，成为保皇党领袖。在经学、文学、书法上均有精深造诣。著有《康南海先生诗集》。

注释

〔1〕鲸鼍：鲸和鳄鱼。拿：搏斗，厮打。

〔2〕鼋：乌龟。

〔3〕欧罗巴：欧洲。

〔4〕坤兰：芬兰。

〔5〕非利加：非洲。

〔6〕肮肮：即膴（wǔ）膴，肥沃的样子。

〔7〕科仑布：哥伦布。

〔8〕神皋：肥沃的土地。

〔9〕纬繣：乖戾，相异不合。咨嗟：叹息。

评析

　　维新变法失败之后，康有为在海外游历十余年，遍游欧美各国，考察世界各国的政治文化，自言："维新百日，出亡十六年，三周大地，游遍四洲，经三十一国，行六十万里。"（康氏所用闲章之印文）"两年居美、墨、加，七游法，五居瑞士，一游葡，八游英，频游意、比、丹、那，久居瑞典：十六年于外，无所事事，考政治乃吾专业也。"（《共和平议》）在海外游历过程中，他写下了不少诗歌，来记述各国的风景名胜、历史遗迹以及政教风俗等。这些诗歌展现了异国风貌，突破了传统诗歌的限制，呈现了新的诗歌境界。

　　此诗是康有为渡大西洋时所作。诗中首先描写了大西洋铺天盖地的洪阔壮观，所谓"浩浩乎浮天渺无涯，洪波如山，蛟龙是家"。接着描绘了大西洋沿岸北美洲、欧洲、南美洲等地的自然风貌及人文物产。康有为特别赞赏哥伦布发现新大陆的奇功伟绩，"若无科仑布，岂睹电灯汽道照云霞"，一方面为千百万亿载鲜有人迹的新大陆带来了近代物质文明，另一方面为"世久人多国土窄"的西方殖民国家带来了"资此移植民富加"的巨大利益。康有为因而大胆想象中国也要"航海誓开新国土,移吾种族新中华",积极展开海外殖民。康有为考察出"南美巴西阿根廷"土地肥沃,物产丰富,是足以解决"吾国生繁养不足"问题的乐土乐国。近代以来,能否拥有海上霸权往往决定了一个国家的强弱,因而康有为大声疾呼中国要加强海权,甚至急需开拓海外殖民地。虽然连他自己也知道这是个"未易就"的幻想,但在封闭守旧的近代中国,能意识到争夺海权对一个国家民族发展的重要意义,康有为不愧是"指图向若吾先夸"的思想先锋。这番识见远迈时人,领先时代,对久处闭关锁国封建落后统治下的国人不啻醍醐灌顶,激起人们心中对美好新世界的向往。

中国的古典诗歌具有源远流长的发展历史,形成了相对固定的语汇和意境,这在客观上限制了古典诗歌的创新和发展,同时也不能适应日新月异的时代发展步伐。康有为此诗在造语造境上大胆突破传统,篇中大量罗列了诸如"美洲""欧罗巴""坤兰""非利加""落机母山安底斯""丫士惕人种""电灯""汽道""南美巴西阿根廷""亚马孙"等词,将这些新鲜的地理名物入诗,这在传统的古典诗歌创作中简直是难以想象的。康有为实践了他提出的诗歌理论:"新世瑰奇异境生,更搜欧亚造新声。"(《与菽园论诗兼寄任公孺博曼宣》)难能可贵的是,这些新词异境的运用,完全是作者亲见亲感,绝无生搬硬造之嫌,全诗意境浑然,诗意畅达,推陈出新,反映新世界,创造新诗境,完全突破了传统诗歌的束缚,确实达到了"意境几于无李杜,目中何处着元明"(《与菽园论诗兼寄任公孺博曼宣》)的全新境界,为中国传统古典诗歌的开拓创新提供了有益的尝试。

(李婧)

舟过大沽望炮台二首（其一）

夏曾佑*

大旗明落日，雄镇拱神京〔1〕。朔气三军重〔2〕，平原万马轻。犀军环铁舰〔3〕，元老卧长城〔4〕。吹角楼船过〔5〕，寒潮入夜平。

注释

〔1〕神京：指京城北京。

〔2〕朔气：北方寒气。

〔3〕犀军：穿水犀甲的战士，此处指装备精良的强兵。

〔4〕元老：天子的老臣，此指辈分资望高的人。

〔5〕楼船：中国古代战船，因船高首宽，外观似楼，而得名。因其船大楼高，远攻近战皆合宜，故为古代水战之主力。

评析

大沽口，位于天津东南，是津京的门户要塞，中国的海陆咽喉。1860年7月，英法联军进攻塘沽、大沽等地，清廷派僧格林沁率军抵抗，大败，联军遂陷天津，进而攻略北京。诗人路过此地，感怀历史而作诗两首，此系其一，主要描写了大沽这一战略要地的风貌。

---

* 夏曾佑（1863—1924），字穗卿，一字遂卿，号别士，又号碎佛。钱塘（今浙江省杭州市）人。光绪十六年进士，官礼部主事。后随考察政治大臣出国，担任译书总纂官。回国后任泗州知府，充两江总督署文案。常与梁启超、谭嗣同等人研讨新学；又与严复创办《国闻报》，鼓吹变法维新，是维新运动著名的宣传家。入民国，任教育部社会教育司司长、北平图书馆馆长。学识渊博，对经史、佛学、诗词、古文等均有研究。夏曾佑是"诗界革命"的倡导者之一。前期诗忧虑时局，反映其救亡图存的爱国思想和对社会变革的热烈追求，后期诗多流露消极情绪。诗多散佚，留传很少，今人辑有《夏曾佑诗集校》。

首联从军事要塞的险要形势着笔。"大旗明落日"化用杜甫《后出塞》"落日照大旗"句，写落日辉映大旗，鲜明耀眼，突显了军事要地的形势。雄镇，指大沽镇，它与塘沽、新河、北塘等镇共同拱卫着京都北京，故为军事重镇，战略位置十分重要。接下两联写军容之大，军威之盛，以示阵坚塞固。颔联写虽然北方寒气袭人，但大沽炮台的守军阵容严整；大沽镇平原辽阔，万马奔腾，驰骋其上。颈联分写海上守军与镇守之臣。"犀军"，穿水犀甲的战士，《国语·越语》"今夫差衣水犀之甲者，亿有三千"，此处以之指代装备精良的军队，他们环守着军舰。而守将都是元老大臣，由他们来守卫国家的海上长城。末联以晚景做结尾，并在写景中再现了大沽炮台的雄姿。当薄暮来临，军中画角吹起，战舰在军号声中驶过。直到夜晚，夹着寒气的汹涌潮水才逐渐平息。此诗依次展现了大旗落日、朔气袭人、平原万马、犀军铁舰、楼船吹角、寒潮汹涌等大沽风貌，境界宏阔，风格苍凉。而作者之所以浓墨重彩描绘大沽炮台之雄姿、军容之严整，乃是寄望于国运再兴，外寇入侵的悲剧不再重演。

（李婧）

太平洋遇雨

梁启超*

一雨纵横亘二洲，浪淘天地入东流。却余人物淘难尽，又挟风雷作远游。

评析

1898年戊戌变法失败后，谭嗣同等"六君子"慷慨走向刑场，梁启超则被迫亡命国外，此诗即作于其1899年流亡美洲的途中。前两句写景，后两句借景抒怀。"一雨纵横亘二洲"，亘，横贯，从此端直达彼端。太平洋东接美洲，西接亚洲，作者于太平洋舟中遇雨，大雨纵横，无边无际，可谓是横贯了亚美两洲。从船中向远处望去，水天茫茫，浪涛好像在荡涤天地。这两句尽展雨中太平洋的壮观景象，气势雄浑，意境开阔。而眼前一派"浪淘天地入东流"的景象又不禁使梁启超联想到苏轼《念奴娇·赤壁怀古》中的名句"大江东去，浪淘尽，千古风流人物"，历史的大潮淘尽了古往今来多少风流人物，联系戊戌变法刚刚失败的时代背景，此句也暗指清廷的血雨腥风扼杀了多少维新志士。梁氏反用苏轼词意，称自己作为戊戌变法的劫余人物，是不会被历史的大潮淘汰的，而将"又挟风雷"远赴美洲。"风雷"出自龚自珍《己亥杂诗》

---

* 梁启超（1873—1929），字卓如，号任公，别署饮冰室主人。广东新会人。中国近代维新派代表人物，鼓吹变法维新，与康有为一起领导了戊戌变法运动，世称"康梁"。变法失败后，流亡日本，以后思想渐趋保守，组织保皇会，宣扬君主立宪，反对革命。辛亥革命后，一度拥护袁世凯政府，任司法总长，后又与蔡锷组织护国军反袁。晚年退出政界，在清华大学任教，从事学术研究和著述。曾提倡"诗界革命"和"小说界革命"，其诗、词、散文都有一定成就。著有《饮冰室合集》。

"九州生气恃风雷",原指震撼大地的急风惊雷,梁诗引申为自己改良社会的凌云壮志。这两句豪言壮语自信非凡,气度恢宏,表现了梁任公作为社会改革家不畏失败、不改本志的顽强斗争精神。本诗虽短,但雄心不泯,气势干云的斗士形象跃然纸上。

梁启超是20世纪初"诗界革命"的倡导者,他强调:"欲为诗界之哥伦布、玛赛郎,不可不备三长:第一要新意境,第二要新语句,而又须以古人之风格入之,然后成其为诗。"(《夏威夷游记》)特别将营造"新意境"放在第一位,称"革命者,当革其精神,非革其形式""能以旧风格含新意境,斯可以举革命之实矣"(《饮冰室诗话》)。这首《太平洋遇雨》运用了旧诗的语汇典故,来展现资产阶级维新派积极乐观的革命精神,正是以旧诗风格含新意境,堪为"新诗"代表,令人耳目一新。

(李婧)

黄海舟中日人索句并见日俄战争地图

秋瑾*

万里乘云去复来,只身东海挟春雷。忍看图画移颜色,肯使江山付劫灰[1]?浊酒不销忧国泪,救时应仗出群才。拼将十万头颅血,须把乾坤力挽回。

---

* 秋瑾(1875—1907),原名秋闺瑾,字璿卿。后改名瑾,字竞雄,自称"鉴湖女侠"。祖籍山阴(今浙江省绍兴市),生于福建。近代杰出的资产阶级女革命家。庚子事变后,目睹清政府腐败无能、国家民族危亡,为寻革命救国道路,东渡日本留学,并加入孙中山领导的同盟会。1906年归国后,奔走各地,积极投身革命活动。1907年,她与徐锡麟等在绍兴密谋起义,事泄被捕,从容就义,年仅32岁。其诗风格雄丽,具有浓郁的革命浪漫主义特色。

注释

〔1〕劫灰：谓劫火的余灰。

评析

  此诗是秋瑾于1905年赴日途中，于黄海舟中所作。又题作"日人银澜使者索题，并见日俄战地，早见地图，有感"（参中华书局编《秋瑾史迹》），"日人……索题"，指其日本友人银澜使者请她作诗。其时正值1904年至1905年间的日俄战争，两大列强为争夺朝鲜和我国东北地区，进行了一场战争。腐败透顶的清政府居然宣布"彼此均系友邦"，自守"局外中立"。结果俄国战败，把从我国掠夺去的部分权利转让给了日本。看到"日俄战争地图"，想起屈辱的国事，触发了秋瑾心中的强烈爱国情怀。

  据吴芝瑛《记秋女侠遗事》载秋瑾言："吾以弱女子只身走万里求学，往返者数……"秋瑾胸怀革命理想，曾只身多次远赴日本求学。她于1904年夏赴日，同年冬因事返国，这次是第二次东渡，故诗中首联称"去复来"。

  颔联写秋瑾于舟中看到日俄战争地图后的痛心疾首。日俄战争中，俄方战败，将沙俄在中国辽东半岛（包括旅顺口和大连）的租借权转让给了日本。这样无视中国主权的行径怎能不令每个国人心痛？"忍看图画移颜色"，岂忍看到我国的主权被践踏，领土被侵占！"肯使江山付劫灰"，怎肯使大好河山沦入帝国列强的战利品！对日俄的侵略行径，秋瑾已是忍无可忍，无比悲愤。

  然而秋瑾清醒地意识到举杯浇愁于救国无补，力挽狂澜还要倚仗群策群才，于是她大声疾呼"拼将十万头颅血，须把乾坤力挽回"，号召国人起来反抗，宁可抛头颅，洒热血，也要击退外国的入侵，扭转颠倒的乾坤。这一呐喊振聋发聩，足以让每一个爱国志士热血沸腾。

  秋瑾在此诗中所抒发的强烈的忧国情怀，崇高的革命理想，以及献身祖国的英雄气概，无不令人惊心动魄。最终，鉴湖女侠也用革命行动实践了她的豪言壮语，不愧是巾帼不让须眉的女中豪杰，她的从容就义，足令后人扼腕叹息。

（李婧）

赋编

先唐海洋赋选

览海赋

班彪*

余有事于淮浦,览沧海之茫茫。悟仲尼之乘桴,聊从容而遂行。驰鸿濑以漂骛,翼飞风而回翔。顾百川之分流,焕烂漫以成章。风波薄其裔裔[1],邈浩浩以汤汤。指日月以为表,索方瀛与壶梁[2]。曜金璆以为阙[3],次玉石而为堂。蕙芝列于阶路,涌醴渐于中唐。朱紫彩烂,明珠夜光。松乔坐于东序[4],王母处于西箱[5]。命韩众与岐伯[6],讲神篇而校灵章。愿结旅而自托,因离

---

* 班彪(3—54),字叔皮,扶风安陵(今陕西省咸阳市)人。东汉史学家、文学家。出生于儒学官宦世家,自幼好古敏求,与其兄班嗣游学不辍,才名渐显。西汉末年为避乱依附于隗嚣,土莽政权被推翻后,刘秀在冀州称帝,班彪作《王命论》劝说隗嚣归依汉室,未能如愿。后辗转至河西,为大将军窦融"画策事汉",经窦融推荐,被汉光武帝征召,任为徐县县令,不久因病免官。班彪学博才高,专治史学。司马迁《史记》所记载史实止于汉武帝太初年间,班彪收集前史遗事,著《后传》六十余篇,为后世所重。其子班固承其遗志,在《后传》的基础上编修《汉书》,其女班昭又补充班固未能完成的部分,终成一代正史典范。

世而高游。骋飞龙之骖驾，历八极而回周，遂竦节而响应，勿轻举以神浮。遵霓雾之掩荡，登云涂以凌厉。乘虚风而体景，超太清以增逝。麾天阊以启路，辟阊阖而望余〔7〕。通王谒于紫宫，拜太一而受符〔8〕。

注释

〔1〕裔裔：连绵不绝貌。

〔2〕方瀛与壶梁：传说中的仙山。语本《列子·汤问》："渤海之东，不知几亿万里，有大壑焉……其中有五山焉：一曰岱舆，二曰元峤，三曰方壶，四曰瀛洲，五曰蓬莱。"

〔3〕金璆：美玉。

〔4〕松乔：指古代传说中的赤松子和王子乔。

〔5〕王母：指西王母。

〔6〕韩众："众"一作"终"，古时修仙之人。岐伯：我国远古时代最著名的医生。

〔7〕阊阖：神话传说中的天门。

〔8〕太一：此处指东皇太一，楚人信仰中最尊贵的神。

评析

《览海赋》为中国历史上第一篇海赋，仅存36句，212字。此赋作于建武十三年，班彪为徐县县令时。全文采用游览赋的写法，首四句说明览海的缘起，"余"因事来到淮水之滨，见沧海之茫茫，而联想到孔子"道不行，乘桴浮于海"的箴言，因有所感。其后则开始描写南游淮水之滨时所见到的景象。百川汇聚，烟波浩渺，眼前所见之景如斯，不由联想到神话中缥缈之境，由实转虚。海外仙境风物绝美，仙人的朱衣紫袍照耀辉映，夜明珠灿烂辉煌，仙人们或立或坐：赤松子、王子乔列于正堂之东，而西王母则坐在西边的厢房。仙人命令韩众与岐伯讲解

"神篇"并且校对"灵章"。关于韩众与岐伯,洪兴祖《楚辞补注》引旧题刘向《列仙传》曰:"齐人韩终为王采药。王不服,众自服之,遂得仙也。"岐伯是古代的名臣,相传为黄帝之臣,据司马相如《大人赋》"属岐伯使尚方"注引《汉书音义》:"岐伯,黄帝太医,属使主方药。"韩众是仙人中以读书神速、博闻强记闻名的,葛洪《抱朴子·仙药》云:"韩众服菖蒲,一十三年,遍体生毛,日视书万言,皆能诵之。"作者慕仙人之风姿而愿与之交,遂而离世远游,遍览上下四方。此段虚实相生,以虚为主,驰骋在想象的世界,虽名为览海,却实为游仙。《汉书》有言"班彪性好老、庄",可知班彪深受道家思想的影响。此赋中的游仙正是道家思想的体现。

班彪不但才高学博,而且能审时度势,汉光武帝刘秀统一政权的最大阻碍就是河西的窦融和隗嚣,而班彪在窦融归汉这一事件中发挥了重要作用,但最终只被委以县令一职。孔子"乘桴浮于海"之叹本身便含有理想不能实现的悲慨,班彪用此典亦有此意,虽名为览海,实则是托大海以言志。因人生理想无法实现,便转而幻想出一个超脱的神仙世界,聊以抒怀,离世远游,颇有《离骚》之余韵。

此段主要用六言句式,铺张扬厉之风犹存,但少骈偶,用韵较为自由。

(岳俊丽)

游海赋

王粲[*]

含精纯之至道兮,将轻举而高厉。游余心以广观兮,且仿佯乎四裔。乘兰桂之方舟[1],浮大江而遥逝。翼惊风以长驱,集会稽而一眺[2]。登阴隅以东望兮[3],览沧海之体势。吐星出日,天与水际。其深不测,其广无臬[4]。寻之冥地,不见涯泄。章亥所不极[5],卢敖所不屈[6]。洪洪洋洋,诚不可度也。处堣夷之正位兮,同色号于穹苍。苞纳污之弘量,正宗庙之纪纲。总众流而臣下,为百谷之君王。洪涛奋荡,大浪踊跃。山隆谷窊,宛亶相搏。怀珍藏宝,神隐怪匿。或无气而能行,或含血而不食,或有叶而无根,或能飞而无翼。鸟则爰居孔鹄[7],翡翠鹔鹴[8],缤纷往来,沉浮翱翔,鱼则横尾曲头,方目偃额,大者若山陵,小者重钧石。乃有贲蛟大贝,明月夜光,蠵鼍玳瑁[9],金质黑章。若夫长洲别岛,旗布星峙,高或万寻,近或千里。桂兰丛乎其上,珊瑚周乎其趾。群犀代角,巨象解齿,黄金碧玉,名不可纪。

---

[*] 王粲(177—217),字仲宣,山阳高平(今山东省微山县西北)人。父王谦曾为大将军何进长史,以疾免官居家。汉献帝初平元年(190),董卓挟帝迁长安,王粲随往,在长安为蔡邕所赏识。年十六七,诏除黄门侍郎,不就,离长安赴荆州依附刘表。建安十三年(208),刘表卒,曹操攻荆州,粲劝表子刘琮降操。操辟粲为丞相掾,赐爵关内侯。此后,王粲一直任职于曹魏。建安二十二年(217),以疾卒于征吴途中。是年四十一。王粲博闻强记,精意覃思,作文举笔便成,无所改定。其诗赋之作,曹丕《典论·论文》云,"仲宣长于辞赋",其《初征》《登楼》等作,"虽张蔡不过也"。《文心雕龙·才略》云:"仲宣溢才,捷而能密。文多兼善,辞少瑕累。摘其诗赋,则七子之冠冕乎。"然其作品大多亡佚。《隋书·经籍志》著录王粲诗文11卷,至南宋已不存。今有俞绍初《建安七子集》收录王粲作品较为完备。

注释

〔1〕兰桂：香木名。

〔2〕会稽：今浙江绍兴。

〔3〕阴隅：西北方。

〔4〕臬：边际、终极。

〔5〕章亥：指大章和竖亥，古代传说中善走的人。

〔6〕卢敖：即卢生，秦代博士，生卒年不详，齐国方士。曾为秦始皇寻求长生仙药，秦始皇赏赐甚厚，进为博士。后见秦始皇刚愎自用，专横无道，遂避难隐居，居于故山。秦始皇大怒，下令搜捕而未得。故山后改名为卢山，山前有卢山洞，内置卢敖像。

〔7〕爰居：海鸟名。

〔8〕鹔鹴：古代传说中的西方神鸟，雁的一种。

〔9〕蟕蠵：即蟕龟。又称红海龟、赤海龟。

评析

《游海赋》在内容和情调上与曹操的《观沧海》一诗有相似之处，可能是作者随曹操东征时观海所作。本赋现存内容大致可分为两部分，自"含精纯之至道兮"以下十句为第一部分，叙写自己逍遥轻举，乘舟浮江而下，长驱直至会稽；然后登山麓，观沧海。一开篇就在极广大的背景下展开想象，显得气势不凡，富于空间感。"吐星出日"以下为第二部分，写观海所见。作者先以远景勾勒大海无边无际、苞纳万物的宏伟景象："吐星出日，天与水际。其深不测，其广无臬……"与曹操《观沧海》中的诗句"日月之行，若出其中。星汉灿烂，若出其里"有异曲同工之妙。接下来的四句："洪涛奋荡，大浪踊跃。山隆谷窊，宛亶相搏"，以拟人化的手法表现波涛起伏汹涌，互相拍击，极具画面感。"怀珍藏宝"句以下，则浓墨重彩地描绘海中各种神奇的水草、飞鸟、游鱼、宝珠、珊瑚等奇珍异宝，光怪陆离，目不暇接。

此赋描写大海深广莫测、吐纳万物的宏大气魄，体现出建安文人心胸开放、气质劲健的一面。篇中写景体物，尚存汉大赋的铺张扬厉之风，使行文极具气势而无堆砌物象的弊端。其语言少藻饰，较为清畅和谐，体现出建安文人赋的新特点。在题材和写法上，此赋下启晋代木华《海赋》、潘岳《沧海赋》和孙绰《望海赋》，同时对晋代山水诗的兴起亦有一定的影响。

（岳俊丽）

沧海赋

曹丕*

美百川之独宗，壮沧海之威神。经扶桑而遐逝[1]，跨天崖而托身。惊涛暴骇，腾踊澎湃。铿訇隐邻[2]，涌沸凌迈。于是鼋鼍渐离，泛滥淫游。鸿鸾孔鹄，哀鸣相求。扬鳞濯翼，载沉载浮。仰唼芳芝[3]，俯漱清流。巨鱼横奔，厥势吞舟。尔乃钓大贝，采明珠。搴悬黎[4]，收武夫[5]。窥大麓之潜林，睹摇木之罗生。上塞产以交错，下来风之泠泠。振绿叶以葳蕤，吐芬葩而扬荣。

---

* 曹丕（187—226），即魏文帝，黄初元年至七年（220—226）在位。字子桓，沛国谯（今安徽省亳州市）人。曹丕本为曹操第二子，因其兄曹昂早卒而成为实际上的曹操长子。建安二十二年（217）立为魏国太子，是年正月，曹操病逝，曹丕继位为魏王。同年十月，汉献帝禅位，曹丕自立为帝，改元黄初。黄初三年（222），南征孙权。黄初五年（224）八月，率领水师至寿春，九月至广陵，临大江。黄初六年（225）十月，又率军至广陵。三次征吴，皆无功而返。黄初七年（226）病卒，谥为文帝。曹丕为建安文坛领袖，诗"便娟婉约，能移人情"（沈德潜《古诗源》），《燕歌行》为七言诗开山之作。其赋体制较为短小，文婉辞丽。其《典论·论文》《与吴质书》等文学批评著作，在文学批评史上影响甚大。其集今存明代张溥《汉魏六朝百三名家集》辑录《魏文帝集》2卷。

注释

〔1〕扶桑：古代相传东海外有扶桑，是日出的地方。

〔2〕訇：形容声音极大。

〔3〕唼：形容鱼鸟吃东西的声音。

〔4〕悬黎：一种美玉。

〔5〕武夫：即"碔砆"，意为像玉的石头。

评析

　　该赋首四句写沧海寄身于浩邈广阔的苍穹，博大深广；后四句写沧海之上惊涛骇浪奔腾咆哮，波澜壮阔；再下十句写各种水上、水下的生物，既有自由遨游的鼋鼍等水中物类，又有翱翔天际的鸿雁等物类，盘旋之鸟在上，浮游之鱼在下，交相辉映；其下四句写海中美玉宝石；最后六句则写海边之茂林绿树，枝叶扶疏，深邃而繁盛。

　　此赋在语言表达方面很有特色，尤其后一部分，运用一些并列动词，生动再现水中鼋鼍、空中孔鹄等动物的嬉戏场面。又以大量的名词连用，突显沧海中的奇珍异宝。此赋虽篇幅短小，却展现出一幅恢宏而又灵动的画卷。

（岳俊丽）

海 赋

木华[*]

昔在帝妫臣唐之代^[1]，天纲浡潏^[2]，为凋为瘵^[3]；洪涛澜汗，万里无际；长波涾□，迤涎八裔。于是乎禹也，乃铲临崖之阜陆，决陂潢而相沃^[4]。启龙门之岝峉^[5]，垦陵峦而嶔凿。群山既略，百川潜渫^[6]。泱漭澹泞，腾波赴势。江河既导，万穴俱流，掎拔五岳，竭涸九州。沥滴渗淫，荟蔚云雾，涓流泱瀼^[7]，莫不来注。於廓灵海，长为委输。其为广也，其为怪也，宜其为大也。

尔其为状也，则乃浟湙潋滟^[8]，浮天无岸；沖瀜沆瀁^[9]，渺弥湠漫；波如连山，乍合乍散。嘘噏百川，洗涤淮汉；襄陵广舄^[10]，瀄漫浩汗^[11]。若乃大明㨄辔于金枢之穴^[12]，翔阳逸骇于扶桑之津。彯沙礐石^[13]，荡飏岛滨。于是鼓怒，溢浪扬浮，更相触搏，飞沫起涛。状如天轮，胶戾而激转；又似地轴，挺拔而争回。岑岭飞腾而反覆，五岳鼓舞而相磓。濆沦而滀漯^[14]，郁沏迭而隆颓。盘涡激而成窟^[15]，㶖溆濚而为魁。涢泊柏而迤飓^[16]，磊匒匒而相豗^[17]。惊浪雷奔，骇水迸集；开合解会，瀼瀼湿湿；葩华踧沑，濆泞濈濈。若乃霾曀潜销^[18]，莫振莫竦；轻尘不飞，纤萝不动；犹尚呀呷，余波独涌；澎濞灪砯^[19]，硊磊山垄^[20]。

尔其枝岐潭瀹^[21]，渤荡成汜^[22]。乖蛮隔夷，回互万里。若乃偏荒速告，王命急宣，飞骏鼓楫，泛海凌山。于是候劲风，揭百

---

[*] 木华（生卒年不详），字玄虚。关于他的籍里、生平仕历、著述等情况，各种现存史料均不可知。惟《文选》李善注引述《今书七志》和《木华集》，记述了他的姓字和曾任杨骏府主簿。依据仅有的资料，大约可以推断他或生于魏，主要活动在西晋武帝、惠帝朝初期。曾有专集传世，但除《文选》所收录的一篇《海赋》，余皆遗失。

尺[23]。维长绡，挂帆席。望涛远决，冏然鸟逝。翩如惊凫之失侣，倏如六龙之所掣。一越三千，不终朝而济所届。

若其负秽临深，虚誓愆祈[24]，则有海童邀路[25]，马衔当蹊。天吴乍见而仿佛，蜵像暂晓而闪尸[26]。群妖遘迕[27]，眇瞇冶夷[28]。决帆摧幢，戕风起恶。廓如灵变，惚恍幽暮。气似天霄，瑗飜云步[29]。倏昱绝电[30]，百色妖露。呵欱掩郁[31]，曚昳无度[32]。飞涝相硙，激势相沏。崩云屑雨，浤浤汨汨[33]。趹踔湛灂，沸溃渝溢。濯洴濩渭[34]，荡云沃日。于是舟人渔子，徂南极东，或屑没于鼋鼍之穴，或挂胃于岑嶅之峰[35]。或挚挚泄泄于裸人之国[36]，或泛泛悠悠于黑齿之邦。或乃萍流而浮转，或因归风以自反。徒识观怪之多骇，乃不悟所历之近远。

尔其为大量也，则南潋朱崖，北洒天墟，东演析木，西薄青徐[37]。经途瀴溟[38]，万万有余。吐云霓，含鱼龙，隐鲲鳞[39]，潜灵居。岂徒积太颠之宝贝，与随侯之明珠[40]。将世之所收者常闻，所未名者若无。且希世之所闻，恶审其名？故可仿像其色，瑗飜其形[41]。尔其水府之内，极深之庭，则有崇岛巨鳌，硁峴孤亭。擘洪波，指太清[42]。竭磐石，栖百灵[43]。飚凯风而南逝，广莫至而北征[44]。其垠则有天琛水怪，鲛人之室[45]。瑕石诡晖[46]，鳞甲异质。若乃云锦散文于沙汭之际，绫罗被光于螺蚌之节。繁采扬华，万色隐鲜。阳冰不冶，阴火潜然。熺炭重燔[47]，吹炯九泉。朱焰绿烟，瞙瞇蝉蜎。鱼则横海之鲸，突杌孤游。戛岩嶅[48]，偃高涛。茹鳞甲，吞龙舟。噏波则洪涟踧蹜，吹涝则百川倒流。或乃蹭蹬穷波[49]，陆死盐田。巨鳞插云，鬐鬣刺天。颅骨成岳，流膏为渊。

若乃岩坻之隈，沙石之嵚。毛翼产鷇[50]，剖卵成禽。凫雏离褷，鹤子淋渗[51]。群飞侣浴，戏广浮深。翔雾连轩，泄泄淫淫[52]。翻动成雷，扰翰为林。更相叫啸，诡色殊音。

若乃三光既清，天地融朗。不泛阳侯[53]，乘蹻绝往[54]。觌安期于蓬莱[55]，见乔山之帝像[56]。群仙缥眇，餐玉清涯。履阜乡之留舄[57]，被羽翮之襂缡[58]。翔天沼，戏穷溟。甄有形于无欲，永悠悠以长生。且其为器也，包乾之奥，括坤之区。惟神是宅，亦祇是庐。何奇不有，何怪不储？芒芒积流，含形内虚。旷哉坎德[59]，卑以自居。弘往纳来，以宗以都。品物类生，何有何无！

注释

〔1〕帝妫：舜。妫，舜之姓。唐：尧。尧姓陶唐氏。

〔2〕天纲：古人以江河为天之纲纪。浡潏：水沸涌貌。

〔3〕瘵：病。

〔4〕陂潢：积水之处。

〔5〕岞崿：高貌。

〔6〕渫：疏通。

〔7〕泱瀼：细水流动貌。

〔8〕潋溹：水流之貌。

〔9〕㳌溰：水深广貌。

〔10〕广舄：扩大了海水浸渍的盐碱地。

〔11〕漻灢：水广深之貌。

〔12〕大明：月亮。

〔13〕彯沙礧石：大风扬沙，风或水激石作声。

〔14〕漃漻：攒聚貌。

〔15〕盘泓：犹盘涡，水旋流形成深窝。

〔16〕涠：水流疾速。泊柏：小波浪。

〔17〕匌匒：重叠。砐：撞击。

〔18〕霾曀潜销：大风吹起浪沫遮住太阳，直至这种现象消失。

〔19〕澎濞：波浪撞击声。灪礧：波浪高貌。

〔20〕碨磊：高低不平貌。

〔21〕潭瀹：水波动荡貌。

〔22〕渤荡：涨潮。汜：由主流分出而复汇合的河水。

〔23〕百尺：帆樯。

〔24〕愆祈：失误的祈祷。

〔25〕海童：传说中的海中神怪。

〔26〕蜽像：海神。

〔27〕遘迕：遭遇冒犯。

〔28〕眇睢：视貌。

〔29〕瀴霿：昏暗貌。

〔30〕倏昱：疾速。

〔31〕呵欻掩郁：晦暗不清貌。

〔32〕曒眣：光色闪烁不定。

〔33〕浤浤汩汩：波涛声。

〔34〕濯洴濩渭：波浪起伏之声。

〔35〕挂罥：牵挂。

〔36〕挚挚泄泄：任风漂泊之貌。

〔37〕青徐：青州与徐州。青、徐二州古代靠海，被认为是海的最西方。

〔38〕瀴溟：杳远貌。指上述东南西北四至之地，经历绝远。

〔39〕鲲鳞：古代传说中的大鱼。

〔40〕随侯之明珠：《淮南子·览冥训》"隋侯之珠"注："隋侯见大蛇伤断，以药傅之。后蛇于江中衔大珠以报之，因曰隋侯之珠，盖明月珠也。"

〔41〕瀴巍：依稀不明貌。

〔42〕太清：天空。

〔43〕百灵：众仙。

〔44〕凯风、广莫：《吕氏春秋·有始览》高诱注："南方曰巨风，一曰凯风，北方曰寒风，一曰广莫风。"

〔45〕鲛人：神话传说中居于水底的怪人。

〔46〕诡晖：奇异的色泽。

〔47〕熺：炽热。

〔48〕戛：刮平。

〔49〕蹭蹬：失势之貌。

〔50〕㲉：须母鸟哺食的雏鸟。

〔51〕鹤子淋渗：羽毛初生貌。

〔52〕泄泄淫淫：缓缓飞翔貌。

〔53〕阳侯：传说中的波神。《淮南子·览冥训》高诱注："阳侯，陵阳国侯也。其国近水，溺水而死，其神能为大波，有所伤害，因谓之阳侯之波。"

〔54〕乘蹻：指能举足高飞，道家所谓飞行之术。

〔55〕安期：即安期生，先秦时方士。

〔56〕乔山：即桥山。黄帝葬地，在今陕西省境内。

〔57〕阜乡之留舄：传说中仙人留下的鞋。

〔58〕㲿缅：羽毛下垂貌。

〔59〕坎德：《易·坎》卦："坎者，水也，正北方之卦也。"故以坎德为水德。

评析

木华《海赋》与郭璞《江赋》作为江海类的作品一同被《文选》收录，李善《文选注》引傅亮《文章志》曰："广川木玄虚为《海赋》，文甚俊丽，足继前浪。"明人孙月峰甚至认为《江赋》"典丽有之，不及《海赋》之壮"。木华生平皆不详，唯以此赋名垂文史。

此赋，作者通过丰富的想象和幻想，运用夸张、比喻等艺术手法，展现出壮阔无垠、千变万化、神奇富丽的大海形象。以总分式的结构,重点突出海的广大和灵怪。赋先从传说中的大禹治水、疏通九河、使百川归海的故事写起,引出文章所要描绘的对象——大海,以神奇的色彩引人入胜,并暗示出海的特点——广阔能容。后则以"其为广也,其为怪也,宜其为大也"总领下文,展开描写大海的特点与品格。"尔其为状也"统领一段,描绘大海波澜壮阔,千变万化的姿态。作者分三层来写,先用一个"浮天无岸"的夸张写出了大海的广阔,接着描绘了波浪涌动无边的景象。再写潮起潮落时海风呼啸、巨浪排空的壮丽。最后写晴天风平时大海依然"余波独涌",气势不凡。"尔其枝岐潭瀹"以下,转入对海上灵怪的描写。在海潮的作用之下,岸边河汜密布,回互万里,形成一种奇异迷离的景象。大海又似乎有爱憎,惩恶扬善,为善者乘风破浪,"一越三千";作恶者则"海童邀路,马衔当蹊"。作者通过奇特的夸张和想象,重点描绘群妖活动时海势的汹涌壮阔,渲染海的气势。"尔其为大量也"以下描写大海之阔之深,宝物之多,最后写海边的水鸟。作者结合神话传说,通过想象,描绘出一幅美妙无比的海滨仙界图画,增加了海的神奇色彩,进一步表现了灵海的特点。结尾部分,作者以评论性的语言总结大海之奇。

《海赋》是仿汉大赋之作,但它又不同于汉赋的特点,作者能抓住大海的特征,而重心落在赞美大海的品格上。故能运用铺陈、渲染、比拟、夸张等众多手法,全方位、超时空地描绘了大海的各个方面。文笔清丽流畅,音节自然和谐,气势磅礴。

(岳俊丽)

沧海赋

潘岳*

徒观其状也,则汤汤荡荡,澜漫形沉[1]。流沫千里,悬水万丈。测之莫量其深,望之不见其广。无远不集,靡幽不通。群溪俱息,万流来同[2]。含三河而纳四渎[3],朝五湖而夕九江。阴霖则兴云降雨,阳霁则吐霞曜日[4]。煮水而盐成,剖蚌而珠出。其中有蓬莱名岳,青丘奇山[5]。阜陵别岛,崀环其间[6],其山则嶭崔嵬崒[7],嵯峨降屈。披沧流以特起,擢崇基而秀出。其鱼则有吞舟鲸鲵,乌贼龙须[8]。蜂目豺口,狸斑雉躯。怪体异名,不可胜图。其虫兽则素蛟丹虬,元龟灵鼍,修鼋巨鳖,紫贝螣蛇[9];玄螭蚴虬,赤龙焚蕴[10],迁体改角,推旧纳新。举扶摇以抗翼[11],泛阳侯以濯鳞。其禽鸟则鸥鸿鹈鹕,鸳鹅鸧鹒;朱背炜烨,缥翠葱青。详察浪波之来往,遍听奔激之音响。力势之所回薄,润泽之所弥广。普天之极大,横率土而莫两。

注释

〔1〕澜漫:水势翻腾貌。

〔2〕息:销声匿迹。

---

* 潘岳(247—300),字安仁,荥阳中牟(今河南省中牟县东)人。世代仕宦,祖、父均为郡守。早慧聪颖,被乡里称为"奇童"。与夏侯湛友善,二人皆貌美有才,京城誉为"连璧"。历任太尉掾、河阳令、怀县令、著作郎、给事黄门侍郎等职。潘岳性急躁,与石崇等谄事贾谧,为贾谧"二十四友"的主要人物。晋惠帝永康元年(300),赵王伦杀贾谧,潘岳随后被杀,年五十四。潘岳工诗善文,《晋书》本传论其为"辞藻绝丽,尤善为哀诔之文",并有"潘文灿若披锦"之誉。今存有明代汪士贤辑录《汉魏诸名家集》所收《潘黄门集》6卷,张溥辑《汉魏六朝百三名家集》所收《潘黄门集》1卷。

〔3〕三河：汉以河内、河南、河东三郡为三河，即今河南洛阳黄河南北一带。这里应指三河一带的水流。

〔4〕曜：光耀、明亮。

〔5〕青丘：传说中的神山名。

〔6〕崀环：曲折环绕。

〔7〕嶂崖嵬崒：山高峻貌。

〔8〕乌贼：即墨鱼。

〔9〕螣蛇：传说中一种能飞的蛇。

〔10〕焚蕴：聚集貌。

〔11〕扶摇：盘旋而上的暴风。语出《庄子·逍遥游》："抟扶摇而上者九千里。"

评析

潘岳作为太康文学的代表，集中体现着太康文学缛丽华美的风貌，其文素有"灿若披锦"之誉。其词之丽，由此赋可窥知一二。

此赋先写沧海之形，以精工的对句表现其浩瀚无崖、其深其广、不可测、不可望，且集远流，通幽涧，三河四渎、五湖九江无不在其范围之内。此段从大处落笔，却并不空洞，没有具体的描绘，却以数字为依托，"千""万""群""三河""四渎""五湖""九江"等数字自然给人以盛大之感。"阴霖"等四句写海之兴云吐日、煮盐剖珠之功，海不只是静态的大而广，而更具有动态的美与用；"蓬莱名岳"以下诸句分写海中的山、鱼、虫兽与禽鸟，山之奇崛、鱼之繁多，虫兽则濯鳞浮游，禽鸟则翩然往来。此段从细处落笔，以描绘为主，山之形状与鱼鸟虫兽之种类具体而微。既有形状的刻画，又有颜色的对比；既有静态，又有动态。山之静与鱼鸟之动既相互映衬又互为对比。海之形则不再是一个虚设的幻象，而有了现实的依托。

此赋以铺陈体物为主，语言非常华丽，句式整齐精练，以对偶为主要表现手法。骈词俪句之中既见沧海之貌,又见作者巧思。

(岳俊丽)

海 赋

庾阐*

昔禹启龙门,群山既凿,高明澄气而清浮,厚载势广而盘礴。坎德洊臻[1],水源深博。灌注百川,控清引浊。始乎滥觞,委输大壑,测之渺而无际,望之杳而绵漠。郁拂冥茫,往来日月,朏魄昏微[2],乍明乍没。若夫长风鼓怒,涌浪碎磕,飓波于万里之间,漂沫于扶桑之外。于是百川辐辏[3],四渎横通,回飑泱漭[4],耸散穹隆。映晓云而色暗,照落景而俱红。惊浪峣峨[5],眇漫潏汨[6],瀁瀁潒潒[7],浮天沃日。鲸鲵蕴而乍见,虬螭涌而竞游。灵鼍朱鳖,出没争浮,腾龙掣水,巨鳞吞舟。

注释

〔1〕洊:通"荐",再,屡次。
〔2〕朏:新月开始生明发光,此处指新月。
〔3〕辐辏:形容百川的聚集。
〔4〕飑:大风。

---

* 庾阐(298前—351前),字仲初,颍川鄢陵(今属河南省)人,庾亮族人。少好学,九岁即属文。早年随舅父过江,后为西阳王司马羕掾属,累迁尚书郎。苏峻之乱(咸和二年,327),阐出奔司空郗鉴,为鉴参军。峻平,为彭城内史,又转散骑侍郎,领大著作。后又任零陵太守、给事中等。在东晋初文坛上,温峤、庾亮等皆高居台辅,为政要人物。庾阐属于官位稍卑,然其文学业绩及影响在温峤、庾亮之上,故《晋书》入于《文苑传》。庾阐著作,《隋书·经籍志》著录有集9卷,今已不存,其文收录于严可均辑《全晋文》,其诗见逯钦立录《晋诗》。

〔5〕峣峨:高貌。

〔6〕潏:波涛互相冲击貌。

〔7〕瀁瀁:浩荡而茫茫无边。

评析

　　该赋从禹凿龙门海得以形成写起,后用《周易》中"坎"之卦象,水能长流不滞、容纳百川因而能深远博大写海之德。后再写海的溟漠无际,"郁拂冥茫,往来日月",海不可测量,远望无极,日月往来乎其间,新月初生时隐时现。接着写海浪的汹涌澎湃,最后写海中物类争相遨游,自由出没。虽只有短短数句,却写出海之百态。

　　就语言形式而言,该赋精美严整。不但杂用四、六言句式,短句和长句错落有致,而且通篇骈偶,且运用"百川"和"四渎"等数字对、"泱漭"和"穹隆"双声叠韵对、"暗"和"红"颜色对等多种对偶形式。东晋时期骈赋已形成相对稳定的创作模式,庾阐生当其时,此赋亦是典型的骈赋。

(岳俊丽)

望海赋

孙绰*

因湛亮以静镜，俯游目于渊庭。(《文选》颜延之《应诏宴曲水诗》注)

五湖同浸，九江丛溉。抱河含济[1]，吞淮纳泗。南控沅湘，西引泾渭。洲诸迢递以疏属[2]，岛屿绵邈以牢罗，殖嵬崔之碣石，构穹隆之牂柯[3]。玄奥之府，重刃之房，鳞汇万殊，甲产无方。包随珠，衔夜光。玳瑁熠烁以泳游，蟕蠵焕烂以映涨，虚贝含素而表紫，螺蠃络丹而带缃。青甲芬飚以微扇[4]，玄木杳眇以舒芳[5]。其卉木则绿苔石发，蔓以流绵，紫茎苊综，解以被渚。华组依波而锦披，翠纶扇风而绣举。长鲸岳立以截浪，虸鲾扬鬐以排流。巨鳌赑屃以冠山[6]，乌鳢呼翕以吞舟。鹏为羽桀，鲲称介豪，翼遮半天，背负重霄。举翰则宇宙生风，抗鳞则四渎起涛。考万川以周览，亮天池之综纬。弥纶八荒，亘带九地。昏明注之而不溢，尾闾泄之而不匮[7]。

注释

〔1〕济：济水：古代四渎之一。

---

* 孙绰(314—371)，字兴公，太原中都(今山西省平遥县)人，晋时有文名。少年时居会稽，游放山水十余年。后历任著作郎、征西将军参军、章安令、太学博士、尚书郎、永嘉太守、散骑常侍等职，官至廷尉卿。简文帝咸安元年(371)卒，年五十八岁。孙绰博学善文，"于时文士，绰为其冠"，在当时地位颇高。其在文学史上以枯淡乏味的玄言诗为历代学人所鄙，但也有部分诗作清新自然，富有生活情趣。孙绰擅写碑诔之文，"温、王、郗、庾诸公之薨，必须绰为碑文，然后刊石焉"(《晋书·孙绰传》)。其赋辞采伟丽，颇多夸饰，以《游天台山赋》最为知名。

〔2〕疏属：远接。

〔3〕拼柯：原指船只停泊时用以系缆绳的木桩。此处指树木。

〔4〕青甲：草木新绽开的叶芽。

〔5〕玄木：传说中的一种常绿树，食其叶可以成仙。

〔6〕赑屃：孔武有力貌。

〔7〕尾闾：传说中海水泄积之处。

评析

  孙绰虽以玄言诗知名，但也因玄言诗受后人讥嘲。其《游天台山赋》犹有玄言之风，而此篇《望海赋》所存一段离玄言较远。此赋仍是汉大赋的格局，铺陈体物，写海之大之广之无所不包。其写海之深广、海中之物不出王粲、潘岳、木华等赋的范围，而在具体的刻画之中加入个人之精思。首先是句式更为精工整练，几乎全篇皆对；其次赋中大量使用联绵词，如"迢递""绵邈""熠烁"等双声词，"崔嵬""穹隆""焕烂"等叠韵词；再次赋中以颜色入对者甚多，如"素""紫""丹""缃""青""玄""绿""翠"等，所用皆是明亮之色，色彩斑斓夺目，更鲜明生动。最后其动态描写有磅礴之势，长鲸截浪、虯鳣排流之举，巨鳌冠山、乌鳢吞舟之态，无不形神毕肖；描写鲲鹏之遮天负霄，似有《逍遥游》之风，其用语更像是从"抟扶摇而上者九千里"等句之中化来。

  此赋以骈句为主，句式既有三、四言等短句，又有六、七言等长句，整齐之中又有变化。内容虽无突出创新，手法却是别出新意。

（岳俊丽）

海 赋

张融[*]

盖言之用也,情矣形乎,使天形寅内敷[1],情敷外寅者,言之业也。吾远职荒官,将海得地;行关入浪,宿渚经波;傅怀树观,长满朝夕;东西无里,南北如天;反复悬乌[2],表里菟色[3]。壮哉,水之奇也;奇哉,水之壮也。故古人以之颂其所见,吾问翰而赋之焉。当其济兴绝感,岂觉人在我外,木生之作,君自君矣。

分浑始地,判气初天。作成万物,为山为川。总川振会,导海飞门。尔其海之状也、之相也:则穷区没渚,万里藏岸,控会河济,朝总江汉。回混浩溃,颠倒发涛。浮天振远,灌日飞高。摐撞则八纮摧陨[4],鼓怒则九纽折裂。捡长风以举波,潮天地而为势。澄泽渚洽,来往相辛,汨淓漰渤,窒石成窟。西冲虞渊之曲[5],东振汤谷之阿[6]。若木于是乎倒覆,折扶桑而为渣。濩藻㳶浑,洎㳶碨雍,渤淬沦溥,澜浅垄㟅[7]。湍转则日月似惊,浪动而星河如覆。既烈太山与昆仑相压而共溃[8],又盛雷车震汉破天以折毂[9]。

---

[*] 张融(444—497),字思光,吴郡(今江苏省苏州市)人。出身世族,弱冠知名。初仕宋为封溪令,后举秀才,对策中第,为仪曹郎。以故免官,复摄祠部、仓部二曹。又被萧道成辟为太傅掾,迁中书郎。入齐,为长沙王萧晃镇军,竟陵王萧子良征北咨议,并领记室、司徒从事中郎。官至黄门郎、太子中庶子、司徒左长史。其形貌短丑,行止怪诞,善言谈、草书。其文也如其人"诡激"而"独与众异"(《南齐书·张融传》)。代表作《海赋》与晋人木华《海赋》并为名作。融作《海赋》,意在超过木华,赋中颇有构思奇特之语。另存诗5首,其中《别诗》情景交融,最具特色。《隋书·经籍志》著录《张融集》27卷,又有《玉海集》10卷,《大泽集》10卷,《金波集》60卷,均佚。明代张溥辑有《张长史集》,收入《汉魏六朝百三名家集》。

港涟浣濑，辗转纵横。扬珠起玉，流镜飞明。是其回堆曲浦，幽关弱渚之形势也。沙屿相接，洲岛相连，东西荡潏，如满于天。梁禽楚兽，胡木汉草之所生焉；长风动路，深云暗道之所经焉。苕苕蒂蒂，宵宵翳翳，晨乌宿于东隅[10]，落河浪其西界[11]。茫沉汴河[12]，汩磈漫桓。旁踞委岳，横竦危峦。重彰岌岌，攒岭聚立，崔磴崃嵚，架石相阴。阴隩随随，横出旁入。嵬嵬磊磊，若相追而下及。峰势纵横，岫形参错，或如前而未进，乍非迁而已却。天抗晖于东曲，日倒丽于西阿。岭集雪以怀镜，岩昭春而自华。

江泽洎洎，潦岩拍岭。触山礚石[13]，污湾滾况，碨泱濺洞，流柴礌𪼶。顿浪低波，蓉硣硊[14]，折岭挫峰，牢浪硍掊[15]，朋山相答，万里霭霭，极路天外。电战雷奔，倒地相磋。兽门象逸，鱼路鲸奔。水遽龙魄[16]，陆振虎魂。却瞻无后，向望何前。长寻高眺，唯水与天。若乃山横蹴浪，风倒摧波。磊若惊山竭岭以竦石，郁若飞烟奔云以振霞。连瑶光而交彩[17]，接玉绳以通华[18]。

尔乎夜满深雾，昼密长云，高河灭景，万里无文。山门幽暧，岫户䕩䕩[19]。九天相掩，王地交氛。汪汪横横，沉沉浩浩。淬溃大人之表[20]，泱荡君子之外[21]。风沫相排，日闭云开。浪散波合，岳起山隙。若乃漉沙构白，熬波出素。积雪中春，飞霜暑路。尔其奇名出录，诡物无书。高岸乳鸟，横门产鱼。则何慴鱘鮨，鲱鮌鲧鳟。哄月吐霞，吞河漱月。气开地震，声动天发。喷洒哆噫[22]，流雨而扬云；乔颅壮脊[23]，架岳而飞坟。□动崩五山之势[24]，暚仑焕七曜之文[25]。蠵蟕瑂蚌，绮贝绣螺。玄朱互彩，绿紫相华。游风秋濑，泳景登春。伏鳞渍彩，升鲼洗文。

若乃春代秋绪，岁去冬归。柔风丽景，晴云积晖。起龙途于灵步，翔螭道之神飞。浮微云之如薔[26]，落轻雨之依依。触巧途而礚远，抵栾木以激扬。浪相礴而起千状，波独涌乎惊万容。蘋藻留映，荷芰提阴。扶容曼彩，秀远华深。明藕移玉，清莲代金。眄芬芳于遥渚，泛灼烁于长浔[27]。浮舻杂轴，游舳交艘。帷轩帐席，方远连高。入惊波而箭绝，振排天之雄飙。越汤谷以逐景，渡虞渊以追月。遍万里而无时，浃天地于挥忽[28]。雕隼飞而未半，鲲龙趋而不逮[29]。舟人未及复其喘，已周流宇宙之外矣。

阴鸟阳禽，春毛秋羽。远翅风游，高翮云举。翔归栖去，连阴日路。澜涨波渚，陶玄浴素。长纮四断，平表九绝。雉鷮成霞，鸿飞起雪。合声鸣侣，并翰翻群。飞关溢绣，流浦照文。

尔夫人微亮气，小白如淋。凉空澄远，曾汉无阴，照天容于鲡渚，镜河色于鲉浔。括盖余以进广，浸夏洲以洞深[30]。形每惊而义维静，迹有事而道无心。于是乎山海藏阴，云尘入岫。天英篇华，日色盈秀，则若士神中[31]，琴高道外[32]。袖轻羽以衣风，逸玄裾于云带。筵秋月于源潮，帐春霞于秀濑。晒蓬莱之灵岫，望方壶之妙阙。树遏日以飞柯，岭回峰以蹴月。空居无俗，素馆何尘。谷门风道，林路云真。

若乃幽崖□□，隁隩之穷[33]，骏波虎浪之气，激势之所不攻。有卉有木，为灌为丛。络糅网杂，结叶相笼。通云交拂，连韵共风；荡洲礉岸[34]，而千里若崩；冲崖沃岛，其万国如战。振骏气以摆雷，飞雄光以倒电。

若夫增云不气，流风敛声。澜文复动，波色还惊。明月何远，沙里分星。至其积珍全远，架宝谕深。琼池玉壑，珠岫珂岑。合日开夜，舒月解阴。珊瑚开绩[35]，琉璃竦华。丹文镜色，杂照冰霞。洪洪溃溃，浴干日月。淹汉星墟，渗河天界。风何本而自生，云无从而空灭。笼丽色以拂烟，镜悬晖以照雪。

尔乃方员去我，混然落情。气喧而浊[36]，化静自清。心无终故不滞，志不败而无成。既覆舟而载舟，固以死而以生。弘刍狗于人兽[37]，导至本以充形。虽万物之日用，谅何纬其何经。道湛天初，机茂形外。亡有所以而有，非胶有于生末。亡无所以而无，信无心以入太[38]。不动动是使山岳相崩，不声声故能天地交泰[39]。行藏虚于用舍[40]，应感亮于圆会。仁者见之谓之仁，达者见之谓之达。咕者几于上善，吾信哉其为大矣。

注释

〔1〕据中华书局1972年点校版《南齐书》校勘记，"天"应为"夫"，"寅"应为"演"。敷：运化。演：展开。

〔2〕悬乌：太阳。

〔3〕菟色：月亮。

〔4〕摐(chuāng)：敲击。八纮：《淮南子·地形训》："九州之外乃有八殥，八殥之外而有八纮。"指八方极远的地方。摧隤：毁灭。

〔5〕虞渊：神话中的日落处。《淮南子·天文训》："日至于虞渊，是谓黄昏。"

〔6〕汤谷：即旸谷。古代传说中的日出之处。

〔7〕澜：水波。嵷：山峰众多起伏貌。该句意为水波浅而众多，像起伏的山峰。

〔8〕太山：即泰山。昆仑：即昆仑山，是中国古代传说中的神山，为万山之祖。

〔9〕盛雷车：指天空打雷。

〔10〕晨乌：传说日中的三足乌，中国古代传说中的神鸟。传说此鸟为日之精，居日中。

〔11〕落河：即落河火星，又名禽星。

〔12〕汴河：亦名通济渠。汴是古地名，即今天的河南省开封市。

〔13〕礤：石不平貌。

〔14〕蓉硋硛：按《南齐书·张融传》，此句各本均缺一字。

〔15〕硠(láng)搭：石头撞击。

〔16〕遽：使……恐惧。

〔17〕瑶光：北斗星第七星。

〔18〕玉绳：北斗星第五星之北二星。

〔19〕葐蒀(pén yūn)：烟霭氤氲貌。

〔20〕大人：传说中的地名，《山海经·海外东经》载，"海外自东南陬至东北陬者"有"丘"，"大人国在其北"。

〔21〕君子：传说中的地名，见《山海经·海外东经》"君子国在其北"。

〔22〕哕噫：吐气。

〔23〕颅：指头。

〔24〕五山：即五岳，泰山、华山、衡山、恒山、嵩山。

〔25〕七曜：指日、月、金、木、水、火、土。

〔26〕瞢：晦暗不明貌。

〔27〕浔：水边深处。

〔28〕浹：周匝。

〔29〕趡：远走。

〔30〕盖余、夏洲：神话中的国名，《山海经·盖余国》："有夏州之国。有盖余之国。"

〔31〕若士：犹其人，代指仙人，语出《淮南子·道应训》。

〔32〕琴高：战国时期赵国人，善鼓琴，传说其乘鲤归仙。

〔33〕隈隩(yù)：曲窄幽深。

〔34〕礉(hé)：刻。

〔35〕缋：色彩鲜明貌。

〔36〕暄：炎热。

〔37〕刍狗：用草扎成的狗之形，用于祭祀。语出《老子》："天地不仁，以万物为刍狗；圣人不仁，以百姓为刍狗。"

〔38〕太：通"泰"，极大。

〔39〕用《老子》"大音希声，大象无形"意。

〔40〕行藏：语出《论语·述而》："用之则行，舍之则藏。"

评析

据《南齐书》与赋前小序，此篇乃张融航行海上时所作，可以说是中国最早的航海赋。该赋浓墨重彩地渲染了海洋在不同的气候条件下复杂的面貌和航行在海上的人的观察与体会，航海者眼中大海浩瀚的气势、海内物产的丰富和海边景物的瑰丽也更具有说服力。

赋前小序先言"盖言之用也，情矣形乎"，以为文学语言的功用在于抒情与状物，抒情则酣畅淋漓，状物则细腻深入。此为张融一贯的文学主张，其《门律序》云："……政以属辞多出，比事不羁，不阡不陌，非途非路耳……吾无师无友，不文不句，颇有孤神独逸耳。"《戒子》中也提道："吾文体英绝，变而屡奇。既不能远至汉魏，故无取嗟晋宋。"意在追求抒情与状物的极致，自然不落窠臼而以求新求变为旨归。且有木华《海赋》在先，木华之作写海之奇之丽之广之大似无出其右者，张融既同题而作，亦有同木华争胜的意味。其赋序中有"木生之作，君自君矣"之语，言下之意绝不跟在木华后面亦步亦趋，他有他的高明，我有我的妙处。木华之做从全方位、多角度铺陈，张融既欲与之有别，便另辟蹊径，不做全方位的罗列，不着力于海中神话和物产。

张赋先写海之广"万里藏岸"、海之势"浮天振远"，若木为之倒覆，扶桑则被摧折成渣滓，似乎能惊动日月，搅动星河。开篇便文笔雄健，气势逼人。接着写海浪，"水遽龙魄，陆振虎魂"，龙虎皆被其震慑，足见海浪之奇之壮。其行文的至要处在于表现海洋的变化，"夜满深雾，昼密长云"时则风起云涌，海浪排空；"春代秋绪，岁去冬归。柔风丽景，晴云积晖"时则春和景明，风柔云轻；"凉空澄远，曾汉无阴"则风平浪静，碧天高远。不同的时刻，大海则有不同的情状，加之其遣词造句刻意求新，更觉跌宕起伏，引人入胜。

该赋主要为四言句式，短促有力；大量运用对偶句式，精工严整。

但此赋有刻意求新之故,使用大量的生僻词,有佶屈聱牙之弊。

张融为文颇自负,尽管其赋有某些创新贡献,还是被认为赶不上木华,如钱锺书所言:张融虽"我用我法,不人云亦云,顾刻意揣称,实无以过木华赋也"。

(岳俊丽)

唐宋海洋赋选

海上生明月赋

徐晦*

巨浸不极,太阴无私。褰积水之游气[1],睹圆魄之殊姿。皜皜天步[2],苍茫地维。泱漾崩腾,助金波玉浪之势;晶荧激射,当三五二八之期[3]。盖进必以道,岂出非其时。继倾曦以对越,擅浮光而在兹。嗟乎!空阔之容若彼,清明之状如此。蜃楼旁起,疑庾亮之可从[4];珠蚌潜开,异隋侯之所委[5]。躔次虽游[6],风涛讵弭。出霞岸而不迟,过鳌山而孔迩。顾兔摇曳[7],姬娥徙倚。将运行以故然,谅涤濯之难揣。

远绝昏霾,回临津涯。竟无幽而不烛,斯冥力而上排。希逸之赋可称[8],界于斜汉;元晖之诗有作[9],映彼清淮。未若皎皎初

---

* 徐晦(760—838),字大章,号登瀛,福建晋江三十二都徐仓人,也作福建晋江安海徐状元巷人。唐德宗贞元十八年(802)壬午科状元及第,登直言极谏科,累拜中书舍人。敬宗朝出为同州刺史,大和中以礼部尚书致仕。唐文宗开成三年(838)三月卒,追赠兵部尚书。

吐，苍苍可阶。叶朝夕以晦朔，宁望断而意乖。㴒沦控洞，雪翻烟弄。水族将蟾影交驰[10]，浪花与桂枝相送[11]。凝目是远，赏心斯众。苟佳景之必存，孰良辰之不共。滔滔节宣，冉冉徂迁。循彼万流，差广纳而观海；推夫两曜[12]，候久照而得天。

客有吟想此夜，淹翔有年。感浮槎而偶圣，庶乘槎而逢仙[13]。亦将览孤景，盥洪涟。聊学抽毫而进牍，岂追羡鱼以临川。

注释

〔1〕褰：散开。

〔2〕皜（hào）皓：明亮洁白貌。

〔3〕三五：阴历每月十五日。二八：阴历每月十六日。

〔4〕庾亮：晋中书令，其守武昌时，于月夜登楼赏景。

〔5〕隋侯：汉东之国，姬姓诸侯。隋侯见大蛇伤断，以药傅之，后蛇于江中衔大珠以报之。其珠曰隋珠。

〔6〕躔（chán）次：日月星辰运行之轨迹。

〔7〕顾兔：指月。

〔8〕希逸：南朝宋谢庄之字，曾作《月赋》。

〔9〕元晖：南朝齐谢朓字，曾作《离夜》诗。

〔10〕蟾：神话说月中有蟾蜍，故称月为蟾。

〔11〕桂枝：神话说月中有桂花树，故以桂枝代指月。

〔12〕两曜：指日和月。

〔13〕乘槎：张华《博物志》云："旧说天河与海通，有人赍粮乘槎而去，十余月至一处，有织女及丈夫饮牛于渚，因问此是何处？答曰：'君还至蜀，问严君平则知之。'还，问君平，曰：'某年月日，有客星犯牵牛宿。'"后遂用"乘槎"写游仙事。

评析

  此赋作于中秋月圆之夜，作者客居在外，有幸目睹海上生明月的盛况，因而有感。赋首句先把海与月相对举：海无边界，月无私心，分别点出海与月的品格。当海上云气散尽之时得以看到月亮独特的风姿，再分别以"皜皜""苍茫"两个叠韵词形容月的明亮与海的辽阔。接着展开奇妙的想象从多方面勾画明月初升时的景致。海市蜃楼跃然而起，难道是晋代的庾亮也随之而来了？潜藏海底的海蚌吐出珍珠，想必是受隋侯的委托。月明之际似有庾亮南楼赋诗的风雅、隋侯之珠的夺目，又似乎能看到月中的玉兔、嫦娥。神话传说中的人物更为行文增添些许迷离朦胧的神秘色彩。

  月出之景虽瑰丽奇异非常，作者却能做客观的思考。海上月生时的种种景象乃是日月星辰在运行轨道上的位次所致，非人力所能加。比之远古时期，作者的思考更具有科学性。

  接着写月光无处不照，由此联想起谢庄的赋与谢朓的诗。接下来写海水中的鱼类在月光下闪烁游动，在滔滔浪花和斑驳月影下，鱼群时隐时现。作者专注的目光随着鱼群渐行渐远，由此引发"苟佳景之必存，孰良辰之不共"的感叹。

  该赋以海洋为背景，以丰富的想象力和铺排渲染的艺术手法，描绘出海上升明月时美轮美奂的景象，有《春江花月夜》之余韵。

（岳俊丽）

江汉朝宗赋(以"百川会流必归于海"为韵)

樊阳源[*]

江汉之流,始滔滔乎楚泽。虽导源而则异,必朝宗而来格。故能吞别派而且千,壅细流而累[1]。初谓发岷山之溅溅[2],出嶓冢而涓涓[3]。忽洿至以盈坎[4],遂同归于巨川。洋洋不穷,驱迅波以来注;浩浩何足,走惊浪而方前。沸渭迸濑,崩奔争会。过东陵而更长,历南国而弥大。引汲清浊,并包畎浍[5]。始逶迤于域中,终委输于区外。

双流渺渺,并骛悠悠。滴汗乎万里[6],经营乎数州。静委极深,且无惊于海若[7];潜盈巨壑,亦何怒于阳侯[8]。彼弘纳之无际,信为长于百流尔。其揭厉莫从,深浅无必[9]。绝地脉于飚驶,透天池而箭疾。善下以洁乎龙堂,流谦更清乎鲛室。就其深矣,谁识滥觞之源;不可方思,空想触舟之实。终始齐赴,周流不违,似有待而俱进,何经始之相依。演漾纡余,必远分;而迓合,洄洑激射[10],虽异出而同归。则知海之为量也,虚而有余;水之趋本也,道亦相于。二派既朝于沧海,众星如拱于辰居。汉之广兮,明委积之有所;江之永矣,表灵长之在诸。是俾涵虚之状益深,浮天之容斯在。苟归塘之不息,谅纳污而惟倍。大矣哉!谁究其广深,空有望于灵海。

---

[*] 樊阳源(生卒年不详),初名源阳。贞元十八年(802)进士。元和时,曾任山南节度判官、殿中侍御史。

注释

〔1〕壅：堆积。

〔2〕岷山：自中国甘肃省西南部延伸至四川省北部，其主峰雪宝顶位于四川省。

〔3〕嶓冢：山名，又名汉王山，位于今陕西省汉中市。

〔4〕洊：屡次。

〔5〕畎浍（quǎn kuài）：泛指溪流。

〔6〕漓汗：水长流貌。

〔7〕海若：传说中的海神。

〔8〕阳侯：传说中的波涛之神。

〔9〕揭厉、深浅：出自《诗经·邶风·匏有苦叶》："深则厉，浅则揭。"

〔10〕泬：水流回旋的样子。

评析

该赋以"百川会流必归于海"为韵，描绘了百川汇流、殊途而同归于海的壮观景象。江汉指长江和汉水，此赋开篇写江汉在楚地汇流始成滔滔之势。它们虽发源的地方不同，但最终皆东流入海，如诸侯朝见天子一般，势不可当。

长江汉水从岷山和嶓冢山奔腾而来，"洋洋不穷，驱迅波以来注；浩浩何足，走惊浪而方前"，以壮阔的声势"同归于巨川"。又过东陵，历南国，源远流长，流域广大。它们容与浩邈，"双流渺渺，并骛悠悠"；又是那样深沉可怖，"静委极深，且无惊于海若；潜盈巨壑，亦何怒于阳侯"。经过九曲十八弯，终于汇入大海。大海深不可测，时而深沉平静，时而波涛汹涌，深浅不一，难以测量。但正因其深其广才得以形成它的善下之德与流谦之貌。所以，大海才能让自己在龙堂与鲛室之间始终保持清洁，不为富贵珠宝所惑。"揭厉莫从，深浅无必""就其深矣"等句化用《诗经》中的语言,风雅若存。

作者具有远大的政治地理情怀,该赋是对唐代大一统国家德化政治的颂扬,体现了作者对会通礼德之国家的向往。赋文以极阔大的笔势为"海纳百川,有容乃大"的理念做了生动形象的阐释,辞藻俊美而气势恢宏。

(岳俊丽)

海重润赋

梁洽*

道之应物兮小大咸信,物之感道兮祯祥必顺。况我储君,元膺在震。乾乾夕惕[1],兢兢日慎[2];德泽润于生灵,沧海得无重润。惟海之量,百川朝宗;犹君之美,万国向风。朝宗者归其广,向风者钦其政。既同类以相求,故重润而必应。是使日光分色,山辉度映。风雨不淫,鱼龙遂性。群氓仰止是,燔瘗以告成[3]。外国闻焉,愿梯航而来聘。然则我君之明两也,景毓前星,休征梦月。主鬯之功昭著[4],牵衣之智逸发。四皓既亲[5],三朝不阙。

故曰:惟其有之,是以似之。海则灵潮晨夜而无替,君惟顺动温清而有时。详夫海之为器也,吞吸八裔,流不逆细。怪必思蓄,珍无不丽。冲融泙汩[6],轇轕澎濞[7]。飞涛叠跃于秋阴,白浪翻光于春霁。虽则沙石混浊,不荡其清;波澜迅委,终复于平。惟此之故,彰我君明。至矣哉!灵海之润,孰知其极。愿乘桴以攸往,非引蠡而能测[8]。道未行兮,窃喜取材;敢献赋兮,扬君之德。

---

* 梁洽(?—734),晋(今山西)人。行九。少时与高适有交往。开元二十二年(734)进士,授宋州单父尉,同年卒于任。

注释

〔1〕乾乾夕惕：语出《易·乾》："君子终日乾乾，夕惕若厉，无咎。"

〔2〕兢兢日慎：语出《韩非子·初见秦》："战战栗栗，日慎一日，苟慎其道，天下可有。"

〔3〕燔瘗（yì）：祭祀天地。

〔4〕主鬯（chàng）：主掌宗庙祭祀。鬯，古代祭祀用的一种香酒。

〔5〕四皓：秦时隐士，汉代逸民，居住在陕西商山深处的四位白发皓须、品行高洁的老者。"四皓"分别是：甪里先生周术、东园公唐秉、绮里季吴实、夏黄公崔广。

〔6〕泝：水流急貌。

〔7〕轇轕（jiāo gé）：广阔深远貌。澎濞：波浪撞击声。

〔8〕蠡：用葫芦做的瓢。

评析

《海重润赋》虽不曾标明韵脚，却依次押震、敬、月等韵，且题目乃由汉明帝典《海重润》而来。此赋为律赋，主题为颂储君（太子）之德，为颂圣类赋作。

开篇从道与物之间的契合破题，"道之应物兮小大咸信，物之感道兮祯祥必顺"，暗比储君与皇帝、储君与臣下之间水乳交融的关系。以"乾乾夕惕，兢兢日慎"写储君之德，四句出自《周易》："君子终日乾乾，夕惕若厉，无咎。"赞扬储君从早至晚勤奋谨慎，不敢懈怠。接着写因储君广布德泽于生灵，沧海才无重润之异象。后再写君德如海之广，日、月、山、川、风、雨、鱼、龙莫不顺适其性，河清海晏。百姓安居乐业，于是祭祀神明以告其功。海外之国闻此，则远渡重洋来朝，展现出泱泱大国风貌。"然则我君之明两也"再用《周易》之语："明两作，离。大人以继明照于四方。"再颂储君之功。

最后以"故曰"二字做结语,大海尚有潮涨潮落之时,而储君始终温顺清和。接着铺陈大海物产的丰富和大海时静时动的景象,将海的静动之态摹绘而出,"飞涛叠跃于秋阴,白浪翻光于春霁"尤为生动形象。大海虽时有波澜,却无凶险,唯有一派壮阔之景象,因此正可彰显君上之德。道不行时,以"乘桴浮于海"抒发感慨;如今大道正行,海正可颂扬君德之广。

(岳俊丽)

海水不扬波赋(以平上去入倒用为韵)

石岑*

太极立天地,疏岳渎[1]。所以镇四维[2],横九服[3]。伊海之为德,有王之法象。故量纳群川,而道尊百谷。功配乾络,运回坤轴。气蒸混于灏元[4],潮动襄乎山陆。示惩恶则鼓怒见夫群怪,将瑞圣则不波介以景福。

唐兴百三十有四载,湛恩溢乎荒外。倬五圣之在天[5],奄六合而称大[6]。赫吾君之光赞,敷至道而允泰。政符纯德,昭千古而惟新;泽体上仁,同万类而咸赖。八狄穷陬而尽欢,九夷无远而不会。则成周之德未足双,越裳之来今至再[7]。

是以四海尽镜,九瀛涵影[8]。写合璧之祥光,湛连珠之瑞景。德侔上善,洗物而容洁;道本元元,澄心而体静。湛兮恒清,晏兮砥平[9],泊乎无情,荡乎难名。如君之道,酌焉而不竭;象君之德,注焉而不盈。所谓皇得一则政能贞,海得一则波不惊。倪兮惚兮,其中有物;杳兮冥兮,其中有精。精罔奇而不育,物无大而不

---

* 石岑,天宝时人。生卒年、籍贯、生平皆不详。

成。鲲将化，鹏欲征；蚌且剖，珠其明。谁能一借扶摇便，为君衔之贡王城。

注释

〔1〕岳渎：五岳和四渎的并称。

〔2〕四维：指东南、西南、东北、西北四隅。

〔3〕九服：王畿以外的九等地区。

〔4〕灏元：广大无边。

〔5〕倬：高大、显著。

〔6〕六合：通常指东、南、西、北、上、下六个方位，亦称"六极"。

〔7〕成周之德、越裳之来：语出《后汉书·南蛮西南夷列传》："交阯之南有越裳国。周公居摄六年，制礼作乐，天下和平。越裳以三象重译而献白雉。"

〔8〕九瀛：指九州与环其外的瀛海。

〔9〕砥平：平直，指天下安定。

评析

此赋为限韵律赋，从"海水不扬波"即可知赋文主要描写大海风平浪静时的状态，并以此歌颂君德。

赋文开篇以盘古开天辟地神话破题，化用盘古死后"体为江海，血为淮渎"的典故，与传统海赋中从大禹治水写起相比，另辟蹊径，更具特色。盘古神话之奇为行文奠定了气势磅礴的基调。

其后以"伊海之为德，有王之法象"承上启下，将君王之德比为大海之德，从而把海与君联系在一起，赞美海就是赞美君。大海汇聚群川百谷，功德直追乾坤日月，其气其潮皆惊天动地，极具气势。作者甚至将海的自然力量与上天的警示联系在一起，海水不扬波与怒海波涛是上天对皇帝的奖赏与惩罚。

此赋接着从"唐兴百三十有四载"转入对唐朝盛世景象的描写：政通人和，威服海内，德被天下。天朝之德如斯，于是"四海尽镜，九瀛涵影"，大海平静如镜，海内外美景尽映于海上。水德本善，更何况大海汇聚四方之水，其德更善。君德亦如此，取之不尽，用之不竭。"倪兮惚兮，其中有物；杳兮冥兮，其中有精"化用《老子》中"惚兮恍兮，其中有象；恍兮惚兮，其中有物；窈兮冥兮，其中有精"之句。老子以之描写道之包容万物，不可捉摸，作者以此形容大海的包容万物，迷离恍惚。最后则借《庄子·逍遥游》中的鲲鹏抒发己志，"谁能一借扶摇便，为君衔之贡王城"，表达了尽忠报国的壮志豪情。作者化道家典故为儒家积极入世之用，出道入儒，可谓别具一格。

总而言之，此赋通过赞美大海的壮阔雄奇，来歌颂大一统的封建王朝及太平盛世。全文多用隔句对，用词奇而丽，因而形成宏大流畅的气势。

（岳俊丽）

西海双白龙见赋（以"天下安乐，龙见于海"为韵）
钱起*

唐六叶[1]，嘉祉降，皇威宣。师出以律[2]，将有事于金天[3]。赫矣神武，感通上元。双龙呈瑞，一色皎然。惟白也，昭素秋诞圣[4]；惟龙也，主杀气清边[5]。不尔者，宁出乎海，不跃于泉？

---

* 钱起（约720—约782），唐吴兴人，字仲文。天宝九载进士，授秘书省校书郎。肃宗朝任蓝田尉，代宗大历中任司勋员外郎，司封郎中，官至考功员外郎。为"大历十才子"之一，诗与郎士元并称，时称"前有沈、宋，后有钱、郎"。所作《省试湘灵鼓瑟》诗末二句"曲终人不见，江上数峰青"，为世传颂。时人评其诗"体格新奇，理致清淡"，然内容单薄，多应酬之作，诗风至此一变。

穆乎白龙之为物也，潜依水德[6]，利用天下[7]。精异冥通，腾骧神假[8]。苟非君行其道，物有其官，则郁湮不育，潢污而蟠[9]。隐见罔知其旨，窅冥孰见其端？故我君宣八风之惠化[10]，澄四海之波澜。覆帱斯极[11]，生灵以安。惟此上瑞，灼然可观。

其始见也，精光昺耀[12]，溟涨清廓。曳冰雪于半空，晏雷霆于万壑。若长云带水而不散，双剑倚天而中落。忽虹立而电回，其仪不可弥度。表其祥同乘黄之偶运[13]，处其度掩嘉鱼之有乐。伟夫鳞介之族，莫智于龙；苟灵应无兆，岂休明再逢？昔轩以负图为景福[14]，舜以入坛为神变；殊旨同归，千载一见。

是以天祚明德，幽赞贞符。彼二龙之萃止，合一圣之有孚。皓尔其真，异叶公之藻绘[15]；超然将举，同正礼之友于[16]。是时也，西戎骇目，莫不感化而风趋。夫如是，则在宥之理足征，无疆之休可待。洋洋歌颂，日闻于四海者也。

注释

〔1〕唐六叶：唐六代，即高祖李渊、太宗李世民、高宗李治、中宗李显、睿宗李旦、玄宗李隆基。

〔2〕师出以律：即师出有名。语出《易·师》："师出以律，否臧凶。"

〔3〕金天：秋天，正是用兵时节。

〔4〕素秋：秋季。古代五行说，以金配秋，其色白，故称素秋。

〔5〕杀气：即肃杀的寒气。语出《礼记·月令》："杀气浸盛，阳气日衰。"

〔6〕潜依水德：龙潜游于水中。

〔7〕利用天下：有利于天下之用。

〔8〕腾骧：超越。

〔9〕潢污而蟠：盘踞在水池之中。

〔10〕八风：八方之风。

〔11〕覆帱：即覆被。语出《礼记·中庸》："辟如天地之无不持载，无不覆帱。"

〔12〕暠（hào）耀：明亮耀眼。

〔13〕乘黄：传说中的神马，语出《山海经·海外西经》："有乘黄，其状如狐，其背上有角，乘之寿二千岁。"

〔14〕轩：即轩辕，黄帝。负图：河图。

〔15〕叶公：见《新序·杂事》："叶公子高好龙，凿以为龙，屋室雕文以写龙。于是天龙闻而下之，窥头于牖，施尾于堂。叶公见之，弃而还走，失其魂魄，五色无主。是叶公非好龙也，好夫似龙而非龙者也。"

〔16〕正礼：东汉末年刘繇之字。语出《三国志·刘繇传》："若明使君用公山于前，擢正礼于后，所谓御二龙于长涂，骋骐骥于千里，不亦可乎。"

评析

《西海双白龙见赋》为唐宋律赋中的名篇，是赋体用瑞的典型。赋文限定"天下安乐，龙见于海"八韵，平仄相间，虽是戴着镣铐跳舞，作者却能腾挪变化。君主圣明，四海宴清，于是"双龙呈瑞"，与其说此赋写海上之龙，不如称之为王朝的赞歌。龙是传说中的神异之物，天下乱时不得见，天下安时方会出现。钱起此赋对双白龙进行描写之前进行了充分的铺垫，龙原本是极难一见的，但大唐王朝惠遍九州，天下升平，此种祥瑞之物才"灼然可观"。

"其始见也，精光暠耀……其仪不可弥度"对双龙出现时的情景进行了直接的描写。龙在唐代时尚未有固定的具体可感的形象。所以，此处的描写并未直接刻画龙的形象如何，只是夸饰双龙乍现，雷霆万钧。虽虚写神物，但笔到之处，龙之形神毕现，气势逼人。

最后则转入议论抒情：皇威赫赫，天降祥瑞，"西戎"感化风趋，天下承平，四海歌颂。

赋文起承转合，有因有果，中间一大段极力铺排渲染，尽显赋家铺采摛文、体物写志之能事。最后，曲终奏雅，起到劝百讽一之效果。行文张弛有度，大量使用隔句对偶，韵律和谐，辞采飞扬。

（岳俊丽）

早秋望海上五色云赋（以"余霞散成绮"为韵）

张何*

夫幽栖多暇，乐道闲居。坐文章之苑囿，放精思以畋渔。咏太冲之《招隐》[1]，讽相如之《子虚》[2]，觊兰凋而蕙歇，伤夏卷而秋舒。升重轩以徙倚，目平海而踟蹰。见五云之间出[3]，绕三山而忽诸[4]。映乌晶之曤朗[5]，涵蜃气之纤徐。光泛泛而逾静，影离离而不疏。

懿夫腾碧海，瑞皇家，金柯玉叶兼杂花；文璀璨，光纷华；况夫罗帷锦帐绕香车，双虹宛转萦翠霞。及夫倏而聚，忽而散，霓裳羽旆相陵乱[6]；倚长空，浮回岸；宛若琼楼金阙横天半，美人濯锦春江畔。

既而丛彩可望，奇状难名。群象纠纷，疑绮罗之绣出；五色明媚，若丹青之画成。影沉波而海晏，气幂岫而山晴。嗤砀岭之光浅，耻汾川之色轻[7]。壮瑞图之旧箓[8]，应乐府之新声。似帝乡之迢递，冀有司而见行。

悠悠帝国三千里，不托先容谁衡美？希君顾盼当及时，无使霏微散成绮。

---

* 张何（生卒年不详），大历中进士。

注释

〔1〕《招隐》：指左思《招隐诗》。

〔2〕《子虚》：指司马相如《子虚赋》。

〔3〕五云：指五色瑞云，多做吉祥的征兆。

〔4〕三山：我国古代神话传说中的方丈、蓬莱、瀛洲。

〔5〕曚（tǎng）朗：朦胧不明貌。

〔6〕旆：旌旗。

〔7〕汾川：汾河，在今山西省。

〔8〕篆：这里指簿籍。

评析

《早秋望海上五色云赋》以"余霞散成绮"为韵，"余霞散成绮"为谢朓《晚登三山还望京邑》一诗中的名句。"余霞散成绮"与"海上五色云"的景致皆绮丽非常，虽以为韵，却相得益彰。

该赋开篇写隐居闲适的生活，尽享耕读之乐，但"觐兰凋而蕙歇，伤夏卷而秋舒"，季节转变兰花凋落，难免伤感。为驱散伤感而开窗四望，见大海之美景而心胸顿开。五色祥云间或而出，好像一瞬间便绕满了三山。接着便从光、色、形、声等多个角度描写早秋时节海上之美景，把云比喻成天边的仙界楼台和春江水畔洗涤织锦的美人，更见其斑斓夺目。最后道出讽喻之旨，祥云出世，希望君上及时顾盼，不要错过。五色云为天文之祥瑞，作者借其颂圣君之德。

此赋虽然短小，却融叙述、描写、议论为一体，多用骈偶且对偶的形式多样，既有数字对、典故对，又有叠词对、双声叠韵对。又运用大量的比喻，文笔曼妙，辞藻华美，读之有乐府歌行之韵味，堪称唐代律赋之美文佳构。

（岳俊丽）

白云照春海赋（以"鲜碧空镜春海"为韵）

姜公辅[*]

白云溶溶，摇曳乎春海之中。纷纭层汉，皎洁长空。细影参差，匝微明于日域；轻文磷乱[1]，分炯晃于仙宫。始而干门辟，阳光积。乃缥渺以从龙，遂轻盈而拂石。出穹峦以高骞，跨横海而远摛[2]。

故海映云而自春，云照海而生白。或杲杲以积素[3]，或沉沉以凝碧。圆虚乍启，均瑞色而周流；蜃气初收[4]，与清光而激射。云信无心而舒卷，海宁有志于潮汐。彼则澄源纪地，此乃泛迹流天。影触浪以时动，形随风而屡迁。入洪波而并曜，封绿水而相鲜。时维孤屿冰朗，长汀云净；辨宫阙于三山[5]，总妍华于一镜。临琼树而昭晰，覆瀛台而萦映。鸟颉颃以追飞，鱼从容以涵泳。莫不各得其适，咸悦乎性。

登夫爽垲[6]，望兹云海；云则连景霞以离披，海则蓄玫瑰之翠彩。色莫尚乎洁白，岁何芳于首春。惟春色也，嘉夫藻丽；惟白云也，赏以清贞。可临流于是日，纵观美于斯辰。彼美之子，顾曰

---

[*] 姜公辅（730—805），字德文，又字拜廷，号继规，一说钦州遵化（今属钦州市灵山县陆屋镇）人，一说爱州（今属越南）人。其祖籍甘肃天水（今兰州一带），广德二年（764）进士。初授秘书省校书郎，旋召入翰林院为学士。刚毅正直，正色敢言，有大臣之风。唐德宗朝，朱滔叛乱，事前曾有密书与其弟朱泚相约。姜公辅向德宗奏请诛朱泚，德宗不从。叛军侵犯京师，姜公辅随驾出走，至奉天，奏请帝召集诸路兵马勤工护驾，遂止朱泚叛军扰乱。帝以其有进谏防御之功，拜为谏议大夫，未几，擢升为中书门下侍郎，同平章事。驾幸至山阳城固县。德宗长女唐安公主得病夭亡，帝命厚葬公主。姜公辅力谏，言天子蒙难，不宜铺张浪费，应留金银以赏三军。德宗大怒，贬姜公辅为泉州别驾。顺宗即位，起为吉州刺史，赴任不久，病卒于官舍。宪宗朝，追赠为礼部尚书。

无伦。扬桂楫，棹青苹。心遥遥于极浦[7]，望远远乎通津[8]。云兮片玉之人（阙）

注释

〔1〕磷乱：光采炫耀不定。

〔2〕摭：选取。

〔3〕杲杲：明亮、光明貌。

〔4〕蜃气：一种大气光学现象，常发生在海上或沙漠地区，古人误以为蜃吐气而成，故称。

〔5〕三山：指传说中的蓬莱（蓬壶）、方丈（方壶）、瀛洲（瀛壶）三座仙山。

〔6〕爽垲（kǎi）：指高燥之地。

〔7〕极浦：遥远的水滨。语出《九歌·湘君》："望涔阳兮极浦，横大江兮扬灵。"

〔8〕通津：四通八达之津渡。

评析

姜公辅所撰作品大都亡佚，遗存至今的只有一赋一策，即《白云照春海赋》和《对直言极谏策》，均收录于《全唐文》卷四四六。《白云照春海赋》后半篇今已不见，仅存前半篇三百余字。

此赋虽有阙文，却具有很高的文学艺术价值。赋以"鲜碧空镜春海"为韵，所存的赋文已到"春"韵，仅"海"韵部分不见，可知今存为赋文的大部分。赋先从白云写起，其摇曳生姿，千变万化，由"出穹岊以高騫，跨横海而远摭"引出海。"云信无心而舒卷，海宁有志于潮汐"总写云与海的品格，以下诸句则分别写云与海的委运任化。"莫不各得其适，咸悦乎性"以下诸句融体物与写志于一体，景中有情，从中可以看见作者的志趣与怀抱。由"色莫尚乎洁白，岁何芳于首春"引出春,春景之丽,白云之贞,皆可愉悦身心。"彼美之子"用《诗经》之典,更添雅致;"桂楫""青苹""极浦""通津"亦是辞赋创作常用的词语,为此赋增加了许多古典意味。

赋以"白云照春海"为题,先写云,再写海,后写春,层层推进,照应标题,点明主旨。行文中大量使用对句,把云与海相对比,云和海虽为二物,形象不同,景致不同,却有着同样的品性。作者把个人的审美追求投射到云与海上,亦是托物言志的写法。该赋行文多用叠词对、双声叠韵对,声调和谐,文笔流畅,如林中清泉、山间小溪,泠泠淙淙。

(岳俊丽)

海潮赋

卢肇*

夫潮之生,因乎日也;其盈其虚,系乎月也。古君子所未究之,将为之辞。犹惮人有所未通者,故先序以尽之。

肇始窥《尧典》,见历象日月以定四时,乃知圣人之心,盖行乎浑天矣。浑天之法著,阴阳之运不差。阴阳之运不差,万物之理皆得。万物之理皆得,其海潮之出入,欲不尽著,将安适乎?近代言潮者,皆验其及时而绝,过朔乃兴[1],月弦乃小赢[2],月望乃大至[3]。以为水为阴类,牵于月而高下随之也。遂为涛志,定其

---

* 卢肇(818—882),字子发,袁州(今江西省宜春市袁州区)人,一作望蔡人。在唐武宗李炎会昌二年(842)为乡贡士,次年状元及第,辽仓员外郎,充集贤殿学士。咸通间出为歙州(今安徽省歙县)刺史,历任宣(今安徽省宣城市)、池(今安徽省池州市贵池区)、吉三州刺史(今江西省吉安市)。有奇才,以文翰知名。精小学,工画札,尤善拨镫法。林蕴从之学书,卢肇谓曰:"子学吾书,但求其力耳。吾昔授教于韩吏部,其法曰,拨镫。今将授子,子勿亡传,推、拖、捻、拽,是也。"大中十三年(859)尝撰并正书唐定州文宣王庙记。

朝夕，以为万古之式，莫之逾也。殊不知月之与海同物也。物之同，能相激乎？

《易》曰："天地暌而其事同也，男女暌而其志通也。"[4]夫物之形相暌，而后震动焉，生植焉。譬犹烹饪，置水盈鼎，而不爨之[5]，故望膳羞之熟，成五味之美，其可得乎？潮亦然也。天之行健，昼夜复焉。日傅于天[6]，天右旋入海而日随之。日之至也，水其可以附之乎？故因其灼激而退焉。退于彼，盈于此，则潮之往来，不足怪也。其小大之期，则制之于月。大小不常，必有迟有速。故盈亏之势，与月同体。何以然？日月合朔之际，则潮殆微绝。以其至阴之物，迩于至阳，是以阳之威不得肆焉，阴之辉不得明焉。阴阳敌，故无进无退。无进无退，乃适平焉。是以月之与潮，皆隐乎晦[7]，此潮生之实验也。其朒其朓[8]，则潮亦随之。乃知日激水而潮生，月离日而潮大。斯不刊之理也。

古之人或以日如平地执烛，远则不见。何甚谬乎！夫日之入海，其必然之理乎。且自朔之后，月入不尽，昼常见焉，以至于望。自望之后，月出不尽，昼常见焉，以至于晦。见于昼者，未尝有光，必待日入于海，隔以映之。受光多少，随日远近，近则光少，远则光多，至近则甚亏，至远则大满。此理又足证夫日至于海，水退于潮，尤较然也。

肇适得其旨，以潮之理，未始著于经籍间，以类言之，犹乾坤立则易行乎其中，易行乎其中则物有象焉，物有象而后有辞，此圣人之教也。肇观乎日月之运，乃识海潮之道，识海潮之道，亦欲推潮之象，得其象亦欲之辞。非敢炫于学者，盖欲请示千万祀知，圣代有苦心之士如肇者焉。赋曰：

开圆灵于混沌[9]，包四极以永贞[10]。赩至阳之元精[11]，作寒暑与晦明。截穹崇以高步，涉浩瀁而下征。回龟鸟于两至，曾不愆乎度程[12]。其出也，天光来而气曙；其入也，海水退而潮生。何古人之守惑，谓兹涛之不测。安有夫虞泉之乡[13]，沃焦之域[14]。栖悲谷以成暝，浴蒙汜而改色[15]。巨鳟隐见以作规，介人呼吸而为式[16]。阳侯玩威于鬼工，伍胥泄怒乎忠力。是以纳人于聋昧，遗羞乎后代。

曾未知海潮之生兮自日，而太阴裁其小大也。今将考之以不惑之理，着之于不刊之辞。陈其本则昼夜之运可见其影响，言其征固则朔望之候不爽乎毫厘。岂不谓乎有耳目之疾，而燡将判乎神医者也[17]。粤若太极分阴分阳[18]，阳为日，故节之以分至启闭；阴为水，故霈之以雨露雪霜。虽至赜固而可见[19]，虽至大而可量。岂谓居其中而不察乎渺漠，亡其外而不考其茫洋者哉。故水者阴之母，日者阳之祖。阳不下而昏晓之望不得成，阴不升而云雨之施不得睹。因上下之交泰，识洪涛之所鼓。胡为乎历象取其枝叶，而迷其本根也？策其涓滴[20]，而丧其泉源也？于是欲抉其所迷而论之[21]，采其所长而存之。光乎廓乎，汩磅礴乎。差瀴溟之无际[22]，曷鸿蒙而可以尽度乎[23]？乃知夫言潮之初，心游六虚。索蜿蜒乎乾龙[24]，驾軥辀乎坤舆[25]。知六合之外，洪波无所泄；识四海之内，至精有所储。不然何以使百川赴之而不溢，万古揆之而靡余也[26]。是乃察乎涛之所由生也。

骇乎哉！彼其为广也，视之而荡荡矣；彼其为壮也，欲乎其沉沉矣[27]。其增其赢，其难为状矣。当夫巨浸所稽，视无巅倪[28]。汹涌颎洞[29]，穷东极西，浮厚地也[30]。体定半圆，天而势齐，谓无物可以激其至大，故有识而皆迷。

及其碧落右转，阳精西入。抗雄威之独燥，隙众柔之繁湿。高浪瀑以旁飞，骇水汹而外集。霏细碎以雾散，屹奔腾以山立。巨泡邱浮而迭起，飞沫电梴以惊急。且其日之为体也，若炽坚金，圆径千里。土石去之，稍迩而必焚；鱼龙就之，虽远而皆靡。何海水之能逼，而不澎濞沸渭以四起？故其所以凌铄[31]，其所以薄激者，莫不魄落焯烁，如爨巨镬。趏兮不可探乎漭漭之内，呀焉若天地之有龈腭。其始也，漏光迸射，虹截寓县。拂长庚而尚隐[32]，带余霞而未殄。其渐没狗兮，若后羿之时，平林载驰；驱貀虎与兕象[33]，慑千熊及万罴，呀偃塞而矍铄[34]，忽划砾而鑫龃[35]。

其少进也，若兆人缤纷，填城溢郭。蹄相蹂蹙，毂相摩错。哄阗澶漫[36]，凌强侮弱。倏皇舆之前趼[37]，孰不奔走而挥霍。及其势之将极也，渣兮若牧野之师[38]，昆阳之众[39]。定足不得，骇然来奔。腾千压万，蹴拼沸乱。雄棱后阒，懦势前判[40]。慑仁兵而自僵，倏谷呀而蠋断。此者皆海涛遇日之形，闻者可以识其畔岸也[41]。

赋未毕，有知玄先生讽之曰："斯义也，古人未言，吾将挥乎文墨之场，以贻永久，为天下称扬。"爰有博闻之士骇潮之义，始盱衡而抵掌[42]，俄颡齘而愕眙[43]。揽衣下席，蹈足掀臂，将欲致诘，领画天地。久之而乃谓先生曰："伊潮之源，先贤未言。枚乘循涯而止记其极[44]，木华指近而未考其垠[45]。焉有末学后尘，遽荒唐而敢论。"先生矍然而疑，乃因其后，推车捧席，执脰伺颜[46]。言之少间，请见征之所如。

客乃曰："人所不知而不言，不谓之讷，人所未职而不道，不谓之愚。彼亦何敢擅谈天之美，斡究地之翰[47]。指溢漭之难悟，欲盡听于群儒。今将尽索乎彼潮之至理，何得与日月而相符。且大章所步东西有极，容成叩元阴阳已测[48]。阳秀受乎江政，元冥佐乎水德。莫不穷海运，稽日域。及周公之为政也，则土圭致晷[49]，周髀作则[50]。禆灶穷情乎天象[51]，子云赞数于幽默[52]。张衡考动以铸仪[53]，淳风述时而建式[54]。彼皆凝神于经纬之间，极思乎圆方之壶。胡不立一辞于兹潮，以明乎系日之根本也？先生苟奇之，胡不思之？先生将宝之，胡不考之？苟由日升当若准若绳，何春夏差小而秋冬勃兴？其逾朔也当少进，何遽激而斗增？其过望也当少退，何积日而冯陵[55]？昼何常微？夜何常大？何钱塘汹然以独起，殊百川之进退？何仲秋忽尔而自兴，异三时之霆霈？日之赫焉，犹火之烈，火至水中，其威乃绝。入洪溟以深渍，何日光而不灭？潮之往来既云因日，日惟一沉潮何再出？万流之多匪江匪河，发自畎浍往成天波[56]。终古不极，盍沉四国，何成彼潮，而小大一式？为潮之外，水归何域？

"又云水实浮地，在海之心，日潜其下，而逢彼太阴。且其土厚石重，山峻川深，投块置水，靡有不沉。岂同其芥叶[57]，而泛以蹄涔[58]，繄块圠之至大[59]，何水力之能任？吾闻之，天地噫气，有吸有呼，昼夜成候，潮乃不逾。岂由日月之所运，作夸诞以相诬者哉！"

先生阅赋之初，深通厥旨。及闻客论，欣然启齿。于是谓客徐坐，善听厥辞：盖闻南越无颁冰之礼[60]，郑人有市璞之嗤[61]，常桎梏于独见，终沉溺于群疑，既别白而不悟，爰提耳而告之。然事有至理，无争无胜，犹权衡之在悬，审锱铢而必应。稽海潮之奥旨，谅余心之足证。当为子穷幽而洞冥，岂止于揆物而称哉。

夫日北而燠[62]，阳生于复，离南斗而景长[63]，迩中都而夜促。当是时也，气蒸川源，润归草木，既作云而泄雨，乃襄陵而溢谷[64]。鱼龙发圻于胎卵，鸟兽含滋于孕育。且水生之数一，而得土之数六，不测者虽能作于溟渤，苟穷之当无羡于升掬。其散也，为万物之腴；其聚也，归四海之腹。归则视之而有余，散则察之而不足。春夏当气散之时，故潮差而小也。及其日南而凉，阴生于垢，退东井而延夕，远神州而减昼。当是时也，草木辞荣，风霜入候，水泉闭而上涸，滋液归而下凑，瘁万物以如燖[65]，运大泽而若漏。缩于此者盈于彼，信吾理之非谬。秋冬当气聚之时，故潮差而大也。

两曜之形，大小唯敌，既当朔以制威，阳虽盛而难迫。其离若争，其合如击。始交绥而并斗，终摩叠而先释。日沮其雄，水凝其液。既冒威于一朝，信畜怒乎再夕。且潮之所恃者月，所畏者日，月违日以渐遥，水畏威而乃溢[66]，亦犹群候纳职[67]，来造王门，获命以出，望宁而奔，引百僚而尽退，何一迹之敢存。此潮象之所以逾朔二日而斗增也。

黄道所遵[68]，退迩已均，肆极阳而不碍，故积水而皆振。自朔而退，退为顺式，自望而进，进为乾德。伊坎精之既全，将就晦而见逼。势由望而积壮，故信宿而乃极。此潮之所以后望二日而方盛也。

自晓至昏，潮终复始，阳光一潜，水复迸起，复来中州，逾八万里，其势涵澹，无物能弭，分昼于戌，作夜于子。子之前，日下而阴滋；子之后，日上而阳随。滋于阴者，故铄之于水而不能甚振；随于阳者，故迫之为潮而莫肯少衰。此潮之所以夜大而昼稍微也。尝信彼东游，亦闻其揆赋之者。究物理，尽人谋，水无远而不识，地无大而不搜。

观古者立名而可验，何天之造物而难等。且浙者折也，盖取其潮出海屈折而倒流也。夫其地形也，则右蟠吴而大江覃其腹[69]，左挟越而巨泽灌其喉。独兹水也，夹群山而远入，射一带而中投。夫潮以平来，百川皆就，浙入既深，激而为斗。此一览而可知，又何索于详究。群阴既归，水与天违。当宵分之际，避至烈之辉。因圆光之既对，引大海以群飞。夫秋之中而阴盛，亦犹春之半而阳肥。事苟稽于已著，理必辨于犹微。故涛生八月之望者，尤岌岌而巍巍也。

万物之中，分日之热，叩琢钻研，其火乃烈，吹烟得焰，传薪就爇[70]，附于坚则难销，焚于槁则易绝，所依无定，遇水乃灭。太阳之精，火非其匹，至威无焰，至精无质，入四海而水不敢濡，照八纮而物莫能屈。就之者，咸得其光辉；仰之者，不知其何物。其体若是，岂比夫寒灰死炭，遇湿而同漂泊哉。

方舆之下，阳祖所回，历亥子而右盛，逾丑寅而左来。右激之远兮，远为朝；左激之远兮，远为汐。既因月而大小成，亦随时而前后涌。此日之所以一沈，而潮之所以两析也。天地一气也，阴阳一致也。其虚其盈，随日之经。界寒暑之二道，将无差于万龄。故小大可法，而乾坤永宁也。若夫云者、雨者、风者、雾者，为雪为霜者、为雹为露者，雷之所鼓者、龙之所赴者、群生之所赋者、万物之所附者，彼皆与日而推移，所以就其衰而成其茂也。然后九围无余[71]，而万流为之长辅。

谈未竟，客又剿而言曰[72]："若乃寒暑定而风雨均也。吾闻之《洪范》云[73]：'豫常燠，急常寒，狂乃阴雨为沴[74]，僭则阳气来干'。苟日月之躔一定[75]，又何远于王政之大端？"

彼有后问，姑纾前言："夫三才者，其德之必同。天以阳为主，地以阴为宗。参二仪之道，在一人之躬。一人行之，三才皆协。德顺时，则雨霁均；行逾常，则凶荒接。僭慢所以犯阳德也，故曝烄莫之哀[76]；狂急所以犯阴德也，故离毕为之灾[77]。此则为政之所致，非可以常度而剸裁也[78]。"

客曰："唯其余如何？"

复从而解之曰："惟坤与乾，余尝究焉。清者浮于上，浊者积于渊。浊以载物为德，清以不极为玄。载物者以积卤负其大，不极者以上规奠其圆。故知卤不积，则其地不能载；玄不运，则其气无以宣。夫如是，山岳虽大，地载之而不知其重；华夷虽广，卤承之而不知其然也。气之轻者，其升乃高，故积云如岳，不驻鸿毛。轻而清也，而物莫能劳。及其干霄势穷，霏然下坠，随坳壑而虚受，任畎浍之疏溃。着则重也，故舟楫可以浮寄。至夫离九天，埋九地[79]，作重阴之胶固，自坚冰以驯致，固可以乘鸿溟以自安，受万有而不圮者也。听兹言，较兹道，定一阳之所宗，何众理之难考。且合昏知暮，而翰音司晨[80]，安有怀五常之美，预率土之滨，苟无谅乎此旨，亦何足齿于吾人。

"子以天地之中，元气噫哕[81]，为夕为朝，且登且没。泛辞波而甚雄，处童蒙而未发。孰观地喙乎深泉之涯[82]，孰指天吭乎巨海之窟。既无究于兹沉，宁有因其呼吸而腾勃者哉。"

客谢曰："辞既已矣，欲入壸奥，愿申一问，先生幸以所闻教之。尝居海裔，觏潮之势，或久往而方来，或合邅而相际，曷舛互之若斯，今幸指乎所制。"

先生撰屦旁昒，亦穷其变："吾因讯夫墨客，当大索其所见。彼亦告于余曰：'日往月来，气回天转，其激也大，则体甚而相疏；其作也小，则势接而相践。惟体势之可准，故合邅而有羡，其何怪焉。'"

客乃跽躯敛色，交袂而辞："彼圆玄方赜，古惑今疑。叹载籍之不具，恨象数之尚遗，方尽迷于阃域，非先生亲得于学者，而孰肯论之！于是乎若卵判雏生，鼓击声随，雷电至而幽蛰起，蛟龙升而云雨滋，形开梦去，醒至醒离。"既手之舞之，足之蹈之，乃避席而称诗为贺，演知玄先生之辞。辞曰："噫哉！古人迷潮源兮，刓编蠧翰曾未言兮[83]，罗虚列怪无藩垣兮，名儒幽讨理可尊兮。高驾日域窥天门兮，潮疑一释永立言兮。若和与扁祛吾慴兮[84]。昔之论者何其繁兮，意摩心揣只为欢兮。阴阳数定水长存兮，进退与日游混元兮。一升一降兮寒暑成，下凝浊兮上浮清，随盈任缩兮浮四溟，釜镐蒸爨兮拟厥形。愿扬此辞兮显为经，高夸百氏兮贻亿龄。"

先生曰："彼能赋之，子能演之，非文锋之破镝，何以解乎群疑！"

客乃酣然自得，油然而退也。

注释

〔1〕朔：农历初一，又称新月。

〔2〕月弦：上弦月，农历初八左右。嬴：余、满。

〔3〕月望：农历十五。

〔4〕暝：日落。可引申为分离、隔开、对立。

〔5〕爨：烧火做饭。

〔6〕傅：靠近、迫近。《诗·小雅·菀柳》："有鸟高飞，亦傅于天。"

〔7〕晦：阴历每月的最后一天，朔日前的一天。

〔8〕朒(nǜ)：阴历月初月亮出现在东方。朓：阴历月底月亮出现在西方。

〔9〕圆灵：天。

〔10〕永贞：长享正命。

〔11〕赩：大红色。

〔12〕愆：过度。

〔13〕虞泉：亦作"虞渊"，传说为日落处。

〔14〕沃焦：《华严经》卷五九载，大海底下有广大吸水石，此石广大如山，故又称沃焦，其下为阿鼻地狱之火气所炙，故此石经常焦热。

〔15〕蒙汜：日落处。

〔16〕介人：武士，甲士。《宣和遗事》后集："乃令介人引帝归幕。"

〔17〕爥(huò)：光亮闪烁貌。

〔18〕粤：通"越""曰""聿"，文言助词，用于句首或句中。

〔19〕赜(zé)：深奥。

〔20〕策：古人曾经用过的一种计算工具，形状与"筹"相似。此处用作动词，计算。

〔21〕抉：剔除。

〔22〕瀴溟：水杳远貌。

〔23〕鸿蒙：鸿蒙时代。传说在盘古开天辟地之前，世界是一团混沌的元气，这种自然的元气叫作鸿蒙，因此把那个时代称作鸿蒙时代，

后来亦常用来泛指远古时代。

〔24〕乾龙:《易·乾》第五爻为天子在位之象,因此以"乾龙"指帝王,此处指龙。

〔25〕轇轕:交错、杂乱。

〔26〕揆:揣度。

〔27〕歙:吸饮。此为敛受之意。言江海受诸水,故总括而趋之。

〔28〕巅倪:端倪,边际。

〔29〕濴(hòng)洞:水势汹涌。

〔30〕厚地:指大地。

〔31〕凌铄:形容气势迅速猛烈。

〔32〕长庚:星名,即太白金星。

〔33〕貙(chū):古书上说的一种似狸而大的猛兽。

〔34〕偃蹇:骄横,傲慢。

〔35〕齹(cī)龃:参差不齐貌。

〔36〕哄闉(hòng yīn):里巷和瓮城。澶(chán)漫:放纵。

〔37〕前跸(bì):古代帝后出行时,侍卫在车驾前开路清道,禁止行人通行,称为前跸。

〔38〕牧野:古代地名,在今河南省淇县南。周武王与反纣诸侯会师,大败纣军于此。

〔39〕昆阳:古代地名,在今河南叶县。昆阳之战是刘秀击败王莽的关键一战,为刘秀日后夺取天下奠定了基础。

〔40〕阨(è):壅塞。

〔41〕畔岸:范围,限制。

〔42〕盱衡:扬眉举目。

〔43〕龁齘(jìn xiè):因愤怒而牙齿相磨。眙(yí):直视,瞪着眼睛看。

〔44〕枚乘:西汉辞赋家,其赋《七发》有"观涛"一节,写得繁

音促节，气壮神旺。

〔45〕木华：西晋辞赋家，擅长辞赋，其《海赋》描写大海气势浩瀚，物产丰富，多神怪精灵，写得壮丽多姿。

〔46〕腒（jū）：干腌的鸟肉，又泛指干肉。

〔47〕斡：挖掘。瀚：美也。

〔48〕容成：相传为黄帝大臣，发明历法。

〔49〕土圭：最古老的计时仪器，是一种构造简单、直立在地上的杆子，用以观察太阳投射的杆影，通过杆影移动规律、影子的长短，以确定冬至、夏至日。

〔50〕周髀：即盖天，我国古代一种天体学说，谓天像无柄的伞，地像无盖的盘子。阐明这种观点的著作有《周髀算经》二卷，相传成书于周公。

〔51〕裨：增添、补助。

〔52〕子云：终军，字子云。西汉济南人。少年时代刻苦好学，以博闻强记、能文善辩闻名于郡中。

〔53〕张衡：字平子，南阳西鄂人，东汉时期伟大的天文学家、数学家、地理学家，在东汉历任郎中、太史令、侍中等职。张衡观测记录了两千五百颗恒星，创制了世界上第一架能比较准确地表演天象的漏水浑天仪，以及第一架测试地震的候风地动仪。

〔54〕淳风：即李淳风，唐代杰出的天文学家、数学家。陕西岐山人。他对汉代洛下闳发明的浑天仪做出重大改革，加黄道、赤道、白道三环，使天文的观测更加便捷精确。

〔55〕冯陵：超越。

〔56〕畎浍：田间水沟，泛指溪流、沟渠。

〔57〕芥叶：比喻轻微的事物。

〔58〕蹄涔：指容量、体积等微小。

〔59〕圠圠（yà）：漫无边际貌。

〔60〕颁冰：赐冰。古代朝廷于夏日以冰赐群臣消暑。

〔61〕璞：蕴藏有玉的石头。

〔62〕燠：暖、热。

〔63〕南斗：星名，即斗宿，有星六颗，在北斗星以南，形似斗，故称。亦借指南方。

〔64〕襄：冲上。

〔65〕燖（xún）：用火烧热。

〔66〕溢：水向上涌。

〔67〕纳职：纳贡。

〔68〕黄道：地球一年绕太阳转一周，我们从地球上可看作太阳一年在天空中移动的路线，太阳移动的路线叫作黄道。

〔69〕覃：蔓延，延伸。

〔70〕爇：烧。

〔71〕九围：九州岛。

〔72〕剿（chāo）：抄袭，以别人的语言作为自己的。

〔73〕《洪范》：《尚书》中的一篇。《汉书·五行志》："禹治洪水，赐《洛书》，发而陈之，《洪范》是也。"

〔74〕沴：灾害。

〔75〕躔：天体运行之轨迹。

〔76〕曝尪（wāng）：使驼背仰天，艰难之谓。

〔77〕离毕：月亮附于毕星，是天将降雨的征兆。毕，二十八宿之一。

〔78〕剸：专擅，统领。

〔79〕堙（yīn）：埋没。

〔80〕翰音：鸡。《礼记·曲礼下》："凡祭宗庙之礼……羊曰柔毛，鸡曰翰音。"后因以"翰音"为鸡的代称。

〔81〕噫哕（yuě）：气逆行。

〔82〕喥：喘息。

〔83〕齾（yà）：（人）缺齿，（器物）缺损。

〔84〕和与扁：古代良医秦和与扁鹊。

评析

《海潮赋》是一篇近五千字的大赋，这是我国古人对于海潮现象进行科学探索的最宝贵的文献之一。它是清代以前最长的赋作，也是写水的最长的赋作，同时还代表了一种新兴体裁的尝试，即科技赋。卢肇认为潮之大小、迟速与日月之盈亏、升落相关。赋文通过观察海之渺漠茫洋，考究海涛所生之由，探求春夏秋冬海潮的不同变化以及海潮夜涨昼歇之因。

卢肇的身世较为显赫，以中兴天下为己任。观卢赋铺陈，始终围绕以浑天理论阐发海潮成因这一核心展开。此赋的"序"有八百多字，讲述创作《海潮赋》的主要原因和对海潮生成的见解。全赋因象设词，可分为三大部分：首述作赋之由，即正文第一段从"开圆灵于混沌，包四极以永贞"至"是乃察乎涛之所由生也"，叙述海潮生成与日月的关系，以赋的形式铺演序文。中论海潮产生原因，从"骇乎哉"至"闻者可以识其畔岸也"，详写海潮声貌。先写海涛遇日之形，并分"其始也""其少进也""其势之将极也"三层次递进描述。作者以"骇乎哉"对海潮广阔而奔涌的场面表示惊叹，并感慨海潮的难以描述。虽难以描述，作者还是从潮起潮落的不同阶段展开描写。先总写海潮的场面是一望无际、波涛汹涌的，是惊涛拍岸、声势震天的，是早晚皆存、此消彼长的。接着写潮起时有能驱赶猛虎兕象四处奔腾、震慑千熊万罴奔逃的威力，潮进时有"兆人缤纷，填城溢郭"的威势、"凌强侮弱"的绝对力量；至"其势之将极"时，就像训练有素的千军万马横空出世、整齐挞伐一样，令人色变。场景逼真，如临其境。此后是"博闻"先生和"知玄"先生的十四个问答，详解海潮生成日为主因、月为辅因的原因，阐述海潮与季节、昼夜、朔望的关联,以及乾坤、清浊与海潮体势大小的应契。末尾以总论的形式再说海潮,令"客"达到"卵判雏生"的豁朗之境。

卢肇历唐由中而晚,《海潮赋》创作于武、宣、懿三帝渐衰之世,然其追慕盛唐精神,以传承"元和"中兴气象为制赋旨趣。卢赋创作虽以"浑天"说"海潮",却有更多填补前人科学空缺的自负之意,并由此炫彰其渊博的学识。如赋首即论海潮之生,洋洋洒洒,驰骋才学;继假"知玄先生""博闻之士"为主客设问辩答,尤见夸饰炫耀之能事。赋中有"客曰"一段诘词,最能反衬赋家的心胸。"人所不知而不言……以明乎系日之根本也"一段,此问为全赋转扭,开启以下描绘。尽管赋家由前人无"一辞于兹潮"立论,但其研索海潮与日月晦明、昼夜朔望之关系,又处处兼括前贤如周髀家的算法,终军、张衡、李淳风诸浑天家的理论成果,凸显其才学之卓异。

(岳俊丽)

众水归海赋(以"纳众流而成深广"为韵)

阙名

大矣哉,海浩漾。寻之无际,望之无象。利万物以成德,总群川而为长。柔能善下,禀巨壑以包涵;挹而朝宗,睹众流之归往。是以临不测者未足言其济深,思利涉者孰可咏其河广[1]。

究其所由,得之在柔。滥觞之初,因一勺而畎浍;循环无际,想三岁之周流。伊昔洪水方割,夏禹是理[2]。既浚昆仑之输,爰标南国之纪。故导之逾远,非壅之可止。将虚受之为德,谅成大而有以。且明乎避高之义,自得乎润下之旨[3]。始将就湿,想浩浩而其来;终类沃焦,见滔滔之末已。

原夫水反于壑,海不厌深。其有也,靡患夫泛滥;其细也,不逆于浸淫。是知众流同归，异源将合。注而不竭但见乎川流，满而不盈更因乎海纳。广哉巨瀛，莫之与京。万里波委，四时砥平。灌以泾不能混其浊[4]，注以渭不能溢其清[5]。不涌浪而跳沫，独持盈而守成[6]。故得万穴争赴，九河自同。类夫云之从龙[7]，鸟之附凤。又似一人立国，万方入贡。愿以含垢之体，为纳污之讽。因知夫海为川谷之王，以宽而得众。

注释

〔1〕河广：语出《诗经·卫风·河广》："谁谓河广，一苇杭之。"

〔2〕夏禹：此处言大禹治水事。

〔3〕润下：语出《老子》："江海所以能为百谷王者，以其善下之，故能为百谷王。"

〔4〕泾：泾水发源于六盘山，流经黄土区，挟带大量泥沙，河水浑浊。

〔5〕渭：渭水发源于秦岭，所经为山谷，河水清澈。

〔6〕持盈而守成：语出《诗经·大雅·凫鹥序》："《凫鹥》，守成也。太平之君子，能持盈守成，神祇祖考安乐之也。"

〔7〕云之从龙：语出《易·乾》："同声相应，同气相求。水流湿，火就燥。云从龙，风从虎。"

评析

此赋以"纳众流而成深广"为韵，"众水归海"在于海不捐细流，赋题与所限之韵形成一种相互映衬的关系。赋文主要描绘百川归海的壮阔景观，开篇即发出"大矣哉，海浩漾。寻之无际，望之无象"的感叹，直接而简单，更容易调动读者的情绪。

海之所以能"利万物""总群川"，是因为它的"柔能善下"。作者先言其"柔"，再言其"虚"，后言其"避高""润下"，强调其柔而善下的品德。因其善下,所以能广纳百川而成其广。"临不测者未足言其济深,思利涉者孰可咏其河广"极言其深不可测与广袤无边,接着从纵向与横向、时间与空间等几个方面来阐述大海拥有柔德的原因。首先追思大海的滥觞,不过是"因一勺而畎浍",小小的水沟循环往复,周流不止而渐成其大。再写大禹治水,疏之导之,海方能容纳众水百川。赋文反复描写大海"水反于壑,海不厌深"的避高润下之旨,既是写海之德,又是言己之志。

海既成其广其深,则泾渭不能混其清浊,海面虽然涌浪跳沫,海底却依然平静如斯,所谓"静水流深"莫过于是。作者虽写海,却是借海写个人的人生思考。为人处世以柔为主,虚纳万物成己之广,既有了深广的信念,则外物不能侵、不可扰。文中处处流露出老子"上善若水"、庄子"虚室生白"的意趣,足见作者受道家思想影响之深。

(岳俊丽)

望海亭赋

范成大*

会稽太守参政魏公[1],作望海亭于卧龙之巅,率其属为歌诗以落成,录与书来,且使赋之。余谨掇其膏馥之余[2],拟赋一首

---

* 范成大(1126—1193),字致能,号石湖居士,谥文穆,吴郡(今江苏省苏州市)人。他与杨万里、陆游、尤袤合称南宋"中兴四大诗人"。父母早亡,家境贫寒。绍兴二十四年(1154)进士,初授户曹,历官监和剂局、处州知府,累官起居郎,晚年退居故乡石湖。范成大的作品在当时即有显著影响,到清初影响尤大,有"家剑南而户石湖"("剑南"指陆游《剑南诗稿》)之说,存诗1900余首。范成大作诗从江西派入手,后学习中、晚唐诗,继承了新乐府的现实主义精神,最终自成一家。风格平易浅显,清新妩媚。其诗题材广泛,以反映农村社会生活内容的作品成就最高。反映农村生活的代表作是《四时田园杂兴》,共60首,描写农村春、夏、秋、冬四个季节的景色和农民的生活。

以寄,后日获从杖屦〔3〕,其上于山川之神,尚有旧焉。

其辞曰:

诸侯之客,有来自东,而姹会稽之游者〔4〕,曰:佳乎丽哉!越之为邦也。萦山带湖〔5〕,楼观相望。背卧龙而崛起,焕丹碧之翬翔〔6〕。跻攀下临〔7〕,顾瞻无旁。平畴蔚以稚绿,乔木森其老苍。淙万壑之春声,写千岩之秋光。朝霞暝霏,扶疏微茫。望山河之故墟,吊草木之余社〔8〕。夏后万国之朝,勾践百战之野。兴亡梗概,犹有存者。至于流觞泛雪〔9〕,高人之旧事;浣纱采莲,游女之遗迹。郁溪山之如画,尚仿佛其可识。访古老以问讯,兴慨叹于畴昔。是为游览之大略,而蓬莱观风之所得。

虽然,士固多感,而况于对景以怀古,抚事而凝情,往往使人魂断意折,洒淡而歌不平。故丽则丽矣,而未擅于登临之胜也。

若夫浩荡轩豁,孤高伶俜〔10〕。腾驾碧寥,指麾沧溟。堕忧端于眇莽,挹颢气于空明。飘飘焉有连鳌跨鲸之意,举莫如望海之新亭。尝试登兹而望焉:沃野既尽,遥见东极。送万折之倾注,艳寒光之迸射;浸地轴以上浮,荡天容而一色。珠辉具芒,蠡蛛横霓〔11〕。快宇宙之清宽,怅百年之逼仄〔12〕。当其三星晓横,万境俱寂。浴日未动,晨光先激。波鳞鳞而跃金,天晃晃而半赤。赪轮腾上〔13〕,东方皆白。烟消尘作,栖鸟振翼。俯群动而纷起,寄一笑于遐觌〔14〕。永我暇日,莽其将夕。饯斜晖于孤嶂,候佳月于沧浦。沉沉上下,杳无处所。惊玉地之破碎,洋银盘而吞吐。忽褰云而涌雾〔15〕,献霜影于庭宇。夜色既合,初闻钟鼓。觞屡至而不辞,诗欲成而起舞。

又若潮生海门,万里一息。浮光如线,涛头千尺。方铁马之横溃,倏银山之崩坼。气平怒霁,水面如席。吴帆越樯,飞上空碧。此亦天下之伟观,然犹未及乎目力。

燕香春容,俗客莫陪。神清意消,徙倚徘徊。天风激吹,波涛阖开。五云明灭,丹宫绛台。睇三山之不远,其为公而飞来。

遂招汗漫之胜游〔16〕，下飙车之逸轨。属紫霄之妙质，侑玉斝之清醴〔17〕。勤歌鸾与舞凤，寿仙伯以多祉。恍风雨之皆散，但惊尘之四起。悟真灵之不隔，而何有乎弱水之三万里也〔18〕。

噫！昔之居此者多矣，曾靡暇于经营。逮山灵之效奇，发遗址于岩肩。殚妙巧于天藏，超埃壒而上征〔19〕。极观听之所接，遂杳渺而难名。嗟此乐之无央，与来者而同登。决眦荡胸〔20〕，雪其尘缨。且安知前日之苍烟白露，断蔓而荒荆者哉！顾客子之所能道者，才管中之一斑。惟览者之自得，会绝景于凭阑。心凝神释，浩如飞翰。而后知兹亭之仙意，而凌虚御风之无难。

主人瞿然而起曰：有是哉！吾将观焉。

注释

〔1〕魏公：指南宋孝宗时参知政事、会稽郡守魏良臣。

〔2〕膏馥：脂膏的香味。比喻对诗文美好的回味。

〔3〕杖屦：对长者、尊者的敬称。

〔4〕姹：称赞、夸奖。

〔5〕萦：环绕、围绕。

〔6〕翚翔：形容建筑物的高大壮美。

〔7〕跻攀：攀登。

〔8〕余社：余下的土地。社：土地神。

〔9〕流觞：古代的一种习俗，每年阴历三月三，人们聚集在水边宴饮，以祛除一年的不详。后人仿效此行为，在环曲的水流旁宴饮，让酒杯随水流前行，酒杯停在谁面前，谁就一饮而尽，称为"曲水流觞"。

〔10〕伶俜：孤独。

〔11〕蝀、霓：皆指彩虹。

〔12〕逼仄：匆忙、短暂。

〔13〕赪轮：指红日。

〔14〕遘觏：久别重逢。

〔15〕褰云：指云开。

〔16〕汗漫：形容遥远的旅行。

〔17〕侑：劝。玉斝：一种玉制的酒杯。

〔18〕弱水：古代神话传说中险恶的河流、大海。

〔19〕壒（ài）：尘埃。

〔20〕决眦荡胸：语出杜甫《望岳》："荡胸生层云，决眦入归鸟。"

评析

此赋作于宋高宗绍兴二十六年（1156），斯时作者在临安为官。据赋前"序"亦可知，作者受会稽太守所托作赋，并未登临望海亭，与《岳阳楼记》的创作缘由相似。

此赋为咏亭写景之赋。赋文从虚处落笔，先总写会稽之丽景，从"夏后万国之朝，勾践百战之野"转为写会稽历史上越王勾践的故事以抒兴亡之感。接着由对景怀古使人魂断意折而莫如登临之胜承上启下，开始描写望海亭的登临之大观。望海亭的景色在海，赋文紧扣"海"这一主题展开，先后描写大海的日出、日落、海潮以及幻化的海市景象。登临所见由近而远一步步走向高潮，而海市景观使得观景之体验达到极致，凭虚临风、飘飘欲仙道出了登临此亭的妙处。

该赋写景简洁、生动，极自然地描绘了日出、月落、潮起等景物的转换，日出则"波鳞鳞而跃金，天晃晃而半赤"，月落则"惊玉地之破碎，洋银盘而吞吐"，潮生则"浮光如线，涛头千尺"。昼夜明灭之中、高下动静之间，目既往还，心中吐纳，有一种挥洒自如之气。

该赋行文以气运转，不拘泥于固定的结构程式，风神却自成一体。其句式或长或短，或骈或散，换韵自由，形式极为灵动。文中处处可见作者阔大的胸襟和自由洒脱的人生态度。

（岳俊丽）

元明清海洋赋选

江汉朝宗赋

黄师郯*

　　玄黄奠极，混沌攸分，屹岷峨之西峙，发天一之玄精，沛灵液以长流，亘天南之纬经。激逸势以遄驱，送驰波于沧溟。譬万国之会同，咸疾趋于紫宸。兹江汉之东注，所以著朝宗之徽称者欤。

　　时其春涛浩涨，万壑流液，骇浪翻空，天网浮漓[1]，激三澨而霆喧[2]，浸峡云而影没，腾蛟鼓跃而喷风，怒霓霍挥而翳日[3]。长驱振铁骑之西来，支流若附庸之毕集。望沧海之茫茫，倡百川而佥入[4]。虽百折而必东，靡回波之颓息。兹非诸侯春见而曰朝，于以觐王庭而述职者乎。

　　又若阴风怒号，浊浪排空，巨浸稽天而浩浩，惊涛触石以溶溶。始两川之并驾，终合势而景从。雷轰于大别之下[5]，电绕于

---

* 黄师郯（生卒年不详），兴宁（今湖南省资兴市）人，其父黄雷孙为至顺中进士。师郯幼称神童，至正（1341）辛巳乡荐第一，后有冠礼部试。年三十一未仕而卒。

庐阜之冲[6]。渺乾坤其浮浮，蘸旭影之疃疃。飞流骇奔，走涂山之玉帛[7]；狂澜澎湃，集王会之琛琮[8]。兹非诸侯夏见而曰宗，于以朝京师而会同者乎。

　　余尝快西风之晓晴，驾两龙兮北征，朝吾道兮江浦，夕余憩兮汉滨，览形胜之茫茫，黯寒烟兮夕汀。洞庭南泻，荡天光之一碧；赤壁西望，俯洪流而下临。蜀山逶迤而送色，楚泽浩渺而连云，凫鹥低佪于烟渚，苇花点缀于寒津。濯缨乎沧浪之浦[9]，游目乎鹄山之岑[10]，余于是有所感矣。思昔龙门未辟，环海汤汤，慨尾闾之未泄[11]，肆川后之陆梁[12]。惟圣神之恻然，乘四载而彷徨，经嶓冢以导汉，随岷山而入江，障狂澜而东骛，若日月之回光。迨夫轧坤岳、奠川浍，群流循径以汩㴽，飞涝摧云以距海，各顺序而安行，孰奔腾而横溃。观物理之有常，等民彝之不昧[13]，思禹功于当年，实万世之永赖。

　　嗟夫！观水于穹壤之间，知物有君臣之义。大而丽天之象纬[14]，微而在物之蝼蚁。虽气类之万殊，实均具夫此理。何世降于春秋，迥霸图之殊异[15]；嗟河阳之书狩，秉麟笔之微意[16]；在桓文而尚尔，于吾楚夫何忌[17]；睹逝者之如斯，能不怃怳而愧死。此余于江汉之朝宗，安得不怅然而长喟。惟圣元之御极，总万国以来庭，虽海隅之遐陬，亦梯航而贡琛。藐余忝于楚产，怀朝宗之至心；鼓三汲之巨浪，振修鳞于禹门；爰寄悰于江汉，聊行意于斯文。

注释

　　[1]㴽：水涌出。

　　[2]三澨：语出《尚书·禹贡》："嶓冢导漾，东流为汉。又东为沧浪之水，过三澨，至于大别。"

　　[3]霓：虹的一种。

〔4〕垄：聚积。

〔5〕大别：大别山。

〔6〕庐阜：庐山。

〔7〕涂山：亦名当涂山，俗称东山，为古涂山国所在地。据说原来是一座山，大禹治水把山一劈为二，让淮河水改道，变成由南往北流，也是大禹娶妻及第一次大会诸侯的地方。

〔8〕琮：古代一种玉器，外边八角，中间圆形，常用作祭地的礼器。

〔9〕濯缨乎沧浪之浦：语出先秦古歌《孺子歌》："沧浪之水清兮，可以濯我缨。"

〔10〕鹄山：黄鹄山的省称，即今武汉市蛇山。北魏郦道元《水经注·江水三》："黄鹄山东北对夏口城，魏黄初二年，孙权所筑也。"

〔11〕尾闾：古代传说中海水所归之处。

〔12〕陆梁：《文选·扬雄〈甘泉赋〉》曰，"飞蒙茸而走陆梁"。李善注引晋灼曰："飞者蒙茸而乱，走者陆梁而跳，谓猛士之辈。"吕延济注："陆梁，乱走貌。"

〔13〕彝：法理、常理。

〔14〕象纬：星象经纬，谓日月五星。

〔15〕迥：截然不同。

〔16〕该句用《左传·哀公十四年》"西狩获麟"典故。"西狩获麟，孔子曰：'吾道穷矣。'"

〔17〕桓文：指齐桓公、晋文公。语出《孟子》："仲尼之徒无道桓、文之事者，是以后世无传焉，臣未之闻也。无以则王乎？"

评析

"江汉朝宗"出自《尚书·禹贡》，"江汉朝宗于海"，意即江汉汇流，朝宗归海，犹如各路诸侯去朝见天子一般。本文直接以"江汉朝宗"展开描写，先总写大江大河发源于西部高山，而后滚滚滔滔由西而东汇注于海，有类万国来朝。其后"时其春涛浩涨"与"又若阴风怒号"两段，从春、夏两季描写江河入海的盛况。春景段写江汉如铁骑长驱直入，夏景段写二川汇合如雷电瞬息千里。其后一段"余尝快西风之晓晴"写作者神思遨游所见，遍览洞庭、赤壁、蜀山、楚泽之情景，由目之所见联想到大禹治水之功。最后一段以议论收束，以海为君，以江汉为臣，物尚有君臣之义，更何况是人呢！

该赋以四、六言句式为主，杂以三言、七言、八言、十言、骚体句式，长句短句错落有致；骚体句式的运用更使行文参差多变，舒缓的节奏有《离骚》之余韵。对偶形式多样且精工严整，既有"飞流骇奔，走涂山之玉帛；狂澜澎湃，集王会之琛琮""洞庭南泻，荡天光之一碧；赤壁西望，俯洪流而下临"等隔句对，又有"浩浩""溶溶"等叠词对，"逶迤""浩渺"等叠韵对。该赋用典精妙而无黏滞堆砌之感，"据事以类义，援古以证今"，不但使文辞妍丽，而且声韵更加和谐。

浦铣《复小斋赋话》："'江汉朝宗'乃极大题目，唐人以之作小赋便无足观，读元人黄、李二作，始为之畅然满志。"江汉朝宗，百川归海，本是自然现象，但此赋用以表现"知物有君臣之义"，指九州对元朝的宾服称臣之状，是赋的政治功用的体现。

（岳俊丽）

航海赋

萧崇业[*]

句町痴人奉命中山之役[1],戒艘于闽。有镜机子,俨然造曰:"盖闻宁俞竭力事主[2],艰险不避,人谓之愚;汲黯数好直谏[3],难惑以非,史称其戆[4]。吾观若貌愉而和、行通而悫[5],匪愚匪戆,何故名痴?岂有说邪?"痴人良久不言,乃莞尔而笑曰:"仆鄙野之人,僻陋无心;胡敢当二贤也!顾即之时事、验乎物情,名亦有自来矣。且夫乘人斗捷,智者相倾;而任理直前,则愚之所以优于械也。随俗脂韦,谀者相和;而秉德持闲,则戆之所以不为佞也。兹者,徼宠灵以航异域,其孰敢违!彼似佽者[6],避犹桎梏;萌萌者,但若康庄。诡蔓饰隙,远脱冥翔;见几之作,我则未遑!是以观者讶其辨之不早,众故讥其痴而无量耳。"镜机子爽然自失曰:"若可谓安义命,而笃于自守者也。痴盍足病哉!《书》云'若济巨川,用汝作舟楫';又独不闻犯斗之奇耶[7]?第今时世日益浇己,顾安所得楂也者而乘之!若惟殚精毕力以造万斛之舟,意者其有济乎!"

于是痴人唯唯;遂命工师求大木,程之以有司、督之以当路。阅彼闽山硗峗,黝霉荫蓼轮囷;连抱荗蠹夭蟜[8],间珂蔚若邓林。弥皋欐皐,荫谷蟠岑;攒郁丛骈,朗昼旴暝;荨磊磊其上覆,森落落而刺云尔。其考制抡材,凌峦超壑;移兵走橄,涤籔摧峃[9]。

---

[*] 萧崇业(?—1588),字允修,号乾养,云南建水人,祖籍南直隶。洪武年间其祖奉命迁云南,遂落籍建水。崇业自幼好学,嘉靖四十年(1561)中举人。隆庆五年(1571)进士,点翰林院庶吉士。历官户科、工科左、右给事中,兵科都给事中。万历四年(1576)以正使出使琉球国,册封尚永王,其间著《使琉球录》。升光禄寺少卿、太常寺少卿。

松樟采于剑之津，铁力贸于岭之表。巨不厌修，细罔遗小。是断是迁，载坚载好。凡既备矣，大工斯肇。于是览《易》爻，思象旨；仪工倕，法虞姁[10]。考日力之程，较费务之纪；问轶事于故游，鸠黎人以经始。离朱督绳[11]，班输削墨[12]。殊裁润之时宜，概度稽于往牒；定丰约以执中，酌文质以立则。雕土岂效乎务相，亥木用扩乎古哲[13]；为梁远陋夫绛襜，涉川无取于瑶楫。扛艎参桅，交䉶合𥴠[14]。穴牖梯舱，副柂重底；飞庐翟室，望之如宇。其上则有彤宫镂像，藻栌华榱；琁甀绮梜，睿制琼章。锡衣命服，皮弁缥裳[15]；玄冠鳌绶[16]，玉佩锵锵。犀金麟紫，苇舄斯皇。繁繐冰纨，纬罗束帛；连烟之文，独茧之色。凡夫取竭天产、发输人迹，为九赋之所敛、九式之所节者，是用传宣乎"会极"之门，远颁乎来王之国。其次则有文椸莞蒻[17]，毛席氍毹；瓶缶匕匙，寿光水器。兰膏朱火，贲烛金羊；炊釜篋缄，彝卣屏面。甌瓯陶素，裹绣编连[18]；盐酪豉薪，唾壶兽子。绸杠绛繐，组帷流苏；蓓旆飚悠以容裔，羽旌骚杀其纷如。材官畜用，利械兼储；修锻延鋑，铦戈刺殳；佛即鸟嘴，暘夷勃卢。大屈之弓，綦卫之矢；貀子之弩，越女之剑。龟蛇之旐，鸟隼之旟；军容翼翼，豫戒不虞。若乃弘舸巨舰，非常可模。抗指南之旳晔，崇五楼之峥嵘；运货狄共鼓之巧，使尽变化乎其中。是故外阔内虚，大人度也；阳行阴禽，方壶镜也；画鹢琢云，等威异也；虬蟺螭蜿，桡橹击也！鹰瞵枭瞲，力士从也；峤崒峰攒，棨戟列也；鸢翔鹘逸，麾盖张也；蔽天翳日，帆扬而缦移也；流霞掣电，银黄饰而赭漆光也；震霆轰辇，钲音革响也；舞鸾律鸳、韵鸟部蛙，钧天角抵、缤纷错集者，殊俩薄伎，散襟期也。若乃推验天文[19]，审测风日；星医卜算，羽祝庖丁。匠氏缝工，调人司救；象胥掌讶，篆镂丹青。与夫吴歈蔡讴[20]，阮啸孙吟[21]；曹诗刘饮[22]，秋弈嵇琴[23]。陶泓毛颖[24]，陈玄楮生[25]：俨然数客，述古删今。以至解难之丸，杯肘之射；棘猿之术，雕龙之英；靡不广询博取，竞爽摅能尔。其大虽谢于驰马，制实迈于采菱；庶几御长风以利往，责千里于寸阴。乃若梁丽晋舶，越艒蜀舲；沙棠木兰之称，青翰三翼之名：方斯蔑矣。于是遴长年、齐三老，命先期以诹辰，辄开舟而出坞。士庶伫眙，观者如堵；冠裳杂沓，纷饯于祖。导鱼须，负矢弩；会侯亭，循旧矩。割渔鲜，羞燔脯；酌醴酬觞，鸣金伐鼓。挥丝竞肉，移宫换羽。欢溢斯舆，礼殷客主。仆马辐辏，譬风行雨，散萦缪于南台之浒尔〔26〕。乃揖让辞筵，慷慨升车；祀天妃于广石，初纵苇于梅花。临万顷之潒瀁，杳莫窥其津涯；觇五两以为表，指六合而为家：仗皇威之远庇，托灵胥而自夸。遂竦节而结旅，忽轻举以征遐；高宇澹乎其若寂，大块恬然其不哗。映流光以霁色，照落景而俱嘉。穷区没渚而不见，万里藏岸其何遮！泓澳信难测之于蠡，渺茫无足语之于蛙尔！乃顺飚鼓帆，凌波骤舳；不行而罔不至，不疾而靡不速。伺然若翔云绝岭之翼，倏乎如驰隙遗风之足。陋登仙以矜荣，拟乘槎而仿佛：此非海外之壮游、人世之奇瞩也耶！若乃阳侯磅磕以跳沫，天吴激抟而鼓涛；飞涝潒潚以相溷，洪澜匌匒而互淆。转天轮而颓戾，回地轴而争挠。駃騀乎嵩衡抗嵷，碌错乎雷澍叫号。滂滂沄沄，则星河似覆；潚潚瀿瀿，则日月如摇。篙工于是乎谨柁，楫师于是乎弛稍，当此之际，末可如何！虽冯虚以御风兮，境非赤壁；纵遗世而独立兮，心异东坡。有时乎竦慑战怖，无日乎爽旷婆娑。恍千态以万状，怀谈笑而起戈；须臾久于年岁，瞬息虑乎风波。有车马行，公无渡河。繇斯以谭，则知郭景纯之所赋者，特汩汩之见，未习夫江汉之委输也；木玄虚之所云者，乃想象之言，犹未睹夫灏漾之实际也。故尝嗟徐衍之负石，怪精卫之寒溟；壮荆飞擒蛟而成气，贤夏禹视龙其弗惊！若乃陈茂拔剑，事偶然耳；海童邀路，其谁忘情！夫是以仰舟中主敬之程子，悟遇风思过之管宁。坐而待旦，动与惧并；行无辙迹，心无所凭。郁郁墨墨兮众心惄惄，摇摇悝悝兮我头岑岑。

逡巡数日，乃始达于其境。于是世子遣文武之臣，驾雕辂，骖骈骊；坐组甲，建旗常。扈乌号，翘干将。羽骑飞蕤，金戈耀铓。魋结左言之渠，镂膺钻发之行。翕歙惊捷[27]，舞蹈趋跄。前驱骋路，盱眸自旁。睹汉官之上仪，咸鞭咟以振踊；庆千载之嘉会，愈色泽而神竦。亦有靡闻不来，无见而拱；周环罗列，盘辟举踵。于是盛礼兴乐，供帐设乎皇华之庭；夙戒具而赞典，纷呼嵩以祝龄。僸佅兜离[28]，于焉俱集；四夷迭奏，昭德之馨尔。其尚之以金章，加之以元服；戴缅垂缨[29]，拖绶鸣玉。变左衽之陋风，袭中华之芳躅。御纂组于公庭，告先公于祠屋。追养之礼殚，受终之仪肃。齐虎拜于部夷，称霞觞于宗族。然后捧纶章，留琳牍；奎翰辉煌，宝书雪煜尔[30]。乃稽首顿首飏言曰："明明天子，万寿无疆者也！"于是命膳夫以大飨，爰致敬于使臣；涤濯孔嘉，礼仪振振。载之以醪酎，设之以豆登；丰之以饔饩[31]，介之以芳芬。馆舍之所问候，缉御之所频仍；佳胜之所赏玩，筐筐之所错陈。淹藻景于二时，笃邻好而常新；郊裒蹄之厚馈[32]，坚不辱于远人尔。

其巨典既毕，涉冬始归。瀇滉浮空，旋亦如之；伤心极目，怀望俉拘。风帷兮寒削，月帐兮凄严；蓦玄英兮换节，迅金素兮迎年。狂澜回兮渐以远，驾飞舠兮俄还。安危值于所遇，变幻殊乎目前；而出坎履顺，殆有鼓欢声而振天者矣。缅惟乡之所谓神蕊形茹、股弁背芒，惴惴然而莫知所营者，果虚邪、实邪？抑虚者，舟邪；实者，我邪？谁虚谁实，谁我谁舟！盖譬犹空中之态、梦中之境，物物皆游，物物皆观耳。彼有认水为海、认陆为岸，乃至认我为我，卒相角逐而不已者，得无障乎！于是闽之耆老、士大夫、缙绅先生之徒，罔不掀颜慰劳，深喜其获终王命，以为邦国重也。

是时，镜机子亦在贺中；顾独出席盱衡而诰曰："猗欤，伟哉！痴人固能蹈海哉！昔者子路喜桴海之从，圣人抑其好勇；广德执乘船之谏，贤主嘉其直言。祸福所倚，几希之间；此招贾之文，诵者悚焉！若幸免于风波之危而克如期以竣事也，讵非有相之道欤！第尝闻之，识治体者，在修文德以服远；尊中国者，不割齐民以附夷。兹缘蕞尔之小邦，而乃奉先人之遗体；冀幸鱼龙之牙吻，徒取彼重蒙：窃惑焉！"痴人怃然而问曰："客故习夫呧议乎[33]？觉若所谕，适足以明其暗于全，而掇乎琐胶拘谫之忌[34]，而未睹其恢恢者矣！何则？忘九隩之藩屏而不以边陲为襟带者，乃曲士之井窥也；偷持禄之苟安而龌龊以避险崎者，非达人之所壮观也。古之帝王，陋偏据而规小，恒宅中而图大；掩略八极，靡国弗营。既尊居乎神州之卓荦，尤勤骛于鸟兽之外氓。北出名师，南驰信使；辎车朱轩络绎不绝，楼船戈舫纷沓旁午。然皆弗克遗显号于后世、传土地于子孙！方今圣明在宥，感德旁皇；九域谧如，四封不耸。辽绝之党、冠带之伦乐贡效贽者，盖以亿计。琉球沾濡浸润，历年滋多；其奋濯泥滓，比垺箕子之邦[35]。岂与夫乌浒狼膝、屠婆缚妇，奇肱反膝之酋、交胫长臂之种可同年而语哉！客倘愿闻若说，请为左右扬摧而陈之！夫琉球者，上古所不能化，秦、汉所不能从。考之四隩，则大荒之外；测其封界，则闽、粤之东。远望蓬桑，则曜灵晰逸，晨雾晦蒙；琴高影响而化幻，犆配绰约以昌容。旁睇岛夷，则朝鲜网络，越裳蔓引；渤泥迢递以乖阂，苏禄牢罗以互亘。其苑囿，则傀峰幽屿，秀起特出；嵯峨降屈，中州所慕。其草木，则石帆、凤尾，紫绛纶组；抗茎敷萼，布濩皋丘。其鱼，则有吞舟吐浪，拥剑琵琶；蜂目豸口，狸斑雉躯：奇形殊类，胡可胜图！其虫兽，则雄螭屃鳌，王珧海月；绣螺绮贝，土肉石华：诡桀出录，瑰异无书。其禽鸟，则爱居避风，大鹏垂天；英眸缥翠，瀑瀵洒珠[36]：往来喧聒，集若霞铺。其宫室，则木无雕镂，土仅白盛；重闱连囷，去泰去甚。"欢会"作门，"漏刻"听政；殿曰"奉神"，名义斯正。乃设官僚，授之以柄：察度司刑，耳目司问。王亲是崇，亦有赐姓；通事、长史，爰以将命。茫茫群丑，此焉则胜；海滨之风，兹亦等竞。是故赋仿井田，历遵正朔。横盗无斩关之惨，墨吏免椎肤之虐。攘鸡何有于轲书[37]，捕蛇不闻于柳说[38]；则间阎乐业，有余嬉也。醇醺驯致，宪度渐陈。教亦崇乎释氏[39]，诗颇似乎唐人；羡声名而遣学，精奕数而绝伦。岁时无须于视草，髑髅岂聚于王城；则传志绵邈，自覆瓴也。物贡所产，器贡刀锡，胡椒苏木，硫黄怪石，降香椁子，丰苞重驿，望日而趋，间载而至；则尉佗倨傲，不足云也。迩者东鳀即序，西倾顺轨；交南怀化，漠北跂指。织路骈衢，梯山楫水。献名琛于殊邻，出瑰琰于冥垒。粪积壤崇，虞赴坌举；而称臣入侍之辈，相与充斥乎藁街之邸[40]。天子于是弘王者之无外，抚胡越之一家。命鞮鞻以掌音，设秣任之舞曲；以娱五戎之君，以睦八荒之狄。驾长策于召爽[41]，广博施于疏逖[42]；常武辑啴啴之旅，小戎埋辚辚之迹。三五为之跨蹑，八九为之韬轶。祯符之所伟兆，鸿巨之所骞奕；合在于此矣。然则琉球虽远，岂其得而弃之！四牡虽劳，又恶可以已之！且夫兼容并包者，英辟之宏略也；布德宣誉者，臣子之急务也。故汉皇驰域外之议，博望不辞勋于月氏；隋帝采殊方之俗，朱宽久衔使于海国[43]。值斯之动，农夫辍耰，红女寝机；士马创吮鋋而瘵耆、老弱伤严镞而蹂践，遐氓为之震竦。黔首蒙被其难，而邪行横作；侵犯边境者，犹不可殚纪。矧朝廷纯茂，夷夏熙恬；游原于迩狭，泳沫于迥阔。寰海之外，有不喁喁向慕中国者，则鲛人窃嗤之为士，而不称引帝德。如之何，其不叫呼于芸夫！且仆以泛瓢之弱干，荷郅隆之倬典。方谓无异螳螂之臂；客奈何独以宗元之招贾者，懹懹然相恐也？已事而盘幸无谈虎哉！"

于是，镜机子柔气汗辞而谢曰："斯事体大，固肤浅所不能备也！"降阶捧手，欲让而行。痴人曰："复位，仆授而以航海之诗。其辞曰：'于皇帝德，暨四方兮；中山请命，厥惟常兮；天子曰俞，尔宜王兮；锡以弁冕，黼及裳兮；赫赫诏敕，使臣将兮；布帆无恙，神所襄兮；一人有庆，率土康兮；本支百世，炽而昌兮。'"

萧崇业曰："余慨中原文献之盛，志郡国者非绨章缛采，弗克列于词艺之林矣，抑何难也！琉球狭陋寡文，原鲜属缀；求其俴蔚飞芳欲几曩代之佳笔，不可得也。间有振藻绪于寥廓者，乃一时使臣揽物会心、穷其标概，有所感而文生于情云耳。然又落落弗多见，见辄收之以备参考。故余鄙俚，谢雕之作亦滥得以灾木焉。於戏！篇翰钩玄，即名家必须乎只目；否则，遗而桂薪珠米之际，急炽眉者每无择于粝荆，势使然也。文固有遇、不遇哉！"

注释

〔1〕句町：百越的一支。

〔2〕宁俞：春秋时期卫国人，卫文公、成公时大夫。成公无道，为晋所攻，失国奔楚、陈，卒为晋侯所执。宁俞不避艰险，周旋其间，卒保其身，而济其君。

〔3〕汲黯：西汉濮阳（今濮阳西南）人，字长孺。汉景帝时汲黯为太子洗马，汉武帝时任中大夫；因常规劝武帝，武帝不耐，调为东海郡太守，继为主爵都尉，是汉代著名的直谏之臣。

〔4〕戆：鲁莽，刚直。

〔5〕悫：诚实，谨慎。

〔6〕佌佌：微小，卑贱。

〔7〕犯斗：语出张华《博物志》，神话传说天河通海，有个住在海边的人，见年年八月海上木筏按期往来，便带梁乘筏，泛游至天河，见到牛郎织女。后以"犯斗"指登天。

〔8〕夭蟜：像龙一样。

〔9〕嶨（xué）：山多大石。

〔10〕虞姁：《吕氏春秋》有"虞姁作舟"语。

〔11〕离朱：我国上古时期神话传说中的人物，"能视于百步之外，

见秋毫之末"。

〔12〕班输：即公输班，又称鲁班，生活在春秋末期到战国初期，出身于世代工匠的家庭。

〔13〕窾（kuǎn）：挖空。

〔14〕虆：藤。

〔15〕纁：浅红色。

〔16〕綟（lì）：古通"緑"，绿色。

〔17〕榻：床前的几案。

〔18〕裛（yì）：缠绕。

〔19〕验：查看。

〔20〕吴歈蔡讴：语出《楚辞·招魂》："吴歈蔡讴，奏大吕些。"王逸注："吴、蔡，国名也。歈、讴，皆歌也。"

〔21〕阮：阮籍。孙：孙绰。

〔22〕曹：曹操。刘：刘伶。

〔23〕秋弈：春秋时期鲁国人，擅棋。嵇：嵇康。

〔24〕陶泓毛颖：唐韩愈《毛颖传》中虚拟的人物，暗指砚与笔。

〔25〕陈玄楮生：唐韩愈《毛颖传》中虚拟的人物，暗指墨与纸。

〔26〕粼（xué）漻：众相交错之貌。

〔27〕骉騳（biāo xiū）：众马奔腾貌。

〔28〕僸佅：古代少数民族音乐名。兜离：中国古代西部少数民族音乐名。

〔29〕缅：古代束发的布帛。

〔30〕霅（zhá）煜：光亮闪烁貌。

〔31〕飨饩：古代诸侯行聘礼时接待宾客的大礼，馈赠较多。

〔32〕袅（niǎo）：用丝带系马。

〔33〕竑（hóng）：宏大。

〔34〕谫：浅薄。

〔35〕箕子之邦：箕子是商朝的人物，以贤能著称，因为商纣无道，被周武王所灭，箕子带着商朝的礼仪和制度远走朝鲜，在那里建立了国家。

〔36〕濆（fèn）：水由地面下喷出漫溢。

〔37〕轲书：《孟子·滕文公下·攘鸡》。

〔38〕柳说：柳宗元《捕蛇者说》。

〔39〕释氏：佛教释迦牟尼。

〔40〕藁（gǎo）街：汉时街名，在长安城南门内，为属国使节馆舍所在地。

〔41〕智爽：黎明、拂晓。

〔42〕疏逖：指荒远地方的人。

〔43〕朱宽：隋炀帝时羽骑尉，曾奉隋炀帝之命，去往琉球。

评析

此赋为万历年间作者被神宗皇帝派遣出使琉球时所作，作者以天朝使节之尊，历波涛之奇，力求对此行中所见所思进行全面客观的描写与渲染。因此对受命、备船、出航、封赠、观览当地风物、返航等无不加以细致刻画与描写，不仅歌颂了明朝先进的航海造船技术，而且详细地记述了前往琉球的航海路线、航海体验，是明朝后期海赋的代表之作。

该赋以句町痴人与镜机子的对话领起，通过主客问答的方式展开描写，继承汉大赋的艺术手法。由镜机子提出造"万斛之舟"，句町痴人命造舟开始，首先写备船于闽，奉命出使中山。其次叙述"考轮抡材""班输削墨"，制海"弘舸居舰"的准备过程；再次叙述了舰船"彤宫镂象，藻栌华榱"，"抗指南之昢晔，崇五楼之峥嵘"的华丽装饰与宏大规模，以及"蔽天翳日，帆扬而缦移"的壮观气象，客观上彰显了明代造船、航海技术的发达，使读者不由得想象斯时郑和下西洋的壮举；其后叙述舰船出坞启航和士庶欢送的盛大场景；第四段描述了舰船"顺飚鼓帆,凌波骤舳",迎狂涛、激巨浪,星河似覆,日月如摇的"海外之壮游、人世之奇瞩",后再描述中山世子盛礼兴乐,壮观欢迎场面的大飨典礼,同时也详尽地描绘了琉球国的风俗礼仪;最后则写在盛大的欢迎仪式之后,作者借句町痴人之口表明了明王朝对内外藩属之国"弘王者之无外,抚胡越之一家"的兼容并蓄的方略,显示出明王朝的天朝气魄。萧崇业亲身经历了航海的一波三折,故而对各种情况下的海情均有切身体会,当风平浪静、一碧万顷之际,他亦心情开阔,并认为这是"皇威之远庇"。然海上风云瞬息万变,生死难测,萧崇业也很好地刻画了风浪中的心理感受,虽然吓得满头大汗,但最后不仅能振作精神,化险为夷,亦把这宝贵经历视作审美对象。

全赋四千五百余字,内容的长度与情感的深度相得益彰,作者用丰富的语言描写独特的感受,铺陈体物亦竭尽铺张夸饰之能事;并大量借用班固《两都赋》、张衡《二京赋》、左思《三都赋》中语句且能熔铸一体。但大量佶屈聱牙的生僻字词的运用,使得赋作晦涩难解,不够灵动。

《航海赋》公开之后,清康熙朝陈元龙将此赋收入其所编纂的《历代赋汇》之中,乾隆时期编修《四库全书》,又将其著录于《四库全书·集部》。雍正《续建水州志·艺文志》、嘉庆《临安府志》、宣统《续蒙自县志·艺文志》等云南地方文献亦先后收录此赋,足见此赋影响甚为深远。

(岳俊丽)

海若赋

洪翼圣*

神禹氏锡玄龟之岁,河伯、淮侯、江斐、汉阴丈人同朝海若各争[1]。淮侯歌曰:"余泻桐柏兮洋洋[2],会泗沂兮汤汤[3],枕豫控颍而漾维扬兮[4],滔天蹴日之茫茫。余应长。"汉阴丈人歌曰:"余发嶓冢兮汩东流,过大别兮亘神州;南迤会而汇彭蠡兮[5],滈汗漰湃之浮浮[6]。余应长。"江斐则歌曰:"余分井宿出岷山兮,瞿唐险绝擘雄关兮[7],过洞庭而荡金陵,天漅渺沔之回环兮[8]。余应长。"河伯则歌曰:"余从天上来兮,聿经积石回兮,巨灵赑屃[9],秦关开兮。千年一清,圣人催兮。变幻沸溃,山可陊而岳可颓兮[10]。余应长。"日出而争至亭午,弗决。

河伯曰:"盍决诸海若?"于是顺风而趋,蒲伏再拜而询海若曰:"四子争长,请决诸海若。"辴然而哈曰[11]:"噫!何若辈之自多也,亦知余乎。"歌曰:"归墟廓兮纳百川,地轮丽兮天门连,出日入月兮八纮穿,海童天吴兮灵变[12],阳冰阴火兮韨然,鲛人绡室兮渊㴩[13],长鲸奋鬣兮刺天[14],蓬莱五山数万里,巨鳌负焉,奚啻乎石之一卷。其他裸人之国、黑齿之方[15],轩辕千岁之野,汪氏跨海之乡。钟山烛龙之闪闪,建木若华之苍苍,莫不岛接而波拥,□匄以忽荒,然余窃谓天地之在空中,无异笼鸟。余在天地中,藐乎至小。观大壑而知巨浸之细,观无形而知有形之微。余方惊心于溷瀰[16],而却步于夷希。若辈胡为乎争长而耀辉?"于是河伯、淮侯、江斐、汉阴丈人愡然失容[17],恚墨称谢[18],相与望

---

* 洪翼圣,生平不详。直隶歙县(今安徽歙县)人。万历二十六年(1598)进士。

洋而歌，歌曰："道生虚廓兮无汉垠，天坠袭精兮莽莘莘，返无始兮化纷纶，划然而遐眺兮解蹄罠〔19〕。"

注释

〔1〕河伯：黄河之神。淮侯：淮河之神。江斐：即江妃，神话传说中的两位女神，乃天帝之女，居于洞庭之山，常出游于江汉之滨。汉阴丈人：周朝隐逸之士，居于汉水之滨。

〔2〕桐柏：今河南省南阳市。

〔3〕泗沂：泗水和沂水的并称。

〔4〕颍：颍河，淮河最大的支流，发源于河南省登封市，至安徽省阜阳市颍上县流入淮河。

〔5〕彭蠡：即彭蠡湖。

〔6〕渚：波涛冲击声。

〔7〕擘：剖裂、分开。

〔8〕渺沔：广大无际貌。

〔9〕赑屃：中国古代传说中的神兽，为鳞虫之长瑞兽龙之九子第六子，曾背起三山五岳兴风作浪，后被夏禹收服，助夏禹治水。

〔10〕哆：崩塌。

〔11〕䩄(chǎn)：笑的样子。

〔12〕海童：传说中的海中神童。《文选·左思〈吴都赋〉》："江斐于是往来；海童于是宴语。"刘逵注："海童，海神童也。"李善引《神异经》云："西海有神童乘白马，出则天下大水。"天吴：大荒十神中的水伯。

〔13〕鲛人：语出张华《博物志》，"南海外有鲛人，水居如鱼……泣而成珠"，又称"鲛绡"。

〔14〕鬣：鱼颔旁小鳍。

〔15〕裸人之国：见《淮南子·地形训》。黑齿之方：《山海经·大

荒东经》"有黑齿之国",郭璞注:"黑齿,齿如漆也。"

〔16〕溷(hùn)潪:无边无际。

〔17〕惵(dié):恐惧。

〔18〕恧墨:惭愧。

〔19〕罠(mín):捕捉走兽的网。

评析

  此赋主要由《庄子·秋水》中"望洋兴叹"的典故延伸开来,运用对话来刻画各路水神的形象。河伯、淮侯、江斐、汉阴丈人初始为"应长"的问题争相表现自己,皆有"一叶障目,不见泰山"的洋洋自得。各路水神采用统一的格式表白自己,先点明发源地之巍峨之险峻,叙述所流经区域之宽广,再各自夸饰万流奔腾之盛况,最后表明自己独一无二、无可匹敌。四人争执不下,于是决之于海若。海若对四人孰为长的问题避而不谈,反而言自己虽广纳百川、出日入月,却仍感"天地之在空中,无异笼鸟"。以天地之广博,尚且有笼鸟之感,海若在天地中更感微不足道,因其之大而愈感宇宙四方之大。本是百川之首的海若既有如此之感,淮侯、江斐、河伯、江阴丈人的争辩便显可笑。于是四人愧然而知己身之渺小。

  此赋运用拟人的手法,将江、汉、河、海人格化,赋予它们人类的思想与情感,通过主客辩难的方式突出海若虚怀能容、广阔博大的形象。

  本文主要运用骚体句式,虽是相互辩难却并不激烈,反而舒缓有致。且多运用"洋洋""汤汤""茫茫""浮浮""闪闪""苍苍"等叠词,声调更加和谐流畅,富有流动的音乐美。

(岳俊丽)

南海赋

周用[*]

　　处僻陋而无见,恐不达于人情,命丰隆以前导[1],召羲和以辅行[2],驾长风与鹏翼,吾将周览于寰瀛。祝融踊跃以来告[3],请载观于南溟[4],伟南溟之为器,何容量之恢弘。俯而视之,渺渺溟溟。不见其色,但闻其声。如混沌之未判,似太极之初形。勾乾之奥、橐坤之庭,居离之位[5]、括坎之精[6],浮天载地兮功之普,藏污纳垢兮德之宏,潮来汐往兮信之著,周流无滞兮知之行,磅礴兮桑沃之野,连据兮反户之絃。沧兮我邻,涨兮我亲;青兮我友,瀚兮我宾;沮洳夷獠[7],控引瓯闽。

　　扬越疆理,荆益偏连。区新效顺,洒渃来旋。瀹渤瀬涘,浩荡涯漘。涓浍淖濿[8],潣弥瀇沦。茫茫无地,浩浩其天。若乃天风一鼓,洪涟起怒,恍兮六鳌兮转地维[9],忽兮康回兮触天柱[10]。冰岸湍湃而巉岩,雪山滔沸而跋扈[11]。洳渚振百万之貔貅,怅何物之可御。聚气为云,飞沫成雨。流为江泽,派为河浦,浩浩瀿瀿,成万顷之斥卤[12],资人育物,来商会贾,国家之财,于是而聚。丝巴蜀之井,毫河东之盐。鳅兮掉尾而涨百川之水,鳌兮举首而冠三神之丘,张月为电兮闪闪,鼓浪为雷兮佥佥[13]。树发鼋鼍之背,石生鲸鲵之头。文鳐一息而万里,大鲲一瞬而千秋。或化垂

---

[*] 周用(1476—1548),字行之,号伯川,吴江(今江苏省苏州市吴江区)人。弘治十五年进士,授行人,迁南京兵部给事中,又迁广东布政司参议,嘉靖中历官南京工部、刑部尚书。自陈致仕。后以工部尚书总督河道,官至吏部尚书。谥恭肃。为人端亮有节概,书法俊逸。善绘事,受到沈周揖的指导,布置渲染,极为高雅。好为诗,有作必题。著有《周恭肃公集》,最早版本为嘉靖二十八年(1549)年周国南川上草堂刻本。

天之鸟，或吞万斛之舟。或豚或犬，或马或牛。或虎而翅，或豹而翔。名龙名虎，名鹿名獐。为子为妇，为嫱为娟。元元怪怪，孰得尽详。鼉石枹浮而收子，鼻盾骨枯而化鱼。六眸之龟、三足之鳖。玉出磬魮之身，岂止昆冈之璞；珠出肺鳖之涎，奚啻老蚌之腹。纶似纶兮组似组，草之文理兮生于潮之浒；青为青兮紫为紫，菜之佳味兮生于滩之濹。海市兮缥缈，蜃楼兮盘纡。鲛人兮有室，渊客兮居庐。黑斑兮玳瑁，红润兮珊瑚。可贡兮琅玕，可器兮砗磲〔14〕。或淮夷之大贝，或黄帝之玄珠〔15〕。犀牛海马，罔象天吴〔16〕。何灵怪之不有，亦何珍宝之不储，所见者已不可尽，记所闻者孰得而言诸。

尔其包括广大，发育无极，洲屿逶迤，岛谷巍崱，为祥为妖，胡能尽识。鹭鶑五采〔17〕，世乐五声。毕方一足〔18〕，鹣鹣比翼。玄鹤舞兮遐龄，凤凰飞兮览德，蛇兮百寻，魊兮三尺，鸦凫潜藏，猾裘隐匿。趽踢三首，旄马四节，黑人啖蛇，黄貘食铁〔19〕。猩兮能言，狖兮无口，鶪兮人足，鸓兮人手。若夫小邦大国，罗布星棋。献琛奉珥，入我皇畿。丹穴赤土，黑齿黄支。交趾古城〔20〕，暹罗麻罗。真腊伽腊〔21〕，佛啰琵啰。发拔勿拔，登流堕河。阿陵大食，佛斋阇婆〔22〕。

乃有求货之贾，怀宝之夫。出绝域，入异都。游鬼国，泛山居。出没于鱼龙之窟，来往于阳侯之区。望北极之宿，遵指南之车。经数年而未反，乌知浩荡之所如。亦有韬光之士，晦迹之俦，或随任公之钓〔23〕，或砺詹何之钩〔24〕。既揭帆而鼓楫，乃浩歌而叩舷。得一乐而自适，终天趣以忘忧。吾于是历炎州之沸水，上长洲之青丘，过流火而弗息，入紫琼以遨游。召众仙而作乐兮，泻玉浆以为醪，采紫芝以为粮兮〔25〕，裁火浣以为裘，命云师而再驾兮，溯赤水之悠悠，上昆仑之顶兮，视天下之众流，信南海为大兮，无匹无俦。

歌曰："夏王掘注任苦辛，周王德洽海无涟。处置得宜动天地，海岳效灵岂无因。黄龙横波终无益，白鹇沈水空沾臆。事变物移，乃自为山海，岂能助人力？崖山千古有忠魂，吕嘉逆命更谁论。流芳遗臭今何在，举目惟有余波存。安期飞升不复返，紫云白鹤一何远。乘风破浪待何人，且作游仙入天阃。"

重曰："人物涵育泽浓浓，鱼龙出没势汹汹。桑田欲变果何时，地久天长只如斯。东海虽大兮精卫含悲，西海既远兮弱水难支，曷若南海兮为天地之池？"

注释

〔1〕丰隆：我国古代神话中的雷神，后多用作雷的代称。

〔2〕羲和：我国古代神话传说中的人物，是驾御日车的神。

〔3〕祝融：本名重黎，以火施化，号赤帝，后尊为火神、南海神。

〔4〕南溟：南海。

〔5〕离：《易·离卦》，卦象为火，方向为南方。

〔6〕坎：《易·坎卦》，卦象为水。

〔7〕沮洳：低湿之地。《诗·魏风·汾沮洳》："彼汾沮洳，言采其莫。"

〔8〕瀇：水浸出的样子。

〔9〕六鳌：《列子·汤问》："渤海之东，有五山焉……而五山之根无所连著，尝随波上下往还，不得暂峙焉……而龙伯之国有大人，举足不盈数步而暨五山之所，一钓而连六鳌，合负而趣归其国。"

〔10〕康回：即共工。《淮南子》："昔者，共工与颛顼争为帝，怒而触不周之山，天柱折，地维绝。天倾西北，故日月星辰移焉；地不满东南，故水潦尘埃归焉。"

〔11〕涫沸：沸滚。

〔12〕斥卤：盐。

〔13〕岌岌：《广韵》："气高也。"

〔14〕砗磲：海洋中最大的双壳贝类，被称为"贝王"。

〔15〕黄帝之玄珠：水府求玄所得、所形成之丹。语出《庄子·天地》篇："黄帝游乎赤水之北，登乎昆仑之丘而南望，还归，遗其玄珠。"

〔16〕罔象：古代传说中的水怪。天吴：古代传说中的水神，虎身人面，八头八足八尾。

〔17〕鸑鷟：凤属。

〔18〕毕方：传说中的怪鸟，出现则常有火灾。

〔19〕貘：哺乳动物，体型类似犀。

〔20〕交趾：泛指五岭以南地区。越南于10世纪30年代独立建国后，宋亦称其国为交趾。

〔21〕真腊：中国古籍中用以称7—17世纪的吉蔑王国，位于今柬埔寨。

〔22〕阇婆：即阇婆隶，饿鬼。

〔23〕任公之钓：语出《庄子·外物》："任公子为大钩巨缁，五十犗以为饵……任公子得若鱼，离而腊之，自制河以东，苍梧以北，莫不厌若鱼者。"

〔24〕詹何之钓：见《列子·汤问》，楚国有名钓者詹何，其钓鱼与众不同，"以独茧丝为纶，芒针为钩，荆筱为竿，剖粒为饵，引盈车之鱼于百仞之渊、汩流之中，纶不绝，钩不伸，竿不挠"。

〔25〕粻：粮食。

评析

该赋开头以游仙写起，"丰隆""羲和""祝融"常常会出现在游仙赋或诗中，成为文学中游仙作品的重要标志。由祝融邀请同游而展开对南海的描写，先夸饰南海的容量之大，从上向下看水天一色，望不到边际，只能听到海浪滔滔。接着便用众多的骚体句式形容南海之浩瀚无垠。"恍兮六鳌兮转地维，忽兮康回兮触天柱"两句用"六鳌负山"和"共工触不周之山"的典故为行文增加了许多神话色彩。接着便采用夸张的手法铺陈南海的物产之盛，写南海不但岛屿众多，而且形状各异。后则又转入游仙，再写作者与众仙的宴游之乐。最后则高歌言志，明君贤臣与昏君乱臣俱已不存，唯有海水依然如斯，人世既风物易变，何如离世远游。

周用历经弘治、正德、嘉靖三朝，从孝宗的孜孜矻矻到武宗的荒淫误国，再到世宗的一心修道，明王朝逐渐走向下坡路且无可挽回。周用为人既端亮有节概，其对朝政自然痛心疾首。此篇对南海大功大德、大信大知的向往，正是对这危局中能力挽狂澜、救万民于水火的高洁之士的向往。因此，本文虽是写海，却又不仅仅止于简单的描写大海如何如何，而是赋予大海高洁的人格，借海以言志，亦属于托物言志。

此赋的句式或四或六，或三或七，并大量运用骚体句式，语言的形式丰富多样，行文极为灵动。并且多运用叠词，声调亦十分流畅。

（岳俊丽）

观海赋

王亮[*]

壮矣沧溟，号之曰海，浩荡弥漫，谁为之宰。包宇宙之无外

---

[*] 王亮（？—1603），字茂宏，又字稚玉，号楼峰。三门亭旁车溪人。性颖敏，博闻强记。王亮出生于名门世家，年轻登科，名高一时。隆庆四年（1570）与王士性、钟化民讲学于杭州天真书院。万历五年（1577）登进士，任江西进贤知县，奉檄清丈田亩，积谷银万余两，受到皇帝嘉奖。万历十七年（1589），王亮任靖虏卫兵粮道，监督粮储。这期间创修《靖虏卫志》，恢复书院学宫，亲往讲学，当地士人学风大振。

兮，纳山泽之趋奔。岂昆仑之发源兮，畴岷峨之派分，昔浮图之所不能竟兮，岂渔父之所得闻。时乎云开雾霁，月朗风清。万里一色，三光泻明[1]，罗七纬于波底，容亿像于镜中。长鲸巨蛟兮不知其凡几也，如蝤蚓之跃洿池；鲐鳀鳏鲤兮畴得而为纪也，如糠秕之浮太空。鹏翼覆三山兮，曾不足以当北溟之径寸；鳌足戴六极兮，差可云沧波之一尘。艨冲巨舰横亘千寻兮，若风中之一叶；渔舟钓艇以万亿兮，若天际之征氛。举首而凝望兮，忽而现岛树于有无之间；极目而远览兮，恍焉见扶桑于河汉之滨。初阳炅炅而直上兮[2]，紫云捧明珠而团宝；盖晚霞灿灿而掩映兮，翠羽嵌金葩而砌玉鳞。

乃若天边云暖[3]，水际波生，荡漾而差池兮堆万顷之琉璃，漾皱而文彧兮布千机之绮绫。群鸟瞰波光而翼舞兮，舟人望清流而棹轻。其或飙翻浪涌，鱼斗螭争，长涛云喷，巨壑钟鸣，顺风扬帆兮顷刻而千里至，逆流鼓棹兮跬步而万山腾，吾不知其从何而来也。

畴若斯乎，混礴而潝洪，须臾飓息，倏尔波平。篙师拍手，旅客欢声，觉向来之怒号，如浮烟之过空，吾不知其从何而去也。又若斯乎，日朗而云红。逮夫春阳煦暾[4]，积雨初晴。神龙吐涎，蜃气乃成。瑶台贝阙兮参差而赑屃，珍禽异兽兮群飞而队行。惚恍兮马童之舞鸾鹤，苍茫兮神君之驾虬龙。琪花万朵而齐开兮，辉煌而夺目；珠树千行而列翠兮，葱郁而峥嵘。西媪赪颜而陈绮席兮[5]，仙姝鸟爪而奏玦笙[6]。宛矣七洲与三岛兮，谲哉十二楼而五城。盖嬴皇之所不能履也，亦赤帝之所不得凭。岂洪流之无知兮，畴能尔乎诡怪而靡诘，抑小海之有神兮，故若兹乎变幻而效其灵。墨客骚人兮把清澜而词源弥瀚，豪士瑰才兮观奇波而壮心若惊。盖岂徒夸观涛之巨丽兮，夫抑亦羡破浪之长风。

伟哉，莫状其景色之奇也；且也，犹谭其器大之宏乎。夫磊砢而戏波兮苍漭自若,万棹争横而激水兮渤澥逾澄。旱魃隆而赤地千里兮[7],浩渺之波无涸。淫涝纵而溪涧涨溢兮,尾闾之浸不盈。隘三江而失九河兮,若垂丝而曳带,藐洞庭而陋彭蠡兮,直杯杓而瓶罂[8]。信乎!观于海而难为水也,乃孟子舆之言为有征。嗟余!生长于东海之滨也,亦相忘于荡荡兮而难为名。

注释

〔1〕三光:指日、月、星。

〔2〕炅炅:明亮貌。

〔3〕瑷:云彩很厚的样子。

〔4〕燠暾:明亮温暖。

〔5〕赪颜:犹红颜。

〔6〕玦:环形有缺口的玉器。

〔7〕旱魃:传说中引起旱灾的怪物。

〔8〕瓶罂:泛指小口大腹的陶瓷容器。

评析

此赋开篇就描写海的壮阔宏大,"鹏翼覆三山兮,曾不足以当北溟之径寸;鳌足戴六极兮,差可云沧波之一尘"四句运用《庄子·逍遥游》中鲲鹏遨游高翔和《列子·汤问》中的龙伯大人垂钓的传说,增加夸饰的效果。作者化用这两个神话传说,将鲲鹏巨鳌写入作品,一方面通过神话传说来夸张渲染它们的形体硕大无比,占据的空间范围之大;另一方面又运用对比的手法,将它们所占据的空间与浩瀚的大海相比,仍然小到可以忽略不计的程度,以此衬托出大海的深远博大。鲲鹏巨鳌本是古典文学中常见的意象,而作者能不落常格,可见其匠心。

赋文接下来便描写海景的瑰奇壮丽,日出时分光芒万丈,初日如明珠,日落时分则晚霞灿灿,落日似金葩。对海景的铺陈以云开雾霁时的景观为主,虽有对风起云涌的描写,但寥寥几句,只是强调飓风的来之急去之快。

该赋以骚体句式为主,而且以长句为多,描写娓娓道来、细致深入。且该赋用韵以音节嘹亮流畅的阳声韵为主,行文更显轻快明亮。

(岳俊丽)

海月赋

谢杰[*]

繄波臣之徕服[1],矢宝目于明庭,敦籍梏之遗则[2],激皇王之濯灵,帝嘉声教之被讫,鉴孤遐之款诚。爰命二臣,以于迈泛艅艎而东征。余乃弃妻息,辞弟兄。耦星使,趋王程。出晋安,道新宁。驾飞廉[3],冯大庭。望洲岛,涉裨瀛。翩然霞举,泠如风行。比中流以遥瞩,值华月之方升。

瞻彼月兮太阴之精,潮应而落,潮应而兴;潮浸而阙,潮盛而盈。既与潮而为伍,自与海而相仍。此善下而大,彼虚受而凝。此浮天而为岸,彼借日而生明。此纳百谷而称王,彼从众星而名卿。沧桑以为昼夜,晦朔以为死生。被穷发而黑[4],经阎浮而青[5]。三蝼肥而满[6],六鳌奠而宁。鱼脑灭而减,龙伯蹴而倾。既溁溁而澻澻[7],亦渊渊而泠泠。爰漍漍而瞳瞳[8],复鼻鼻而荧荧。倏忽异状,瞬息殊形。

方夫崦嵫既没[9],扶桑未启。光风乍融,太宇转霁。下无惊涛,上无微翳,望舒狩而升舆[10],羿妻奔而骋辔。纤阿骖乘,结

---

[*] 谢杰(1535—1604),字汉甫,今福建省福州市长乐区江田镇人。年少时机敏博学,善作古文辞。明万历二年(1574)进士,授行人。后历任光禄寺丞、两京太常少卿、顺天府尹。

邻翼卫。重轮税于归墟[11]，合璧腾于蒙汜，黄道经于碧津，赤路交乎黑齿。沧屿养魄，沃焦抱珥，员峤奉规[12]，尾闾循纬。碣石薄而凫飞，之罘荡而兔逝[13]。天墟浹而黄长[14]，析木浮而桂坠。玉珧石华，潜盗其灵，海镜方诸，亦禀其气。非胱非朒，非匴非朏[15]，时五而三，时八而二，增润重溟，流辉万里。洗光金银之宫，湛碧珊瑚之址。或绉者如縠，或烂者如绮；或洁者如圭，或平者如砥；或好者如瑗，或激者如矢；或华者如屋，或跃者如鲤。或如素凤之下池头，或如白鼍之嬉水次；或如瑶瑟之鼓湘江，或如鲛绡之绚蓬市；或如宝筏度于恒河，或如玉华点乎苍珥；或如萤火映于林塘，或如梅花落夫沼沚。或浮或沉，赤乌浴而渊晖；或灭或没，骊龙颔而川媚。或闪或烁，电腾云汉之墟；或错或落，斗转明河之涘。

想而像之，惊心骇视。至于皓灵披素，湲澜生紫。俨若轩帝遗珠赤水，回雪宛转，清丽射人。又若宓神归于洛滨[16]，夜光盈盈，蟾蜍在腹。又若女狄暮汲而育[17]，银山雪屋，千叠万行。又若伍相立马钱塘[18]，阳侯疾驱，金虹狂舞。又若澹台碎璧水浒[19]，须臾浪息，微明不波。又若武皇眺于影娥，皜素缤纷，非练非组。又若天孙夜渡河渚，灵晖煜煜，万涛增妍。又若神剑沉于潭渊，兹时兹景，洵不易得。水镜空明，冰壶津液。玉杵秋清，玄霜夜碧。汉皋风泂，环佩淅沥。阳台雨歇，朝云生白，以泳以游，其乐何极。

于是举酒以属谏议，分韵赋诗。余歌曰："月出兮东方，水流兮汤汤，我所思兮道路长，欲往从之兮河无梁。"谏议亦歌曰："月晕兮知天雨，海水兮知天寒，佳期逝兮众芳阑，思美人兮隔云端。"歌竟，鱼龙交奋，余景就毕。满船跧伏，不寒而栗。余独怡然，载赓载绎[20]，《秋水》之篇、《明月》之什。一阕未终，飙举两腋。流响溯渚，排山破石。冯夷遁回[21]，天吴辟易。少焉风定，云色犹黑。谏议曰："美哉！色也。洋洋奕奕，宜谐宫商。服之无斁[22]，视彼乘兴南楼[23]，赋诗赤壁[24]。牛渚泛舟[25]，晋阳却敌。洵夷险之殊致,又遐迩之迥迹。奚啻大明之与爝火[26]、海若之与河伯。"

注释

〔1〕紧:句首或句中语气词。

〔2〕簬楛:语出《书·禹贡》:"惟箘簬楛,三邦底贡厥名。"

〔3〕飞廉:风神。

〔4〕穷发:极北不毛之地。

〔5〕阎浮:梵语"阎浮提"的省称,即南瞻部洲。

〔6〕三螻:节类动物名。

〔7〕瀺瀺灈灈:水势相激貌。

〔8〕潚:水深貌。皭:白色。

〔9〕崦嵫:指日落的地方。

〔10〕望舒:神话中为月驾车的神。

〔11〕税:休息。

〔12〕员峤:神话中的仙山名。

〔13〕之罘:山名,在今山东烟台北。

〔14〕虋:菟瓜。

〔15〕朏:新月开始生明发光。

〔16〕宓神:宓妃,见曹植《洛神赋》。

〔17〕女狄暮汲而育:"女狄",禹母名,亦作"女志""女嬉""修己"。《太平御览》卷四引《遁甲开山图荣氏解》:"女狄暮汲石纽山下泉,水中得月精,如鸡子,爱而含之,不觉而吞,遂有娠,十四月,生夏禹。"

〔18〕伍相:伍子胥。

〔19〕澹台:即澹台灭明。《括地志》记载:一次,澹台灭明身带一块价值连城的宝玉渡河,舟至河心,忽有二蛟从波涛中跃出,对渡船

成夹击之势，欲夺宝玉。澹台灭明气愤地说："吾可以义求，不可以力劫。"遂挥剑斩二蛟于河内，并将宝玉投入水中，以示自己毫无吝啬之意。

〔20〕赓：应和、酬答。

〔21〕冯夷：传说中的黄河之神，泛指水神。

〔22〕无致：无尽。

〔23〕乘兴南楼：见《世说新语·容止》："庾太尉在武昌，秋夜气佳景清，使吏殷浩、王胡之之徒登南楼理咏。音调始遒，闻函道中有屐声甚厉，定是庾公。俄而率左右十许人步来，诸贤欲起避之。公徐云：'诸君少住，老子于此处兴复不浅！'因便据胡床，与诸人咏谑，竟坐甚得任乐。"

〔24〕赋诗赤壁：指苏轼《赤壁赋》。

〔25〕牛渚泛舟：见《世说新语·文学》："袁虎少贫，尝为人佣，载运租。谢镇西经船行，其夜清风朗月，闻江渚间估客船上有咏诗声，甚有情致。所诵五言，又其所未尝闻，叹美不能已。即遣委曲讯问，乃是袁自咏其所作《咏史诗》。因此相要，大相赏得。"

〔26〕爝火：炬火、小火。

评析

　　此赋作于作者与萧崇业出使琉球途中，主要描写航海途中明月初升时的盛景。赋文首先简单介绍奉命出使的缘由与过程，由"值华月之方升"引入海上明月。在正式对海上明月描写之前，作者首先思考了海与月的关系，海潮的升与落与月亮的圆与缺是什么关系？月亮既然与海潮有关，自然与海也有密切的联系。海谦下而成其大，月虚静而成其明。由此亦能看出作者深受道家虚静谦下思想的影响，将自然人文的审美提升到了哲学层面。由海与月又联想到宇宙的生命周期，以及宇宙在时间、空间上的无限延展性。

作者对月的描写，采用用典、夸张、排比、对偶、比喻等多种手法从多角度展开，望舒与嫦娥的神话又增加了一些游仙色彩。行文中，作者连用16句"或"字领起的对句，又用8个"若"字领起的隔句对，把月比拟成各种具有美感的意象，对海上明月进行多方位的描写，从中可以看到《春江花月夜》的影子。

描写结束后续以歌诗，既有卒章显志之效，又使赋文的主旨得以升华。其结构应是学习谢庄的《月赋》，歌诗中的句子与《诗经》中的"汉之广矣，不可泳思"、《月赋》中的"美人迈兮音尘阙，隔千里兮共明月；临风叹兮将焉歇？川路长兮不可越"、李白《长相思》中的"美人如花隔云端！上有青冥之高天，下有渌水之波澜。天长路远魂飞苦，梦魂不到关山难"一脉相承。

（岳俊丽）

海市赋

黄卿*

猗巨壑之连大荒兮，何浩渺之无垠。浸盘蓝之澹泞兮，两曜晃其吐吞[1]。西极以东之流泻兮，总滙溶而不霙。维五行之赞二仪[2]兮，水邃广而独神。指三山十洲之宫府兮，聿杳邈而难论。眷海市之谲变漂疾兮，骇灵异于见闻。

彼乔岳之云雾兮，气氲蒸之可知。若潮汐与八月之涛兮，亦实理之所为。何洪波之泱漭兮，恍忽出示之瑰奇。仿佛世之形质兮，

---

* 黄卿（1485—？），字时庸，号海亭。益都北关人。黄卿为正德三年（1508）戊辰科进士，历任南京刑罚郎、浙江右参政、江西左布政使。与石存礼、冯裕、陈经、杨应奎等结为"海岱诗社"，同声相应，酬唱商榷，诗风不为复古风气所转移，自适其意，直抒性情。著有《海岱会稿》《编苔集》等。

顷刻更移其态姿。寒晦敛而宜和朗兮，计岁见之无几。询海叟之博练兮，概罔究其兆倪[3]。陟蓬莱之峻阁兮，出海隈之崇冈。盱雯霸之乍敛兮[4]，泛霁日之浮光。渺万顷之潋滟兮，胸襟豁以徜徉，人走报以市起兮，仆御奔而跟跄。两竹山之梦梦兮[5]，牵牛岛失其青苍[6]。肇蓊郁于寻尺兮，旋腾骞以悠扬。少徙倚于岩阿兮，已宛在水之中央。卧青霓之空明兮，如潼潼于沸汤。簇碧霞于一区兮，浮晻霭而回翔。譬画苑之会众艺兮，悬绘品之千章。天吴群下而蜃蜃兮，亟为筑厥厚墉。罔象十辈而出捧兮，跃蜓蜓而争能。爰居潜鹄翻翻兮，如助势而唬鸣。尔乃开五都之阛阓兮[7]，集日中之市廛。南北萃货之杂陈兮，海贾陆商之争先。立候殆工匠之售技兮，佻佻类驵侩之轻狷。贩鬻之缤纷兮，縠接踵而摩肩。言不闻而有营兮，睹巾服之裂然[8]。

紾获贸易以散返兮[9]，行负戴以伛偻。伊机巧之戏剧兮，争聚观之如堵。负耒耜而荷畚锸兮，走农竖与田父，一二弁屦之若远兮，意何居而踽踽。山冥冥以远隔兮，巨介避之何所。俄而金榜之日耀兮，列甲第之迤逦。崇朝层楼之翼翼兮，雕甍朱栱之翚飞，亭台征突其尖兮，重檐密瓦之参差。雉堞严城之洞启兮[10]，藻缋黼黻之葳蕤。宝塔矗矗凌霄兮，华表踞立乎虎狮[11]。余儗长扬五柞之丽兮[12]，客谓未比其光仪。忽建蘙幢之孑孑兮[13]，散旗旄之旖旋。棨戟干戚峥嵘兮，跃驺骑之蹻駥。安舆飞盖之徐徐兮，幨帷流苏之鲜夌[14]。从官健卒駪駪兮[15]，郊迎野将之迤迆。忆名城之孔道兮，轮蹄辐辏之如是。

尔其酒旆飐飐兮芳菲近郊，遨游络绎兮飞虹之桥。王孙侠客兮鹰狗，靓妆姣服兮笙箫。竹娟娟兮俯垣，茂树交兮径遥。荧荧兮日下射，翳翳兮风不飘。欣欲就兮水之隔，招名笔兮临之图。有怀华胥兮风景尔殊[16]，空中波上兮麾鹾[17]。璘斑烂熳兮易佉，浑沸兮奔电[18]。息横漾兮涵杳虚，如锦棚之迅撤兮，傀儡纷散于须臾。

望岛屿之隐隐兮,招玄鹤之翩翩。顾偕游之大小兮,渐从容以言旋。谓老鲛之播怪兮,何鲸鲵巨而不然。殆海若之幻戏兮,较浮世之绚妍。

嗤方士之陋以诞兮,诱秦汉之求仙。侈金银之宫阙兮,或缘此而谝谩[19]。嗟么么兮贵幸,若赫横兮威权。燎焰兮易烬,绮绣兮露干。百尔翕散消息兮,咸有极而无端。寥廓忽荒如梦兮,嘉旷士之达观。奚诘辨之仿雕龙兮,漫赘费于幽玄。

注释

〔1〕两曜:指日、月。

〔2〕二仪:指天、地。

〔3〕兆倪:边际、涯际。

〔4〕盱:张目。

〔5〕竹山:见《山海经·东山经》:"又南三百里,曰竹山,錞于江,无草木,多瑶碧。激水出焉,而东流注于娶檀之水,其中多茈蠃。"

〔6〕牵牛岛:在江苏省东海中,位于海州湾之东。

〔7〕阛阓:街市、街道。

〔8〕袈:衣背缝。

〔9〕緂:缉、搓。

〔10〕雉堞:城墙。

〔11〕华表:古代宫殿、陵墓等大建筑物前面做装饰用的巨大石柱,柱身多雕刻龙凤等图案。

〔12〕五柞:即五柞宫。

〔13〕纛:古代军队或仪仗队的大旗。

〔14〕衮:衣服。

〔15〕骁骁:众多疾行貌。

〔16〕华胥:《列子·黄帝》:"昼寝,而梦游于华胥氏之国。华胥氏

之国在弇州之西,台州之北,不知斯齐国几千万里。盖非舟车足力之所及,神游而已。其国无帅长,自然而已;其民无嗜欲,自然而已……黄帝既寤,怡然自得。"

〔17〕靡鹽:无止息。

〔18〕潭沸:水沸涌貌。

〔19〕谲谩:花言巧语。

评析

"海市"即海市蜃楼,黄卿此赋主要描写海市蜃楼的盛况,并由海市蜃楼的转瞬即逝引发人生如梦、追求长寿与威权在恒久的宇宙自然的变化面前是如此可笑可叹之感慨。

古人对海市蜃楼这种诡谲奇异的自然景观始终怀有强烈的好奇心,古典文学中相关的记载最早见于晋人伏琛的《三齐略记》,其曰:"海上蜃气,时结楼台,名海市。"而苏轼在元丰八年十月出任登州太守时,在任五日就有幸见到早有盛名的海市蜃楼,留下的《登州海市》一诗更是广为人知。其诗开头四句"东方云海空复空,群仙出没空明中。荡摇浮世生万象,岂有贝阙藏珠宫"便写出海市蜃楼的奇与丽。明清时期,亦产生诸多与海市蜃楼相关的文学作品,且该时期对这一自然现象的成因已能做出较为客观的解释。古时科学水平有限,人们还无法正确理解或认识这一现象,以至有许多荒诞无稽的臆想,甚至还为海市蜃楼涂上了一层神话色彩。最早出现的是蛟蜃吐气说,蜃指海中大蛤。人们误以为海中的蛤类或蛟类等神物能吐出奇幻景象,"海市蜃楼"这一称呼也由此而来。

本赋采用骚体赋的写法,全文皆用带有"兮"字的骚体句式,"兮"或在句尾,或在句中,较为灵活。该赋虽以为海市蜃楼甚为奇异,但已能突破旧时的观点,认为海市蜃楼与海上云气的变化密切相关。"人走报以市起兮,仆御奔而跟跄"引入对海市蜃楼的描写,甚至赋予海中物类以人的品格，见海市盛景或愿锦上添花，或愿与之争胜。观海市所看到的种种生活场景与现实中无二致，其中人物的风神如在目前，足见作者观察之细、描写之真。但云雾散尽之时一切热闹戛然而止，"如锦棚之迅撤兮，傀儡纷散于须臾"，唯有玄鹤盘旋而已。作者由此便联想起秦皇汉武的蓬莱求仙之举原是方士的故弄玄虚。"彩云易散琉璃碎"，旷达之士无欲无求，反而更能体悟生命真谛，卒章显志，主题得以升华。

（岳俊丽）

溟海波恬赋

屠隆*

西岳山人游于东海，遭东海生于海滨，西岳山人揖东海生而进曰："仆西岳山人也，世居西岳华山中，今者汗漫游于东海，敢问东海之胜奚若？"东海生曰："夫东海天下巨丽之观也，今者子从华山西来大海之胜，吾且与子共览焉，又焉事仆空侈谈其盛哉？"乃相与登海门纵目观之。伟哉！大浸恢诡，特异气蒸，宇宙流湿，云翳簸弄。寥廓万，形失丽。合浑沌，并元气。荡八荒，吞四裔。漭瀁浩渺[1]，超忽不知其穷际尔。乃踟躅旁皇于其上，海风蓬蓬而萧飕。高天下垂，大地欲浮。长波卷雪，跳沫崩丘。肆遐瞩于空旷，颠倒恍忽，窅然丧其赤县神州[2]，雄怪骇尔心目，神光散而

---

* 屠隆（1542—1605），字长卿，又字纬真，号赤水，别号由拳山人、一衲道人、蓬莱仙客，晚年又号鸿苞居士。鄞县（今属浙江省）人。明代戏曲家、文学家。万历五年（1577）举进士，曾任颍上知县，转为青浦令，后迁礼部主事、郎中。为官清正，关心民瘼。作《荒政考》，极写百姓灾伤困厄之苦，"以告当世，贻后来"。万历十二年（1584）蒙受诬陷，削籍罢官。屠隆为人豪放好客，纵情诗酒，所结交者多海内名士。晚年，遨游吴越间，寻山访道，说空谈玄，以卖文为生，忧郁而卒。

不收。西岳山人曰："有是哉！东海之胜一至此壮也。"

东海生曰："今者子徒得其大观，尚未领其奥区也，仆考之载籍，东有大壑名曰归墟。受八纮九野之水，纳天汉之流。而廓乎有容，漰乎无余。南通滇池，东至琅邪。北亘玄朔，西涉流沙。掩三湘[3]，吞七泽[4]，杯盂九河，潢潦四渎[5]，大海之外又复有海，禹迹之所不能到，图经之所不能载。日月跳丸于其中，浮大地之几何，曾不盈其一块。又有扶桑千仞，上凌太空。查枒硌硈[6]，灵根莫穷。巨鳌载乎五山，峙万古之神功。横波乘涨，不与世通。唯飞仙而能至，实乃大帝之所宫。蓬莱峚崔而轩露[7]，方壶夭矫而骞骧。大鸟集于圹垠之野，群仙会于虚无之场。游鸿蒙[8]，遨云将。乐苑风，嬉东皇。卢敖偕若士而夷，犹安期邀羡门而翱翔。淳围拉陵阳而容与[9]，浮丘接王乔而尚羊。仰贯列缺之倒影[10]，上干北斗之瑶光。吾将划然长啸，矫焉轻举，驾赤螭，蹑彩虹，蜕尘迹，访仙踪，以凌乎海上之诸峰，子其能我从乎？"西岳山人曰："唯唯。是或难哉，子将凌虚径度，仆恐身不能生毛羽。若乘舟以往，即望见仙山，辄有天风吹之而去，奈何子无诞矣。仆闻之圣人出世，海不扬波，有诸？"

东海生曰："然。即越裳氏所称，今时之谓也。今天子神圣，首治改元，恢唐虞之至德，流大海之波澜，化及昆虫，恩被八埏。而西蜀刘公又适膺天子[11]，简命以节钺来镇，东偏于铄，刘公一代伟人，坐镇方面[12]，雄视海门。千艘雾列，万灶云屯。威令霜肃，德煦春温。大海以东屹然重关巨镇，不啻一虎踞而龙蹲也。方今上之未御寰宇，而刘公之未秉节钺于东土也。当其时岛夷跳梁，弄兵海上。鲸鲵吹腥，蛟鳄鼓浪。洪波鼎沸，飘忽震荡。掠我编户，虔刘元元[13]。壮者俘馘[14]，老弱见残。积骸如丘，流血成川。羽书交驰[15]，侦骑络绎。将士枕戈，天子旰食[16]。固尝征发荆楚之剑士，召募三河之巨猾。广收秦陇之勇悍，结纳燕赵之豪杰。莫不临阵怖栗,不战自摧。虏人屠之如芟草莱,贼用猖獗疾于风雷。浙河以东,江淮以南,贼众横行,蹂为戎马之墟,城邑萧条,人民逃逋。天子震怒,大吏伏诛,秉钺相继,堇而剪锄。

"今者刘公之来,军声大扬。不怒而威,不战而强。穷寇褫魄,远窜遐荒。公志弗懈,愈严边防。尔乃伐鼓撞钟,建羽扬旌[17]。叱咤则喷薄山岳,指顾则旋转沧溟。截水怪、驱蜃精,奔巨鳅、走长鲸,伏冈象之神奸,褫支祁之狰狞。阳侯顿戢其恶风,灵胥不鼓其狂波[18]。琴高伏日月之光景[19],海童吸阴阳之灵和。奇相助顺于沙汭[20],岷精呈曜于岩阿。骅马遁迹于重泉,水兕潜形于盘涡。龙鲤一角而驯扰,天吴九首而婆娑。沈游神蜧[21],屏息灵鼍。文魮精丽其错绮,玄蛎光生乎纤罗。楼台结乎蜃气,光芒发于若华。百灵栖息,万怪不哗。瑞蔼葱蒨珍奇孕出,玓珠璀璨绚霞映日。水晶献于冯夷之宫,冰绡贡于鲛人之室。明珠来于骊龙之渊,大贝出于鼋鼍之窟。珉玉见于析木之津,玫瑰效于金枢之穴。鸣石叩而有声,浮磬尘而不汩。又有文鹢窈窕,奇鸽连娟。白鹄跭䠙,玄鹤蹁跹。爰居之栖岛屿,属玉之下蓝田。大鹏之翮垂云,骏鸃之光竟天。是皆珍怪瑰瑰,权奇鬼化。诧希世之瑞,而壮灵海之观。

"又如飓风不作,海若大喜。平波展镜,深不见底。天朗气清,廓落万里。曜灵出于旸谷,朝暾射乎扶桑。乘蹻郁而缥缈[22],沆瀣浮而苍茫。六合清尘,王风四张。百粤厎定[23],物无灾伤。配美周京,海波不扬。若乃岛夷卉服,穷发荒陬。新罗高丽,朝鲜琉球。乌衣黑齿,穿心飞头。海外之国,类千百计。雕题文身,兽形鸟语。天界夷夏,隔绝中土。莫不梯山航海,间关长征。重译款塞,来朝圣明,献琛质子,顿首阙庭。妖氛涤荡,寰宇澄清。海无惊波,东方以宁。

"于是玉帐昼闲,高牙夜寂。鸣筲不动,刁斗不击。元戎坐笑,围棋对客。椎牛飨士,超距投石[24]。战卒解甲,健儿櫜弓[25]。水犀三千，貔狖万营。艅艎巨舰，舳舻艨艟。锦帆彩幔，青雀黄龙。莫不维缆海滨，横桨相连。高歌鼓吹，击榜叩舷。三军欢谑，喧豗彻天。或观涛于浦口，或弄潮于急湍。或试射钱塘之强弩，或戏掷驱石之长鞭[26]。渔者垂詹何之纶，投任公之钓。搜濛汜之流，穷幽眇之岛。总江豚、罗海豨，取鲲鱚、索王鳣。帆樯相戛，和歌击鲜。而或引吞舟之巨鳞，连横海之赪尾。鬐鬣插云，颅骨积垒。流膏吐涎，腥闻千里。猎者张机设网，列满坑谷。弋射海兽，奔骇驰逐。获狡兔、缚巨鹿，辚玄猿、蹴狻猊，纳肩专车，割鲜殷殷。至若海上编氓，居邻斥卤。煮海为盐，沃饶万户。经营太公，料理仲父[27]。策籍勾稽，大国以富。或采海错[28]，往来随潮。水母目鰕，屋瓦冱珧。石华海月，螺蚌鳔鮹。金齑玉脍，人竞肥膏。又若海舶大贾，易货岛外，挂席海水，冯陵渊湃。出没鱼龙，经涉神怪。关吏不诘，津卒自在。齐民之环海而居者，乐化日之普照，沐圣泽之无涯。鱼盐杂沓，烟火万家。秋熟粳稻，春荣桑麻。黄稚鼓腹而嘻游，侠少蹴躙而纷拏。吴歈越唱，激楚渝巴。挝鼓吹笙，管弦呕哑。歌士游女，联袂满车，遗簪堕珥，履舃交加。矜珠玉之满盛，斗罗绮之繁华。斯皆圣天子之宣巨化、敷伟功，运真宰、参玄穹，仁覆京邑，旁流四封，而实刘公之有大造于东也。

"是以朝廷释东顾之忧，大臣不复建靖海之策。天子举万寿之觞于上词，臣撰太平之颂于侧。高居穆清，海天宁谧，又奚必如汉武泛蓬莱之楼船，秦皇侈会稽之勒石。皇图永固，其乐无极。仆将与子偃卧海滨，览其巨丽，收其闳放，以大子之胸臆。"于是西岳山人瞿然而惊，爽然而喜，起谢曰："仆居华下，日尝登巘岩、履崔巍，以为天下之大观，自华止矣。今者观于海，复听子谈东海之胜，乃今仆自失邪。庄生河伯海若之喻讵不信哉！"

注释

〔1〕漭瀁：广大貌。

〔2〕赤县神州：中国的别称。

〔3〕三湘：湖南湘乡、湘潭、湘阴(湘源)，合称三湘。

〔4〕七泽：相传古时楚有七处沼泽。后以"七泽"泛称楚地诸湖泊。

〔5〕潢潦：地上流淌的雨水。

〔6〕谽谺(xiā)：山石险峻貌。

〔7〕崒嵂：高峻貌。

〔8〕鸿蒙：古人认为开天辟地之前，宇内是一团混沌的元气。

〔9〕淳圉：即"灵圉"，仙人名。陵阳：即陵阳子明。古代传说中的仙人。

〔10〕列缺：神话中指天上的裂缝。

〔11〕刘公：即刘江，明代抗倭名将，望海埚之战大捷，使大明王朝的海疆平静了数十年。

〔12〕方面：古指执掌一方军政职权之官。明清时指地方政府长官。

〔13〕虔刘：劫掠。元元：黎庶。

〔14〕俘馘：生俘的敌人或被杀的敌人的左耳。

〔15〕羽书：古代军事文书，插有羽毛表示紧急，必须速递。

〔16〕旰食：晚食物。政务繁忙不能按时吃饭，泛指勤于政事。

〔17〕旌：旌旗。

〔18〕灵胥：指春秋伍子胥。相传伍子胥死后为涛神，故称。

〔19〕琴高：相传为周末赵人，能鼓琴，后于涿水乘鲤归仙。

〔20〕奇相：江神名。

〔21〕蜧(lì)：古书上记载的一种能兴云雨的黑色神蛇。

〔22〕乘蹻：道家所谓风行之术。

〔23〕厎定：平治。

〔24〕超距：跳跃。古代练习武功的一种活动。

〔25〕櫜（gāo）弓：藏弓。意谓战事平息。

〔26〕驱石：指神助秦始皇驱石造桥的典故。典出《艺文类聚》卷七九引晋伏琛《三齐略记》："始皇作石桥，欲过海观日出处，于时有神人，能驱石下海，城阳一山石，尽起立……云石去不速，神人辄鞭之，尽流血，石莫不悉赤。"

〔27〕仲父：即管仲。

〔28〕海错：《书·禹贡》"厥贡盐绨，海物为错"，后因称各种海味为错。

评析

屠隆三十一岁作此赋，斯时因张时彻推荐，他结识了浙江迅海使者刘翾，立作此赋，因此名声大噪于东南。

该赋采取主客问答的形式，由西岳山人向东海生询问东海的情况开始，东海生以为耳闻不如目见，邀西岳山人共游东海，在二人的对话中展开描写。观东海巨丽之景后，东海生进一步向西岳山人深入讲述东海的历史，由此引入望海埚之战，怒斥倭寇对我国沿海的掠夺与屠杀。倭寇对中国沿海地区的侵袭，早在元朝末年就已有发生。至明朝初年，一些在日本国内斗争中失意的武士、浪人及海盗商人贪图中国财货丰富和经商厚利，与张士诚、方国珍残部及沿海盗贼勾结为寇，在中国沿海地区进行走私贸易和劫掠屠杀。从辽东到浙江再到福建，都有他们的身影，他们活动的范围涵盖了中国大部分的海域。东海生在讲述刘江安境保民的功业时亦对倭寇的掠杀进行了描写，"壮者俘馘，老弱见残。积骸如丘，流血成川"，是何等惨烈！当此之时，刘江临危受命，于辽东望海埚一战中大胜，赋中即有描述。望海埚山海环峙，历来是滨海襟喉要地，也是倭寇入侵辽东金州的必经之地，具有重要战略地位。望海埚之战的获胜使得刘江军威大显，沿海边境得以安定，于是"六合清尘，王风四张"。

"恬"有安静、安然之意。"溟海波恬"既指海波不生,风平浪静,又指平定倭寇,边境大安。此赋虽题为写海,却深入描写外敌之入侵、海防之危机,足见作者"为生民立命"的拳拳之心。

此赋采用汉大赋的写法,铺陈体物,以夸饰为能,笔势阔大。篇幅巨大,却有声有色,始终流动着一股豪情与激情,抒情议论与铺陈体物融为一体,无汉大赋"卒章显志"之弊,却比汉大赋多了些许关注民生的热忱,不失为一篇佳作。

(岳俊丽)

词编

唐五代海洋词选

拨棹歌（其三）

释德诚*

莫学他家弄钓船。海风起也不知边。风拍岸，浪掀天。不易安排得帖然[1]。

注释

〔1〕帖然：安然，平静。

评析

《拨棹歌》是释德诚所写的组词，现存三十九首，主要通过渔父的生活说明人情事理，为偈语，词风通俗易懂。

这首词开篇即言"莫学他家弄钓船"，强烈的否定句式，告诫世人

---

* 释德诚（生卒年不详），号船子和尚，今四川省人。曾驾一小舟，随缘度日。事迹见于《五灯会元》。

不要看到别人家弄钓船自己就跟着弄钓船。弄，意为从事，同时给人以轻松的感觉。所以"弄"与"莫学他家"形成对比，意为不要看到别人家在海上来来去去，就以为"弄钓船"很轻松，实际上艰辛无比。接下来，词人对"弄钓船"需要面对的恶劣环境进行了描述："海风起也不知边。风拍岸，浪掀天。"海风怒吼，却不知它起于何时，发于何处，所能看到的只是它卷起滚滚浪潮，铺天盖地，直拍岸头。这种惊天动地的巨涛骇浪，不是一个凭着羡慕之情就想弄钓船的人可以应对得了的，不是那么轻易"安排得帖然"的。

这首词借"莫学他家弄钓船"告诫世人，不要盲目随波逐流。社会的险恶甚于海上风波，海上"风拍岸，浪掀天"，人世是非更是纷繁复杂，更是"不易安排得帖然"。词中包含了作者对人生世事的参悟和对世人的警醒。

（柳卓霞）

宋代海洋词选

南歌子·八月十八日观潮，和苏伯固二首（其一）

苏轼

海上乘槎侣[1]，仙人萼绿华[2]。飞升元不用丹砂[3]，住在潮头来处、渺天涯。　　雷辊夫差国[4]，云翻海若家[5]。坐中安得弄琴牙。写取余声归向、水仙夸[6]。

注释

〔1〕乘槎：晋代张华《博物志》记载天河与海相通，每年八月有浮槎来往。有人乘槎至天界，并与牵牛晤谈。返回后，至蜀，严君平告之曰：某年月日有客星犯牵牛宿，计之，正是此人到天河之时。

〔2〕萼绿华：仙女名，据《太平广记》记载，其年二十许，上下青衣，颜色绝整。

〔3〕丹砂：道士炼制丹药需要的材料。

〔4〕雷辊：传说打雷是雷神之车运转时发出的声音。辊，指车轮快速运转。夫差：春秋时期吴国国君。

〔5〕海若：传说中的北海之神。

〔6〕水仙：《水仙操》，相传是俞伯牙在蓬莱观海潮时有感而作的名曲。

评析

  钱塘江潮自古闻名遐迩。苏轼酷爱游赏各地名胜，在杭州任职时，对钱塘江情有独钟。苏伯固，即苏坚，号后湖居士，泉州（今福建）人。宋哲宗元祐年间，苏轼在杭州任知州时，苏伯固以临濮县主簿监杭州临时税官。苏伯固与苏轼交往颇密，感情深厚，唱和甚多。《南歌子》是在钱塘江观潮时，苏轼与苏伯固的唱和之作。

  农历的八月十八日，太阳、月球、地球几乎处于一条直线上，所以这天海水受到的引力最大。浙江沿海一带夏秋季节常刮东南风，风向与钱塘江潮水基本一致，也会助长潮势，故八月十八日的江潮较平时更为壮观。观潮成为当地的一大习俗。词人开篇以神话传说写海潮滚滚滔滔，汹涌澎湃，从天际而来，像是仙女萼绿华的邀请。作者没有将钱塘江潮水铺天盖而来的场面描写得骇人眼目，而是写成仙女的邀请，表现了欣喜之情。看到苍茫一片、水天相接的景观，词人惊叹原来飞升成仙，到天庭一游根本不需要炼制什么丹药，海潮的来处，就是天涯的所在呀。这几句想象奇特而富有趣味。"雷辊夫差国，云翻海若家"，写江潮如云翻滚，声势如雷贯耳，惊天动地。词人感叹俞伯牙在蓬莱观海潮后作名曲《水仙操》，观钱塘江潮也同样能使人领悟到大自然的伟力，助人涤除尘世杂念。这首词写钱塘江潮，由远及近，由水天相接的气势到声如巨雷的声势；同时展现了作者观潮时激荡澎湃和喜悦的心情。整首词情景交融，神气完备。

（柳卓霞）

减字木兰花·读《神仙传》

李纲*

茫茫云海，方丈蓬壶何处在[1]。拟泛轻舟，一到金鳌背上游[2]。琼楼珠室，千岁蟠桃初结实[3]。月冷风清，试倩双成吸玉笙[4]。

注释

〔1〕方丈蓬壶：道教传说中的海上仙山。

〔2〕金鳌：传说中的海中巨龟。《列仙传》记载："巨灵之鳌，背负蓬莱之山，而抃舞戏沧海之中。"

〔3〕蟠桃：仙桃，传说王母娘娘生日之际群仙以仙桃祝寿。

〔4〕双成：仙女董双成，西王母的侍女，擅吹笙。

评析

《神仙传》是一部志怪小说集，相传为晋代葛洪所撰写。书中收录了许多神话故事和仙人事迹，如彭祖、魏叔卿、张道陵等，情节奇特生动。本首词是李纲读《神仙传》后有感而作，风格轻松明快。

词作开篇发问：漫无边际的茫茫云海中，传说的方丈、蓬莱在哪里呢？作者打算乘坐小舟，到达仙山，骑上巨鳌，遨游于沧溟。词的下阕写作者想象自己在仙山上的见闻：游览了仙人居住的琼楼珠室；看到千年蟠桃树刚刚结出的果实；夜晚月冷风清，又欣赏到了仙女双成吹奏

---

* 李纲（1083—1140），字伯纪，号梁溪先生，江苏无锡人，宋朝抗金名臣。李纲工诗、文、词，尤以咏史等题材最为擅长。词风以豪放为主。有《梁溪先生文集》《靖康传信录》《梁溪词》。

的美妙音乐。宋钦宗靖康元年（1126）金兵攻入汴京，李纲时任京城守御使，他组织民众击退金兵。宋高宗即位，李纲担任宰相，力图革新内政，但仅仅七十七天即遭罢免。绍兴二年（1132），李纲被起用，担任湖南宣抚使兼知潭州，旋即又被罢官。李纲多次上疏条陈抗金大计，都未被采纳。李纲在这首词中写自己读《神仙传》后天马行空的想象，实际蕴含了在现实中的郁郁不得志。李纲性情豪迈，词风亦明快晓畅。

（柳卓霞）

水龙吟·次韵任世初送林商叟海道还闽中

李纲

际天云海无涯，径从一叶舟中渡。天容海色[1]，浪平风稳，何尝有飓。鳞甲千山，笙镛群籁[2]，了无遮护。笑读君佳阕，追寻往事，须信道，忘来去。　　闻说钓鲸公子[3]，为才名、鹗书交举[4]。高怀淡泊，柏台兰省[5]，留连莫住。万里闽山，不从海道，寄声何处？怅七年契阔，无因握手，与开怀语。

注释

〔1〕天容海色：出自苏轼《六月二十日夜渡海》："云散月明谁点缀，天容海色本澄清。"

〔2〕笙镛：乐器。籁：声响。

〔3〕钓鲸公子：钓鲸客，古人常以"钓鳌""钓鲸"形容志向高远、抱负远大。

〔4〕鹗书交举：三国孔融《荐祢衡表》有："鸷鸟累百，不如一鹗。使衡立朝，必有可观。"后以"鹗荐"指推荐人才。

〔5〕柏台：御史台。汉御史府列植柏树，常有乌鸦栖息其上，后以

柏台称御史台。兰省：即兰台，唐初改秘书省为兰台。

评析

次韵，也称步韵，是诗词写作的一种方式，即按照原诗的韵和用韵次序来进行创作。在李纲《水龙吟》之前，任世初应有一首词作送别林商叟取海道归闽中。

"际天云海无涯"，目力所及处，水天相接，云海苍茫，"径从一叶舟中渡"，一叶小舟独自在天际漂泊。天空和海色一片澄明，风平浪静，既没有险恶的波浪如"鳞甲千山"，也没有惊骇的涛声如"笙镛群籁"，一切都安宁静谧。展开好友林商叟寄来的佳作，追忆往事，作者会心、惬意、舒心一笑。林商叟声名远播，多次被朝廷引荐，但因其淡泊名利、无心官场，故取海道回归闽中故里。词人对于与林商叟相交相知七年，却"无因握手，与开怀语"，未能当面送别，深表遗憾和惋惜。这首词写景、抒情、叙事相融合，顺序、倒叙穿插运用，笔法婉转曲致，境界阔大，情感真挚。

（柳卓霞）

鹧鸪天·癸酉吉阳用山谷韵

胡铨[*]

梦绕松江属玉飞[1]，秋风莼美更鲈肥。不因入海求诗句，万里投荒亦岂宜[2]。　　青箬笠，绿荷衣。斜风细雨也须归。崖州险

---

[*] 胡铨（1102—1180），字邦衡，号澹庵，吉州（今江西省吉安市）人。南宋政治家、文学家，与李纲、赵鼎、李光并称为"南宋四名臣"。历任抚州军事判官、枢密院编修官、兵部侍郎等，以资政殿学士致仕。卒追赠通议大夫，谥忠简。有《澹庵集》。

似风波海[3],海里风波有定时。

注释

〔1〕松江:即吴淞,由今江苏苏州吴江区东流至上海与黄浦江交汇,是太湖三大支流之一。属玉:水鸟,体型比鸭子大,长颈赤目,紫绀色。

〔2〕万里投荒:黄庭坚《醉蓬莱》有:"万里投荒,一身吊影,成何欢意?"诗中指作者因被妥协派诬陷而遭受贬谪。

〔3〕崖州:现在的海南省三亚市崖州区。

评析

这是作者被贬谪海南吉阳时所作的一首词。癸酉,即宋高宗绍兴二十三年(1153)。吉阳,位于现在的海南岛。山谷,北宋著名文学家黄庭坚。用韵,和韵创作诗词的一种方法,以原诗的韵脚为韵脚,但可以不按照原诗的用韵次序写作。

胡铨是南宋主战名将,反对宋金议和,但当时主和派秦桧等人在朝廷占据优势,胡铨被贬至福州。宋金和议后,胡铨再被贬往现在的广东新兴县。胡铨在被贬途中所赋《好事近》一首,其中有"欲驾巾车归去,有豺狼当辙",被郡守张棣曲解,向朝廷检举其"谤讪、怨望"。胡铨被移谪到更为荒僻的吉阳军,就是现在的海南省三亚市崖州区。

"秋风鲈肥"的典故出自《晋书·张翰传》:"齐王冏辟(张翰)为大司马东曹掾……翰因见秋风起,乃思吴中菰菜、莼羹、鲈鱼脍,曰:'人生贵得适志,何能羁宦数千里以要名爵乎?'遂命驾而归。""梦绕松江属玉飞,秋风莼美更鲈肥",写作者远在他乡,秋风渐起时,梦见成群的属玉鸟在吴淞江上空自由飞翔,想念起家乡的美食莼羹和鲈鱼。但作者接着写道:"不因入海求诗句,万里投荒亦岂宜?"表明作者不会被人为捏造的"文字案"吓倒,不会因为遭受贬谪就懊恼沮丧,万事皆废,他要借此机会入海寻觅,写出更好的作品,表达了绝不服输的精神和誓死不屈的勇气。唐人张志和《渔歌子》有:"青箬笠,绿蓑衣,斜风细雨不须归。"词人化用其词但是反用其意,言"斜风细雨也须归"。张志和词作表达了隐居的悠然生活。胡铨的"归"则表明他绝不向政敌妥协,坚信自己定会回到朝廷,一展抱负。吉阳处崖州,面临大海,波涛汹涌澎湃,令人触目惊心,故作者有"崖州险似风波海",但词人也相信"海里风波有定时"。这两句实以海上风波比喻政治环境,虽当下局势险恶,但朝廷终有清明之时,国家终有统一之日,自己也定会得到昭雪,与上文"斜风细雨也须归"相呼应。

(柳卓霞)

朝中措·黄守座上用六一先生韵

胡铨

崖州何有水连空[1],人在浪花中。月屿一声横竹[2],云帆万里雄风。　　多情太守,三千珠履[3],二肆歌钟[4]。日下即归黄霸[5],海南长想文翁[6]。

注释

〔1〕崖州:现在的海南省三亚市崖州区。

〔2〕月屿:月牙状的岛屿。横竹:笛子。

〔3〕三千珠履:《史记·春申君列传》记载:"赵使欲夸楚,为玳瑁簪,刀剑室以珠玉饰之,请命春申君客。春申君食客三千余人,其上客皆蹑珠履以见赵使,赵使大惭。"

〔4〕肆:古代编悬乐器的单位,悬钟十六为肆。

〔5〕日下:古代称天子居住的京都为日下。黄霸:西汉名臣,曾任颍川太守和扬州刺史,官至御史大夫、丞相。西汉时官吏尚严苛,黄霸

任地方长官时却以宽和著称。

〔6〕文翁：西汉时蜀地郡守，建校修学，主张教化，使蜀地文化大兴。汉武帝时下令全国设立地方学校，始于文翁。

评析

  这首词是胡铨被贬海南崖州时所作。黄守，应为崖州的地方长官，生平事迹不详。六一先生，北宋著名文学家欧阳修，晚年自号六一居士。欧阳修曾作《朝中措》(平山栏槛倚晴空)，胡铨即用此韵。

  宋金议和后，胡铨因力主抗战被妥协派诬蔑，谪于崖州。崖州面临大海，人民靠海为生，故到处所见皆是"人在浪花中"。这首词以"崖州何有水连空"开篇，突兀，又引人入胜。崖州有什么呢？放眼一看，"水连空"，到处一片海天茫茫。但实际并非如此。作者像一位导游，向读者讲解着崖州的风土人情。在近处，可以看到有人在浪花中自由搏击，可以听见从海岸上传来的悠扬笛声；放眼远观，则可以看到海面上云帆片片，万舸争流。崖州这个地处天涯海角的偏僻之所，为什么会民风如此淳朴，人民如此安宁呢？因为当地的太守多情，移风易俗，倡导文教，施行宽和之政。词的上片写人情、景致，下片写县治，赞太守，写景叙事一气贯注，词风和畅、典雅。

（柳卓霞）

采莲令(延遍·寿乡词)

史浩*

霞霄上,有寿乡广袤无际。东极沧海,缥缈虚无,蓬莱弱水[1]。风生屋浪,鼓楫扬旌[2],不许凡人得至。甚幽邃。　试右望金枢外[3]。西母楼阁,玉阙瑶池。万顷琉璃。双成倩巧[4],方朔诙谐[5]。来往徜徉,霓裳飘飖宝砌[6]。更希奇。

注释

〔1〕蓬莱:道教传说中的海上仙山。弱水:古时许多浅而湍急的河流不能用舟船而只能用皮筏过渡,古人认为是由于水羸弱而不能载舟,因此把这样的河流称之为弱水,后来用来泛指险而远的河流。

〔2〕扬旌:挥舞旗帜。

〔3〕金枢:天枢,古代称北斗的第一颗星为天枢。

〔4〕双成:董双成,传说中西王母的侍女,擅吹笙。

〔5〕方朔:东方朔,西汉时人,以诙谐滑稽、能言善辩、博览广识著称。

〔6〕霓裳:古代的舞曲名《霓裳羽衣曲》,也指衣裙。

评析

史浩《鄮峰真隐漫录》中有《寿乡记》:"寿乡去尘世不知几千万

---

* 史浩(1106—1194),字直翁,号真隐。明州鄞县(今浙江省宁波市)人。历任国子博士、参知政事、尚书右仆射,为昭勋阁二十四功臣之一。史浩词多应景之作。有《鄮峰真隐漫录》,其中保存了许多宋代大曲的歌辞和他个人创作的大曲歌辞。

里，以东为境，以福为基，以道德为习俗。"《采莲令》(寿乡词)，分为延遍、撷遍、入破、衮遍、实催、衮、歇拍、煞衮，共八个部分，以海上仙山、仙境、仙人之乐写世俗之乐，实为歌功颂德的应景之作。

这首词的上片写在人世之外有蓬莱仙境，广袤无垠，而为弱水所阻，波涛所隔，甚为幽深、遂远、神秘，非人力所能及。词的下片描写仙境之乐。仙境豪奢华丽，有玉阙瑶池、西母宝阁、万顷琉璃；仙界其乐融融，有美貌的仙女如董双成、博学诙谐的辩士如东方朔，珠光宝气，载歌载舞，嬉笑娱乐。词的上片以寿乡"甚幽邃"设置悬念；下片着力描绘仙境之乐后又以"更希奇"收束，给读者留下无限遐想。

（柳卓霞）

木兰花慢

辛弃疾*

中秋饮酒将旦，客谓前人诗词有赋待月无送月者，因用《天问》体赋。

可怜今夕月[1]，向何处，去悠悠？是别有人间，那边才见，光影东头？是天外。空汗漫，但长风浩浩送中秋。飞镜无根谁系？姮娥不嫁谁留[2]？　　谓经海底问无由，恍惚使人愁。怕万里长鲸，纵横触破，玉殿琼楼。虾蟆故堪浴水，问云何，玉兔解沉浮[3]？若道都齐无恙，云何渐渐如钩？

---

* 辛弃疾(1140—1207)，字幼安，号稼轩，山东济南人。辛弃疾是南宋豪放派词人，与苏轼并称"苏辛"，与李清照并称"济南二安"。辛弃疾生于金国，少年时抗金归宋，曾任江西安抚使、福建安抚使等职。卒后追赠少师，谥忠敏。有词集《稼轩长短句》。

注释

〔1〕可怜：可爱。

〔2〕姮娥：嫦娥。

〔3〕玉兔：传说住在月宫中的神兔。

评析

《天问》是战国屈原所作的一首长诗，诗中作者向上天提出一百七十多个问题，想象瑰玮奇特。辛弃疾的《木兰花慢》仿效《天问》，以问题成篇。作者在序文中说明，时值中秋，因"前人诗词有赋待月无送月者"，故作此词以送月，写月亮西沉以后的情景。

词作首句即提问，"可怜今夕月，向何处，去悠悠"，美丽的月亮要飞向何处去呢？悠悠然地不为世人所知晓。然后作者抓住月亮沉落后的去向继续发问，月亮是不是进入到另外一个"别有人间"的世界去了呢？在那个世界里，月亮是不是刚刚升起呢？或者是浩浩长风带着月亮飞到天外广阔无边的宇宙中去了吗？或者是谁用一根看不见的长绳把它系住了吗？传说后羿的妻子姮娥窃取长生不死药，离开人间独居于月亮的广寒宫中。月宫里的嫦娥直到现在都没有再出嫁，是谁把她留住了吗？抑或是她想留住些什么吗？有人说月亮沉落后会经过海底，这也无从追问。如果月亮真的经过海底，也是令人担忧的。"怕万里长鲸，纵横触破，玉殿琼楼"，海中的万里长鲸纵横冲撞，会触破月宫中的玉殿琼楼。月宫中的虾蟆自然不用担心，但是玉兔何曾会游泳呢？词人继续奇思妙想，如果月宫中的一切都安然无恙，那又为何会有月圆月缺呢？月亮又为何会变成弯钩的模样呢？

词作中，词人一连串的发问天马行空、浪漫新奇，又充满童趣，实际蕴含了对国事的感慨。古人以月圆寄予合家团圆之意。南宋偏安一隅，在与金朝等政权的对峙中一直处于劣势，南北统一始终是主战派大臣的心结，但无奈主和派在朝廷中占据优势。辛弃疾的仕途沉浮与金宋和战密切相关。在这首词中,作者看着美丽的圆月,追问它到底去向何方,实际是追问南北的团圆到底何时才能成为现实,但是一切都无从回答,到头来还是"渐渐如钩",充满了无奈。

(柳卓霞)

水龙吟·为梦庵寿

高观国*

夜来曾跨青虬[1],海风袅袅吹襟袖。蓬莱误入,群仙争问,刘郎安否[2]。玉尘冰壶,日庭星角[3],孕成奇秀。看丹分宝鼎[4],箓传秘笈[5],闻重寄、长生酒。　　归梦惊回晓漏。正长庚、辉躔南斗[6]。祥开华旦[7],菊香秋杪[8],枨黄霜后[9]。笔扫龙蛇[10],句裁螭锦[11],俊才谁右[12]。看功勋绣衮[13],家声再振,数千龄寿。

注释

〔1〕青虬:传说中的龙。

〔2〕刘郎:东汉刘晨。相传刘晨和阮肇入天台山采药,受仙女的邀请逗留半年,回家后,子孙已历七世。

〔3〕日庭:天庭饱满。星角:额角奇伟。

〔4〕丹分宝鼎:道家在鼎炉中炼制丹药。

〔5〕箓:道家的秘籍。

〔6〕长庚:金星,又名太白星、启明星。躔:日月星辰运行的轨迹。

〔7〕华旦:美好的日子。

---

* 高观国,字宾王,号竹屋。浙江山阴人。与史达祖友谊甚厚,交相唱和,一时并称。有《竹屋痴语》。

〔8〕杪：树梢。

〔9〕柽：橙橘一类的果实。

〔10〕笔扫龙蛇：形容书法出众。

〔11〕螭锦：传说中的一种龙。古人以龙鳞、龙锦比喻文辞绚烂。

〔12〕谁右：古代以右为上，谁右即谁能超过的意思。

〔13〕绣衮：古代高级官员上朝、办公时所穿的袍服。

评析

梦庵，生平事迹不详。这是高观国为祝贺梦庵诞辰所作的祝寿词。词以刘晨登海上仙山与仙女相遇的故事开篇，接下来写梦庵的出生富有神奇色彩，天庭饱满，有康健长寿的福相。词的下片写梦庵成年后蜚声文坛，名震朝野，光宗耀祖。最后并祝梦庵"数千龄寿"。整首作品用辞华美富赡，叙写明朗，笔致曲折，富有生气。

（柳卓霞）

满江红·齐云月酌

卢祖皋[*]

楼倚晴空，炎云净、晚来风力。沧海外、等闲吹上，满轮寒璧[1]。河汉低垂天欲近，乾坤浩荡秋无极。凭阑干、衣袂拂青冥，知何夕。　　登眺地，追畴昔[2]。吴越事[3]，皆陈迹。对清光只有，醉吟消得。万古悠悠惟月在，浮生衮衮空头白。自骑鲸、仙去有谁知[4]，遥相忆。

---

[*] 卢祖皋（约1174—1224），字申之、次夔，号蒲江，今浙江省温州市人。南宋宁宗庆元五年（1199）进士，历任淮南西路池州教授、秘书省正字、校书郎、著书郎、权直学士院等。

注释

〔1〕寒璧：指月亮。

〔2〕畴昔：往昔。

〔3〕吴越事：春秋时期吴王夫差和越王勾践争霸。

〔4〕骑鲸：扬雄《羽猎赋》云："乘巨鳞，骑京鱼。"李善注："京鱼，大鱼也，字或为鲸。鲸亦大鱼也。"后来以骑鲸比喻隐遁或游仙。

评析

齐云，苏州长洲县齐云楼。月酌，对月饮酒。登上齐云楼远眺，晴空万里，风光无限。傍晚时分，云彩去无踪迹，清风徐徐，圆圆的满月似乎是被海风吹来的一般。从"晴空"到"晚来"再到"满轮寒璧"，说明已经从白天进入夜晚，词人在齐云楼已酌饮多时。作者凭栏远眺，望着满月，不禁想用"衣袂拂青冥"，要触摸一下高远的天空，问问今夕是何夕。其实并非作者不知道今夕是何夕，而是感慨在月升月落、月圆月缺的循环中，月亮经历了多少岁月、多少时光。对着月亮的清光，作者举杯感叹，吴王夫差、越王勾践都已经消失在历史中，成为陈迹。在万古长存的月光中，在永恒的自然面前，华发苍颜，人的一生如白驹过隙。由此，作者不禁生出不如骑鲸遁去、求仙访道之想。

词人对月抒怀，感叹自然的永恒与人生的短暂虚无，风格苍劲，写景尤气象阔大。

（柳卓霞）

水龙吟·题天风海涛呈潘料院

严仁*

飙车飞上蓬莱[1],不须更跨琴高鲤[2]。砉然长啸[3],天风颎洞,云涛无际。我欲乘桴[4],从兹浮海,约任公子[5]。办虹竿千丈,辖钩五十,亲点对、连鳌饵。　谁榜佳名空翠。紫阳仙[6]、去骑箕尾[7]。银钩铁画,龙拿凤鸯,留人间世。更忆东山[8],哀筝一曲,洒沾襟泪。到而今,幸有高亭遗爱[9],寓甘棠意[10]。

注释

〔1〕蓬莱:道教传说中的海上仙山。

〔2〕琴高:战国时赵国人,擅长鼓琴。干宝《搜神记》记载,琴高从彭祖学习长生不老术,来往于冀州、涿郡间二百多年。某日,欲入涿水取龙子,与家中子弟约定归还日期及相会地。至期,见其乘赤鲤鱼从水中出。月余,复入于水。

〔3〕砉然:水声巨大。

〔4〕乘桴:孔子曰:"道不行,乘桴浮于海。"后世以乘桴表示避世隐居。桴,木筏。

〔5〕任公子:见于《庄子·物外》,会稽山善钓之人,以大钩、巨绳、五十头牛为饵,垂钓于东海。

〔6〕紫阳仙:朱熹曾讲学于紫阳书院,在鼓山大顶峰磐石上书"天风海涛"四个大字。

〔7〕箕尾:传说是位于箕星和尾星之间的一颗星星,傅说死后升天

---

* 严仁,字次山,号樵溪,福建人。1200年即宋宁宗庆元年间在世,事迹不详。与同族严羽、严参并称"三严"。严仁擅长作词,有《清江欸乃集》,不传。

而化。

〔8〕东山：指赵汝愚（1140—1196），字子直，饶州人。南宋宗室名臣、学者，昭勋阁二十四功臣之一。赵汝愚早有大志，历迁集英殿修撰、吏部尚书等。宋孝宗崩，适光宗寝疾，不能执丧，乃遣韩侂胄以内禅意请于宪圣太后，奉嘉王赵扩即皇帝位，是为宋宁宗。后任右相，不久遭到构陷，被贬为宁远军节度副使。

〔9〕遗爱：留于后世被人追怀的德行、贡献等。

〔10〕甘棠：杜梨、棠梨。诗中指《诗经·召南·甘棠》中表达的怀念之意。

评析

这首词描写了福建鼓山天风海涛的美景。天风海涛被称为鼓山一绝。明代杨慎评价："赵汝愚题鼓山寺云：'几年奔走厌尘埃，此日登临亦快哉。江月不随流水去，天风常送海涛来。'朱晦庵摘其中'天风海涛'四字题匾，人莫知为赵公诗也。严次山有《水龙吟》题壁（词略）。前段言江山景，后段紫阳仙去指文公、东山甘棠指赵公也。赵诗、朱字、严词，可谓三绝。"

《水龙吟》上阕描写鼓山的壮美景象。因为有巨大的天风相助，所以乘飙车即可遨游海上，到达仙山，不需要像琴高一样乘鲤鱼往来。"喜然长啸，天风顽洞，云涛无际"，长风破浪，云海茫茫的景象不禁让人产生了乘桴出海之念，故有"从兹浮海，约任公子。办虹竿千丈"。从景到情，皆高远壮伟，紧扣"天风海涛"四字。词的下阕则转入写鼓山人文的昌盛，朱熹和赵汝愚皆在此题诗留字，他们是德行高洁的典范，彪炳千古，为后世景仰。

《水龙吟》上阕写江山胜景，下阕写历史人文，寄寓感慨；写景则景壮，写情则情深，故明代杨慎评价其为"鼓山一绝"。

（柳卓霞）

西河·和旧韵

吴潜*

都会地,东南盛府堪记。蓬莱缥缈十洲中,雉城拥起[1]。凭高一盼大江横,遥连沧海无际。　　壁同众山翠倚。赤龙、白鹢争系[2]。风帆指顾便青齐[3],势雄万垒。越栖吴沼古难凭[4],兴亡都付流水。　　画堂绮屋锦绣市。是洛阳、耆旧州里。富贵荣华当世。问昔年、贺老疏狂[5],何事轻寄平生、烟波里。

注释

[1]雉城:城墙,古代以雉为城墙丈量单位,长三丈、高一丈为一雉。

[2]赤龙、白鹢:船名。

[3]青齐:青州和齐州。

[4]越栖吴沼:春秋时期吴王夫差与越王勾践争霸。

[5]贺老:贺知章,唐朝著名诗人,被称为"四明狂客",晚年告老还乡,归浙江隐居。

评析

这首词共三片。第一片写钱塘江所处杭州似缥缈的仙岛,如梦如幻。在钱塘高处远眺,可一览大海的苍茫无际。第二片承上启下,承上写海

---

* 吴潜(1195—1262),字毅夫,号履斋,安徽人。宋宁宗嘉定十年(1217)举进士,历任承事郎、江东安抚留守、参知政事,右丞相兼枢密使等。宋理宗开庆元年(1259),蒙古兵进攻鄂州,吴潜被任为左丞相,封庆国公,后改许国公,被贾似道等人排挤,罢相,谪建昌军,徙潮州、循州。吴潜与姜夔、吴文英等人友善,词风接近于辛弃疾。有《履斋遗集》《履斋诗余》。

上景致，启下写历史变迁。海中岛屿罗列，葱葱郁郁。海上千帆竞渡、万舸争流，气势如虹，向青州、齐州方向进发。面对此情此景，词人感叹，正如大江东去，吴越争霸的历史已成过往，不留任何痕迹。第三片承接第二片继续抒发对人世迁移的感慨，但与第二片侧重历史不同，第三片侧重当下。现在"画堂绮屋锦绣市"里享受安逸的都曾是洛阳旧都之人。虽然朝廷偏安，但他们仍然过着锦衣玉食、纸醉金迷的生活。面对世人的沉迷，作者想到当年隐居杭州的贺知章，"问昔年、贺老疏狂，何事轻寄平生、烟波里"。为什么知名当世，却告老还乡，寄情江海呢？这首词融写景、叙事、议论、抒情于一体，词风苍劲，气象磅礴。

（柳卓霞）

水调歌头·题斗南楼和刘朔斋韵

李昂英*

万顷黄湾口[1]，千仞白云头[2]。一亭收拾，便觉炎海豁清秋。潮候朝昏来去，山色雨晴浓淡，天末送双眸。绝域远烟外，高浪舞连艘。　　风景别，胜滕阁[3]，压黄楼[4]。胡床老子[5]，醉挥珠玉落南州。稳驾大鹏八极[6]，叱起仙羊五石[7]，飞佩过丹丘[8]。一笑人间世，机动早惊鸥[9]。

注释

〔1〕黄湾：黄木湾，在今天的广州东郊黄埔。唐宋时期，黄木湾一

---

* 李昂英（1201—1257），字俊明，号文溪。广东番禺人。南宋名臣。李昂英早年师从崔与之，主修《春秋》。历任福建汀州推官、太学博士、龙图阁待制、吏部侍郎等职。有《文溪集》《文溪词》等。

带是广州的外港，中外商船往来贸易在此停泊。

〔2〕白云：广州城北的白云山。

〔3〕滕阁：江西南昌的滕王阁。

〔4〕黄楼：湖北武汉的黄鹤楼。

〔5〕胡床老子：晋朝庾亮曾于秋夜登武昌南楼，坐胡床与诸人谈咏，高兴地说："老子于此处兴复不浅。"胡床：一种可折叠的躺椅。

〔6〕八极：八方极远处。

〔7〕仙羊五石：《太平寰宇记》记载，周夷王时有五位仙人，分别骑着口衔六支谷穗的羊降临广州，把谷穗赠给当地人，保佑此地没有饥荒。仙人言罢隐去，五羊化石。广州因此又名羊城。《神仙传》记载，有位叫黄初平的牧羊人，随道士入金华山石室中学道。其兄寻来，只见白石，不见有羊。黄初平对石头喝了一声："羊起。"周围的石头都变了羊。"叱起仙羊五石"合用这两个典故。

〔8〕飞佩：仙人的玉佩，传说系上它便可飞行。丹丘：神仙居住的地方。

〔9〕机动早惊鸥：《列子》记载，古时海上有好鸥鸟者，每从鸥鸟游，鸥鸟至者以百数。其父说："吾闻鸥鸟皆从汝游，汝取来吾玩之。"次日至海上，鸥鸟盘旋不下。机，即机心。

评析

刘朔斋是南宋名臣，曾任礼部侍郎、中书舍人。斗南楼位于广州，建于宋徽宗建中靖国年间。和韵是诗词创作的一种方法，即以所和作品的韵脚为韵脚进行创作。据词作可知，刘朔斋曾在斗南楼题词，作者即用其韵。词的上片写在斗南楼凭栏远眺，千里沧海，万仞高峰尽收眼底，江山胜景一览无余，使人顿觉神清气爽，胸襟舒畅。一天之中，海潮有早涨晚落，山色也有阴晴晦明的变化。万里之外，往来贸易的商船从天际而来，在烟波浩渺的海面上穿梭。词的下片写斗南楼的景致远胜于滕王阁和黄鹤楼。到这里,有腾云之感,像远离尘世,在仙境中遨游一般。据《广东通志》载,于此可以"东瞰扶胥浴日之景,西望灵洲吞纳之雄,南瞻珠海,北倚越台。森列万象,四望豁然"。此词气势磅礴,纵横捭阖,使人有凌云之想。

(柳卓霞)

瑞龙吟(黄钟商,俗名大石调,犯正平调)·蓬莱阁
吴文英*

　　堕虹际。层观翠冷玲珑,五云飞起。玉虹萦结城根,澹烟半野,斜阳半市。　　瞰危睇。门巷去来车马,梦游宫蚁[1]。秦鬟古色凝愁,镜中暗换,明眸皓齿。　　东海青桑生处,劲风吹浅,瀛洲清泚。山影泛出琼壶[2],碧树人世。枪芽焙绿[3],曾试云根味。岩流溅、涎香惯揽,娇龙春睡。露草啼清泪。酒香断到,文丘废隧[4]。今古秋声里。情漫黯、寒鸦孤村流水。半空画角,落梅花地[5]。

注释

　　[1]梦游宫蚁:取自唐朝李公佐《南柯太守传》。一个叫淳于棼的人梦见自己到了大槐安国,娶公主,做高官,享尽荣华富贵。公主死后,淳于棼为人所诬,下狱论死。梦醒后,淳于棼发现大槐安国是大槐树下一群蚂蚁的洞穴。

　　[2]琼壶:海上仙山。

---

* 吴文英(约1200—约1260),字君特,号梦窗,晚年又号觉翁,四明(今浙江省宁波市)人。吴文英一生漂泊,多居于苏州、杭州,晚年亦曾客居越州,先后为浙东安抚使吴潜及荣王赵与芮门下客。有《梦窗词集》。

〔3〕枪芽：茶叶尖尖的嫩芽。焙：微火烘烤。

〔4〕文丘废隧：古代称文人的墓地为文丘，亡国之社为废隧。

〔5〕落梅花：郭茂倩《乐府诗集》云"《梅花落》，本笛中曲也"。

评析

黄钟商，词的调式，为正平调。蓬莱阁，指浙江绍兴卧龙山的蓬莱阁。《舆地纪胜》记载："绍兴郡治在卧龙山上，蓬莱阁在郡治厅后，取元微之'谪居犹得近蓬莱'句也。"蓬莱阁为东南名胜之一，五代时吴越王钱镠所建，曾在南宋末年被毁，后重新修建。

这首词共三片。第一片写蓬莱阁处于层云之间，云雾缭绕，翠冷玲珑，澹烟半野，如梦如幻。第二片写从蓬莱阁俯瞰，街亭巷市，车水马龙，芸芸众生，像在蚁宫中梦游一般。无论是熙熙攘攘的"门巷去来车马"，还是独倚危楼，"镜中暗换，明眸皓齿"，人世的荣华富贵、青春年少，不过是一瞬之间，稍纵即逝。第三片写海风依然，仙境依然，山影婆娑依旧倒影海面，一切都没有变化；但是人间世事无常，沧海桑田，令人不胜怅惘。故作者宕开一笔"寒鸦孤村流水""落梅花地"，以景收束全篇，韵味悠远。

（柳卓霞）

沁园春·登候涛山

楼杶[*]

开辟以来，便有此山，独当怒涛。正秋空万里，寒催雁信，尘寰一簇，轻等鸿毛。小可诗情，寻常酒量，到此应须分外豪。难

---

[*] 楼杶，字叔茂，号梅麓，今浙江省宁波市人。南宋端平、淳祐年间人，曾知泰州军事。

为水,算平生未有,此番登高。　　飘飘。身踏金鳌[1]。笑终日风波无限劳。看樯乌缥缈,帆归远浦,鏖鱼杂沓,网带余潮。待约诗人,相将月夜,取次携杯持蟹螯。乘桴意[2],问谁人领解,空立亭皋。

注释

〔1〕金鳌:传说中的海中巨龟。《列仙传》记载:"巨灵之鳌,背负蓬莱之山,而抃舞戏沧海之中。"

〔2〕乘桴:孔子曾言:"道不行,乘桴浮于海。"后世多用以表示隐居之意。

评析

候涛山,即浙江宁波招宝山,山势峻险,景色秀丽,因其波涛汹涌,骇浪滔天,名候涛山;又因其山巅原建有"插天鳌柱塔",又称鳌柱山;又因其海口"商舶所经、百舲交集",又称招宝山,寓"招财进宝"之意。

起句"开辟以来,便有此山",写候涛山劈空而来,久远地、雄壮地矗立在海边,"独当怒涛",以一山之力,阻挡汹涌澎湃的"怒涛"。"独"和"怒"形成对比,凸显候涛山的雄壮。正值秋高气爽,万里晴空,大雁南飞,作者满怀诗情,携带佳酿,登上候涛山,感悟到何为"曾经沧海难为水",不禁产生"到此应须分外豪"的心情,与候涛山"独当怒涛"的气概相当。词的下阕,作者主要描写在候涛山上的所见所感。登上候涛山,不仅会有脚踏金鳌、飘飘飞翔之感,也会生出对整日忙忙碌碌、在宦海中奔波的自嘲。看着远处模糊的樯桅,片片船帆向岸边靠近,渔父捕鱼的网上还带着海潮的气息。作者想约会诗友,在月夜共享蟹螯,开怀畅饮,但又转念细想,有谁真正懂我"乘桴"的心意呢?只有自己独立亭皋而已。

这首词写景,苍劲壮伟中有平静疏淡;抒情,豪迈顿挫中有细腻散淡。情景交融,韵味深永。

(柳卓霞)

望海潮·拱日亭

陈德武*

山涯海角,天高地厚,长安举首何妨[1]。万水朝宗[2],众星环极[3],平生此志无忘。亭上一翱翔[4]。见烟收雾敛,凤骞龙骧。海色沧凉,金乌拍翅上扶桑[5]。　遥瞻咫尺清光。物无遐不烛,有隐皆彰。发篋心劳,之官路远,篙师又促归航。不敢久徜徉。抱梧桐绮实[6],葵藿心肠[7]。假我双翰,一朝飞上五云乡[8]。

注释

〔1〕长安:意指君王所在的帝京,南宋都城临安。

〔2〕万水朝宗:古代诸侯春、夏朝见天子为朝宗,后来泛指臣下朝见帝王。《周礼·春官·大宗伯》曰:"春见曰朝,夏见曰宗,秋见曰觐,冬见曰遇。"又《尚书·禹贡》有:"江汉朝宗于海。"孔颖达疏云:"朝宗是人事之名,水无性识,非有此义。以海水大而江汉小,以小就大,似诸侯归于天子,假人事而言之也。"

〔3〕众星环极:《论语》有"为政以德,譬如北辰,居其所而众星共之"。

〔4〕亭:拱日亭。

〔5〕金乌:太阳。扶桑:神话中的树木名。传说太阳每天在咸池沐

* 陈德武(生卒年不详),今福建省福州人,生活于南宋末年。有《白雪遗音》。

浴后，渐渐升起，升高到扶桑树梢时，天恰好微明。在古代，太阳亦指帝王。

〔6〕抱梧桐绮实：传说凤凰非梧桐不栖。

〔7〕葵藿：植物，具有朝向太阳的特性。古人常以葵藿表达自己的忠心。

〔8〕五云乡：指仙人居住的地方。

评析

陈德武生平不详，通过词中"之官路远，篙师又促归航"可以推测，他曾经出仕为官。

这首词表达了作者对朝廷的忠心和希望能一展抱负的理想。"山涯海角，天高地厚，长安举首何妨""万水朝宗，众星环极，平生此志无忘"。开篇写无论身处何地，都心怀都城，心系朝廷。在拱日亭上，看见烟雾收敛，太阳从苍茫的大海上冉冉升起，到处呈现出一片朝气蓬勃的气象。即使在遥远的地方只能分享到太阳的点点光辉，也足够万物生长。至此，以太阳喻帝王，用意极为鲜明。自己现在要远赴任所，路程尚远，船夫又催促起航，不能长时间逗留。即使如此，"抱梧桐绮实，葵藿心肠。假我双翰，一朝飞上五云乡"，表达了词人希望被朝廷重用，一展身手的理想。这首词最鲜明的特点是喻义突出，情感鲜明。

（柳卓霞）

忆旧游·登蓬莱阁

张炎*

问蓬莱何处[1],风月依然,万里江清。休说神仙事,便神仙纵有,即是闲人。笑我几番醒醉,石磴扫松阴[2]。任狂客难招[3],采芳难赠,且自微吟。　俯仰成陈迹[4],叹百年谁在,阑槛孤凭。海日生残夜[5],看卧龙和梦[6],飞入秋冥。还听水声东去,山冷不生云。正目极空寒,萧萧汉柏愁茂陵[7]。

注释

〔1〕蓬莱:又称蓬壶、蓬山,道教传说中的仙山。

〔2〕石磴:山路上的石阶。

〔3〕狂客:唐代诗人贺知章,晚年自号四明狂客,隐居在绍兴镜湖之滨。

〔4〕俯仰成陈迹:东晋王羲之的《兰亭集序》中有"俯仰之间,已为陈迹"。

〔5〕海日生残夜:唐代诗人王湾的《次北固山下》有"海日生残夜,江春入旧年"。残夜,夜晚将尽,天快亮的时候。

〔6〕卧龙:卧龙山。

〔7〕茂陵:汉武帝的陵墓,在今陕西兴平东南。

---

* 张炎(1248—1314),字叔夏,号玉田。祖籍甘肃凤翔。张炎前半生过着锦衣玉食的生活。南宋灭亡后,家道中落,游走燕赵,寓居临安,落拓而终。张炎与姜夔并称为"姜张",与蒋捷、王沂孙、周密并称"宋末四大家"。张炎精通音律,作词主张"清空""骚雅",有《词源》《山中白云》。

评析

  这首词是南宋灭亡后张炎所作，其中饱含词人对故国的悼念和对世事的感慨。词开篇以"问"字领起，蓬莱山在哪里呢？"风月依然，万里江清"，风景未变，言外之意，人事已非。词人接着说道，不要在此谈论神仙之事，神仙并不存在，真正的神仙皆为闲人，他们不会把世上的纷扰牵挂于心。他们应该笑我多次醒复醉，醉复醒，在松阴掩映的石磴上独自徘徊。无奈唐代贺知章一样的狂客难以找寻，我采得芳草也无人可赠，只有独自小声吟咏。词人借神仙难成，世人难处，表达自己的孤独寂寞和故国之思难以排解的苦闷。俯仰之间，许多世事已经成为历史陈迹。凭栏远眺，只看见残夜海日和萧瑟的卧龙山、累累孤坟与旷野；没有飞动的云气，只听见滚滚东去的流水。"萧萧汉柏愁茂陵"，借茂陵表达亡国之痛。

  作者将家国之思的悲痛和对江南山水、吴越故地的描写融汇在一起，词作悲怆凄凉。

（柳卓霞）

渔家傲

子淳*

  潦倒渔翁无一解[1]，苍苍雪鬓知何载。短棹轻舟泛沧海。抛钩在，碧波深处全无阂[2]。 锦鳞吞饵浮丝摆[3]，樵父两岸皆怜爱。直透龙门头角改[4]。谁能怪，为霖方显灵通大。

---

* 子淳（1064—1117），亦称德淳，四川人。曾拜道凝为师，后访于道楷。为曹洞宗传人。住河南邓州丹霞山，世称"丹霞子淳"。他发扬曹洞宗禅风，法席隆盛，弟子达千人之多，盛冠禅林，在当时具有很大的影响。有《虚堂集》《丹霞子淳禅师语录》等。

注释

〔1〕潦倒：举止散漫、不自检束。无一解：无一长处。解，本领，长处。

〔2〕阂：隔阂。

〔3〕锦鳞：美丽的鱼儿，尤指鲤鱼。

〔4〕直透龙门头角改：传说鲤鱼跳过龙门即化龙而去。

评析

此词原无调名，据周裕锴"此二首词，词律均为《渔家傲》"补。

词的开篇"潦倒渔翁无一解"，即刻画了一位散漫飘萧的渔者形象，白发苍苍，已近老年，仍一无是处。接着更有这位老渔翁竟然连身处何年何月都不知晓，不记得了。散漫的老渔翁最喜欢做什么呢？"短棹轻舟泛沧海"，乘着小舟自由自在地泛于沧海之上，"抛钩在，碧海深处全无阂"，在无边无际的海洋中抛钩垂钓，没有任何阻碍，没有任何畏惧。词人刻画老渔翁的形象，运用欲扬先抑的手法，先写闲散，既而写在沧海之上安然垂钓，给人以潇洒飘然之感。"锦鳞吞饵浮丝摆，樵父两岸皆怜爱"，锦鳞吞钩，两岸的樵夫野老都羡慕老人的收获，亦为锦鳞感到可惜。老渔翁认为，锦鳞跳过龙门，方能施雨布霖，造福万民，方显神通广大；如果徒有虚表，被捕获也就不足为怪了。下片从捕得锦鲤的态度上显出老翁的过人之处，写法上亦具波澜。

这首词写老渔翁垂钓，表面上闲散无拘，实际上有所为，有所不为，具有超出世人的风采。人物形象生动，意蕴丰富。

（柳卓霞）

渔父词

子淳

轻泛兰舟入海涯,抛钩掷线莫迟疑。骊龙子[1],巨鳌儿[2],不犯清波钓得伊。

注释

〔1〕骊龙:黑龙。
〔2〕巨鳌:传说海中能负大山的神龟。

评析

"轻泛兰舟",说明词人心境悠闲,"入海涯",则是长途跋涉。"轻"和"入"形成张力,表现出以悠闲心态泛舟苍茫海上的潇洒。"抛钩掷线莫迟疑",又在气氛上形成紧张的局面,想要有所得,必须时刻关注,抓住时机,迅速出手,才能钓到巨龙、大鳌。结句"不犯清波",又使整个场面恢复平静、轻松。

"入海涯"需面对惊涛骇浪,要有冲破艰难险阻的勇气和魄力,但是作者"轻泛兰舟"而入。轻,小船轻,也是作者的心理轻松,是以舒展的心态面对一切的潇洒。以笑对一切的心态驶入茫茫大海,并不是心理上的懈怠,而是时刻提高警惕,注意抓住时机,"抛钩掷线莫迟疑"。如果犹豫不决,思前顾后,那么则可能会错失良机,甚至使自己身处险境。"抛钩掷线"两个动作衔接,加之"莫迟疑",显出果断决绝的行动力。"骊龙子""巨鳌儿"皆是非同寻常之物,但是作者在风平浪静中,在不知不觉中,已经将它们收入囊中了。"不犯清波钓得伊",显示了词人轻松的心情。

词人子淳是一位得道高僧,这首词通过钓鳌海上,说明处世修身的普遍道理。整首词通俗易懂,张弛有度,饶有趣味。

(柳卓霞)

金元海洋词选

水调歌头

王庭筠[*]

秋风秃林叶,却与鬓生华[1]。十年长短亭里[2],落日冷边笳。飞雁白雪千里,况是登山临水,无赖客思家。独鹤归何晚,已后满林鸦。 望蓬山[3],云海阔,浩无涯。安期玉舄何处[4],袖有枣如瓜。一笑那知许事[5],且看尊前故态。耳热眼生花[6]。肝肺出芒角,漱墨作枯槎[7]。

注释

〔1〕鬓生华:即鬓生花,鬓发斑白。
〔2〕亭:供旅客停宿的地方。

---

[*] 王庭筠(1151—1202),今辽宁人,字子端,号黄华老人,又号雪溪翁。金世宗大定十六年(1176)进士,任恩州军事判官,改馆陶主簿,后弃官隐。金章宗明昌元年(1190)复出,历任书画局都监、奉翰林文字。文学家、画家,有《黄华集》《藁辨》等,多散佚。

〔3〕蓬山：传说中的道家仙山蓬莱山。

〔4〕安期：即安期生，秦汉时期的仙人。汉代刘向《列仙传》记载："安期先生者，琅邪阜乡人也。卖药于东海边，时人皆言千岁翁。秦始皇东游，请见，与语三日三夜，赐金璧度数千万。出于阜乡亭，皆置去，留书，以赤玉舄一双为报，曰：'后数年求我于蓬莱山。'"《史记·孝武本纪》记载方士李少君言于汉武帝："臣尝游海上，见安期生，食巨枣，大如瓜。安期生，仙者，通蓬莱中，合则见人，不合则隐。"

〔5〕一笑那知许事：见于《南史·王融传》，王融见沈昭略，沈昭略不相识："屡顾盼，谓主人曰：'是何年少？'融殊不平，谓曰：'仆出于扶桑，入于旸谷，照耀天下，谁云不知，而卿此问？'昭略云：'不知许事，且食蛤蜊。'"

〔6〕耳热眼生花：宋代徐铉《亚元舍人不替深知猥贻佳作三篇清绝不敢轻酬》："酒酣耳热眼生花。"

〔7〕潄墨作枯槎：王庭筠不仅是著名的诗人，而且也是名声斐然的画家。潄墨，蘸墨。枯槎，老树的枝丫，这里指画作。元好问评价王庭筠所画枯槎具有抒发胸臆的特点："只欠雪溪王处士，醉来肝肺出枯槎。"

评析

词人长年远离家乡，在外宦游，这首词抒发了深切的思归之情，以及仙界难求、前途渺茫的心境。

起句"秋风秃树林"，突兀非常，透出寒劲之气。"秃"字尤其刺人眼目，可以想见寒冽的秋风充满肃杀之气，所到之处万木枯槁，一片凄凉。"却与鬓生华"，秋风除了给世界带来萧瑟，还增添了人的华发。在肃杀的环境中，只能使人迅速衰老。较"秃"的剥夺，"与"的给予就不仅仅是刺目了，更是惊心动魄。回首"十年"，弹指一挥间，历历在目的竟然是"长短亭里"一次又一次的离别，萦绕在耳边的是日落黄昏孤独清冷的悲笳。登高临水，目送千里归鸿，"无赖客思家"，不免有天地之大、我归何处的无奈，思乡情绪不禁涌上心头。词人以"独鹤"为喻，将自己比作流落在外、离群的孤鹤，被远远地落在已经返回树林的群鸦之后。茕茕孑立、形单影只的孤独、凄楚、心酸、惊悸表露无遗。在下阕，词人并没有继续抒发思乡情绪，而是表达了理想无法实现的痛苦。词人以蓬莱仙山云海浩渺表达理想难以追寻的茫然和失望；借安期生、王乔等人的故事说明自己知道长生难以追求，只好不减"尊前故态"，借酒消愁，然而仍未能忘怀忧烦，肝腑如芒角丛生，只好借泼墨作画，抒发胸中不平之气。

（徐钧）

念奴娇

蔡松年*

乙卯岁江上[1]，为高德辉寿[2]。

洞宫碧海[3]，化神山玉立，东方仙窟。海色山光千万顷，都作巉巉玉骨[4]。黄卷精神[5]，黑头心力[6]，虎帐多闲日[7]。一杯为寿，酒肠先醉江橘[8]。　　南下禹穴涛江[9]，要收奇秀，老去供诗笔。忧喜相寻皆物外，今古闲身难得。丘壑风流[10]，稻粱卑辱[11]，莫爱高官职。他年风雨，对床却话今夕。

---

* 蔡松年（1107—1159），字伯坚，晚号萧闲老人。宣和末，从父蔡靖守燕山府，败绩降金。天会年间，除真定府判官，尝随完颜宗弼攻宋。累官为右丞相，封卫国公。正隆四年卒，年五十三，谥文简。其词集名《萧闲老人明秀集》，有魏道明注本，今存3卷。词风俊逸清旷，与吴激词并称"吴蔡体"。

注释

〔1〕乙卯：天会十三年，1135年。

〔2〕高德辉：魏道明注："德辉名凤庭，东营安化人，天会六年蔚榜中进士第。豪俊有时誉，历帅府及都省掾，转郎官。皇统中，以钧党死，非其罪也，人哀悼之。"

〔3〕洞宫：仙人居住之山洞。

〔4〕巉巉：瘦削貌。

〔5〕黄卷：指道书。

〔6〕黑头：谓年青。

〔7〕虎帐：将军之营帐。

〔8〕醉江橘：苏轼《洞庭春色（并引）》："安定郡王以黄柑酿酒，谓之洞庭春色，色香味三绝，以饷其犹子德麟……"

〔9〕禹穴涛江：黄庭坚《再和元礼春怀十首并序》："元礼蒲君，成都之佳少年，风调清越，好狎使酒。顷尝下三峡，窥九嶷，探禹穴，观涛江，故其诗清壮崛奇，一挥毫数千字，澡雪尘翳，动摇人心。"

〔10〕丘壑风流：《世说新语·品藻》："明帝问谢鲲：'君自谓何如庾亮？'答曰：'端委庙堂，使百僚准则，臣不如亮；一丘一壑，自谓过之。'"

〔11〕稻粱卑辱：为了稻粱谋而卑微受辱。

评析

这是一首祝寿之作。

上片开篇五句，便写出一派宏阔壮观的景象，山奔海立，动人心魄。但又不是单纯写景，而是为了衬托人，即祝寿对象：高德辉。陈与义《游岘山次韵三首》（其一）有句云"巉巉窗中人，出定发有霜"，这首词中的"都作巉巉玉骨"，或也可理解为对寿主的比喻。"黄卷"三句着重写寿主的精神风貌：风神秀逸，似修道者；精力强劲，又似少年；

虽坐镇一方，却又有闲暇，这就为下文描写其诗酒风流的生活做好了铺垫。

下片便集中笔墨写寿主自由闲适的生活。"南下"三句，写其探禹穴、观涛江，欣赏奇秀之景，为诗歌创作积累素材。"忧喜"以下说理，化用谢鲲典故。结尾二句，化用了李商隐的名句"何当共剪西窗烛，却话巴山夜雨时"，以及苏轼、苏辙之约。[苏辙《逍遥堂会宿（并引）》："辙幼从子瞻读书，未尝一日相舍。既仕，将宦游四方，读韦苏州诗至'安知风雨夜，复此对床眠'，恻然感之，乃相约早退，为闲居之乐。"]词人以此表达其与寿主的深厚友谊以及盼望下次重逢的心情。

作为一首祝寿之作，这首词在思想内容上平平无奇，在艺术上议论成分也较多。不过，开头写海的部分气象非凡，山光海色，一碧万顷，富有浪漫色彩，并跟对寿主的刻画紧密结合在一起，也给人留下了深刻的印象。

（徐钧）

鹊桥仙·待月

完颜亮[*]

停杯不举，停歌不发，等候银蟾出海[1]。不知何处片云来，做许大、通天障碍[2]。　　髯虬捻断[3]，星眸睁裂[4]，唯恨剑锋不快。一挥截断紫云腰，仔细看、嫦娥体态[5]。

---

[*] 完颜亮（1122—1161），字元功，本名迭古乃，金太祖阿骨打庶长子宗幹第二子。皇统九年十二月（1150）弑金熙宗，自立为帝，改元天德。正隆六年（1161），率兵侵宋。十一月，在扬州为部下所杀，时年四十岁。死后先被降封为海陵炀王，不久又被废为庶人。好读书，倾慕汉族传统文化，大力推行汉化政策。其词今存四首，豪迈雄鸷，颇有桀骜之气。

注释

〔1〕银蟾：指月亮。传说月中有蟾蜍，所以称月为蟾。

〔2〕许：如此，这样。

〔3〕髯虬：卷曲如虬的须髯。

〔4〕星眸：像星一样明亮的眸子，泛指明亮的眼睛。

〔5〕嫦娥：代指月亮。

评析

写月的诗词很多，这首词虽也写月，却是无月可写，重心全在一个"待"字，即等待月出，可谓别开生面。

上片，有酒不饮，有歌不听，这一反常的举动，不由得让人心生疑惑，为下文蓄势。接着，词人和盘托出，原来是在"等候银蟾出海"，缴足题面——当我们读到这一句，回头再看前二句，便不难体会词人急迫、焦灼的心情。而正当词人屏住呼吸、盼望月出时，非但没有等到月亮，反飘来一大片云彩，遮住了视线。"通天障碍"一词，以夸张的手法写出了词人的挫败感以及愤懑不平之气。

下片，便由待月不成而引发了一系列内心波动。龙须拈断，星眼瞪裂，极写胸中的愤怒不满，不难想象其沉雄剽悍的形象性格。"唯恨剑锋不快"，再次让人心生疑惑。接下来，词人答道"一挥截断紫云腰"，想象如此大胆、奇特，一股气吞山河的雄霸之气跃然纸上！这句化用了李贺的"踏天磨刀割紫云"（《杨生青花紫石砚歌》），但冲口而出，如同自作。毛泽东《念奴娇·昆仑》下片曰"而今我谓昆仑：不要这高，不要这多雪。安得倚天抽宝剑，把汝裁为三截？一截遗欧，一截赠美，一截还东国。太平世界，环球同此凉热"，也是受到了这首词的启发。最后，"仔细看、嫦娥体态"，以一种静谧而富有诗意的画面结束。

唐代张九龄有"海上生明月"之语，该篇词作便以待月为线索，以海洋为背景：先是待月从海面升起，结果非但无月，反飘来片云，阻挡视线,于是词人突发奇想,要斩断云腰。可以说,广阔的海洋为词人提供了极大的想象空间,激发了他的豪情,更好地烘托了他的气魄。对此,后人也是多有称许:宋洪迈《夷坚支志丙》卷四评为"凶威可掬";沈德符《万历野获编》卷一谓"雄快可喜";沈雄《古今词话·词话》下卷引《艺苑雌黄》谓此词"俚而实豪";徐釚《词苑丛谈》卷三亦谓其"出语崛强,真是咄咄逼人"。褒贬虽不尽相同,但对此词风格雄豪的基本特色并无异辞。此外,这首词不避俚俗,全作本色语,正是词人个性的自然流露。

(徐钧)

望海潮·发高丽作[1]

赵可*

云垂余发,霞拖广袂,人间自有飞琼[2]。三馆俊游[3],百衔高选[4],翩翩老阮才名[5]。银汉会双星[6]。尚相看脉脉,似隔盈盈[7]。醉玉添春[8],梦云同夜惜卿卿[9]。 离觞草草同倾。记灵犀旧曲[10],晓枕余醒[11]。海外九州[12],邮亭一别[13],此生未卜他生。江上数峰青[14]。怅断云残雨[15],不见高城[16]。二月辽阳芳草[17],千里路傍情。

注释

[1] 发高丽作:刘祁《归潜志》:"献之少轻俊,文章健捷,尤工乐章,有《玉峰闲情集》行于世。晚年奉使高丽。高丽故事,卜国使

* 赵可(生卒年不详),字献之,号玉峰散人。泽州高平(今山西高平)人。贞元二年(1154)中进士。官至翰林直学士。有《玉峰散人词》。

来,馆中有侍妓,献之作《望海潮》以赠,为世所传。其词云……归而下世,人以为'此生未卜他生'之谶云。"

〔2〕飞琼:许飞琼,传说中西王母侍儿,喻高丽馆妓。

〔3〕三馆:唐宋时以昭文、集贤、史馆为三馆。此借指翰林院。

〔4〕百衔:指百官。高选:用高标准选拔的官吏。

〔5〕老阮:阮瑀字元瑜,曹丕《与吴质书》谓:"元瑜书记翩翩,致足乐也。"

〔6〕双星:指牵牛、织女二星。

〔7〕相看脉脉,似隔盈盈:《古诗十九首·迢迢牵牛星》:"盈盈一水间,脉脉不得语。"

〔8〕醉玉添春:玉,玉人,美女。添春,增添了春色。韩愈《酒中留上襄阳李相公》:"金钗半醉座添春。"

〔9〕梦云:用巫山神女典,指男女幽会。卿卿:形容男女亲昵。语出《世说新语·惑溺》:"亲卿爱卿,是以卿卿;我不卿卿,谁当卿卿?"

〔10〕灵犀旧曲:李商隐《无题》:"身无彩凤双飞翼,心有灵犀一点通。"

〔11〕余酲:宿醉。

〔12〕海外九州:李商隐《马嵬》:"海外徒闻更九州,他生未卜此生休。"本句和下文的"此生未卜他生"皆由此化出。

〔13〕邮亭:驿馆。据郑文宝《南唐近事》载:"陶谷学士奉使,恃上国势,下视江左,辞色毅然不可犯。韩熙载命妓秦若兰诈为驿卒女,每日敝衣持帚扫地,陶悦之,与狎。因赠一词,名《风光好》。云:'好因缘,恶因缘,只得邮亭一夜眠。别神仙。琵琶拨尽相思调,知音少。再把鸾胶续继弦,是何年?'明日,后主设宴,陶辞色如前。乃命若兰歌此词劝酒,陶大沮,即日北归。"

〔14〕江上数峰青:钱起《省试湘灵鼓瑟》:"曲终人不见,江上数峰青。"

〔15〕怅断云残雨：毛滂《惜分飞》："短雨残云无意绪。"

〔16〕不见高城：欧阳詹《初发太原，途中寄太原所思》："高城已不见，况复城中人。"

〔17〕二月辽阳芳草，千里路傍情：化用牛希济《生查子》："记得绿罗裙，处处怜芳草。"

评析

　　这首词为词人出使海外时所作，根据相关本事可以看出，还是一首赠妓之词，写得风光旖旎。

　　上片写欢聚。"云垂"三句，形容高丽侍妓美若仙人。云状其鬓发，霞状其衣裳，并以飞琼仙女作比，而"云""霞"二字本身也给人仙气飘飘之感。"三馆"三句，自叙才华与身份。"银汉会双星"，将二人比作牛郎、织女，写相见之难。"尚相看脉脉，似隔盈盈"，讲乍见既欲相近又略显生疏。"醉玉"二句，便由陌生而走向融洽，写宴酣耳热之后的永夜缠绵。这就把两个陌生人又是异国人的相恋过程与心理层次一一写出来了，层次分明，十分清晰。"梦云同夜惜卿卿"，用巫山神女以及《世说新语》中的典故，略显香艳，遭到了不少评论家批评，刘祁《归潜志》即谓"惜卿卿""不免为人疵议"。

　　下片写离别。"离觞草草同倾"，即"醉不成欢惨将别"；"灵犀旧曲"写心意相通，"晓枕余酲"写宿醉，并点出别离时间。"海外九州"化用李商隐《马嵬》中的"海外徒闻更九州，他生未卜此生休"两句。考虑到词的句式格律，词人将"他生未卜此生休"改成"此生未卜他生"，删一字，稍显生硬，但依然写出了别离之际的伤感、惨痛：此别之后，或许再也无法相见。"邮亭一别"化用陶谷赠妓词中的句子，十分应景。"江上数峰青"，袭用唐人成句。"怅断云残雨"，以惆怅之境状离情别绪；"不见高城"，化用唐人诗句，隐下"况复城中人"一句。结尾二句，化用牛希济《生查子》中的句子，亦景亦情，情意绵绵。

整体来看，这首词虽是赠妓之作，个别地方略显香艳，但出使高丽，须渡海而行，对于其中凶险，词人心中必定有几分担忧，因此词中抛弃了同类型作品易出现的轻佻成分，情真意切，委婉动人，风流蕴藉。化用了不少前代的诗词、典故，但毫无痕迹可寻，自然高妙。

值得一提的是，蔡松年出使时也写了一首《石州慢》，后人常拿来对比。刘祁《归潜志》云："二词至今人不能优劣。余谓萧闲之浑厚，玉峰之峭拔，皆可人。"附录于此，以资比较："云海蓬莱，风雾鬓鬟，不假梳掠。仙衣卷尽云霓，方见宫腰纤弱。心期得处，世间言语非真，海犀一点通寥廓。无物比情浓，觅无情相博。　离索。晓来一枕余香，酒病赖花医却。滟滟金尊，收拾新愁重酌。片帆云影，载将无际关山，梦魂应被杨花觉。梅子雨丝丝，满江干楼阁。"

（徐钧）

水调歌头

赵秉文[*]

昔拟栩仙人[1]王云鹤赠予诗云："寄与闲闲傲浪仙，枉随诗酒堕凡缘。黄尘遮断来时路，不到蓬山五百年。"其后玉龟山人云："子前身赤城子也[2]。"予因以诗纪之云："玉龟山下古仙真，许我天台一化身。拟折玉莲骑白鹤，他年沧海看扬尘。"吾友赵礼部庭玉说，丹阳子谓予再世苏子美也[3]。赤城子则吾岂敢，若子美则庶几焉，尚愧辞翰微不及耳，因作此以寄意焉。

---

[*] 赵秉文（1159—1232），字周臣，晚号闲闲老人。磁州滏阳（今河北磁县）人。金世宗大定二十五年（1185）进士，累官礼部尚书，改翰林学士、同修国史。赵秉文是金代中后期的文坛盟主，诗词文均受苏轼影响极深。其词风格狂放，后人辑为《滏水词》1卷。

四明有狂客，呼我谪仙人[4]。俗缘千劫不尽[5]，回首落红尘。我欲骑鲸归去[6]，只恐神仙官府，嫌我醉时真。笑拍群仙手，几度梦中身。　倚长松，聊拂石，坐看云。忽然黑霓落手[7]，醉舞紫毫春[8]。寄语沧浪流水，曾识闲闲居士[9]，好为濯冠巾。却返天台去[10]，华发散麒麟。

注释

〔1〕拟栩仙人：王云鹤的别号。

〔2〕赤城子：指仙人。赤城，山名，在浙江省天台县北，世人多以之为仙山。

〔3〕丹阳子：马钰的别号。苏子美：北宋文学家苏舜钦字子美。

〔4〕"四明"二句：《唐书·李白传》："李白至长安，往见贺知章，知章见其文，叹曰：'子谪仙人也。'"按贺知章，四明人，自号"四明狂客"。

〔5〕千劫：千世。劫为佛教用语，世界经历若干万年毁灭一次，称一劫。

〔6〕"我欲"句："骑鲸人"指李白，传说他死后骑鲸归去，也曾自称"海上骑鲸客"。"神仙官府"源自唐《顾况集·五源诀》："下界功满方超上界，上界多官府，不如地仙快活。"意思是神仙也不自在，照样要受管束，"嫌我醉时真"就是原因之一，所以倒不如谪去仙籍，反倒自在。

〔7〕"忽然"句：指写字题诗，醉墨染纸，如黑色云霓一般。

〔8〕紫毫：笔的一种，用紫黑色的兽毛制成。

〔9〕沧浪：《孟子·离娄》："有孺子歌曰：沧浪之水清兮，可以濯吾缨；沧浪之水浊兮，可以濯吾足。"闲闲居士：作者自号。

〔10〕天台：山名，在今浙江天台境内，是仙霞岭的余脉。

评析

　　这是一首自抒怀抱的作品。在"小序"中，词人提到不同人对自己的三种称谓：谪仙人、赤城子、苏舜钦在世。词人婉拒了后两种，认为只有"谪仙人"才"深得我心"，因为它表达了词人对自由精神的追寻，切合自己的狂放人格。

　　上片，开篇便借贺知章对李白的评价，来代指王云鹤对自己的评价。"谪仙人"三字，可视为整首词的"词眼"。"俗缘"二句，意为因"俗缘未尽"，所以仙人谪落凡世，与首句相关联。"我欲"三句，在句式上明显借鉴了苏轼的"我欲乘风归去，又恐琼楼玉宇，高处不胜寒"，但在思想内容上，有着很大不同。苏词是借口"琼楼玉宇"的高寒难耐来衬托自己对人间生活的留恋，而这首词则表示：神仙也不自在，照样要受管束，不如谪去仙籍，做个散仙，反落得个自在。对于高尚圣洁的群仙，词人也敢"笑拍群仙手"，带有调笑意味。是仙人，又不肯回到"神仙官府"，如此便准确地写出了"谪仙人"的身份。若进一步引申，则"嫌我醉时真"云云，也流露出其对现实社会的不满，亦可谓"一肚皮不合时宜"。

　　上片侧重"谪仙人"的思想精神，下片则将这种精神外化为种种行为。"倚长松，聊拂石，坐看云"，三个动作，散漫，逍遥，大有"行到水穷处，坐看云起时"之风神。"忽然"二句，则由闲适一变而为激荡，写其诗词、书法创作时的亢奋与癫狂，大有"李白斗酒诗百篇"及张旭"挥毫落纸如云烟"之意态。"紫毫"指笔，在后面缀一"春"字，乃"落笔生春"之意，针脚细密，用笔考究。"寄语"三句，化用《孟子》中的《沧浪歌》，希望以沧浪之水洗净尘俗污秽，远离人间烟火。"却返"二句，论者多认为化用了韩愈的《杂诗》。此外，我们也很容易联想到李白的"人生在世不称意，明朝散发弄扁舟"，只不过李白这首诗所要去的地方是江湖，工具是扁舟，而词人则是要骑着麒麟，返回天台，做地仙，真是地地道道的"谪仙人"。

整首词是"寄意"之作,词人以"谪仙人"的身份自居,写出了"谪仙人"自由狂放的精神风貌。所用事典、语典甚多,但都围绕着所"寄"之"意",气势恢宏,想象大胆,纵横跌宕,一片神行。另外,杜甫《送孔巢父谢病归游江东兼呈李白》有"若逢李白骑鲸鱼,道甫问信今何如"的句子,可见唐人多信此说。词中"骑鲸"一语不仅用了李白的事典,也强化了"谪仙人"的特点。鲸乃海中之庞然巨物,"骑鲸"在古时便有隐逸游仙之喻,词人将其用于此处,更能烘托出潇洒自然的气度。

(徐钧)

西江月·题邯郸王化吕仙翁祠堂[1]

完颜从郁[*]

壁断何人旧字,炉寒隔岁残香[2]。洞天人去海茫茫。玩世仙翁已往[3]。　　西日长安道远[4],春风赵国台荒[5]。行人谁不悟黄粱[6]。依旧红尘陌上[7]。

注释

〔1〕邯郸:在今河北省邯郸市。王化:今为王化堡,在邯城北二十里。吕仙翁:指唐沈既济传奇小说《枕中记》中的道士吕翁。

〔2〕"壁断"二句:言祠堂荒凉败落,香火稀少。

〔3〕洞天:道教中指仙人居住的地方。玩世仙翁:即《枕中记》中

---

[*] 完颜从郁(生卒年不详),字文卿,本名瑀,字子玉,卫绍王改赐今名。女真族人,金宗室。以父荫充符宝郎。章宗时试一日百篇,赐第。仕至安肃(今河北徐水)刺史。《金史》无传,事见《中州乐府》。词存《西江月》1首,见《中州乐府》。

的道士吕翁。

〔4〕长安道远：《晋书·明帝纪》载："（元帝）因问帝曰：'汝谓日与长安孰远？'对曰：'长安近。不闻人从日边来，居然可知也。'元帝异之。明日，宴群僚，又问之。对曰：'日近。'元帝失色，曰：'何乃异间者之言乎？'对曰：'举目则见日，不见长安。'"

〔5〕赵国台：指邯郸丛台，因数台相聚，故名。

〔6〕悟黄粱：《枕中记》谓：卢生"目昏思寐，时主人方蒸黍。翁乃探囊中枕以授之，曰：'子枕吾枕，当令子荣适如志。'"卢生遂入梦境，出将入相，封妻荫子，极尽荣华富贵。一旦梦醒，"见其身方偃于邸舍，吕翁坐其傍，主人蒸黍未熟"。后因以黄粱梦喻富贵荣华都是身外之物，过眼烟云。

〔7〕红尘：闹市的飞尘，形容繁华。另，佛道等家称人世为红尘。

评析

完颜从郁生活在金代晚期，这首词是他赴长安途中，过邯郸谒吕仙祠有感而作。

上片，开篇就写出一片残破、萧条的景象。断壁残垣，不知何人题字，早已模糊。香炉冰冷，尚留往年香火的遗迹。可见庙宇荒凉，早已无人供奉。"断""旧""寒""残""隔岁"，下字考究而准确。接下来，便由庙宇忆及此间供奉的吕翁，写其早已羽化登仙，眼前唯有大海茫茫。人去楼空，物是人非，苍凉而茫然。

下片，则由庙宇、仙人想到人事变迁。昔日繁华无比的长安与丛台，如今早已荒芜。两句对仗工整，意蕴深厚，抒发了浮生若梦、名利富贵皆过眼云烟的出世思想，并带有浓重的历史沧桑之感。最后两句，借古讽今，批评时人尚兀自做着黄粱梦、不肯苏醒。"依旧红尘陌上"，无限感喟，发人深省。

全词组织严密，层次分明，首尾呼应，感情变化脉络可寻；用典贴切自然,无雕琢迹象;语言亦明白晓畅。作者流传下来的词虽仅此一首,但已可看出他较为深厚的学养和不凡的技巧。

(徐钧)

临江仙

山主*

南洋海岛观音住[1],清凉迥出尘寰。迢迢幽邈隔关山。潺潺急溜,无路见慈颜[2]。 月照漫漫生瑞彩,风吹浩浩波旋。洪流千里远人间。浪漂云际,凡庶到应难[3]。

注释

[1]南洋海岛观音住:南洋海岛指东海上的普陀岛,一般称普陀山,或普陀洛迦山(今属浙江省舟山市),是我国佛教四大名山之一,属于观音菩萨道场。

[2]慈颜:指观音菩萨。

[3]凡庶:普通人。

评析

观音菩萨是我们熟知的道教人物。山主共写了六首赞颂观音菩萨的词,其中数这一首艺术水准最高。因为它没有枯燥、空洞的说理,而是通过景物描写,来烘托观音菩萨的道行以及自己顶礼膜拜之心。

上片,点出观音菩萨道场所在地,并从两方面进行描写:环境清凉,远出尘世;距离遥远,关山难越。道场四周,水流湍急,让人无由

---

* 山主,待考,《全金元词》收其词作24首,词牌名均为《临江仙》。

拜会。下片,写月照之下,散发着吉祥的光彩,风吹之下,烟波浩渺,广阔无边。最后两句指出,道场在水中、云间,普通人是很难到达的。词人其实使用了双关手法,这除了是写景,也是对观音菩萨之道行的一种形象化比喻,并指出,这种修养不是常人可以企及的。

当然,这首词也有一些缺点,"无路见慈颜"与"凡庶到应难"就是很明显的语义重复。但就整体来看,在诸多平庸无聊的说理词作中,这首算是艺术水准较高的了!

(徐钧)

渔父咏

王喆*

北海鲲鲸人不识。金风长是传消息[1]。予把钓车宁费力[2]。堪怜忆。香钩掷下离滩侧[3]。　吐出神珠光焰赫。化鹏展起垂云翼。日在扶摇无有极。能抟陟。青霄一举应端直。

注释

〔1〕金风:秋风。李善曰:"西方为秋而主金。故秋风曰金风也。"

---

* 王喆(1112—1170),原名中孚,字允卿,后应武举,改名世雄,字德威,陕西咸阳(今陕西省咸阳市)人。尝为小吏,久不得志。正隆四年(11159),辞官学道,更名喆,字知明,号重阳子,隐居终南山,作"活死人墓"而居。创立全真教,世称重阳真人。大定七年(1167),赴山东传道,先后收马丹阳、谭处端、刘处玄、丘处机、王处一、郝大通、孙不二为徒,在文登、宁海、福山、登州、莱州建立三教七宝会、金莲会、三光会、玉华会、平等会等。大定九年(1169),王喆欲率弟子西归,次年正月初,卒于大梁(今河南省开封市),年五十九。元朝建国后,世祖忽必烈封王喆为"重阳全真开化真君",武宗加封其为"重阳全真开化辅极帝君"。据《正统道藏》,王喆著述由其弟子整理为《重阳全真集》13卷、《重阳教化集》3卷、《重阳分梨十化集》2卷、《立教十五论》、《重阳真人金关玉锁诀》等。存词686首。

〔2〕钓车:一种钓具。上有轮子缠络钓丝,既可放远,也可迅速收回。

〔3〕香钩:挂上香饵的钓钩。宋真德秀《鱼计亭后赋》:"嗟!利欲之诱人,甚香钩之饵鱼。"

评析

《庄子》作为与《老子》并称的两部道家经典,自先秦时就对中国文化产生了重大的影响。道教源于道家,对于老、庄的归附和阐释是道教发展演变的一条重要线索,可以说,全真道的教义就是在特定的历史环境下对于老、庄做出的全新阐释。王喆,作为全真道祖师,在其诗词作品中就有许多对于老、庄的援引与借鉴,这首《渔父咏》便是其中之一。

上片以渔父为第一视角,先写北海之中有鲲鲸,为人所不识,但金风时常给"我"传来消息。"我"手把钓车岂用费力?只是心生怜悯,将早已挂好香饵的钓钩掷在滩上。下片主要是对鲲鲸化鹏的描写,鲲鲸吐出神珠光焰万丈,化作大鹏展开垂云之翼,太阳在扶摇之上没有尽头,大鹏却能够抟扶摇而上,一举直到云霄顶端。

王喆作为全真道的祖师,所作渔父词气象也与他人不同。词中这位渔父要钓的竟是北海的巨鲲。词人有意借鲲鲸以喻引诱世人的种种利欲,因此词中的渔父虽然不需费力,但仍是将香钩掷下,这也换来了鲲化鹏飞、扶摇直上。这首词虽是写渔父海钓,但实际上仍是劝告世人,放下利欲贪念,方能得到精神的解脱。

(徐钧)

月中仙·望海

王丹桂[*]

暑气方阑[1]，渐云收四野，山海明霁。凭高放目，视万里汪洋，东连无极。廓然风浪静[2]，屡显现、嘉祥至瑞。大哉玄元体[3]，澄清浩渺，浮动乾坤势。　神功圣力难量，信归墟运转[4]，无有休息。恢张万化[5]，任云物飞翔，鱼龙游戏。混融千古秀，隐三岛、十洲异域[6]。直待功成后，骑鲸笑傲超于彼[7]。

注释

〔1〕阑：将尽。

〔2〕廓然：空旷寂静的样子。

〔3〕玄元：道家所称为天地万物本源的道。

〔4〕归墟：传说为海中无底之谷，谓众水汇聚之处。出自《列子·汤问》："渤海之东不知几亿万里，有大壑焉，实惟无底之谷，其下无底，名曰归墟。八纮九野之水，天汉之流，莫不注之，而无增无减焉。"

〔5〕恢张：张扬、扩展。

〔6〕三岛十洲：道教所称神仙圣境。三岛为蓬莱、方丈、昆仑。十洲为瀛洲、玄洲、长洲、流洲、元洲、生洲、祖洲、炎洲、凤麟洲、聚窟洲。

[*] 王丹桂（生卒年不详），金代道士。字昌龄，号五峰白云子，利州（今四川省广元市）人。师事金代道教宗师马钰（马丹阳），修习全真教义。隐于昆嵛山神清洞。工填词，笔调流畅清雅。有词集《草堂集》1卷，收词140余首，与马钰同一格调，多赠寄答和之作。诗集内容多是宣说早期全真教义，警诫世人，觉悟人生梦幻，断恩爱，弃名利，以求达仙真之位。

〔7〕骑鲸：比喻隐遁或游仙。

评析

  这是一首专意咏海的词，写出了大海的广阔无涯、空旷寂静，对它的"神功圣力"进行了由衷的赞叹，并表达了自己游仙、归隐的志趣。

  "暑气"三句写天气：雨过天晴，暑气将尽，万里无云，山川、海洋一片明秀。空气如此清新，视线如此清晰，为下文对海洋景色的描写做好了铺垫。登高望远是古人传统，"万里汪洋，东连无极"充分写出了大海的广阔无际。"廓然"二句表明，大海又是空旷寂静的，在词人看来，这是一种美好的征兆。《人间词话》云："有我之境，以我观物，故物我皆着我之色彩。"作为道士，词人感叹道：这一切，不都是"道"的体现吗？"澄清"二句写出了大海的澄澈浩瀚以及浮动乾坤的气象，化用了杜甫名句"乾坤日夜浮"。

  下片围绕大海的"神功圣力"展开。"信归墟运转，无有休息"从时间角度，说大海运转永无消歇。"恢张"三句从空间展开，说云气、鱼龙在其间任意变化、游戏。"混融千古秀"是一种"海纳百川"的气象，连三岛、十洲等神仙圣境都隐藏其中。结尾很自然地表达了自己的隐遁、游仙志向。

  这首词写的是海，但出自王丹桂这样一个道士笔下，又分明带有道家的色彩。大海本身自然是"玄元"的一种体现，大海的生机与活力，大海的澄明、浩瀚、虚空、平和，又何尝不是"道"的品格呢？

（徐钧）

洞仙歌·述怀

道家门户,寂淡清虚好[1]。荣耀矜夸自无扰[2]。向午窗、披玩道德南华[3]。除此外,闲弄丝桐一操[4]。　秋光未老。锦树屏山绕。适性携筇任登眺[5]。对茫茫鲸海[6],触目琉璃。天一色、何必搜穷密妙。待他年、功满化飞仙,越烟浪云涛,直趋蓬岛[7]。

注释

[1]寂淡清虚:寂静淡泊,清净虚无,均指道教修为。

[2]矜夸:骄傲自满,自我夸耀。

[3]道德南华:指《老子》《庄子》。

[4]闲弄丝桐一操:闲弹一曲。

[5]携筇:携带拐杖。筇,一种竹。实心,节高,宜做拐杖。

[6]鲸海:大海。

[7]蓬岛:蓬莱岛,道教所称神仙圣境。

评析

这首词题目为"述怀",抒发了作为道士的王丹桂淡泊虚静的生活意趣与羽化登仙的理想追求。

上片,"道家"三句集中阐发道家思想,为整首词奠定思想、感情基调。"向午窗"三句明白如话,写读书、弹琴等生活,从中不难体会其清静无为、优游卒岁的人生态度。

下片,由室内转向室外。"秋光"三句写秋日登山、远眺。以下三句,便是登眺所看到的景象:大海茫茫,水天一色,触目所及,水面如琉璃一般澄澈、透亮。"何必搜穷密妙",一个反诘,意谓山水形胜之中便隐藏着"密妙",不必外寻。最后三句,表达了自己想要羽化登仙、直抵蓬莱仙境的美好愿望。

(徐钧)

秋霁·继古韵述怀

肥遁人家[1],对东南万里、鲸海横碧[2]。兰苑芝田[3],暖香风送,不减凤城春色。寿松径里[4]。绿茵嫩□纹如织。又还是,鹤诏乍回,犹听九霄唳[5]。　天教赋我、此段嘉期,寸心澄寂、百虑蠲息[6]。向闲中、呼童煮茗,玉瓯轻泛浪花白[7]。神爽气和何有隔。况真常道[8],时时默运玄功[9],湛然无为,澹然自得[10]。

注释

〔1〕肥遁:退隐。

〔2〕鲸海:大海。

〔3〕芝田,古代中国传说中仙人种灵芝的地方。

〔4〕寿松:松树的一种,枝叶细密。

〔5〕"鹤诏"二句:孔稚珪《北山移文》:"至于还飙入幕,写雾出楹,蕙帐空兮夜鹤怨,山人去兮晓猿惊。"

〔6〕蠲息:废止。

〔7〕玉瓯:精美的杯子。

〔8〕真常道:道教术语,指天地本源。

〔9〕玄功:神功,指修道的功夫。

〔10〕湛然、澹然:澄明,淡泊。

评析

  这是一首述怀之作，所"述"者，显然是一位潜心修道者之"怀"。起笔先点出自己的身份，并用简笔勾勒出隐士门前风景，清秀壮阔。"兰苑"三句，谓门前风景自佳，不输帝都景象。"寿松"以工笔描写松径，细致入微。"又还是"三句，化用《北山移文》，意谓虽已诏回，仍嫌太晚，鹤唳九霄，以示不满。

  下片，"天教"二句写自己的心态，"寸心澄寂、百虑蠲息"是对修道者心态最好的写照。"向闲中"三句写煮茶、品茶的闲适生活，"玉瓯轻泛浪花白"很有画面感。末几句，再次表白自己想要修道的心迹。

  整首词表白心迹的成分较多，但对隐士日常生活场景的描写，也极富有诗情画意，尤其是对其门前风景的描写，"东南万里、鲸海横碧"，开阔而壮丽。试想，每日面对着波澜壮阔的大海，必然会为其"海纳百川，有容乃大"的品格所影响。胸中有吞吐天下、苞举宇内之心，如此一来，世间又有什么烦心琐事不能消解呢？以这种笔触来开篇，不仅先声夺人，而且更为塑造隐士高蹈独往、淡然自得的形象做了很好的铺垫。

（徐钧）

柳梢青

王昌吉*

苦海渺茫流荡。似阔远、北溟洪浪。汩没群生，类鱼游戏，往

---

* 王昌吉（生卒年不详），号超然子，著有《会真集》五卷，词存集中，《全金元词》辑录凡168首。周泳先《唐宋金元词钩沉·总目》称其词："卷帙之富，较两宋大家尚过之。但皆作炼形服气语，千篇一律，读之生厌，唯于词调巧立名目，复多自度腔，近散曲者尤多。"

来趋向。漂沦逐队情畅[1]。几个化鹏形状。一去天池[2]，垂云腾骞[3]，顿超无上。

注释

〔1〕漂沦：漂泊流落。逐队：谓随众而行。

〔2〕天池：即大海。《庄子·逍遥游》："南冥者，天池也。"成玄英疏："大海洪川，原夫造化，非人所作，故曰天池也。"

〔3〕垂云：《庄子·逍遥游》："怒而飞，其翼若垂天之云。"腾骞：飞举，飞升。

评析

该词取意于《庄子·逍遥游》，以海为喻，一语双关，处处写海，同时又无处不反映人间世事。

上片首句即以苦海暗喻尘世中的烦恼与苦难，其浩渺无垠正如阔远的北溟中的沧浪。众生湮没于人世间，好似海中群鱼游戏，或来或往，从不间断。词人用意巧妙，以透彻的视野描绘出一幅劳碌奔忙的众生相，体现出词人的悲悯之心。下片笔锋一转，在随众漂沦的群鱼之中，总有几个化为大鹏，展翅怒飞，离开大海，翱翔于青云之间，顿然达到极高的境界。这里实际上是词人以鹏自喻，希望自己能够从苦海中脱离，从而获得真正的逍遥。

周泳先称王词"皆作炼形服气语"，此词不然。词人虽抒道情，但不掩其真。众生皆苦，不如跳脱出来，化作鲲鹏，扶摇于云霄，豪迈飘逸的形象跃然于纸上。

（徐钧）

水龙吟

长筌子*

故乡何处栖迟,海山雾敛春风细。花浓石润,云娇烟淡,天容如水。芝桂香分,橘橙酒滟,锦茵摘翠。佩霓裳缥渺,飞琼羽盖[1],瑶池宴[2],赏佳丽。　俯笑人间富贵。到头来、一场虚伪。桑田暗改,人生空老,谁能适意。虎战龙争,汉兴秦灭,今成何济。看蓬莱紫府[3],长春胜景,妙无加矣。

注释

[1]飞琼:传说中的仙女。《汉武帝内传》:"王母乃命诸侍女……许飞琼鼓震灵之簧。"

[2]瑶池宴:瑶池,在昆仑山上,为西王母所居。《穆天子传》曰:"天子觞西王母于瑶池之上,西王母为天子谣。"

[3]紫府:仙人所居。晋葛洪《抱朴子·祛惑》:"及至天上,先过紫府,金床玉几,晃晃昱昱,真贵处也。"

评析

这首《水龙吟》与其他道情词没有本质上的不同,皆为诉述仙情,感慨人世无常。上片写景,描绘了瑰丽梦幻的海上仙境,下片说理,表

---

* 长筌子(生卒年不详),龟山(今山东省新泰市)人。金哀宗正大八年(1231),为避兵乱,离乡奔赴河南,结庐隐居于泌阳畎亩之中,楮冠缊袍,箪食篱耕,曾参与王喆建立的唐州长春观金莲会。有《洞渊集》5卷,卷一至卷四为诗文,词载于卷五。《唐宋金元词钩沉》辑录其词,题为"洞渊词",周泳先《唐宋金元词钩沉·总目》评曰:"长筌子《洞渊》一集,造语颇多精美清绮之辞,虽仍不免作道家语,但较诸玉蟾、长春,已高出一着矣。"

达了作者的飘逸淡泊之心。

  起首两句,一问一答,引出对于海上仙山的描述。故乡何处值得滞留?君不见:海上仙山雾气收敛,春风拂面。山中花浓绿映,石色润莹,抬眼望去,云气氤氲,薄烟笼罩,天空澄澈如水。芝桂香氛弥漫,橘橙醑酒潋滟,锦绣翠茵舒展。仙女身着缥缈的霓裳,簇拥着羽盖,在瑶池宴会中,欣赏着这如梦如幻的佳丽妙景。下片展开对于世事无常的感叹,仰天大笑,人间富贵,到头来不过是一场虚伪。沧海桑田,变幻无常,岁月徒逝,人生空老,此中又有谁能自在适意!秦汉之际,龙争虎斗,最终汉兴秦亡,如今又有何用呢?且看蓬莱、紫府仙境,春景常驻,其妙处无极。

  周泳先《唐宋金元词钩沉·总目》评语称:"较诸玉蟾、长春,已高出一着矣。"其中,玉蟾指的是白玉蟾,长春则是丘处机,二人都是道教词人中的代表人物。纵观长筌子该词,可知周泳先之语不失。相较于其他道教词家,我们可以看到长筌子对于景物的描绘细腻,而且长于评论,说理透彻,这首词可以说是长筌子词作的典型。

(徐钧)

虞美人·浙江舟中作

赵孟頫

  潮生潮落何时了,断送行人老。消沉万古意无穷。尽在长空、澹澹鸟飞中[1]。 海门几点青山小[2],望极烟波渺。何当驾我以长风[3]。便欲乘桴、浮到日华东[4]。

注释

  [1]消沉万古意无穷。尽在长空、澹澹鸟飞中:唐代杜牧《登乐游

原》有"长空澹澹孤鸟没,万古销沉向此中"。

〔2〕海门:海口,是内河通往大海的地方。

〔3〕长风:唐代诗人李白有"长风破浪会有时,直挂云帆济沧海"。

〔4〕乘桴:乘坐竹筏。《论语》载孔子云:"道不行,乘桴浮于海。"

〔5〕日华:为宫殿门名。仇兆鳌注《唐六典》:"宣政殿前有两庑,两庑各有门。其东曰日华,日华之东则门下省也……西廊有门曰月华,月华之西即中书省也。"

评析

　　这首词通过潮生潮落、无始无终,感慨自然永恒、人生短暂,同时寄予了华发早生、壮志难酬的怅惘。

　　"潮生潮落何时了",正如李煜的"春花秋月何时了",大自然的一切,总是周而复始,不知道它们什么时候开始,也不知道会在什么时候结束。"断送行人老",人的生命在永恒的自然面前本已短暂如白驹过隙,但是这起起落落的潮水又像是有意送走人的青春,催促人老去,更让人生出一份无奈与悲伤。在潮起潮落中,词人感受到的不仅仅是个体生命的短暂、虚无,"消沉万古意无穷";整个人类社会也是稍纵即逝,人世浮沉如海潮中的涟漪,如长空中飞远逝去、毫无踪迹的鸟儿一般。从海门舟中远望,满眼无边浩渺,两岸青山点点,词人心怀为国效力的壮志豪情,希望有朝一日,乘长风直到日华门。清代词人陈廷焯《词则》评价此词"哀怨之情,溢于言表,责其人,亦悲其遇也"。这首词实际表达了朝廷矛盾重重、英雄无用武之地的悲哀,他所期盼的"长风"总是缥缈遥远。结合上阕"潮生潮落何时了,断送行人老",令人更生感慨。

(徐钧)

摸鱼儿·赋潮

吴存*

定何人、鞭蛟笞蜃,尽驱山石填海[1]。海波坌涌三千丈,蓬峤落翻鳌背。天昼晦。似睢水、扬沙汉楚三军溃[2]。东皇翠盖[3]。遣海若摇旌[4],冯夷击鼓[5],仿佛一时会。　　初发处,练白海门如带[6]。须臾雪岭天界。朝生暮落何时了,几度越成吴坏[7]。君莫怪。这莫有、至人呼吸乾坤外[8]。白鸥自在。待日落潮平,游人归尽,飞过富阳濑。

注释

〔1〕驱山石填海:据唐朝欧阳询《艺文类聚》记载,秦始皇一统天下后,欲长生不老,听说东海之上有神山,故作石桥,欲过海观日出处。有神人驱石下海,城阳十一山,石尽起立,云石去不速,神人辄鞭之,尽流血。

〔2〕似睢水、扬沙汉楚三军溃:据《史记·项羽本纪》记载,公元前205年,汉王刘邦、楚王项羽在睢水交战,激烈异常,汉军为楚军所败,十余万汉军皆入睢水,睢水为之断流。俄尔飞沙走石,天昏地暗,楚军大乱。刘邦趁机带领十余骑人马逃脱。

〔3〕东皇:东皇太一。

〔4〕海若:传说中的海神。

〔5〕冯夷:传说中的黄河之神,水神。《楚辞》有:"令海若,舞冯

---

* 吴存(1257—1339),江西鄱阳人。元仁宗延祐元年(1314)恩授饶州路学正,调宁国路教授,后以鄱阳县主簿致仕。著有《乐庵遗稿》。

夷。""冯夷击鼓",形容海潮声势浩大。

〔6〕海门：海口，是内河通往大海的地方。

〔7〕越成吴坏：指春秋时期的吴越争霸。

〔8〕至人：《庄子·逍遥游》有"至人无己，神人无功，圣人无名"。

评析

　　这首词开篇借用神话传说描写海潮翻滚、波涛澎湃，像是海中仙山翻落鳌背，倒掉到海中；又像是千军万马汹涌而来；还像是东皇翠盖，海若摇旌，冯夷击鼓。这些描述既给人以视觉上的冲击，还给人以听觉上的震撼。词的下阕描写海潮的来势，"初发处"，像一条白练，转瞬间就成了一道雪岭，迅猛异常。接下来，词人笔锋一转，感慨人世间的变换亦如此，朝生暮落间，"几度越成吴坏"。面对世事变换，词人宕开一笔，以写景收束全篇。自在白鸥、归家游人、潮平日落，与前文汹涌激烈的潮势构成对比，形成巨大的张力。这首词起于豪放，收于平淡，在对比反衬中，给人留下无穷的韵味。

（徐钧）

渔　父

吴镇*

　　醉倚渔舟独钓鳌[1]。等闲入海即乘潮。从浪摆，任风飘。缩手怀中放却桡。

---

* 吴镇（1280—1354），元代书画家，诗文家。浙江嘉善人。字仲圭，号梅花道人。吴镇的山水画师承董源，兼取马远、夏圭，苍莽雄厚。喜作渔父图，有清旷野逸之趣。墨竹简率遒劲。吴镇与黄公望、倪瓒、王蒙合称"元四家"。存世有《渔父图》《双松平远图》《洞庭渔隐图》等。

注释

〔1〕鳌：传说海中能负大山的神龟。《列子·汤问》云："龙伯之国有大人，举足不盈数步而暨五山之所，钓而连六鳌。"

评析

吴镇生性孤耿，终生不仕，亦不与权贵相往来。其《调寄沁园春》云："古今多少风流，想蝇利蜗名几到头。看昨日他非，今朝我是，三回拜相，两度封侯，采菊篱边，种瓜圃内，都只到邙山土一丘。"《渔父》这首词同样表现了清高狂放的性情。"醉倚渔舟独钓鳌"，醉、独，表达内心的孤独、寂寞；钓鳌，则表明意趣高远。入海乘潮，在波涛中"从浪摆，任风飘"，又表现了不畏艰险的意志。"缩手怀中放却桡"，则是一任逍遥，自得其乐，随性而为的旷达。吴镇喜作《渔父图》，存世作品皆有清旷野逸之趣，与渔父图题诗相得益彰。其他题画诗如《洞庭渔隐图》"兰棹稳，草衣轻，只钓鲈鱼不钓名"、《秋江渔隐图》"云影连江浒，渔家并翠微。沙鸥如有约，相伴钓船归"，皆表现了隐居山水、诗意般的生活，极富意趣。

（徐钧）

望海潮·丁巳清明日，登定海县招宝山望海

张翥[*]

扶桑何许[1]，蓬莱何处[2]，沧海一望漫漫。精卫解填，鼋鼍可驾，凌波直渡三韩[3]。云气有无间。只是天是水，无地无山。歘屃

---

[*] 张翥（1287—1368），字仲举，元代著名诗人、词人，晋宁（今山西省临汾市）人。至正初年（1341）被任命为国子助教，后升至翰林学士承旨。其作品多散佚，今存《蜕庵诗集》。

鳌掀[4],飓风俄起昼生寒。从今不数鲵桓[5]。羡秦人采药[6],龙伯垂竿[7]。槎信未来[8],珠光暗徙,群仙约我骖鸾[9]。长啸壮怀宽。且振衣绝顶,酾酒长澜。挥手相招,片帆飞趁暮潮还。

注释

〔1〕扶桑:神话中的树木名。传说太阳每天在咸池沐浴后,渐渐升起,升高到扶桑树梢时,天恰好微明。

〔2〕蓬莱:传说中神仙居住的仙山。

〔3〕三韩:本指古代朝鲜半岛南部的三个部落联盟,即马韩、辰韩、弁辰(三国时称弁韩)。后以三韩代指朝鲜。

〔4〕赑屃:传说为龙的第六子,貌似龟而好负重,力大,可驼负三山五岳。鳌:传说中的巨龟。

〔5〕鲵:大鱼。

〔6〕秦人采药:指秦始皇为追求长生不老,派徐福等人出海求取仙药。

〔7〕龙伯:《列子·汤问》云:"龙伯之国有大人,举足不盈数步而暨五山之所,钓而连六鳌。"

〔8〕槎信:据晋代张华《博物志》记载:"旧说云:天河与海通,近世有人居海渚者,年年八月,有浮槎去来,不失期。"

〔9〕骖鸾:驾鸾凤云游,比喻成仙。

评析

丁巳年为元仁宗延祐四年(1317),当时张翥三十岁。定海招宝山位于现在的浙江宁波镇海区东北,因为古时外国进贡的船只停泊于此,故名为招宝山。词以问句开篇,"扶桑何许,蓬莱何处",这些传说的海中仙境在哪里呢?穷尽目力,仅仅看到漫漫沧海而已,即使是精卫填海、鼋鼍可驾,到达三韩之境,看到的依然是水天茫茫,陆地根本无从找寻,更何况有鱶鱾掀起的巨浪、飓风带来的四面寒气。暂且把海中盘桓的鲸鲵搁置一边。即使有秦始皇派遣出海求取仙药的众人、有能钓起巨鳌的巨人龙伯,可惜八月槎信未来,这些也都虚无缥缈。词作最后以"长啸壮怀宽"回到现实,登高望远,迎风把酒,只见趁着暮潮归来的片片帆船而已。这首词气势雄浑,思绪纵横万里,驰骋千古,天上人间,一一摄入笔下。结句"长啸壮怀宽。且振衣绝顶,酾酒长澜。挥手相招,片帆飞趁暮潮还",表现出身处末世的慷慨苍凉。

(徐钧)

八犯玉交枝・招宝山观月上[1]

仇远*

沧岛云连[2],绿瀛秋入[3],暮景却沉洲屿。无浪无风天地白,听得潮生人语。擎空孤柱[4]。翠倚高阁凭虚[5],中流苍碧迷烟雾[6]。惟见广寒门外[7],青无重数。　不知是水,不知是山是树,漫漫知是何处?倩谁问、凌波轻步[8]?谩凝睇[9]、乘鸾秦女[10]。想庭曲、霓裳正舞[11]。莫须长笛吹愁去。怕唤起鱼龙,三更喷作前山雨。

注释

〔1〕招宝山:一名候涛山,在浙江定海附近。

〔2〕沧岛:被海水围绕的岛屿。

---

* 仇远(1247—1326),字仁近,一字仁父,钱塘(今浙江省杭州市)人。因居余杭溪上之仇山,自号山村民。以能诗工画而闻名。元成宗大德年间为溧阳州学教授,旋罢归。优游湖山以终,卒葬杭州北山栖霞岭下。有《金渊集》6卷,词集《无弦琴谱》,多写景咏物之作,风格近周邦彦、姜夔。

〔3〕绿瀛：瀛洲，传说中的仙山。

〔4〕擎空孤柱：像一根孤柱托住天空，形容招宝山的雄伟。

〔5〕凭虚：凌空。

〔6〕苍碧：形容碧绿的水波。

〔7〕广寒：指广寒宫，即传说中的月宫。

〔8〕凌波轻步：指水中仙女。曹植《洛神赋》："凌波微步，罗袜生尘。"

〔9〕凝睇：凝视、凝望。

〔10〕乘鸾秦女：欧阳忞《舆地广记》载："秦穆公时，有箫史者，善吹箫，能致白凤。穆公女弄玉好之。公为作凤台以居之，一旦乘凤而去。"

〔11〕霓裳正舞：指《霓裳羽衣舞》。

评析

这首词写词人在招宝山看月出的景象，雄奇秀丽，逸兴遄飞。关于招宝山，元代吴莱《游甬东山水古迹记》云："庆元（今浙江宁波）东，逼海有招宝山，或云他处见山有异气，疑下有宝；或云东夷以海货来互市，必泊此山。前至峡口，怪石嵌险离立，南曰金鸡，北曰虎蹲。又前为蛟门，峡东浪激，或大如五石斗瓮，跃入空中却堕下，碎为氛雨；或远如雪山冰岸，声势崩涌。秋风一作，海水又壮，排空触岸，杳不知舟楫所在。"明代沈恺《招宝山记》云："招宝临大海，四望浩渺，与天无际，海中诸岛，隐隐如凫鸥拍浪，时时飞耸欲坠，日本琉球诸番异域，遐眺历历可指数，诚大地一奇观也。"由此可知，招宝山一是近海，二是险峻，选择此地看月出，当能看到不一样的风景。

"沧岛""绿瀛"均指招宝山，"云连"写其高耸入云，"秋入"点出时令，"暮景却沉洲屿"写夜幕降临，岛屿仿佛都沉埋在夜色中。接着，"天地白"写月出之后，天地一片明亮、洁白，"无浪无风"，空旷静谧，只能听到潮声与人语。二句绘声绘色,凸显出海面月出时才有的景象,同时又化用了王安石"洞庭浪与天地白,尘昏万里东浮眼"(《送春》)与卢纶"估客昼眠知浪静,舟人夜语觉潮生"(《晚次鄂州》)等名句。"擎空"三句说招宝山像支撑在天水之间的巨柱,站在山顶楼阁上,仿佛飘摇在空中,俯瞰海面,但见波涛澎湃,烟雾迷蒙。月光之下,只能看到重重叠叠的山,雄奇壮美,一片苍茫。

下片围绕着月色,展开一系列想象。天水相接,分不出是天是水,连山、树也融为一体,区分不开,词人不禁发问:"漫漫知是何处?""倩谁问"三句,则利用宓妃、弄玉与玉环的故事,驰骋想象,虚拟月中仙境,使月出之境更加空灵动人,如梦似幻。最后三句突发奇想,生怕长笛吹起哀愁之曲,惊醒鱼龙,兴风作浪,表达了对美好月景的眷恋。

整体来看,这首词虚实结合,构思巧妙,写景空灵,恢宏壮阔。《词苑》云:"此词纵横之妙,直似东坡。"正是注意到了它的浪漫主义色彩。

(徐钧)

满江红·次韵耶律舜中樟亭观潮[1]

张翥

望入西泠[2],乍一线、涛头涌白。疑海上、鳌翻山动,鹏抟风积[3]。银汉迢遥槎有信,秋光浩荡云无迹。快醉挥、吟笔倒琼瑰[4],冯夷宅[5]。　　沙草远,迷烟碛[6]。云树老,欹宫壁[7]。叹潮生潮落,几时休息。事往空遗亡国恨,鸟飞不尽吴天碧。正销凝、何处夕阳楼,人横笛。

注释

〔1〕耶律舜中：据杨瑀《山居新语》卷一载："脱脱丞相，康里人氏。延祐间，为江浙丞相，有伯颜察儿为左平章，咨保宁国路税务副使耶律舜中为宣使。"延祐间，即1314—1320年，时张翥年近三十岁，游居江淮，尚未出仕。樟亭：古地名，清代《浙江通志》记载："樟亭，在钱塘县旧治南五里，后改为浙江亭，今浙江驿其故址也。"今属浙江省杭州市。为观赏钱塘江大潮的胜地。

〔2〕西泠：桥名，在杭州孤山下西北处。宋代周密《武林旧事·湖山胜概》："西陵桥，又名西林桥，又名西泠。"

〔3〕鳌翻山动：典出自《列子·汤问》："渤海之东不知几亿万里……其中有五山焉……帝恐流于西极，失群仙圣之居，乃命禺彊使巨鳌十五举首而戴之。迭为三番，六万岁一交焉。五山始峙而不动。"鹏抟风积：典出自《庄子·逍遥游》："鹏之徙于南冥也，水击三千里，抟扶摇而上者九万里。"这里都是用来形容潮水波涛汹涌之貌。

〔4〕琼瑰：美石。《诗·秦风·渭阳》："何以赠之，琼瑰玉佩。"《毛传》曰："琼瑰，石而次玉。"这里用来比喻美好的诗文。元耶律楚材《和南质张学士敏之见赠七首》之一："和我新诗使予起，却得琼瑰酬木李。"

〔5〕冯夷：传说中为河伯。《庄子·大宗师》："冯夷得之，以游大川。"成玄英疏："姓冯名夷，弘农华阴潼乡堤首里人也。服八石，得山仙。大川，黄河也。天帝锡冯夷为河伯，故游处盟津大川之中也。"

〔6〕烟碛：水雾笼罩的沙石。《说文解字》："碛，水渚有石者。"

〔7〕歆：倚靠。

评析

观潮风俗始于汉魏，盛于唐宋。每年农历八月十八日，浙江观潮处无不人满为患，唐代诗人徐凝《观浙江涛》有"钱塘郭里看潮人，直至白头看不足"之语。凡观潮之人无不为钱塘江大潮的壮美所叹服，苏东坡尝云："八月十八潮，壮观天下无。鲲鹏水击三千里，组练长驱十万夫。红旗青盖互明灭，黑沙白浪相吞屠。"这首词应是张翥与友人耶律舜中同游观潮时所作。

张翥这首《满江红》与《望海潮·丁巳清明日，登定海县招宝山望海》写作年份相近，又同是词人观海所感，但是气象不尽相同，相较于《望海潮》中词人对于自己命途窘困、仕途无望的苦闷，这首《满江红》显然多了几分慨叹世事无常的厚重感。

上片首起三句，由远及近。词人遥望西泠，忽然间，一道银线从海天相接处向岸边涌来，涛头卷起千堆雪，运用一"乍"字，突出了钱塘江大潮来势之急。随后，面对钱塘江潮的壮丽景象，词人并不急于描摹海潮的胜景，而是就此展开了一系列丰富的联想：海上的波涛汹涌，是否为首戴仙山的巨鳌翻涌而出，使得山摇海倾，造就了这番景象？又或是背若泰山、翼若垂天之云的鲲鹏在海上蓄势翱翔，击起千层浪？紧接着，词人由钱塘江潮每年农历八月十八日从不失期，转而想到八月槎信。此处"槎信"仍是暗指朝廷诰命，如今槎信未来，秋光浩荡，一片晴空如洗，不免伤感。但是词人并未在伤感自身中消沉，反而是趁醉挥毫，将海中浪潮与胸中块垒付诸笔尖纸上，面对浩瀚江海，倒出琼魄万顷。以洒脱之笔写出沉郁之情，豪迈气概油然而生。

词人并未局限于个人的情绪，而是把这种情绪投入到更为深远的历史观照之中。下片笔锋一转，沙草遥远，烟笼碛砾，参天古树枯倚旧时宫墙，满目萧瑟黯然之景。潮起潮落没有休止，世事兴废又何尝不是这样呢？抚今追昔，中间多少朝代更迭，又有多少的家仇国恨，如今看来不过是过眼云烟，自己又何必在这里枉自嗟叹呀！倒不及这些在吴地天空的飞鸟，无忧无虑，洒脱自在。就在词人凝神思索时，忽不知从何处传来的阵阵笛声，与夕阳、楼台一起使这份愁绪又悠远了几分。

这首词全篇以观潮为中心，却不拘于观潮之事，而是由观潮发散，其中包含了词人对于人生有限与世事无常的哲学思考。清李佳《左庵词话》卷上云:"张翥《蜕岩词》,典雅温润,每阕皆首尾完善,词意兼美。"这首词可称得上是其典型之作。

(徐钧)

八声甘州·钱帅阃张仲渊外郎先福建帅府出海捕寇收功[1]
袁士元*

又西风、吹动塞云飞,碧天倚清秋。拥长亭祖席[2],斜阳旗影,枫叶江头。赞画雄藩三载[3],莲幕更风流[4]。愧我黄尘客,拂袂从游。　记取环峰亭下[5],问元戎战舰[6],巧运机筹。共轻裘缓带[7],坐看瘴烟收。念平生、棱棱英气[8],称沙堤[9]、近侍骅骝。须知道、月明千里,人在瀛洲[10]。

注释

〔1〕帅阃:镇守一方的军事首长。

〔2〕长亭:古时道路每十里设一长亭,每五里设一短亭,以供往来行旅休息。近城长亭常为送别处。祖席:饯饮的宴席。

---

* 袁士元(1306—1364),字彦章,庆元鄞县(今浙江省宁波市海曙区)人,德祐忠臣袁镛之孙。性至孝,父患背疽,吮之立愈。幼承家学,嗜学讲诵,废寝忘食,父母怜而禁之,乃端坐默记,未少辍。七岁谙《孝经》,小学书,通其大义。及长,勤研诸经,尤深于书法,宗"二王",以行草入妙。年近四十,未尝求仕,御史奥林以茂才荐,授县学教谕,调鄞山书院山长,危素荐为平江路学教授,擢翰林国史院检阅官,不赴。筑城西别墅,种菊数百,自号菊邨学者,往往自放于山巅水涯之间,与山僧逸人相与为倡酬。所著《书林外集》7卷,危素为之序,称其诗"清丽可喜"。《彊村丛书》辑其词为《书林词》1卷,存词7首,另有《四书五经疑义》若干卷。此外还有《鄞庠集》《东湖集》《月湖集》《书林集》,皆散佚。其生平事迹见于曾廉《元书》、顾嗣立《元诗选》及《鄞县志》《宁波府志》等书。

〔3〕赞画：辅佐谋划。雄藩：地位重要、实力雄厚的藩镇。

〔4〕莲幕：典出自《南史·庾杲之传》："（王俭）乃用杲之为卫将军长史。安陆侯萧缅与俭书曰：'盛府元僚，实难其选。庾景行，泛渌水，依芙蓉，何其丽也。'时人以入俭府为莲花池，故缅书美之。"后因称幕府为"莲幕"。

〔5〕环峰亭：据《方舆胜览》记载，环峰亭坐落于古福州，今属福建省三明市尤溪县。

〔6〕元戎：大的兵车。《诗·小雅·六月》："元戎十乘，以先启行。"朱熹《诗集传》曰："元，大也。戎，戎车也。"

〔7〕轻裘缓带：轻暖的皮衣，松缓的腰带。形容从容闲适。

〔8〕棱棱：威严方正貌。

〔9〕沙堤：唐时凡拜相，京兆令民载沙铺路，自宰相私邸铺至子城东街，称之为沙堤。

〔10〕瀛洲：本是传说中海外的仙山。唐太宗时，为网罗人才，设置文学馆，任命杜如晦、房玄龄等十八名文官为学士，轮流宿于馆中，暇日，访以政事，讨论典籍。又命阎立本画像，褚亮作赞，题名字爵里，号"十八学士"。时人慕之，谓"登瀛洲"。事见《新唐书·褚亮传》。后来的诗文中常用"登瀛洲""瀛洲"比喻士人获得殊荣，如入仙境。

评析

由词题可知，该词是袁士元为张仲渊饯行所作，全词通篇压尤韵。上片首两句写秋日送别之景。正值清秋时节，西风又起，天高云淡，一碧万顷，此时于长亭送别，置席留饮，直至日影西斜，汀头枫叶，更是为此平添了几分凉意。三、四句为称颂张仲渊之语。多年来，你辅佐谋划，镇守一方；幕府之中，你运筹帷幄，气宇不凡；与你交游，真是令"我"这个俗世中人深感惭愧。下片回忆往昔。记得环峰亭中，相互探讨戎车战舰、行兵布阵之事;共披轻裘,坐看山中瘴气收束。从中可见袁、张二人关系很好。追忆往昔,尤记得我们英气凌然,声称要封侯拜相,要侍从驱驰着骏马簇拥。最后一句表达对友人的牵挂:要知道,虽然我们相隔遥远,你也已经因捕寇获功,但是我们之间的情分不变。

袁士元存词七首,皆为酬赠之作,但是这首词反映出当时尖锐的民族矛盾,引人注目。所谓"海寇",显然指的是元末农民起义军。至正十二年(1352),方国珍领导的农民起义军活动于浙、闽两地的东南沿海一带。除此之外,袁士元有《清平乐·赠张居仁获贼有功赐三界巡检》一词:"鳌波万里。群盗如蜂起。擒却四凶天使喜。特命一官入仕。 世家元在兜鍪。少年胆气横秋。自此将军一步,会看谈笑封侯。"这两首词鲜明地反映出了袁士元的立场,在民族矛盾、阶级矛盾尖锐的元末,面对朝廷与起义军两方,袁士元选择站在了元朝统治阶级的阵营。

不可否认,袁士元是元朝统治下的受益人,他自然会维护元朝的统治。但是,我们也不能因此批评袁士元的政治态度,指责其维护元朝政权,反对农民起义,这样未免武断。袁士元在《闻海寇有作》一诗中描写贼寇暴行:"朝瓯暮越忽东西,闯隙投奸或前后。存心暴如虎与狼,杀人不异鸡与狗。男儿掳去赛江神,女子擒归从配偶。圣灵被害那可言,鱼鸟犹惊失渊薮。残舟破县尽燔劫,官廪公然恣强取。"又描写在方国珍义军影响下庆元一带的场景:"今年边报犹未宁,戎马萧萧渡江柳。人家十室九逃亡,谁复妻儿依户牖。犁锄尽铸作兵器,野草含烟没农亩。城头昨日点义兵,健儿三千半耕叟。麦舟海上绝消息,六百青蚨米一斗。"由此看来,在袁士元的眼中,农民义军所造成的社会混乱比元朝统治的压迫有过之而无不及。因此,袁士元之所以希望能够镇压"海寇"、平复"叛乱",更多是体现了对百姓饱受战乱之苦的人道主义关怀。

回到这首词本身,从词中"赞画雄藩三载,莲幕更风流。愧我黄尘客，拂袂从游"与"念平生、棱棱英气，称沙堤、近侍骧骅骝"，我们可以看出袁士元是有政治理想的。他在《甲午七月廿二日忽坐后闻弹鹤》中云："鹤立高枝暂尔安，无情荡子弹金丸。老来遂有冲霄志，莫作投林倦翮看。"而且袁士元也确实有政治、军事方面的才能，除了词中写到的"记取环峰亭下，问元戎战舰，巧运机筹"，蒋景高《合葬墓志铭》记载："值淮寇陷昆山，江阴、许浦等处汉军万户佛知先生远略，遣使至隐所，聘至幕府，参赞机务。"但是好像未能成行。从史料来看，袁士元的大半生都在坐馆教书，长期在鄞庠任职，到年老隐居，未能实现自己的宏伟抱负。

总体来说，这首词虽然属于应酬之作，但是从侧面反映了元末时期东南沿海一带元廷与农民起义军的对抗，而且从袁士元的诗词中，我们也可管窥当时文人对此的态度及评价。从这个方面来说，袁士元的这首词具有独特的价值。

（徐钧）

木兰花慢

姬翼[*]

选峰峦佳处，结茅屋，伴苍松。有药圃芝田，耕云钓月[1]，香霭灵风。凭阑将观寰海，鼓洪涛、千丈接长空。几度蓬莱清浅[2]，

---

[*] 姬翼（1194—1268），字辅之，泽州高平（今山西省高平市）人。其先雍姓，避金世宗讳改为姬姓。四岁读书，九岁父母双亡，师事栖云道士王志谨，为全真道士，赐名志真，号知常子。元宪宗二年（1252）讲学于燕京长春宫，中统四年（1263）主事汴梁朝元宫，至元五年（1268）十二月三十日卒，年七十五。著有《云山集》8卷，存词163首。其词近于唱道情，作炼形服气者言，字句尤多凑泊，为诸家不喜。事见于《知常姬真人事迹》（李道谦辑《甘水仙源录》卷八）、《元诗选癸集》等。

杳冥滒混云龙。　三山圣种犹存[3]，聋瞽辈，觅无踪。笑阿母蟠桃[4]，安期遗枣[5]，诱引儿童。任公巨缁好在[6]，犗钩悬、五十引长虹。蹲坐三年不见，若鱼何日相逢。

注释

〔1〕耕云钓月：在云间耕作，在月下垂钓。

〔2〕蓬莱清浅：比喻世事变迁。典出自《神仙传》卷三："麻姑自说：'接待以来，已见东海三为桑田，向到蓬莱，水又浅于往昔，会时略半也，岂将复还为陵陆乎？'方平笑曰：'圣人皆言，海中行复扬尘也。'"

〔3〕三山：传说中的海上三神山。晋王嘉《拾遗记·高辛》："三壶，则海中三山也。一曰方壶，则方丈也；二曰蓬壶，则蓬莱也；三曰瀛壶，则瀛洲也。"

〔4〕阿母蟠桃：典出自《汉武帝内传》："又命侍女更索桃果，须臾，以玉盘盛仙桃七颗，大如鸭卵，形圆青色，以呈王母。母以四颗与帝，三颗自食。桃味甘美，口有盈味。帝食辄收其核，王母问帝，帝曰：'欲种之。'母曰：'此桃三千年一生实，中夏地薄，种之不生。'帝乃止。"

〔5〕安期遗枣：典出自《史记·孝武本纪》：少君言于上曰："祠灶则致物，致物而丹砂可化为黄金，黄金成以为饮食器则益寿，益寿而海中蓬莱仙者可见，见之以封禅则不死，黄帝是也。臣尝游海上，见安期生，食巨枣，大如瓜。安期生仙者，通蓬莱中，合则见人，不合则隐。"

〔6〕任公巨缁：典出自《庄子·外物》："任公子为大钩巨缁，五十犗以为饵，蹲乎会稽，投竿东海，旦旦而钓，期年不得鱼。已而大鱼食之，牵巨钩錎没而下，骛扬而奋鬐，白波若山，海水震荡，声侔鬼神，惮赫千里。任公子得若鱼，离而腊之，自制河以东，苍梧以北，莫不厌若鱼者。"

评析

  元代时期，道教鼎盛，全真道是在宋元道教浪潮之中涌现出的规模最大、地位最高的新兴道派，元代以来全真道与正一派并称，有"北全真，南正一"的说法。由于在传教过程中时常需要以诗词歌曲劝诱世人，因此就要求道士具有一定的文化水平。例如，有"全真七子"之称的马钰、丘处机、王处一等人多是出身于地主阶级的知识分子。因此元代词坛中，由道士创作的诉道情、仙情的词作占据了很大的比重。正如姬翼的这首《木兰花慢》，该词展现了词人对于仙境的想象，营造了一处奇幻瑰丽的世外桃源。

  上片是词人对于理想环境的描绘，选取山峦景色秀丽处，结庐青松之下，垦一处良田，种满灵芝仙草，在云雾间耕作，在月光下垂钓，香霭环绕，灵风吹拂。凭栏远眺，海中洪波涌起，直接天际。词人联想到，岁去年来，沧海桑田几度变换，就像云间的游龙一般神秘莫测。下片写对于求仙问道的向往，蓬莱、方丈、瀛洲之中圣种犹在，聋盲之辈想要寻觅，却杳无踪迹，笑王母之蟠桃、安期之巨枣此类神仙异事，引诱儿童，惑人耳目。更钦羡任公子以五十犗为饵，搅海扬波，垂钓巨鱼。如今蹲坐多年，仍未得见，不知何时相逢，犹如修行数载，得道之日仍不可期。执着如此，其诚心可以想见。

  纵观《木兰花慢》一词，确为习语拼凑而成，但词人以其丰富的想象，为读者展现了一座颇为奇幻的海上仙山，不失为可取之处。

（徐钧）

明清海洋词选

风入松·海天一览

陈霆[*]

乾坤空断海天秋[1]。远水际天浮。望中一发青山小[2]，雪涛涌、万里归舟。明月双凫渺渺[3]。西风两鬓飕飕[4]。　布袍长剑走神州，三醉岳阳楼。水晶宫里骑鲸去[5]，星河动、仙派回流。铁笛叫开阊阖[6]，佩环飞下瀛洲[7]。

注释

〔1〕乾坤：谓天地。

〔2〕望中：视野之中。

---

[*] 陈霆（约1477—1550），字声伯，号水南居士，明浙江德清人。弘治十五年（1502）进士，除刑科给事中，正德初年因上书弹劾张瑜，遭刘瑾陷害入狱，判谪六安州。刘瑾被诛后，复为刑部主事，转山西提学佥事，不久辞官回乡，隐居40多年，潜心著述。陈霆博学多闻，工于诗、词、文，著有《水南稿》《渚山堂诗话》《渚山堂词话》等，其中《渚山堂词话》为明代词学名著，录元、明之际散逸之作，有较高的文献价值。

〔3〕双凫：两只水鸟。

〔4〕飕飕：既言风声，又言双鬓斑白。

〔5〕水晶宫：传说中的水神或龙王宫殿，此处指月宫。

〔6〕铁笛：铁制的笛管。相传隐者、高士善吹此笛，笛音响亮非凡。阊阖：传说中的天门。

〔7〕瀛洲：传说中的仙山。

评析

这首词题为"海天一览"。上片写海，写现实；下片写天，写虚境。落笔淋漓，气势豪宕，一气呵成。

上片开头便有开阔之势，"乾坤""海天""远水"营造出壮阔的海天景象，远望大海，水浮天际，何等壮美。后面几句将笔触由大海之景转到了词人自己身上，他远望水天尽头，那青山只如一缕细发，小舟漂浮在翻滚的波涛中。"望中一发青山小"用苏轼《澄迈驿通潮阁》"杳杳天低鹘没处，青山一发是中原"句意，写大海之大，极目之远。"归舟"二字隐隐写出作者厌倦宦海风波，欲归田园的心绪，这种心绪在最后两句的"双凫渺渺""两鬓飕飕"中有更明显的体现。"双凫"既指海鸟，也指词人自己。《后汉书·方术传上·王乔》载，叶县令王乔有神术，每月朔望能从叶县至都城觐见，明帝令太史窥伺，方知王乔每次入京，有双凫从东南飞来，后以"双凫"为地方官故实，这里指词人的出仕之心。这两句写的是词人面对海天茫茫的心境，眼前皓月无边，西风萧飒，词人也衰老萧索，如浪中小舟般漂流，出世之心渐歇。词人的情绪从开头的激昂豪迈，转为冷落失意。

下片是追忆与幻想，前两句用唐吕岩《绝句》"袖里青蛇胆气粗，三醉岳阳人不识"，吕岩是传说中的吕洞宾，入道之前是书生。这两句是词人在追忆生平，作为书生也曾经意气风发，仗剑为天下，也曾似仙人吕洞宾一般放荡不羁，大醉岳阳楼。"水晶宫"三句是词人的幻想，也是词人的自况,"水晶宫"指的是月宫,"骑鲸"指的是仙游。李白自称为骑鲸人,传说死后骑鲸仙去,陆游《长歌行》有诗句:"人生不作安期生,醉入东海骑长鲸。"词人由仙人吕洞宾想到了谪仙李白,想到抛开世俗,骑鲸仙游,到美丽的月宫中看银河涌动。最后两句完全是尘外之想,"铁笛"也是仙人的代表,元萨都剌《升龙观夜烧香印上有吕洞宾老树精》诗有"铁笛一声吹雪散,碧云飞过岳阳楼"。这两句神思飞动,一时用铁笛打开九天之门,一时佩环下海中瀛洲,自由自在,无拘无束。

上、下两片紧扣"海天"二字,上片写海之壮阔无垠,由海之茫茫引起出尘之思,下片写天上仙境之自由,抒发超脱凡尘、无拘无束的快乐,想象丰富,境界阔大,笔调雄健。

(贺琴)

望海潮·八月十八日潮生

高濂*

江分吴越[1],星摇牛女[2],潮回海跃山倾。怒奋天戈[3],惊翻地轴[4],半空万马奔腾。栗烈走风声[5]。俨堆云喷雪[6],照日层冰[7]。填填隐隐[8],真疑千里荡雷旌。　沧溟应月亏盈[9]。亘古今消长,暮落朝升。水分一派[10],浪蟠几曲[11],苍茫势驾飞鲸[12],岁岁看潮生。喜凭高纵目,把酒相迎。便想飘然,随潮归去向蓬瀛[13]。

---

* 高濂(生卒年不详),字深甫,号瑞南道人、湖上桃花渔,浙江钱塘(今杭州市)人。约生于嘉靖年间,曾任鸿胪寺官,万历时期隐居杭州。与传奇作家梁辰鱼、汪道昆等交游。高濂博学多才,工于词曲,精通音律,有传奇《玉簪记》《节孝记》二种,诗集《雅尚斋诗草》,词集《芳芷栖词》。

注释

〔1〕江:指钱塘江。吴越:春秋吴越故地,今江浙一带。

〔2〕牛女:指牵牛、织女两星。

〔3〕天戈:星名,又名玄戈,古指帝王的军队,此处意为海潮奋起,如军队征伐。

〔4〕地轴:指大地。

〔5〕栗烈:凛冽,形容严寒。走:流动。

〔6〕俨:宛如,十分像。堆云:形容密集而盛多。喷雪:形容白浪汹涌或水花飞溅。

〔7〕照日:与日光相辉映。层冰:厚冰。

〔8〕填填:形容声音大。隐隐:象声词,雷声。

〔9〕沧溟:大海。亏盈:缺损与盈满。

〔10〕一派:一片。

〔11〕蟠:屈曲。

〔12〕势:姿态。

〔13〕蓬瀛:神山名,蓬莱和瀛洲,相传是仙人居所,亦泛指仙境。

评析

根据徐朔方《高濂行实系年》考证,这首词是高濂45岁时在杭州所作,此前他在北京参加秋试失利,回到杭州后决心归隐,这首词写钱塘江海潮的壮观和词人超脱的心绪。钱塘江海潮自古以来就是天下奇观,每年农历八月十八日在杭州钱塘江口形成的潮涌,波涛汹涌,如万马奔腾,引起千古文人的歌咏。

上片前三句写钱塘江雄踞吴越的地理位置,钱塘江浪潮奔涌,如倒山倾海,将吴、越划为两地,就像天上的银河,将牛郎和织女分离开,只能隔河相望。其后三句写钱塘江潮席卷天地的雄壮气势,海潮奔袭,像天戈搅动,大地翻转,半空中万马奔腾。"栗烈走风声"写听觉,万马奔腾的海潮携来猎猎风声。"堆云喷雪"化用李白《横江词》中"浙江八月何如此，涛似连山喷雪来"诗句，写浪涛如云堆卷起，如白雪喷溅，又如冰霜映照在日光下，熠熠生辉。最后两句为海潮做了总结，"填填隐隐"写潮声轰鸣如雷，似远似近，让人怀疑铁马金戈，旌旗漫天，千军万马正奔涌而来。

上片极力渲染钱塘江潮的奔腾壮观之势，下片抒发词人面对海潮的感触。大海的潮起潮落应月而生，自古以来，朝升暮落，消长之间交替变换，正如人生的沉浮与变迁。水分一派，浪涌几曲，大海茫茫，浪似飞鲸，年年岁岁能够看着这样的潮涨潮落，这或许正是词人在科举失利之后对归隐生活的一种期盼和一种自适的心态。所以他凭高远眺，把酒临风，迎接着奔涌的海潮，并飘然欲飞，希望着能随着海潮去向海中的仙山蓬莱、瀛洲，表现了词人超然洒脱的心境。

这首词的上片写钱塘江海潮气势壮观，境界阔大；下片以亘古不变的海潮写词人的胸怀，气魄超迈。

（贺琴）

满江红·海上寄慨

钱肃乐[*]

何处吾家,撑不破、一篙烟碧。人道是、遨游云汉[1],啸歌赤壁。我怪青山笼日月,海波新浴双九色[2]。便移家、相近水云中,天三尺。　何曾学,万人敌[3]。耽一卷,成陈迹。算今来无用,不如钱癖[4]。明月照来尘一甑[5],春风酿得愁千甓[6]。问海鸥、何故更窥人,曾相识。

注释

〔1〕云汉:银河,天河。

〔2〕双九:即重阳。

〔3〕万人敌:指兵法。

〔4〕钱癖:爱钱成癖。

〔5〕甑(zèng):炊器,用于蒸食。

〔6〕酿:糅杂堆积,喻事情积渐而成。甓(pì):砖。

评析

钱肃乐一生创作的词并不多,只有不到30首,所写的内容以悼亡、

---

[*] 钱肃乐(1606—1648),字希声,一字虞孙,号止亭,浙江鄞县(今浙江宁波鄞州区)人。崇祯十年进士,授江苏太仓知州,政绩卓然,迁刑部员外郎,以丁忧归。顺治二年(1645),清兵南下,南明福王政权覆灭,钱肃乐联合熊汝霖、孙嘉绩等人募兵抗清,与张煌言奉表请鲁王监国于绍兴,任右副都御史兼兵部右侍郎。顺治三年(1646)兵败,随鲁王至舟山,隐于海坛山,采山薯为食。顺治四年(1647),郑彩奉鲁王至厦门,后至长垣,召钱肃乐为兵部尚书,顺治五年拜东阁大学士,郑彩擅权,连杀熊汝霖、郑遵谦等,局势恶化,钱肃乐忧愤呕血死于舟中。著有《正气堂集》《越中集》《南征集》等。

感怀为主，这与他从事抗清活动有关。明清易代之际，钱肃乐坚定地抵抗清军，在这个过程中，局势的紧张和亲人、朋友的相继就义，都使他把痛苦、愤懑、感伤的情感表达在词中。钱肃乐在顺治二年以后拥立鲁王、追随鲁王，从事抗清斗争，从浙江到福建，一直在东南沿海地区活动，这首《海上寄慨》应当创作于这段时间。

从题目来看，这首词是词人在海上有感于国家风雨飘摇而作，《满江红》的词牌也适合表达激越之情。龙榆生的《填词与选调》中曾指出："《念奴娇》《满江红》《贺新郎》三调，例以入声韵为准，取入声之逼侧，以尽情发泄壮烈之怀抱……《满江红》上下阕各有七言二句，或对或不对，句末字又悉用仄声，与律诗之以平对仄者异趣，两句相犯，而声容遂趋激越。"声律在一定程度上决定了《满江红》适合表达慷慨壮烈之情，最为典型的是岳飞的《满江红·怒发冲冠》。这首词的创作背景跟岳飞的词有相似之处，都是处在国破家亡、风雨飘摇的时候，但在情感上，钱肃乐的这首词不如岳飞激烈，而是在愤懑中掺入低沉与感伤。

上片首二句就直接发问：在茫茫的碧海青天间，何处是我家？大海是广阔的、美丽的，它既能激发千古文人的豪迈情怀，也会给失意的人带来飘摇无助之感。词人面对一碧万顷的大海，内心是沉痛的，家已无家，国已不国，大海虽然广阔，但哪里是能够栖息的地方？"人道是"二句是对前两句的回答，既在海上，不如遨游于沧海云汉，啸傲于江湖之间，"赤壁"是古战场，三国时期孙、刘联手于赤壁打败曹操，奠定三国鼎立的局面，这里的"赤壁"二字也暗示了时事如三国时的纷乱。"我怪青山笼日月，海波新浴双九色"两句是一个转折，人们说不如放开怀抱去遨游云汉，而我则不能放下世事，不能洒脱，因为"青山"笼罩了"日月"，暗指清兵的南下，攻占了朱明王朝的江山。"双九色"指的是夕阳西下为大海染上似重阳双九般的金色，更引起词人对故乡、故国沉痛、深刻的怀念。最后两句写的是词人现实的情况，如今他寄居海上，去天三尺，水云相近，却仍充满漂泊之感。

下片的情感复杂，词人回忆过去，未曾学过杀敌之策，只是埋首于书卷，耗费光阴，而如今在抗清斗争中历尽艰辛，过去所学全然无用，倒不如惜财敛钱来得实际。"钱癖"出自《晋书·杜预传》："时王济解相马，又甚爱之，而和峤颇聚敛，预常称'济有马癖，峤有钱癖'。"西晋和峤为政清简，但爱钱如命，家产之丰厚胜于王者，杜预称其为"钱癖"。词人此时懊悔，百无一用是书生，耽于书卷，倒不如惜财敛财，有丰厚的家资，能够在家国之难中发挥实际作用。"明月照来尘一甑，春风酿得愁千甓"两句用典，前一句用东汉名士范冉的典故，《后汉书·独行列传》记载，范冉"遭党人禁锢，遂推鹿车，载妻子，捃拾自资，或寓息客庐，或依宿树阴。如此十余年，乃结草室而居焉。所止单陋，有时粮粒尽，穷居自若，言貌无改。闾里歌之曰：'甑中生尘范史云，釜中生鱼范莱芜。'"后人用"甑生尘"比喻甘守清贫，在这首词里指的是词人目前清贫的状况。后一句用东晋陶侃的典故，出自《晋书·陶侃传》："侃在广州无事，辄朝运百甓于斋外，暮运于斋内。人问其故，答曰：'吾方致力中原，过尔优逸，恐不堪事。'其励志勤力皆此类也。"这个典故是指为建功立业而自勉自励。两个典故前者写词人的清贫困窘，后者反用其意，写的是如今词人不再是壮志满怀，而是愁绪万千。最后两句，海鸥窥人，似曾相识，留下无限的惆怅。

海上寄慨，寄托的既是明清易代之际词人面对天崩地裂、风雨飘摇的痛苦与愤懑，也寄托着对于自己身世如飘萍，无处安放困窘的抑郁与愁闷。

（贺琴）

归朝欢·澄海楼

尤侗*

家在芙蓉江畔住。两桨沙棠桃叶渡[1]。天风吹我北溟来[2],芒羊一望无穷处[3]。漫将秋水注。此时好读玄虚赋。倚危楼,不闻呼啸,满耳惊雷雨。　　却怪冯夷缘底怒[4]。白马乘潮鸣急鼓。鲛人又喜起楼台,璇宫出市珊瑚树[5]。风鬟雾鬓女[6]。戏弹宝瑟来迎汝。趁渔舟,一声欸乃[7],送我蓬壶去[8]。

注释

〔1〕沙棠:神话中的树名,木可造舟,食之使人不溺,此处代指船。桃叶渡:渡口名,在南京秦淮河畔,相传因晋代王献之爱妾桃叶而得名。

〔2〕北溟:亦作"北冥",传说中北方最大的大海,出自《庄子·逍遥游》:"北冥有鱼,其名为鲲,鲲之大,不知其几千里也。"

〔3〕芒羊:亦作"芒洋",广阔无边的样子。

〔4〕冯夷:传说中的黄河之神,泛指水神。

〔5〕璇宫:传说中仙人的居所。

〔6〕风鬟雾鬓:形容女子美丽的头发。

---

* 尤侗(1618—1704),字同人、展成,号悔庵,晚号西堂老人,江苏长洲(今苏州市)人,明末诸生,清顺治五年(1648)拔贡,顺治帝誉为"真才子"。顺治九年谒选为永平县(今河北卢龙)推官,后罢归。康熙十八年(1679)举博学鸿词,授翰林院检讨,参修《明史》,三年后告归,悠游林下二十余年。尤侗为清初文学家,才思敏捷,诗、文、词、曲皆其所擅,康熙称其为"老名士",晚年为江南名宿。有《西堂全集》,词集《百末词》收入康熙年间孙默所刻《国朝名家诗余》。

〔7〕欸乃：拟声词，行船摇桨或摇橹的声音。

〔8〕蓬壶：蓬莱，海上仙山。

评析

澄海楼位于山海关南的宁海城上，初建于明天顺五年（1461），原名"观海亭"，万历三十九年（1611）兵部主事王致中扩建，改名为澄海楼。它背靠燕山山脉，俯瞰大海，地势险峻，海阔天高，气势壮观，明清以来成为帝王将相、文人墨客登临游览之处。尤侗的这首词就是登澄海楼时所作，顺治九年（1652）至顺治十三年（1656），尤侗任河北永平府推官，顺治十年（1653），尤侗36岁时有公事至抚宁等地，登澄海楼观海，并作《澄海楼》诗和这首《归朝欢》词。《悔庵年谱》中记载了这次游览的所见所闻："至抚宁登山海关澄海楼，海水群飞，似雷非雷，遥望溟蒙不辨崖际，洵大观也！土人云东望即登莱一带，天晴风顺，隐隐闻鸡声，亦常见蜃楼海市，恍惚有无中。一片石是姜女墓，与波上下。西有海神祠，其像浮出海中。"站在澄海楼上眺望大海，汹涌时似雷声轰鸣，平静时有海市蜃楼，历史古今、神话传说仿佛就在眼前，尤侗用这首《归朝欢》记录下了他的所见、所闻、所思、所感。

上片词人从家乡写起，词人的家在开满芙蓉的江边，曾经经常荡着小舟往来于秦淮河畔，"芙蓉""沙棠""桃叶渡"这些意象秀丽清新，营造出一派江南水乡的柔美风貌。"天风吹我北溟来，芒羊一望无穷处"则把空间从遥远的江南转到眼前的澄海楼，两句的意思是天风把我送到北方这广阔的北海，大海浩渺，一望无际。"天风"既有实指，指朝廷委任永平推官，由南方来到北方，也是虚写，从前两句的江南水乡转到山海关，由远及近，拉开了空间距离，境界开阔。以上四句从江南写到北海，都在突出海之"大"，由此，词人想到了庄子的《秋水》与木华的《海赋》，《秋水》中的河伯行至北海，不见水断，望洋兴叹。玄虚是西晋辞赋家木华的字，他的《海赋》描写大海瑰奇壮阔，气势浩瀚。此时词人深切地体会到了河伯的感叹和木华笔下大海的壮美多姿。词人站在澄海楼上，听见海水拍打崖石，波涛席卷着水汽呼啸而来，感受着大海的神奇。

下片首句紧接上片，写大海的波涛，词人正感到奇怪，水神为什么会发怒？却看到一幅如梦如幻的美丽图景：海潮拍岸，如万马奔腾，又如战鼓急鸣，海底的鲛人筑起楼阁，龙宫水阁里陈列着珊瑚树，美丽的龙女，风鬟雾鬓，弹着宝瑟来迎接自己。"鲛人""璇宫""珊瑚"都是传说中大海的物产和精灵，"风鬟雾鬓女"出自唐李朝威《柳毅传》："见大王爱女牧羊于野，风鬟雨鬓，所不忍睹。"在这首词里是龙女的代称。以上的几句是虚写，词人由大海的广阔想到了《海赋》中那些丰富多彩的海的世界，并把那些美丽的海底楼阁、珊瑚、龙女一一呈现，并想象它们就在自己的眼前，迎接自己去向一个虚幻缥缈的世界。最后三句表达了词人的向往，他想要一叶渔舟，伴着摇橹声，将他送到传说中的蓬莱仙境中去，随着词人的想象，那神秘而多彩的大海也令人浮想联翩，神思飞翔。

这首词开始从江南写起，最后的去处是遥远的海上仙山蓬莱，不论是写作为铺垫的江南水乡，或是澎湃壮阔的大海，还是瑰丽神奇的龙宫仙岛，词中都始终充满面对大海的喜悦昂扬和超然物外的追求。

（贺琴）

望海潮·本意

王夫之*

红尘如此,茫茫沧海,吾将谁与言归!蜃雾腾虹,龙珠炫紫[1],波光天外霏微[2]。宝日涌初晖。经烟霾万里,云锁千围。依然不改,晶轮激火夹天飞[3]。　　吹箫人鼓余威。将吴宫旧怨,血洒灵衣[4]。怒遣天吴[5],滥驱海若[6],长风奋驾支祁[7]。淫姣责江妃[8]。将平沙尽洗,仙草滋肥。属目轩然一笑,人在钓鱼矶。

注释

[1]龙珠:传说中得自龙颔下或龙口中的宝珠,此处指太阳。

[2]霏微:飘溢,迷蒙。

[3]晶轮:月亮。

[4]灵衣:神明的衣裳。

[5]天吴:水神。《山海经·海外东经》:"朝阳之谷,神曰天吴,是为水伯。"

[6]海若:海神。

[7]支祁:即无支祁,相传是大禹降服的水怪。

[8]江妃:亦作"江斐",传说中的神女。

---

* 王夫之(1619—1692),字而农,号姜斋,别号一壶道人,湖南衡阳人。崇祯十五年(1642)举人,明亡以后起兵抗清,失败后退至肇庆,任南明永历政权行人司行人,因反对王化澄遭陷害排挤,至桂林投靠瞿式耜。顺治七年(1650)瞿式耜被捕殉难,王夫之辗转避难,晚年归隐于衡阳石船山,著述以终,世称船山先生。王夫之学识渊博,与顾炎武、黄宗羲为明清之际三大思想家,一生著述丰富,《周易外传》《春秋世论》《读四书大全说》《黄书》《读通鉴论》《宋论》等,亦工诗、词,有词集《船山鼓棹集》《潇湘怨词》。

评析

  根据龙榆生《读王船山词记》考证，这首词创作于顺治十一年（1654），也就是南明永历八年，这一时期的王夫之因被清政府缉捕，长期处于流亡的状态。顺治十一年南明与清政府的对抗，造成形势紧张，李定国请诏，在海上遇台湾郑成功军队，会师联络，共同抗清，并东征广东，获得胜利。王夫之为躲避追捕，变名为瑶人，流亡于湖南长宁，但始终心系南明，关注国事，这首《望海潮》通过写大海，隐晦地写时事的动荡和词人内心的不平静。

  上片首三句，词人内心是迷茫的，表达了无处归依的无奈。面对滚滚红尘，茫茫沧海，长期流亡漂泊的他又该去向何方？在开篇发出沉重的感叹，奠定了沉郁悲壮的氛围。"蜃雾腾虹"三句写大海笼罩在迷蒙雾气之中的情形，与"茫茫沧海"相照应，暗示形势的迷茫。在这蜃气弥漫、波光隐现之际，一轮红日升起，光辉四射，驱散烟雾，呈蓬勃之势。"烟霾万里，云锁千围"既是海上云雾笼罩的困境，也指南明政权长期以来的弱势、困局，虽然处于困局，但忠爱之心不改，"晶轮激火夹天飞"写海上战事的激烈，也表达了词人坚定的爱国之心。

  下片通过海涛翻涌之势写时局的紧张，首三句用伍子胥吹箫乞食之典，"吹箫人"指伍子胥，春秋时伍子胥从楚国出逃，夜行昼伏，至于陵水，无以糊口，遂膝行蒲伏，稽首肉袒，鼓腹吹箫麓，乞食于吴市。伍子胥忍辱负重，最后成功复仇，此典包含着词人对南明恢复故国的期望。"怒遣天吴"三句极写海的激荡，"天吴""海若""支祁""江妃"都是传说中的水神，写大海在水神的搅动之下波涌浪滚、起伏翻腾，"怒遣""滥驱""奋驾"都是描写动作的词，并且还带有强烈的感情色彩，十分有力度。在这里，大海象征着国家、国事，而三个水神则有反清复明志士的精神气质，他们同仇敌忾，搅动风云，精神昂扬激越，词人的情绪也随之达到最高潮。海潮过后，平沙净洗，草木滋肥，一派平静安然。最后两句"属目轩然一笑，人在钓鱼矶"是词人的一种向往，他立于矶头，眺望大海，朗然而笑，实际上是在回应开篇"吾将谁与言归"。

王夫之的词往往含蓄蕴藉，象征意味很浓，这首词就典型地体现了他的词的这种特点，词中的大海、海神、蜃雾、烟霾都具有象征性，与词人所处的现实环境紧密结合。词中的海并非词人亲眼所见，而是他心中的想象，然而在这想象的世界里，既写出真实大海的大气磅礴，又朦胧含蓄地寄托了自己的情思。

（贺琴）

满江红·同家兄西樵观海

王士禛[*]

萧瑟泓崝[1]，临高台、居然万里[2]。正云澜泱漭[3]，黏天无壁。日月纵横三岛外[4]，星河烂漫洪波里。把一杯、直下俯沧溟，凭鲛室[5]。　　长啸起，天风急。新赋就，秋涛沸。觉帝座非遥[6]，去天仅尺。笑指扶桑凌九点[7]，下看蚁垤分诸国[8]。问何时、乘履访安期[9]，鳌身黑[10]。

注释

〔1〕泓：深水，此处为海。崝：高耸的山峰。

〔2〕居然：安稳，安然。

〔3〕泱漭：水势浩瀚的样子。

---

[*] 王士禛（1634—1711），字子真，一字贻上，号阮亭，又号渔洋山人，因避雍正讳改为"士正"，乾隆时赐名"士禛"，谥"文简"。山东新城（今桓台县）人。清顺治十五年进士，授扬州府推官，历任礼部主事、户部主事、翰林院侍讲，后官至刑部尚书，康熙四十三年罢官归里。王士禛是清初著名诗人，论诗主"神韵"，为康熙诗坛"一代正宗"，影响深远，有《带经堂全集》。

〔4〕三岛：传说中的蓬莱、方丈、瀛洲三座海上仙山。

〔5〕鲛室：鲛人的水中居室。

〔6〕帝座：古星名。

〔7〕扶桑：传说日出的地方，这里代指太阳。九点：指九州，李贺《梦天》："遥望齐州九点烟，一泓海水杯中泻。"

〔8〕蚁垤（dié）：蚁穴外隆起的小土堆。

〔9〕安期：安期生，秦汉时的仙人，居于蓬莱山。

〔10〕鳌：传说中海里的大龟。传说有六鳌背负岱舆、员峤、方壶、瀛洲、蓬莱五仙山。

评析

  王士禛作为清初诗坛的一代宗匠，词名为诗名所掩。实际上，他的词在清初也颇具影响，这首词就是其《衍波词》中的佳作之一。这首词创作于顺治十三年（1656），是年，王士禛长兄王士禄任莱州府学教授，五月王士禛至莱州探望，兄弟二人同游龙溪，并于蠡勺亭观海，赋诗作词。王士禄有五言律诗《蠡勺亭观海同贻上弟》四首，王士禛创作了歌行《蠡勺亭观海》和这首《满江红》。

  这首词描写大海的壮美，气势宏大，展现了作者豪迈、宽广的胸襟和气魄。

  上片写作者登临高台看到的景象，作者写站在高台上见山高而水深，远望大海，万里无涯，气象萧瑟。"正云澜泱漭，黏天无壁"二句开始，展开大海浩渺雄壮的画面，"泱漭"语出司马相如《上林赋》"过乎泱漭之野"，写上林苑的广大，词中写海水浩瀚，与云天相接，看不到海天之别。"日月纵横三岛外，星河烂漫洪波里"，从上一句的写实转入写虚，大海之大，与日月纵横，囊括星河，这种博大激发了作者的豪情。"把一杯"二句是进一步想象自己也纵横于海天之间，举杯饮沧海，俯身凭鲛室，境界宽广。

下片由写景转为抒怀,"长啸起"四句写作者的情怀,面对大海,情怀壮烈,如天风急卷,秋涛沸腾。"觉帝座非遥"二句又是极度的夸张,"帝座"为星官名,作者想象自己离星空近在咫尺。"笑指扶桑"二句写作者在"去天仅尺"的空中所见。作者似乎看到了传说中太阳升起的地方——神奇的扶桑,俯视大地,人间如蚁垤般渺小。在这样浩瀚广茫的海天之间,作者希望去寻找仙人安期,表达了超脱现实的愿望。

王士禛的《衍波词》整体风格婉约绮丽,这首词却是豪放之作,其中寄托深厚。顺治十三年,其兄王士禄因科场案仕途不顺,自请改教职,被授予莱州府学教授的小官,王士禛本人亦尚未中进士。词的下阕写景中融入强烈的个人情感,有宽慰兄长之意,也有词人对于现实的认识,面对纷扰如"蚁垤"的人世,产生了超脱现实的想法,而大海的浩瀚无涯正使词人能够在"长啸"与"新赋"中荡涤烦扰,舒展胸怀。

(贺琴)

金明池·大热有怀蓬莱阁

曹贞吉[*]

大海涵青,丹楼耸翠[1],渺渺鸿蒙奥府[2]。蜃气荡[3]、云车风马,贝阙拥[4]、鲛姝龙女[5]。望扶桑、几点烟螺[6],便打叠鳌背[7],匆匆归去。更荒岛人烟,斜阳草树,蟹籪鱼罾凄楚[8]。　安得披襟常卧此。对铜井金波[9],冰轮初吐[10]。无从觅、湘灵鼓瑟[11],但可向、安期乞雾[12]。醉婆娑、晞发临流[13],任万斛天风[14],卷晴

---

[*] 曹贞吉(1634—1698),字升阶,又字升六,号实庵,山东安丘人。康熙三年(1664)进士,考授内阁中书,出为徽州同知,内召礼部郎中,调湖广学政,以疾辞归。曹贞吉工诗文,与宋荦、王又旦、颜光敏、田雯、丁炜、曹禾、汪懋麟等称"金台十子",尤工于词,与浙江嘉善词人曹尔堪合称"南北二曹"。有《珂雪词》2卷,选入《四库全书》。

吹雨。纵烁石流金[15]，凭栏一啸，试问暑归何处。

注释

〔1〕丹楼：红楼，多指宫、观。

〔2〕渺渺：水势浩大貌。鸿蒙：迷漫广大貌。奥府：幽深的洞府。

〔3〕蜃气：光线折射，使远处景物显现在半空中或地面上的奇异幻象，古人误以为蜃吐气而成，故称。

〔4〕贝阙：以紫贝为饰的宫阙，这里指河伯所居的龙宫水府。

〔5〕鲛：神话传说中生活在海中的人。姝：美女。龙女：传说中龙王的女儿。

〔6〕烟螺：青山。

〔7〕鳌背：指大海。

〔8〕簖（duàn）：插在水里拦捕鱼蟹的栅栏。罾（zēng）：用竹竿或木棍做的方形渔网。

〔9〕金波：指月光。《汉书·礼乐志》："月穆穆以金波，日华耀以宣明。"

〔10〕冰轮：指明月。

〔11〕湘灵：传说中的湘水女神。《楚辞·远游》："使湘灵鼓瑟兮，令海若舞冯夷。"

〔12〕安期：即安期生，传说中海上的仙人，秦时曾卖药东海边，人称千岁翁。秦始皇东巡曾与之会见交谈三日夜，后遣人求之，未得。汉代有人见其食巨枣，汉武帝曾遣方士入海求长生之术。

〔13〕晞发：晒发，指高洁脱俗的行为。临流：临流洗耳，相传尧欲禅位于许由，许由不愿听闻其言，于颍水之滨临流洗耳，常喻志向高洁。

〔14〕斛：旧量器名，亦为容量单位。

〔15〕烁：灼烁，光彩貌。

评析

蓬莱阁位于山东蓬莱西北丹崖山上,面临大海,依山而建,古代传说为神仙居处、人间仙境,曹贞吉的这首词写暑热中对于蓬莱阁的怀念,故而整首作品建立在虚构、想象的基础上。

上片写蓬莱阁景色。首三句中,"丹楼""奥府"皆指蓬莱阁,矗立在丹崖山上的蓬莱阁红楼与苍翠山色相映衬,海水渺渺,浩荡无边。迷蒙云气中,蓬莱阁如神仙洞府,幽深奇幻,扑朔迷离。海面上,大海与仙境相接,云化为车,风化为马,在蜃景中奔腾,龙宫水府点缀着紫贝明珠,传说中美丽的龙女隐约可见。以上六句先写蓬莱阁,再写海上胜景,所有优美景色皆出自作者的想象。从"望扶桑"句开始,作者作为主人公出现在奇幻的世界中,他想象自己骑在鳌背上,遨游大海。"扶桑"为古国名,其位置相当于日本,一般当作日本的代称,在这里则指海中遥远的岛屿,驾鳌游海,看到海岛上青山浮翠,云烟缭绕,再看人间,荒岛上人烟寥寥,渔网蟹籪,映照着夕阳草树,分外萧索凄凉。

下片写作者的情怀,"安得披襟常卧此"道出他对蓬莱胜景的热爱和对美好理想的憧憬。上片蓬莱阁如梦如幻的景色引起作者这样的感叹,也引入"大热"这个主题;下片遂写在"大热"的情境下对清凉之境的追求。此处虽无湘灵鼓瑟,但犹可向仙人安期乞雾,一解暑热。"醉婆娑"句写作者散发临流,任天风卷晴吹雨,高蹈而舞,遗世独立。在这样的潇洒豪迈的情怀中,纵然是能将金石熔化的暑热,也只能在凭栏一啸中烟消云散,不知去向何处。

这首词有一条时间线索,上片写白日似真似幻的海天胜景,下片从上片的"斜阳草树"自然过渡到"冰轮初吐",即夜晚静寂清凉的蓬莱阁。整首词的主题是"大热",然而,从鸿蒙奥府到贝阙鲛姝,从铜井金波到湘灵鼓瑟,从白天到夜晚,从仙境到人间,都见不到"热"的影子,直到最后才出现"烁石流金",但已经消失得无影无踪。所以,写"大热"却突出了"有怀",即作者的情怀。他向往闲适、自由、能够超越现实苦闷,像蓬莱阁传说中的那些仙人一样,进入美好、理想的仙境。作者想象力丰富,境界开阔,表现出广阔的胸襟和豪迈的气概,是一篇描写大海的佳作。

(贺琴)

满江红·琅邪山望海

傅燮詷*

秋老澄空,携同调[1]、探奇搜僻。东海畔、琅邪台上,闲寻古迹。勾践荒城埋蔓草[2],祖龙遗颂余残石[3]。对滔滔、潮汐拍天来,高千尺。　岩谷里,松声急。沧溟里,涛声疾。看汪洋汹涌,与山争立。望眼尽随波浩荡,胸怀直共天无极。更几声、长啸震长宵,狂浮白[4]。

注释

[1] 同调:志趣或主张一致的人。

[2] 勾践荒城:指琅邪,春秋时期越王勾践曾迁都琅邪。

[3] 祖龙遗颂:祖龙指秦始皇,秦始皇东巡曾登狼邪山立石刻字,颂秦之功德。

[4] 浮白:满饮或畅饮酒。

---

* 傅燮詷(1643—1706),字去异,号绳庵,直隶灵寿(今河北灵寿县)人。其父为傅维麟,顺治、康熙间为工部尚书,傅燮詷以父荫入国子监,充镶红、正蓝两旗教习,康熙间为四川邛州知州、福建汀州知府。著有《绳庵诗稿》《绳庵词》等。

评析

琅邪山在今山东胶南夏河城东南，三面环海，地势陡峭，其山形如台，又名琅邪台，《山海经·海内东经》载："琅邪台在渤海间，琅邪之东。"《史记·秦始皇本纪》中记载："盖海畔有山，形如台，在琅邪，故曰琅邪台。"琅邪山有深厚的历史底蕴，齐桓公、越王勾践、秦始皇、汉武帝，或筑台，或求仙，或封禅。历代文人好在此观赏风光，凭吊古人。傅燮詷这首词也是登琅邪山望海，发怀古之幽思。

上片前两句点明游览的时间是在秋日，暮秋时节，天空清朗明净，正是出游的好时候，词人与志趣相投的好友一起到野外寻幽探奇，游览山水。他们来到东海畔的琅邪台上，凭吊古迹，那里荒草萋萋，依稀掩埋着越王勾践的旧城，依旧散落着秦始皇筑台的残碑断石。《吴越春秋》载："越王勾践二十五年（前472），徙都琅邪，立观台以望东海，遂号令秦、晋、齐、楚，以尊辅周室，歃血盟。"秦始皇二十八年（前219）秦始皇东巡，"南登琅邪，大乐之，留三月。乃徙黔首三万户琅邪台下。复十二岁，作琅邪台，立石刻，颂秦德，明得意"。琅邪山记载了勾践和秦始皇的丰功伟业，而如今空留荒草残石，面对着浪涛千尺，拍天而来，令人叹息。

下片写琅邪山上所见的壮观景色。首先是听觉，词人听到松声阵阵，回荡在山崖峡谷中，与在苍茫海天中激荡的涛声融在一起，显得那么喧闹、急迫。其次是视觉，词人看到汪洋汹涌，浪涛之巨，与山比高。而后，词人的胸怀也随着广阔的大海开阔起来，眼前看到的是无尽的波涛荡漾，心胸也随着波涛无边广大，大海的壮伟带给词人无限的能量，也是人与自然对话的奇妙效果。词人的心情也变得激昂，他把酒痛饮，仰天长啸，以表达此时的豪迈心情。

这首词写琅邪山的历史，写大海的壮美，从凭吊古迹、追思古人、感慨历史兴亡，到放开怀抱、抒发豪情，跨越古今，把淡淡的惆怅与面对自然的放达融合起来，境界开阔，情感豪迈。

（贺琴）

满江红·观海

黄垍*

滚滚秋涛,问此去、扶桑几里?望不断,参差岛屿,螺形累累[1]。水面浮来星汉影[2],潮声荡尽英雄气。听中流[3]、雷电响秋空,鱼龙起。 方丈内,蓬壶里[4]。秦与汉,空劳使[5]。但凭栏长啸,悲歌而已。日月沧桑曾几变,古今浩荡何时止。试看他、万派赴朝宗[6],疾如驶。

注释

〔1〕螺形:这里指岛屿远望如海螺一般。

〔2〕星汉:天河,银河。

〔3〕中流:江河中央,水中。

〔4〕方丈、蓬壶:传说中的海上仙山。

〔5〕空劳:徒劳,白费。

〔6〕朝宗:小水汇聚于大水流。

评析

这首词由大海的澎湃不息抒发古今兴亡之叹。

首二句以问句开始,由"滚滚秋涛"带着词人由近及远,词人极目远眺,努力想要知道海水滔滔奔向的远方,距离太阳升起的地方还有几

---

* 黄垍(生卒年不详),字子原,号澂庵,山东即墨人,康熙二年(1663)举人,长于书画,其父黄宗庠为崇祯进士,于崂山白鹤峪筑镜岩楼隐居,黄垍后居于此,著有《书法辑略》《白鹤峪集》等。

里。接下来三句是对首二句的回答,海涛奔涌,是望不到边际的,能够看到的是远方岛屿如螺,参差错落,接连不断,点缀在大海之中。"水面浮来星汉影,潮声荡尽英雄气"两句连接天地,气势开阔,海面倒映着银河,横贯天地,潮声轰鸣,令英雄气短。最后两句将大海的激荡推向高潮,秋空中电闪雷鸣击向海面,波涛汹涌中鱼龙飞舞,词人观海的豪迈情绪也达到了最高潮。

下片从上片海的奔涌激荡转入平静,转向词人的思考。"方丈""蓬壶"是传说中的海上仙山,秦始皇、汉武帝多次派方士入海求仙,但都是徒劳无功,从古至今,只能够凭栏长啸,望洋兴叹。大海带给人很多对于未知、神秘的神仙世界的向往,令千百年来的人们前赴后继,这大概也是大海的神奇魅力之一吧!"日月沧桑曾几变,古今浩荡何时止",由大海的激荡不息、奔涌不息想到了历史古今,日月沧桑,变化不断,大海也从古至今激荡不已。不管是浩荡的海水还是历史、世事,什么时候才是终止呢?只见万流奔涌,疾驰而去,汇于大海。

由观海而引起对历史、人世的思考,这是古今很多文人面对大海时最普遍的感悟。这首词的独特之处在于它的境界之大,既写出大海、潮声的壮观,也在滚滚海涛中融入了词人的千古兴亡的感慨。

(贺琴)

贺新郎·海市

陆次云*

海市凌虚起[1]。忽平开、千门万户,景迁形徙。城郭浮图高百雉[2],闪淡烟舱雾紫。任风劳、乍成乍毁。舞鹤骖鸾还走马[3],散天花、天女驱山鬼[4]。一雨后,都休矣。 此时堪愕还堪喜。对茫茫、沉思俯首[5],难穷物理[6]。闻道秦宫和汉阙,兴废后俱同逝水。更说甚、临春结绮[7]。莫道蜃楼皆幻境[8],与人间、真境差无几。同一瞬,晨光里。

注释

〔1〕海市:即海市蜃楼,地面物体因光的折射和反射而形成的虚像,旧称蜃气。

〔2〕浮图:即浮屠,原指佛塔,这里指高塔。百雉:古代城墙长三丈高一丈为一雉,此处为夸张之说。

〔3〕骖鸾:传说中仙人驾驭鸾凤云游。走马:匆促快速。

〔4〕天女:天上的神女。山鬼:山中的鬼魅。

〔5〕俯首:低头。

〔6〕穷:尽。物理:事物的道理、规律。

〔7〕临春结绮:指南朝陈后主所造楼阁——临春阁、结绮楼,阁高数丈,瑰奇珍丽,穷极奢华。

---

* 陆次云(生卒年不详),字云士,号北墅,主要活动年代在顺治、康熙年间,浙江钱塘(今杭州市)人。康熙十八年(1679)应博学鸿词试,未中,以拔贡选河南郏县知县、江苏江阴知县,有政声。陆次云高才绩学,工于诗文,著述颇丰,有《澄江集》《玉山词》等。

〔8〕蜃楼：蜃气变幻成的楼阁。

评析

这首词写清晨海市蜃楼的奇幻，感叹世事的变幻无常。

上片写海市蜃楼的变化万千。清晨，海市凌虚而起，好像凭空打开千门万户，景物变换无穷。城郭、楼台、佛塔高耸百丈，淡烟紫雾萦绕其间，随着清风忽隐忽现。城郭楼台、淡烟紫雾间，仙人或驾驭着鸾凤、仙鹤，或策马奔腾。天女向人间撒花，仙花漫天，飘落而下，驱走了山鬼。似真似幻的海市让词人感叹惊奇。最后，他从虚幻的蜃景中回归理性，陷入深思，想要探究这海市的奥秘。但天地间事深不可测，依旧是难求其理。

下片词人从对海市奥秘的思考中转向对历史的思考，想那秦代的宫殿和汉代的陵阙，曾经是多么雄伟壮丽，而在朝代更替、兴废变化之后，都如东逝之水，一去不复返，更不用说南朝的阁楼了。无论是曾经壮丽的秦宫汉阙还是那华美无比的南朝楼阁，都在历史的长河里转瞬即逝。而海市蜃楼的幻境，正与人间的兴废变幻一样，曾经的美丽奇幻都是在晨光照耀的一瞬间，烟消云散，表达了词人深沉的历史兴亡之感。

词人面对海市蜃楼，并没有仅仅沉浸在奇幻的景物中，而是从它的美丽、变幻与短暂中探求人生、历史的意义，使这首词在思想上比较厚重。

（贺琴）

浪淘沙·望海

纳兰性德

蜃阙半模糊，踏浪惊呼。任将蠡测笑江湖〔1〕。沐日光华还沐月，我欲乘桴〔2〕。　　钓得六鳌无？竿拂珊瑚。桑田清浅问麻姑〔3〕。

水气浮天天接水,那是蓬壶?

注释

〔1〕蠡测:即以蠡测海,蠡是用瓠瓜做的瓢,以瓢量海水,比喻以浅陋之见揣度。

〔2〕桴:用竹或木编成的小筏子。

〔3〕麻姑:古代神话中的仙女,曾见东海三次变为桑田。

评析

这首词是康熙二十一年(1682),纳兰性德作为御前侍卫跟随康熙皇帝东巡,途经山海关之时所作。这首词在纳兰性德的词作中风格较为特殊,纳兰性德的词多是写爱情、写悼亡的,多数词都是写他与妻子卢氏的深情和卢氏亡故后对其痛彻心扉的怀念,情调哀婉伤感。而这首写大海的词,一改伤感的笔调,充满惊喜、欢乐与豪迈。

上片首句,作者远远望见广阔的大海,被大海上迷蒙、模糊、似真似幻的海市蜃景所震撼,不由得要踏浪惊呼。面对大海,作者不由得想到自身的渺小,"任将蠡测笑江湖"用了两个典故:"蠡测"见《汉书·东方朔传》"以蠡测海";"笑江湖"出自《庄子·秋水》,"秋水时至,百川灌河……河伯欣然自喜,以天下之美为尽在己",后顺流而东,至于北海,望洋兴叹:"吾长见笑于大方之家。"两则典故都是比喻浅薄无知,不了解高深,纳兰性德面对浩瀚无际的大海,也不由得生发出这样的感叹。"沐日光华还沐月,我欲乘桴"写大海沐浴了太阳的光华,又以宽广的胸怀沐浴着月亮,而"我"也想要乘着木筏去海上遨游。

下片紧接着上片末句的"乘桴",联想到了古代跟大海有关的神话传说,相传渤海东飘着五座大山,分别是岱舆、员峤、方壶、瀛洲、蓬莱,天帝命十五只大鳌支撑着它们,后有龙伯国的巨人连钓走六只大鳌,因此岱舆、员峤飘到了北极,只剩下方壶、瀛洲、蓬莱三座仙山,作者想到乘桴浮于海,能否像龙伯巨人一样钓到大鳌呢?但大海是如此深远宽广,钓竿大概也只能拂过珊瑚罢了。"桑田清浅问麻姑"也是与大海有关的传说。葛洪《神仙传》载,麻姑自云成仙以来,已见东海三次变桑田,再到蓬莱,见东海水又比过去浅,难道又要变成桑田了吗?作者从钓鳌想到千百年来大海沧海桑田的变幻,而想要知道这些巨变,也只有去问麻姑了。如今岱舆、员峤已经飘走,远处水气弥漫、水天相接,哪个是仙山蓬莱、方壶?

这首词虚实结合,上片写实,下片写虚,辽阔浩瀚的大海先是让作者"踏浪惊呼",后又想"乘桴"遨游,继而联想到传说中的仙山、大鳌、沧海桑田,再将神话传说与现实情境相结合,发出"那是蓬壶"的疑问,余味深长。作者惊讶、赞叹、豪迈、激越,浮想联翩,深深地被大海的博大宏伟所折服。

(贺琴)

鹊踏花翻·浏阳废城望海

王策*

坏堞崩沙[1],断蓬枯草,残碑矗岸如人立。冥冥海气天风[2],颒洞喧豗[3],依稀铁马沙场集。掠波鲸鬣万旍殷[4],冲云鲎扇千帆黑[5]。 忆昔。多少长枪大戟。连营戍火戈船卒[6]。而今昌国城荒,彭湖岛碎[7],月静龙宫笛。几行白雁叫寒秋,半天红浪煎斜日。

---

* 王策,字汉舒,号香雪,江苏太仓人。生卒年不详,约清康熙年间在世,壮年早卒。王策出自太仓太原王氏(明万历首辅王锡爵家族),性格狂放不羁,然困于场屋,一生游历,漂泊谋食。工于词,康熙年间与同里王时翔、顾陈垿等人唱和,结"小山词社",在太仓兴起填词之风,在太仓诸人中天分最高,有《香雪词钞》2卷。

注释

〔1〕堞：城上齿状矮墙。

〔2〕冥冥：渺茫昏暗貌。

〔3〕顽洞：水势汹涌。喧豗（huī）：形容轰响。

〔4〕鲸鬣（liè）：鲸须。旗（qí）：旗帜。殷：红色。

〔5〕鲎（hòu）：海中甲壳类动物，外形如扇，背部甲壳可上下翘动，上举时，称"鲎帆"，此处用鲎的形象比喻海上战船林立的情形。

〔6〕戈船：古代战船的一种。

〔7〕昌国：今浙江舟山定海区，明代为海防重地。澎湖岛：台湾海峡中的岛屿。两处皆为清初郑成功北伐的主战场。

评析

"浏阳"并非今天湖南的浏阳，而是指江苏太仓的浏河之南，浏河亦称"刘河"，即娄江下游，明清时期是重要港口和出海口，也是长江口的第二道门户，军事要地，明代郑和七次下西洋都从这里出海。明中期以后经常遭受倭寇劫掠，海匪猖獗，加上泥沙日积，海口淤塞，日渐衰落。清初，郑成功沿长江北伐反清复明，这一带也是主要的战场，所以在清初浏河一带萧索凋敝，词人王策站在浏河南岸的废城望海，生出悲凉之感，创作了这首词。

上片前三句先写废城，风沙侵袭着早已残断破败的城墙，掩埋在断蓬枯草中的残碑像人一样，高高地矗立在海边，长久地望着这片海。开篇三句写海边废城之破旧，营造出悲凉的氛围。由残碑如人矗立，引出后面对海的描写，残碑的形象也与词人重合起来，矗立在废城凝望大海的，还有如残碑般苍凉的词人。他站在海边眺望大海，只见海上雾气蒙蒙，阴沉昏暗，海风呼啸，卷起汹涌的海涛，呼啸、喧闹，仿佛战场上的金戈铁马。"掠波鲸鬣万旗殷，冲云鲎扇千帆黑"两句描写海上如战场的情形，在海风的搅动下，海浪翻滚，鱼龙惊起，鲸须殷红如战旗飘扬掠过惊涛,鲎扇漆黑如舆仗森列冲向云天,用"鲸鬣""鲎扇"两个带有海洋意象的词比喻战场,"殷"与"黑"在色彩上相互映衬,形象地描绘出大海上龙腾虎跃、金戈铁马之势,自有新意。

下片从上片的海上战场自然联想到现实中过去在这里发生的真实的战争,"忆昔"拉开了回忆的序幕,后两句并不直接去写这里曾经发生过的战事,而是把"长枪""大戟""连营""戍火""戈船""卒"这些军事意象排列起来,曾经这里布满长枪大戟,营寨连绵,戍火宵明,战船林立,兵士如云,让人深切地感受到当时战局的紧张、战事的激烈。而如今"昌国城荒,彭湖岛碎",激烈的战事过后是一片荒芜,从"昌国"和"彭湖"来看,词人所写的战事是顺治十六年(1659)郑成功自台湾攻入长江之事,昌国在定海(今属舟山)境内,郑成功的抗清之战,首先就在定海全歼清军定海水师;"彭湖"位于台湾海峡,郑成功北伐失败后退回台湾。词人通过今昔对比,突出现在的凄凉。在这里,词人眼中的"废城"已不仅是眼前海边的废城,而扩大到那场战事波及的广大地区,表现出深沉而广阔的历史兴亡之叹。最后一句回到眼前,以废城与大海的景色做结尾,秋日斜阳下,几行白雁鸣叫声中,只见斜阳映照海面,红浪滚滚,"煎"字照应上片对海上战场的描写,"红浪煎斜日",海上似有血色,暗示词人内心的不平静。

这首词由废城与大海联想到战场,上片对于战场的描写是词人的想象,是虚假的战场,而下片陈列的战场是曾经发生过的真实战争,是实写。用大海的汹涌、不平静衬托当时战事的激烈,最后以眼前的荒凉凋敝做结尾,结构严密,又给人以对历史有无限感叹的感觉。陈廷焯曾在《白雨斋词话》中评价王策词:"作词贵于悲郁中见忠厚。悲怨而激烈,其人非穷则夭。汉舒词如'浮生皆梦,可怜此梦偏恶'。又云:'看取西去斜阳,也如客意,不肯多耽搁。'沉痛迫烈,便成词谶,香雪所以不永年也。"陈氏将王策词的情感与其早逝联系起来,或有不当,但也说明王策词悲郁激烈的情感特质。这首词就充分地体现了这种悲郁激烈的特点。

（贺琴）

望海潮·乍浦天妃宫观潮

黄德贞*

扶桑缥缈，霓光龙采[1]，金宫砥柱银涛。烽堠星罗[2]，营屯棋布[3]，惊看碧浪迢遥。万叠卷鲛绡[4]。恍琼鳌驾水，白马凌霄。一蹴春霆[5]，千寻秋雪势滔滔[6]。　　几回目眩魂摇。羡东南形胜[7]，奇绝神皋[8]。云佩庄严，绣幢屹峙[9]，沧波昼夜腾骄。浴日海门潮，更昏微朏魄[10]，时共盈消。闻说蓬瀛[11]，鼍梁虚驾笑秦桥[12]。

注释

〔1〕霓光：彩虹的光彩。

〔2〕烽堠：烽火台。

〔3〕营屯：驻军的营寨。

〔4〕鲛绡：传说中鲛人能织绡，入水不湿，亦代指轻纱等丝织品。这里形容海潮。

〔5〕蹴：踩、踏。

〔6〕千寻：古人以八尺为一寻，"千寻"形容极高或极长。

〔7〕形胜：地理位置优越、险要。柳永《望海潮》："东南形胜，三吴都会，钱塘自古繁华。"

〔8〕神皋：神圣的土地。皋，水边高地。

---

* 黄德贞（生卒年不详），字月辉，浙江嘉兴人。约生活于康熙年间。明琼州司理黄守正孙女，孙曾楠妻。工诗词，与同里归淑芬主持词坛，辑《名闺诗选》，有《劈莲词》。

〔9〕绣幢：绣楼，此处形容海潮屹立之态。

〔10〕朏（fěi）魄：新月的月光。

〔11〕蓬瀛：蓬莱和瀛洲，泛指仙境。

〔12〕鼍（tuó）梁：也即鼋梁。《竹书纪年》载，周穆王伐楚，东到九江，叱鼋鼍以为梁。故后世以鼋梁或鼍梁代指帝王的行驾。秦桥：相传秦始皇东游时曾修桥。

评析

乍浦位于浙江嘉兴东南，杭州湾北岸，自古是海边重镇，也是观潮胜地，这首词写的是女词人在天妃宫观潮的经历。

上片写在天妃宫所见的海潮胜景。太阳照耀在缥缈云雾海气上，五彩缤纷，绚烂夺目，银色的海浪拍打着矗立在海边的金碧辉煌的天妃宫。前三句用"霓光""龙采""金宫""银涛"，勾勒出一幅色彩斑斓的海景图，迷蒙缥缈中带着飞腾的动感，开篇不俗，且颇有气势。后三句写词人在碧浪滔滔中看到海上形势变化万千，如战场上营寨棋布、烽台高筑，以"烽堠""营屯"写浪潮的壮观。"万叠卷鲛绡"用比喻形容浪潮前后相拥，层层相叠，如鲛人腾跃，绡纱飞卷。后两句再用比喻，增强了气势，"琼鳌"指传说中海上的大龟，潮势如白马琼鳌，奔腾不息。最后两句仍用比喻，形容浪潮的声音犹如春雷轰鸣，浪潮来势汹涌，如千寻雪浪，滚滚滔滔。上片对浪涛的描写集中用比喻、夸张的手法，结合词人丰富的想象，用"卷""驾""凌""蹴"几个动词，把浪涛的动态表现出来，富有张力，充分展现了海潮的壮观气势。

下片写词人观潮的感受。海潮之壮观令她目眩神摇，深切感受到这里风景的壮美险要，不由发出"东南形胜，奇绝神皋"的感叹。"神皋"为神明聚集之地，在这里泛指国土，有神州风景，东南为最之意。"云佩庄严"三句写天妃宫在彩云映照下峙立于海边，庄严肃穆。面对着日夜奔流不息的苍茫海浪，面对壮丽的天妃宫与海潮，词人生出对于这片胜境的肃穆敬仰之心。"浴日海门潮"三句写沐浴着初升阳光的海门之潮,随着月亮盈亏而消长,"朏魄"指新月的月光。最后一句由海潮的壮美转入神仙之境,词人把眼前的海潮比作传说中的鼋梁,能渡人去到那神秘而令人向往的仙山蓬、瀛,一个"笑"字表达了词人此时的豪爽、激荡的心境。

黄德贞的这首词没有女性词的纤柔之态,而是气势磅礴、雄放劲健,她善于运用夸张、比喻,善于色彩的搭配,色彩斑斓而充满浪漫奇特的想象,把海潮描绘得如在眼前。词人观潮的感受从开始的惊奇,到目眩魂摇,到庄严肃穆,到最后的"笑"。随着海潮的跌宕起伏,最后一句"鼋梁虚驾笑秦桥"不仅概括了海潮的壮美,还写出了女词人的精神气韵。

(贺琴)

高阳台

厉鹗[*]

云断山痕,天黏水影,望中何处蓬莱。奇绝残秋,茫然对此浮杯[1]。祖龙可是悭仙骨[2],甚西风、不送船回。最堪哀,老却扶桑,忘却谁栽。　而今社鼓斜阳里[3],已湖亏旧镜,梁换新梅[4]。一朵青红,虚空那有楼台。琴心赋笔看俱懒,洗峥泓[5]、襟抱全开[6]。白无涯、月又初生,潮又初来。

---

[*] 厉鹗(1692—1752),清文学家、学者。字太鸿,号樊榭,浙江钱塘(今杭州市)人。少时家贫,以好学知名。康熙五十九年(1720)举人,乾隆元年(1736)举博学鸿词落选。后未能出仕,潜心著述。学问渊博,诗词兼工,向称为朱彝尊以后浙西诗派和浙西词派的代表作家。尤熟于辽史。有《樊榭山房集》20卷、《宋诗纪事》100卷及《辽史拾遗》《东城杂记》等。

注释

〔1〕浮杯：满饮（酒）。

〔2〕悭：吝惜。

〔3〕社鼓：旧时社日祭神所奏的鼓乐。

〔4〕湖亏旧镜：镜湖在今浙江绍兴，唐贺知章归乡，玄宗诏赐镜湖剡溪一曲。梁换新梅：典出《太平御览》："夏禹庙中有梅梁，忽一春生枝叶。"指事物变化。二句意指时光流逝，物是人非。

〔5〕峥泓：指意境深远，幽雅恬静。峥，山高而屹立；泓，水深而广。

〔6〕襟抱：胸襟、心情。

评析

厉鹗一生科举不顺，未入仕途，难免有时光荏苒、抱负难展的感喟，这首词就表达了词人的这种萧索心境。

上片首三句描写海上的景色，云外山痕，水映蓝天，描绘出空旷悠远的海面。词人面对这样空阔博大的景致，想到海中的蓬莱仙山，然而仙境绝远，是穷目难及的。在秋日的澄空里，词人心中一片茫然，只好对景饮酒以排遣。词人为什么会茫然呢？后几句给出了答案。"祖龙"句用秦始皇求仙典，秦始皇统一六国以后，为求长生不老，遣徐福从蓬莱登船东渡求仙问药，徐福却率千童男女一去不返。"祖龙"一句意为秦始皇还是缺少仙骨，与仙无缘，不然为何那求仙的船没有乘着西风回来呢？"最堪哀"三句依旧承接着前面的句意，写时光流逝，令人悲哀。词人感慨岁月流逝之久，已经忘记那东方古老的扶桑树当初是谁栽下。他面对茫茫大海，思绪无边，由蓬莱想到求仙的秦始皇，再由秦始皇想到东方的扶桑，扶桑已经老到令人忘记是谁所栽，而那求仙的人依旧没有回来。词人借典故表达了时光易逝、事无所成的悲哀。

下片承接上片的"求仙"，写如今求仙不得、事业未成的情形。如今虽仍对"求仙"之事抱有希望,然而,斜阳社鼓里,镜湖水已不复往日,而夏禹庙的梅梁上也早盛开了新的梅花,新旧交替,青叶红花之中,楼台虚空,不似往昔。词人在"旧镜""新梅"的对比中,在日将西下时感受到物是人非事事休的深切无奈与悲哀。因为无奈,所以只好放开怀抱,不再执着,所以有了后面的峥泓净洗、襟抱全开,词人用世之心消歇,懒去捉笔抚琴,要放开怀抱,沉浸在一片悠远沉静的世界里。最后两句"月又初生,潮又初来",在时间上与"社鼓斜阳"相接,"又"字包含着周而复始之意,月光依旧照在海潮上,仍然意味着时光的流逝,但此时词人的心境因为已放开胸怀,在月与潮的映衬下显得从容悠然。

从求仙不得、时光流逝、事业不成的焦灼与悲哀,到放开怀抱、沉浸于月下潮声,词人在秋日夕阳下的大海中领悟了关于生命、时光的意义,词中的海洋平静而悠远,境界开阔。

(贺琴)

水龙吟·夜闻海涛声

张惠言[*]

梦魂快趁天风,琅然飞上三山顶[1]。何人唤起,鱼龙叫破,一泓杯影[2]。玉府清虚[3],琼楼寂历[4],高寒谁省[5]?倩浮槎万里[6],寻依归路,波声壮,侵山枕[7]。　　便有成连佳趣[8],理瑶丝、写他清冷。夜长无奈,愁深梦浅,不堪重听。料得明朝,山头

---

[*] 张惠言(1761—1802),原名一鸣,字皋文,号茗柯,江苏武进(今常州市)人。嘉庆四年(1799)进士,改庶吉士,任翰林院编修。清代著名经学家、文学家。精通《周易》《仪礼》,善诗文,与恽敬开创阳湖派。尤长于词,与弟张琦编《词选》,论词重视比兴寄托,意内言外,创常州词派,其词含蓄蕴藉,寄托深远,有《茗柯词》。

应见,雪昏云醒。待扶桑净洗,冲融立马[9],看风帆稳。

注释

〔1〕琅然:形容声音清朗。三山:传说中海上蓬莱、方丈、瀛洲三座仙山。

〔2〕一泓杯影:指在高处看海就像一杯水一样,化用李贺《梦天》:"遥望齐州九点烟,一泓海水杯中泻"句意。

〔3〕玉府:仙府、仙宫。

〔4〕寂历:寂静、冷清。

〔5〕谁省:谁知。

〔6〕倩:请,求。浮槎:传说中可以在海上和天河之间往来的木筏。西晋张华《博物志》:"旧说云:天河与海通,近世有人居海渚者,年年八月,有浮槎去来,不失期。"

〔7〕山枕:枕头。古时枕中间凹,两端凸,形状如山,故名山枕。

〔8〕成连:春秋时期的著名琴师,伯牙曾跟随他学琴三年,但不能领会琴之神妙,成连遂携其至东海拜访方子春,至蓬莱,成连乘船去而不归。伯牙在海边听海水汹涌,林鸟悲鸣,领会其妙义,作《水仙操》,成为天下妙手。

〔9〕冲融:冲和、恬淡。

评析

这首词是清嘉庆五年(1800),张惠言奉旨出山海关,居辽海期间所作。这是张惠言《茗柯词》中一首比较特殊的作品。张惠言是常州词派的开创者,他主张意内言外,强调比兴寄托,追求深美闳约。他的《茗柯词》也都贯彻了他的词学观念,写得精美含蓄,寄托深微。而这首写海涛的词则不以比兴寄托取胜,而以雄浑豪壮见长。

上片首句便气势不凡,词人的梦魂乘着天风飞越三山,进入一个缥缈的神仙世界，随着梦魂，随着词人的梦与遐想进入一个广阔而神秘的空间。而梦魂为什么会飞越三山呢？接下来便有了答案，原来是大海汹涌，涛声隆隆，如鱼龙齐啸，划破海天，从梦魂所在的天上俯瞰，大海不过是杯中的一汪水而已。至此，词人已经从听觉转向视觉，从大海的辽阔澎湃转向"一泓杯影"的渺小，空间转换迅速而自然。随着空间的转化，词人把笔触转到梦魂所处的天上，情绪也开始有了转变，从激昂转向孤寂。"玉府清虚，琼楼寂历，高寒谁省？"写的是三山的景象，用了苏东坡"我欲乘风归去，又恐琼楼玉宇，高处不胜寒"（《水调歌头》）的词意。天上的神仙洞府、玉宇琼楼虽然华美，但是是那么寂静、冷清，令人生出"高处不胜寒"之感，"谁省"凸显出词人内心的孤寂，原来传说中美好的神仙世界也并非久居之处。所以，下一句词人就转向"浮槎"，去寻求回归人间的道路，词人借着浮槎寻找归路，从天上回到人间。于是，梦魂醒来，玉府琼楼消失了，枕边依旧传来阵阵波涛声，梦中自由豪迈的海天之旅也随之结束。

　　下片接着上片，写梦魂醒来，回到现实人间，词人的所思所感。前三句仍写涛声，此时的涛声已经不再像之前那样激越，而是逐渐平静，就像成连的琴声。今夜的涛声仍然像过去那样引人遐思，但是对着清冷长夜，愁绪无端，纵然是成连那样的妙手弹奏瑶琴，也不堪重听了。"愁深梦浅"直接写出词人的愁绪，他的情绪也落到了最低点，他联想到明日云罩山顶，大雪将至，这是忧郁的蔓延，但词人并不一味地沉浸在愁绪中，最后三句"待扶桑净洗，冲融立马，看风帆稳"，情绪再次转换。词人想象自己在破晓之时，立于马上，从容恬淡地远看风帆，这是词人在孤独、落寞之后积极放开心胸，面对未来，表现出旷达的胸襟和豪迈的气概。

　　这首词写的是涛声和涛声带来的感受，没有正面对于大海情状的描绘，却在词人的梦境与遐想中展现了大海的壮美。涛声给词人带来的有飞越海天的惊险、刺激，有"高处不胜寒"的孤独、寂寞，也激起他无端莫名的愁绪，最后又回归平静、旷达，"冲融立马"给人以无限的向往。整首词在情绪上一波三折,境界壮阔,气势雄浑。

(贺琴)

潇湘夜雨

薛时雨*

海昌寓馆逼近海塘,潮声汹涌,夜常失眠,加以连宵风雨,倍难成寐,枕上倚声。

江北波澄,淮南涨浅,生平不惯潮声。海滨风浪太纵横。翻水国、蛟龙吼怒,嘶敌骑、金鼓齐鸣。惊魂处,昔沉永漏[1],响咽残更。　连宵怯听,蕉窗零雨[2],淅沥交并。累羁人不寐,辗转天明。灯剔烬、瘦红影堕[3],鸦噪晓、虚白光生[4]。争能似、乡园睡稳,猿鹤伴凄清。

注释

〔1〕昔:指夜晚。永漏:指漫长的时间。漏,古代以漏壶为计时器,铜制有孔,可以滴水或漏沙,有刻度标志以计时。

〔2〕蕉窗:指窗外种有芭蕉。古人以为雨打芭蕉其声凄凉,引人愁思。

〔3〕瘦红:典出李清照《如梦令》"知否?知否?应是绿肥红瘦",写夜晚疾风骤雨过后花朵的凋败憔悴。

〔4〕虚白光生:指灯花掉落,暗示时间推移。虚白,典出《庄

---

* 薛时雨(1818—1885),字慰农,号桑根老农,安徽全椒人。咸丰三年(1853)进士,授浙江嘉兴知县,因大旱停赋被免,后任嘉善县令。历太平天国起义,流寓南昌,赴上海入李鸿章幕。同治三年(1864)为杭州知府兼督粮道,代行布政、按察两司事,两年后辞官,于杭州崇文书院、江宁尊经书院、惜阴书院讲学,弟子众多。著有《藤香馆诗》《藤香馆诗钞》等。

子·人间世》:"虚室生白,吉祥止止。"陆德明《经典释文》曰:"崔云:'白者,日光所照也。'"这里指太阳升起,皎白明亮,照进室内。

评析

  这首词作于咸丰四年(1854)薛时雨初入仕途任嘉兴知县之时。这一年,他奉命至海宁负责海运,初到任所,由于对新环境的不适应,对未来宦途的忧虑,让他辗转难眠,不由有了归乡之心。在"小序"中,词人介绍了这首词创作的环境、背景,寓所靠近海边,潮声汹涌,拍打堤岸,使词人日日失眠,再加上凄风苦雨,更加深了他的羁旅之思,难以成眠,因此,在一个失眠的夜里,词人伏于枕上,写下了这首词。

  上片开头写明词人此刻所处之地,"江北""淮南"正指海宁,这里海水推波助澜,波涛起伏,潮声不断,而词人却生来不习惯听潮,所以后边写到的变化万端的海潮声才令词人"惊魂"。"海滨风浪太纵横"是对海浪、海潮的总体印象,"翻水国""嘶敌骑"两句写海浪之巨大,涛声之喧闹,海浪袭来时,如蛟龙怒吼,吟啸不绝,将大海搅动得天翻地覆,涛声轰鸣,让人如置身战场,战马嘶鸣,鼓声震天。这样的喧闹让听不惯潮声的词人惊惧、失眠。最后三句中,"惊魂"二字写出了词人的不平静,潮声令人难以入睡,所以只能伴随着沙漏声与潮声在黑暗中度过漫漫长夜。"咽"字给夜中的沙漏赋予人的情感,仿佛沙漏也在为词人凄咽,在这"残更"中更突出词人内心的孤独凄凉。

  "小序"的"连宵风雨"在下片出现。一夜的潮声已经让人难以入眠,更何况窗外淅淅沥沥,雨打芭蕉,令人不忍听闻,"蕉窗零雨"写的是夜雨,不带明确的情感色彩,却在雨、芭蕉的意象上让人自然联想到雨夜的愁绪。因此,词人产生羁旅之思,辗转难眠,直到天明。"灯剔烬""鸦噪晓"两句是写词人一夜难眠,坐等天明,天亮之后的情形。东方欲晓,词人一夜剔尽灯灰,窗外花儿被风雨摧残,零落憔悴,鸦鸟喧噪声中,太阳升起,阳光照入屋内,一个夜晚就这样过去了。最后两句点出词人的思乡之情,由目前所处的不能令人安然入眠的潮声、雨声和一夜孤独、凄凉,等待天明,想到了乡园的安稳,这实际上反映了初入仕途的词人的焦虑,陌生的环境、不确定的未来,加上不能适应的海边环境,这些都会让一个初入官场的人内心焦虑。所以在词的最后,词人表达了回归乡园的愿望,"猿鹤"正是归隐生活的一种代表,《宋史·石扬休传》载:"扬休喜闲放,平居养猿鹤,玩图书,吟咏自适。"这是一种自由闲适的生活,没有对仕途、未来的焦虑,也不会因为海涛、风雨而辗转难眠。

这首词中写的波涛汹涌、凄凉风雨都是为了烘托词人奔波于宦途的悲苦心境,也是千古文人的共同心理。

(贺琴)

沁园春·富家女嫁归海上风景之苦闻而感赋

熊琏[*]

万顷平坡,几处荒场,海上人家。把春光隔绝,漫阶白草;愁眉望断,扑面黄沙。云鬟霜凋[1],镜奁尘掩,不见东风桃李花[2]。无聊赖,怕天涯易老,日又难斜。　与谁同话繁华,纵回首、兰闺梦已赊[3]。记莺啼燕绕,当时庭院;红遮翠障,旧日窗纱。远水惊号,悲风骤起,何异文姬帐外笳[4]。遥知道,那残妆独坐,粉泪嗟呀[5]。

---

[*] 熊琏,字商珍,号澹仙,又号茹雪山人,江苏如皋人,生卒年不详,大约生活在乾隆、嘉庆年间。自幼失怙,与弟由寡母抚养成人,配同邑陈遵。陈遵因病早逝,翁姑谢世,家道中落,归母家。熊琏性情旷达,善诗词,有《澹仙诗钞》《澹仙文钞》《澹仙诗话》《澹仙词钞》等,《澹仙词钞》160余首,收入光绪二十二年(1896)南陵徐氏《小檀栾室汇刻闺秀词》。

注释

〔1〕云鬟霜凋：形容女子黑发变白。云鬟，指女子浓黑的美发。

〔2〕东风桃李花：喻指在闺中的青春年华，美好时光。

〔3〕兰闺：原指汉代后妃的宫室，后亦泛指女子的闺房。

〔4〕文姬帐外笳：文姬，即蔡琰，字文姬，东汉文学家蔡邕之女，初嫁卫仲道，夫死后无子。汉献帝兴平二年，中原战乱，文姬被匈奴抢去，嫁左贤王，育有二子，后被曹操赎回。相传蔡文姬归汉时曾作《胡笳十八拍》，表达对故乡的思念和骨肉分离之苦。

〔5〕嗟呀：叹息。

评析

  这首词是熊琏听一位归宁的富家女叙述海上风景之苦而作，是对女性不幸婚姻的感慨与同情，熊琏作为一个女性词人，有较强的女性意识，她对于词中的"富家女"嫁于海上的不幸生活感同身受。

  一般来说，对于海的印象，自古文人多抱着好奇、惊叹的心情去描写海的壮观，或由此表达游仙、超脱的愿望。但是真实生活中的海并不都是美丽的、令人向往的，如这首词中"富家女"和词人眼中的海边生活。词的上片，词人首先描绘了她所听闻的海上人家的生活环境：广阔的平坡上荒无人烟，荒草掩阶，看不到一丝春的绿色与生机，极目远望，风尘漫漫，也只有扑面而来的黄沙。在这样孤独、荒凉的环境下，"富家女"曾经的如云鬟发也生出银丝，再无心情去对镜理妆。这是海边人家女子的生活，孤独而无望。最后三句再在这种孤独无望中又加上一层更深的忧虑。在这百无聊赖的日子里，女子既盼望日头西斜，漫长的一天赶快过去，又怕时光匆匆，青春不再，这就是"富家女"孤独而焦虑的海上生活。

  下片是"富家女"对过去美好青春时光的追忆。前两句依然承接上片，从眼前写起，如今又向谁去回忆诉说曾经的美好时光呢？曾经的闺中生活只是一个奢侈的梦而已。后四句描写过去身在闺阁、尚未出嫁时的美好生活。那时家境优渥，庭院深深，春日里莺飞燕舞，旧时的窗纱仿佛依然映衬着闺房里的红罗翠帐。过去闺中女儿的美好与上片荒凉、孤独的海边人家生活形成鲜明的对比，写出女子心中的凄苦。"远水惊号"三句用大海的波涛将女子从回忆中拉回现实，海风骤起，呼号而来，如同蔡文姬远在匈奴、背井离乡所听到的胡笳，听来令人泣下。最后三句是虚写，词人想象富家女在海边听到风卷海水，沙石飞滚，独坐哭泣的情形，形象地写出女子在不幸婚姻中的痛苦无助。

这首词写的是"富家女"的不幸，也包含着词人自己沉痛而真实的生活经历。熊琏也经历了一场不幸的婚姻，词中对青春美好时光的追忆和对现实生活辛酸的描写，都融入了词人自己真实的生活感受。这首词的一个特点是不借典故，直抒胸臆。整首词中只出现了一个较易懂的蔡文姬的典故，用直接明白的语言描绘生活，而且词中有很强的主观情感色彩，"愁眉""惊号""悲风"等，带着强烈的情绪，充分地表达了词人内心的痛苦。

（贺琴）

水龙吟·渡海

周闲[*]

海门不限萍踪[1]，危樯直驰东南去[2]。怒涛卷雪，轻舟浮叶[3]，乘风容与[4]。浪叠千山，天横一发，鱼龙能舞。向船舷叩剑，舵楼酾酒[5]，何人会、茫茫绪？　　遥指虚无征路。望神州、

---

[*] 周闲（1820—1875），字存伯，一字小园，号范湖居士，浙江秀水（今嘉兴市）人。幼习举业，弱冠赴县试，因父病危不及应考，后家道衰落，弃举子业，游幕浙东。道光末年先游楚北，后返吴中佐戎幕，以军功得六品衔。同治年间官江苏新阳知县，因性情刚直，与上司颇多龃龉，遂辞官隐居于吴门，以笔墨自娱。周闲工书、画，善诗、词，著有《范湖草堂遗稿》。

琼烟霏雾。汪洋弱水[6],惊魂紫目,蓬莱犹故。绝岛扬尘,孤帆飘羽,重渊垂暮。且当杯散发[7],中流击楫[8],放斜阳渡。

注释

〔1〕萍踪:像浮萍一样漂泊。

〔2〕危樯:很高的桅杆、桅樯,此处借指船。危,高。

〔3〕浮叶:形容船行于海上,就像一枚小小的树叶。

〔4〕容与:船随波起伏状。

〔5〕酾酒:倒酒、斟酒。

〔6〕弱水:传说中险恶难渡的河水。《海内十洲记·凤麟洲》:"凤麟洲在西海之中央,地方一千五百里,洲四面有弱水绕之,鸿毛不浮,不可越也。"

〔7〕散发:披散着头发,表示激愤的情感。《史记·屈原列传》:"屈原至于江滨,被发行吟泽畔。颜色憔悴,形容枯槁。"

〔8〕击楫:敲打船桨。晋祖逖统兵北伐,渡江中流,拍击船桨,立誓收复中原。此处用来表示要在战争中驱逐英国侵略者。

评析

这首词作于第一次鸦片战争时期。道光二十年(1840),英军攻打广东受挫,沿海北上至浙江,攻占定海(今浙江舟山),周闲正游幕浙东,参议军务,面对大海,心忧国事,创作了此词。

词的上片描写海上行船的情形和词人既慷慨又迷惘的心绪。"萍踪"两句既是词人漂泊不定的人生,也指眼前在海上的行踪,词人游幕各地,居无定所,此时渡海,置身海门,伴着高耸的桅杆直向东南而去。"怒涛卷雪"三句写出海与舟的不同状态,形成对比,大海波涛翻滚,浪花如雪,不断涌来,轻舟在巨大的波涛中显得那样微小,宛如一片叶子在随波涛起起伏伏。"容与"写船随水波起伏的样子。"浪叠千山"三句写大海的广大与凶险,用"千山"写海浪之高,用"一发"写海天之广,站在船上远望,天际微茫,而巨浪排山倒海,仿若鱼龙飞舞。承接着大海的这种雄壮奇险,最后四句,词人船舷叩剑,舵楼豪饮,胸襟顿开,生出一股豪迈之情。但是,在这豪迈背后,又掺杂了许多莫名难言的情绪,是漂泊不定的孤独,是对未来的茫然,还是对国家的忧虑?词人的情绪难以捉摸,但明确地表达出一种无人能领会的孤独感,"茫茫"一词更表明词人内心也是迷茫的,为下片抒情做了铺垫。

下片首二句承接上片最后的"茫茫"之绪,上片的"茫茫"不能确指,下片的"虚无"则是词人对于国事的感慨,神州"琼烟霏雾"被重重烟雾所遮盖,看不清前路在何方,故而眼前的征路是虚无的,踏上征路的自己也是迷惘的,含蓄地表达了对国家前途的担忧。"汪洋弱水"三句是对自己的安慰。"蓬莱犹故"反用"蓬莱清浅"的典故。葛洪《神仙传》载,麻姑自成仙以后,已见东海三为桑田,后到蓬莱,见水又浅于以往,疑其将再变为陆地。三句的意思是看如今的大海广无边际,深不可测,艰险万分,蓬莱依旧如故,实际上暗示形势未变,国事依旧有希望。"绝岛扬尘"三句再生忧虑。"扬尘"仍用蓬莱之典,麻姑谓王方平蓬莱清浅于往日,王方平笑云:"圣人皆言海中复扬尘也。"指海变为陆地,扬起尘土,在词中暗指世事如沧海桑田之变,令人难以预料。"孤帆飘羽,重渊垂暮"指词人乘舟独自飘摇于海中,在凶险的大海中时时有倾覆之险,国家也如这小舟一般,如临深渊,写出国事危艰,暮色沉沉,危机四伏,"垂暮"二字写出词人心中深刻的危机感。最后三句以祖逖自喻,再次生出壮志豪情,词人散发当杯,中流击楫,雄心再起,立志卫国。"放斜阳渡",以景结尾,将词人诸多情感都融入"斜阳"这一意象之中,情景交融,意味深长。

词人写大海笔势恣肆,气象雄伟,情感丰富,一波三折,典型地表现出在那个特殊的年代时而壮烈乐观时而迷茫悲慨的复杂心理。

(贺琴)

法驾导引·随金门夫子渡琼海

吴小姑[*]

珠帆挂,珠帆挂,碧海蹴银浪[1]。漫说湘灵能鼓瑟[2],天风不藉紫檀槽[3]。龙女兴尤豪。

注释

〔1〕蹴:踏。

〔2〕湘灵鼓瑟:典出屈原《远游》,"使湘灵鼓瑟兮,令海若舞冯夷"。湘灵指舜帝的妃子娥皇、女英,相传善鼓瑟,舜帝巡视南方,二女追至洞庭湖,闻舜死于苍梧,泣血而亡。俗称湘君、湘夫人。

〔3〕紫檀槽:紫檀木做成的乐器上架弦的槽格,代指乐器。

评析

词调"法驾导引"出自宋代陈与义《无住词》,词序云:"世传顷年都下市肆中,有道人携乌衣椎髻女子,买斗酒独饮,女子歌词以侑,凡九阕,皆非人世语。或记之,以问一道士,道士惊曰:'此赤城韩夫人所制水府蔡真君《法驾导引》也,乌衣女子疑龙云。'得其三,而忘其六,拟作三阕。"题目中的"金门夫子"指的是吴小姑的丈夫丘玉珊。这首词写的是吴小姑与丈夫渡琼州海峡时的情怀,在词中,她把自己比作了那个唱着《法驾导引》的龙女。

---

[*] 吴小姑(1825—1852),号海山仙人,广东琼州(今海南省海口市)人,广东潮阳丘玉珊妾,工词,《柳堂诗话》载:"小姑既逝,翁(丘玉珊)日趺坐松寮,焚香供像。年近九旬,犹手作蝇头楷字,抄小姑诗词,千里外邮寄柳堂,属采入诗话。"有《唾绒词》,存词11首,收入光绪二十二年(1896)南陵徐氏《小檀栾室汇刻闺秀词》。

前三句写词人与丈夫在碧海蓝天间扬帆起航，乘风破浪，"蹴"将帆船拟人化，形象地描绘出船迎着银白色的海浪在大海中前行的情景，奠定了一种愉悦、激昂的基调。"漫说湘灵能鼓瑟，天风不藉紫檀槽"两句写天风卷海涛的声音，大海所奏的乐曲不用借助名贵的紫檀槽，即便是湘灵鼓瑟也不能够比拟。最后一句"龙女兴尤豪"，龙女既指大海龙宫的女儿，也指词人自己，更暗合了词调"法驾导引"中那个豪爽的龙女。在情绪上既承接上句大海的澎湃之势，也表达出词人此刻的豪迈心情。

女性词人的词作一般来说都带有闺阁的柔婉，吴小姑的这首词虽只有六句十三字，却在小词中表现出一种豪情，在女性词人的作品里是不可多得的。

（贺琴）

醉江月

张景祁*

法夷既据基隆[1]，擅设海禁。初冬，余自新竹旧港内渡[2]，遇敌艘巡逻者驶及之，几为所困。暴风陡作，去帆如马，始免于难。中夜抵福清之观音澳[3]，宿茅舍，感赋。

楼船望断，叹浮天万里，尽成鲸窟[4]。别有仙槎凌浩渺[5]，遥指神山弭节[6]。琼岛生尘[7]，珠崖割土[8]，此恨何时雪？龙愁

---

* 张景祁（1827—1895），原名左钺，字孝威，改字蘩甫，号韵梅，别号新蘅主人，浙江钱塘（今杭州市）人。同治十三年（1874）进士，改庶吉士，充武英殿协修，光绪二年（1876）谒选福建武平知县，光绪九年（1883）调台湾淡水知县，值中法战争，因与上司相忤，谪去，入左宗棠幕，后历任福建晋江、连江、仙游、福安等地知县，有政绩。张景祁少喜为词，曾受知于黄曾、黄燮清，又曾为薛时雨门下士。其词初时风格侧艳，晚年宦游台湾、福建一带，经历战乱，洗去浮艳，转为苍凉沉郁，记录中法、中日战争，被称为"词史"，有《新蘅词》。

鼍愤[9]，夜潮犹助呜咽。　　回忆鸣镝飞空[10]，飙轮逐浪[11]，脱险真奇绝。十幅布帆无恙在，把酒狂呼明月。海鸟忘机[12]，溪云共宿，时事今休说！惊沙如雨，任他窗纸敲裂。

注释

〔1〕基隆：基隆市，位于台湾本岛北岸。

〔2〕新竹：台湾新竹市，位于台湾西北部。

〔3〕福清：福清市，在福建省福州市东南部沿海。

〔4〕鲸窟：指法军占地区。

〔5〕仙槎：神话中能来往于海上和天河之间的竹木筏。

〔6〕弭节：停滞不前。《离骚》："吾令羲和弭节兮，望崦嵫而勿迫。"

〔7〕琼岛：海南岛。

〔8〕珠崖：地名，在今海南省海口市琼山区东南。

〔9〕鼍（tuó）：扬子鳄，亦称鼍龙、猪婆龙。

〔10〕鸣镝：响箭，矢发射时有声，故称鸣镝。

〔11〕飙轮：飞驰的舟车。

〔12〕忘机：消除机巧之心，指甘于淡泊，与世无争。

评析

《酹江月》即《念奴娇》词牌，因苏轼《念奴娇·赤壁怀古》有"一樽还酹江月"之句，故有此名。这首词创作于中法战争期间，光绪十年（1884）中法战争激烈，基隆失守，被法军占领，为打压台湾军民，法军驻兵海上，实行封锁。这首词就记录了在法军封锁之下词人一次冒险渡海的经历。词的"小序"介绍了作词的背景，在法军封锁海面的情况下，词人从新竹港渡海回大陆，途中遭遇法舰追击，几为所困，在暴风雨掩护下幸免于难。这次死里逃生之后，词人百感交集，痛定思痛，写下了这首词。

"楼船望断"三句是词人在脱险之后回望大海，感叹万里海域尽落于他国之手，"鲸窟"指的就是法军的基地、军舰。后两句表达了词人的豪情，虽然敌军在海上严密布防，但是他还是乘风归来。然而，这种豪迈心情并不能冲淡他对于丧师失地的愤懑，他想到"琼岛生尘，珠崖割土"，清政府在与法军的交战中连连失利，国土沦丧，何时才能一雪前耻，收复失地？词人愤懑不已，他站在高高的楼船上，只觉得海中的鱼龙也在发愁，潮声听起来倍加凄咽。

下片前三句回忆自己海上脱险的经历，他在狂风巨浪中躲过法军的枪林弹雨，能够侥幸脱险回来，回想起来都觉得"奇绝"。在经历过这次磨难之后，词人有种劫后余生的庆幸，自己"十幅布帆"的大船仍然还在，真该把酒痛饮，对着明月高呼。"海鸟忘机"三句用"忘机"的典故，表达自己隐居的愿望。"忘机"出自《列子·黄帝》篇，海上有好鸥鸟者，每日鸥鸟与之游戏，全无戒备之心，是一种忘却尘世、忘却机心、与世无争的状态。词人在经历了这次奇险之后，有了避世隐居之心，想要一种静对山水、与鸥鸟相伴的生活，不再去理会世事，"时事今休说"透露着词人的悲愤与决绝。结语营造了凄凉萧索的气氛，词人夜晚宿在海边茅舍之中，任凭外面惊沙如雨，将窗纸敲破。这两句实际上暗含了两个意思，"惊沙如雨"暗示了国事危艰，风雨飘摇，令人失望，"任"字承接着上句"时事今休说"，表明词人内心疲倦，不愿再管世事，悲观而伤感。

这首词上片写国土沦丧的现状和词人成功脱险后的激动与悲愤，下片追忆自己在海上的经历，庆幸之余又惊魂难定，最后生出归隐避世、不问世事的想法，更寄寓了深刻的悲哀。情感跌宕起伏，气韵深沉，沉郁顿挫，不愧"词史"之名。

（贺琴）

虞美人·渡海

邓瑜[*]

风声满耳樯帆急[1],极望苍茫色[2]。云迷沧海海连云,一片浪花如雪,打诗魂。　水天以外空诸相[3]。对此添遐想。凌波东去是蓬瀛。安得凭虚楼阁,结层层。

注释

〔1〕樯帆:船上的风帆。

〔2〕极望:放眼远望。

〔3〕诸相:佛教语,指一切事物外现的形态。

评析

这首小令写渡海所见,表达对神仙之境的向往。

上片写大海苍茫的景色,女词人站在船上,满耳风打樯帆的声音,极目远眺,只见大海一片迷蒙苍茫,海上雾气弥漫,与云天相接,远处分不清是云还是海。"云迷沧海海连云"境界旷远,形象地写出云海相接的迷蒙景色。在这云海之间,浪花如雪,拍打而来,"打诗魂"既写出浪的汹涌,也写出词人为这壮丽的海景所折服、惊叹。

下片由大海的苍茫联想到遥远海外的神仙世界,词人看到水天之外一切皆空,对此生出遐想,她想到波涛滚滚,去向那远方的蓬莱、瀛

---

[*] 邓瑜(1843—1901),字慧珏,号蕉窗主人,江苏金匮(今属无锡市)人。其父邓恩锡为奉化知县,有诗名。邓瑜幼颖慧,长配钱塘诸可宝为继室。工诗、词,有《清足居集》,附《蕉窗词》1卷。

洲,而她自己也似乎跟随着波涛,到了美好的海上仙山,在那里登上层层楼阁,凌空眺望尘世,词人的神仙之想杳渺而悠长。

一般来说,描写大海的词多用长调,而较少小令,因为长调能够将大海的波澜壮阔和词人面对大海的种种情感铺展开叙写,而小令容量较小,较难展开。而这首词用《虞美人》小令写渡海所见与词人的尘外之思却是恰到好处。词人主要为了表达对神仙世界的向往,在意象和境界上都做到了出尘脱俗,情思飞逸。谭献曾评其"有生气,有真气,一洗绮罗粉泽之态,有徐淑、李清照所不逮者"。这首词可以说是邓瑜词的一个代表。

(贺琴)

水龙吟·渡海

易顺豫[*]

北来悔逐浮名,飘然且自冲波去。十洲三岛,金银宫阙,沧茫何许。暾日孤悬[1],长风不断,怒涛终古。念壮心未已,高歌纵好,谁呼汝,查边路? 堪笑蓬莱清浅,只寻常、鹭汀鸥溆[2]。楼船未下,劫灰先变,昆明池土[3]。蜃气骄天,龙鳌起陆[4],何人挥羽[5]?叹仲连高致[6],而今空憾,更无归处。

注释

〔1〕暾(jiǎo)日:白日,明亮的太阳。

---

[*] 易顺豫(1856—?),字由甫,号叔由,湖南龙阳(今汉寿县)人。光绪二十九年(1903)进士,曾任江西吉安知府、辅仁大学、山西大学教授。易顺豫与其兄易顺鼎是近代著名诗人,并与程颂万、郑襄等人结"湘社",唱和交流,是近代著名的文学团体。其长于诗词,有《琴思楼词》。

〔2〕汀：水边平地，小洲。溆（xù）：水边。

〔3〕劫灰、昆明：典出《搜神记》，汉武帝凿昆明池，极深处有灰墨，问东方朔，东方朔说胡人知道。汉明帝时，西域有胡人入洛阳，有人以东方朔言问之，胡人说是烧劫后的余灰。这里指战乱兵火之后的残迹。

〔4〕龙蝼：传说中龙的唾沫。

〔5〕挥羽：指挥统率军旅。羽：军旗。

〔6〕仲连：战国时齐人鲁仲连，喜为人排难解纷，高蹈不仕。高致：致仕高隐。

评析

　　这首词创作于光绪二十四年（1898）易顺豫从北京南归途中。这一年从个人来说，他在京城参加会试落第。从政治局势来说，年初侵占胶州湾的德国兵在即墨毁坏文庙孔子像，引起士人义愤，康有为等人发起第二次公车上书，各省举人呈递条陈，群情激奋，易顺豫也参与了这次公车上书，但是并未产生效果。五月易顺豫经塘沽渡海南下，胸中郁愤难抒，写下了这首词。

　　上片首句是词人对自己这次京城之行的总结。易顺豫早年落拓，由南到北的游历生涯带着羁愁和苦闷，也带着实现功名抱负的愿望。然而，这次的京城之行是令他后悔的，让他看破了虚名，所以他带着决绝的心态飘然离去，"悔"和"飘然"写出词人内心的失望和决绝。但是，"飘然"是一种超脱的心境，词人并没有真正的超脱，因为他还心忧家国，不能忘怀时事。"冲波去"引出后面对海的描写，传说大海有神仙洞府，有金银宫阙，但是大海苍茫，那些宁静美好的地方又在哪里呢？只有骄日高悬，长风掀浪，怒涛不止，才是大海自古以来的真实形象。词人写了大海的两种印象：一种是平静美好、令人向往的，却是苍茫而遥不可及的；一种是风浪不止、奔腾咆哮的，正是现实的情形。表面上写的是大海，实则寄寓了词人对于动荡不安的时局的担忧。上片的最后四句，词人表达了壮志难酬的愤懑，虽然自己纵情高歌，壮心不已，但是又有谁能够同自己去保家卫国呢？这是词人科举失意、抱负难以实现的痛苦。

下片是词人对于国土沦丧的愤懑不平。"蓬莱清浅""楼船未下"五句写世事的变化。"蓬莱清浅"二句用麻姑见沧海变桑田的典故，"楼船未下"三句用"昆明劫灰"之典。下片开头两句写东海的变化：曾经深渺的东海如今变得清浅，蓬莱仙岛只留下鸥鹭栖息的小洲，这是一种比兴的手法，从仙山的消失，引起后三句对现实中战火纷纭的描写。词人尚未到山东半岛，那里已经遭遇了兵火，面目全非，饱含着对国土沦丧的痛心。"蜃气骄天"三句将矛头直指慈禧太后，痛斥其亡国行径。海上蜃气冲天，遮蔽日月，暗指国家政局的乌烟瘴气。"龙漦"，相传夏朝时有两条龙停在夏帝庭院中，自称是褒地二君，夏帝将龙的唾沫收入木匣，传到周朝，周厉王将其打开，龙漦流出，化为玄鼋。一宫女遇上，怀孕生下一女，即为褒姒，后为周幽王宠妃，使西周灭亡。在词中则指的是慈禧太后专政，祸国殃民。在混乱复杂的政局下，无人能够统帅军队，保家卫国，所以才导致美好的东海蓬莱落入他国之手。最后三句，词人既叹息政治污浊，不能让那些有仲连之才的仁人志士建功立业，更痛心山东半岛被德国所侵占，纵然是高士仲连，如今也无处可去，更何况是像词人这样的失路之人！

词人写渡海南归，心情沉痛，词情悲壮，下片忧愤国事，悲痛欲绝，结句的"更无归处"写出晚清一代文人的失路之悲、家国之恨，尤为凄悲。

（贺琴）

望海潮·海上

周祖同*

风来无地[1],云横有岸,中边一碧浮沉[2]。方丈去遥,连翘舞倦,波涛终古难平。车马半空行,问枯查羽客[3],几度曾经?暮色苍苍,拟将心曲托孤琴[4]。 沧洲何处伤情[5],怕重闻水浅,还见尘生。青海孤军[6],乌湖异域,唐家遗迹堪惊。西北是神京,幸中原无事,人道休兵。忽近烟台乱鸦,斜日大旗横。

注释

〔1〕无地:看不见地面,形容范围广阔。

〔2〕中边:内外,这里指中间和四周。

〔3〕枯查:即枯槎,竹木筏,木船。羽客:指神仙或方士。

〔4〕心曲:心绪,心事。

〔5〕沧洲:靠近水的地方,喻指隐士的居处。

〔6〕青海:边远荒漠之地。

评析

这首词作于光绪二年(1877)周祖同自京城由海路返回长沙途中。这一年外有列强环伺,内有各地农民起义,尤其是太平天国运动对清政府的统治造成极大威胁,局势内忧外患,风雨飘摇,词人海上观景,忧

---

* 周祖同(?—1905),字雨珊,号词缘,湖南长沙人。同治元年(1862)举人。精于词学,学习南宋姜夔、张炎、周邦彦,与王闿运、周寿昌、孙鼎臣、李洽、杜贵墀为晚近词坛湖湘六家,有《湘雨楼词》。

心国事,感慨深沉。

上片写海的苍茫辽阔和词人苍茫的心境。首三句先从远方、近处和海中三个方位给大海一个素描,海风不知从何而起,云横岸边,大海中碧浪浮沉,面对茫茫大海,词人想到了海中仙山,辽阔的大海中方丈遥不可及,连翘舞倦,而波涛却自古滔滔,难以平复。"车马半空行"三句虚写,海上半空行来车马,词人问那枯槁的海上仙人,曾经度过多少这样的波涛?这样的发问当然是没有答案的,所以词人只能在暮色苍苍中将内心的迷茫付与孤独的琴声中。

下片回答了词人为何迷茫惆怅。"沧洲何处伤情"三句道出了词人对国事的忧虑,"怕重闻水浅,还见尘生"用沧海桑田之典,担忧"蓬莱"再变清浅,国事有变,而现在已见"尘"生,说明他的担忧成为现实。"青海孤军"三句写政局、形势,"唐家遗迹"实际上是清朝江山,从青海到乌湖(在今渤海中)都是烽烟四起,不再太平,"惊"字写出了现实情形令人惊心。"西北是神京"三句是词人的心理安慰,他想到京城,想到中原,庆幸"无事","休兵"表现出词人对于国家战事频仍的厌倦和对太平生活的怀念。然而"无事"也是暂时的假象,最后两句"忽近烟台乱鸦,斜日大旗横",用"乱鸦""斜日""大旗横"几个意象呈现出一幅日落西山的景象,暗示了风云再起、国运下降,也反映了词人内心的沉痛与感伤。

词人通过写海抒写时事,上片写海上风景融入悠远高古的思绪,苍凉壮阔,下片忧心国事,寄托爱国之心,境界高旷,感慨深沉,尤其是结语意内言外,引人遐思。

(贺琴)

汉宫春·海上醉赠王梦湘

程颂万[*]

黄歇浦边[1],问四洲人在[2],何者为公。歌镂一时相遇,插帽花红[3]。悬河出口,似倒翻、海上奇峰。正几日、明光献赋,笔端横截长虹[4]。 十载蓟云湘月,有狂名道子,子亦闻侬。日边此去万里[5],愁坠蛟龙。今宵醉耳,倚双鬟、磨墨帘栊。到明日、黑风吹汝[6],那分南北西东。

注释

〔1〕黄歇浦:上海黄浦江的别称,相传是战国时期楚国春申君黄歇所凿,故称。

〔2〕四洲:佛教中咸海的四大洲,唐玄奘《〈大唐西域记〉序》:"七金山外,乃咸海也。海中可居者,大略有四洲焉。东毗提诃洲,南赡部洲,西瞿陀尼洲,北拘卢洲。"这里形容海的宽广。

〔3〕花红:指簪在帽上的金花和披在身上的红绸。

〔4〕横截:横渡。

〔5〕日边:指极远的地方。

〔6〕黑风:狂风,暴风。

---

[*] 程颂万(1865—1932),字子大,号鹿川、定巢,晚号十发居士,湖南宁乡人。少有文才,然科举不顺,入湖北总督张之洞幕,任湖广抚署文案、湖北自强学堂提调、湖南岳麓书院山长,晚年寓居上海。其诗、文、词皆有造诣,曾与易顺鼎、袁绪钦、姚肇春、何维棣、王景峨等在长沙结"湘社",盛极一时,成员诗词辑为《湘社集》。著有《十发居士全集》,词集《美人长寿盦集》《定巢词集》《鹿川词》。

评析

  这是一首赠别词,王梦湘是王以敏,湖南武陵(常德)人,光绪十六年进士,与程颂万友情甚笃,也是"湘社"成员。程颂万的这首词创作于光绪十七年(1891),这一年他从湖南赴京赶考,途经上海,遇到王以敏,创作了这首词。

  题目中"海上"与"醉"介绍了创作的背景,也奠定了词的基调,既在海上,又是醉后所作,所以词中的想象夸张而奇特,俊逸豪迈的审美境界中融入了深沉的情感。

  首句"黄歇浦边"道明了词人所处的地点,词人的船停靠在黄浦江边,在茫茫人海中寻找好友,"四洲"一词说明词人与王梦湘的相遇之难,也说明二人友情笃深。从"何者为公"一句引出赠别的对象,词上片的后几句都是写王梦湘的,"歌镂"二句写词人与王梦湘在京城的相识,那时王梦湘金榜题名,春风得意。"悬河"二句写王梦湘的才华横溢,口若悬河,"似倒翻、海上奇峰",既是对友人口才的夸张赞誉,也契合了眼前身在海上的情境。最后两句"明光献赋"写友人的文采风流。"明光"是汉代宫殿名,古代文人献赋展才以图受到重用,汉代班固、扬雄皆曾献赋,词人将友人与班固、扬雄等人相比,赞扬他的文笔精彩,令长虹失色。

  上片写友人的才情与际遇,精神奋发,意气昂扬,下片写自己的落魄,转入低沉,与上片形成鲜明的对比。下片首三句写自己十年以来的经历,他在湖湘与京城之间来回奔走,期望能进入仕途,一展抱负,但终究一无所获,十年的风雨也造就了词人的狂傲,想必友人也早有所闻了吧!"日边"二句写自己目前短暂停留之后又要北上京城,海上茫茫万里之路,令海中的蛟龙都发愁,更何况是已经奔波了若干年的词人。至此,词人的愁绪已经达到了顶点。所以他勉强安慰自己,今夜且沉醉,流连红粉,因为到了明日,他们将乘风而去,各奔东西。词的最后有注云"君将之宁波",说明二人一南一北,短暂相聚后又各奔前程。

  这首词为海上赠别,词人从上片与下片友人和自己的对比中写出自己宦海奔波、疲惫不堪的状态,抒发羁旅之思。上片中友人的春风得意、才华横溢,何尝不是词人对自己的一种期望?词人醉酒后写下这首词,词中自然带着一种酒后的豪荡不羁,海上奇峰翻倒、蛟龙愁坠都是夸张的笔法,紧扣题目中"海上"二字,并且用"四洲""十载""万里"等时空跨度极大的词,营造出开阔的境界。

(贺琴)

散曲编

元代海洋散曲选

【双调·殿前欢】登江山第一楼

乔吉[*]

拍阑杆[1]，雾花吹鬓海风寒，浩歌惊得浮云散。细数青山，指蓬莱一望间[2]。纱巾岸[3]，鹤背骑来惯[4]。举头长啸，直上天坛[5]。

注释

〔1〕阑杆：即阑干、栏杆。用竹、木、砖石或金属等构制而成，设于亭台楼阁或路边、水边等处作遮拦用。

〔2〕蓬莱：神话传说中的神山，诗文中借以比喻仙境。

〔3〕纱巾岸：纱巾，即头巾。岸，此指露额。把纱巾掀起露出前

---

[*] 乔吉（约1280—约1345），元代杂剧家、散曲作家。一称乔吉甫，字梦符，号笙鹤翁，又号惺惺道人。太原人，流寓杭州。杂剧作品见于《元曲选》《古名家杂剧》《柳枝集》等集中。散曲作品据《全元散曲》所辑存小令200余首，套曲11首。散曲集今有抄本《文湖州集词》1卷，李开先辑《乔梦符小令》1卷，以及任讷《散曲丛刊》本《梦符散曲》。

额,表示态度洒脱。

〔4〕惯:惯常。

〔5〕天坛:王屋山的绝顶,相传为黄帝礼天处。

评析

  这是一首乔吉所写的登临之作。"江山第一楼",指的是镇江北固山甘露寺内的多景楼。登斯楼也,可俯瞰大江,遥望东海,蔚为大观。国学大师王国维在《人间词话》中评论道:"太白纯以气象胜。'西风残照,汉家陵阙',寥寥八字,遂关千古登临之口。"乔吉此篇作品与李白的气象相仿,层层开阔,酣畅淋漓。关于"拍阑杆",辛弃疾曾写词道:"把吴钩看了,栏杆拍遍,无人会,登临意。"他所传达的是无人理解的痛苦,而乔吉当时的心境显然是正面积极的,豪放不羁地敲击着栏杆。"雾花吹鬓海风寒",是元散曲中为数不多描写海风的句子,作者伫立在海风水雾之间,任由它们吹向自己的发鬓,其中夹杂的寒意未能使他退缩,甚至还要冲着天空放声高歌,响遏行云,体现了作者登临江山第一楼望江观海,神情俊爽、胸襟开阔的姿态。"细数青山",有邈远潇洒之意,沿山海看去,"指蓬莱一望间"。蓬莱,亦称蓬莱山、蓬壶、蓬丘,是中国先秦神话传说中东海外的仙岛,包含了古代的人们给海洋赋予的神秘意义。"纱巾岸"中的纱巾,便是头巾。岸,在这里指的是露额。作者把纱巾掀起,露出前额,表示态度洒脱,超越世俗,更是期望骑鹤升仙。从上两句可以读出作者强烈的道家思想。最终,"举头长啸,直上天坛"给全曲做了一个笔力遒劲的结尾。全曲主要描绘登临所见之景,以山、海、天为写作的主体,是写景抒情述志的佳作。

(董方伯)

【双调·水仙子】乐清箫台

乔吉

枕苍龙云卧品清箫,跨白鹿春酣醉碧桃[1],唤青猿夜拆烧丹灶[2]。二千年琼树老[3],飞来海上仙鹤。纱巾岸天风细,玉笙吹山月高,谁识王乔?

注释

〔1〕跨白鹿:即骑白鹿。古时以白鹿为祥瑞,古代神话传说中的仙人,常骑白鹿或乘白鹿所驾之车,后因以"骑白鹿"指仙人行空之术,泛指神仙。碧桃:古诗文中多特指传说中西王母给汉武帝的仙桃。

〔2〕青猿:一说宋王禹偁小童名,后因代指小童。丹灶:炼丹用的炉灶。

〔3〕琼树:仙树。

评析

在元人的眼中,"海"这一意象总是与神仙联系在一起,例如这首【双调·水仙子】《乐清箫台》,就包含了关于仙人王子乔的传说故事。"乐清"是地名,现位于浙江,"乐清箫台",被誉为"乐清八景"之首,箫台在箫台山脊,其岩圆峭顶平,望之形似高台,故得名。三五之夜,一轮皓月,高挂峰头,一派清辉,一番幽寂,故称"箫台明月"。"仙鹤"是神话传说中仙人骑乘和饲养的鹤。唐王勃《还冀州别洛下知己序》:"宾鸿逐暖,孤飞万里之中;仙鹤随云,直去千年之后。"海上飞来的仙鹤,和王乔(即王子乔)的传说有密切的关系:"王子乔者,周灵王太子晋也。好吹笙作凤凰鸣。游伊洛之间,道士浮丘公接以上嵩高山。三十余年后,求之于山上,见桓良,曰:'告我家,七月七日,待我于缑氏山巅。'至时,果乘白鹤驻山头。望之不可到,举手谢时人,数日而去。"(《列仙传》)至今乐清民间依然流传着王子乔在此地骑鹤离去的故事。当然,这首散曲还使用了很多表现超逸境界的语言表达,如"枕苍龙云""跨白鹿"等,以示洒脱的性情。值得一提的是,"琼树"也是仙树之名,如唐代曹唐《小游仙诗》之七十五:"琼树扶疏压瑞烟,玉皇朝客满花前。"总之,这支曲子不仅写作者观景所感,沉醉吟咏于清风碧桃之间,更像是"乐清箫台"的一篇完美的旅游宣传词,充满了魅力无穷、变幻莫测的文化色彩。

(董方伯)

【中吕·满庭芳】渔父词(其十五)

乔吉

秋江暮景,胭脂林障,翡翠山屏[1]。几年罢却青云兴[2],直泛沧溟[3]。卧御榻弯的腿痛,坐羊皮惯得身轻。风初定,丝纶慢整[4],牵动一潭星。

注释

〔1〕山屏:形如屏风的山崖。
〔2〕青云兴:做官的兴头。
〔3〕沧溟:海。
〔4〕丝纶:钓丝。

评析

《满庭芳·渔父词》是元曲作家乔吉创作的一组同题小令,一组共二十首。作品通过对渔父生活连带其周边的景物进行描写，抒发作者厌倦功名、向往隐逸的情怀。此首是第十五首，主要写渔夫垂钓的情形。前三句利用曲牌的句式整饬，节奏明快地刻画出了宏大的景象轮廓：夕阳映照下一望无际的秋江水，远处是重岩叠嶂和浓雾掩盖的树林。胭脂，是一种用于化妆和国画的红色颜料，此处用以形容山林间似火的枫叶，是作者的创举。山屏，是形如屏风的山崖。下面两句的"沧溟"，在这里所指的是海。《汉武帝内传》称："诸仙玉女，聚居沧溟。"唐代元稹《侠客行》："此客此心师海鲸，海鲸露背横沧溟。"值得注意的是，在古典文学中，"沧溟"也有"天空"的意思，如元人郑光祖杂剧《周公摄政》第一折："天地为盟，上有沧溟。"天空和大海的颜色近似，并且在古代社会中同样具有难以认识、充满神秘感的特点，所以常常被联系在一起。青云，即青云之上、平步青云的意思，形容地位尊贵、官运亨通，但作者这里用了"罢却"二字，不以心为形役而直泛沧海，颇有苏东坡"小舟从此逝，江海寄余生"之神韵。"卧御"两句句法巧妙，御榻是皇帝的坐卧具，但被作者写成"弯的腿痛"，而"羊皮"有潇洒飘逸、放任不羁的感觉，所以"惯得身轻"。作者运用强烈的对比，对富贵荣禄的仕途进行了解构，褒扬了山野生活的情趣。末三句化用宋代词人秦观的名句，将渔夫收起垂钓的丝线时，其从容高逸的动作和神态栩栩如生地展现了出来。"牵动一潭星"，把水面波光粼粼、星星的倒影随波而动的美丽画面描绘到了极致。

（董方伯）

【双调·拨不断】大鱼

王和卿[*]

胜神鳌，夯风涛[1]，脊梁上轻负着蓬莱岛。万里夕阳锦背高[2]，翻身犹恨东洋小[3]，太公怎钓？

注释

[1] 夯：砸地基的工具或机械。
[2] 锦背：指大鱼的背在夕阳的照射下如锦缎般。
[3] 东洋：泛指我国东方的大海。

评析

王和卿在众多元散曲作家中别具一格，在创作中，他喜用民间的生动口语，作品有比较醇厚的俗谣俚曲色彩，本曲就具有这样的特点，夸张幽默，饶有谐趣。"神鳌"，是中国神话传说中海上有神力的大鳌，头顶大山。"夯"，意为砸地基的工具或机械，此处可理解为与风涛搏斗。巨鳌背负蓬莱岛的典故见于《列子·汤问》："其中有五山焉：一曰岱舆，二曰员峤，三曰方壶，四曰瀛洲，五曰蓬莱。……而五山之根无所连着，常随潮波上下往还，不得暂峙焉。仙圣毒之，诉之于帝。帝恐流于西极，失群仙圣之居，乃命禺彊使巨鳌十五举首而戴之。"作者接下来写道，在夕阳万里的开阔境界下，能够看到这只巨鳌硕大而有纹理的

---

[*] 王和卿，散曲家。大名（今属河北省）人，生卒年、字号不详。《录鬼簿》列为"前辈名公"，但各本称呼不同，天一阁本称为"王和卿学士"，孟称舜本却称他为"散人"。他与关汉卿是同时代人，而又比关汉卿早卒。现存散曲小令21首，套曲1首，见于《太平乐府》《阳春白雪》《词林摘艳》等。

背部,高耸万丈。"翻身犹恨东洋小"运用了极度夸张的手法,鳌想要翻身,却因为东洋对于它来说太小了,无法完成这个动作。"太公怎钓"指的是姜太公钓鱼,传说姜子牙用直钩不用鱼饵钓鱼,文王见后觉得这是奇人,招入帐下,后姜太公帮助文王推翻商纣统治,建立周朝。但这里作者反用典故,表现了其描写对象巨鳌的无拘无束、肆意遨游的特质,也间接体现了作者自己闲云野鹤、难以被世俗禁锢的人生志趣。杜甫称李白"天子呼来不上船,自称臣是酒中仙",就大概如此吧!另外,曲中巨鳌的形象,非常近似于《庄子·逍遥游》中"鲲"的形象:"北冥有鱼,其名为鲲。鲲之大,不知其几千里也……"这体现了作者丰富的想象力。

(董方伯)

【双调·蟾宫曲】广帅饯别席上赠歌者江云

卢挚[*]

问江云何处飞来,全不似寻常,舞榭歌台[1]。溟海星槎[2],清秋月窟[3],流水天台[4]。准备下新愁送客,强教他眉黛舒开[5]。楚楚离怀,香动罗襦[6],梦绕金钗。

注释

〔1〕舞榭歌台:供歌舞用的台榭。

---

[*] 卢挚(1242—1314),字处道,一字莘老;号疏斋,又号嵩翁。元代涿郡(今河北省涿州市)人。至元五年(1268)进士,任过廉访使、翰林学士。诗文与刘因、姚燧齐名,世称"刘卢""姚卢"。与白朴、马致远、珠帘秀均有交往。散曲如今仅存小令。著有《疏斋集》(已佚)、《文心选诀》、《文章宗旨》,传世散曲120首。今人有《卢书斋集辑存》,《全元散曲》录存其小令。

〔2〕溟海：神话传说中的海名或泛指大海。星槎：往来于天河的木筏或泛指舟船。

〔3〕月窟：传说月亮的归宿处。

〔4〕天台：天台山。

〔5〕眉黛：古代女子用黛画眉，因称眉为眉黛。

〔6〕罗襦：绸制短衣。

评析

这是卢挚在宴会上赠予歌舞艺人的曲子，歌者名叫江云。起笔作者先用了对话体的写法，"问江云何处飞来"，一个"飞"字，灵动活泼，同时点出了歌女超凡脱俗的可爱姿态。后面作者进一步夸赞江云的非同寻常："全不似寻常，舞榭歌台。""舞榭歌台"是固定的语言用法，如辛弃疾的"舞榭歌台，风流总被雨打风吹去"，意思是建筑在高土台上的敞屋，一般指的是歌舞场所。但这位歌女并不能为寻常的歌舞场合所框限，散发出高洁出尘的气质。往后三句接着写道，眼见此女，就如见"溟海星槎，清秋月窟，流水天台"。"溟海"，可以指神话传说中的海。《列子·汤问》中称："终北之北有溟海者，天池也，有鱼焉，其广数千里，其长称焉，其名为鲲。"这也就是庄子在《逍遥游》里所言"鲲"的形象，它居住的"北冥"便是"溟海"。不过，"溟海"在后世文学中的使用，亦可以指普通的大海。如清代大学问家顾炎武的诗《天津》中就写道："内以辅神京，外彻溟海际。""星槎"同样可作两解，一是往来于天河的木筏，晋张华《博物志》卷十记载："旧说云天河与海通。近世有人居海渚者，年年八月有浮槎去来，不失期，人有奇志，立飞阁于查上，多赍粮，乘槎而去。"这是古人对大海的朴素认知。当然，"星槎"也可以泛指一般的舟船，如明代李东阳《与衍圣公夜话》云："漫以平安慰别离，星槎动是隔年期。""溟海星槎"既可以实指在大海上航行，又可以虚指在神境里邀游。总之，作者用这四个字以形容这位女子给作者带来的直观感觉，后面的二句同理。末尾三句的"香动罗襦"是描写她衣着上的香气，主要写歌女给作者留下的各类感官的回忆，久久魂牵梦萦。

（董方伯）

【双调·蟾宫曲】汝南怀古

卢挚

记元戎洄曲奇勋[1]，被雪鹅池，惊倒骡军[2]。谁杂声沉，无端世故，几度兵尘。有客子经过汝坟[3]，望飞来辽海愁云。奄冉西昏[4]，倚遍幽轩，吟断兰生[5]。

注释

[1] 元戎：大军。洄曲：古地名，在河南省漯河市沙河与澧河汇流处。

[2] 骡军：骑骡子作战的军队。

[3] 汝坟：指古汝水堤岸。

[4] 奄冉：荏苒。

[5] 兰生：美酒。

评析

本曲为怀古咏史之作，根据作者卢挚所使用的词语组合来看，这一支曲所咏的人物是唐代中期名将李愬。《旧唐书·李愬传》记载："愬有筹略，善骑射。元和十一年，用兵讨蔡州吴元济。七月，唐邓节度使高霞寓战败，又命袁滋为帅，滋亦无功。愬抗表自陈，愿于军前自效。""酆道分五百人断洄曲路桥，其夜冻死者十二三。又分五百人断朗山路。自张柴行七十里，比至悬瓠城，夜半，雪愈甚。近城有鹅鸭池，愬令惊击之，以杂其声。"由于沉着勇敢、擅长谋略，为人又能以诚待人，后世历代文人对李愬称赞不绝。作者描述李愬雪夜入蔡州，擒获吴元济一役的情形，字里行间透露出对李愬的崇敬以及对"无端世故"的兴叹。"有客子经过汝坟"，这里的"客子"应该是作者自称。他回顾历史，吟咏嗟叹，运用"辽海愁云"的典故表现自己的思绪。辽海就是辽东，泛指辽河以东沿海地区。"辽海愁云"指的是丁令威化鹤归辽海的传说，《搜神后记》称："丁令威，本辽东人，学道于灵虚山。后化鹤归辽，集城门华表柱。时有少年，举弓欲射之。鹤乃飞，徘徊空中而言曰：'有鸟有鸟丁令威，去家千年今始归。城郭如故人民非，何不学仙冢垒垒。'遂高上冲天。今辽东诸丁云其先世有升仙者，但不知名字耳。"而在本曲中，作者所期盼的应是李愬像丁令威那样"魂兮归来"，希望英雄在世，勿使竖子成名。末三句寓情于景，在黄昏的幽轩之中，作者独饮兰生酒，给我们留下了一个惆怅的背影。

（董方伯）

【双调·庆宣和】（其一）

无名氏

烟水茫茫东大海，望见蓬莱。八个神仙肯拖戴[1]，去来，去来[2]。

注释

〔1〕肯：怎肯。

〔2〕来：语气助词。

评析

　　这首《庆宣和》虽然没有留下作者,但全曲展示了多种不同的人生境况,节录的这几句更是对"海"有直接的描写,具有很大的文化价值。首句"烟水茫茫东大海"摹景,"烟水",就是雾霭迷蒙的水面,如唐孟浩然《送袁十岭南寻弟》:"苍梧白云远,烟水洞庭深。"此句仅七字便写出大海的烟波浩渺、无边无垠之貌,用词简省,笔法精妙。次句中的蓬莱,也就是我们熟悉的蓬莱山,是古代传说中海外的神山仙岛,在后世文学作品中常代指仙境。李商隐著名的作品《无题》就有"蓬山此去无多路,青鸟殷勤为探看"这样的句子。"八个神仙",在这里指"八仙过海"的故事,它是一种流传广泛的中国民间传说,影响力巨大。根据吴光正先生《八仙故事系统考论——内丹道宗教神话的建构及其流变》一书,"八仙"一词,最早见于东汉牟融的《理惑论》,此后相关典籍中先后出现了一系列八仙组合,其中尤以钟吕八仙最为典型,衍生出"八仙庆寿""八仙过海"等故事。现代汉语还保留着"八仙过海,各显神通"这一成语,相传八位仙人各自拥有神奇的法力,在渡过东海时铁拐李提议不用船而各展身手,于是八仙将法宝投于水面,成功过海。后用以比喻各自拿出本领或办法,互相竞赛。"八仙过海"表达了古代劳动人们探寻自然奥秘、解释自然现象的尝试和追求美好生活的向往。作者连用了两个"去来",这是本首曲子的通例,每叙一事便一度叹咏,最终作者总结道:"暗想人生能几何?枉了张罗。七十岁光阴五旬过,着甚不,快活!"

(董方伯)

【越调·平湖乐】寿李夫人六首(其一)

王恽[*]

眼明欣见太平人,环佩婴香润[1]。洞里瑶华自高韵[2],八千春,袅烟已报长生信。一杯更买,麻姑苍海[3],安坐看扬尘。

注释

[1] 环佩:古人所系的佩玉,后多指女子所佩的玉饰。
[2] 瑶华:玉白色的花,有时借指仙花。高韵:高雅。
[3] 一杯更买,麻姑苍海:化用李商隐《谒山》诗,"欲就麻姑买沧海,一杯春露冷如冰"。

评析

结合题目和全六首的内容来看,这是一组应酬的作品,单为李夫人贺寿所作。其内容大概是赞美、祝福一类的话。开篇先称赞贺寿对象是"太平人",古代社会生产力低下,战争徭役频繁,遇到太平盛世是非常难得的。所以做一个"太平人"是中国古代劳动人民对美好生活的祈愿。环佩,古人所系的佩玉,后多指女子所佩的玉饰。《礼记·经解》中有:"行步则有环佩之声,升车则有鸾和之音。"郑玄注:"环佩,佩

---

[*] 王恽(1227—1304),字仲谋,号秋涧,卫州汲县(今属河南省)人。《元史》卷一六七有传。中统元年姚枢宣抚东平,辟王恽为详仪官,擢为中书省详定官。中统二年春转翰林修撰,同知制诰,兼国史院编修官。世祖至元五年迁御史台,后拜监察御史,九年授承直郎,十四年除翰林待制拜朝列大夫,二十九年授翰林学士、嘉议大夫。元贞元年加通政大夫知制诰,同修国史。大德八年卒,赠翰林学士承旨资善大夫,追封太原郡公,谥文定。著有《相鉴》50卷,《汲郡志》15卷,《秋涧先生大全集》100卷。王恽为元好问弟子,为文不蹈袭前人,独步当时。其书法遒婉,与东鲁王博文、渤海王旭齐名。

环、佩玉也。"《史记·孔子世家》也有"夫人自帷中再拜,环佩玉声璆然"的句子。这是通过关注佩戴的首饰来侧面赞美李夫人。中国传统文学中多以服饰、佩戴写女子来衬托被描写对象的气质华贵。"瑶华"同样是玉的意思,屈原《楚辞·九歌·大司命》"折疏麻兮瑶华,将以遗兮离居",王逸注:"瑶华,玉华也。"之后两句便是在祝福她长寿,说一些吉利的话。"一杯更买,麻姑苍海,安坐看扬尘"隐藏了一个关于海的传说。相传麻姑修道于牟州东南姑余山,东汉时应仙人王方平之召降于蔡经家。《神仙传》中有如下文字:"麻姑自说云:'接待以来,已见东海三为桑田。向到蓬莱,水又浅于往者会时略半也。岂将复还为陵陆乎?'方平笑曰:'圣人皆言,海中复扬尘也。'"这就是"沧海桑田"这个说法的来历,后世常用"沧海桑田"来形容世事巨大的改迁或快速的变化。这体现了古人对生命、时间和空间关系的宝贵认识,而这一认识则是以"海"和"田"这两个具象的事物进行隐喻的。

(董方伯)

【正宫·鹦鹉曲】洞庭钓客

冯子振*

年光流水何曾住,早忘却姓吕岩父[1]。记蓬莱阆苑相逢[2],一别风流如雨[3]。【幺】算人间碧海桑田,只似燕鸿来去。岳阳楼剑气凌云,度老树神仙此处。

---

* 冯子振(1253—1348),元代散曲名家,字海粟,自号瀛洲洲客、怪怪道人,湖南湘乡(今属湘乡市)人。自幼勤奋好学。元大德二年(1298)登进士及第,时年46岁,人谓"大器晚成"。朝廷重其才学,先召为集贤院学士、待制,继任承事郎,连任保宁、彰德节度使。晚年归乡著述。世称其"博洽经史,于书无所不记",且文思敏捷,下笔不能自休。一生著述颇丰,传世有《居庸赋》《十八公赋》《华清古乐府》《海粟诗集》等书文,以散曲最著。

注释

〔1〕吕岩父：吕岩，即吕洞宾。父，对男子的美称。

〔2〕阆苑：阆风之苑，传说中仙人的住处。

〔3〕风流如雨：谓别后很难重逢，就像云散开难以聚拢、落下的雨不再回到天空。出自王粲《赠蔡子笃》诗"风流云散，一别如雨"。

评析

　　此曲为洞庭湖上的钓鱼人所写。冯子振所作的散曲，虽然大多表现个人的闲适生活，但能在字里行间感受到那豪情奔放的气魄。"年光流水何曾住"，点出了年华易逝，时光流水，时间从不为任何人停歇的道理。吕岩，即吕洞宾，是道教全真派祖师。此处应是指出钓鱼人历尽世事，抛却一切的精神状态。本曲虽然表面写"湖"，用语、用事却与"海"密切相关。第三句之"蓬莱"，即古代传说中的海上仙岛，而提起"阆苑"，我们很容易想到《红楼梦》里的《枉凝眉》："一个是阆苑仙葩，一个是美玉无瑕……"实际上，"阆苑"也是海外的仙境。唐代王勃《梓州郪县灵瑞寺浮图碑》："玉楼星峙，稽阆苑之全模；金阙霞飞，得瀛洲之故事。"同样是元人的李好古所创作的杂剧《张生煮海》中，第二折有言："你看那缥缈间十洲三岛，微茫处阆苑蓬莱，望黄河一股儿浑流派。"可见，阆苑与蓬莱、瀛洲一样，都是时人心目中的海外仙境。"一别风流如雨"语典出自王粲《赠蔡子笃》"风流云散，一别如雨"。北曲套曲中，同一曲牌连用时，其第二曲及以后各曲即被称作"幺篇"或"么篇"，当为"後"字之简笔，意为"后篇"。幺篇中开头又使用了关于海的典故，"碧海桑田"指大海变成桑田，桑田变成大海，比喻世事变化很大。《神仙传》载麻姑曾见东海三为桑田。唐代卢照邻《长安古意》也有名句："节物风光不相待，桑田碧海须臾改。"燕鸿来去，人事改易，唯有沧桑之感。末二句的"剑气凌云"体现了作者作曲的豪迈气概。

（董方伯）

【般涉调·哨遍】赠长春宫雪庵学士

王伯成*

【幺】浮云世态将人赚[1],识破也诚何以堪。布袍独驾九天风[2],玩无穷绿水青岚。东游瀛海思徐福[3],西度流沙慕老聃。抛持尽雀巢燕垒[4],虎窟龙潭。

注释

[1] 赚:骗。
[2] 布袍:布制长袍,犹布衣,平民。
[3] 瀛海:大海。
[4] 抛持:抛弃。燕垒:燕子的窝。

评析

元散曲有小令和套数两种基本形式,本首曲节自王伯成的套数《赠长春宫雪庵学士》。从整个套数来看,这是一套与他人赠答的作品,但内含了作者对于人情世态的诸多理解。本曲语言清雅,多用典故,体现了作者不凡的文学功底。"浮云世态将人赚",解读重点在于一个"赚"字。"赚",有诓骗、欺哄的意思,如"赚虎离山"(比喻施用计谋骗对方离开其所凭借的有利位置)、赚铜钱(骗钱)这样的用法。笔者认为在这里当作此解,作者感到世间的万象都是幻象,所以看透了、识破了,

---

* 王伯成,涿州(今河北省涿州市)人,生卒年不详。贾仲明为《录鬼簿》补写的吊词中说他与"马致远忘年友,张仁卿莫逆交"。孙楷第《元曲家考略》考定张仁卿为画家,与王伯成同为元朝至元年间(1264—1294)人。王伯成作杂剧3种,今存《李太白贬夜郎》,《兴刘灭项》仅存残文。王伯成还作有《天宝遗事诸宫调》,存曲不全。

不再被那些世俗的牵挂所拖累。布袍就是普通的衣服，平民的衣服，却不能限制作者超然物外的境界，他想象自己独上九天，凌云凭风，吟赏烟霞。他还想象自己"东游瀛海"，"瀛海"就是大海，汉代王充《论衡·谈天》："九州之外，更有瀛海。"唐代武元衡《甫构西亭偶题因呈监军及幕中诸公》："瀛海无因泛，昆丘岂易寻。数峰聊在目，一境暂清心。"宋代贺铸《海月谣》："楼平迭嶂。瞰瀛海、波三面。"徐福是秦朝的方士，据说曾东渡为秦始皇嬴政寻找"不死药"。《史记·淮南衡山列传》称："昔秦绝圣人之道，杀术士，燔诗书，弃礼义……又使徐福入海求神异物。"老聃就是老子，事迹见于《史记·老子韩非列传》，据说他骑青牛西出函谷关后不知所踪，作者表达了对他的敬慕。末尾两句似乎有抛却一切栖身之所，以天地为逆旅的意思。

（董方伯）

【双调·折桂令】归隐

汪元亨[*]

平生何限风流，先世簪缨[1]，旧业箕裘[2]。走马章台[3]，骑鲸沧海，跨鹤扬州，黄金积子孙难守，驹阴逝顷刻难留[4]。一笔都勾，万事都休，静里乾坤，傲杀王侯[5]。

注释

〔1〕簪缨：古代官吏的冠饰，比喻显贵。

---

[*] 汪元亨，元代文学家。字协贞，号云林，别号临川佚老，饶州（今江西鄱阳）人，生卒年不详。元至正间出仕浙江省掾，后迁居常熟，官至尚书。他生在元末乱世，厌世情绪极浓。所作杂剧有三种，今皆不传。《录鬼簿续篇》说他有《归田录》一百篇行世，见重于人。现存小令恰100首，中题名"警世"者20首，题作"归田"者80首。

〔2〕箕裘：继承祖上事业。

〔3〕走马章台：章台街为汉代长安街名，指风流潇洒。

〔4〕驹阴：指易逝的光阴。

〔5〕杀：用在动词后，表示程度深。

评析

元代文人对朝廷普遍具有"旁观者心态"，由于民族隔阂，文人们在政治上被边缘化，难以进入仕途，即使有所成就，也不受到完全的信任。他们政治责任感淡漠，生活态度上倾向闲散与自我放任，因此归隐出世的心理浓厚，相关的文学作品很多。而在古人的认识里，大海又是未知的，是世外仙境，所以这个意象常常出现在此类作品中。像这首《折桂令·归隐》就是如此。作者首先提到"先世簪缨"，"簪缨"是古代官吏的冠饰，比喻显贵，可以推知汪元亨祖辈有人地位显赫，留下不少的遗产，所以他"旧业箕裘"。"箕裘"本来谓子弟耳濡目染，继承父兄之业，后因以"箕裘"比喻祖上的事业。这样的家业虽然给他一个自由选择的人生，但他并没有沉湎于纸醉金迷，而是追求洒脱豪爽的士人风范。"走马章台"语出《汉书》卷七六："敞无威仪，时罢朝会，过走马章台街，使御吏驱，自以便面拊马。又为妇画眉。"章台街多妓馆，后因以"走马章台"指流连娼妓间，追欢买笑。这里指作者的风流潇洒。"骑鲸沧海"，骑鲸，亦作"骑京鱼"，汉代扬雄《羽猎赋》："入洞穴，出苍梧，乘巨鳞，骑京鱼。浮彭蠡，目有虞。"同时也有李白骑鲸鱼的说法，唐代杜甫《送孔巢父谢病归游江东兼呈李白》诗云"几岁寄我空中书，南寻禹穴见李白"，清代仇兆鳌《杜诗详注》云："南寻句，一作'若逢李白骑鲸鱼'。按：骑鲸鱼，出《羽猎赋》。俗传太白醉骑鲸鱼，溺死浔阳，皆缘此句而附会之耳。"所以后世常以"骑鲸"赞颂李白，在这里作者用此典似有效法李太白狂放不羁、遨游天地之意。"跨鹤扬州"，则指冶游繁华之地。总之，作者连用三个典故，表达了视金钱财富为粪土，看破红尘的人生境界。因此他说,"一笔都勾,万事都休",纵然是王侯也不放在眼里了。汪元亨的散曲善用排比,一气贯注,使读者回味无穷。

(董方伯)

【商调·集贤宾】客窗值雪

汤式*

倚龙泉数声长叹息[1],游子去何期。添一岁长一分白发,治一经饱一世黄齑[2]。风凛凛岁晚江空,雪漫漫天阔云低。对梅花叹人犹未归,观不足严凝景致[3]。玉壶春滟滟,银海夜凄凄。

注释

〔1〕龙泉:龙泉剑,宝剑。
〔2〕黄齑:咸腌菜。
〔3〕严凝:严寒。

评析

汤式继承了元散曲后期俗中求雅的传统,写景咏史之作较为出色,《集贤宾·客窗值雪》就是一首不错的写景抒情之作。作者在客居的时候恰逢雪天,触景生情,开始感叹自己漂泊在外、年华将老的境遇。龙泉,在这里指龙泉剑,是古代的宝剑名,也可以泛指剑,作者倚剑叹息,"拔剑四顾心茫然"。第二句点明本曲的主旨,即抒写游子羁旅之情,游子

---

* 汤式(生卒年不详),元末明初重要散曲作家,字舜民,号菊庄,浙江象山人。元末曾补本县县吏,后落魄江湖。入明不仕,但据说明成祖对他"宠遇甚厚"。为人滑稽,所作散曲甚多,名《笔花集》,今存钞本。作品多写景、咏史之作,颇工巧可读。

思乡是中国古典文学中较为常见的主题。"黄齑",就是咸腌菜,在这里指代艰苦的生活。"添一岁长一分白发,治一经饱一世黄齑",这两句是作者对于生平的自述。他一生读书治经,勉强自足,白发渐渐多了起来,就像杜甫晚年发出的"万里悲秋常作客,百年多病独登台"的感叹。"风凛凛岁晚江空,雪漫漫天阔云低"用了对仗的手法,造成了雅丽的语感。"梅花"意象向来与"雪"联系在一起,如宋代卢梅坡《雪梅》的名句:"梅须逊雪三分白,雪却输梅一段香。""叹人犹未归",回归到了本曲的思乡主题,"严凝"就是严寒,在一片寒冬的景象中,作者心游物外,神往异处。末二句"玉壶春滟滟,银海夜凄凄"是工巧的对仗。"玉壶"可以比喻明月,如辛弃疾《青玉案·元夕》:"凤箫声动,玉壶光转,一夜鱼龙舞。"或者,"玉壶"也是园名,周汝昌称:"玉壶,南宋御园之一,在钱塘门外。""银海夜凄凄"是写海的佳句,"银海",顾名思义,就是银色的海洋,是云、水、冰雪与日、月光华互相辉映产生的景色,如宋代陆游《月夕》:"天如玻璃钟,倒覆湿银海。""凄凄"这一叠词的使用,让人想到李清照的千古名句:"寻寻觅觅,冷冷清清,凄凄惨惨戚戚。"那片被冰雪覆盖的大海凝结了作者无尽的哀伤,可谓"一切景语皆情语"。这两句似乎可以这样解释:前句是虚写,是他回忆中的江南风貌;而后句则是实写,为观景所得。对比强烈,更可以衬托作者离情之甚。

(董方伯)

【双调·湘妃引】旅舍秋怀

汤式

半窗风雨夜潇飓[1],四壁啼螀秋闹炒[2],一檠残蜡人寂寥[3]。海天长归梦杳,最关情行李萧萧[4]。丰城剑消磨了龙气,中山笔干枯了兔毫[5],峄阳琴解脱了鸾胶[6]。

注释

〔1〕潇飔：风雨声。

〔2〕蛩：一种蝉。闹炒：即闹吵。

〔3〕篝：竹笼。

〔4〕行李：行旅。

〔5〕兔毫：制成毛笔的兔毛。

〔6〕鸾胶：相传海上有凤麟洲，洲上的仙人能用凤喙麟角所煎成的膏胶结断弦，人们称这种膏为续弦胶或鸾胶。

评析

　　这首曲子同样是汤式客居所作，其主旨、格调皆与《集贤宾·客窗值雪》相似。开篇三句仍然是作者擅长的景物描写：秋窗夜雨、四处蝉鸣、一篝残蜡。刘勰《文心雕龙·物色》中推崇"以少总多，情貌无遗"，作者写景可谓得了其中的妙法。这里的"四壁啼蛩秋闹炒"，不禁让人联想到王国维《人间词话》对"境界"的点评："红杏枝头春意闹"，着一"闹"字而境界全出；"云破月来花弄影"，着一"弄"字而境界全出矣。"一篝残蜡人寂寥"，更是悄无声息地将笔锋从物境转移到人情。"海天长归梦杳，最关情行李萧萧"，有观海经历的人知道，触目远望，海的尽头与天空相接，两者之间有一条浅浅的边际线，当二者颜色非常相近时，似乎海、天融为一体，十分开阔壮丽，这就是所谓的"海天一色"。在文学创作中，"海天"并举的作品有唐代白居易《江楼夕望招客》"海天东望夕茫茫，山势川形阔复长"，元代贡性之《雪山竹房为王御史题》"海天冥冥同一色，雪花坠地大如席"等。"杳"，就是幽暗深广的样子，等于说"梦悠悠"，作者此刻涌起的是"行李萧萧"的乡情，"行李"指的是行旅。但联系全曲最后三句，可能作者的"海天长梦"不只是在怀念家乡。"丰城剑""中山笔""峄阳琴"都是古代名贵的器物，是宝剑、好笔、名琴，却都显出衰败的模样。"丰城剑消磨了龙气"最值得琢磨,"龙气"一般指一个朝代的基业,又根据《晋书》所载,"丰城剑"是吴灭晋兴之际所出,时张华闻雷焕妙达纬象,乃邀与共观天文。"华曰:'君言得之。吾少时有相者言,吾年出六十,位登三事,当得宝剑佩之。斯言岂效与!'因问曰:'在何郡?'焕曰:'在豫章丰城。'"联系作者身处易代之际、入明不仕的生平经历,或许此曲还有一层黍离之悲。

(董方伯)

【中吕·满庭芳】京口感怀

汤式

残花剩柳,摧垣废屋,新冢荒丘。海门天堑还依旧[1],滚滚东流。铁瓮城横刺着虎口[2],金山寺高镇着鳌头。斜阳候,吟登舵楼,灯火望扬州。

注释

[1] 海门:入海口。
[2] 铁瓮城:京口北固山前的一座古城。

评析

本曲是作者在京口创制的怀古之作。京口,是古城名,在今天江苏省镇江市境内。根据现代地理学推测,长江入海口在历史上是不断变动的,今天的长江口海岸和长江三角洲是长江和东海长期相互作用下的产物。所以,古人是有可能在京口这个地方看到入海口的。"海门"就是海口、内河通海之处,唐代韦应物《赋得暮雨送李胄》:"海门深不见,浦树远含滋。"宋代吴琚《酹江月·观潮应制》:"晚来波静,海门飞上明月。"曲子开篇以"残花剩柳,摧垣废屋,新冢荒丘"十二个字,写尽了古城的荒废景象,同时也寄托着历史兴衰之感叹。"海门天堑还依旧,滚滚东流",描绘了江河入海的难以抑制的壮大气势,天堑无涯,水声滔滔。作者看到海门天堑没有受到王朝更迭的影响,依旧矗立在那里,不废万古流。这体现了古人对自然和永恒的宝贵思考。铁瓮城,是京口北固山前的一座古城,为三国时孙权所筑。唐杜牧《润州》诗之二:"城高铁瓮横强弩,柳暗朱楼多梦云。"冯集梧注:"原注:'润州城,孙权筑,号为铁瓮。'"金山寺则位于今江苏镇江市区西北的金山上。再以"虎口""鳌头"这样的神兽做比喻,更突出了作者豪迈恣肆的壮阔胸怀。而这一切应该都是作者"斜阳候,吟登舵楼"所见之景,他观景吟咏忘却了时间,黄昏日暮,灯火初上,古今的世事都淹没在作者的笔下了。

(董方伯)

【般涉调·哨遍】思乡

曾瑞*

【幺】蹉跎到处闲蹭蹬[1],不觉秋霜鬓冷。客窗几度梦朝京,忆松楸败境荒荆[2]。见新人百倍增千倍,问故友十停无九停[3]。咱徼幸[4],尚天涯流落,海角飘零。

注释

〔1〕蹭蹬:本指艰难险阻,可以引申为失意。

---

* 曾瑞(生卒年不详),元代散曲作家。字瑞卿,自号褐夫。大兴(今北京市大兴区)人。因喜江浙人才风物而移家南方。《录鬼簿》记他"临终之日,诣门吊者以千数",可知他当时已有盛名。由于志不屈物,不解趋附奉承,所以终身不仕,优游市井,赖江淮一带熟人馈赠为生。善绘画,能作隐语小曲,散曲集有《诗酒余音》行于当世,今佚。

〔2〕松楸：松树与楸树，古代墓地多植此二树。

〔3〕停：总份数中的一份。

〔4〕徼幸：即"侥幸"。

评析

　　作者以"蹉跎""蹭蹬"这样的字眼开篇，我们可以体会到他年华空度，抱怀深深的无奈与悔恨。阮籍的《咏怀》之五有"娱乐未终极，白日忽蹉跎"的句子，故"蹉跎"多用以形容虚度时光。"蹭蹬"，本指艰难险阻，可以引申为失意，如唐代杜甫《上水遣怀》："蹭蹬多拙为，安得不皓首。"作者客居他乡，忆起故乡景象，已经是荒草枯荆，"松楸"就是松树与楸树，古代墓地多植此二树，因以代称坟墓。世事无端，物是人非，作者的故乡亲旧大多离世，故乡尚在但故人已去，竟"不知何处是吾乡"，更加凸显了他的孤独寂寥。"见新人百倍增千倍，问故友十停无九停"是作者对于世事的感叹，他巧妙地在两句之中融合了对偶和对比的手法，造成强烈的情感效果。"新人"自然是生命力旺盛的象征，江山代有才人出，"百倍增千倍"是不可阻挡的人事兴替，而放眼相识的故人，却"十停无九停"。这里"停"的意义是：总数分成几份，其中一份叫"停"。这大概就是辛弃疾所说的"怅平生、交游零落，只今余几"。"天涯流落，海角飘零"运用了"天涯海角"的典故。"海角"，本指突出于海中的狭长形陆地，是地壳的运动加上海水的侵蚀风化作用下形成的。古人眼中，天和海都是极难到达的地方，所以文学创作中，"天涯海角"连用，往往形容极远的地方，亦形容彼此相隔极远。如唐代白居易《浔阳春·春生》："春生何处暗周游，海角天涯遍始休。"而"徼幸"二字可谓点睛之笔——本身流落于天涯海角已经算是不尽人意之事了，但是相比于那些已经离去的朋友，作者也只能苦笑着自嘲"徼幸"了。

（董方伯）

明清海洋散曲选

【北双调·新水令】汤沂东海上凯歌

金銮*

元戎十月凯歌旋[1]。定天山止凭了三箭。剑横征袖冷。血染战袍鲜。扫荡了瘴海蛮烟[2]。齐列着太平宴。

注释

[1] 元戎：大军。
[2] 瘴海：南方海域。蛮烟：指南方少数民族地区山林中的瘴气。

评析

从题目来看，这是一首写军队打了胜仗、奏凯归来的曲子，第一句

---

* 金銮（1494—1587），明代散曲家。字在衡，号白屿。陇西（今属甘肃）人。明正德、嘉靖年间随父侨寓南京。淡泊名利，结交四方豪士。游吴楚淮扬之间，与金陵盛时泰、吴怀梅诸人相交颇笃。工诗，钱谦益说他"诗不操秦声，风流宛转，得江左清华之致"（《列朝诗集》）。所作散曲，名重一时。

也点明了这一点:"元戎十月凯歌旋。"元戎,就是大军的意思,如《史记·三王世家》:"虚御府之藏以赏元戎,开禁仓以振贫穷。""定天山止凭了三箭"一句,用的是唐代名将薛仁贵"三箭定天山"的典故。《旧唐书·薛仁贵列传》记载:"薛仁贵,绛州龙门人。……时九姓有众十余万,令骁健数十人逆来挑战,仁贵发三矢,射杀三人,自余一时下马请降。仁贵恐为后患,并坑杀之。更就碛北安抚余众,擒其伪叶护兄弟三人而还。军中歌曰:'将军三箭定天山,战士长歌入汉关。'九姓自此衰弱,不复更为边患。"作者在这里是称赞军中将士勇猛非常,堪比当年薛仁贵的神威。"剑横征袖冷。血染战袍鲜"运用了对偶的手法,"冷"和"鲜"字突出了战争之艰苦和残酷,同时也表现了战士们"捐躯赴国难,视死忽如归"的无畏豪情。这样的精神,最终支撑着他们"扫荡了瘴海蛮烟"。南方多有瘴气之地,因此"瘴海"指的是南方的海域。"蛮"在古时也指的是蛮夷之地,古人称南方的民族为"蛮"。由此我们能够推断出战争发生的地点,并且可以见得这场战斗应当至少有海战的成分。"扫荡"二字可谓精确、凝练,而又不失气势,画面感极强。最终作者提到了他们成功奏凯、共赴良宴的情景,这透露出古代人民支持义战、祈盼太平的美好愿望。

(董方伯)

【北中吕·满庭芳】海

薛冈*

滔滔海洋。流通地脉[1]。派出天潢[2]。苍波万顷无遮障。纳汉吞江。接日窟鳌头殿广[3]。泛星槎鲸口帆张[4]。蓬莱上。神仙密访。放荡水云乡。

混混百川。尾闾既泄[5]。精卫还填。参差蜃气时时现。楼阁鲜妍。日涌处冰轮若转[6]。浪翻来雪阵如掀。鲛宫现[7]。洪涛势还。不久变桑田。

注释

〔1〕地脉：土地的脉络、地形的走势。

〔2〕天潢：天潢星，天河。

〔3〕日窟：太阳所居之处。

〔4〕星槎：往来于天河的木筏或泛指舟船。

〔5〕尾闾：泄海水之处。

〔6〕冰轮：月亮。

〔7〕鲛宫：谓鲛人水中居室。

评析

本曲专写观海所见的壮阔景色，以及作者巍峨壮丽、汪洋恣肆的丰

---

* 薛冈（约1535—1595），号歧峰，别号金山野人，山东益郡人。万历元年（1573）以壁经魁本省，四上春官不第，遂弃举子业。与同郡冯惟敏并称，人谓"冯君骚雅，薛君壮丽"。著有《金山雅调南北小令》1卷及《香山记传奇》等。

富想象。"滔滔海洋",第一首开篇就点出所描绘的对象,并立刻进行了艺术性的夸饰。"地脉"是土地的脉络、地形的走势,《史记·蒙恬列传》言:"起临洮属之辽东,城堑万余里,此其中不能无绝地脉哉?此乃恬之罪也。""天潢"是星名。《史记·天官书》记载:"王良策马,车骑满野。旁有八星,绝汉,曰天潢。"也可以指代天河,汉代张衡《思玄赋》:"乘天潢之泛泛兮,浮云汉之汤汤。"这两句是说,海洋不仅已连通广袤的大地,甚至冲上了斗牛之间,溢出天空。由此可以想见其气势之磅礴。苍茫的波涛,绵延万顷,一眼望去没有任何遮蔽,将江河都纳入了自己的胸怀。"日窟",就是太阳所居之处;"鳌",是传说中海里的大龟或大鳖;"星槎"即传说中往来于天河的木筏,或泛指舟船;"鲸",也是生存于海里的巨兽。这体现了作者丰富的想象力,似乎有"日月之行,若出其中。星汉灿烂,若出其里"的意味。更进一步,作者联想到了蓬莱岛上的仙人。"水云乡"是风景清幽的地方,多指隐者游居之地,如宋代苏轼《南歌子·别润守许仲途》:"一时分散水云乡,惟有落花芳草、断人肠。"

　　第二首与第一首相呼应,"混混百川"写的是汇入大海的百川之混沌,同时更突显出大海的超常气概。"尾闾"是古代传说中的泄海水之处。《庄子·秋水》称:"天下之水,莫大于海。万川归之,不知何时止而不盈;尾闾泄之,不知何时已而不虚。"精卫填海,是中国上古神话传说之一,出自《山海经》:"又北二百里,曰发鸠之山,其上多柘木。有鸟焉,其状如乌,文首、白喙、赤足,名曰精卫,其鸣自詨。是炎帝之少女,名曰女娃。女娃游于东海,溺而不返,故为精卫。常衔西山之木石,以堙于东海。漳水出焉,东流注于河。""蜃气"是一种光线经过不同密度的空气层后发生折射,使远处景物显现在半空中或地面上的奇异幻象,常发生在海上或沙漠地区。古人误以为蜃(中国神话传说的一种海怪)吐气而成,故称。海上楼阁参差浮现,鲜艳秀丽,可谓人间奇景。"冰轮"即明月。唐代王初《银河》:"历历素榆飘玉叶,涓涓清月湿冰轮。""日涌处"这四句的语势使人倾倒,日月并行,回环若转,周围掀起阵阵洪涛,可谓直上九天的壮丽想象。作者的收尾更妙,笔锋急转,一句"不久变桑田",留下人生苦短而宇宙无穷的叹息,也是人生境界高一层次的超脱。

(董方伯)

【南大石调·念奴娇】观潮

余壬公*

钱塘跨两浙之雄,江涛压三吴之胜。每中秋后三日,俗称潮诞,观者如林。快晴雪之喷空,听笙歌之动地。环珠叠翠,既挟杭郡以夸奇;纵酒催诗,复带西湖而增价。调仍大石,赋就六章。岂曰笔酣,并供一目。

江天望里,见长流荡漭〔1〕,扬霄气势堪惊。叠卷风头高数丈。晴空银屋千层。争胜。波接虹光。浪掀日彩。人生罕睹此奇景。须要倩湘娥劝酒〔2〕。倾倒罍瓶〔3〕。

注释

〔1〕荡漭:广阔无边。

〔2〕湘娥:湘妃。舜二妃娥皇、女英。相传二妃没于湘水,遂为湘水之神。

〔3〕罍:古代一种盛酒的容器。

评析

本曲小序云,"钱塘跨两浙之雄,江涛压三吴之胜",可以知晓作者

---

* 余壬公,万历时人,生平不详。

所写的对象是钱塘江大潮。钱塘江位于我国浙江省，最终注入东海。由于江水入海时气势壮大，潮头可达数米，可谓天下奇观，因此自古文人骚客没有吝惜笔墨，抒发对大潮的喜爱赞颂之情，如柳永著名的作品《望海潮》："云树绕堤沙，怒涛卷霜雪，天堑无涯。"本曲也是写景的佳作，前三句表现作者初观潮所见，江水远上天际，一目望去，只见无尽的江水滚滚而来，直上云霄，声势惊人——荡漭，就是广阔无边貌，如唐代王维《送高适弟耽归临淮作》："杳冥沧洲上，荡漭无人知。""叠卷"二字精妙地再现了钱塘江潮一浪高过一浪，层叠翻滚似无休无止的样貌。甚至作者将浪潮比作"银屋"，在朗朗晴空之下矗立千层，仿佛在跟谁争胜一般，"欲与天公试比高"。既然已经突破天际，那么也无怪乎可以"波接虹光。浪掀日彩"了。我们不禁随着作者感叹：确实是人世间罕见的奇景。"湘娥"，亦即楚辞中的湘夫人，《九歌·湘夫人》："帝子降兮北渚，目眇眇兮愁予。"东汉王逸注："帝子，谓尧女也。降，下也。言尧二女娥皇、女英，随舜不反，没于湘水之渚，因为湘夫人。"这里运用湘夫人的典故，一方面是表现作者对屈原的敬慕，以及自身的高洁品格，另一方面有赞颂钱塘江潮只应天上有的意思，非得仙人来劝酒倾瓶，才配得上此番胜景。全曲之气度正如江潮一般，纵横恣肆，开阖无边，给人以无限遐想。

（董方伯）

【南仙吕·傍妆台】海

无名氏

势滔天。尾闾一六古今传[1]。听朝暮潮来往。应朔望月亏圆[2]。只为他分支分派通淮汴。江汉朝宗纳百川。包荒量[3]。无尽年。细流不择自渊渊。

注释

〔1〕尾闾:见前注。一六:远古时代对天象观测的成果。"河图"认为"天一生水,地六成之"。

〔2〕朔望:朔日和望日。

〔3〕包荒:包含荒秽。

评析

本曲虽然没有留下作者的姓名,但其中对海的描写非常到位。"势滔天"一句相对平常,只是讲出大海"洪水滔天"的气度。《山海经·海内经》称:"洪水滔天,鲧窃帝之息壤以堙洪水,不待帝命。帝令祝融杀鲧于羽郊。鲧复生禹,帝乃命禹卒布土以定九州。""尾闾",是古代传说中的泄海水之处。《庄子·秋水》称:"天下之水,莫大于海。万川归之,不知何时止而不盈;尾闾泄之,不知何时已而不虚。""听朝暮潮来往。应朔望月亏圆","朔",就是农历每月初一。"望",农历每月十五日。就是作者卧听潮声,朝暮来往,"潮打空城寂寞回";望月阴晴圆缺,想人世悲欢离合。下两句写海水的分与合。大海分成各个支流通向淮汴,而"江汉"在古代特指长江和汉水。《尚书·禹贡》称:"江汉朝宗于海。""包荒",意思是包含荒秽,谓度量宽大。《周易·泰》称:"包荒,用冯河,不遐遗。"因此现代汉语亦有成语曰"包荒匿瑕"。无尽年,便是指这种包容是在无穷岁月中始终延续的。这短短几句,看似平庸,却隐含了中国先秦时期的两本重要典籍《尚书》和《周易》的典故,又非常准确地表现出海纳百川的宽广胸襟,可见作者学识积淀之深厚,绝非庸碌之辈。最终作者总结道"细流不择自渊渊",告诫人们要不择细流,方能成江海。古典诗词中有"哲理诗"一类题材,而这首曲同样是借描写海的特点,实际上阐释人生哲思,发人深省。

(董方伯)

【南越调·浪淘沙】八仙过海

张潮*

海浪渺无边，澎湃喧阗[1]。仙真不比等闲仙[2]，轻挑笊篱花篓上，踏海安然。

海水共天连，欲渡须船。仙翁游戏会群仙，笑踏蒲葵浮巨阙，苦海轻填。

海气涌云烟，缥缈回旋。仙丹炼就证天仙，倒跨蹇驴抛拍板，宦海都捐[3]。

海外别成天，壶峤巍然[4]。仙风淡荡待神仙，铁拐不沉渔鼓泛，四海随缘。

注释

[1] 喧阗：喧哗，热闹。

[2] 仙真：神仙真人。

[3] 捐：弃。

[4] 壶峤：传说中的仙山方壶、员峤的并称。《列子·汤问》："渤海之东，不知几亿万里，有大壑焉……其中有五山焉：一曰岱舆，二曰员峤，三曰方壶，四曰瀛洲，五曰蓬莱。"

---

* 张潮（1650—约1709），字山来，号心斋居士，歙县（今安徽省黄山市歙县）人，原居婺源（今属江西）。清代文学家、小说家、批评家、刻书家，官至翰林院孔目。张潮著作等身，著名的作品包括《幽梦影》《虞初新志》《花影词》《心斋聊复集》《奚囊寸锦》《心斋诗集》《饮中八仙令》《鹿葱花馆诗钞》等。张潮也是清代刻书家，曾刻印《檀几丛书》《昭代丛书》（山帙、水帙、花帙、鸟帙、鱼帙、酒帙、书帙、御帙、数帙）等。

评析

  这首曲子主要讲述八仙过海的故事，共分为四部分，每部分写一两个仙人。"轻挑笊篱花篓上"，是曹国舅和何仙姑，传说曹国舅用笊篱渡海，何仙姑则用荷花。"仙真"，是道家称升仙得道之人，如唐代李白《上云乐》："生死了不尽，谁明此胡是仙真？""笑踏蒲葵浮巨阙"说的是钟离权，传说他将芭蕉扇甩开扔到大海里作为蒲席渡海。"倒跨蹇驴抛拍板"，是张果老，传说他倒骑毛驴。"铁拐不沉渔鼓泛"，是铁拐李，传说中他的普遍形象是：脸色黝黑，头发蓬松，头戴金箍，胡须杂乱，眼睛圆瞪，瘸腿并挂着一只铁制拐杖。作者通过对八仙过海情景的想象和描绘，吐露出对仙人们气度风采的敬慕和赞颂；不仅如此，还以"苦海轻填""宦海都捐""四海随缘"等语言，表达了对尘世苦海、宦海等的看破和超脱，蕴含着鲜明的道家思想。这样的思想无疑与作者负才不遇的人生经历有关。从艺术手法来讲，每一部分都以"海"字打头，第三句的第一字和第七字均是"仙"，这是作者语言艺术的体现，而且这种复沓回环的写法，具有强烈的民间性质，在诵读或演唱时能够造成音律上的美感，并便于接受、流传。以此种体例去传唱作为民间传说的八仙故事，可以说非常契合。另外，作者描写大海时所使用的"喧阗""缥缈回旋""涌云烟"等词语，以及写八仙过海时关于"轻挑""笑踏"等动作神态的描写，又十分典雅，工致传神。因此，这首曲子算得上雅俗共赏的佳作。

（董方伯）

【南南吕·一江风】题沧海一粟生乘风破浪图

陈栩*

莽乾坤，到处黄尘滚，搔首天难问。警辽东，烽火连天，陡起鱼龙阵[1]。风涛拥海门[2]，风涛拥海门，噪中原革命军，问何人砥柱在中流定？

注释

[1]鱼龙阵：鱼龙变化之阵。
[2]海门：海口，内河通海之处。

评析

本曲是题画之诗，题在"沧海一粟生"所画的《乘风破浪图》之上。同时，亦是感慨时事之作。"乾坤"是《周易》的乾卦和坤卦，指的是天和地，因此在文学作品中，"乾坤"的意思是"天地"或引申为"国家、天下""时局"等。如清代秋瑾《黄海舟中日人索句并见日俄战争地图》："拼将十万头颅血，须把乾坤力挽回。"此处这几种解释都讲得通。时局混乱，因此作者搔首问天。"搔首"，是以手搔头，形容焦急或有所思貌，出自《诗经·邶风·静女》："爱而不见，搔首踟蹰。"在这里，更是包含了"白头搔更短，浑欲不胜簪"的家国情怀。《天问》

---

* 陈栩（1879—1940），原名寿嵩，字昆叔，后改名栩，号蝶仙，别署天虚我生，浙江钱塘人。为鸳鸯蝴蝶派主要作家之一，清贡生，太常寺博士。宣统元年游幕江浙。民国初年，主编《著作林》《女子世界》《大观报》《申报》《申报·自由谈》，为南社会员。一生著述极富，有栩园诗集、词集、曲稿、文稿、诗话，以及《天虚我生诗词曲稿》《古今词曲品》等，著译小说如《泪珠缘》《柳非烟》《郁金香》《疗妒针》《间谍生涯》《杜宾侦探案》等。

是屈原所作的楚辞作品,其内容是屈原对于天地、自然和人世等一切事物现象的发问。接下来作者将笔墨转向了时局:"警辽东,烽火连天,陡起鱼龙阵。"辽东地区的连天战火,使得人心惶惶。"鱼龙阵",就是鱼龙变化之阵,多喻科举考试,但此处应指鱼龙混杂的繁复局面。"风涛拥海门"是景物描写,"拥"字是这个句子的精髓,它生动地写出了海风的势力之强,不可遏制,呼啸直冲海门的情态。并且,作者将这个句子重复了两次,不难体会作者切身的萧瑟之感,有一唱三叹之余哀。"问何人砥柱在中流定?""中流砥柱"语出《晏子春秋·谏下二四》:"古冶子曰:'吾尝从君济于河,鼋衔左骖以入砥柱之中流。'"后用以比喻坚强而能起支柱作用的人或集体。针对这样的时事,作者最后发出感叹,希望出现有力的领导者,整顿混乱的局势,收拾旧山河。

(董方伯)

【北般涉调·耍孩儿】乘桴行送孔达生出国

卢前*

老圣人当日要乘桴去[1],道不行才这般区处[2]。算绝粮陈蔡畏于匡,几回早赋归叹欤。杏坛来传授三千士,论语只遗留两卷书。惟忠恕[3],是儒家根本,无问贤愚。

---

* 卢前(1905—1951),原名正绅,字冀野,自号伙虹、小疏,江苏南京人。戏曲史研究专家、散曲作家、剧作家、诗人,词曲大师吴梅的高足。原南京通志馆馆长。1921年投考国立东南大学国文系,以"特别生"名义被录取入国文系,师从吴梅、王伯沆、柳诒徵、李审言、陈中凡等人。毕业后曾受聘在金陵大学、河南大学、暨南大学、光华大学、四川大学、中央大学等大学讲授文学、戏剧。在国立女子师范学院(原址在重庆白沙镇新桥)任教。

注释

〔1〕老圣人：指孔子。

〔2〕区处：处理，筹划安排。

〔3〕忠恕：儒家的一种道德规范，忠谓尽心为人，恕谓推己及人。

评析

孔德成（1920—2008），字玉汝，号达生，孔子第77代孙，袭封31代衍圣公，亦最后一代衍圣公。这首曲是卢前送孔德成乘船出国时所作，大要是作者在送行之时，由孔德成的特殊身份联想到了孔子当年的事迹，因此才产生了这样的文字。本曲几乎通篇引经据典，讲述孔子生平片段或阐释儒家思想。"老圣人当日要乘桴去，道不行才这般区处。"这出自《论语·公冶长》："子曰：'道不行，乘桴浮于海。从我者，其由与？'""绝粮陈蔡""畏于匡"，指的是陈国、蔡国共同调发役徒将孔子围困在野外，以及孔子被匡地的人们所围困的事件。《论语·子罕》称："子畏于匡……"《史记·孔子世家》记载："于是乃相与发徒役围孔子于野。不得行，绝粮。""几回早赋归叹欤"，出自《论语·公冶长》："子在陈，曰：'归与！归与！吾党之小子狂简，斐然成章，不知所以裁之。'""杏坛"是相传孔子讲学之处，《庄子·渔父》："孔子游乎缁帷之林，休坐乎杏坛之上。弟子读书，孔子弦歌鼓琴。""三千士"，相传孔子门人三千，《史记·孔子世家》："孔子以诗书礼乐教，弟子盖三千焉。"《论语》由孔子弟子及再传弟子编写而成，主要记录孔子及其弟子的言行，较为集中地反映了孔子的思想。"惟忠恕，是儒家根本"，出自《论语·里仁》："曾子曰：'夫子之道，忠恕而已矣。'"

最后，孔子讲的"道不行，乘桴浮于海"，意思是他的主张行不通了，就坐木排到海上漂流去。也可以理解为，这个思路行不通了，就换一个方法。近代以来，中国面临严重的民族危机，为救时弊，一大批留学生包括孔德成等人"乘桴浮于海"，赴海外学习西方先进的思想文化，立志师夷长技以自强，借助海洋掀起了中国近代化的浪潮。孔子关于出海的想法穿越了千年，由这些有志青年真正实现了。

（董方伯）

中国历代海洋文学经典评注 下册

"十三五"国家重点图书出版规划项目

冷卫国 主编

山东画报出版社

戏曲编

元代海洋杂剧选

沙门岛张生煮海(第一折、第二折)

李好古[*]

题解

《沙门岛张生煮海》是一部神话剧,讲述了潮州儒生张羽外出游学,寓居于东海岸边的石佛寺,月夜抚琴,吸引了来散心的东海龙王三女琼莲,二人一见倾心,表赠信物,约定于八月十五日中秋夜东海边嫁娶。至期,因龙王阻挠,婚事不果。张羽便用仙姑所赠三件宝物(铁杓、金钱、银锅)于沙门岛煮海水,大海翻滚,龙王无奈之下通过石佛寺长老将张羽召至龙宫,准他与琼莲完成婚配。杂剧借由神仙的力量来煮海,实则是对家长制以及世俗权威的反抗,表达了"愿普天下旷夫怨女,便休教间阻,至诚的一个个皆如所欲"的主题,是一部积极追求婚恋自由

---

* 李好古,元代戏曲作家。西平(今属河南)人,一说保定人,曾任南台御史一职,元至正八年(1348)在世,生卒年及生平事迹无考,《录鬼簿》中被列为"前辈已死名公才人"。著有杂剧三种,都是神仙故事,仅存《沙门岛张生煮海》一篇,《赵太祖镇凶宅》《巨灵神劈华岳》都已亡佚。元代尚仲贤有同名戏曲,然亡佚。

的浪漫主义作品，流传甚广。清代的李渔在唐传奇《柳毅传》的故事基础上，融合了《张生煮海》的相关情节，将龙女的形象分化为舜华与琼莲二人，敷演成她们与柳毅、张羽的双线爱情故事，创作出了《蜃中楼》这一传奇。

原文

第一折

〔外扮东华仙上，诗云〕海东一片晕红霞，三岛[1]齐开烂熳花。秀出紫芝[2]连寿算[3]，逍遥自在乐仙家。贫道乃东华上仙是也。自从无始[4]以来，一心好道，修炼三田[5]，种出黄芽[6]至宝；七返九还[7]，以成大罗神仙，掌判东华妙严之天。为因瑶池会上，金童玉女有思凡之心，罚往下方投胎脱化。金童者在下方潮州张家托生男子身，深通儒教，作一秀士；玉女于东海龙神处生为女子。待他两个偿了宿债，贫道然后点化他还归正道。〔诗云〕金童玉女意投机，才子佳人世罕稀；直待相逢酬宿债，还归正道赴瑶池。〔下，正末扮长老同行者上，诗云〕释门大道要参修，开阐宗源老比丘。门外不知东海近，只言仙境本清幽。贫僧乃石佛寺法云长老是也。此寺古刹近于东海岸边，常有龙王水卒，不时来此游玩。行者出门前觑看，若有客来时，报复我家知道。〔行者云〕理会得。〔冲末扮张生引家僮上，云〕小生潮州人氏，姓张名羽，表字伯腾，父母早年亡化过了。自幼颇学诗书，争奈功名未遂。今日闲游海上，忽见一座古寺，门前立着个行者。那行者，此寺有名么？〔行者云〕焉得无名？山无名迷杀人，寺无名俗杀人。此乃石佛寺也。〔张生云〕你去报复长老，有个闲游的秀才特来相访。〔行者做报科，云〕门外有一秀才探望师父。〔长老云〕道有请。〔做见科，长老云〕敢问秀才何方人氏？〔张生云〕小生潮州人氏。自幼父母双亡。功名未遂。偶然闲游海上，因见古刹清凉境界，望长老借一净室，与小生温习经史，不知长老意下如何？〔长者云〕寺中房舍尽有。行者，你收拾东南幽静之处,堪可与秀才观书也。〔张生云〕小生无物相奉,有白银二两,送长老权为布施,望乞笑纳。〔长老云〕既然秀才重意,老僧收了。行者,收拾房舍,安排斋食,请秀才稳便。老僧且回禅堂,作些功果去也。〔下,行者云〕秀才,与你这一间幽静的房儿,随你自去打斤斗[8],学踢弄,舞地鬼,乔扮神,撒科打诨,乱作胡为,耍一会,笑一会,便是你那游玩快乐。我行者到禅堂扶侍俺师父去也。〔诗云〕行童终日打勤劳,扫地才完又要把水挑。就里贪顽只爱耍,寻个风流人共说风骚。〔下,张生云〕僧家清雅,又无闲人聒噪,堪可攻书。天色晚了也。家僮,将过那张琴来,抚一曲散心咱。〔家僮安琴科,张生云〕点上灯焚起香来者。〔点灯焚香科,张生诗云〕流水高山调不徒,钟期[9]一去赏音孤。今宵灯下弹三弄,可使游鱼出听无?〔正旦扮龙女引侍女上,云〕妾身琼莲是也,乃东海龙神第三女。与梅香翠荷今晚闲游海上,去散心咱。〔侍女云〕姐姐,你看这大海澄澄,与长天一色,是好景致也!〔正旦唱〕

【仙吕·点绛唇】海水汹汹,晚风微送;兼天涌,不辨西东,把凌波步[10]轻挪动。

【混江龙】清宵无梦,引着这小精灵闲伴我游踪。恰离了澄澄碧海,遥望那耿耿长空。你看那万朵彩云生海上,一轮皓月映波中。〔侍女云〕海中景物,与人间敢不同么?〔正旦唱〕觑了那人间凤阙,怎比我水国龙宫?清湛湛洞天福地任逍遥,碧悠悠那愁他浴凫飞雁争喧哄。似俺这闺情深远,直恁般好信难通!

〔侍女云〕姐姐,你本海上神仙,这容貌端的非凡也。〔正旦唱〕

【油葫芦】海上神仙年寿永,这蓬莱在眼界中,风飘仙袂绛绡红。则我这云鬟高挽金钗重,蛾眉轻展花钿动;袖儿笼,指十葱,裙儿簌,鞋半弓。只待学吹箫同跨丹山凤[11],那其间登碧落[12]趁天风。

〔侍女云〕想天上人间自然难比。〔正旦唱〕

【天下乐】不比那人世繁华扫地空,尘中、似转蓬,则他这春过夏来秋又冬。听一声报晓鸡，听一声定夜钟，断送的他世间人犹未懂。

〔张弹琴、侍女做听科，云〕姐姐，那里这般响？〔正旦唱〕

【哪吒令】听疏剌剌晚风，风声落万松；明朗朗月容，容光照半空；响潺潺水冲，冲流绝涧中。又不是采莲女拨棹声，又不是捕鱼叟鸣榔[13]动，惊的那夜眠人睡眼朦胧。

〔侍女云〕这响声比其余全别也。〔正旦唱〕

【鹊踏枝】又不是拖环佩韵玎玲，又不是战铁马响铮钣，又不是佛院僧房、击磬敲钟。一声声諕的我心中怕恐，原来是厮琅琅谁抚丝桐。

〔张再抚琴科，侍女云〕敢是这寺中有人弄甚么响。〔正旦云〕原来是抚琴哩。〔侍女云〕姐姐，你试听咱。〔正旦唱〕

【寄生草】他一字字情无限，一声声曲未终。恰便似颤巍巍金菊秋风动，香馥馥丹桂秋风送，响珊珊翠竹秋风弄。咿呀呀偏似那织金梭撑断锦机声，滴溜溜舒春纤[14]乱撒珍珠迸。

〔侍女做偷瞧科，云〕原来是个秀才，在此抚琴。端的是个典雅的人儿也。〔正旦唱〕

【六幺序】表诉那弦中语，出落着指下功，胜檀槽[15]慢拨轻拢。则见他正色端容，道貌仙丰。莫不是汉相如作客临邛，也待要动文君曲奏求凰凤？不由咱不引起情浓。你听这清风明月琴三弄，端的个金徽[16]汹涌，玉轸[17]玲珑。

〔侍女云〕姐姐，休说你知音人，便是我也觉的他悠悠扬扬，入耳可听。果然弹得好也。〔正旦唱〕

【幺篇】端的心聪，那更神工：悲若鸣鸿，切若寒蛩[18]；娇比花容，雄似雷轰。真乃是消磨了闲愁万种。这秀才一事精百事通。我蹑足潜踪，他换羽移宫；抵多少盼盼女词媚涪翁[19]，似良宵一枕游仙梦。因此上偷窥方丈，非是我不守房栊。

〔做弦断科,张生云〕怎么琴弦忽断?敢是有人窃听。待小生出门试看咱。〔正旦避科,云〕好一个秀才也!〔张生做见科,云〕呀,好一个女子也!〔做问科,云〕请问小娘子谁氏之家,如何夜行?〔正旦唱〕

【金盏儿】家住在碧云空、绿波中,有披鳞带角相随从,深居富贵水晶宫。我便是海中龙氏女,胜似那天上许飞琼[20]。岂不知众星皆拱北,无水不朝东?

〔张生云〕小娘子姓龙氏,我记得何承天《姓苑》上有这个姓来。难道小娘子既然有姓,岂可无名?因甚至此?〔正旦云〕妾身龙氏三娘,小字琼莲。见秀才弹琴,因听琴至此。〔张生云〕小娘子既为听琴而至,这等是赏音的了。何不到书房中坐下,待小生细弹一曲何如?〔正旦云〕愿往。〔做到书房科,正旦云〕敢问先生高姓?〔张生云〕小生姓张名羽字伯腾,潮州人氏。早年父母双亡,也曾饱学诗书,争奈功名未遂。游学至此,并无妻室。〔侍女云〕这秀才好没来头,谁问你有妻无妻哩!〔家僮云〕不则是相公,我也无妻。〔张生云〕小娘子不弃小生贫寒,肯与小生为妻么?〔正旦云〕我见秀才聪明智慧,丰标俊雅,一心愿与你为妻。则是有父母在堂,等我问了时,你到八月十五日中秋节届,前来我家招你为婿。〔张生云〕既蒙小娘子俯允,只不如今夜便成就了,何等有趣。着小生几时等到八月十五日也!〔家僮云〕正是,我也等不得。〔侍女云〕你等不得且是容易哩。〔正旦云〕常言道"有情何怕隔年期",这有甚等不得那。〔唱〕

【后庭花】那里也阳台云雨踪,不比那秦楼风月丛。〔张生云〕敢问小娘子家在何处?〔正旦唱〕只在这沧海三千丈,险似那巫山十二峰。〔张生云〕小生做贵宅女婿,就做了富贵之郎,不知可有人伏侍么?〔正旦唱〕俺可更有门风,无非是蛟虬参从。还有那鼋将军,鳖相公;鱼夫人,虾爱宠;鼍先锋,龟老翁。能浮波,惯弄风;隔云山,千万重;要相逢,指顾中。

〔张生云〕只要小娘子言而有信,俺小生是一个志诚老实的。〔正旦唱〕

【青歌儿】甜话儿将人将人摩弄，笑脸儿把咱把咱陪奉。你则看八月冰轮[21]出海东：那其间雾敛晴空，风透帘栊，云雨和同；那其间锦阵花丛，玉罄金钟。对对双双，喜喜欢欢，我与你笑相从，再休提误入桃源洞。

〔张生云〕既然许了小生为妻，小娘子可留些信物么？〔正旦云〕妾有冰蚕织就鲛绡帕[22]，权为信物。〔张生做谢科，云〕多感小娘子！〔家僮云〕梅香姐，你与我些儿甚么信物？〔侍女云〕我与你把破蒲扇，拿去家里扇煤火去！〔家僮云〕我到那里寻你？〔侍女云〕你去兀那羊市角头砖塔儿胡同总铺门前来寻我。〔正旦唱〕

【赚煞】你岂不知意儿和，直恁欠心儿懂，我非罗刹女休惊莫恐。多管是前世因缘今得宠，到中秋好事相逢。且从容，劈开这万里溟濛，俺那里静悄悄绝无尘世冗。〔张生云〕有如此富贵，小生愿往。〔正旦唱〕一周围红遮翠拥，尽都是金扉银栋，不弱似九天碧落蕊珠宫[23]。〔同侍女下〕

〔张生云〕我看此女妖娆艳冶，绝世无双。他说着我海岸边寻他，我也等不的中秋。家僮，你看着琴剑书箱，我拼的将此鲛绡手帕，渺渺茫茫，直至海岸边寻那女子走一遭去。〔诗云〕海岸东头信步行，听琴女子最关情；有缘有分能相遇，何必江皋笑郑生[24]。〔下，家僮云〕我家东人好傻也。安知他不是个妖魔鬼怪，便信着他，跟将去了。我报与长老同行者，追我东人去。〔词云〕叵耐这鬼怪妖魔，将花言巧语调唆。若不是连忙赶上，只怕迷杀我秀才哥哥。〔下〕

第二折

〔张生上，诗云〕幸会多娇有所期，闲花野草斗芳菲。幽情何处桃源洞，则怕刘郎去未归。小生张伯腾。恰才遇着的那个女子，人物非凡。因此寻踪觅迹，前来寻他；却不知何处去了。则见青山绿水，翠柏苍松，前又去不得，回又回不得，好凄惨人也！这盘陀石上我且歇息咱。〔虚下，正旦改扮仙姑上，诗云〕桑田成海又成田，一霎那堪过百年。拨转顶门关棙子，阿谁不是大罗仙。自家本秦时宫人。后以采药入山，谢去火食，渐渐身轻，得成大道，世人称为毛女[25]者是也。今日偶然乘兴游到此间，却是海之东岸。你看茫茫荡荡，好一片大水也呵！〔唱〕

【南吕·一枝花】黑弥漫水容沧海宽，高崒嵂[26]山势昆仑大；明滴溜冰轮出海角，光灿烂红日转山崖。这日月往来，只山海依然在。弥八方，遍九垓[27]。问甚么河汉江淮，是水呵都归大海。

【梁州第七】你看那缥渺间十洲三岛，微茫处阆苑蓬莱。望黄河一股儿浑流派；高冲九曜[28]，远映三台[29]；上连银汉，下接黄埃。势汪洋无岸无涯，出许多异宝奇哉。看、看、看波涛涌，光隐隐无价珠玑；是、是、是草木长，香喷喷长生药材；有、有、有蛟龙偃，郁沉沉精怪灵胎。常则是云昏气霭，碧油油隔断江尘界，恍疑在九天外。平吞了八九区云梦泽，问甚么翠岛苍崖。

〔张生上，云〕这里不知是何处，喜得又遇着一位娘子。呀，原来是道姑。待小生问个路儿咱。〔仙姑唱〕

【牧羊头】猛地里难回避，可教人怎离摘。则见他叉手前来，多管是迷了路的行人，多管是失了船的过客。〔张生云〕道姑，敢问这搭儿是何处也？〔仙姑唱〕比及你来相问，先对俺说明白。〔张生云〕我到此只为那可意人儿不知在那里。〔仙姑唱〕且将个采芝女权休怪，只问那可意人安在哉。

〔云〕秀才何方人氏，因甚至此？〔张生云〕小生潮州人氏。因为游学，在此石佛寺借寓。前夜弹琴，有一女子引一侍女来听。此女自言龙氏之女，小字琼莲。到八月中秋日与小生会约于海岸。小生随即寻访，不意迷失道路。小生只想他风流人物，世上无比。〔仙姑云〕他既说姓龙，你可也想左了。〔唱〕

【骂玉郎】可知道龙宫美女多娇态。想当时因有约，则今日独寻来，拼的个舍残生做下风流债。那龙也青脸儿长左猜[30]，恶性儿无可解,狠势儿将人害。

〔张生云〕可怎生恁般利害?〔仙姑唱〕

【感皇恩】呀,他把那牙爪张开,头角轻抬。一会儿起波涛,一会儿摧山岳,一会儿卷江淮。变大呵乾坤中较窄,变小呵芥子[31]里藏埋。他可便能英勇,显神通,放狂乖。

〔张生云〕那小娘子姓龙,你这道姑怎么说起龙来?〔仙姑云〕秀才不知,这龙是轻易好惹他的?〔唱〕

【采茶歌】他兴云雾片时来,动风雨满尘埃,则怕惊急列一命丧尸骸。休为那约雨期云龙氏女,送了你个攀蟾折桂俊多才。

〔张生云〕小生才省悟了也。他是龙宫之女。他父亲十分狠恶,怎肯与我为妻?这婚姻之事一定无成了。只是小娘子,谁着你听琴来!〔做悲科,仙姑云〕贫道不是凡人。乃奉东华上仙法旨,着我来指引你还归正道,休得堕落。〔张生做拜科,云〕小生肉眼不知上仙指引,望乞恕罪。〔仙姑云〕我且问你:那听琴女子是东海龙王第三之女,小字琼莲,他在龙宫海藏,你怎么得见他?〔张生云〕若论那龙宫之女,与小生颇有缘分。〔仙姑云〕那里见的有缘分?〔张生云〕既没缘分,他怎肯约我在八月十五夜到他家里招我做女婿,又与我这鲛绡帕儿做信物哩?〔仙姑云〕这鲛绡手帕果是龙宫之物,眼见的那个女子看的你中意了。只是龙神躁暴,怎生容易将爱女送你为妻?秀才,我如今圆就你这事,与你三件法物降伏着他,不怕不送出女儿嫁你。〔张生做跪科,云〕愿见上仙法宝。〔仙姑取砌末科,云〕与你银锅一只、金钱一文、铁杓一把。〔张生接科,云〕法宝便领了,愿上仙指教,怎生样用他才好?〔仙姑云〕将海水用这杓儿舀在锅儿里,放金钱在水内,煎一分此海水去十丈,煎二分去二十丈。若煎干了锅儿,海水见底,那龙神怎么还存坐的住,必然令人来请招你为婿也。〔张生云〕多谢上仙指教!但不知此处离海岸远近若何?〔仙姑云〕向前数十里便是沙门岛海岸了也。〔唱〕

【黄钟煞尾】这宝呵出在那瑶台紫府[32]清虚界,碧落苍空天上来。任熬煎，任布划[33]；可从心，可称怀；不求亲，不纳财；做行媒，做娇客；连理枝，并蒂开；凤鸾交，鱼水谐；休将他，觑小哉；信神仙，妙手策。也是那前生福，有安排，直着你沸汤般煎干了这大洋海。〔下〕

〔张生云〕小生有缘得受上仙法宝，直到沙门岛煎海水去来。〔诗云〕任他东海滚波涛，取水将来锅内熬。此是神仙真妙法，不愁无分[34]见多娇。〔下〕

注释

〔1〕三岛：传说中的蓬莱、方丈、瀛洲三座海上仙山，与"十洲"同是传说中神仙居住的地方，泛指仙界。

〔2〕紫芝：瑞草，似灵芝，道教以为仙草。

〔3〕寿算：年寿。

〔4〕无始：指太古。

〔5〕三田：即三丹田，道家谓两眉间为上丹田，心为中丹田，脐下为下丹田，合称三田。

〔6〕黄芽：亦作"黄牙"，道教称从铅里炼出的精华。

〔7〕七返九还：道教以"七"代表火，以"九"代表金。以火炼金，使金返本还原，成为仙丹。

〔8〕打斤斗：翻跟斗。

〔9〕钟期：即钟子期。

〔10〕凌波步：典出曹植《洛神赋》"凌波微步，罗袜生尘"，这里指龙女在水上行走。

〔11〕学吹箫同跨丹山凤：相传秦穆公之女弄玉，与其夫萧史皆善吹箫，引来凤凰，二人乘凤飞升。

〔12〕碧落：道教语，指青天、天空。

〔13〕鸣榔：亦作"鸣根"，敲击船舷作声，以使鱼惊，落入网中。

〔14〕春纤：女子的手指。

〔15〕檀槽：檀木制成的琵琶、琴等弦乐器上架弦的槽格。

〔16〕金徽：琴上系弦之绳，借指琴。

〔17〕玉轸：玉制的琴柱，借指琴。

〔18〕寒蛩：深秋的蟋蟀。

〔19〕涪翁：黄庭坚别号。相传黄庭坚曾为官妓盼盼写小词。

〔20〕许飞琼：传说中的仙女，是西王母的侍女。

〔21〕冰轮：指明月。

〔22〕鲛绡帕：传说中鲛人所织的绡做成的帕子。

〔23〕蕊珠宫：简称"蕊宫"，道教经典中所说的仙宫。

〔24〕郑生：郑交甫于江边遇江妃二女，神女解佩相赠，后消失不见。

〔25〕毛女：传说中得道于华山的仙女。

〔26〕崒嵂：高峻貌。

〔27〕九垓：中央至八极之地。

〔28〕九曜：道教对日的别称。

〔29〕三台：星名。

〔30〕左猜：起疑，猜疑。

〔31〕芥子：极小的存在。

〔32〕紫府：道教称仙人所居。

〔33〕布划：摆布，摆弄。

〔34〕无分：没有机缘。

评析

《张生煮海》不同于一般的人神相恋戏剧，亦非等闲的才子佳人题材，而是将神仙转世的离奇设定寓于其间，且有神仙道化剧的特征。

戏剧开篇，东华仙甫一上场，便将海和仙的联系明点出来。自古传说，海上有蓬莱、瀛洲、方丈三仙山，齐威王、燕昭王、秦始皇等人无不笃信，皆有遣人入海求仙之举。东华仙人自道渊源：故事的主人公张羽和龙女琼莲乃金童玉女托身，为偿宿债而发生在人间的一段情事。戏剧为这一爱情故事创设了理想的环境——濒临东海的沙门岛，二人既是神仙转世，琼莲又托身龙女，则非滨海地域不可。但如果仅仅是神仙下凡历劫，似乎与自称贫道的东华仙颇有关联，与佛教无涉。然而第一折二人相遇的地点发生在石佛寺，这大约要追溯到印度佛教商人"抒海水夺回宝珠"的故事以及其他佛教文学中的龙女形象。将"抒海"改作"煮海"，或许跟我国古代煮海制盐的工艺有关，但两者都是对海神、龙神绝对权威的一种抗争。不同的是，前者在宣扬佛法，后者在于肯定人的情感，乃至肯定人的意义。佛经故事中比人低贱的"畜类"龙女，更是被美化成"妖娆艳冶，绝世无双"的神女玉女，作为海上神仙的龙女形象，融入了世人对一切美的幻想与渴望，譬如美貌，譬如富贵，譬如长生。

煮海故事远承佛教故事，直接取材应该是沙门岛的民间传说。据元诗《鲸背吟·沙门岛》"古寺龙妃石淹东"、《沙门岛》"鱼女祭龙祠"，貌似沙门岛流传有古寺、龙女的故事，可能还有相关的祭祀活动。

第一折由正旦扮琼莲主唱，龙女在唱词中表现出对于生身环境的极大赞美与热爱："觑了那人间凤阙，怎比我水国龙宫？"碧澄沧海，浪兼天涌，云生月映，便是道教中理想的清幽静美的洞天福地，不染俗尘。更何况"海上神仙年寿永"，海上神仙拥有长生久视的年寿岁月，龙宫又是金银富贵世界，"不弱似九天碧落蕊珠宫"；更"不比那人世繁华扫地空"，不像人间的繁华富贵，转瞬飘蓬飞絮，不可依恃。如此长生富贵，龙女"只待学吹箫同跨丹山凤"，希望效法吹箫作凤鸣的萧史弄玉夫妻，双双乘凤仙去。于是有听琴心动，如司马相如卓文君故事，这才有二人由知音相赏到私定终身。其中的信物"冰蚕织就鲛绡帕"，源自鲛人纺织的传说，干宝《搜神记》就有"南海之外有鲛人，水居如鱼，不废织绩"的记载，十分契合龙女的身份。

剧本第二折由正旦改扮仙姑主唱，《一枝花》《梁州第七》借其口赞颂沧海气象，浑涵汪茫、吞吐日月、亘古永在、万水朝宗。恰遇上向东海寻觅琼莲途中的张羽，二人对答间张生明晓了龙女身份。仙姑极力渲染了龙神的躁暴阴郁、恶性狠毒、神通变化、翻覆波涛，在张生悲伤之际与他银锅、金钱、铁杓，教他煮海相抗。

《张生煮海》的语言华赡，典雅精工。日本学者青木正儿在《元人杂剧概说》评价道："《张生煮海》实在是被美词丽句装饰着，尤其第一第二两折，陆续铺陈的叙海洋风景的曲词，更是壮丽炫目，可以作为一首《海赋》来看吧。"尤其值得一提的是第一折中《哪吒令》《鹊踏枝》《寄生草》《幺篇》中有关音乐的唱词，极尽描摹之美，与唐诗曲尽其妙的音乐名篇相比，也未为逊色。

（刘颖）

庞居士误放来生债（第三折）

刘君锡[*]

题解

《庞居士误放来生债》是以历史故事为题材的元杂剧，取材于唐代佛教居士庞蕴的故事传说。讲述的是庞居士探望病中好友李孝先，知悉他因未能归还自己的银两而染疾病。居士当面焚券，复给银周济，并且尽焚借券以安人心。又无意之间听闻自家牛马驴对话，惊觉自己行善疏

---

[*] 刘君锡，燕山（今北京市西南）人，元末官行省奏差，约明代洪武中在世。性格方正耿介，人有过必正色责之。时与邢允恭、友让、贾仲明等友善。擅长隐语，《录鬼簿续编》说他"隐语为燕南独步"，人称"白眉翁"。家虽甚贫，不屈节。所作乐府，行于世者极多；所作杂剧有《东门宴》《三丧不居》等，俱佚，现只存《来生债》一种。

财却是误放来生债,使欠债之人堕入畜生道。于是东海沉宝,尽散其财,与妻子庞婆及一对儿女凤毛、灵兆编卖笊篱为生,后来同上兜率宫恢复神佛真身。该杂剧虽然以佛教的因果报应、智慧圆觉为架构,却并非一味宣扬教化,而是体现出在"九儒十丐"的时代背景下,对于金钱至上观念的深刻批判与反省,被誉为元曲中的《钱神论》,具有极强的现实意义。

原文

〔外扮龙神领水卒上,诗云〕羲皇八卦定乾坤,上帝还须辅弼[1]臣。云雨风雷唯我用,独魁水底作龙神。吾神先考所生七子:银脊广胜龙,铜脊沙龙,铁脊陀龙,九尾赤龙,獠牙火龙,镇世恶龙。吾乃第一金脊德胜龙是也。为吾神毗沙门[2]战退九曜,刀利山三箭成功,奉天符牒,玉帝敕命,加吾神东海龙王之职。今有襄阳一人,乃是庞居士,此人将应有家财都要沉在东洋大海。吾神未得上帝敕令,不敢收留。巡海夜叉,等庞居士来时,将那船只托住者。〔正末领卜儿、灵兆、凤毛、行钱上云〕行钱,将那家中金银贯钞,奇珍异宝,都搬运在大船上不曾?〔行钱云〕爹,都搬运在船上了也。〔正末云〕婆婆、灵兆、凤毛,俺一家儿去那东海上沉舟去来。〔诗云〕世人重金宝,我爱刹那静。金多乱人心,静见真如[3]性。〔同行科〕〔正末唱〕

【越调·斗鹌鹑】我弃了这千百顷家良田,便是把金枷来自解。我沉了这万余锭家私,便是把玉锁来顿开。玳瑁珊瑚,砗磲[4]琥珀,你当初生处生,今日个可便来处来。〔带云〕我若无你呵,〔唱〕再不做那天北的这经商,我也再不做那江南的贾客。

【紫花儿序】我愁的是更筹漏箭[5],我怕的是暮鼓晨钟,我倦的是这紫陌黄埃[6]。大刚来光阴迅速,怎教我不心意裁划,早早的安排。待把我这一寸心田无挂碍,大道的事着你世人不解。则愿的一帆西风,送上我那三岛蓬莱。

〔云〕婆婆，你看那海上的水，水上的船，船上的金银宝贝，有个比喻也。〔卜儿云〕喻将何比？〔正末唱〕

【天净沙】有如那花正开风卸风衰，有如那月初圆云暗云埋。跳不出这尘寰世界，我觑了委实痴呆，〔带云〕那船上的那里是甚么金银宝贝。〔唱〕只当是装一船家兀那[7]横祸非灾。

〔云〕婆婆，早来到海岸了也。〔卜儿云〕那船上装的都是金银宝贝，居士，你也好大量哩。〔正末唱〕

【鬼三台】也非是我胸襟大，将金宝和船载，我只待跳出这尘寰得自在。〔卜儿云〕居士，你便老了，儿女每[8]正后生哩。〔正末唱〕你道是白发叹吾侪，我道是今番畅快哉。趁着这风力软水横天地窄，帆力稳影吞雪浪开。这便是风送王勃，赴洪都的命彩[9]。

〔卜儿云〕居士，你看那海岸上，看俺沉舟的人好不多也。〔正末云〕兀那君子每，我庞居士这个念头比别人不同。〔唱〕

【紫花儿序】我不比那越范蠡驾扁舟游那五湖的这烟浪，我不比那晋石崇[10]送穷船葬万顷波澜，我不比那汉张骞[11]泛浮槎探九曜星台。〔带云〕你觑波，〔唱〕我则见水接着天泻混元一派，我则见天连着水可便无半点儿纤埃。我为甚喜笑盈腮，待着他水晶宫里龙王放一会儿解，这一场我直撑杀他鱼鳖和那虾蟹，觑了这万丈风涛，兀的不险似百尺楼台。

〔卜儿云〕居士，这会儿风浪越急了，你看那船越漂的高了也。〔正末云〕我自有个主意。行钱，将那大海船底下凿碗来大数十个窟笼，他必然沉了也。〔行钱云〕理会的。〔做凿科，云〕爹，这船底下都凿了窟笼也。〔正末云〕可怎生不沉？这会儿风也息，浪也平了，可怎生是好也呵！〔唱〕

【凭栏人】天际残霞几缕裁，水映天心有如那霞衬彩。恰才个船随着海岸开，抵多少烟波风送客。

〔云〕婆婆，这船只是不沉，也可怪哩。〔唱〕

【寨儿令】我则见雪浪涌，似山排，可怎生又风恬水平云雾

764

霭?难道是积羽沉舟[12],这金银呵反为轻载?心儿里好疑猜。

【幺篇】为甚么这翻滚滚海藏里不沉埋?〔云〕这船怎生不沉?婆婆,我猜着了也。〔唱〕他本是个虚飘飘世上的浮财。我和你发虔心祷上苍,近岸口跪苍苔。〔云〕婆婆、灵兆、凤毛,都来拜者。〔唱〕拜拜拜,直拜到那月上的这海门开。

〔外扮天使上云〕兀那东海龙王,上帝敕令,将庞居士应有家财,都收入龙宫海藏者。〔龙神云〕得令。雷公电母、风伯雨师,作起波浪,翻了那些海船,将庞居士应有的家财,都与我收了者。〔水卒云〕理会的。都收了也。〔龙神云〕吾神索回玉帝的话去。〔诗云〕领水卒分开波浪,显神通现出本象。将庞居士应有家财,都收入龙宫海藏。〔同水卒下〕〔正末唱〕

【金蕉叶】我则听的霹雳响惊魂丧魄,唬的我四口儿无颜落色。我则见云偶斗空中乱摆,恰便似千百面征鼙[13]乱凯。

【调笑令】我可便自来几曾该,端的便几曾该。抵多少一夜西风透满怀,唬的那娇儿和幼女愁无奈。我向前来怎生遮寨[14]?我则见布彤云黯黯遮了日色,霎时间四野阴霾。

【秃厮儿】赤历历那电光掣一天家火块,吸力力雷霆震半壁崩崖。俺这里轻身向前将这海岸踹。〔卜儿扯科,云〕居士靠后些。〔正末云〕婆婆,你怕甚么?〔唱〕你还耽着鬼魂胎,哀哉!

〔云〕好大风也。〔唱〕

【圣药王】吹的我头怎抬,刮的我眼倦开。〔云〕龙王呵,你这般烦恼怎么?〔唱〕又不比入山推出白云来。渐的呵风力衰,忽的呵云乱摆。只要你沉了咱锦帆舟楫共资财,做的个一去不回来。

〔卜儿云〕居士,你将钱物都沉在海里了,俺四口儿如今回去,把甚么做盘缠那?〔正末云〕婆婆,我瞒着你多哩,我会一桩儿手艺。〔卜儿云〕你会那一桩儿手艺?〔正末云〕我会编笊篱[15]。鹿门山外有一园竹子,着凤毛孩儿斫将来,我一日编十把笊篱。着灵兆孩儿货卖将来,可不够俺一家儿吃粥哩。〔卜儿云〕这的是"大缸里打翻了油,沿路儿拾芝麻"也。〔正

末唱〕

【收尾】谁不知道庞居士误放了来生债？我则待显名儿千年万载，你便积攒下高北斗杀身的钱，〔云〕婆婆、灵兆、凤毛，你回头试看波，〔唱〕可也填不满这东洋是非海。〔同下〕

注释

〔1〕辅弼：辅佐，辅助，亦作"辅拂"。

〔2〕毗沙门：即毗沙门天王，佛教中的四天王中的多闻天王，俗称托塔天王。

〔3〕真如：佛教中指永恒存在的实性，亦即宇宙万有的本体。

〔4〕砗磲：佛教中的七种珍宝之一。

〔5〕更筹：古代夜间报更用的计时竹签。漏箭：漏壶的部件，刻时辰度数，随水的浮沉来计时。二者借指时间流逝。

〔6〕紫陌：指京师郊野的道路。黄埃：喻指尘世。

〔7〕兀那：那、那个。

〔8〕每：们。

〔9〕命彩：好运。

〔10〕石崇：西晋巨富，曾与王恺竞奢。

〔11〕张骞：相传张骞泛槎曾至九霄，并带回了织女的支机石。

〔12〕积羽沉舟：谓积轻成重。

〔13〕征鼙：出征的鼓声。

〔14〕遮寨：遮护。

〔15〕筅篱：用竹篾、柳条等编成的器具，可捞物沥水。

评析

《来生债》第三折庞居士东海沉宝的故事，是根据中唐居士庞蕴的故事传说改编而来。

佛教称居家修行之人为居士，最著名的莫过于《维摩诘经》中"辩才无碍"的维摩诘居士。维摩诘普遍受到中国古代文人的喜爱，也是"诗佛"王维名字所由来。生活于中唐时期的庞蕴居士，曾参拜当时的著名禅师石头、马祖，修佛参禅，被誉为"中土维摩诘"。据载，庞蕴谒见石头希迁禅师，禅师问道："子以缁耶，素耶？"蕴曰："愿从所慕。"遂不剃染，世号庞居士。这位醉心佛学的居士，世代以儒为业，深通儒学，《祖堂集》评价他"不变儒形，心游象外"。在他的身上既具备释氏超越于世俗得失的达观态度，又有儒家所提倡的对于现实人生的理性关照，故而在人生虚幻、富贵空灭的同时，又怀有强烈的救世与淑世精神。这样的形象经过笔记小说、民间传说的演绎，逐渐成为中国文人的理想人格：乐善好施、急人之困、安贫乐道。值得一提的是，庞蕴沉宝的故事很可能是由民间传说演变而来，但也并非空中语耳，他的诗偈"世人重珍宝，我则不如然""金多乱人心，静见真如性"都体现出对于富贵的厌弃、对真理的追求。

第三折东海沉宝的情节，除了庞居士好友李孝先因无力偿债而惊忧成疾，除了知晓家中的牛马驴原来都是欠债者投胎所变，也是磨博士罗和以钱为苦的事件升级。庞居士给了罗和一锭银子，却使他一夜东藏西藏、担惊受怕，频频梦到遭遇不测丢失银两，于是自忖无福消受，归还此银。罗和的插曲在剧中只是对庞居士淡然以处富贵态度的反衬，却是作者刘君锡对于金钱态度的一种折射。正如故事安排，东海沉宝虽是发生在东海之滨，却实在跟大海并没有除了沉船情节以外更深刻的联系，当然此海也可视作佛教的苦海或其他象喻意义，那得进一步阐释了。庞居士沉船的行为当然也受禅宗信仰、转世因果等观念的影响，甚至杂剧最终还交代了庞蕴原本乃上界宾陀罗尊者，他的妻子庞婆萧氏是上界执幡罗刹女，儿子凤毛是善财童子，点化了丹霞禅师的女儿灵兆是南海观音菩萨。但更值得关注的是，在佛教故事的背后，并不是对因果报应的大力宣扬，也不是对人生虚幻如梦如泡的否定厌弃，而是世人对于金钱富贵应该采取的态度的一种探寻。庞居士沉宝一节的唱词："我弃了这千百顷家良田，便是把金枷来自解。我沉了这万余锭家私，便是把玉锁来顿开。"金银财宝、万贯家私，不以为荣反以为累，以为是招祸的根本。"我愁的是更筹漏箭，我怕的是暮鼓晨钟，我倦的是这紫陌黄埃。"紫陌红尘，尘世劳碌，怕的只是时光推移年华渐老，是对富贵荣华的看空，也是对人生本质意义的无形追问。

据载，刘君锡家虽甚贫，却能不屈节，耿直方正。他笔下的庞居士轻财重义、安贫乐道，正是作者理想中文人应具的人格。而所处时代重利轻义的浇薄世风，文人进退无路的窘迫处境，也促使当时的士人重新审视现实人生的意义所在，以及在穷达进退之间如何秉持文人的操守。虽然因体裁不同，不及鲁褒《钱神论》诙谐辛辣，但搬演舞台训导大众，在传播的广度上却更胜一筹。

（刘颖）

明代海洋杂剧选

奉天命三保下西洋（第三折）

无名氏

题解

《奉天命三保下西洋》，简称《下西洋》，以明朝永乐年间郑和下西洋的故事为依托。殿头官奉圣人命，延请文武官员来举荐下西洋的能臣，为国君寻得奇珍异宝，向海外西洋各国宣威布德。太监郑和因智勇双全得到了一致推举，会同内臣王景弘、曹铨、刘林保、潘子成、牛金住等人，以及大臣平江伯陈瑄一同下西洋取宝。永乐十七年（1419），郑和会同下西洋诸官于江头祭祀天妃娘娘以保海路平安，梦见天妃告知海外夷邦已预备下宝物，并许诺往返风平浪静。郑和一路上先是设计擒拿并释放了于乱石屿抢劫的苏禄国、彭亨国、穿心国国王，又在西洋各国进献宝物时巧设计谋得到了西洋国传世国宝。最终郑和与各国夷长来到京师献宝，圣人着殿头官对一班文臣武将各加以封赏。《下西洋》是现今所知的第一部演绎郑和下西洋的文学作品，但这部明杂剧对本朝一力赞颂、粉饰太平，具有明显的历史局限性。

原文

〔外扮西洋国王领波斯上，国王云〕水势滔天接上天，珍珠宝物可人怜。外邦惟某为头长，祖辈西洋出大贤。某乃海外西洋国王是也。某虽居小国，海外称尊，统溪洞[1]之邦，掌湖海之处。我这国中，宝贝极多，金银颇广，诚然希奇之物。每每商量，要进奉大明天朝去。争奈水势浩大，船只微小，路阻难行，因此不能进贡。今打听的大明朝钦差官员，前往海上，来取索宝物。某已吩咐各处夷长，同来我国聚集。将宝物奇珍贡献，表俺的敬奉之心。令人望着，若各处夷长来时，报复[2]我知道。〔波斯云〕理会的。〔端木叉、阿牙赐领波斯托宝物上，端木叉云〕异宝希珍我国多，珊瑚玛瑙长清波。有心贡献皇都去，奈因水远路蹉跎。自家是爪哇国夷长端木叉是也，这个是板达国夷长阿牙赐。俺这海外各邦，宝物极多。则因海水势大，不能进献去也。〔阿牙赐云〕夷长，大明朝遣天使[3]驾着海船，来西洋国土索取宝物。俺西洋国王已分付俺各国各办宝物，俺今备办了也，见西洋国王走一遭去。可早来到也，报复去，道有俺两个来了也。〔波斯云〕理会的。〔做报科〕大王！有两个夷长来了也。〔国王云〕着他过来。〔波斯云〕理会的，过去。〔做见科端木叉云〕报告国王！俺两个来了也。就将这个人的宝贝，都收拾将来了。〔国王云〕你两个献甚么宝贝？〔端木叉云〕我献珊瑚树一株，高三尺五寸，八十一叉，更有别的宝物一盘。〔阿牙赐云〕我献夜明珠一颗，晚间不用灯烛，满堂明亮，更有别样宝贝一盘，供献天朝。〔国王云〕你既有宝贝呵，且少待片时，还有别的夷长未曾来哩。令人望着，这早晚敢待来也。〔波斯云〕理会的。〔外扮阿罗定、金也的领波斯托宝物上，阿罗定云〕海外山川景物增，疆封地利赡州城。南方日暖风光美，宝贝金珠各有名。自家占城国阿罗定是也，这个是天方国夷长金也的便是。俺这海外，山峰险峻，水势湾环[4]，多聚宝贝奇珍，广有希奇之物。常思要进献天朝，奈水势不能前去。今闻的天使临于海上，俺收拾了宝物，预备进献。夷长，俺同见西洋王去来。〔金也的云〕夷长，俺这海外，虽称夷邦外国，每思大明皇上，宽宏圣德。今差天使来此，俺乘此机会，各进方物宝贝，聊表偏邦之意。今有西洋王会俺，须索[5]走一遭去，可早来到也。报复去，道有俺两个夷长来了也。〔波斯云〕理会的。〔报科云〕报的国王得知，有两个夷长来了也。〔国王云〕着他过来。〔波斯云〕理会的。〔二人见科阿罗定云〕国王，俺两个来了也。〔国王云〕你两个夷长，今日天使降临，您有何宝物进献也？〔阿罗定云〕国王，我的宝物是玻璃瓶一对，零碎宝贝一盘进献。〔国王云〕金也的，你的是何宝物？〔金也的云〕国王，我的宝物是各样青红鸦鹘石头一盘，进献天朝大国也。〔国王云〕好好好！我国的宝物都收拾下了，是沉香、西洋布、五色手巾、五色宝石山子。您各人的宝物也有了，俺同在这海岸上等着。若天使的船只来到时，俺便迎接将去，这早晚敢待来也。〔王景弘同曹铨、刘林保、潘子成、牛金住吹响器得胜鼓，领卒子驾船上，王景弘云〕晴晓无云海气干，重衣无絮不知寒。自离海口开船日，静浪平风一路安。小官王景弘是也，这位是刘林保大人。今同太监三保前来下西洋国收取宝贝，小官同四位大人在这二号船上。梢公，你与我慢慢的行。〔刘林保云〕大人，俺这三保太监深知水势委的能哉。今离西洋不远也，后面船只敢待来也。〔平江伯驾船吹响器领卒子上，平江伯云〕亲奉丹书[6]圣敕差，远乘巨舶海中开。西洋取宝传天下，故驾轻帆骗海来。小官平江伯是也，俺奉圣人命，同太监等官，下西洋国收取宝物。俺自入海口，于路顺风，今人你看这西洋古里国，还有多远也？〔卒子云〕此处离西洋国不远了也。〔平江伯云〕你看还有那号船未来哩？〔卒子云〕还有头号船未来哩。〔平江伯云〕这早晚郑大人的船敢待来也。〔正末驾船上云〕小官太监三保是也，行来到这海上也。船上众官人，摆布的严整者。〔唱〕

【中吕·粉蝶儿】端的是为国忠良，保皇朝万民有望，威服的四海来降。一来是主人宽，二来是蛮夷敬。差小官亲临海上。〔带云〕若到西洋呵。〔唱〕量他这海外偏邦，怎如俺大明朝地方荣旺。〔王景弘同众做见头号船科，王景弘云〕兀的不是郑大人的船至了也。大人，若不是你知此水势，俺众官怎生得到于此处也。〔刘林保云〕大人，

论俺大明朝的人物,端的是越古超今也。〔正末唱〕

【醉春风】俺那里武将广机谋,文臣多智量。更那堪一班内直进忠诚,黎庶[7]每仰仰。〔潘子成云〕俺若得了宝物,到了天朝,圣人自有加官赐赏也。〔正末唱〕指望待赐赏封官,名标青史,画影图像。〔平江伯云〕大人,远远的海岸上一簇人,敢是西洋王伺候着俺哩也。〔正末云〕您过来,等我试看者。〔国王云〕兀的不是天使来到也?众夷长摆布的严整者。〔众夷长迎接科云〕理会的。〔正末唱〕

【迎仙客】西洋王向正面摆,夷长每在两边厢。〔王景弘云〕他每在那里做什么哩?〔正末云〕我试猜者。〔唱〕莫不他动问俺为何来、为何来,可便到外邦?〔国王拱手科云〕天使来了也,众夷长,俺都向前去跪者。〔众做跪科,牛金住云〕大人,俺此一来,他就知是取讨宝物来,他都跪着哩。〔正末唱〕我见他每战兢兢跪在岸傍。〔国王云〕天使,俺每久等多时也。〔正末唱〕您都在何处为王?〔国王云〕俺都在这西洋左近居住。〔正末唱〕可怎生不进贡天朝上?〔国王云〕某等敬来接待天使。〔正末云〕兀那西洋国王,您都知罪么?〔国王云〕俺不知罪。〔正末云〕您怎生连年不朝,不将宝物进贡,直等圣人差俺众官来宣化,此乃不为尔等之罪么?〔国王云〕天使息怒,听某慢慢的说一遍。在前聚会各处夷长商议。各人要进献方物去,奈此海中水势险恶,不能前进。今知天使来到,俺各人预备奇珍异宝,望乞饶免偏邦小国不敬之罪。某也不敢自专,乞天使尊鉴不错。〔平江伯云〕您众大人听的说么。他本要进贡去来,奈海中水势汹涌,因此不能前进也。〔正末云〕兀那西洋王,你听者。〔唱〕

【红绣鞋】大明国当今主上,差俺来亲至西洋。有奇宝不得暗埋藏。〔国王云〕天使,俺不敢隐藏,理当进贡也。〔正末唱〕将您那希奇物,理当去献君王。〔云〕您但若隐藏了宝物呵。〔唱〕我教你便眼睁睁一命亡。〔刘林保云〕兀那西洋王,将您那希奇宝物来,与俺众大人看。若是好的,与您将的进贡去;若是不好的,俺大人见您之罪也。〔国王云〕大人,有有有。端木叉、阿牙赐,您二人向前献您的宝物与天使看者。

〔端木叉云〕有宝有宝。〔端木叉托珊瑚树、阿牙赐托夜明珠科,端木叉云〕天使,这个是俺二人的宝贝,是珊瑚树、夜明珠,愿献天朝也。〔正末云〕将来我看。〔做看科云〕是好宝物也。〔唱〕

【上小楼】夜明珠辉辉放光,珊瑚树枝枝鲜亮。一见了眼中分明,心间快乐,腹内宽畅。〔牛金住云〕这宝物委的希奇也。〔正末唱〕我这里便暗暗的藏,好好的防,收拾停当,有一日到天朝显他敬上。〔云〕左右收了这宝者,您再有何宝物?将来试看者。〔国王云〕阿罗定、金也的,您二人献宝与天使看者。〔阿罗定云〕有宝有宝。〔阿罗定执玻璃瓶、金也的执青红石头科,阿罗定云〕天使,这个是俺二人的宝物,玻璃瓶、青红石头,愿献天朝也。〔正末云〕将来我看。〔做看科云〕是好宝也。〔唱〕

【幺篇】青红石头颜色真,玻璃瓶似纸张。这瓶儿果是希奇,人间绝对,世上无双。〔刘林保云〕大人,这玻璃瓶若献天朝去,于路须要仔细也。〔正末唱〕不是我夸己强、显智量,我则索随身收放,将到俺大明朝着大臣观望。〔云〕左右收了这宝物者,您各人的宝物都有了。西洋王,你的宝呢?〔国王云〕天使,某的宝贝,比众不同,令人将来。天使,某的宝贝是夜明帘并各样宝物。俺一同朝京进宝,二来就送天使,可是如何也?〔正末同众见宝,惊科云〕是好宝物也。兀那西洋王,你既然要同俺赴中华,你这宝虽好,不为罕哉。你听我说与你。〔唱〕

【耍孩儿】大明朝宝物般般广,故到您西洋得这地方。你将这无名之宝夜明帘,在俺这行卖弄高强。〔国王云〕天使,虽是大明国不希罕俺这宝物,也显的外邦有诚敬之心也。〔正末唱〕你道是诚心敬意亲呈敬,俺那里知重知轻在您行。〔国王云〕天使,我到大明国,见了万岁明君,若嫌俺的宝物不好,望天使与俺方便者。〔正末唱〕你心内休悒怏[8],若到俺天朝大国,管教您无事还乡。〔云〕左右,将此宝物收放的仔细者。〔平江伯云〕大人,俺得了宝物也,不分星夜,俺回大国去来。〔牛金住云〕艄公预备开船。〔正末云〕大人每你且住者。兀那西洋王,您都靠后去。〔国王同众夷长云〕理会的。〔正末云〕大人每，您不知道，虽然俺得了些无价之宝。还有我心爱的一件宝物，怎生得他的也？〔刘林保云〕大人，宝贝都与俺了。他那里又有那宝物来？〔正末云〕众大人每，你都不曾着眼看，西洋王身上穿的缨络，我心里要他的，此事中么？〔刘林保云〕大人，要他这缨络做甚么？〔正末云〕您众大人不知道，缨络不打紧。你看那中间里，嵌着一大块八光五彩的猫精[9]，十分希奇。俺若得了他的呵，方称小官之心，抵多少宝物也。〔平江伯云〕大人，他便怎生肯与俺？〔正末云〕您众大人放心，我自有个主意，问他索讨，管情奉献与俺。你则预备着酒肴者，与我叫西洋王过来者。〔国王见科云〕某有，天使呼唤我，那厢使用。〔正末云〕西洋王，你上我的船来者。〔国王做上正末船科，正末云〕西洋王，我恰才对着别的夷长要见你的罪，恐怕羞辱了你。你如今不将些希奇宝物进献去，也不算你高强也。〔国王云〕天使，某再无甚么宝物也。止有这夜明帘是出类之宝也。〔正末云〕我如今要你身上穿的这缨络，你若肯进于天朝去，我保你无事还国，你意下如何？〔国王云〕我知道了也。天使，不为这缨络，正意为这个八光五彩的猫精。这一块猫精不打紧，是俺国祖手里遗留到今，永为镇国之宝。既然天使要〔做起身解缨络科，云〕将去献于天朝，某则要无事还国也。〔正末云〕既然如此，左右收了这缨络者，将酒过来。〔潘子成云〕大人，酒在此也。〔正末做把盏科，云〕西洋王，你朝北跪者。〔西洋王做朝北跪科，正末云〕某虽无筵席管待西洋王，这杯酒是黄封[10]头御酒，你饮过这一杯酒，再饮两杯。某同你往天朝进贡去，管教你无事还国也。〔国王做饮三杯科，起身云〕谢了御酒。天使先行，俺收拾行李，随后便来也。〔正末云〕你下船去者。〔西洋王做下船拜科，云〕理会的。〔正末云〕众大人，宝物都有了也，俺开船回朝去来。〔平江伯云〕大人，俺得了这等宝物，回朝去来。〔正末唱〕

【尾声】他虽是西洋别国臣，休着他来俺行施逞强。到京师朝献金銮上。〔云〕左右开了船，众大人每，俺同共回朝去来。〔唱〕那其间珍宝高低慢慢的讲。〔同众驾船吹响器下，国王云〕天使去了也，众夷长，俺献了宝物也，俺如今同天使赴京进贡去，与你众人计较，可是中么？〔端木叉云〕国王，趁此机会进贡一遭，俺也消灾减罪也。〔国王云〕你说的是，众夷长，俺便收拾船只，跟随天使往大明朝进贡，走一遭去。亲随朝使一同行，昼夜奔驰暂停。暂离大海西洋国，敬心朝献帝都城。〔下〕

注释

〔1〕溪洞：古代指苗族等少数民族聚居之处，亦作"溪峒"。

〔2〕报复：禀报，报知。

〔3〕天使：天子的使者。

〔4〕湾环：曲水围绕。

〔5〕须索：必须。

〔6〕丹书：朱笔书写的诏书。

〔7〕黎庶：黎民，百姓。

〔8〕悒怏：忧郁不快。

〔9〕猫精：猫睛石。

〔10〕黄封：黄纸或黄绢制的皇家封条，用于酒坛。

评析

被称为"元曲余波"的明杂剧，在明代另一部类的戏曲——传奇的映衬下相形失色。有明一代，传奇大放光彩，后来昆曲的逐渐形成与发展更使得它如虎添翼。而明代杂剧的创作与演绎相较之下，很难延续元杂剧的辉煌。在历史的坐标轴上，明杂剧横向上不能与同处一个时代的明传奇双峰对峙，纵向上又难以继承元杂剧的创作精神，其尴尬处境可想而知。

明杂剧不能大盛，除了有文学体裁自身的发展规律外，特定的历史环境也在一定程度上制约了其发展。明初，《御制大明律》曾设有《禁止搬做杂剧律令》："凡乐人搬做杂剧戏文，不许妆扮历代帝王、后妃、忠臣、烈士、先圣、先贤、神像。违者，杖一百。官民之家容令妆扮者，与同罪。"元杂剧在戏文中嬉笑怒骂、放诞不羁，抒发外族统治下进取无门的文人士子的一腔郁愤，其中对统治者的不满与反抗当然是其可贵之处。但明初洪武皇帝雷厉风行，为加强君权统治，差点将孟子逐出圣贤之列，当然也就不能够容忍杂剧创作中对于统治者的贬斥与"毁丑"的传统，故而予以明令禁止，重重地制约了明杂剧尤其是明初杂剧的创作，约束了明杂剧主题的多样与所能达到的深刻程度。在这样的政策法令之下，杂剧这一戏曲部类渐趋于萎缩，既然不能够批评贬刺，便只有歌功颂德、大唱赞歌了。于是，御用文人甚至皇子皇孙在杂剧的创作中大显身手，《奉天命三保下西洋》便属于此类作品，惜其作者不传。

人们探索海洋的进程，随着航船等技术的发展，逐渐由臆想的神仙世界向功利的现实生活而倾斜。海上或许有神仙的存在，但因为海上贸易的发达，明朝人认知到海外世界所特有的方物与奇异珍宝，所以舍神仙而求珍宝，不再是徐福求仙，而变成郑和取宝。《明史·宦官传》载："成祖疑惠帝亡海外，欲踪迹之，且欲耀兵异域，示中国富强。"虽然郑和下西洋最初与建文帝逃亡海外的传言颇有关联，也不乏宣扬国威的动机，但客观上进行的反而是"宣德化以柔远人"的和平睦邻外交，取宝行为也更多是双方互通有无交换买卖的公平交易。《下西洋》便是依据明成祖朱棣永乐年间郑和下西洋的事件改编而来，但它将下西洋这一具有世界意义的创举，变为永乐皇帝德比尧舜、天朝威严万邦来朝的颂圣之作，也将交换买卖公平交易的取宝行为变成了近似恃强凌弱的夺取行径。

杂剧由一本四折两楔子构成，上文选自该本的第三折，描述的是郑和降伏了前来打劫的苏禄国、彭亨国以及穿心国国王后，前至西洋国接受众夷长宝物的故事。西洋国国王率领爪哇国夷长端木叉、板达国夷长阿牙赐、占城国夷长阿罗定、天方国夷长金也的，各拿宝物，于海边迎接郑和一行人，并进行献宝。杂剧本意是赞颂天恩，顺便夸耀大明王朝文武能臣，而其中的郑和便被塑造成忠于王事、智勇能干、深晓水势的形象。郑和见各夷长之后，先是像管仲一样责以"包茅不入"，即众小国不服王化不向天朝来进贡珍宝。先声夺人后，众夷长则诉苦说因水势深险，偏邦小国无法朝贡。西洋诸国囿于国力不能前往天朝，天朝却不费吹灰之力抵达西洋，这实际上又是作者在间接夸耀天朝的航海与造船技术，宣扬国威。郑和接受了众夷长的宝物后，复觑见西洋王身上璎珞中间嵌的猫精宝石，于是借口西洋王所呈宝物不稀奇将被问罪，拿到了猫精宝石。故事本意是赞美郑和的机智权变，其中却有一细节显示他巧取豪夺。当郑和借口要西洋王身上的璎珞时，看破真相的西洋王告知他猫精宝石乃是从国祖传下的镇国之宝，因而之前未献。未知真相可能怀疑西洋国王暗藏私心，并非真意归顺圣朝；而已知原因的郑和又强人所难，丝毫不客气地接受他国国宝，就显得不通人情、有违伦理了。当然这又不能不回到彼时的背景环境中，郑和下西洋确实有超越于取宝目的以外的深刻意义，作者在创作杂剧时却未加以深究，而只是使它停留在歌功颂德层面上。作为当前所知的第一部以郑和下西洋为题材的文学作品，又是明朝人写明朝事，却并没有显得更加高明，这不能不说是种遗憾。

（刘颖）

争玉板八仙过沧海（第二折）

无名氏

题解

《争玉板八仙过沧海》，又名《八仙过海》。八仙戏剧是神仙剧的一种，有时以八仙之一为主角，有时则八仙同时出现，《八仙过海》属于后者。白云仙长宴请八仙五圣于蓬莱阆苑玩赏牡丹，众仙家劝酒论道，极夸神仙受用。宴罢归来，八仙相约不再驾云，各赌神通过海。东海龙王二子摩揭、龙毒觊觎蓝彩和的八扇玉板，在蓝彩和过海时设计夺来，不肯归还。吕洞宾与摩揭、龙毒斗法，用宝剑斩了摩揭、伤了龙毒。东海龙王敖广闻之大怒，会同西海龙王敖钦、南海龙王敖闰、北海龙王敖顺，统领着百万水卒，与八仙鏖战。损失泰半的东海龙王借来水府三官，钟离也从祖师太上老君处搬来五圣，太上老君于玄天施法，八仙五圣取得胜利。西天释迦牟尼佛哀悯这场斗争使得生灵伤亡，请四海龙王及八仙来到灵山，解怨释怨，做主将八扇玉板中的两扇给了东海，六扇还归蓝彩和。两方和解，释迦牟尼佛于西天设宴庆贺。

原文

〔外扮摩揭同龙毒，引水卒同夜叉上，摩揭云〕喜时驾雾游三岛，怒后腾云下九霄。兴云布雨滋禾稼，五湖四海卷波涛。小圣乃东海敖广龙王之子，名曰摩揭，兄弟是龙毒。俺这东海中，连着三岛，接着扶桑[1]。有千般怪兽，水滚滚涌万里云涛，现万种毒虬，白茫茫起千寻雪浪。海藏贮无边之异宝，龙宫收无限之奇珍。若言四海奢华景，惟有东洋最富饶。俺弟兄二人，奉父王法旨，引领着水卒，巡游海内。兀那夜叉，你看着，但有大小事体，可报复我弟兄二人知道。〔水卒云〕理会的。〔正末同钟离、铁拐李、张国老、徐神翁、韩湘子、曹国舅、蓝彩和上，钟离云〕贫道钟离是也。俺八仙因去阆苑，玩赏牡丹，宴乐芳春，尽醉方归。纯阳子，俺回俺那仙境去来。〔正末云〕师父，俺来到这东洋海岸边。师父，你看是一片海洋也。〔钟离云〕洞宾，先贤有云，天地之大无过于海，是以观于海者难为水也，游于圣人之门难为言也[2]。〔正末云〕此言信[3]有之也。〔唱〕

【正宫·端正好】你看那白茫茫起波涛，黑漫漫兴云浪。端的[4]是接天涯浩大汪洋，隔蓬莱弱水三千丈。要过呵，则除是驾紫雾从天降。〔钟离云〕纯阳子，过了大海，便是俺西池[5]境界也。〔正末唱〕

【滚绣球】这里面是瀛洲仙子居，乃瑶池金母乡。高耸耸直侵着九霄之上。〔钟离云〕纯阳子,这海水不比长江之水,这里面有奇珍异宝,晚射霞光。这水穿山透石,不断长流,不知熬尽世间多少凡人也。〔正末唱〕看了这海呵,便休题千里长江。才晓呵锦模糊烂日色,到晚来明滴溜现月色,则被这两般儿搬运了些世途消长,山和水消磨尽今古兴亡。似这海呵,端的是东西渺渺千源会,南北悠悠万里长。真个是远接着扶桑。〔钟离云〕众群仙,俺来是腾云而来,如今回去也,可怎生过此大海也。〔正末云〕师父,此是俺仙家的异术,有何难哉?〔彩和云〕师父,俺来时节腾云而来。俺如今回去也,乘着酒兴,各显神通,过此大海也。〔钟离云〕蓝彩和,你也说的是。俺来时节腾云而来。俺如今回去,也都不许驾云而过。咱乘着这酒兴,都要各显神通,过此大海,有何不可也?〔正末云〕谨依师父法旨。〔钟离云〕虽然如此,俺如今各试其术者。〔唱〕

【倘秀才】俺来时节齐驾着祥云同往,今日个回去也各显些神通气象。到此处施展那仙术并异方,你看那波滚滚、水茫茫,我这里自想。〔曹国舅云〕贫道踏此笊篱,浮海而过也。〔正末唱〕

【滚绣球】曹国舅将笊篱作锦舟。〔湘子云〕贫道用此花篮浮海而过。〔正末唱〕韩湘子把花篮作画舫。〔铁拐云〕贫道躧[6]此铁拐过海。〔正末唱〕见李岳将铁拐在海中轻漾。〔钟离云〕贫道踏此芭蕉扇,渡此大海也。〔正末唱〕俺师父芭蕉扇岂比寻常?〔徐神翁云〕贫道将铁笛撒在海中,履此过海。〔正末唱〕徐神翁撒铁笛在碧波。〔张果老云〕贫道撇药葫芦,履之渡海。〔正末唱〕张果老漾葫芦渡海洋。〔云〕贫道踏此宝剑,浮海而过。〔唱〕贫道踏宝剑岂为虚诳?〔彩和云〕贫道躧此玉板过海。〔正末唱〕蓝彩和脚踏着八扇云阳。则俺这八仙过海神通大,方显这众圣归山道法强。端的是万古名扬。〔摩揭云〕水卒你看,俺这海中,这会儿如何神光万道,瑞气千条?必然有甚么异宝出现。兀的巡海夜叉,与我分开水面,看是甚么宝物,可来回话。〔夜叉云〕理会的。〔做看科,云〕告的上圣得知,今有八仙各显神通过海。是蓝彩和神仙脚踏着玉板，放万道毫光，照耀着这龙宫海藏里。〔摩揭云〕兄弟，咱这龙宫内，虽有奇珍异宝，似这玉板，委实不曾见也。〔龙毒云〕哥哥，既然俺这龙宫海藏，无有这等宝物。可差水卒和巡海夜叉，夺将玉板来，留在龙宫之内，永为镇海之宝。哥哥意下如何？〔摩揭云〕兄弟言者当也。水卒和巡海夜叉，与我抢将那玉板来者。〔水卒云〕理会的。兀那先生少走，留下玉板者。〔夜叉云〕不要这等大呼小叫的，他若听见，使些神通就驾云走了。我如今和你悄悄的浮在那玉板底下，两只手拿住玉板，揪下水来，把那蓝彩和跌在水里，如此不省气力。〔水卒云〕你也说的是。〔夜叉做扯板科，云〕我便扯了板，我便拿住蓝彩和。〔蓝彩和云〕呀，谁拿了我板儿去了，兀的不跌下水去也，你每救我一救。〔水卒扯蓝彩和下水科，摩揭云〕将板来我看，是一庄好宝物也。把这先生先收在一壁者。〔钟离云〕洞宾，咱都过海来了。你看那彩和，被水兽拖下水去了也。〔正末云〕谁这般道来。〔钟离云〕见今不见了蓝彩和也。〔做绕海叫科，众叫了科，正末云〕师父，可将一九金丹，放在水面上，看蓝彩和在于何处。〔钟离云〕你也说的是。我将这金丹抛在水中，我试看者。〔做抛金丹看了科，云〕哦哦哦，洞宾，原来是龙王二子，差巡海夜叉和水卒，抢了玉板，把蓝彩和扯下海去了。可着谁人救他也？〔正末云〕师父，我情愿救彩和去。〔钟离云〕洞宾，颇奈[7]这两个小业畜无礼，将蓝彩和扯下水去了，又抢了玉板，更待干休。俺如今搅海翻江，务要着他献出蓝彩和来。〔正末唱〕

【呆骨朵】不由我恶哏哏[8]怒气冲天下，原来这小摩揭惹祸招殃。他将我这玉板强夺，又将我这八仙来乱抢。则我这火性急怎按纳，恶雄势难遮挡。我将这东洋海就炼干，显神通多半晌。〔云〕师父，可将那火葫芦放下在海中，使了法，持了咒，教一个变十个，十个变百个，百个变千个，千个变万个，登时间烧干了海水，看他走的那里去。兀那东海龙王，快快放出俺仙长来，我和你佛眼相看；你若道一个不字，我教你目下[9]见灾也。〔水卒报科，云〕二位上圣，不好了也，那几个仙长要放火丹哩。他显出神通广大，一个变十个，十个变百个，百个变千个，千个变万个,要把那海水烧干了,看咱往那里趱[10]去。他要那先生哩,咱送还他去罢。则留下那玉板在海藏里,咱唱锁南枝儿[11]耍吧。〔摩揭云〕你也说的是,则留下那玉板,把那先生与我送出去罢。〔水卒、夜叉做送蓝彩和出海科,水卒云〕你上岸去了罢。〔彩和云〕早是我神通广大,险些被水卒拖下我海去了。〔正末云〕蓝彩和,你那玉板在那里?〔彩和云〕我的那玉板,恰才被那巡海夜叉和水卒抢的去了。〔正末云〕抢的去了?则这般干罢了那?〔彩和云〕教他抢了去罢,明日着三十个钱儿,去勾栏胡同再做一串儿罢。〔正末云〕这玉板是俺仙家的玉宝,如何教他抢的去了。贫道务要抢将来,显的俺道法高强也。〔钟离云〕洞宾,你且休要懆暴,他既然送出蓝彩和来了也,你如今去问他索取玉板去,他若献出玉板来,万事罢论;若不献出玉板来时,俺慢慢的擒拿这两个小业畜也。〔正末唱〕

【倘秀才】非是这吕洞宾心粗性莽,可怪这小业畜谋多智广。我和他就海岸相持战一场,则我这神仙剑有光芒,我看你便怎当?〔云〕兀那披鳞的蛐蟮、带甲的泥鳅,快送出俺那云阳玉板来,免你一死。倘若不送出来,我教你这小业畜,横尸于海也。〔水卒云〕二位上圣,有一个仙长,是吕洞宾,仗着一口神剑,踏着水面,骂你两个小业种歪弟子孩儿。若不送出云阳玉板来,他教你目下见灾殃哩。〔摩揭云〕颇奈这先生无礼也。他欺吾太甚,怎敢骂我?兀那夜叉,与我便点水卒,我同兄弟与他斗胜,有何不可?〔水卒云〕正是如此,怕他怎么?和他略耍三合儿去来。〔做见科,摩揭云〕兀那吕洞宾,我和你往日无怨近日无仇,你如何躧着水面,毁骂俺弟兄二人。〔正末云〕这小业畜,岂知俺仙家的神通广大。我这剑撇向空中,一口变十口,十口变百口,百口变千口,千口变万口,量你这些水卒,到的那里也。〔摩揭云〕量你何足道哉。我和你略战九千合。〔做调阵子科,正末唱〕

【脱布衫】则我这飞剑起空内锵锵,显神通道法高强。总然你有水卒夜叉,我跟前怎生轻放。

【小梁州】他那里施展雄威显气刚,我这里也不索慌忙。你看这龙泉[12]变化满空苍,我教你难遮挡,教的他如虎握拿赶群羊。〔摩揭云〕这先生端的是神通魔大也。〔摩揭做中剑死科下,正末唱〕不一降会水卒海怪魂飘荡。〔龙毒云〕嗨,这神仙是神通广大,他飞剑斩了我哥哥。〔正末唱〕我则见小龙毒左臂着伤。〔水卒云〕上圣不好了也,被飞剑斩伤了上圣也。〔龙毒云〕嗨,飞剑又伤了我一臂也,如何敢与他斗胜。我领着这败残水卒逃命。走走走。〔下,正末唱〕我见他逃命走,他把我难亲傍,原来这摩揭身丧,我如今得胜见云房。〔钟离云〕洞宾,你斩了他摩揭,又伤了他龙毒,这刀兵敢惹起来也。〔正末云〕师父你放心也。〔唱〕

【尾声】一任他海边队队驱神将,我和他岸上朝朝列战场。者么他布阵排兵数里长,俺则是八个神仙自抵当。我则要复讨了云阳,回故乡,俺去紫府瑶池再游赏。〔同下〕

注释

〔1〕扶桑:扶桑为神树,传说日出其下,亦为东方古国名,也可指日本。

〔2〕观于海者难为水也,游于圣人之门难为言也:出自《孟子·尽心上》,意思是对于看过大海的人,别处的水便很难吸引他了;对于曾在圣人门下学习的人,其他的议论就很难吸引他了。

〔3〕信:确实,果真。

〔4〕端的:真的,确实。

〔5〕西池:相传为西王母所居瑶池的异称。

〔6〕躐:踩,踏。

〔7〕颇奈:也作"颇耐",犹可恶,可恨。

〔8〕恶哏哏:即"恶狠狠"。

〔9〕目下:立刻,马上。

〔10〕趓:古同"躲"。

〔11〕锁南枝儿：曲牌名。

〔12〕龙泉：宝剑。

评析

  广为人知的"八仙"，除了杜甫的"饮中八仙"，就是民间神话传说中的八位仙人了。这八位仙人在不同朝代中、不同故事里姓名不尽相同。到了明朝吴元泰所著的《八仙出处东游记传》（简称《东游记》，又称《上洞八仙传》）中才定型为铁拐李、汉钟离、张果老、何仙姑、蓝采和、吕洞宾、韩湘子、曹国舅八人。明杂剧《争玉板八仙过沧海》是现存最早的记载"八仙过海"故事的文学作品，其中的"八仙"除了用徐神翁代替了何仙姑外，其余七仙相同。《八仙过海》是以吕洞宾为主角的末本戏。八仙全部出场，而以吕洞宾为主、汉钟离为辅。吕洞宾名岩字洞宾，号纯阳子；他的师父汉钟离，复姓钟离，名权字云房，是汉朝的大将军，号正阳子，又号太极真人。

  自元代兴盛的全真教，将钟离、吕洞宾二人尊为北宗五祖中的"正阳祖师"和"吕祖"。元杂剧搬演故事，其中多有八仙题材，但以这二人为主角的神仙剧相较而言，占有比例明显要多。明杂剧承袭元杂剧而来，又不允许诋毁圣贤与君主权贵，远离现实世界的神仙剧便受到创作者的青睐，得以盛行。

  杂剧第二折讲的是八仙宴饮归来，蓝采和提议回去不再腾云，要"乘着酒兴，各显神通，过此大海也"，这便是"八仙过海，各显神通"的源起。俗语道"八仙过海，各凭本事"，于是曹国舅用笊篱、韩湘子用花篮、铁拐李踏铁拐、汉钟离踏芭蕉扇、徐神翁履铁笛、张果老履药葫芦、吕洞宾踩宝剑、蓝采和踩玉板，各自使用法器浮海而过（八仙所用法宝，在不同故事版本中有所差别，这八件法器成为八仙的标志，被称为"暗八仙"）。不意蓝采和的玉板散射神光，惊动了东海龙王二子摩揭、龙毒，二人派夜叉、水卒前去，夺了玉板，擒了蓝采和。二子听闻八仙要用火葫芦炼干海水，于是将蓝采和归还，但奈何吕洞宾务必要夺回玉板，两方争斗，摩揭被吕洞宾宝剑所斩，而龙毒被伤了左臂。故事情节比较简单，主要在于交代八仙与恶龙相斗的缘由，为后面双方各搬救兵互相斗法进行铺垫。

神仙剧中，汉钟离、吕洞宾颇受创作群体的喜爱，而吕洞宾更是八仙中最为知名的一位，文学作品也多以他为主角，这主要跟他的人物形象比较丰满有较大关系。在民间传说中，吕洞宾是一个放荡不羁、不受拘束、个性轻佻的神仙，同时又能扶危济困、乐善好施。他一心想要度尽苍生，又兼有凡人俗子的性格特征，于是深受民间喜爱。在《八仙过海》杂剧第二折中，得知蓝采和被擒、玉板被抢，他在《呆骨朵》里唱道："不由我恶哏哏怒气冲天下，原来这小摩揭惹祸招殃。他将我这玉板强夺，又将我这八仙来乱抢。则我这火性急怎按纳，恶雄势难遮挡。"又是怒气冲天，又是火性难耐，直待要把这海水炼干，夺回蓝采和和玉板。蓝采和被放还后劝他不必去夺玉板，自己可以去勾栏再买一副玉板，吕洞宾反驳道："这玉板是俺仙家的玉宝，如何教他抢的去了。贫道务要抢将来，显的俺道法高强也。"这样爆炭似的脾气，率直耿介、疾恶如仇，丝毫不愿息事宁人、忍气吞声的性格特征，才更容易增加戏剧冲突、深化戏剧矛盾。传说中他剑术通神，"剑现灵光魑魅惊"，杂剧中他就是凭着"这龙泉变化满空苍，我教你难遮挡"，斩摩揭、伤龙毒。得胜之后见到师父，钟离责备道"这刀兵敢惹起来也"，而吕洞宾丝毫不觉后悔，反过来安慰师父放心，"一任他海边队队驱神将，我和他岸上朝朝列战场"，不惧战不怯懦，"我则要复讨了云阳，回故乡，俺去紫府瑶池再游赏"，惦念着将云板夺回，再去瑶池仙境游赏烟霞。

山东蓬莱有八仙过海景区，白云仙长正是在蓬莱仙境宴请八仙五圣，应是无疑。也有学者考证，八仙过海传说跟沙门岛有关。沙门岛作为流放之地，只能供养三百名罪犯，超过此数则被扔进大海，相传七男一女曾逃过一劫游到对岸，后被附会成八仙故事。但不管故事源起如何,八仙过海都显现出对海洋的赞叹,以及渴望征服海洋的美好期盼。第二折摩揭的念白说:"有千般怪兽,水滚滚涌万里云涛,现万种毒虬,白茫茫起千寻雪浪。"怪兽毒虬以及夜叉水卒,还有神通广大而又性情狂躁冲动的龙王龙子,实际上是人类恐惧海洋的一种投射。对海洋认知的局限束缚着人类进一步征服海洋,但同时对海洋又有本能的称赞,一方面海洋蕴藏着无限奇珍异宝,"海藏贮无边之异宝,龙宫收无限之奇珍";一方面海洋有着万水朝宗、百川归海的汪洋浩大,"看了这海呵,便休题千里长江""是以观于海者难为水也"。不须沧海变桑田,单是看这几乎不消长的海洋,"穿山透石,不断长流,不知熬尽世间多少凡人也"。人生不满百,所以面对大海的相对永恒,便容易兴起对有限人生的万端悲慨,以及对于长生久世的神仙世界的向往。"似这海呵,端的是东西渺渺千源会,南北悠悠万里长。真个是远接着扶桑。"海水既然远接扶桑,就是连接人间与仙界,所以三神山蓬莱、方丈、瀛洲便在海中;张华《博物志》也称八月乘槎入海,或可到天河。

杂剧出现的白云仙、八仙、五圣、太上老君都是道教神仙,甚至后来龙王前去水府搬来的天、地、水三官,也正是道教神仙谱系中的三官大帝(也称"三元")。有趣的是,这一场纠纷最后竟是通过佛教的释迦牟尼(其他八仙过海故事或作观音菩萨)来化解的,儒、释、道三教相融共存,这大约也算是中国特色了。

(刘颖)

齐东绝倒（第四出）

吕天成*

题解

《齐东绝倒》，一名《海滨乐》，是根据《孟子·万章》《孟子·尽心》相关文字演绎而来的故事。讲述的是唐尧禅位虞舜后，舜父瞽瞍杀了夔的胄子，执法者皋陶欲执其正法。瞽瞍藏于舜宫，望舜搭救。为全孝道，虞舜背负父亲逃至东海海滨。国家无主，皋陶不得已屈法赦免瞽瞍。而舜与父在海滨生活，众臣屡请不归。最后皋陶在妻子娥皇的建议下，派舜母罂母去请，惧内的瞽瞍以及孝顺后母的虞舜这才起驾回朝，众臣迎贺，皆大欢喜。《齐东绝倒》虽嬉笑怒骂、诙谐有趣，却是在喜剧的外表下，借对古代圣君贤臣形象的颠覆，表达对因循私情而牺牲国法行为的讽刺与批判。

原文

〔副净扮丹朱上〕我赶虞帝不回，帝位没人坐。须去对姐姐说也。〔净扮象上〕我老象一向不要哥哥。如今哥哥逃了，人人都要害我。我心甚是愁苦，那里敢有盗嫂之心？只要请哥哥转来。呀！妹丈在此。我和你同见嫂嫂去。〔丑扮商均上〕我商均[1]赶爹不转，二娘甚是心焦。唐帝又道我不中用。我且去寻丹朱消闷。呀！象叔、姑夫，在此作甚？〔净〕我们在此要杀你！〔丑惊哭抱头介〕饶命！饶命！〔净笑〕不要慌，逗你耍子。要你

---

* 吕天成（1580—1618），原名文，字勤之，号棘津，别号郁蓝生、竹痴居士。明万历年间浙江余姚人士，吴江派曲学家吕玉绳之子。著有曲论专著《曲品》，并以昆曲格律校正"临川四梦"等多部传奇与南戏。文学创作包含传奇、小说、杂剧等，所作杂剧今存《齐东绝倒》一部，署名"竹痴居士"。

变个活舜出来！〔丑〕大舜没有，小舜容易。〔净〕便是小的。〔丑〕我难道不是舜的骨气？把我当了罢。〔净〕这又不是，"犁牛之子，骍且角"[2]。真是：尧之子不肖，舜之子亦不肖。你怎当得舜来！〔丑〕我只在二娘身上讨爹便了。〔净〕绝妙！〔副净〕大家去要他使些计较出来。〔行介丑〕二娘有请！〔旦扮娥皇，小旦扮女英同上，旦〕竹泪几时消，秋深梦寂寥。〔小旦〕虞弦[3]谁与弄，无力倚纤腰。呀！阿弟与象叔、商均，都来做甚的？虞帝肯回否？〔众〕正求妙计。〔小旦思介〕教爹爹去请。〔副净〕不济！不济！爹的儿子请过了。〔旦〕我有一计，只央婆婆去。那虞帝极是孝顺的，况是晚娘[4]，更加爱敬。婆婆去说：皋陶不敢杀了。他若不回，老娘气死。他怎敢不回来？〔众〕妙计妙计！快请嚚母出来。〔小丑扮嚚母后服上〕生出孩儿做国君，结得亲家是圣人。瞎眼丈夫偏会摸，晚婚老妈愈加亲。我瞽瞍晚妻嚚母是也。当初整日把舜坑害，今他做了帝，再不恨我。真是我错怪他。今日请我作甚？〔见介众〕虞帝逃居海滨，屡请不回。求嚚母自去一请。〔小丑作怕介〕我曾把廪井[5]计较害他。如今我若自去，就在旧处作弄我。怎么了！〔二旦〕婆婆不用疑心。婆婆若去，虞帝必回。公公也好再与婆婆快乐。却不是好！〔小丑笑〕这句话儿，倒抓着我的痒处。我就去走一回也！〔同下，生扮舜引外走上，生〕几日来与老亲海滨遵处，终日悠闲。好乐也呵！

【仙吕·北点绛唇】大海嘘涛，远山独眺霜天晓。自在逍遥，记不起闲烦恼。

〔外〕我儿，你当初由农陟帝，好不荣贵。如今因我又做农了。〔生〕舜虽为帝，何尝不念畎亩之中。

【北混江龙】空惭不肖，历山数载自悲号。栖身田泽，混迹渔樵。三十鳏夫非抱恨，一双弟妹正无聊。荐贤四岳，觅配多娇。半生尘土，两鬓霜毛。莽山川解不得俺心忧，好宫阙讨不得爹行笑。梦回成幻，老去谁招！

〔外〕亏杀你也！这罪原是我坐下的。

【南桂枝香】灾星忽照，凶魔作耗。岂知瞽目迷蒙，不意张拳狂躁。急煎煎要拿，急煎煎要拿，为儿行孝，负咱来到。任唐尧他君臣重整三台座，我早晚初看八月潮。

〔小丑扮嚚母，净扮象，丑扮商均同上〕迤径行来，此间是海上也。〔小丑见生哭介〕呀！我的孝顺的儿！富贵的儿！想杀我也。怎么与老不才在此？〔生〕父犯极刑，儿难曲护。只得逃此，以保天年。〔小丑〕儿啰！我是你晚娘，不该听我说话的。想是爹是亲爹，一心要与他在此。兀的不痛杀我也！〔小丑作晕倒介，生忙介〕舜回去便了。娘休动气。〔小丑〕我生的象儿，不忠不孝！怎如得你？你若不回，那老不才倒好了。我却靠谁？好处不受用，若要我同在海滨，我却怎生过得？儿呵！你还回去。〔小丑哭介，生〕舜便回去。娘休啼哭。

【北油葫芦】消不得年老娘亲苦见邀，受风波，天际杳。〔小丑〕你只顾爹逃去，来时就不与我说声。〔生〕那不曾作别敢相抛，也只为悄身上路谁知道。两人逃海谁猜料！〔小丑〕儿！回去罢。那皋陶说不杀你爹爹了。〔生〕虽则是士详情不用刑[6]，子偷爹非为盗。咳！儿毕竟去不得了。且优游往事都勾了，只落得山色翠海云遥。

〔小丑背介〕我只骂那老儿便了。〔小丑对外介〕你摸着壁儿走的！我和你嫡亲两口儿，你着好儿子丢了媳妇，负你在此。怎么再不顾我的冷静？你只怕皋陶手里死，不怕我手里死么？〔外作惊惧介〕也出于无奈。若是你不饶，我真个该死了！〔丑〕我好恨也！

【南八声甘州】盲奴瞎老！〔外惊惧介〕怎么开口便骂？〔小丑〕笑一枝聊寄，自比鹡鸰[7]。〔外〕那日心慌，不曾与你一别，是我不是了！〔小丑〕我鸡皮蛾黛，全不想共乐昏朝。〔小丑怒介〕你老不才！不省得么？你空知杀人还自杀，谁信逃形没处逃。你好好劝儿子回去罢了。若不劝他，我也不放你一个活！老饕！劝亲儿怎不回朝。

〔外惧介〕晓得！晓得！〔对生介〕我儿，如今娘来说，我与你定用回去了。便回去凭他杀罢了！且救眼下。〔生〕老亲不用惊惧，舜自有个道理。

【北天下乐】嗳！怎的相嗔把气淘。求也么饶！将爹苦咶嘈。〔小丑〕我只要你回去。〔生〕几番儿踌躇没下梢。（罢罢！我回去者。）〔小丑、净、丑喜介，生〕俺只要喜相同乐两亲，罪难容替一刀。准备着故乡心蒲坂道。

〔净〕我们请，再不回去；娘来就肯了。毕竟孝父母之心，是一般的。

【南解三酲】〔净、丑〕多则道雾迷文豹，早已是雷起潜蛟。一般爹妈无争较。弹琴操[8]，奏箫韶[9]。〔丑〕车儿在此，请公公登车。〔净〕说不得农夫蹈海家缘贱，也须念圣主临朝国本牢。〔众作行介，净、丑〕乘舆轿！乘舆轿！大家把葫芦闷住，提起心焦。

〔生〕当初打这条路来，如今又从此去。

【北那吒令】这路呵！霜风遍野萧，寒僵了一宵。烟洲迷水鸟，来回了两遭。云岚锁断桥，攀缘了几条。急跄跄前度来，远茫茫今番懊，闹烘烘扬筛鸣镳。

〔小生扮唐尧帝服，末扮皋陶官服，杂扮数官上〕闻得虞帝回来，须索在此迎接。〔见生介〕特来迎驾！〔生〕朕生天地间，不能为明君，不能为孝子，却不愧死也！〔末〕聋瞽残疾，原当轻宥。微臣死罪死罪！〔小生〕丛、脍、骨教，闻帝逃去，随即为叛。今已格化了。

【南长拍】荡荡神功！荡荡神功！明明皇诏，更洋洋万方熙皞[10]。无端出逃，窃负时孝德天高。〔生〕我今只索以身代父罢了！〔末〕岂有此理！〔小生〕误犯也应饶，原非是横行不道，治世无为臣舞蹈。里巷方传鼓腹谣[11]。〔生〕禅位伯禹罢！〔小生〕尚早也。早难道避位禅臣寮，只怕悖天心海沸山摇。

〔生〕既然如此，且进宫去。〔众行介，生〕诸臣须知我前日之行。

【北寄生草】非是我辞尊位，也都因犯法曹。为官的讯罪难虚料，为君的御众难私拗，为儿的爱父难推调。因此上一心儿舍命去迢遥，怎禁得诸臣们苦死来求告。

〔内云〕二妃出来也！〔二旦扮娥、英后服上〕丢妻夫婿逃将去，怕内家翁捉转来。〔见生哭介〕呀！早回也。

【南短拍】〔二旦〕彩彩新妆，彩彩新妆，辉辉翠绕，害杀我粉悴脂憔。比精卫石填涛，怕望帝春深悲叫，瘦尽腰围娇小，喜相见醑桂涂椒。

〔生〕诸臣且退！排个庆贺筵席者。〔众臣先下，生〕我今虽枉法，爹妈却团圆了也！

【赚煞尾】前日个恁奔波，今日个休悲悼。说起也教人闷倒。可怜那被杀亡魂没处讨，恶禁持去住萍飘。今已后乐陶陶，报答他劬劳[12]。难处官私饶这遭，任把俺曲赦来讥诮。算到底有些儿虚冒，巧形容大孝心苗。〔同下〕

咸丘说谎有因，桃应譬喻无谓。

偶然弄出神奇，只得略加傅会。

注释

〔1〕商均：舜子，相传舜因为商均不肖，禅位于禹。

〔2〕犁牛之子，骍且角：比喻父亲虽不好却无损于其子的贤明。

〔3〕虞弦：相传虞舜作五弦之琴，后以"虞弦"指琴。

〔4〕晚娘：继母。

〔5〕廪井：舜后母曾设计趁舜涂廪凿井时加以谋害，未果。

〔6〕士详情不用刑：《礼记》所谓"刑不上大夫"。

〔7〕鹪鹩：出自《庄子·逍遥游》"鹪鹩巢于深林，不过一枝"。鹪鹩筑巢，只不过占用一根树枝，比喻安本分，不贪多。

〔8〕琴操：舜时所作《南风歌》。

〔9〕箫韶：舜乐名。

〔10〕熙皞：和乐，怡然自得。

〔11〕鼓腹谣：拍着肚皮唱歌，表示吃得饱而歌颂世道好。

〔12〕劬劳：劳累，劳苦。

评析

该剧第四折讲的是舜后母罢母请回逃亡海滨的瞽瞍与舜，家国重归乐和的故事。这一则出自《孟子·尽心上》，桃应问舜将如何对待父亲杀人的情况，孟子答曰："舜视弃天下犹弃敝屣也。窃负而逃，遵海滨而处，终身欣然，乐而忘天下。"而杂剧中，逃往海曲的虞舜对海滨生活极为满意，"几日来与老亲海滨遵处，终日悠闲。好乐也呵！"海滨远眺，虞舜在《北点绛唇》中的唱词"自在逍遥，记不起闲烦恼"，就是在海曲乐忘天下的欣然愉悦。只是《孟子》中的舜弃天下更多的是对权力的达观放下和对亲情的重视回护，而吕天成笔下的虞舜却流露出一种不顾天下倾覆、不计社稷安危的自私。尧在迎接舜帝回朝时道"丛、脍、胥敖，闻帝逃去，随即为叛"，就是作者借尧之口来表达自己对于这种身为四海之君，却为尽孝不顾后果的出逃行为的谴责。而舜帝在《北寄生草》中"为官的讯罪难虚料，为君的御众难私拗，为儿的爱父难推调。因此上一心儿舍命去迢遥，怎禁得诸臣们苦死来求告"，似乎还颇有一种在为君为子之间两难周全的委屈。一面是轻舍天下、海曲逍遥的自在安适，一面却是不得已回朝主政的无奈，这就不能不使人联想到史书中朝堂之上君臣之间众多欲迎还拒的事例，权臣执政，却非要众臣一再劝进，责以"奈苍生何"的家国大义，之后才肯接受九锡或禅让的把戏。作者在谈笑之间轻加点染，甚至不需郁愤地大加指责，政治权力持有者身上的虚伪性就可见一斑了。

"君子之道，或出或处。"出则庙堂之高，处则江湖之远。相比于位居内陆的权力中心，海滨地域不独是陆地的边缘，也是避世之人远离政治是非的理想居所。譬如孔子就曾说"道不行，乘桴浮于海"，譬如归隐东海的鲁仲连，逃到海上的田横，"窜梁鸿于海曲"的逃到渤海边上的梁鸿，等等。而作为浙江余姚人的吕天成，对于海洋也自然比内陆之人熟稔，然而《齐东绝倒》中有关海洋的相关描写也仅限于海滨生活的寂寥，以及虞舜内心的悠闲自足，并没有过多的景物风光的刻画来喧宾夺主。

杂剧《齐东绝倒》中的"齐东"，源自《孟子·万章上》。咸丘蒙问孟子有关尧臣于舜、北面事之这一类的传说，受到了孟子的驳斥，孟子以为种种传说"此非君子之言，齐东野人之语也"。"齐东绝倒"的意思就是齐东野语不可信，使人笑倒。吕天成此剧即借题发挥，自言是齐东野语，非是立足正史。所以该剧最后说"咸丘说谎有因，桃应譬喻无谓"，意思就是该杂剧只是作者附会，于俳谐之间使人捧腹。

然而熟悉历史的人知道，关于尧舜禹的禅位，除了正史中一派歌功颂德，也有其他的解释。古书《竹书纪年》记载"舜囚尧，复偃塞丹朱，使不与父相见也"，又载"尧之末年，德衰，为舜所囚"，这些都成为作者创作的素材。宫廷皇位的禅让，自曹丕受禅践祚，便只是权势力量消长的更迭变化。让位后的帝王或囚或死，终难得善终。即便吕天成生活的明朝，英宗、代宗之间围绕皇权的明争暗斗，也只是在代宗去世后才得以终止。

《齐东绝倒》说是戏言歪派，偏又切实严肃；说是一本正经，偏又诙谐有趣。与其说是忠于国和孝其亲的个体取舍矛盾，不如说写出了在伦理道德主导舆论的社会统治下，如何在情与法之间寻求平衡的尴尬境遇。作者并没有在这一杂剧中表达出自己尖锐的批评，或致力于探索有效的解决之道，而是在诙谐调笑之间，以一种近乎无可奈何的姿态回避了这种冲突，最终顺其自然，为孝枉法、为尊屈法便成为妥协的结果。在《盛明杂剧》中西湖竹笑居士评道："此剧几于谤毁圣贤矣。""借唐虞说后代，谈笑中煞有痛哭流涕。"实际上此剧不在于毁谤圣贤，而在于对现存历史的辩证反思，表达出对现实社会法治与德治的深刻思虑。

（刘颖）

虬髯翁（第四出）

凌濛初[*]

题解

《虬髯翁》，全称《虬髯翁正本扶馀国》，据唐传奇《虬髯客传》改编而成，从红拂夜奔之后展开故事。李靖与红拂共宿旅店，遇到了无理偷看红拂梳头的虬髯翁。红拂慧眼识得英雄，制止了将要教训虬髯翁的李靖，并认同姓的虬髯翁为兄。虬髯翁得知李靖要拜谒李世民，便约定在太原汾阳桥相见。一心建立霸业的虬髯翁自与李靖见到李世民后，意识到天命所在中原有主，于是将创业家私赠予李靖夫妇，决意奔赴海外建立功业。虬髯翁趁扶馀国内乱成为国王，在大唐檄文中得知李靖为大元帅，以海船士卒助他远征高丽。

原文

〔黄门官上〕长安多少富豪家，不识明星直到老。自家，扶馀国一个黄门官是也。早朝时分，吾王升殿。只得在此伺候。静鞭三下响，吾王早上。〔末扮国王带昭容[1]、内官上开〕则俺虬髯翁，自从别了李郎一妹[2]，撇了中华，到得海外。恰好扶馀国内乱，乘机夺取。数日之间，传檄而定。事成之后，道兄[3]别了俺，到十洲三岛云游去了。及至访问中华消耗[4]，果

---

[*] 凌濛初（1580—1644），字玄房，号初成，亦名凌波，别号即空观主人。明末浙江乌程（今浙江湖州）人。科场不顺，曾任上海县丞，后擢徐州通判并分署房村。一生著作颇丰，集中于小说、戏曲方面。他个人创作的拟话本小说《初刻拍案惊奇》《二刻拍案惊奇》，与冯梦龙编著的《喻世明言》《警世通言》《醒世恒言》，合称为"三言二拍"，是中国古典白话短篇小说的代表之作。而他的戏曲留存较少，成就不如小说。崇祯末年，凌濛初为抵抗农民起义军呕血而死。

是李世民成了大事。咳！还亏得主的意儿不差，致有今日也呵！

【双调·新水令】凝旒端冕[5]，自称王。索强如下场头[6]，封侯拜将。江山原坐享，黎庶尽心降。四境封疆，却也自居人上。

〔黄门朝见介〕

【驻马听】想当日海宇分张，偷情的已作弥天望。干戈扰攘，狠心儿下手便为强。眼睁睁向分野[7]见祲祥[8]，意悬悬从棋局知趋向。若当日个无谦让，好险也！这分争定不肯空消帐！

〔官儿上〕自家，扶馀国中，一个通事官员便是。有中原檄文到来，朝见吾王咱。〔朝见介〕愿吾王千岁！臣启吾王。中原大唐檄文到来。献上吾王御览。〔末看读介〕大唐兵部尚书兼左仆射平章事挂征东将军印大元帅李。呀，通事官儿，你晓得他的名字么？〔官〕是，晓得。单名着一个靖字。〔末〕咳，李郎李郎！你的官爵，可也不小了也！

【雁儿落】俺道你男儿当自强，可也平挣个头厅相[9]。不则那暮登天子堂，又早坐金顶莲花帐。

【得胜令】那一个女裙钗，渌老[10]不寻常。这一个莽秀才，魆地[11]做新郎。两下里都一样胡突[12]帐，到今日才还他回味香。思量，那一日将家业轻轻让。心肠，这是俺结英豪海上方。

（且看檄文如何说？〔念介〕"为协禽叛贼事：高丽负固[13]，抗我王师。海外诸国，有能归顺天朝，一心协助者，功成之后，通贡颁朔，加号册封。须至檄者。"俺理会得也。俺报书上则写道"扶馀新主张"，他自然晓得俺成事了也。快传旨！军政司拨海船千艘、水军三万，助大唐征高丽去者！）

【沽美酒】些娘[14]的，高丽王，硬着胆，要争强。怎不怕那平定乾坤架海梁？俺助阵的旌旗摇晃，暗里箭，最难防！

【太平令】也只为李元帅朋情来往，致的个唐天子臣伏戎羌。俺则怕记不起年时那桩，回文上还他的当。则写道扶馀国立王，姓张；嘱付你李郎，好详；须知俺改腔，换妆；再传示雁行[15]，女娘；则索酾着酒，向那东南勾帐。

【清江引】想当日看残棋不气长，一霎儿提和放。两地干功名，都遂平生望，方信道好男儿道路广！

注释

〔1〕昭容：女官名。

〔2〕李郎一妹：李靖、红拂夫妻。

〔3〕道兄：虬髯翁的道士朋友，能识人望气。

〔4〕消耗：音信。

〔5〕凝旒：冕冠前后悬垂的玉串不动，形容帝王肃穆。端冕：玄衣和大冠，这里指帝王的礼服。

〔6〕下场头：结果，结局。

〔7〕分野：古代用十二星次的位置来划分地域。就天文说，称作分星；就地面说，称作分野。

〔8〕祲祥：灾祲与吉祥。

〔9〕头厅相：指宰相，也泛指大官。

〔10〕渌老：眼睛。

〔11〕魆地：突然，猝然。

〔12〕胡突：糊涂。

〔13〕负固：依恃险阻。

〔14〕些娘：细小。

〔15〕雁行：飞雁的行列，这里指传信。

评析

凌濛初大概是真喜欢唐传奇《虬髯客传》这个故事，真欣赏故事中的每一个重要角色，所以他一口气分别以李靖、红拂女、虬髯翁为主角，创作了三本杂剧：《李卫公暮忽姻缘》《识英雄红拂莽择配》《虬髯翁正本扶馀国》。除《李卫公慕忽姻缘》散佚不传外,其余两本流传至今。凌濛初虽是明末人士,却能严格遵守元杂剧一本四折一人主唱的传统,三部杂剧除《识英雄红拂莽择配》是旦本戏外,其余两部都是末本戏。祁彪佳在《远山堂剧品》中评价这三部杂剧,曰:"凌初成既一传红拂,再传卫公矣,兹复传虬翁,岂非才思郁勃,故一传、再传至三而始畅乎?"但他认为《虬髯翁》的创作在另外两本之后:"丰骨自在,精神少减,然鼓其余勇,犹足敌词场百人。"的确,将一个简单的故事再三演绎,实在免不了落入俗套,但凌濛初能有效取舍故事情节,服务于主角的形象塑造,使每一个故事熠熠生辉、不落窠臼。

《虬髯翁》杂剧第四出紧承虬髯翁远赴东南以图大事的情节而来,甫一开始便交代了虬髯翁成为扶馀国国君的来龙去脉,也交代了李世民已取隋立唐的故事背景。这才有了大唐檄文传谕天下,虬髯翁得知李靖为大元帅,于私于公助大唐征讨高丽的举动。

虬髯翁虽是东南海上立业,杂剧中却并没有相关海洋的描写。但其中隐约显示出夷夏高低之分:为避李世民锋芒,"撇了中华,到得海外"的虬髯翁亦成为一国之君,却不比中华之君。在大唐传檄中有文曰"海外诸国,有能归顺天朝,一心协助者,功成之后,通贡颁朔,加号册封",也就是说扶馀国作为海外偏邦,须受大唐册封,像一方诸侯一样接受天朝的"颁朔"。两国邦交,实则是一方作为另一方的藩属国而存在。当然,凌濛初在这里并非有意识体现夷夏尊卑观念,他的重点还是在李靖、虬髯翁各自实现自己的男儿抱负上。这种抱负在第四出最后的《清江引》曲词"想当日看残棋不气长,一霎儿提和放。两地干功名,都遂平生望,方信道好男儿道路广"中表露无遗,而全剧的主旨所在其实就是男儿心事当拿云的志意,以及这种志意得以实现的酣畅快意。

明末气象已使人灰颓,科举取士亦不尽如人意。凌濛初自己的乡试就多不得意,郑龙采《别驾初成公墓志铭》说他"试于浙,再中副车;改试南雍,又中副车;改试北雍,复中副车",举业不成,累试不第,平生抱负难遂。他的父执茅坤、王世贞，交游冯梦龙、汤显祖等，都是仕途蹭蹬之人。凌濛初有感于人才的埋没，平生抱负难以施展，不胜怅怅道："使吾辈得展一官，效一职，不出其生平筹划，以匡济时艰，亦何贵乎经笥之腹、武库之胸耶。"然而他终究无法改变现实状况，只好将之投射到戏曲中，所以在杂剧中极写风云际会，寒微抱才之士鱼化为龙。

明朝杂剧的创作在南戏传奇的盛行下渐至于式微，但凌濛初仍极为推崇杂剧。凌濛初认为"曲始于胡元，大略贵当行不贵藻丽。其当行者曰'本色'"。所以在杂剧创作中，凌濛初为实现其推崇的"当行本色"，在曲词、宾白中多用平常言语，而极少用生僻的典故以及高雅的诗词。对于《虬髯翁》第四出《驻马听》，西湖汪彦雯眉评其"愈俗愈雅、愈拙愈巧"，实则是对凌濛初曲白功力的高度肯定。

凌濛初友人马辰翁看到凌濛初创作的三本杂剧后，击节称赏，评价道："昔人道王右丞诗中有画，画中有诗，子曲已如画矣。"王摩诘诗中有画是因为空灵禅悦的意境，而以讲故事为主的杂剧能够如画，却是因为摹写生动、跃然纸上的人物形象。《虬髯翁》之所以成功，除了作者高超的文学技巧外，与杂剧本身的特点也不无关系。徐渭在《南词叙录》中说"听北曲使人神气鹰扬，毛发洒淅，足以作人勇往之志"，而义勇侠烈的虬髯翁，非北曲杂剧则不能尽其意。人以曲传，曲因人传，《虬髯翁》便是在契合精神的杂剧体裁和凌濛初高超的写人技巧之间达到了完美的融合。

（刘颖）

清代海洋杂剧选

西台记(第三出、第四出)

陆世廉*

题解

《西台记》,清初杂剧。故事立足于宋末元初之际。南宋末年,元兵南下,社稷将被倾覆,文天祥以及幕僚谢翱、邹㵯与都统张世杰共商对敌之策,誓以死报国。无奈国事已不可为,在元丞相孛罗的威势下,被俘的文天祥誓不降元,以全忠义。天妃知狂澜难挽,而张世杰独木难支,奏请玉帝让张世杰来襄理海上事务。张世杰得知陆秀夫身负皇帝赴死,而太后亦亡,不欲独生。恰遇天妃派龙神、风伯兴风翻船,张世杰魂归大海。谢翱、邹㵯得知文丞相死讯,前往西台祭奠痛哭,二人决意归隐富春山,不仕新朝。杂剧借宋元之际历史事件,痛悼明朝的灭亡,

---

* 陆世廉(1585—1669),字起顽,号生公,又号晚庵,别署遐园主人。南直隶苏州府长洲县(今江苏省苏州市)人。明末清初戏曲作家。有文誉,长于说经,但九次乡试不第,后举恩贡。崇祯十三年(1640)被保荐为广州府通判,南明永历朝曾为梧州知府,后任光禄寺正卿。明亡之后,归隐故乡。著有《晚庵集》、传奇《八叶霜》、杂剧《西台记》等作品。

流露出极强的遗民情绪以及极沉痛的忠义感情。

原文

第三出

〔正旦扮天妃引女从上〕桑田变海谷为陵,千古兴亡一盏灯。诧道春光好风日,履霜早已积坚冰。小圣天妃,闽中林氏女也。坐镇沧海,驱策风涛,得制人间死生,遂领千年香火。总之运数有定,敕旨难违,小圣不过奉行文书而已。可怜赵宋三百年社稷,数已垂[1]尽。应是胡元入主中国,虽忠臣义士,极力挽留,终亦不易。今帝舟颠覆,倾荡无余。只那都统张世杰,拥兵海上,犹思再举。彼亦劫中人也,岂能独存?但其忠诚自矢,可与日月争光。我已奏闻上帝,欲敕他共理海中政务,已奉俞旨,即宜从事左右。可传我旨,请龙神议事。〔副净扮龙神领风伯、雨师上〕蛟宫自昔邻铜柱,海若依然簸雪涛。〔杂报介〕龙神到。〔相见介,副净〕娘娘宣唤小神,有何钧旨?〔旦〕玉帝有敕,要将张都统世杰,分理海中诸务。今其数已尽,须烦龙神,覆诸水中,敦请受事。〔副净〕此事风伯主之,可近前来,听娘娘法旨。〔风伯〕谨受令。〔旦〕香骨长留天地间,清风远拂珊瑚树。〔同龙神先下,风伯〕唤虾兵蟹将一班水族来听我分付。〔杂水族上,风伯〕天妃有命,要覆荡张都统船只,不得有误。〔杂应介,暂下,末引众急走上〕

【南宫·薄幸】〔末〕鼓死无声,兵疲莫进。看万迭波涛,震南风不竞[2]。帝宫何处,恐崖门难稳。摧颓尽,犹兀自[3]心头耿耿。论死绥[4]原是吾曹职分。败矣,败矣。弥望旌旗卷地来,楼船未许片帆开。汨罗移向鼋鼍窟,欲踵巫咸[5]首重回。我张世杰,统领舟师十万,扼住海口。不意北师径自冈门而入,阻截往来。帝舟声息,杳不相闻,如何是了?〔探子操小舟上〕元帅,不好了,元兵已入崖门,帝舟不知去向。〔末惊介〕怎么了,可再打听,速速回报。

【红衲袄】我只道莽乾坤不遂沦,我只道旧朝廷犹复振。谁知道北兵暗里忙偷阵,反教我六飞[6]咫尺远难寻。欲扬舲,势已吞。欲移屯,无安顿。始信那海岛田横[7],竟是一场儿戏也。死临浸,伴鬼磷。〔探子急操舟上〕不好了,不好了!帝舟已覆,百官从死,无一个活底了。〔末大惊介〕杨太后怎么样?〔探子〕还未知下落。〔末〕再探去。〔探子急下,末叹介〕国家丧败,遂至于此。我大宋以忠厚立国,三百年深仁厚泽,犹在人心。老天,老天,何不佑之甚也。

【前腔】想当日裹黄袍,拥作君。想当日覆紫云,开新运。重门洞开,人心顺。列圣相承将古道敦。逊临安,走粤闽,帝子孙,皆隆准[8],那寝庙衣冠,犹月出闲游也,何到今朝遂不神。〔探子上〕报元帅,太后娘娘泊船山后,陆丞相抱少主赴海,恸哭一场,也自沉身了。〔末〕好太后,好太后!君死国,臣死君,太后又为宗社死。千秋名义,相扶不隳,此我朝忠厚之报乎?举国沦胥[9],我将安往?取瓣香来,待我拜告天地。〔杂〕香到。〔末拈香拜介〕我张世杰,为国驱驰,间关万里。一君死,复立一君,臣子之心力尽矣。天不祥宋,可速起风波,并覆我舟。

【前腔】我为艰难,备苦辛;为图存,亲行阵。频年血战遭颠陨。今日里海天空阔杳无津。死和生,莫更论;古来今,心自轸。老天,你还我个完节全名,大宋忠臣也。赴江流,毕此身。〔风伯引水族暗上,作风势介,众骇乱介〕风起了,快拴了船。〔末看介〕此风为我,海若[10]我知已也。不要嚷,随他飘荡便了。〔众乱滚介〕远远望见有一片黑气压将来,船又拴不牢,怎么好?〔末〕由他。〔水族拥末作颠簸势绕场走介〕

【前腔】〔末〕我虚飘飘,水上苹;乱嚷嚷,风凄紧。冯夷[11]为我先传信,向沧波深处早安身。〔水族拥末急走,渐推众兵下水介,末〕滚潮头似再领军,赴龙宫如重开阃[12]。留此一宗闲话做个曲终余奏也。宋纲常,万古新。〔拥末急下,风伯〕好一个张都统,船已覆没，我事已办，回复天妃去。

荒原空有汉宫名，风雨声中有战声。

直入穷泉寻水底，不知知己是何人。

第四出

【双调·北新水令】〔生引家童携酒肴上〕晦林泉形影共萧条，听啼猿数声哀叫。台星[13]今已坼，楚些[14]远难招。地下天高，何处将愁心告。相从幕府志堪旌，匣底双龙[15]夜作声。谁是信陵门下客，不将成败论生平。我谢翱向与邹沨同在文丞相幕下，一时共事，遂极相知。妄意收合余烬，为一成一旅之事。不料五坡一溃，丞相遂被拘执，虽天不我佑，然心已尽矣。乃事越三霜，不闻死耗，识者犹或疑之，今日始得确信，知丞相已死柴市。丞相之事毕，即我谢翱与邹沨之事，亦与之俱毕矣。九鼎千秋，亦复何憾！今日携酒肴到子陵台下，招魂祭之。子陵清高、丞相义烈，正自并行不悖，易地皆然。西台一片石，与天壤俱无穷。本拟与邹兄同来祭奠，恐事或播扬[16]，人来物色[17]，反为不美。只得瞒过他独自来此。小厮，可将我设立文丞相牌位与祭礼，摆在台下，待我痛哭他一番。〔拈香奠酒拜介〕丞相，谢翱在此。〔哭介〕

【驻马听】国事宣劳，便把山河一担挑。勤王[18]鞠旅，出质军前，行趋板桥，艰难历尽路途遥。走伏丛筱，怕人知觉，黄荷山樵，为邦家也顾不得身流落。想丞相泛海而南，由观文殿学士，晋拜右相，时势已岌岌矣。掉行不顾，从万死一生中，黾勉[19]经营，不遗余力。至空坑一败，而志犹未已，即天地鬼神能不为之饮泣乎？

【折桂令】飞青雀不辞万里波涛，撑半壁似诸葛纶巾。祖逖鞭梢[20]，怎便做伏枥骅骝[21]、羁绁[22]孤凤、受系潜蛟。猛回头伶仃洋险，重思省惶恐滩高。鲸波正骄，虎口难逃。从此后只怀着梦里君亲，那免得身世蓬飘。丞相，初闻你有黄冠[23]归故乡之思，谢翱深以为不然。男儿死尔，庐陵、柴市，究亦何所分别？今丞相已死，死得明白,死得干净,死得快活。然则丞相未尝死也。

【雁儿落】你看那泼天风,驾海涛,郁青霞,亘碧霄,总是那浩气暗氤氲,忠耿相缠缴。丞相,谢翱在此,你还认得故人么?

【得胜令】想当日,为图存、与你漆和胶,事关心、到处同悲笑。逞干戈,何时了?铁心肠,空排调。忧焦,知己真难报;牢骚,英雄恨未消。丞相,请饮谢翱一杯酒。〔痛哭介〕

【沽美酒】横摆着梨花春,桑落酒,雪香醪,鸡黍依然识故交。料得你凤心相照,早做了日星河岳,骑箕尾[24],光生芒角。驭云烟,气陵霜锷[25];炳丹青,风清寒醥[26]。我呵,那管他山头野烧,只落得一声长啸。

【收江南】呀,你还记得患难相从有谢翱,今日里天上人间不共镳。成仁取义自君标,贯日虹应绕,始信道万古云霄一羽毛。

〔小生邹溧上〕早间谢翱匆匆出门,不知往那里去,日已晡矣,尚不见归。我且寻他回来,同饮几杯酒,以遣岑寂。〔问介〕小厮们,可晓得谢爷往那里去了?〔内〕闻在子陵台上。〔小生〕我也久不到钓台了,且去眺望一眺望。〔见介〕翱兄,你在此做什么?〔生〕我在此哭莫文丞相。〔小生〕弟亦久有此心,何不与我共之?〔生〕本欲相闻,恐耳属于垣,只得瞒了你。〔小生〕哭得好,哭得好,自阮嗣宗死后,空山无哭声,千三百余年于兹矣。你今此一恸,堪与钟球并鸣、与风雷俱震。奕世[27]而后,又谁为继其声音。

【南锁南枝】〔生〕君臣义,首共搔,当年两人同幕寮。忍看麦秀渐渐,遂付与闲花草。你泪频浇,我心如捣。这衷怀谁知道?

【前腔】【换头】〔生〕当年车笠在,从来生死交[28]。但使身名无忝,纵到嚼齿穿龈,也不啻加封号。丞相已死,我与尔心亦慰矣,从今后富春山,两足标;月沉江,同一照。

藏血三年化碧时,杜鹃啼上最南枝。

山前有客祠彭越[29],塞上无人斩郅支[30]。

注释

〔1〕埀：古同"垂"。

〔2〕南风不竞：《左传·襄公十八年》载："晋人闻有楚师，师旷曰'不害，吾骤歌北风，又歌南风，南风不竞，多死声，楚必无功。'"杜预注："歌者吹律以咏八风，南风音微，故曰不竞也。"后用以比喻力量衰弱，士气不振。

〔3〕犹兀自：依然是。

〔4〕死绥：效死沙场。

〔5〕巫咸：商代贤臣，用筮占卜。疑为"彭咸"。商代贤大夫，直谏其君不听，投水而死。屈原在《离骚》中说"虽不周于今之人兮，愿依彭咸之遗则""既莫足与为美政兮，吾将从彭咸之所居"，是说自己想投海报国，只是放不下皇帝和太后。

〔6〕六飞：喻帝位、皇权，这里指皇帝。

〔7〕田横：秦末，齐贵族田氏兄弟起事，在堂兄田儋、兄长田荣及侄子田广死后，继立为齐王。汉朝建立，田横率部属五百人逃亡海岛。在刘邦施压下被迫前往洛阳，途中自杀，海岛五百人亦随之而死。

〔8〕隆准：高鼻。《史记·高祖本纪》："高祖为人，隆准而龙颜。"古代以为君主之相，异于常人。

〔9〕沦胥：沦陷、沦丧。

〔10〕海若：海神。

〔11〕冯夷：传说中的黄河之神，即河伯，泛指水神。

〔12〕开闽：古时指将领开置府署，掌管一方的军务。

〔13〕台星：三台星，喻宰辅，这里指文天祥。

〔14〕楚些：《楚辞·招魂》是沿用楚国民间流行的招魂词的形式而写成，句尾皆有"些"字。后以"楚些"指招魂歌。

〔15〕双龙：指宝剑。

〔16〕播扬：传扬。

〔17〕物色：搜捕。

〔18〕勤王：尽力王事。

〔19〕黾勉：尽力。

〔20〕祖逖鞭梢：《世说新语·赏誉下》载"刘琨称祖车骑为朗诣"。刘孝标注引晋虞预《晋书》载"刘琨与亲旧书曰：'吾枕戈待旦，志枭逆虏，常恐祖生（指祖逖）先吾着鞭耳'"。后以"祖生鞭"为勉人努力进取的典故。鞭梢：鞭子的末端，指鞭子。

〔21〕骅骝：指骏马。

〔22〕筊：鸟笼。

〔23〕黄冠：道士之冠。文天祥，道号浮休道人。

〔24〕骑箕尾：《庄子·大宗师》曰："傅说得之，以相武丁，奄有天下，乘东维，骑箕尾，而比于列星。"傅说一星，在箕星、尾星之间，相传为傅说死后升天而化。后成为去世的委婉说法。

〔25〕霜锷：白亮锋利的刀。

〔26〕醥：清酒。

〔27〕奕世：累世。

〔28〕当年车笠在，从来生死交：乘车的人和戴斗笠的人结交，比喻不分贵贱贫富的友谊。

〔29〕彭越：汉初名将，开国功臣，被诬陷谋反，诛灭三族。

〔30〕郅支：匈奴单于，后指外寇。

评析

　　天妃，即天妃娘娘，又称妈祖或者天后，是滨海城市的主要信仰。相传是福建湄洲岛林氏女，单名默字，生前颇识水性、通法术，能够预知海难，二十八岁死亡。中国的神话传说和民间信仰中，人是可以借由一些途径成为神仙的，比如一次难得的机遇访名山、遇神仙、吃仙果，又或者生前具备极高的才德灵性，然而不幸遇害，在人们的同情与传颂中逐渐完成其神化。终生未嫁的林默，保持其纯元之质，仙阶则更容易提升，逐渐发展成为大母神。从民间上至朝廷，人们都认为妈祖能够保国佑民、解除海难，是真正的海神。《西台记》第三出，作者借天妃之口，来解释王朝兴亡的原因："可怜赵宋三百年社稷，数已垂尽。应是胡元入主中国，虽忠臣义士，极力挽留，终亦不易。"华夏文化造极于赵宋之世，却要丧亡于胡元蛮夷之手，文明让位于野蛮，这令一向以礼仪文明自居的士大夫极为困扰。他们无法解释，便只好把答案放在"天命"上，忠臣义子、明君贤臣没有办法力挽狂澜，只好以为"此天之亡我，非战之罪也"。天命佑元不佑宋，气数在清不在明，孤忠之臣便只能"主忧臣辱，主辱臣死"了。无论是文天祥"惟愿速死，以完全节"，还是张世杰"论死绥原是吾曹职分"，都是为国尽忠、但有一死。但人们心理上并不希望如此人物死则死矣，所以作者假托天妃，为张世杰谋得共理海中政务的仙职，安慰人心以弱化悲剧。后来谢翱祭奠文天祥时，《沽美酒》中的唱词"料得你丹心相照，早做了日星河岳，骑箕尾，光生芒角"表达的这般美好期望也是对自己的心理补偿。值得关注的是，剧中的文天祥、陆秀夫、张世杰都表现出对国君的绝对忠诚与爱戴，对王室乃至旧朝的百般回护："我大宋以忠厚立国，三百年深仁厚泽，犹在人心。""君死国，臣死君，太后又为宗社死。千秋名义，相扶不隳，此我朝忠厚之报乎？"更显得亡国之无辜、沦丧的委屈。那么究竟什么导致江山移鼎？文天祥认为是"骤当国难，贼臣误国"，投机卖国之辈、权力倾轧之辈，于国难之时，不思图存，反损国肥己，作者于此不得不扼腕振臂、深自叹惋。明清易代，《西台记》的作者陆世廉，先后在福王弘光、桂王永历的小朝廷中致力抗清，奈何党派林立、党争严酷，虽思进取，却屡遭挫败，最后做了亡国之臣，内心沉痛与绝望可想而知。

"西台"即严子陵钓台，位于浙江省桐庐县富春山麓。光武践祚之后，东汉高士严子陵为避好友刘秀的征辟，于此隐居垂钓，因而闻名。

所谓的《西台记》，实际上也只有第四出真正与西台相关。该出实际上是依托谢翱的《西台恸哭记》一文，略加删述而成：成为元朝俘囚的文天祥于柴市被杀，闻知消息的谢翱于此悲悼哭祭，并与邹濿相约从此归隐富春山，为宋守节。祭奠文丞相的谢翱一登场便交代自己"本拟与邹兄同来祭奠，恐事或播扬，人来物色，反为不美"。谢翱在《西台恸哭记》中记载自己买舟登岸，前往西台，哭祭毕回到岸边，船家发觉他曾哭泣，对他说："适有逻舟之过也，盍移诸？"于是移舟中流。所谓"逻舟"，就是元人为加强对汉人的控制，对士人进行严密的监视。外族统治者对于士人的一举一动乃至思想情感都极为敏感。这一点上，清朝统治者较元朝可谓有过之而无不及。"奏销案""哭庙案""通海案""明史案"以及愈演愈烈的文字狱，凡此种种，都与江南地区有极为密切的联系，身为苏州人士的陆世廉自然深有感触。待邹濿寻来，谢翱解释道："本欲相闻，恐耳属于垣，只得瞒了你。"属垣有耳，就是清朝统治者对汉族人严酷压制与压迫的影射。死亦可惧，但在文人士大夫心中，为国而死，成仁取义，死又何惧！在被押解大都的途中，文天祥在《颜杲卿》中说"人世谁不死，公死千万年"，肯定颜杲卿虽死犹生。而谢翱也同样说："今丞相已死，死得明白，死得干净，死得快活。然则丞相未尝死也。"

  黍离之悲、亡国之痛，最伤人心。而中国历史上犹为沉痛的是在此之外，更有一种伤心：亡于外族，以夷变夏。宋、明两个王朝最终都为外族取而代之，同样山河破碎、风雨如晦，明代遗民向上追溯，求之千载，便成为宋遗民的异代知音。然而相比于宋末元初大加赞赏臣子舍身殉国的行为，明末清初的遗民群体就显得不那样苛刻了。换句话说，明末士人经过"心学"的解放，更加肯定内心的感情，而不拘泥于形式的选择。当此亡国灭家之际，或像文天祥、张世杰舍生取义，以死殉国；或如谢翱、邹濿坚守气节，隐居遁世。黄宗羲曾道："宋之亡也，文、陆身殉社稷，而谢翱、方凤、龚开、郑思肖彷徨草泽之间，卒与文陆并垂千古。"在明末清初士人看来,"身殉"与"心殉",都是精忠报国,足以流芳后世。但《宋史》"仍只及死馁仗节诸君,未尝载谢翱、郑思肖只字"。《宋史·忠义传》载随文天祥死难之人19名,而谢翱不见史册,赖好友方凤为他写的行状,后人才略知一二。甚至《宋史·忠义传序》论"忠义之死"为上,置"毁迹冥遁"为下。但死有死的壮烈,生有生的坚守,黄宗羲以为"天地之所不毁,名教之所以仅存者,多在亡国人物",顾炎武也说有亡国有亡天下,生存下来的遗民很多也是为了华夏文化不亡、胜朝历史待撰。死者已矣,生者要立心、立命、继绝学、开太平,殊途同归,善哉善哉!

文献记载陆世廉"遭乱,崎岖归隐里门二十年",又曰"归隐里门,屡空晏如",生计艰难却能不改其乐,归隐廿载依旧不变其志。他的《西台记》完全寄托了一己之郁愤。邹式金眉批道:"表贞臣志节易,写义士胸怀难,妙在不矜浮艳,实地描摹,肝胆须眉具见。"明末清初杂剧与《盛明杂剧》所辑的明杂剧最大的不同之处在于家国沦丧的悲苦万端。历经亡国之苦与外族压迫的委屈,明末清初崛起于文坛的戏曲家,便不遗余力地投入到戏曲的写作中去。这其中尤为惹人注目的是苏州派戏曲家,陆世廉便是其中一位。他的《西台记》不独赞颂文天祥、张世杰慷慨赴死的忠勇,也极写谢翱、邹㵝隐居不仕的高节;不仅写忠臣的言语行为,更道尽他们的满腔怀抱。虽是杂剧,却兼采南戏的优点,语言雅致而不浮艳,音调悠扬婉转,情感深沉;虽是文人案头之作,却能不逞奇炫博,纯以感情行文,曲尽人情。

(刘颖)

百灵效瑞(第三折)

厉鹗[*]

题解

厉鹗的《百灵效瑞》属于迎銮承应戏,与吴城的《群仙祝寿》合称《迎銮新曲》,是乾隆十六年(1751)皇帝第一次南巡时,由浙江官吏聘请二人创作而成。《百灵效瑞》曲演高宗皇帝出行江南将至杭州,观音大士及善财、龙女、十六罗汉、四金刚、韦陀、四揭谛神等赶来西湖,并着善财童子前去召大江以南至浙省的山祇海若,迎护銮仗。黄巾力士、金山水府、江妃、钱塘君、越王勾践等群仙显神来恭迎圣驾;东海龙王受命会合其他三海龙王将往海屋添筹,遥祝圣寿;水仙王则命四季催花使者传唤十三月花神百花齐放以邀天眷,簇就升平世界。

原文

〔杂扮鳌精上〕巘岠[1]蓬山[2]首戴,〔杂扮鼋精上〕曾因大禹成梁。〔杂扮鼍精上〕沧溟夜听鼓声长,〔杂扮蛟精上〕解化蝉娟形状。〔杂扮鱼精上〕万斛舟吞不饱,〔杂扮龟精上〕肯随人决行藏?〔杂扮鳅精上〕骨潮[3]日夜穴中忙,〔杂扮乌鲗精上〕文字波臣[4]无两。〔鳌〕某乃冠山侯。〔鼋〕某乃染指大夫。〔鼍〕某乃知更令史。〔蛟〕某乃横飞大将。〔鱼〕某乃千

---

[*] 厉鹗(1692—1752),字太鸿,又字雄飞,号樊榭、南湖花隐等。钱塘(今浙江杭州)人。清代文学家,性爱山水,尤工词,是浙西词派中坚人物,擅南宋诸家之胜。诗歌宗宋调,喜用典故,主张以学问为诗。康熙五十九年(1720)举人,后举进士不第。乾隆初又举鸿博,因故落选。家贫,性孤峭,以授徒吟咏终老。著有《宋诗纪事》《樊榭山房集》《辽史拾遗》等。

里伯。〔龟〕某乃通灵使者。〔鳅〕某乃泥中校尉。〔乌鲗〕某乃噀墨小吏。〔合〕龙君升殿，我等只得在此伺候。

【仙吕入双调】【六幺令】〔杂扮东海龙王引二夜叉上〕鲸波擘开。射彤庭[5]旭影罘罳[6]。两曹掌事介鳞排。齐俯首，立瑶阶。蓬瀛尽处云成彩。

天水青铜一色磨，升平重见不扬波。谁知帝力臻丰熟，只道沧溟霈泽多。某乃东海龙王是也。已曾着海童去请南、西、北海三位龙兄，想就到了。

【夜行船】〔三杂扮三海龙王各引二夜叉上，南唱〕鹏图南运烦神宰。绕天池，尽木飞来。〔西唱〕鹝翼低时，蟾光[7]落处。〔北唱〕应坎位、洪涛无骇。

〔南〕某乃南海龙王是也。〔西〕某乃西海龙王是也。〔北〕某乃北海龙王是也。〔合〕东海龙兄请我等议事，就此相见。〔见介〕不知龙兄见召，有何晓谕。〔东〕当今圣上驾幸杭州，地近东海。大士因海屋[8]一座，向为某所管辖，特命请齐三为龙兄同往添筹，恭献吾皇万年之寿。即请同行。〔夜叉下，持筹四枝上，行介〕

【晓行序】蜃市蚝街。卷千层银浪，已过水晶城外。夸瑰异，更有宝藏储财。无涯。碧树珊瑚，东际渺渺扶桑为界。何在？锦霞中，远望海屋奇哉！

〔场上高设海屋，中贮金瓶，瓶内有筹众〕好一座海屋也！不知创造何年，乞龙王指示其详。

【中吕入双调】【好事近】〔四海龙王合唱〕元气构楼台，叶祥符两仪清泰[9]。喜自然槛槛，虹梁[10]星牗云阶[11]。灵槎到处，依一片河源遥分派。九成[12]边、最近三台；四注[13]畔、高标左海。

〔四龙王合〕我等就此添筹，遥祝圣寿者。〔东〕浩荡恩波彻海壖[14]，〔西〕九如三祝颂连骈。〔南〕皇家宝祚无疆算，〔北〕海上仙寿不记年。〔添筹介，各三跪九叩头介〕万岁！万岁！万万岁！〔起，指海屋，众合唱〕

【千秋岁】镂金牌,胜似凌云概。书寿字,回文篆[15]堪爱。寿域遥开,寿域遥开。看福曜照临,齐天之大。觥筹送,更筹再。总不比筹添无碍。抃舞[16]弧南拜。愿江山共老,亿兆同偕!

〔四龙王白〕分付整肃回宫。〔众合唱〕

【尾声】漾洋归墟圣德谐。听讴歌,应被他岛夷荒外。讶千度蟠桃一度才。

注释

〔1〕灦屃:大而重貌。

〔2〕蓬山:即蓬莱山,相传为仙人所居。

〔3〕胥潮:即"伍胥潮",相传伍子胥遭佞臣陷害,被吴王夫差逼令自杀,并将其尸体装入革囊,抛入江心,"子胥因随流扬波,依潮来往,荡激崩岸"。后因以"伍胥潮"谓怒潮。

〔4〕波臣:指水族。古人设想江海的水族也有君臣,其被统治的臣隶称为"波臣"。

〔5〕彤庭:指龙宫。

〔6〕罘罳:门外或城角上的网状建筑,用以守望和防御。

〔7〕蟾光:月光。

〔8〕海屋:传说中的海上仙屋。

〔9〕两仪清泰:天地清静平安。

〔10〕虹梁:高架而拱曲的屋梁。

〔11〕云阶:高阶。

〔12〕九成:九重,言极高。

〔13〕四注:海屋四周。

〔14〕海壖:海边地。

〔15〕回文篆:指篆文回旋曲折。

〔16〕抃舞:拍手而舞,极言欢乐。

评析

  清朝康熙、乾隆二帝多次御驾南巡，既然是君王南巡，自然不能旧调重弹，而应搬演新剧，于是为迎接圣驾而创制的新曲——迎銮承应戏得以应运而兴。《百灵效瑞》便是在乾隆帝第一次下江南时厉鹗为迎驾而谱写的新曲。所谓迎銮承应戏，一般多从仙界、佛界、人世三处来展开故事，主题便以颂圣德、歌太平、祝圣寿为主。尤其是，乾隆第一次南巡正是为了庆贺皇太后的六十大寿，敬伴母后一起前往江南。《迎銮新曲》其一的《群仙祝寿》，演出的便是许迈、葛洪二位仙真奏闻王母，皇帝将携母后幸临浙江杭州，王母遂亲率浙西八仙前来迎驾祝寿。《百灵效瑞》杂剧第三折主要敷演的是东海龙王奉观音大士之命，聚合南、西、北海三位龙王前往海屋添筹，"恭献吾皇万年之寿"。海屋，是神话传说中的海上仙屋。海屋添筹，也称海屋筹添，最早见于苏轼的《东坡志林·三老语》："尝有三老人相遇，或问之年。……一人曰'海水变桑田时，吾辄下一筹，尔来吾筹已满十间屋'。"古时神话传说麻姑曾自谓三次见沧海变桑田，已属高寿，而老人添筹已满十间屋，更是匪夷所思。海屋添筹本指长寿，后来逐渐演变为祝祷长寿的贺词，所以四海龙王在此遥祝圣寿无疆。

  应制之作，虽无法摆脱颂圣德、歌太平、祝圣寿的主题，文人才子却能够在千篇一律之中独辟蹊径，颂圣而不诏媚。《百灵效瑞》在表达主题之外，其作者厉鹗将更多的笔墨放在了描写以及赞美江南山水自然及节物风光之美上，政治上的颂圣巧妙地被文学的审美所中和，歌颂升平才不显得那么露骨。杭州的名胜古迹、历史先贤在他的戏曲中一一上场，打破时空的限制，恰到好处地表达了他对杭州风景和人文的喜爱与歌颂。创作《百灵效瑞》的厉鹗，时年已六十，丰富的创作经验以及臻于成熟的文学审美促成了这一杂剧的成功。厉鹗尚雅，而搬演舞台的杂剧多以俗为主，《百灵效瑞》要想在主题限制的背景下实现雅化，便要在文辞上竭力完成去俗正雅的追求。同一时代的杭世骏在为《迎銮新曲》作的序文中，先是批评了先贤飞升成仙者或专精于道者，皆苦于有仙骨而无仙才，文辞要么拙晦要么浅近，抑或措辞不雅不工；接着又肯定了文学之士描摹的神仙世界；进而赞美厉鹗、吴城"有刻天绘日之才藻，而耻蹈袭扬、马之常故，连犿其词，诡谲其体"。厉鹗是乾嘉时期的浙派盟主，诗词皆工，戏曲的文辞堪比诗词，长于抒情，清雅脱俗。同时厉鹗作为一代文坛领袖，为文自信，为文自然，耻于拾人牙慧，戏曲便新奇可爱。譬如群仙颂圣祝寿，厉鹗偏要分出层次，除了佛界、仙界、人世外，仙界又使四海龙王于海上添筹，而水仙王则令四季百花齐放，分别拓展了戏剧的时空领域，热闹而不单一，繁华而不琐碎。仙界、佛界、人世三者之间达成了奇异的和平。因为颂圣，故而不能否定人世，但仙界、佛界恰恰建立在对现世的否定或者至少是不满足之上。但是既然要积极肯定入世的意义，便又要在儒家的基础上，关注此生此世，立足建功立业。儒家主张的"太上有立德"，而德之备者可以为圣，所以戏文中"治世转轮王，出世牟尼藏，受海众无边供养。怎比得圣德神功流厚壤"，借仙佛两界来肯定圣德，将尘世间君主的地位拔高。而《群仙祝寿》《百灵效瑞》，也将所谓的仙佛世界世俗化，三界不是等级，而更像是互相独立却又相互交集的集团。

（刘颖）

鲁仲连单鞭蹈海

杨潮观[*]

题解

《鲁仲连单鞭蹈海》,一说《鲁仲连却金浮海》,简称《鲁仲连》。故事立足于《史记·鲁仲连邹阳列传》,属于历史剧。齐人鲁仲连解了邯郸之围后,预见六国将亡而强秦称帝,知道非人力可挽,决意蹈海而去。赵王派人奉上相印,愿托付国家,以国事相累;而平原君也请人赠以黄金千两、白璧一双,都被鲁仲连拒绝了。信陵君则派使者朱亥送了一匹老骥和一匹千里马,鲁仲连收下了这匹老马,嘱咐信陵君要为天下自爱。告别之后,到了齐东界琅邪台,鲁仲连登临远望,浮想古今成败。七国争雄而前途已卜,鲁仲连远避人事,以神仙生活自得。

原文

鲁连台,思达节也。战国策士纵横,干秦货楚,惟鲁连于世无求,独申大义于天下,其贤于人远矣。世称鲁连不死。尝读太史公书,子房东见沧海君,求力士,而不著其姓氏。谁为沧海君,其即鲁连子非耶?

〔生扮鲁仲连上〕龙争虎斗血潺湲[1],游士纷纷蚁走盘;谁道巨灵伸一臂,遥从海外数中原。俺鲁仲连。周行天下,为人排难解纷。前在邯郸,被秦兵围困,魏将军新垣衍到来,定议六国尊秦为帝,那时平原君受其恐吓,主意全无,俺把三言两语,折倒新将

---

[*] 杨潮观(1710—1788),字宏度,号笠湖,常州府无锡金匮(今江苏省无锡市)人。清代戏曲家。乾隆元年(1736)中举,入实录馆供职,后历任多地地方官。为官清廉,关心民生,有政声。工诗善文,好为杂剧,曾将自己单折的短小杂剧合编为《吟风阁杂剧》。

军,却退秦兵三十余里,恰好信陵君救兵赶到,杀退秦军,因此上,危赵不亡,强秦不帝。只是俺上观天时,下察人事,不出二十年,六国并吞,强秦独霸,也是数该如此,不能挽回的了。俺本齐东野人,不趁此长揖中原,蹈海而去,更待何时?

【北双调】【新水令】六王未毕战场灾,去扶桑挂弓[2]而待。看长鲸翻白浪,迎日出海门开。少不得弱水蓬莱,别有人儿在。

〔末上〕吾奉赵王之命,要赶先生回转,辅助江山,赍上相印一颗,请先生就此挂印。〔生〕我要这相印何用?俺鲁仲连呵,

【沉醉东风】有甚的功劳簿载?又非关白屋[3]卿材。只看他浪乘轩,人人爱,却不道牢笼住抵死尘埃。俺本是一鹤身[4]轻过海来,怎阁得腰悬斗大?

你为我拜上赵王罢了。〔末应下,丑上〕吾奉平原君之命,赍有黄金千两、白璧一双,特来津送[5]先生。〔生〕俺千里独行,要这黄金何用!只笑平原呵。

【乔牌儿】你贤名驰四海,下士能倾盖;买丝绣尔形模在[6],却不道俺今朝为甚来!

拜上你公子去罢。〔丑应下,副净持鞭上〕鲁连先生少住!吾乃信陵君使者朱亥。闻得先生远行,特送来脚力[7]两副。〔生〕多承公子厚爱。〔副净〕这是一匹老骥。那是一个千里名驹。〔生〕可将老骥留下。朱亥哥,似俺今日呵。

【七弟兄】脚踏着草鞋布鞋,短衣孤剑青门外,只要的识途老马到天涯,早让他名驹汗血功名大。

〔作上马介〕为我致意公子:俺鲁连此去,不复预闻天下事矣。但强秦虎视,六国无人,公子须为天下自爱。〔副净〕有劳先生嘱咐。不远送了。〔下,生〕且喜赵魏来人已去,就此趱行。

【梅花酒】俺则见骡马来,蹀躞[8]尘埃,道路疑猜,敢十二金牌[9],忙不迭绕朝鞭赶的来,躲不迭范蠡舟漾的开。你看前面已到

齐东界上，俺久不上琅邪台，不免登高一望者。暂登临便感怀，这是夕烽不接幽燕塞，那是南风不竞[10]荆湘界，望行山气沉埋，临巩洛叹周衰。俺这里表东方幸不相挨，他那里霸西戎似虎如豺。陈宝鸡[11]叫的乖，雒阳鹅[12]扇的歪。俺展不出聊城下射书才[13]，枉说我纷能解，难能排。天下事，坏吾侪。

叵耐[14]那朝秦暮楚的，只图一时侥幸，不顾搅乱乾坤，到今日，教俺何从下手？

【收江南】呀！满天风色下高台，端的是安危须仗出群材。怎禁得下天魔杀戒一齐开，要熬几遍英雄成败。俺只得写伯牙琴，去海上忘怀。

你看重洋绝岛，气象万千。俺从此目送蛟龙出没，口吸日月光华，访安期生[15]，寻羡门子[16]，蝉蜕尘埃，神游八极之表[17]，使世上人，称说鲁仲连不知所终，岂不大称人心也。

【收尾】寄语安期稍迟待，看九点齐州烟霭。早则是日观鸡鸣，佳气蓬莱，是谁个宝马横秋，金梁跨海。且轮着指把江山一字儿排开，待俺立云端，看的他厮杀在。

注释

〔1〕潺湲：血流不绝貌。

〔2〕挂弓：谓息兵，这里指鲁仲连欲远避战事。

〔3〕白屋：平民，寒士。

〔4〕鹤身：指隐逸。

〔5〕津送：照料护送。

〔6〕买丝绣尔形模在：李贺《浩歌》"买丝绣作平原君"，意思是平原君礼贤下士，许多不得志之人便买些丝线，绣成平原君模样来供奉。

〔7〕脚力：代步的牲口，这里指马。

〔8〕蹀躞：马行貌。

〔9〕十二金牌：宋岳飞故事，后以"十二金牌"作为紧急命令的代称。

〔10〕南风不竞：南风，南乡的音乐。不竞，指乐音微弱。后比喻竞赛的对手力量不强。

〔11〕陈宝鸡：古传说中的神鸡，秦穆公时出现，据说得雄者王，得雌者霸。

〔12〕雒阳鹅：雒阳即洛阳。西晋孝怀帝时，洛阳有苍、白二鹅，苍者飞天。苍者，胡象。其后果然"五胡乱华"。后以此为兵乱之典。

〔13〕聊城下射书才：战国时，燕攻齐，夺取七十余城。齐将田单欲收复聊城，久不下。鲁仲连乃写信系于箭，射入城中，劝燕将撤军，遂解齐国之围。

〔14〕叵耐：不可容忍，可恨。

〔15〕安期生：传说他曾从河上丈人习黄帝、老子之说，卖药东海边。后之方士、道家谓其为居海上之神仙。

〔16〕羡门子：《史记·秦始皇本纪》载："三十二年，始皇之碣石，使燕人卢生求羡门、高誓。""羡门"，《史记集解》引韦昭曰："古仙人。"李梦阳诗句有"缅思羡门子，永慕令威丁"。

〔17〕神游八极之表：八极谓八方极远之地。司马承祯曾谓李白"仙风道骨，可与神游八极之表"。

评析

继长平之战大破赵军并坑杀四十万赵卒后，秦国进一步围困邯郸。赵国危在旦夕，于是向诸侯国求援。魏王派客籍将军新垣衍劝赵帝秦，正在赵国游历的齐人鲁仲连通过平原君见到了新垣衍，晓以大义，称："彼秦者，弃礼义而上首功之国也，权使其士，虏使其民。彼即肆然而为帝，过而为政于天下，则连有蹈东海而死耳，吾不忍为之民也。"并援引诸例辩明帝秦对魏国乃至天下的弊端，说服了新垣衍。"秦将闻之，为却军五十里。"恰好魏公子无忌窃符救赵,着申君亦率军驰援,秦军遂去,邯郸之围得解。赵国平原君感激之余想封赏鲁仲连,又赠以千金,被鲁仲连坚决推辞。后燕齐争夺聊城,久持不下。鲁仲连写信给燕将,将信缚在箭上射入城中。燕将自谓进退维艰,于是自杀,齐将田单遂屠聊城。鲁仲连有功,齐王想要给他封爵,"鲁连逃隐于海上,曰:'吾与富贵而诎于人,宁贫贱而轻世肆志焉。'"

鲁仲连的故事在《史记·鲁仲连邹阳列传》中记载如上,解邯郸之围、帮齐将复聊城,是其中记载的两件事情。但历史剧只是依托于历史人物与历史事件,而非历史的还原。历史真实并不等于艺术真实,杨潮观本是"借丹青旧事,偶加渲染,渔樵闲话,粗与平章",选取旧事来抒写一己怀抱,所以为了达到艺术真实"但自家陶写性中天,闲评跋",在必要时也可以对历史真实进行适当取舍,以服务于情感和主旨的表达。《鲁仲连单鞭蹈海》显然就不是对历史一板一眼的复原,如果说这两则事件是史学家浓墨重彩大书特书的兴趣所在,那杨潮观选取的恰恰是这辉煌之后的抽身。他索性不提聊城,直接将十几年后鲁仲连的"逃隐海上"放在邯郸之围得解的后面,把它跟先前秦并吞天下后"则连有蹈东海而死耳"的假设联系在一起。于是,故事的架构变成邯郸之围虽然一时得解,而秦吞并天下之势已成,鲁仲连遂蹈海而去。

对历史真实进行压缩,同时也是因为杂剧体制的限制。元杂剧一般是一本四折一楔子的体制,明清杂剧体制逐渐多样化。杨潮观的《吟风阁杂剧》是短杂剧的集大成之作,其中都是只有一折的短剧,亦即独幕剧。这类杂剧体制相对而言比较自由,不须在情节上苦力经营,又便于作者抒发情感,所以受到文人的喜爱与欢迎,进而愈来愈呈现出文人案头化的趋向。杨潮观的《吟风阁杂剧》词句雅致,使事精妙,却皆可以"被诸管弦",搬演舞台,据说袁枚便曾经在随园邀人共赏,满座倾倒。

杨潮观以写诗填词的态度来写短杂剧,着意于表达自己内心的志意与批评。文人雅士提及海洋时,有关隐逸或者神仙的主题屡见不鲜。《鲁仲连单鞭蹈海》其实就是对这两种主题的综合。杨潮观26岁中举，此后一生未能考取进士，在实录馆工作了一段时间，此后辗转各地担任地方官员，远及山西、河南、四川等地，仕途奔波，颠沛流离。在儒释道三种思想的影响下，杨潮观积极入世的理想在宦海中渐渐消磨，逐渐产生了归田隐逸、向往逍遥无为生活的期待。三言两语即能"折倒新将军，却退秦兵三十余里"的鲁仲连，虽然与窃符救赵的信陵君保赵却秦，却自知二十年内强秦就会独霸天下，"也是数该如此，不能挽回的了"。天命所在，人事不可谋也不能谋。无奈之下，鲁仲连只好独善其身："俺本齐东野人，不趁此长揖中原，蹈海而去，更待何时？""齐东野人"是鲁仲连对自己的认知与定位，"野人"是相对于庙堂而言的江湖之士，史书说他"好奇伟俶傥之画策，而不肯仕宦任职，好持高节"，所以相印不受、千金不取，一心要亲近远离大陆政治中心的海洋。弓挂扶桑、蓬莱仙山，远比腰悬斗大的官印要适意。登临琅邪台，极目远眺，抚今追古，六国不敌强秦手，慨叹"天下事，坏吾侪"，唯有这东方齐国临海上，才是安身之处。"你看重洋绝岛，气象万千。俺从此目送蛟龙出没，口吸日月光华，访安期生，寻羡门子，蝉蜕尘埃，神游八极之表。"远绝人世的海洋，意味着权力中心的边缘，隔离了仕途蹭蹬的忧伤，隔离了天命难违的无奈；面朝大海，多的是"日观鸡鸣，佳气蓬莱"的万千气象，多的是寻仙访道、高蹈出尘的逍遥自在。但杨潮观始终不是鲁仲连，他未能够超越世俗之外，"立云端，看的他厮杀在"，他的政治理想恰恰是"美人如花隔云端"，一如他的隐逸梦想，遥不可及。

杨潮观的《吟风阁杂剧》中，每个短杂剧的开始经常用一段小序来作为补充，以解释自己的创作意图。姚燮认为："笠湖此剧，每折各自制解题于首，意盖援古事以铎世耳。"写鲁仲连，就是写他自己。杨潮观称赞鲁仲连的高节、达节，说到世人以为鲁仲连不死时便大开脑洞：司马迁写张良曾向东拜见沧海君，沧海君会不会就是鲁仲连呢？

（刘颖）

明代海洋传奇选

鱼篮记(第十出、第二十二出)

无名氏

题解

《鱼篮记》,全名为《观音鱼篮记》。明传奇,属弋阳腔剧目。张琼、金宠义结金兰,两夫人结为姐妹,两家指腹为婚。其后张家生子张真,金家诞女名牡丹。成年后张真去金家投亲,金宠以家三代不招白衣郎为由,留他读书,待求取功名后方许完婚。思凡的鲤鱼精变作金牡丹,诱哄张真共偕连理,并叮嘱张真在寿宴上调戏自己以惹怒金宠,二人好被赶走,以回家侍奉公婆。寿宴上金宠果然大怒,张真被赶走。鲤鱼精作计使金牡丹重病在床,她则化为金牡丹模样,要与张真偕老。金夫人心疼女儿,逼丈夫追回张真要与女儿成亲冲喜。待发现两个女儿时,一家人难辨真假,而这二人又互相指责对方是妖魅,金宠不得已请求包拯来审案。包拯拿出照妖镜,鲤鱼精却变法让金牡丹消失,包拯质问城隍,限其三日取回小姐。城隍将鲤鱼精之事禀明玉皇,鲤鱼精率虾兵鳖将奋起反抗,杀退四大天将,却不敢对阵八洞神仙。观音命鲤鱼精放还金牡丹，封她为鱼篮观音。而金牡丹回家后，与赴考高中的张真结为夫妇，皆大欢喜。

原文

第十出　鲤鱼变化

【天下乐】〔旦上〕波浪滔天，威风八面，禹门[1]三汲浪游闲、一任惊鸳汉。变化凡尘出海东，桃花浪暖水溶溶。安排鳞甲朝天去，转过身来便是龙。自家乃东海金线鲤鱼精便是。尘埋数载，未得出现人间。游遍天下水晶宫，再无一个好子弟称我之意。我今意欲变化凡间女子，前去凡间行走一遭。不免分付虾精鳖将守住洞门，有何不可？虾精鳖将何在？〔净上〕七手八脚是只虾，前面摆对是刚义。番身不怕千层浪，玉皇殿前主烟霞。〔丑上〕小将从来是鳖精，千层浪里打番身。闲时游遍江湖海，转过洞门听事因。〔净、丑〕虾精鳖将见。〔旦〕虾精鳖将，叫你出来，别无闲话，我今意欲变化凡人，前去凡间行走一遭。你众人与我紧手洞门。

【四边静】乾坤生我属阴游，素性[2]爱风流。变化女娘身，要往红尘走。〔合前〕洞门把守，浪滚悠悠，常笑海边鳅，一任鱼龙吼。

【前腔】〔净〕熬游[3]四海我牵头，屈屑有伸候。此去早回头，莫把繁华遛。〔合前〕

【前腔】〔丑〕兴波作浪我为头，怒气冲牛斗[4]。兄妹意悬悬[5]，莫把乾坤漏。〔合前〕

〔旦〕我今变化出徘徊。〔净〕娘娘严命怎敢违。

〔丑〕一朝禹门三汲浪。〔众〕果然平地一声雷。〔并下〕

第二十二出　操练鳖将

〔旦上引〕怒气冲天，恨杀心中怨。好生叵耐[6]包文拯这老贼，奏与城隍,城隍奏过玉皇,玉皇差下四大天将与我对阵,怎生是好?不免点过虾精鳖将与他厮杀一会。〔丑、净上引〕巧计牢笼[7],未知吉和凶。〔见科,旦同前白〕

【剔银灯】〔旦〕听伊说教人怒起,恨小贼怎敢无知?交他顷刻灾殃至,管教他如猫捉鼠。〔合〕思知,即忙把虾兵点起,不杀却怎消恶意?

【前腔】〔净、丑〕劝娘娘不须怒起,听鳖精一言诉语:论威风谁人能比?杀得他弃甲去盔。〔合前并下〕

注释

〔1〕禹门:即龙门,相传为夏禹所凿,故名。明代陈繗有诗句曰"浪翻三汲禹门秋"。

〔2〕素性:本性。

〔3〕敖游:即遨游。

〔4〕怒气冲牛斗:形容怒气极盛。牛斗,牵牛星和北斗星。

〔5〕意悬悬:心神不定貌。

〔6〕叵耐:亦作"叵奈",可恨。

〔7〕牢笼:骗人。

评析

在杂剧逐渐式微的过程中,在宋元南戏基础上发展而来的传奇,成为明代戏曲的主流。明传奇依据不同地域形成的主流腔调,基本上以弋阳腔、海盐腔、余姚腔及昆山腔为主。《观音鱼篮记》便属于弋阳腔,弋阳属江西,弋阳腔则流行于江西、安徽、福建、贵州、云南、湖南、广东、南北两京等地。弋阳腔传奇在演出过程中,观众主要以文化水平较低的民间百姓为主,其传奇作者也大多是名不见经传的下层文人或者民间艺人。因为主要服务于民间观众,弋阳腔传奇多不为当时的士大夫所取，很多剧本及作者很难流传下来，《观音鱼篮记》的作者便佚失无考了。

但也正是因为在民间演出，弋阳腔的剧本大多情感比较直白外露。《鲤鱼变化》一出中，东海金线鲤鱼精因为游遍了天下水晶宫，却"再无一个好子弟称我之意"，因情而感，意欲变化为凡间女子，寻觅良配。不同于凡人的鲤鱼精，并没有社会道德伦理的诸多约束，"情"的方面就显现出自然、天真、大胆的一面，不仅表现在化身女身追求爱情的主动上，同时也表现在对天性的积极肯定上。"乾坤生我属阴游，素性爱风流"，万物有灵，乾坤生之育之；阴阳道合，男女相恋相慕。对于情的向往，对天性的肯定，这不仅不应该被严明的礼教所压制，反而应该顺其自然。因为内心自有其内在的秩序，情感受到道德的节制，欲望接受礼教的规束。追求真情并非错误，但因此伤害到他人就不值得提倡了。为了自己能够与张真相爱相守，祸及金牡丹性命的鲤鱼精，就显现出这种不受教化的精魅天生具有的破坏力。她或许天真率直、机灵可爱，但也爱恨热烈、不计后果。所以一旦受到阻挠求而不得，便"怒气冲天，恨杀心中怨"，率虾兵鳖将与四大天将对阵。鲤鱼精虽然曾经伤害了金牡丹，但这样美丽而又神通、机灵却不阴狡的形象，也不失活泼可爱。所以一旦斗法失败，观音菩萨前来收服时，鲤鱼精便将金牡丹归还，并主动皈依佛门。鲤鱼精受封鱼篮观音，而后金榜题名的张真与金牡丹喜结良缘，这一部热闹好玩的戏剧以这样的大团圆作为结尾，观众自然喜闻乐见。

弋阳腔戏曲主要使用的乐器是锣鼓，其中还多有众人合唱的形式。锣鼓热闹喧哗，合唱音响震撼，适合在乡间演出，却不为士大夫所欣赏。杨慎在《升庵诗话》中说弋阳腔为"南方歌词，不入管弦，亦无腔调，如今之弋阳腔也"，无丝竹管弦之盛，腔调又不做严格的规范，只是锣鼓喧天，随便又聒人。李渔在《闲情偶寄·词曲上·音律》中甚至说"予生平最恶弋阳、四平等剧，见则趋而避之"，嫌恶至此，可见弋阳腔在音律上粗糙、喧闹的特点，足以让品位高雅的士大夫望而却步。但李渔也提及，除非是搬演《西厢记》，因《西厢记》曲文之美足以救腔调之恶。范濂在《云间据目抄》中谈及松江府（今上海市）的风俗，说在明嘉靖、隆庆交会之际，"有弋阳人入郡为戏，一时翕然宗尚"，然而"其后渐觉丑恶"，万历初年逐渐消失。弋阳腔能在云间（松江府的别称）大盛，源自长期扎根民众的丰富的演出经验，但终于消失于松江府，不能不说跟歌词的鄙俗有很大关系。袁宏道说"词家最忌弋阳诸腔"，就是认为弋阳腔的剧本格调不够高，因为多是民间艺人创作，又是为民间大众服务，故而缺乏文采，词语尘下。这也是很多弋阳腔传奇流传不下来的原因之一。《观音鱼篮记》虽有幸保存全本，但其中的文采也不足观，好在故事情节丰富曲折，真假牡丹环节又玩笑逗乐，人物形象各有特点，尤其是鲤鱼精的形象更是深入人心，所以这个题材在明代受到了广泛的青睐。明杂剧也有《观音菩萨鱼篮记》。明代小说大盛，《龙图公案》记载了《金鲤》这则民间传说（发生在扬州刘真与碧波潭金鲤、宰相府金线小姐之间的曲折故事），而《西游记》一书中真假猴王、碧波潭万圣公主等故事情节也多有相关，甚至到现在仍在不断上演的越剧《追鱼》，也是自此改编而来，亦足以见这个故事的魅力。

（刘颖）

四美记（第十二出、第三十三出）

无名氏

题解

《四美记》，属于明传奇中的道德说教剧。晋江洛阳人氏蔡兴宗寄住山门，赖紫云寺明慧和尚指点前程。蔡兴宗于盂兰盆盛会中求子祈恩，意外识得同年同月同日生的吴自戒，二人成为刎颈之交。而后科场得意的蔡兴宗奉旨出使辽东，为不负君命、拒绝蛮夷招赘而被拘禁。吴自戒欲续弦寡妇王玉贞来照顾幼女，岂料王氏誓死守节，探究得知她原来竟是好友蔡兴宗之妻。两家子女其后结为夫妻，王氏之子蔡端明由于父母广积阴德得中状元，请旨出任洛阳太守，得观音等神明相助，造洛阳桥以遂母愿。吴自戒也远赴山海关外，寻得好友蔡兴宗，二人还朝，一家团聚。所谓"四美"，指的便是蔡兴宗、蔡端明、王玉贞、吴自戒，此四人分别对应忠、孝、节、义四样美德。该传奇主要在于宣扬主圣、臣忠、子孝、妻贤、妇节、朋义等伦理纲常，荒诞迷信，具有陈腐的封建道德劝诫意味。明末清初的李玉曾在此基础上撰写《洛阳桥》传奇。

原文

第十二出　报喜

〔外、丑唱歌〕海水滔滔浪接天，无涯无岸又无边。洛阳渡口人难过，偶驾仁航济大川、济大川。耽[1]惊受怕吃危颠，往来过客遭风险，一年坏了万千船。前年坏了七八个，旧年坏了十三船。有人造得洛阳桥一所，免得来往受灾愆。〔合唱〕解散功德大似天，愿他寿年百岁富贵万千年。更祈子孙天长并地久，合家平步便登仙。〔丑〕莫道人生不信神，鬼神人信便见真。连宵鬼断人多死，只怕舟中有贵人。自家是洛阳海口渡夫是也。俺这洛阳渡口，对岸有四十里之遥，年年五月风高覆舟翻船，害人不计其数。今当初夏，风浪正高，心下又耽干系，连宵睡不安。只听得水底说道，来日有船人过渡，俱该溺死；替他脱生，只有个蔡状元在船上，方才救得那些性命。〔外〕七弟，我连宵也是一般说话。如今春末夏初，潮水正凶，着实要守那姓蔡的来，方可开渡船。若没姓蔡的来，一年也不敢开。〔末、净、小外上〕

【缕缕金】〔众〕行步紧，意如摧。赶渡船，归家去。只恐天将暮，无方住居。呀！见海边荡漾过人稀，归心似飞急。

【锁南枝】〔众〕归心急,似箭穿。可恨,舟人不动船,连日被淹缠,旅店心烦厌。望家国,咫尺天,阻江干,千里难。渡夫,撑船过来。

〔丑〕列位高姓?〔众〕呀!你是个撑船的,有钱竟过,管甚么姓张姓李,你是巡检司要盘诘奸细?〔丑〕我有一个姓蔡的,是我亲眷,略等一等,一到就行。

【柳摇金】〔旦、占〕鞋弓袜小,待跷[2]怎跷?力弱动摇摇,无奈耽怀抱,难禁路途遥。百忙里,鞋跟褪了、跟褪了,风雨乱萧萧。泥油路滑,争些儿跄倒。堪堪行到,到江皋[3]只见航人收帆停棹。〔占〕渡夫,开船么?〔丑〕问我船儿开不开,等我一个亲眷来。〔占〕甚么亲眷?〔丑〕与你一字猜猜,却把野芥来上祭,猜得着请你上船。〔旦〕野芥是菜,将上祭,祭字加个草头,敢是姓蔡的?〔丑〕着了!二位上姓?〔占〕我家姓王,这个是我女儿。女婿姓蔡,往京未回。女儿怀孕在身,将及弥月,以此回家分娩。〔丑〕背歌,我和你等了三日,没有个姓蔡的,只有这小娘子,丈夫姓蔡,往京赴选未回,他有孕弥月,想必肚里那买卖,就是蔡状元。〔外〕被众人催促,开了船罢。上船!上船!〔众上船介〕大家坐定,不要动。

【排歌】〔丑、外〕拍岸掀天如山,浪高潮汹,浪吼风涛。飞禽断迹绝尘嚣,远望鱼舟都避了。〔合前〕舟荡漾,难下篙;横颠直涌,橹难摇。心惊战,魂魄消。神随流水,去滔滔。

【前腔】连夕通宵,魂颠梦倒,教人意攘心劳。幸遇蔡氏孕妇胞,料想其中有俊髦[4]。〔众惊介,内白〕闲神野鬼,休得兴波作浪。蔡状元在舟中,毋得惊动他。〔合前〕

【余文】〔众〕幸无危舟,才到,不须欢笑不须焦,说起教人惊破脑。〔众〕收船钱,讲甚么闲话。〔外、丑〕你们不要散,船钱一文也不要,听说个缘故。〔众言前白〕你既不信,方才到半江中,潮头一涌而来,船险些要覆,半空中说道蔡状元在舟中,毋得惊动。你们性命都是那小娘救得，快去拜谢他介。

〔众〕有此缘故，理当拜谢。〔众拜科〕

【走马江儿水】听说罢、神魂离却，这残生在死后还生。赖一人有庆[5]、洪福天高，救度群生脱祸苗。〔众〕小娘子，不愿你别的来，惟愿你产俊豪，家门福禄招。〔驾掌〕谢你明教、阻当连朝，免把残生丧海涛。〔旦〕论富贵是天，交死和生注定了。〔众〕小娘子，自古云，救一命，胜造七级浮图。吾等今日幸遇，救我这一船人性命，阴德如天，必生状元贵子。〔旦〕自念裙钗命薄，自谅家门德少，休把奴身折杀了。

【前腔】〔占〕若论鬼神之道，是善人有天佑保。〔众〕令婿为人如何？〔占〕若论夫妻所造，无謟[6]无骄守贫心地好。〔众〕既是累代积善[7]之家，今番必产状元之子。既是累代清高，善缘累造，状元今番必定招。〔旦〕多谢众荣褒，奴言盟定了。天地神明三光，奴家是蔡兴宗之妻王氏玉贞，有孕将期弥月，日后果然生子，若中状元呵，那时誓把洛阳桥造，通济行商多少，免得往来人，把残生丧海涛。〔丑〕海神灵验，不可戏言。

【前腔】〔旦〕神目恢恢灵照，一言盟定了。〔丑〕你道生下儿子，日后得中状元，来造此洛阳桥与人往来。你看这海口对岸有四十里之遥，那有许多钱粮人工？就有金银百万，你看这潮头汹涌，水深无底，怎安桥垛[8]？这功程算来不少，似这等海水滔滔，无垛焉能虚架桥？〔旦〕只愁我生儿不中状元，若能得中状元，状元是天下之福，何愁此桥不成，不须罣意[9]。〔丑〕若是意诚劳，神天须共保。〔众〕这小娘子说得有理，这里有个龙王庙，那边有个观音堂，和你勒碑为记，写蔡状元名色，镇住在此。先把香烧，预把名标，记取状元来造桥。我们大家来俦告[10]，保佑小娘子回去，生子得中状元，来造桥。众人告天曹神明须共保，惟愿他麒麟应兆，再愿他状元中早，早中状元来造洛阳通济桥，桥就阴功天样高。

诗　洛阳渡口浪头凶，年年损坏几多人。
　　状元拟中蔡家子，高架桥梁济万民。

第三十三出　造桥

【点绛唇】〔小生〕职任春宫[11]，身居翰苑，昭阳殿、天禄[12]时颁，召问无欺谄。

【混江龙】彤关日晏，带星冲黑出宫垣。珠滴露，点易[13]临轩，庭前宜室归来晚，金莲御赐诏回旋。女官从侍，内士随参；玉堂金马，青琐琼仙。虽然伴读觐龙颜，时日叩恩典，不能够从母命，岁月枉迁延[14]。忠心既尽，孝义当全。念端明年少登科，官居翰苑。蒙除伴读，宠爱殊深，何当荣幸！奈不能顺母之情，如之奈何？

【油葫芦】〔小〕每日经筵对圣遍朝金殿，事君未得顺亲颜。洛阳欲就兴桥愿，除非出守泉州县，从母念酬心愿。只待梯山、航海为民便，又何须行排搜紫在君前。要造洛阳桥，须做洛阳太守。我有个道理，皇上、东宫太子爱吾如宝，言无不听。紫书写姓五字，不免大书"洛阳太守蔡"五字于几案之上，待圣上来观见，若得玉口开言，吾愿遂矣。

【天下乐】〔小〕想翰苑清高似谪仙，无才学怎升迁。到此任、幸为先，俺因何抛内翰、从州县也？只要便苍生，要把长桥建，成就了子职心田，酬却了母心之愿，才免熬煎。

【鹊踏枝】〔小〕将诚心告九天，愿君王开圣言，敕赐暂离经筵，出守漳泉，了就良缘再朝金殿，那时节，父重逢[15]母心宽，骨肉团圆。

【寄生草】〔外旦上〕登御极、思王佐，向经筵、问圣贤。虽然不及唐虞善，卿贤颇慕伊、周[16]愿，计从言听称勾践，中谋善继世民贤，仁慈英烈民钦羡。〔小〕吾王万岁，太子千秋。〔外〕赐卿平身。〔小〕万岁万万岁。〔外〕洛阳太守蔡。〔小〕万岁。〔外〕朕出语无心，依字而言。卿谢恩。况此任熟大而就小。〔小〕万万岁。

【村里迓古】〔小〕感吾王宠加、宠加微贱，赐金莲召登、召登金殿。滥叨恩典便捐躯，难酬天眷；论孝义忠心为臣，须当两见。奏君王，乞纳臣之愿，顺母之颜，使微臣克全忠而无怨。〔外〕卿为内翰，职任清高，何弃重而从轻？

【后庭花】〔小〕臣父当年来赴选，远使无音不见转。臣母家贫贱，身耽遗腹，劳奔家檐，海潮平岸，渡口跷[17]人不动船，道连宵有梦言，渡江人命合捐，只因蔡状元在舟中救众愆。遍问舟中客，并无姓蔡言。任催行舟不放船。

【青哥儿】呀！数日间风涛、风涛汹险，等到蔡人、蔡人应验。臣母回言身姓王，道我丈夫姓蔡，夫去天边，今怀孕将期，稍子即时开渡。忻然，直至中间浪滚风颠，众命危然。忽听虚空神圣言道，蔡状元在舟中，休惊颤。后来呵，苍生愿众心惊觉多惊战，齐声下拜告苍天，祝生儿早中鳌头占：臣母当时在海神庙里，明誓。

【尾声】怀孕若生男、有志登金殿、果然中状元。祷告神天，誓不虚言，定把洛阳桥起建。臣今日侥幸应兆无偏，也须要还旧愿，架津梁与民方便。仰圣瞻天，臣死谨言，望君王准奏传宣，成就了济川之愿。愿吾皇万岁福齐天。〔外〕卿有顺民之心，母有济川之愿，敕赐洛阳太守。〔小〕万岁。〔旦〕吾闻洛阳海口，远隔江皋。潮头不息，工程浩大，独力难成。望父王赐与官给钱粮。〔外〕诏建洛阳桥，着福建八府钱粮听凭取用，限桥完之日，伏命迁升。

【尾声】叩首谢龙颜，暂告辞金殿，愿万岁千秋长健，济川功就、齐贺太平年。暂辞丹凤开青锁，身离紫禁坐黄堂[18]。〔并下〕

注释

〔1〕耽：同"担"。

〔2〕跷：抬脚。

〔3〕江皋：指江中。

〔4〕俊髦：才智杰出之士。

〔5〕一人有庆：《书·吕刑》："一人有庆，兆民赖之，其宁惟永。"用以歌颂帝王德政，使国家安宁长久。此处指蔡状元在母亲腹中，保得一船平安。

〔6〕謟：超越本分。

〔7〕积善：累积善行。《易·坤》："积善之家，必有余庆；积不善之家，必有余殃。"

〔8〕垛：用泥土、砖石垒成的掩蔽物。

〔9〕罣意：即挂意，在意、放在心上。

〔10〕俦告：应是"祷告"之误。

〔11〕春宫：东宫，太子宫。

〔12〕天禄：天赐的福禄。

〔13〕点易：涂改。

〔14〕迁延：时间上的耽误。

〔15〕逢：同"逢"。

〔16〕伊、周：商代的伊尹、西周的周公旦，二人都曾摄政，是古代名臣。后用来代指执掌朝政的贤臣。

〔17〕稍：当为"梢"。此处即指艄公。

〔18〕黄堂：古代太守衙中的正堂。

评析

洛阳桥，位于福建泉州，当地人认为是宋朝状元蔡襄（即"苏黄米蔡"中蔡襄）所建，而后为明朝蔡锡所修。蔡锡曾在明宣德年间担任泉州太守。《晋江县志》是福建泉州晋江的地方县志，记载蔡锡重修洛阳桥的事迹："洛阳桥圮废，故石有刻文云'石摧颓，蔡再来。'至是，锡捐俸修之。海深不可址，锡檄文海神，遣卒投之。卒醉卧海上，寤视檄面题一'醋'字。锡曰'酉月廿一日，是其期也。'至期潮果不至。桥成，民祠于蔡忠惠祠畔。"蔡忠惠就是蔡襄，谥忠惠。蔡襄、蔡锡被称为"二蔡"。《四美记》中蔡状元端明就是以"二蔡"为人物原型，在融合相关民间传说的基础上进行艺术创作的。

  《四美记》中蔡兴宗是晋江洛阳人氏，其子端明之所以修建洛阳桥，是因为《报喜》一出母亲发愿，倘若日后腹中孩儿果真能中状元，便造桥免除往来行人渡船之厄。福建泉州晋江属滨海地区，"海水滔滔浪接天，无涯无岸又无边"，海水滔天，江海潮凶，过江人士"觥惊受怕吃危颠"，覆船风险极高。自然风险的不可预测，只好诉诸宗教与鬼神。有趣的是，虽是鬼神，也不免要卖人世的圣贤、显贵一个面子。作者借洛阳海口的渡夫之口，告知水底神鬼对蔡状元的敬畏，除非他要乘船，否则无一生还。《红楼梦》写秦钟将死之际，地府都判官与众鬼来拿人，因听道"宝玉"之名而惊悸，开恩许秦钟魂魄弥留多时。一则是宝玉运旺时盛，再者"天下官管天下事"，阴阳二界无论人鬼都一样。人敬神佛，神鬼反过来也忌惮尘世的风流人物，虽然《红楼》有借此讽刺世人之意，却也可想见当时的社会心理。然而此时的蔡状元尚在母亲腹中，未能够金榜题名。这便又在"莫道人生不信神，鬼神人信便见真"的鬼神存在论之外，多了一层宿命论——诸事皆前定，命运由天算。因为蔡状元父母诚心礼佛、斋戒三年，于是祈得一子；又因为父母多行善事，暗中保佑其子得中状元。蔡端明在他未出生之前，已注定是富贵在身，这种富贵同时又在冥冥之中得到保证，远避一切苦厄。所以众人的生命犹如草芥，死生随意，托赖蔡端明在船上，浪潮才不能翻船。

  诸事前定的教化观念，并非叫人偷懒，却恰恰是导人向善——"若论鬼神之道，是善人有天佑保"。所以众人问及女婿蔡兴宗为人如何，答曰安贫守道、不骄不谄、心地善良，果然符合了众人的心理期待。"积善之家，必有余庆；积不善之家，必有余殃"，既然累世积善之家，"累代清高，善缘累造"，故王氏腹中孩儿自然受神明护佑，表现在仕宦前程上，应当就是状元。《造桥》一出，蔡端明果然年少登科，供职翰林苑，且"皇上、东宫太子爱吾如宝"。如此又很自然地将"忠君"和"孝亲"的矛盾揭示出来。

自古忠孝难以两全，为国和为家总会出现分歧。在我国，道德伦理和皇权法治的边界本来就是暧昧不清的。历史上虽然大义灭亲、移孝作忠的例子比比皆是，也有以孝治国不求臣忠的国策。父亲犯事后，圣人孔子主张做儿子的不应告发，而要"亲亲相隐"，宁愿屈国法而伸伦理；舜父杀人，皋陶执法，亚圣孟子还肯定虞舜负父而逃的举动：这在某种程度上，都是将"孝"凌驾于"忠"之上。倘若忠孝两方绝对冲突，自然见仁见智了，然而作者是不会让自己陷入这种矛盾。所以蔡端明先在翰苑尽忠，"忠心既尽，孝义当全"，乞求君主允许自己出任洛阳太守，前去建桥来酬却母亲心愿。实际上这次"弃重而从轻"的出守任职，名义上是尽孝，却不单是了却了母亲愿望，同时也是造福一方百姓，这又是另一种尽忠了。尤其是"暂辞丹凤开青锁，身离紫禁坐黄堂"，全部精神乃是一个"暂"字，可想而知，受到君主、太子恩宠的蔡端明，只是一时出守地方，待洛阳桥建成，他自然会被召回朝廷予以重任，不过这也是后话了。

作为道德剧的《四美记》，说教的意味浓厚，其中人物的形象也比较平面化，都是道德人物伦理楷模。正如第一出的主题诗所言"忠悬日月蔡兴宗，节劲冰霜王玉贞，义重交游吴自戒，孝能竭力蔡端明。禅心如水僧明惠，法力无边观世音，四美济川阴德盛，洛阳桥就万年春"近乎完美的人做着完美无缺的事，演出了一场略显无聊的完美传奇。但除此之外，该传奇音韵谐和婉转，虽然已经能够预知故事的结果，故事的个别情节相对而言也还算比较跌宕。歌颂承平、教人为善，某种程度上也约束着部分人为非作恶，有利于社会秩序的维持。

（刘颖）

鸣凤记（第十七出、第二十一出）

无名氏[*]

题解

《鸣凤记》，昆腔传奇的著名剧目。明嘉靖年间，严嵩、严世藩父子把持朝政，党同伐异，排除异己。夏言力主收复河套地区并委命曾铣前往督兵，二人同被杀害。杨继盛弹劾奸佞，上书痛陈严嵩之罪，反而惨遭斩首，其妻于刑场自刎。此时东南沿海倭寇猖獗，皇帝严令抗倭，严嵩却举荐赵文华督兵剿贼，坑杀沿海百姓来冒功邀赏。邹应龙、林润同学交游，结为异姓兄弟，二人科场高中，与其师翰林学士郭希颜同去祭奠夏言。严世藩指使鄢懋卿将邹、林二人选官至边远之地，欲以除之。董传策、吴悭斋、张鹤楼三人联名劾奏严嵩，反受杖责，发配充军，有赖锦衣都指挥使朱希孝，才免于被严嵩进一步加害。郭希颜纠弹贼臣，遭严嵩陷害而死。邹应龙、孙丕扬御前弹劾严氏父子，林润也上书揭发二人罪状，终于斗倒了欺君误国的权臣严嵩，并促使严世藩腰斩于市。作者把夏言等人称为"双忠八义"，把他们前赴后继的斗争精神称为"朝阳丹凤一起鸣"。《鸣凤记》是明传奇中几乎与时代同步的时事政治剧，相对完整而及时地反映了当时的政治事变，深刻地体现了当时文人士大夫的社会忧患意识以及政治参与意识，并开启了此后反严嵩系列政治戏剧的创作高潮，也成为崇祯年间反魏忠贤系列戏剧的先声。

---

[*] 无名氏。《鸣凤记》作者颇有争议：一说是王世贞，一说是王世贞及其门人、门客，也有人认为是唐仪凤，或者直接写无名氏。因前三者学术界无法达成一致，故而此处取佚名。

原文

第十七出　岛夷入寇

【番卜算】〔净扮汪上〕五岛[1]并钦从[2],一言招寇叛。男儿志气欲图王,败则依山险。海岛经营二十年,中原激我上番船。从今仗起龙泉剑,霹破东南一半天。自家姓汪,原是通番主人。出没江洋,招引来船去棹,埋藏岛屿,贸迁宝货奇珍。琼崖儋万[3]是家乡,日本流球[4]为传舍。五岛倭夷,并皆钦服,因自号为汪五峰。不想近年以来,大明宰相严嵩当国,贿赂公行。故此沿海守郡官员,竞来索我外国奇珍宝玩,贡奉权奸,多不偿价。有等门下贪污党与,谋升福浙等处镇守,意图满侵东南海利,将我商人屡次腰斩。既夺我生涯,又绝我归路。我大丈夫不能流芳百世,亦当遗臭万年[5]。昨已分付头目徐明山等,打造战船数千,率领倭夷数万,整备五须枪、铅锡铳、燕尾箭、福清刀等器械,一齐举发。径到福浙苏松等处,攻劫城郭村乡,掳掠子女玉帛。满载而归,胜做一生买卖。头目们何在?〔众扮倭夷上〕科头跣足学蛙鸣,跳梁跋扈干天宪[6]。大王有何钧旨?〔净〕战船兵器,可曾完备么?〔众〕完备多时了。〔净〕如此,趁风先到福建等处,攻杀前去。

【豹子令】〔净〕跨海攻城星斗战、星斗战。鲸川交刃浪波穿、浪波穿。寰宇横行谁御我。虎贲何足数三千、数三千。〔合〕谅无充国守屯田,大明从此震山川。

【前腔】〔众〕两两飞刀追走电、追走电。搜搜羽箭混飞烟、混飞烟。城郭村庄烧毁遍。金银妇女载归船、载归船。〔合前〕

〔净〕豪杰潜居海岛中。〔众〕一朝兵动满江红。

〔净〕江南金帛千千窖。〔合〕大笑一场天地空。

第二十一出　文华祭海

【乔八分】〔丑领众上〕腰悬金印气英豪,耀日旌旗间宝刀,长驱水陆驾波涛。先声后实，直捣向倭巢。少壮曾无汗马功，止因权要拜元戎。提兵且玩江南景，那管民财尽劫空。我赵文华素无龙韬豹略[7]之才，遽统蚁集蜂屯之众。人皆道我任大责重、不堪其忧，却不知我随机应变、自得其法。我闻得海上倭贼利害，自去厮杀不成，只是调兵遣将、罚罪赏功而已。幸而成功，归功于我；不幸无功，当广求些首级，亦可塞责。况我朝内有人，边功易奏，岂有他虞？众将官听我号令。〔众应介，丑〕队伍务要齐整，器械务要鲜明，粮草务要接济，先声务要惊人。沿途迎接将官，贽礼重者容他相见，轻者发在军前听调。驿中所备供帐铺陈、动用酒器，不整齐者以为不敬论。百姓犯我军令者枭首，起程前去。

【金钱花】貔貅百万雄骁、雄骁。辕门号令声高、声高。金戈铁马出王朝。〔合〕弓上矢，鞘离刀。魑魅避，鬼神号。魑魅避，鬼神号。〔众〕禀老爷，已到苏松地方了。〔丑〕且扎住人马。待我行牌到各府州县，吊取金银，先赏三军，然后出兵。〔众〕禀老爷，官军利于海战。故将官出兵，必先祭东海龙王，自然取胜。老爷到此，也要祭海。〔丑〕祭海用何礼物？〔众〕用猪羊四十副、金银酒器一箱、诵经和尚一名。〔丑〕祭过了，这东西何用？〔众〕猪羊分赏众军，酒器留在老爷公用。〔丑笑介〕有理有理！且到杭州去祭了罢。〔众〕就要出兵，等不得到杭州。〔丑〕你不晓得杭州近我家里，这些猪头羊头好腌回去当菜蔬吃。〔众〕老爷，这个是小事，不如快祭了。多取得几个倭头，少不得每颗值五十两银子。〔丑〕说得有理，快备祭礼来。〔众〕祭礼已备完多时，和尚也在辕门外听候。〔丑〕换进来。〔二末抬祭礼，净扮和尚上〕送祭礼官告进。〔净〕祭海诵经僧人见老爷。〔丑〕起来，既已完备，就此起程到海上去。

【前腔】悠悠旌旆飘摇、飘摇。声声金鼓齐敲、齐敲。艨艟巨舰驾云涛。〔合〕登海岸，祭龙蛟。星斗战，岳山摇。星斗战，岳山摇。〔众〕此处已是海船上，祭卓[8]已摆完了。〔丑摆作跌介，左右扶丑介，净〕请爷爷拈香，小僧祷告。〔丑拈香介，净挽诵子〕云淡风轻近午天，将军出海驾楼船。胸中不识韬和略，祭告龙神只靠个天。南无东海大龙王，八万金刚佛菩萨。〔内吹波锣呐喊介，丑〕这是甚么声？〔众〕倭船上会哨。〔丑惊介〕好怕人也。〔末〕请爷爷拈二炷香。〔丑拈香揖介，净挽诵子〕三月残花落更开，三军结束出兵来。平生不习得刀枪法，只愿倭头滚得来。南无东海大龙王，八万金刚佛菩萨。〔内鸣锣呐喊介，丑惊掩耳介〕这是甚么响？〔众〕是倭船上杀人。〔丑〕不杀到这里来么？〔众〕尚远，在此老爷放心。〔净〕请爷爷拈第三炷香。〔丑特落香介，净挽诵子〕金炉香烬漏声残，听得波罗^[9]阵阵寒。来时弗见个倭夷面，只要金银满载还。南无东海大龙王，四万金刚佛菩萨。〔众〕这和尚方才念八万金刚，如今念四万，如何少了一半？〔净〕你不晓得这一半是冒支官粮的虚兵，恐怕爷爷点名，故不敢念。〔众〕祭告已毕，请老爷回船。〔丑〕既祭毕了，把那老和尚开刀罢。〔众绑介，净喊〕爷爷，小僧是有功之人，怎么到把来开刀？〔丑〕常人有言，未过江要做千僧功德，过了江把和尚就煮来吃。今日海又祭了，不杀了你，要你做甚么？且把你头来充做倭头，也值五十两银子。〔净〕爷爷饶了小僧，有个大好处。〔丑〕甚么好处？〔净〕小僧是戒坛上住持，管下五百云游和尚。待小僧率领前来，充作倭兵。幸而取胜，不要说起；若不胜，那时献首尽作倭头，到有一万五千两银子。〔丑〕说得有理，快放了。〔笑介，净〕爷爷，若把我和尚上下两头算起来，到满了三万两，也不可知。〔丑〕哎，好无状。〔净〕好无耻。〔下，丑〕众军士听我分付。水兵停泊东海大洋，且待倭寇劫掠满载。那时邀截，可以人财两得。〔众应，丑〕陆兵沿路巡哨，遇倭斩倭。若无真倭，就杀几个疲癃残疾面生可疑的百姓，亦可假充要赏。〔众应，丑〕我儿，只是一件，不要杀苏州人。〔众〕为何？〔丑〕他有记色，头发都是空心的，那里像个倭头？且收船入港去。

【前腔】天生当世雄豪、雄豪。提兵不用心劳、心劳。从今一祭息风涛。〔合〕看夷虏退，唤回朝。金满载，任逍遥。金满载，任逍遥。〔内奏军乐，众齐下〕

837

注释

〔1〕五岛：明代汪直曾以日本五岛为据，进行海上贸易与抢劫。

〔2〕钦从：敬服、听从。

〔3〕琼崖儋万：指海南岛一带。

〔4〕流球：即琉球。

〔5〕我大丈夫不能流芳百世，亦当遗臭万年：出自东晋桓温名言。

〔6〕天宪：谓朝廷法令、王法。

〔7〕龙韬豹略：指兵法。

〔8〕祭卓：应为"祭桌"。

〔9〕波罗：梵语"波罗蜜"之省。

评析

《鸣凤记》是政治时事剧的发轫之作，可谓即时报道了严嵩父子倒台的新闻，也最能够反映当时的社会现实和社会认知。

明朝倭寇为患东南，劫掠金银妇女无数，嘉靖年间更是猖獗，屡禁不止，难以肃清。名为"倭寇"，实际上却以中国人为主。浙江舟山一带岛屿众多，许多人便流寓海岛之间，假称倭寇。第十七出《岛夷入寇》就是倭寇头子汪五峰依托海岛为寇，"五岛倭夷，并皆钦服"，因而自号五峰，实际上就是以明嘉靖年间的"倭寇王"汪直（后改名王直，又名五峰）为原型。汪直本是徽州盐商出身，成为倭寇首领后，先后以浙江双屿港、舟山沥港，日本的五岛、平户等地为根据地。

虽然作者的本意并不在于探究倭寇为患的原因，却道出了当时士人对于这一事件的认知。为寇一方，劫掠百姓，"满载而归，胜做一生买卖"，抢劫获得暴利显然具有极大的诱惑力。但汪五峰"埋藏岛屿，贸迁宝货奇珍"，实际上也并不以劫掠为主。寇和商，二者并不矛盾。尤其在沿海地区，甚至寇就是商，而商也可以转为寇。明朝中后期，社会经济的发展尤其是东南沿海地区资本主义的萌芽，以及船舶建造、航海技术的发达，使得海上贸易利润巨大。但朝廷限制民间的海上贸易，实行禁海政策。在有利可图的情况下，不少商人铤而走险，成为"倭寇"，从事海上走私贸易。汪五峰既是倭寇首领，又是最大的海上走私贸易商人，甚至还拥有精良的战略武器，比如"五须枪、铅锡铳、燕尾箭、福清刀等器械"。汪五峰为寇的原因，一是海上贸易利益巨大且得来极为容易，其二便是迫于严嵩及严党的贪婪。沿海守郡官员为了巴结严嵩，贡奉权奸，"竟来索我外国奇珍宝玩"且"多不偿价"，甚至"有等门下贪污党与，谋升福浙等处镇守，意图满侵东南海利，将我商人屡次腰斩。既夺我生涯，又绝我归路"，进退无路，这才决意武力反抗。当然，转商为寇的原因极为复杂，跟朝廷的禁海政策密切相关，但作者对此进行了艺术处理，更为了凸显严氏一党的祸国殃民、罪不容诛。

严党对内贪污徇私、陷害忠良、阻塞言路，对外不收复失地，不勉力抗倭，以致百姓遭殃、忠臣捐躯、奸佞当道，唯思私囊之饱，徒遗君父之忧。文华祭海之前、严嵩宴游享乐之时，前方报告倭寇为害，劫掠百姓无数、烧毁民居殆尽，严嵩却道："咄！这厮好可恶。我国家一统无外，便杀了几个百姓、烧了几间房屋，什么大事？不看我在这里游赏，辄敢大惊小怪，拿那厮去镇抚司监候。"还擅自扣下奏本，企图隐瞒主上。直到圣旨切峻，责令荐举人才前去督兵剿灭倭寇，严世藩却又向父亲建议道："爹爹，千里专征，责任非小。倘荐一智谋勇略之臣，成功回来，皇上必加殊遇。爵位既尊，必不受制于我，并宠争权之日，难保必无。"严氏父子完全不以国事为重，唯恐大权旁落，不好辖制众臣，故而保荐那个一出场便"附势趋权，不辞吮痈舐痔"的赵文华，趁此还要收取江南财富，甚至抗倭胜利与否都没有关系：假使成功，赵文华"是我腹心爪牙之士，将相同心，永无后患"；一旦失败，还可以隐瞒圣听，"或广求些首级，或伪报些军功，朦胧奏上"。严氏父子炙手可热，乃至一手遮天，读来令人胆战心惊，可谓炙手可热心可寒！

而《文华祭海》一出更是近乎荒诞，责任重大本应不堪其忧的赵文华,却"提兵且玩江南景,那管民财尽劫空"。抗倭犹如一次无关紧要的游戏,正如严世藩所言,失败也不外是多求首级来冒功即可。所以赵文华一路行来,关心的也只是沿途接待官员的贽礼丰厚与否,或者驿程之中自己精致的生活追求,且动辄就行杀伐之权。当他知晓祭海的礼物除"金银酒器一箱"自己可以公用外,尚有"猪羊四十副",便不肯分赏众军,甚至想到杭州祭海,只为杭州靠近家乡,而"这些猪头羊头好腌回去当菜蔬吃",读来可恶又可笑。一旦祭海时,和尚祷告神明护佑,赵文华内心忌惮倭寇会伤他性命,又连续发问,就更可笑了。赵文华贪惏无餍、贪生怕死的小人形象,至此称得上是无耻之尤了!他竟然还要卸磨杀驴,将念诵完毕的和尚杀掉来充倭寇首级,冒领五十两银子,甚至还要"杀几个疲癃残疾面生可疑的百姓"假充倭寇:行文至此,严党不灭,天理何在,公道何在!

《文华祭海》中,和尚的祝祷词从"南无东海大龙王,八万金刚佛菩萨"变成"四万金刚佛菩萨",众人因问为何削减一半,和尚答道:"你不晓得这一半是冒支官粮的虚兵,恐怕爷爷点名,故不敢念。"讽刺世情可谓辛辣,偏又诙谐之间调笑道出,将严党的贪墨之风披露无疑。作者刻画小人生动如斯,猥琐至极,当然离不开艺术加工,这就更便于彰显"宇宙胸襟,乾坤性分"的朗朗君子。

忠奸对立,孤臣危涕,与《四美记》不同,《鸣凤记》是骨鲠忠臣以血以泪以生命来完成的谏举,为国无意惜家,为君不遑念亲,苟利社稷,死生以之。作者借杨继盛的妻子提出了千古难题,在"邦无道"的情况下,究竟是做直臣还是明哲保身?杨继盛的妻子道:"皋、夔、稷、契,优游无事,谓之良臣;龙逄、比干,因谏而亡,谓之忠臣。妾愿相公为良臣,不愿相公为忠臣。"而杨继盛却道:"匹夫尚然有志,直臣岂容无为?"家国天下,永远置于君子行事之首。所以《灯前修本》中杨继盛不顾鬼哭,宁愿拼死以期肃清朝野;《吴公辞亲》中吴惺斋为国除奸,无暇顾念老母在堂;《鹤楼赴义》中张鹤楼激浊扬清,便不遑娇妻弱子……前后慷慨八谏臣，夏言、曾铣二忠臣，前赴后继、为臣死忠，相信只有严党倒台，才可期海晏河清。虽然严嵩终于倒台，然而现实的牺牲也过于惨痛。除了"善恶到头终有报，只争来早与来迟"的世俗信念，作者对历史真实也进行了相应的加工，以期人心的完满。譬如皇帝在最后一出中拨乱反正，追赠死义之臣，褒奖有功之士；再譬如忠臣之家，也大都是贤妻、良母、美妾、义子一门节烈。《鸣凤记》将忠奸绝对对立，好坏完全分别，从而使矛盾更加尖锐，戏剧冲突进一步加强，吕天成在《曲品》中评价"《鸣凤记》记时事甚悉，令人有手刃贼嵩之意"。因为《鸣凤记》创作之时，嘉靖皇帝尚在位，戏剧中便只斥奸宄，处处维护皇帝，十一位忠臣或死或流或黜或谪，却道"这也不是圣上斥逐忠良，都是奸臣蒙蔽之过"。最后甚至还要通过皇帝旌表、追赠来写斗倒严嵩后"龙虎会风云，朝野咸欢庆"的美满结局。

魏良辅认为"惟昆曲为正声"，《鸣凤记》作为早期的昆腔传奇，文辞优美、用事自然、情意真挚，不少地方讲究骈俪，体现出文人创作的明显特点。

（刘颖）

玉丸记（第四出、第十出）

朱期[*]

题解

《玉丸记》，全称《奇遇玉丸记》。上虞人士朱其因科闱策试得罪严嵩，归隐三山。朱其与小厮于四明泛舟赏月时，邂逅云太师长女云娟、次女云英。朱其打听到云娟未嫁，心生爱恋，不能忘情，于是以诗

---

[*] 朱期，字万山，上虞（今属浙江）人。生卒年及生平不详。

相和。在云英及其未婚夫裴氏的帮助下，几经波折，朱其终于与云娟成亲。云娟出生之时，太师曾将日本进贡的玉丸相予，云娟在病中将之转送朱其，病愈成亲后二人同归上虞三山。汪直违反朝廷禁海政策，与日本进行贸易，且聚众叛乱，胡宗宪奉命征讨。因风涛大作，汪直巢穴倾覆，遂扰乱浙江沿海一带，其党入朱府偷得玉丸，并在胡宗宪擒获汪直时逃离。新帝登阼，朱其考中，赴任途中染病，又听闻张相行事，功名心灰，辞官回家。裴氏、云英原是仙人裴航与太阴精灵，二人设计夺回玉丸，将之归还朱其。该剧是继《鸣凤记》之后又一反严嵩的政治剧，采用自传体形式，重在讲述个人历史。

原文

第四出　汪直经商

【小蓬莱】〔净扮汪直客人打扮，小生、外客伴，净〕一别家乡千里，顿令人回首新安广纠同伴，欲通日本，渡海登船。新安汪直，别号五峰，家世业儒，营生货殖。先时日本使臣贡献，我们收买浙直丝绵杂货与他贸易，每得重利。近因严相不许通贡，收下杂货无处货卖，兄弟我们只得直过倭国去脱货便了。〔众〕倘去不得怎么好？〔净〕我自有处，假妆宪副乡官作官商，你们扮我伴当[1]就好了。

【朝元歌】〔净〕花妍柳眠，花柳参差间。蜂喧蝶翩，蜂蝶徐飞恋。芳草芊芊，王孙游演[2]，士女骈肩不辨，征客心烦，加鞭趱行莫久延，蜗角等闲[3]看，名缰将我牵。〔合〕羊肠[4]路远，日本在海之东岸。

【前腔】〔小生〕披历霜浓月淡，云霞散碧天，微露湿征鞍。水宿风餐，不辞劳倦，遥盼前程，不惮隔水连山，渔歌惊起双浴鸳，柳外戏秋千，花间啼杜鹃。〔合〕羊肠路远，日本在海之东岸。

【前腔】〔外〕楼上、珠帘半卷，佳人笑语喧。路客惹情牵，举

目偷观，娇羞觑觑[5]，欲住、无由留恋。勒马停鞭，谁能将我心事传？随柳过前川，偷闲学少年。〔合前〕

【前腔】〔众〕拂拂、和风满面，征裘染绿烟，飞絮点清泉，遥想家园，何时得返？且买三杯消遣。借问山边，牧童遥指红杏间。忌带杖头钱[6]，试把春衣典[7]。〔合前〕

〔净〕日色黄昏人疲倦。〔小生〕暂停行旆住雕鞍。

〔外〕且从旅馆忙投宿。〔合〕共饮香醪一醉眠。

第十出　汪直通番

【北醉太平】〔丑、众〕扶桑国人，断发文身，鱼龙杂处海东滨。望中华气象新，五云[8]凝处真堪敬，万山遮拥应难近。天空海阔万年春，异邦君，一使臣。

〔白〕自家日本使臣徐便是也。祖宗徐市见秦无道，上言东海有长生不死之药，装载三百童男童女来居此岛，遂成一国。人民以其日出之处，故名日本，历朝累代无改其名，贡献中华不缺。近因严相用事，不许通贡，俺国主又差俺去贡中国。我想上年贡臣被作贼拿，我今只在海中巡逻中国之人，□□[9]国主亲问杀使的情由，左右□□开船出海去。〔外，小丑开船科〕

【普天乐】〔丑、众〕喜波儿，浑如镜。放轻舟，风恬静。浮沧海，浮沧海，去国离亲。揽群英四海同心。〔合〕呀，看天光云影，满怀尽是春，放棹、张帆、奇胜，奇胜，气象皆新。〔丑、外、小丑下〕

〔净、小生、末上〕吾乃宪司副使汪五峰是也，如今讨了海船，往日本买卖，小厮快开船过海去。

【北朝天子】〔净、众〕泛沧瀛兮海航，望扶桑兮渺茫。喜乘风上下无羁绊，溶溶水色照青襟、客囊。鸟冲天，鱼跃浪，神龙儿伏藏，浮鸥儿、水上，郁郁苍、郁苍、郁郁苍。顾家乡，扣心

怅怏[10]、扪心怅怏。望东涯无方向,望东涯无方向。〔净、众下〕

【普天乐】〔丑、众上〕驾楼船,乘高兴。挂锦帆,风光称。披襟袂、披襟袂,意气精神。见金波[11]万状千形。〔合前,下〕

【北朝天子】〔净、众上〕画鹢[12]兮泛水乡,春风兮拂锦裳。看吾身、如坐青天上,逍遥海宇,似凭空羽翔。水汜浮,风萍漾,浪风儿恐惶,舵帆儿、牢傍,急急忙、急忙、急急忙。闹攘攘,涛翻棹荡、涛翻棹荡。胆中惊、心中恍,胆中惊、心中恍。〔净、众下〕

【普天乐】〔丑、众上〕远家邦,离乡井。谩回观,还自省。心中耿、心中耿,男子胸襟。还须向四海纵横。〔合前,下〕

〔净、众上〕小厮,风大去不得了,快下篷矛。〔丑、众上,外〕禀老爷,前面有中国船只。〔丑〕快与我围捉过来。〔末〕禀上老爷,遇了倭船。怎么好?〔净〕快扯起官商旗号打话[13]。〔外〕来的什么船?〔末〕南国船长,我们老爷大大乡宦,专贩丝绵杂货,到上国货卖的。〔外〕大大鸟也鸡多的低。[14]〔丑〕既是官商,请过船来,不许带器械。〔丑接净过船,见拜介,净〕浙直贩来土物,殷勤远送上国。〔丑〕夷邦久阻经商,幸喜光临青目请坐。敢问大唐大人高姓贵表?〔净〕下官姓汪名直,本朝按察司副使之职。新安人也,致政[15]无事,贩些土物,到于上国货卖,敢问使长贵职尊表?〔丑〕小官姓徐,名便。在上国行人[16]之职,国主差便奉贡。严相闻知俺国主上年有一玉丸贡与首相,今又来索。本国止有此宝,已贡上国,回言无了,以此致怪,贡臣每作贼拿。〔净〕上国此宝,何处得的?〔丑〕国主中秋玩月,月华降精,拾得的。曾闻上古琉球国,亦贡天球一颗于周公,此乃日精。二宝千年一降,不可再得。今大人可将宝货,上于敝国大唐街店,同面国主,细陈前情,自当重谢。左右,就联身回国。

【北朝天子】〔丑〕幸高贤、顾小邦,得逢君、见国王。更资财巨万在舟航上。〔合〕两邦贸易,旧原通贾商,被奸臣相欺诳,阻隔吾行,数年难、负贩,近近乡、近乡、近近乡。海中涯,两边可望、两边可望。却为何、相离间,却为何、相离间。

【普天乐】〔净〕幸逢君,过恭敬。愧樗材[17],无伸贶[18]。予侥幸、予侥幸,倾盖联襟,请从今,异国昆朋。〔合前,俱下〕

注释

〔1〕伴当:随从的仆人。

〔2〕游演:缓缓地游行。

〔3〕等闲:寻常。

〔4〕羊肠:狭险曲折之路。

〔5〕觍觍:即腼腆。

〔6〕杖头钱:西晋阮修时常"以百钱挂杖头"至酒店独酌,后以此指买酒钱。

〔7〕春衣典:春衣指春季所穿的衣服。杜甫《曲江二首》中"朝回日日典春衣,每日江头尽醉归",典春衣以买酒。

〔8〕五云:指皇帝所在地。

〔9〕□□:影印文字不清,以此示之。下同。

〔10〕怅怏:惆怅不乐。

〔11〕金波:反射耀眼光芒的水波。

〔12〕画鹢:指船。船首画鹢鸟,故称。

〔13〕打话:对话、交谈。

〔14〕大大鸟也鸡多的都低:未详其意。

〔15〕致政:即致仕,辞去官职。

〔16〕行人:使者、使臣。

〔17〕樗材:喻无用之材。

〔18〕贶:赠送的礼物。

评析

　　《鸣凤记》之后，兴起了许多反严嵩的政治剧，《玉丸记》就是一种。《玉丸记》创作于万历初期，虽然是反严嵩戏剧，但并没有过多的有关政治斗争的描写。所相关者，不过是朱其因得罪严嵩而科举失意，日本因得罪严嵩而不许通贡。朱其隐居三山，遂有与云娟的邂逅。又原来云太师执政之时，日本曾进献玉丸一颗，太师将此丸赠女，于是云娟表字玉丸。严嵩当权后，向日本索要玉丸，奈何玉丸是日本国主于月华降精之时所拾，不可再得，严嵩于是不许日本进贡。这便有了《汪直经商》《汪直通番》二出文字。

　　《玉丸记》中的汪直，史有其人，他是嘉靖年间大海寇的首领之一。明朝的海禁政策对中外自由贸易有一定的影响，但海外邦国尚可以借着朝贡的机会沿途进行贸易买卖，所以《汪直经商》中写汪直收买了一些浙直丝绵杂货，专等日本进贡，好收获重利。但严嵩因为不得玉丸，于是将日本使者拒之门外。汪直置办的货物无路可销，只好铤而走险，假托官商前往日本脱货。自古慨叹商人重利轻别离，但俗语"物离乡贵，人离乡贱"，客商漂泊外地，饱受霜风寒水之苦，沐栉辛劳，亦值得称赞。何况汪直竟要到远在海之东岸的日本，一路"水宿风餐，不辞劳倦"，即使满楼红袖招，佳人笑语盈盈，却也只能"举目偷观""欲住、无由留恋"，再不能像文人士子一般，有"骑马倚斜桥"的悠闲从容和风流自赏。他们只能匆匆赶路，"披历霜浓月淡，云霞散碧天，微露湿征鞍""加鞭趱行莫久延"。羁旅在外，大多有着"未晚先投宿，鸡鸣早看天"的忧虑，所以《汪直经商》一出最后写"日色黄昏人疲倦""暂停行旆住雕鞍"，日暮黄昏，赶了一天路的汪直一行已是满身疲累，"且从旅馆忙投宿""共饮香醪一醉眠"，酒以忘忧，或许只有借助此物来化解心中对故乡和家庭的情思，才能卸下忧愁，醉乡沉酣。

　　行路难，海航亦难，虽然有"看吾身、如坐青天上，逍遥海宇，似凭空羽翔"的阔大气象与逍遥自在精神，可惜也多有"涛翻棹荡"的心胆俱惊。但《汪直通番》并没过多着墨于此,而是经由徐便与汪直的海上相逢,点出"两邦贸易,旧原通贾商,被奸臣相欺诳,阻隔吾行",再次点出"反严嵩"的主题之一。徐便,是徐市的后代。徐市,即徐福,《史记》记载他曾率童男女数千,入海求仙人。中国说"四海",实际上却只有东、南滨海,而又以东海为主,来设祠祭祀。始皇曾在琅邪等地刻石,徐市入海自然也是入东海,故后来的人便附会出日本来。但汪直经商至日本,是实事。历史上记载汪直曾在靠近宁波的双屿岛上进行海外贸易,但双屿岛为官府摧毁倾覆后,汪直便与日本直接发展贸易。朱期《玉丸记》中的汪直,比较显豁地体现出嘉靖时期"倭寇"亦盗亦商的身份,而不只是着力描述他们的十恶不赦,这也是对历史真实相对客观的反映。

《玉丸记》创作于万历初年,祁彪佳认为该剧是"玉丸之遇,万山以自况者",所以虽然"反严嵩",戏剧文字却主要集中在影射作者自己的主角"朱其"身上。朱期自己怀才不遇,借戏剧来表达自己"不为苟合,虽有倾朝之势,灼人之威,亦不为稍动于中"的风骨,以及对权奸误国、浮沉由人的官场生活的倦怠厌恶,因而逃名遁世,去做青山白云之人。

(刘颖)

白袍记(第十六折、第十九折)

无名氏

题解

《白袍记》,全称为《薛仁贵跨海征东白袍记》。讲述的是伯济国太子派昌黑飞前往唐朝进献三般宝贝,反被交丽国的抹利支葛苏文掠夺并在昌黑飞脸上刺诗辱唐王。唐王大怒,遂率兵征辽,因梦绛州白袍将救驾，便命该地太守张仕贵招兵。薛仁贵前往投军，张仕贵怕薛仁贵夺了自己的权柄，找借口将他打发。负责粮草的程咬金邂逅了薛仁贵，慧眼识得英雄，又见他打虎手段，亲自送他从军。唐王欲考校众官才能，薛仁贵摆龙门阵、写平辽论、施过海漫天计，却被张仕贵冒功领赏。此后辽兵围海，薛仁贵跨海出征，驱散敌军，且设计夺取凤凰城、三箭定天山，又被张仕贵压制，不为上知。胡敬德奉唐王之命犒赏三军，探访得知张仕贵冒功。适逢葛苏文搦战，胡敬德战败，唐王亲自出战，不幸陷在淤泥中，被薛仁贵救出，并杀退辽军。水落石出之后，张仕贵设谋欲烧死仁贵，自己反被烧死。善恶得报，薛仁贵衣锦还乡。

原文

第十六折

【出队子】〔净唱〕交人[1]可怒，擎堂鄂国公[2]，终朝与咱结冤恨，朝夕凭栏计未成，除非害却称我心。心事不平空宴乐，除非杀却事方休。为何发此言语，今日当朝封我官职，要佐平辽论。我在绛[3]州之任，吃朝廷爵禄，与百姓分忧，那晓甚么论？王孙教、薛延佗，料他不济事。还叫薛仁贵过来，把计较哄着他，看他如何？仁贵快来！〔生上〕忽闻何人唤名姓，转过前来。听使令。禀老爹，有何分付小人？〔净云〕我儿好计策，你是我心腹之人，不要下跪。起来！当朝来日要看平辽论，我不晓得，你晓得么？〔生云〕我略晓得些。〔净云〕你既晓得，当朝赐我玉带一条，我就与你罢。〔生云〕小的没有职分，决不敢受。〔净云〕藏了，也没人知道。〔生云〕小的藏了不好，本官带了。〔净云〕也好。我带，异日有官还是你的。我也去做论，你的好就把你，我的好就把与我，我的与你皆一般。〔生云〕是。〔净云〕要甚么？〔生云〕要公座[4]。〔净云〕就把我的公座与你，手下拿文房四宝与仁贵用。你可用心佐，眼前相别去，久后又相逢。〔净下，生云〕得他心转日，是我运通时。待我不免浓磨香墨，写下平辽论来。

【端正好】读的是吕望[5]书，三略[6]黄公计。风云竟会时，龙虎相逢日。灯前草草用坚心，只待把那平辽都扫尽，这回方表忠诚。

【滚绣球】生长吾身、天地间，一片丹心贯斗悬。不怕辽兵不肯还，我只待要尽吾之愿。日月光寒星斗偏，又只怕时衰难见当朝面，浩气轩然。

【辽水令】曾闻巴家将廖家兵，有勇无谋智。摩山，天上摩天关，计较的中千万。志杀取葛苏文，生擒巴彦，只教他拱手来顺。取凤城，安住当朝帝王赏三军，插红缨，方遂吾心意。那怕他铁铸头皮也，荡他平阳[7]地，念小臣，不胜屏营[8]之至。

【尾声】那时才称平生志，不枉了他邦走一回。便死也做忠良鬼，这里微臣，如此道理。平辽论写已完，请本官出来看便了。〔净上〕论在哪里？〔生云〕论在此。〔净云〕拿来念一遍与我听。〔生念介，净云〕比我的不差，一般同，又一件，明日献上论，唐王来诏你。〔生云〕乞望主公见怜我。

来朝献论见唐君，便见当朝肯信臣。

正是暂时得相见，果然胜似岳阳金[9]。

第十九折

【侥侥令】〔末、净上〕气贯虹霓，威风凛凛，愿交唾凯回程。〔末云〕张仕贵，计较如何？〔净云〕安排已定了。〔末云〕尽在你身上，我皇早来。唐皇唱神思无寐，一心要坏取辽兵。〔合〕吾王不必多忧虑，料天，天必定周庇。〔唐云〕臣事体若何？〔末云〕我王，还有二三日不起，如今城里没有好景致，城外有一百里花亭，四时有不谢之花，八节有长青之景，可以散闷消遣情怀。〔唐云〕众军就罢銮驾，到那里游玩一时。〔末云〕启圣上起程。〔唐云〕一去二三里。〔末云〕烟村四五家。〔皇云〕楼台六七座。〔合〕八九十枝花。

【画眉序】〔唐唱〕同上百花亭，景色融合，喜、重重。见纷纷，来往援接，如云。人人唱乐业声频，亭中好景，悄如春梦。〔合唱〕会合总是前缘定，花前一醉春风。〔皇唱〕香醑泛金樽，杯酒擎奉表殷勤。美敬记得昔年，果显威名。论武艺，真有功勋，名字在凌烟阁[10]上。〔合唱〕小将感皇恩，四海雍熙[11]，太平春。看辽邦不久，尽属吾君。谩夸他文武皆通，全赖着一人有庆[12]。〔合〕

【滴溜子】〔外、丑上〕皇朝命，皇朝命，不敢有停，不敢有停。须索便行，便行。不日里，转回京城。〔外、丑云〕启我王万万岁。〔唐云〕跪的是何人？〔末云〕我王，乃是辽东父老，迎接我王。〔唐云〕父老，寡人无德行，你父老却有德行。非干我要征辽东，却是红袍莫利支[13]欺我太甚。你父老权在此，征辽回来，赐你官职。〔外、丑云〕谢我王万岁。不堪回首处，分付与东风。〔下〕

【红绣鞋】大江西水悠悠，何妨举棹东流，东流。番思赤壁土火云浮。〔合唱〕山荡样[14]，水沉浮。同泛过木兰舟。〔唐惊介，皇唱〕四边去雾，初收了，交人对景堪忧，堪忧。料应吾命也难留。〔合，唐云〕臣子怎么了？快去问总管。〔末云〕开路总管，你怎么弄这虚头？这般风浪滔天，当今把身不定，快作计较。〔净云〕国公爷爷，容小臣一霎时。〔末云〕就容你一时。〔净云〕手下，叫仁贵来。〔生云〕怎么的？〔净〕当今把身不定，快说计较来。〔生云〕老爹不要惊惧，当今真名天子，五湖四海龙王来朝，若要平静，写"免朝"二字丢下水去。龙王见了，就不来朝。〔净云〕如此，你不要离了我。我王，这不是城外，这是海上龙王真名天子，五湖四海龙曹来朝。若要平静时，我王要亲手写下"免朝"二字，丢下水去，就得平静，却无些事。〔唐云〕拿纸笔过来。〔写介，丢下介，末云〕总管，其余计策，我不信是你的。这二个字儿就得平静，方见是你的好手段。〔内喊介〕我王，辽兵围住海，不得到岸去。〔生云〕远观

850

不见，近觑分明。□□[15]望见辽兵围住海，海船不得到岸。手执方天戟，□[16]上银须马，跨海征辽，使了平生心胆壮。我的功劳，那怕他辽兵。〔杀介，唐云〕众臣，分明见一将帅，身穿白袍平生跨海，可以助他，一阵威风实猛。

任他走上焰摩天[17]，脚下腾云须赶上。

注释

〔1〕交人：教人。

〔2〕鄂国公：即尉迟恭，字敬德，封鄂国公。因是"胡人"，故被称为胡敬德。

〔3〕绛：当作"绛"。

〔4〕公座：官吏办公的座席。

〔5〕吕望：即姜太公，《六韬》据传是太公兵法。

〔6〕三略：相传汉初黄石公作《三略》兵书。

〔7〕平阳：平坦。

〔8〕屏营：惶恐。

〔9〕岳阳金：岳阳为楚地，楚金号南金。借指贵重之物或优秀人才。

〔10〕凌烟阁：为表彰功臣而建筑的绘有功臣图像的高阁。唐太宗贞观十七年（643），画功臣像于凌烟阁。

〔11〕雍熙：和乐升平。

〔12〕一人有庆：出自《尚书·吕刑》"一人有庆，兆民赖之"。常用于歌颂帝王德政。

〔13〕莫利支：即抹利支葛苏文，史书中的莫离支是其原型。

〔14〕样：应是"漾"。

〔15〕□□：影印文字不清，以此示之。当是"远远"二字。

〔16〕□：影印不清，以此示之。应为"骑"字。

〔17〕焰摩天：梵语音译，或译为"夜摩天""炎摩天"，喻遥远的去处。

评析

　　薛仁贵，史有其人，新旧《唐书》各有传。"贞观末，太宗亲征辽东，仁贵谒将军张士贵应募，请从行。"至此开始其戎马倥偬的一生。在此战中，"高丽莫离支遣将高延寿等率兵二十万拒战，倚山结屯，太宗命诸将分击之。仁贵恃骁悍，欲立奇功，乃著白衣自标显，持戟，腰鞬两弓，呼而驰，所向披靡"，因而为太宗所知名。薛仁贵在此次征辽战争中的卓荦，使得旧时诸将并老的唐太宗感慨道："朕不喜得辽东，喜得卿也。"此即《白袍记》传奇的故事所本。传奇中，秦琼便作为旧时诸将的代表，因举鼎未果旧病复发不能从征。

　　薛仁贵活跃于太宗、高宗两朝。高宗朝时，仁贵三箭射杀九姓突厥三人，余众震慑，皆下马投降，军中有歌曰"将军三箭定天山，战士长歌入汉关"。这"三箭定天山"的传奇，以及对高丽等国的赫赫战功，多发生于高宗一朝。为了突显其英雄形象，《白袍记》对此作了艺术处理，都系在唐王李世民征辽之时。薛仁贵最初应募于唐将张士贵麾下。张士贵，即传奇中的张仕贵，也有别于历史，被作者处理成胸无点墨、欺世盗名的奸佞之徒。

　　唐王李世民将御驾征辽，要于众官中选取所摆阵势精妙的，封作开路总管。薛仁贵大摆龙门阵，却被张仕贵拿来邀功请赏。鄂国公胡敬德心知内必有隐情，无奈对质时又被张仕贵巧言瞒过。而后唐王着张仕贵作平辽论，而以张之智识必不能堪，是以有第十六折，来具体写出张仕贵如何哄骗薛仁贵来写平辽论。作者未必肯大费周章地为张仕贵设计花言巧语来骗取薛仁贵的信任，故将此作简单处理，薛仁贵便应诺来作平辽论，反而使贤者益贤，讥刺张仕贵的奸佞无耻更是入木三分。

　　果然，唐王见此论，叹赏不已，遂以张仕贵为"三十六路都总管，二十四路都先锋"。但征辽须渡海，张仕贵又献上了仁贵实施的"过海漫天计"，将海船设计成"上不见天，下不见水"，还于其中砌成百花亭一座，以供唐王游赏，并令小兵扮商人、老兵扮辽东父老，来称颂圣德。但海上风浪滔天，唐王把身不定，又是仁贵使计写"免朝"二字丢入海中，免却了海船颠簸。至于仁贵解释海上风浪成因，却是海上龙王来朝拜人间圣主，因而提出唐王可书写"免朝"二字丢入大海的计策，幻中又幻，奇中更奇。但奈何风浪虽平，又被辽兵团团围住，不得近岸。这便有了薛仁贵着白袍跨海征辽。

　　《白袍记》属于弋阳腔，弋阳腔的接受群众大多为平民百姓，故而曲词多俚俗。且薛仁贵、张仕贵、胡敬德、唐王李世民诸人，各人的语言并没有因身份的区别而呈现不同的特点，都以直白质朴为主。平民戏曲的观者为百姓，在意的必定是故事情节而非语言的精妙，所以作者在创作之时便不在意语言的重复单调。譬如传奇中二人对答之时多用"人平不语，水平不流"引出。但俚俗并不意味着粗糙，作者走笔不停，语言便不显凝滞，此外又不失生动。张仕贵每次应对唐王之际，都要恳请"容臣一霎时间"来，好向薛仁贵咨询计策，再以之讨功。以至于胡敬德不禁抱怨道"一霎时怎么这等多"，观者至此，心领神会之余，难免忍俊不禁。《白袍记》在刻画人物上相对平面化，故事模式也相对单一，不过是贤君良臣因奸邪小人的蒙蔽阻隔而不得相见，到头来终究是善恶果报不错不爽。

（刘颖）

旗亭记（第三十出、第三十一出）

郑之文[*]

题解

《旗亭记》，又名《董元卿旗亭记》，根据南宋洪迈的笔记小说《侠妇人》编写而成。北宋末年，饶州德兴人氏董国度，表字元卿，进士出身，任山东莱州胶水县县簿。恰逢金国皇帝吴乞买闻知汴梁城繁华，驱兵南下，中原沦陷，宋室南渡。董国度滞留北方，与母亲江氏、妻子贾倩娘音信阻隔，弃官想要归家，不料金兵缉捕甚严，不得以投宿在吕家，化名杜重，并在吕氏夫妇的促成下，与隐娘成亲。婚后董国度因思念母亲、妻子郁悒不乐，在隐娘的追问下，董国度将实情相告。隐娘用计使兄长豪客送董郎由海路回宋国，自己随后也由其兄护送至南方董家，与董国度一家团聚。母亲江氏将详情上奏朝廷，董国度同母亲、妻妾前往临安面圣，董氏一家与豪客各受封赏。全剧讽刺了秦桧的卖国行径，体现了董氏一家公忠体国，并着力称赞了隐娘的才智见识以及豪客的任侠仗义。

原文

第三十出

【金蕉叶】〔生、末同上，生〕难猜怎猜，这萍踪还浮大海。望

---

[*] 郑之文，字应尼，一字豹先，又字水濂，号豹卿，又号愚公，南城（今属江西）人。明代戏曲家、诗人。万历三十八年（1610）与钱谦益同榜进士，曾任南京工部主事，历郎中、真定知府等职。与钟惺、钱谦益等相友善。他的著作主要有《远山堂集》《锦砚斋集》等。创作的剧本现今流传有《旗亭记》一种，《芍药记》以及与吴兆合作的《白练裙》俱已亡佚。

不尽，雪浪空排；盼不到，云山家在？〔末〕秀才，你看好大海水也，舟中望一望。〔生背云〕我这身边一些盘缠也都没有，难得这个大哥侯具十分殷勤。他并不曾问我姓名来历，我又不好问他，好生心下疑惑哩。〔末〕秀才，你自言自语怎的？〔内作风起科，末〕海风发了，摇起去。〔作摇舡[1]科〕

【山坡羊】〔生〕势汹汹，波涛乱拍；黑范范，汪洋万派；气鄫鄫，楼台蜃成；业微微，多少桑田改。滚雪高，长空怒浪排。生人，一点一点、浮沤[2]在，极目云山，几多天外。伤怀，如何愁闷开？音埋，知还骨肉谐。〔内作风起，末摇舡科〕

【水红花】晚景将暝、朔风来，海天霾、轻舟难载。人生长是客，天涯转头来，风波还在。〔生〕欲避，知他何处逆浪？好撑，回再莫到沉沉宦海也啰！

【梧桐叶】〔背唱〕国都忘，家都败，心想随迁，反被带。羁囚异国，成担待。想苦海，回头落得形骸，图得子母团圆是分外，也教人还尽了忧愁债。〔末〕月上了，直抵南岸去。

【水红花】海月如镜水天开，海南来、风波休再。千帆触浪尽成堆，满空排、寒威不解。〔生〕到了。故国风烟如旧，异域好归来，这的是神天托赖也啰！〔急摇下，净、丑赶上〕

【金钱花】等得一帆风来、风来，半夜谁知撑开、撑开。满船明月载归哉，想金帛与钱财，命难得，事多乖。〔净〕一船行货被他尽夜走了，可恼，可恼！〔丑〕这贼男女，一定也是个了得的，不曾下手也好。〔净〕罢、罢，得放手时须放手，得饶人处且饶人。

第三十一出

〔末扮酒保上〕久酝清香酒旆斜，奉饶立誓莫言赊。店如星密行三里，酒不雷同只一家。自家是这旗亭下酒肆中店小二哥的便是。我这里住近海滨，南来北往，无不经由。且是门面整齐、案座干净，会酒来的，包酒去的，都在我家，委实好酒。〔内云〕怎见得？〔末〕滴溜溜，杯浮碧绿[3]；香馥馥，味胜醍醐[4]。佳人擎盏，能添镜里酡颜[5]；才子吞杯，会写胸中醉墨。乐饮的凭他呼骰藏阄[6]；穿走的也有弹筝唱曲。座上三杯五碗，门前东抢西歪。吃酒时涓滴无余，会钞处分文不爽[7]。如今早起时分，不免挂起壶瓶，抹净桌案，好发利市。正是神仙留玉佩，卿相解金貂。远远有个骑头口[8]的大汉来了。〔外走，马上〕

【高阳台】足遍天涯，气空湖海，生平任侠非一。秘迹奇踪，英雄若个能识？头颅自可为知己。总黄金一诺非惜，辨心肠、冲风度[9]晓为人出力。酒家来到这海滨，等那人不来，却有话说。且分付酒家置酒相待。酒保有么？〔末上〕不将辛苦意，难得世间财。官人里坐。〔外〕你先替我撒和马，我要在这里办酒请个客，有好酒么？〔末〕酒有好的，小的拣一个僻净座头，官人坐了。〔外〕我在外厢望客，你自去收拾。〔末〕是了，三杯和万事，一醉解千愁。〔下，生上〕

【胜葫芦】万死余生出虎穴，来此、是乡国。若得一家仍旧日，娘儿夫妇永远不离析。〔外望见科〕董郎来了。〔生见科〕讶，阿舅元来先在此。〔外〕我在此等久了，叫酒保。〔末上〕有、有、有！〔外〕我们话长，你把酒托在这旗亭上来。〔末〕晓得了。〔外、生行科，末〕到亭子上了，酒在此。〔外〕你自一壁厢去，要取酒时自来叫你。〔末〕教来便来，叫去便去。〔下，外酌酒科〕

【高阳台】数载离家、一朝归国，男儿意愿今毕。故业荒芜，何计更支朝夕？咱家备有黄金二十两，奉为太夫人寿。〔金放桌上科〕纤悉承欢，聊向高堂奉也，粗明寸心，今日，好权收，丈夫交谊，自轻双璧。

〔又生〕深激万死逃生，中流一拯，长虹谊贯天日。一诺千金，中心不胜铭刻。千镒便教反赠非为报。这其间，缅颜消得。〔外〕岂有不受之理？〔生〕大恩人愿收成命，再休央及。

〔又外〕迂僻，意气相投，肝胆共照，区区阿堵[10]何惜？金尽床头，壮士也！知无色。〔生〕这个断不敢受。〔外〕休执，丈夫多少豪举事，便须臾千金一掷，总难言倘来非义，致污清白？

〔又生〕哀乞厚意当承，私心未妥，如何敢为偏执？谊重情深，感恩亮非此日。〔外怒科〕咳，大丈夫赤手还国，要与妻子同饿死么？〔生〕非逆书生，见识应如此，况有他妇言在昔。〔外〕咱家妹子说甚么？〔生出袍示外科〕这其中尚多情节，望君鉴识。〔外细看袍大笑科〕吾智果出彼下。董郎，吾事尚未了，不久当挈吾妹还你。小心回去，仔细那袍中意思，我去了。店小二，带那头口过来。〔内应科〕在门首了。〔外上马科〕

【尾声】女侠如是真难得。〔生〕不出英雄心力。〔外〕请了。还和你相逢他日。〔竟下，生〕

　　　　天涯海角再追寻，自是英雄意气深。
　　　　但愿应时还得见，须知胜似岳阳金。

注释

　　〔1〕舡：同"船"。

　　〔2〕浮沤：水面上的泡沫，比喻生命短暂。

　　〔3〕碧绿：酒面上浮起的绿色泡沫。

　　〔4〕醍醐：美酒。

　　〔5〕酡颜：饮酒脸红貌，也泛指脸红。

　　〔6〕藏阄：藏阄游戏。

　　〔7〕不爽：不错。

　　〔8〕口：马。

　　〔9〕风度：气概，器量。

　　〔10〕阿堵：指钱。

评析

《旗亭记》第三十、三十一出，发生在隐娘使计，令兄长豪客送丈夫董国度先行回家的路途中。因金兵到处搜寻宋人，豪客先送董国度（以下称董生）到海边乘船，而后前往南岸等他。董生登船之后，尽管身无分文，却受到了船夫的款待，心下疑惑，读者却未必疑惑（应是豪客私下里安排的）。南岸相逢，豪客又以钱财相赠，被董生拒绝。这两出戏剧表面上主要写董生、豪客二人，实则于隐娘，却是不写之写。因为写豪客本事了得，实际上更是写隐娘本事了得。金人如此严酷地收捕宋人，而豪客可带董生逃过层层盘查；及至海岸等船，便立刻有一海船方便登舟，董生上船又受到诸多照顾；海贼混江龙、母夜叉（净、丑扮）夫妻二人专以打劫海中客船为生，本设计要将船底凿破，待船上之人喊救，好下手劫财，但到底没能下手，悻悻作休。……诸多事迹，不必一一交代缘由，也足够显示豪客的神通。而如此智勇之士又非血亲，缘何能成为隐娘之兄？自然因为，隐娘亦非寻常女子。戏剧第二十七出中，隐娘曾叮嘱董生，待把他送至宋国之后，豪客必定以钱相赠，到时千万要推辞了，实在不行便将自己做的衲袍给豪客看。董生问及原因，隐娘道："你不知我阿兄，是个义气的人。只空手送你南归，意还未满，赠你数十万钱，须索罢手。你若主定意儿不受，他毕竟再来护我去，方才了得他这一片心肠。"隐娘敏感地抓住了豪客的心理特点，如果董生受金，豪客便会以为心意已尽，则她未必能再见董生；而董生一旦却金，豪客内心自然过意不去，定会护送她前往宋国与董生相聚。因而当董生果然辞金不受，并以衲袍相示时，豪客回道"董郎，吾事尚未了，不久当挈吾妹还你"，皆如隐娘所料。原来，为防董生在外生计窘迫，隐娘预先做了一件衲袍，袍内缝了一囊金箔，以解燃眉之急。这层意思，豪客细看衲袍时已发现，不由嘱咐"小心回去，仔细那袍中意思"，无奈董生愚钝。直到第三十七出，无力奉养老母的董生欲要典当衲袍，却被妻子发现袍中的机关，这才暗服隐娘的器识。汤显祖激赏隐娘这一巾帼女侠，感慨道："世之男子不能如奇妇人者，亦何止一董元卿也。"不仅董生不如，即使剧中最为出彩的男性豪客也自愧不如，大笑道"吾智果出彼下"。

汤显祖的《董元卿旗亭记序》中陈说自己感于董元卿事迹，因"其事可歌可舞，常以语好事者，而友人郑君豹先遂以挟日成之"。由此可见，《旗亭记》的创作是因为汤显祖无意的推荐，而郑之文颇为这则故事打动，于是用了十天左右的时间创作而成。故事的本事最早见于南宋洪迈的笔记小说《夷坚志》，由范成大口述的《侠妇人》一节。《旗亭记》虽然以豪客与董生海滨饮酒之处命名，但其中的灵魂人物仍然是隐娘。只要能写好隐娘这个人物形象，传奇便可谓成功了一大半。吕天成在《曲品》中称赞《旗亭记》"曲多豪爽"，汤显祖赞许郑之文"其词南北交参，才情并赴。千秋之下，某氏一戎马间妇人，时勃勃有生气。亦词人之笔机也"。书生之笔，写侠义便是侠肝义胆，写英雄就是英雄本色，写女侠亦是巾帼风骨，所以关于隐娘的笔墨，千载百载，读来都是勃然生气、跃然纸上。然而这一女侠在南宋不见于正史，只撷于稗官野史，所以汤显祖不无遗憾地感叹"独恨在宋无所短长于时，有以自见，使某氏之侠烈不获登于正史，而旁落于传奇"。

当然，风流俊赏的郑之文除了刻画人物毕肖其态外，也将自己的感情融入其中。在传奇中，屡次借董生之口来表达自己对于仕宦的消极态度。一开场，进士出身的董国度便只想晨昏定省，奉养老母终老，而并不着意于赴选。由于母亲劝他要学成为国，况兼家贫亲老，自当不择禄而仕，这才上京听选，前往莱州胶水县就任县簿一职。而后金兵长驱，荼毒中原，董生立即弃官，想要回家与亲人团聚。直到后来在豪客掩护下回国，乘船途中（第三十出），看到苍茫海洋，愈发觉得人生长是客；眼见海风起浪，便更叹恨风波依然在，而自己"欲避，知他何处逆浪？好撑，回再莫到沉沉宦海"，表现的是一种宦海无常后的心灰意冷。而等到"海月如镜水天开"后，风波已休，海平浪静，明月升空，便又是另一番感悟：千帆过尽的平淡，风烟俱净的释怀。恰便似东坡海南归来，一生宦海沉浮，最终却只道"云散月明谁点缀，天容海色本澄清"。历经漂泊羁旅，终于回到故国的董生，正如那一轮风散云开正挂中天的海月，心情也不复之前的沉郁了。

虽然"郑君词曲，可称文人之雄"，但创作时间毕竟有限，祁彪佳以为"曲亦爽亮，但铺叙关目，犹欠婉转"，也是《旗亭记》创作短期速成的一点瑕疵。剧中不少地方略显仓促，缺少戏剧冲突，隐娘、豪客与董生之间如此，秦桧、混江龙夫妇亦然。

（刘颖）

焚香记（第十出、第二十六出）

王玉峰

题解

《焚香记》，演绎的是北宋以来流传的王魁负桂英的故事，属于翻案戏剧。阀阅世家出身的王魁，本系山东济宁人士，不幸早失怙恃。春闱落第的他，寄身于莱阳读书，以待下次会试。胡相士为王魁相面，向他介绍了敫桂英的身世，并为他们撮合姻缘。这敫桂英原是名家之后，父母早亡，为安葬双亲，不得以卖身在烟花门户谢家。王魁入赘谢家后，不堪谢母噜苏嫌弃，欲上京取应博取功名，便与敫桂英到当地海神祠焚香设誓、两不相负。王魁夺魁后佥判徐州，拒绝了丞相韩琦的招赘，并修书要桂英前往徐州相会。莱阳当地的大员外金垒因贪图桂英美色，暗中将王魁的家信修改成一纸休书，假称王魁已入赘相府。谢母贪财，于是逼迫桂英改嫁金垒。桂英誓死不从，前往海神庙申诉冤苦，用罗帕自绞而死。桂英阴魂到殿前告状，海神勾取王魁魂灵与桂英对质，方知休书是金垒的诡计，误会解除，二人还魂。西夏军围困徐州，王魁出奇计使种谔逼退了敌军。敌军闻知王魁妻子所在,疾走莱阳,种谔追击,大败敌军。种谔因王魁相托,护送桂英与王魁相聚,而金垒在狱中受刑而死。王魁因剿寇有功,被封为翰林院学士,夫荣妻贵,皆大欢喜。该传奇一改北宋以来王魁负心无情的人物设定,成为翻案文章,将王魁一变而为矢志不渝、不弃糟糠的至诚痴情种。

原文

第十出　盟誓

〔净扮判官上〕吾乃敕封镇海龙王部下一员判官是也。掌记人间善恶,潜施暗里灾祥。假饶半点亏心,举首难欺三尺。昨日吾王上界奏事,今日想必回祠。不免唤小鬼出来,整顿咸仪,肃清神案。大王到时,怕有焚香酬愿祈福禳灾者,一一登记,不敢有误。小鬼何在?〔丑扮小鬼上〕小鬼从来广神通。奔腾海岛疾如风。霎时南溟穿北极,须臾蛟室入龙宫。也曾下转巨鳌足,也曾上攀大鹏腹。掉臂鞭驱魍魉车,番身乱卷波涛轴。判官爷有何指挥?〔净〕大王到来,可在此伺候。〔外扮龙王上〕朝罢遥辞玉陛前,须臾鹤驾[1]下三天。握符整顿风波险,不敢权离海岛间。小圣乃敕封镇海龙王的便是。上承天子之命,下赖万民之诚,与圣建立一祠,号为镇海庙。东瞻渤海,西枕莱阳,南通河济,北望衡山。栋宇巍峨,规模烜赫[2]。阶前凛凛,立一对直殿将军;廊下森森,列两行随班圣众。呼风唤雨,点差部伍神兵;走土飞沙,只遣轮流鬼卒。隆千载之香烟,享四方之血食[3]。真个威行水府,果然惠普人间。今日三月十五,是我诞辰。判官、小鬼,如有人民到我殿堂祭赛者,听其词旨,一一登记文簿,以凭稽考[4],报应施行。〔生、旦上,末持香烛随上〕

【生查子】鸳侣苦分飞,端为媭嫫妒。携手拜灵祠,共把衷肠吐。〔生〕娘子,此间已是海神庙了,请进去。王兴,你在庙门外伺候。〔末应下,生〕呀,你看翚飞[5]画栋,地隔红尘。香松起白昼之烟,宝鼎结青晨之雾。果然好庙宇，好景致！娘子，我和你上前虔诚礼拜则个。〔旦〕官人请。〔拜介，同白〕暮雨朝云意正浓，那堪分袂各西东。此生但愿如鱼鸟，入地登天厄亦从。〔起介，生〕娘子，我和你敬爇[6]明香，共通盟誓。〔旦〕官人请。〔生〕娘子先请。〔旦跪〕海神爷，奴家姓敫名桂英。年方二十岁，正月十五日子时生。自与王魁结为夫妇，死生患难，誓不改节。有渝此盟，乞赐勾提[7]，永沉苦海，以谢违夫之罪。〔旦拜〕

【忆多娇】海神爷爷呵，记此盟，念敫桂英自嫁儿夫王俊民，一马一鞍誓死生。〔合〕若负初心，若负初心，仰望尊神降临。〔生跪〕海神爷，小生姓王名魁。年方二十五岁，九月初三日亥时生。自与桂英结为夫妇，死生患难，誓不再娶。有渝此盟，乞赐勾提，永堕刀山，以谢负妻之罪。

【前腔】念小生设此盟。自配荆妻敫桂英。生死相依不再婚。〔合前，生〕娘子，两边判官小鬼，与你也告他一声，可作知证。〔生、旦合〕

【斗黑麻】再告左右威灵，共鉴此盟。他日呵，若有参商，全凭处分。与我姻缘簿共注名。这两下言词，是百年证明。〔合〕一任分鸾别镜，也随他风浪生。各守坚心，各守坚心，但愿白头似新。〔生〕娘子，此间有灵筶[8]在此，待我卜问功名之事如何？〔旦〕官人，奴家正有此意。〔生〕王魁此去功名可遂，求个圣筶。〔卜介，旦〕是个圣筶。〔生〕途中无阻，讨个阴杯。〔旦〕是个阴杯。〔生〕再卜妻子桂英。小生去后，他在家无灾无难，乞赐一阳保庇。〔旦〕呀，好奇怪！掷下是个阳筶，倒转成个阴杯。这怎么解？〔生〕娘子，此乃是阴长阳消之兆。虽无大咎，也自宜保重。与你拜了海神爷去罢！〔旦〕海神爷，我儿夫即日上京应试呵。

【前腔】祐他途路平安，功名早成。〔生〕海神爷，我荆妻在家呵，保他业障潜消，灾氛免侵。〔生、旦〕但得皆如意，两情称。始信一点灵犀，诚通海神。〔合前〕

忽忽心如系，匆匆日已西。
忙归作行计，来日即天涯。
〔众神吊场外〕叫判官把那王魁桂英方才设誓情词，一一分明书记着，不可道错。正是

大抵乾坤都一照，免教人在暗中行。

第二十六出　陈情

〔外扮大王上〕人间私语，天闻若雷；暗室[9]亏心，神目如电。小圣海神的便是，判官何在？〔鬼判上介，外〕今日北方有一妇人到庙伸诉冤枉，不许阻当。〔介，判〕领法旨。〔旦上〕

【正宫·端正好】恨漫漫天无际。王魁这贼，闪赚[10]人无靠无依。我向那海神灵诉出从前誓，勾取那辜恩贼。奴家被王魁背恩再娶，妈妈逼令改嫁，几乎殴死了也。此恨无由申泄，只得到海神庙把昔日焚香设誓的情由，一一诉告海神爷，求他做个明证。〔介〕呀，这是海神爷，就把衷情申诉一番。爷爷，奴家姓敫，名桂英，与济宁王魁结为夫妇。前年上京取应，与他在爷爷面前焚香设誓。誓同生死，若负初心，永堕地狱。如今他得中状元，别娶了韩丞相女为妻。一旦把奴休了，害得奴家上天无路，入地无门。奴家把前后因由，细诉一番，望爷爷早赐报应那厮。

【滚绣球】他困功名阻归。寄莱阳淹滞[11]。与奴家呵，水萍逢遂谐匹配。从结发，几年间似水如鱼。我将心儿没尽藏的倾，意儿也满载的痴。谁想他暗藏着拖刀之计，一谜价口是心非。铁铮铮道生同欢笑死同悲，到如今富且易交、贵可易妻。海神爷，你道他薄幸何如？望大王爷摄取那厮的魂灵来，与奴家折证[12]么。大王爷呀，怎的不采着奴家？〔介〕判官爷，与奴家在大王面前禀复一声。〔介〕小鬼哥，你也知道的。判官不肯与奴家禀复，你与我禀告一声如何？天那！〔介〕

【叨叨令】这根由天知和地知。他赴科场时，与奴家临别呵。一同价在神前焚香誓。负盟的恰也在刀剑成粉齑，他惨模糊将心瞒

昧[13]。一旦的幸登选魁,就气昂昂忘了貂裘敝,别恋着红妆翠眉,笑吟吟满将糟糠弃。大王爷,他心儿兀的不狠杀人也么哥。大王爷,你赤紧的勾拿那厮,只索与咱两个明明白白的对。大王爷,你须索知道么。〔介〕呀,怎的不言不语,不与奴家做个主张,大王爷。

【脱布衫】他是好生的忘筌得鱼[14],明犯着再娶停妻。那日在大王前言犹在耳。大王爷,今日呵。却怎生假妆聋佯没理会。

【小梁州】那厮他欺罔神灵恣已为,全不怕冥法幽司。大王爷,与奴家做个主么,呀。一任咱一拜一悲啼,肝肠碎。怎不解这情辞。判官爷,你与我在大王面前方便一声。判官爷,那日从头至尾盟心事。一一的你恰也都知。判官爷,与奴家方便一声。判官爷,咩,小鬼哥,判官不肯禀,你也是知道的,你可替奴家禀一声。小鬼哥,咩。也都佯不偢,无答对。你看一堂神圣,从早拜告到如今,都不采着奴家。烦絮得神魂颠倒,心恍恍睡魔催。苦海神爷,奴家告了一日,并不采着奴家。如今天色将晚,待欲回家。争奈神思困倦,寸步难行,不免在此神爷面前,暂睡片时,起来再告。正是一觉放开心未稳,梦魂先已到阳台。〔困介,外〕鬼判,把那妇人的灵魂摄将过来。〔判〕领法旨。〔介外〕妇人,若知前世因,今生受者是;欲知后世因,今生作者是。敫桂英,你与王魁前世有善恶相关。争奈有阴阳间隔,难以处分。直待你阳寿终时,到我殿下,才与你明白折证。小鬼,把那妇人扶出殿门,收拾威严。〔扶介〕正是闭门不管窗前月,分付梅花自主张。〔下,旦醒介〕奇怪,奇怪,方才略睡一会,分明大王与咱一梦。道阴阳间隔,难以处分。待奴阳寿终时,与奴明白。天那!怎能勾阳寿终时得见大王。呀,我的身子,怎么到在殿门外东廊下?想必是阴空[15]扶出我来。好苦。你看殿门已闭,天已昏黑,教奴归又难行,住又难宿,如何是好?苦!怎生过得这一宵,如今不知几更时分了?

【满庭芳】你听雁声天际,嘹嘹呖呖耿耿,咳,凄凄。他那里惨离群、任孤飞,只是一生一配。又谁知道有人心的,也不念一夜夫妻。他那里绣罗帏成双作对,我这里在泥神庙倚砖枕石。寻思起就里，心窝中疼也不疼，满胸臆气也，咳，不气。奴家梦见大王嘱付之言。毕竟是个死，方泄此冤。我想起来，在这个所在，将什么东西寻个死路？呀，有个香罗帕在此，把他做个了身之计罢。苦！

【朝天子】我把那红颜玉姿掩黄沙白骨。霎时间辞人世。这的下场头夫妻恩义。那香罗帕做头敌、花蜕蜕香枯脂抛粉堕。王魁呵。我向前行，你也难回避。哭咱一会，骂他一会。这的是永诀死了咽喉气。好苦好苦。〔介〕罗帕罗帕，可惜你千丝万缕，织成一段离愁。不知前世甚冤仇，今日将咱了手。袖里恓惶[16]知否，眼中血泪难收。从今与你两情休，犹在咽喉左右。〔绞介〕王魁，你害得我好苦。〔死介，外上〕

【步步娇】只为一纸谗书至，未审真和伪，教人心下疑，致使吾儿不存不济。举步诣灵祠，探取儿详细。不如意事常八九，可与人言无二三。天道世情多反复，冤仇恩爱两相担。老汉谢德惠。只因王魁中了状元，寄家书回来，把桂英休了。我家妈妈抵死逼勒他改嫁那金员外。桂英无计奈何，日夜啼哭，声声要去寻死。今早五更出门，到晚不归。寻觅了一夜，绝无踪迹。想必他去海神庙中祷告，迷失在那里，也未可知。你看曙色苍苍，鸡声杳杳，这里已是海神庙了。呀，殿门谨闭，人声寂然，不见在此，且待廊下看来。莫非睡倒在这里。〔介〕这是个妇人睡，看想是他了。〔介〕呀，果然是他。桂英桂英，我那儿，起来回去罢。〔介〕如何能睡得熟。〔介〕原来把罗帕缠死在此。我那儿好苦！待我解下那罗帕来看。〔介〕呀，浑身都冷了。我那儿死得好苦，为什么来由。

【山坡羊】白茫茫风波平地，杳沉沉灵魂何处？你恨漫漫含冤在九泉。都是你那铁心肠的娘，生擦擦逼你将身弃。我那儿。你好心性痴。这休书又不知是真的是假的。也须问个是与非，如何不耐些儿气。如今呵，一入冥途无路归。我那儿虽不是我亲生的呵。须知，满望终身靠着伊；谁知，今日番教断送伊。我那儿，你死在这里，家中又不知道，如何是好。〔介，丑上〕自不整衣毛，何须夜夜号。我那桂英不肯依我改嫁那金员外，昨日潜自出门，至今不见归家。今早五更，我那老儿到海神庙去寻他，也不见回来了。不免我自去寻他回来，再摆布他一场。我那儿，不要说要你改嫁，要你死一定死还我来。〔介〕这里已是海神庙，谁人在里头啼啼哭哭。〔见外介，丑〕老儿，你为何啼哭？〔外〕你看，这不是桂英。被你威逼不过，把罗帕缢死在这里了。〔丑〕呀，果然死了。我那儿，你好没分晓，那王魁是什么好人，你把性命也为他断送了。〔丑〕

【前腔】你眼巴巴指望夫荣妻贵。谁想他呵，恶狠狠一旦忘恩失义。你气冲冲不肯改嫁那富室，急煎煎情愿做无夫鬼。你也休怨谁，明明是他害你。〔外〕是你逼他嫁人，就是你害了他，到说他害你。〔丑〕怎么是我害他。都是他焚香剪发贤夫婿。我那儿，你若告阴司非干娘事。也须知，满望终身靠着伊。谁知，今日番教断送伊。〔外〕妈妈，如今他死了，衣棺将何措办？〔丑〕他衣服还有几件。那身上穿的好在这里。我见王魁去后，他里边衣上都打着同心结，金扭扣也有十来付在上。〔外〕不信有许多。〔丑〕你不信，我取几付与你看。〔摸介〕呀，公公，这个丫头是诈死。〔外〕怎么有这等事？〔丑〕你不信，心窝上还是热的。〔外〕有这等事，待我看来。呀！果然还是热的。〔丑〕我得知了。三五个月前，与他算命。说他有两昼夜黄泉之厄，后来还有起死回生之兆。〔外〕原来如此。宁可信其有，不可信其无。我与你且把他扶在殿后空房中，看守一两日。祷告神道，寻个医人救他一救。倘有再生之日，也未可知。〔丑〕这个也使得。扶他进去了，待我回去报与二姨知道。

不是冤家不聚头，生离死别两悠悠。

三寸气在千般用，一旦无常万事休。

注释

〔1〕鹤驾：仙人车驾。

〔2〕烜赫：辉耀。

〔3〕血食：祭品，古代杀牲取血以祭，故称。

〔4〕稽考：查考。

〔5〕翚飞：形容宫室的高峻壮丽。

〔6〕爇：烧。

〔7〕勾提：捉拿，拘捕。

〔8〕灵筶：卜卦的用具。

〔9〕暗室：别人看不见的地方。

〔10〕闪赚：欺诳、哄骗。

〔11〕淹滞：困厄久留。

〔12〕折证：辩白、对证。

〔13〕瞒昧：隐瞒欺骗。

〔14〕忘筌得鱼：即得鱼忘筌，比喻已达目的，即忘其凭借。

〔15〕阴空：冥冥中。

〔16〕恓惶：悲伤貌。

评析

莱阳滨海的信仰崇拜以海神为主。敫桂英与王魁前往镇海庙，祷告于镇海龙王，发誓二人互不相负；而后桂英以为王魁背约弃盟，申告于镇海庙，希望海神主持公道，这便是《盟誓》《陈情》二出的故事梗概。海神就好比一个最为中正的证人，判断是非，扬善惩恶。《盟誓》篇镇海龙王吩咐手下的判官和小鬼："如有人民到我殿堂祭赛者，听其词旨，一一登记文簿，以凭稽考，报应施行。"镇海庙得以享万人香火、四方血食，就是因为在报应施行上的灵验。敫桂英虽然与王魁恩爱不移，但丈夫即将赴京赶考，"从此别后，妾身如断梗飞蓬，虚舟飘瓦"，女子在活动有限的情况下，生怕丈夫薄幸，建议"此处有个海神祠，其神最称灵应。我欲与你明早同到祠中，焚香设誓，各不负心"。这便是《焚香记》名字由来。二人向海神盟誓，誓言被登记在文簿上，以备未来检验，报应不爽。至于神明灵验与否，《陈情》一出便给出答案"人间私语，天闻若雷；暗室亏心，神目如电"。人世间种种作为，并非出自你口入乎我耳,不能隐秘,因为神明一概有知,自会报应。在某种意义上,《焚香记》乃是伦理教化剧:"若知前世因,今生受者是;欲知后世因,今生作者是。"作恶不能心存侥幸,阴私自会招致灾祸,而唯有行善积德才能够福寿康宁。相士胡言为王魁相面,道"上相在心,其次在形",若积阴德,面相贫苦的裴度可以位登台鼎;不行好事,为相十年的东间子也会行乞于市。所以"荣枯在貌,报应在心",重要的是心存善念,而形貌只是末事。胡言相王魁必将富贵,是因为一见就知他"是个好心的人",之后果然如意。而员外金垒作恶、坏人姻缘,万贯家财也难保其身,于是狱中惨死。

富贵荣华、穷愁困厄,都是因果报应,端赖神明主持公正。虽然《焚香记》处处显出因果报应的伦理教化,但其实主意还在一个"情"字上,它又是才子佳人戏剧的典型。才子佳人戏剧,多是美好理想的投射。所以才子虽然一时落榜,但一旦谐风云,王魁便文能独占鳌头,武可奇策退军。既是佳人,敫桂英自然不能是一般烟花女子,"姿容殊丽,德性闲淑""琴棋书画,针指女工,无所不晓"的她还必须"出自名家,颇知诗礼",不过因命运不幸流落风尘,却具贞烈之性。外虽弱柳之姿,内秉刚烈之性:"那谢妈妈终日逼令强作妓女妆束,奴家抵死不从,倘或果欲堕落风尘,有死而已。"开场亮相,便自道志操,坚守气节,涅而不缁。唯有德言容功都臻于完美,方可称之为理想中的佳人。而一旦理想之才子佳人结为夫妇,必是门当户对、举案齐眉,但如此一来故事便无波折可言。作者不欲才子负心,便要有一小人从中作梗横生波澜,所以有了金垒作计,使得桂英以为王魁负心,所以哭诉于海神庙。

《陈情》一出,桂英"怨"得情真意切,"恨"得绝眦啮齿,"痛"得肝肠寸断。她反复向判官、小鬼、大王、海神申诉,希望借这些神明可以惩罚负心汉,使违背誓言、停妻再娶的王魁被海神"勾提,永堕刀山",得到应有的报应。这些情感无疑是真实动人的。焦循认为,《焚香记》以元代尚仲贤的《海神庙王魁负桂英》为蓝本,痛斥负心、声嘶力竭，《陈情》一出确是如此。然而绝望的情感是因误会而生，王魁并未变心，所以天地不应。桂英走投无路、报应无门，睡梦中被海神告知她与王魁之事的始末究竟，"直待你阳寿终时，到我殿下，才与你明白折证"。明代儒家思想以程朱理学为依托，女子的贞节观也受到了相对的影响。桂英若是妓女，便可以不受礼教严苛的约束；但她是名门之后，她的道德便是她的身份。既是佳人，便受最高道德的约束。于是深情被辜负，有冤难诉、矢志不再嫁的她，便决然用罗帕自杀，以求公道。对"情"的积极追求、忠贞不渝，乃至对背"情"的严厉控诉、拼死声讨，都是肯定"情"在女子生命中的存在意义。而《焚香记》传奇的一大特色便是在事业功名之外，同时积极肯定了婚姻情感于男子人生的重要意义，甚至相较于身外的功名，青春恋爱才是更重要的事情："功名身外之事，莫教挫过青春。"在《盟誓》一出中，桂英发誓二人死生患难，自己誓不改节之后，王魁也发誓"自与桂英结为夫妇，死生患难，誓不再娶"。对爱情的忠诚完全出于双方自愿，王魁不像一般戏曲中的穷秀才，进京高中后停妻再娶，甚至也从未想过坐享齐人之福。他不弃糟糠，拒绝韩丞相的招赘，魂灵在海神前剖白心事，解开休书的误会：他不仅不是负心汉，反而情有独钟、始终如一。戏剧不仅赞美了对"至情"的追求，甚至于无意识中也开始维护爱情的专一性。这较之于传统的妻妾一堂的大圆满戏曲，可谓一大进步。

（刘颖）

梦境记(第十五出、第二十二出)

苏元俊[*]

题解

《梦境记》,全称《吕真人黄粱梦境记》,度脱剧,讲述吕洞宾被汉钟离度脱成仙的故事。有心学道的吕岩,别号洞宾,遇上奉天帝之命来度其成仙的汉钟离,跟随其到酒肆小憩。汉钟离煮黄粱为饭,吕岩乘隙小睡,汉钟离见吕岩道心未坚,于梦中加以点化。吕岩在梦中与利名关的守关大将大战,入关后娶得太阴女,进京赶考又被皇帝钦点状元,赐以美女、黄金。吕岩除翰林编修,受诏册封海外诸王,半途与太阴女夫妻团聚,功成后擢升为御史中丞平章政事。其三子吕浑、吕涉、吕端均在朝为官,子贵妻荣。奸相卢杞构陷忠臣,被吕岩揭发,皇帝命吕岩亲斩之。三十年后,吕岩因应对差误,贬居海边,夫妻、父子分离。途中出关,被驿丞和守将所辱,掠取携带之物。遇到大雪,吕岩饥饿至极,煮白石为食,难以下咽。此时被汉钟离唤醒,请他吃刚煮熟的黄粱饭。吕岩始觉四十年来荣枯得失,只是一场大梦,于是跟随汉钟离出家修道,并擢入仙班。《梦境记》虽是度脱剧,却对当时的社会现实有一定程度的反映,具有时事剧的气息。

---

[*] 苏元俊,明万历时人,生卒年不详。字汉英,号太初,别署不二道人,莆田(今属福建)人。自幼颖慧,博闻强识,长就试太学,辄冠军。司成冯具区等人阅其卷,称为"人龙",一时名士倾之。然而在科场上并不如意,屡试不第,于是耽情山水,多有吟咏,可惜诗文集《小有初稿》已亡佚。所撰传奇有《梦境记》,今存于世。

原文

第十五出　奉使

〔生蟒袍腰玉持节，众导上集唐〕鱼乐偏依藻，花狂不待风。江流天地外，人老别离中。适才与太阴夫人别了，不免就此起程。但思此处到海边尚有数千里之遥，似非迅速可到。只得缓缓计程而进罢了。

【双调】【朝元歌】〔众合〕前车后车，日暖羲和[1]驭；鸾书凤书，口代天言出。薄海遐方[2]，输心[3]延伫，何日旌旗东驻。〔众〕好高山，好高山。〔生〕怎么山路这样崎岖，真个是山从人面起，云傍马头生。峻岭崎岖，青山满面云满裾，险道正难驱，王阳[4]愧不如，愚公何许？快与我把山移去。〔扮愚公道服上〕吕使君请了，小老即是愚公。若问移山，不拘五岳，皆能迁转。但闻得人说，人心之险，险于太行。若是这样山，就移动不得了。〔生〕余所欲移者，不是太行，亦非五岳。只因身登峻岭，心慕高人，聊为载道空谈，敢望移山实事？〔愚公〕既承长想，当效微能，请使君面北而立。〔生背立科，愚公作移山科〕谨迁巇险[5]于他方，用致坦夷于此地。畏途无阻，行路何难？〔下，生作转身科〕呀，愚公忽然不见，又把这些高山不知移到何处去了，真仙法也。叫驿骑前行便了。

〔又合〕这的是，奇人奇术，移山似掬土，险道易平芜。不知到海上还有几千里？〔众〕还有一二千里。〔丑〕禀老爷，如今在仕途上走的，都论不得理了。〔生〕咦。屈指前程，犹然修阻。何日樯竿堪渡？目断蓬壶，寥寥一星云外孤。缩地若非诬，仙人定可呼。壶公[6]何许？快与我撮些途路。〔扮壶公道服上〕吕使君请了，小老即是壶公。若问缩地，百千万里，都无难事。只有人身中一种极恶的心地，不过方寸[7]耳，就伸缩不得了。〔生〕余所甚苦者，非关心地之低昂，只为道途之辽邈，不意私心才属，何图道驾即逢。岂当年仙法犹存，欲今日使车无苦乎？〔壶公〕既承长想，当效微能，请使君面北而拜。〔生拜科，壶公作画符绕生科〕急收地脉三千,留与程途几里。愿先属目然后驱车。〔下,生〕呀,壶公忽然不见,怎么目前就见大海了?真仙法也!叫驿骑前行便了。

〔又众合〕也不用,雷车电毂,全凭手上符,瞬息度长途。比及沧溟,鲛人忻舞,仍贡珊瑚几树,手捧骊珠隋侯[8],大秦光[9]不如,底事恁喧呼?旌旄拥卒徒,趋迎旁午[10],敢则是普天臣服。〔扮海神上,迎接并贡诸物科,生〕呀,我奉天子命,渡海分封。你诸神就知远接,并贡诸物。多谢了。只是一帆远引,能无蹈海之叹,不知可驾得一座长桥过去否?〔神〕此有何难?那佛国中看这尘世,都是虚幻的,尘世中自看,却是实境。尘世中看这海市,都是虚幻的,海市中自看,却是实境。如是就借海市中的实境,结一座长桥,直通外国,以度使臣,道犹未了,长桥已就,请使臣命驾。〔生〕奇哉奇哉,真所谓"未云何龙""不霁何虹"也。诸神请退,我们就从此过桥远去了。〔神〕恕小神不送,青海只今将饮马,碧桃何处更骖鸾[11]。〔下〕

〔又众合〕猛可的,铺云填雾、长桥跨,尾闾万里入扶余,吸水长鲸,波中伸屈,曾否,中流砥柱,奋勇长驱。悠悠旆旌天一隅。欲化北溟鱼,夷方俗自殊。纷纷传语,止不住,远人来去。〔扮番王上〕海上一带诸王迎接。〔生〕着他各回本国候旨。

〔集唐〕貔貅玉帐连征斾,龙虎金符照去轓[12]。

惠泽已通蛮徼外,丹衷常在冕旒[13]前。

第二十二出 乘槎

〔生冠带蟒衣上,集唐〕云晴渐觉山川异,水阔深知世界浮。愿值回风吹羽翼,更凭飞梦到瀛洲。自家吕某,奉命册封,路经险阻,或为我而移山,或为我而缩地,或架长桥而渡海。那一件事,不如心意。如今封事已毕,打点回朝。早已分付驾一只大船,以资观海,不知齐备不曾。〔众〕俱已齐备,请爷登舟。〔丑扮堂候官上禀〕海外一带诸王,跪送珠玉宝贝,共计二十船,望爷收下。〔生〕我中国不宝珠玉,你可传示拜上,叫他载回在本国去。〔丑传语内作应科,丑上禀〕海外一带诸王,都在海边,驾舟候送。〔生〕海上舟楫不便,你可传示拜上,都在此请回了。〔丑传语内作应科,生〕叫打鼓开船。〔内作擂鼓,众作起篷摇橹慢行科〕

【中吕】【普天乐】〔生合〕五城[14]归,三山返,望洋频乘槎,惯凝眸处、凝眸处,反覆波澜。更冯夷、贝阙银关[15]。呀,把名缰自绾,浮沉宦海难,几度逢人,曾问、曾问,何处长安?怎么这些海水,这等清澈。又怎么有个女子在岸边捣素[16],叫手下快泊船问一声,这是何处了?〔织女上〕当时张骞奉使乘槎[17],曾到此处,今与使君为二矣。〔生〕呀,元来此是天河,敢问仙姬为织女否?〔织女〕然也,说不得无路乘槎窥汉渚,管教你有时携手见衡阳。〔下,生〕我想天河最高,如今只把船退回去便是了。〔众摇橹急行科〕

【北朝天子】〔生合〕羡浮槎,此处行,正银河,彻底明。问机边,织女频频应,忙忙转舵,任东洋海腥,鳄鱼浮,骊龙醒,况青蛟定睛,见吞舟,延颈战战惊、战惊、战战惊。总沧溟、波涛未靖,波涛未靖。这帆风,何时正?这帆风,何时正?这些海水,又是这等黄色,叫手下取些水来尝。〔尝科〕怎么这水是苦的,又怎么有个女子提个鱼篮儿在水上游戏?一定是观音大士了。〔作问讯科〕弟子和南[18],敢问南朝去向?〔观音上〕苦海无边,回头是岸。〔下,生作喜向内揖科,作转头科〕呀,怎么才一回头,就是这平洋大地。原来我乘风使船时节,已有田地在后边,只是人不肯转头耳,若非大士指引,几乎漂没,快叫手下舍舟登岸便了。

【普天乐】〔生合〕闹中山,秋边岸,息机[19]迟回头,晚迷津处,迷津处,一苇云帆。建幡幢觉路旌竿。呀,任名缰自绾,浮沉宦海难,几度逢人,曾问、曾问,何处长安?〔旦戎妆建旌旗鼓乐引贴旦、小旦上,众禀科〕太阴夫人带领齐二夫人、宋三夫人出关迎接爷爷。〔生、旦、贴、小旦相见科,生〕远劳夫人,下官何德以当?〔旦〕咫尺郊迎,方怀愧歉,叫鼓乐前导。〔众应急行〕

【北朝天子】〔旦、众合〕建旌旄，出汉津，正驱驰，遇使君，把欢娱，换出当年闷，雌雄再合，更繁华几分？这风流，还思忖，怕相逢不真，拭双眸，重认的的亲、的的亲、的的亲，照花星[20]、今宵有分，今宵有分。马儿迟，心儿紧。马儿迟，心儿紧。〔生〕呀，前面是汉关了。〔扮守关将士接科，生〕起去。

【普天乐】〔旦〕日初斜，天将晏，五云低，三星璨。欢声遍，欢声遍，百二秦关，看今宵汉月刀镮。呀，把名缰自绾，浮沉宦海难，几度逢人，曾问、曾问，何处长安？

〔集唐〕身随远道徒悲梗[21]，蓬转西风却问津。

十一月中长至夜，四千里外北归人。

注释

〔1〕羲和：古代神话传说中的人物，驾驭日车的神。

〔2〕遐方：远方。

〔3〕输心：真心。

〔4〕王阳：《汉书·王尊传》："琅邪王阳为益州刺史，行部至邛郲九折阪，叹曰：'奉先人遗体，奈何数乘此险！'"

〔5〕噫嘘：李白《蜀道难》"噫吁嚱，危乎高哉"，这里指途路险恶，让人叹息。

〔6〕壶公：传说中的仙人。费长房曾跟随壶公学仙，壶公教以神术，能缩地脉。

〔7〕方寸：心处胸中方寸间。

〔8〕骊珠：宝珠，传说出自骊龙颔下，故名。隋侯：即随侯珠，传说随侯曾救灵蛇，蛇衔明珠以报。

〔9〕大秦光：大秦，即罗马帝国，有夜光璧、明月珠等珍宝。

〔10〕旁午：交错，纷繁。

〔11〕骖鸾：仙人驾驭鸾鸟云游。

〔12〕鞯：托鞍的垫子，借指马。

〔13〕冕旒：指皇帝。

〔14〕五城：指神仙的居所。

〔15〕贝阙：紫贝为饰的宫阙。银关：辉煌华美的门阙。

〔16〕捣素：即捣练。

〔17〕乘槎：传说张骞曾乘槎到天边，遇到织女。

〔18〕和南：佛教语，称稽首、敬礼。

〔19〕息机：息灭机心。

〔20〕花星：司男女风情之事的星宿。

〔21〕悲梗：悲伤哽咽。

评析

  度脱剧是没有悬念的戏剧，因为结局大抵是彻悟佛道，飞升成仙。其中重要的，是那一番辛苦悟道的过程。但人的生命长度是有限的，不能尽如柳下惠，行年五十而知四十九年非。为了催化这一证道的进程，只好在梦中有另一番经历。反正世事一场大梦，梦中经验或许非真实亲历，但体验又未必不真。这种意义上，梦中身与醒时人，又何必不一样？

  吕岩虽有心学道，奈何"参玄不透，忘机未了，俗情难翦"，不能忘情于富贵功名，作者假借故事，设下利名一关。传说老子西出函谷关，应守关尹喜之请留下五千言《道德经》，吕岩却正相反，入利名关以经历世俗人生。利名关外，是释道世界；利名关内，则全是儒家伦常。吕岩梦中人生得意：科举拔得头筹，又蒙皇帝赐以后宫未幸美女齐氏、宋氏二人（这二人与太阴女以次第排行夫人，即《乘槎》一出"太阴夫人带领齐二夫人、宋三夫人"所谓），并与太阴女重逢，奉命出使海外。《梦境记》中吕岩的遭际可能有虚应故事的部分，但苏元俊偶尔见诸笔端的感悟，是沦肌浃髓的。现实中的苏元俊久困科名，所以发出"乘云行泥,自有造物,岂在文字哉",自己的文章科考时为人所剪,此时全化成心酸文字——"近闻科场里作弊,把剪刀剪人文字者极多。"这方有《奉使》一出中愚公所谓"人心之险,险于太行",壶公所道"只有人身中一种极恶的心地,不过方寸耳,就伸缩不得了"。人心之险恶,迥非意料之中,又不能因人力而更改。

不过一壶之中,壶公尚且有容身之处,尘寰碌碌,山川块莽,人却无立锥之地。为不自苦,便将这"利名"二字看淡,把机心一片息却。正如海神所言:"那佛国中看这尘世,都是虚幻的,尘世中自看,却是实境。尘世中看这海市,都是虚幻的,海市中自看,却是实境。"身处名利之中,自然以为这是实实在在的好处,不曾想过名利的虚幻。尘世之间的虚幻,一如海市蜃楼,只是身处海市蜃楼的人不自知。但吕岩此时正是鲜花着锦之时,他所忧苦的不外是大海之中一帆远引,漂泊羁旅。所以纵然有愚公、壶公、海神的旁敲侧击,落在吕岩心上,或许是富贵险中求的自我砥砺,此时却断不肯回头。只有浮沉颠倒后一跌至谷底,方才悟到荣华不过是镜花水月。

佛国看人世是虚幻,人世间的人却不能尽如吕岩,神通无边,有机会成仙。肉身虽无法摆脱,但精神能逍遥自在。冷却功名富贵心,一心只做素心人,所谓"富不如贫,贵不如贱"。作者借笔下人物之口道出"吾辈利锁名缰,无补于世,反不若山中人所做的事,正正大大,有益于天地"。山中人不沾功名,反而坦荡磊落,正大光明。《乘槎》一出,吕岩虽还未及悟道,却又是迷津又是误渡,经观音大士指引,恍然道:"原来我乘风使船时节,已有田地在后边,只是人不肯转头耳,若非大士指引,几乎漂没。"但这也仅仅是作者借歧义双关来表现吕岩宣旨回朝、乘桴渡海时的情况,有机锋却不明白道破,都只为后文伏线铺垫。《乘槎》一唱三叹:"把名缰自绾,浮沉宦海难,几度逢人,曾问、曾问,何处长安?"吕岩归途,长安可见,尚有泼天富贵可享。但对苏元俊而言,长安远在天上,后来他忆及多年科考不顺,不由伤心道:"吾安能以孱弱之质,屡冒风尘?"唐朝高蟾落第后自比"芙蓉生在秋江上",怀才不遇,有志不获骋,又谁真能做到"不向东风怨未开"?!

(刘颖)

双雄记(第三折、第三十二折)

冯梦龙*

题解

《双雄记》,又名《善恶图》,是冯梦龙早期所作传奇。叙写吴地东山人氏丹信与结义兄弟刘双二人,为功名拜祷于白马庙龙神。太湖龙王化身老者,自称白马先生,将两口宝剑相借,并点拨二人为避灾祸可奔走苏城。丹信于是与妻子魏氏分别,为刘双与青楼女子黄素娘主持婚礼后,二人前往苏城刘双族叔刘方正家避祸。丹信的叔叔丹员外想要侵占侄儿家产,妻子劝阻不果,忧郁而死,丹员外与同乡留帮兴设计诬告丹信杀害婶母,想置侄儿于死地来独吞家私。丹信在刘方正家被牌长抓捕之后,因受理的官员贾给事收取了丹员外的贿赂,罗织罪名将丹信投入监狱。刘方正护送丹妻魏氏赴杭州探狱。刘双被诬告丹信同党,牵连入狱。东南倭夷犯边,太史惠晓谕狱中疑犯可立功赎罪,刘方正到衙门替丹信、刘双申冤,二人得以从军。之前魏氏亲赴省城申冤,丹员外派人打翻船只,魏氏溺水,幸得龙王相救,教她女扮男装。黄素娘从丹员外

---

* 冯梦龙(1574—1646),字犹龙,别号很多,有龙子犹、墨憨斋主人、顾曲散人等。长洲县(今江苏苏州)人。明代文学家、戏曲家。书香门第出身,才情跌宕,兄弟三人并称为"吴下三冯"。但科举不顺,仕途蹭蹬,57岁才选为贡生,61岁任福建寿宁知县,清廉爱民,颇有政绩。冯梦龙一生著述颇多,涉及小说、散曲、民歌等多方面。编著的作品以拟话本小说集《喻世明言》《警世通言》《醒世恒言》(合称"三言")最为知名。经他创作和改编的传奇剧本,合刊为《墨憨斋定本传奇》,其中《双雄记》《万事足》由冯梦龙亲自创作。

口中得知丹、刘二人入狱，趁夜改男装逃走，路遇魏氏，遂结伴而行。二人在村店又巧遇刘方正，得知丹、刘释罪征倭，为免丹员外陷害，在刘方正安排下避世隐居。丹、刘得胜凯旋，与魏、黄相逢，龙神收回宝剑。留帮兴被雷震死；被雷火烧尽家财的丹员外双眼俱瞎沦为乞丐，丹信以德报怨要为他养老，丹员外羞愧之下触阶而死；刘方正不幸染病，却被龙神的灵药所救。最后朝廷封拜，丹、刘俱为万户侯，魏、黄皆为一品夫人。作者试图借此双生双旦故事，来赞赏丹、刘二雄的"忠义节侠"，二旦的节侠多情，刘方正的轻财任侠，以期树立伦理中的理想道德人格，导愚适俗、教化民众。

原文

第三折　倭奴犯属

〔丑扮倭将上〕齐微

【北双调·清江引】琵琶[1]地势三千里，西首东为尾，山城海作池，国富兵尤锐，直抢到锦中华、方是喜。你看咱日本好雄壮也！但见隔海为城，依山开土。旧居日向、筑紫[2]，今迁羊马失罗[3]。东高西下，管辖著筑前、筑后、丰前、丰后、肥前、肥后、越前、越后、备前、备后[4]，水的水、陆的陆，错错落落、殷殷庶庶的五百余州。皇尊吏卑，排列著大仁、小仁、大义、小义、大礼、小礼、大智、小智、大信、小信[5]，文的文、武的武，世世家家、冠冠冕冕的十有二等。设界奠皇都，南界至琉璃国，北界至月氏国，东南界至毛人国，西北界至朝鲜国。那怯怯弱弱、零零碎碎，争似[6]俺州是州，道是道，岛是岛，整整齐齐的，人强马壮。因风分寇路：北风入广东等，东风入福建等，东北风入温州等，东南风入淮阳等。那残残疾疾、老老幼幼，怎当俺刀是刀、箭是箭、铳是铳，凶凶狠狠的将勇兵良。俺摆的阵，是那蝴蝶阵、长蛇阵，鸡鸣而食，金扇一挥风雨至。俺使的刀，是那先导刀、大制刀，鱼贯分行，海螺数响鬼神愁。自汉将灭高丽，始通海贡，迨宋运移胡虏，养就天骄。虽曾纳款中朝，时怀觊望；也曾大利望海，寻肆剽攻。可奈朝鲜国王，世服中朝，每每失礼俺国。俺待起六十二岛之众扫荡王京，直入中原，是吾愿也。头目们那有？〔众上如常介〕

【其二】多奴、未纳、恝打俚，法古、法古计，其奴瞎咀郎，快都河河水，客打乃、弹俄皮、外耶里。[7]

【其三】挨里、番助山山水，所个尼坡水水，明哥多那革答，乌礼加高高的，何南蛾、何何水、于牌水。[8]

第三十二折　双雄奏凯

〔生领众上〕前桓欢后萧豪

【中吕·红绣鞋】貔貅百万桓、桓、桓、桓旌旗，杀气漫、漫、漫、漫行吊伐。万民欢封，紫塞一泥丸[9]。齐心努力筑京观[10]，齐心努力筑京观。叫众将官，我军势盛，连战皆捷。知会各路军马，并力杀将前去。〔众应下，丑领倭卒上〕

【其二】倭奴狡猾多端、多端，要将地换天搬、天搬。蝴蝶阵摆，团栾刀铳手，一齐攒。若还杀败、忙逃窜，若还杀败、忙逃窜。〔生、众接上如常，问介〕你东海波囚，幸天朝不忍殄灭[11]。苟延残喘，足矣。何故反来侮我属国？〔丑随意答介，战介，老旦二净扮各国兵轮战，丑败走介，小生接上〕咦，你好不知死活！巢穴已破，还不早降？〔战缚丑介，丑〕不要杀，不要杀，放我归去，愿奉朝贡。〔二生〕奉命讨罪，权不自专。槛送京师，候旨发落便了。〔众应介，生〕传令各国兵将，悉还本处。待露布[12]入朝，自有褒劳。〔众应介，生〕你看余喘望风而逃，百姓壶浆[13]而至。王灵丕振[14]，民望禽从，可称时雨之师，不愧推毂[15]之任。叫众将官，就此安营驻扎。出榜招集流散，抚慰居民。军令严肃，不得秋毫有犯于民，违者枭首示众。〔众应介，生〕贤弟，数年之耻，雪自今朝；三载之劳，成于一旦。连日鞍马困倦，今甫息肩。我与你暂卸甲胄,安息片时,有何不可?〔小生〕说得有理。〔生〕叫手下,与我卸下甲胄,帐前伺候。〔众应卸甲下,生〕贤弟,你的剑可在么?〔小生〕宝剑无恙,小弟每次仗剑临戎,自觉神威百倍,所向克捷,多此剑之功也。〔生〕当时白马先生相赠,原称神剑。你我青年拜将,血战成功,不可忘其所自。

【正宫·玉芙蓉】江东显俊髦,年少登坛。早奉王师吊伐,雾卷烟消。朱干[16]舞罢三军乐。不枉了,白马传来双剑骁、功名遂、显男儿志高。〔合〕愿朝廷永修天保自今朝。〔小生〕哥哥,议天下事易,任天下事难;任天下事易,成天下事难。如今为将者,大抵筑室道傍,因循岁月。似我每、今日,若非出万死一生之计,怎得妆功?

【其二】吴儿敢弄骄,樽俎夸谈笑。仗生平义,勇问楚诛茅。〔生〕若是当时没有方正叔父,弟兄今日功名好。不枉了已与草木同朽腐了。〔小生〕叔父当年解救劳荣归去,显将军气豪。〔合前,生〕古人云:匈奴犹在,何以家为。我如今东夷既靖,竟不知家在那里?

【其三】钱塘不上潮,笠泽归期杳。记当时在狱底,妇惨天号。我这里,龙幢日暖金樽倒。他那里,凤帐人孤玉箸交。同患难,念安乐、忍暂抛?〔合〕为朝廷建威东海独贤劳。〔小生悲介〕小弟虽无家室,听哥哥说起,亦不免有故人之思。

【其四】人同故国遥,梦别巫云老。记灯前誓语,做水远山迢。纵然我,重牵金勒嘶芳草,只恐怕,折尽青青嫩柳条[17]。同贫贱,念荣华、忍暂抛。〔合前,生〕我今日干这场功劳,也是臣子当为之事,不指望封妻荫子。但得夫妻再见,把当初苦处诉说一番,也不枉受许多辛苦。〔小生〕到京面君之后,上表乞归省家,朝廷未必不许。〔生〕贤弟所见极明。叫众将官,就此整顿旗伍,拔寨凯歌回去。〔众应介,混唱〕

【其五】王威一怒昭,六月行诸讨。阵堂堂到处,地转天摇。七擒孟获如摧槁,百日杨幺已破巢。〔合〕欢声沸,喜功成断鳌。愿从今,永清四海住波涛。〔丑扮双髻童上〕龙宫求故剑,虎将解丝缫。二位将军驻马者。〔众诨见介,丑〕二位将军稽首。〔二生〕道童何来?〔丑〕

俺是白马先生手下采药童子。俺主人有宝剑二口，在二位将军处。今二位将军已成大功，俺主人特命吾来取。〔二生〕宝剑在此，你主人何在？〔丑〕大海总茫茫，只在云深处。〔二生〕我二人正欲拜谢你主人，可引去一见么？〔丑〕不消去，自有刘真人替你谢了。〔二生〕刘真人是谁？〔丑〕二位到山阴道中访问，自然晓得。俺待回复主人去也。正是：扇作帆兮扇作舟，飘然直渡海洋秋。有人问我家何处？七十二峰云尽头。〔下，生悲介〕我那剑，也曾在官库沉埋，疆场效力。今日功成名就，不应恝然去了。〔小生〕哥哥恋恋一剑，足见不忘故旧。使小弟悠悠之怀，悃恻无已。〔生〕叫众将官，传下号令，与我星夜趱行[18]前去。〔众应介，混唱〕

【其六】元戎[19]十乘饶，四牡[20]夸腰褭。喜孜孜奏凯甲、卷戈韬[21]，出车算比西征妙，杜皖休悲十月交。〔合前，生〕重寻宝剑倚床看。〔小生〕欲赋悲歌思渺漫。烽燧喜看烟已尽，家乡何事见犹难。

注释

[1] 琵琶：琵琶鱼，状似琵琶，这里指地形。

[2] 日向、筑紫：日本古代地方行政区划的二国。

[3] 羊马失罗：不明，应与日向、筑紫同。

[4] "筑前…备后"：古日本行政单位。

[5] "大仁…小信"：古日本国十二等冠位，用来区分官阶。

[6] 争似：怎似。

[7] "多奴…外耶里"句：古日语音译，据说当写为"どぬ、みなっきっだり、はぐはぐじ、きぬしゃじゅらん、くえづほほすえ、けつだねたん、おぴうえ、いえり"。松陵沈伯明校出，日本考多奴叫人未纳；"恝打俚"是说话；"法古、法古计"是走，快走；"其奴瞎咀郎"是杀，"快都河河水"是多杀；"客打乃"是刀，"弹俄皮"是鸟铳，"外"是助语，"耶里"是枪。

[8] "挨里…于牌水"句：古日语音译，松陵沈伯明校出，"挨里"

是他,"番助山山水"犹言好羞,"所个尼"是我,"坡水水"是要,"明哥多"是极好,"那革答"是大将军,"乌里加"是买卖,"高高的"是好,"何南蛾"是妇人,"何何水"是多,"于牌水"是香。

〔9〕一泥丸:即一丸泥,或泥丸封。《东观汉记·隗嚣载记》:"元(王元)请以一丸泥为大王东封函谷关,此万世一时也。"谓函谷关地势险要,易于防守。后用于比喻以极少的力量,可以防守险要的关隘。

〔10〕京观:古代战争中,胜者为了炫耀武功,收集敌人尸首,封土而成的高冢。

〔11〕殄灭:消灭。

〔12〕露布:告捷文书。

〔13〕壶浆:茶水、酒浆,古者正义之师所至,百姓壶浆以迎。

〔14〕丕振:大振。

〔15〕推毂:推车前进,古代帝王任命将帅时的隆重礼遇。

〔16〕朱干:红色的盾。《公羊传·昭公二十五年》:"乘大路、朱干、玉戚以舞《大夏》,八佾以舞《大武》,此皆天子之礼也。"

〔17〕折尽青青嫩柳条:唐代韩翃因安史之乱与其姬柳氏分别,柳氏为番将沙吒利所劫,韩翃作诗曰:"章台柳,章台柳,昔日青青今在否?纵使长条似旧垂,亦应攀折他人手。"

〔18〕趱行:赶路、快行。

〔19〕元戎:大的兵车。

〔20〕四牡:驾车的四匹雄马。

〔21〕弢:古同"韬"。

评析

冯梦龙是晚明主情、尚真、适俗文学思潮的代表人物之一,他一生致力于通俗文学的创作,希望借此以达到宣导大众、教化百姓的目的。为了实现自己的美俗理想,作者不惜牺牲作品的艺术价值,其作品散发出一定的道学气息。"极摹人情世态之歧，备写悲欢离合之致"的白话小说集"三言"虽然成就卓著，但其中的说教意味甚是浓厚。《双雄记》也是如此，单是看它的另一个名字《善恶图》就可见其主旨大意。既是美俗，便要积极参与社会现实，因而通俗文学的创作更多关注于日用起居上的家庭道德伦理。从"个体的人"到"社会关系中的个人"，冯梦龙的作品修正了之前文学作品对情欲的充分肯定，转向对基于"理"的约束与限制，经"礼"而成的"情"的褒扬。《双雄记》便有感于世风浇薄，"世间骨肉参商，多因财起"，于是在姑苏一带发生的实事的基础上演绎出丹员外侵夺侄儿家产的故事。在感愤时事之外，作者搬演传奇，以期警俗。刘双与黄素娘故事也有所本，冯梦龙的好友东山刘生与风尘女子白小樊相善，六年不相闻，再见又相弃。冯梦龙同情小樊遭际，在戏曲中让刘生为白小樊脱籍从良，二人终成眷属。

　　《双雄记》虽然运用了双生双旦复线故事结构，但生旦之间的故事情节不如双旦之间的互动多，主要还是以双生亦即双雄求取功名为主。戏剧前期着重描写丹信、刘双有志功名，奈何建功无路。丹员外侵吞侄儿家产，恶计陷害丹、刘入狱。接着故事的背景由一家之私转向一国之内，倭寇进犯中华，二人勠力报国、东征抗倭。执着于非法敛聚财富的丹员外不顾惜骨肉亲情，而不计较一己之私的丹信一心考虑的是家国大义。家国对比，公私相较，孰优孰劣一目了然。骨肉至亲以死相迫，义弟义叔舍命相救，作者在歌颂知己至交生死相许的义气的同时，也借此讽刺了兄弟不能急难、叔侄不能相容的社会现状。

　　第三折《倭奴犯属》、第三十二折《双雄奏凯》抛开家庭伦理，写倭寇欲内犯中华，"可奈朝鲜国王，世服中朝，每每失礼俺国"，先侵犯中华藩属国朝鲜。这次的倭寇不同于嘉靖东南大倭寇，是真正的日本倭寇。明朝末年逐渐开放海禁，中国商人及沿海百姓假托倭寇的现象也逐渐消失。万历年间，日本借口朝鲜不肯作进犯大明朝的先驱，于是发动军队侵略朝鲜。朝鲜差点亡国，求援于大明，明朝派李如松等人率军东征,将日本赶出朝鲜。《双雄奏凯》中丹信质问倭奴:"你东海波囚,幸天朝不忍殄灭。苟延残喘,足矣。何故反来侮我属国?"万历东征之役实际上由两个阶段组成,失败的日本卷土重来,朝鲜历史上先后称之为"壬辰倭乱"和"丁酉再乱"。可以说万历朝鲜之役就是丹信、刘双东征抗倭的故事来源,作者也借此表达了对抗倭胜利、夷平边患的英雄将领的赞美,同时也折射出冯梦龙对万历东征之役的情感态度。

《倭奴犯属》中倭将上场的一番说辞,"你看咱日本好雄壮!但见隔海为城,依山开土",将日本的地势疆域、官阶制度与文武群臣大加夸耀,但越是如此自大,在明朝的对比下便越显可笑。在任何一方面,无论是幅员辽阔的疆域,还是等级分明的礼仪制度,抑或是人强马壮、能臣武将,明朝都形成绝对的优势。所以自以为部署得当、指挥若定的倭将,"俺待起六十二岛之众扫荡王京,直入中原"的心愿就如同蚍蜉撼大树一般可笑。之后的两支"清江引",冯梦龙都是用音译成汉字的日本语来填词。在为王骥德《曲律》所写的序中,冯梦龙曾言明"余早岁曾以《双雄》戏笔,售知于词隐先生"。"词隐先生"就是沈璟,曾与汤显祖在传奇创作中有"沈汤之争",曲学上讲究声律,重视曲法、曲乐,甚至不惜因律害意。得到词隐先生倾怀指授的冯梦龙,在《双雄记》的创作上"确守词隐家法",两首音译日语填词的"清江引",虽然汉语读来摸不着头脑,难得的是音律谐和,甚至连句读也颇通。值得一提的是,冯梦龙不仅在戏曲创作中对音律的重视与沈璟主张相同,甚至有过之而无不及,而且二人的剧作也都极力倡导封建伦理道德,并据此塑造心中的理想道德人格。

在对倭作战中,丹信自道"我军势盛,连战皆捷",丹、刘二人终于驱逐倭寇,并称双雄。凯旋过程中,二人并不因功成名就而志得意满,而是念念不忘曾经所受的恩义。二人谈及宝剑,思及此系白马先生相赠,丹信对刘双道"你我青年拜将,血战成功,不可忘其所自";接着又感念当年刘方正叔父仗义救助,不然二人早"已与草木同朽腐了";

再者，功成之后"不指望封妻荫子"，但想夫妻团圆再回故乡。丹信、刘双忠义节侠，魏二娘忠贞贤淑，黄素娘节侠多情，叔父刘方正轻财任侠，甚至丹员外妻子也能重义轻利……这些作者赞许的道德人格的对立面，有名为"爱民"，实际上却只知道贪凌百姓的贾给事，谐音假爱民；有名为"有我"，也确实有我无人的丹员外，谐音单有我。而善恶的对立都将通过因果报应来实现奖惩，甚至依据个人的善恶程度而实施与之相当的奖惩。丹员外为避免侄儿来询问家产究竟，先是移居杭州。因无子嗣，其妻劝他将家财还给侄儿时，丹员外道："嗣绝还是小事，这天大家私，可是分得与人的？"等到妻子负气不肯吃药饮恨而死，丹员外嫁祸丹信、刘双，加害魏氏……就非绝嗣可惩戒了。丹员外号"三木"，"三木"指的是加在犯人颈、手、足上的三件刑具，丹员外虽未身处三木之下，结局也是不堪。徐朔方的《冯梦龙年谱》评价冯梦龙道："就他本人的作品而论，没有一种可以当之无愧地居于第一流之列。"《双雄记》亦是寻常，除了善有善报、恶有恶报的浅薄教化，主人公"功名富贵等闲中"虽然加强了故事的戏剧性，但也使得作品不够深刻。

（刘颖）

牟尼合(第二十一出、第二十六出)

阮大铖*

题解

　　《牟尼合》,又名《牟尼珠》《摩尼珠》,讲述的是梁武帝后裔萧思远与妻子荀氏、儿子佛珠的离合故事。达摩祖师曾亲付梁武帝一对牟尼珠,牟尼珠传至武帝孙萧思远。思远妻生子时,此珠放光满室,故取名佛珠。萧思远与好友王偘约为儿女亲家。龙塘寺濯龙大会,萧思远为救芮小二夫妇,得罪了建康路招讨使封其鄐。麻叔谋奉命暗访奸宄,封其鄐诬告萧思远谋反。王偘快马告知萧思远,萧思远更名梁德祖逃往他乡,与妻子各拿一牟尼珠以备相认。封其鄐知道麻叔谋常吃二三月胎儿养生,想将萧佛珠献上。荀氏只得写血书欲将孩儿与牟尼珠送走。王偘从麻叔谋部下手中偷出佛珠,被追无奈暂藏于白衣庵。恰好山西盐商令狐员外在此乞求子嗣,喜得萧佛珠,改名为佛赐。萧思远与芮小二夫妇相逢,修书请二人帮忙接妻子前来。二人离开后,萧思远因惹怒海盗被砍落坠海,幸得达摩祖师救活。芮小二妻子与荀氏为避海寇前往扬州,荀氏应聘王偘女儿的教师,与其相认。因尘缘未了,达摩祖师送萧思远到海州。扬州寻亲的思远,被令狐聘请教导佛赐。芮小二在裴公诞辰表演猴戏,趁机申诉冤情,麻、封受诛,萧思远得以平反。佛赐科举登

---

* 阮大铖(约1587—1646),字集之,号圆海,一号石巢,又号百子山樵。安庆府怀宁县(今安徽省安庆市)人,一说桐城县人。天启年间官给事中,依附魏忠贤阉党。崇祯二年(1629),魏党事败,以附逆罪罢官。福王朱由崧在南京即位,建立南明朝廷。阮大铖得马士英荐举,官至兵部尚书兼右副都御史。他索贿敛财,对东林、复社文人大加迫害。南京城陷,阮大铖率先剃发降清,随清兵入闽,攻仙霞岭时而死(一说为清军所杀)。阮大铖品格卑劣,却颇具才华,尤善词曲。所作传奇戏曲今存《春灯谜》《燕子笺》《双金榜》《牟尼合》四种,合称《石巢传奇四种》。在传奇创作中"重情轻理",是"临川派"的后继者。

第,聘王倜女儿为妻。萧思远用牟尼珠相贺。荀氏见令狐家送来的催妆礼有两颗牟尼珠,与丈夫、儿子相认。萧思远袭封兰陵郡公,芮小二夫妇团圆,大家欢聚一堂。

原文

第二十一出　荐海

【意难忘】〔旦〕白日凄其[1],叹身如昼烛,焰灭熹微。泉台[2]无历本,社燕[3]几时归。〔芮夫妇〕忙奔走报恩私,驱驰何所为?〔杂扮老道人上介〕幡挂处生天磬响,望帝魂归。〔集唐〕闻说萧郎逐逝川,伯牙因此绝清弦。伤心日暮烟霞起,忍使孤窗枕泪眠。〔各拜揖介〕奴家沿途,托赖提携来到此处,只说见丈夫一面,怎知不幸,又被盗劫溺水。薄命之人,头头磨难。自己也罢,反累了大哥,连你家房屋也烧毁了。〔芮〕梁娘子,说那里话,草舍没要紧。还是我恩相不幸遭变,不特你哀痛,我们心上,也是一样凄惨。〔旦哭介〕今日办下香纸水饭,央老道人去海岸边祭奠后,招一招魂,权且设个牌位,朝夕供养,不知肯行否?〔道姑〕这个当得。〔做同行介,旦〕屋漏更遭连夜雨,行船又被打头风。〔道人〕此就是海岸了。〔芮〕将香纸水饭摆下。梁娘子请行礼。〔旦哭介〕我那丈夫呵。

【胜如花】蓬松鬓、麻缟衣,手叠黄钱一纸。天妃宫、两挂花幡,鬼门关、一双乔梓[4],闪得奴、失张失智[5]。叹萧萧寒空雨飞,听哀哀秋猿昼啼。亡夫你知,儿今傍你,倒是奴、单单独自,伴曹娥[6]一统残碑,伴曹娥一统残碑。〔芮〕待小人夫妇,也拜一拜。

【前腔】天将暮、鸦乱啼,海雨潮声四起。萧相公,我为你月窟寻娥[7],你到去龙宫入赘。总为我一家狼狈。烈腾腾、茆[8]房蝶飞;破窑门、蜘蛛网丝。你且从权暂栖,肩柴担水,少从容再寻生计。吊孤坟三尺要离[9],吊孤坟三尺要离。

【催拍】〔道人〕女娘家不用悲凄，小二哥切莫叹咨。此祠无非，众姓檀施[10]、众姓檀施，且向回廊夹壁遮篱，拴了黄猿、系了青骊，墙角上老树鸦栖，风吹动纸钱灰。芮官人，我这祠，总是众姓建造的。你家既焚了，何不同此位女娘，在这里住下，再作计较，有何不可？〔芮〕既然老道人有此好意，娘子，你就同梁娘子住在此间。我不免出门去，探他小郎君一个消息。或者天天怜念有人救下，不曾吃了，也未见得。但此去不便卖解[11]，恐封家那厮的人认得我，只扮个弄猴戏的，便于探听。此去一则图报他相公大恩，二则定要替梁娘子伸这口冤枉。一别迢迢，归期未卜，如用度缺乏，娘子便把这两匹马，卖了支持，我回来再作计较，梁娘子。

【前腔】〔芮〕你官人、遭凶受危，小孩儿存亡未知。我再往探取、再往探取。先入金陵、后往京师，牵了黄猿、撇了青骊，凭着俺魔合优施[12]，如罔象[13]探玄珠。〔旦〕承芮官人如此盛心，容奴家拜谢。

【尾声】临岐百拜诚，难已顶戴如山恩义。〔芮妇〕你可也应便随机急早归。

集　百年已死断肠刀，尽我离舫任晚潮。
唐　一种青山秋草里，西风吹雨叶还飘。

第二十六出　芦渡

〔达摩同生上，集唐，达〕禅室遥看峰顶头，白云东去水长流。〔生〕灯微静室生乡思，身寄烟萝恩未酬。〔达〕萧生，我看你那边国土，世乱已平。就是你也，难限将满，还有二十年富贵功名之缘未了。俺今日待展一个小小神通，好送你回去者。〔生〕弟子深感慈航济我苦海，只怕归去，人民城郭未免荒芜，家舍妻孥亦皆飘散。发愿随祖师常住檀林[14]，永求证脱。〔达〕虽是人生幻泡，妻子假缘。恐你藕老丝长、柳深絮起，不如归去，暂[15]了尘缘，倘道念不灰，重来未晚。且随着我来。〔作同行介，集唐〕

888

穷海无梁泛一槎,偶随鸥鸟便为家。青山残月有归梦,已映洲前芦荻花。〔生〕已到海边了,祖师,你看天水茫茫,又没一只船儿,怎么过去?〔达指笑介〕那不是船!〔生〕这是一枝芦叶,不是甚么船。〔达〕你可折了,抛放水中,看是怎么。〔生折叶抛水介〕祖师,怎么这叶儿,在波浪中,似钉住的,一毫不动,好奇怪!〔达〕待我上去者。〔上芦叶介〕萧生,你可也上来。〔生〕这一枝小小芦叶儿,怎么敢上?〔达〕你不上便小,上来就不小了。放心上来。〔生上介〕呀,怎么上来后,这芦叶儿渐渐大起来。〔达〕萧生,你可知道,世间一切大小,皆从我见而生。心空则见灭,见灭时,小大在那里?〔生〕谢祖师指教了。〔达、生行介〕

【中吕·粉蝶儿】〔达〕你则看秋水海中天,倒浸着小须弥针针一点。澹不刺[16]乌和兔无谓而然。又有那单尾把、双展翅、鳌翻也鹗荐。则见些碎雨零烟,有多少金台银殿。〔生指介〕祖师,忽然见水中,涌起一座宝塔出来。有许多人物在塔前后行动。

【醉春风】〔生〕见锥子尖塔影圆,顶直上金光现。有许多绕塔者天女撒青莲,蜂蝶般冉冉。又像河伯骑鼋、冯夷擂鼓、虹桥张宴。

【乱柳叶】〔达〕萧生,你再看一看。则见靛墨般、天也么天、闪闪的倒挂着虹光一线。人儿草俨然,马儿荳蹁跹。被这业风吹得他微微颤,扑楞楞敢是修罗战[17]。〔生〕你看那斗杀的,好怕人也,怎么又现好光景来。

【上小楼】又见白生生一朵莲,端坐着婵娟。面如满月、云想衣裳、雾鬋双鬟,抵多少戏水的蜻蜓点点,怕不是吓淘河空中飞燕。怎么忽然诸般景界,都不见了。〔达〕萧生,此是大海中蜃气融结、变化而成。一刹那间,宫殿楼台、禽鱼人物,无不活现。究竟海性本空,我见安在?世上荣枯得失,人我是非,颠倒轮转,也是如此。〔内鸣锣介,生〕怎么忽然起这大风来。

【么】〔达〕足律律一阵阵、旋风刮散,那黄登登几缕烟、一霎儿，吹送过那浪花天、藕花船，把这不值钱再折来的芦花片，稳踏着来时边岸。萧生，此是彼岸了，你上去者。〔生拜介〕弟子蒙祖师拔救大恩，又且相依年久，从此别去，不胜悲怆。〔生牵达衣介，达推生近岸睡地介〕

【尾声】啐萧生，你看一答儿蜃市空烟，九万里鹏海连天。当来再度你回头岸，请重做一回黄粱梦儿转。〔达下介，生醒起介〕呀，祖师怎么忽然不见？我身子睡在天妃宫门首了。你看一片瓦砾蓬蒿，全不是往日风景。可叹可叹！我死里回生，如梦方觉，不免在客店中借宿一宵。明日从杨州至金陵，寻访妻子并芮小二哥消息便了。

集　慧眼沙门真远公，沙中弹舌授降龙。
唐　怜师不得随师去，积水连天何处通。

注释

〔1〕凄其：凄凉悲伤。

〔2〕泉台：墓穴，这里指阴间。

〔3〕社燕：燕子春社时来，秋社时去，故有"社燕"之称。

〔4〕乔梓：喻父子，此处指萧思远与佛珠。

〔5〕失张失智：举止失措，失神落魄。

〔6〕曹娥：东汉时人，相传其父溺死江中，曹娥沿江哭号十七昼夜，投江而死。

〔7〕月窟寻娥：月宫寻嫦娥，这里指到边远之地找寻丈夫。

〔8〕茆：同"茅"。

〔9〕要离：春秋末吴国刺客。吴王阖闾派专诸刺杀吴王僚后，又派要离谋刺吴王僚之子庆忌。

〔10〕檀施：佛教谓施主。

〔11〕卖解：本指表演马技，亦泛指表演武艺、杂技，借以谋生。

〔12〕优施：春秋时优人，善谋划。

〔13〕罔象：即"象罔"，庄子寓言中黄帝遗失玄珠，独象罔得之。

〔14〕檀林：佛教语，佛寺的尊称。

〔15〕暂：这里应是"斩"。

〔16〕不剌：助词，用于语尾，以加强语气。

〔17〕修罗战：阿修罗王与帝释的战斗。修罗有美女、无好食，诸天有好食、无美女，互相憎嫉，故恒战斗。

评析

《牟尼合》，创作于崇祯九年（1636）阮大铖避暑之时，仅用了十六日完成。阮大铖因天启年间给事中一事，转而依附阉党，崇祯二年（1629）因此免官，且终崇祯一朝再不被录用。其人奸诈猾贼，嗜权罔利，很为江南士林不齿，尤其被东林、复社"恶之甚"。但颇能作曲，传奇创作上在辞藻方面自觉追随汤显祖，秾艳谐洽，《明史·奸臣传》谓"大铖机敏猾贼，有才藻"。

阮大铖工于诗歌，有《咏怀堂诗集》传世。崇祯年间免官里居之后，更是萧然无所事事，"惟日读书作诗"，于诗越工。在《牟尼合》传奇中，唱词、宾白多运用诗词意象，富赡典雅；难得的是曲称其情，不滥使典故。《荐海》一出，芮小二夫妇将苟氏接来海州，本打算与萧思远团聚，奈何萧思远被海寇砍死溺水。唱词中无论是"天将暮、鸦乱啼"的声色相衬，还是"叹萧萧寒空雨飞，听哀哀秋猿昼啼"的视听结合，都是自觉将诗歌创作技巧用于戏曲中，同时又贴合戏曲的舞台搬演特征，意象简而情境深，天然淡泊，近乎唐人风调。苟氏自道心伤"白日凄其，叹身如昼烛，焰灭熹微"，白日里无限伤心，好比白天将燃尽的蜡烛，烛火熹微一点。由白日联想到此身宛如昼烛，心死光灭，却不说撕心裂肺，已是十分意灰心懒，语言既熨帖又文雅。萧思远目睹海上蜃气变化，白莲上端坐着婵娟，而此婵娟"面如满月、云想衣裳、雾鬌双鬓"，融合太白"云想衣裳花想容"与子美"香雾云鬟湿"两句，化为己用，不写容貌但写衣鬟轮廓，美人已在想象之内，更是精妙无比。曹履吉称道他"语语由衷，半字不寄篱下。总若天风自来，悉成妙响"，此言得之。阮大铖在传奇中又多集唐句，撷取不同唐诗句子来代言戏曲人物怀抱，竟然不拗戾，也是其传奇辞藻动人之处。譬如"闻说萧郎逐逝川"，荀氏听说萧思远被盗劫溺水，于是"伤心日暮烟霞起，忍使孤窗枕泪眠"。再者，达摩祖师"禅室遥看峰顶头，白云东去水长流"的闲远，与被救之后身伴祖师左右却又离乡思家的萧思远的"灯微静室生乡思，身寄烟萝恩未酬"相对应。

自谓追步汤显祖的阮大铖，也承认自己的辞藻不敌玉茗，但也颇为自信，认为"玉茗不能度曲，予薄能之"。在度曲技巧方面确实更胜一筹的阮大铖，不同于为了保有创作意趣而不惜拗折天下人嗓子的汤显祖，更非因律害意"宁使时人不欣赏"的沈璟，他真正做到了"以临川之笔"而"协吴江之律"。他创作的传奇才情潇洒、音律和谐，双美兼具，声情与词情相得益彰。为达到其预期的舞台效果，阮大铖在创作《牟尼合》时"自唱自板"，精益求精。同时，阮家又蓄有家班，并在安庆、南京一带颇受欢迎，因而极为熟悉戏曲搬演的细节。所以《牟尼合》一经出演便获得成功，甚至"歌茵舞席，卜夜达曙"。阮大铖的戏曲既有可读性，又富观赏性，受到了士大夫的青睐，具有较高的审美价值。甚至"明末四公子"之一的冒襄在《影梅庵忆语》中，也曾回忆当时新演的《燕子笺》可谓"曲精情艳"、催人泪下。喜爱戏曲的张岱曾道："阮圆海家优，讲关目、讲情理、讲筋节，与他班孟浪不同。然其所打院本，又皆主人自制，笔笔勾勒，苦心尽出，与他班鲁莽者又不同。故所搬演，本本出色，脚脚出色，出出出色，句句出色，字字出色。"可以说是对作为戏曲家的阮大铖极高的评价。

阮大铖创作戏曲时特别注意"不谱旧闻，特舒臆见"。南朝梁武帝萧衍虔诚礼佛，甚至推动和尚断肉食素这一戒律的实施，先后四次舍身同泰寺，曾与达摩祖师讲佛论道，侯景之乱被围，饿死台城。但作者并没有打算将之写成历史剧，只是依托梁武帝"皇帝菩萨"的身份构想了整个故事，达摩祖师则作为得道的方外之人，援救萧思远，并折芦为渡送他还家。整个故事弥漫着浓厚的佛教思想，作者借此来解释人生的得失。人生如梦幻如泡影，妻子儿女只是一段假缘。且世间种种都是我见，应当不起分别心。"世间一切大小，皆从我见而生。心空则见灭，见灭时，小大在那里？"尘世多少金台银殿，都是些碎雨零烟，如海市蜃楼，"究竟海性本空，我见安在？世上荣枯得失，人我是非，颠倒轮转，也是如此"。阮大铖家世好佛，崇祯年间长久被弃置不用，执着于功名的他只好退而谈空说有，以佛学思想来求得一时之安慰。但毕竟不能够解脱，所以他同时又着意于戏曲的创作与演出，不同于流俗，更为重视戏曲的艺术价值与审美价值。他创作的剧本不再满足于先前流传故事的重新演绎，而是在写作中自觉地创建故事，从空无依傍的臆想中虚构传奇。阮大铖格外擅长用巧合来制造种种矛盾冲突，但最终又会通过皆大欢喜的结局来消释掉痛苦与委屈。就《牟尼合》而言，麻叔谋吃二三月胎儿，恰好佛珠便三月有余；王佃为引开追兵而将佛珠放在贡桌，就恰好被拜神求子的令狐夫妇收养；荀氏恰好成为昔日儿媳的女教师，萧思远恰好成为亲生儿子的西席；而已成为令狐赐的佛珠恰好迎娶曾经的未婚妻王佃之女；萧思远、荀氏、令狐夫妇等人恰好齐聚一堂，借由牟尼对珠这一小道具最终解开重重的疑惑……无巧不成书，每一个巧合都为后面的情节埋下伏笔，环环相扣，直到大团圆最终解开。而故事的大团圆又必然融合了青年主角的功成名就，阮大铖到底不能忘怀官场，曾自署其门"有官万事足，无子一生轻"，然而曾因依附阉党而在崇祯一朝与仕途绝缘的他，也只能通过戏曲来获得一点心理安慰了。

（刘颖）

清代海洋传奇选

快活三（第十五出、第十七出）

张彝宣*

题解

《快活三》，是张彝宣根据凌濛初《初刻拍案惊奇》中《转运汉遇巧洞庭红，波斯胡指破鼍龙壳》与《陶家翁大雨留宾，蒋震卿片言得妇》两则故事改编而来。主要讲述父母双亡、功名不就的蒋大颠清贫度日，痴名在外。一日他与行商汪奇峰、居慕安于浙江诸暨游春，在陶家门口躲雨。蒋大颠因玩笑而惹陶翁生气，陶翁于是单叫另外两人进去留宿。陶翁有一女莺儿，自小许配梅员外之子，不料其子得了大麻风症，莺儿不愿从父命而嫁。外甥李猴儿假意向舅母建议，趁夜让莺儿与养娘收拾

---

* 张彝宣，又名张大复，字心其，或作星期、心期等。生卒年不详，约生于明万历年间。吴县（今江苏省苏州市）人。明末清初著名戏曲流派"苏州派"的代表作家之一。属于落拓的下层文人，继承了以沈璟为代表的吴江派重视声律的一面，精通音律，创作传奇三十部左右。寓居苏州阊门外寒山寺，因自号寒山子，名其室曰"寒山堂"。《曲海总目提要》称他"粗知书，好填词，不治生产，性淳朴，亦颇知释典"。高奕称其传奇"如去病用兵，暗合孙吴"。

包袱前往尼姑庵躲避，实则垂涎莺儿美貌。不料李猴儿被陶翁留下陪两位客人饮酒，蒋大颠则在外等来了莺儿、养娘的包袱，误以为是两位朋友的，三人前后相走，一夜不辨身份。此后在养娘撮合下结为夫妻的蒋大颠、莺儿在宁波生活，莺儿因海寇作乱沦为妓女。回家不见妻子的蒋大颠搭海船出海经商，途遇风浪，于邱慈国贩卖橄榄，暴得金银。在他的引荐下，邱慈国国王纳贡中华。朝廷钦赐蒋大颠进士出身，除扬州刺史。蒋大颠在扬州找到了誓死守身的妻子莺儿，并与岳父岳母一家团聚，由一介穷士最终成就富、贵、姻缘这人间三大快活事。

原文

第十五出

〔付上〕

【引】奔竞总因钱，越江渡了、四明重践。〔白〕自家汪奇峰，自从春间与蒋大颠、居慕安到诸暨[1]，游春遇雨，借一人家门前躲雨。只为个蒋痴说差子一句，说话不拉个[2]，老老[3]听见子开出门来一场臭发作，将他推出门外，留我里两个进去吃酒过夜。勿知个蒋痴等到啥辰光[4]列去个。我道是渠[5]先拉下处去哉，啰晓得亦勿拉下处；及至到渠屋里去，亦说分[6]归去，杳无音信，才是个张嘴勿好。居慕安也，为个日大雨淋子，得了一病，至今还勿好。为此独自收拾子点本钱，来到宁波地方做些生意。今日闲拉里，且到街上去走走介。〔生上〕

【引】到处觅生涯，人说都闲话。〔付白〕来个好是蒋痴吓。〔生〕那边来的是汪奇峰呀。汪兄！〔付〕呀！大颠兄啰里来？〔生〕汪兄久违了。〔付〕久违哉。兄一向拉啰里？再勿见你。〔生〕小弟住在这里了。〔付〕兄住拉䓍里哉了？〔生〕居慕安为何不见？〔付〕勿要说起，自从那日大雨淋子得子病，至今还勿曾好。〔生〕我想兄那日也是逢雨的，你为何不病？〔付〕好个你！一向勿见，我着实思量你，你今日倒咒起我来。好朋友，且到小弟下处去闲话闲话。〔生〕尊寓在那里?〔付〕就拉茇里,勿多几步路,请,吓茇里是哉,请!〔生〕请了。〔付〕请喏,坐子,唅,大颠兄,我问你那一晚等到几时列去个?〔生〕不要说起,这是我的悔气!〔付〕正是哉,才是个张嘴勿好了,惹出个样事务来哉。〔生〕不但如此悔气,中间还有许多悔气。〔付〕小弟也勿明白悔气哉,那啥中间有许多悔气,请你说介说。〔生〕听小弟告诉。〔付〕请教。〔生唱〕

【锁南枝】因言语遭罪愆,门前立得两腿酸。〔付白〕我晓得那晚是饥而且冻个也,亏你。〔生唱〕教我难免饥寒,霎时雨止浮云散,只听得山声咽溪影喧,我一身怎回转。〔付白〕你等到几时?〔生〕小弟等到半夜,只见墙上扑通。〔付〕啥个响介?〔生唱〕

【前腔】掷个包儿软,教我先往前仔细,回头一看,只道两个同行,尔等行不善。〔付白〕你道是我里两个偷个了,阿有介事?吃子渠虱个酒饭,亦去偷渠虱个物事,介没真正强盗加三等个哉。〔生唱〕直走到天光亮日影暄,定双睛惊一闪。〔付白〕那啥定双睛惊一闪?〔生〕小弟一看,原来不是二兄,倒是一个妈妈扶着小弟的房下[7]。〔付〕你就说一年也再勿明白个哉,那哼[8]横堵里[9]喧出一个房下来。〔生〕前日躲雨,这家人家叫做五柳庄拗陶翁。〔付〕两个女客是啰哆介?〔生〕这是〔唱〕

【玉胞肚】他家令爱。〔付白〕为啥了跟子你?〔生唱〕为姻缘逃身避禅。〔白〕与后山梅员外联姻,为梅家之子害了大麻疯症,陶老要把此女嫁去冲喜。其母不肯,与外甥李猴儿设计。〔付〕外甥像是陪我里吃酒个男儿哉?极会吃酒个,一连十数钟先醉哉。〔生唱〕要把娇花权寄莲台[10],又谁知错认陶潜。〔白〕那时亏得养娘再三撮合。〔唱〕与区区结就并头莲,在此相将有半年。〔付〕

【前腔】我闻之堪羡,这天缘实非偶然。〔生白〕这是小弟偶然悔气。〔付〕还要说啥悔气来。〔唱〕失便宜反得便宜。〔白〕令正呵!〔唱〕避姻缘反结姻缘。〔白〕说便是介说。〔唱〕我心中还在信疑间。〔生白〕为什么?〔付〕乞你平昔间鬼话重了。〔唱〕只问如今在那边?〔生

白〕不敢欺，我房下有德有才，兄若不信，明日到我家来，就知明白了。〔付〕也等勿到明朝，少间就来。〔外、末、小生、净上唱〕

【胜葫芦】前日相期海外边收货物、莫迟延，愿得天天风水便，管取明朝五鼓便开船。〔外白〕汪客人。〔付〕请了请了。〔众〕请了。〔外〕我们的货都已下船了，你的货呢？〔付〕我个货也下子船，才交拉老大哉。〔众〕明日就要开船了，不要误事。〔付〕勿消吩咐，吃子茶去。〔众〕不消了，正是雁飞不到处，果然人被利名牵。〔下，生〕汪兄，方才这起什么人？〔付〕是敝伙计。〔生〕可是大伙[11]么？〔付〕啐，啥说话，方才个星才是做客个，啥个大伙，难道是强盗勿成？我且问你，既与令正[12]是介好，今日为啥了出来？〔生〕我娘子道在此，又无亲戚倚靠，叫我出来寻些营运。汪兄，如今什么生意好做？〔付〕好贼精，倒底你有造化！〔生〕为何？〔付〕方才个起客人才是飘洋走日本个，你阿可以也买点啥货走走，包你一倍趁[13]十倍。〔生〕极妙的了，只是去有多少日子？〔付〕多没半年，少没四五个月日。〔生〕不去不去。〔付〕啥了？〔生〕辛辛苦苦才得这位娘子，教我撇了他出去半年，不去不去。〔付〕是介，说起来，方才个星客人才是无家婆个，做生意只要赚银子，论得啥日脚[14]个？〔生〕自古道，钱在桥南不在海南，该是我的自然是我的，为什么苦苦要出去求他。〔付〕兄勿肯去也，强你勿得。〔生〕小弟告别了。〔付〕少刻来相访。〔生〕兄若来是流泉可当茶。〔付〕啥地名介？〔生〕海隅村落内。〔付〕阿有啥记认个？〔生〕石桥第五家请了。〔下，付〕介没我就来哉嗻，盖个蒋痴啰里说起忞，渠嬲[15]一个家婆虱哉，说便是介说，勿知真话鬼话虱来。

〔下〕

第十七出

〔净上〕

【山歌】我做船家快活多，海船上来往了吓、疾如梭。人人说道海面上个生意忒介险,哪得知旱地上个风波亦介多。〔白〕自家海船上舵工老大便是。前日汪客人同子众客人叫我个船,要日本去下子,个船正遇着子顺风,为此我买子两斤肉、杀子只鸡烧烧个,顺风利市。等我请个众客人得出来,快活吃三钟,列为客人请出来。〔小生、付生上〕

【引】弃子抛妻向虎穴,龙潭求财觅利。〔众〕请了。〔生〕汪兄,此位老客上姓?〔付〕叫余利扬,山东人,老江湖噱,极有趣个。〔小生〕汪客人,此位上姓?〔付〕是敝伙计蒋大颠,是有趣朋友。〔小生〕幸会了。〔生〕久仰久仰。〔付〕老大请我里出来做啥?〔净〕列位客人,你虱有十二分造化虱,方才下子船就遇子大顺风,故此我杀只鸡、买斤肉烧子个,顺风利市。请你虱出来快活吃三钟,扯起子篷[16]一箭射到哉耶。〔付〕那哼倒要扰你个?[17]〔净〕说介话。〔小生〕我们既承老大的好意,慢慢的吃一杯,行一令如何?〔付〕有理个,就是老客人来。〔小生〕还是蒋客人来。〔生〕小弟是不会行令的,还是老客来。〔付〕行啥令介,俞客人我搭你豁一拳罢,豁一个赢家吃酒输家唱。〔小生〕吓,赢家吃酒输家唱,唱不出便怎么样?〔付〕唱勿出狗叫三声。〔小生〕唱不出狗叫三声有理来。〔豁介,净〕老客人赢哉。〔小生〕我赢了。〔付〕我输哉。〔小生〕我吃酒,汪兄唱曲。〔付〕我是勿会唱个。〔小生〕方才说过的,唱不出狗叫三声。〔付〕啥了我就唱呢,那了即是唱得勿好了,吓,我里倒串一出戏罢。〔小生〕串戏好,你妆什么脚色?〔付〕妆旦。〔小生〕这一副嘴脸唱旦。〔付〕当时分出髭须,妆旦那有子髭须番子生哉?〔小生〕串什么戏好?〔付〕串个蔡伯喈辞朝。〔小生〕好,这是大戏文,但是没有行头,怎么处?〔付〕无行头我里素串,哈,老大阿有鼓板虱?〔净〕有一副板虱。前日子一个唱杨花个忘记拉里个[18]。〔付〕锣鼓介?〔净〕有闹元宵锣鼓虱?〔付〕极好个哉。〔净〕哈,汪客人看你个意思,像个央腔虱。〔付〕我原是央腔耶。〔小生〕戈腔倒好。〔付〕朝板啥个做?〔净〕纤搭拉里?〔付〕勿好,有扇子拉里敲起来、敲起来,屋里只道是拉外头做生意,再勿道拉里海当中串戏来哉嘘,打起来。〔唱〕

【戈腔】月朗星稀，早来到午朝门里。东边打起那龙凤鼓，西边撞起紫金钟。只听得静鞭三下响，俺这里整顿朝衣。龙凤鼓打来文官到，紫金钟、紫金钟撞起，五班齐。愿吾皇风调雨顺又得国泰民安，愿吾皇万岁万岁万万岁。〔白〕不寝听金钥，因风想玉珂。明朝有封事，数问夜如何[19]。下官蔡伯喈是也。为因父母年老，要上表辞官回去，来此已是午门，不免径入。串勿来个[20]。〔净〕为啥了？〔付〕少子黄门官哉。〔净〕王灵官庙里去拿子一尊就是。〔付〕啐黄门官。〔净〕黄门官就是你一脚做哉。〔付〕那亦要我做酌得[21]，我记得了。〔净〕啐，你是八脚头[22]老师父哉。〔付〕来哉。来者何？衙门官就此三舞蹈，那亦是蔡伯喈来哉。〔唱〕扬尘舞蹈、扬尘舞蹈，遥瞻天表[23]，见龙鳞日耀、咫尺重瞳[24]高照，遥拜着赭黄袍。〔白〕那是黄门官来哉，状元你莫非嫌官小么，那蔡伯喈来哉。〔唱〕念臣非嫌官小，奈家乡万里遥，双亲又老，干渎[25]天威，望乞恕饶，望乞恕饶。〔净白〕汪客人住子罢，你看个搭乌云推起来，勿是风定是雨虬噓，众客人才坐稳子。〔众唱〕

【风入松】看如螺云结晚山埋，见蜃楼海市堪怪。江豚吹浪如山大，簸箕儿轻舟风摆。许不尽猪羊祭赛，叫不应救星来。〔小生、付作跌下，生白〕老大？〔净〕众客人？〔生〕你是老大耶？〔净〕阿呀，你是蒋客人耶？〔生〕正是。〔净〕众客人介？〔生〕都到海底下摸货去了。〔净〕一船个客人才勿见哉，还要说笑话来。〔生〕老大你去看一看，可有什么货剩了？〔净〕吓，等我去看看，阿有啥货剩哉？〔下，生〕天吓，那里说起，正是财与命相连，幸喜我没有货，不然也要海底下去摸货了。〔唱〕

【急三枪】你看船儿破、货儿失、粮又绝，我一命怎安排？〔净背桶上，白〕蒋客人，一船个货才无哉，单剩得个只桶拉里，勿知啰里个客人个。〔生〕这只桶正是我的。〔净〕啥物事拉哈？〔生〕不晓得。〔净〕你个货那说勿晓得？〔生〕托人去买的。〔净〕勿要管，打开来看。〔生〕天吓，只愿吃得的便好。〔净〕原来是一桶橄榄，亦是清虚物事。〔生〕如今不要管，大家吃些下去，死也做个饱鬼。〔净〕饱鬼是做勿成个，吃子橄

榄，只好做个涩鬼哉。〔合唱〕

【风入松】青青蛰得齿牙乖，我与你一般酸态。〔净白〕天爷爷，啰里说起，个条性命倒送拉间向。〔生〕老大不要哭了，一船的人都不见了，止剩得你我两个，也是一缘一会，哭他怎么？〔净〕勿要哭阿是条把性命值啥大事。勿要哭列竟吃橄榄。〔唱〕落地两头无依赖，今日里翻洋难再。〔净白〕一只船打子岸边来哉。〔付、丑、贴、老上，净〕蒋客人，岸上个星啥人？勿知倭子呢，勿知是回回？〔生〕老大把些与他吃吃。〔净〕渠虬晓得吃啥橄榄介？〔生〕把些与他吃。〔净〕唅，橄榄拉里吃两个？〔众各吃介，净〕盖个蒋客人，才是你耶，我说渠虬晓得吃啥橄榄，倒不渠虬骂子去哉。〔生唱〕怪不得人离乡贱，怎能勾苦尽甘来？〔众又上寻介，生白〕老大，他们又来了，想是还要吃，再把些与他吃吃。〔净〕你虬勿怕来啥？还虬地上寻来吃，真正乡下人吃橄榄，回味再思量。〔众丢介，净〕唉，丢得来哉？〔生〕老大，不是石块是银子。〔净〕是银子吓，快活快活！〔生〕老大，这一桶橄榄都与他罢？〔净〕勿要买贱子，一个银铜钱一个橄榄虬，你收铜钱我发货，哪哪哪！〔小生上〕呵，众回回听者，中华既有奇果，不许乱挤，须报与国王知道，番回回们都散去。〔众下，净〕正卖得好，来忿一个人，古鲁古鲁说子两句才散哉。〔生〕老大，如今也勾了。〔唱〕

【急三枪】谁知道青橄榄能尊贵，反得这一场财。〔众引外上〕风入松番古鲁嚷，乱满山崖。为国王令下，金牌慕中华，人物真无赛，有宝物十分奇怪，把都儿如潮涌来，争看希奇物口都开。〔小生白〕中华客哥听者，俺这里邱慈国国王，闻知中华有奇果，十分大喜。吩咐把宝货龙扛抬者，请客哥上殿讲话哩。〔生〕老大，如今怎么处？〔净〕唪，譬如方才突[26]拉海里子，竟去便罢。若有啥好处，带挈带挈，铜钱银子我替你看拉里。〔小生〕众番回，带马过来，请客哥上马。〔众唱〕

【撼东山】只听得马头前说着番家语，似喜又如悲，斑斓的也么哥。大家拍着手，和古鲁的古鲁，跳的跳，笑的笑，舞的舞。〔下〕

注释

〔1〕诸暨：地名，属浙江。

〔2〕不拉个：那个。

〔3〕老老：对男性老年人的敬称，这里指陶翁。

〔4〕啥辰光：什么时候。

〔5〕渠：他。

〔6〕分：没有。

〔7〕房下：妻子。

〔8〕那哼：那里。

〔9〕横堵里：突然间。

〔10〕莲台：即"莲花台"，佛座。此处指尼姑庵。

〔11〕大伙：可以指船长的主要助手，也有聚集成伙的强盗之意。

〔12〕令正：旧时以嫡妻为正室，因用为称对方嫡妻的敬辞。

〔13〕趁：赚。

〔14〕日脚：日子。

〔15〕嬲：纠缠。

〔16〕篷：篷。

〔17〕那哼倒要扰你个：为什么还要叨扰你？

〔18〕忘记拉里个：忘记在这里的。

〔19〕"不寝听金钥，因风想玉珂。明朝有封事，数问夜如何"：杜甫《春宿左省》诗句。

〔20〕串勿来个：演不来。

〔21〕做酌得：能够做。

〔22〕八脚头：谓小生、老生、正旦、当家旦（老旦）、大净、小净以及乐队中的司笛、司鼓八行为"八脚头"，代表旧时昆剧班社的基本阵容。

〔23〕天表：天子仪容。

〔24〕重瞳：传说舜目重瞳，后泛指帝王的眼睛。

〔25〕干渎：冒犯。

〔26〕突：掉、落。

评析

张彝宣生活于明末清初之际，而《快活三》创作于崇祯八年以前，内容主要是以娱乐大众为主。不同于文人案头之作，张彝宣属于下层文人，其传奇戏曲也多以舞台搬演为目的，以获得民间平头百姓的关注与喜爱。表现在文学语言方面，《快活三》的戏曲语言不仅通俗好懂，而且多使用方言俚语，呈现出鲜明的地方特色。

吴江人士的张彝宣，作为苏州派戏曲家的中坚人物之一，将大量的吴语方言纳入戏曲创作中。这在某种程度上丰富了戏剧的表现手法，增加了一定的语言特色，但也相对制约了传奇的演出地域以及流传范围。譬如"丢"字，经常被误作为"丢"或者"去"字来解释，实际上《快活三》中"丢""丢""去"三字皆出现，写法并不相同。"丢"字在印刷时经常将"去"上简写为一捺，看上去极像"丢"或者"去"，造成不熟悉吴语的人士的误解。而实际上，"丢"在吴语中经常使用，有动词、语气词等词性；亦可作为词缀，来表示人称代词的多数，相当于"们"。"丢"作动词时，一般表示有目的地轻扔、轻点、轻捅等意思。如第十七出中船老大向"回回"扔橄榄时道："还丢地上寻来吃。"而"丢"作语气词时，譬如汪奇峰怀疑蒋大颠"勿知真话鬼话丢来"，或是"老大阿有鼓板丢"；至于表示人称代词的"们"，如船老大对蒋大颠说道："渠丢晓得吃啥橄榄介？""渠丢"就是他们，指众"回回"。而有些句子中的"丢"还不止一种用法，"列位客人，你丢有十二分造化丢"，前一个"丢"是词缀"们"，而后一个则是语气词。

方言写作有利于《快活三》为当地的平头百姓、市井民众所接受并喜爱，平常语言诙谐道来，不刻意逞奇炫才，戏曲创作如同白乐天写诗，符合《曲律》所言"作剧戏，亦须令老妪解得，方入众耳"。而就《快活三》的选题而言，一如它的语言风格。该传奇将《初刻拍案惊奇》的两则故事合二为一，将蒋震卿与文若虚融为一体，塑造了蒋大颠这一人物形象。该传奇突破了千篇一律的才子佳人模式，而转为描写穷书生通过海外经商奇遇，时来运转入仕娶妻的市井喜剧。与传统的科举及第、读书入仕不同，《快活三》带有鲜明的市民倾向。明朝末年，苏州地区的商品经济就得到不错的发展，"自古于官不贫"的思想也在逐渐改变，经商成功亦可占有可观财富，官、商的身份也在逐渐模糊。约成书于明万历年间的《金瓶梅》，被称为"明半部百科全书"，其主人公西门庆通过贿赂权臣便可一跃成为五品大夫——"金吾卫衣左所副千户、山东等处提刑所理刑"。如此社会，蒋大颠因缘际会由橄榄得获巨额财富，并带引邱慈国国王向朝廷进贡，因此除授扬州刺史，由富而贵，亦是自然。

《快活三》的内容市民化，着意展示市井习气，描摹下层百姓情态，也在一定程度上充满了"一饮一啄，莫非前定"的宿命色彩，这种思想具体体现在蒋大颠的命运上。已过而立之年的蒋大颠贫穷无依、科举无名、婚姻无由，却因避雨遇到了"为姻缘逃身避禅"，因逃婚将往尼姑庵的莺儿，二人阴差阳错结为夫妻。被陶翁拒之门外的蒋大颠因祸得福，此之谓"失便宜反结便宜"，而原意逃婚梅员外之子的莺儿反而嫁给了蒋大颠，此之谓"避姻缘反得姻缘"。蒋大颠在汪奇峰的建议下乘船前往日本经商，身无分文的他只带来一桶拾来的橄榄，不意被邱慈国众"回回""一个银铜钱一个橄榄"地买走，后来更是被邱慈国国王当作中华奇果，赚来金银财宝无数，真所谓"谁知道青橄榄能尊贵，反得这一场财"。其后更是因此而得"钦赐进士出身，除扬州刺史"，贵为一方长官。而这种种际遇，并非因为主人公的经济、政治头脑，甚至跟个人能力也毫无关系，反而都离不开蒋大颠的痴言痴语痴行为，在夸张之余造成荒诞的喜剧效果，进而又以"姻缘富贵天生就"来解释这种荒诞，所谓时也命也。

值得注意的是，因为致力于营造喜剧效果，作者在处理灾难时有意通过调笑来缓解负面情绪。第十七出中众人出海遭遇海难前后，一点也没有紧张抑或悲伤的气氛。海难之前，"方才下子船就遇子大顺风，故此我杀只鸡、买斤肉烧子个，顺风利市"，众人吃酒猜拳，汪奇峰输了不肯唱，大家调侃道"唱勿出狗叫三声"，为避免狗叫，汪奇峰提议串戏，打算"妆旦"的他偏又被余利扬取笑道"这一副嘴脸唱旦"。在他串"蔡伯喈辞朝"戏时风起浪卷，众人倒是先一步"辞"船跌海。海难过后，只剩下蒋大颠、船老大二人，蒋大颠调侃众人"都到海底下摸货去了"，船老大道"一船个客人才勿见哉，还要说笑话来"。这就消解了海难的悲剧色彩。之后满船单剩下一桶橄榄，蒋大颠痴言又起，"大家吃些下去，死也做个饱鬼"，而船老大则回道，做不了饱鬼，只能做个"涩鬼"了。"涩鬼"谐音色鬼，众人看到此，不由会心一笑。处苦境而不悲痛，历艰难反而好笑，这大约是张大复在将传奇市井化的实践过程中有趣的探索和尝试。同时，在用曲白来塑造"蒋痴"这个人物方面，以极为个性化的痴言痴语，在逗趣的同时，让这个"痴"人的"痴"鲜活起来。相比于以前传奇中完美的才子形象，这一个又痴又呆的蒋大颠反而更具市井百姓的特征，因而容易引起百姓的共鸣，得到大众的喜爱。

（刘颖）

化人游(第三出、第四出)

丁耀亢*

题解

　　《化人游》,作于顺治四年(1647)丁耀亢历经丧乱再度南游之时,属于神仙剧。蓬莱何皋(表字野航)感愤时事,自觉难容于世,欲赁舟访仙海上,想要渡他的东海琴仙成连,派武陵渔人玄真子扮作赁舟渔翁前来接引。现实富贵势豪,知音难觅,何皋怀古情深,邀约古代名士仙姝共游海上,于是诗人曹植、刘桢、李白、杜甫,剑客昆仑奴,滑稽东方朔,幻术左慈,点金王阳,烹茶陆羽等异人名士,与绝代仙姝西施、赵飞燕、张丽华、卢莫愁、薛涛、桃叶、凌波等与何皋同舟出游,"遍阅古今之美,穷极声色之乐"。船行近东海弱水处,因狂风暴浪停泊靠岸,何皋登小舟垂钓,被鲸鱼吞入腹中。不意鲸鱼腹中别有乾坤,何皋在内与屈原等人相逢,悟得大道。出得鱼腹的何皋与名士仙姝们共游龙庭,而后舟归蓬海,与众人分别,始知"世间苦海如波卷,万物浮沤散"。《化人游》借神仙道化剧的外衣,用虚构甚至荒诞的故事情节,来表达国朝易鼎后的身世之慨、离乱遭际后的出世之情。

---

* 丁耀亢(1599—1669),字西生,号野鹤,别署紫阳道人,又号木鸡道人、西湖鸥吏等。山东诸城人。明末清初诗人、小说家、戏曲家。以文知名当世,奈何科举仕途俱不得意,一生著作颇丰,创作广泛,涉及诗歌、小说、戏曲、杂著等领域。与李渔合称为"北丁南李",所著传奇全本传世的有《化人游》《赤松游》《西湖扇》《蜡蛇胆》四部。

原文

第三出　仙舟放游

〔丑扮舟子上〕千丈艟艨百尺蓬，一帆高挂海天空。醉眠一任风吹去，只在丹山碧水中。俺渔翁来此与何生驾舟，邀请高人绝色，泛海狂游。今日诸客俱到，风动开船，不免将海中光景与船上筵席，细说一番：只见碧澄澄万顷清波，绿沉沉一天素练。扶桑生火镜[1]，只在三更四更，金盆内捧出万朵赤芙蓉；渤海浴冰轮，不论上弦下弦，翠被里飞来十条金翡翠。天际青山隐隐，三点两点犹如镜里玻璃明；波中白鹭翩翩，十群五群一似盘中金粟[2]跃。鳌鱼翻背，霎时间波腾海沸涌出一座须弥山[3]，却原来是一条骨脊；鹏鸟伸头，忽然间日暗天昏遮了九曲星宿海，也只是两片毛翎。且休说海中变化，只讲这船上风光；说甚么桂棹兰桡[4]，也不美鹢尾雀舳[5]。三重楼阁，四面环廊，分明是隋炀帝百尺龙凤艘，只少了殿脚女昌月讴风。也不让米元章书画船[6]，何用那平头奴[7]烹茗涤砚。只此船中铺设，席上烹调，今古无双，天人少见。锦氍毹[8]齐铺坐垫，舱中尽燃辟尘香；水晶帘偏挂琐窗，几上横陈冰茧席[9]。梨园歌儿一部，牙箫檀板，听不尽婉转歌喉；教坊女乐八人，琴瑟箜篌，画不出低回眉黛。酒浮醹醥[10]，杯沉琥珀漏金光；茶碾龙团[11]，铛泛松风吹雪乳[12]。吃的是麟脯凤鲊、熊掌豹胎，易牙[13]手内烹调，不数石家蒸乳[14]美；用的是江莼海枣、福橘松鲈，元放[15]袖中运出，何劳马上荔枝来。一任他嘲风咏雪。那管他山穷水尽。一言未尽，何生来也。

【卜算子】〔小生、外、末杂随上〕似梦忆曾游，隔代还相遇。〔旦、小旦、贴旦众上〕仙凡乍见尚羞疑，巾袂烟霞气。〔小生〕奇人相遇，不用世法，只一长揖，分班而坐。〔生〕多谢了。〔生与小生共揖旦、小旦科，生与小生、外、末、净共揖科，生〕简编[16]相遇，梦寐瞻依。天假奇缘，何期觌面。〔小生〕先生旷世之奇才，某等当年之声气，隔代虽遥，同席可接。〔生〕不敢。〔生转身揖众旦科〕小生梦怀萼绿[18]，神切罗浮[19],敢依云汉,共睹琼花,何胜感仰![旦、小旦]妾等湘皋旧佩[20],畹圃[21]遗兰,久绝世缘,忽逢高雅。但恐巾舄纷纭,有乖道范。[生]说那里话,小生赋性虽狂,执礼惟谨,既入春秋之盟,汉家自有制度。便请登舟,无妨促膝。[内奏乐科,艄子搭扶手,众作上船科,净扮昆仑奴上]你那梦[22]众客们,不着我昆仑奴只怕你去不得。你看重重黑浪,滚滚狂风,不有力士护身,必有鱼腹之祸。[净扮左慈]说得有理,说得有理!既是剑客昆仑,久闻大侠,便请同舟。[生让净过舟科]就此便行。[生、旦作两班对立科,内奏乐众行科,生]水作冰壶月作船,[小生]名花酒客与诗仙。[旦]五湖不用寻初约,[杜]三岛方知有旧缘。[小旦]紫燕秘消炎杜水,[卢、薛]青鸾衔出锦城笺。[外]年来游戏成三昧,[丑、净]囊里青山自有钱。[净]好个"囊里青山自有钱",不如乘风早放船。开船罢![棹歌,开船科]

【梁州序】[生]玉绳界碧,冰纹蹙翠,花浪风翻溅袂。波摇月动,一天鸥鹭惊飞。[小生]见扶桑影暗,旸谷[23]光生。阅尽人间世。[外]俺欲骑鲸归去也,旧瑶池不问,昆明有钓矶。[合]今古变,随潮异,桑田沧海须臾里。但浮白,休辞醉。[内奏乐送酒科,生]可问左先生,有松江鲈鱼、江南鲜橘取来佐酒?[内应科]有了。

【前腔】[旦]铁衣香细,钿鸦云起,水气凉生钏臂。冰肌雪骨,玉钗影动琉璃。薛、卢二妓,你可与俺歌一曲,进先生酒。[贴旦]想西湖春恨,南国秋悲,花草吴宫闭。[旦]凌波桃叶,你可舞一会,进先生酒。[贴旦作舞科]鲛绡轻逗也,掌中吹,化作仙霞片片迷。[合前,生]酒行数觞,未尽舟中之乐,可使陆生煮江南第一泉,烹小龙团,大家联句。如诗不成,有金谷之罚例[24]在。[小生]愿领教。五言之体,始于建安。子建前矛[25]可也,诸君后随。[曹]停舟泊桂渚,冉冉起烟雾。[杜]天风生夜寒,荷衫滴清露。[李]醉把素娥衣,遗我二白鹿。[旦]蕤葳琼树枝,舜华不复顾。[桃叶]金屋留余辉,[凌波]瑶台敞闲步。[卢]云贴熨鸥天,[薛]波漩知鱼路。[刘]承露翁仲疑,[朔]偷桃阿母怒。〔慈〕盏化两白鸠,〔阳〕炉烧一黄兔。〔生〕醉眼看三山,仙桥已可渡。看酒来!陆生煎茶,易牙司皂,昆仑主令,俱不入联,各罚三大觥。太白不免疏狂,素娥之衣岂可把乎?略犯不恭,罚金谷酒数。可开船就岛中去!

【前腔】〔小生〕取珊瑚铁网难期,探明珠骊龙不寐。暂投诗飞盏,醉袖淋漓。〔李作醉欲扶贴旦科〕说甚么脱靴殿上,赐锦池头,羯鼓今非矣。〔杜指李科〕堪笑狂生无似也,玉山颓[26],莫作巫峡阳台梦里疑。〔合前,生〕我闻曼倩先生素能射覆,今可分作两班,各覆一物,猜得着的饮酒。请西施娘娘先覆。〔作拔钗覆科,朔卜科〕温而栗,不圆而佩,不颖而锐。是玉钗了。〔出覆大笑科〕众客饮酒!〔生〕请曹先生射覆。〔丑扮王阳递丹科,外卜科〕一而二,居其体,团团灼灼众所喜。一二者离兑之数,团灼者金形也,是一粒金丹了。〔取覆大笑科〕众仙妃饮酒!〔阳作寻丹不见科〕分明一粒金丹,被何人盗去,不免遍搜。〔作两边遍寻科〕这些娘娘是用过黄金得,决不肯藏下金丹。这一起秀才们,就是李翰林说黄金用尽还复来,也是挥霍的。只有杜少陵专好苦穷,请开开待我一觅。〔丑觅不见科〕这等还请东方先生一卜,在何人手中?〔外卜科〕髻而拇,飞而入,是左先生运去了。〔慈〕怎么讲?〔朔〕先生须多而髻,定在左手大指下。〔净大笑出丹科,众大笑科,大净扮昆仑奴怒科〕今日之游,乃雅会也。若不立一督令者,则士女纷杂,佯狂取谴,反干天罚。小子愿仗剑督酒,以效刘章[27]之约。〔生〕说得有理,即便遵令!

【前腔】〔张、赵合唱〕笑琳琅醉袂牵欹,舞翩跹纤腰斜倚。渐钗横鬓乱,裙鸟相偎。〔卢、薛背唱〕看银河一线,碧海千重,云锁湘娥泣。琼台春尽也,落红稀,箫史秦楼事已违。〔合前,丑扮舟子上〕禀相公:这大海是没有口岸得,如遇北风,就是琉球日本地方;如遇南风,就吹在青海、黑海地方。不是要得!只有东海是一带仙山,又有弱水难行。鹅毛沉底,毒蟒妖蛟,围山百里,所以人不敢去。如今还是住了,等风罢!〔慈〕艄子,你只管任风而行,自有所止。〔丑〕如此就不落篷了。

回船顺风，外国去安耍去！〔众行科〕

【节节高】〔悲〕你与俺随风任所之，掣帆旗，凌虚一息行千里。蛟母尾，虾师髻，龙孙背，水晶宫里把鲛人戏，蛤笙蟹鼓醺醺醉。〔合〕吸尽东洋水一卮，这番游客真奇异。

【前腔】〔生〕潮平水似绮，展玻璃，笛声惊起苍龙睡。滟滪堆，瞿塘濑，龙门隘，人间险厄还相似。乘风破浪何足计。〔合〕吸尽东洋水一卮，这番游客真奇异。〔生〕今日暂泊云台，明日顺风往东开去，竟寻弱水便了。

【尾声】〔生〕沧浪已遂游人意，也难得这一套异友名姝步步随，只怕你仙侣同舟晚更移。

〔生〕木兰之枻沙棠舟，〔净〕玉箫金管坐两头。

〔旦〕仙人有待乘黄鹤，〔外〕海客无心狎白鸥。〔下〕

第四出　吞舟鱼腹

〔净扮鳌精、丑扮虾蟹上〕吸雾吞波几万年，龙宫吐出老蛟涎。生来自有吞舟力，不信渔人香饵牵。自家东海鳌精是也。久服日月之光，盘据沧溟之府，喷沫而潮腾海溢，鼓翅而浪接天高。上帝以我呼吸元气，坐镇东溟，使俺把守弱水，控扼蓬莱。这蓬莱山，上通帝座，下接玄关，是天地之尾闾[28]，阴阳之督脉。以此万水来朝，尽皆下陷。过此千里，又复上升，世人不知。名为弱水，乃玄牝[29]也。上为仙府，下为龙宫，万窍千门，包罗日月，泉香似醴，气暖如春。好笑秦皇汉武两个俗子，费了若干财力，不敢近山一步。近闻得有个何生，辄敢狂游，犯我边界。又有几个亡国的泼妇，好事的文人，同来啰唣[30]，我好恼也！叫众将帅们，你可候其将到，用狂风暴浪打碎船只，漂溺鱼腹。有何不可？〔丑〕禀大王：我闻何生船上，俱是异人，或有返风避水之法，反为不便。今有鲸将军善能吞舟，待何生来时，一口吸入腹中。舟人俱化，岂不妙哉？〔净〕好计，好计！正是：安排盖月翻云手，要捉惊天动地人。〔下，丑扮舟子上〕好大风也,好大风也!你看波翻万座银山,浪吼千群猛虎。这樯舵皆开,桅竿乱舞,这船如何去得?就是仙法难行,休说凡夫未化。相公,相公!住了船东山根下,明日再游罢!〔内应〕这也随你。

【夜行船】〔生同净昆仑奴上〕孤艇浮鸥随上下,向天边云水生涯。〔净〕弱水无垠,蜃宫不测,到此仙凡堪咤。先生,一路行来,舟快风平,甚是可喜。今日风狂浪急,水卷天浮,远远望见大山相连不断,想是弱水了。先生慎重些。〔生〕说那里话!我闻"至人不死,大道难闻"。今日风涛,正是上仙相试,也未可知。我与你下船去闲步一番。你看崖根有个钓台,当此月明,正堪垂钓,不免把竿独坐。正是:未遇真仙传大药,先将香饵钓神鱼。〔下,净扮鲸精暗窥科〕

【南北品一枝花】〔生持竿上〕只道是凌虚问汉查[31],又谁知泛梗飘荒野。俺只想乘兴跨鹤飞,到做了玄水弄珠华。我想才人一时意兴,便如列子御风、鲁连蹈海,也都是枉然。那有顷刻凌霄的实事?说甚么有枣如瓜,这都是安期生造作出神仙话,叹此身还是凡胎难化。就现成成守着丹客仙娃,只怕梦悠悠还做了瑶池天马。此处水急潭深,未必有鱼。石边有一小舟,水流必浅,我且上舟一钓。〔入舟科,鲸鱼窥喜科〕

【梁州第七】〔生〕我只见浪浮天雷鸣电刮,可怎么怒腾腾沸雪崩楂?〔作舟行,随鲸鱼且前且却科〕呀呀呀,莫不是钓神鱼牵动了鲲鹏驾?渐渐隔得我大船远了,望不见锦帆斜挂,听不见弦管呕呀,到做了燃犀蛟窟,问橘龙衙。这船如何自动,一似人牵去的一般?这船呵,未上时只当作虚舟飘瓦[32],上来时化做了毒蜮含沙[33]。〔鲸鱼用口吸舟,生又且前且却科,生叫科〕我的昆仑奴也撇我去了!呀呀呀,若要上岸时,到做了铁锁铜枷。他便是虚飘飘千尺洪波压,难道俺热身躯、就变做沤影浮花?〔鲸鱼用口吸舟,生又且前且却科,生〕我想众客同舟,仙姬共乐,已非一日。今我闲步至此,全无一知己来此相寻,遂至飘零无所。众客你好薄情也!说甚么鸥盟鹭洽,〔重〕把文章诗酒都勾罢，好教我热心肠寒毛乍。我那众仙姬呵，也不念宋王、襄王何处家，一叶天涯。〔鲸鱼再吸舟，随吞入肚下，净〕莫道口中无造化，须知腹内有仙舟。〔生大叫上〕天好黑也，天好黑也！适见一阵云来，只见浪黑天昏，星斗俱灭。小生不觉流落此地，既失仙舟，又堕暗劫，不知何日出头，再见天日。我何生好苦也！

【牧羊关】〔生〕他暗黑全无日，阴幽未有涯。你看这崚嶒白骨乱权枒，怎能勾破天昏撞出光华？又不见绳缠锁亚，只俺这肉皮囊已困在酆都[34]下，好一似缩金丹坐化楞伽[35]。鬼门关空占卦。忽然又有一阵风来，只听得吹吹打打，想此中呼吸有天来大，是乾坤第一家。俺小生偶上钓舟，流入此国，不知是何地方。荒烟漠漠，不见人烟；黑风沉沉，全无日月。但不知我的小小渔舟还在此否？〔生作摸船得遇科〕

【骂玉郎】俺只见兰桨桂楫尚无瑕，横野渡，少波查[36]。我待要舣船舱再把篷桅驾。说甚么浪无花，天有涯，呀呀呀，再休说行船价。船既在此，不免还寻旧路，撑回大海，再觅故人。即不能前入仙山，也还可不迷旧路。〔作驾舟复止科〕

【哭皇天】不能勾溯流光赤壁舴，不能勾泛山阴白雪槎。俺待要凿混沌，超陵谷，闭日月，炼丹砂。呀呀呀，那时节船儿人儿不怕，找寻故道，面目无差。有一日鲸飞鹏化，俺自能运火生芽。把俺夫饵投竿，一件件说与他。这得是龙宫朗朗，须不是鱼骨巴巴。〔生伏侧介，净扮左慈、昆仑上〕何生大道已成，还不出头等几时？〔下，生〕初进此中，只见船小地宽。今日忽然船宽地小，如何一派笙歌，白光隐隐透入？不免将船负在背上，携船而走。

【尾声】水穷山尽舟仍假，鳞介依然法界赊。俺正好稳负孤舟出海汊。

　　独把长竿钓巨鳌，吞舟鱼腹转逍遥。
　　不知腹内乾坤大，能使鲲鹏万丈高。

注释

〔1〕火镜：太阳。

〔2〕金粟：粮谷。

〔3〕须弥山：古印度神话中的山名，后为佛教所采用，指一个小世界的中心。

〔4〕桂棹：桂木制的划船工具，指船。兰桡：小舟的美称。

〔5〕鹢尾雀舳：即华贵之船，古代船头画鹢鸟或青雀图像。

〔6〕米元章书画船：北宋米芾曾任江淮发运，在船上揭牌，称"米家书画船"。后泛称文人学士的游船。

〔7〕平头奴：不戴冠巾的奴仆。

〔8〕氍毹：一种毛织或毛与其他材料混织的毯子。

〔9〕冰茧席：冰蚕所结茧做的席子。

〔10〕醹醁：美酒名。

〔11〕龙团：宋代贡茶名，饼状，上有龙纹，故称。借指茶。

〔12〕雪乳：白色浓厚的浆液，指茶水。

〔13〕易牙：春秋时齐桓公宠臣，长于调味。

〔14〕石家蒸乳：西晋王济曾用蒸乳招待皇帝，这里误作曾与王恺斗富的石崇。

〔15〕元放：左慈字元放，精通方术。

〔16〕简编：泛指书籍。

〔17〕觌面：见面。

〔18〕萼绿：即萼绿华，传说中女仙名。

〔19〕罗浮：传说隋代赵师雄曾在罗浮山遇到梅花仙女。

〔20〕湘皋旧佩：郑交甫故事，喻远离世间的仙女。

〔21〕畹圃：即兰圃。《离骚》"余既滋兰之九畹兮，又树蕙之百亩"。

〔22〕夢：同"些"。

〔23〕旸谷：日出之处。

〔24〕金谷之罚例：谓赋诗不能或不成则罚酒三杯。

〔25〕前矛：前茅。

〔26〕玉山颓：即玉山倒，《世说新语》谓嵇康醉酒，"若玉山之将崩"。

〔27〕刘章：汉高祖刘邦庶长子刘肥的次子。高祖死后，吕后当权，曾设酒宴，戏命刘章监酒。刘章以军法行酒令，斩杀逃酒的吕氏贵戚，诸吕肃然。

〔28〕尾闾：传说中泄海水之处。

〔29〕玄牝：道家所谓滋生万物的本源。

〔30〕啰唣：骚扰，吵闹。

〔31〕汉查：汉楂。

〔32〕虚舟飘瓦：《庄子·山木》："方舟而济于河，有虚船来触舟，虽有惼心之人不怒。"《庄子·达生》："虽有忮心者不怨飘瓦。"飘瓦：即坠落的瓦片，此处指船飘忽无定。

〔33〕毒蜮含沙：相传江南水中有毒虫名蜮，人在岸上，影见水中，即以气为矢，或含沙以射人。及着皮肌，其疮如疥，中影者亦病。

〔34〕酆都：旧时迷信传说中的阴司地府，人死后的去处。

〔35〕坐化：佛教徒端坐安然而死。楞伽：楞伽山。

〔36〕波查：辛苦。

评析

"化人"一词出自《列子·周穆王》："周穆王时，西极之国有化人来，入水火，贯金石，反山川……千变万化，不可穷极，既已变物之形，又且易人之虑。"所谓化人，不只穷极变化，不易于世，更可以改变人们的思虑及意念。此后道教的神仙、佛教的度化，乃至会异术、道术之人，皆可称之为"化人"。能够与左慈、东方朔、李杜等这些化人游，思接千载，异代知己相逢投契，肉身的窘困限制不了精神上的逍遥，真可谓"索盘餐不可得，不能禁吾游之不畅也"。

作者俯仰古今，逸兴遄飞，将自己敬仰喜爱的异代人物，悉聚笔下。第三出《仙舟放游》中"高人绝色，泛海狂游"，作者极力铺陈鱼跃鹭飞、焕曜神奇的海中光景，以及佳肴美酒、轻歌曼舞的筵席盛会。"夙世之奇才"的何皋，与"当年之声气"的曹植、李白、杜甫等名士，分曹射覆，品茗联句……张词臣评论此出放游"淋漓忼爽，使人起舞"。知己相与，美景乐事，无限快意，只是正如张词臣的点评"如此快游，必当有吞舟一劫"一样，果然第五出天气变化，狂浪急风，舟行困难，众人只得将船泊在东山山麓。何皋与昆仑奴下船行来，见石边小舟，想坐船垂钓，不料何生刚上船便被等待的鲸鱼吞舟入腹，开始另一番奇遇，最终被度化，了悟大道。奇中有奇，幻中还幻，直追庄子寓言、屈原《离骚》，无所依傍，神奇浪漫，实乃荒唐之言、谬悠之说、无端崖之辞。

宋琬在《化人游总评》中一语道破作者的创作动机："世不可以庄言之，而托之于咏歌；咏歌又不可以庄言之，而托之于传奇。以为今之传奇，无非士女风流，悲欢常态，不足以发我幽思幻想，故一托之于汗漫离奇狂游异变。"《化人游》不仅打破了传奇叙写男女悲欢离合言情绮靡的传统，甚至也突破了其辨忠识奸言志载道的一面，开始直接抒写自己幽微难隐的意志和思想。丁耀亢少年颖悟，却数奇不偶，天启年间两次落第，便有心于佛道。后来清兵入关，山东诸城失陷，家族离散伤亡，自己携老母和族人前往海岛避难，回家后又因田产诸事屡被邻人攻讦。山河破碎、身世飘零，世情如霜、人情似纸，到头来身心俱疲，无所寄托，如此大不得意，只好托于荒诞之言。无奈之下，"家居郁郁不得志"的他选择"泛舟淮海"。现实中"孑焉无侣"的丁耀亢为弥补自己内心的郁悒、苦闷，安排下仙舟放游，让何生与诸位异代知己"投诗飞盏，醉袖淋漓"。易牙为其烹调，麟脯凤鲊、熊掌豹胎，胜过杜甫的

"紫驼之峰出翠釜，水晶之盘行素鳞"；陆羽为之煎茶，烹小龙团，用第一泉，不似苏轼"独携天上小团月，来试人间第二泉"。更有锦氍毹、辟尘香、水晶帘、冰茧席、江莼海枣、福橘松鲈、梨园歌儿、教坊女乐……堪谓"今古无双，天人少见"。然而这欢乐是在看破之后的行乐，"今古变，随潮异，桑田沧海须臾里。但浮白，休辞醉"。遥想千古，任心驰骋，到底还要回到现实人世中来，欢娱短暂而磨难不变，到底要感叹"滟滪堆，瞿塘濑，龙门隘，人间险厄还相似"。

作者不满现实人生，又无从逃避，所以借何生之口来表达对人生逍遥的疑惑。"我想才人一时意兴，便如列子御风、鲁连蹈海，也都是枉然。那有顷刻凌霄的实事？"得道成仙的神话传说自然不缺乏，但作者已然放下了年轻时的执着，不再佞于佛道，历经离乱的他"叹此身还是凡胎难化"。"吞舟之鱼"曾见于《庄子》《列子》，但也仅仅限于用来表现二人对于大小之辨的论证。在丁耀亢的笔下，这只大鱼真正吞舟，正是家国劫乱，"他暗黑全无日，阴幽未有涯"；这虚舟飘瓦、毒蜮含沙，不正是作者在现实生活中遭受的"怨毒相倾"吗？清顺治二年（1645），作者在《避风漫游》中记载离乱后的诸城，"草野之间，动相杀害"。突逢异变，目睹"崚嶒白骨乱杈枒"的乱世凄凉，作者真"不知何日出头，再见天日"。外加上朋友之间的大不如意，不胜心寒，"我想众客同舟，仙姬共乐，已非一日。今我闲步至此，全无一知己来此相寻，遂至飘零无所。众客你好薄情也！"不是众客薄情，而是世人寡情，作者借此来抒发对人情的失望，天灾人祸，飘零离散，遂至于此。作为遗民的他，面对国破家亡、身世飘零，在《化人游》戏剧中并不致力于渲染家国情思，而只是抒发了时代背景下文人的苦闷、彷徨、孤寂，以及想要抗争却又无力抗争的多种心态，寄寓遥深，而"激楚之音尤响，鞭挞之力殊强"。

龚鼎孳称赞丁耀亢"文词奇幻，选艳征豪，惊心动魄"。"旷世才"的丁耀亢所作传奇确实呈现出文人案头的特征，其运笔自然，语辞典雅、典故频繁，匠心独运，就连描绘海洋景色也与众有别。他摒弃了浑涵汪茫、吞吐日月的常语，以骈句的形式分别写海洋昼夜风光之美，并借山影鹭飞来极写海洋风景的层次，以海中生物鳌、鹏之大来衬托海洋的无限。丁耀亢作诗歌、小说，诸体皆善，所以他的传奇既有诗歌的含蓄雅怨，又擅长安排情节伏线铺垫，充满了象征意味，具有深度解读的可能。第四出《吞舟鱼腹》中何生"不免将船负在背上，携船而走"，其后何生弃舟出得鱼腹后，说"我进得出，便出得来；我拿得起，便放得下"，好像是在说入腹出腹、负舟弃舟，事实却不亚于禅语的醍醐灌顶。如果说诗酒风流、联句射覆最能体现丁耀亢的淹博学识与潇洒才情，而弃大舟就小舟等充满象喻意义的情节便证明了他的机辩颖悟与佛道造诣，无怪清代诗人王肇晋极力赞美丁耀亢"下笔走风雨，险语天为惊"了。

（刘颖）

秋虎丘（下卷第十六出、第十八出）

王鑨*

题解

《秋虎丘》，是在明嘉靖以来流传的王翠翘故事的基础上改编而来的。明朝嘉靖年间，唐人汪伦的后裔襄阳人汪璞官拜翰林，在苏州虎丘对于桂娘一见钟情，遂请人向于家提亲，二人通媒订婚。八月十五汪璞与友人在虎丘邂逅青楼女子王翘儿，得知其曾将终身托于徐海，不料三

---

* 王鑨（1607？—1671？），字子陶，号大愚，别署海棠峪长、嵩华啸隐等，河南孟津人。明末清初戏曲作家、诗文家。著有诗文集《大愚集》《红药坛》，传奇有《秋虎丘》《双蝶梦》《拟牡丹亭·寻梦》传世。明朝时郁郁不得志，清初曾任昆山知县，康熙三年（1664）出任山东按察使司佥事、提督学政，"得士为天下第一"，年六十五卒于家。

年杳无音信。倭寇为患东南，烧杀抢掠，身为倭军都督的徐海掳走于桂娘及丫鬟小鸾。汪璞得知详情后，建议明军总兵齐世昌命王翘儿游说徐海。王翘儿得知徐海为寇，在得到齐世昌的保证后，设计见到徐海。见面之后，王翘儿哭诉相思并以死相逼，晓以利害，终于使徐海答应归降，同时救出敌营中的桂娘和小鸾。钱兴邦将桂娘献给齐世昌，遭拒后反被齐夫人误会，逼桂娘自尽。以为桂娘被逼死，伤心离开帅府的汪璞寻桂娘未果，在于母的安排下娶了小鸾。在徐海的里应外合下，齐世昌大败倭寇，却违约处死徐海，王翘儿气愤之下投海殉情。经观音救助未死的桂娘回家，与汪璞终成眷属。二人感念王翘儿曾援手救助，将其葬于虎丘寺，并设水陆道场追荐亡灵。《秋虎丘》虽然是以汪璞、于桂娘的爱情故事为主线，实际上却歌颂了智勇双全、重情重义的青楼女子王翘儿。

原文

第十六出　平倭

【侥侥令】〔外扮齐世昌戎衣上，众各执兵器随上，作乐开门科，外〕威名千里震，兵火满乾坤。管教他片甲不回东洋海，授首[1]在钱塘鳖子门。吾乃总兵齐世昌便是，兵临两浙，血染三江，病魔渐退，海鬼将平。誓不与贼俱生，宁敢惜吾一死。只因二竖[2]缠身，未得交锋。幸喜三辰[3]得位，正好对敌。况昨日王翘儿带有书信回来，密将战期约在六月初旬。天气炎热，贼人畏暑，绵甲[4]无用，那时里迎外合，自然取胜。今日恰好六月初六日，堪可发兵，三军听令。〔众跪听令科〕听吾号令，贼人深入重地，时逢夏月，众贼卸去盔甲，多在湖口树阴深处乘凉。我兵待三更时分，驾起快船，以炮为号，出其不意，一齐杀进。贼船大而难行，吾船快而且利，必然取胜。三军依令而行，违令者斩，即此发兵前去。〔众应行介〕

【番鼓儿】听军令、听军令，炮响如雷震。箭弩枪刀，一齐并进，决胜在三军。摆个长蛇大战，少头没尾，弄将来把贼人围困。变化变化妙通神，杀得他星飞电奔。〔下，净倒戴盔、穿一靴、披袍跑上，唤众科〕大小三军，还不快走，不好了，蛮兵杀来了。〔众惊跑上，净〕快疾起兵。

【前腔】海东军、海东军，疾忙朝前进。恐怕他飞雷火炮玉石俱焚。眼望着东洋日本，展翅难飞，死没头，前来对阵。怎想怎想他暗来侵乱哄哄，塞住海门。〔下，副末扮徐海、贴旦扮王翘儿同拿火，各戎装盔甲上〕要杀五千人，须烧一把火。我二人乃王翘儿、徐海便是，闻得大兵杀来，我们先放起一把火，烧了倭子粮草船只，里迎外合，杀将出去。〔放火科，杀下，外领众上，净领众上，对阵大战，净败走下科，外〕传令三军，倭贼既已杀败，其余下海走了。我们就此班师，奏凯而旋。〔众行科〕

【朝元令】头目杀尽，残兵四下奔，活鬼死游魂。髑髅乱滚，乌鸦啄死人，水上血流三寸，无主望乡魂。残军败将哭断云，乾坤白日昏，旌旗蔽海门。〔合〕江山安稳，圣天子无穷福分，无穷福分。

【前腔】王师令尊，摆就龙蛇阵；倭贼丧魂，做个鱼鳖遁。奉职为臣，总兵挂印，咫尺天颜相近。寇盗纷纷，干戈扰攘当致身[5]。回首望金门，长安夕照曛。〔合〕江山安稳，圣天子无穷福分，无穷福分。〔下〕

第十八出　戮海

〔杂扮中军上〕耳听炮响，口传军令。自家中军官便是。有投诚徐海夫妇，在辕门外候见，只得传鼓禀报。〔击鼓传科，内鼓乐开门科，外扮齐世昌蟒袍玉带众随上〕

【粉蝶儿】〔外〕军令如山，雄威凛然难犯。整乾坤剿寇除残，静三江,平四海,风落云散,定江南全凭俺一枝箭。贼败钱塘血满湖,官兵乘胜入东吴。乌船铁橹都烧坏,一将功成万骨枯。吾乃齐世昌是也。仗三军之力,剿灭群寇,足以上报朝廷、下安万姓矣。看个吉日犒赏三军,并叙功劳,何不是好。〔中军官禀科〕禀上老爷,有徐海同王翘儿,在辕门外候见。〔外〕唤他进来。〔中军领副末、贴旦进见科〕元帅老爷在上,小人徐海,同王翘儿叩见。〔叩头科,外〕那王翘儿且起来,你就是那徐海么?〔副末〕小人就是徐海。〔外〕徐海,你乃中国子民,为什么勾引倭子,倒来抢掳地方。

【尾犯序】〔外〕狂寇犯江南,把三吴两浙一水截断。海外倭囚,敢竟深入中原。天胆贼到处,金山寺破船撞着铁城瓮匾,全不怕天兵到此血溅海洋天。

【前腔】〔副末〕当年也有过昭关[6],论其人背楚投吴作叛,苏武失节也,终须归汉。〔外怒科〕你可怎么比得那苏武子胥哩?胡言,因甚的血飞火走,因甚的城空鬼满,如何反?皇天后土饶你委实难。中军官,将徐海绑了。〔众应绑科,徐海作不服科〕这是怎么说,罢了罢了,落他圈套了。

【前腔】〔贴旦跪科〕当初有一言,令奴家做垛,把他招安。怎想事到如今,忽生机变。〔外〕这是朝廷法度,法不容情。〔贴旦〕老爷,你是个大人君子,如何就失信与小妇人了。〔贴旦对副末哭介〕皇天,王翘儿翻唇对嘴,齐老爷亏心变脸。〔副末作恨怒介〕悔杀我徐海不容辩,到阴曹地府终是死含冤。

【前腔】〔外〕王法到此岂容宽,反叛贼徒何须强辩。〔贴旦〕还望元帅老爷饶命。〔外〕王法所在,也由不得我了。〔贴旦〕老爷,当日差小妇人去时,是那样说话,今日又是这样说话。忽变金刚无情铁面。〔副末〕大姐,你也不曾负我徐海,只是那无信行的老爷,负了大姐了。〔哭介〕堪怜,望乡台终为罪鬼柱死城,冤杀好汉。〔贴旦哭介〕徐郎,徐郎,到是我害了你,奴也惟有一死而已。恩情断,死相逢甚日?生决

绝是今年。〔外分付介〕将徐海拿下正法。〔杂应，分拉贴旦、副末科〕

【尾声】〔副末、贴旦合〕这就是判生死阎罗殿前，昏暗暗不见青天，是俺那死冤魂一口冷气缠。〔众拥下，外〕

人犯王法身无主，朝廷之上不容情。

注释

〔1〕授首：投降或被杀。

〔2〕二竖：病魔。

〔3〕三辰：日、月、星。

〔4〕绵甲：用纺织品制造的护身铠甲。

〔5〕致身：献身。

〔6〕昭关：春秋时吴楚之界，因地势险仄为关。伍子胥曾从此背楚奔吴。

评析

《秋虎丘》传奇是在嘉靖大倭寇的历史背景下，以主角汪璞、于桂娘的悲欢离合为主线，同时讲述了徐海、王翘儿的悲剧爱情故事。嘉靖年间，倭寇不断侵扰中国东南沿海一带。朝廷有心抗倭，却屡次失利，直到胡宗宪重用戚继光、俞大猷等抗倭名将，才将局势渐渐扭转过来。但正所谓"大抵真倭十之三，从倭者十之七"，在明朝海禁政策下，从事海上走私贸易的汪直（一作王直）、徐海等人就是华籍倭寇的主要头目。徐海，与汪直同是徽州人，少年曾剃度出家，后被叔父抵押给日本，逐渐崛起成为明朝倭寇首领之一。《明史·文苑》记载："（徐）渭知兵，好奇计，（胡）宗宪擒徐海，诱王直，皆预其谋。"嘉靖三十五年（1556），胡宗宪听从了幕僚徐渭等人的建议，决定招抚徐海、汪直。然而由于种种原因，被胡宗宪诱降的徐海被迫投海，汪直则被杀害。《秋虎丘》传奇中，徐海实际上是历史上徐海、汪直二人的合体。不过，

《秋虎丘》中，徐海与王翘儿别离后，原在海洋中做些生意，后来才投在倭王帐下，成为倭王的都督先锋，后来被齐世昌招抚，许之以封妻荫子、一生富贵。然而在与齐世昌里应外合、剿倭取得胜利后，徐海反被"卸磨杀驴"，就地正法。

胡宗宪授意茅坤所作的《纪剿除徐海本末》，以及亲历其事的采九德写就的《倭变事略》二书中，都记载有徐海事迹始末。而在历史事件的基础上，经由文人加工、民间传说，逐渐演绎出徐海与"王翠翘"的故事。明代史学家徐学谟有关于王翠翘的小传，戴士琳作《李翠翘》，以及余怀《王翠翘传》、拟话本《胡总制巧用华棣卿，王翠翘死报徐明山》，青心才人《金云翘传》等，这些小说无不对"王翠翘"倾注了极大的同情，并对于背信弃义的另一方大加鞭挞。《秋虎丘》中王翘儿的形象就是源自此，只不过她在传奇中的戏份大大减少，让位于生旦主线爱情故事。

在作者笔下，塑造了两类佳人形象：一是父亲为钱塘县令，不幸早逝，自幼与母亲生活的于桂娘；其二便是青楼女子王翘儿。"生长教坊，惯识烟花滋味"的王翘儿，虽然身份低贱，不比于桂娘身世清白，却能够出淤泥而不染，与于桂娘一样忠于情感。《遇翘》一出中，八月十五在虎丘遣心的王翘儿，忆及三年前曾在此日与徐海定情，因而无限伤心。王翘儿暗自以侠义自许，聪明伶俐、颇有见识。汪璞向齐世昌推荐她前去劝降徐海时，评价她有"豪侠"气质。齐世昌亦说"我闻得你虽然是个女流，倒比男子还有些侠气"。但她的义侠又离不开对感情的执着与深情，所以得知徐海为虎作伥，她义不容辞前往游说的同时，又暗自担心徐海移情别恋。她一方面表现出对国家的忠诚，譬如在徐海劝说她一同到国外受用时，她严词拒绝，愿死守中国；另一方面则表现出对爱情的忠贞，想要跟徐海永相厮守，所以她拒绝了齐世昌许给她的尊贵身份，在徐海正法之后投海殉情。

王鑨受汤显祖影响，在传奇中追求"至情"。汪璞、于桂娘的"至情"，可以让生者死、死者生，所以"几死"的于桂娘能够与汪璞得偕连理。而徐海与王翘儿亦是情之所钟，王翘儿对徐海相思苦楚、生死相随，徐海对王翘儿也是情意深厚、念念不忘。徐海虽然投靠倭寇，但仍挂心王翘儿，于是在劫掠之时，还打算探听她的行踪。之后面对绝色的于桂娘，徐海也未曾动心，只是准备将之进献给倭王。即使最终被齐世昌置于将死之地，也还是安慰王翘儿"大姐，你也不曾负我徐海，只是那无信行的老爷，负了大姐了"。而王翘儿虽然得到徐海的理解与原谅，依然追悔莫及，"千不是万不是，都是我王翘儿不是"，深于情、激于义，因而投水自尽。

王翘儿虽是风尘女子出身，但其对个人感情与家国道义的维护，一直以来都为人激赏。社会身份卑微之人却具有道德精神的高蹈，这在明清移鼎之际，颇受时人关注，这其中就有秦淮名妓柳如是、李香君等人。然而颇为遗憾的是，《秋虎丘》虽堪称鸿篇巨制，但不脱才子佳人窠臼，着力于叙写汪璞、于桂娘的悲欢离合，既不能深刻揭示倭患形成的原因，也未能将王翘儿的形象丰满化。在这个意义上，《秋虎丘》在主旨上略逊一筹，远不如青心才人的《金云翘传》。正是后者对故事深度的挖掘，使得"王翠翘"的故事远播海外，立足于此的越南版《金云翘传》甚至成为一国名著。

明清之际，在苏州派戏曲家彬彬大盛之时，以王鑨为代表的河洛戏曲作家也致力于戏曲创作。《秋虎丘》便属于王鑨相对成熟的作品，戏曲语言自然流畅，讲究本色，不以雕琢见累。在《平倭》《戮海》二出中，作者模拟齐世昌、王翘儿、徐海等语气毕肖，符合人物性格，且战争场面也是速战速决，并不拖泥带水。薛奋生在《秋虎丘序》中提及"元人传奇之妙，全是一派天机"，并极力肯定《秋虎丘》"淡真香艳，笔笔化工，直造元人堂奥"。

（刘颖）

琥珀匙（第九出、第十八出）

叶稚斐[*]

题解

《琥珀匙》，桃佛奴弹琥珀匙，偶然被胥塌听得。胥塌对佛奴一见倾心，因捡到佛奴遗失的双雀钗，二人盟订终身。桃父南洲因不明实情，与大盗金髯翁进行锦缎交易，而被官府逮捕并抄家。佛奴为救父亲，卖身给扬州束御史做妾。但贝十戈假充御史来婚聘，将她拐卖到烟花之地。佛奴以死相逼，立志守节，依靠卖字画来赎身。桃家二老携次女到束御史家探望女儿，方知女儿被贩，不胜悲痛。蟾宫折桂的胥塌前来求亲，桃家以次女许之。新婚时胥塌发现妻子乃佛奴妹妹媚姑，知道真相后决定寻救佛奴。此时佛奴已被束御史救出，欲成就她与胥塌的婚事，却在家书中戏言要纳她为妾。妒火中烧的束妻欲加害佛奴，被金髯翁救出。佛奴终于与胥塌及家人团聚，佛奴、胥塌、媚姑俱受朝廷封赏。《琥珀匙》虽是写才子佳人故事，却借绿林好汉金髯翁来揭露官场的黑暗现实，可谓"庙堂中有衣冠禽兽，绿林内有救世菩提"，具有极强的现实意义。

---

[*] 叶稚斐，名时章，号牧拙生，吴县（今属江苏省苏州市）人。明万历年间出生，清康熙年间去世。苏州派戏曲家，曾参与李玉《清忠谱》传奇的创作，今存传奇唯《英雄概》《琥珀匙》两种。生性耿直，所作传奇，时有慷慨激昂之辞，曾因《渔家哭》下狱几死。其创作的戏曲主要为舞台服务，因而情节曲折，曲文则较为平易，多本色语，宾白间用吴中方言。

原文

第九出　义令

〔外扮头目武式上〕插帜红旗蔽满山。〔净上〕行商过客尽惊寒。〔生上〕生涯全靠弓和马。〔小生上〕莫把英雄冷眼看。〔外〕俺们乃金髯翁大王部下水军头领是也。俺大王许多好处也说他不尽。只说他约法三章，他英宇侠概，万古莫及了。〔生〕那三件？〔外〕一不许劫取皇家库藏，二不许护掠民间财帛，三不许搬抢客商行李。〔生〕我们寨中的东西那里来的？〔外〕哥，专打听那贪官污吏装囊裹橐的东西，并无一丝还他。〔净〕前日大王改换衣装，往江南一带察访州郡官员，昨日已归寨中，今日升帐，我等在此伺候。

【引】〔三旦、丑、小旦、引末上〕啸傲长江，水阔天高任激昂。谁鲸敢鼓当头浪，朱亥藏椎救大梁。〔白〕蛟龙焉肯困泥沙，虎豹终须露爪牙。凭借风云承大幸，称孤南面好奢华。孤家金髯翁是也，孤这里万里龙宫、千重虎窟，白茫茫大海，黑碌[1]两淮。青湛数点江山，锦簇错成绣履。因风驾橹，破浪乘鲸。言所或投，直可倾盖推心[2]；义所不平，休道覆盆转眼。正是太阿业毁官人者，刑赏还亏草泽严。〔众〕众头领见大王。〔末〕众头领，孤家前日，微行江左，叵耐钱塘贪令，暗剥民膏，将银一千，入京勾答[3]衙门。孤已取之，置买号衣百副，挨营给散。你们今后若有采访，务要细探实报，毋得误传。〔外〕哨长启大王，打探两浙开府，婪资百万，满载入都，号船二十余只，官兵三百员护送，即日经过，候大王裁处。〔末〕开府为朝家屏翰[4]，保障军民，不能为国恤养，翻遗彼后刻[5]，良可痛恨。哨长，你领此号箭，统船一百艘，截驾中流，尽袭资装，不可遗漏。〔外〕得令。〔净〕哨长启大王，云南布政，六载贪饕，交章推荐，现升工部侍郎入觐。号船六只、七板船十余只，多装货物，即日经过，候大王号令。〔末〕藩司为一方之镇，百吏之师，如此贪饕，何以式后？哨长，传此号箭，统船三十，设伏上游，罄取囊资，勿令逃脱。〔净〕得令。

〔生〕哨长启大王,探得福建延平府推官,一清如水,考满不能荣升,反为抚院所参。今归只有民船一只,亲丁数口,极其苦楚,报知大王。〔末〕六载节推[6],清介[7]可知。朝廷既无公道,孤这里定有处分。哨长,你传此令箭,将银三千,赠彼还乡,不可迟滞。〔生〕得令。〔小生〕启大王,暹罗国、琉球国入贡,遣使上书,期在普陀相见。〔末〕既如此,分付拔寨出洋。

【驮环着】向东南海漳,向东南海漳,拔寨飘洋。看鲸翅虾须似剑枪,飞往千里,孤帆一掌。浪滚波腾,堪羡、小夷吾,煮成醢酱,蜃楼昶,鼍鼓薄薄[8],喜涉目,犹多奇创。天何广,地曷量?还自傲、虬髯,另开天壤。〔众〕到岸了。〔末〕打扶手。〔上岸行介〕

【越恁好】海天通一榜,海天通一榜,番鬼觐皇唐。玄黄玉帛,夸重译化蛮方。扶危济困,兴刘灭项,威加八荒。非同啸聚梁山上,笑他草泽黄中[9]党。

【尾】阵云结处蛟龙丧,一意锄强兴让,暂借天威佐圣王。〔下〕

第十八出　传歌

〔末白上〕扶风侠士天下奇,义气相逢山河移,几处报仇身不死,开心写意君所知。咱金髯翁,定伯[10]江海,结客岛屿,拥众截杀贪官,不怕天兵,孑身游行都市,谁来盘诘?金陵士宦接轨,贤不肖不同,特此改头换面,采访一番。

【锦庭乐】瞽妆乔,鱼服了龙姿凤表,都市镇招摇。怪盗跖[11]衣冠,沐猴廊庙[12],幸官评海岛存公道。〔付念歌内介〕杭州织锦桃员外,强盗金髯害一门。〔末唱〕这底事关心谁呼叫。〔付〕佛奴救父将身卖,误投贩手害终身。〔末〕呀,奇怪、奇怪。〔唱〕她受冤苦饮恨难消,激得睚眦发恼,听字字声声,罪咱名号。〔白〕不免上前去,买他一本,细看一看,便知分晓。正是,十年磨一剑,霜锋未曾试。今日把似君,谁有不平事。〔下,付白上〕蛤蟆干跳折子腿,蜒蚰勿动自然肥。好奇怪,方才在承恩寺前唱卖,人丛中有一个人,丢子一块银子,劈手夺子一本就走。人人说是一位黄须大汉,如飞对向院中去了。如今不免再到前面唱去。列位,要买《苦节传》的,这里来,这里来。〔喊介下,外、老、从人引小生上〕

【芙蓉红】钟山紫气高,扬子〔13〕龙光耀。定千年拱帝,镇雄江表。一般五城御史巡奸宄〔14〕,六部枢垣〔15〕察众曹。〔付内喊介小生〕住了,那高高站立的是什么人?在那里聚众喧哗,带过来。〔捉付上介〕爷爷吓,小的是瞎子,在此唱歌,望可怜小的残疾人狗命。〔小生〕是何歌本?拿上来。〔看唱〕翻歌调,甚妖言絮叨。吓,奇怪,是西湖桃佛奴鬻身救父情节。细展卷一本苦节鸣冤草。〔白〕你叫什么名字?〔付〕小人浑名贾瞎子。〔小生〕你晓得编歌本的女子住在那里?〔付〕爷爷,她是杭州好人家儿女,被人假冒扬州束御史名目,骗她堕烟花。如今现坐关房,立志守节。〔小生〕真的坐关守院么?可晓得我老爷就是扬州束,左右,押他同到院中,捉拿冒名光棍。〔走介付〕禀爷,这家便是了。〔小生〕左右,不许走漏一人,快拿。〔众捉丑、净上介〕鸨儿、龟子〔16〕当面。〔小生〕到杭州假充御史的就是你?〔净〕小人平日最小心,缩头过日,并没有此事。〔小生〕哇。取短夹棍伺候。打开关房,令桃佛奴面证。〔众应,打介旦上〕

【引】鼠牙穿屋是谁邀?蓦地里恁喧嚣。〔众〕桃佛奴当面。〔小生〕抬起头来。咳,可怜,看你美过文君,才胜苏蕙〔17〕,不失冰操,足凛霜节。可敬,可美。所编歌本,你的情节,本院尽知。那冒充束御史的,你还认得否?〔旦〕爷爷,那贝十戈,就是冒名束御史的。〔净〕爷爷,不要听她,与我并没相干。〔小生〕哇。你这神棍。

【四边静】狐狸窃顶天灵宝,偷天赐机巧。掠取好良家,污泥陷花貌。〔白〕扯下去重打三十,须认我真御史的板子。〔打介小生〕打你凭空脱冒,断绝人道。五律有明条,怎黎丘鬼〔18〕胡跳。〔旦〕望爷爷做主,送奴回去,钱塘再见爹娘,万代洪恩。〔小生〕你还不晓得,你爹娘已在我家，不在钱塘了。况你孤身女子，路上不稳便。且问你，那姑苏胥先吹[19]，与你曾有姻契的么？〔旦〕与奴誓定终身。〔小生〕小姐请起。先吹兄与下官累世通家，他已高掇巍科[20]，已到杭州寻聘去了。〔旦〕胥郎已高中了，谢天地。〔小生〕下官本该留待公衙，奈瓜李有嫌，不若小姐宽心仍坐关中。待本院亲自封锁，连夜发书，一面报与你父母知道，一面待胥兄到来，续成姻契何如？〔旦〕多谢爷爷做主。〔小生〕小姐请进关去，封好了。〔旦下，众〕关门封好了。〔小生〕那光棍带到衙门治罪。〔捉净上，小生〕鹞儿，本该一体治罪，本院姑尔从宽，著你小心伏侍桃小姐，若有一毫怠慢，拿你活活敲死。〔丑〕再不敢了。〔下，小生〕贾瞎子，着你三日一看，倘有风吹草动，即便禀知本院，自有重赏。打执事。〔合众下，末奔上〕好个御史，好个御史。咱正欲拔刀助不平，他却先咱做了去。俺金髯翁，任侠一生，疏豪半世，不料买来歌本，竟是杭州桃员外之女，读她情节，明明是俺遗祸与她。咳，俺平生不肯做皱眉之事，这桩罪案，思之愧赧千秋。正欲访她父母，斩入关中，令之父子团圆。不想束御史做来，一一安安，不似咱任意草草。可敬，可美。且住，她父母既在束家，相逢有日，不须挂虑了。咱如今一径奔至姑苏，访胥先吹，少助金帛，令彼速完夫妇，亦可消俺一点疲心。正是，宁同万死碎骑翼[21]，不忍云间分两张。〔下〕

注释

〔1〕黑碌：当为"黑碌碌"。

〔2〕倾盖推心：古谚曰"白头如新，倾盖如故"，倾盖谓初次相逢或相识不久。推心指以诚相待。

〔3〕勾答：当为"勾搭"。

〔4〕屏翰：国家重臣。

〔5〕翻遗彼后刻：当为"反遗彼厚克"。

〔6〕节推："节度推官"的略称，为节度使属官，掌勘问刑狱。

〔7〕清介：清正耿直。

〔8〕薨薨：鼓声和谐。

〔9〕黄中：当为"黄巾"。

〔10〕伯：霸。

〔11〕盗跖：春秋时鲁国大夫柳下惠之弟。相传聚党数千人，侵暴诸侯，故称为盗跖。

〔12〕廊庙：朝廷。

〔13〕扬子：长江于扬州一带，古称"扬子江"，也写作"杨子江"。

〔14〕奸宄：违法作乱的人或事。

〔15〕枢垣：枢府，主管军政大权的中枢机构。

〔16〕龟子：在妓院里担任杂务的男子。

〔17〕苏蕙：南北朝时前秦才女，织锦作回文诗。

〔18〕黎丘鬼：古代传说中黎丘所出现的奇鬼，喜效人子侄昆弟之状，以戏弄他人。

〔19〕胥先吹：胥埙，字先吹。

〔20〕巍科：高第。

〔21〕骑翼：当为"绮翼"。出自李白《白头吟》。

评析

  叶稚斐的《琥珀匙》与王鑨的《秋虎丘》一样，都是改编于历代相传的王翠翘的故事。不同的是王鑨的《秋虎丘》还保留了王翠翘、徐海的爱情故事，而《琥珀匙》却将王翠翘变成桃佛奴，讲述她与书生胥埙的离合，徐海则被安排成了义盗金髯翁，与爱情绝无涉。

  《义令》一出借手下之口来说明金髯翁的义侠，江洋大盗也是"盗亦有道"，与众手下约法三章："一不许劫取皇家库藏，二不许护掠民间财帛，三不许搬抢客商行李"，而只取贪官污吏的不义之财。这不禁让人想起汉高祖刘邦在入关之后，与秦百姓约定"法三章耳：杀人者死，伤人及盗抵罪"。凭此约法三章，收获了民心。同样，百姓苦贪官亦久矣,建立了明朝的铁腕人物朱元璋虽然强力反贪,取得一时震慑,然而有明一代贪渎仍是屡禁不止,明末尤其恶劣,几乎到了无官不贪的地步。被百姓称为糊涂知县的钱塘县尹魏清,为免上司以为自己不稳便,硬气要做个好官,故而"羡余火耗,不要一厘;纸谷罪赎,不取半文"。但实际上为搜刮银子,鱼肉一方人民,不惜屈打成招,逼迫得百姓倾家荡产、卖儿鬻女。桃南洲一家的遭际就是如此,钱塘县尹魏清为了凑足贿赂上级的银子,构陷桃南洲与大盗金髯翁勾结,罗织成狱。两浙开府在位期间,"不能为国恤养",保障军民百姓,反而"婪资百万",不受追究,任满后将资产"满载入都",完全不避耳目。身为一方镇守的云南布政,"六载贪饕",却被推荐晋升为工部侍郎;而一清如水的福建延平府推官,却"考满不能荣升,反为抚院所参"。黑白颠倒,是非混淆,青蝇点璧,燕雀巢堂,作者借此表达了对明末官场黑暗的极为不满,对朝廷公道缺席的愤懑。

  在传奇中,作者通过官场贪污表达了对社会现实的不平与绝望,并把改变现实的希望寄托在草莽英雄金髯翁身上,以"义"来对抗"贪"。江湖道义在金髯翁这里表现为:意气相投便可倾盖如故,路见不平即能惩恶扬善。朝廷不作为,自有称王道孤的江洋大盗金髯翁,效法"朱亥藏椎救大梁",来挽救百姓于水火之中,解民于倒悬。"朝廷既无公道,孤这里定有处分",他将钱塘令打点关系的千两银子截取,命人将两浙开府、云南布政敛取的财富悉数袭得,将三千两银子赠予福建延平府推官还乡,并传令手下"今后若有采访,务要细探实报,毋得误传"。相比于朝廷官员尸位素餐,唯知中饱私囊,上下沆瀣一气,官官相护,真是"刑赏还亏草泽严"。同时在得知桃家因自己遗祸,致使佛奴流落风尘,"正欲拔刀助不平",但佛奴已被束御史救出,"思之愧赧千秋"的金髯翁,便决意赠金给胥先吹,力促二人完婚。徐海是明嘉靖年间从事海上走私贸易的倭寇头目之一,历代王翠翘的故事中也多少保留了这位历史人物的"不义"的一面,但脱胎于徐海原型的金髯翁相比而言,就是纯粹的绿林好汉了。甚至不止于此,"怪盗跂衣冠,沐猴廊庙,幸官评海岛存公道",他据海岛为寇,执中允正,非同啸聚梁山,而是"暂借天威佐圣王"。他的存在,可以说是作者杜撰出来的理想人物,甚至于是作者理想中的国家机器运作。作者亲历明清换代,痛惜于胜朝的腐败与衰亡,"寄情于声歌词曲","聊以舒胸中块垒,讥切明季时弊"。

叶稚斐的《琥珀匙》借鉴了青心才人《金云翘传》的部分故事架构。清焦循在《剧说》中引《茧翁闲话》说"《琥珀匙》,吴门叶稚斐作,变名桃佛奴,即传奇中翠翘故事"。桃佛奴与王翠翘一样,二人都因卖身救父而被人贩子以讨妾之名欺瞒到烟花风尘处。但不同于《金云翘传》中王翠翘几经流落的坎坷遭遇与悲剧内核,桃佛奴的沦落风尘,只是才子佳人故事在婚姻圆满前的一味调剂,甚至都够不上悲情。

在传奇中,父亲桃南洲虽喜女儿佛奴能诗会画,引得众人慕名来求,却囿于"女子无才便是德"的古训,以为闺中女子有此虚名,"却有何益",何况又不能像男儿一样绍继门户,深感遗憾。然而古有缇萦救父、木兰替父从军,今有佛奴鬻身救父、媚娘代父坐牢。钱塘县尹魏清因打点上司的一千两银子被金髯翁劫取,得知桃南洲曾与金髯翁交易彩缎,因此陷害他,勒令其拿一千两银子赎身。佛奴无奈之下卖身求取银两,而妹妹媚娘请求代替父亲坐牢以方便父亲筹钱。不意虽然救得父亲,佛奴却被骗沦落风尘。但她一开始就表现出誓不接客、立志守身的刚烈,并机智地提议通过买卖字画来为自己赎身。后来更是将自己的不幸编成歌本《苦节传》,托贾瞎子演唱,引来束御史与金髯翁,最终获救。作者借桃佛奴表达了对于女子才华的充分肯定。明清两代才女辈出,她们开始积极投入到文学创作中来,大放异彩。就吴中叶氏一门而言,叶绍袁的妻子沈宜修,女儿叶纨纨、叶小纨、叶小鸾等并有文才,备受推崇。目见耳闻,叶稚斐塑造桃佛奴时,便不仅仅强调她的绝色,而更着意于她的能诗会画、工于音乐。作为才女的她能够通过鬻诗卖画在烟花之地获得相对自由,同时又能自己编写歌本《苦节传》来对外求救。然而"才"虽可贵,"德"为之帅,方谓之佳人。在作者笔下,女性并不仅仅只是为了成为男子的婚姻配偶,与之鹣鲽情深恩爱不移,她们还顺便承担了对男子的规劝乃至训导任务,成为男子的人生导师。胥垠一见佛奴不能忘情,于是钻穴逾墙来调戏佛奴,反被佛奴以礼引导;其后与媚娘成婚,又是在媚娘的促成下寻救佛奴。胥垠在传奇中,好似一个顽劣而懵懂的幼童,在佳人的敦促和引导下逐步走向成熟。

苏州派戏曲家的创作主要是服务于舞台表演,所以故事都相对圆满,语言上也颇有特点。譬如贾瞎子与咸妈之间的打趣嘲笑,就很有市井气息。买卖骨董的贾瞎子,人称假骨董。人贩子贝十戈,其名字用拆字法,合起来就是"贱"字。凡此种种,不胜枚举。而这些在文学语言上所作的探索,在后来的文学作品上都得到了一定程度的沿袭。

(刘颖)

耆英会记(第二十四出、第二十五出)

乔莱*

题解

《耆英会记》,属于历史题材传奇,主要依托于北宋王安石变法事件。神宗皇帝想要富国强兵,收复燕云十六州,任用王安石进行变法。司马光等人屡议新法不足,适逢交趾国进献狮子,司马光作《异域献奇兽赋》以讽谏。王安石任用吕惠卿等反复小人,在神宗前力行逸毁,富弼被罢相,其余反对新法之人皆遭贬谪。司马光离京到洛阳,与范祖禹

---

* 乔莱(1642—1694),字石林,一字子静,别署画川逸叟。宝应(今属江苏省扬州市)人。康熙十八年(1679)举应博学鸿词一等,授翰林院编修,参与《明史》的编撰。后升侍读,因论疏浚海口事触犯权贵,罢官南归后优游度日,精于制曲。家有昆班,康熙南巡时曾招至行在演出,并钦赐银项圈,故名"赐金班"。

等人同编《资治通鉴》。谪判杭州的苏轼，纳王朝云为侍妾，因诗句获罪，被贬黄州，众姬妾请去，唯有朝云相伴。郑侠上呈《流民图》，神宗皇帝欲知新法利弊，着人访察民情究竟，却被隐瞒实情。西夏国主赵元昊趁大宋因新法人心离叛，率兵攻打秦州。文彦博奉旨征西，大败西夏，奏旋辞阙，留守西京洛阳，会聚司马光等为耆英会。吕惠卿贪权，设计陷害王安石。罢官归乡的王安石终于看清人心，后悔昔日所为。后来司马光、文彦博、苏轼等人被起复并加以重用，吕惠卿因罪窜逐。交趾国本欲侵略中华，闻听司马光复相后，罢兵离去。

原文

第二十四出　祭海

【杏花天】〔小生冠带上〕甘心鱼鸟之乡矣。荷君恩，名邦量移[1]。〔小旦〕玉堂视草[2]还虚左，会看集夔龙凤池。〔小生〕下官七岁黄州两游赤壁，长江绕郭，放箸鱼虾，乱竹盈山，登盘笋蕨。种蔬坡上，僧来竟许参禅；绘雪堂[3]中，客至何妨说鬼。亏你一心依恋，慰我半世寂寥。今拜新恩，得还故物。铜符[4]乍绾，鹤诏[5]频催。还朝不啻三迁，治郡却才五日。旧闻海市，未由纵观；将祷龙神，希图示现。〔小旦〕贱妾素甘荆布，久侍衾裯[6]。患难既同，欢娱合共。休论庙堂之上，倚伏无常；便是闺阁之中，炎凉不免。思之含愤，睹此生悲。絮已沾泥，岂肯东风浪逐；丹经几转，宁从巫峡飞还。经卷药炉，今生活计；舞衣歌扇，旧日因缘。兹幸随任登州，亦愿共观海市。只是时当入蛰[7]，谁能鞭起鱼龙？但恐祷纵通神，未必便生楼阁。不如不祭罢。

【簇御林】〔小旦〕寒云逗，紫浪迷。舞长空，白雪飞。望蓬莱中一泓空濛水。蛰伏时，怎得楼台起。老爷呵忒稀奇，这等荒唐祷告，愁枉自费牺牲。〔小生〕神纵不灵，祷亦无害。

【前腔】扶桑北，弱水西。岛空明，神所栖。纸钱吹落洪涛里，蜃楼旦涌天吴起。看依稀不是寻常感应，须教你破惊疑。你不要管，只管有海市你看便了。〔小旦〕但愿如此。〔下，小生〕叫左右。〔众〕有。〔小生〕打道祭海神广德王去。〔众应介〕

【尾声】打头踏好把龙神礼，鳖将虾兵次第起。要知我纵然人厄天还喜。

第二十五出　海市

〔海鬼上舞介〕我广德王殿前宣令官是也。奉大王爷令旨，因苏学士祭告，要观海市，命俺传谕鳖相公、鱼参政、虾都督、蟹将军，连结蜃楼，以显神异。道犹未了，结蜃气的诸兵将早来也。〔四海鬼舞上，放烟介，杂扮院子上〕奇哉，奇哉！俺老爷要观海市祭告海神，只说隆冬之时，断无此事。不想外面纷纷传说，果然结起蜃楼。不免急急报与老爷知道。老爷那里？〔小生上〕呀，为何大惊小怪？〔院〕外面人说果然结起蜃楼了。〔生大笑介〕有这等事？〔小旦急上〕果然结起蜃楼，这也是一桩异事。〔小生〕我们速上蓬莱阁观看便了。〔上楼介〕

【粉蝶儿】曙色空濛，可恰也曙色空濛。到眼来黑茫茫涛飞波涌，无垠岸沉瀤沖瀜[8]。达扶桑，连析木，都可把孤帆轻送。自崂凿了群山，看多少朝宗[9]献颂。〔鱼龙舞烟中介〕

【泣颜回】荡潏舞鱼龙，仿佛见鬣张鬐动，如迎似纵，倾腾，偃卧其中，穿云蔽日插青霄是巨鳞掀弄。说膏流化涧成渊，传骨积似岳如峰。〔群仙见烟中介〕

【上小楼】俺则望蓬莱洲岛拥仙翁，出没的万紫斗千红。只见金童玉女，贝阙珠宫[10]。算秦皇儿懵懂、汉武儿龙钟，要遇著的真真，要遇著的真真，老神仙做下长生梦。冉冉隐隐，綵轮高耸，看几个步虚人[11]，看几个步虚人，乘云好把飞龙鞚，一队队列子御轻风。〔龙女幢扇渡仙桥，书生随渡介〕

【泣颜回】依稀浪里落双虹，结就朱栏、银甍。似层冰乍冻，鸥

头雁齿凌空。金幢葆扇步飞涛，没些儿惊恐。岂裴航获杵蓝田[12]，宁柳毅[13]寄简蛟宫？〔烟中现出城塔介〕

【叠字犯】匝匝层轩高栋，簇簇惊鸾翔凤。腾腾的岚翠飘，霭霭的雾气封。忽哩忽喇，浮屠儿[14]飞耸，高高的过云插空。虚闪闪楼阁玲珑，虚闪闪楼阁玲珑，迢迢遥遥似神仙福洞，巍巍乍来忽去恨悾惚。海市散了，我们下去罢。

【尾声】重楼翠阜真如梦，惊倒人间百岁翁。做一首海市诗儿留与后人闲吟讽。

注释

〔1〕量移：官吏因罪远谪，遇赦酌情调迁近处任职。

〔2〕玉堂：指翰林院。视草：古代词臣奉旨修正诏谕一类公文，后指代皇帝起草诏书。

〔3〕雪堂：苏轼被贬黄州，寓居于临皋亭，就东坡筑雪堂。

〔4〕铜符：指官印。

〔5〕鹤诏：诏书。

〔6〕衾裯：侍奉寝卧等事。

〔7〕入蛰：动物进入冬眠，潜伏土中或洞穴中不食不动。

〔8〕沖瀜：水深广貌。

〔9〕朝宗：百川归海，好比众臣朝见帝王。

〔10〕贝阙珠宫：指用紫贝明珠装饰的龙宫水府。

〔11〕步虚人：指神仙。道家传说中神仙能凌空步行。

〔12〕裴航获杵蓝田：陕西省蓝田县东南蓝溪之上有蓝桥。相传其地有仙窟，为唐穆宗时人裴航遇仙女云英处。

〔13〕柳毅：唐传奇《柳毅传》中的男主人公。《柳毅传》写柳毅传书给龙王，让龙王来搭救洞庭龙女，后与龙女结为夫妻。

〔14〕浮屠儿：佛塔。

评析

"耆英会",亦即"洛阳耆英会",北宋文彦博留守洛阳时,曾会集年高德硕的贤士大夫,聚会作乐。而《耆英会记》传奇,主要讲述王安石变法前后在北宋年间引起的政坛风波。其中《祭海》《海市》二出,则是苏轼被重新启用后,在奔赴登州的途中,祭海祷告于海神广德王之庙,于是亲眼得见海市蜃楼景象。苏轼著有《海市》一诗,记登州见闻。传奇《祭海》《海市》所本即是该诗。

海市蜃楼,古人以为是由蜃吐气所结,当地父老对苏轼说,海市蜃楼一般出现在春夏之时。所以当苏轼祷于海神时,朝云怀疑道"只是时当入蛰,谁能鞭起鱼龙"。可天真的苏轼以为"神纵不灵,祷亦无害",不意海神下旨命"结蜃气的诸兵将早来也",鳖相公、鱼参政、虾都督、蟹将军等连接起蜃楼。如果说苏轼的《海市》一诗以议论为主,乔莱的戏剧《海市》一出,却是极摹蜃楼变化。鱼龙变化,穿云蔽日,烟雾缭绕,群仙出没,控飞龙御轻风;更有龙女、书生渡仙桥,楼阁台观乍来忽去。但"重楼翠阜真如梦,惊倒人间百岁翁","金童玉女,贝阙珠宫"不过幻影,转瞬即逝;人世诸事,亦是如此。苏轼祝祷海市成真后,思及先前被贬的经历,不由感叹"率然有请不我拒,信我人厄非天穷"。不是天厌神弃,身当恩遇的他,前往登州赴任不过五日,又被任命为礼部郎中。一穷一达,伸眉一笑,又何足挂齿!

苏轼是一个擅长苦中作乐的人,因而谪迁的生活虽然清苦,却总有意外之喜。作者显然对苏轼极为熟悉,他的审美志趣也在此得到了体现,所以将黄州谪居生活描写得极为写意:"长江绕郭,放箸鱼虾,乱竹盈山,登盘笋蕨。"这显然是化用苏轼《初到黄州》"长江绕郭知鱼美,好竹连山觉笋香"的诗句。远离政治是非的生活,反而更贴近审美世界,神气晏如,因而"甘心鱼鸟之乡矣"。

乔莱于康熙二十六年(1687)罢官,实际上与在河政事务上直陈利害有关。因直言而获罪,以不忍之心为国家苍生,却因此穷厄其身。于是在传奇中，乔莱写司马光"直言屡奏，不避牵裾"，得知难以阻止新法的实施，不苟与俗，退而著书，于洛阳组织编修《资治通鉴》。虽然不在君前效命，却始终未能忘怀国事，编修《资治通鉴》，其目的正是在于"资治"。而苏轼，传奇中未细致说明他被贬始末，然而他之所以在黄州七岁，正是因为在诗句中指摘新法，被政敌污蔑，即"乌台诗案"。何况苏轼自己意有不平，如骨鲠在喉，"言发于心而冲于口，吐之则逆人，茹之则逆予。以谓宁逆人也，故卒吐之"。于是引发了传奇中的有关君子小人的议论。

司马光离京后，到西京洛阳举荐刘恕、刘攽、范祖禹等人共同编修《资治通鉴》。四人编修之余，议论古来政事，以为朝廷清平与否无非跟君子小人彼此势力的消长相关。但"君子与小人并处，其势必不胜。君子不胜，则奉身而退，乐道无闷；小人不胜，则交结拘扇，千歧万辙，必胜而后已"。小人唯利是图，为达目的不择手段，新党多数如此，如对王安石胁肩谄笑而后又落井下石的吕惠卿，或者为了占有权力甚至不愿丁忧的李定。而君子之道，有公无私，为国尽忠，为君尽言，倘不能兼济天下，也可退而求其次，遁世无闷、独善其身。所以洛下文彦博、司马光诸人会有耆英会，其乐融融；因进《流民图》被贬汀州的郑侠，却受到当地百姓的欢迎与爱敬；苏轼有佳人朝云相伴，"种蔬坡上，僧来竟许参禅；绘雪堂中，客至何妨说鬼"，也是自得其乐。

不过历史终究不是戏曲，是非对错如此明朗可辨，善恶报应也那样不错不爽。旧党执政以来，尽废新法、黜免新党。倘若在之前还算是"以正为争"，后面就未免"以争为正"了。待新党重新执政之后，极力报复，贬黜唯恐不重，谪迁唯恐不远。甚至徽宗年间，因为党争而树立起的元祐党人碑，就更是挟私泄恨之举了。罢官七年后，乔莱奉旨进京，皇帝却只是命其就近居住，方便监视，不到半年，乔莱因病去世。

（刘颖）

女昆仑(第三十八出)

裘琏*

题解

《女昆仑》,剧演"侠隐娘智赛昆仑"。隐娘幼年遭难,被卖给叶家为婢,叶李早年父母双亡,视之为母。一老尼曾入叶府化斋,点出隐娘谪仙身份,密授以剑客奇方,小至隐身,大到升天;并预言叶李此后将有奇遇,还需隐娘相助。临安府学生叶李与梅小素邂逅定情,不料太守将小素献给奸相贾似道,被隐娘救出。叶李与同窗好友萧规弹劾贾似道,被发配到漳、汀二州。二人曾画《廉蔺刎颈图》,其中一半落在高丽公主手上,公主仰慕图中的萧规,寻至汀州,与萧规结为夫妇,同赴高丽。发配途中的叶李因隐娘相救,在贾似道的刺客手中免于一死。叶李与父亲亦被奸相所害的会稽县尉郑虎臣结为刎颈之交。贾似道丧权辱国,在贬谪途中被郑虎臣所杀。郑虎臣将小素、隐娘护送到漳州,叶李与小素成婚,隐娘告别离开。《廉蔺刎颈图》的另一半为日本国主所得,国主赏识图中叶李,邀请叶李前往日本国。金人侵宋,宋请日本、高丽二国出兵相助。两国军队在交潮岛演兵,叶李、萧规重逢。三国共同进兵,叶李、萧规夫妇俱受封赏,而隐娘也证得仙果。

---

* 裘琏(1644—1729),字殷玉,号蔗村,别署废莪子。浙江慈溪人。裘琏才思敏捷,博学好古,但科考却很不如意,直到康熙五十四年(1715)才中进士,不久便辞官,后因事株及,死狱中。擅长诗文词曲,著作有《复古堂集》《横山诗文钞》《玉湖诗综》等。所作戏曲除《女昆仑》,还有杂剧《明翠湖亭四韵事》《万寿无疆升平乐府》等。

原文

第三十八出　航海尤侯韵

〔外扮苍头持画上〕人生遇合知何定，天下功名到此奇。麟阁[1]携来沧海画，鸱夷[2]远泛五湖皮。自家叶府苍头，俺老爷为弹贾相，骤迁台省，因见时事难为，不肯受爵。谁想本朝，借日本国王水兵数千，援守漳州。国王闻俺老爷之名，特来相拜，又送这幅图画，说是老爷小影，你道奇不奇。当初老爷仝[3]萧老爷结盟，画成廉蔺列颈图，正在拜祷间，被风吹失此画，缘来半幅落在高丽，半幅落在日本。如今萧老爷已配了高丽公主，本朝又升他为兵部郎中，兼知八闽军事，荣贵非常。俺爷正思避世到彼，却遇日本国王，送图相招，便请赴国，这也是天赐奇缘，不得不去。今早老爷吩咐，备下大船，一仝夫人，暂往日本居住。便可乘机约萧老爷，统领两国兵马，海上勤王，经略闽广。船只俱已齐备，只候老爷到来，便知分晓。〔生便衣巾上〕

【仙吕引子】【鹊桥仙】中原沦丧，运遭阳九[4]，痛甚明皇远狩，勤王急难盼陶刘，笑博浪，空椎何有？[5]

不辨风云色，安知天地心。乘桴泛海去，好勇敢沉唫[6]。苍头，船只可齐备么？〔外〕行李船只，一概齐备了。〔生〕请夫人登舟。〔净扮船家、丑扮梅香随旦上、生、仝上船介〕

【过曲】【八声甘州】功名敝帚但感深，君父裹革难酬。〔坐介〕乘桴非愿，忍看那禾黍宗周[7]，湏[8]知愤击陶侃楫，莫认仙近徐福舟。〔合〕沉浮枉教人泪洒神州。

〔净〕顺风了，待我扯起风帆者。大叔，你看蜃楼高耸，灿烂争奇。是好景致喂！〔生〕夫人功名富贵，变幻一般。大家饱看则个。

【前腔】〔旦〕凝眸，算利名叵测，似蜃成楼。烟波无际，此身便等浮鸥。看三神聚窟[9]遂在否，汉武秦皇何处求？〔合〕回头见斜阳古树，远共潮流。

〔净〕大叔,从此洋飘去,相近庆元了。〔生〕夫人,迸是去便是明州,此临安后户也。朝廷若要航海,顺从此出。夫人,对此茫茫,不觉百端交集。船中有酒,和你仝饮几杯,少解闷怀何如?〔旦〕如此甚好!〔仝饮介〕

【解三酲】待遣闷,则除非酒;奈胸堆,万斛长愁。沧桑几处能如旧,空自把钓鳌钩。不能勾含香[10]待晓趋金马[11],却教我挂席乘风逐浪鸥。〔泪介〕青衫透,只落得临风洒泪,枉寄东流。

〔旦〕酒以忘忧,何故堕泪?古人云,大厦将倾,非一木可支,且自宽怀。

【前腔】【换头】慷慨孤忠空自守,怕难雪河南河北羞。你空拳只草勤王奏,有谁赋与同仇[12]?劝你闲情暂寄彭泽柳,高致当披严子[13]裘。时难又,却不道人行乐耳,此外何求?

〔生〕梅香,你把四面吊窗开了,待我与夫人,细玩风景一番。〔开介〕呀,你看天远将浮、波平似练,几点青山出没,若有若无,一带城郭依稀。非真非幻,阔从鱼跃,空任鸟飞。是好大观也。〔旦〕相公,你不遭患,怎广见闻呵。

【黄龙滚犯】见青山无更有,见青山无更有,野岛藏云树色幽。你看斜阳波外溜,斜阳波外溜,剩得天光水影晃孤舟,教人断肠时候。

【前腔】〔净〕芦苇岸,钓鱼舟。芦苇岸,钓鱼舟。随浪浮沉百不忧。又见暮鸦归远岫,飞入紫烟深处。红云乍起,不知又是何处神洲。

〔生〕好快也。〔净〕老爷,这海通南通闽粤,北接燕云。若要到那里去,不过一两日工夫哩。〔生〕古人云,长安不见使人愁。我想海路虽通,中原已失,只好望空凭吊而已。

【滚遍】北望中州,江山如绣。慨想澶渊亲伐后,年年割地无休。渊圣[14]未还,靖康辙又,孤负金缯驰骤。〔合〕恨来,不堪回首。恨来，不堪回首。

〔丑〕我们杭州，也可去么？〔净〕杭州进鳖子门，不过半日工夫哩。〔旦指介〕此中是吾家乡，未知何日得再见也。

【前腔】【梢换】明花暗柳，人住湖头，家在集芳园口。自怜闺少不知愁，自怜闺少不知愁，到此身同波上沤。〔合〕恨来，不堪回首。恨来，不堪回首。

〔生〕高丽亦有路可通，对此烟波，恨不得霎时相晤萧兄耳。

【前腔】停云[15]思友，王粲登楼[16]，怕他沈郎[17]腰瘦。洞房花烛想风流，洞房花烛想风流，可忆天台仙[18]伴刘。念伊，不堪回首。念伊，不堪回首。

〔旦〕隐娘若在，更不寂寞，如今不知往那里去了。

【前腔】长安药贵，何处淹留，空对青山怀旧。系丝燕子伴红楼，系丝燕子伴红楼，一旦分飞风雨秋。念伊，不堪回首。念伊，不堪回首。

〔净〕日本国近了。〔众合〕

【鹅鸭满渡船】魂飞故国楼，人入扶桑候。雾侵眸，岚飞袖，浪湿纤纤手。寒风吹起，一片波纹绉。境入异乡浑非旧，只恐花容月貌人消瘦。

【尾声】一天倒影翻星斗，今宵博望谒牵牛，何时归去蓬莱岫。

注释

〔1〕麟阁：即麒麟阁，汉宣帝时曾画霍光等十一功臣像于阁上，以表扬其功绩。后多以画像于"麒麟阁"表示卓越功勋和最高的荣誉。

〔2〕鸱夷：即鸱夷子皮，春秋时范蠡之号。

〔3〕仝："同"的古字。

〔4〕阳九：道家称天厄为阳九，后指厄运。

〔5〕笑博浪，空椎何有：指张良曾于博浪沙行刺秦始皇事。

〔6〕唫：当作"金"字。

〔7〕禾黍宗周：周代王都所在称宗周，这里指黍离之悲。《诗经·王风·黍离序》："周大夫行役至于宗周，过故宗庙宫室，尽为禾黍。"

〔8〕湏：古同"须"。

〔9〕三神聚窟：传说中的三神山与聚窟洲。

〔10〕含香：古代尚书郎奏事答对时，口含鸡舌香以去秽，故常用指侍奉君王。

〔11〕金马：金马门，学士待诏之所。

〔12〕同仇：《诗经·秦风·无衣》："修我戈矛，与子同仇。"谓共同赴敌。

〔13〕严子：东汉严光，本姓庄，隐居避世，曾披羊裘钓泽中。

〔14〕渊圣：宋钦宗的尊号。

〔15〕停云：陶潜《停云》诗序称"停云，思亲友也"，故后世多用作思亲友之意。

〔16〕王粲登楼：王粲有《登楼赋》，写尽伤时悼世、怀才不遇的悲哀。

〔17〕沈郎：南朝萧梁沈约。自谓老病，腰肢瘦损可见。

〔18〕天台仙：相传东汉刘晨、阮肇曾入天台山采药，遇二女，留住半年回家，子孙已历七世，乃知二女为仙女。

评析

女昆仑，叶家老婢隐娘是也。变化神通、窥识天机，屡次救叶李、梅小素夫妻于水火。这一形象出自裴铏《传奇》中的《聂隐娘》与《昆仑奴》。聂隐娘是唐代边镇魏博大将聂锋之女，因自幼被女尼掳去，教以剑术，可白日刺人，藏匕于脑，在藩镇割据的中唐时代先后效命于魏帅（魏博节度使田季安）、陈许节度使刘昌裔。昆仑奴磨勒，负人逾垣，虽门户邃密，无人能觉。老婢隐娘兼具二者之能，既通晓剑术，又能负小素离开贾府，堪称女昆仑。叶李与梅小素团圆后，隐娘预知二人已无波折，遂告辞离开，与聂隐娘的消失暗合。隐娘侠义，令人倾心，但作者着眼处却不仅仅限于此。豪侠之人，扶危济困，却难免以武犯禁。而侠之大者，当由墨而儒，兼济天下，为国为民。所以虽然是写女昆仑，但作者于隐娘身上着墨却不算多。反而是叶李、萧规二人因《廉蔺刎颈图》的一番奇遇，才是故事的主线所在。

廉颇、蔺相如，将相二人勠力同心，在汹汹茫茫的战国之世，使赵国免于暴秦的凌折。而南宋礼乐之邦，彬彬济济，却亡于蛮夷，皆是贾似道弄权误国。当时正是太学生的叶李与萧规伏阙上书，弹劾权奸贾似道专政，却被贾指使下的京尹刘良贵黥配。《女昆仑》以此史实为依托，将之演绎成二生二旦的悲欢离合故事。故事中的叶李、萧规二人被发配至福建的漳、汀二州，俱受一番挫折。贾相一旦失势，叶李、萧规等忠臣重新被起用。但一片忠君爱国之心的叶李，此时"见时事难为，不肯受爵"，本欲效仿范蠡泛舟五湖。无奈国家飘摇一如风前絮，君父深恩难以辜负，只好临危受命，与萧规统领日本、高丽二路兵马海上勤王。

经此贬谪，又目睹炙手可热的贾似道一朝失势，风云难辨，遇合只由天定，叶李早是功名心冷、归隐愿生。因而尽管勤王急难，对此大海茫茫，自觉功名好比海市蜃楼，转瞬消散、不可依恃。而此身，恰似浮鸥，在无际的烟波中飘零，渺小如斯。怕的是"慷慨孤忠空自守"，难雪耻，最后也只剩下慷慨孤忠。锦绣江山，澶渊之盟、靖康之耻，一片片将此丢失，中原只能隔空凭吊，杭州也不知何时再见。因而喝酒遣怀，却是酒入愁肠，庾信《愁赋》有句曰"谁知一寸心，乃有万斛愁"，胸堆万斛长愁的叶李，求仕求隐，都于心不忍。

虽然有孔子乘桴之意，但乘桴又非所愿。避世海上，明哲保身，是为远离政治是非、宦海浮沉的最佳归宿。四郊多垒，国事已不可为，大厦将倾，独木难支，已是非战之罪。只是沧海横流、时事艰难，退虽能自全其身，但叶李不出，奈苍生何？作者将这种矛盾再三道出，退隐不得，兼济不行，值此两难，只好道一声"不堪回首"。

《航海》一出，与其说是写叶李，不如说是写裘琏。历史上的叶李最终仕元，元世祖忽必烈恩遇甚厚。可惜裘琏却一生困厄，晚年虽中进士，却很快辞官归家，又因事被牵连，不得善终。"人生乐事唯忠孝"，于忠于孝，都不完满，一生过处，可堪回首？

（刘颖）

蟾宫操（第二十二出、第二十八出）

程瀛鹤*

题解

《蟾宫操》，讲述蜀人荀鹤携歌童桂轮在金陵玉霄观借宿，中秋弹《蟾宫操》受到宓鳌赞赏，被宓鳌招为女婿，其女宓瑶华和以《蟾宫后操》。钦补御史的宓鳌即日赴京，临别与荀鹤约在京师鸿雪园相会。丞相桑哥谀上，荐番僧杨琏真伽为元世祖忽必烈延寿，选民间美貌处女佛前唱舞，实则供其玩乐。进京赶考的荀鹤被长安少侠令狐韬所救，二人结为异姓兄弟。学艺不精的乔材想借桑哥得势，于是骗取宓鳌信任，将其弹劾桑哥之事告发，宓鳌远谪岭南，其女瑶华被害入宫。外出避难的瑶华被霍元运认为义子，取名霍桂轮。她识破乔材剽窃《蟾宫操》之事，荀鹤被赐状元及第。与宓瑶华易妆互换的桂轮，在顶替瑶华入宫后，被派往海外求药。日本女王知其乃忠臣之女，便认为义女。因不堪元朝暴政，日本等属国兴兵讨桑哥之罪，桑哥故意保奏荀鹤、霍元运为

---

* 程镰，字瀛鹤，号介鸣。生卒年与生平事迹均不详。浙江人士。康熙年举人，曾为博白知县，颇有政绩。所著《蟾宫操》传奇，当时流传甚广，题识者甚多。

左右参谋,前去征倭。日本女王礼待二人,误以为义女夫妻团圆。宓鳌与令狐韬岭南相逢,遇到在桑哥指使下刺杀宓鳌的乔材。令狐韬将乔材杀死,并带着桑哥的手书罪证前往京城,设计手刃桑哥后上朝请罪。皇帝命令狐韬持桑哥首级去招谕倭人,恰与荀鹤、假瑶华"夫妇"相见。桂轮在说明假扮瑶华事情始末后乘槎而去,其余众人回京之后,彼此相认。对宓鳌、霍元运有知遇之恩的平章不忽术,原本意将霍桂轮招为女婿,得知真相后,将女儿许配给令狐韬。两对佳人一道成亲,各受皇帝敕封。荀鹤、宓瑶华中秋对月,共弹《蟾宫》前后二操,以谢嫦娥。

原文

第二十二出　摆阵

〔外扮宓鳌上〕肝肠百炼洪炉铁,圣恩留我头如雪。秋风搏击愧鹰鹯,空向汉庭攀槛折。一封朝奏夕驱车,五岭嵯峨天外截。饱吃桃榔瘴里云,冰心不畏炎方热。老夫宓鳌,遭谴以来,登山涉水,苦楚千般,到了岭南。海外风高,天边日远,令我百感俱生。只是地僻山深,京师音耗顿绝。不要说僚友升沉、朝政兴废杳无所闻,就是女儿女婿,也不知在京,也不知回籍。今日可喜,遇一义士令狐韬,曾与女婿荀鹤结为异姓兄弟。少年似玉,不减终军[1];重义如金,真如季布。向从西北搜奇,今到东南探胜。与老夫倾盖片言,便披肝露胆。见我孤身异地,依依不去,作伴月余。各洞中的苗蛮说他是个好汉,都投拜他,愿听使令。每日酒酣耳热,集众苗蛮谈兵演阵,却也闻所未闻见所未见。今日说要在山冈下跑马舞剑,此时想必到也。〔小生扮令狐韬紫巾箭衣佩剑上〕

【正宫过曲·锦缠道】问生涯,叹男儿何事被年华苦埋。歌罢又生哀,小乾坤何方安置吾侪?也不愿惹天香委佩游街,也不愿掷金声作赋登台。壶口猛敲来,好教人心中暗揣,七尺莽形骸,满腔血须趁着淋漓热洒。因此上遨游汗漫[2]荡襟怀。

〔见外介，外〕清泪洒南天，国事究何补？忽逢肝胆交，顿忘迁谪苦。〔小生〕抉眼[3]未观吴，怀沙[4]休吊楚。利器别盘根，浩气为君吐。〔外〕老夫天末累臣，与义士素昧平生，患难相逢有如骨肉。使老夫残喘，不致冒霜露、委荆榛，皆义士之赐也。〔小生〕扶危恤困，理所当然。况老先生言为众忤，放废终身。晚生志与时违，牢骚满腹。同是天涯流落人，相逢何必曾相识也。闲暇无事，唤众苗蛮来与他们跑一回马、舞一回剑，请老先生踞在山冈上瞧者。〔外〕甚好。〔作高站介，小生〕众苗蛮何在？〔净、副净、生、末扮苗蛮花布衣裙，头插鸡毛，腰系铜铃，负弩刀上〕【西江月】〔净、副净〕龙户马人杂沓，生黎熟獞婆娑，槃瓠[5]嫡派子孙多，黎母山头云锁。〔生、末〕竹笛芦笙作好，射麖捕蚝同窠，蛮娘吉贝[6]锦花梭，祈岁土杯即火。〔见小生介〕唤孖们有何吩咐？〔生〕你好与俺呵。

【倾杯赏芙蓉】【倾杯序】〔换头〕齐来望吴门练影才，空冀野龙媒[7]快。抵多少宝勒珊瑚蹄起风筛，金鞍鞑鞯鬣拂云裁。〔众〕是要跑马了，好乐也。〔小生〕俺还要舞剑哩。【玉芙蓉】环吞冷月芒无赛，鞘吼雌龙锷未埋。〔众合〕英雄概骋郊原乐哉，但听得响钑铮桃花雪刃白皑皑。

〔内锣鼓，众作牵马势，小生骑马绕场跑，外喝采介，小生跑马先下，众各骑马绕场跑全下，丑扮乔材，青衣小帽急走上〕鱼无负钓心，兽无害猎意。布阱且垂钩，钓猎纷纷至。我乔材自遭责革，难回故乡，只得拼了狗命到桑府寻死。他只得将两件大事要我去干：叫我先往日本投书，求他罢兵；再到岭南杀却老宓。我想日本小邦，偶然跳梁，未敢长驱直捣，我何苦将身断送与倭奴？不如先将老宓杀了。那老宓是桑相切齿的人，斩草除根，连区区也睡得安稳。为此早夜奔驰，来到岭南，且前往打听老宓栖身所在，快走快走！〔下，内锣鼓，小生舞剑上，即下，丑跑上〕好了，闻得老宓住在梅花岭下，我在京师时虽在鸿雪园会过，想未必认得我了，到彼乘便下手。咳！老宓老宓，不是我乔材苦苦要害你也，是出于无奈了。正是逢他命尽日，凑我运通时。〔忙下，众舞剑上，小生随舞上，舞完众喝采介,众]马也跑得好,剑也舞得好,快活快活!〔小生〕再与俺排起八门阵法来。〔众〕怎样叫八门阵法?求指教一番。〔小生〕听俺道来:昔轩辕御世,蚩尤作乱,涿鹿交兵。九天玄女授以奇门遁甲神图,彩凤衔书下降。黄帝斋戒登坛拜受,命风后演而成文。自太公、子房传之,诸葛武侯制为阵法。天地风云为四正,龙虎鸟蛇为四奇。天有衡地有轴,前后各有冲风附于天、云附于地。天地前冲为虎翼、风为蛇蟠,天地后冲为龙飞、云为鸟翔。又按八卦排九宫布六仪定三奇,休、生、伤、杜、景、死、惊、开八门之中,可以驱神役鬼、灭暴除凶。〔众〕歹们向各溪洞中多集些狼兵猛人来,好排八门阵法。〔小生〕不消,当初武侯曾聚石白帝城西鱼复洲中,将乱石摆成,各高五尺中广九尺。至今江水冲漂,石聚如故,所谓"江流石不转"也。你们依我所指方位,将乱石摆阵者。〔小生指正北介〕这是出天门。〔众应摆石介小生指西南介〕这是入地户。〔众应摆石介,小生指正东介〕这是绕阴玄。〔众应摆石介,小生指东南介〕这是避伤杜。〔众应摆石介,小生指西北介〕这是三奇排。〔众应摆石介,小生指正西介〕这是六仪布。〔众应摆石介,小生指东北介〕这是龙虎变。〔众应摆石介,小生指正南介〕这是鸟蛇护。〔众应摆石介,众〕摆石已完,请教怎的走阵?〔小生〕随我来。〔小生领众依方位走阵,全唱介,内扮四神将上,混入众行走阵介,合场唱,神将不唱〕

【普天乐】〔犯〕定天衡圆如盖。〔唱此句,众作圆阵〕安地轴方如载。〔众作方阵〕呼丁甲、呼丁甲,剑戟齐开。〔四神将高立,众作雁翅阵,神将落地〕倚孤虚,鼓角先排。〔众苗背贴小生,四神将旋行一转〕阴阳通塞。〔小生中立,神将与苗蛮对立〕河魁足蹑天罡戴。〔两神将立两苗蛮肩上,两苗蛮立两神将肩上〕看相生河洛纵横。〔小生中立,众苗立四正方,神将立四隅〕寔取象井田中外。

〔神将下,小生对众白〕此阵上合九天、下合九地,百万神兵昼夜拥护。若得其门,鬼伏神钦;不得其门,马折车倾。你们不信,可从一门而入。〔众应欲入,内放烟火,众作惊退介〕好奇怪!一霎时黑雾四遮,红光万道，可怕可怕！〔小生〕你每须随俺脚步行者。〔内细乐，小生领众行介，众行一转，小生〕正是东西须辨杨朱路[8]，战守何劳墨翟城。〔众〕谢指教。歹每肚饿了，且杀猪宰羊饱吃一顿去。〔众下，外下见小生介〕义士弱冠之年，武艺通神如此，敬服敬服！〔小生〕不敢。〔神将暗上，丑跑上，作撞见惊晕倒地介，神将下，外〕呀，此地久无人迹，何忽有人跌倒在此？〔小生〕待俺救他起来，问个明白。〔丑掉书闭目颤语介〕好怕好怕！阴风惨惨，鬼哭啾啾，吓死人也。〔外看介〕此人好生面善，像几时会过来。〔小生拾书拆看作惊疑，搜丑身上得匕首介〕这书是桑哥寄与日本国的，又藏着匕首，看来必是桑哥心腹人来做刺客了。〔作怒，拔剑杀丑，丑跑跌地，小生脚踏丑问介〕你姓甚名谁，不快说，吃我的利剑。〔丑慌说介〕小人是乔材。〔外〕哦，是了，去年鸿雪园中相会的正是你，我不合把参桑哥的本稿与你看，我此番迁谪，必是你下石无疑也。〔丑〕原来宓老爷也在此，这山必定是梅花岭了。宓老爷方便一声饶命。〔外〕你且将桑哥害我的情由，细细说来。〔小生拔剑向丑，丑缩颈乱说介〕那日小人投拜桑府，偶过鸿雪园，遇着宓家小姐，又遇着宓老爷将本稿与我看。我就说与桑太师知道，桑太师慌了忙，与咬住太监商量先下毒手，又捏出旨意将鸿雪园封锁，把宓小姐点进宫去，充作舞女。〔外悲介〕怎知有这等奇祸，都是这贼子起的。〔小生〕贼子，俺问你，你与宓老爷何仇，害他到这田地？〔丑〕也是我乔材功名心急了，要做桑府第一个鹰犬。〔小生怒，欲杀丑，外劝住介〕待我再问他，乔材，你晓得我那女婿荀鹤何如了？〔丑〕他进京一闻小姐入宫，啼啼哭哭不赴会场，被我抄窃他的文字高高中了。不料主司霍元运访出情由，检举起来，奉旨把我的进士革退。倒是荀鹤白白的中了状元。〔外〕原来我女婿中了状元，这也可喜。后来呢？〔丑〕后来日本国起兵要杀桑太师，太师要求日本罢兵，差我去投书。打从这里经过，遇着这个强盗要杀我，可怜，求宓老爷说一声，饶了狗命。〔小生怒介〕这厮一派胡说！〔出匕首介〕桑哥差你投书，这匕首要他何用？〔丑〕这匕首？〔作说不出介，小生〕你不说，我就砍下来。〔丑〕这匕首是桑太师要杀宓御史的,小人不肯,小人不肯。〔丑未说完,小生怒喊介〕咳,逢迎奸贼,戕害忠良,又害他的小姐,又害我的哥哥。我把这贼子一刀两段。〔外劝不住,小生揪丑提掷介〕

【小桃红】你走要路甘如带,使暗箭凶如虿。可怜把神羊[9]一角遭囚械。文鸳比翼逢魑魅[10],妖狐两脚真奇怪。今日呵,怎容得劣心肠短行乔才。

〔作杀丑下,外〕老夫还未问他,我女儿曾放出宫来,与女婿相会也未?〔小生〕令爱既点入宫,怎么便肯放出?俺哥哥新进书生,想来束手无策,如今老先生宽心在此,着几个苗蛮伏侍。俺即刻带了奸贼手书,星夜赶去,手刃桑哥,为天下除害;再去叩阍[11],将老先生冤枉一一辨明,还要救出令爱,与俺哥哥成亲,方才畅快。苗蛮何在?〔净、副净扮苗蛮上〕唤歹每有何吩咐?〔小生〕俺到老皇帝那边去,有两个日子耽搁,这老爷要你们照看照看。〔净、副净〕放心,歹每照看就是,去去快来!〔外〕虽然义士一片热心,却不可造次。〔小生〕到彼自有权谋,有志者事竟成耳。〔大笑介〕俺的千里龙驹、七星宝剑,今日用得着也。

【大石调过曲·摧拍】驾长风骅骝逐埃,吐寒光镆铘在怀。莫管神猜鬼猜、神猜鬼猜,复墙重壁斩却狼豺,邃院深宫提出裙钗,搬演就偌大诙谐,原不想画麟台。

〔径下,外〕看他如飞的去了,咳,自去年鸿雪园与乔材一会,谁知种下如许大风波也。

【一椶棹】权门犬牙爪暗藏乖,头颅老险教伴枯荄,东床婿空盼雀屏开,金闺女怎把舞衣裁?恩仇大都是幻楼台,团圆戏泪眼疾忙揩。

〔净、副净〕爷每的说话,歹一句也不懂,天晚了走不动,扶你去罢。〔外〕

苦竹丛深春日西,郑谷　　桄榔树叶暗蛮溪。李德裕
相逢侠客芙蓉剑,卢照邻　　头掉秋风白练低。曹唐

第二十八出　乘槎

【越调引子·杏花天】〔生冠带扮荀鹤,小旦宫妆扮假宓瑶华全上,生〕羁魂甘逐潮生卷,假欢娱柔肠寸煎。〔小旦〕银河浪把天孙[12]恋,乔[13]会合空口流涎。

〔生〕可笑俺入赘倭邦,与你在朝阳台上,双棲玳瑁,犹如燕侣莺俦;暗湿鲛绡,却是离鸾别鹤。羁縻[14]在此,日复一日。虽有你假小姐相陪,怎得他真小姐重会也。〔小旦〕喜得女王,待俺犹如亲女,蚤[15]晚劝他归顺中朝,颇有几分听信,回乡有日了。〔生〕虽然如此,只是我每逢登台,望海森茫无际,怎不令人感极而悲也。

【越调过曲·忆多娇】浪正悬,风正掀,拟欲乘槎霄汉边,望断香闺珠滴穿。不但想起瑶华小姐,令我肠断;就是岳父和俺令狐兄弟,也不知道近来消息。〔合〕重会何年,重会何年,好把相思债填?

【前腔】〔小旦〕泪莫涟,肠莫牵,蟾光[16]缺尽须放圆,眼底波澜多变迁。〔合〕幽意难言,幽意难言,怎得佳期目前?

〔老旦扮日本女王,净、副净扮女将随上,老旦〕水立千层碧汉浮,齐吹龙角黑云收。鲸鱼眼化双明月,高挂蛾眉不夜楼。〔净、副净〕到朝阳台了。〔老旦作登台,生、小旦见介,老旦〕我儿,想那元朝与俺邦无大仇怨,只为权奸召衅,一时不忿,致动干戈,使濒海居民连遭兵燹,心甚不忍。近日逻卒探得有秦中布衣手刺桑哥,元主就差他来招安,此信未知虚实。〔小旦〕桑哥被杀,天下称快,但愿此信果真便好。〔生背介〕秦中布衣,莫非是俺令狐兄弟,除了他,别人怎干这快事?〔老旦〕你二人原是一对夫妻,怎生东离西散,却齐在海外相逢。你每归国时节,休忘了俺这大媒人也。

【斗黑麻】倩我神胶、续伊断弦。向珍珠窟里赤绳紧联。鲛人现、海童喧,怯胆娇娃惊回昼眠。〔合〕奇观万千,玄虚赋值钱,回去瑶京,回去瑶京,好留话传。

【前腔】〔小旦〕羞画宫眉、黛痕欠鲜。〔生〕笑盼煞桃花路迷水源。〔老旦〕三生眷、百年缘。〔小旦低唱〕水暖凫雏错疑锦鸳。〔众合〕兰香绣帡，龟台[17]侍女仙。〔生、小旦低唱〕差点花魂、差点花魂，赚他蝶怜。

〔杂扮倭偻上〕蜑人[18]丑似鬼，海马快如龙。报报报，元朝老皇帝差一员宣抚使前来招安，大船到了。〔老旦〕快排香案在朝阳台接旨。〔净、副净应介，杂下，生、小旦虚[19]下，小生扮令狐韬，杂扮军校执招谕日本大字旗旗上挂一首级跑上，小生〕

【本宫赚】怒息阳侯[20]，海东日出干戈偃；艅艎[21]迅飞，好一霎腥雨劲风长绡远。〔老旦接介，小生〕大元皇帝谕日本国王，比年东南诸蛮不修朝贡，日本为首，近乃跋扈海滨，弄兵犯顺。本宜肃将天讨，以征不庭[22]。念尔因奸臣桑哥等黩货盗权，激于义愤，情有可原。兹令宣抚使令狐韬将贼臣桑哥首级传示边海，速宜纳款，毋得仍前负固，有辜朕怀柔至意，钦此。〔老旦〕万岁。〔小生〕纶音[23]展，〔指首级介〕寸戮元凶泄愤冤。〔拱手向天介〕圣朝雨露沾濡徧。〔老旦〕真旷典，自今后仰望着明光殿[24]，可胜怀忭。

〔各坐介，老旦〕久闻义胆，今见英姿，血刃寒铓，汗青赤炳。〔小生〕此皆天子圣明，特诛巨逆，安尔小邦，自此洗心，慎毋反背。可将首级传示各岛蛮夷。〔杂应，举旗下，小生〕前者五龙之败，主帅病亡，士卒逃散。霍、荀两参谋，贵邦何故拘留不放？〔老旦〕两位参谋系上国名卿，小邦何敢衰慢？霍参谋送居八角岛中，供帐饮馔，悉从珍异，霍参谋不肯寝处，日采草实充饥，奄奄病卧以待归国。〔小生〕可敬可敬，荀参谋是俺结义哥哥，今在何处？〔老旦〕荀参谋现在朝阳台，已入赘俺邦为女婿了。〔小生疑介〕寻新配、弃旧盟，俺哥哥不是那等人。〔老旦〕新配虽寻了，旧盟也不曾弃。〔小生〕为何？〔老旦〕新配旧盟总是一个宓瑶华，待荀状元当面剖明便了。〔生上〕埙篪[25]原不假，琴瑟几曾真？〔见介〕呀，果然是贤弟到此。贤弟，你把别后事情略说几句。〔小生〕自从芦沟桥别了哥哥,径往岭南,恰遇着宓御史,天涯相见,分外情亲。那知桑哥暗差乔材来行刺,被俺杀死,即刻赶入京中,乘便就枭了桑哥的首级。哥哥,闻你入赘倭邦,可是真的?快说与俺知道。〔生背介〕就里不便说明,含糊答应则个。〔转介〕贤弟,俺入赘缘由,一时不及细述。总因宓小姐采药泛海到此,不遇真的小姐,怎肯胡乱成亲?〔小生喜介〕妙呀,俺只愁大海茫茫,无处追寻宓小姐踪迹。不料与哥哥会聚此地,真令人叹奇绝也,如今请嫂嫂出见。〔生〕他说归国有期,那时叔嫂相见。〔小生向老旦介〕贵邦既戴天恩,永修臣职,何不撤兵回寨,进表朝天?〔老旦〕敢不如命。女将们传令各岛头目,一齐撤兵。〔净、副净传令,内作呐喊锣鼓介,老旦〕特备薄席,为天使洗尘,看酒来。〔生〕贤弟衔命而来,礼宜上坐,愚兄奉陪。〔送坐三席,小生上席,生下席,老旦傍介〕

【南吕过曲·梁州新郎】【梁州序】〔众〕阳乌凝赤、沧溟拖靛,吞吐天低如扇,邪摩堆上、划来贾舶盘旋。〔小生〕只见鳌身天黑,鱼眼波红,风净金沙浅。〔老旦〕愿国王会景贡珠蟾,遥拱辰[26]居列宿躔。【贺新郎】〔合〕鼍鼓动、螺杯劝,喜今朝泽国歌清宴,千载遇,几曾见。

【前腔】〔换头,小生〕哥哥,只道你梦蘅芜去觅分钿,谁料你向寰瀛来寻合券。〔生低唱〕纵霜裘,换酒倒渴文园。〔小生背介〕可怪哥哥这话怎地含糊。〔生〕贤弟,亏你生刲封豕[27],轻拉眠龙,一剑清宫辇。〔小生向老旦介〕萨摩休导引倒戈鋋,渊客衔珠夜驾鼋。〔合前〕鼍鼓动、螺杯劝,喜今朝泽国歌清宴,千载遇,几曾见。

〔老旦〕小邦夷歌蛮舞,本不足观,聊以侑觞可否?〔小生〕愿得借观。〔老旦〕女乐们何在?〔旦、丑扮倭女舞衣上,旦、丑对唱〕

【节节高】分梳鬓发鬈、踏红毡,都卢曲句如村谚。〔对舞介〕花幡颤,翠袖偏,香裙炫。〔舞完立小生前,丑执壶,旦捧盏唱介〕晒鸡有兴须频嚥,朽冈不定捱迷变。〔小生〕"晒鸡"是甚么,"朽冈不定捱迷变"怎解?〔老旦〕小邦土语,酒唤晒鸡,云唤朽冈,雨唤捱迷。〔小生笑饮介合〕聚散人生亦何常,楼台蜃气双眸眩。

〔老旦〕女乐且退。〔旦、丑下,内作众喊介,净、副净禀介〕各岛头目说天使是个杀桑哥的好汉,齐在台下观望。〔小生〕待俺与他们答话者。〔小生起,高立介〕众头目呵。

【前腔】天威震八埏[28]、位当乾,凶人诛殛休征战。〔内众作应散介,小生〕冰夷[29]奠,海若还,爰居[30]殄。〔老旦〕天使先回复命,霍参谋和荀壮元夫妇随后归朝,女将每可将礼物过来送上天使,以表寸忱。〔净、副净各捧盘跪献介,老旦〕乾文大宝三千串,盘雄他卖揩泥献。〔小生〕原来贵邦的钱上铸"乾文大宝"四字,怎叫"他卖"?怎叫"揩泥"?〔老旦〕珠唤他卖,银唤失禄揩泥。〔小生〕俺断不敢受,就此别了。〔合前〕聚散人生亦何常,楼台蜃气双眸眩。

〔老旦〕天使起行,各岛有兵护送。〔小生〕不消。

【隔尾】俺往来迅速乘风便。〔向生介〕哥哥你历崎岖喜得并莲。〔老旦〕天使的功,却不小了。〔小生〕咳,肯想勋名金石镌。

〔下,末扮霍元运,高巾道袍杂扶缓步上〕

【南吕引子·临江仙头】海表孤臣多命舛,浑如楚国亡猿。〔老旦、生俱见介,末〕下官饿体,少礼了。〔生〕呀,老师羸瘦至此。〔末〕我东海水清甘蹈死。〔老旦〕你西山薇老怎克馑?〔生〕忠心誓感乌头白。〔合〕苦节书从雁足飞。〔末〕贤契,我初见你辞婚心甚喜,后闻你就赘心甚恼。今又知你会合的即是宓家小姐,心又暗暗称奇。下官自在八角岛中已拼饿死,忽闻圣上以桑哥首级招谕海邦,只得扶病而来,天使却起行了。〔老旦〕明日备下海船送两位参谋归国,只是俺与宓瑶华母女相伴多时,一朝分袂,未免怅然。女将们请公主出见霍大人。〔净、副净〕公主有请。〔小旦上〕海风吹醒繁华梦,云水流空去住心。〔见末介〕大人万福。〔末回揖介〕小姐,你本是闺中弱质,忽遇分飞,倒做海外仙姬,重逢佳耦,真令人意想不到。〔老旦〕我儿,新枝虽可恋,旧垒也曾安,你去留都不是,我啼笑两为难。〔小旦〕母王乞退侍从,孩儿有言禀上。〔老旦〕女将们都退。

〔净、副净应下,小旦去冠、脱袄、卸裙,头梳大髻,披风红鞋,老旦、末俱惊介,老旦〕怎么忽然竟像一个男儿?〔生急介〕怎瞒不到头,反自露本相来。〔小旦跪介〕母王赎罪,容孩儿细禀。〔老旦〕且起来讲。〔小旦〕

【朝天懒】【朝天子】休道俺粉怨脂愁斗貌妍,真个的巫山雨、洛浦烟。原来临鸾妆就小闺媛,笑嫣然。〔老旦〕你不是女子,却是甚样人?〔小旦〕俺是跟随苟状元的童儿桂轮便是。**【懒画眉】**赛他呕心长吉奚奴[31]倩,记得古锦吟囊轻压肩。

〔老旦〕又怎的假妆宓小姐点入宫去?〔小旦〕那日恰值跟随主人会试进京,访到宓家,只见小姐呵。

【前腔】嫩燕娇莺怕响弦,怎舍得明珠坠、宝玉捐,因此凌波学步探危渊、计从权。〔老旦〕原来如此。且问那真的宓小姐怎生脱去?〔小旦〕桂轮扮了宓小姐妆梳点入宫中,小姐换了桂轮衣袄逃出城外,彼时还有丫鬟、老园公同走,去投俺主人。争奈园公失去,又错走了路儿,不知下落。只说落花漂泊游丝罥,谁料门外春明飞断鸢。

〔末急问介〕那宓小姐怎样妆束走的?〔小旦〕待俺想来。

【宜春令】他丝为屧绣作缠,对襟衣蓝拖翠蔫,衬衫红茜,明珰偷摘珍珠撚。〔末〕大奇!大奇!下官应召时节,将近都门,曾见一美貌少年徘徊路左,满面啼痕,正是如此妆束。下官怜他像名门子弟。〔生急问介〕曾问他来历么?〔末〕问他说姓桂名轮,金陵人士,因探亲到燕穷途落魄。老妻因无子嗣,劝下官收为螟蛉[32]。下官向后见他博通书史,带他入闱阅卷,就是贤契的《蟾宫操》也是他看定的。如今看起来,难道假斑衣玉树琳琅,倒是真彩袖琼花葱蒨。还有跟随一僮,必定也是丫鬟改扮的了。〔想介〕名唤甚哩?〔小旦〕可唤小霞?〔末〕是呵,唤小霞。〔小旦〕一发无疑了。咳,宓小姐、宓小姐,谁知你做了霍公子也。亏杀你长抛绣帙、乍临书卷。

〔生〕呀,那日见的世兄,原来就是宓小姐,将瑶华两字改作桂轮两字,小姐呵。

【前腔】你丢花翠伴草玄，玉名儿藏钩在拳。〔向小旦介〕我正疑替他入宫的情节，怎地得知说来前件，鹦哥舌巧尖还剪。〔老旦〕那时你不认的他，他却晓得你，怎么不肯说明呢？为甚？怕飞琼字落尘凡，尽着扮木兰妆成颜面。〔生〕他说曾晓得小姐下落，因苦苦问他。他说远在千里、近在眼前，还说若不信时有《蟾宫操》花笺为证。我见了花笺，一番惊喜，那时节他正要说明，忽报朝堂议事，忽忽别去，随有参谋之命，刻不容留。只落得鸳鸯社冷半生虚愿。

〔末〕如此说，下官被他瞒了，贤契也被他瞒了。〔老旦〕二位被那假桂轮瞒了何妨？〔指小旦介〕只是俺是女流，被这假瑶华瞒了，说来也不雅。罢罢罢，俺正要玉成宓小姐未了奇缘，不料差讹至此，如今快快仍旧换了女妆，明日一齐归国。〔生〕桂轮儿可喜，和你同回去也。〔小旦跪介〕如今桂轮儿不想归国了。〔生扶起介〕却为何来？〔小旦〕俺自在朝阳台上见些鱼龙出没、星曜升沉、风雨合离、云霞变幻，心中恍有所悟，觉道色身如芥子，大地似浮沤，意欲远离尘俗，作十洲三岛游耳。〔老旦、末俱惊介，小旦〕

【浣溪帽】【浣溪沙】日影鞭年光箭幻，韶华逝水潺湲。我愁生芳草春如线，恨送飞花雨似绵。【刘泼帽】怕朱栏寂寞红牙怨，好似听曲筵，趁着人未散抽身转。

〔众〕如今既不肯回，却到那处去哩？〔小旦〕碧落黄泉，何处不可遨游？

【东瓯莲】【东瓯令】俺要把娇喉闭、侠肠湔，鹤氅云衣访偓佺[33]。俺如今晓得了，前生原守丹炉炼，偶犯了尘寰谴，梦随青岛返芝田[34]。海上有一木槎浮来接俺，只得拜辞去也。〔生泪介〕还是回去的好。〔小旦〕不必悲切，伴君数载，自是前缘。今岁中秋，再图后会。君家功名已遂，婚媾将谐，速速回去证明《蟾宫操》前后奇缘也。【金莲子】从今后跨银蟾舞霓裳，去月里伴婵娟。

〔下，老旦〕奇哉奇哉，真个乘槎似箭的去了。若不是仙种，怎具这般灵心侠骨？〔末〕仙凡渺茫之说，下官从来不信。那晓得仙降为凡、凡复为仙，确乎有之。〔生叹介〕桂轮儿忽飘然仙去，令我恍惚，如有所失。

【尾声】想他夙世生蓬莱院。〔老旦〕你日归好证衍波笺。〔末〕且把海外奇文一问天。

紫宸[35]诏发远怀柔，王昌龄　　五两[36]风来不暂留。胡宿

帝遣天吴[37]移海水，李贺　　梦中先到景阳楼。刘禹锡

注释

〔1〕终军：西汉人，少好学，年十八，选为博士弟子。曾奉命出使南越，不幸被害，时年仅二十余岁。

〔2〕遨游汗漫：世外之游，形容漫游之远。

〔3〕抉眼：春秋时，伍子胥劝吴王夫差拒绝越国的求和。夫差不听，令其自尽。子胥临死时说："抉吾眼置之吴东门，以观越之灭吴也。"

〔4〕怀沙：屈原自投汨罗江前的绝笔，述其怀沙砾以自沉之由。

〔5〕槃瓠：泛指南方少数民族。

〔6〕吉贝：棉衣。

〔7〕龙媒：谓骏马。

〔8〕杨朱路：泛指歧路、分别的路。

〔9〕神羊：獬豸的别称，传说是一种能以其独角辨别邪佞的神兽。

〔10〕魋尪：困难。

〔11〕叩阍：吏民直接向朝廷申诉冤屈。

〔12〕天孙：织女。

〔13〕乔：假。

〔14〕羁縻：束缚。

〔15〕蚤：通"早"。

〔16〕蟾光：月色，月光。

〔17〕龟台：传说中的仙人居处。

〔18〕蜑人：南方少数民族。

〔19〕虗：古同"虚"。

〔20〕阳侯：传说中的波涛之神。

〔21〕艅艎：吴王大舰名，后泛称大船。

〔22〕不庭：不朝于王庭者。

〔23〕纶音：纶言，帝王的诏令。

〔24〕明光殿：汉宫殿名，后泛指宫殿。

〔25〕埙篪：古代乐器，借指兄弟和睦。后文琴瑟指夫妻。

〔26〕拱辰：拱卫北极星。这里指服从中原君主。

〔27〕封豕：大猪，比喻贪暴者。

〔28〕八埏：八殥，八方边远的地方。

〔29〕冰夷：即冯夷，传说中的河神。

〔30〕爰居：海鸟名。

〔31〕奚奴：男仆。

〔32〕螟蛉：养子。

〔33〕偓佺：传说中的仙人名。

〔34〕芝田：传说中仙人种灵芝的地方。

〔35〕紫宸：宫殿名，天子所居，代指皇帝。

〔36〕五两：古代的测风器。鸡毛五两或八两系于高竿顶上，借以观测风向、风力。

〔37〕天吴：水神名。

评析

肝肠如铁，白头似雪，极精简地概括了古今江湖落拓却持身不改的读书人品貌。像陈维崧的《醉落魄·咏鹰》一词，程瀛鹤亦将鹰鹯人格化，使之成为自己理想中的士子写照。宓鳌自我砥砺要像鹰鹯一样搏击长空、力救时弊，却最终是"空向汉庭攀槛折"，得到的是全盘否定，远谪岭南。而令狐韬之所以来到岭南，正是因空怀抱负有志难伸，他的唱词《锦缠道》中，又是年华消磨，又是无处安身，"歌罢又生哀"，奈何打马游街、作赋登台全是文人行事，于是只好像王敦一样击壶，壮怀激烈，热血惆怅，却只有满心的无可奈何。窊鳌与令狐韬，一个"言为众忤，放废终身"，一个"志与时违，牢骚满腹"，一文一武，却都是漂泊东南天地间。如此看来，《摆阵》一出的前面部分，倒像是一篇"士不遇"主题的戏文，作者集中笔墨写尽天涯沦落惺惺相惜。但穷通有定，作者无意怨艾，正因穷然后才能见君子，故而窊鳌能够"饱吃桄榔瘴里云，冰心不畏炎方热"。更遑论身处偏隅，仍能集合苗蛮们谈兵演阵的令狐韬，更是《摆阵》的全副精神所在。

所谓"摆阵"，搬演的就是八门阵法，此奇门遁甲之术，滥觞于黄帝蚩尤大战，后来更是被"智绝"诸葛亮光大。写八门阵法，似无裨益于剧情，因《蟾宫操》实无令狐韬两军对阵、沙场厮杀的文字。其后写他刺杀奸相桑哥、奉旨招谕日本等事，更多是写其义勇智谋。沈西川评价令狐韬行刺桑哥如《史记·刺客列传》所撰，不让曹沫、专诸、豫让、聂政、荆轲、高渐离诸人。然而《摆阵》一出，极写令狐韬武艺通神，便不只是侠士一流。锄强扶弱倘若是义侠，排兵演阵便是将才了，令狐韬兼而有之，堪称国士无双。窊鳌被贬之后，桑哥仍然忌惮，于是派乔材前往加害，并带书给日本女王，求其退兵。自从在御前被揭发抄袭荀鹤的《蟾宫操》后，乔材身遭革责，一败涂地，只好投身于桑哥门下，希图转运。正为刺杀窊鳌以邀宠，"逢他命尽日，凑我运通时"，却遇上了令狐韬，不仅没能如愿，反而丢了自家性命。

作者行文跌宕，不避重复，写乔材行刺，后又有令狐韬行刺。行刺者乔材偏被自己携带的凶器所杀，而杀刺客的令狐韬又即将成为行刺桑哥的刺客。一种设定，却完全是两样文字，写乔材便是小人猥琐，死如鸿毛；写令狐韬则筹谋在胸，快意恩仇：真如绛树两歌、黄华二牍。

《蟾宫操》是戏曲,又并非鸿篇巨制,却在情节上设置诸多安排,匠心独运,与小说无异。譬如《摆阵》,宓鳌如何被害以及女儿女婿遭遇,用千皴万染法,由乔材之口陪点出来,既避免与前文重复,又服务于后面情节的发展。有时却用避难法,荀鹤被乔材剽窃《蟾宫操》昭雪后,前去拜谢霍元运,时为霍氏"义子"的桂轮作为陪席,霍桂轮出笺告诉荀鹤,宓瑶华的下落已明,但二人未及相认,荀鹤就因朝廷急召,匆匆离去,前往日本。犹如横云截岭,此事暂按下不表,另起一事,既避免写二人相认文字,同时使得戏曲波澜起伏、引人入胜。《乘槎》一出,桂轮假扮瑶华入官,因皇后派她往海外求药,被日本女王收为义女,已与前来征倭反被羁縻日本的荀鹤相认。荀鹤与假瑶华在朝阳台上"双棲玳瑁,犹如燕侣莺俦",实际上却日日担心真瑶华下落,"暗湿鲛绡,却是离鸾别鹤"。然而日本女王与前来日本招谕的令狐韬却全然不知,以为断弦得续、琴瑟和谐,荀鹤有苦难言。当假瑶华向日本女王、霍元运等人表明身份时,又在霍元运的补充下,众人才明了霍桂轮原来是真瑶华,却又承接前面荀鹤、霍桂轮的际遇,如何是"远在天边,近在眼前"。《蟾宫操》虽然只有三十二出,却悬念迭生、奇而又奇,将小说手法引入戏剧,节奏紧凑,剧本雅赡可观,文字爽利,读来快心。作为戏曲,又能兼顾文采与情韵,范登陛赞叹道:"《蟾宫操》追踪玉茗,得其神髓,才大而心小,又无落调出韵之病,如《乘槎》出,用先天韵,至一百十有九字无一复出,尤见才思精密,所以为佳。"

《乘槎》根据张华《博物志》中有人乘槎浮海而到天河的典故,演述桂轮乘木槎浮海、复列仙班的故事。《蟾宫操》传奇故事,与蟾宫嫦娥息息相关,她安排桂轮下凡撮合荀鹤、瑶华二人姻缘。于是"偏饶秀色,别具侠肠"的桂轮男扮女装,帮宓瑶华避过进宫一劫,海外重逢荀鹤、霍元运,又终于将身世剖明。眼见团圆在即,却因在朝阳台看到"鱼龙出没、星曜升沉、风雨合离、云霞变幻",桂轮心中顿悟,此身既如芥子,而"大地似浮沤",便不再执意人世的聚合离散,乘槎离开。

灵心侠骨的桂轮本非凡人，不过是"仙降为凡、凡复为仙"，而身处尘世的众生依然会生出无限仙凡渺茫之感。"日影鞭年光箭幻，韶华逝水潺湲"，逝者如斯，在这年复一年的芳草落花、细雨廉纤中，生生断送的不是剧中人的青春，恰是剧外人的青春。程瀛鹤曾提及《蟾宫操》传奇的创作缘起："余庚辰春病卧京邸，客馆孤灯，意少欢也，偶借宫商，用写块垒。"文采风流却是功名无取，半生碌碌唯有穷病不弃。《蟾宫操》虽写团圆，却实发寂寞情怀，无论是《摆阵》开头的坎坷士不遇之叹，还是《乘槎》中对真瑶华的相思愁苦，只是荀鹤虽"拟欲乘槎霄汉边"，也只能眼看着桂轮飘然远去，恍惚若有所失。因情辞俱美，《蟾宫操》在当时就广为流传，附刊本而题识者便有二十余人，或读其缠绵缱绻，或赏其慷慨激越，或见道，或悟佛，也都是自伤怀抱了。

（刘颖）

锡六环（第十八出）

孙埏[*]

题解

《锡六环》，又名《弥勒记》。下凡的弥勒，投身作一介书生张契，自感人生空虚，又因梦中韦陀所赐六环锡杖，遂辞别父母出家。岳林住持收张契为徒，赐法名布袋，并予之一条六环锡杖。布袋和尚经受住了观音菩萨化身美色的引诱，众佛弟子化身渔、樵、耕、读以酒相邀的考验，菩提化身员外以金银来动的试探……全然戒掉酒色财气。经师父点

---

[*] 孙埏，字上登，号碧溪，生卒年不详，四明奉化（今属浙江宁波）人。清代戏曲作家，乾隆元年（1736）副贡，肆业修道堂。所撰有《行文语类》三卷，风行海内。传奇有《锡六环》与《两重天》，后者已佚。

化，布袋和尚全然悟道，被赐弥勒之名，且收蒋宗霸为徒，法名摩诃。观音又派遣诸业障试以艰难险阻，魔王等被弥勒一一降伏。弥勒欲在锦屏山修建宝塔，惹来土地的不满。该山千年老狐、雉精与弥勒等斗法，弥勒在四大金刚相助下，将其打败。弥勒师徒化来杉木，自海路运往，设法免遭龙女劫掠。此后，许诺百姓种田，为他们祈雨。将衣钵传与徒弟摩诃后，弥勒升天成佛，返归本位。

原文

第十八出 闹海

〔净扮匠氏上〕咳，我一日空劳碌，不得一分钱。小子福州匠人是也。我昨日为浙江布袋和尚，斫了数日木儿。他说只斫一袋，不想他的袋，竟是没底袋儿。斫了数百余株，竟觉入袋没有了。昨日舍木施主，差老苍头来看验，斫了一片山儿，殊觉叹息。布袋和尚说，不要反悔，我包你这山儿，即插木成林。不想将枝插在山上，果然叶盛枝鲜，真是奇怪。我因讨他斫木工银钱，他说空门砍斫，是你福田[1]，竟分文不有。他将这些木儿，不知从何处去了。我也无奈，只得无量功德，为儿孙造些福儿罢了。〔台下锣鼓惊介，大丑扮罗汉画黑脸上诗云〕

位居十八显威灵，奉命西天到闽城。护杉驾海乘风过，那怕魅魑作难生。吾乃西天第十八尊罗汉是也。今奉如来之命，因布袋大师，砍斫闽州杉木，建造梵宫、宝塔。情恐海中妖精怪物作难，教俺护送奉川岳林，金井桥边交袋，不免走一遭也。〔下，正旦、贴旦扮海龙王女上，正旦〕欲造龙宫少栋梁，〔贴〕恰逢杉木过沧浪。〔旦〕作威闪入龙宫去，〔贴〕乌革翚飞[2]殿宇香。〔正旦〕吾乃海龙王长女是也。〔贴〕吾乃海龙王次女是也。〔旦〕吾爹爹欲造龙宫，忧无桢干[3]。今适值浙江布袋和尚，化得闽州杉木，过海而来。我不免作起波澜，闪入木儿，岂不是好？妹子你且听我道来。

【惜奴娇】只为建造龙宫少木儿，松茂竹苞[4]应用。今遇沙门有大木驾潮东，匆匆速起波涛浪涌。望贤妹展威风，好似仙姐仙妹闹仙宫。〔贴〕姐姐，你也须要小心，小妹打听得那山木，难道海中无人护送么？

【前腔】〔正旦唱〕欣逢他有护送，难道俺没凛凛的威风。观音罗汉，怎敌俺沧海蛇龙？匆匆速起波涛浪涌，望贤妹展威风、展威风。好是仙姐仙妹闹热仙宫。〔贴〕姐姐，你不要彊口[5]呢。

【斗黑麻】〔贴唱〕你我虽有威风，只恐怕术法尚未精通。怎敌他十八罗汉英雄、汹汹，我有虾鱼将，他有昙钵宗。〔合〕展威风，怎夸仙姐仙妹闹热仙宫。〔外扮海龙王上，净扮分水夜叉带鬼脸，末扮虾将，老旦扮龟将，各带鬼脸执旗上，诗曰〕

千年海底作龙王，日月星辰晓夜藏。河伯水官皆听令，虾鱼龟鳖奉君王。吾乃海龙王是也。〔正贴旦〕参拜父王。〔外〕我儿免礼，你二人在此说什么？〔正旦〕女孩儿，因爹爹起造龙宫，缺少树料。今有浙江布袋和尚，来闽州化杉木数千，起造禅林，在此经过。女孩儿，意欲驾风涛，将他木儿闪入龙宫。今妹子说事非容易，在此计议。未知父主意下如何？〔外〕我儿乘此甚便，不可差失，听俺道来。

【前腔】休宠释教威风，减却俺自己变化英雄。我也能腾云致雨呼风、隆隆。虾鱼展翅翼，龟鳖呼英风。〔合〕喜浓浓、顿起风涛浪涌，闪入龙宫。我儿，今晚即作波涛，会合虾鱼之将，杀奔前去。〔正旦、贴〕得令。〔即下，外〕非是斗机争法术，却缘夺木起波涛。〔下，小各执器急上〕师父，不好里哉！海风大作，黑雾满天，必有海怪抢夺木儿，如何事[6]好？〔生〕摩诃，你且不要著急。〔取出布袋〕如来救我，救我。〔下，锣鼓大惊介，正旦执双剑、贴执双刀赶上大杀一阵，末虾将一阵，净分水夜叉上又杀一阵，小生扮龟将上又杀一阵，小追诸将同下，外海龙王上，生布袋〕末将何人？〔外〕吾乃海龙王是也。〔生〕你为海中之王，为何作怪？抢夺佛门之木么？〔外〕吾因建造龙宫，缺少木料，你若弃撇于我，免你作水中之鬼，不然身为龟鳖之食。〔生〕不必多言。〔大杀一回，生败下，大丑罗汉上，外见惊介，杀一阵败下，末虾将杀一阵败下，小生龟将杀一阵败下，净分水夜叉杀一阵败下，正旦上大杀一阵败下，贴旦上大杀一回败下，正旦又上大杀一回作跌介，败下打死，贴旦又上大杀一回做跌介，脱衣换器大杀一回，败走，罗汉追下，散场生布袋，小企上，生〕摩诃，今日大海之中，只道无事。怎知有这等怪气。亏得佛力普济，免得此难。今归寺中，叫沙门在金井桥边运木，唤木匠人等，作速起造便了。〔小〕正是。

〔生〕欲兴宝塔几艰辛，〔小〕海怪山妖各斗神。

〔生〕若少西天光普照，〔小〕师徒共入海沉沦。

注释

〔1〕福田：佛教认为供养布施、行善修德能受福报，犹如播种田亩，有秋收之利，故称。

〔2〕乌革翚飞：出自《诗经·小雅·斯干》"如鸟斯革，如翚斯飞"。形容宫室壮丽。

〔3〕桢干：筑墙时所用的木柱，竖在两端的叫桢，竖在两旁障土的叫干。

〔4〕松茂竹苞：出自《诗经·小雅·斯干》"如竹苞矣，如松茂矣"。喻根基稳固，枝叶繁盛。这里指木材。

〔5〕彊口：强口，夸口。

〔6〕事：当作"是"。

评析

锡六环，即弥勒所持六环锡杖是也。该传奇源自民间流传的布袋和尚的几种传说。弥勒出身奉川鹤林，与孙㭆同是奉化人。《宋高僧传》中"唐明州奉化县契此传"，是目前有关布袋和尚的最早记载。奉化隶属宁波府，位于浙江东部沿海地区，因而布袋和尚的传说自然离不开海洋，"巧运海杉造殿宇"便是其中之一。

《闹海》一出依托传说《巧运海杉》，写布袋和尚与其徒摩诃在福州化得杉木，将其从海路运往浙江，修建宝塔。不意海龙王想要建造龙宫，二位龙女便欲夺杉木，率领虾将、龟将、分水夜叉等前来厮杀。而后海龙王亲自上阵，将布袋和尚打败，布袋和尚向如来求救。奉如来之命护卫杉木的十八罗汉现身与之斗法，将龙王龙女一起杀败。这一出遇劫，既不是如来带有考验性质的试探，也不似狐精雉怪因利益受损的斗法，却是意料之外的劫掠。这实则于无意识中表达了对海洋的畏惧，甚至于布袋和尚都要向如来寻求救助，可见其法力虽高，对于海洋灾难也无可奈何。龙女想抢夺杉木，其妹劝说恐有人海中护送，龙女反驳道"观音罗汉，怎敌俺沧海蛇龙"，海龙王也道"休宠释教威风，减却俺自己变化英雄……"，都表现出对自身神通的极大自信，并因而无所畏惧，乃至于无法无天，未尝不是人们心中海洋形象的一种映射。海洋的反复无常与捉摸不透，都让人在畏惧的同时不自觉产生战胜它的渴望与期待。而当这种期望无法通过人力实现时，便在身外的神佛上寻求寄托。布袋和尚不敌，还有十八罗汉甚至如来，总之佛力普济，海龙王只能缴械。

布袋和尚原名张契，本是一介书生，因厌却凡尘、心喜安静，辞别父母，弃儒学佛，遁入空门。然而作者却在《锡六环》传奇最后一出的尾声中，解释其"非是我奉佛教，只为郁志实难消，聊借酒杯做一场大笑"。布袋和尚或许不留恋俗世，但孙埏的厌世实乃源于伤时。《锡六环》传奇创作于雍正十年（1732），四年后孙埏才为副榜贡生，之前郁郁不得志。自己不能忘情，便假借故乡的布袋和尚敷演出这一段故事。孙埏自己并非尊崇佛教，但确实对儒家的科举入仕以实现价值的途径颇为沮丧。功名心冷，富贵意寒，只好将此与佛教的酒色财气类比，"功名富贵，即佛家淘洗酒色财气之乡也"。布袋和尚戒色戒财，不留恋酒乡，不介意他人无端的凌辱。孙埏也努力摆脱因科举失意阻断的功名富贵带来的人生阴影，希望可以像弥勒一样襟怀坦荡，大肚能容。此戏剧或许不能如他所愿，"可消俗子才人驰逐功名富贵念头"，但对自己的失意落拓，未必不是一种安慰。布袋和尚成佛之前的种种磨难，都是点滴修行。想要开拓一番人生境界，不把自己的价值拘囿于传统入仕这一途径，佛教或许是孙埏找到的一条退路。但这也只是退路，等到希望渐生，经济之意复苏，却又是此心如长风，但知有前，不知有退。

（刘颖）

奎星见（第十一出、第十二出）

积石山樵*

题解

《奎星见》，即奎星现。真州人士雍时陈因科场失意，担任徐州睢宁县学教谕，与出为徐州太守的孙阳成为文学契友。自悲不遇的雍时陈与夫人相期于文昌阁下共赏红叶，遇到魁星出现，笔现金字"大展联元手，荣批一品衣。天恩流海甸，今古教中稀"。雍时陈受此激励，次年春闱高中，又被钦赐状元，官翰林院修撰。会试的主试官正是升任礼部主客司郎中的孙阳，雍时陈成为其门生。安南国使臣奉世子之名入朝请封，圣谕着孙阳等人前往册封以彰显皇恩。孙阳、雍时陈等人在广西宁明祭海，前往安南。回国后赐入朝会宴，奎星预言一一应验，雍妻贵氏绣奎星神像，一家供奉。

---

* 积石山樵，生平事迹不详。据其戏文风格判断，当为苏州派戏曲家。

原文

第十一出　祭海

〔场中立木竿为表，旦扮男巫打鼓，贴扮女巫执茅，舞上〕吹铁笛，击鸣龟，烧笃耨[1]，荐巨罗[2]。大巫舞，小巫歌，歌哩啰，舞婆娑，歌哩啰，连婆娑诃。我等祥凭州巫觋[3]是也。册封安南，钦差大人今日谕祭海神，特唤我等迎迓，只索伺候。〔副净、丑扮二礼生上〕分胙[4]要多还索酒，当差不少惯迎客。〔见介〕请了。钦差祭海，要你们来做甚么？〔旦、贴〕你们只晓得跪拜兴，那知道古人望祭，都要我辈交神。礼家所谓植表[5]于中，旁招以茅[6]是也。〔丑戏打鼓向旦介〕你的鼓好。〔副净向贴介〕你的毛好。〔贴〕比你嘴上何如？〔旦〕少要胡说，大人快到了，祭品还不铺陈起来！〔杂抬猪、羊祭物上，副净指点铺陈毕，向丑介〕你的仪注单、祭文呢？〔丑〕仪注单昨日呈过，祭文今早发出，我已念得烂熟的了。〔作哼念介，旦、贴笑介，众役引外、生吉服上，副净、丑迎接介，旦、贴暂下，外、生〕

【南吕引子】【桂真儿】绛节[7]遥持航海走，宣君命，致币怀柔。〔净、末照前扮安南国国相尉，随上〕幸侧冠裳，叨陪方望，时恐愆仪遗咎。

〔外〕下官孙阳，奉天子之命，同雍殿元[8]往封安南。择于今日，谕祭南海，候风出洋。〔生〕请老师大人主祭，门生等恭陪。〔内鼓三通，奏乐，场前设香案，外、众整肃介，副净、丑引礼介〕就位。〔外前立，生次立，净、末又次立介，副净〕上香，献璧，献酒，拜，兴，拜，兴，拜，兴，奠爵。〔外、众如仪，副净〕读祝文。〔乐止，丑捧文跪读介〕维日月，皇帝册封安南，遣正使礼部主客司郎中孙阳、副使翰林院修撰雍时陈，致祭于海神曰：惟神显异风涛，效灵瀛海。扶危脱险，聿著神功；捍患御灾，允符祀典。兹以册封殊域，取道重溟，爰命使臣，洁将牲币，尚其默佑津途，安流利涉，克将成命。惟神之休，谨告。〔奏乐，丑起立，副净赞礼介〕拜,兴,拜,兴,拜,兴。〔外、众如仪,副净〕荐牲,投璧,焚祝文。〔杂上,焚帛、祝文,投璧并祭物下,香案撤下,外、生、净、末各坐,副净、丑暗下,旦、贴打鼓、执茅上,四面招舞介,旦、贴跪介〕禀大人,差人驾一快船,向外洋打探,风脚一转,就请迎神上船了。〔外向杂介〕速去外洋,打探风信,即时回报。〔杂应急下,旦、贴舞下,外〕雍年兄,我等蒙皇上特选,叨膺册封大典。

【南吕过曲】【宜春乐】五牲荐,嘉玉投,洁精诚礼仪慎修。大川初涉,吾侪岂有挈鲸手。〔举手介〕全仗皇上咸德,不辱使命。〔生〕正是。〔外〕王有道,明德维馨;天眷德,皇纶加佑。下官呵,奉天子命,惟神是祷,用迓宏休[9]。

〔生〕皇上德教敷于四海,门生幸沐圣恩,得附老师使令之末。

【前腔】持虎节,泛螺舟。布天恩,南交海陬[10]。藩封世继,不同汾水祠云构。茂德音,使节无愆;御灾患,神威不朽。端可信承天之嘏[11],灵槎陪渡,共庆安流。

〔旦、贴舞上,跪介〕禀大人,风脚已转,伺候迎神。〔外、众起望介,净、末背语介〕忽然风脚转顺,真是异事。〔外、生〕妙呀。

【前腔】风徐转,瘴渐收。望茫茫天垂远州。波平如镜,乱山不动青螺簇。〔旦、贴舞跳介〕天妃娘娘驾到。〔众整肃介,杂旦扮仙女旌旛羽扇拥,老旦星冠绯袍扮天妃上,立场后高处细乐,仙女散灯介,下,旦、贴舞拜介〕天妃娘娘显圣,散神灯引路也。〔外、众仰望介,生〕水天际处,果然有无数火光,隐隐来往呢。〔合〕似珠光捧出鲛人,疑星彩化从仙叟。料非阴火,重燔熺炭,照破潜幽。

〔净、末向外、生拱手介〕二位大人,至诚感神,海若自然效顺。〔外、生逊介〕下官等有何德能,动天之监,此皆我皇上呵,

【前腔】仁恩普,德化周。协天心,百灵降庥。下官等幸仗天威,获叨神庇,神灯接引。指南不待金钎诱。〔净、末〕陪臣辱承主命,幸仰天朝,复蒙二位大人慈荫,摄天吴[12],潮不惊雷;橄飓母[13],

风无异候。陪臣敬为大人称贺，愿从此长绡高揭。六龙东掣，直下南州。

〔外、生〕履险如夷，愿与二位同之。〔杂急上〕禀大人，奉命向外洋打探，一路都是顺风。〔外、生〕就此迎神，即刻开洋。〔杂下，旦、贴打鼓、执茅、舞跳迎神介〕旦旭兮瞳曚[14]，神鸦起兮云中。荐余醑兮桂浆，捐余璧兮鲛宫。云冥冥兮波茫茫，神之来兮元龟以为梁。导前路兮高驰翔，余往从之灯煌煌。〔内吹打，外、众向表拜介，旦、贴迎神前行，众随介合〕

【尾声】百神昭格杨灵候，巨浪长风胜壮游。指日把海国的风光向望里收。

〔绕场下〕

第十二出　神柔

〔净黑面长须扮海若，骑马首龙形一角兽，杂双髻粉面扮海童，杂盔铠执戈扮天吴，后引大旗写海若字样，水卒拥上，合〕

【仙吕过曲】【甘州歌】龙骖荷盖，掌朝潮夕汐。南溆朱崖，阳冰[15]不冶，长波浩荡无涯。〔净〕俺南海海若祝良是也。〔杂〕俺海童是也。〔杂〕俺天吴是也。〔净〕俺等奉上帝勅旨，职司南海。昨接天妃移文，天朝使臣，册封安南，船中载有圣主宝勅，理当迎接。列位，须索走遭。〔合〕澄波已占王有道，息浪须知神亦谐。霓旌曳，鼍鼓筛，皇纶遥望日边来。朱宫启，贝阙开，百灵齐向浪头排。

〔下，副净赤面红须扮龙伯驾白鼋，杂粉面绣身扮鲛人，杂花面虬髯扮罔象[16]，后引大旗写龙伯字样，海卒拥上，合〕

【前腔】〔换头〕乘时戏九垓[17]，秉乾刚伦理。采方一带，鞭驱蛟蜃，凌风吞吐楼台。〔副净〕俺南海龙伯是也。昨接天妃移文，天朝使臣，册封安南，船中载有圣主宝勅，理当迎接。为此率领鲛人、罔象前去。〔行介，合〕负舟曾为神禹瑞，骖驾何劳天使猜。鼋乘列，鱼䑃偕，遥看彩仗[18]笑如骏[19]；渊客[20]舞，阳后[21]骇，拜迎丹册喜盈腮。

〔下,杂飘巾羽衣驾云车扮折丹[22],旦宫衣扮十八姨[23],贴舞衣扮少女[24],后引大旗写风伯字样,杂仙衣扮赤松子[25]骑龙马,杂黑面执小黑旗扮屏翳[26],杂披短发执小瓶扮张元宾,后引大旗写雨师字样,云衣童子布云拥上,合〕

【前腔】〔换头〕时和阊阖开,有五风十雨[27]。瑞应三阶,信过黄雀,商羊[28]舞下阳台。〔杂〕俺风伯折丹是也。居鞠陵山之东极,为天地之使。〔指二旦介〕此即十八姨与少女也。〔杂〕俺赤松子,上帝命主降雨。〔指二杂介〕此即雨官与理禁伯张元宾也。〔合〕我等奉天妃移文,天朝使臣,册封安南,船中供有圣主宝勒,惟恐海上风雨不时,着我等一路护送。〔望介〕你看天使坐船,已渡中流。前面神光闪烁,灵气往来,敢是龙伯海若来也。〔合〕封姨谩劳扬袂至,河伯休教驰马来。皇恩远,君泽渷,百神奔走下天街;神龙导,灵乌偕,使星光朗过丹崖。

〔下,内吹打,外、生一品蟒服坐洋船,末扮中军坐船头,船前挂诸神免朝金字牌一面,船尾插刀枪仪仗,后引大旗写钦命册封安南字样,杂扮水手,数人持篙扬帆介,外、生〕

【前腔】〔换头〕宣仁出帝台,驾长风万里。中流击汰,水天同色。闪神灯海镜如揩。〔外向生介〕雍年兄,我等自在宁明出洋,数日顺风,已入安南之境。二路[29]波涛不惊,岛屿可指,曷胜欣幸。〔内鸟喧介,外望介〕呀,帆樯之上,集来许多青鸟,尤为灵异。〔生〕圣上宝勒在船,百灵呵护,应有这些征验。〔外点头介,合〕白鼋架梁征往代,青鸟依樯今再来。鲸随楫,鳌驾簰,济川那恃有长才;鲛输织,龙献钗,搜奇端可续齐谐[30]。

〔内放炮吹打,杂内高叫介〕安南国各汛陪臣,迎接天使大人。〔末进舱照禀介,外〕风利不必停泊,传令就此收港。〔末传令介,内吹打,前扮水手数人收帆撑篙,鸣锣入港介,下〕

注释

〔1〕笃耨：香木名。

〔2〕叵罗：西域的一种饮酒器，口敞底浅，泛指酒杯。

〔3〕巫觋：古代称女巫为巫，男巫为觋，合称"巫觋"。

〔4〕分胙：祭祀完毕分享祭神之肉。

〔5〕植表：树立标竿。

〔6〕旁招以茅：《周礼·春官》载："男巫掌望祀、望衍授号，旁招以茅。女巫掌岁时祓除、衅浴。"即用白茅向四方呼唤所祭之神。

〔7〕绛节：古代使者持作凭证的红色符节。

〔8〕殿元：雍时陈中状元，故称。

〔9〕宏休：弘休，洪福。

〔10〕海陬：海隅，海角，亦泛指沿海地带。

〔11〕嘏：福。

〔12〕天吴：水神名。

〔13〕飓母：预兆飓风将至的云晕。

〔14〕曈曚：初日渐明貌。

〔15〕阳冰：结于水面之冰。

〔16〕罔象：传说中的水怪。

〔17〕九垓：亦作"九畡""九陔"，中央至八极之地。

〔18〕孚：信。

〔19〕骎：呆。

〔20〕渊客：鲛人。

〔21〕阳后：阳侯，传说中的波涛之神。

〔22〕折丹：风神名。

〔23〕十八姨：亦称"封姨"，传说中的风神。

〔24〕少女：即少女风，西风。

〔25〕赤松子：古神仙。

〔26〕屏翳：或谓云神，或谓雨师，或谓雷师，或谓风师。此处指雨师。

〔27〕五风十雨：风调雨顺。

〔28〕商羊：传说中的鸟名。据云，大雨前，常屈一足起舞。

〔29〕二路：疑是笔误，当为"一路"。

〔30〕齐谐：志怪之书。

评析

  奎星，又作魁星，古代认为该星主文章、文运。但考场不得意，经济之志不获骋，便不免穷愁落魄。在这江湖漂泊中，又很能见到些世情，发些感慨。只是戏曲家将这人情势利戏剧化，将人情似纸的喟叹演绎成尴尬重逢后的变脸丑态。前倨而后恭，刺在其中矣！

  雍时陈进京赴试，途经恩县，因乡试年友信有之为当地县令，便前往拜见，却无端被拒。不料此年友升任宁明知州，恰逢雍时陈奉旨出使安南，在宁明祭海。"一贵一贱，交情乃现"，贱时凌侮不屑，如今贵贱易位，则胁肩谄笑，官场势利，信有之矣。何况据信有之自己所言，雍时陈还是自己最好的年友，不过是忖度着利益不相关，故而一时疏忽拒之门外。信有之担任恩县县令，而恩县是战国四公子平原君的封邑，平原君以养士惜才著称。李贺《浩歌》有句"买丝绣作平原君，有酒唯浇赵州土"，怀才不遇，只好买丝绣成平原君的绣像，或者到其坟墓前去祭奠凭吊。古今才子，多时乖命蹇，到底把世态人情看穿，冷眼写尽炎凉。而或达或穷，才华不曾变化，究其穷通原因，雍时陈感慨道"事有天定，人岂能为"。人事的努力既然赚不来锦绣前程，只能将渺茫的希望寄托在神明的保佑上。

  既然魁星显灵，预示吉善，那么至诚感神，海神也会效灵。《祭海》《神柔》二出便写孙阳、雍时陈等人将往安南，得天妃娘娘一路遣神护佑，履险如夷、平安抵达。作者不惜笔墨，详写祭海过程。先写备下香案,以少牢为祭品,上香、献璧、献酒、莫爵,再写读祝祭文章、荐牲、投璧、焚祝文等,在天妃娘娘妈祖显灵、风脚转顺之后,最后写巫觋歌舞迎神。古代神话的流传过于驳杂,孔子又不语"怪力乱神",因而后代在送迎神明时便多借鉴《楚辞》,尤其是屈原的《九歌》。《祭海》最后男巫、女巫打鼓、执茅,跳舞迎神,唱词便极具楚辞特色。如果说"荐余醑兮桂浆"直接脱胎于《东皇太一》中的"奠桂酒兮椒浆","捐余璧兮鲛宫"就更是明显借鉴了《湘君》"捐余玦兮江中"以及《湘夫人》"捐余袂兮江中"。如此处理,既陌生又熟悉,既神秘又自然,热闹而不失典雅。

《祭海》是人的热闹,而《神柔》是神的热闹。出使安南,航海一途不可不叙;但因祭海祝祷天妃众神,一路顺风、无有波澜,却又着实乏善可陈。故而作者笔势一转,安排众神一一出场。天妃移文,着海若、龙伯、风神雨师并诸位神明,前来护送孙阳、雍时陈一行人。击汰中流,百神奔走,皆是皇恩君泽;帆樯之上,青鸟翔集,灵异堪续齐谐。这众神登场的热闹,百灵呵护的祥瑞,虽是因为"宣仁出帝台",但躬逢其盛的雍时陈,亲眼见这热闹,与"不遇"时的寂寞相比,会不会生出云泥之差的慨叹。人情似纸,世态炎凉,其实就连神明,也多喜欢锦上添花。而与自己相知于困厄之中的孙阳,贫贱不相弃,富贵又不相忘,才真可谓良师益友,孙阳字曰"伯乐",是真伯乐也。

(刘颖)

小说编

i

先秦海洋神话选

山海经·精卫填海

又北二百里,曰发鸠之山[1],其上多柘木[2]。有鸟焉,其状如乌[3],文首[4]、白喙[5]、赤足,名曰精卫[6],其鸣自詨[7]。是炎帝[8]之少女,名曰女娃。女娃游于东海,溺而不返,故为精卫。常衔西山之木石,以堙[9]于东海。

注释

〔1〕发鸠之山:发鸠山。旧说在今山西省长子县西。

〔2〕柘(zhè)木:柘树。桑树的一种。

〔3〕乌:乌鸦。

〔4〕文首:头上有花纹。

〔5〕喙:鸟嘴。

〔6〕精卫:鸟名。

〔7〕其鸣自詨:它的鸣叫声是自己呼叫自己。詨,呼叫。

〔8〕炎帝:神农氏,相传教人们种植五谷。

〔9〕堙：填塞，堵塞。

评析

  相对于内陆文化而言，海洋文化指人类缘于海洋环境而产生的生产、生活方式，以及在此基础上产生的精神成果、物质成果。本书所言"海洋小说"，即涉及海洋文化因素的小说作品。"小说"采用中国古代文论中对"小说"的界定，即被视作"小道"，不登大雅之堂的"小家珍说"，神话、笔记等均包括在内。

  《精卫填海》出自《山海经·北山经》，讲述了一个悲壮动人的故事：炎帝的小女儿"女娃"，在东海游玩时不幸溺水而亡，她的灵魂化作一只名叫"精卫"的小鸟。精卫日复一日地衔起西山的小石子、小树枝，投入浩瀚无际的东海，立誓要把这夺取自己生命的凶手填平。

  关于这则古老神话的内涵，最为通行的解释是"表现了遭受自然灾害的原始人类征服自然的渴望"（袁珂《中国神话史》）。如果从海洋文化角度切入，精卫填海的故事则显示出中国古代先民面对海洋产生的陌生与畏惧情绪。女娃被大海夺取了生命，于是化身精卫将大海填平，以保护其他无辜的生命不再受到大海的伤害。在古希腊、古罗马神话中，象征海洋的海神波塞冬（罗马神话称尼普敦），手持三叉戟，愤怒时，可以掀起滔天巨浪，引发地震毁灭世界；愉悦时，则会击碎岩石，引出清泉浇灌大地。暴虐而又亲切、具有双重人格的波塞冬，体现出的是西方古代先民对海洋爱恨交加的复杂情感。纵观西方神话世界，海洋同样时常给人们带来灾难，人们却鲜有如精卫一般的填海行为。相反，西方神话中的英雄以搏击海洋为无上荣光，奥德修斯的十年航海更被视为征服海洋的象征而千古传颂。面对茫茫大海，填平还是远航，先民们做出的不同选择已经预示出此后数千年中西海洋文明的不同走向。

  需要注意的是，神话时代中，中国先民填平大海，固然隐喻着对大海的畏惧与陌生，但这种战天斗地的顽强精神依然可歌可泣；西方先民升帆远航，拥抱大海的背后却是无路可走最终铤而走险的无奈。地理环境对文明形态的巨大影响不言而喻。华夏文明崛起于沃野千里的黄河、长江流域，脚踏黄土，精耕细作，即可衣食无忧；西方文明滥觞于克里特岛、巴尔干半岛以及亚平宁半岛，这些地区丘陵起伏，土壤贫瘠，根本无法支持大规模农业生产，要想生存，大海便成为唯一的出路。此外，华夏文明面对的是广袤无垠的太平洋，以原始的航海技艺与之搏击，无异于痴人说梦；与太平洋相比，古希腊、古罗马文明面对的地中海更像一处宁静甚至优雅的"湖泊"，与其在背后贫瘠的土地上苦苦挣扎，升帆远航，探索未知，或许是更为明智的选择。可见，面对大海，填平还是远航，均是中西方先民们审时度势后的睿智选择，并无高下、优劣之分。在不同的地理环境影响下，东西海洋文明最终形成迥异的形态。西方海洋文明与大陆相对独立，甚至处于隔离的状态，在西方人眼中，大海是生活的中心，陆地仅仅是大海的边界；东方海洋文明与此不同，从徐福东渡到郑和下西洋，再到北洋水师出访马六甲，中国自古就不缺少远洋航行的壮举，但在中国水手心中，脚下的航船永远只是旅途中的驿站，背后的故土才是自己真正的家园。在这种心理的驱使下，海洋元素虽然在华夏文明中绵延千年，却始终没有摆脱陆地的羁绊，在东方文化的意识形态中，海洋文明永远只是大陆文明的附庸。

从精卫填海开始，海洋元素便是中国小说作品的重要组成部分。如果对此加以分析，则可分作精神海洋元素与现实海洋元素。其中，精神海洋元素可细分为神祇信仰、政治寄寓两类，现实海洋元素则包括海洋环境与航海活动。神祇信仰滥觞于先秦神话，如《山海经》中记载的禺䝞、不廷胡余、禺强、弇兹四海神，早期先民因朴素认知而创造出一众神祇，随着时间的推移最终演变为四海龙王、妈祖等民间信仰融入小说作品之中；政治寄寓与海洋发生关系的时间较晚，宋末元初、明清易代等时期的海上抵抗，使海洋成为这一时期的小说家们寄托政治理想的载体而愈显厚重；描摹海洋环境，是人们对于海洋最为直观的反映，早期活跃于先秦典籍中的海外仙岛直至近代仍被提及，历代文人墨客对大海的吟咏更是不胜枚举；航海活动受制于环境与技术，在中国古代小说作品中并不多见，但仅有的少数作品，依旧完整地展示出由早期徐福东渡等零星传说到《三宝太监西洋记》《镜花缘》等鸿篇巨制的发展脉络。神祇信仰、政治寄寓、海洋环境、航海活动，四类海洋元素在数千年间的此消彼长，最终绘制出中国海洋小说波澜壮阔的历史画卷。

陆地的尽头是大海。中华上下五千年，潮起潮落间，沧海化作桑田，蔚蓝海洋从未缺席华夏文明，炎黄子孙也绝不缺少深蓝底色！海陆兼备，方为中国！

（王双腾）

山海经·蓬莱海市

佚名

海内西北陬[1]以东者……盖国在钜燕[2]南，倭[3]北。倭属燕。朝鲜在列阳[4]东，海北山南。列阳属燕。列姑射[5]在海河州[6]中。射姑国[7]在海中，属列姑射，西南，山环之。大蟹在海中。陵鱼人面，手足，鱼身，在海中。大鯾[8]居海中。明组邑[9]居海中。蓬莱山在海中。大人之市在海中。

注释

〔1〕陬：角落，隅。

〔2〕钜燕："钜"通"巨"。指燕国。

〔3〕倭：郭璞曰："倭国在带方东大海内，以女为主，其俗露紒，衣服无针功，以丹朱涂身，不妒忌，一男数十妇也。"

〔4〕列阳：郭璞曰："列，亦水名也。今在带方，带方有列口县。"

〔5〕列姑射：郭璞曰："山名也。山有神人。河州在海中，河水所经者。庄子所谓藐姑射之山也。"

〔6〕河州：黄河流入海中形成的小块陆地。

〔7〕射姑国：《海内经附传》："由列姑射循海东南行，得襄阳府，即射姑国。有投射山与姑射东西相对，故曰射姑。海水环其东北，故曰在海中。此皆在倭北也。"

〔8〕鳊（biān）：即鲂鱼，体侧扁，背部隆起，略呈菱形，肉味鲜美。

〔9〕明组邑：可能是生活在海岛上的一个部落。

评析

《海内经》主要记载海内的各种神奇事物，以空间方位展开描写。本篇主要讲述了海内西北角以东的众多奇异的国度、怪异的动物以及各种海洋生物，以神话传说居多。这些记载反映了古代人们朴素的地理认知，由于当时科学技术的落后，人们对于海洋的认识想象的成分要多于客观认知。

海洋是有别于陆地的一种生存环境，对于当时的人们来说是一个神秘的充满诱惑力的领域，人们在探索未知的同时充分发挥自己的想象力。《海内北经》就是人们这种探索的表现，它记录了海洋上许多神奇的自然现象，如"大人市"，即现在所说的海市蜃楼。本篇中还有一些关于奇特的海洋生物的描写，比如对于陵鱼的记载：人面、鱼身、有手足，这种生物在古代典籍中多有记载。《山海经·海内南经》记载："氐人国在建木西，其为人，人面而鱼身，无足。"《博物志》也有记载："昔夏禹观河，见长人鱼身出，曰'吾河精'。"《搜神记》又有另一番描述："南海之外，有'鲛人'，水居，如鱼，不废织绩。其眼，泣，则能出珠。"文章关于美人鱼的记载更是引发后世人们对这种海洋生物的美好想象，一直到今天还有关于美人鱼的各种动画故事和影视作品。而其中记载的大鯾即鲂鱼，是淡水鱼，此处的鲂鱼则生活在海中，可见当时关于海洋生物所记载的情况与今天的实际情况不是十分吻合；又或者在《山海经》时代，二者并非一物。

《海内北经》对于丰富古代人的地理知识有着重要的作用，文中提到一些国家，如"倭"和"朝鲜"，即今天的日本和朝鲜，但是有关各国的形貌、起居与风俗的描写，亦多传闻之嫌。文中还有"西王母""冰夷""宵明""烛光"等有着深厚民族积淀的神话人物，例如"宵明""烛光"在后世文学中反复出现，《淮南子》中就有"宵明烛光在河洲，所照方千里"的记载。从《山海经》开始，这些神话人物在演变过程中不断被赋予新的超能力和内涵，成为中华民族精神深处最朦胧也是最深刻的浪漫记忆。

《山海经》作为我国最古老的地理书，是先民们对万物所作出的最朴素的解释，包含丰富的想象和浓厚的浪漫情怀，例如对于怪兽的理解就是人和动物形象的组合，而对于山脉和河流的命名是依据其形状，这些都是我们祖先在探索未知世界为后世的我们迈出的最初也是最坚实的步伐。

（王芳）

山海经·北海神

有儋耳[1]之国，任姓，禺号[2]子，食谷。北海之渚[3]中，有神，人面鸟身，珥[4]两青蛇，践[5]两赤蛇，名曰禺强。

注释

〔1〕儋耳：古代北方国名。
〔2〕禺号：黄帝之子，东海神。

〔3〕渚：海中小岛。

〔4〕珥：挂在耳上。

〔5〕践：脚踏。

评析

  在远古时期，海滨居民面对广袤无际、变幻莫测的大海，还不具备认识海洋和征服海洋的能力，因而对海洋怀有无比敬畏的心理，以为其中有操纵自然的神秘力量，即"神"的存在。在我国古代典籍中，凡是靠海的地方，都会有与"海神"相关的记载与传说，并衍生出海神崇拜与海神文化。

  中国的海神信仰由来已久，且海神角色并不唯一。《山海经·大荒北经》中的这段文字，记载的是主管北方海域的北海神——禺疆。其神容为"珥两青蛇，践两赤蛇"的"人面鸟身"形象，这一奇特形象在《山海经》中并非独一无二。在《大荒东经》《大荒南经》与《大荒西经》中，分别记载了其余三海的海神，即东海神禺䝞（也作"禺号"）、南海神不延胡余以及西海神弇兹，其神容基本一致，都是人面鸟身，耳挂两蛇，脚踏两蛇。其形象的构成是我国远古时期鸟图腾与蛇（龙）图腾的结合，鸟作为海神身体的构成部分，蛇只是海神所珥、所践之物，可见其时鸟图腾还是居于正统地位，蛇（龙）图腾则处于被役使的地位。四方海神之间也存在着族属关系，据《大荒东经》云："黄帝生禺䝞，禺䝞生禺京，禺京处北海，禺䝞处东海，是为海神。"因而北海海神禺强（也作"禺京"）为东海海神禺䝞之苗裔，而文中所提到的"任姓"，正是黄帝之子十二姓之一。

  除了"海神"这一神职外，禺强在传说中还兼任"风神"。袁珂先生指出："（禺强）实海神而兼风神：此《庄子·逍遥游》'鲲化为鹏'寓言之所本。禺强字玄冥，又传为颛顼之佐。……《淮南子·时则训》云：'北方之极，……颛顼、玄冥之所司者二万里。'"另有《淮南子·坠形训》中记载："隅强，不周风之所生也。"多个记载之间相互印证，北海神禺强，在神话传说中亦是风神。

《山海经》中的北海大约位于今天冀、辽一带的海域，海神信仰的产生与远古时代沿海居民的生产活动有着密切的联系。所谓"靠海吃海"，海滨居民依靠采集、捕获蟹贝鱼虾等海产来果腹，然而海洋并不总是慷慨的，先民简单粗陋的船只还无法与滔天巨浪相抗衡，因而悲剧时常发生。浩瀚的大海让人们深切地认识到自身的渺小，但也更刺激了人类探索和征服大海的欲望。为了更好地利用海中资源以满足衣食需求，人们在与大海长期的较量与搏斗中，创作出了人面鸟身、珥两蛇、践两蛇的海神形象，期望通过虔诚的信仰与供奉，海神能够保佑大海风平浪静、船行平安。人们认识到，导致海水凶猛、船毁人亡最主要的因素还是在于呼啸猛烈的大风，因而海神还必须具有控制风向风力的本领，逐渐地人们将"风神"这一神职也赋予在海神身上。

海神这一角色在数千年的演变过程中并非一成不变，随着社会生产力的发展，鸟图腾的正统地位逐渐被蛇（龙）图腾所代替，海神禺（虢）、禺强的形象逐渐淡化，海神角色开始由蛟龙或大鱼来承担，于是出现了为人所熟知的四海龙王。至唐代玄宗朝，朝廷甚至还对这些传说中的龙王进行了册封。随着小说、演义的不断敷演，这些龙王的家族、谱系、生活环境也逐渐被完善，他们管理着一方海域，俨然与人间帝王相类。随后又出现了一位影响更为深远的海上保护神——妈祖，这位妈祖娘娘已经完全摆脱了禺（虢）、禺强这些早期海神的半人半鸟形象，也不同于依然有龙蛇特征的海龙王形象，而是一位生性善良的年轻女子，可见此时的海神形象已经完全被人格化。宋元以后，海神角色不断增加，且各地渔民都有自己供奉的海神。许多历史上真实存在的人物，只要生前与海（水）相关，死后都有可能被人们追认为海神，如伍员、屈平、王勃、李白等人。除了这些赫赫有名的人物之外，甚至一些名不见经传的普通百姓也会被封为海神。如山东即墨周戈庄的渔民出海时，会祭祀一位叫作孙仙姑的女神，据说她生前十分善良，死之年曾托梦给遇险的海船，避免了一场海难，人们感念她的恩德，故尊之为海神。

海神信仰的文化现象十分复杂，不同时代、不同形象、不同地域的海神不断流传与演变，从早期带有明显图腾特征的禺（貌）、禺强等海神形象，到半人半兽的海龙王形象，再到妈祖等人格神的形象，其人化影响的痕迹十分明显。人们之所以如此热衷于这一"造神运动"，在于大海的力量无法控制，而大海的诱惑又太过强大，因此人们渴望通过与海神交好，让他们为自己保驾护航，以便更好地开发、利用、征服和驾驭海洋。即便科技发展到今天，海神信仰仍未消失，海祭活动依旧在如火如荼地进行，人们未必真的相信有"海神"的存在，但仍然对海洋怀有一颗敬畏之心。神秘而辽阔的大海永远不可能被完全征服，而人类在向海洋获取资源的同时，也期盼能与海洋友好相处。

浩瀚大海，深蓝的苍茫使人迷惘，无限的神秘令人神往。千百年的苍茫与神秘中，禺（貌）、禺强、四海龙王、妈祖……一位位源出大海的神祇为华夏民族搏击海洋的惨烈征程注入信念、抚平忧伤。中华上下五千年，从竹筏木舟到潜艇航母，龙的传人前仆后继，此时的大海依然苍茫神秘，但今日的我们，神往而不迷惘。回首一位位护佑中华儿女的海上神祇，由巫术图腾而至宗教神灵，直至化作与我们无异的年轻女子，人格化后，她们神秘不再，威严依然。龙王庙，天后宫，一座座海神庙宇，日月轮回间香火不绝。今日的我们面对神像仍旧会焚香祷告、顶礼膜拜，心中希冀的却已不是借助神力征服大海，而是仔细审视对于那抹深蓝的敬畏。摒弃"人定胜天"的无知无畏，敬畏神灵，敬畏大海，一位位海上神祇依然会像护佑先民那样为我们鼓荡起海洋强国的风帆，注视着中华民族走向深蓝，拥抱海洋！

（沈伟）

列子·一钓而连六鳌

列御寇*

汤又问："物有巨细乎？有修短乎？有同异乎？"革曰："渤海之东不知几亿万里，有大壑焉，实惟无底之谷，其下无底，名曰归墟[1]。八纮[2]九野之水，天汉之流，莫不注之，而无增无减焉。其中有五山焉：一曰岱舆，二曰员峤，三曰方壶，四曰瀛洲，五曰蓬莱。其山高下周旋三万里，其顶平处九千里。山之中间相去七万里，以为邻居焉。其上台观皆金玉，其上禽兽皆纯缟[3]。珠玕[4]之树皆丛生，华实皆有滋味，食之皆不老不死。所居之人皆仙圣之种，一日一夕飞相往来者，不可数焉。而五山之根无所连著，常随潮波上下往还，不得暂峙焉。仙圣毒[5]之，诉之于帝。帝恐流于西极，失群仙圣之居，乃命禺强[6]使巨鳌十五举首而戴之。迭为三番，六万岁一交焉。五山始峙而不动。而龙伯之国[7]有大人，举足不盈数步而暨五山之所，一钓而连六鳌，合负而趣[8]归其国，灼其骨以数焉。于是岱舆、员峤二山流于北极，沉于大海，仙圣之播迁者巨亿计。帝冯怒[9]，侵减[10]龙伯之国使阨[11]，侵小龙伯之民使短[12]。至伏羲[13]、神农[14]时，其国人犹数十丈。"

---

* 列子，名寇，或称列御寇，是春秋战国之际道家学派的代表人物，对于其生平人们所知甚少，是处于老子和庄子之间承前启后的重要思想家。其学本于黄老，主张清静无为，《吕氏春秋》中有"列子贵虚"的说法。列子一生未曾出仕，以收徒讲学为业。《列子》一书被收录在东汉班固《汉书·艺文志》的"道家"部分，共八卷，早已散佚不存。今本《列子》八篇内容多为民间故事、寓言和神话传说，学界普遍认为是东晋人搜集整理而成，托名列子。

注释

〔1〕归墟：天下水流汇集的地方。

〔2〕八纮：古人认为，九州之外有"八殥（荒远的地方）"，"八殥"之外有"八纮"，是大地的极限。

〔3〕纯缟：纯白色。

〔4〕玕：美石。

〔5〕毒：担忧，烦恼。

〔6〕禺强：古代神话中的北方之神。《山海经·大荒北经》载："北海之渚中有神，人面鸟身，珥两青蛇，践两赤蛇，名曰禺强。"

〔7〕龙伯之国：古代神话中的大人国。

〔8〕趣：同"趋"，趋向、奔赴。

〔9〕冯怒：盛怒，大怒。

〔10〕侵减：慢慢地递减。侵同"浸"。

〔11〕阨：通"隘"，狭小。

〔12〕短：矮小。

〔13〕伏羲：华夏民族人文始祖，三皇之一，是我国最早的有文献记载的创世神。

〔14〕神农：三皇之一，相传是我国古代农业、医药的发明者。

评析

本篇以殷汤和夏革的问答来结构全文，表明天地广阔无垠和万物的无限丰富，打破了当时人们对宇宙空间认识的局限性，进一步扩展了人们狭隘的空间观念。这篇文章气势恢宏，以对话的形式展开，并通过富有想象力的神话来论证说理。例如以共工氏怒触不周山的神话故事来解释日月星辰的方位和中国地势西北高、东南低等自然现象，反映了古人朴素的自然观，对于一些无法解释的自然现象归之于神话传说。而文章中有两则神话：一是写渤海深处存在一归墟之地，天下之水尽注于此，而常年数月无增无减;第二则是渤海五山本是毗邻相居,为神仙居住之地,而山根却飘摇不定,为解决此问题,天帝派十五只巨大的海龟抬起头来,把大山顶在上面,来固定五山。谁料想龙伯国的大人钓走了六只海龟,使五座山失去平衡,造成"岱舆、员峤二山流于北极,沉于大海,仙圣之播迁者巨亿计"的严重后果。天帝大怒,便减削龙伯之国的版图,使之狭窄;缩短龙伯国民的身材,使之矮小。列子用这两则神话传说来阐明自己的哲学思想,即"均",世界上的万物都处在一种均衡的状态之中,一旦有外物打破这种状态,就会造成严重的后果。

这篇文章不仅有着深刻的哲学意味,而且对于哲学观点的阐述不是生硬地讲道理,而是通过一个个饶有趣味的神话传说,散发着浓郁的浪漫色彩。其中关于五座山景色的描写让人无限向往,五山之中有蓬莱山,这座山最为人们所熟悉,在《山海经·海内北经》中就有"蓬莱山在海中"的记载。本文写蓬莱山上物体的颜色皆白,黄金白银为宫阙,珠玕之树皆丛生,华实皆有滋味,吃了能长生不老,这里也成为历代渴求长生的帝王求仙访药之所。人们对这座海上仙山充满了无限的遐想,蓬莱仙山也成为历代诗人歌咏的对象。

先秦时期的人们思维尚未成熟,对于海洋的认知处于朦胧阶段,对这一神秘领域充满了浪漫幻想,再加上当时科学技术的落后,人们面对一望无际的大海,肆意放飞想象的翅膀。巨大的山脉、恢宏的建筑和优美的环境,这些描写不仅是人们面对未知世界——大海的敬畏之心,更是人们对于美好生活深深的寄托。这些美好的想象不仅安慰了古代先人的心灵,也成为后世作家进行创作的不竭源泉。

(王芳)

汉魏六朝海洋笔记小说选

《海内十洲记》又称《十洲记》,旧题东方朔撰,大多数学者认为此说法不可信,较为认可的说法是汉末魏晋神仙方士假托之作,东方朔长于文辞,又喜诙谐,是伪托著述的理想人物。其成书时间,《四库全书总目》以为当在六朝时,但书中多涉及道教,成于汉末道教炽盛时的可能性居多。《隋书·经籍志》始录一卷,后世传本甚多。该书属地理博物类作品,却重在记仙家故事,一味称道仙家,文字缛丽,铺饰颇多,内容多荒诞不经。书中对道教宫室、道教人物叙述颇为详细,其他奇事异闻亦充满道教气息,故清代有人指出它"好言神仙,字字脉望",乃"道家之小说",鲁迅评价其"亦颇仿《山海经》"。

海内十洲记(节选)

东方朔

祖洲在东海　　瀛洲在东海
玄洲在北海　　炎洲在南海
长洲在东海　　元洲在北海

流洲在西海　　生洲在东海
凤麟洲在西海　聚窟洲在西海

汉武帝既闻王母说八方巨海之中，有祖洲、瀛洲、玄洲、炎洲、长洲、元洲、流洲、生洲、凤麟洲、聚窟洲，有此十洲，乃人迹所稀绝处。又始知东方朔非世常人，是以延之曲室[1]，而亲问十洲所在，所有之物名，故书记之。方朔云："臣，学仙者耳，非得道之人。以国家之盛美，将招名儒墨于文教之内，抑绝俗之道于虚诡之迹。臣故韬隐逸而赴王庭，藏养生而侍朱阙矣。亦由尊上好道，且复欲抑绝其威仪也。曾随师主履行，比至朱陵扶桑蜃海冥夜之丘，纯阳之陵，始青之下，月宫之间，内游七丘，中旋十洲。践赤县[2]而遨五岳，行陂泽[3]而息名山。臣自少及今，周流六天[4]，广陟天光，极于是矣。未若凌虚之子，飞真之官，上下九天，洞视百万。北极勾陈而并华盖，南翔太册而栖大夏。东之通阳之霞，西薄寒穴之野。日月所不逮，星汉所不与。其上无复物，其下无复底。臣所识乃及于是，愧不足以酬广访矣。"

祖洲近在东海之中，地方五百里，去西岸七万里。上有不死之草，草形如菰[5]苗，长三四尺，人已死三日者，以草覆之，皆当时活也，服之令人长生。昔秦始皇大苑中，多柱死者横道，有鸟如乌状，衔此草覆死人面，当时起坐而自活也。有司闻奏，始皇遣使者赍草以问北郭鬼谷先生。鬼谷先生云："此草是东海祖洲上，有不死之草，生琼田中，或名为养神芝。其叶似菰苗，丛生，一株可活一人。"始皇于是慨然言曰："可采得否？"乃使使者徐福发童男童女五百人，率摄楼船等入海寻祖洲，遂不返。福，道士也，字君房，后亦得道也。

瀛洲在东海中，地方四千里，大抵是对会稽[6]，去西岸七十万里。上生神芝仙草。又有玉石，高且千丈。出泉如酒，味甘，名之为玉醴泉，饮之，数升辄醉，令人长生。洲上多仙家，风俗似吴人，山川如中国也。

玄洲在北海之中，戌亥[7]之地，方七千二百里，去南岸三十六万里。上有太玄都，仙伯真公所治。多丘山，又有风山，声响如雷电。对天西北门上，多太玄仙官宫室，宫室各异，饶金芝玉草。乃是三天君下治之处，甚肃肃也。

炎洲在南海中，地方二千里，去北岸九万里。上有风生兽，似豹，青色，大如狸。张网取之，积薪数车以烧之，薪尽而兽不然，灰中而立，毛亦不焦。斫刺不入，打之如灰囊。以铁锤锻其头，数十下乃死。而张口向风，须臾复活；以石上菖蒲塞其鼻，即死。取其脑和菊花服之，尽十斤，得寿五百年。又有火林山，山中有火光兽，大如鼠，毛长三四寸，或赤，或白，山可三百里许，晦夜即见此山林，乃是此兽光照，状如火光相似。取其兽毛，以缉为布，时人号为火浣布，此是也。国人衣服垢污，以灰汁浣之，终无洁净。唯火烧此衣服，两盘饭间，振摆，其垢自落，洁白如雪。亦多仙家。

长洲一名青丘[8]，在南海辰巳[9]之地。地方各五千里，去岸二十五万里。上饶山川及多大树，树乃有二千围者。一洲之上，专是林木，故一名青丘。又有仙草灵药，甘液玉英，靡所不有。又有风山，山恒震声。有紫府宫，天真仙女游于此地。

元洲在北海中，地方三千里，去南岸十万里。上有五芝玄涧，涧水如蜜浆，饮之长生，与天地相毕。服此五芝，亦得长生不死，亦多仙家。

流洲在西海中，地方三千里，去东岸十九万里。上多山川积石，名为昆吾[10]。冶其石成铁，作剑光明洞照，如水精状，割玉物如割泥。亦饶仙家。

生洲在东海丑寅之间，接蓬莱十七万里，地方二千五百里。去西岸二十三万里。上有仙家数万。天气安和，芝草常生。地无寒暑，安养万物。亦多山川仙草众芝。一洲之水，味如饴酪。至良洲者也。

凤麟洲在西海之中央，地方一千五百里。洲四面有弱水绕之，鸿毛不浮，不可越也。洲上多凤麟，数万各为群。又有山川池泽，及神药百种，亦多仙家。煮凤喙及麟角，合煎作膏，名之为续弦胶[11]，或名连金泥。此胶能续弓弩已断之弦、刀剑断折之金，更以胶连续之，使力士掣之，他处乃断，所续之际终无断也。武帝天汉三年，帝幸北海，祠恒山。四月，西国王使至，献此胶四两，吉光毛裘，武帝受以付外库，不知胶裘二物之妙用也。以为西国虽远，而上贡者不奇，稽留使者未遣。又，时武帝幸华林园射虎，而弩弦断。使者时从驾，又上胶一分，使口濡以续弩弦。帝惊曰："异物也！"乃使武士数人，共对掣引之，终日不脱，如未续时也。胶色青如碧玉。吉光毛裘黄色，盖神马之类也。裘入水数日不沉，入火不焦。帝于是乃悟，厚谢使者而遣去，赐以牡桂干姜等诸物，是西方国之所无者。又益思东方朔之远见。周穆王时，西胡献昆吾割玉刀及夜光常满杯。刀长一尺，杯受三升。刀切玉如切泥，杯是白玉之精，光明夜照。冥夕，出杯于中庭以向天，比明而水汁已满于杯中也。汁甘而香美，斯实灵人之器。秦始皇时，西胡献切玉刀，无复常满杯耳。如此胶之所出，从凤麟洲来，剑之所出，必从流洲来，并是西海中所有也。

聚窟洲在西海中，申未之地。地方三千里，北接昆仑二十六万里，去东岸二十四万里。上多真仙灵官，宫第比门，不可胜数。及有狮子辟邪，凿齿天鹿，长牙铜头，铁额之兽。洲上有大山，形似人鸟之象，因名之为神鸟山。山多大树，与枫木相类，而花叶香闻数百里，名为反魂树。扣其树，亦能自作声，声如群牛吼，闻之者，皆心震神骇。伐其木根心，于玉釜中煮，取汁，更微火煎，如黑饧状，令可丸之。名曰惊精香，或名之为震灵丸，或名之为反生香,或名之为震檀香,或名之为人鸟精,或名之为却死香。一种六名,斯灵物也。香气闻数百里,死者在地,闻香气乃却活,不复亡也。以香熏死人,更加神验。征和三年[12],武帝幸安定。西胡月支国王遣使献香四两,大如雀卵,黑如桑椹。帝以香非中国所有,以付外库。又献猛兽一头,形如五六十日犬子,大似狸,而色黄。命国使将入呈帝见之,使者抱之,似犬,羸细秃悴,尤怪其之非也。问使者:"此小物可弄,何谓猛兽?"使者对曰:"夫威加百禽者,不必系之以大小。是以神麟故为巨象之王,鸾凤必为大鹏之宗。百足之虫,制于螣蛇,亦不在于巨细也。臣国去此三十万里,国有常占东风入律,百旬不休,青云干吕[13],连月不散者。当知中国时有好道之君,我王固将贱百家而贵道儒,薄金玉而厚灵物也。故搜奇蕴而贡神香,步天林而请猛兽,乘毳车[14]而济弱渊,策骥足以度飞沙。契阔途遥,辛苦蹊路,于今已十三年矣。神香起夭残之死疾,猛兽却百邪之魅鬼。夫此二物,实济众生之至要,助政化之升平。岂图陛下反不知真乎?是臣国占风之谬矣。今日仰鉴天姿,亦乃非有道之君也。眼多视则贪色,口多言则犯难,身多动则淫贼,心多饰则奢侈。未有用此四者而成天下之治也。"武帝愍然[15]不平。又问使者:"猛兽何方而伏百兽?食啖何物?膂力何比?其所生何乡耶?"使者曰:"猛兽所出,或生昆仑,或生玄圃,或生聚窟,或生天路。其寿不窃,食气饮露,解人言语,仁慧忠恕。当其仁也,爱护蠢动不犯虎豹;当其威也,一声叫发千人伏息。牛马百物,惊断縆系,武士奄忽,失其势力。当其神也,立兴风云,吐嗽雨露,百邪迸走,蛟龙腾骛。处于太上之厩,役御狮子,名曰猛兽。盖神光无常,能为大禽之宗主,乃貙天之元王,辟邪之长帅者也。灵香虽少,斯更生之神丸也。疫病灾死者,将能起之。及闻气者,即活也。芳又特甚,故难歇也。"于是帝使使者令猛兽发声,试听之。使者乃指兽,命唤一声。兽舐唇良久,忽叫，如天大雷霹雳。又两目如礦碑[16]之交光，光朗冲天，良久乃止。帝登时颠蹶[17]，掩耳震动，不能自止。侍者及武士虎贲[18]，皆失仗伏地，诸内外牛马豕犬之属，皆绝绊[19]离系，惊骇放荡，久许，咸定。帝忌之，因以此兽付上林苑，令虎食之。于是虎闻兽来，乃相聚屈积如死虎伏。兽入苑，径上虎头，溺虎口，去十步已来，顾视虎，虎辄闭目。帝恨使者言不逊，欲收之。明日失使者及猛兽所在，遣四出寻讨，不知所止。到后元元年，长安城内病者数百，亡者太半。帝试取月支神香烧之于城内，其死未三月者，皆活。芳气经三月不歇，于是信知其为神物也。乃更秘录余香，后一旦又失之，检函，封印如故，无复香也。帝愈懊恨，恨不礼待于使者。益贵方朔之遗语，自愧求李君[20]之不勤，惭卫叔卿[21]于阶庭矣。明年，帝崩于五柞宫[22]。已亡月支国人鸟山震檀、却死等香也。向使厚待使者，帝崩之时，何缘不得灵香之用耶？自合命殒矣。

沧海岛在北海中，地方三千里，去岸二十一万里。海四面绕岛，各广五千里。水皆苍色，仙人谓之沧海也。岛上俱是大山，积石至多。石象八石，石脑石桂，英流丹黄子石胆之辈百余种，皆生于岛。石服之神仙长生。岛中有紫石宫室，九老仙都所治，仙官数万人居焉。

方丈洲在东海中心，西南东北岸正等，方丈方面各五千里。上专是群龙所聚，有金玉琉璃之宫，三天司命所治之处。群仙不欲升天者，皆往来此洲，受太玄生箓，仙家数十万。耕田种芝草，课计顷亩，如种稻状。亦有玉石泉，上有九源丈人宫主，领天下水神，及龙蛇巨鲸阴精水兽之辈。

扶桑在东海之东岸，岸直，陆行登岸一万里，东复有碧海。海广狭浩汗，与东海等。水既不咸苦，正作碧色，甘香味美。扶桑在碧海之中，地方万里。上有太帝宫，太真东王父所治处。地多林木，叶皆如桑。又有椹树，长者数千丈，大二千余围。树两两同根偶生，更相依倚。是以名为扶桑仙人。食其椹而一体皆作金光色，飞翔空玄。其树虽大，其叶椹故如中夏之桑也。但椹稀而色赤，九千岁一生实耳，味绝甘香美。地生紫金丸玉，如中夏之瓦石状。真仙灵官，变化万端，盖无常形，亦有能分形为百身十丈者也。

蓬丘，蓬莱山是也。对东海之东北岸，周回五千里。外别有圆海绕山，圆海水正黑，而谓之冥海也。无风而洪波百丈，不可得往来。上有九老丈人，九天真王宫，盖太上真人所居。唯飞仙有能到其处耳。

昆仑，号曰昆崚，在西海之戌地，北海之亥地，去岸十三万里。又有弱水周回绕匝。山东南接积石圃，西北接北户之室。东北临大活之井，西南至承渊之谷。此四角大山，实昆仑之支辅也。积石圃南头，是王母告周穆王云：咸阳去此四十六万里，山高，平地三万六千里。上有三角，方广万里，形似偃盆，下狭上广，故名曰昆仑山三角。其一角正北，干辰之辉，名曰阆风巅；其一角正西，名曰玄圃堂；其一角正东，名曰昆仑宫；其一角有积金，为天墉城，面方千里。城上安金台五所，玉楼十二所。其北户山、承渊山，又有墉城。金台、玉楼，相鲜如流，精之阙光，碧玉之堂，琼华之室，紫翠丹房，锦云烛日，朱霞九光，西王母之所治也，真官仙灵之所宗。上通璇玑，元气流布，五常玉衡。理九天而调阴阳，品物群生，希奇特出，皆在于此。天人济济，不可具记。此乃天地之根纽，万度之纲柄矣。是以太上名山鼎于五方，镇地理也；号天柱于珉城，象纲辅也。诸百川极深，水灵居之。其阴难到，故治无常处。非如丘陵而可得论尔。乃天地设位，物象之宜，上圣观方，缘形而着尔。乃处玄风于西极，坐王母于坤乡。昆吾镇于流泽，扶桑植于碧津。离合火生，而光兽生于炎野；坎总众阴，是以仙都宅于海岛。艮位名山，蓬山镇于寅丑；巽体元女，养巨木于长洲。高风鼓于群龙之位，畅灵符于瑕丘。至妙玄深，幽神难尽，真人隐宅，灵陵所在。六合之内，岂唯数处而已哉！此盖举其摽末〔23〕尔。臣朔所见不博，未能宣通王母及上元夫人圣旨。昔曾闻之于得道者，说此十洲大丘灵阜，皆是真仙隩墟〔24〕，神官所治。其余山川万端，并无觊〔25〕者矣。其北海外，又有钟山。在北海之子地，隔弱水之北一万九千里，高一万三千里，上方七千里，周旋三万里。自生玉芝及神草四十余种，上有金台玉阙，亦元气之所舍，天帝居治处也。钟山之南，有平邪山，北有蛟龙山，西有劲草山，东有束木山。四山，并钟山之枝干也。四山高钟山三万里，官城五所，如一登四面山下望，乃见钟山尔。四面山乃天帝君之城域也。仙真之人出入，道经自一路，从平邪山东南入穴中，乃到钟山北阿门外也。天帝君总九天之维，贵无比焉。山源周回，具有四城之高，但当心有观于昆仑也。昔禹治洪水既毕，乃乘蹻车〔26〕，度弱水，而到此山，祠上帝于北阿，归大功于九天。又禹经诸五岳，使工刻石，识其里数高下。其字科斗书，非汉人所书。今丈尺里数，皆禹时书也。不但刻剧五岳，诸名山亦然。刻山之独高处尔。今书是臣朔所具见，其王母所道诸灵数，禹所不履，唯书中夏之名山尔。臣先师谷希子者，太上真官也。昔授臣昆仑钟山、蓬莱山及神州真形图。昔来入汉，留以寄知故人。此书又尤重于岳形图矣。昔也传授年限正同尔。陛下好道思微，甄心内向，天尊下降，并传授宝秘。臣朔区区，亦何嫌惜而不止所有哉！然术家幽其事，道法秘其师。术泄则事多疑，师显则妙理散。愿且勿宣臣之意也。

武帝欣闻至说，明年遂复从受诸真形图。常带之肘后，八节当朝拜灵书，以书求度脱焉。朔谓滑稽逆知，预观帝心，故弄万乘，傲公侯，不可得而师友，不可得而喜怒，故武帝不能尽至理于此人。

注释

〔1〕曲室：密室。

〔2〕赤县：中国的别称。

〔3〕陂泽：湖泽。

〔4〕六天：道教谓上天分为六。

〔5〕菰：水生植物，即茭白。

〔6〕会稽：古郡名，即今江苏苏州。

〔7〕戌亥：指西北方位。

〔8〕青丘：在南海中，神仙居住之地。

〔9〕辰巳：东南方位。

〔10〕昆吾：这里指一种质地坚硬的石头。

〔11〕续弦胶：古代神话中凤麟洲以凤喙、麟角合煮作胶，如弓弦或刀剑断折，用此胶即可连接，故名。

〔12〕征和三年：征和（公元前982年—前898年），又作"延和"，是汉武帝的第十个年号。汉朝使用征和这个年号一共四年。征和三年是指公元前980年。

〔13〕青云干吕：青云，晴空，比喻时令。干，求取。吕，古代音乐十二律中的阴律。形容时令温顺调和。

〔14〕毳车：古代的交通工具，大概是一种用兽毛皮制成的渡水用的皮筏。

〔15〕恧然：惭愧。

〔16〕礚磤：电光。

〔17〕颠蹶：行走不平稳。

〔18〕虎贲：官名，设置始于西汉。这里指勇武之士。

〔19〕绊：驾车时套在牲口后部的皮带。

〔20〕李君：李耳，相传为道教鼻祖。

〔21〕卫叔卿：汉中山人，服云母得仙。

〔22〕五柞宫：汉离宫名。在今陕西省周至县东南，因宫中植五柞树，故名。

〔23〕摽末：本义刀尖，这里比喻微末。

〔24〕隩墟：内墟。指天下可居之所。

〔25〕觌：睹，见。

〔26〕蹻车：即跷车。一种用于泥泽中乘驰的橇。

评析

《海内十洲记》主要是通过东方朔与汉武帝的对话展开，汉武帝向东方朔询问八方巨海中祖洲、瀛洲、玄洲、炎洲、长洲、元洲、流洲、生洲、凤麟洲、聚窟洲等十洲情况，后接着介绍沧海岛、方丈洲、扶桑、蓬丘、昆仑等地。全篇以第三人称口吻进行叙事，以十洲的地理博物为基础，以奇闻逸事为修饰，内容十分丰富。

汉末魏晋时期，道教活动的开展可谓如火如荼，《十洲记》产生于那个时期必然深受其影响，文中用大量的篇幅详细记载了道家宫室、道家神仙。例如文中"金台、玉楼，相鲜如流，精之阙光，碧玉之堂，琼华之室，紫翠丹房，锦云烛日，朱霞九光，西王母之所治也，真官仙灵之所宗"，所用词语非常华丽，而且有夸饰之嫌。文中还多次提到"不死之药""不死之树"以及对于秦始皇求丹访药的记载，所以晚清陆绍明评价其"好言神仙，字字脉望"，乃"道家小说"，可能就是由此而来。

由于《十洲记》产生于汉末魏晋时期，与《山海经》产生的年代相比而言较晚，对《山海经》中所涉及的相同地理事物在记载方面也更加丰富。例如关于蓬莱山的记载，《山海经》中只有"逢莱山在海中"这一句，而本篇对蓬莱山的地理方位以及周围环境等都进行了描写。《十洲记》中多次涉及海水颜色的描写，如"水皆苍色，仙人谓之沧海也""水既不咸苦，正作碧色，甘香味美""圆海水正黑，而谓之冥海也"，这都说明这时期的人们对于海域世界的了解比先秦时期更进一步。这主要是由于当时航海技术的进步,而且人们对于海洋的一些自然规律有了初步的了解,这就使人们可以更加近距离去观察海洋这一神秘的领域。

本文虽然没有鲜明的神仙形象的刻画,但是却为他们营造了美轮美奂的仙境,宫殿的华丽自不必说,巍峨高耸的高山和波澜壮阔的海洋也是神仙居所的必备。这其中的原因也许是大海烟雾朦胧的缥缈和山脉高大峻峭的庄严,更加符合仙人的品性,中国人的山水情怀也许此时就埋下种子。《十洲记》的出现不仅丰富了我国的地理知识,而且充溢其中的浪漫情怀,也影响了我国一代又一代的诗人。例如"正在十洲残梦,水心宫殿斜阳"(晏几道《清平乐·西池烟草》),"宫阙通群帝,乾坤到十洲"(杜甫《玉台观》),这些都是这篇文章在后世中所激发的诗情画意。

(王芳)

临海水土异物志(节选)

沈莹[*]

夷洲在临海[1]东南,去郡二千里,土地无雪霜,草木不死。四面是山,众山夷[2]所居。山顶有越王[3]射的[4],正白[5],乃

---

[*] 沈莹(?—280年),三国时期吴国人,官拜左将军。对于其生平目前所知甚少,其生年籍贯皆无记载。清代目录学家姚振宗认为其"大抵是吴兴武康人",也有人根据《临海水土异物志》推断其做过临海太守,但并无实证。沈莹在《三国志》中无传,在《吴志·孙皓传》及裴松之注中有所述及,曾任丹阳太守并率领过"青巾军",作战骁勇,"屡陷坚陈(阵)"。天纪四年(280),战死于晋军攻吴之役。

吴大帝黄龙二年(230)春,孙权派卫温、诸葛直率"甲士万人"到台湾(当时称"夷洲"),沈莹很可能加入了夷洲之行,因而对夷洲的社会状况、风土人情,叙之尤详。这部分内容是关于高山族先民与古越人以及他们之间相互关系的极为珍贵的史料。

对于沈莹是否就是《临海水土异物志》的作者,学界尚有怀疑。

是石也。

此夷各号为王，分画土地人民，各自别异。

人皆髡[6]头穿耳，女人不穿耳。作室居，种荆为藩障。土地饶沃，既生五谷，又多鱼肉。舅姑子妇男女卧息，共一大床。交会之时，各不相避。

能作细布[7]，亦作斑文布[8]，刻画其内有文章，以为饰好也。其地亦出铜铁，惟用鹿觡[9]为矛以战斗耳。磨砺青石以作矢镞[10]刃斧。环贯珠珰。饮食不洁。取生鱼肉杂贮大瓦器中，以盐卤之，历月余日，乃啖食之，以为上肴。呼民人为"弥麟"[11]。如有所召，取大空材，材十余丈，以著中庭。又以大杵旁舂之，闻四五里如鼓。民人闻之，皆往驰赴会。

饮食皆踞相对，凿床作器如稀槽状，以鱼肉腥臊安中，十十五五共食之。以粟为酒，木槽贮之，用大竹筒长七寸许饮之。

歌似犬嗥，以相娱乐。

得人头，斫去脑，绞其面肉，留置骨，取犬毛染之，以作鬓眉发编，具齿以作口，自临战斗时用之，如假面状。此是夷王[12]所服。战，得头，着首还。于中庭建一大材，高十余丈，以所得头差次挂之，历年不下，彰示其功。

又甲家有女，乙家有男，仍委父母，往就之居。与作夫妻，同牢而食。女以嫁，皆去前上一齿。

注释

〔1〕临海：指临海郡。《太平寰宇记》载："吴大帝时分章安、永宁置临海县。"在今浙江省内。

〔2〕山夷：古代对聚集山中的武装力量的贬称。

〔3〕越王：夷洲古属越地，虽然属于山夷，其社会组织形态亦有王，故称。

〔4〕射的：箭靶。

〔5〕正白：纯白。

〔6〕髡（kūn）：剃发。

〔7〕细布：一种质地十分细密的平纹棉布。

〔8〕斑文布：有花纹的布。

〔9〕觡（gé）：麋鹿角。《山海经》郭璞注："麋鹿角曰觡。"《淮南子·原道训》："觡，麋角也。"

〔10〕镞：箭头。

〔11〕弥麟：夷洲居民对已成丁的未婚青年的称呼。

〔12〕夷王：指部落首领。

评析

《临海水土异物志》是我国最早记述夷洲（今台湾）的著作，也是中国最早的地方志，它是中国文学史上开发东南沿海海域和开启海洋文明的经典著作，在我国航海史上谱写了辉煌的篇章。

居住在我国浙江南部的越族，因所居之地毗邻大海而善于航海作舟，《越绝书》称："越人以舟为车，以楫为马，往若飘风，去则难从。"他们十分热衷于海上探索，较早地开发了我国东南沿海的海域，在海洋中获取了巨大的财富。据《史记·南越列传》等文献记载，越族在秦汉之交建立了东海王国，海上航运业十分发达，"北去辽东，南及交趾，皆从东瓯"。他们在海上不断探索，也与所经之处的当地居民进行了友好的交流。

到了三国时期，吴国因居于东南沿海，有着天然的交通海外的优势，对于海外的探索不断加强，当地居民也有了比较成熟的海洋意识。吴国国主孙权曾命卫温、诸葛直等率万人航队前往夷洲，使得中原地区人民对于夷洲的了解不断加强，本篇就讲述了三国时期夷洲的风土人情和历史地理。

三国时期的夷洲尚未开化，由称其民为夷可略见一二。它在大海的东南面，终年气温炎热，草木不死，山民所居四面环山。当时他们没有统一的组织，只是各立为王，划分土地人民，以部族为单位从事生产，生产力比较低下。作室以居，一家人生活在一起，过着群居生活。他们会织布，使用磨制石器及骨角，虽有铜铁而没能善加利用，没有铁制兵器，战斗力也比较低下。人们喜爱吃腌制的鱼，已会酿酒，唱歌跳舞以作娱乐。还有缺齿、猎头、穿耳等习俗。至今在台湾的某些地区，尚保留这些习俗。这篇文章对于三国时期夷洲的风土人情的记载，十分详尽，对于研究台湾的文明具有重要的史料价值。

西方有哥伦布探索新大陆震惊世界，其实中华民族早期也具有强烈的海洋意识和探索海洋的传统，先民早早开启了远航史，见证了众多国家或民族的风土人情、人文地理，夷洲只是其中一例。早在两千多年前的秦汉时期，中国的航队就已踏上海外的陆地，海上丝绸之路的故事我们都耳熟能详。这些航队通过海上航行，到达了许多国家，同这些国家进行了经济文化上的交流，中华民族的威名也通过大海名扬四方。不过中国传统的农耕文化让国人对土地产生了巨大的依赖心理，自给自足的小农经济让我们缺乏欧洲人那种积极探险的欲望，所以我们渐渐闭关锁国。

21世纪被称为海洋世纪，人类社会的文明进步越来越依赖海洋，需要我们继承和发扬积极探索海洋的精神，通过海洋加强与其他国家的友好交流。

（王彦）

博物志·天河与海通

张华*

旧说云天河与海通。近世有人居海渚[1]者,年年八月,有浮槎[2]去来,不失期[3]。人有奇志,立飞阁于槎上,多赍[4]粮,乘槎而去。十余日中犹观星月日辰,自后茫茫忽忽,亦不觉昼夜。去十余日,奄至一处,有城郭状,屋舍甚严。遥望宫中多织妇,见一丈夫牵牛渚次[5]饮之。牵牛人乃惊问曰:"何由至此?"此人具说来意,并问此是何处。答曰:"君还至蜀郡,访严君平则知之。"竟不上岸,因还如期。后至蜀,问君平,曰:"某年月日有客星犯牵牛宿。"计年月,正是此人到天河时也。

注释

〔1〕渚(zhǔ):水中小块陆地。西周《尔雅》:"小洲曰渚。"

〔2〕槎(chá):木筏,传说中来往于海上和天河之间的木筏。

〔3〕失期:没按照约定的日期。

〔4〕赍(jī):携带,持。

〔5〕次:临时居住。

---

* 张华(232—300),字茂先,范阳方城(今河北固安)人,西晋时期政治家、文学家、藏书家。张华年轻时便聪敏多才,博闻强识,深受时人赏识。在曹魏、西晋两朝均有官职。晋惠帝继位,张华累任高官,被皇后贾南风委以朝政,张华尽忠辅佐,使天下仍然保持相对安宁。永康元年(300),赵王司马伦发动政变,张华被杀害,享年六十八岁。

张华工于诗赋,辞藻华丽,钟嵘《诗品》评其作品多为"儿女情多,风云气少"。他所编纂的《博物志》是中国第一部博物学著作。《隋书·经籍志》有《张华集》十卷,已经亡佚,明人张溥辑有《张茂先集》。张华雅爱书籍,精通目录学,曾与荀勖等人依照刘向《别录》整理典籍。同时,张华工于书法,《宣和书谱》载有其草书《得书帖》以及行书《闻时帖》。

评析

《博物志》由西晋著名文学家张华所著，共十卷，是我国第一部博物学著作。该书内容驳杂，记载了山川地理、鸟兽虫鱼、人物传记、神仙方术等。它一方面引用了晋以前的一些古籍资料，如《山海经》《神仙传》《春秋》等，另一方面对后世其他典籍也有重要影响，它的出现填补了我国自古无博物类书籍的空白。

旧说天河与海通，本篇就讲述了有人从海上乘槎到达天河，与仙人相逢的故事。其人"立飞阁于槎上，多赍粮，乘槎而去"，十余日后，到达了一处似城郭的地方，遥望宫殿中有许多织妇，还看到一男子牵着牛在岛边让它边走边饮。他惊奇地问牵牛人此为何地，牵牛人却让他回去拜访严君平先生。后来严先生告诉他说有客星犯牵牛星，一核对日期，发现正是自己到达天河的日子。他经由大海得遇仙人，这为牛郎织女的神话传说提供了原始资料。

《说文解字》云："海，天池也，以纳百川者。"可见大海最初在古人的观念中就是一个可以容纳条条人间河流的天池。古人"敬海如敬天"，因为它辽阔无边，浩森无际，有时候还会波涛汹涌，给人类社会带来种种灾难。古人甚至认为神秘的大海是仙人的住所或者是通往仙人之所的必经之路。海市蜃楼的幻影，始皇两派方士入海求不死药的传说，武帝几次亲赴东海求药的举动，都给大海笼罩了一层神秘的幻影。海上仙山、蓬莱仙岛等故事的广泛流传说明，在古人眼中大海与仙人有着不可分割的联系。

旧说认为，天上银河与地上大海相连，这就满足了许多凡人希望乘槎而去、羽化登仙的愿望。既然天上银河与地上大海相接，那么乘一小舟，在海上一路前行，是否会到达银河，与仙人相遇呢？虽然仙人之所遥不可及，茫茫大海一望无际，但湛湛海水远可观近可触，总算为人们提供了揭开仙人神秘面纱的途径。很多勇于探险的古人渴望经由大海寻访仙人，得一机缘，从而"羽化登仙"；有些仅仅是出于猎奇的心态，希望远赴星空,满足自己的好奇心,正如本篇中有奇志之人,他在槎上建造了阁楼以作瞭望,又备足了干粮,浮槎而去,居然真的到达了银河,见到了所谓的牛郎织女等传说中的仙人。

"盈盈一水间,脉脉不得语",对于牵牛织女故事的形成时间,学术界一直存在着各种各样的说法。目前可知的是在《诗经·小雅·大东》中已出现了"牵牛""织女"两颗星名,那时两者尚无明确联系。西汉时,牛郎、织女被附会成两位仙人,班固在《西都赋》中写道:"临乎昆明之池,左牵牛而右织女,似云汉之无涯。"魏晋南北朝时期,道教神仙思想开始广泛流传,在这种风气的影响下,有关神人相遇、上天寻仙等故事普遍受到人们的关注。本篇作者就将乘槎寻仙的故事与牛郎织女的传说相结合,以凡人闯入仙境来证实"天河与海相通"的说法。

这里对牵牛织女故事的记载比较简略,织女的形象十分模糊,文章以"宫中多织妇"来描写一个群体,而不是一个独立完整的形象;牛郎也只是一个普通的牵牛人,本篇亦没有出现他与织女凄美的爱情故事。由此可见,这篇文章的重点并不是讲述牛郎织女的爱情,而是通过讲述"奇人"浮槎而去,泛舟海上得遇仙人的故事,表现了古人对仙界的向往,表现了我国古代劳动人民对大自然勇敢探索的精神。

(王彦)

佛国记(节选)

法显*

从此东行近五十由延[1],到多摩梨帝国[2],即是海口。其国有二十四僧伽蓝,尽有僧住,佛法亦兴。法显住此二年,写经及画像。

于是载商人大舶,泛海西南行,得冬初信风[3],昼夜十四日,到狮子国[4]。彼国人云,相去可七百由延。其国大在洲上,东西五十由延,南北三十由延。左右小洲乃有百数,其间相去或十里,或二百里,皆统属大洲。多出珍宝珠玑,有出摩尼珠[5]地,方可十里。王使人守护,若有采者,十分取三。其国本无人民,正[6]有鬼神及龙居之。诸国商人共市易,市易时,鬼神不自现身,但出宝物,题其价直,商人则依价直直取物。因商人来往住故,诸国人闻其土乐,悉亦复来,于是遂成大国。其国和适,无冬夏之异,草木常茂,田种随人,无有时节。

佛至其国,欲化恶龙,以神足力,一足蹑王城[7]北,一足蹑山顶,两迹相去十五由延。于王城北迹上起大塔,高四十丈,金银庄校,众宝合成。塔边复起一僧伽蓝,名无畏山[8],有五千僧。起一佛殿,金银刻镂,悉以众宝。中有一青玉像,高二丈许,通身七宝炎光,威相严显,非言所载,右掌中有一无价宝珠。

---

* 法显(334—420),俗姓龚,东晋平阳郡武阳(今山西临汾西南襄垣县)人。早年出家为僧。"志行明敏,仪轨整肃",精研佛法。法显有感于当时藏律残缺不全,为健全僧伽制度,遂笃志前往天竺寻求"真经"。东晋隆安三年(339),年逾六十的法显,偕同慧景、道整等十余人自长安出发,渡沙漠、越昆仑,途径西域、中亚三十余国,历尽艰险,徒步跋涉逾四年,最终到达印度,获得当时中国所未见的六部佛经约百万字后,循海路返回中国。

法显去汉地积年，所与交接悉异域人，山川草木，举目无旧；又同行分析，或留或亡，顾影惟己，心常怀悲。忽于此玉像边见商人以晋地一白绢扇供养，不觉凄然，泪下满目。其国前王，遣使中国，取贝多树[9]子于佛殿旁种之，高可二十丈，其树东南倾，王恐倒，故以八九围柱拄树。树当拄处心生，遂穿柱而下，入地成根，大可四围许。柱虽中裂，犹裹在其外，人亦不去。树下起精舍，中有坐像，道俗敬仰无倦。

城中又起佛齿精舍，皆七宝作。王净修梵行，城内人信敬之情亦笃。其国立治已来，无有饥荒丧乱。众僧库藏多有珍宝、无价摩尼。其王入僧库游观，见摩尼珠即生贪心，欲夺取之。三日乃悟，即诣僧中，稽首悔前罪心，告白僧言："愿僧立制，自今已后，勿听王入其库看；比丘满四十腊，然后得入。"其城中多居士、长者、萨薄商人[10]。屋宇严丽，巷陌平整，四衢道头，皆作说法堂，月八日、十四日、十五日，铺施高座，道俗四众[11]皆集听法。其国人云，都可五六万僧，悉有众食。王别于城内供五六千人众食，须者，持本钵往取，随器所容，皆满而还。佛齿常以三月中出之。未出十日，王庄校大象，使一辩说人著王衣服，骑象上击鼓，唱言："菩萨从三阿僧祇劫苦行，不惜身命，以国、妻、子及挑眼与人，割肉贸鸽，截头布施，投身饿虎，不吝髓脑，如是种种苦行，为众生，故成佛。在世四十五年，说法教化，令不安者安，不度者度，众生缘尽，乃般泥洹。泥洹已来，一千四百九十七年[12]，世间眼灭[13]，众生长悲。却后十日，佛齿当出，至无畏山精舍。国内道俗欲殖福者，各各平治道路，严饰巷陌，办众华香供养之具。"如是唱已，王便夹道两边，作菩萨五百身已来种种变现[14]，或作须大拿，或作睒变，或作象王，或作鹿马。如是形像，皆彩画庄校，状若生人。然后佛齿乃出，中道而行，随路供养到无畏精舍佛堂上。道俗云集，烧香然灯，种种法事，昼夜不息。满九十日乃还城内精舍。城内精舍至斋日则开门户，礼敬如法。

无畏精舍东四十里，有一山。山中有精舍，名跋提[15]，可有二千僧。僧中有一大德沙门[16]，名达摩瞿谛，其国人民皆共宗仰。住一石室中，四十许年，常行慈心，能感蛇鼠，使同止一室而不相害。

城南七里，有一精舍，名摩诃毗诃罗，有三千僧住。有一高德沙门，戒行清洁，国人咸疑是罗汉。临终之时，王来省视，依法集僧而问："比丘得道耶？"其便以实答言："是罗汉。"既终，王即案经律以罗汉法葬之。于精舍东四五里，积好大薪，纵广可三丈余，高亦尔，近上著栴檀[17]沈水[18]诸香木，四边作阶，上持净好白毡周匝蒙积上，作大舆床[19]，似此间轮车，但无龙鱼耳。当阇维[20]时，王及国人、四众咸集，以华香供养，从舆至墓所，王自华香供养。供养讫，舆著阇上，酥油遍灌，然后烧之。火然之时，人人敬心，各脱上服，及羽仪、伞盖，遥掷火中，以助阇维。阇维已，收检取骨，即以起塔。法显至，不及其生存，唯见葬时。王笃信佛法，欲为众僧作新精舍，先设大会，饭食僧。供养已，乃还好上牛一双，金银宝物庄校角上，作好金犁，王自耕顷四边，然后割给民户田宅，书以铁券。自是已后，代代相承，无敢废易。

法显在此国，闻天竺道人于高座上诵经云："佛钵本在毗舍离，今在犍陀卫国；竟若干百年法显闻诵之时，有定岁数，但今忘耳当复至西月氏国；若干百年，当至于阗国；住若干百年，当至屈茨国；若干百年，当复来到汉地；住若干百年，当复至狮子国；若干百年，当还中天竺；到中天竺已，当上兜率天上。弥勒菩萨见而叹曰：'释迦文佛钵至，即其诸天华香供养七日。七日已，还阎浮提，海龙王持入龙宫。至弥勒将成道时，钵还分为四，复本频那山上。弥勒成道已，四天王当复应念佛如先佛法。贤劫千佛，共用此钵。钵去已，佛法渐灭。佛法灭后，人寿转短，乃至五岁。五岁之时，粳米酥油，皆悉化灭。人民极恶，捉木则变成刀杖，共相伤割杀。其中有福者，逃避入山。恶人相杀尽已，还复来出，共相谓言：'昔人寿极长，但为恶甚，作诸非法，故我等寿命遂尔短促，乃至十岁。我今共行诸善，起慈悲心，修行仁义。'如是各行信义，展转寿倍，乃至八万岁。弥勒出世，初转法轮时，先度释迦遗法弟子、出家人，及受三归五戒[21]斋法供养三宝者；第二、第三次度有缘者。"法显尔时欲写此经，其人云："此无经本，我止口诵耳。"

法显住此国二年，更求得《弥沙塞律藏本》，得《长阿含》《杂阿含》，复得一部《杂藏》，此悉汉土所无者。得此梵本已，即载商人大船上，可有二百余人。后系一小船，海行艰险，以备大船毁坏。得好信风，东下二日，便值大风。船漏水入。商人欲趣小船，小船上人恐人来多，即斫绳断。商人大怖，命在须臾，恐船水漏，即取粗财货掷著水中。法显亦以君墀[22]及澡罐并余物弃掷海中，但恐商人掷去经、像。唯一心念观世音及归命汉地众僧："我远行求法，愿威神归流，得到所止。"如是大风昼夜十三日，到一岛边，潮退之后，见船漏处，即补塞之。于是复前。

海中多有抄贼[23]，遇辄无全。大海弥漫无边，不识东西，惟望日月星宿而进，若阴雨时为逐风去亦无准。当夜暗时，但见大浪相搏，晃然火色，鼋鳖水性怪异之属，商人荒遽，不知那向。海深无底，又无下石住处。至天晴已，乃知东西，还复望正而进。若值伏石[24]，则无活路。如是九十日许，乃到一国，名耶婆提。其国外道，婆罗门兴盛，佛法不足言。

停此国五月日，复随他商人大船，上亦二百许人。赍五十日粮，以四月十六日发。法显于船上安居。东北行，趋广州。一月余日，夜鼓二时，遇黑风暴雨，商人贾客皆悉惶怖。法显尔时亦一心念观世音及汉地众僧。蒙威神佑，得至天晓。晓已，诸婆罗门议言：“坐载此沙门，使我不利，遭此大苦，当下比丘置海岛边，不可为一人令我等危险。”法显本檀越言：“汝若下此比丘，亦并下我！不尔，便当杀我，汝其下此沙门，吾到汉地，当向国王言汝也。汉地王亦敬信佛法，重比丘僧。”诸商人踌躇，不敢便下。

于时天多连阴，海师[25]相望僻误，遂经七十余日。粮食水浆欲尽，取海咸水作食。分好水，人可得二升，遂便欲尽。商人议言："常行时，正可五十日便到广州。尔今已过期多日，将无僻耶？"即便西北行求岸。

昼夜十二日，到长广郡[26]界牢山[27]南岸，便得好水、菜。但经涉险难，忧惧积日，忽得至此岸，见藜藿菜依然，知是汉地，然不见人民及形迹，未知是何许。或言未至广州，或言已过，莫知所定。即乘小船入浦觅人，欲问其处。得两猎人即将归，令法显译语问之。法显先安慰之，徐问："汝是何人？"答言："我是佛弟子。"又问："汝入山何所求？"其便说言："明当七月十五日，欲取桃腊佛。"又问："此是何国？"答言："此青州长广郡界，统属刘家。"闻言已，商人欢喜，即乞其财物，遣人往长广。太守李嶷，敬信佛法，闻有沙门持经像乘船泛海而至，即将人从至海边，迎接经像，归至郡治。商人于是还向扬州。刘法青州请法显一冬一夏。夏坐讫，法显远离诸师久，欲趣长安。但所营事重，遂便南下向都，就禅师出经律[28]。

法显发长安，六年到中国，停六年还，三年达青州。凡所游历，减三十国。沙河已西，迄于天竺，众僧威仪法化之美，不可详说。窃惟诸师未得备闻，是以不顾微命，浮海而还，艰难具更。幸蒙三尊[29]威灵，危而得济，故竹帛疏[30]所经历，欲令贤者同其闻见。是岁甲寅。

注释

〔1〕由延：古印度计程单位名，一般指"套一次牛所行的路程"。

〔2〕多摩梨帝国：亦译作耽摩栗底国，其址在今印度西孟加拉邦米德纳普尔附近的泰姆鲁克，位于恒河入海口。

〔3〕信风：即季风，因每年固定季节到来，似守信，故言信风。

〔4〕狮子国：即今斯里兰卡。

〔5〕摩尼珠：珠宝的通称。佛教传说中常以摩尼珠为最珍贵的珠宝。

〔6〕正：当为"止"。

〔7〕王城：狮子国都城，其址在今斯里兰卡西北部之古都阿弁罗陀补罗。

〔8〕无畏山：亦译作阿里那祇祇厘。无畏山精舍，传为僧伽罗无畏王所建，为斯里兰卡最著名的两大佛寺之一。

〔9〕贝多树：即多啰树，贝多树的贝叶在古代用以书写佛教经文。

〔10〕萨薄商人：古代阿拉伯半岛西南部萨薄地区的商人。

〔11〕道俗四众：亦称"道俗"。指信奉佛教的四部分教徒，即出家的比丘（和尚）、比丘尼（尼姑），在家的男居士、女居士。

〔12〕一千四百九十七年：此时法显在狮子国，为东晋义熙六年（410），上推1497年，即公元前1087年，是法显所言的释迦牟尼圆寂之年。

〔13〕世间眼灭：世间眼，对释迦牟尼的尊称。灭，圆寂。

〔14〕变现：传说如来佛为了普度众生，能艺其神通之力，化作各种形象显现于世，如鹿、象、马等。

〔15〕跋提：今斯里兰卡阿弁罗陀补罗的密兴多列山中的塔山寺。

〔16〕大德沙门：道行很高的佛教徒，亦称"高德沙门"。

〔17〕栴檀：即檀香。该木有香气，且质坚而重，可沉入水中。

〔18〕沈水：沉水。沈，通"沉"。

〔19〕舆床：舆，车轿。床，座位。

〔20〕阇维：焚烧。

〔21〕三归五戒：即"三皈五戒"。三皈，即皈依佛教，成为佛教僧徒，佛教把皈依佛、皈依法、皈依僧统称为三皈依。五戒，指佛教徒必须遵守的五条基本戒律：不杀生、不偷盗、不邪淫、不妄语、不饮酒。

〔22〕君墀：亦译军持。指随身携带的防身器物。

〔23〕抄贼：海盗。

〔24〕伏石：海中暗礁。

〔25〕海师：海船上领航的人。

〔26〕长广郡：地名，在今山东省即墨县西南。

〔27〕牢山：亦称崂山、劳山，在今山东省青岛市海边。

〔28〕就禅师出经律：时值印度僧人觉显由江陵到建康，二人便共同翻译佛经。

〔29〕三尊：佛教徒把佛、法、僧合称"三尊"，亦称"三宝"。

〔30〕疏：简要地写出来。

评析

《佛国记》又名《天竺国记》《法显传》等，为法显归国后根据自身西行取经经历写成，书中详细介绍了沿途各国的宗教地理、风土人情，保存了中亚诸国以及印度、斯里兰卡的诸多珍贵史料。本书节选的部分主要记述了法显的海上归国之旅。东晋义熙六年（410）初冬，法显携带大批佛教典籍和佛像，随商船从多摩梨帝国（今印度泰姆鲁克）出发，渡海到达狮子国（今斯里兰卡），在此停留抄经两年后，于东晋义熙七年（411）八月，搭乘一艘商船返回中国。归国途中，船只在海上遭遇狂风恶浪，随风漂流九十多天后，到达耶婆提国（今印度尼西亚国爪哇岛）。船队在此停留五个月后，起航驶向广州，途中再次遭遇风暴，船只迷失方向，只得任风浪飘摇，一直漂到长广郡牢山（今山东半岛即墨县崂山)。东晋义熙八年(412)七月十四日,法显由牢山登陆,并受到长广郡守的欢迎接待。次年夏天,法显由长广抵达建康(今南京)。在中国历史上,法显是第一个由西域向天竺,再由海路归国的取经者,其海上归国之旅,成为两晋时期海上丝绸之路的重要参照。

印度位于南亚次大陆,东临孟加拉湾,西临阿拉伯海,南面印度洋,三面环海的地理环境使海洋文化在印度文化中占据十分重要的地位,发源于印度的佛教由此与海洋产生了千丝万缕的联系。在佛教的世界观中,世界中心是须弥山,高八万四千由旬,日月星辰环绕而行,山外有七层山、七香水海相间环绕。第七山外,大海弥漫四方,海上漂有东胜神洲、南瞻部洲、西牛贺洲、北俱芦洲等四大洲,四大洲各有二中洲与五百小洲,而大海之外四周有铁围山环绕。这样一个由须弥山、四大洲、日月星辰等组成的区域构成一个单位世界。一千个这样的单位世界,名为"小千世界"。一千个小千世界,名为"中千世界"。一千个中千世界,则名为"大千世界"。《佛国记》中对狮子国"其国大在洲上,东西五十由延,南北三十由延。左右小洲乃有百数,其间相去或十里,或二百里,皆统属大洲"的描述,既是对斯里兰卡地理环境的客观描述,也是佛教世界观念与海洋观念在书中的主观映射。

就中国古代海洋文学的叙述视角而言,"闻"海洋、"望"海洋、"想象"海洋是最为基本的倾向。传统研究认为,直至明代《三宝太监西洋记通俗演义》出现后,"行"海洋的叙述视角方才进入中国海洋文学,尤其是中国海洋小说的创作视野。不过中国古代小说的起源极为复杂,在漫长的发展过程中,各体小说均经历了由叙述超现实内容向描绘人间现实世界的转变过程。早期的《山海经》《穆天子传》等地理博物类、神仙鬼怪类小说,虽然作者坚持按照实录态度进行创作,但其所述故事多为荒诞之谈。魏晋时期此类作品尤多,法显的《佛国记》虽没有其他志怪小说作者"发明神道之不诬"的创作动机,但其对于佛法灵异事件的笃信态度,则又与志怪小说的写作思路有着相同之处。可见,以

《佛国记》为代表的佛教经典不论创作动机还是写作方式，均可视作中国古代小说的重要发展源头。在这样的小说发展理念支撑下，《佛国记》中法显的海上归国之旅便使中国古代海洋小说中"行"海洋的叙述视角向前推进至东晋时期。《佛国记》中，法显对于大海"弥漫无边，不识东西""大浪相搏，晃然火色"的描摹，以及众人在与风浪搏斗时"命在须臾，恐船水漏，即取粗财货掷著水中"的一系列细致刻画，均已是作者亲身进入海洋后的描述与感触，而非早期《山海经》等作品中"渤海五山""海内十洲"式的虚构与想象。虽然身为佛教信徒的法显在叙述中依然有着强烈的佛法灵异色彩，但其对自身海上归国之旅的客观记述，则标志着中国古代海洋文学在逐步摆脱最初的"听闻""遥望"与"想象"后，开始"进入"海洋、"触摸"海洋，进而为中国古代海洋文学增添强烈的现实色彩，《佛国记》也由此成为中国古代海洋文学中里程碑式的作品。

（王双腾）

唐宋海洋笔记小说选

古镜记(节选)

王度[*]

隋汾阴[1]侯生,天下奇士也。王度常以师礼事之。临终,赠度以古镜,曰:"持此则百邪远人。"度受而宝之。镜横径八寸,鼻[2]作麒麟蹲伏之象,绕鼻列四方,龟龙凤虎,依方陈布。四方外又设八卦,卦外置十二辰位[3],而具畜[4]焉。辰畜[5]之外,又置二十四字,周绕轮廓,文体似隶,点画无缺,而非字书[6]所有也。侯生云:"二十四气[7]之象形。"承日照之,则背上文画,墨入影内,纤毫无失。举而扣之,清音徐引,竟日方绝。嗟乎!此则非凡镜之所同也。宜其见赏高贤,自称灵物。侯生常云:"昔者,吾闻黄帝铸十五镜,其第一,横径一尺五寸,法满月之数也。以其相差

---

[*] 王度(585?—625?),太原祁(今山西祁县)人。王绩之兄。隋大业年间任侍御史、芮城令,七年(611)罢归河东。八年(612)冬为著作郎,奉诏修国史。九年(613)秋出为芮城令,持节河北道。大业末年,欲撰《隋书》,遭逢丧乱,书未成而逝。

各校一寸，此第八镜也。"虽岁祀悠远，图书寂寞[8]，而高人所述，不可诬矣。昔杨氏纳环[9]，累代延庆，张公丧剑[10]，其身亦终。今度遭世扰攘，居常郁怏。王室如毁，生涯何地？宝镜复去，哀哉！今具其异迹，列之于后。数千载之下，倘有得者，知其所由耳。

大业[11]七年五月，度自御史罢归河东[12]，适遇侯生卒，而得此镜。……

大业十年，度弟勣自六合丞[13]弃官归，又将遍游山水，以为长往之策。度止之曰："今天下向乱，盗贼充斥，欲安之乎？且吾与汝同气[14]，未尝远别。此行也，似将高蹈[15]。昔尚子平[16]游五岳，不知所之。汝若追踵[17]前贤，吾所不堪也。"便涕泣对勣。勣曰："意已决矣，必不可留。兄今之达人[18]，当无所不体。孔子曰：'匹夫不夺其志矣。'人生百年，忽同过隙。得情则乐，失志则悲。安遂其欲，圣人之义也。"度不得已，与之诀别。勣曰："此别也，亦有所求。兄所宝镜，非尘俗物也。勣将抗志云路，栖踪烟霞[19]，欲兄以此为赠。"度曰："吾何惜于汝也。"即以与之。勣得镜遂行，不言所适[20]。

至大业十三年夏六月，始归长安。以镜归，谓度曰："此镜真宝物也。……游江南，将渡广陵扬子江。忽暗云覆水，黑风波涌。舟子失容，虑有覆没。勣携镜上舟，照江中数步，明朗彻底。风云四敛，波涛遂息。须臾之间，达济天堑。跻摄山[21]，趋芳岭。或攀绝顶，或入深洞。逢其群鸟环人而噪，数熊当路而蹲，以镜挥之，熊鸟奔骇。是时利涉[22]浙江，遇潮出海，涛声振吼，数百里而闻。舟人曰：'涛既近，未可渡南。若不回舟，吾辈必葬鱼腹。'勣出镜照，江波不进，屹如云立。四面江水，豁开五十余步。水渐清浅，鼋鼍散走，举帆翩翩，直入南浦。然后却视，涛波洪涌，高数十丈，而至所渡之所也。遂登天台[23]，周览洞壑。夜行佩之山谷，去身百步，四面光彻，纤微皆见。林间宿鸟，惊而乱飞。

"还履会稽[24],逢异人张始鸾,授勔《周髀》《九章》及明堂六甲[25]之事。与陈永同归。更游豫章,见道士许藏秘,云是旌阳[26]七代孙,有咒登刀履火之木。说妖怪之次,更言丰城县仓督[27]李敬慎家,有三女遭魅病,人莫能识。藏秘疗之无效。勔故人曰赵丹,有才器,任丰城县尉,勔因过[28]之。丹命祗承人[29]指勔停处。勔请曰:'欲得仓督李敬慎家居止。'丹遽命敬为主礼勔。因问其故。敬曰:'三女同居堂内阁子,每至日晚,即靓[30]妆炫服。黄昏后,即归所居阁子,灭灯烛。听之,窃与人言笑声。及其晓眠,非唤不觉。日日渐瘦,不能下食。制之下令妆梳,即欲自缢投井,无奈之何。'勔谓敬曰:'引示阁子之处。'其阁东有窗。恐其门闭,固而难启,遂昼日先刻断窗棂四条,却以物支拄之如旧。至日暮,敬报勔曰:'妆梳入阁矣。'至一更,听之,言笑自然。勔拔窗棂子持镜入阁照之。三女叫云:'杀我婿也。'初不见一物,悬镜至明,有一鼠狼,首尾长一尺三四寸,身无毛齿。有一老鼠亦无毛齿,其肥大可重五斤。又有守宫[31],大如人手,身披鳞甲,焕烂五色,头上有两角,长可半寸,尾长五寸以上,尾头一寸色白,并于壁孔前死矣。从此病愈。

"其后寻真[32]至庐山,婆娑[33]数月,或栖息长林,或露宿草莽。虎豹接尾,豺狼连迹,举镜视之,莫不窜伏。庐山处士苏宾,奇识之士也。洞明《易》道,藏往知来。谓勔曰:'天下神物,必不久居人间。今宇宙丧乱,他乡未必可止。吾子此镜尚在,足下卫[34],幸速归家乡也。'勔然其言,即时北归。便游河北,夜梦镜谓勔曰:'我蒙卿兄厚礼,今当舍人间远去,欲得一别,卿请早归长安也。'勔梦中许之。及晓,独居思之,恍恍发悸,即时西首秦路[35]。今既见兄,勔不负诺矣。终恐今灵物亦非兄所有。"

数月,勔还河东。

大业十三年七月十五日,匣中悲鸣,其声纤远。俄而渐大,若龙咆虎吼，良久乃定。开匣视之，即失镜矣。

注释

〔1〕汾阴：地名，今山西万荣县。

〔2〕鼻：镜背中央凸出带孔部位，称为钮，供系带悬挂或手持之用。

〔3〕十二辰位：十二生辰之位。

〔4〕具畜：全部配有动物图案。

〔5〕辰畜：与十二生辰相配的动物。

〔6〕字书：字典。

〔7〕二十四气：二十四节气。

〔8〕寂寞：没有记载。

〔9〕杨氏纳环：东汉人杨宝在九岁时救过一只受伤的黄雀，后梦见一黄衣童子自称西王母使者，为报救命之恩特意衔四个白环相赠，会让他子孙显贵，后果然应验。

〔10〕张公丧剑：西晋人张华看到天上有紫气，问朋友雷焕，雷焕认为是丰城地下宝剑的剑气，后果从丰城发现龙泉与太阿两把宝剑，张华得到其中一把。张华后被赵王伦所杀，宝剑不知去向。

〔11〕大业：隋炀帝年号（605—618）。

〔12〕河东：地名，唐以后泛指今山西全省。

〔13〕六合丞：六合，地名，今江苏南京市北部。丞，县令副职。

〔14〕同气：同胞兄弟。

〔15〕高蹈：隐居。

〔16〕尚子平：当为向子平，东汉人。相传向子平读《易经》，忽然长叹曰："吾已知富不如贫，贵不如贱，但未知死何如生耳？"然后便游五岳而去，不知所终。

〔17〕追踵：追随。踵，脚后跟。

〔18〕达人：旷达的人。

〔19〕抗志云路，栖踪烟霞：暗示其有隐居的志向。

〔20〕不言所适：不说到哪里去。

〔21〕跻摄山：跻，攀登。摄山，栖霞山，在今江苏省江宁县。

〔22〕利涉：顺利渡河。

〔23〕天台：天台山，今浙江省天台县北。

〔24〕会稽：县名，今浙江省绍兴市。

〔25〕《周髀》《九章》及明堂六甲：《周髀》指《周髀算经》，《九章》指《九章算术》，均为古代数学著作。明堂六甲，古代五行方术之一，即算命看风水之类。

〔26〕旌阳：即许询，因其做过旌阳县令，故世称许旌阳。传说其学得仙术后白日飞升。

〔27〕仓督：管理仓库的官吏。

〔28〕过：拜访。

〔29〕祇承人：仆人。祇，恭敬。

〔30〕靓：打扮。

〔31〕守宫：即壁虎。因其经常守伏在屋檐等处捕食虫蛾，故名。

〔32〕寻真：寻访仙人。

〔33〕婆娑：流连。

〔34〕足下卫：足以保护自己。

〔35〕西首秦路：西首，向西走。秦路，即陕西一代，此处代指长安。

评析

《古镜记》原载于《异闻集》，《太平广记》收录时改为《王度》。《古镜记》以一面直径八寸、相传为黄帝时铸造的灵异古镜为中心，以王度、王勣兄弟二人为线索，将十二个独立的小故事串联成一部完整有序、环环相扣的系列整体。汾阴奇士侯生将古镜赠予王度后，王度携此镜宦游各地，先除掉了千年道行的华山老狸，随后又在与薛侠的铜剑比光中获胜、出兼芮城令时，用宝镜铲除作恶多端的蛇精，又以宝镜之光治愈了陕东灾民的病患。此后王度之弟王勣借宝镜出游，旅途之中，王勣凭宝镜之光灭山精、擒水怪、除妖魅，宝镜所到之处，精怪尽皆降服。此后王勣在苏宾处士的劝说下回到故乡，将宝镜归还王度。但宝镜于大业十三年七月十五日神秘消失，不知所踪。王度作《古镜记》，意在感慨隋末纷乱腐败的社会现实，即文中所说的"今天下向乱，盗贼充斥"，希冀出现一面宝镜来救困扶危。尽管这一思想带有中国古代天人感应、天命至上的思想局限，但也表现出作者对在乱世中苦苦挣扎的普通民众的深切同情，以及救黎民于水火的崇高社会责任感。

在《古镜记》十二个独立的小故事中，本文节选的王勣以古镜平息海上波涛的故事，是《古镜记》乃至整个早期唐传奇中极具海洋韵味的情节。王勣沿扬子江而下，遇潮出海，面对"涛声振吼"的险境以及舟人的劝阻，王勣以镜照海，于是"江波不进，屹立如云。四面江水，豁开五十余步"，王勣由此平安到达目的地。入海之前，王勣在扬子江中同样以古镜平息风浪，最终化险为夷。两则故事不仅情节类似，并且篇幅、文笔均极为一致，因而可以当作一个整体进行考察。《古镜记》记述王勣由江入海的过程时，以"是时利涉浙江，遇潮出海"一笔带过，短短十个字中，显示的是隋末江海之间的通达。随着造船技艺的发展以及地理知识的丰富，这一时期的人们已经摆脱早期先民对于大海的畏惧情绪，开始进入大海、触摸大海。虽然大海深处依然充满未知，但近海区域已然被纳入人们的活动范围，以此为起点，华夏民族在眺望远洋的同时，踏上了走向深蓝的新征程。

中国古代小说发展至唐传奇时期，开始摆脱魏晋志人小说、志怪小说的"粗陈梗概"，进而"始有意为小说"。在这样的新型写作观念引导下，唐传奇的故事容量开始增大，具体到海洋描写时便出现了《古镜记》中"水渐清浅，鼋鼍散走""涛波洪涌，高数十丈"等极为细致的笔墨。《山海经》等早期海洋性较强的作品，对大海的描写往往一笔带过，与之相比,《古镜记》对于大海如此近距离的审视与描摹,便在中国古代海洋文学的发展中具有开拓性的意义。正是在《古镜记》此类新型写作方式的引导下,才出现了《柳毅传》等后期唐传奇作品中对于海底龙宫等海洋意象的细致刻画,中国古代海洋文学也由此达到了新的高度。

另一方面,唐传奇虽然并非如魏晋小说一般"发明神道之不诬",但"奇"与"怪"本身难以截然区分,既称"传奇",又岂能无奇闻怪事?但唐传奇毕竟将作品关注的重点与描写的笔触由虚幻缥缈的鬼怪神异拉回到真实生动的人间世界。《古镜记》中王勣以古镜平息海上波涛的情节,虽是灵异奇幻之笔,但也映射出古人征服海洋的强烈诉求。这一思想笼罩了整个中国古代海洋文学的发展过程,以法宝劈波斩浪的情节也在后世作品中屡见不鲜,如唐传奇《柳毅传》中主人公柳毅便以驱水珠分开水路进入龙宫,而清代《续子不语》中的《照海记》更是与《古镜记》一脉相承。我们没有必要以当今时代的科学眼光苛责古人,相反,以古镜、避水珠等一系列法宝背后所蕴含的战天斗地的不屈意志,才是先人留给我们的无价财富,在此引导下,中华民族必将走向大海、走向深蓝!

(王双腾)

萍州可谈·舶船航海法

朱彧[*]

甲令:海舶大者数百人,小者百余人,以巨商为纲首[1]、副纲首、杂事,市舶司给朱记[2],许用笞治其徒,有死亡者籍[3]其

---

[*] 朱彧,北宋人,生卒年不详,字无彧,一说无惑,自号萍州老圃,浙江乌程(今浙江吴兴县)人。其父朱服,元丰年间以直龙图阁历知莱、润诸州。其父出任广州帅期间,朱彧亦在此地为官。其母胡氏,乃常州世家大族。朱彧仕履生平皆不详,著有《萍州可谈》三卷,成书于徽宗宣和元年(1102)。

财。商人言船大人众则敢往，海外多盗贼，且掠非诣其国者，如诣占城[4]，或失路误入真腊[5]，则尽没其舶货，缚北人卖之，云："尔本不来此间。"外国虽无商税，而诛求，谓之献送，不论货物多寡，一例责之，故不利小舶也。舶船深阔各数十丈，商人分占贮货，人得数尺许，下以贮物，夜卧其上。货多陶器，大小相套，无少隙地。海中不畏风涛，唯惧靠阁[6]，谓之"凑浅"，则不复可脱。船忽发漏，既不可入治，令鬼奴持刀絮自外补之，鬼奴善游，入水不瞑。舟师识地理，夜则观星，昼则观日，阴晦观指南针，或以十丈绳钩，取海底泥嗅之，便知所至。海中无雨，凡有雨则近山矣。商人言舶船遇无风时，海水如鉴。舟人捕鱼，用大钩如臂，缚一鸡鹜为饵，使大鱼吞之，随其行半日方困，稍近之，又半日，方可取，忽遇风，则弃。或取得大鱼不可食，剖腹求所吞小鱼可食，一腹不下数十枚，枚数十斤。海大鱼每随船上下，凡投物无不啖。舟人病者忌死于舟中，往往气未绝便卷以重席，投水中，欲其遽沉，用数瓦罐贮水缚席间，才投入，群鱼并席吞去，竟不少沉。有锯鲨长百十丈，鼻骨如锯，遇舶船，横截断之如拉朽尔。舶行海中，忽远视枯木山积，舟师疑此处旧无山，则蛟龙也，乃断发取鱼鳞骨同焚，稍稍没水中。凡此皆危急，多不得脱。商人重番僧，云度海危难祷之，则见于空中，无不获济，至广州饭僧设供，谓之"罗汉斋"。

注释

〔1〕纲首：负责纲运之商人首脑。

〔2〕朱记：盖有红色印章的凭证。

〔3〕籍：没收。

〔4〕占城：即占婆补罗，越南古国。位于中南半岛东南部，北起今越南河静省的横山关，南至平顺省潘郎、潘里地区。

〔5〕真腊：又名占腊，为中南半岛古国，其境在今柬埔寨境内，是中国古代史书对中南半岛吉蔑王国的称呼。

〔6〕靠阁：搁浅。

评析

《萍州可谈》是北宋朱彧撰写的有关北宋时期典章制度、风土民俗及海上交通贸易等的笔记体著作。朱彧随其父朱服宦游，生平仕履不详，但依据书中所记"余在广州""余客沔鄂"云云，可以推断其所到甚广。《萍洲可谈》内容多是朱彧与其父的见闻杂记，涉及北宋时期南疆的诸多地理风貌、风俗人情、贸易往来等各个方面，其中对于广州蕃坊市舶之事记载尤为详细。

本篇所记述的内容乃北宋时期商人出海经商的相关状况，篇幅不长，但所涵盖的内容甚广，包括海舶的规模与装备，船员在海上的生活场景，以及海上所遭遇的风险等，为后人了解当时东西交通、海上航行、海外贸易等提供了翔实可靠的资料。

我国虽属内陆国家，但自古拥有发达的航海事业。北宋时期，随着造船技术、航海技术取得长足进步，我国的航海事业发展至新的高峰。从本篇记载可以看到，当时出海的船舶大者能容数百人之多，小者也能容百余人，深阔各数十丈，船体规模十分庞大。作为货船，其功能也很齐全，船底有专门用于贮货的隔间，而上部则是船员活动的空间。在航海装备上，各型船只已普遍配置指南针。早在战国时期人们已经发明司南，用于陆上堪舆测量。北宋时期，中国人开始将指南针用于航海，这对于海上交通的发展具有划时代的意义，从此舟师不再只是依靠天文现象来辨识方向，除了"夜则观星，昼则观日"这样古老的方法，在"阴晦"之时，可以凭借自己的发明在茫茫大海之上找到方向。作为一艘驶向海外的商船，船上所运"货多陶器，大小相套，无少隙地"。在我国古代，"海上丝绸之路"也被称作"海上陶瓷之路"，相较于陆地上的车马,海船运输量要大得多,而陶瓷沉重且易碎,从海上通道销往他国,一来可以降低成本,二来免受车马颠簸,减少损耗,进而谋得更多利润。如果说,汉唐是用马匹和骆驼让世界认识了古老的东方,那么宋人就是用风帆和海船把华夏文明运往世界的另一端。

在两千余年封建历史中,"重农抑商"观念一直是中国传统经济思想的主调,但经商所能带来的巨大利润又诱使相当一部分人不顾"农本商末"的偏见而弃农经商,海商所能获取的利润则在各种贸易形式中最为可观。北宋时期,我国航海贸易已经相当发达,从朱彧的记载可以看出,当时船员的分工十分明确,巨商可以担任纲首、副纲首以及杂事等职务,且经市舶司授权可以笞打管理船员,而底层船员则要不幸得多,一旦在海上遭遇不测,他们的财产就会被没收。船上还有专门负责修理船只的船员,他们水性极好,面对深不可测的大海,亦敢纵身一跃,潜入船底修补漏洞,这无异于以命相搏,无怪被称为"鬼奴"。船上生活条件也十分艰苦,货船一旦驶入大海,航行数十日乃至数月也未必能靠岸,缺水少粮当是常有之事。除出发前所储的干粮以外,最主要的食物来源便是海上捕鱼。大洋之中变幻莫测的气候,食物和淡水的缺乏,很容易导致疾病的产生,一旦病重,气还未绝便会被同行人投入水中,葬身鱼腹。可以猜测,除了"舟人病者忌死于舟中"的忌讳外,"有死亡者籍其财"的惯例也是原因之一。

巨大的利润必然伴随着巨大的风险,茫茫大海之中,处处暗藏着危机。"海盗"这一职业自古就有,专门劫掠海上失路之人,一旦走错航道,误入别国,所运之货就有可能尽被洗劫。虽然当时国际间尚未建立完善的商税制度,但依旧要向所到之国献送财物。尽管遭遇海盗、向外国献送货物会损失一部分财产,但是海上贸易利润极大,只要不是尽没财货,依然有利可图。向大海讨生活,相对"人祸"而言,更可怕的是"天灾"。货船多巨大而沉重,故而不惧风浪,但一旦搁浅,便再难前行。而对于科技水平还不够发达的古人来说,巨型海洋生物无异于海怪，一旦遭遇，很可能船毁人亡。人们无以应对，只好以断发和鱼鳞骨同焚后投入水中，虽不知是何道理，但这个传统却长时间保留，如清代袁枚《续子不语》中便同样记载用字纸灰来对付吞舟鱼的方法，但遇到这种状况，"多不得脱"，一把灰烬，并不能挽救他们的生命。古往今来，无数商船往来穿梭于茫茫大海，大海既承载着人们对财富的渴望，亦冷酷地吞噬着无数的生命。商人出海前通常会举行隆重的"海祭"活动，出海经商，无异是在与海、与天、与无数未知的风险博弈。一旦遭遇危险，便再难指望神灵庇佑，"饭僧设供"亦不过是心灵的慰藉。

在中国古代，海洋长期以来都被罩上了神秘的面纱，仙山、龙宫、神魔等奇观事物都被小说家们安置在远离中土、陌生疏离的大海之上，《萍州可谈》则是作者根据自身见闻记述而成，真实详细地记述了中国宋代有关典章制度、风土民俗及海上交通贸易等状况。在挣脱神怪灵异的束缚后，《萍州可谈》为我们展示出真实的海洋环境与航海生活，进而使中国古代海洋文学在宋代迈入真正的"信史"阶段。

（王双腾）

萍州可谈·海哥

朱彧

元祐间，有携海鱼至京师者，谓之"海哥"。都人竞观，其人以槛置鱼，得金钱则呼鱼，应声而出，日获无算。贵人家传召不少暇。一日，至州北李驸马园，放入池中，呼之不复出，设网罟百计，竟失之。李园池沼雄胜，或云三殿幸其第爱赏，以为披香[1]、太液[2]所不及。海哥，盖海豹也，有斑文如豹而无尾，凡四足，前二足如手，后二足与尾相纽如一。登、莱傍海甚多，其皮染绿，可作鞍鞯[3]。当时都下以为珍怪，蠢然一物，了无他能，贵人千金求一视唯恐后,岂适丁^[4]其时乎?

注释

〔1〕披香:即披香殿,汉代宫殿名。

〔2〕太液:即太液池,唐代皇家池苑。

〔3〕鞍鞯:指马鞍和马鞍下面的垫子。

〔4〕丁:当,遭逢。

评析

  中华文明以农耕文明为主,但炎黄子孙从不缺乏对大海的热情与向往。千百年来,中华儿女用自己的智慧与勇敢不断接近大海、探索大海、征服大海。宋代,造船技术与航海技术取得长足进步,随着海外贸易的繁盛,宋人的视野也逐渐开阔,海船与水手奋力揭开笼罩在大海之上的神秘面纱,海洋在宋人眼中不再是仙人的居所或妖魔的巢窠,而成为日常生活的一部分。

  宋代海洋捕捞业十分发达,各类海鱼、海鲜被端上餐桌,甚至以往被人们视作吞舟海怪的鲸鱼也成为宋人的盘中餐。鲜美的海鱼除了满足人们的口腹之欲外,一些人还发现了海洋生物的观赏、娱乐价值。甘冒风险驾船出海毕竟是少数人谋生的选择,而捕鱼捞虾、观海听潮又是海边居民独有的福利,大多数久居内陆的人们与海少有接触,因此对千奇百怪的海洋生物充满着好奇,于是有人从中寻找商机,从大海中捕捉海兽送至城市供人观赏。

  本文讲述的是一头宋代海豹的故事。元祐年间,有人将所谓"海哥"带入京都,放入栏杆内,只要观赏者肯掏出银两,海豹便会应声而出,展览者"日获无算"。这只"海哥"不仅吸引市民们争先观赏,甚至连包括驸马在内的京中权贵都传召不暇,可见"海哥"表演在北宋的都城相当有市场,最后这只"海哥"在李驸马园中展览时不知所踪。宋人王明清在《玉照新志》中也记载过一个相类似的故事。嘉祐末年，有人捕获一条巨鱼带入京师，名曰"海哥"，不仅市井百姓争相观看，甚至惊动皇宫大内，皇帝、后妃、大臣们也争先一睹为快，展览者"由是缠头赏赉，所获盈积"，最终也是在"李氏园"中表演时"海哥"失踪，不复可获。

这两则故事总体上大同小异，很有可能所记为同一件事，只是在时间上有所讹误，但总的说来，将海中珍奇动物运入京城供百姓权贵们赏玩，是有巨利可图的，这类事件在当时应当时有发生。朱彧在文中明确指出所谓"海哥"就是海豹，并详细记述了它的形貌："有斑文如豹而无尾，凡四足，前二足如手，后二足与尾相纽如一。"在登州、莱州沿海一带海豹甚多，京中之人为求一观不惜重金的海豹，在沿海居民眼中不过是用来制作鞍鞯的原材料。朱彧认为贵人们以千金"求一视唯恐后"的行为相当无聊，海豹不过"蠢然一物，了无他能"。这一方面体现出文人不同于寻常百姓或富豪权贵喜欢少见多怪的高雅情趣，另一方面也显示出朱彧步履甚远，见识广博，对于海洋生物十分熟悉，因而所谓的"海哥"表演在其眼中根本不值一哂。

南宋文学家楼钥曾赋诗言道："沧水海豹来京畿，系裙尧舜深恶之。"诗中表明宋人不仅会饲养海豹，还会驯化海豹，让它们穿上衣裙进行表演，增加趣味性。这种表演尽管新奇有趣，为百姓所喜爱，但与朱彧一样，楼钥对此"深恶之"。甚至有好事文人对被捕获的海豹表示同情，借海豹之口作词曰："海哥风措。被渔人、下网打住。将在帝城中，每日教言语。甚时节、放我归去。龙王传语。这里思量你，千回万度。螃蟹最恓惶，鲇鱼尤忧虑。"根据以上种种记载，我国饲养海豹、驯养海豹的历史最迟始于一千多年以前的宋代。尽管文人们时有微词，但无论如何，海洋生物已经渗入了宋人的日常生活，为本来就热闹非凡的宋代都城，增添了一份来自海洋的欢乐。另一方面，根据《萍洲可谈》等相关记载，宋代山东半岛、辽东半岛一带依然是海豹等海洋生物的乐土，但今日这些地区已鲜见海豹的踪影。若想一睹海豹的风采，我们又不得不像朱彧在文中所戏谑的"都人"那样以重金前往动物园观赏。千百年后再现往昔情景，是嘲讽，也是无奈，《萍洲可谈》等古代海洋文学作品也由此警示着，今天的我们在发展海洋经济的同时，同样有责任保护好海洋生态。

（王双腾）

萍州可谈·东坡处忧患

朱彧

东坡元丰间知湖州[1]，言者以其诽谤时政，必致死地，御史台遣就任摄之，吏部差朝士皇甫朝光管押。东坡方视事，数吏直入上厅事，摔[2]其袂曰："御史中丞召。"东坡错愕而起，则步出郡署门，家人号泣出随之。弟辙适在郡，相逐行及西门，不得与诀，东坡但呼："子由，以妻子累尔。"郡人为之泣涕。下狱即问五代有无誓书铁券，盖死因则如此，他罪止问三代。东坡为一诗付狱吏，他日寄子由，其诗曰："圣主如天万物春，小臣愚暗自亡身。百年未满先偿债，十口无归更累人。是处青山可埋骨，他时夜雨独伤神。与君世世为兄弟，更结来生未了因。"狱吏怜之，颇宽其苦楚。狱成，神考薄其罪，止责散官，安置黄州[3]。元祐中，复起为两制用事。绍圣初，贬惠州[4]，再窜儋耳[5]。元符末，放还，与子过乘月自琼州渡海而北，风静波平，东坡叩舷而歌，过困不得寝，甚苦之，率尔曰，"大人赏此不已，宁当再过一巡。"东坡矍[6]然就寝。余在南海，逢东坡北归，气貌不衰，笑语滑稽无穷，视面多土色，厣耳不润泽。别去数月，仅及阳羡[7]而卒。东坡固有以处忧患，但瘴雾之毒，非所能堪尔。

注释

〔1〕湖州：地名，今浙江省湖州市。北宋时期属两浙路十二州之一。

〔2〕捽：揪，抓。

〔3〕黄州：地名，今湖北省黄冈市。北宋熙宁五年（1072）后属淮南西路。

〔4〕惠州：地名，今广东省惠州市。

〔5〕儋耳：地名，今海南省儋州市。

〔6〕矍然：惊慌失措的样子。

〔7〕阳羡：地名，今属江苏常州。

评析

据《萍州可谈》所记，朱彧父子与苏轼渊源颇深，他们二人曾与苏轼交游，苏轼获罪后，朱彧之父朱服连坐贬官。但朱服并非元祐党人，并与苏轼的弟弟苏辙之间有嫌隙，并且与苏轼的政敌舒亶、吕惠卿等人交好。朱彧在这本书中，对二苏兄弟颇有微词，而对舒吕等人则常常扭曲事实为之辩护。这一行为未必是朱彧的真实想法，但为了回护其父，不得不回护其父党而贬损元祐党人。本书所选《东坡处忧患》一文讲述了苏轼人生中至关重要的两件事——乌台诗案与谪居岭南，但朱彧在文中只是如实记载事件始末，并未明确流露其对苏轼的态度。

宋神宗年间，朝廷内部党争愈演愈烈，宋神宗急于做出改变，起用性格颇为独断的王安石开始变法。苏轼出任湖州期间看到了底层百姓因新法的诸多弊端而遭受的种种痛苦，因此常常写诗作文替百姓表达悲愤之情。元丰二年（1079），苏轼所作《湖州谢上表》被御史台的官员大做文章，从中摘引相关文字弹劾苏轼"愚弄朝廷，妄自尊大"，又从苏轼所作诗歌中潜心钻研，上奏举报苏轼"包藏祸心，怨望其上"。皇帝震怒，派出钦差皇甫朝光缉拿苏轼。据朱彧所记载，前来抓捕苏轼的差官气势汹汹，径直闯入州衙。太守府衙乱作一团，苏轼甚至来不及与家人诀别便被押走。苏轼知自己此行前途渺茫,实难幸免,故而临走前急急将妻儿托付于弟弟苏辙。苏轼被捕后,在御史台的监狱里度过了一百多个日夜,经多方营救终被赦免,"乌台诗案"尘埃落定,苏轼却开始了几经沉浮的宦海生涯。

苏轼曾以一首诗对自己的一生作出总结:"问汝平生功业,黄州惠州儋州。"黄州、惠州、儋州这三个地方是苏轼一再贬谪的路标,一处比一处荒凉,一次比一次绝望。62岁谪居惠州的苏轼已经走到了人生暮年,却接到一纸诏书被贬往古称"南荒"的儋州。风烛残年,万里投荒,当一片孤帆载着苏轼父子驶向茫茫大海时,苏轼依旧云淡风轻地吟唱着"莫嫌琼雷隔云海,圣恩尚许遥相望"。当面对这片从未踏足的海外孤岛时,其异域景象让苏轼倍感新奇,丝毫不在意他还在遭受贬谪的厄运之中,留下了许多吟诵大海的诗句。

谪居儋州期间,苏轼已经做好了终老于海南岛的准备,他给弟弟苏辙的信中有这样两句:"他年谁作舆地志,海南万里真吾乡。"岂料在这个海外蛮荒之地熬磨三年之后,苏轼竟然接到了朝廷大赦的诏令。朱彧在文章中记载了苏轼父子在北归途中一个颇为有趣的小故事。当苏轼与儿子苏过自琼州渡海而北时,一天夜晚,大海之上风平浪静,月色甚佳,苏轼一时起兴,叩弦而歌。经过多日海上颠簸,苏过显然没有父亲这样的雅兴,于是半是委婉半为调侃地说道:"大人赏此不已,宁当再过一巡。"苏轼一听立马就寝。暮年被贬,又意外放还,苏轼面对无边的海水和有限的生命,喜耶?忧耶?我们无从知晓,苏轼将自己的心情藏在了那一夜的海水和明光之中。

朱彧在东坡去世前数月再一次见到了他,尽管苏轼气貌不衰,也并无被贬谪后的恢颓,言谈之间依旧豁达爽朗,但朱彧已经敏感地察觉到苏轼面带土色,其脸颊、耳朵不再丰润,显然已是病态。不久后苏轼果然病死于常州。朱彧认为,尽管东坡能够在忧患之中随遇而安,但依然经受不住海外瘴雾之毒。惠州、儋州极靠南,又在大海之畔,为瘴雨蛮烟之所，对古代文人来说，被贬往海南，无异于走向死地，这是仅比处死稍低一等的刑罚。在儋州，苏轼面对当地恶劣的气候条件发明养生三法，即晨起梳头、中午坐睡和夜晚濯足，但这三法并未让他实现长寿的愿望。毕竟这大海之上的瘴雾，不是一个久居内陆、年事已高的老人所能对抗的。在惠州时，苏轼就曾以"玉骨那愁瘴雾，冰肌自有仙风"悼念不惧瘴厉，随他贬谪岭南，最终死于瘟疫的亡妾朝云。当我们在千年之后称赞着苏轼的豁达超迈和朝云的飘逸情深之时，自然的冷酷与人类的渺小同样令人慨叹。

（王双腾）

萍州可谈·琼管无登第士

朱彧

琼管四郡在海岛上，士人未尝有登第者。东坡责儋耳[1]，与琼人姜唐佐[2]游，喜其好学，与一联诗云："沧海何尝断地脉，白袍端合破天荒。"东坡语姜云："俟他日有验，当续成篇。"崇宁兴学，丕冒[3]海隅，四郡士人亦向进，虽垦辟[4]已久，恐卤瘠[5]终无嘉谷[6]尔。

注释

〔1〕儋耳：地名，即儋州，在今海南省境内。

〔2〕姜唐佐：生卒年月不详，字君弼，海南琼山人，宋朝文学家。海南历史上第一个举人。宋哲宗元符二年（1098）九月至次年（1100）三月从学于苏轼。

〔3〕丕冒：广被，大范围地波及。

〔4〕垦辟：开垦。

〔5〕卤瘠：土地因含盐碱而瘠薄。

〔6〕嘉谷：古以粟（小米）为嘉谷，后为五谷的总称。

评析

　　《萍州可谈》一书中有大量跟苏轼有关的记载。朱彧对苏轼的情感较为复杂，一方面，朱彧父子都曾与苏轼交游，但是其父朱服与苏轼的政敌舒亶、吕惠卿等人更为亲近，因而在书中，朱彧对苏轼、苏辙兄弟多有微词；另一方面，由于苏轼的文人风骨和人格魅力太过强大，与苏轼有过交往的朱彧，常在记述中不经意地流露出赞赏与崇敬之情。本书所选《沧海何尝断地脉》一文讲述的是苏轼被贬儋州之后，对当地教育事业所作出的开化之功。

　　宋哲宗绍圣四年（1097），谪居惠州不久的苏轼接到一纸诏书，席不暇暖便又被贬至儋州。据陆游《老学庵笔记》记载，宰相章惇之所以选择儋州作为苏轼的贬所，是因为苏轼字子瞻，而"瞻"与"儋"在字形上相似。这个理由近乎荒诞，但此时已经年过花甲的苏轼却不得不再次启程，前往一个海天之外的蛮荒凶险之地。在久居内陆的古人心中，大海是那样的辽阔无际，对岸又是那样的遥不可及，一旦海陆相隔，几乎再无相见之日。据说在宋代，放逐海南的惩罚仅仅略轻于满门抄斩。风烛残年，万里投荒，苏轼知道此行归期无望，临行前便做好了终老于此的准备，其在给朋友的信中写道："今到海南，首当作棺，次当作墓。乃留手疏与诸子，死则葬海外。"而苏轼又是一个天性随遇而安之人，既然命运将他投到了这个"非人所居"的南荒之地，他便心安理得、气定神闲地过上了岛民生活。苏轼谪居儋州的三年里，不仅没有陷溺在仕途的不顺与现实的窘迫中难以自拔，反而笔耕不辍，创作了诗歌170余首，文章160余篇，其中有大量与海洋相关的诗词文章。面对着从未涉足过的海外异域风光，苏轼不吝笔墨地吟咏。"莫作天涯万里意，溪边自有舞雩风"，原本一场不幸的放逐，竟被苏轼于淡然之中演绎成一次意性盎然的游历。

宋代的儋州乃化外之地，尽管科举到宋朝已经实行数百年，然而此前海南从没有人中过功名，自然也没人在中原为官。苏轼被贬谪到海南以后，不遗余力地向当地百姓们传播发达的中原文明，与海南士子一起书写出"白袍端合破天荒"的传奇。在苏轼培养的海南学子中，颇有几位好学上进的得意门生，来自琼山府的姜唐佐便是其中之一。他此前参加过几次科举考试，可惜屡试不第，最根本的原因还是在于当时的海南岛孤悬海外，远离中原文明，没有名师传道授业。得知苏轼来到海南后，姜唐佐立马赶来拜师并侍奉左右，终得苏轼真传。苏轼称赏他的文章"文气雄伟磊落，倏忽变化"，言行"气和而言道，有中州人士之风"。在姜唐佐前往广州应考之前，苏轼在他的扇子上写下"沧海何曾断地脉，白袍端合破天荒"，并许诺其此行若能登科，当为他"续成篇"。不久，姜唐佐果然中举，成为儋州历史上第一个举人。崇宁二年（1103），姜唐佐在汝阳遇到了苏辙，得知苏轼已经去世，为完成昔日的承诺，苏辙为其补足赠诗："生长茅间有异芳，风流稷下古诸姜。适从琼管鱼龙窟，秀出羊城翰墨场。沧海何曾断地脉，白袍端合破天荒。锦衣他日千人看，始信东坡眼力长。"

朱彧记载这则故事时用笔十分俭省，只说到苏轼赠诗，并未写唐佐中举等事，文末几句也颇有些冷语嘲讽的意味。崇宁年间，宋徽宗大兴学业，连偏远海角也受到泽被。朱彧认为，虽然四郡士人都有心向学，但终如瘠薄的盐碱之地，即便开垦已久也难以生长五谷。事实上，姜唐佐中举之后，并未在科举这条道路上一直走下去，而是回到海南开办学堂，将老师播撒的文明火种在海南一直传承下去。有了姜唐佐的"破天荒"，海南自宋到清，共出举人767人、进士987人。海南人民也对苏轼充满了感激，《琼台纪事录》载："宋苏文忠公之谪儋耳，讲学明道，教化日兴，琼州人文之盛，实自公启之。"苏轼的这次流放，对于他个人命运来说，无疑是不幸的，然而对于海南百姓来说，却是一场大幸。面对生命中的无端风霜,苏轼没有怨天尤人,而是像以往一样,每到一处贬地,就用自己超凡的才华、卓绝的能力和一颗爱民之心,让当地的百姓受益无穷。即便是被滔滔海水隔绝海外的儋州,苏轼之后,也终于在精神文明上与华夏大地紧紧相连。

(王双腾)

岭外代答·木兰皮国

周去非*

大食国[1]西有巨海。海之西,有国不可胜计,大食巨舰所可至者,木兰皮国[2]尔。盖自大食之陀盘地国[3]发舟,正西涉海一百日而至之。一舟容数千人,舟中有酒食肆、机杼之属。言舟之大者,莫木兰若也,今人谓木兰舟,得非言其莫大者乎?木兰皮国所产极异,麦粒长二寸,瓜围六尺,米麦窖地数十年不坏,产胡羊高数尺,尾大如扇,春剖腹取脂数十斤,再缝而活,不取则羊以肥死。其国相传又陆行二百程,日暑长三时。秋月西风[4]忽起,人兽速就水饮乃生,稍迟,以渴死。

注释

〔1〕大食国:中国唐、宋时期对阿拉伯人、阿拉伯帝国的专称和对伊朗语地区穆斯林的泛称。

〔2〕木兰皮国:外国名,Almoravide的谐音,11世纪后叶至12世纪

---

* 周去非,字直夫,温州永嘉(今浙江温州永嘉县)人,南宋隆兴元年(1163)进士。约生于南宋高宗绍兴三年(1133)至五年(1135),约卒于南宋孝宗淳熙十四年(1187)至十六年(1189)。早年受教于理学大师张栻,后官至绍兴府通判。

中叶存在于非洲西北部及西班牙南部。

〔3〕陀盘地国：外国名，Dimiath 的谐音，位于埃及尼罗河东支口塞得港以西之地。

〔4〕西风：来自撒哈拉沙漠的热风。

评析

广西在中国历史上开发较晚，民族众多，风俗各异，加之地处偏远，中原人对其较为陌生，正史及地方志中关于广西的记载多为政区沿革等宏观内容，而缺乏对广西地区内部的深入考察。范成大的《桂海虞衡志》可视为反映广西全貌的开山之作，但其只有三卷，内容较为单薄。周去非的《岭外代答》恰好填补了这一空白。周去非一生之中曾两次在广西钦州担任教授，前后共计六年时间，身处岭南期间，周去非将其亲身经历以及耳闻目睹"随事笔记"，同时借鉴前人范成大《桂海虞衡志》等资料，最终写成《岭外代答》一书。《岭外代答》共计十卷，分作二十门，详细记述了南宋时期广西的政治、经济、军事、风俗人情、地理物产等各方面内容，成为后人了解广西历史的重要资料。除此之外，《岭外代答》中存有《外国门》上、下两卷，总计二十四篇作品。《外国门》记载了南海及印度洋周围四十余国，其中详细记载的有二十余国，成为了解南海、南亚、西亚、东非、北非等地区古国史的重要资料，并且对了解宋代中西海上交通有着极高的借鉴价值。具体而言，《外国门》上卷中的国家距我国较近，且通过陆路或海路与我国有着通商或朝贡关系。《外国门》下卷中的国家则距我国较远，关系相对疏离，除大秦国（罗马帝国）与大食诸国（阿拉伯诸国）中的麻离拔国（今印度马拉巴尔海岸东）外，其他国家与我国没有通商或朝贡的记载。

本文出自《外国门》下卷。"木兰皮国"即公元 1061 年至 1147 年存在于北非与西班牙南部之间的穆拉比特王朝，该王朝中心区域在今摩洛哥，以马拉喀什（今摩洛哥西部）为首都，以塞维利亚（今西班牙南部)为陪都。文中开篇所提"大食国"即阿拉伯诸国,其西巨海即为地中海。其后所记木兰皮国中的诸多奇闻趣事则有实有虚。如"麦粒长二寸,瓜围六尺,米麦窖地数十年不坏,产胡羊高数尺,尾大如扇,春剖腹取脂数十斤,再缝而活,不取则羊以肥死",明显为道听途说之辞。而"其国相传又陆行二百程,日暮长三时"的记述则为事实,"日暮长三时"指昼长仅六小时,如果由西班牙向东北沿陆路而行,约二百程可到达波罗的海北部沿岸,此处地处高纬度,冬季昼长六小时,当为客观实际。造成《岭外代答》所记有虚有实的原因在于周去非创作时的资料来源,周去非一生三度在广西为官,并且两次出任钦州教授,长期的生活经历使其对广西地区的风土人情有着极为深入的了解,因而《岭外代答》中关于广西的记述便颇为可信。但《外国门》上、下两卷的资料来源不同,依据现有资料可见,周去非本人没有出国经历,也并未在市舶司或礼部主客司任职,其作《外国门》虽是其留心外域、勤访博问的硕果,但缺乏实际考察,而仅仅凭借船商或译者之口进行转述,这样的创作方式便难免出现以讹传讹的纰漏。白璧虽有微瑕,但一个未曾走出国门的局外人,竟能有条不紊地记录下万里之遥的异国情状,在中外文学史上依然堪称奇迹。

中国自古有着发达的史官系统,自《史记》而绵延不绝的"二十四史"成为了解古代中国的最为可靠的凭借。但诸部正史虽然均为鸿篇巨制,但因其内容包罗万象而在某些方面缺乏较为细致的刻画与分析。以海洋为例,虽然从《史记》开始便不乏对海外诸国以及外来客商的记载,但或求大求全而流于表面,或只言片语而难窥全貌,可见,正史记载虽足以证明我国有着辉煌而久远的海洋文明,但终因缺乏细节而失于鲜活。与正史系统相辅相成的是笔记系统,笔记孕育于先秦,经过汉代与魏晋的发展,至唐宋时期趋于成熟。宋代笔记不仅数量庞大,并且题材广泛,涉及文学、史学、政治、经济、法律、科技等方方面面;更为重要的是,宋代笔记作者多为朝廷官员,有着较高的文化修养,常常对所记内容详加考证，因而其所作笔记保存了极为丰富的史料，并且可信度极高，其中有着很多正史疏于记载或不便记载的内容，在这一情况下，笔记便成为正史的有效补充。《岭外代答》作为此类创作的代表，周去非以其生花之笔还原出南宋时期海外诸国的异域风情，使我国古代海洋文明于大气磅礴之中平添几分细腻与生动。

（王双腾）

岭外代答·东南海上诸杂国

周去非

东南海上有沙华公国[1]。其人多出大海劫夺，得人缚而卖之阇婆[2]。又东南有近佛国[3]，多野岛，蛮贼居之，号麻啰奴[4]。商舶飘至其国，擒人以巨竹夹而烧食之。贼首钻齿，陷以黄金。以人头为食器。其岛愈深，其贼愈甚。又东南有女人国，水常东流，数年水一泛涨，或流出莲肉，长尺余。桃核长二尺。人得之则以献于女王。昔尝有舶舟飘落其国，群女携以归，数日无不死。有一智者，夜盗船亡命得去，遂传其事。其国女人，遇南风盛发，裸而感风，咸生女也。

注释

〔1〕沙华公国：古国名，位于今南海诸岛，疑为爪哇岛。
〔2〕阇婆（dū pó）：古国名，位于今爪哇岛与苏门答腊岛。
〔3〕近佛国：古国名，位于今苏门答腊岛。
〔4〕麻啰奴：南海部落名称。

评析

　　南宋周去非所作《岭外代答》是一部带有历史地理性质的笔记体著作，其中的《外国门》上、下两卷记录了涉及东南亚、南亚、西亚以及东非、北非地区四十余国和地区的历史、地理、交通、风俗、物产等情况，所记地域北起安南（今越南），南至阇婆（今爪哇），东至女人国（今印度尼西亚东部），西方则包括大食（阿拉伯）诸国，还包括木兰皮（在今西班牙南部及非洲西北部）和非洲东岸的昆仑层期国（今桑给巴尔）。

　　本文出自《岭外代答·外国门》的下卷。文中所记"沙华国"，现今所在地说法不一，较为可信的说法是今加里曼丹岛东南的塞布库岛，另有菲律宾的巴拉望岛、苏禄岛或棉兰老岛西南端等。"近佛国"当为"佛逝国"之讹误，现今所在地同样众说纷纭，通行的说法认为在今马来西亚沙捞越州。"麻啰奴"为近佛国中部落族名，同样在今加里曼丹岛西北部沙捞越州，但因部落居住地分散，又有居住于棉兰老岛之说。"女人国"，一种说法认为位于今印度尼西亚东部；但多数研究者认为，如果不将其解释为母系氏族部落，那么"女人国"当同《山海经》《马可·波罗游记》等类似记载一样视为传说。《岭外代答》中对于"沙华国""近佛国"等海外诸国的记载，虽然仍存有较多讹误，却无法由此否认作者记述时的"征实"态度，这与《山海经》等早期文献中浓厚的神异色彩相比，已是完全不同的创作方式。以《岭外代答》为代表，中国古代海洋文学在宋代最终摆脱神鬼怪异的束缚而进入了客观理性的创作阶段，这一本质上的飞跃与南宋时期特殊的政治、经济环境密切相关。靖康之难后，南宋朝廷偏安一隅，由于国土面积大幅减少，在经济上不得不面向海洋发展，以对外贸易作为财政主要收入来源；另一方面，南宋时期科学技术，特别是造船工艺与航海技术的进步，在客观条件上使朝廷积极发展海外贸易的方针成为可能，由此在多方面因素的促成下，南宋时期海外贸易迅速发展，航海经历的增加使人们对于海外世界的知识远较汉唐丰富详赡，中国古代海洋文学也由此进入了新的发展阶段。

中国传统的地理民族观念以《礼记·王制》为代表，即"东方曰夷，被发文身，有不火食者矣。南方曰蛮，雕题交趾，有不火食者矣。西方曰戎，被发衣皮，有不粒食者矣。北方曰狄，衣羽毛穴居，有不粒食者矣。"北宋时期，面对强大的契丹、西夏政权，带有民族主义色彩的"夷夏之辨"的思潮开始兴起，而在偏安一隅的南宋时期，金占据着中原，民族危机更趋严重，"夷夏之辨"愈发成为文人清议的主题。但在"夷夏之辨"风行整个社会的背后，随着政治中心、经济中心的南移，南宋对于广西等岭南地区的开发与管理日渐加强，沈晦、张孝祥、范成大、张栻等大批士人前往广西担任地方长官。在这种情况下，原属"南蛮"的岭南地区开始真正走进南宋士人的视野，并逐渐被纳入"华夏"的边界之内，在心理上真正成为中华民族的一部分，这些"夷夏之辨"所悄然发生的深层次变化在周去非的《岭外代答》中得到直接反映。《岭外代答》共计十卷二十门，在体例上已基本完成了"蛮"与"外国"的区分，即以《蛮俗门》记录境内少数民族，而以《外国门》上、下两卷记录海外其他民族，虽然这一区分尚不彻底，例如《外国门》下卷中的《西南夷》一文便仍是西南地区各少数民族，但透过"蛮"与"外国"的分门别类，我们可以看到南宋时期国人地域观念、民族观念在潜移默化之中发生的变化。随着人们视野的拓展，"沙华国"等"东南海上诸杂国"以及更远处的"大食国""大秦国"开始由古代典籍中的传说一个个变为现实，在与这些异域诸国的交流过程中，原本被中原文明所排斥的"蛮"开始被人们在心理上视作自己的同胞，中华民族也由此开始了新一轮的民族大融合。而推动南宋时期这一历史性变革的恰恰是中华海洋文明的发展。回望夏商周时期，以农业为代表的大陆文明使炎黄子孙扎根于黄河流域，但大陆文明的内向型又限制了华夏儿女向外拓展的脚步，中原文明虽登峰造极却又陷入故步自封的窘境，而南宋时期海洋文明在多种因素的作用下取代大陆文明成为社会的主流形态后，国人也开始由千百年的面朝黄土背朝天转而放眼海外，在这一文明转型之中，各种新的文化元素开始融入中国社会的各个层面之中，中华文明也由此在南宋时期完成了新一轮的升级。植根沃土可解衣食之忧，拥抱海洋才能真正走向成熟，南宋海洋文明的辉煌，使中华文明历千百年之演进后最终"造极于赵宋"。

（王双腾）

梦粱录·江海船舰

吴自牧*

浙江[1]乃通江渡海之津道，且如海商之舰，大小不等，大者五千料，可载五六百人；中等二千料至一千料，亦可载二三百人；余者谓之"钻风"，大小八橹或六橹，每船可载百余人。此网鱼买卖，亦有名"三板船"。不论此等船，且论舶商之船。自入海门，便是海洋，茫无畔岸，其势诚险。盖神龙怪蜃[2]之所宅，风雨晦冥时，惟凭针盘而行，乃火长掌之，毫厘不敢差误，盖一舟人之命所系也。愚累见大商贾人，言此甚详悉。若欲船泛外国买卖，则自泉州便可出洋，迤逦[3]过七洲洋，舟中测水，约有七十余丈。若经昆仑、沙漠、蛇龙、乌猪等洋，神物多于此中行雨，上略起朵云，便见龙现全身，目光如电，爪角宛然，独不见尾耳。顷刻大雨如注，风浪掀天，可畏尤甚。但海洋近出礁则水浅，撞礁必坏船。全凭南针，或有少差，即葬鱼腹。自古舟人云："去怕七洲，回怕昆仑。"亦深五十余丈。又论舟师观海洋中日出日入，则知阴阳；验云气则知风色逆顺，毫发无差。远见浪花，则知风自彼来；见巨涛拍岸，则知次日当起南风；见电光则云夏风对闪。如此之类，略

---

* 吴自牧，生卒年不详，南宋钱塘（今浙江杭州）人。著有《梦粱录》二十卷。

无少差。相水之清浑,便知山之近远。大洋之水,碧黑如淀;有山之水,碧而绿;傍山之水,浑而白矣。有鱼所聚,必多礁石,盖石中多藻苔,则鱼所依耳。每月十四、二十八日,谓之"大汛等日分",此两日若风雨不当,则知一旬之内,多有风雨。凡测水之时,必视其底,知是何等泥沙,所以知近山有港。若商贾止到台、温、泉、福买卖,未尝过七洲、昆仑等大洋,若有出洋,即从泉州港口至岱屿门,便可放洋过海,泛往外国也。其浙江船只,虽海舰多有往来,则严、婺、衢、徽等船,多尝通津买卖往来,谓之"长船等只",如杭城柴炭、木植、柑橘、干湿果子等物,多产于此数州耳。明、越、温、台海鲜鱼蟹鲞[4]腊等类,亦上悬通于江、浙。但往来严、婺、衢、徽州船,下则易,上则难,盖滩高水逆故也。江岸之船甚夥[5],初非一色;海舶、大舰、网艇、大小船只、公私浙江渔捕等渡船、买卖客船,皆泊于江岸。盖杭城众大之区,客贩最多,兼仕宦往来,皆聚于此耳。

注释

〔1〕浙江:即钱塘江,位于浙江省境内,因江流曲折,故又称之江、折江、浙江。

〔2〕蜃:中国神话传说中的一种海怪。

〔3〕迤逦(yǐ lǐ):渐次,逐渐。

〔4〕鲞(xiǎng):本义为剖开晾干的鱼,后泛指成片的腌腊食品。

〔5〕夥(huǒ):多。

评析

《梦粱录》为南宋灭亡后吴自牧回忆昔日钱塘繁华景象而作,全书共二十卷,详细记述了南宋社会人物、饮食、道路、宫殿、节日、风俗等方方面面,正如吴自牧在自序中所言:"凡临安时序土俗、坊宇游戏之事，罔不毕载。"《梦粱录》创作动机、作品体裁均与孟元老所著《东京梦华录》极为相似，两部回忆录合为双璧，堪称后世了解两宋社会的"百科全书"式作品。

本文出自《梦粱录》第十二卷，文中详细介绍了南宋近海贸易与远洋贸易所使用的造船技艺与航海技术。南宋时期浙江等重要水道中的船只不仅数量众多，并且根据各自功能不同而大小各异，大者稳如泰山，可载数百人于大洋之中劈波斩浪；小者急如钻风，可在大船之间穿梭飞驰。商船出海之后，即便茫茫大海充满未知，但航海者凭借指南针等航海工具，以及海水颜色、海上日出日落等航海知识依然劈波斩浪、所向披靡。纵观中国古代海洋文学的发展历程，《梦粱录》中对于海上航行的诸多描写虽然依旧夹杂"若经昆仑、沙漠、蛇龙、乌猪等洋，神物多于此中行雨，上略起朵云，便见龙现全身，目光如电，爪角宛然，独不见尾耳"等充满神异色彩的描写，但此类神怪笔墨已逐步让位于"海洋近出礁则水浅，撞礁必坏船。全凭南针，或有少差，即葬鱼腹"等对于航海生活的客观描述。这一转变显示出，随着宋代造船工艺与航海技艺的发展，人们在深入海洋进行探索的过程中已经可以用科学客观的态度来审视海洋，从上古时期就已笼罩在人与大海之间的神秘面纱逐步褪去，与此相适应，中国古代海洋文学逐步摆脱《山海经》中神异灵怪式的想象与虚构，开始迈入《梦粱录》等科学客观的理性描述，进而为中国海洋文学迈入新的发展阶段奠定了坚实的基础。

文章后半段写道："有出洋，即从泉州港口至岱屿门，便可放洋过海，泛往外国也。""明、越、温、台海鲜鱼蟹鳖腊等类，亦上悍通于江、浙。"此类记述是对南宋社会水上贸易的生动反映。绍兴和议签订后，南宋政权逐步稳固，随着社会的稳定与经济的发展，南宋造船水平慢慢恢复至北宋时期的水平，并完成进一步的超越，以精湛的造船工艺为支撑，水上贸易成为南宋经济收入的重要来源。具体而言，南宋的水上贸易可以分为内河漕运与远洋贸易两部分，内河漕运主要包括京杭大运河南段、长江干支流等江南水道以及南方近海海路；远洋贸易则以泉州港为母港，向东到达朝鲜、日本，向南遍及东南亚诸国，向西经马六甲海峡到达印度、斯里兰卡，最远可穿越印度洋辐射至非洲东海岸。内河漕运将中国内地生产的丝绸、瓷器运至泉州等海上港口，然后经由远洋商船销往海外，而远洋商船由海外带回的黄金白银、奇珍异宝，再由内河漕运运往中国内地，正如西方学者统计，南宋时期的对外年贸易量，已超越同年世界上其他国家的总和，在内河漕运与远洋贸易的相互贯通之下，南宋社会成为中国历史上前所未有而又名副其实的水上社会。事实上，靖康之难后，南宋政权被逼至华夏大地的角落，无奈之中被迫偏安一隅。如果放在南宋之前的任何时代，退无可退之后背海立国，其结果必然是政权的毁灭，但在南宋时期，中国的科学技术恰好发展至新的高度，改良之后的指南针被应用于日益坚固的船舶之上，大规模的远洋贸易由此在中国历史上第一次成为可能，以此为基础，南宋社会转身面对海洋，最终向海而生。可以说，如果没有南宋背海立国的窘境，即便航海技术再发达，国家政权也不会以举国之力进行远洋贸易，同样，如果没有航海技术的日臻成熟，南宋社会同样无法完成由背海立国到向海而生的华丽转身，中国古代海洋文明在南宋步入巅峰，既是巧合，也是必然。遗憾的是，南宋社会遇到了中国历史乃至世界历史上空前强大的对手——蒙古，蒙古铁骑横扫欧亚如入无人之境，而南宋则独自在大陆的最东段苦苦支撑数十年，随着陆秀夫身背小皇帝跃入大海，"崖山之后，再无中国"。虽然蒙元王朝仅仅持续不到百年，但此后代之而起的明与清都是内向性极强的政权，纵有郑和七下西洋的辉煌，却使中国最终误入了闭关锁国的歧途。正如陈寅恪所言："华夏民族之文化，历数千载之演进，造极于赵宋之世，后渐衰微，终必复振！"透过《梦粱录》中的只言片语，我们可以一窥南宋社会海洋文明的辉煌，而遐想之后如何使中华民族再次走向深蓝，方是真正应当深思的问题。

（王双腾）

明清海洋文言小说选

剪灯新话·水宫庆会录

瞿佑[*]

至正甲申岁，潮州士人余善文于所居白昼闲坐，忽有力士[1]二人，黄巾绣袄，自外而入，致敬于前曰："广利王[2]奉邀。"善文惊曰："广利洋海之神，善文尘世之士，幽显[3]路殊，安得相及？"二人曰："君但请行，毋用辞阻。"遂与之偕出南门外，见大红船泊于江浒[4]。登船，有两黄龙挟之而行，速如风雨，瞬息已全。止于门下，二人入报。顷之，请入。广利降阶[5]而接曰："久仰声华，坐屈冠盖，幸勿见讶[6]。"遂延之上阶，与之对坐。

---

[*] 瞿佑（1347—1433），"佑"一作"祐"，字宗吉，号存斋。钱塘（今浙江省杭州市）人，一说山阳（今江苏省淮安市）人，元末明初文学家。幼有诗名，十四岁即以善写艳体诗、风月词闻名，为杨维桢所赏。洪武年间，自仁和、临安等县训导升任至开封藩王周王府长史。永乐年间，因诗获罪，谪戍陕西保安十年，后遇赦放归。瞿佑多才多艺，却一生坎坷不遇，抑郁不得志。他博览群书，醉心文学，著述颇丰，可惜大多散佚，仅存《剪灯新话》《归田诗话》和《咏物诗》三种。他的小说创作最能代表他在文学上的成就。

善文局蹐[7]退逊。广利曰："君居阳界，寡人处水府，不相统摄，可毋辞也。"善文曰："大王贵重，仆乃一介寒儒，敢当盛礼！"固辞。广利左右有二臣曰鼍参军、鳖主簿者，趋出奏曰："客言是也，王可从其所请，不宜自损威德，有失观视。"广利乃居中而坐，别设一榻于右，命善文坐。乃言曰："敝居僻陋，蛟鳄之与邻，鱼蟹之与居，无以昭示神威，阐扬帝命。今欲别构一殿，命名灵德，工匠已举，木石咸具，所乏者惟上梁文尔。侧闻君子负不世之才，蕴济时之略，故特奉邀至此，幸为寡人制之。"即命近侍取白玉之砚，捧文犀之管[8]，并鲛绡[9]丈许，摆善文前。善文俯首听命，一挥而就，文不加点。其词曰：

伏以天壤之间，海为最大；人物之内，神为最灵。既属香火之依归，可乏庙堂之壮丽？是用重营宝殿，新揭华名；挂龙骨以为梁，灵光耀日；绛鱼鳞而作瓦，瑞气蟠空。列明珠白璧之帘栊，接青雀黄龙之舸舰。琐窗启而海色在户，绣闼开而云影临轩。雨顺风调，镇南溟[10]八千余里；天高地厚，垂后世亿万斯年。通江汉之朝宗，受溪湖之献纳。天吴紫凤[11]，纷纭而到；鬼国罗刹，次第而来。岿然若鲁灵光[12]，美哉如汉景福[13]。控蛮荆而引瓯越，永壮宏观；叫阊阖[14]而呈琅玕[15]，宜兴善颂。遂为短唱，助举修梁。

抛梁东，方丈蓬莱[16]指顾中。笑看扶桑三百尺，金鸡啼罢日轮红。

抛梁西，弱水流沙路不迷。后夜瑶池王母降，一双青鸟[17]向人啼。

抛梁南，巨浸[18]漫漫万族涵。要识封疆宽几许？大鹏飞尽水如蓝。

抛梁北，众星灿烂环辰极。遥瞻何处是中原？一发青山浮翠色。

抛梁上,乘龙夜去陪天仗[19]。袖中奏罢一封书,尽与苍生除祸瘴。

抛梁下,水族纷纶承德化。清晓频闻赞拜声,江神河伯朝灵驾。

伏愿上梁之后,万族归仁,百灵仰德。珠宫贝阙[20],应天上之三光,衮衮[21]绣裳,备人间之五福。

书罢,进呈。广利大喜。卜日落成,发使诣东西北三海,请其王赴庆殿之会。翌日,三神皆至,从者千乘万骑,神鲛毒蠚,踊跃后先,长鲸大鲲,奔驰左右,鱼头鬼面之卒,执旌旄而操戈戟者,又不知其几多也。是日,广利顶通天之冠,御绛纱之袍,秉碧玉之圭,趋迎于门,其礼甚肃。三神亦各盛其冠冕,严其剑珮,威仪极俨恪,但所服之袍,各随其方而色不同焉。叙暄凉毕,揖让而坐。善文亦以白衣[22]坐于殿角,方欲与三神叙礼,忽东海广渊王座后有一从臣,铁冠而长髭者,号赤鯶公[23],跃出广利前而请曰:"今兹贵殿落成,特为三王而设斯会,虽江汉之长,川泽之君,咸不得预席,其礼可谓严矣。彼白衣而末坐者为何人斯?乃敢于此唐突也!"广利曰:"此乃潮阳秀士余君善文也,吾构灵德殿,请其作上梁文,故留之在此尔。"广渊[24]遽言曰:"文士在座,汝乌[25]得多言?姑退!"赤鯶公乃赧然而下。已而[26]酒进乐作,有美女二十人,摇明珰,曳轻裾,于筵前舞凌波之队,歌凌波之词曰:

若有人兮波之中,折杨柳兮采芙蓉。振瑶环兮琼珮,璆锵鸣兮玲珑。衣翩翩兮若惊鸿,身矫矫兮如游龙。轻尘生兮罗袜,斜日照兮芳容。蹇独立兮西复东,羌可遇兮不可从。忽飘然而长往,御泠泠之轻风。

舞竟,复有歌童四十辈,倚新妆,飘香袖,于庭下舞采莲之队,歌采莲之曲曰:

桂棹兮兰舟,泛波光兮远游。捐予玦兮别浦[27],解予珮兮芳洲。波摇摇兮舟不定,折荷花兮断荷柄。露何为兮沾裳?风何为兮吹鬓?棹歌起兮彩袖挥,翡翠散兮鸳鸯飞。张莲叶兮为盖,缉藕丝兮为衣。日欲落兮风更急,微烟生兮淡月出。早归来兮难久留,对芳华兮乐不可以终极。

二舞既毕,然后击灵鼍之鼓,吹玉龙之笛,众乐毕陈,觥筹交错[28]。于是东西北三神,共捧一觥,致善文前曰:"吾等僻处遐陬[29],不闻典礼,今日之会,获睹盛仪,而又幸遇大君子在座,光采倍增,愿为一诗以记之,使流传于龙宫水府,抑亦一胜事也。不知可乎?"善文不可辞,遂献水宫庆会诗二十韵:

帝德乾坤大,神功岭海安。
渊宫开栋宇,水路息波澜。
列爵王侯贵,分符地界宽。
威灵闻赫弈,事业保全完。
南极常通奏,炎方[30]永授官。
登堂朝玉帛,设宴会衣冠。
凤舞三檐盖,龙驮七宝鞍。
传书双鲤跃,扶辇六鳌蟠。
王母调金鼎,天妃捧玉盘。
杯凝红琥珀[31],袖拂碧琅玕。
座上湘灵舞,频将锦瑟弹。
曲终汉女至,忙把翠旗看。
瑞雾迷珠箔,祥烟绕画栏。
屏开云母莹,帘卷水晶寒。
共饮三危[32]露,同餐九转丹。
良辰宜酪酊,乐事称盘桓。
异味充喉舌,灵光照肺肝。
浑如到兜率,又似梦邯郸。

献酢陪高会，歌呼得尽欢。

题诗传胜事，春色满毫端。

诗进，座间大悦。已而，日落咸池[33]，月生东谷，诸神大醉，倾扶而出，各归其国，车马骈阗[34]之声，犹逾时不绝。明日，广利特设一宴，以谢善文。宴罢，以玻璃盘盛照夜之珠十，通天之犀二，为润笔之资，复命二使送之还郡。善文到家，携所得于波斯宝肆鬻[35]焉，获财亿万计，遂为富族。后亦不以功名为意，弃家修道，遍游名山，不知所终。

注释

〔1〕力士：神话传说中神的使者，多披黄巾，故又称黄巾力士。

〔2〕广利王：四海龙王之一，南海海神的封号。

〔3〕幽显：犹阴阳，亦指阴间与阳间。

〔4〕江浒：江边。

〔5〕降阶：走下台阶，以示恭敬。

〔6〕见讶：责怪我。讶，责怪。

〔7〕局(jú)蹐(jí)：局促不安，谨慎小心。

〔8〕文犀之管：犀牛角制成的笔。文犀，有纹理的犀牛角，古时用作珍贵的器物。

〔9〕鲛绡：南海出产的一种纱。

〔10〕南溟：南海。

〔11〕天吴紫凤：天吴，海神名；紫凤，一种小的凤。

〔12〕灵光：宫殿名，汉代鲁恭王刘余所建。

〔13〕景福：宫殿名，曹魏魏明帝曹叡所建。

〔14〕阊阖：宫门的正门。

〔15〕琅玕：像珠玉一样的石。

〔16〕方丈蓬莱：神话传说中神仙所居之山。

〔17〕青鸟：神话传说中西王母的使者。

〔18〕巨浸：指大海。

〔19〕天仗：天子的仪卫，借指天子。

〔20〕贝阙：神话传说中河伯住的地方，用紫贝壳作宫阙。

〔21〕衮衮：连续不断；众多。

〔22〕白衣：古时没有做官的人穿的衣服。

〔23〕赤鲜公：鲤鱼的别名。

〔24〕广渊：东海海神，唐朝封为广德王，此处称广渊王，未知何据。

〔25〕乌：怎么。

〔26〕已而：不久；继而。

〔27〕别浦：即南浦，水名，古人送别之所。

〔28〕觥筹交错：形容许多人相聚饮酒尽欢的情形。觥，酒杯。筹，行酒令的筹码。

〔29〕遐陬(zōu)：指边远一隅。

〔30〕炎方：南方。

〔31〕红琥珀：像琥珀一样红的酒。

〔32〕三危：山名，在今甘肃省敦煌南部，三峰耸立，危然欲坠，故名。

〔33〕咸池：日落的地方。

〔34〕骈阗(tián)：聚集；罗列；众多。

〔35〕鬻(yù)：卖。

评析

《剪灯新话》，明代文言短篇小说集，共四卷，是唐传奇向清代文言小说过渡的中间环节，在小说史上占有重要地位。此书早在洪武十一年（1378）就完成了，但并未迅速刊印。据作者自序，其写成《剪灯新话》

后,"藏之书笥,不欲传出",因为书中"涉于语怪,近于诲淫",因而只以抄本形式流行。书中主要叙述灵怪、艳情之类的故事,除摹写人间男女畸变离奇的隐秘故事外,其人鬼相恋,"交合之事,一如人间",成为中国历史上第一部禁毁小说。

《水宫庆会录》是《剪灯新话》中的第一篇,本文讲述了一位名叫余善文的白衣秀士,因颇有才名被南海海神广利王邀请至龙宫,为其新建的宫殿撰写上梁文。余善文文采斐然,才惊四座,得到了广利王的重谢。

我国古代的龙王信仰由来已久,对民众有着深刻影响,龙王及其族属亦成为古代海洋小说常见的表现内容之一。从唐传奇到清末民初的小说,历代都有龙王题材的名篇流传于世,其中有关奇幻奢丽龙宫仙界的描绘最富有特色,如唐传奇《柳毅传》、明代神魔小说《西游记》等。在历代文人长期想象、加工与附会之下,有关龙族谱系、龙宫建筑等内容的描写,已经形成一套系统且完整的"龙王叙事"模式,《水宫庆会录》亦未跳出这一模式。

首先是关于四海龙王的描写。本篇主要描写的龙族是南海广利王,并带出了其余三海龙王。四海龙王的传说在我国由来已久,至明清已成为最有影响力的龙族谱系,是江河湖海所有水族的领导中心,四海龙王称谓的提出与地位的定型,《西游记》功不可没。《剪灯新话》成书于《西游记》之前,其贡献在于首次将四海海神与海龙王的形象融为一体。此二者在传说中并非一类,但在文化演进的过程中,其在外形特征、居住环境与职能等方面有所重合,因此发展至《剪灯新话》,索性将海神与龙王的形象合二为一,这一观念也受到了后世的认可。

其次是关于龙宫建筑的描写。古代小说在描绘龙宫建筑时,通常是以人间帝王宫殿作为参照,从建筑材料到内部装饰都极为贵重奢华。本篇故事主干就是请余善文为广利王新建的宫殿写上梁文,文中对宫殿的描绘自然不惜笔墨,极尽铺排之能事。如"挂龙骨以为梁,灵光耀日;

缉鱼鳞而作瓦,瑞气蟠空。列明珠白璧之帘栊,接青雀黄龙之舸舰。琐窗启而海色在户,绣闼开而云影临轩。"小说还从龙王的衣着、阵势上突出龙宫"帝王之家"的威严与高贵,"三神皆至,从者千乘万骑,……执旌旄而操戈戟者,又不知其几多也。是日,广利顶通天之冠,御绎纱之袍,秉碧玉之圭,趋迎于门,其礼甚肃"。龙宫在人们的想象中自古就是宝地,广利王赠给余善文作为润笔之资的照夜之珠与通天之犀,让一介寒儒顷刻间获财亿万,遂成富族。

再次是关于龙宫生活的描写。小说家们对龙宫生活的描写,可以简单归结为两点:一是奢华的声色享受,一是高雅的诗书追慕。历代小说描绘龙宫生活,多比附人间上层社会帝王将相的生活模式,浓墨重彩描绘其歌酣舞艳、诗酒佐欢的生活。本篇写庆殿之会,先写美女歌童轮番表演,并将词曲全数录入文中。歌舞结束,龙王又让余善文献《水宫庆会诗》二十韵。小说家们在努力描绘龙宫生活的奢华时,还多次写到龙族对人间诗书的追慕,《柳毅传》《萧旷》《许汉阳》等小说皆提及龙族不仅自己能运笔成文,对人间诗文也十分爱重。本篇中,广利王新殿筑成,礼贤下士,请余善文至龙宫为其撰写上梁文,态度极为谦逊恭敬。宴会上东西北三海神又捧酒请善文作诗记今日之会,"使流传于龙官水府",还特赠珠宝作为润笔之资,可见其对人间诗书的倾慕。

这篇小说尽管是以龙宫作为故事背景,然其主旨并非只是描绘龙宫之奢华及龙族之高雅。文章通过书写一个贫寒却才气过人的儒生在水宫的奇遇,反映了儒生渴望受到社会尊敬,并能为人所用的强烈愿望。为了表现这一主题,小说突出了两个重点并反复渲染。其一为广利王的谦逊有礼。作为一方海神,广利王始终对寒儒余善文礼遇有加。其二为余善文的才华出众。作者不嫌烦琐将其所作《上梁文》与《水宫庆会诗》全文照录,以表现其文思敏捷,才惊四座。小说所虚构出的理想境界往往是对现实不足的弥补,虚构人物"余善文"正是"我善文"之意,在余善文身上有着作者自己的寄托。元代知识分子地位极低,文人常常受到轻视、非难与嘲讽，文中的鼋参军、鳖主簿、赤鲑公的态度就是代表。大明的建立并没有让瞿佑及同时期文人的境遇有所好转，天下稳定后朱元璋对知识分子的态度由开始的礼遇转变为轻慢，甚至无端杀戮。洪武年间，文人高启为恭贺新任的苏州知府魏观修复苏州府完工，写了一篇《上梁文》，因其中有"龙蟠虎踞"之语，而被腰斩示众。而瞿佑小说《水宫庆会录》中余善文却因撰写上梁文受到龙王爱重并得到一大笔润笔费，这与现实对比何其强烈，有学者认为此篇的真正寓意是在影射高启事件。

文章的最后，余善文"弃家修道，遍游名山，不知所终"，这一结果也许正是作者对现实社会失望至极的反映。那个充满平等、尊重的龙宫只是梦幻，在明初那样残酷的高压政治之下，文人想要凭借真才实学获得社会尊重的理想终究无法实现。

（沈伟）

闽小记·海参

周亮工[*]

闽中海参色独白，类撑以竹签，大如掌，与胶州辽海所出异，

---

[*] 周亮工（1612—1672），字元亮，又有陶庵、减斋、缄斋、适园、栎园等别号。江西省金溪县人，原籍河南祥符（今开封），后移居金陵（今南京）。明末清初文学家、篆刻家、收藏家。

周亮工出身书香门第，年少曾随父出游，广交朋友。明崇祯十三年（1640）中进士，继而开始走上仕途，历仕明清两朝，一生饱经宦海沉浮，曾两次下狱，被劾论死，后遇赦免。其所著《闽小记》本已收入文津阁《四库全书》，乾隆五十三年（1788）覆勘《四库全书》时，详校官认为周亮工所著《读画录》中"语有违碍"，裁定后，遂将《四库全书》著录的周亮工著述五种、存目三种一律删除，已刻提要中有亮工名者亦一律抽改。

康熙十一年（1672），周亮工卒于南京，《清史》将其列入"贰臣传"。周亮工一生著述颇丰，有《读画录》《因树屋书影》《印人传》《赖古堂文选》《赖古堂印谱》等。

味亦淡劣。海上人复有以牛革伪[1]为之以愚人者，不足尚也。潍县一医语予云："参益人，沙、玄、苦参[2]，性若异，然皆兼补。海参得名，亦以能温补也。人以肾为海，此种生北海咸水中，色又黑，以滋肾水[3]，求其类也。生于土者为人参，生于水者为海参，故海参以辽海产者为良。人参像人，海参尤像男子势，力[4]不在参下。"说亦近理。

注释

〔1〕伪：造假。

〔2〕沙、玄、苦参：三种草本参类，即沙参、玄参、苦参。

〔3〕肾水：按中医五行学说，肝属木、心属火、脾属土、肺属金、肾属水，故曰肾水。

〔4〕力：效力，功效，效果。

评析

《闽小记》是周亮工在福建为官时所著。顺治四年（1647），周亮工被擢为福建按察使，是年秋，由浙江途经江西入闽，先抵光泽，后到邵武。此时天下尚未安定，一路因闽北抗清义军起事而屡屡受阻，直至次年才到达省会福州任上。因治闽有方，周亮工先后被擢为右布政使及左布政使。周亮工在闽生活前后达12年之久，对闽地风土人情极为熟悉。《闽小记》全面、详细地记载了福建各地风土人情、物产习俗、人文景观、工艺掌故、遗闻佚事等，并附考证和议论。《四库全书总目提要》评价道："盖兴到即书，偶然未检，然在近代说部之中固为雅驯，可观矣。书中所记，不名一格，而自始至末，皆谈闽事。"

本篇记载海参，篇幅较短，包含的信息却颇为丰富。首先作者对闽中海参的特征进行大致勾画——"色独白""大如掌""味亦淡劣"，与胶州辽海所出海参相比差异很大，可见在当时人们就普遍认为辽参是比闽中海参更为珍贵的海产品。从文中描述可知，有商贩以牛革假冒海参进行售卖，足见辽参价格不菲，从中可以牟取暴利，作者对此表示"不足尚也"。

接下来的内容全部引自潍县一医者，周亮工考中进士后，出任的第一个官职就是山东潍县令，可知其撰写《闽小记》并非只是对闽地情有独钟，而是每至一处必要考察当地物产风土。潍医这段话主要讲述海参名称的由来、温补功效以及生长环境，并与草本人参进行类比，极言海参之珍贵。明代谢肇淛所著《五杂俎》对辽参有过记载："海参，辽东海滨有之，一名海男子。其状如男子势然，淡菜之对也。其性温补，足敌人参，故名海参。"这简短的两行字对辽参的传播起到了非常重要的作用，后来记载辽参的文章，都会提到这段文字，《闽小记》也不例外。

周亮工笔下的闽中海鲜，或纪实，或传说，或拟人，或想象，文采风流，新鲜有趣。此篇行文采用纪实手法，文字朴实，细致清晰地描述了闽中海参与辽参的特征，如实记载潍县医者语，有话则长，无话则短，可与下篇《西施舌》对比阅读。

（沈伟）

闽小记·西施舌（节选）

周亮工

画家有神品、能品、逸品。闽中海错[1]，西施舌[2]当列神品，蛎房[3]能品，江瑶柱[4]逸品。西施舌以色胜香胜，当并[5]昌国海棠；蛎房以丰姿胜，并牡丹；江瑶柱以冷逸胜，并梅。西施舌既西之舌之矣。蛎房其太真[6]之乳乎！圆真鸡头，嫩滑欲过塞上酥[7]。江瑶柱产涵江，癖梅妃子[8]，亦生其地，其妃子之玉骨乎！

注释

〔1〕海错：海味，海鲜，海产品。

〔2〕西施舌：蚌类，因外壳打开时，吐出的白肉像是一条小舌头，故名"西施舌"。

〔3〕蛎房：牡蛎，因牡蛎附石而生，连接如房，故称。

〔4〕江瑶柱：江瑶柱属蚌类，因其形如牛耳，称牛耳螺，壳薄肉厚，肉质鲜嫩，美味可口，是海中珍品。

〔5〕并：与……相并列，与……相媲美。

〔6〕太真：即唐玄宗宠妃杨玉环，道号太真。

〔7〕圆真鸡头，嫩滑欲过塞上酥：鸡头喻指女性乳房。宋代刘斧《青琐高议·骊山记》载，一日，贵妃浴出，对镜匀面，裙腰褪，微露一乳，帝以手扪弄，出对子曰："软温新剥鸡头肉。"安禄山从旁对曰："润滑初凝塞上酥。"

〔8〕癖梅妃子：即梅妃江采萍，唐玄宗妃子，涵江人，古属兴化府莆田县。

评析

本篇对闽中几种著名的海产品——西施舌、蛎房、江瑶柱做了详尽的记述。作者首先是对三者进行总体评价，分列为神品、能品和逸品。周亮工不仅是著名的文学家，其艺术造诣也十分深厚，善于品画，在金陵画坛有着举足轻重的地位。在与友人龚贤探讨艺术之时就曾提出过"画中三品"理论：曰能品，曰神品，曰逸品，神品在能品之上，而逸品又在神品之上。他将品画理论用于品评海鲜，可谓别致有趣。

本篇行文十分精彩，先将三种海鲜与三种名花相类比，以示其特点。西施舌是海中一种蚌类。相传唐玄宗东游崂山时，尝到这种美食，觉其鲜美爽滑，想到了绝代美人西施，遂赐名"西施舌"。言其"色胜"，是因为蚌肉洗净后会呈现出纯净无比的月白之色，故作者以色香俱佳的海棠作比。牡蛎附石而生，连接如房，故称"蛎房"，亦特指牡蛎肉。牡蛎肉质肥厚，故作者以雍容华贵的牡丹作比。江瑶柱闽中俗称"江瑶钮"，《闽小记》对江瑶柱另有详细记载："江瑶柱出兴化之涵江，形如三四寸扁牛角，双甲薄而脆，界画如瓦楞，向日映之，丝丝绿玉，晃人眸子，而嫩朗又过之，文采灿熳，不忝瑶名。……肉不堪食，美只双柱。所谓柱，亦如蛤中之有丁。蛤小则字以丁，此巨因美以柱也。"瑶者，玉也，古人以玉来喻其肉质，可见其珍贵鲜美。其冷逸之姿一如梅花，故作者以梅作比。

以三种名花喻三类海鲜作者尚觉不足，继而又联想到古代三位美人，海蚌以其嫩滑比作西施之舌，蛎房以其丰腴比作太真之乳，江瑶柱因地产涵江比作梅妃之骨。海错、名花、美人原本风马牛不相及，作者以其丰富奇特的想象将三者相勾连，让读者如尝其鲜、如嗅其香、如见其美。

海洋文学中，人们常常为大海罩上一层神秘的面纱，将海洋当作衍生神话传说、杂谈异闻的发源地，像《闽小记》这样细致深入地对海洋生物进行描绘的著述并不多见。可见随着航海活动的增加，渔捕技术的成熟，人们对大海的了解逐渐深入，以往奇幻瑰丽的想象逐渐被实际内容所替代，人们将目光转向海洋中实际存在的一事一物之上，海洋叙事思维也从空中落到了实土。

（沈伟）

聊斋志异·罗刹海市

蒲松龄*

马骥，字龙媒，贾人子。美丰姿，少倜傥，喜歌舞。辄从梨园子弟[1]，以锦帕缠头，美如好女，因复有"俊人"之号。十四岁入郡庠[2]，即知名。父衰老，罢贾而归。谓生曰："数卷书，饥不可煮，寒不可衣。吾儿可仍继父贾。"马由是稍稍[3]权子母[4]。

从人浮海[5]，为飓风引去，数昼夜至一都会。其人皆奇丑，见马至以为妖，群哗而走。马初见其状，大惧，迨知国中之骇己也，遂反以此欺国人。遇饮食者则奔而往，人惊遁，则啜其余。久之入山村，其间形貌亦有似人者，然褴褛如丐。马息树下，村人不敢前，但遥望之。久之觉马非噬[6]人者，始稍稍近就之。马笑与语，其言虽异，亦半可解。马遂自陈所自[7]，村人喜，遍告邻里，客非能搏噬者。然奇丑者望望即去[8]，终不敢前。其来者，口鼻位置，尚皆与中国同。共罗浆酒奉马，马问其相骇之故，答曰："尝闻祖父言：西去二万六千里，有中国，其人民形象率诡异。但耳食[9]之，今始信。"问其何贫，曰："我国所重，不在文章，而在形貌。其美之极者为上卿，次任民社[10]，下焉者亦邀[11]贵人

---

* 蒲松龄（1640—1715），字留仙，号柳泉居士，世称聊斋先生，山东淄川（今淄博）人，清代著名文学家、小说家。早岁即有文名，然科场蹭蹬，七十岁方成贡生。除中年时期做过短时间的幕僚外，一直居乡做塾师。坎坷的遭遇，贫困的生活，使其有机会接触底层人民生活。历经数十年，蒲松龄将各方搜集的故事传说写成短篇小说集《聊斋志异》。其书上承魏晋志怪小说与唐传奇小说文体，以谈狐说鬼的方式批判社会、反映人情，被鲁迅先生誉为"专集之最有名者"。同时蒲松龄能诗文，善俚曲，一生还著有《聊斋文集》《聊斋诗集》《聊斋俚曲集》及关于农业、医药等通俗读物多种。

宠，故得鼎烹[12]以养妻子。若我辈初生时，父母皆以为不详，往往置弃之；其不忍遽弃者，皆为宗嗣耳。"问："此名何国？"曰："大罗刹国。都城在北去三十里。"马请导往一观。于是鸡鸣而兴[13]，引与俱去。

天明始达都。都以黑石为墙，色如墨，楼阁近百尺。然少瓦，覆以红石，拾其残块磨甲上，无异丹砂。时值朝退，朝中有冠盖[14]出，村人指曰："此相国也。"视之，双耳皆背生，鼻三孔，睫毛覆目如帘。又数骑出，曰："此大夫也。"以次各指其官职，率狰狞怪异。然位渐卑，丑亦渐杀[15]。无何，马归，街衢人望见之，噪奔跌蹶[16]，如逢怪物。村人百口解语，市人始敢遥立。既归，国中咸知有异人，于是搢绅大夫[17]争欲一广见闻，遂令村人要[18]马。每至一家，阍人[19]辄阖户，丈夫女子窃窃自门隙中窥语，终一日，无敢延见者。村人曰："此间一执戟郎[20]，曾为先王出使异国，所阅人多，或不以子为惧。"造郎门，郎果喜，揖为上客。视其貌，如八九十岁人。目睛突出，须卷如猬[21]。曰："仆少奉王命，出使最多，独未至中华。今一百二十余岁，又得见上国人物，此不可不上闻于天子。然臣卧林下，十余年，不践朝阶，早旦为君一行。"乃具饮馔，修主客礼。酒数行，出女乐十余人，更番歌舞。貌类夜叉，皆以白锦缠头，拖朱衣及地。扮唱不知何词，腔拍恢诡[22]。主人顾而乐之[23]，问："中国亦有此乐乎？"曰："有。"主人请拟其声，遂击桌为度一曲。主人喜曰："异哉！声如凤鸣龙啸，从未曾闻。"

翼日[24]趋朝，荐诸国王。王忻然下诏，有二三大臣言其怪状，恐惊圣体，王乃止。即出告马，深为扼腕。居久之，与主人饮而醉，把剑起舞，以煤涂面作张飞。主人以为美，曰："请君以张飞见宰相，厚禄不难致。"马曰："游戏犹可，何能易面目图荣显[25]？"主人强之，马乃诺。主人设筵，邀当路者饮[26]，令马绘面以待。客

1057

至，呼马出见客。客讶曰："异哉！何前媸[27]而今妍[28]也？"遂与共饮，甚欢。马婆娑歌"弋阳曲"[29]，一座无不倾倒。明日，交章[30]荐马。王喜，召以旌节[31]。既见，问中国治安之道[32]，马委曲[33]上陈，大蒙嘉叹，赐宴离宫[34]。酒酣，王曰："闻卿善雅乐，可使寡人得而闻之乎？"马即起舞，亦效白锦缠头，作靡靡之音。王大悦，即日拜下大夫。时与私宴，恩宠殊异。久而官僚知其面目之假；所至，辄见人耳语，不甚与款洽[35]。马至是孤立，憪然[36]不自安，遂上疏乞休致[37]，不许；又告休沐[38]，乃给三月假。

于是乘传[39]载金宝复归村。村人膝行以迎。马以金资分给旧所与交好者，欢声雷动。村人曰："吾侪[40]小人，受大夫赐，明日赴海市，当求珍玩以报。"问："海市何地？"曰："海中市，四海鲛人[41]集货珠宝，四方十二国均来贸易。中多神人游戏，云霞障天，波涛间作。贵人自重，不敢犯险阻，皆以金帛付我辈代购异珍。今其期不远矣。"问所自知，曰："每见海上朱鸟[42]来往，七日即市。"马问行期，欲同游瞩，村人劝使自贵。马曰："我顾[43]沧海客，何畏风涛？"未有几，果有踵门寄资者，遂与装资入船。船容数十人，平底高栏。十人摇橹，激水如箭。凡三日，遥见水云幌漾[44]之中，楼阁层叠；贸迁[45]之舟，纷集如蚁。少时抵城下。视墙上砖，皆长与人等。敌楼[46]高接云汉。维舟而入，见市上所陈，奇珍异宝，光明射目，多人世所无。

一少年乘骏马来，世人尽奔避，云是"东洋三世子"。世子过，目生曰："此非异域人？"即有前马者[47]来诘乡籍。生揖道左，具展[48]邦族。世子喜曰："既蒙辱临，缘分不浅！"于是授生骑，请与连辔[49]。乃出西城。方至岛岸，所骑嘶跃入水。生大骇失声，则见海水中分，屹如壁立。俄睹宫殿，玳瑁为梁，鲂鳞作瓦，四壁晶明，鉴影炫目。下马，揖入。仰视龙君在上，世子启奏："臣游市廛[50]，得中华贤士，引见大王。"生前拜舞。龙君乃言："先生文学士，必能衙官屈宋[51]。欲烦椽笔[52]赋'海市'，幸无吝珠玉[53]。"生稽首受命。授以水晶之砚，龙鬣之毫，纸光似雪，墨气如兰。生立成千余言献殿上。龙君击节[54]曰："先生雄才，有光水国矣！"遂集诸龙族，宴集采霞宫。酒炙数行，龙君执爵向客曰："寡人所怜女，未有良匹，愿累先生。先生倘有意乎？"生离席愧荷[55]，唯唯而已。龙君顾左右，语无何，宫女数人，扶女郎出。佩环声动，鼓吹暴作。拜竟睨之，实仙人也，女拜已而去。少时酒罢，双鬟[56]挑画灯，导生入副宫。女浓妆坐间，珊瑚之床，饰以八宝，帐外流苏，缀明珠如斗大，衾褥皆香软。天方曙，雏女妖鬟，奔入满侧。生起趋出朝谢，拜为驸马都尉，以其赋驰传诸海。诸海龙君，皆专员来贺，争折简[57]招驸马饮。生衣绣裳，驾青虬，呵殿[58]而出。武士数十骑，背雕弧[59]，荷白棓[60]，晃耀填拥。马上弹筝，车中奏玉。三日间，遍历诸海。由是"龙媒"之名，噪于四海。宫中有玉树一株，围可合抱，本莹澈如白琉璃，中有心，淡黄色，稍细于臂；叶类碧玉，厚一钱许，细碎有浓阴。常与女啸咏其下。花开满树，状类蒼葡[61]。每一瓣落，锵然作响。拾视之，如赤瑙雕镂，光明可爱。时有异鸟来鸣，毛金碧色，尾长于身，声等哀玉，恻人肺腑。生闻之，辄念故土。因谓女曰："亡出三年，恩慈[62]间阻，每一念及，涕膺汗背[63]。卿能从我归乎？"女曰："仙尘路隔，不能相依。妾亦不忍以鱼水之爱，夺膝下之欢。容徐谋之。"生闻之，涕不自禁。女亦叹曰："此势之不能两全者也！"明日，生自外归。龙君曰："闻都尉有故土之思，诘旦[64]趣装[65]，可乎？"生谢曰："逆旅[66]孤臣，过蒙优宠，衔报之诚[67]，结于肺肝。容暂归省，当图复聚耳。"入暮，女置酒话别，生订后会。女曰："情缘尽矣。"生大悲。女曰："归养双亲，见君之孝。人生聚散，百年犹旦暮耳，何用作儿女哀泣？此后妾为君贞，君为妾义，两地同心，即伉俪也，何必旦夕相守，乃谓之偕老乎？若渝此盟，婚姻不吉。倘虑中馈乏人[68]，纳婢可耳。更有一事相嘱：自奉衣裳[69]，似有佳朕[70]，烦君命名。"生曰："女耶，可名龙宫；男耶，可名福海。"女乞一物为信。生在罗刹国所得赤玉莲花一双，出以授女。女曰："三年后，四月八日，君当泛舟南岛，还君体胤[71]。"女以鱼革为囊，实以珠宝，授生曰："珍藏之，数世吃著不尽也。"天微明，王设祖帐[72]，馈遗甚丰。生拜别出宫。女乘白羊车，送诸海涘[73]。生上岸下马，女致声珍重，回车便去，少顷便远。海水复合，不可复见。生乃归。

自浮海去，家人无不谓其已死；及至家，家人皆诧异。幸翁媪无恙，独妻已去帷。乃悟龙女"守义"之言，盖已先知也。父欲为生再婚，生不可，纳婢焉。谨志三年之期，泛舟岛中。见两儿坐在水面，拍流嬉笑，不动，亦不沉。近引之，儿哑然[74]捉生臂，跃入怀中。其一大啼，似嗔生之不援己者。亦引上之。细审之，一男一女，貌皆俊秀。额上花冠缀玉，则赤莲在焉。背有锦囊，拆视得书，云：

  翁姑[75]各无恙。忽忽三年，红尘永隔；盈盈一水，青鸟难通。结想为梦，引领[76]成劳，茫茫蓝蔚，有恨如何也！顾念奔月姮娥，且虚桂府；投梭织女，犹怅银河。我何人斯，而能永好？兴思及此，辄复破涕为笑。别后两月，竟得孪生。今已呱啾怀抱，颇解言笑；觅枣抓梨，不母可活。敬以还君所贻。赤玉莲花，饰冠作信。膝头抱儿时，犹妾在左右也。闻君克[77]践旧盟，意愿斯慰。妾此生不二，之死靡他[78]。奁中珍物，不蓄兰膏；镜里新妆，久辞粉黛。君似征人，妾作荡妇[79]，即置而不御[80]，亦何得谓非琴瑟[81]哉？独计翁姑已得抱孙，曾未一觌新妇，揆之情理，亦属缺然。岁后阿姑窀穸[82]，当往临穴，一尽妇职。过此以往，则'龙宫'无恙，不少把握之期[83]；'福海'长生，或有往还之路。伏惟珍重，不尽欲言。

生反覆省书揽涕。两儿抱颈曰："归休乎[84]！"生益恸，抚之曰："儿知家在何许？"儿啼，呕哑言归。生视海水茫茫，极天无际；雾鬓人渺[85]，烟波路穷。抱儿返棹，怅然遂归。

生知母寿不永，周身物[86]悉为预具，墓中植松槚百余。逾岁，媪果亡。灵舆[87]至殡宫[88]，有女子缞绖[89]临穴。众惊顾，忽而风激雷轰，继以急雨，转瞬已失所在。松柏新植多枯，至是皆活。福海稍长，辄思其母，忽自投入海，数日始还。龙宫以女子不得往，时掩户泣。一日，昼瞑，龙女急入，止之曰："儿自成家，哭泣何为？"乃赐八尺珊瑚一株，龙脑香一帖，明珠百粒，八宝嵌金合一双，为嫁资。生闻之，突入，执手啜泣。俄顷，迅雷破屋，女已无矣。

异史氏曰："花面逢迎[90]，世情如鬼。嗜痂之癖[91]，举世一辙。'小惭小好，大惭大好'[92]。若公然带须眉以游都市[93]，其不骇而走者几希矣。彼陵阳痴子[94]，将抱连城玉[95]向何处哭也？呜呼！显荣富贵，当于蜃楼海市[96]中求之耳！"

注释

〔1〕梨园子弟：戏曲艺人。

〔2〕郡庠：明清称府学。

〔3〕稍稍：逐渐。

〔4〕权子母：指经商。权，权衡。子母，原指货币的大小、轻重，后来指利息与本钱。

〔5〕浮海：此处指到海外经商。

〔6〕噬（shì）：吃。

〔7〕自陈所自：自己陈述来历。所自，从哪里来。

〔8〕望望即去：失望中掉头而去。

〔9〕耳食：指不加审察，轻信传闻。

〔10〕民社：府、州、县的地方长官。

〔11〕邀：获得。

〔12〕鼎烹：美食，贵人所享。

〔13〕兴：起身。

〔14〕冠盖：官员的冠服和车乘。

〔15〕杀：煞；减。

〔16〕跌蹶：跌跌撞撞。

〔17〕搢绅大夫：官宦或有势位的人。

〔18〕要：邀请。

〔19〕阍人：守门人。

〔20〕执戟郎：古代警卫宫门的官员。

〔21〕须卷（quán）如猬：胡须弯曲像刺猬。

〔22〕腔拍恢诡：腔调节奏荒诞怪异。

〔23〕顾而乐之：观赏兴致极高。

〔24〕翼日：次日。翼，通"翌"。

〔25〕荣显：荣华显贵。

〔26〕当路者：居于要职的人，指掌握政权的官员。

〔27〕媸（chī）：丑陋。

〔28〕妍：美好。

〔29〕弋阳曲：即"弋阳腔"，南曲腔调的一种，明清时流行于江西弋阳，故名。

〔30〕交章：纷纷上奏章。

〔31〕召以旌节：派人持旌节去召见他。

〔32〕治安之道：治国安邦的途径。

〔33〕委曲：详细周全。

〔34〕离宫：别宫。古时帝王于正式宫殿之外，别筑宫室，供随时游处，称"离宫"。

〔35〕款洽：亲密；亲切。

〔36〕憪(xiàn)然：不安的样子。

〔37〕乞休致：请求辞官。

〔38〕休沐：休息洗沐，即休假。

〔39〕乘传：乘坐驿车。

〔40〕吾侪：我辈。

〔41〕鲛人：神话传说中的人鱼。

〔42〕朱鸟：鸟名，传说中的鸾鸟。

〔43〕顾：乃。

〔44〕幌漾：荡漾。

〔45〕贸迁：贩运买卖。

〔46〕敌楼：城楼。

〔47〕前马者：在马前开路的人。

〔48〕具展：逐一陈述。

〔49〕连辔：骑马同行。

〔50〕市廛：店铺集中的市区。

〔51〕衙官屈宋：以屈原宋玉作自己的衙官，用以赞美别人的文才。

〔52〕椽笔：如椽之笔，比喻能写文章的大手笔。

〔53〕珠玉：比喻美好的文章。

〔54〕击节：形容大为赞赏。

〔55〕愧荷：以自愧的心情表示感激。

〔56〕双鬟：指婢女。古时年轻女子结双鬟。

〔57〕折简：裁纸写信。

〔58〕呵殿：古时贵官出行，仪卫前呵后殿，喝令行人让道。

〔59〕雕弧：雕有纹彩的弓。

〔60〕白棓(bàng)：大杖，一种出行仪仗。棓，同"棒"。

〔61〕薝(zhān)蔔：栀子花。

〔62〕恩慈：谓父母。

〔63〕涕膺汗背：泪下沾胸，汗流浃背。形容悲伤与惶恐。

〔64〕诘旦：平明，清晨。

〔65〕趣（cù）装：快速整理行装。

〔66〕逆旅：旅居。

〔67〕衔报之诚：感恩图报的心情。

〔68〕中馈乏人：无人主持家务。古代妇女在家料理饮食、祭品等事务，叫作"主中馈"。

〔69〕自奉衣裳：意为自结婚以来。奉衣裳，指妻子侍奉丈夫衣着。

〔70〕佳朕：好的征兆，指怀孕。朕，征兆。

〔71〕体胤：亲生儿女。胤，后嗣。

〔72〕设祖帐：设宴饯别。古时出行，为行者祭奠路神，祝福饯别，叫"祖祭"。祖祭时设置的帷帐叫"祖帐"。

〔73〕海涘（sì）：海边，水边。

〔74〕哑然：发出笑声的样子。哑，笑声。

〔75〕翁姑：公公与婆婆。

〔76〕引领：形容殷切盼望。领，颈。

〔77〕克：能够。

〔78〕之死靡他：到老死也无他心，指誓不改嫁。

〔79〕荡妇：荡子妇，出游不归者的妻子。

〔80〕置而不御：意谓两地远隔，仍保持夫妇名义。御，用。

〔81〕琴瑟：喻夫妇。以琴瑟和鸣喻夫妇和合。

〔82〕窀（zhūn）穸（xī）：墓穴。这里指下葬。

〔83〕把握：携手，握手，指见面。

〔84〕归休乎：回家吧！休，语助词。

〔85〕雾鬟人渺：雾鬟，借指相望中的龙女；渺，渺茫。意谓已看不到龙女。

〔86〕周身物：指死者的服饰、棺椁等物。

〔87〕灵舆：灵车。

〔88〕殡宫：坟墓。

〔89〕缞（cuī）绖（dié）：封建丧礼规定的子女所穿的孝服。缞，披在胸前的麻布。绖，系在额部和腰上的麻带。

〔90〕花面逢迎：意谓装出一副假面目，迎合世俗所好。

〔91〕嗜痂之癖：谓怪僻的嗜好。《南史·刘穆之传》谓南朝宋人刘邕嗜食疮痂，以为味似鳆鱼。这里用以比喻颠倒美丑、曲意逢迎的怪癖。

〔92〕小惭小好，大惭大好：意谓世人喜欢虚假的迎合。惭，指曲意取悦别人，违背自己的本心。

〔93〕"公然带须眉"句：谓保持男子汉的本色立身行事，耻于媚俗谄世。须眉，胡须、眉毛，代指男子。

〔94〕陵阳痴子：指春秋时楚人卞和，曾受封陵阳侯。

〔95〕连城玉：价值连城的宝玉，指和氏璧。

〔96〕蜃（shèn）楼海市：喻虚幻世界。蜃，蛟类。旧说蜃能吐气为楼台，称为"蜃楼"，也称"海市"。比喻虚幻不实的世界。

评析

　　蒲松龄祖籍山东淄博，乃齐国故都。相较于深受内陆文明影响的鲁地，齐地更多地受到海洋文明的浸润。32岁那年，蒲松龄曾受友人的邀请，同游海上名山——崂山，自然有了近距离接触大海的机会。无论是直接还是间接，海洋都对蒲松龄产生过一定的影响，这也在蒲松龄的小说中有所体现。《聊斋志异》中涉海题材的小说有十余篇之多，这些小说或长或短，本篇即为其中之一。

　　《罗刹海市》文笔之优美，想象之瑰奇，意义之深刻，无愧是《聊斋志异》中的名篇佳作之一。在中国古代海洋叙事中，海洋不仅是故事发生的背景所在，通常还担任着政治讽喻的载体。早在《论语》里，孔子就说："道不行，乘桴浮于海。"《山海经》中所谓的"大人堂""君子之国"，也可以看作是古人心目中的"海上桃花源"，寄托了古人对政治清明的向往。

《罗刹海市》继承了这种"政治讽喻模式"，前半段讲述了一个叫马骥的海商被飓风吹到一个奇异的国度，名为罗刹国。此地风土迥异于中原，他们见了"俊人"马骥，反"以为妖"；当马骥以墨涂面，却被当作是美人，引荐给国王，成了宠臣。他不堪忍受总以假面示人且饱受非议，遂弃官而走。在佛经中，罗刹国在大海之上，为食人鬼所居，由此可以看出作者对这个国度的厌恶和否定。这里诸事都极为可笑，国王以相貌来决定人们的官位和财富，越丑的人地位越高，人们的审美品位也是雅俗不分。作者以异常冷峻的笔墨来描写极为荒唐之事，格外引人深思。蒲松龄一生抑郁不得志，因此在他的作品中多有刺世讽世之作。文章开始，从马骥之父对他所说的"数卷书，饥不可煮，寒不可衣"，就可以看出作者对科举之路深切的无奈与失望。罗刹国看似是作者虚拟的一个国度，实则是寓言式地抨击了现实世界的丑恶。美丑颠倒、雅俗不辨的状况难道只存在于罗刹国吗？在位者贤愚不分，有才之士饱受打压，善于阿谀之人却能平步青云，作者真实生活的世界就是如此。作者把这样深刻的道理、愤怒的批判，寄托在了游戏式的笔墨之中，更引发人们对这畸形世态的思考。

而文章的下半段讲述了一个浪漫而又理想化的故事。马骥随世子来到龙宫，在这个世界，他受到了极高的礼遇与尊重，被赞为"中华贤士"，并被龙王要求以"海市"为题赋文。马骥"立成千余言"，受到龙王的嘉许，并娶了龙女为妻，一时间享尽高官荣宠。但他并未在龙宫中"乐不思蜀"，日久开始思念自己年迈的父母，在得到龙女的理解之后，毅然离开龙宫，返回人间。海洋叙事中的"龙宫模式"至清代已经十分成熟，龙宫之富丽堂皇自无须赘言，在这里作者还虚构了一个诗意化的理想世界。有龙君那样爱惜人才的贤明君主,有龙女那样互守贞义的贤良伴侣,有龙宫那样可以展现雄才的政治空间,只要胸中有文墨,"黄金屋""千钟粟""车马簇""颜如玉"都能一一实现,这是多少读书人梦寐以求的理想。蒲松龄笔下的龙宫水域,一方面继承了神话式的传统写法,更为难能可贵的是,渗进了感人肺腑的人情,龙女的那封书信尤为哀婉动人,令人泪下。

《罗刹海市》一篇虚拟出两个截然不同的世界,作者将罗刹国与龙宫组合在一起,形成鲜明对照。前者以丑为美,有才有貌之人只能收起真实面目与满腹文才,以丑态逢迎取悦当权者;后者则是给予人们充分展示自己雄才的机会,并对有才之士给予礼遇和尊重。文章最后一段的"异史氏曰"以沉痛的笔调抒发了一个失意文人的满腔愤恨,现实世界就是不分妍媸,举世皆有嗜痂之好,而有真才实学之士却被埋没,无处诉说其苦闷。作者只好在小说中以理想的王国来反照现实世界的阴冷黑暗,他也清醒地认识到现实世界的不可改变,只好一声叹息,写下"显荣富贵,当于蜃楼海市中求之耳"这样沉痛的语句。

(沈伟)

觚賸·海天行

钮琇*

海忠介公[1]之孙述祖,倜傥负奇气,适逢中原多故,遂不屑

---

* 钮琇(1644—1704),字玉樵,江苏吴江人。清代学者、文学家。历任河南项城、陕西白水、广东高明知县。钮琇为官清廉,颇有政声,文学作品也有较高的艺术水平。《四库全书总目提要》对其小说给予了很高的评价:"琇本好为俪偶之词,故叙述是编,幽艳凄动,有唐人小说之遗。"传世作品除文言小说《觚賸》八卷、《续编》四卷之外,另有《临野堂文集》十卷、《诗集》十三卷、《诗余》二卷、《尺牍》四卷等。

事举子业，慨焉有乘桴[2]之想。斥其千金家产，治一大舶，其舶首尾长二十八丈以象宿，房分六十四口以象卦，篷张二十四叶以象气，桅高二十五丈曰擎天柱，上为二斗以象日月，治之三年乃成，自谓独出奇制，以此乘长风，破万里浪，无难也。濒海贾客三十八人，赁其舟载货，互市海外诸国，以述祖主之。

崇祯壬午二月，扬帆出洋，行至薄暮，飓风陡作，雪浪粘天，蛟螭之属，腾绕左右，舵师失色，随风飘至一处，昏霾莫辨何地。须臾云开风定，遥见六七官人高冠大带，拱立水次，侍从百辈，状貌丑怪，皆鱼鳞银甲，拥巨鳌之剑，荷长须之戟，秉炬张灯，若有所伺。不觉舟忽抵岸，官人各喜，跃上舟环视曰："是可用已。"即问船主为谁。述祖不解其意，匆遽声诺。

诘朝[3]呼述祖同入见王。约行三里许，夹道皎如玉山，无纤毫尘土，至一阙门，门有二黄龙守之，周遭垣墙，悉以水晶叠成，光明映彻，可鉴毛发。述祖私念曰："此殆龙宫也。"又逾门三重，方及大殿。其制与人间帝王之居相似，而辉煌巉嶪[4]，广设千人之馔，高容十丈之旗，不足言矣。王甫升殿，首以红巾围两肉角，衣黄绣袍，髯长垂腹。众官进奏曰："前文下所司取二舟，久不见至，今有自来一舟，敢以闻。"王曰："旧例二舟陈设贡物，今少一，奈何？"众曰："贡期已迫，臣等细阅此舟，制度暗合浑仪[5]，以达天衢，允宜利涉[6]。且复宽大新洁，若将贡物摒挡，俟到王宫，以次陈设，似无不可。"王允奏，曰："徙其凡货凡人，涤以符水，速行勿迟。"众唯唯下殿，仍回至舟，将人货尽押上岸，置之宫西琅玕[7]池内。唯述祖不肯前，私问曰："贡将焉往？"众曰："贡上天耳。"述祖曰："述祖虽炎陬[8]贱民，而志切云霄，常恨羽翼未生，九阍难叩[9]，幸遘[10]奇缘，亦愿随往。"众曰："汝浊世凡人也，去则恐犯天令，不可。"中有一官曰："汝可具所生年月日时来。"述祖亟书以进[11]。官与众言："此人命有天禄，且系忠直之裔，姑许之。"俄顷昇[12]贡物者数百人，络绎而至。赍[13]贡官先以符水遍洒舟中，然后奉金叶表文供之中楼。次有押贡官二员，将诸宝物安顿。述祖私窥贡单，内开：赤珊瑚林一座，大小共五十株；黄珊瑚林一座，大小共七十株，高者俱一丈四五尺。夜光珠一百颗，火齐珠[14]二百颗，圆大一寸五分。鲛绡五百匹。灵梭锦五百匹。碧瑟瑟[15]二十斛。红靺鞨[16]二十斛。玻璃镜一百具，圆广三尺，各重四十斤。玉屑一千斗。金浆一百器。五色石一万方。其他殊名异品，不能悉记。

安顿已毕，大伐鼍鼓[17]三通，乃始启行。逆风而上，两巨鱼夹舟若飞，白波摇漾，练静镜平，路无坦险，时无昼夜。中途石壁千仞，截流而立，其上金书"天人河海分界"六大字。众指示述祖曰："昔张骞乘槎，未能过此，今汝得远泛银潢[18]，岂非盛事。"述祖俯首称谢。

食顷之间，咸云南天关在望矣。既而及关，赍贡官、押贡官各整朝服，昇宝诸役俱易赭色长衣，亦令述祖衣之，登岸陈设。足之所履，皆软金地，间以瑶石，嵌成异彩。仰视琼阙璚[19]堂，绛楼碧阁，俱在飘渺之中，若近若远，不可测量。门下天卿四员，冕笏传旨，令赍贡官入昊天门，于神霄殿前进表行礼。述祖及众役叩首门外，惟闻乐音缭绕，香气氤氲，飘忽不断而已。随有星冠岳帔者二人，为接贡官，察收贡物，引押贡官亦入，行礼毕，玉音宣问南方民事，北方兵象，语甚繁，不尽述。各赐宴于恬波馆，谢恩而出。于是集众登舟。

述祖假寐片时，恍忽不知几千万里，已还故处。因启领所押货物与同行诸人。王下令曰："述祖之舟，曾入天界，不可复归人寰，众伴在池，宜令一见。"则三十八人俱化为鱼，唯首未变，述祖大恸。前取舟官引至一室，慰谕之曰："汝同行人，命应皆葬鱼腹，其得身为鱼，幸也。汝以假舟之故，贷[20]汝一死。尚何悲哉？候有闽船过此,当俾汝归。"日给饮食如常。

居久之,忽有报者曰:"闽船已到。"王召见,赐白黑珠一囊曰:"以此偿造舟之价。"命小艇送附闽船,抵琼山还家。壬午之十二月也。家人蚤[21]闻覆溺之信,设主[22]发丧,乍见述祖,惊喜逾望。述祖亦不言所以,但云狂风败舟,幸凭擎天柱,遇救得免。次年,入广州,出囊中珠,鬻[23]于番贾,获赀[24]无算,买田终老。康熙丙子,粤僧方趾麟亲访述祖,具得其详。时述祖年已九十六,貌如五十岁人。

注释

〔1〕海忠介公:即明代清官海瑞,字汝贤,号刚峰,琼山人。死后赠太子太保,谥"忠介"。

〔2〕桴(fú):小筏子。

〔3〕诘朝:清晨。

〔4〕巀嶪(jié yè):高峻。

〔5〕浑仪:我国古代天文观测仪器,也叫浑天仪。

〔6〕允宜:合宜。利涉:顺利渡河。

〔7〕琅玕(gān):似玉的美石。

〔8〕炎陬(zōu):南方炎热边远地区。

〔9〕九阍(hūn):九天之门。

〔10〕遘(gòu):遇。

〔11〕亟(jí):赶快,急切。

〔12〕舁(yú):共同抬东西。

〔13〕赍(jī):送东西给别人。

〔14〕火齐珠:宝珠的一种,或琉璃。

〔15〕瑟瑟:碧色宝石。

〔16〕红靺鞨(mò hé):红宝石名,相传产于靺鞨国。

〔17〕伐：敲击。鼍（tuó）：爬行动物，吻短，体长两米多，背部、尾部均有鳞甲，穴居江河岸边，皮可以蒙鼓。亦称"扬子鳄""鼍龙""猪婆龙"。鼍鼓：用鼍皮蒙的鼓。

〔18〕银潢（huáng）：银河。

〔19〕琼：赤色玉，泛指美玉。璿（xuán）：美玉。

〔20〕贷：赦免，宽恕。

〔21〕蚤：通"早"。

〔22〕主：旧时为死者立的牌位。

〔23〕鬻：卖。

〔24〕赀：通"资"，财货。

评析

《觚賸》，笔记体小说，作者为清代钮琇，共十二卷，分为正、续二编。《四库全书总目提要》说《觚賸》"是编成于康熙庚辰，皆记明末国初杂事。随所至之地，录其见闻"。《中国古代小说百科全书》赞其曰："志怪和传奇两体并存。志怪体叙事简洁，文笔流畅，有六朝风韵；传奇体铺叙详尽，曲折生动，有唐人小说之遗风。"

《觚賸》中《海天行》这个故事，讲述的是海瑞之孙述祖出海经商的奇遇。述祖的大船被龙王看中用以载龙宫之宝进贡天庭，他也随进贡众人由海入天游览一番。返回龙宫后与述祖一同出海经商的同伴皆变成鱼，述祖因为借船一事免于一死，得到一囊海中宝珠，平安返家。

中国古代文学作品中的海，从来不是单单作为地表一部分的、纯自然的海，也不是人们能目之所及、真实碰触的海，而是浸透了人们无尽思绪和情感的意象的海。人们以天马行空的想象为笔，在蓝色的海洋中勾勒出无数浪漫奇异。这在这篇《海天行》中，体现得淋漓尽致。

比如关于龙宫多宝的美丽想象。海底的龙宫，在中国古代文学当中，常常以华美瑰丽、宝物众多的面目出现。大海本身物产丰富，除了鱼虾等鲜美食材，还能为人类提供珍珠、玳瑁等珍宝。科学技术不甚发达的古代，先民们遥望幽暗深邃、身不能至的海底，更会产生关于海的无尽绮思。于是在人们的想象里，海底的宫殿一定是珍奇遍地、富丽堂皇。并且，古代文学中"龙王"的形象，多是由中国本土"龙"的形象与从印度传入的佛教中"龙王"的形象结合而成，而不管在中国还是印度，龙与财富宝藏多有联系。因此，海中龙王的龙宫在人们的想象中就更应该处处奇珍异宝，让人惊叹不已。明代小说集《西湖二集》中《救金鲤海龙王报德》一篇中就说："龙宫之宴不寻常，水晶宫殿玳瑁梁。明珠异宝锦绮张，黄金屋瓦白玉堂。"《海天行》中主人公见到的龙宫，同样也华美多宝物。水晶为墙，琅玕为池，珊瑚、鲛绡、五色石应有尽有，火齐珠、碧瑟瑟、灵梭锦琳琅满目。作者想象之奇妙梦幻，真是让人大开眼界。

又比如海与天相连、乘船可通的想象。张华《博物志》载："旧说云天河与海通。近世有人居海渚者，年年八月有浮槎去来，不失期。"从此乘槎由海入天便成为古代文学作品中的常见典故。想是古人遥望海天一色，相接处迷茫一片，就想象仅凭一叶扁舟就能经由波涛汹涌的大海，去探访高不可测的长空。这何等浪漫，又何等大胆。《海天行》中提到了张骞乘槎的故事，主人公述祖更是主动恳求乘坐大船由海进入银河，从中我们能看出当时的人们对认识外界、探索自然的渴望。大船由海入天是逆风而行，却一路风平浪静，不消片刻就到达天庭。面对喜怒无常、危险莫测的大海和艰苦漫长的海上行程，人们充满无奈，于是只能借助这种美好的想象，实现轻易、安全探索海洋的愿望。

意象的海洋被人们天马行空的想象装扮得瑰丽多彩，这种想象奇异浪漫，却也能看到现实的影子。尤其在这篇《海天行》中，我们能发现许多现实的映射。大船登岸前岸边的官人，"高冠大带，拱立水次，侍从百辈"，披甲持剑，活脱脱人世官员的形象。龙宫的形制如同人间的帝王之所，等级制度、朝廷礼仪也和人世间的宫廷一模一样。述祖得以进入天庭游览,一个重要原因就是他是忠臣海瑞后裔,足见水族也知人间事,也认同人间的道德规范。天庭之主关心南方民事和北方兵事,更是与社会现实直接产生了关联。

海洋是生命的摇篮,也是幻想的摇篮。遥望着这片深蓝色的遥远疆域,人们用烂漫瑰奇的想象塑造出一个海的意象。它新奇梦幻,也有着现实色彩。它远比自然真实的海洋丰富而深刻,承载着从古到今一代代人的喜怒哀乐、恐惧渴望,并在文学领域留下无数动人的故事。

(孙文成)

续子不语·王谦光

袁枚[*]

王谦光者,温州府诸生也。家贫,不能自活,客于通洋经纪之家。习见从洋者利不赀[1],谦光亦累资数十金同往。

初至日本,获利数十倍。继又往,人众货多,飓风骤作,飘忽不知所之。见有山处,趋往泊[2]之,触礁石沉舟,溺死过半,缘岸而登者三十余人。山无生产,人迹绝至,虽不葬鱼腹中,难免为山中饿鬼,众皆长恸[3]。昼行夜伏,拾草木之实,聊以充饥。及

---

[*] 袁枚(1716—1798),字子才,号简斋,晚年自号仓山居士、随园主人、随园老人,钱塘(今浙江杭州)人,清朝乾嘉时期代表诗人、散文家、文学评论家。

乾隆四年(1739)进士,授翰林院庶吉士,后历任溧水、江宁、江浦、沭阳等地县令七年,为官勤谨,颇有政绩,然无意利禄。33岁辞官归隐于南京小仓山随园,吟咏诗词,广收弟子,女弟子尤众。袁枚为人放浪形骸,纵情山水;为文直抒性情,不拘礼法,被当时主流讥为"野狐禅"。嘉庆三年(1798),袁枚去世,享年82岁,世称随园先生。

袁枚倡导"性灵说",与赵翼、蒋士铨合称为"乾隆三大家",文才与大学士纪昀齐名,时称"南袁北纪"。一生著作颇丰,有《小仓山房集》《随园诗话》《补遗》《随园食单》《子不语》《续子不语》等。

风雨晦冥，山妖木魅千奇万怪来侮狎人，死者又十之七八。

一日，走入空谷中，有石窟如室，可蔽风雨。傍有草甚香，掘其根食之，饥渴顿已，神气清爽。识者曰："此人参也。"如是者三月余，诸人皆食此草，相视，各见颜色光彩如孩童。时常登山望海。忽有小艇数十，见人在山，泊舟来问，知是中国人，逐载以往，皆朝鲜徼外之巡拦[4]也。

闻之国王，蒙召见，问及履历，谦光云系生员[5]，王笑曰："道不行，乘桴浮于海[6]耶？"因以"浮海"为题，命谦光赋之。谦光援笔而就[7]，曰："久困经生业，乘槎[8]学使星。不因风浪险，那得到王庭。"王善之，馆待如礼，尝得召见，屡启王欲归之意。又三年，始具舟资，送谦光并及诸人回家，王赐甚厚。谦光在彼国见诸臣僚，赋诗高会，无不招至，临行赆饯[9]颇多。及至家，计五年余矣。

先是，谦光在朝鲜时，一夕梦至其家，见僧数甚众，设资冥道场，其妻哭甚哀，有子衰绖[10]以临，谦光亦哭而寤[11]。因思数年不归，家人疑死设荐，固矣。但我无子，巍然衰绖者为何，诚梦境之不可解也，但为酸鼻而已。又年余抵家，几筵俨然，衰绖旁设，夫妇相持悲喜。询其妻作佛事招魂，正梦回之夕。又问衰绖为何人之服？云房侄入继之服也。因言梦回时，亦曾见之，更为惨然。

注释

〔1〕不赀：指无从计量，表示财物多或贵重。

〔2〕泊：停泊，靠岸停船。

〔3〕长恸：极度悲痛；大哭。

〔4〕巡拦：巡视稽查。亦指负责巡视稽查的差役。

〔5〕生员：明清两代称通过最低一级考试得以在府、县学读书的

人,生员有应乡试的资格。通称秀才。

〔6〕道不行,乘桴浮于海:语出《论语·公冶长》,意为主张行不通了,坐木排到海上漂流去。

〔7〕援笔而就:拿起笔立刻写成。形容才思敏捷。

〔8〕槎(chá):木筏。

〔9〕赆(jìn)钱:送行时赠给远行人的钱财、礼物。

〔10〕衰绖(dié):丧服。

〔11〕寤:睡醒。

评析

明清文言志怪小说创作之风颇盛,至蒲松龄的《聊斋志异》达到了顶峰。《子不语》《续子不语》就是这类小说中较为著名的一种。《子不语》凡二十四卷、续十卷,是袁枚历时四十年陆续写成。"子不语"出自《论语·述尔》中"子不语怪、力、乱、神"之语。袁枚有意与圣人唱反调,书中所记多怪力乱神之事。他在自序中说:"余生平寡嗜好,凡饮酒、度曲、樗蒲,可以接群居之欢者,一无能焉,文史外无以自娱,乃广采游心骇耳之事,妄言妄听,记而存之,非有所惑也。"可见作者写作此书的初衷是于"文史"正业以外聊以自娱,但"言为心声",即便是游戏笔墨,在一定程度上也反映了作者的思想与个性,《子不语》中除了奇闻逸事与游戏文字外,也能看到反映现实、针砭时弊、讽刺世情之作。

本篇讲述了一个商人去海外经商,遭遇飓风漂至一岛,采集岛上人参得以续命,遇船获救后来到朝鲜,受朝鲜国王赏识,留居五年。某日梦见其妻疑其已死,为其设资冥道场。归家后,方知梦中之事皆是真实发生的。海洋商贾叙事是明清海洋小说中十分重要的类型,本篇以海上经商作为叙事背景,而非以此作为叙事的主干,但依然能从中解读出许多与海洋相关的信息。

王谦光原本是书生，因家贫难以养活自己，又见"从洋者利不赀"，决心弃笔从商。在古代，商人地位卑贱，多为读书人不齿，王谦光却毅然放弃生员身份，选择下海经商，从中可以看出，一来明清逐步迈入商业社会，商人的地位有所提高；二来海外贸易确实有暴利可图。据日本学者统计，在朝鲜《李朝实录》上可以查到姓名的宋代商人，仅福建一地就达数千人，至于遍布全国的海商就数不胜数了，可见海洋利益对人们巨大的吸引力。果然，王谦光很快就获利数十倍，但随之而来的飓风将他们吹到荒岛之上，可见海洋商贸在巨大的利益背后也伴随着巨大的风险，往往要付出生命的代价，"虽不葬鱼腹中，难免为山中饿鬼"。

其次我们可以从文中所写内容，大致了解当时海上经商的路线。文中提到，王谦光经商之地选择了日本，很快"获利数十倍"，可知彼时日本对中国商品的需求量已经颇为可观。在海上遭遇飓风，经人搭救后又来到朝鲜王廷。中、日、朝三国一衣带水，水陆交通十分方便。自中国东部沿海，经渤海或黄海、东海到达朝鲜、日本、琉球等地的贸易航线，就是著名的"东海丝绸之路"。关于东海丝路最早的记载，始于周武王灭纣建立周王朝后发生的箕子东走朝鲜，后逐渐发展成海上贸易之路。从本篇文章可以看出直到明清时期，东海丝路依然是东亚诸国之间一条重要的贸易之路。

王谦光在朝鲜的际遇也颇有意思。朝鲜国王问及王谦光履历，告之曰生员，国王遂引孔子的"道不行，乘桴浮于海"之句，并以"浮海"为题命其作赋。此处作者借国王之口有揶揄调侃之意，孔子原意是大道不行则泛舟海上归隐，而今生员是经业未成故去海上经商，实则与孔子原意相违背。王谦光在赋诗中亦真实道出当时一类读书人的状况："久困经生业，乘槎学使星。"读书仕宦找不到出路，只好入海经商。在"万般皆下品，唯有读书高"的古代社会，下海经商虽能解一时之窘迫，然而对多数读书人来说，实是无奈之举。

此篇文章尽管属于志怪类笔记，但与以往奇幻诡异的神魔小说或谈狐说鬼的文言笔记相比，志怪部分略显单薄，想象也很贫乏，相较来说，纪实的部分倒更有价值。

（沈伟）

谐铎·鲛奴

沈起凤[*]

茜泾景生，客闽三载，后航海而归。见沙岸上一人僵卧，碧眼蜷须，黑身似鬼，呼而问之。对曰："仆鲛人也，为水晶宫琼华三姑子织紫绡[1]嫁衣，误断其九龙双脊梭，是以见放。今漂泊无依，倘蒙收录，恩衔没齿。"生正苦无仆，挈之归里。其人无所好，亦无所能。饭后赴池塘一浴，即蹲伏暗陬[2]，不言不笑。生以其穷海孤身，亦不忍时加驱遣。

浴佛日，生随喜昙花讲寺。见老妇引韶龄[3]女子，拜祷慈云座下。白莲合掌，细柳低腰，弄影流光，皎若轻云吐月。拜罢，随老妇竟去。迹之，入于隘巷。访诸邻右，知女吴人，姓陶氏，小字万珠，幼失父，为里党所欺，三年前，随母傲[4]居于此。生以孀贫可啖，登门求聘，许以多金，卒不允。生曰："阿母居奇不售，将使令千金以丫角[5]老耶？"老妇笑曰："蓝田双璧，索聘何嫌？且女名万珠，必得万颗明珠，方能应命；否则，千丝结网，亦笑越客徒劳耳！"生失望而回，私念明珠万颗，纵倾家破产，亦势难粹

---

[*] 沈起凤（1741—1802），字桐威、桐翔、桐判、蓉洲，号赘渔，别号红心词客，别署花韵安主人，清代吴县（今江苏苏州）人。乾隆三十三年（1768）中举，后试屡不第，仕途失意，于是纵情于文，在小说、诗词、散曲等方面都有建树，作品风行大江南北。
主要作品有散曲集《樱桃花下银箫谱》，词集《红心词》《吹雪词》，诗文集《诗文杂著》，并撰有《十三经管见》《人鹤》等，而志怪小说集《谐铎》流行尤盛。

办；日则书空，夜则感梦，忽忽经旬，伏床不起。延医诊视，皆曰："杂症可医，相思疾未可药也。"瘦骨支床，恹恹待毙。

鲛人入而问疾。生曰："琅玡王伯舆，终当为情死[6]。但汝海角相依，迄今半载，设一旦予先朝露[7]，汝安适归？"鲛人闻其言，抚床大哭，泪流满地。俯视之，晶光跳掷，粒粒盘中如意珠也。生蹶然而起，曰："愈矣！"鲛人讶其故。生曰："予所以病且殆者，为少汝一副急泪耳！"遂备陈颠末[8]。鲛人喜，拾而数之，未满其额。转叹曰："主人亦寒乞相，得宝骤作喜色，何不少缓须臾，为君尽情一哭也。"生曰："再试可乎？"鲛人曰："我辈笑啼，由中而发，不似世途上机械者流，动以假面向人。无已，明日携樽酒，登望海楼，为主人筹之。"

生如其言，侵晨，挈鲛人登楼望海，见烟波汩没，浮天无岸。鲛人引杯取醉，作旋波宫鱼龙曼衍之舞。南眺朱崖，北顾天墟，之罘[9]、碣石，尽在沧波明灭中。喟然曰："满目苍凉，故家何在？"奋袖激昂，慨焉作思归之想，抚膺一恸，泪珠迸落。生取玉盘盛之，曰："可矣。"鲛人曰："忧从中来，不可断绝。"放声一号，泪尽乃止。生大喜，邀之同归。鲛人忽东指笑曰："赤城霞起矣。蜃楼十二座，近跨鼋[10]梁，琼华三姑子今夕下嫁珊瑚岛钓鳌仙史。仆灾限已满，请从此逝！"耸身一跃，赴海而没。生怅然独反。

越日，出明珠，登堂纳聘。老妇笑曰："君真痴于情者。我不过以此相试，岂真卖闺中女，腼颜求活计哉？"却其珠，以女归生。后诞一子，名梦鲛，志不忘作合之缘也。

铎曰："借穷途之哭，为寒士之媒，鲛人之术奇矣，吾更奇乎阿母之始索其聘，继却其珠，使绝代娇姿，闺房吐气。否则，量石家一斛珠，虽高抬声价，亦何异卖菜而求益者乎？"

注释

〔1〕紫绡：紫色薄绸。

〔2〕暗陬（zōu）：黑暗的角落。

〔3〕韶（sháo）龄：青年时期。

〔4〕僦（jiù）：租赁。

〔5〕丫角：梳在头顶两边像犄角的短发辫，是少女的发型。以丫角老，指一辈子不嫁人。

〔6〕琅玡王伯舆，终当为情死：相传东晋琅琊王氏的王廞（xīn）曾登上茅山，一时内心悲恸，哭道："琅玡王伯舆，终当为情死！"

〔7〕朝露：原指早晨露水，此处引申为少年早亡。

〔8〕颠末：始末。

〔9〕之罘（fú）：山名，也作芝罘，在今山东烟台市北。

〔10〕鼍（tuó）：鳄鱼。鼍梁：鳄鱼架的桥，引申指桥。

评析

《谐铎》是清代文人沈起凤所作的志怪小说集，共十二卷。从书名来看，"谐"指娱乐消遣，"铎"指教育劝诫，即将劝诫之言放在消遣的故事中。《谐铎》内容涉及的范围极广，既有对黑暗官场的尖锐批判，也有对贪心缺德者的辛辣嘲讽，更有对人性弱点不留情面的揭穿。除了讽刺之外，《谐铎》也有对美好事物或品德褒奖赞扬的故事，正如本篇《鲛奴》。

《鲛奴》是《谐铎》卷七中的一个小故事，讲述了景生海上归航，救了一个因犯错而被水晶宫琼华三姑子放逐的鲛人仆从，于是鲛人从此便跟随景生并成为其家仆。景生在浴佛日对一个美丽女子一见钟情，但少女之母却提出以万珠为聘的要求，景生求珠无门，相思成疾。鲛奴看到自己的恩人身体渐弱，不由内心悲痛，继而抚床大哭，岂料所泣眼泪竟成珍珠。景生大喜过望，却又得知鲛人之泪不同于人，必有真情实意才能泣泪成珠。鲛奴为报恩情,许诺主人尽力一哭,第二日登上望海楼,见海思家然后号啕大哭,如此为景生凑够万珠,正好鲛奴灾限已到,于是返回海中。景生奉万珠求娶,而少女母亲感动于景生的深情,嫁女成全,故事圆满结局。

关于大海的美丽传说多不胜数,而有关人鱼的传说应该是最为丰富且引人关注的一种。人鱼作为一个神秘的存在,被世界许多文明接纳,具有鲜活多样的特征,如丹麦童话中的小美人鱼,地中海传说中的海妖,以及中国的鲛人。而中国关于人鱼的故事又以"鲛人泣珠"这一类故事为突出代表。

中国文学作品中有关人鱼的叙述可以追溯到《山海经》,其《海内北经》载:"陵鱼人面手足鱼身,在海中。"这是最早关于人鱼的描写,也是后来众多人鱼作品的源头。之后人鱼的形象进一步发展,魏晋南北朝张华的《博物志》中这样描写人鱼:"鲛人从水出,寓人家积日,卖绡将去,从主人索一器,泣而成珠满盘,以与主人。"这里的人鱼已经从一个静态形象变成有血有肉的动态形象了。《谐铎》中的鲛奴与《博物志》中的人鱼一脉相承,"鲛人泣珠"也成了文学作品中一个常用的典故。

《谐铎》中的《鲛奴》,比之前代相关题材有所突破,就其叙事而言,内容更加丰富,情节起伏性更大,故事性增强。具体来说,鲛人泣珠的行为有了限制,必须真情流露才可流泪成珠,这就将"鲛人泣珠"这个典故进一步充实起来。而鲛人与人类的情感互动更深刻,鲛人为景生的相思之疾担忧哭泣,为了完成恩人心愿主动让自己悲伤哭泣,以泣泪成珠,最后返回大海,给人留下了回味想象的空间。

除"泣珠"这一特质以外,鲛人另一大功能就是织绡。《博物志》中,鲛人登岸"卖绡将去",《鲛奴》中鲛奴被放逐的原因是"为水晶宫琼华三姑子织紫绡嫁衣,误断其九龙双脊梭"。鲛人与织物的关系也就确立了起来,之后鲛绡、鲛绡和泣珠都成为与鲛人传说不可分割的文化符号，陆游的《钗头凤》中就有"春如旧，人空瘦，泪痕红浥鲛绡透"的句子。

鲛人这一意象的存在，也恰恰反映出人类对于海洋的美好想象。难以穷尽的广阔海洋，承载着人类无数的期许，鲛人作为海洋文学中的一个重要形象，因为具有报恩、勤劳、为人带来财富的种种特点，不仅在文学中受到了关注和追崇，在中国的传统文化中也牢牢地占得一席之地。

（王昕洁）

淞隐漫录·海底奇境

王韬*

聂瑞图，字硕士，一曰祥生，上元诸生也。聂素称金陵巨族，至生尤豪富，几于田连阡陌。生不工会计，一切悉委之于人，读书作文之外，了不问家人生产。耳甚聪，能闻数十里外哄斗声，人因呼为"三耳秀才"。生平喜讲求经济，而尤留心于治河。凡古今水利诸书，阅之殆遍。笑曰："此皆非因时制宜之术也。治河宜顺其性，导之北流，又宜多浚支流，以分杀其势。今北方井田既废，沟洫不行，水无所蓄，坐令膏腴之壤，置为旷土，甚可惜也。方今东省水发，多成泽国，民叹其鱼，当轴者徒事赈恤，而不知以工代赈

---

* 王韬（1828—1897），名利宾，又名瀚，后更名韬，字仲弢，一字紫诠，别号天南遁叟、弢园老民。江苏长洲（今苏州）人。十八岁时以第一名考取秀才，后赴南京乡试落第，从此尽弃八股时文。二十二岁时赴上海谋生，从事编辑十三年，其间开始接触西方资产阶级思想。同治元年（1862）遭清政府通缉，被迫隐居香港，其间主笔《循环日报》，积极鼓吹变法维新。光绪十年（1884）回到上海，任申报馆编辑部主任，同时被推举为上海格致书院院长。著有小说集《淞隐漫录》《淞滨琐话》《遁窟谰言》等。

之法。与其筑堤，不若开河，要使东北数省环绕潆洄，无非河之支流，以渐复古昔沟洫之旧，然后以次教以耕植，俾[1]北民足以自食其力。今日既行海运，势甚便捷，河运可不必复。如虞[2]后患，则莫如自筑铁路。"生之持论如此。而人多笑之。

生胸襟旷远，时思作汗漫游[3]。时国家方重外交，皇华之选，络绎于道。有某星使持节出洋，生以策往干[4]之。星使虽侧席延见，但以温语遣之而已。生曰："我所以见之者，冀附骥以行耳。彼徒以虚礼是縻，置而弗用，我岂不能自往哉？"立登邮舶遄征[5]，囊资充裕，行李烜赫，见者疑为显要，所至各处，无不倒屣出迓[6]，逢迎恐后。所携舌人四：一英，一法，一俄，一日，以是应对周旋，毫无窒碍。每遇地方官延往宴会，辄有赠遗，尽皆珍异，西国妇女所罕见也，因之酒食征逐，殆无虚日。生性既风流，貌尤倜傥。游屐所临，辄先一日刊诸日报，往往阖境出观，道旁摘帽致敬者，亘数里，星使无其荣也。欧洲十数国，游历几周，瑞国地虽蕞尔，水秀山明，尤所心赏。瑞书塾肄业女子曰兰娜者，美丽甲泰西，聪慧异常。一见生，惘然如旧相识，邀至其家。女固素封，所有中国之绮罗物玩无不备。询其由来，乃法废后内府之所藏也，法后出奔，多寄储其舍，后以具价得之。生见之，倍加赞叹。女择其中尤宝贵者数种以贻生，生谦不敢受，曰："此天上珍奇也。偶尔相逢，讵敢膺此非分？"女曰："非此之谓也。以遇言，则萍蓬异地；以情言，则金玉同心。区区微物，又何足辱齿芬？"强纳之于生袖。

生居浃旬[7]，别女登车，拟乘巨舶从伦敦至纽约。方渡太平洋，忽尔风浪陡作，排山岳，奔雷电，不足以喻其险也。生强登舵楼，举首一望，则银涛万丈，高涌舶旁，势若挟舟而飞，不意丰隆猝过，遽卷生入海中。于时舟师舵工欲施救援，莫能为力，惟有望洋惊惋而已。

生但觉一时眩晕欲绝，少苏，启目视之，山青水碧，别一世界，绝不知身在海中也。方讶适在海舶，顷何至此，岂出自梦幻哉？举足行三四里，但觉鸟语花香，奇葩瑶草，疑非尘境。时腹中稍饥，仰首见枝头桃实累累，红晕欲滴，摘食二三枚，顿觉果然；桃味芳馨甘美，沁入肺腑，生平所未尝也。生偶见溪涧之旁有细草一丛，嫩叶柔条，绿色可爱，举手拔之即起，嗅之，其香参鼻观，根柢有圆粒若蒜头，去其外皮，内白若雪，食之殊甘，顷刻间陡觉精神焕发。生知非凡草，拔取十余株，裹之以巾。

迤逦[8]再前行，遥望有茅屋数椽，依涧而居。极力趋就之，倏忽已至，径渡略彴[9]，叩门。门启，双鬟出应客，俱作中华妆束，问生："适从何来，欲谒室中何人？"生嗫嚅[10]无以应，但曰："失路经此，愿求指引。"须臾，有老媪出，白发苍颜，龙钟已甚，导生登堂，曰："老身钟漏并歇，何处贵人，辱临敝地？"生告以将往纽约，不知何故到此。媪曰："是非老身所知也。适有西方美人新至此间，可自往问之。"命婢引生入后堂西阁。其地石峰森立，巨池约十余顷；白荷花万柄，摇曳风前，芬芳远彻；阁四周皆栏杆，矗峙池之中心。生遥睹一女子，西国衣裳，凭栏独立，雾縠云绡，皓洁耀目，仿佛霓裳羽衣，来自天上。近即之，非他，即瑞国女子兰娜也。彼此相见，各怀疑讶。女曰："自别后，心殊悒怏。我母欲余破寂消忧，偕往法京巴黎，居未匝月，逭暑于英之苏格兰，余以过都华河失足堕水。主者怜余盛年殒于非命，令至此间享受清福。闻君欲往美邦，何为来此？君殆不在人间世耶？"言罢，凄咽不胜。生曰："余固未知身之已死也；如果没于洪涛，获此妙境，真觉此间乐不思蜀矣，况复日对丽人如卿者哉？"女曰："余企慕中华久矣，顾语言文字，素所不习，未知从何下手。君肯悉心相授否？"生曰："此亦何难。但愿长相聚首，则死固胜于生也。"

居久之，偶步门旁，骤闻波涛汹涌声，出门外咫尺，则水若壁立，无路可通，急入告女曰："此间殆将遭玄冥一劫，成一片汪洋境矣。"女笑曰："敬为君贺，君自此可出海底而复至人间矣。特我两人别离在即，不可不设筵饯别，以尽我心。"立呼厨娘作咄嗟筵。酒半，女捧觯至生前，曰："请尽此一杯，当为君歌一曲，以代骊歌。数年以来，学习华音，颇有所得，若有感触，偶尔拈毫作一二小词，当亦不让于人。君可细聆，正其讹舛，作顾曲之周郎，何如？"言竟，女即弹琴抗声而歌曰：

日升于东兮月生于西，昼夜出没而不相见兮，情亘古而终迷。叹人生兮道途之长域，而悲夫寿命之不齐。何幸云萍之忽聚兮，难得此数载之羁栖。总觉别长而会短兮，不禁临觯以心凄。识合离之有数兮，勿往事之重提。赠子兮画桨，送子兮前溪，从兹相隔兮万里，徒恃此一点之灵犀。

歌罢，涕不能仰。生慰藉再三。女命婢舁〔11〕一小艇出，置之门外，令生坐其中；旁叠四五囊，悉储珍宝。谓生曰："曩赠君物尚在否？"生探之袖中。女拣取一珠，作黑色，曰："此龙宫辟水珠也。"又拈一黄色珠，示生曰："此兜率宫定风珠也。持此入海，如履平地矣。"言讫，浪声大作，舟亦上升。女遽阖门入。生不禁大号。回思数载欢娱，真如一场短梦。小舟浮沉海中，杳无涯际，奚啻一叶。生视其囊，皆皮箧也，管钥悉具。偶一伸足，觉触处腻然有物，取视之，枣糕也，食之因得不饥。叹女慧心周至，为不可及。

经三昼夜，抵一处。灯火万家，异常热闹。登岸询之，乍浦也。呼人携取行囊，舟泛泛自去。生启箧检点，金钱外悉珠宝钻石。生思上海为天下阛阓〔12〕之最，必有售者，乃取道沪渎，小憩于觅闲别墅。仅售百分之一，已得万金。时有碧眼贾胡知生怀宝而归，叩门请见。生示以钻石一，巨若龙眼，精莹璀璨，不可逼视。请价。曰:"非四十万金不可。"曰:"论价亦殊不昂,顾此惟法国方有之,足下何从而得哉?"生曰:"中华宝物流入外洋,岂法王内廷之珍不能入于吾手哉?"贾胡又以减价请。生曰:"方今山东待赈孔殷,苟能以三十万拯此灾黎者,请以畀之。"贾胡曰:"诺。"辇金载宝去。人咸高生风义为世所寡云。

注释

〔1〕俾:使。

〔2〕虞:忧虑,预料。

〔3〕汗漫游:指世外之游,形容漫游之远。出自《淮南子·道应训》:"吾与汗漫期于九垓之外。"

〔4〕干:拜访。

〔5〕遄征:急行;迅速赶路。

〔6〕倒屣出迓:迓,迎接。形容热情欢迎宾客。

〔7〕浃旬:一旬的意思,即十天。

〔8〕迤逦(yǐ lǐ):曲折连绵。

〔9〕略彴:小木桥。

〔10〕嗫嚅(niè rú):想说而又吞吞吐吐不敢说出来。

〔11〕舁(yú):共同抬东西。

〔12〕阛阓(huán huì):指店铺;商业。

评析

《淞隐漫录》为王韬晚年之作,最初以单篇发表于申报馆发行的《画报》中,后由点石斋结集成书。王韬在书的序言中评价这本书"追忆三十年来所见所闻,可惊可愕之事……聊作一时之消遣,而借以抒平日之牢骚郁结"。王韬一生游历四方,阅历丰富,学贯中西,在文学创作时往往会将自己的亲身经历与感受融入其中,因而行文富于变化,笔调细腻，情致委婉，抒情气氛浓厚，这一创作特征在《淞隐漫录》中表现得极为明显。

以本书所选《海底奇境》为例，本篇出自《淞隐漫录》第八卷，写聂瑞图胸怀经济之才、外交之策，却终不为当道者所用，愤而自费登游船出洋，遍历欧洲十数国，"所至各处，无不倒屣出迓，逢迎恐后"，倍受款待，朝廷派出的"星使"却"无其荣也"。聂瑞图在从伦敦乘船渡太平洋至纽约途中，被飓风卷入海底，于海底与在瑞士相识的女子兰娜重逢，后得出海底而复至人间，兰娜设宴饯别，用华语唱离别之曲，缠绵悱恻，绰有情致。聂瑞图回国后，将兰娜所赠法国内廷之珍宝卖给外商，以所得三十万巨款捐赠山东灾区。

《海底奇境》中的聂瑞图寄寓着作者的人生经历，情节设置则借以抒发其"牢骚郁结"。聂瑞图怀济世之志、王佐之才，却不为当权者所识，无法为国效力，最终无奈出国游历，这显然与王韬本人的人生经历相契合。在欧洲游历时，聂瑞图对于行程的细致规划和所受礼遇，与朝廷"星使"的窘迫形成鲜明的对比，进而表现出作者对于朝廷中尸位素餐者的蔑视。小说最后写聂瑞图向外国商人展示兰娜所赠钻石时，面对"顾此惟法国方有之，足下何从而得哉"的疑问，作者借聂瑞图之口凛然答曰："中华宝物流入外洋，岂法王内廷之珍不能入于吾手哉？"将近代中国所受欺凌的怨愤，以及必将奋发复兴的决心一吐为快，读之令人振奋。终篇以售宝所得赈济灾民的情节，则表现了作者位卑未敢忘忧国的拳拳爱国之心，作品的抒情氛围由此达到高潮。

本篇作品题名《海底奇境》，就小说中的海洋因素而言，聂瑞图游历海外的经历，以及乘坐轮船的出行方式，均表现出比其他小说更为强烈的现代气息，此类情节的出现也显示出王韬等近代新型文人在欧风美雨的现代文明浸润之下，开始以科学、理性的态度认识海洋。与同时期法国作家儒勒·凡尔纳所作的海洋小说《海底两万里》相比，同样是写海底景观，凡尔纳以博物学家阿龙纳斯的视角，力图对海底景物进行科学的描写；反观王韬的《海底奇境》，当聂瑞图被飓风卷入海底后，作者只能进行"举足行三四里，但觉鸟语花香，奇葩瑶草，疑非尘境"的空洞描写。而聂瑞图离开海底还需使用兰娜所赠"辟水珠"时，《海底两万里》中的阿龙纳斯已经借助潜水艇、潜水服等现代设备在海底尽情遨游了。两相对比，近代中国海洋观念的落后，以及科技水平与西方的巨大差距显露无遗。

（王双腾）

淞隐漫录·海外壮游

王韬

钱思衍，字仲绪，浙之檇李[1]人。少读书有大志，师授以时文，弃置一旁，初不欲观。谓人曰："此帖括章句之学，殊不足法。丈夫当如宗悫[2]、终军[3]，乘长风破巨浪，飞而食肉于数万里外耳。"家本素封，生父日望其成名，藉以充大门间。生不得已，下帷攻苦。所作程文规摹时贤，以求俯就有司绳尺。未几，获隽秋试，遽登贤书。一时贺者盈廷，生辄避不欲见。每读己文，汗常浃背，曰："此驴鸣牛吠耳，何以见人！"

一日，有一道士求见，自言从峨眉山来。生出迓之。疏髯古貌，飘然欲仙。道士遽问曰："闻君有遁世想，是以来作导师。"生自思："虽有是心，并未出之于口，此言何从而来？"因疑道士为非常人，延入厅室，与之讲求长生久视、吐纳烧炼之术。道士曰："君之所言，距道尚远。内丹外丹虽分两途，而其入门之始则一也。先宜寡欲养心，清修静坐。既臻玄妙，而后旁及。从未有三尸未斩，五浊未除，而一获大丹，立即飞升仙界者也。"生曰："如何始可坐修？"曰："上修避世；中修避人；下修则仍混迹红尘，与世交接，一旦道念不坚，恐终坏于外诱。子不如随我往游峨眉，自有所遇。"生曰："诺。"道士即以手中拂尘向空掷之，顿化为龙，鳞甲毕具，下伏于地。生惊惧欲走。道士笑曰："无妨也。"与生并乘之，龙遽起，夭矫凌空，顿觉身入云际。俯视下方，迷漫无所见，耳畔风涛声大作。生于时已置死生于度外，闭目凝神，一任其所之。顷之，寂然，闻道士曰："至矣。"开眸四顾，则身已在地，龙去已杳，惟见万山环合，峙碧耸青，异草奇葩，芬芳扑鼻观。道士曰："此峨眉山最高处也，为自古人迹所不到。盍[4]往参吾师？"

迤逦行抵一石洞，双扉键焉。道士以拂尘柄击之，呀然自开。既入，则鸟语花香，别一世界，危楼飞阁，缥缈天外。行约里许，突有巨石当其前，晶莹如镜，可鉴毫发，凡迎面而来者，悉入镜中，上有巨字盈丈，曰"鉴心"。虽隔重衣数袭，自见其心跃然欲动，脏腑脉络，纤微呈露，无异秦廷之照胆台也。生至此疑骇欲绝，驻足不前。道士曰："藉此一观子心，平正通达，了无障碍，亦绝无城府。孺子固尚可教也。"峰回路转，陡见一院落。道士导之入，历阶升堂，阒无一人。曲折更历门阃数重，庭中栽芭蕉数百本，榜曰"绿天深处"。道士曰："此吾师习静所也。每逢庚日，必居是室。"方欲隔窗启词，而一婢已搴[5]帘而出，曰："紫琼仙子命召君。"道士令生俟于外，入良久，始招生俱进。参谒既毕，起立于旁。窃睨莲座，一十六七岁女郎也，容华绝代，仪态万方，心绝爱之，而不能言。女问生："从何处来？亦愿学道否？"生嗫嚅不能对。道士从旁为之代答。女笑曰："子来尚早，尘心犹未净也。"爰令生前，携其手细观掌纹，并摩挲其肩胁。生思慕正殷，而忽亲芳泽，触其柔荑，滑腻无比，顿尔心旌摇摇，不能自主。女于胸前取出小镜，令生自观。生内视，已心突突然，跃不能止。女笑曰："子欲念如火炽，当以冷水直浇其背，距道尚远，讵耐苦脩？不如仍堕凡间，阅历世趣，俾于繁华障中领悟清净道场，亦一法也。"因挈生至中庭，以帕一方布于地，令生登之。足下冉冉云起，顷刻间，大地山河，若环一周。

正当俯觇下方，忽闻炮声大震，遽尔坠地。生见众咸服西国衣冠，擐甲执兵者，鹄立两旁，气象威猛。众竞前诘生，啁啾格磔[6]，生弗能解。众中有曾至中华者，曰德臣，固其地之绅士也，来与生语。始知地名伊梨，属于英国，乃苏格兰濒海境也。是日阅兵，先以废舶立帜海中，然后发炮击之，命中及远，不爽累黍。此演水师也。至操陆兵，悉以新制神枪，一军齐放，有若万道火龙。生观之，不胜叹异。众问生："从空下坠，岂有异术乎？"生谬言："失路至此。顷所见若系眼缬生花，未可知也。"众疑信参半。德臣招致其家，款待丰隆，敬如上客。德臣有两姊未嫁，俱令出见。

翌日，偕生往游埃丁濮喇，乃昔年苏格兰之京都也，素以华丽著名。所产女子，娟秀绝伦。是夕，适有丹神盛集，远近毕至，而生亦预焉。丹神者，西国语男女相聚舞蹈之名，或谓即苗俗跳月遗风，海东日本诸国，尤为钜观。先选幼男稚女百余人，或多至二三百人，皆系婴年韶齿，殊色妙容者；少约十二三岁，长或十五六岁，各以年相若者为偶。其舞蹈之法，有步伐，有节次，各具名目，有女师为教导，历数月始臻纯熟。集时，诸女盛妆而至，男子亦皆饰貌修容，彼此争妍竞媚，斗胜夸奇。其始也，乍合乍离，忽前忽却，将进旋退，欲即复止，若远若近，时散时整；或男招女，或女招男，或男就女而女若避之，或女近男而男若离之。其合也，抱纤腰，扶香肩，成对分行，布列四方，盘旋宛转，行止疾徐，无不各尽其妙。诸女手中皆携一花球，红白相间，芬芳远闻。其衣尽以香罗轻绢，悉袒上肩，舞时霓裳羽衣，飘飘欲仙，几疑散花妙女，自天上而来人间也。舞法变幻莫测，或如鱼贯，或如蝉联，或参差如雁行，或分歧如燕翦，或错落如行星经天，或疏密如围棋布局,或为圆围,或为方阵,或骤进若排墙,或倏分若峙鼎,至于面背内外,方向倏忽不定;时而男围女圈,则女圈各散,从男圈中出,时而女围男圈,则男圈各散,从女圈中出;有时纯用女子作胡旋舞,左右袖各系白绢一幅,其长丈余,恍如蝶之张翅,翩翩然有凌霄之意。诸女足蹑素履,舞时离地轻举,浑如千瓣白莲花摇动池面。更佐以乐音灯影,光怪陆离,不可逼视。生抚掌称奇,叹为观止。

郡中有名家女周西者,国色也。一见生如旧识,邀生至其舍,日则出游,夕则张宴,名胜之所,涉历几遍,选异探幽,殊惬襟抱。生至是渐通方言,可与友朋酬答,因论伦敦为天下阛阓[7]最盛之区,不可不一游,好事多赠以游资。遂与周西束装俱发,先抵乐郡,小憩逆旅。乐郡介于苏格兰英伦交界之间,有会堂一所,极宏敞,其中弹琴唱诗者约士女百许人,音节铿锵,声韵悠远,钧天广乐,不足以比之也。中有琴师曰媚梨女士,姿容妩媚,丰致娉婷,见生,起与为礼,导观各处。知生将游伦敦,亦愿偕行。媚梨之叔官京兆尹,以博学闻于时。生至,倒屣相迓,日使宾从十余人导生游览,所有博物院、藏书室、机器房、制造局,无不排日往观,而玻璃屋五花八门,尤为钜观,广大几数百亩。生固美姿首,两旁夹持以二美姝,正如玉树临风,璧人相对,见者咸啧啧叹羡。于中设店鬻物者,皆女子,瑶质琼姿,并皆艳丽。偶睹生来购物,悉与之目挑眉语。生询及价值,悉不计较,多推与之或竟纳其袖中,以示掷果羊车之意。

媚梨谓生曰:"君从中华来,曾至巴黎乎?"生曰:"未也。"于是渡海过法。街衢宽广,屋宇壮丽,似与英同。时法王适以避暑,不在宫中。女往谒其国星使,偕生游历法宫殆遍。中有金钢钻石一,巨若鸽卵,璀璨光耀,诚希世之宝也。由法至瑞士,山明水秀,林树蓊郁,花木繁绮,多亭台园囿之胜。方欲取道于普京伯灵,途中忽逢前道士至,以扇拍生肩曰:"欧洲之游乐乎?可返辔矣。"仍掷拂尘幻作一龙，乘之而去。

注释

〔1〕槜李（zuì lǐ）：古地名。今浙江省嘉兴市西南。

〔2〕宗悫（què）：（？—465），字元干，南阳涅阳（今河南邓州）人，东晋书画家宗炳之侄，南朝宋名将。

〔3〕终军：（约前133—前112），字子云，西汉济南人。西汉著名的政治家、外交家。

〔4〕盍：通"何"，表反问。

〔5〕搴（qiān）：拨开。

〔6〕格磔（gé zhé）：鸟鸣声。

〔7〕阛阓（huán huì）：街市，街道。

评析

《淞隐漫录》为王韬居于上海时所作，最初以单篇形式刊载于申报馆的《画报》之中，并配有插图，后由点石斋结集出版。该书《自序》署"光绪十年岁次甲申五月中浣"，但集中有小说记述光绪十一年（1885）、光绪十二年（1886）事，可见《淞隐漫录》前后历时约三年，并非一时写成。

王韬作为近代史上的著名人物，在当时却并不得志，其毕生致力的报刊事业，虽功在千秋，但也不乏出于生计的考虑。这种坎坷困顿的人生经历，使其在创作中多有寄寓，即《淞隐漫录·自序》中所言："诚壹哀痛憔悴婉笃芬芳悱恻之怀，一寓之于书而已。"但王韬作为近代新型文人，一生游历四方，其人生阅历非传统文人可比，因而可以在"求之于中国不得"情况下，"求之于遐陬绝峤，异域荒裔"。以在欧洲、日本的生活经历为基础，王韬的审美视角伸向海外，其描写海外自然风光与世俗民情的作品，比其他传统文人的主观臆想更为真实，也更具艺术价值。

　　本书所选《海外壮游》是《淞隐漫录》中海外题材中的代表作，出自小说集第八卷，讲述钱思衍绝意仕进之后，随一道士游历英法等国的故事。作品中描写海外风光、世俗民情，给人耳目一新之感，如写欧洲商铺"于中设店鬻物者，皆女子，瑶质琼姿，并皆艳丽"，这样的场景在仍旧提倡"三从四德"的中国可谓奇观。至于钱思衍眼中的西方舞会，对于国人而言更是闻所未闻，"（舞会）集时，诸女盛妆而至，男子亦皆饰貌修容，彼此争妍竞媚，斗胜夸奇。其始也，乍合乍离，忽前忽却，将进旋退，欲即复止，若远若近，时散时整；或男招女，或女招男，或男就女而女若避之，或女近男而男若离之。其合也，抱纤腰，扶香肩，成对分行，布列四方，盘旋宛转，行止疾徐，无不各尽其妙。"这种男女同舞的场景，在信奉"男女授受不亲"的国人眼里可谓石破天惊，如此可以想象此类作品刊发时对中国社会产生的文化冲击。在《淞隐漫录》第八卷中，《海底奇境》《海外壮游》两篇交相辉映，成为集中反映海外题材的代表作，可以说，这一类作品寄托着作者学习西方、走向世界的理想，以及其变法图强的爱国主义思想。

　　中国近代域外游记最初兴起于19世纪四五十年代，至19世纪末20世纪，初康有为、梁启超等维新派知识分子的游记已成为此类作品的主流。王韬早年修习八股文，后作为报刊主笔工于政论文及散文，在具体创作中叙事、写景、抒情均为里手，所以他在记述丰富的海外经历时，并未采用单纯的游记文体，而是将海外风光、风俗人情融入小说创作之中，形成一批重写景、抒情，而不重情节、人物的散文型小说，《海外壮游》典型地体现出这一特色。

（王双腾）

拿破仑岛

天白*

北美纽约克州，入秋方届八月，天气即阴寒逼人，海风自东来，林木萧萧，叶落如骤雨，拍岸怒潮澎湃，似相应和。近海一老屋中，炉火熊熊，一白发老人方背火而坐，状至沈肃，有如所思。忽门铃声琅琅然愈掣愈厉，老人方举首欲询，而扉已辟，则一童子引一客人入室，老人以手据榻欲起迎，客已趋至榻前，伛偻致词曰："丈犹健否？小子远游十年近始返国，将遍谒诸父老，第一人即见丈也。"老人徐拭其睫毛深覆之目，近客注视，莞尔而言曰："足下殆费纳斯君耶？十年不见，君之浓髯绕颊矣，闻君壮游东方，巴黎耶？维也纳耶？圣彼得耶？抑至远东之支那耶？君之行装似挟太平洋中盐气来也。"费笑曰："丈犹不忘太平洋耶？小子足迹几遍东方之大城，途中所见奇诡无匹者，纪之可得一巨册，其最冒险而有纪念之价值者，则渡印度洋遇飓风触礁事耳。"老人曰："足下英年，前程方远，他日路途之经历，险阻之遭逢，可以广见闻而增智识者，或十倍于今，若余耄[1]矣，羸[2]老无能，徒嗟伏枥。然念及旧游，老去雄心，犹跃跃欲试。足下远来良苦，如不嫌蓬荜[3]，即请税驾敝庐，老夫有法兰西佳酿数坛，愿与君为十日之饮，且为君细述太平洋遇险事也。"

礼拜堂晚钟徐动，夕阳红影已抹老人之屋角而过，室中灯火

---

* 鸳鸯蝴蝶派的重要刊物《礼拜六》于1914年6月6日（星期六）在上海创刊，由王钝根和周瘦鹃分任编辑。《礼拜六》杂志作为鸳鸯蝴蝶派的代表刊物，在民初文坛显赫一时，影响极大。此篇《拿破仑岛》发表于《礼拜六》第三十二期，署名天白，当为作者笔名，生平不详。"天白"曾多次在《礼拜六》中发表作品，如《古董先生小传》《玉台泪史》。

初明，老人与客方对坐御晚餐，餐房陈设古朴，多十七世纪中遗物，亦有奇异之石像，珍贵之花瓶，皆来自异国，如老人少时浪游世界之纪念品。时天已暝黑，海风愈烈，门外涛声奔腾震耳。老人执杯劝客曰："余闻此风涛以海洋腥醝[4]之气，来棘吾鼻，前尘历历，潮上心头，足下尽此一觞[5]，余萍踪浪迹之历史，将行开幕礼矣。"

余之伯父老航海家也，有汽船一艘，往来纽约英伦间。余伯自为船主，戀[6]迁货贿，获利颇丰，暮年倦游，欲以舟畀[7]余父，俾绩其业，而余父嗜静，雅不欲跋涉重洋，历风浪之险，余伯不得已，仍司船政，然怅以无人承乏，不获息肩为憾也。余年二十毕业于哈威大学，家居精研化学，闭户潜修，自成馨逸，殆将以博士终老矣。诵习之暇，辄游眺海滨以苏脑困，然每见风云开阖，波澜汹涌，心中怦然，辄生异想，似海水天风，咸来相诮，意谓若个好男儿，方在盛年，奈何以沉寂生涯，消磨日月，不思雄飞万里作乘风破浪之游耶。

一日余方在实验室中，左执玻璃管右持药水瓶，挹注[8]甚忙碌，几上酒灯灿然，玻璃鼎中药汁热度已高，硫味触鼻，余以灯绕鼎而炙，渐炙渐与鼎相离，久之，乃取鼎下，注汁于玻璃管中，药水顿现暗红色，余方怡然自得。忽闻大声发于隔室，则余伯归矣。余伯年近古稀，而气象雄伟，声如洪钟，时行装甫卸，与余父高谈航海事也。余出而齐聚，余伯方引大觥东方之啤酒，一吸而尽，既倾数觥，颜乃微酡[9]，与皓白之长髯相映，愈见老人丰度之奇伟，已乃徐徐理髯，牧师余父言曰："余操航业数十年矣，行将归隐，意欲趁此余年环游世界一周，以增阅历，然后家居息影，不复混迹波涛，吾弟以为何如？"余父未答，余一跃而起，曰："伯父果有此行，伟烈愿随杖履。"余伯父大喜抚余肩曰："孺子好勇，过于乃父，诚佳儿也。"余父虽不怿余之轻率，然亦不便过忤余伯之旨,余遂第一次为航海人矣。

良夜迢迢,月明如水,纽约埠酒楼中笑语杂沓,琴声悠扬,为状至乐,盖市人赴夜餐也。时近海浅滩,晚潮初上,海风内吹,激岸琤玜[10]作响,岸上月光从树荫中沁出,照地如碎琉璃片,树下长榻上有两人衣带月影,并肩而坐,情话缠绵,似惜别耳,则余与女友密司雪琳娜也。余素寡交游,女子社会中更未尝通款洽,惟在校日,星期偶步公园与雪琳娜相遇,班荆浃洽,欢如故知,由是时相过从,渠为银行商人之女,二九芳龄,瑷闺犹待字也。女天然爱静,虽席厚履丰,而世俗纷扰非其所好,与近日明妆斗艳神采飞扬之女郎,迥然大异。纽约之音乐场跳舞会,罕见其倩影,余以其性情高尚甚爱敬之。女亦以余少年凝重,颇倾心于余,而女父则欲以掌珠系援贵阀,故余两人之婚约犹未谐也。是夕,女来送余登舟,遂为海滨之话别,天青海碧,无限离情,执手依依,至于泪沘,余强笑解之曰:"余他日归来,当集殊方异品,上之密司,以为别后相思之代价。"女曰:"他物皆非余所嗜,所珍重而宝贵者,惟吾伟烈之一点灵犀[11]耳。"余闻言坚执其柔荑之手,吻之曰:"上帝鉴余,余爱雪琳娜此心永永弗变也。"时树荫中透出之月光,正照雪琳娜之纤手,似为余两人作证者,余与雪琳娜凝视无语,久之胡文海中各舰钟声络绎而鸣。余曰:"噫,十下钟矣,余伯将自海洋会社(航业中人俱乐部)罢饮归舟,余舟将启椗矣。"乃下,至石步唤小舟,与雪琳娜握手而别,双桨轻摇,小舟如叶,一转眼已在烟波森森中,回望海岸,月影迷离,犹见雪琳娜素锦高举也。

余舟乘潮出港,岸上灯光如五夜寒星,渐隐而灭,海天辽阔,四望无际,清波受月,上下通明,一舟容与似在银海中行。余方立甲板上,悄然凝眺,忽有抚余背者,回视之则余伯也,余伯笑谓余曰:"孺子此游乐乎?海上月华清丽极矣,汝亦知此茫茫者,经几度兴亡,照几许英雄影也。"余儿女离愁,遂为老人一语所冰释,海风吹面，精神愈旺，因问曰："余辈何时能在太平洋观月？"余伯曰："余尚拟在西印度群岛，小作勾留，两度月圆，余舟当在太平洋中也。"

余伯此次航海方针系由纽约向南直驶，穿麦哲伦海峡，入太平洋，经太平湖越印度洋，绕喜望峰（时苏彝士河尚未建成），东北泝[12]大西洋，入英伦海峡，经北海掠苏格兰北岸，复西转而归，取道既极迂折，沿途复须息游，故归程期以一年，脱非中途遇飓，或有意外之阻者，三百六十日后，会与雪琳娜再相见矣。然天下事变之来，波谲云幻，又岂吾人之所能预测耶。

余舟渡赤道而南，时在北美为秋季，凉爽宜人，南方则炎威方炽，舟中热不可耐，纬度愈南，热度稍减，然亦和煦如春，盖南美之八九月犹吾乡之二三月也。舟近铁剌德尔非哥岛时，则南风凌冽，寒气侵人，遥望岛中浓烟时喷，夭矫入云，时在太姆斯河口望伦敦市，烟云叆叇，岛中盖多火山也，岛之南端合恩岬，为海洋风涛极烈之所，余舟行海峡中，以避其险。既出海峡，舟与大西洋别而入太平洋，折而向北，近智利西岸而行，舟中热度渐高，厚呢之衣，又藏诸行箧[13]，而易以单缣[14]。此两月中，余已两易裘葛[15]矣。岸上安达斯山苍翠连绵，互送余舟北行，直至法耳帕奈素，青犹未了也。

法耳帕奈素为南美第一良港，亦余离纽约后，第一次游观之胜地也。市廛[16]繁丽，景物清佳，不亚北美桑港。余至此，乡关之思，油然而生。每当夕阳近海波荡漾如碎金，辄念及雪琳娜，此时当亦盼望烟水，念已不置也。一日傍晚，徘徊海岸，方凝思想间，舵工撒克森自后呼曰："先生尚在此流连风景耶？船主命余觅先生。"余舟今夕行矣，余乃回步，仍遵海而行，撒克森且行且琐琐话航海事。撒克森，奇人也，老于航海，行踪几遍地球，濒海巨埠操航业者，多与之相识，海礁纱线，无不熟悉于胸，一一如观纹于掌上，余舟驾驶之权，悉伊主之，余伯倚之如左右手，彼盖服事近十年矣，忠而憨直，惟性嗜酒，所得薪金，悉销化于啤酒中，然亦未尝以此废事也。此时方自临海一酒肆中出，苍颜微酡，夕阳返照，适其面，色乃愈赪[17]，与其皓白之须发相映，英姿飒爽，如古书图中之壮士，醉后谈兴倍豪，语蝉联不断，时余舟已蠢然映余眼帘，巨囱中潏[18]出之烟，浓如湿云，舟已添煤，备启椗[19]矣。撒克森指舟而言曰："明日见星时，余舟将抵久安佛耳难得斯岛，然此行殊余不欲，途中多暗礁，且海盗出没之区也。"余以为醉中谰语[20]，亦漠然置之。

久安佛耳难得斯岛，在法耳帕奈素之西三百五十英里，著名冒险家鲁滨孙之遗留地也，余伯心仪其人，欲一访其遗迹，余亦罢然神往，极力怂恿，独撒克森意离之，然以船主之命，终弗敢违也。是夕月华圆皎，海中微飚不生，波平如镜，夜景清丽，仿佛出纽约港时，余又忆雪琳娜矣。舟直向西而行，回望大陆黑影，已沈没不见，惟巨浸茫茫，时有海鸥三五，绕樯而飞，素羽映月，愈形皎洁。余倚铁栏观之，心神为之夷旷。忽巍然巨影，来近余前，则撒克森也，撒克森以手指船尾，颤声而言曰："先生见余舟后灯光否？"余随其所指瞩之，果见两三灯火，闪灼波际，距余舟约十余海里，余曰："此亦今日出港之舟耶？"撒克森摇首声益颤曰："此盗舟也。"余曰："安知非商舶？"撒克森曰："余在岸上觅先生时，彳亍税关前，览商船出入表，自余舟而外，今日固无出港船也。"余少年气盛，号坚执己意，复曰："安知非前日出港之舟遭风失道，今日始循航线，适与余舟同出一途耶？"撒克森默然为间，忽指船尾大声言曰："灯光愈明瞭矣，似彼舟增其速力，来追余舟，商船航行，有一定之形成，宁若是之汲汲耶？先生速告船主戒备。余将助司舵者向南稍偏以戕彼舟之意向。"言时，舟后灯光已大近，似距余舟不过七八英里，樯顶之灯左红右绿，又似寻常商舶，然愈行愈逼，不能令人无疑，乃奔入船室，呼余伯，同立甲板上观之，则后舟之全体已见，色深黄，月光照之作缟[21]色，式如战舰，两舷隐隐藏巨炮，首锐如巨刃，余伯更事多，识为盗舰，乃下令余舟亦增速亦脱险为上策。盖余舟无射远之炮，绝非其敌也，乃速力甫增，而后舟已觉，砰然一声，开炮矣，尚无子弹飞出，盖盗鸣空炮示威，命余舟降服也，以海中杀人越货之徒，而用文明国交战期内检查嫌疑商舶之公法，可谓盗亦有道者矣。时余舟死生已在呼吸，余伯主持仍向前速驶，以生命付于上帝，誓不束手而降，机声迅急，惨厉无伦，而盗舟亦不开炮轰击，但风驰电掣，追逐余舟，似在海洋中赛舟竞渡者。余意彼等殆欲生捕余舟，不欲以炮击毁伤船体，故余辈得暂时之幸免耳。余舟速力时已达极点，汽机室中，火光熊熊，余思火力过猛，汽釜烈，余舟殆矣。撒克森则谓余伯曰："前途多暗礁，舟行过速，纵免盗捕，触礁奈何。"余伯曰："与其死盗，不如死水。"语未毕，砰[22]然一声，余舟果触礁矣。

碎舟之惨状，余亦不忍细述，至余伯与余之得救，则撒克森身手猱健[23]，下甲板上小艇，掖余伯登舟，余亦一跃从之，撒克森以斧断缒下之绳，坐而荡桨，余与余伯惨然相视，亦不忍回顾破舟，惟闻人声喧沸，似盗舟亦下小艇，来余舟抄掠劫余之物。时夜已逾午，月色西斜，小舟近月影而行，微风东来，寒潮触艇，澌泪[24]有声，夜景荒寒，殆非人境。余念余伯以垂暮之年，遭此祸变，为之感伤不已。余伯强笑谓余曰："余辈漂流大海，真成鲁滨孙第二矣。"余亦强笑应之，心中则念此一叶小舟，盲行大海中，未知漂泊何所，设风力稍猛，海洋即余辈之墟墓矣，矧小舟中无一星之面包屑，两日不近陆者，余辈安能餐风吸露以活耶？余斑白之阿父，及最爱之雪琳娜，此生殆不复面，思至此，恍惚小舟已近岸，岸上树阴浓翳[25]，微露月光宛然纽约海岸风景，则见雪琳娜扬素巾，来欢迎余，余喜跃而登曰："伟烈竟生还矣。"言未已，陡觉有巨掌击余肩,且曰:"舟小而轻,安能恣先生狂跳?"举首愕顾,则撒克森立余侧,余犹在太平洋小艇中也。

晓色凄清,海天寂然而曙,风力亦渐劲,余伯拂其银之发,面西而望曰:"若长日风利,余辈可速抵鲁滨孙岛矣。"撒克森曰:"若途中遇商舶,则大佳。余腹已奇馁,日旰弗食,余力弗能操楫矣。"余意亦以撒克森为然,盖余心中,时忧遇暴风也,然余伯在患难中犹沈毅坚强,不失常度,则诚非余辈后生小子所能及。无何,日渐高光熇熇[26]炙余面,唇干吻燥,尤不可耐,余思果上帝救余辈者,当使速遇他舟,否则将索我于枯鱼之肆[27]矣,时晴日当空,天无片云,上下一碧,余伯方倚舷而寐。撒克森忽目有所注,以手蔽目远瞭,余曰:"撒克森何见?"撒克森以手指北言曰:"海天极处似有白物。"余亦引目北望,果见有一星之白,转瞬即渺,余曰:"殆海鸥也。"撒克森曰:"吾意以为白帆,今且勿告若伯,脱非船者。"转滋怏怏,余与撒克森仍向北凝望。复见天末似有一叶素筏,帖于蔚蓝之上,少焉白痕渐阔,如片云徐吐,余喜极而跃,曰:"果有帆船来矣。"余伯蘧然[28]惊寤,朦胧其双目,问余曰:"若何事欢呼?"余曰:"箐见帆影,似有来舟。"撒克森亦回面余伯曰:"上帝降福船主,余已见来舟樯影矣。"

来舟为三桅帆船,自科比阿将开往罗爱岛,船主弗兰德赢人也,既余辈登其舟,与余伯谈尤浃洽,言将送余辈至亚刺哥,是埠常有汽船回航南美,以便余等附船北归也。余深感船主之高谊,而撒克森则尤感谢其牛酒面包。餐罢船主出而治事,余侍余伯坐船室中间话,撒克森则散步舱面与众水手款款情谈,是时风帆饱涨,浪花四溅,船颇低昂不宁,余忽忆及破舟,觉此一昼夜中,死生夷险,真如苍狗白衣,变幻莫测,时余伯复倦而隐几。余枯坐无聊,宵深梦境,又潮上心头,方沉思入幻,忽闻撒克森大声呼曰:"船主速发令下桅,大风且起。"水手等咸不之信,撒克森牵船主之臂，面东而望，黑云已经瀚然涌起，船主亦大呼曰："汝辈趋下桅。"逾数分钟又呼曰："汝辈盍各有所攀，狂飓立至矣。"语未毕，船尾上腾，船唇入水，顷刻间浪高于桅顶，船主自把舵，两臂似健语铁，水手等争攀栏杆，撒克森早入舱，谓余伯曰："余辈幸遇此舟，若在小艇沉矣。"余思此时舟之簸荡上下，时而九天，时而九渊，安全尚未可必。余兽行近舱门，探首出外，向天而视，黑云布满，如厚幕低垂，四围高浪，涌入云际，舟轻如一羽，漂于水上，南北东西，莫知所适，震荡既极，余疲而思卧，沉沉入梦，梦中复见雪琳娜矣。

舟在狂风骇浪中者凡三日，而风威少杀，又一日而风静，惟波浪尚起落不平，举步犹须有所攀扶，否则晕而立踣。时船主审知撒克森老于海行，遂请于余伯以撒克森暂司其舵，与船主迭相更代。奈亦时扶舟出舱面，吸受空气，间至舵楼，访撒克森，渠方挟舵与船主纵谈，叙其阅历，余听之亦颇津津有味。时船主面向外，忽远指曰："南方云罅[29]之下，隐隐有一黑点，岂一岛耶？"余与撒克森亦向南凝眺，则见云片浓黑，裂一巨缝，其下有一黑点，大如荷盖，浮水中，似摇动，船主曰："余舟此时离海岸而西，已数千里，海图中未见此岛，殆虚无缥缈之蜃楼耶。"撒克森曰："吾测之确系一岛，不过在数十英里外，一小时后，吾辈当见其真面。"时云气复合，岛影又隐不见，余曰："此真类海市蜃楼，虚悬海上，即而观之，方可辨真幻也。"因下舱，以所见告余伯，余伯曰："吾闻探险者言，常见巨岛，为地图所未载，盖与地家之造图，故不能行遍天涯，一一冥搜细考[30]也，吾辈此次遇险，必能发见新地，为航海历史上放一异彩，果有见，此行为不虚矣。"时海波已平，再向南而驶，行约两小时，余尚在舱间，忽闻舱面众人喧呼，急奔而上，问撒克森曰："何事？"撒克森曰："至矣。"

岛形如半环，缺口外礁石累累，时午潮初退，多露水面，拿舟[31]近岛，颇不易易，乃停周口外，船主议以四五人乘小舟往探。余伯与余皆欣然愿往，乃偕船主及撒克森，同以小艇进缺口，泊于岸次，沿岸皆有石包裹，状如船坞，似经人力开凿者，岛上卉木葱茏，绿阴中蜿蜒露沙道，亦颇修整，似吾乡村野中管道，余辈知岛上确有居人，且其人绝非生番野蛮之辈，以其凿坞治道，颇有文明国气象也。迂回数转，忽见万绿如海中，红瓦鳞鳞，但屋低于艇，为丛绿所翳，故林外不之见，行既近，则见屋之前面，为一广场，碧草如毡，有数人拍球其上，一老人立而观之，装束皆如法兰西人，余几疑入巴黎城中公园矣。老人举首瞥见余辈，微露惊讶之色，方欲询问，余伯前儿致词曰："余辈遭风海上，偶涉足贵岛，当不罪其唐突也。"老人亦操应与，俨然答曰："荒岛之上，何幸复观文明国人，既辱光降，为空谷之足音，当至余庐小憩，略尽宾主之谊也。"时拍球者皆辍拍，注视余辈，老人以法语告之，大意谓新客来，礼宜款待，遂引余辈行。余视老人身躯短小，年事当已逾古稀，而精悍之气溢于眉宇，似曾见某画图中神采与之相似，但容颜较壮年耳。然百思不得其名。时老人方与余伯款款问邦族，余伯具告之，转以问老人。老人曰："余名恩佛·穹芮悌（译言不幸也），法兰西人，以航海泊至此，遂家焉。流光如电，盖三十年矣。"指拍球者曰："彼等皆余舟之水手，亦从余家于此。家室熙熙，此间乐不思故国矣。"言时微蹙其眉，旋强笑。余知老人别有怀抱，恩佛·穹芮悌殆其托名也。

老人室内四壁琳琅，皆法兰西风景画，间有一二楼台金碧壮丽，崇闳如欧洲帝王宫殿，时余伯方与老人纵谈，余则周行室中，一一赏见。独几上一镜架，装饰精丽绝伦，中嵌莹然一小影，芙蓉如面，秋水如神。余见而大惊，盖镜中之像，乃世传法兰西之绝色美人约瑟芬也。余思老人固法兰西产，然与约瑟芬有何种之关系，若是珍重其小影耶？方沈思间，老人肃客入餐室，众入座后，老人擎杯劝客曰："君等远来，劳苦盖尽，一觞此三十年前莱茵佳酿也。"余皆饮且揣老人之历史，偶举目注视老人，适与老人之视线相触，精光炯炯，令人凛然生畏，余亟俯首避其视线，引觞而尽。酒未阑，暮色已苍然欲合，余辈方与辞，而老人殷殷留宿，乃遣撒克森先归，为舟中之留守，诘朝以小舟来迓。余虽被酒[32]，特以老人行踪神秘，百测莫得，脑筋深受激刺，辗转客榻，夜不成寐，欲呼余伯，举胸中疑团告之，而余伯与船主皆以沉醉，深入睡乡。余起而绕榻徘徊，遥见老人退间室内，烛光灿然，似老人伏案作书，犹未就寝也。

晓日瞳瞳[33]，照窗作黄金色，似上帝矜怜万众，揭人间之黑幕而大放光明。余宵来疑虑，对此灿烂晨光亦消释其大半。老人自引余辈周览岛景。时万树苍苍，清露犹滴，岛之后面阡陌纵横，麦黍油油，远望一碧，间有葡萄之园，葱翠可爱，凡田池桑竹果蔬之属，岛中似无不备，宛然世外桃源，船主啧啧称羡不置，道上偶遇行人，见老人，辄鞠躬致敬，俯首不敢仰视，若民隶之谒侯王。余疑揣老人之念，又如潮而起，而逶迤曲径已转出岛前，适撒克森携一水手，棹小艇已泊岸次。余辈遂与老人为别，老人忽于怀中出一小册，封裹甚固，授之余曰："老夫知足下好学深思，区区者聊以赠君，以为别后之纪念品。"余称谢敬受，双桡[34]咿呀，小舟徐徐出港，回望老人如银之发，映日皓皓作光，飘然入绿深处去矣。

撒克森且鼓桨，且向余絮絮问岛内风景，为余辈晨游所见者，余述其大略，未毕，而小艇已近大舟，词遂中断。余返大舟后第一事即拆视老人所授之函，函中了无他物，惟长笺一幅，上书法文，译而读之，惊奇出意表，苟非目睹是书者将不能信其有。其文云：

"余世界之最不幸人也，故名为恩佛·穹芮悌。第余之旧名，今将披露于君前，其勿惊勿疑，余盖拿坡仑·波来帕脱也。世人以为余槁项黄馘[35]死于圣海伦岛上久矣,恶知今日尚能与君等为一夕之谈,且能奋笔作书,一吐余三十年来之秘密乎?余之败于滑铁卢也,所谓'天亡我,非战之罪',然余固堂堂法兰西健儿之领袖,安能低首下心,乞怜仇敌,图草间苟活耶?本欲自裁,而余之最忠智有胆略之秘书贝斯嘉,进纪信诳楚之策[36],彼盖事余二十年,尝窃效余之声音笑貌,如优孟之饰叔敖[37],瞆[38]瞆英人固不能辨其真伪,以为彼剽悍猛鸷,飞而食肉之拿破仑,今日乃入余樊中,受其羁勒而不可复脱矣。世人盛称英将功烈者,至谓天生威灵顿以制拿破仑,如狮象之有蛮奴。余闻之大笑,几欲绝余之冠缨[39]。然有一事足令余最痛心者,则事余最忠之贝斯嘉代余羁囚于荒岛,受彼竖子之欺凌,抑郁而死,而余今尚隐沦于无名岛上卒未能成恢复之业,以慰彼忠魂耳。初,贝斯嘉冒余名初降,余乃以小舟安然出险,暂伏于比斯开湾之一荒僻港内,余部下宿将知余秘事者,或挟巨资潜踪而至,货一巨舶,直渡大西洋,盘桓于西印度群岛者数月,又恐为世人所踪迹,乃由君等西来之航路入太平洋,无意中得此岛。岛本荒秽,无居人,余考其土质肥沃,可施耕植,乃决计暂棲于此。浚泉种树,以消遣寂寞之光阴。余部下士仍时放舟渡大西洋察探国中近状以为恢复之张本,而岛中器物亦于是大备。历岁经营,榛芜[40]之岛,乃俨然一文明国之雏形。君得无笑此威震一世之拿破仑,国破家亡,乃拥一弹丸之岛以自豪,夫亦无聊甚矣!然余虽蜷伏岛中,固无时不念我最爱之法兰西也。老骥伏枥,志在千里,烈士暮年,壮心未已,余犹忆余昔年征埃及,服意大利,破奥践普,万骑如云,怒马独出时也。近者,余部下归岛辄言吾法国民仍伏处于鲁意王权之下,加以强邻助其压迫,民气消弱,奄奄不可复振,自由之花,划灭都尽,并萌芽而无之。余之寸心,至此而冷如冰块,其将长为孤岛之野人以没世矣。呜呼!鲁华春树,谁招望帝[41]之魂,碧海秋潮,徒照英雄之影,余书至此,老泪琳琅矣！余今日万念俱灰，惟有一线之希望，则吾法人热血壮心，本自天授，今虽雄气暂息，如蛟龙遇冬而蛰，春风一来，渤然而兴。殆意中事即或气力未充，轻举转为人，败然精钢百炼，愈挫败而志愈坚强，一战而服全欧，执世界之牛耳。吾法不亡，终有此一日也，惜吾衰老不得见此耳！虽然吾国人竞争之狂热，其种子实余所步，他日收获功成，余死而有知，余心之愉快，为何如耶？至君等为余逊荒后第一次款接之良友，别后重逢，殆不可必，暮云远树，余能不黯然以悲耶？伟烈君英年颖异，余尤敬爱，惜岛中僻陋，无以相助，归纽约时若遇银行商人勃兰斯者，但云恩佛·穹芮悌有言，吾之小友伟烈，若仅为一次之请求所能胜任者，必慷诺毋吝，彼必不敢违吾言也。噫！余与世界生离已久，余此书为外人道之恐惊世骇俗，不如伟烈为余秘之之为愈也。"

噫嘻！畴昔之夜，壶觞酬酢[42]，为余辈东道主人者，乃赫赫烈烈法兰西大皇帝拿破仑·波来帕脱耶？时余舟乘风东驶，南望岛痕已隐于天末，忆岛中景物，恍惚如梦，然拿翁手书，则固明明在余衣囊中也，私告余伯，相与嗟异不已。舟行一日，中途遇往大西洋之汽船，逐与弗兰德船主挥泪而别，附汽船，经来时航路，归北美纽约之波光树影，皆若欢迎游子，生还故乡，时一千八百四十七年春正一月也。余伯以环游之举，虽遇险丧舟而中辍，然能与世界第一英雄盘桓竟日，亲其言论风采，可谓不负此行，逐此逍遥故乡山水间，隐居终老。撒克森亦从之隐，不复操航业矣。余则承受拿翁之墨，实挟希世之珍，可以尽翻世界历史之成案，亦殊足以自豪。矧余之快意事，犹不止此耶？盖拿翁书中所属之银，银行商人勃兰斯即雪林娜父也。余微以拿翁意告之，彼即惶然请教，余乃问之求婚，彼遂慷然允诺。其明年之秋，余遂与雪林娜成婚于纽约市之礼拜堂。海燕双栖，乐且无极，谢上帝，尤谢拿翁，盖不啻救赐为夫妇也。偶寻雪林娜以乃父之历史，雪亦不知其详，但知其父尝游历法兰西，法之风景，能历历道之而已。今余亦皤然头白[43]，回忆五十年前旧游惝况[44]，虚无几同，隔世纳斯君，子方在盛年他日放舟太平洋，或能于烟水苍茫中一观此英雄遗迹也。

注释

〔1〕耄(mào)：取自《礼记·礼上》："七十曰老而传；八十九十曰耄。"后世又有"七十曰耄"的说法。现在即是七十至九十岁年龄的古称，形容年老，引申为昏乱之义。

〔2〕羸(léi)老：指衰弱的老人。

〔3〕蓬荜(péng bì)：编蓬草、荆竹为门，指穷人的陋屋。

〔4〕醝(cuó)：盐的别名，也有咸味的意思。

〔5〕觞：盛酒器。

〔6〕懋(mào)迁货贿：指贸易。

〔7〕畀(bì)：给，给予。

〔8〕挹注：把液体盛出来再注入。

〔9〕酡(tuó)：指因喝酒而脸红。

〔10〕琤瑽(chēng cōng)：原指玉石相碰撞发出的声音，后来泛用作形容金属撞击发出的声音，也形容琴声或水流声。

〔11〕灵犀：比喻心领神会，感情共鸣。

〔12〕泝：同"溯"，指逆着水流的方向走，逆水而行。

〔13〕行箧(qiè)：旅行用的箱子。

〔14〕单缣(jiān)：单褂绢绸，这里指单衣。

〔15〕裘葛：裘，冬衣；葛，夏衣。泛指四时衣服。

〔16〕市廛(chán)：指市中店铺，也指店铺集中的市区。

〔17〕赪(chēng)：红色。

〔18〕滃(wěng)：形容云起的样子。

〔19〕椗(dìng)：同"碇"，系船的石礅或铁锚。

〔20〕谰（lán）语：妄语，没有根据的话。

〔21〕缟（gǎo）：白色。

〔22〕硉（lù）：击，擂。

〔23〕猱（náo）健：猱，一种猿类动物，身手矫健，善攀援。猱健，指像猱一样矫健。

〔24〕瀄汩（zhì gǔ）：水流激荡的样子，也指流水声。

〔25〕翳（yì）：遮掩，遮蔽。

〔26〕焃焃（hè hè）：火势旺盛的样子，这里指炎热。

〔27〕枯鱼之肆：原意为卖干鱼的店铺，比喻无法挽救的绝境。

〔28〕蘧（qú）然：惊喜的样子。

〔29〕云罅（xià）：云朵间的缝隙。

〔30〕冥搜细考：尽力寻找搜集。

〔31〕拏舟（ná zhōu）：撑船。

〔32〕被酒：即醉酒。

〔33〕曈曈（tóng）：朝阳升起的样子。

〔34〕桡（náo）：桨，楫。

〔35〕槁项黄馘（guó）：馘，脸。颈项枯瘦，面色苍黄。形容不健康的容貌。

〔36〕纪信：汉朝将军，由于身形样貌似刘邦，在荥阳城危时假装刘邦的样貌，向西楚诈降。

〔37〕优孟：楚国宫廷艺人。叔敖：楚国宰相。优孟曾假扮宰相叔敖。

〔38〕瞆（guì）：察看；眼瞎。

〔39〕冠缨：仕宦。

〔40〕榛芜：草木丛杂。形容荒凉的景象。

〔41〕望帝：商朝时蜀王杜宇，为蜀治水有功，死后化为杜鹃鸟。

〔42〕酬酢（chóu zuò）：主客互相敬酒。泛指应酬。

〔43〕皤(pó)然：白貌，多指须发。

〔44〕惝(chǎng)况：也作"惝恍"，形容失意的样子。

评析

  本篇标注为"海洋秘史"，是现在看到的最早标注为海洋小说的篇章。这篇小说与中国传统的海洋小说在主题和风格上都相去甚远。在传统海洋小说中，作者或是通过写海洋的未知性来表达对神迹和财富的向往，或是在特殊的历史环境下施加海洋以政治隐喻。而在这篇小说中，从一个老人讲故事写起，从老人的角度以第一人称讲述了自己年轻时候的冒险经历，写"我"出海前与女友依依惜别的不舍，写自己与伯父在海上两次遭逢风暴，第一次流落荒岛幸被过路船只所救，第二次在风暴中漂泊数日后再次发现一个小岛，与前一个小岛的荒无人烟不同，这次一行人在这个小岛得到一个神秘老人的款待。"我"发现老人的装束、语言以及提供的美酒都说明老人来自法兰西，而老人的化名、房屋的摆设却让他的身份显得十分神秘，令读者也跟着心生疑虑，对他的身份产生好奇。与老人作别之时，老人交给"我"一封信，信中说明自己的真实身份，原来老人竟然是拿破仑。老人在信中回顾了自己的失败后逃至荒岛的经历，表达了对祖国法兰西的思念和热爱，并在信的末尾提到了对"我"的赞赏以及嘱托。看完这封信的"我"十分震惊，回到纽约后，"我"因为老人的嘱托得以与女友顺利成婚，过上幸福安定的生活。

  全文充满了英雄的浪漫主义和冒险精神，以优美壮阔的文笔写海上的奇遇和奇人。与中国传统海洋小说的内容相比，此篇讲述的西方海上冒险故事，不论语言风格还是遣词造句都带有十分明显的时代色彩，不难看出作者在文化和思想两方面都深受西方影响。比如拿破仑在信中忧心法国的自由独立，表现出拿破仑身在荒岛却心系祖国的赤子之心，同时令人思索，作者是否在借拿破仑之口表达自己对当时中国出路的担忧和探索？

小说充斥着对悲情英雄的同情和赞美。历史上的拿破仑在滑铁卢战败后被英国人流放到圣赫勒拿岛，没几年便去世了。而作者在小说中却对这个结局进行了改动，小说中称拿破仑的秘书冒充拿破仑并代他受罚，真正的拿破仑偷偷乘小船逃出生天，并在小岛上安度余生。这种结局的改动表现出作者对英雄人物的同情，以及希望英雄可以得到善终的愿望。

虽然小说讲的是西方的故事，但行文中时常会流露中国传统文化的影子。小说中有一个细节，拿破仑在回顾自己失败经历的时候说了一句"天亡我，非战之罪"，一句话透露出对自己失败结局的不甘。这句话原本出自西楚霸王项羽之口，《项羽本纪》中项羽兵败自杀前感叹"此天之亡我也，非战之罪也"，项羽在中国传统文化中一直是受人尊敬的英雄人物，有勇有谋有气节，作者在这里将同是悲情英雄的拿破仑与项羽放在一起，对拿破仑的失败表达痛惜，不难看出作者对他虽然失败但不失英雄豪气的赞赏。此外，小说中伯父曾面对大海发出感慨："汝亦知此茫茫者，经几度兴亡，照几许英雄影也。"由苍茫辽阔的大海触发兴亡之感和英雄之叹，这种情感上的升华在中国古代诗歌中也不难找到痕迹。

历史人物的神秘感常常给普通人留下想象的空间。或是出于对历史人物结局的不满，民间对死去或者失踪的历史人物经常进行幻想和虚构，流传出"在海外曾见到他们"的种种传说。像杨贵妃死于马嵬坡，民间就流传有曾在海外仙山见到她的传说，白居易的《长恨歌》就曾记录这一传说："忽闻海上有仙山，山在虚无缥缈间。楼阁玲珑五云起，其中绰约多仙子。"李商隐在《马嵬其二》中也有"海外徒闻更九州"的句子，似乎在大海中见到杨贵妃的踪迹这种说法在当时的社会中广泛流行。在大海中见到历史人物的踪迹，这种说法在明代也曾出现，传说建文帝朱允炆在被废后逃到南洋，因此郑和下西洋的故事在民间传说里也就成了朱棣为寻找建文帝而进行的掩人耳目的行为。在这篇小说中，海洋再一次成为历史人物的容身之所，在浩瀚大海中偶遇隐姓埋名的拿破仑,这种神奇的际遇怕是没有人会相信。但是与走出了桃花源的武陵人不同,讲故事的人在回到纽约之后,却意外得到了女友父亲的信任,并获得美满结局。

故事的结尾是讲故事的老者对听故事的年轻人的建议:"子方在盛年他日放舟太平洋,或能于烟水苍茫中一观此英雄遗迹也。"老者告诉年轻人:"或许有一天,你也能在大海中遇到拿破仑所在的这个小岛。"但是年轻人是否真的能找到这个小岛?《桃花源记》那个意味深长的结局似乎已经给出了答案:"南阳刘子骥,高尚士也,闻之,欣然规往。未果,寻病终,后遂无问津者。"

(曹景华 王昕洁)

明清海洋通俗小说选

西游记·第三回
四海千山皆拱伏　九幽十类尽除名（节选）

吴承恩*

次日，依旧排营。悟空会聚群猴，计有四万七千余口。早惊动满山怪兽，都是些狼虫虎豹，麂鹿獐犯[1]，狐狸獾狢，狮象狻猊[2]，猩猩熊鹿，野豕山牛，羚羊青兕[3]，狡儿神獒，各样妖王，

---

* 吴承恩（约1500—约1582），字汝忠，号射阳山人。祖籍安徽桐城高甸，以祖先聚居桐城高甸，故称高甸吴氏，后来迁至山阳（今属江苏省淮安市）。吴承恩自幼聪敏，博览群书，但政治仕途不顺，一生郁郁，政治生涯的顶点是嘉靖四十五年（1566）任浙江长兴县丞。由于宦途困顿，晚年绝意仕进，闭门著述。曲折的人生经历为他的文学创作积累了宝贵的经验财富，吴承恩在政治场中拼搏的年月，也是明朝统治最为黑暗的八十年。尤其嘉靖二十九年（1550），吴承恩入京候选，朝中奸臣当道，严嵩把持大权，明世宗令人筑坛作法，任命道士为高官，这都影响了吴承恩对君主帝王、统治阶级的看法。吴承恩除了《西游记》外，还创作了《禹鼎记》，但已经失传，目前只留有《射阳先生存稿》四卷。

《西游记》成书以来，受到了各阶层读者的追捧，也受到了不同时代学者的关注，成为中国古典四大名著之一。然而其作者究竟是何人，学界仍有争论，吴承恩著《西游记》是目前认可度较高的一种说法。

共有七十二洞,都来参拜猴王为尊。每年献贡,四时点卯。也有随班操演的,也有随节征粮的。齐齐整整,把一座花果山造得似铁桶金城。各路妖王,又有进金鼓,进彩旗,进盔甲的,纷纷攘攘,日逐家习舞兴师。美猴王正喜间,忽对众说道:"汝等弓弩熟谙[4],兵器精通,奈我这口刀着实榔槺[5],不遂我意,奈何?"四老猴上前启奏道:"大王乃是仙圣,凡兵是不堪用,但不知大王水里可能去得?"悟空道:"我自闻道之后,有七十二般地煞变化之功,筋斗云有莫大的神通,善能隐身遁身,起法摄法;上天有路,入地有门,步日月无影,入金石无碍,水不能溺,火不能焚。那些儿去不得?"四猴道:"大王既有此神通,我们这铁板桥下,水通东海龙宫。大王若肯下去,寻着老龙王,问他要件什么兵器,却不趁心?"悟空闻言甚喜道:"等我去来。"

好猴王,跳至桥头,使一个闭水法,捻着诀,扑的钻入波中,分开水路,径入东洋海底。正行间,忽见一个巡海的夜叉,挡住问道:"那推水来的,是何神圣?说个明白,好通报迎接。"悟空道:"吾乃花果山天生圣人孙悟空,是你老龙王的紧邻,为何不识?"那夜叉听说,急转水晶宫传报道:"大王,外面有个花果山天生圣人孙悟空,口称是大王紧邻,将到宫也。"东海龙王敖广即忙起身,与龙子龙孙、虾兵蟹将出宫迎道:"上仙请进,请进!"直至宫里相见,上坐献茶毕,问道:"上仙几时得道,授何仙术?"悟空道:"我自生身之后,出家修行,得一个无生无灭之体。近因教演儿孙,守护山洞,奈何没件兵器。久闻贤邻享乐瑶宫贝阙[6],必有多余神器,特来告求一件。"龙王见说,不好推辞,即着鳜都司取出一把大捍刀奉上。悟空道:"老孙不会使刀,乞另赐一件。"龙王又着鲌太尉领鳝力士,抬出一捍九股叉来。悟空跳下来,接在手中,使了一路,放下道:"轻!轻!轻!又不趁手,再乞另赐一件。"龙王笑道:"上仙,你不曾看这叉,有三千六百斤重哩!"

悟空道："不趁手！不趁手！"龙王心中恐惧，又着鯾提督、鲤总兵抬出一柄画杆方天戟，那戟有七千二百斤重。悟空见了，跑近前接在手中，丢几个架子，撒两个解数，插在中间道："也还轻！轻！轻！"老龙王一发害怕道："上仙，我宫中只有这根戟重，再没甚么兵器了。"悟空笑道："古人云，愁海龙王没宝哩！你再去寻寻看。若有可意的，一一奉价。"龙王道："委的再无。"

正说处，后面闪过龙婆龙女道："大王，观看此圣，决非小可。我们这海藏中那一块天河定底的神珍铁，这几日霞光艳艳，瑞气腾腾，敢莫是该出现遇此圣也？"龙王道："那是大禹治水之时，定江海浅深的一个定子，是一块神铁，能中何用？"龙婆道："莫管他用不用，且送与他，凭他怎么改造，送出宫门便了。"老龙王依言，尽向悟空说了。悟空道："拿出来我看。"龙王摇手道："扛不动！抬不动！须上仙亲去看看。"悟空道："在何处？你引我去。"龙王果引导至海藏中间，忽见金光万道。龙王指定道："那放光的便是。"悟空撩衣上前，摸了一把，乃是一根铁柱子，约有斗来粗，二丈有余长。他尽力两手挝[7]过道："忒粗忒长些，再短细些方可用。"说毕，那宝贝就短了几尺，细了一围。悟空又颠一颠道："再细些更好。"那宝贝真个又细了几分。悟空十分欢喜，拿出海藏看时，原来两头是两个金箍，中间乃一段乌铁，紧挨箍有镌成的一行字，唤做"如意金箍棒一万三千五百斤"。心中暗喜道："想必这宝贝如人意！"一边走，一边心思口念，手颠着道："再短细些更妙！"拿出外面，只有丈二长短，碗口粗细。

你看他弄神通，丢开解数[8]，打转水晶宫里，唬得老龙王胆战心惊，小龙子魂飞魄散，龟鳖鼋[9]鼍皆缩颈，鱼虾鳌蟹尽藏头。悟空将宝贝执在手中，坐在水晶宫殿上，对龙王笑道："多谢贤邻厚意。"龙王道："不敢，不敢！"悟空道："这块铁虽然好用，还有一说。"龙王道："上仙还有甚说？"悟空道："当时若无此铁，倒也罢了，如今手中既拿着他，身上更无衣服相趁，奈何？你这里若有披挂，索性送我一副，一总奉谢。"龙王道："这个却是没有。"悟空道："一客不犯二主，若没有，我也定不出此门。"龙王道："烦上仙再转一海，或者有之。"悟空又道："走三家不如坐一家，千万告求一副。"龙王道："委的没有，如有即当奉承。"悟空道："真个没有，就和你试试此铁！"龙王慌了道："上仙，切莫动手！切莫动手！待我看舍弟处可有，当送一副。"悟空道："令弟何在？"龙王道："舍弟乃南海龙王敖钦、北海龙王敖顺、西海龙王敖闰是也。"悟空道："我老孙不去，不去！俗语谓赊三不敌见二，只望你随高就低的送一副便了。"老龙道："不须上仙去。我这里有一面铁鼓，一口金钟，凡有紧急事，擂得鼓响，撞得钟鸣，舍弟们就顷刻而至。"悟空道："既是如此，快些去擂鼓撞钟！"真个那鼍将便去撞钟，鳖帅即来擂鼓。

少时，钟鼓响处，果然惊动那三海龙王。须臾来到，一齐在外面会着。敖钦道："大哥，有甚紧事，擂鼓撞钟？"老龙道："贤弟，不好说！有一个花果山什么天生圣人，早间来认我做邻居，后要求一件兵器，献钢叉嫌小，奉画戟嫌轻，将一块天河定底神珍铁，自己拿出手，丢了些解数。如今坐在宫中，又要索什么披挂。我处无有，故响钟鸣鼓，请贤弟来。你们可有什么披挂，送他一副，打发出门去罢了。"敖钦闻言，大怒道："我兄弟们点起兵，拿他不是！"老龙道："莫说拿，莫说拿！那块铁，挽着些儿就死，磕着些儿就亡，挨挨儿皮破，擦擦儿筋伤！"西海龙王敖闰说："二哥不可与他动手，且只凑副披挂与他，打发他出了门，启表奏上上天，天自诛也。"北海龙王敖顺道："说的是。我这里有一双藕丝步云履哩。"西海龙王敖闰道："我带了一副锁子黄金甲哩。"南海龙王敖钦道："我有一顶凤翅紫金冠哩。"老龙大喜，引入水晶宫相见了，以此奉上。悟空将金冠、金甲、云履都穿戴停当，使动如意棒，一路打出去，对众龙道："聒噪，聒噪！"四海龙王甚是不平，一边商议进表上奏不题。

你看这猴王，分开水道，径回铁板桥头，撺将上来，只见四个老猴，领着众猴，都在桥边等候。忽然见悟空跳出波外，身上更无一点水湿，金灿灿的，走上桥来。唬得众猴一齐跪下道："大王，好华彩耶！好华彩耶！"悟空满面春风，高登宝座，将铁棒竖在当中。这些猴不知好歹，都来拿那宝贝，却便似蜻蜓撼铁树，分毫也不能禁动，一个个咬指伸舌道："爷爷呀！这般重，亏你怎的拿来也！"悟空近前，舒开手一把挝起，对众笑道："物各有主。这宝贝镇于海藏中，也不知几千百年，可可的今岁放光。龙王只认做是块黑铁，又唤做天河镇底神珍。那厮每都扛抬不动，请我亲去拿之。那时此宝有二丈多长，斗来粗细；被我挝他一把，意思嫌大，他就小了许多；再教小些，他又小了许多；再教小些，他又小了许多。急对天光看处，上有一行字，乃'如意金箍棒一万三千五百斤'。你都站开，等我再叫他变一变着。"他将那宝贝颠在手中，叫："小！小！小！"即时就小做一个绣花针儿相似，可以揌在耳朵里面藏下。众猴骇然叫道："大王！还拿出来耍耍！"猴王真个去耳朵里拿出，托放掌上叫："大！大！大！"即又大做斗来粗细，二丈长短。他弄到欢喜处，跳上桥，走出洞外，将宝贝揝〔10〕在手中，使一个法天象地的神通，把腰一躬，叫声："长！"他就长的高万丈，头如泰山，腰如峻岭，眼如闪电，口似血盆，牙如剑戟。手中那棒，上抵三十三天，下至十八层地狱，把些虎豹狼虫，满山群怪，七十二洞妖王，都唬得磕头礼拜，战兢兢魄散魂飞，霎时收了法象，将宝贝还变做个绣花针儿，藏在耳内，复归洞府，慌得那各洞妖王，都来参贺。

此时遂大开旗鼓，响振铜锣，广设珍馐百味，满斟椰液萄浆，与众饮宴多时。却又依前教演。猴王将那四个老猴封为健将，将两个赤尻马猴唤做马、流二元帅，两个通背猿猴唤做崩、芭二将军。将那安营下寨，赏罚诸事，都付与四健将维持。他放下心，日逐腾云驾雾，遨游四海，行乐千山。施武艺，遍访英豪；弄神通，广交贤友。此时又会了个七弟兄，乃牛魔王、蛟魔王、鹏魔王、狮驼王、猕猴王猢[11]狨王，连自家美猴王七个。日逐讲文论武，走斝[12]传筋，弦歌吹舞，朝去暮回，无般儿不乐。把那万里之遥，只当庭闱之路，所谓点头径过三千里，扭腰八百有余程。……

却表启那个高天上圣大慈仁者玉皇大天尊玄穹高上帝，一日，驾坐金阙云宫灵霄宝殿，聚集文武仙卿早朝之际，忽有丘弘济真人启奏道："万岁，通明殿外有东海龙王敖广进表，听天尊宣诏。"玉皇传旨：着宣来。敖广宣至灵霄殿下，礼拜毕。旁有引奏仙童，接上表文。玉皇从头看过，表曰："水元下界东胜神洲东海小龙臣敖广启奏大天圣主玄穹高上帝君：近因花果山生、水帘洞住妖仙孙悟空者，欺虐小龙，强坐水宅，索兵器，施法施威；要披挂，骋凶骋势。惊伤水族，唬走龟鼋。南海龙战战兢兢，西海龙凄凄惨惨，北海龙缩首归降。臣敖广舒身下拜，献神珍之铁棒，凤翅之金冠，与那锁子甲、步云履，以礼送出。他仍弄武艺，显神通，但云：'聒噪！聒噪！'果然无敌，甚为难制。臣今启奏，伏望圣裁。恳乞天兵，收此妖孽！庶使海岳清宁，下元安泰。奉奏。"圣帝览毕，传旨："着龙神回海，朕即遣将擒拿。"老龙王顿首谢去。

注释

〔1〕麖（jīng）麂（jǐ）獐犯（bā）：麖指古书上的一种鹿。麂指麂子，哺乳纲，偶蹄目，鹿科。獐指獐子。犯指母猪。

〔2〕狻（suān）猊（ní）：中国古代神话中龙生九子的九子之一，形如狮，喜烟好坐。

〔3〕青兕（sì）：青犀牛。

〔4〕熟谙（ān）：熟悉。

〔5〕榔槺：器物长而大，笨重，用起来不灵便。

〔6〕瑶宫贝阙（què）：瑶宫，传说中用美玉砌成的仙宫。贝阙，以紫贝为饰的宫阙。这里指龙王居所。

〔7〕挝（zhuā）：同"抓"。

〔8〕解（xiè）数：指武术的套路或招式。比喻本领、手段、办法等。

〔9〕鼋（yuán）：俗称癞头鼋。一种爬行动物。

〔10〕撙（zuàn）：抓；握。

〔11〕猧（yú）：同"禺"，一种猿猴。

〔12〕斝（jiá）：古代一种酒器。

评析

本篇节选自《西游记》第三回："四海千山皆拱伏，九幽十类尽除名。"主要是讲孙悟空学成神通之后，回到花果山，荣归故里扫平混世魔王，命小猴们操练守山，又发现自己始终缺少一件称手兵器，进而龙宫求宝，得到如意金箍棒，之后下至阎罗殿将自己族类在生死簿上的名字一笔勾销的全过程。

而节选部分则是"龙宫取宝"这一重头戏，作者又一次将故事引入了神秘的大海之中。孙悟空漂洋过海学得神技，与当初那个只有天地灵气的石猴已经大有不同，凡间兵器不再适用，在老猴的建议下"跳至桥头，使一个闭水法，捻着诀，扑的钻入波中，分开水路，径入东洋海底"。到达东海龙宫，见了龙王毫无怯色，开口就道："久闻贤邻享乐瑶宫贝阙，必有多余神器，特来告求一件。"

可见"龙宫有宝"这个观念在剧中人物和作者心中都根深蒂固，其实不仅是《西游记》，中国古代的很多文学作品中都有这样的观念。而对于龙宫、龙王的观念其实产生得很早，二者与佛教有着密不可分的关系。龙王在佛教中本意为蛇王，后来在翻译过程中变为龙王，这样的改变与中国本土的"龙神信仰"有一定联系。龙在中国本土的形象正如书中所载:"大哉!龙之为德!变化屈伸,隐则黄泉,出则升云,贤圣其似之乎!"即龙可以变化,也可以腾飞。《山海经》还记载"旱而为应龙之状,乃得大雨"。说明了龙和降雨之间的联系,这都是后来龙王的特征。

而龙宫在佛教中,指代佛教发源地印度,关于唐三藏取经的经历就有唐人这样记载:"搜扬三藏,尽龙宫之所储。"因为相传佛法隐没的时候,是龙王保存了所有经书,因此又用龙王代指寺院。在龙王这一概念渐渐汉化的过程中,龙宫也更加直接地变为龙王居所。

龙这个意象自诞生以来就与水有着必然的联系,如《楚辞》中有"神龙失水而陆居兮,为蝼蚁之所裁"。《艺文类聚》卷九十七转引《括地图》曰:"龙池之山,四方高,中央有池,方七百里,群龙居之多,五色树群龙食之。"可见龙与水关系之紧密,因此在传统文化里龙王与龙宫置于海中就显得合情合理了。

吴承恩关于四海龙王的设定并不是独创,这一提法最早见于元代戏曲《争玉板八仙过沧海》中,除了四海龙王镇守四海这样的传统观点以外,对于龙王的龙宫,因其特殊的地理位置,人们往往有另一个传统认知——宝藏丰富。因为海洋作为一个神秘且广大的区域,虽然在当时不能被深入认识,但是其丰富的物产足以令人惊叹,面对这样的事实,在海中地位超然的海神龙王怎么可能是贫穷或普通的呢?

正因如此,在众多文学作品中"龙宫借宝"成为一个传统母题,由此而生的文学篇目数不胜数,海中龙宫宝物之多、质量之精,远超其他的传说地点。"龙宫之宝"也大多以明珠、药方和能通信报警的钟鼓为主。其中,明珠最为常见,除了夜间照明,还可消灾转运。《四游记·南游记》记东海铁迹龙王拥有一颗名为"聚宝珠"的明珠,将此珠"挂于宫屋,满处光辉,可吞可吐,凡民一见,永无灾难"。而梁代宝唱所撰《经律异相》记载海龙王以七宝莲华承一道人入海治其头疾,龙王说:

"吾此海中多有神药,不愈我病,唯未得法药。"《酉阳杂俎》中则提到白马从大河龙宫驮一面旆檀鼓回到于阗,挂此鼓于城墙头,可以预报敌情。

在《西游记》中,孙悟空所得的如意金箍棒可以说是宝中之王,它如人心意,历史久远,光辉灿烂,是一件神兵利器,孙悟空有了它便如虎添翼,在之后的取经路上棒打妖魔鬼怪,保护唐僧西行,好生威风。因此金箍棒的存在对孙悟空乃至《西游记》来说都是意义重大的。

位于海底的龙宫在《西游记》中好似一个后方据点,除了为孙悟空提供武器装备,唐僧的坐骑白龙马也与龙宫有关系,在之后的故事中龙宫和龙王更是协助孙悟空降妖除魔(第四十三回:黑河妖孽擒僧去,西洋龙子捉鼍回)、行云布雨(第八十七回:凤仙郡冒天止雨,孙大圣劝善施霖),这就说明了《西游记》中孙悟空与海的缘分,也足以看出古人对于海洋的向往与亲近之情。

时至今日,人类对于大海的向往已经不再停留于纸上的文学幻想,而是付诸实践,大海这个多姿多彩的神秘世界也大方地向我们敞开怀抱,等着我们不断探索。

(王昕洁)

喻世明言·第十八卷 杨八老越国奇逢（节选）

冯梦龙[*]

闲话休题。则今说一节故事，叫做"杨八老越国奇逢"。那故事，远不出汉、唐，近不出二宋；乃出自胡元之世，陕西西安府地方。这西安府，乃《禹贡》[1]雍州之域。周曰王畿，秦曰关中，汉曰渭南，唐曰关内，宋曰永兴，元曰安西。

话说元朝至大年间，一人姓杨，名复，八月中秋节生日，小名八老，乃西安府鏊屋[2]县人氏。妻李氏。生子才七岁，头角秀异，天资聪敏，取名世道。夫妻两口儿爱惜，自不必说。一日，杨八老对李氏商议道："我年近三旬，读书不就，家事日渐消乏。祖上原在闽、广为商，我欲凑些货本，买办货物，往漳州商贩，图几分利息，以为赡家[3]之资。不知娘子意下如何？"李氏道："妾闻治家以勤俭为本，守株待兔，岂是良图？乘此壮年，正堪跋跋；速整行李，不必迟疑也。"八老道："虽然如此，只是子幼妻娇，放心不下。"李氏道："孩儿幸喜长成，妾自能教训，但愿你早去早回。"

---

[*] 冯梦龙（1574—1646），字犹龙，又字子犹，号龙子犹、墨憨斋主人、顾曲散人、吴下词奴、姑苏词奴、前周柱史等。南直隶苏州府长洲县（今江苏省苏州市）人，明代著名文学家、戏曲家。

冯梦龙出身士大夫家庭，从小好读书，然而科举道路十分坎坷，屡试不第，后居家著书。思想上受李卓吾影响，敢于冲破传统观念，文学上重视通俗文学所蕴涵的真挚感情与教化作用。纵览其一生，虽有经世济民之志，却不愿受封建道德约束，与歌儿舞女厮混，喜爱俚词小说，被社会主流所不容，长期沉沦下僚，以做书贾编辑养家。

他最有名的作品为《喻世明言》《警世通言》以及《醒世恒言》，合称"三言"，是中国白话短篇小说的经典代表之作。除此之外，还有《新列国志》《增补三遂平妖传》《古今烈女演义》《广笑府》《智囊》《古今谭概》《太平广记钞》《情史》《墨憨斋定本传奇》，以及众多解经、纪史、采风、修志的著作，而以选编"三言"的影响最大最广。

当日商量已定。择个吉日出行，与妻子分别，带个小厮，叫做随童；出门搭了船只，往东南一路进发。昔人有古风一篇，单道为商的苦处：

> 人生最苦为行商，抛妻弃子离家乡。
> 餐风宿水多劳役，披星戴月时奔忙。
> 水路风波殊未稳，陆程鸡犬惊安寝。
> 平生豪气顿消磨，歌不发声酒不饮。
> 少赍利薄多赍累，匹夫怀璧将为罪。
> 偶然小恙卧床帏，乡关万里书谁寄？
> 一年三载不回程，梦魂颠倒妻孥惊。
> 灯花忽报行人至，阖门相庆如更生。
> 男儿远游虽得意，不如骨肉长相聚。
> 请看江上信天翁[4]，拙守何曾阙生计？

话说杨八老行至漳浦，下在檗妈妈家，专待收买番禺货物。原来檗妈妈无子，只有一女，年二十三岁。曾赘个女婿，相帮过活，那女婿也死了。已经周年之外，女儿守寡在家。檗妈妈看见杨八老本钱丰厚，且是志诚老实，待人一团和气，十分欢喜。意欲将寡女招赘，以靠终身。八老初时不肯，被檗妈妈再三劝道："杨官人，你千乡万里，出外为客，若没有切己的亲戚，那个知疼着热？如今我女儿年纪又小，正好相配。官人做个'两头大'：你归家去，有娘子在家；在漳州来时，有我女儿。两边来往，都不寂寞；做生意，也是方便顺溜的。老身又不费你大钱大钞，只是单生一女，要他嫁个好人，日后生男育女，连老身门户都有依靠。就是你家中娘子知道时，料也不嗔怪。多少做客的，娼楼妓馆，使钱撒漫[5]，这还是本分之事。官人须从长计较，休得推阻。"八老见他说得近理，只得允了。择日成亲，入赘于檗家。夫妻和顺，自此无话。不上二月，檗氏怀孕。期年之后，生下一个孩儿，合家欢喜。三朝满月,亲戚庆贺,不在话下。

却说杨八老思想故乡妻娇子幼。初意成亲后,一年半载,便要回乡看觑。因是怀了身孕,放心不下;以后生下孩儿,檗氏又不放他动身。光阴似箭,不觉住了三年。孩儿也两周岁了,取名世德。虽然与世道排行,却冒了檗氏的姓,叫做檗世德。杨八老一日对檗氏说:"暂回关中,看看妻子便来。"檗氏苦留不住,只得听从。

八老收拾货物,打点起身。也有放下人头帐目,与随童分头并日[6]催讨。八老为讨欠帐,行至州前,只见挂下榜文,上写道:"近奉上司明文。倭寇生发,沿海抢劫。各州、县地方,须用心巡警,以防冲犯。一应出入,俱要盘诘。城门晚开早闭……"等语。八老读罢,吃了一惊!想道:"我方欲动身,不想有此寇警。倘或倭寇早晚来时,闭了城门,知道何日平静?不如趁早走路为上。"也不去讨帐,径回身转来。只说拖欠帐目,急切难取,待再来催讨未迟。闻得路上贼寇生发[7],货物且不带去;只收拾些细软行装,来日便要起程。檗氏不忍割舍,抱着三岁的孩儿,对丈夫说道:"我母亲只为终身无靠,将奴家嫁你。幸喜有这点骨血。你不看奴家面上,须牵挂着小孩子。千万早去早回,勿使我母子悬望。"言讫,不觉双眼流泪。杨八老也命好道:"娘子不须挂怀,三载夫妻,恩情不浅,此去也是万不得已。一年半载,便得相逢也。"当晚檗妈妈治杯送行。

次日清晨,杨八老起身梳洗,别了岳母和浑家[8],带了随童上路。未及两日,在路吃了一惊。但见:

> 舟车挤压,男女奔忙。人人胆丧,尽愁海寇恁猖狂;个个心惊,只恨官兵无备御。扶幼携老,难禁两脚奔波;弃子抛妻,单为一身逃命。不辨贫穷富贵,急难中总则[9]一般;那管城市山林,藏身处只求片地。正是:宁为太平犬,莫作乱离人。

杨八老看见乡村百姓，纷纷攘攘，都来城中逃难。传说倭寇一路放火杀人，官军不能禁御。声息至近，唬得八老魂不附体，进退两难。思量无计，只得随众奔走，"且到汀州城里，再作区处[10]。"

又走了两个时辰，约离城三里之地，忽听得喊声震地。后面百姓们都号哭起来，却是倭寇杀来了。众人先唬得脚软，奔路不动。杨八老望见傍边一座林子，向刺斜里便走，也有许多人随他去林丛中躲避。谁知倭寇有智，惯是四散埋伏。林子内先是一个倭子跳将出来，众人欺他单身，正待一齐奋勇敌他。只见那倭子把海叵罗[11]吹了一声，吹得呜呜的响。四围许多倭贼，一个个舞着长刀，跳跃而来，正不知那里来的。有几个粗莽汉子，平昔间有些手脚的，拼着性命，将手中器械，上前迎敌。犹如火中投雪，风里扬尘，被倭贼一刀一个，分明砍瓜切菜一般。唬得众人一齐下跪，口中只叫饶命。

原来倭寇逢着中国之人，也不尽数杀戮。掳得妇女，恣意奸淫；弄得不耐烦了，活活的放他去。也有有情的倭子，一般私有所赠。只是这妇女虽得了性命，一世被人笑话了。其男子但是老弱，便加杀害；若是强壮的，就把来剃了头发，抹上油漆，假充倭子。每遇厮杀，便推他去当头阵。官军只要杀得一颗首级，便好领赏。平昔百姓中秃发癞痢，尚然被他割头请功；况且见在战阵上拿住，那管真假，定然不饶的。这些剃头的假倭子，自知左右是死，索性靠着倭势，还有捱过几日之理，所以一般行凶出力。那些真倭子，只等假倭挡过头阵，自己都尾其后而出。所以官军屡堕其计，不能取胜。昔人有诗，单道着倭寇行兵之法，诗云：

　　倭阵不喧哗，纷纷正带斜。
　　螺声飞蛱蝶，鱼贯走长蛇。
　　扇散全无影，刀来一片花。
　　更兼真伪混，驾祸扰中华。

杨八老和一群百姓们，都被倭奴擒了。好似瓮中之鳖，釜中之鱼，没处躲闪，只得随顺以图苟活。随童已不见了，正不知他生死如何。到此地位，自身管不得，何暇顾他人？

莫说八老心中愁闷。且说众倭奴在乡村劫掠得许多金宝，心满意足。闻得元朝大军将到，抢了许多船只，驱了所掳人口下船，一齐开洋，欢欢喜喜，径回日本国去了。原来倭奴入寇，国王多有不知者。乃是各岛穷民，合伙泛海，如中国贼盗之类，彼处只如做买卖一般。其出掠亦各分部统，自称大王之号。到回去，仍复隐讳了。劫掠得金帛，均分受用；亦有将十分中一二分，献与本岛头目，互相容隐。如被中国人杀了，只作做买卖折本一般。所掳得壮健男子，留作奴仆使唤。剃了头，赤了两脚，与本国一般模样；给与刀仗，教他跳战之法。中国人惧怕，不敢不从。过了一年半载，水土习服，学起倭话来，竟与真倭无异了。

光阴似箭，这杨八老在日本国，不觉住了一十九年。每夜私自对天拜祷："愿神明护佑我杨复，再转家乡，重会妻子。"如此寒暑无间。有诗为证：

异国飘零十九年，乡关魂梦已茫然。

苏卿[12]困旄旌俱脱，洪皓[13]留金雪满颠。

彼为中朝甘守节，我成俘虏获何愆？

首丘[14]无计伤心切，夜夜虔诚祷上天。

话说元泰定年间，日本国年岁荒歉。众倭纠伙，又来入寇，也带杨八老同行。八老心中一则以喜，一则以忧。所喜者，乘此机会，到得中国，陕西、福建二处，俱有亲属。皇天护祐，万一有骨肉重逢之日，再得团圆，也未可知。所忧者，此身全是倭奴形像，便是自家照着镜子，也吃一惊，他人如何认得？况且刀枪无情，此去多凶少吉，枉送了性命。只是一说，宁作故乡之鬼，不愿为夷国之人。天天[15]可怜，这番飘洋，只愿在陕、闽两处便好，若在他方，也是枉然。

原来倭寇飘洋，也有个天数，听凭风势：若是北风，便犯广东一路；若是东风，便犯福建一路；若是东北风，便犯温州一路；若是东南风，便犯淮扬一路。此时二月天气，众倭登船离岸，正值东北风大盛。一连数日，吹个不住，径飘向温州一路而来。那时元朝承平日久，沿海备御俱疏。就有几只船，几百老弱军士，都不堪拒战，望风逃走。众倭公然登岸，少不得放火杀人。杨八老虽然心中不愿，也不免随行逐队。这一番，自二月至八月，官军连败了数阵，抢了几个市镇。转掠宁绍，又到余杭，其凶暴不可尽述。各府、州、县写了告急表章，申奏朝廷。旨下兵部，差平江路普花元帅领兵征剿。这普花元帅足智多谋，又手下多有精兵良将。奉命克日兴师，大刀阔斧，杀奔浙江路上来。前哨[16]打探倭寇占住清水闸为穴。普花元帅约会浙中兵马，水陆并进。那倭寇平素轻视官军，不以为意。谁知普花元帅手下，有十个统军，都有万夫不当之勇。军中多带火器，四面埋伏，一等倭贼战酣之际，埋伏都起，火器一齐发作，杀得他走头没路，大败亏输。斩首千余级，活捉二百余人。其抢船逃命者，又被水路官兵截杀，也多有落水死者。普花元帅得胜，赏了三军，犹恐余倭未尽，遣兵四下搜获。真个是：饶伊凶暴如狼虎，恶贯盈时定受殃。

话分两头。却说清水闸上，有顺济庙，其神姓冯，名俊，钱塘人氏。年十六岁时，梦见玉帝遣天神传命，割开其腹，换去五脏六腑，醒来犹觉腹痛。从幼失学，未曾知书，自此忽然开悟，无书不晓，下笔成文；又能预知将来祸福之事。忽一日，卧于家中，叫唤不起，良久方醒。自言适在东海龙王处赴宴，被他劝酒过醉。家人不信，及呕吐出来都是海错异味，目所未睹，方知真实。到三十六岁，忽对人说："玉帝命我为江涛之神，三日后，必当赴任。"至期，无疾而终。是日，江中波涛大作，行舟将覆。忽见朱幡皂盖，白马红缨，簇拥一神，现形云端间，口中叱咤之声。俄顷，波恬浪息。问之土人，其形貌乃冯俊也。于是就其所居，立庙祠之，赐名顺济庙。绍定年间，累封英烈王之号。其神大有灵应。倭寇占住清水闸时，杨八老私向庙中祈祷，问筶[17]得个大吉之兆，心中暗喜。与先年一般向被掳去的，共十三人约会：大兵到时，出首投降。又怕官军不分真假，拿去请功，狐疑不决。

到这八月二十八日，倭寇大败。杨八老与十二个人，俱潜躲在顺济庙中，不敢出头。正在两难，急听得庙外喊声大举，乃是老王千户，名唤王国雄，引着官军入来搜庙。一十三人尽被活捉，捆缚做一团儿，吊在廊下。众人口称冤枉，都说不是真倭，那里睬他。此时天色已晚，老王千户权就庙中歇宿，打点明早解官请功。事有凑巧，老王千户带个贴身伏侍的家人，叫做王兴。夜间起来出恭，闻得廊下哀号之声，其中有一个像关中声音，好生奇异。悄地点个灯去，打一看，看到杨八老面貌，有些疑惑。问道："你们既说不是真倭，是那里人氏？如何入了倭贼伙内，又是一般形貌？"杨八老诉道："众人都是闽中百姓，只我是安西府盩厔县人。十九年前在漳浦做客，被倭寇掳去，髡头跣足[18]，受了万般辛苦。众人是同时被难的，今番来到此地，便想要自行出首。其奈形状怪异，不遇个相识之人，恐不相信，因此狐疑不决。幸天兵得胜，倭贼败亡，我等指望重见天日。不期老将军不行细审，一概捆吊；明日解到军门，性命不保。"说罢，众人都哭起来。王兴忙摇手道："不可高声啼哭，恐惊醒了老将军，反为不美。则你这安西府汉子，姓甚名谁？"杨八老道："我姓杨，名复，小名八老。长官也带些关中语音，莫非同郡人么？"王兴听说，吃了一惊："原来你就是我旧主人！可记得随童么？小人就是。"杨八老道："怎不记得！只是须眉非旧，端的对面不相认了。自当初在闽中分散，如何却在此处？"王兴道："且莫细谈。明早老将军起身发解时，我站在旁边，你只看着我，唤我名字起来，小人自来与你分解。"说罢，提了灯自去了。众人都向八老问其缘故，八老略说一二，莫不欢喜。正是：死中得活困灾退，绝处逢生遇救来。

原来随童跟着杨八老之时，才一十九岁，如今又加十九年，是三十八岁人了，急切如何认得？当先与主人分散，躲在茅厕中，侥幸不曾被倭贼所掠。那时老王千户还是百户之职，在彼领兵，偶然遇见。见他伶俐，问其来历，收在身边伏侍，就便许他访问主人消息，谁知杳无音信。后来老王百户有功，升了千户，改调浙中地方做官。随童改名王兴，做了身边一个得力的家人。也是杨八老命不当尽，禄不当终，否极泰来，天教他主仆相逢。

闲话休题。却说老王千户次早点齐人众，解下一十三名倭犯，要解往军门请功。正待起身，忽见倭犯中一人，看定王兴，高声叫道："随童，我是你旧主人，可来救我！"王兴假意认了一认，两个抱头而哭。因事体年远，老王千户也忘其所以了。忙唤王兴，问其缘故。王兴一一诉说："此乃小人十九年前失散之主人也。彼时寻觅不见，不意被倭贼掳去。小人看他面貌有些相似，正在疑惑，谁想他到认得小人，唤起小人的旧名。望恩主辨其冤情，释放我旧主人，小人便死在阶前，瞑目无怨。"说罢，放声大哭。众倭犯都一齐声冤起来，各道家乡姓氏，情节相似。老王千户道："既有此冤情，我也不敢自专，解在帅府，教他自行分辨。"王兴道："求恩主将小人一齐解去，好做对证。"老王千户起初不允，被王兴哀求不过，只得允了。

当日，将一十三名倭犯，连王兴解到帅府。普花元帅道："既是倭犯，便行斩首。"那一十三名倭犯，一个个高声叫冤起来，内中王兴也叫冤枉。王国雄便跪下去，将王兴所言事情，禀了一遍。普花元帅准信，就教王国雄押着一干倭犯，并王兴发到绍兴郡丞杨世道处，审明回报。

故元时节，郡丞即如今通判之职，却只下太守一肩，与太守同理府事，最有权柄。那日，郡丞杨公升厅理事，甚是齐整。怎见得？有诗为证：

吏书站立如泥塑，军卒分开似木雕。
随你凶人奸似鬼，公庭刑法不相饶。

老王千户奉帅府之命，亲押一十三名倭犯，到杨郡丞厅前。相见已毕，备言来历。杨公送出厅门，复归公座。先是王兴开口诉冤，那一班倭犯哀声动地。杨公问了王兴口词，先唤杨八老来审。杨八老将姓名、家乡备细说了。杨郡丞问道："既是盩厔县人，你妻族何姓？有子无子？"杨八老道："妻族东村李氏，止生一子，取名世道。小人到漳浦为商之时，孩儿年方七岁。在漳浦住了三年，就陷身倭国，经今又十九年。自从离家之后，音耗不通，妻子不知死亡。若是孩儿扶养得长大，算来该二十九岁了。老爷不信时，移文到盩厔县中，将三党亲族姓名，一一对验，小人之冤可白矣。"再问王兴，所言皆同。众人又齐声叫冤。杨公一一细审，都是闽中百姓，同时被掳的。杨公沉吟半晌，喝道："权且收监，待行文本处查明来历，方好释放。"

当下散堂，回衙见了母亲杨老夫人，口称怪事不绝。老夫人问道："孩儿，今日问何公事？口称怪异，何也？"杨公道："有王千户解到倭犯一十三名，说起来，都是我中国百姓，被倭奴掳去的，是个假倭，不是真倭。内中一人，姓杨，名复，乃关中盩厔县人氏。他说二十一年前，别妻李氏，往漳浦经商。三年之后，遭倭寇作乱，掳他到倭国去了。与妻临别之时，有儿年方七岁，到今算该二十九岁了。母亲常说孩儿七岁时，父亲往漳州为商，一去不回。他家乡、姓名正与父亲相同，其妻、女姓名，又分毫不异，孩儿今年正二十九岁，世上不信有此相合之事。况且王千户有个家人王兴，一口认定是他旧主。那王兴说旧名'随童'，在漳浦乱军分散,又与我爷旧仆同名。所以称怪。"老夫人也不觉称道:"怪事,怪事!世上相同的事也颇有,不信件件皆合,事有可疑!你明日再行吊审[19],我在屏后窃听,是非顷刻可决。"

杨世道领命,次日,重唤取一十三名倭犯,再行细鞫[20],其言与昨无二。老夫人在屏后大叫道:"杨世道我儿!不须再问,则这个盩厔县人,正是你父亲!那王兴端的是随童了。"惊得郡丞杨世道手脚不迭,一跌跌下公座来,抱了杨八老,放声大哭。请归后堂,王兴也随进来。当下母子夫妻三口,抱头而哭,分明是梦里相逢一般,则这随童也哭做一堆。哭了一个不耐烦,方才拜见父亲。随童也来磕头,认旧时主人、主母。杨八老对儿子道:"我在倭国,夜夜对天祷告,只愿再转家乡,重会妻子。今日皇天可怜,果遂所愿。且喜孩儿荣贵,万千之喜。只是那一十二人,都是闽中百姓,与我同时被掳的,实出无奈。吾儿速与昭雪,不可偏枯,使他怨望。"杨世道领了父亲言语,便把一十二人尽行开放;又各赠回乡路费三两,众人谢恩不尽。一面分付书吏写下文书,申覆帅府;一面安排做庆贺筵席。衙内整备香汤,伏侍八老沐浴过了;通身换了新衣,顶冠束带。杨世道娶得夫人张氏,出来拜见公公。一门骨肉团圆,欢喜无限。

这一事,闹遍了绍兴府前。本府檗太守,听说杨郡丞认了父亲,备下羊酒,特往称贺,定要请杨太公相见。杨复只得出来,见了檗公,叙礼已毕,分宾而坐。檗太守欣羡不已。杨郡丞置酒留款。饮酒中间,檗太守问杨太公:"何由久客闽中,以致此祸?"杨八老答道:"初意一年半载,便欲还乡。何期下在檗家,他家适有寡女,年二十三岁,正欲招夫,帮家过活。老夫入赘彼家,以此淹留三载。"檗公问道:"在彼三年,曾有生育否?"八老答道:"因是檗家怀孕,生下一儿,两不相舍;不然,也回去久矣。"檗公又问道:"所生令郎可曾取名?"八老不知太守姓名,便随口应道:"因是本县小儿取名世道,那檗氏所生,就取名檗世德,要见两姓兄弟之意。算来檗氏所生之子,今年也该二十二岁了,不知他母子存亡下落。"说罢,下泪如雨,檗太守也不尽欢。又饮了数杯,作别回去,与母亲檗老夫人说知如此如此,"他说在漳浦所娶檗家,与母亲同姓,年庚不差。莫非此人就是我父亲?"檗老夫人道:"你明日备个筵席,请他赴宴。待我屏后窥之,便见端的。"

次日,杨八老具个通家名帖,来答拜檗公,檗公也置酒留款。檗老夫人在屏后偷看。那时八老衣冠济楚[21],又不似先前倭贼样子,一发容易认了。檗老夫人听不多几句言语,便大叫道:"我儿檗世德,快请你父亲进衙相见!"杨八老出自意外,倒吃了一惊。檗太守慌忙跪下道:"孩儿不识亲颜,乞恕不孝之罪。"请到私衙,与檗老夫人相见。抱头而哭,与杨郡丞衙中无异。

正叙话间,杨郡丞遣随童到太守衙中,迎接父亲,听说太守也认了父亲,随童大惊,撞入私衙,见了檗老夫人,磕头相见。檗老夫人问起,方知就是随童。此时随童才叙出失散之后,遇到王百户始末根由,阖门欢喜无限。檗太守娶妻蒋氏,也来拜见公公。檗公命重整筵席,请杨郡丞到来,备细说明。一守一丞,到此方认做的亲兄弟。当日连杨衙小夫人张氏都请过来,做个"合家欢"筵席。这一场欢喜非小,分明是:

苦尽生甘,否极遇泰。丰城之剑[22]再合,合浦之珠复回。高年学究,忽然及第连科;乞食贫儿,蓦地发财掘藏。寡妇得失花发蕊,孤儿遇父草行根。喜胜他乡遇故知,欢如久旱逢甘雨。两叶浮萍归大海,人生何处不相逢。

杨八老在日本国,受了一十九年辛苦。谁知前妻李氏所生孩儿杨世道,后妻檗氏所生孩儿檗世德,长大成人,中同年进士,又同选在绍兴一郡为官。今日天遣相逢,在枷锁中脱出性命,就认了两位夫人,两个贵子,真是古今罕有!第三日,阖郡官员尽知奇事，都来贺喜。老王千户也来称贺，已知王兴是杨家旧仆，不相争执。王兴已娶有老婆，在老王千户家；老王千户奉承檗太守、杨郡丞，疾忙差人送王兴妻子到于府中完聚。檗太守和杨郡丞一齐备个文书，到普花元帅处，述其认父始末。普花元帅奏表朝廷，一门封赠。檗世德复姓归宗，仍叫杨世德。八老在任上安享荣华，寿登耆耋而终。此乃是死生有命，富贵在天。荣枯得失，尽是八字安排，不可强求。有诗为证：

才离地狱忽登天，二子双妻富贵全。

命里有时终自有，人生何必苦埋怨。

注释

〔1〕《禹贡》：《尚书》篇名，禹定九州贡法而记其山川、物产，故名《禹贡》。

〔2〕盩(zhōu)厔(zhì)：县名，在陕西省，今作周至。

〔3〕赡家：养家。

〔4〕信天翁：一种水鸟，常凝立水际，守食经过的游鱼，终日不换地方。

〔5〕撒漫：花钱，挥霍。

〔6〕并日：连日。

〔7〕生发：滋生，萌发。

〔8〕浑家：妻子。

〔9〕总则：总归，总是。

〔10〕区处：处理；筹划安排。

〔11〕海叵罗：即海螺。凡军队中一吹海叵罗，即表示要兵士起身。

〔12〕苏卿：即苏武，留居匈奴十九年而不屈。

〔13〕洪皓：南宋人，建炎三年(1129)出使金国，被金人拘留，十五年后始归。

〔14〕首丘：古代有"狐死首丘"的谚语，意思是狐狸虽死，也向往着自己洞穴所在的土丘，故人们称归葬故乡为正首丘。

〔15〕天天：老天爷。

〔16〕前哨：前军，前队。

〔17〕问答：掷杯珓以卜吉凶。答，即杯珓，以两蚌壳制成，也用木、竹或玉雕成。

〔18〕髡（kūn）头跣（xiǎn）足：剃去头发，光着双脚。

〔19〕吊审：提审。吊，提取。

〔20〕细鞫（jū）：细细审问。

〔21〕济楚：整齐，体面，漂亮。

〔22〕丰城之剑：古代名剑，一为"龙泉"，一为"太阿"。豫章人雷焕任丰城令时，得龙泉、太阿二剑，所以此二剑又叫丰城剑。

评析

《喻世明言》中故事产生的时代，包括宋、元、明三代，经冯梦龙加工、遴选、编纂而成。其题材多与城市生活联系密切，其中描写爱情、婚姻主题的作品最为突出。其余作品或反映社会现实，暴露社会黑暗；或反映城市中下层人民的生活，歌颂朋友间忠诚的友情；或反映明代商业社会发达情况及中小商人的精神面貌；亦有不少作品存有封建说教和因果报应的消极思想。作者在《绪言》中指出，这部书是"广求先代奇迹及闾里新闻"而来，经过长年累月的收集整理，并非一朝一夕所能完成的。其纂辑遴选工作有着严格的标准，希望达到劝人向善的社会效果。

《杨八老越国奇逢》以元朝的倭乱为背景，讲述了乱世中一个商人在两地娶了两房妻子生了两个儿子，不幸遭逢倭乱，被掳至倭国十九年，受尽磨难，辗转归家后，与已为高官的两子分别相认，从此享尽荣华。故事主题平平无奇，在"三言"中这类讲述"富贵无常，穷通无定"的题材十分常见。但本篇将海洋经济与倭乱的政治背景相结合，使它在中国古代海洋小说中具有特殊的意义。这篇文章，可以从多方面看到倭乱对当时中国社会的影响。小说的背景尽管设置在元朝，但倭乱真正严重的时期是在明朝，因此这篇小说所描述的状况对于反映明朝沿海倭乱状况同样有意义。

早在元朝，已有日本商盗劫掠中国沿海居民的记载。元末正是日本的"南北朝时期"，各方势力分裂割据，杀伐征战，导致大批日本武士、浪人、海盗商人、流民等潮涌至中国沿海杀烧劫掠。进入明朝以后，倭寇更是猖獗，有明一代，中国沿海地区的居民一直都深受倭乱之苦。

这篇小说充分反映了倭寇对沿海居民烧杀抢掠的残忍行径。倭寇侵扰中国的主要目的是为了钱财，但在劫掠钱财的过程中，还会残酷无情地杀害居民的性命，烧毁其房屋。"传说倭寇一路放火杀人，官军不能禁御"，"逢着中国之人，也不尽数杀戮，掳得妇女，恣意奸淫"，这些行为对沿海居民的生命财产造成了巨大的破坏。这类现象绝非小说家任意杜撰，在正史中也有许多关于倭害的记载。

为了充实倭寇队伍并在侵扰行动中有向导可使，倭寇不会把所有沿海居民尽皆杀戮，遇到强壮的男子便会劫掠回去充当"假倭"，要求他们剃头习战，在下次入侵中在队伍最前面充当向导或头阵。文中主人公杨八老和其他十几个沿海居民就被抓去充当了十九年的假倭。有些假倭在倭寇队伍中日久，索性靠着倭势，一般行凶出力起来，承担着受害者与施害者双重身份。

当然，沿海地区倭寇横行，与中国政府疏于海防建设、官员腐败无能有着很大的关系。小说中记载："那时元朝承平日久，沿海备御俱疏，沿海就有几只船，几百老弱军士，都不堪拒战，望风逃走。"可见彼时海防力量之薄弱，很难与当时的倭寇相抗衡，以致他们"公然登岸，杀人放火"。而官军们不仅御敌无方，平昔还杀害百姓冒功领赏，在战阵上，更是不管真假，见倭就杀。杨八老等人被捉去当假倭后，有心归国，出首投降，又怕官军不分真假拿去请功，可见彼时官场吏治腐败，只顾自己升官，丝毫不将百姓死活放在心上。

　　元、明倭患严重，除了两国各自国内的政治环境等复杂因素之外，与中日两国天然的海洋环境也有很大的关系。中日两国自古一衣带水，日本国在我国东边，经太平洋即可到达我国东南沿海地区。除了便利的地理条件以外，我国显著的季风气候也给倭寇侵扰带来了方便，风向对倭寇入侵的时间、路线和地点有较大的影响。如文中所言："原来倭寇飘洋，也有个天数，听凭风势：若是北风，便犯广东一路；若是东风，便犯福建一路；若是东北风，便犯温州一路；若是东南风，便犯淮扬一路。"由此可见，便利的地理位置和特殊季风气候为倭寇侵扰中国沿海地区提供了天然的条件。

　　在这个故事中，作者只是将海洋作为一个背景，主干部分叙述的还是杨八老人生几经磨难，最终二子双妻、福寿两全的故事。然而却能从中读到当时在倭寇骚扰之下沿海居民饱受磨难的生活，而大多数人并不会有杨八老这样的奇遇，或是死在倭寇屠刀之下，或是死在中国军官手中。

（沈伟）

情史·海王三

冯梦龙

　　山阳有海王三者，始其父贾[1]于泉南。航巨浸[2]，为风涛败舟，同载数十人已溺，王得一板自托，任其簸荡到一岛屿旁。遂涉岸，行山间。幽花异木，珍禽怪兽，多中土所未识。而风气和柔，不类蛮峤，所至空旷，更无居人。王憩于大木下，莫知所届[3]。忽见一女子至，问曰："汝是甚处人？如何到此？"王以

"舟行遭溺"告。女曰："然则随我去。"女容貌颇秀美,发长委地,不梳掠,语言可通晓,举体无丝缕,朴樕[4]蔽形。王不能测其为人耶?为异物耶?默念:业[5]堕他境,一身无归,亦将毕命豺虎,死可立待,不若姑就之。乃从而下山,抵一洞,深杳洁邃[6],晃耀常如正昼[7]。盖其所处,但不设庖爨[8]。女留与同居,朝夕饲以果实,戒使勿妄出。王虽无衣食可换,幸其地不甚觉寒暑。度岁余,生一子。迨及周晬[9],女采果未还。王信步往水涯,适有客舟避风于岸屿,认其人,皆旧识也。急入洞,抱儿至,径登舟。女继来,度[10]不可及,呼王姓名骂之,极口悲啼,扑地,气几绝。王从篷底举手谢[11]之,亦为掩啼。此舟已张帆,乃得归楚。儿既长,楚人目为海王三。绍兴间犹存。

注释

〔1〕贾:经商。

〔2〕巨浸:指大海。

〔3〕莫知所届:不知道自己在哪里。届,到达。

〔4〕朴樕:即丛木、小树。此处指女子以树叶遮体。

〔5〕业:既,已经。

〔6〕洁邃:干净幽深。

〔7〕正昼:指大白天。

〔8〕庖(páo)爨(cuàn):厨房灶台。

〔9〕周晬(zuì):周岁。

〔10〕度:估计,推测。

〔11〕谢:认错,道歉。

情史·鬼国母

建康巨商杨二郎，本以牙侩[1]起家。数贩南海，往来十余年，累赀千万。淳熙中遇盗，同舟尽死，杨坠水得免，逢木抱之，浮沉两日，漂至一岛。登岸，信脚所之，入一洞中。男女多裸形，杂沓[2]聚观。一最尊者，称为鬼国母，令引前问曰："汝愿住此否？"杨无计逃生，应曰："愿住。"母即命鬟治室，合为夫妇。饮食起居，与世间不异。或旬日，或半月，常有驶卒持书至曰："真仙邀迎国母，请赴琼室。"母往，其众悉从，杨独处洞中。它日，杨亦请行，母曰："汝凡人，不可。"杨累恳，母许之。飘然履虚，如蹑烟云。至一馆宇，优乐盘肴，极为丰洁。母正位而坐，引杨伏于桌帏，戒之屏息勿动。移时，庭中焚楮[3]，哭声齐发。审[4]听之，即杨之家人声也。乃从车下出。家人皆以为鬼，惟妻泣曰："汝没于海中二年余，我为汝发丧行服，招魂卜葬。今夕除灵[5]，故设水陆做道场，何由在此？人耶？鬼耶？"杨曰："我原不曾死。"具道所遇曲折，妻方信之。鬼母在外招呼，继以怒骂，然终不能相近。少顷寂然。杨乃调药补治，数年始复本形。

注释

〔1〕牙侩：即"市侩"，指商人。

〔2〕杂沓：纷杂，杂乱。

〔3〕楮（chǔ）：落叶乔木，叶似桑，树皮是制造桑皮纸和宣纸的原料。古时亦是纸的代称，祭祀时用其焚烧，称楮钱。

〔4〕审：仔细。

〔5〕除灵：旧俗人死既葬，于除丧之日，请僧道追荐后，撤除灵

座，烧化灵牌，以示服丧期满，谓之"除灵"。

评析

《情史》，全称《情史类略》，又名《情天宝鉴》。全书二十四卷，凡八百八十二条。主要选自历代笔记、小说、史籍以及其他文学作品，并经过冯梦龙加工编纂，许多已经散佚的故事得以保存。书中故事，上起周代，下至明朝，汇集了两千年形形色色的男女情爱之事，以及当时社会上的一些传闻故事。其中有对封建统治者荒淫无耻生活的描写，有对青年男女忠贞爱情故事的赞美，还有一些讲述了神鬼妖物与人的恋情。

在这八百多篇小说中，与海洋相关的篇目共有七篇，这七篇涉海小说都极具奇幻色彩，在超越现实的描写中，又能看到现实依据。此处选录的两篇故事《海王三》和《鬼国母》在故事情节上大体类似，但又同中有异，各具特色。《海王三》和《鬼国母》分属"情妖类"和"情幻类"，篇幅短小，属笔记类小说。两则故事的开头在涉海小说中十分常见，即海商在海上遭遇风暴、海盗等意外漂流至海岛，人物上岛后的经历精彩而又奇幻。

《海王三》讲述了海王三的父亲王某，长期在泉南经商，某次出海遭遇风暴，同船者皆被溺亡，只有王某得以幸存。他来到一座美丽的孤岛，并与岛上一奇异女子同居生活，几年后生有一子。王某偶然得船，遂携子逃走，女子伤心欲绝。《鬼国母》故事大抵相似，讲述了建康巨商杨二郎在海上遇到海盗抢劫，同舟者尽死，只有杨二郎漂至一岛，岛上"男女多裸形"，杨二郎与岛上最尊者鬼国母结为夫妇。一次鬼国母将其带出岛屿时，杨二郎竟意外逃离鬼母，返回人间，与家人团聚，调养数年后终于恢复本形。倪浓水将这一类故事称为"海上女儿国抢婚"文化背景下的"岛女繁殖叙事"。尽管《海王三》中岛上只有一女，《鬼国母》中岛上是以鬼母为尊的男女杂居，但都是以女子为主要岛民，因而可以看作是古代小说记载中"女儿国"的变形。由于男女双方的结合女子占主导地位，故称其为"抢婚模式"。《海王三》中尽管没有明写岛女如何强迫王某与自己同居，但王某流落荒岛后知自己"业堕他境，一身无归，亦将毕命豺虎，死可立待"，为了保命，只好"姑就之"。与女子在洞中共同生活以后，王某行动也并不自由，岛女"朝夕饲以果实，戒使勿妄出"。《鬼国母》大致类似，鬼国母尽管是以商量的口吻问其是否愿往，但杨二郎知其"无计逃生"，只好答应。相比较而言，《海王三》中尽管王某不能判断女子为人还是异物，但至少"女容貌颇秀美"；而《鬼国母》中的女子则是鬼女，令人可怖，因此自愿的可能性更小。两则故事的结局也大抵相似，王某在岛上遇到船只后，毫不犹豫携子逃跑；杨二郎也在一次外出时趁机逃离鬼母回到家中。可见他们从内心就不愿留在岛上，与女子的同居生活也是迫于无奈。

尽管上文的分析主要强调这两则故事中"抢婚"这一内核，但是作为《情史》里的重要篇目，还是能看到其中"情性"和"人性"的书写。无论是《海王三》里的王某还是《鬼国母》中的杨二郎，尽管是被迫与女子成亲，但也能感受到女子的脉脉温情。《海王三》中的岛女不仅容貌秀美、言语相通，还"朝夕饲以果实"，颇有贤妻之范；《鬼国母》中的鬼母受邀赴宴，杨二郎也要求同往，鬼母以其凡人之体为由拒绝后，最终在其"累恳"之下还是答应了，这才让他获得出逃的机会，可见鬼母对杨二郎颇为"宠爱"。男子出逃后，女子的反应也很相似，岛女是"呼王姓名骂之，极口悲啼，扑地，气几绝"，王某的离开让她陷入巨大的悲哀与绝望之中，可见其用情至深；鬼母也是"在外招呼，继以怒骂，然终不能相近"。男子最初尽管是受到强迫，但也并非对女子毫无感情，王某离开后，"从篷底举手谢之，亦为掩啼"，可见对岛女亦有不舍与眷恋。这些女子不同于人类，但她们对于男女情感的重视，以及对孤寂生活的恐惧，还是让我们看到了其"人性"的一面。

另外，两则故事的环境设置也值得探究。《海王三》的故事撇开"抢婚"的背景来说，可视为带有浪漫色彩的爱情故事。二人生活的小岛十分秀美,"幽花异木,珍禽怪兽,多中土所未识。而风气和柔,不类蛮峤,所至空旷,更无居人。"他们生活的山洞也是"深杳洁邃,晃耀常如正昼",这些并不让人觉得可怕,反而令人对下文发生的故事有着美好的期待。《鬼国母》的设置则要可怕得多,尽管作者未对岛上洞中的环境作过多描述,但岛民都是以鬼魂的形态出现。可以推测,在航海技术并不发达的古代,风暴、礁石、海盗都可能成为海上事故发生的原因,无数人就这样葬身鱼腹,大海也成为冤魂集中的区域,因此古人有了对海上"鬼国"的想象。

(沈伟)

初刻拍案惊奇·卷之一
转运汉遇巧洞庭红　波斯胡指破鼍龙壳(节选)

凌濛初[*]

而今说一个人,在实地上行,步步不着,极贫极苦的,却在渺渺茫茫做梦不到的去处,得了一主没头没脑的钱财,变成巨富。从来稀有,亘古新闻。有诗为证,诗曰:

　　分内功名匣里财,不关聪慧不关呆。

---

[*] 凌濛初(1580—1644),字玄房,号初成,别号即空观主人,浙江乌程(今浙江湖州)人。凌濛初出生于官宦人家,祖辈父辈皆是进士,他一生也对入宦向往不已,但求官入仕之路并不平坦,历尽艰辛而未能如愿。受当时文坛风气的熏陶以及冯梦龙的直接影响,凌濛初开始了通俗文学的创作。他也曾任上海县丞、徐州判官等职,李自成起义时,入明将何腾蛟幕下为其建言献策。崇祯十七年(1644),李自成农民军攻打徐州,凌濛初参与镇压,被农民军包围,拒绝投降,忧愤呕血而死。

其著作《初刻拍案惊奇》和《二刻拍案惊奇》与冯梦龙所著《喻世明言》《警世通言》《醒世恒言》合称"三言二拍",是中国古典短篇小说的代表。"二拍"共收拟话本小说78篇,小说取材广泛,深刻地反映了明朝晚期的社会现实,颇具社会意义和文学价值。

果然命是财官格，海外犹能送宝来。

话说国朝成化年间，苏州府长州县阊门外有一人，姓文名实，字若虚。生来心思慧巧，做着便能，学着便会。琴棋书画，吹弹歌舞，件件粗通。幼年间，曾有人相他有巨万之富。他亦自恃才能，不十分去营求生产，坐吃山空，将祖上遗下千金家事，看看消下来。以后晓得家业有限，看见别人经商图利的，时常获利几倍，便也思量做些生意，却又百做百不着。

一日，见人说北京扇子好卖，他便合了一个伙计，置办扇子起来。上等金面精巧的，先将礼物求了名人诗画，免不得是沈石田、文衡山、祝枝山拓了几笔，便值上两数银子。中等的，自有一样乔人，一只手学写了这几家字画，也就哄得人过，将假当真的买了，他自家也兀自做得来的。下等的无金无字画，将就卖几十钱，也有对合利钱，是看得见的。拣个日子装了箱儿，到了北京。岂知北京那年，自交夏来，日日淋雨不晴，并无一毫暑气，发市甚迟。交秋早凉，虽不见及时，幸喜天色却晴，有妆晃子弟要买把苏做的扇子[1]，袖中笼着摇摆。来买时，开箱一看，只叫得苦。元来北京历渗，却在七八月，更加日前雨湿之气，斗着扇上胶墨之性，弄做了个"合而言之"，揭不开了。用力揭开，东粘一层，西缺一片，但是有字有画值价钱者，一毫无用。剩下等没字白扇，是不坏的，能值几何？将就卖了做盘费回家，本钱一空，频年做事，大概如此。不但自己折本，但是搭他作伴，连伙计也弄坏了。故此人起他一个混名，叫做"倒运汉"。不数年，把个家事干圆洁净了，连妻子也不曾娶得。终日间靠着些东涂西抹，东挨西撞，也济不得甚事。但只是嘴头子诌得来，会说会笑，朋友家喜欢他有趣，游耍去处少他不得；也只好趁口，不是做家的。况且他是大模大样过来的，帮闲行里，又不十分入得队。有怜他的，要荐他坐馆教学，又有诚实人家嫌他是个杂板令[2]，高不凑，低不就。打从帮闲的、处馆的两项人见了他,也就做鬼脸,把"倒运"[3]两字笑他,不在话下。

一日,有几个走海泛货的邻近,做头的无非是张大、李二、赵甲、钱乙一班人,共四十余人,合了伙将行。他晓得了,自家思忖道:"一身落魄,生计皆无。便附了他们航海,看看海外风光,也不枉人生一世。况且他们定是不却我的,省得在家忧柴忧米的,也是快活。"正计较间,恰好张大踱将来。元来这个张大名唤张乘运,专一做海外生意,眼里认得奇珍异宝,又且秉性爽慨,肯扶持好人,所以乡里起他一个混名,叫张识货。文若虚见了,便把此意一一与他说了。张大道:"好,好。我们在海船里头不耐烦寂寞,若得兄去,在船中说说笑笑,有甚难过的日子?我们众兄弟料想多是喜欢的。只是一件,我们多有货物将去,兄并无所有,觉得空了一番往返,也可惜了。待我们大家计较,多少凑些出来助你,将就置些东西去也好。"文若虚便道:"谢厚情,只怕没人如兄肯周全小弟。"张大道:"且说说看。"一竟自去了。

恰遇一个瞽目先生敲着"报君知"[4]走将来,文若虚伸手顺袋里摸了一个钱,扯他一卦问问财气看。先生道:"此卦非凡,有百十分财气,不是小可。"文若虚自想道:"我只要搭去海外耍耍,混过日子罢了,那里是我做得着的生意?要甚么赍助[5]?就赍助得来,能有多少?便宜恁地财爻动?这先生也是混帐。"只见张大气忿忿走来,说道:"说着钱,便无缘。这些人好笑,说道你去,无不喜欢。说到助银,没一个则声。今我同两个好的弟兄,拼凑得一两银子在此,也办不成甚货,凭你买些果子,船里吃罢。日食之类,是在我们身上。"若虚称谢不尽,接了银子。张大先行,道:"快些收拾,就要开船了。"若虚道:"我没甚收拾,随后就来。"手中拿了银子,看了又笑,笑了又看,道:"置得甚货么?"信步走去,只见满街上箧篮内盛着卖的:

红如喷火，巨若悬星。皮未鞍，尚有余酸；霜未降，不可多得。元殊苏并诸家树，亦非李氏千头奴。较广似曰难况，比福亦云具体。

乃是太湖中有一洞庭山，地暖土肥，与闽广无异，所以广橘福橘，播名天下。洞庭有一样橘树绝与他相似，颜色正同，香气亦同。止是初出时，味略少酸，后来熟了，却也甜美。比福橘之价十分之一，名曰"洞庭红"。若虚看见了，便思想道："我一两银子买得百斤有余，在船可以解渴，又可分送一二，答众人助我之意。"买成，装上竹篓，雇一闲的，并行李桃了下船。众人都拍手笑道："文先生宝货来也！"文若虚羞惭无地，只得吞声上船，再也不敢提起买橘的事。

开得船来，渐渐出了海日，只见银涛卷雪，雪浪翻银。湍转则日月似惊，浪动则星河如覆。三五日间，随风漂去，也不觉过了多少路程。忽至一个地方，舟中望去，人烟凑聚，城郭巍峨，晓得是到了甚么国都了。舟人把船撑入藏风避浪的小港内，钉了桩橛，下了铁锚，缆好了。船中人多上岸。打一看，原来是来过的所在，名曰吉零国。元来这边中国货物拿到那边，一倍就有三倍价。换了那边货物，带到中国也是如此。一往一回，却不便有八九倍利息，所以人都拼死走这条路。众人多是做过交易的，各有熟识经纪、歇家、通事人等，各自上岸找寻发货去了，只留文若虚在船中看船。路径不熟，也无走处。

正闷坐间，猛可想起道："我那一篓红橘，自从到船中，不曾开看，莫不人气蒸烂了？趁着众人不在，看看则个。"叫那水手在舱板底下翻将起来，打开了篓看时，面上多是好好的。放心不下，索性搬将出来，都摆在甲板上面。也是合该发迹，时来福凑。摆得满船红焰焰的，远远望来，就是万点火光，一天星斗。岸上走的人，都拢将来问道："是甚么好东西呵？"文若虚只不答应。看见中间有个把一点头的,拣了出来,掐破就吃。岸上看的一发多了,惊笑道:"原来是吃得的!"就中有个好事的,便来问价:"多少一个?"文若虚不省得他们说话,船上人却晓得,就扯个谎哄他,竖起一个指头,说:"要一钱一颗。"那问的人揭开长衣,露出那兜罗锦红裹肚来,一手摸出银钱一个来,道:"买一个尝尝。"文若虚接了银钱,手中等等看,约有两把重。心下想道:"不知这些银子,要买多少,也不见秤秤,且先把一个与他看样。"拣个大些的,红得可爱的,递一个上去。只见那个人接上手,颠了一颠道:"好东西呵!"扑的就劈开来,香气扑鼻。连旁边闻着的许多人,大家喝一声采。那买的不知好歹,看见船上吃法,也学他去了皮,却不分囊,一块塞在口里,甘水满咽喉,连核都不吐,吞下去了。哈哈大笑道:"妙哉!妙哉!"又伸手到裹肚里,摸出十个银钱来,说:"我要买十个进奉去。"文若虚喜出望外,拣十个与他去了。那看的人见那人如此买去了,也有买一个的,也有买两个、三个的,都是一般银钱。买了的,都千欢万喜去了。

元来彼国以银为钱,上有文采。有等龙凤文的,最贵重,其次人物,又次禽兽,又次树木,最下通用的,是水草;却都是银铸的,分两不异。适才买橘的,都是一样水草纹的,他道是把下等钱买了好东西去了,所以欢喜。也只是要小便宜肚肠,与中国人一样。须臾之间,三停里卖了二停。有的不带钱在身边的,老大懊悔,急忙取了钱转来。文若虚已此剩不多了,拿一个班道:"而今要留着自家用,不卖了。"其人情愿再增一个钱,四个钱买了二颗。口中哓哓说:"悔气!来得迟了。"旁边人见他增了价,就埋怨道:"我每还要买个,如何把价钱增长了他的?"买的人道:"你不听得他方才说,兀自不卖了?"

正在议论间,只见首先买十个的那一个人,骑了一匹青骢马,飞也似奔到船边,下了马,分开人丛,对船上大喝道:"不要零卖！不要零卖！是有的俺多要买。俺家头目要买去进奉克汗哩。"看的人听见这话，便远远走开，站住了看。文若虚是伶俐的人，看见来势，已瞧科在眼里，晓得是个好主顾了。连忙把篓里尽数倾出来，止剩五十余颗。数了一数，又拿起班来说道："适间讲过要留着自用，不得卖了。今肯加些价钱，再让几颗去罢。适间已卖出两个钱一颗了。"其人在马背上拖下一大囊，摸出钱来，另是一样树木纹的，说道："如此钱一个罢了。"文若虚道："不情愿，只照前样罢了。"那人笑了一笑，又把手去摸出一个龙凤纹的来道："这样的一个如何？"文若虚又道："不情愿，只要前样的。"那人又笑道："此钱一个抵百个，料也没得与你，只是与你耍。你不要俺这一个，却要那等的，是个傻子！你那东西，肯都与俺了，俺再加你一个那等的，也不打紧。"文若虚数了一数，有五十二颗，准准的要了他一百五十六个水草银钱。那人连竹篓都要了，又丢了一个钱，把篓拴在马上，笑吟吟地一鞭去了。看的人见没得卖了，一哄而散。

　　文若虚见人散了，到舱里把一个钱秤一秤，有八钱七分多重。秤过数个都是一般。总数一数，共有一千个差不多。把两个赏了船家，其余收拾在包里了。笑一声道："那盲子好灵卦也！"欢喜不尽，只等同船人来对他说笑则个。

　　说话的，你说错了！那国里银子这样不值钱，如此做买卖，那久惯漂洋的带去多是绫罗缎匹，何不多卖了些银钱回来，一发百倍了？看官有所不知：那国里见了绫罗等物，都是以货交兑。我这里人也只是要他货物，才有利钱，若是卖他银钱时，他都把龙凤、人物的来交易，作了好价钱，分两也只得如此，反不便宜。如今是买吃口东西，他只认做把低钱交易，我却只管分两，所以得利了。说话的，你又说错了！依你说来，那航海的，何不只买吃口东西，只换他低钱，岂下有利？反着重本钱，置他货物怎地？看官，又不是这话。也是此人偶然有此横财,带去着了手。若是有心第二遭再带去,三五日不遇巧,等得希烂。那文若虚运未通时卖扇子就是榜样。扇子还放得起的,尚且如此,何况果品?是这样执一论不得的。

闲话休题。且说众人领了经纪主人到船发货,文若虚把上头事说了一遍。众人都惊喜道:"造化!造化!我们同来,到是你没本钱的先得了手也!"张大便拍手道:"人都道他倒运,而今想是运转了!"便对文若虚道:"你这些银钱此间置货,作价不多。除是转发在伙伴中,回他几百两中国货物,上去打换些土产珍奇,带转去有大利钱,也强如虚藏此银钱在身边,无个用处。"文若虚道:"我是倒运的,将本求财,从无一遭不连本送的。今承诸公挈带,做此无本钱生意,偶然侥幸一番,真是天大造化了,如何还要生钱,妄想甚么?万一如前再做折了,难道再有洞庭红这样好卖不成?"众人多道:"我们用得着的是银子,有的是货物。彼此通融,大家有利,有何不可?"文若虚道:"一年吃蛇咬,三年怕草索。说到货物,我就没胆气了。只是守了这些银钱回去罢。"众人齐拍手道:"放着几倍利钱不取,可惜!可惜!"随同众人一齐上去,到了店家交货明白,彼此兑换。约有半月光景,文若虚眼中看过了若干好东好西,他已自志得意满,不放在心上。

众人事体完了,一齐上船,烧了神福,吃了酒开洋。行了数日,忽然间天变起来。但见:

  乌云蔽日,黑浪掀天。蛇龙戏舞起长空,鱼鳖惊惺潜水底。艨艟泛泛[6],只如栖不定的数点寒鸦;岛屿浮浮,便似没不煞的几双水鹚。舟中是方扬的米簸,舷外是正熟的饭锅。总因风伯太无情,以致篙师多失色[7]。

那船上人见风起了,扯起半帆,不问东西南北,随风势漂去。隐隐望见一岛,便带住篷脚,只看着岛边使来。看看渐近,恰是一个无人的空岛。但见：树木参天，草莱遍地〔8〕。荒凉径界，无非些兔迹狐踪；坦迤土壤，料不是龙潭虎窟。混茫内，未识应归何国辖；开辟来，不知曾否有人登。

船上人把船后抛了铁锚，将桩橛泥犁上岸去钉停当了，对舱里道："且安心坐一坐，候风势则个。"那文若虚身边有了银子，恨不得插翅飞到家里，巴不得行路，却如此守风呆坐，心里焦燥。对众人道："我且上岸去岛上望望则个。"众人道："一个荒岛，有何好看？"文若虚道："总是闲着，何碍？"众人都被风颠得头晕，个个是呵欠连天，不肯同去。文若虚便自一个抖擞精神，跳上岸来，只因此一去，有分交：十年败壳精灵显，一介穷神富贵来。若是说话的同年生，并时长，有个未卜先知的法儿，便双脚走不动，也拄个拐儿随他同去一番，也不枉的。

却说文若虚见众人不去，偏要发个狠扳藤附葛，直走到岛上绝顶。那岛也苦不甚高，不费甚大力，只是荒草蔓延，无好路径。到得上边打一看时，四望漫漫，身如一叶，不觉凄然吊下泪来。心里道："想我如此聪明，一生命蹇。家业消亡，剩得只身，直到海外。虽然侥幸有得千来个银钱在囊中，知他命里是我的不是我的？今在绝岛中间，未到实地，性命也还是与海龙王合着的哩！"正在感怆，只见望去远远草丛中一物突高。移步往前一看，却是床大一个败龟壳。大惊道："不信天下有如此大龟！世上人那里曾看见？说也不信的。我自到海外一番，不曾置得一件海外物事，今我带了此物去，也是一件希罕的东西，与人看看，省得空口说着，道是苏州人会调谎。又且一件，锯将开来，一盖一板，各置四足，便是两张床，却不奇怪！"遂脱下两只裹脚接了，穿在龟壳中间，打个扣儿，拖了便走。

走至船边，船上人见他这等模样，都笑道："文先生那里又跎了纤来？"文若虚道："好教列位得知，这就是我海外的货了。"

众人抬头一看，却便似一张无柱有底的硬脚床。吃惊道："好大龟壳！你拖来何干？"文若虚道："也是罕见的，带了他去。"众人笑道："好货不置一件，要此何用？"有的道："也有用处。有甚么天大的疑心事，灼他一卦，只没有这样大龟药。"又有的道："医家要煎龟膏，拿去打碎了煎起来，也当得几百个小龟壳。"文若虚道："不要管有用没用，只是希罕，又不费本钱便带了回去。"当时叫个船上水手，一抬抬下舱来。初时山下空阔，还只如此；舱中看来，一发大了。若不是海船，也着不得这样狼犺东西。众人大家笑了一回，说道："到家时有人问，只说文先生做了偌大的乌龟买卖来了。"文若虚道："不要笑，我好歹有一个用处，决不是弃物。"随他众人取笑，文若虚只是得意。取些水来内外洗一洗净，抹干了，却把自己钱包行李都塞在龟壳里面，两头把绳一绊，却当了一个大皮箱子。自笑道："兀的不眼前就有用处了？"众人都笑将起来，道："好算计！好算计！文先生到底是个聪明人。"

当夜无词。次日风息了，开船一走。不数日，又到了一个去处，却是福建地方了。才住定了船，就有一伙惯伺候接海客的小经纪牙人[9]，攒将拢来，你说张家好，我说李家好，拉的拉，扯的扯，嚷个不住。船上众人拣一个一向熟识的跟了去，其余的也就住了。

众人到了一个波斯胡人店中坐定[10]。里面主人见说海客到了，连忙先发银子，唤厨户包办酒席几十桌。分付停当，然后踱将出来。这主人是个波斯国里人，姓个古怪姓，是玛瑙的"玛"字，叫名玛宝哈，专一与海客兑换珍宝货物，不知有多少万数本钱。众人走海过的，都是熟主熟客，只有文若虚不曾认得。抬眼看时，元来波斯胡住得在中华久了，衣服言动都与中华不大分别。只是剃眉剪须，深眼高鼻，有些古怪。出来见了众人，行宾主礼，坐定了。两杯茶罢，站起身来，请到一个大厅上。只见酒筵多完备了，且是摆得清楚。元来旧规，海船一到，主人家先折过这一番款待，然后发货讲价的。主人家手执着一副法琅菊花盘盏，拱一拱手道："请列位货单一看，好定坐席。"

看官，你道这是何意？元来波斯胡以利为重，只看货单上有奇珍异宝值得上万者，就送在先席。余者看货轻重，挨次坐去，不论年纪，不论尊卑，一向做下的规矩。船上众人，货物贵的贱的，多的少的，你知我知，各自心照，差不多领了酒杯，各自坐了。单单剩得文若虚一个，呆呆站在那里。主人道："这位老客长不曾会面，想是新出海外的，置货不多了。"众人大家说道："这是我们好朋友，到海外耍去的。身边有银子，却不曾肯置货。今日没奈何，只得屈他在末席坐了。"文若虚满面羞惭，坐了末位。主人坐在横头。饮酒中间，这一个说道我有猫儿眼多少，那一个说我有祖母绿多少，你夸我逞。文若虚一发默默无言，自心里也微微有些懊悔道："我前日该听他们劝，置些货物来的是。今枉有几百银子在囊中，说不得一句说话。"又自叹了口气道："我原是一些本钱没有的，今已大幸，不可不知足。"自思自忖，无心发兴吃酒。众人却猜掌行令，吃得狼藉。主人是个积年，看出文若虚不快活的意思来，不好说破，虚劝了他几杯酒。众人都起身道："酒勾了，天晚了，趁早上船去，明日发货罢。"别了主人去了。

主人撤了酒席，收拾睡了。明日起个清早，先走到海岸船边来拜这伙客人。主人登舟，一眼瞅去，那舱里狼狼犺犺这件东西，早先看见了。吃了一惊道："这是那一位客人的宝货？昨日席上并不曾说起，莫不是不要卖的？"众人都笑指道："此敝友文兄的宝货。"中有一人衬道："又是滞货。"主人看了文若虚一看，满面挣得通红，带了怒色，埋怨众人道："我与诸公相处多年，如何恁地作弄我？教我得罪于新客，把一个末座屈了他，是何道理！"一把扯住文若虚，对众客道："且慢发货，容我上岸谢过罪着。"众人不知其故。有几个与文若虚相知些的，又有几个喜事的，觉得有些古怪，共十余人赶了上来，重到店中，看是如何。只见主人拉了文若虚，把交椅整一整，不管众人好歹，纳他头一位坐下了，道："适间得罪得罪，且请坐一坐。"文若虚也心中糊涂，忖道："不信此物是宝贝，这等造化不成？"

主人走了进去，须臾出来，又拱众人到先前吃酒去处，又早摆下几桌酒，为首一桌，比先更齐整。把盏向文若虚一揖，就对众人道："此公正该坐头一席。你每柱自一船货，也还赶他不来。先前失敬失敬。"众人看见，又好笑，又好怪，半信不信的一带儿坐下了。酒过三杯，主人就开口道："敢问客长，适间此宝可肯卖否？"文若虚是个乖人，趁口答应道："只要有好价钱，为甚不卖？"那主人听得肯卖，不觉喜从天降，笑逐颜开，起身道："果然肯卖，但凭分付价钱，不敢吝惜。"文若虚其实不知值多少，讨少了，怕不在行；讨多了，怕吃笑。忖了一忖，面红耳热，颠倒讨不出价钱来。张大使与文若虚丢个眼色，将手放在椅子背上，竖着三个指头，再把第二个指空中一撇，道："索性讨他这些。"文若虚摇头，竖一指道："这些我还讨不出口在这里。"却被主人看见道："果是多少价钱？"张大捣一个鬼道："依文先生手势，敢象要一万哩！"主人呵呵大笑道："这是不要卖，哄我而已。此等宝物，岂止此价钱！"众人见说，大家目睁口呆，都立起了身来，扯文若虚去商议道："造化！造化！想是值得多哩。我们实实不知如何定价，文先生不如开个大口，凭他还罢。"文若虚终是碍口说羞，待说又止。众人道："不要不老气！"主人又催道："实说说何妨？"文若虚只得讨了五万两。主人还摇头道："罪过，罪过。没有此话。"扯着张大私问他道："老客长们海外往来，不是一番了。人都叫你张识货，岂有不知此物就里的？必是无心卖他，莫落小肆罢了。"张大道："实不瞒你说，这个是我的好朋友，同了海外玩耍的，故此不曾置货。适间此物,乃是避风海岛,偶然得来,不是出价置办的,故此不识得价钱。若果有这五万与他,勾他富贵一生,他也心满意足了。"主人道:"如此说,要你做个大大保人,当有重谢,万万不可翻悔!"遂叫店小二拿出文房四宝来,主人家将一张供单绵料纸折了一折,拿笔递与张大道:"有烦老客长做主,写个合同文书,好成交易。"张大指着同来一人道:"此位客人褚中颖,写得好。"把纸笔让与他。褚客磨得墨浓,展好纸,提起笔来写道:

立合同议单张乘运等,今有苏州客人文实,海外带来大龟壳一个,投至波斯玛宝哈店,愿出银五万两买成。议定立契之后,一家交货,一家交银,各无翻悔。有翻悔者,罚契上加一。合同为照。

一样两纸,后边写了年月日,下写张乘运为头,一连把在坐客人十来个写去。褚中颖因自己执笔,写了落末。年月前边,空行中间,将两纸凑着,写了骑缝一行,两边各半乃是"合同议约"四字。下写"客人文实,主人玛宝哈",各押了花押。单上有名,从后头写起,写到张乘运道:"我们押字钱重些,这买卖才弄得成。"主人笑道:"不敢轻,不敢轻。"

写毕,主人进内,先将银一箱抬出来道:"我先交明白了用钱,还有说话。"众人攒将拢来。主人开箱,却是五十两一包,共总二十包,整整一千两。双手交与张乘运道:"凭老客长收明,分与众位罢。"众人初然吃酒、写合同,大家撺哄鸟乱,心下还有些不信的意思;如今见他拿出精晃晃白银来做用钱,方知是实。文若虚恰象梦里醉里,话都说不出来。呆呆地看。张大扯他一把道:"这用钱如何分散,也要文兄主张。"文若虚方说一句道:"且完了正事慢处。"只见主人笑嘻嘻的对文若虚说道:"有一事要与客长商议:价银现在里面阁儿上,都是向来兑过的,一毫不少,只消请客长一两位进去,将一包过一过目,兑一兑为准,其余多不消兑得。却又一说，此银数不少，搬动也不是一时功夫，况且文客官是个单身，如何好将下船去？又要泛海回还，有许多不便处。"文若虚想了一想道："见教得极是。而今却待怎样？"主人道："依着愚见，文客官目下回去未得。小弟此间有一个缎匹铺，有本三千两在内。其前后大小厅屋楼房，共百余间，也是个大所在，价值二千两，离此半里之地。愚见就把本店货物及房屋文契，作了五千两，尽行交与文客官，就留文客官在此住下了，做此生意。其银也做几遭搬了过去，不知不觉。日后文客官要回去，这里可以托心腹伙计看守，便可轻身往来。不然小店交出不难，文客官收贮却难也。愚意如此。"说了一遍，说得文若虚与张大跌足道："果然是客纲客纪，句句有理。"文若虚道："我家里原无家小，况且家业已尽了，就带了许多银子回去，没处安顿。依了此说，我就在这里，立起个家缘来，有何不可？此番造化，一缘一会，都是上天作成的，只索随缘做去便是。货物房产价钱，未必有五千，总是落得的。"便对主人说："适间所言，诚是万全之算，小弟无不从命。"

主人便领文若虚进去阁上看，又叫张、褚二人："一同去看看。其余列位不必了，请略坐一坐。"他四人进去。众人不进去的，个个伸头缩颈，你三我四说道："有此异事！有此造化！早知这样，懊悔岛边泊船时节也不去走走，或者还有宝贝，也不见得。"有的道："这是天大的福气，撞将来的，如何强得？"正欣羡间，文若虚已同张、褚二客出来了。众人都问："进去如何了？"张大道："里边高阁，是个土库，放银两的所在，都是桶子盛着。适间进去看了，十个大桶，每桶四千；又五个小匣，每个一千，共是四万五千。已将文兄的封皮记号封好了，只等交了货，就是文兄的。"主人出来道："房屋文书、缎匹帐目，俱已在此，凑足五万之数了。且到船上取货去。"一拥都到海船来。

文若虚于路对众人说："船上人多，切勿明言！小弟自有厚报。"众人也只怕船上人知道,要分了用钱去,各各心照。文若虚到了船上,先向龟壳中把自己包裹被囊取出了。手摸一摸壳,口里暗道:"侥幸!侥幸!"主人便叫店内后生二人来抬此壳,分付道:"好生抬进去,不要放在外边。"船上人见抬了此壳去,便道:"这个滞货也脱手了,不知卖了多少?"文若虚只不做声,一手提了包裹,往岸上就走。这起初同上来的几个,又赶到岸上,将龟壳从头到尾细看了一遍,又向壳内张了一张,捞了一捞,面面相觑道:"好处在那里?"

主人仍拉了这十来个一同上去。到店里,说道:"而今且同文客官看了房屋铺面来。"众人与主人一同走到一处,正是闹市中间,一所好大房子。门前正中是个铺子,旁有一弄,走进转个弯,是两扇大石板门,门内大天井,上面一所大厅,厅上有一匾,题曰"来琛堂"。堂旁有两楹侧屋,屋内三面有橱,橱内都是绫罗各色缎匹。以后内房,楼房甚多。文若虚暗道:"得此为住居,王侯之家不过如此矣。况又有缎铺营生,利息无尽,便做了这里客人罢了,还思想家里做甚?"就对主人道:"好却好,只是小弟是个孤身,毕竟还要寻几房使唤的人才住得。"主人道:"这个不难,都在小店身上。"

文若虚满心欢喜,同众人走归本店来。主人讨茶来吃了,说道:"文客官今晚不消船里,就在铺中住下了。使唤的人铺中现有,逐渐再讨便是。"众客人多道:"交易事已成,不必说了。只是我们毕竟有些疑心,此壳有何好处,值价如此?还要主人见教一个明白。"文若虚道:"正是,正是。"主人笑道:"诸公枉了海上走了多遭,这些也不识得!列位岂不闻说龙有九子乎?内有一种是鼍龙[11],其皮可以幔鼓,声闻百里,所以谓之鼍鼓。鼍龙万岁,到底蜕下此壳成龙。此壳有二十四肋,按天上二十四气,每肋中间节内有大珠一颗。若是肋未完全时节,成不得龙,蜕不得壳。也有生捉得他来,只好将皮幔鼓,其肋中也未有东西。直待二十四肋完全,节节珠满,然后蜕了此壳变龙而去。故此是天然蜕下,气候俱到,肋节俱完的,与生擒活捉、寿数未满的不同,所以有如此之大。这个东西,我们肚中虽晓得,知他几时蜕下?又在何处地方守得他着?壳不值钱,其珠皆有夜光,乃无价宝也!今天幸遇巧,得之无心耳。"众人听罢,似信不信。只见主人走将进去了一会,笑嘻嘻的走出来,袖中取出一西洋布的包来,说道:"请诸公看看。"解开来,只见一团绵裹着寸许大一颗夜明珠,光彩夺目。讨个黑漆的盘,放在暗处,其珠滚一个不定,闪闪烁烁,约有尺余亮处。众人看了,惊得目睁口呆,伸了舌头收不进来。主人回身转来,对众客逐个致谢道:"多蒙列位作成了。只这一颗,拿到咱国中,就值方才的价钱了;其余多是尊惠。"众人个个心惊,却是说过的话又不好翻悔得。主人见众人有些变色,取了珠子,急急走到里边,又叫抬出一个缎箱来。除了文若虚,每人送与缎子二端,说道:"烦劳了列位,做两件道袍穿穿,也见小肆中薄意。"袖中摸出细珠十数串,每送一串道:"轻鲜〔12〕,轻鲜,备归途一茶罢了。"文若虚处另是粗些的珠子四串,缎子八匹,道是:"权且做几件衣服。"文若虚同众人欢喜作谢了。

主人就同众人送了文若虚到缎铺中,叫铺里伙计后生们都来相见,说道:"今番是此位主人了。"主人自别了去道:"再到小店中去去来。"只见须臾间数十个脚夫拉了好些杠来,把先前文若虚封记的十桶五匣都发来了。文若虚搬在一个深密谨慎的卧房里头去处,出来对众人道:"多承列位挈带,有此一套意外富贵,感谢不尽。"走进去把自家包裹内所卖洞庭红的银钱倒将出来,每人送他十个,止有张大与先前出银助他的两三个,分外又是十个。道:"聊表谢意。"

此时文若虚把这些银钱看得不在眼里了。众人却是快活,称谢不尽。文若虚又拿出几十个来,对张大说:"有烦老兄将此分与船上同行的人,每位一个,聊当一茶。小弟在此间,有了头绪,慢慢到本乡来。此时不得同行,就此为别了。"张大道:"还有一千两用钱,未曾分得,却是如何?须得文兄分开,方没得说。"文若虚道:"这倒忘了。"就与众人商议,将一百两散与船上众人,余九百两照现在人数,另外添出两股,派了股数,各得一股。张大为头的,褚中颖执笔的,多分一股。众人千欢万喜,没有说话。内中一人道:"只是便宜了这回回,文先生还该起个风,要他些不敷才是。"文若虚道:"不要不知足,看我一个倒运汉,做着便折本的,造化到来,平空地有此一主财爻。可见人生分定,不必强求。我们若非这主人识货,也只当得废物罢了。还亏他指点晓得,如何还好昧心争论?"众人都道:"文先生说得是。存心忠厚,所以该有此富贵。"大家千恩万谢,各各赍了所得东西,自到船上发货。

从此,文若虚做了闽中一个富商,就在那里取了妻小,立起家业。数年之间,才到苏州走一遭,会会旧相识,依旧去了。至今子孙繁衍,家道殷富不绝。正是:

运退黄金失色,时来顽铁生辉。

莫与痴人说梦,思量海外寻龟。

注释

〔1〕妆幌子弟:妆幌,装饰门面。妆幌子弟,指喜欢装门面的人。

〔2〕杂板令:指学无专长的人。

〔3〕倒运:倒霉,也指转运货物。此处一语双关。

〔4〕报君知:古代游方卖卜者招引顾客的一种响器,是一面直径十几厘米的小铜锣。

〔5〕赍(jī)助:资助。

〔6〕艨(méng)艟(chōng):中国古代具有良好防护设施的进攻性

快艇。又作艨冲、蒙冲。

〔7〕篙师：撑船的熟手。

〔8〕草莱：杂生的草。

〔9〕牙人：居于买卖人双方之间，从中撮合，以获取佣金的人。

〔10〕波斯胡：波斯是古国名，就是现在的伊朗。胡，是我国古代对北方和西北地方各民族的通称。

〔11〕鼍（tuó）：即鼍龙。

〔12〕轻鲜：微薄。

评析

《初刻拍案惊奇》是明末凌濛初编著的拟话本小说集。作为模仿话本小说而创造的小说集，其题材大多取自前人，内容也较为繁杂，从不同方面反映了晚明的社会状态和时代气息。

本篇讲述了商人文若虚一心经商却屡次失败，在破产后决定与朋友出海经商，临行前用朋友资助的一两银子买来百余斤橘子，却意外地在海外卖了一千多个银钱。在返程途中因大风而来到陌生小岛，捡到一个鼍龙壳，到达福建后被一个波斯商人以五万两的价格买下。从此之后文若虚便在此地安家置业，家道殷富不绝。小说通过主人公神奇的发家史向我们展示了明末市民阶层对财富的渴望以及作者对"追求财富"这种价值观的肯定。

有学者将明清海洋小说中常用的母题做了分类，本文讲述的故事情节曲折，包含多个母题。我们不妨将小说分为三个部分：小说的开头卖洞庭红及结尾部分卖鼍龙壳属于商人贸易，在这两部分中，作者对商事活动进行了细致描述。中间部分商船在返程途中遇风漂到小岛，文若虚因此得到鼍龙壳。这段经历可以概括为"某人行，遇风，漂至一岛，遇奇异之事"，这个母题在明清时期的小说中十分常见。此外，倪浓水先生曾提过海洋叙事中"海洋珠子——财富"的母题，在小说中也有运用：波斯商人高价买下鼍龙壳，正是因为"此壳有二十四肋，按天上二十四气，每肋中间节内有大珠一颗"。

海洋对于商贾来说代表了财富与冒险，作者借用瞽目先生的话对主人公的出海经历做了预言：收获财富。从另一方面讲，航海设备的落后、技术的不成熟以及天气的不可预知性是古代航行不得不面临的问题，这些问题的存在意味着出海充满了危险性。作者描写文若虚的"转运"，不仅仅是简单地叙述他的幸运经历，更是对商人群体勇于冒险精神的肯定，但同时我们也看到，由于时代和个人思想的局限性，作者所宣扬的"财富天定"思想是一种宿命论的糟粕。

小说最后，"转运"的文若虚并没有被巨大的财富吞噬理智，他不忘同行的伙伴，分与众人钱财。作者借众人之口感慨其"存心忠厚，所以该有此富贵"。作者一改前人对商人"重利轻义"形象的描写，将道德和富贵联系起来，在达到教化目的的同时，力求塑造商人的正面形象，完成了从"重利轻义"到"重利更重义"的转变，从而将主人公充满金钱气息的发家史笼罩上了道德的温情面纱。

值得一提的是，随着明代商业发展及市民阶层的兴起，士农工商的社会等级观念也随之松动。小说主人公虽然琴棋书画无一不通，却没有像传统小说中有才华的男子一样走科举荣身之路，而是选择经商。这不仅反映了明末时期追求财富成为社会风尚，也可以看出社会转型对个人理想的影响。

作者在文末留下一首颇具劝诫意味的诗："莫与痴人说梦，思量海外寻龟。"或许有世人听闻这个故事之后，也想出海寻找代表财富的龟壳，但是时运未到，再努力的寻找也不过是徒劳罢了。这样的处理在使人对海洋充满向往之余，也突出了海洋的神秘气质。就像《桃花源记》那个意味深长的结局：渔人回到郡里，将桃花源的故事告诉太守，"太守即遣人随其往，寻向所志，遂迷，不复得路。南阳刘子骥，高尚士也，闻之，欣然规往。未果，寻病终，后遂无问津者"。两个故事在这一点上有异曲同工之妙，听闻了离奇故事的人们想要再次去见证神迹，如同痴人做梦般一头扎进对奇境的向往里，却不知拥有这样的际遇需要怎样机缘巧合的幸运。

（曹景华）

二刻拍案惊奇·卷三十七
叠居奇程客得助　三救厄海神显灵（节选）

凌濛初

诗曰：

窈渺神奇事，文人多寓言。

其间应有实，岂必尽虚玄？

只是我朝嘉靖年间，蔡林屋所记《辽阳海神》一节，乃是千真万真的。盖是林屋先在京师，京师与辽阳相近，就闻得人说有个商人遇着海神的说话，半疑半信。后见辽东一个佥宪、一个总兵到京师来，两人一样说话，说得详细，方信其实。也还只晓得在辽的事，以后的事不明白。直到林屋做了南京翰林院孔目，撞着这人来游雨花台。林屋知道了，着人邀请他来相会，特问这话，方说得始末根由，备备细细。林屋叙述他觌面[1]自己说的话，作成此传，无一句不真的。方知从古来有这样事的，不尽是虚诞了。说话的，毕竟那个人是甚么人？那个事怎么样起？看官，听小子据着传文，敷演出来。正是：

怪事难拘理，明神亦赋情。

不知精爽质，何以恋凡生？

话说徽州商人姓程名宰，表字士贤，是彼处渔村大姓。世代儒门，少时多曾习读诗书。却是徽州风俗，以商贾为第一等生业，科第反在次着。正德初年，与兄程宷将了数千金，到辽阳地方为商，贩卖人参、松子、貂皮、东珠之类。往来数年，但到处必定失了便宜，耗折了资本，再没一番做得着。徽人因是专重那做商的，所以凡是商人归家，外而宗族朋友，内而妻妾家属，只看你所得归来的利息多少为重轻。得利多的，尽皆爱敬趋奉；得利少的，尽皆轻薄鄙笑。犹如读书求名的中与不中归来的光景一般。程宰弟兄两人因是做折了本钱，怕归来受人笑话，羞惭惨沮，无面目见江东父老，不思量还乡去了。那徽州有一般做大商贾的，在辽阳开着大铺子，程宰兄弟因是平日是惯做商的，熟于帐目出入，盘算本利。这些本事，是商贾家最用得着的。他兄弟自无本钱，就有人出些束脩，请下了他专掌帐目，徽州人称为二朝奉。兄弟两人，日里只在铺内掌帐，晚间却在自赁的下处歇宿。那下处一带两间，兄弟各驻一间，只隔得中间一垛板壁。住在里头，就象客店一般湫隘〔2〕，有甚快活？也是没奈何了，勉强度日。

如此过了数年，那年是戊寅年秋间了，边方地土，天气早寒。一日晚间，风雨暴作，程宰与兄各自在一间房中，拥被在床，想要就枕。因是寒气逼人，程宰不能成寐，翻来覆去，不觉思念家乡起来。只得重复穿了衣服，坐在床里，浩叹数声。自想如此凄凉情状，不如早死了到干净。此时灯烛已灭，又无月光，正在黑暗中苦挨着寒冷。忽地一室之中，豁然明朗，照耀如同白日，室中器物之类，纤毫皆见。程宰心里疑惑，又觉异香扑鼻，氤氲满室，毫无风雨之声，顿然和暖，如江南二三月的气候起来。程宰越加惊愕，自想道："莫非在梦境中了？"不免走出外边，看是如何。他原披衣服在身上的，亟跳下床来，走到门边开出去看。只见外边阴黑风雨，寒冷得不可当，慌忙奔了进来。才把门关上，又是先前光景，满室明朗，别是一般境界。程宰道："此必是怪异。"心里慌怕，不敢移动脚步，只在床上高声大叫。其兄程宷止隔得一层壁，随你喊破了喉咙,莫想答应一声。程宰着了急,没奈何了,只得钻在被里,把被连头盖了,撒得紧紧,向里壁睡着。图得个眼睛不看见,凭他怎么样了。却是心里明白,耳朵里听得出的,远远的似有车马喧阗[3]之声,空中管弦金石音乐迭奏,自东南方而来,看看相近,须臾之间,已进房中。程宰轻轻放开被角,露出眼睛偷看。只见三个美妇人,朱颜绿鬓,明眸皓齿,冠帔盛饰,有像世间图画上后妃的打扮,浑身上下,金翠珠玉,光采夺目;容色风度,一个个如天上仙人,绝不似凡间模样,年纪多只可二十余岁光景。前后侍女无数,尽皆韶丽非常,各有执事,自分行列。但见:或提垆,或挥扇;或张盖,或带剑;或持节,或捧琴;或秉烛花,或挟图书;或列宝玩,或荷旌幢;或拥衾褥,或执巾帨;或奉盘,或擎如意;或举肴核,或陈屏障;或布几筵,或陈音乐。虽然纷纭杂沓,仍自严肃整齐,只此一室之中,随从何止数百!说话的,你错了,这一间空房,能有多大,容得这几百人?若一个个在这扇房门里走将进来,走也走他一两个更次,挤也要挤坍了。看官,不是这话,列位曾见《维摩经》[4]上的说话么?那维摩居士,止方丈之室,乃有诸天皆在室内,又容得十万八千狮子坐,难道是地方着得去?无非是法相神通。今程宰一室有限,那光明境界无尽。譬如一面镜子能有多大?内中也着了无尽物像。这只是个现相,所以容得数百个人,一时齐在面前,原不是从门里一个两个进来的。

  闲话休絮,且表正事。那三个美人内中一个更觉齐整些的,走到床边,将程宰身上抚摩一过,随即开莺声、吐燕语,微微笑道:"果然睡熟了么?吾非是有害于人的,与郎君有夙缘,特来相就,不必见疑。且吾已到此,万无去理;郎君便高声大叫,必无人听见,枉自苦耳。不如作速起来,与吾相见。"程宰听罢,心里想道:"这等灵变光景,非是神仙,即是鬼怪。他若要摆布着我,我便不起来,这被头里岂是躲得过的?他既说是有夙缘,或者无害也不见得。我且起来见他，看是怎地。"遂一轱辘跳将起来，走下卧床，整一整衣襟，跪在地下道："程宰下界愚夫，不知真仙降临，有失迎迓，罪合万死，伏乞哀怜。"美人急将纤纤玉手，一把拽将起来道："你休惧怕，且与我同坐着。"挽着程宰之手，双双南面坐下。那两个美人，一个向西，一个向东，相对侍坐。坐定，东西两美人道："今夕之会，数非偶然，不要自生疑虑。"即命侍女设酒进馔，品物珍美，生平目中所未曾睹。才一举箸，心胸顿爽。美人又命取红玉莲花卮[5]进酒。卮形绝大，可容酒一升。程宰素不善酌，竭力推辞不饮。美人笑道："郎怕醉么？此非人间曲糵所酝[6]，不是吃了迷性的，多饮不妨。"手举一卮，亲奉程宰。程宰不过意，只得接了到口，那酒味甘芳，却又爽滑清冽，毫不粘滞，虽醴泉甘露的滋味有所不及。程宰觉得好吃，不觉一卮俱尽。美人又笑道："郎信吾否？"一连又进数卮，三美人皆陪饮。程宰越吃越清爽，精神顿开，略无醉意。每进一卮，侍女们八音齐奏，音调清和，令人有超凡遗世之想。

酒阑，东西二美人起身道："夜已向深，郎与夫人可以就寝矣。"随起身塞帷[7]拂枕，叠被铺床，向南面坐的美人告去，其余侍女，一同随散。眼前凡百具器，霎时不见。门户皆闭，又不知打从那里去了。当下止剩得同坐的美人一个，挽着程宰道："众人已散，我与郎解衣睡罢。"程宰私自想道："我这床上布衾草褥，怎么好与这样美人同睡的？"举眼一看，只见枕衾帐褥，尽皆换过，锦绣珍奇，一些也不是旧时的了。程宰虽是有些惊惶，却已神魂飞越，心里不知如何才好，只得一同解衣登床。美人卸了簪珥，徐徐解开髻发绺辫，总绾起一窝丝来。那发又长又黑，光明可鉴。脱下里衣，肌肤莹洁，滑若凝脂，侧身相就，程宰躺着，遍体酥麻了。真个是：

丰若有余，柔若无骨。

> 云雨初交，流丹浃藉。
> 若远若近，宛转娇怯。
> 俨如处子，含苞初坼。

程宰客中荒凉，不意得了此味，真个魂飞天外，魄散九霄。实出望外，喜之如狂。美人也自爱着程宰，枕上对他道："世间花月之妖，飞走之怪，往往害人。所以世上说着便怕，惹人憎恶。我非此类，郎慎勿疑。我得与郎相遇，虽不能大有益于郎，亦可使郎身体康健，资用丰足。倘有患难之处，亦可出小力周全。但不可漏泄风声，就是至亲如兄，亦慎勿使知道。能守吾戒，自今以后便当恒奉枕席，不敢有废；若一有漏言，不要说我不能来，就有大祸临身，吾也救不得你了！慎之，慎之！"程宰闻言甚喜，合掌罚誓道："某本凡贱，误蒙真仙厚德，虽粉身碎骨，不能为报。既承法旨，敢不铭心？倘违所言，九死无悔！"誓毕，美人大喜，将手来够着程宰之颈，说道："我不是仙人，实海神也。与郎有夙缘甚久，故来相就耳。"话语缠绵，恩爱万状。不觉邻鸡已报晓二次。美人揽衣起道："吾今去了，夜当复来，郎君自爱。"说罢，又见昨夜东西坐的两个美人，与众侍女齐到床前，口里多称："贺喜夫人郎君！"美人走下床来，就有捧家火的侍女，各将梳洗应用的物件，伏侍梳洗罢。仍带簪珥冠帔，一如昨夜光景。美人执着程宰之手，叮咛再四不可泄漏，徘徊眷恋，不忍舍去。众女簇拥而行，尚回顾不止。人间夫妇，无此爱厚。

程宰也下了床，穿了衣服，伫立细看，如痴似呆，欢喜依恋之态，不能自禁。转眼间室中寂然，一无所见。看那门窗，还是昨日关得好好的。回头再看看房内，但见：土坑上铺一带荆筐，芦席中拖一条布被。欹颓墙角，堆零星几块煤烟；坍塌地垆，摆缺绽一行瓶罐。浑如古庙无香火，一似牢房不洁清。程宰恍然自失道："莫非是做梦么？"定睛一想，想那饮食笑语，以及交合之状、盟誓之言，历历有据，绝非是梦寐之境，肚里又喜又疑。

顷刻间天已大明，程宰思量道："吾且到哥哥房中去看一看。莫非夜来事体，他有些听得么？"走到间壁，叫声"阿哥"。程宷正在床上起来，看见了程宰，大惊道："你今日面上神彩异常，不似平日光景，甚么缘故？"程宰心里踌躇道："莫非果有些甚么怪样，惹他们疑心？"只得假意说道："我与你时乖运蹇，失张失志，落魄在此，归家无期。昨夜暴冷，愁苦的当不得，展转悲叹，一夜不曾合眼，阿哥必然听见的。有甚么好处，却说我神彩异常起来？"程宷道："我也苦冷，又想着家乡，通夕不寐。听你房中静悄悄地不闻一些声响，我怪道你这样睡得熟，何曾有愁叹之声？却说这个话！"程宰见哥哥说了，晓得哥哥不曾听见夜来的事了，心中放下了疙瘩，等程宷梳洗了，一同到铺里来。

那铺里的人见了程宰，没一个不吃惊道："怎地今日程宰哥面上，这等光彩？"程宷对兄弟笑道："我说么？"程宰只做不晓得，不来接口。却心里也自觉神思清爽，肌肉润泽，比平日不同，暗暗快活，惟恐他不再来了。是日频视晷影，恨不速移。刚才傍晚，就回到下处，托言腹痛，把门扃闭[8]，静坐虔想，等待消息。到得街鼓初动，房内忽然明亮起来，一如昨夜的光景。程宰顾盼间，但见一对香炉前导，美人已到面前。侍女止是数人，仪从之类稀少，连那傍坐的两个美人也不来了。美人见程宰默坐相等，笑道："郎果有心如此，但须始终如一方好。"即命侍女设馔进酒，欢谑笑谈，更比昨日熟分亲热了许多。须臾彻席就寝，侍女俱散。顾看床褥，并不曾见有人去铺设，又复锦绣重叠。程宰心忖道："床上虽然如此，地下尘埃秽污，且看是怎么样的？"才一起念，只见满地多是锦裀铺衬，毫无寸隙了。是夜两人绸缪[9]好合，愈加亲狎。依旧鸡鸣两度，起来梳妆而去。

此后人定即来，鸡鸣即去，率以为常，竟无虚夕。每来必言语喧闹，音乐铿锵，兄房只隔层壁，到底影响不闻，也不知是何法术如此。自此情爱愈笃。程宰心里想要甚么物件，即刻就有，极其神速。一日，偶思闽中鲜荔枝，即有带叶百余颗，香味珍美，颜色新鲜，恰像树上才摘下的。又说："此味只有江南杨梅可以相匹。"便有杨梅一枝，坠于面前；枝上有二万余颗，甘美异常。此时已是深冬，况此二物皆不是北地所产，不知何自得来。又一夕谈及鹦鹉，程宰道："闻得说有白的，惜不曾见。"才说罢，更有几只鹦鹉飞舞将来，白的五色的多有。或诵佛经，或歌诗赋，多是中土官话。一日，程宰在市上看见大商将宝石二颗来卖，名为硬红，色若桃花，大似拇指，索价百金。程宰夜间与美人说起，口中啧啧称为罕见。美人抚掌大笑道："郎如此眼光浅，真是夏虫不可语冰！我教你看着。"说罢，异宝满室：珊瑚有高丈余的，明珠有如鸡卵的，五色宝石有大如栲栳的，光艳夺目，不可正视。程宰左顾右盼，应接不暇。须臾之间，尽皆不见。程宰自思："我夜间无欲不遂，如此受用；日里仍是人家佣工。美人那知我心事来！"遂把往年贸易耗折了数千金，以致流落于此告诉一遍，不胜嗟叹。美人又抚掌大笑道："正在欢会时，忽然想着这样俗事来，何乃不脱洒如此！虽然，这是郎的本业，也不要怪你。我再教你看一个光景。"说罢，金银满前，从地上直堆至屋梁边，不计其数。美人指着问程宰道："你可要么？"程宰是个做商人的，见了偌多金银，怎不动火？心热口馋，支手舞脚，却待要取。美人将箸去馔碗内夹肉一块，掷程宰面上道："此肉粘得在你面上么？"程宰道："此是他肉，怎粘得在吾面上？"美人指金银道："此亦是他物，岂可取为己有？若目前取了些，也无不可；只是非分之物，得了反要生祸。世人为取了不该得的东西，后来加倍丧去的，或连身子不保的，何止一人一事？我岂忍以此误你！你若要金银，你可自去经营，吾当指点路径，暗暗助你，这便使得。"程宰道："只这样也好了。"

其时是己卯初夏，有贩药材到辽东的，诸药多卖尽，独有黄柏、大黄两味卖不去，各剩下千来斤。此是贱物，所值不多。那卖药的见无人买，只思量丢下去了。美人对程宰道："你可去买了他的，有大利钱在里头。"程宰去问一问价钱，那卖的巴不得脱手，略得些就罢了。程宰深信美人之言，料必不差。身边积有佣工银十来两，尽数买了他的归来，搬到下处。哥子程案看见累累堆堆偌多东西，却是两味草药。问知是十多两银子买的，大骂道："你敢失心疯了？将了有用的银子，置这样无用的东西！虽然买得贱，这偌多几时脱得手去，讨得本利到手？有这样失算的事！"谁知隔不多日，辽东疫疠盛作，二药各铺多卖缺了，一时价钱腾贵起来，程宰所有多得了好价，卖得罄尽，共卖了五百余两。程案不知就里，只说是兄弟偶然造化到了，做着了这一桩生意，大加欣羡道："幸不可屡徼，今既有了本钱，该图些傍实的利息，不可造次了。"程宰自有主意，只不说破。过了几日，有个荆州商人贩彩缎到辽东的，途中遭雨湿磨黦，多发了斑点，一匹也没有颜色完好的。荆商日夜啼哭，惟恐卖不去，只要有捉手便可成交，价钱甚是将就。美人又对程宰道："这个又该做了。"程宰罄将前日所得五百两银子，买了他五百匹，荆商大喜而去。程案见了道："我说你福薄，前日不意中得了些非分之财，今日就倒灶了。这些彩缎，全靠颜色，颜色好时，头二两一匹还有便宜；而今斑斑点点，那个要他？这五百两不撩在水里了？似此做生意，几时能够挣得好日回家？"说罢大恸。众商伙中知得这事，也有惜他的，也有笑他的。谁知时运到了，自然生出巧来。程宰顿放彩缎，不上一月，江西宁王宸濠造反，杀了巡抚孙公、副使许公，谋要顺流而下，破安庆，取南京，僭宝位。东南一时震动。朝迁急调辽兵南讨，飞檄到来，急如星火。军中戎装旗帜之类，多要整齐，限在顷刻。这个边地上，那里立地有这许多缎匹？一时间价钱腾贵起来，只买得有就是，好歹不论。程宰所买这些斑斑点点的，尽多得了三倍的好价钱。这一番除了本钱五百两，分外足足撰了千金。

庚辰秋间，又有苏州商人贩布三万匹到辽阳，陆续卖去，已有二万三四千匹了。剩下粗些的，还有六千多匹。忽然家信到来，母亲死了，急要奔丧回去。美人又对程宰道："这件事又该做了。"程宰两番得利，心知灵验，急急去寻他讲价。那苏商先卖去的，得利已多了，今止是余剩，况归心已急，只要一伙卖，便照原来价钱也罢。程宰遂把千金，尽数买了他这六千多匹回来。明年辛巳三月，武宗皇帝驾崩，天下人多要戴着国丧。辽东远在塞外，地不产布，人人要件白衣，一时那讨得许多布来？一匹粗布，就卖得七八钱银子。程宰这六千匹，又卖了三四千两。如此事体，逢着便做，做来便希奇古怪，得利非常，记不得许多。四五年间，展转弄了五七万两，比昔年所折的，到多了几十倍了。正是：

人弃我堪取，奇赢自可居。

虽然神暗助，不得浪贪图。

且说辽东起初闻得江西宁王反时，人心危骇，流传讹言，纷纷不一。有的说在南京登基了，有的说兵过两淮了，有的说过了临清到德州了。一日几番说话，也不知那句是真，那句是假。程宰心念家乡切近，颇不自安。私下问美人道："那反叛的到底如何？"美人微笑道："真天子自在湖、湘之间，与他甚么相干！他自要讨死吃，故如此猖狂，不日就擒了，不足为虑！"此是七月下旬的说，再过月余，报到，果然被南赣巡抚王阳明擒了解京。程宰见美人说天子在湖、湘，恐怕江南又有战争之事，心中仍旧惧怕，再问美人。美人道："不妨，不妨。国家庆祚灵长，天下方享太平之福。只在一二年了。"后来嘉靖自湖广兴藩，入继大统，海内安宁，悉如美人之言。

到嘉靖甲申年间，美人与程宰往来，已是七载。两情缱绻，犹如一日。程宰囊中幸已丰富，未免思念故乡起来。一夕，对美人道："某离家已二十年了，一向因本钱耗折，回去不得。今蒙大造，囊资丰饶，已过所望。意欲暂与家兄归到乡里，一见妻子，便当即来。多不过一年之期，就好到此永奉欢笑，不知可否？"美人听罢，不觉惊叹道："数年之好，止于此乎？郎宜自爱，勉图后福。我不能伏侍左右了。"欷歔[10]泣下，悲不自胜。程宰大骇道："某暂时归省，必当速来，以图后会，岂敢有负恩私？夫人乃说此断头话。"美人哭道："大数当然，彼此做不得主。郎适发此言，便是数当永诀了。"言犹未已，前日初次来的东西二美人，及诸侍女仪从之类，一时皆集。音乐竞奏，盛设酒筵。美人自起酌酒相劝，追叙往时初会与数年情爱，每说一句，哽咽难胜。程宰大声号恸，自悔失言，恨不得将身投地，将头撞壁。两情依依，不能相舍。诸女前来禀白道："大数已终，法驾齐备，速请夫人登途，不必过伤了。"美人执着程宰之手，一头垂泪，一头吩咐道："你有三大难，今将近了，时时宜自警省，至期吾自来相救。过了此后，终身吉利，寿至九九，吾当在蓬莱三岛[11]等你来续前缘。你自宜居心清净，力行善事，以副吾望。吾与你身虽隔远，你一举一动，吾必晓得。万一做了歹事，以致堕落，犯了天条，吾也无可周全了。后会迢遥，勉之，勉之！"叮咛了又叮咛，何止十来番？程宰此时神志俱丧，说不出一句话，只好唯唯应承，苏苏落泪而已。正是：

　　世上万般哀苦事，无非死别与生离。天长地久有时尽，此恨绵绵无限期。

须臾，邻鸡群唱，侍女催促，诀别启行。美人还回头顾盼了三四番，方才寂然一无所见。

但有：

　　蟋蟀悲鸣，孤灯半灭；凄风萧飒，铁马玎珰。
　　曙星东升，银河西转。顷刻之间，已如隔世。

程宰不胜哀痛，望着空中禁不住的号哭起来。才发得声，哥子程宷隔房早已听见，不像前番随你间壁翻天覆地，总不知道的。哥子闻得兄弟哭声，慌忙起来问其缘故。程宰支吾道："无过是思想家乡。"口里强说，声音还是凄咽的。程宷道："一向流落，归去不得。今这几年来，生意做得着，手头饶裕，要归不难，为何反哭得这等悲切起来？从来不曾见你如此，想必有甚伤心之事，休得瞒我！"程宰被哥子说破，晓得瞒不住，只得把昔年遇合美人、夜夜的受用，及生意所以做得着、以致丰富，皆出美人之助，从头至尾述了一遍。程宷惊异不已，望空礼拜。明日与客商伴里说了，辽阳城内外没一个不传说程士贤遇海神的奇话。程宰自此终日郁郁不乐，犹如丧偶一般。与哥子商量收拾南归。其时有个叔父在大同做卫经历，程宰有好几时不相见了，想道："今番归家，不知几时又到得北边。须趁此便打那边走一遭，看叔叔一看去。"先打发行李资囊，付托哥子程宷监押，从潞河下在船内，沿途等候着他。他自己却雇了一个牲口，由京师出居庸关，到大同地方见了叔父。一家骨肉，久别相聚，未免留连几日，不得动身。晚上睡去，梦见美人走来催促道："祸事到了，还不快走！"程宰记得临别之言，慌忙向叔父告行。叔父又留他饯别，直到将晚方出得大同城门。时已天黑，程宰道总是前途赶不上多少路罢了，不如就在城外且安宿了一晚，明日早行。睡到三鼓，梦中美人又来催道："快走！快走！大难就到，略迟脱不去了！"程宰当时惊醒，不管天早天晚，骑了牲口忙赶了四五里路，只听得炮声连响，回头看那城外时，火光烛天，照耀如同白日，原来是大同军变。且道如何是大同军变？大同参将贾鉴，不给军士行粮；军士鼓噪，杀了贾鉴。巡抚都御史张文锦出榜招安，方得平静。张文锦密访了几个为头的，要行正法，正差人出来擒拿。军士重番鼓噪起来，索性把张巡抚也杀了，据了大同，谋反朝廷。要搜寻内外壮丁一同叛逆，故此点了火把出城，凡是饭店经商，尽被拘刷转去，收在伙内，无一得脱。若是程宰迟了些个，一定也拿将去了。此是海神来救了第一遭大难了。程宰得脱，兼程到了居庸。夜宿关外，又梦见美人来催道："趁早过关，略迟一步，就有牢狱之灾了。"程宰又惊将起来，店内同宿的多不曾起身。他独自一个急到关前，挨门而进。行得数里，忽然宣府军门行将文书来。因为大同反乱，恐有奸细混入京师，凡是在大同来进关者，不是公差吏人有官文照验在身者，尽收入监内，盘诘明白，方准释放。是夜与程宰同宿的人，多被留住下在狱中。后来有到半年方得放出的，也有染了病竟死在狱中的。程宰若非文书未到之前先走脱了，便干净无事，也得耐烦坐他五七月的监。此是海神来救他第二遭的大难了。

程宰赶上了潞河船只，见了哥子，备述一路遇难，因梦中报信得脱之故，两人感念不已。一路无话，已到了淮安府高邮湖中。忽然黑雾密布，狂风怒号。水底老龙惊，半空猛虎啸。左掀右荡，浑如落在簸箕中；前跃后颠，宛似滚起饭锅内。双桅折断，一舵飘零。等闲要见阎王，立地须游水府。正在危急之中，程宰忽闻异香满船，风势顿息。须臾黑雾四散，中有彩云一片，正当船上。云中现出美人模样来，上半身毫发分明，下半身霞光拥蔽，不可细辨。程宰明知是海神又来救他，况且别过多时，不能厮见，悲感之极，涕泗交下。对着云中只是磕头礼拜，美人也在云端举手答礼，容色恋恋，良久方隐。船上人多不见些甚么，但见程宰与空中施礼之状，惊疑来问。程宰备说缘故如此，尽皆瞻仰。此是海神来救他第三遭的大难，此后再不见影响了。

后来程宰年过六十，在南京遇着蔡林屋时，容颜只像四十来岁的，可见是遇着异人无疑。若依着美人蓬莱三岛之约，他日必登仙路也。但不知程宰无过是个经商俗人，有何缘分得有此一段奇遇？说来也不信，却这事是实实有的。可见神仙鬼怪之事，未必尽无。

有诗为证：
> 流落边关一俗商，却逢神眷不寻常。
> 宁知钟爱缘何许？谈罢令人欲断肠。

注释

〔1〕觌（dí）面：见面，当面。

〔2〕湫隘（jiǎo ài）：低下狭小。

〔3〕喧阗（xuān tián）：形容声音大而杂。

〔4〕维摩经：佛教大乘经典。一称《不可思议解脱经》，又称《维摩诘经》《净名经》，全称为《维摩诘所说经》。

〔5〕卮（zhī）：盛酒的器皿。

〔6〕曲糵（niè）：酒曲，即发霉发芽的谷粒。

〔7〕褰（qiān）帷：撩起帷幔。

〔8〕扃（jiōng）闭：关闭的意思。

〔9〕绸缪：缠绵。

〔10〕歔欷（xī xū）：叹气，抽咽声。也作歔欷、唏嘘。

〔11〕蓬莱三岛：又名黄山蓬莱三岛，神话中的蓬莱仙境。

评析

　　本篇取自明代凌濛初的拟话本小说集《二刻拍案惊奇》，题材源自明代蔡羽的《辽阳海神传》，讲述徽商程宰与兄长在辽阳经商，因折了资本而无颜回乡，兄弟二人生活困苦，勉强度日。一日夜里，程宰得与海神相会，在其后的几年中，有了海神指点的程宰生意越做越大，很快有了丰厚的家产。在与海神往来的第七年，程宰欲回乡探亲，海神对他言明二人缘分至此，两人依依惜别，临行前告知他将有三大难。在回乡途中，海神三次梦中报信助他脱离灾难。

　　我们不妨将小说分为两部分，前半部分写程宰与美丽的海神交往并在其指点下经营生意获得成功，后半部分写程宰与海神分别离开辽阳，在返乡途中遭遇灾难并在海神的帮助下脱离困境。作者笔下的海神是以一个美丽而充满智慧的女子形象出现的，与希腊神话中富有野心和侵略性的海神波塞冬不同，小说中的海神并没有人性的弱点，作者将海洋代表的母性和温柔赋予这位神女，使她扮演了一个无事不通且能预知未来的角色，她的出现对于主人公程宰来说不仅是一场艳遇，更像是一场解救——救他出寂寞，救他出贫困，救他出危难。海神救困扶难的形象不仅出现在中国的小说中，在印度史诗《摩诃婆罗多》中，恒河女神为了拯救困在人间的八位婆苏神而与人间的福身王结合。中国小说中的辽阳海神与印度的恒河女神存在不少相似之处，同为女性形象，并且二人都扮演了拯救者的角色，她们富有智慧并且具有温柔善良的品质，她们不乏恻隐之心，从辽阳海神对待分离的态度来说，她身上不仅有神性的光辉，性格中人性的部分使她的形象更为亲切，从而拉近了小说与读者（特别是普通市民阶层）的距离。从这里我们可以看到，作者对海神形象的设计并不是凭空而来，实际上是作者对理想女性形象的描绘。

本篇的主题"人神恋"在中国古代文学作品中并不罕见，较早的有《穆天子传》中的周穆王与西王母，《高唐赋》中的楚王与神女。从早期"人神恋"的作品中不难看出，与神女交往的都是身份高贵的人，这种角色地位的配置体现了早期人们对神的崇拜与恭敬。而在这篇小说中，与海神交往的是一个失意的商人，由此可见当时人神地位的转变，即神的地位有所下降，与之相交往的不仅局限于君王贵族，更不乏处于市民阶层的普通人。与此同时，人的地位也有所提高，特别是商人，明朝商业发展迅速，市民阶层兴起，传统的重农抑商观念也随之松动，主人公作为失败的商人，却能得到海神的青睐和帮助，便可证明这一点。

前面提到人的地位提高，不仅仅是指人作为个体的价值得到认可，更体现在人的主体心灵得到关注。随着明代理学的发展，人对自我的认知能力得以进一步发展，反映到文学作品上就是更加注重人的心理状态，在小说中，作者不仅对主人公做了细致入微的心理刻画，而且将海神塑造成一个心灵抚慰者的形象给他以精神的支持。从另一个角度讲，作品十分关注人的现实生活，小说的开始，作者极力渲染主人公程宰的失败与困苦，并将商人的寂寞与失意投射在主人公身上，他代表的不仅是一个失败的徽商，而是整个商人群体，从这里我们也可以一窥明朝商业环境的残酷性。

与作者其他作品相似，本篇也不缺少教化意义，作者在小说中借海神之口，以肉喻财，以此来警告世人，欲得钱财要靠自己经营，不可贪图他人富贵。"虽然神暗助，不得浪贪图"，作者用这句诗道出小说主旨所在。

（曹景华）

三宝太监西洋记通俗演义·第二十回
李海遭风遇猴精　三宝设坛祭海渎

罗懋登[*]

诗曰：
　　遭风谁道不心酸，岩洞之中斗样宽。
　　曲颈坐时如鸟宿，屈腰睡处似鳅蟠。
　　拍天浪沸浑身湿，刮地风生彻骨寒。
　　喜有白猿修行满，平施恻隐度云端。

---

[*] 罗懋登，明代小说家，字登之，号二南里人，生卒年、籍贯不详。据考证，当为万历年间的落第文人。从小说用语习惯分析，应为南京人；据其号"二南里人"推测，《诗经·国风》里有"二南"，相当于今陕西、河南之间，故而也可能是陕西南部人。擅长戏曲与通俗小说写作，除了著有《三宝太监西洋记通俗演义》外，还写过传奇《香山记》，曾为《琵琶记》作音释，又为丘濬的《投笔记》作注释。

却说四个小猴承了母命,竟望山岩之下打一瞧,只听得有个哭泣之声,却不曾看见是个甚么样儿的客子。这些小猴儿着实吆喝一声,说道:"甚么人啼哭哩?"却说李海在个山岩之下啼哭,猛听得有人问他,他心里想道:"这等大海之滨,终不然有个'茅屋鸡鸣隈海曲',终不然有个'渔翁夜傍江干宿',怎么岩上有个人声?"心里一则犯疑,二则巴不得有个人来才有个解手[1],故此收拾了眼泪,闪到洞门外面,抬起头来望上瞧着。那些猴儿看见岩下委果[2]是个生人,连忙的又问道:"君子,你是何方人氏?姓甚名谁?为那一件事故撇在这个岩洞之中?你若是告诉明白,我这里救你的性命。"李海抬头一看,只见是一班小猴儿,叹上一声气,说道:"运去奴欺主,时乖鬼弄人。我今日遭此大难,谁想一伙猴子也来戏弄我哩!"那山上的猴子听见他叹气,高声大叫:"汉子,你不消叹气哩!你但从实的说个来踪去迹,我这里搭救你上山来。"李海心里想道:"这些猴儿话语儿轻,喉咙儿清,想必也是有些气候的。我欲待不告诉,我也到底是个死;倒不如告诉这一段苦情,或者又有个生活处,未可知也。"这叫做是个"情知不是伴,事急且相随",到如今碍口饰羞[3]的事做不得了。没奈何,高声答应道:"我乃是南朝朱皇帝驾下钦差下海取宝的军士,本贯水军右卫先锋,姓李名海的便是。为因宝船行至白龙江下,风浪大作,宝船有颠覆之危。当有我朝国师高登悬镜台,挂起照妖镜,看见江水里面是一条白龙精,困厄一千余载,专一在此颠风作浪,破坏往来舟船,除是生人祭赛[4],才得平安。众官商议,不忍杀生害命。又是国师远效梁武帝宗庙牺牲,近仿诸葛亮泸水祭品,彼时陈设祝赞,是小人站在宝船艄上,却不知是个祭物不周,又不知是个孽龙贪毒,陡然间一口怪风吹转篷脚,推得小的下水,救援不及,以致飘流此间。你们若是救得我的残生,恩当重报!"那些小猴儿听知他这一席话,说得好不苦楚哩!即时转身报与母猴知道,把李海的话儿细说了一遍。

老猴听知，掐个爪儿算了一算，早知其事，满心欢喜，不觉的笑一个嘎嘎。小猴说道："母亲为何如此大笑？敢又是个好馒头馅儿[5]来也！"老猴道："你还想着要吃人哩！你就不记得骸骸头[6]谽了你嗓子的时候。"小猴道："终不然因噎废食罢？"老猴道："只你们有这些气淘哩！"小猴道："不是淘气，只因母亲笑的不是。"老猴道："我笑，不是要吃人。"小猴道："既不吃人，笑些甚么？"老猴道："我适来把个前定数算了一算，却算得此人有一条金带之分，且我与他有一十八年前世的宿缘，故此发了一笑。"小猴道："却怎么得他上来？"老猴道："你到洞里取出那些葛藤来，拣选几根长大的，又要坚勠[7]的，接续了放将下去，救他上山来，我自有个道理。常言道：'救人一命，胜造七级浮屠。'你与我快去救来。"

那些小猴领了母亲尊命，不敢有违，随即取了藤，接了索，放下山来，高声叫道："汉子，你休要害怕哩！我奉母亲之命，救你上山来。"李海接着这一根葛藤在手里，心里想道："上去也是死，不上去也是死，拼着一个死，且上去走一遭来。"硬着个心，拼着个命，把个葛藤拴在腰里，叫声道："你上面拽着哩！"只见山上四个小猴儿拽了半日，拽上山来。李海心里想道："人将礼乐为先，树将花果为园。我今日到此，也不知是凶是吉，且把个礼来施他一施。"好个李海，解下丁葛藤，抖一抖衣袖，对着四个小猴儿一个人唱上一个喏[8]。那四个小猴儿看见他一个人唱上一个喏，好不快活哩！即时领他到洞里相见老猴。李海跟着他轻移三两步，便是洞门前。李海提着个胆子，走进洞中，双膝跪下，把个眼儿悄悄的瞧着他。原来是一个老猴婆，金睛凹脸，尖嘴索腮，浑身上一片白毛。那白毛长有五六寸。正是：

　　独自深山学六韬，依稀一片白皮毛。

枝头喜共猿奴戏，月下宁同狗党嚎。
冠沐已经轻楚客，拜封犹自重齐髦。
几回颠倒埋儿戏，为道胡孙醉浊醪。

李海也是没奈何，双膝跪着，口里说道："小人是南朝朱皇帝御前先锋，姓李名海，下海取宝，不幸遭风被难至此，望乞老爷救命，生死不忘。"那老猴走下座来，双手挽着李海，说道："请起，请起，你原来是南朝一个将军。李将军，实不相瞒你说，是我在这里打坐，听知你的啼哭之声，是我算你一算，虽然眼下一惊，日后有条金带之福分，且与我有些夙世姻缘，故此专命小儿接你上山来。你且权住在此，待等你的宝船取得宝来，必然在此经过，我还送你上了宝船，同回京去，岂不是好？"这个老猴话儿虽是说得好，其实像貌儿有些跷蹊，李海心上有些害怕。老猴早已知其中情，说道："李将军，你不要怕我。我在此中已经修行了有上千百余年，全是人身，你不信我，待我穿起衣服来你看着。"叫声："小的个，拿衣服来与我穿着。"只见四个小猴儿蜂拥而来，拿衫儿的递了衫儿，拿罗裙的递了罗裙，拿鬏髻[9]的递了鬏髻，拿钗环的递了钗环，一会儿撮撮弄弄，恰好是一个妇人。正是个：

翠翘金凤绝尘埃，画就蛾眉对镜台。
携手问郎何处好？绛帷深处玉山颓！

却说老猴变成了一个妇人，又叫声："小的个，都要穿起衣服来。"只见四个小猴儿跑出跑进，指东话西，一会儿就是四个齐整小厮。正是：

紫衣年少俊儿郎，十指纤纤玉笋长。
借问美人何所有？为言赢得内家装。

老猴是个妇人，小猴又是四个小厮，这会儿李海心事才定。老猴又且殷勤，叫声："小的个，拿仙茶、仙酒、仙桃、仙果之类来，我与李将军压惊。"一时酒果俱到，两个对饮对酾，不觉的天色已晚，老猴精就缠住李海，凤枕鸾衾，偎红倚翠。正是：

　　一线春风透海棠，满身香汗湿罗裳。
　　个中好趣惟心觉，体态惺忪意味长。
　　鱼水相投意味真，不胶不漆自相亲。
　　一团春色融怀抱，谁解猴精变底人？

　　一个李海，一个猴精，日近日亲，情浓意密，问无不言，言无不尽。李海每日早晨睡在床上，只听得山顶上响声如雷，心上常是疑惑。这一日问着老猴说道："你这山上可是有个雷公窖么？"老猴道："那里雷公有个窖之理。"李海道："不是雷公窖，怎的三日两日，这等狠狠的响？"老猴道："不是雷响。"李海道："不是雷响，还是甚么响？"老猴道："我这山上有一条千尺大蟒，他时常间下山来戏水。下山之时，鳞甲粗笨，尾巴拗拚〔10〕，招动了山上的乱石，故此响声如雷。"李海道："有这等的异事。"老猴道："也不是甚么异事。我在这山上，住了有千几百余年，他在这山上，过了有千多年，何足为异。"李海道："他与你无相妨碍么？"老猴道："公修公得，婆修婆得，自是不相妨碍。"李海道："我们要看他看儿，可通得么？"老猴道："看也通得，只要闪在洞里面，不可露出身子来。"李海紧记在心。

　　过了几日，山上又在雷响，李海谨守老猴的教诲，闪在洞门里偷眼瞧着，真个是好一条老蟒哩！身长百丈有余，鳞甲斗般的大，一张丧门血口，一对灯笼眼睛。李海看罢回来，问着老猴，说道："怎么大蟒下山，面前又有一对灯笼照着他来？"老猴道："不是灯笼，是两只眼睛。"李海道："眼睛怎么这等发亮哩？"老猴道："它项下有一颗夜明珠，珠光射目，越添其明，故此就像一对灯笼照着的。"李海心里想道："夜明珠乃是无价之宝，若能够取得这颗珠，日后进上朝廷，也强似下西洋走一次。"又问老猴说道："大蟒的珠，我要取它的，可通得么？"老猴听知，大笑了一声，说道:"螳臂当车,万无一济。这条大蟒身材长大,力量过人,假饶[11]你千百个将军,近它不得;何况独自一人,如何近得他也。"李海口里答应着是,心里一边就在忖[12]个计策。终是个南朝人物,心巧神聪,眉头一蹙,计上心来。问声道:"这大蟒几日下来戏水一次?"老猴道:"不论阴晴,三日下山一次。"李海又问道:"大蟒下山,还有几条路径?"老猴道:"他走了一千年,只是这一条路。"李海讨实了它的行藏,心中大喜,每日间自家运用,月深日久,计策坚勍,瞒着老猴,安排布置。

安排已定,布置已周,心里想道:"明日大蟒遭我手也。"又对老猴说道:"我夜来一梦甚凶,心怀疑虑。是我适来起一个数,原来这个凶梦应在大蟒身上,大蟒数合休囚[13]了。"老猴闻之,吃了一惊,却自家掐着爪儿算他一算,说道:"咳!真个是大蟒数合尽也。李将军,你也晓得数?你既晓得,还是个甚么数哩?"李海道:"我是诸葛孔明马前神数。"老猴道:"你可曾和我起个数哩?"李海道:"也曾起个数来。"老猴道:"数上何如?"李海道:"你的数上千年不朽,万年不坏,积慈成圣,累妙成空,得了朝元正果的。"李海这几句话儿,把个老猴奉承得欢天喜地。老猴又问道:"我这四个小的,不知他日后何如?"李海道:"我也曾起个数来。"老猴道:"数上何如?"李海道:"他的数上,比你差不得几厘儿。"老猴道:"怎么只差几厘儿?"李海道:"有其父必有其子,就只好差得几厘儿。"道犹未了,只听得山上又在响雷。老猴道:"那话儿来了。"李海道:"我和你去瞧一瞧来。"老猴道:"不可造次。"李海道:"数尽之物,畏之何为?"

两个携手而出。才出得洞门,恰好是那个终生自山而来。头先向下,不知怎么样儿,项下吃了些亏。终生性子又燥,抬起头来,尽着力气,望山下只是一溜,快便是去得快,哪晓得身子儿已是劈做了两半个。到得水次[14]之时,三魂逐水,七魄归天。李海急忙的走近前去，把颗夜明珠即时捞在手里了。老猴见之，又惊又爱，心里想道："南朝人不是好相交的。我这如今事到头来不自由，不如做个君子成人之美罢。"猛然间把只手儿望西一指，说道："西边又有一条大蟒来也。"李海听知又有一条大蟒，吓得心神撩乱，抬起头来，望西上去瞧。老猴趁着这个空儿，就把李海的腿肚子一爪，划了一条大口子，一手抢过夜明珠来，就填在那个口子里，吐了一口唾沫，捶上了一个大拳头。及至李海回头之时，一个夜明珠好好的安在自家腿肚子里了。李海道："这是怎么说来？"老猴道："夜明珠乃是活的，须得个活血养它。你今日安在腿肚子里，一则是养活了它，二则是便于收藏，三则是免得外人争夺。"李海道："明日家去，怎么得他出来？"老猴道："割开皮肉，取他出来，献上明君，岂不享用个高官大爵？"李海闻言，心中大喜，说道："多谢指教了。"

老猴道："我且问你来。"李海道："问我甚么事？"老猴道："这个大蟒虽是合当数尽，怎么样儿身子就劈开了做两半个？"李海不敢瞒他，从直告诉他，说道："是我用了一个小计。"老猴道："还是个小计，若是大计，岂不粉骨碎尸。你且把个小计说来与我听着。"李海道："一言难尽。我和你同去看来就是。"李海携着老猴的手，照原路上打一看，原来路上埋的却都是些铁枪儿。老猴道："你这一副家伙，是那里得来的？"李海从直说道："不是个铁枪，就是你这山上的苦竹，取将来断成数段，一根一根的削成签儿，日晒夜露，月深日久，以致如此。"老猴闻之，心里老大的有些个怕李海。李海也知其情，每事小心谨慎，毫厘不敢放肆，心里只在等待宝船转来，带他归朝。

却说宝船自从祭赛之后，风平浪静，照直望前而行。正是船头无浪，舵后生风，不觉的离了江，进了海。只见总兵官传出将令，尽将大小宝船，一切战船、座船、马船、粮船，俱要下篷落锚，一

字儿摆着海口上。三宝老爷会了王尚书,会了国师,会了天师,商议已毕,站着船头上一望之时,只见:

今朝入南海,海阔不可临。
茫茫失方面,混混如凝阴。
云山相出没,天地互浮沉。
万里无涯际,云何测广深。
潮波自盈缩,安得会虚心。

时备办祭品,陈设已周,两位元帅排班行礼,中军官开读祭文。文曰:

维我大明,祥开戴玉,拓地轴以登皇;道契寝绳,掩天纮而践帝。玄云入户,篡灵瑞于丹陵[15];绿错[16]升坛,荐祯图于华渚[17]。六合[18]照临之地,候月归琛;大垆覆载之间,占风纳赆。蠢兹遐荒绝壤,自谓负固凭深。祝禽疏三面之恩,毒虺肆九头之暴[19]。爰命臣等,谬以散材;饬兹军容,悉专分阃。鲸舟吞沧溟之浪,鲨囊括鄯善之头。呼吸则海岳翻腾,喑哑则乾坤摇荡。横剑锋而电转,疑大火之西流[20];列旗影以云舒,似长虹之东下。俯儋耳而椎髻,誓洞胸而达腹。开远门揭候,坐收西极之狼封;紫薇殿受俘,重睹昆丘之虎绩。嗟尔海渎[21],祀典攸崇;赫兮天兵,用申诰告。

祭毕,连天三炮响,万马一齐奔。只见舟行无阻,日间看风看云,夜来观星观斗。行了几日,中军帐上有几个军士,整日家晗晗眬眬,只是要瞌。原来三宝老爷手下的小内使,也是这等晗晗眬眬要瞌。王尚书船上伏侍的军牌校尉,也是这等晗晗眬眬要瞌。传令前哨后哨、左队右队,各色军士人等,也都是这等晗晗眬眬要瞌。问及天师船上,天师船上那些道官、道童、乐舞生,也都是这等晗晗眬眬要瞌。问及国师船上,只有国师船上一个个眉舒目扬,一个个有精有神。细作的报与三宝老爷。老爷道:

"其中必有个缘故。"竟往碧峰寺来。

碧峰长老正在千叶莲台上打坐，只见徒孙云谷说道："元帅来拜。"国师即忙下座迎接，相见礼毕，分宾主坐下。长老道："自祭海之后，连日行船何如？"老爷道："一则朝廷洪福，二则国师法力，颇行得顺遂。只有一件来，是个好中不足。"长老道："怎么叫做个好中不足？"老爷道："船便是行得好，只是各船上的军人都要瞌睡，没精少神，却怎么处？"长老道："这个是一场大利害，事非小可哩！"老爷听知道一场大利害这句话，吓得他早有三分不快，说道："瞌睡怎么叫做个大利害？敢是个睡魔相侵么？咱有个祛倦鬼的文，将来咒他一咒何如？"长老道："只是瞌睡，打甚么紧哩！随后还有个大病来。"老爷听知还有个大病来，心下越加慌张了，说道："怎么还有个大病来？"长老道："这众人是不伏水土，故此先是瞌睡病来；瞌睡不已，大病就起。"老爷道："众人上船已是许多时了，怎么到如今方才不伏水土？"长老道："先前是江里，这如今是海里。自古道：'海咸河淡'，军人吃了这个咸水，故此脏腑不伏，生出病来。"老爷道："既是不伏水土，怎么国师船上的军人就伏水土哩？"长老道："贫僧取水时，有个道理。"老爷道："求教这个道理何如？"长老道："贫僧有一挂数珠儿，取水之时，用他铺在水上，咸水自开，淡水自见，取来食用，各得其宜。"老爷道："怎么能够普济宝船就好了！"长老道："这个不难。贫僧这个数珠儿，按周天三百六十五度之数。我和你宝船下洋，共有一千五百余号。贫僧把这个数珠儿散开来，大约以四只船为率，每四只船共一颗珠儿，各教以取水之法，俟回朝之日付还贫僧。"老爷道："救人一命，胜造七级浮屠。国师阴功浩大，不尽言矣。"长老道："这是我出家人的本等，况兼又是钦差元帅严命，敢不奉承。"两家各自回船。各船军人自从得了长老的数珠儿，取水有法，食之有味，精神十倍，光彩异常，船行又顺，哪一个不替国师念一声佛,哪一个不称道国师无量功德。

却说长老正在莲台之上收神默坐,徒孙云谷报道:"王老爷来拜。"长老迎着,就问道:"有甚么事下顾[22]贫僧?"王老爷说道:"连日宝船虽是行动,却被这海风颠荡得不稳便,怎么是好?特来请教国师。"长老道:"便是连日间飓飙不绝,宝船老大的受它亏苦。但不知三宝老爷意下何如?"王尚书道:"他在中军帐上,只是强着要走哩!"长老道:"若不害事[23],由他也罢。"王尚书道:"我学生连牵三日,亲眼看见日前出船来。只见:

　　天伐昏正中,渺渺无何路。极岛游长川,严飙起夕雾。
　　海气蒸戎衣,拟金识高戍。卷帘豁双眸,不辨山与树。
　　振衣行已遥,寒涛响孤鹜。嗟哉炎海中,勒征何以故。

昨日出船来,只见:

　　冥冥不得意,无奈理方艨。涛声裂山石,洪流莫敢东。
　　鱼龙负舟起,冯夷[24]失故宫。日月双蔽亏,寒雾飞蒙蒙。
　　谁是凌云客?布帆饱兹风。而我愧大翼,末由乘之从。

今日出船来,又只见:

　　颠风来北方,傍午潮未退。高云敛晴光,况乃日为晦。
　　飞廉[25]歘纵横,涛翻六鳌背。挂席奔浪中,辨方竟茫昧。
　　想象问篙师,猥以海怪对。海渎祀典神,胡不恬波待。

学生连日所见如此,以学生之愚见,还求国师法力,止了这个飓飙,更为稳便。"长老道:"既是老总兵吩咐贫僧,贫僧自有个处置。只是相烦老总兵出下个将令,叫三百六十行中,选出那一班彩画匠来。"王尚书道:"要他何用?"长老道:"自有用他之处。"王尚书相别而去,即时传出将令,发下一班彩画匠来。众匠人见了国师,叩了头,禀了话。长老拿出一只僧鞋来,叫徒孙悬在宝船头下做个样儿，令画匠就在萍实中间，依样画了一只僧鞋在上。画匠看了僧鞋，仔细描画。只见僧鞋之中，还写得有四句诗在里面，画匠也不知其由，竟自画了。长老又令众匠人照本船式样，凡是宝船并一切杂色船只，俱在船头上画一只僧鞋。一边画鞋，一边风静；一边画鞋，一边浪息。众匠人画完了僧鞋，只见天清气朗，宝船序次前行。王尚书把这个话儿告诉三宝。三宝老爷道："有这等通神的手段哩！"叫过匠人来问道："那国师的鞋是甚么样的？"众画匠道："就是平常的一只僧鞋，只是里面有四句诗写着在。"老爷道："你们可记得么？"众匠人道："也有记得的。"原来众匠人之中，痴呆懵懂的虽多，伶俐聪明的也有，那记得的说道："诗说：'吾本来兹土，传法觉迷情。一花开五叶，结果自然成。'"三宝问王尚书道："老先儿可解得这诗么？"王尚书道："学生一时也不解其意，不如请天师来，问他怎么说。"即时请得张天师来，把这四句诗问他。天师倒也博古，说道："这是达摩祖师东来的诗。"三宝老爷道："可是真哩？"天师道："怎么敢欺？"王尚书道："既是达摩祖师的诗，一定就是达摩祖师的鞋了。"天师道："敢是碧峰长老适才画的么？"王尚书道："正是。"天师道："这是达摩祖师的禅履，不消疑了。"王尚书道："怎见得？"天师道："达摩祖师在西天为二十八祖，入东土为初祖。自初祖至弘忍、慧能，共为六祖。经上说道：'初祖一只履，九年冷坐无人识，五叶花开遍地香。二祖一只臂，看看三尺雪，令人毛发寒。三祖一罪身，觅之不可得，本自无瑕类。四祖一只虎，威雄镇十方，声光动寰宇。五祖一株松，不图汝景致，也要壮家风。六祖一只碓，踏破关捩子，方知有与无。'以此观之，这僧鞋却不是达摩的？"两个元帅说道："还是天师通今博古。"天师道："这个长老，其实是个有打点的。"道犹未了，只见蓝旗官报道："国师将令，着各船落篷打锚，不许前进。"两个元帅，一个天师，都不解其意。未及开口，大小宝船，一切诸色船等，俱已落了篷，打了锚，照旧儿摆着。

却不知碧峰长老不放船行，前面还是甚么地面，且听下回分解。

注释

〔1〕解手：解决的办法。

〔2〕委果：委实，确实。

〔3〕碍口饰羞：因为怕羞而说不出口。

〔4〕祭赛：祭祀酬神。

〔5〕馒头馅儿：唐代王梵志诗："城外土馒头，馅草在城里。一人吃一个，莫嫌没滋味。""馒头"指坟墓，馒头馅儿指坟中人。此处意指老猴要吃李海。

〔6〕骯髒(láng)头：骨头。

〔7〕坚勚(yì)：坚韧，牢固。

〔8〕唱喏：古代的一种交际礼俗。给人作揖同时扬声致敬。

〔9〕鬏(jiū)髻(jì)：脑后头发盘成的髻。

〔10〕拗(ǎo)挢(jiǎo)：伸，举起，翘起。

〔11〕假饶：即使，纵使。

〔12〕忖：仔细考虑。

〔13〕休囚：犹言失时，失运。

〔14〕水次：水边。

〔15〕丹陵：地名。传说为尧的诞生地。

〔16〕绿错：指赤文上交错的绿色文字，也代指帝王自称其所谓天赐的符命之书。

〔17〕华渚：古代传说中的地名。

〔18〕六合：指上下和四方，泛指天地或宇宙。

〔19〕祝禽疏三面之恩，毒虺肆九头之暴：出自唐骆宾王《又破设

蒙俭露布》:"祝禽疏网,徒阙三面之恩;毒虺挺祆,逾肆九头之暴。"

〔20〕大火之西流:大火,星宿名,即心宿。大火西流,预示着秋季来临,天气将转凉。

〔21〕海渎:泛称江海。

〔22〕下顾:敬辞。称客人来访。

〔23〕害事:妨事,碍事。

〔24〕冯夷:传说中的黄河之神,即河伯。泛指水神。

〔25〕飞廉:神话传说中的风伯。

评析

《三宝太监西洋记通俗演义》,又名《西洋记》,凡二十卷,每卷五回,共一百回。作者有感于嘉靖以后国势日渐衰微,为警醒当政,重振国威,乃以《瀛涯胜览》《星槎胜览》为史实依据,撰成此书。本书以郑和下西洋为主要事件,展开神、人、魔之间的斗争,间杂穿插天文、地理、政治、历史、军事、医药、佛教、文学等各方面的知识,可谓大观,使本书趣味性与知识性并存。鲁迅先生将其列为继《西游记》《封神演义》之后的第三部神魔小说,并在《中国小说史略》中评价道:"所述战事,杂窃《西游记》《封神传》,而文词不工,更增支蔓,特颇有里巷传说,如'五鬼闹判''五鼠闹东京'故事,皆于此可考见,则亦其所长矣。"

郑和下西洋是明朝初年海上远航的一件盛事,不但促进了明代航海事业的发展,还在增长人们知识、拓展人们眼界的同时,大大刺激了海洋文学的发展与繁荣。与前代相比,明代海洋文学在广阔性和深刻性上达到了前所未有的高度。这部长篇通俗小说以郑和下西洋这一历史事件为背景,不可避免地涉及大量海洋元素,有着浓重的海洋情结。

本回内容分两段叙述,前半段接续上一回,讲述了郑和宝船正欲入海之时,被江里一条白龙精困住,要生人祭赛才得平安。白龙精得祭兴风，一名叫作李海的军士被卷入水中，漂流到山岩之下被一老猴精搭救，遂于山间洞里与化作妇人的老猴精同居生活。后又设计杀死山间一条大蟒，取其项下夜明珠，等待宝船归来，带他归朝。

此处所述李海遇猴精事是明清海洋小说中常用的一个母题，有学者将这个母题的基本模式概括为：某人海上行，遇风，漂至一岛，遇奇异事件。当然，这几个元素在不同的小说中会被置换。"某人"或为军士，或为船员，或为商人，航行过程中，或是遭遇风暴，或是遇盗落水，继而随波逐流漂流至一岛，或是山岩洞间，或是异国他乡。在陌生的地域则开始了奇遇，所遇各有不同，有的是神仙，有的是妖鬼，还有的是相貌奇特、生活反常的异邦人士，此人在此地则会与之结合生子，最后归家。本回所述李海事几乎符合这个母题中的每一个要素，唯一有所差异的是故事发生在江上而非海上，但此时宝船正要离江入海，可看作是入海的准备阶段。中国文学作品里从来不乏遇仙遇鬼这一类型的故事，当海洋文学兴起后，人们又将故事背景设置在了充满神秘感的大海之上，这一母题反映了人们对茫茫大海陌生、恐惧又充满美好想象的心理。与以往海洋文学中同类型故事相比，李海遇猴精前半部分大同小异，后半部分设计杀大蟒则是对以往题材的突破。

千尺大蟒还未出场作者就极力渲染其可怖，但是李海却执意要一窥其面目，见了以后不仅没被大蟒的血口巨身所吓住，反而起了夺取大蟒项下夜明珠的心思，以便日后进贡朝廷，加官晋爵。这个想法让老猴精觉得可笑，即便她道行深厚，面对大蟒也不敢造次，但李海却认为自己可以凭借智慧杀蟒夺珠。于是他细思计策，巧妙安排，终于得偿所愿，将大蟒劈做两半，夺取夜明珠。

中国自古是农耕民族，男耕女织，安居乐业，缺乏冒险精神。但凡愿意舍身入海的，或行商，或寻宝，无不是对财富、成功有着强烈的渴望，李海就是其中之一。此时的人类已经建立起高度自信，他们对待自然、对待神怪不再只是一味地恐惧和臣服，而要用自己的智慧去搏斗、去征服。在李海看来，大蟒道行再深，不过是千年只走一条路的畜物，其夜明珠自己无法力夺却能智取，因此跟老猴精说："数尽之物，畏之何为？"

作者在高度赞扬人类智慧的同时，也通过老猴精的反应对人类为达目的不择手段的做法提出了批评，即便是法术高强的老猴见到李海城府极深、手段毒辣，也不禁认为"南朝人是不好相交的""心里老大有些个怕李海"。

下半段讲述郑和船队离江入海，祭祀海渎。行了几日发现除国师宝船以外，各船军士均困顿无力，于是三宝老爷请教国师破解之法，国师给了他一串可以分开咸水、取得淡水的数珠，自此军士们个个精神。后又遇海风颠簸船只，国师拿出一只僧鞋，让彩画匠在各船船头依样描画，自此风平浪静，宝船航行无虞。

这里值得注意的是，郑和宝船在入海之时，先要祭祀海神、宣读祭文。"时备办祭品，陈设已周，两位元帅排班行礼，中军官开读祭文。"茫茫大海充满了未知的危险，飓风、海啸、暗礁都可能导致船毁人亡，航海是人们与大海以及人们想象中的海神打交道的过程，因此人们在出海前，往往会供上牺牲祭海，其中很重要的一项内容就是宣读"祭海文"。本回中的祭海文骈四俪六，先是宣扬大明朝船队的气势恢宏，再是表明此次下西洋的宗旨，最后表明了征服大海的决心。这篇祭文既是为祭告海神而作，更是为了给大明军士鼓舞士气。

除了神怪之谈，通过文中相关描述我们也能了解到当时船队的规模以及航行状况，比如"只见总兵官传出将令，尽将大小宝船，一切战船、座船、马船、粮船，俱要下篷落锚，一字儿摆着海口上"，以及"只见舟行无阻，日间看风看云，夜来观星观斗"。这些描写对于了解明代航海的相关信息也有一定的现实意义。

（沈伟）

东游记·第四十八回　八仙东游过海

吴元泰[*]

却说八仙来至东海，停云观望。只见潮头汹涌，巨浪惊人。洞宾言曰："今日乘云而过，不见各家本事。试以一物投之水面，各显神通而过如何？"众曰："可。"铁拐即以铁拐投水中，自立其上，乘风逐浪而渡。钟离以拂尘投水中而渡。果老以纸驴投水中而渡。洞宾以箫管投水中而渡。湘子以花篮投水中而渡。仙姑以竹罩投水中而渡。采和以拍板投水中而渡[1]。国舅以玉版投水中而渡[2]。

却说龙王在宫议事，忽见水面一派白光，照耀水晶诸宫，透明天地。龙王不知何故，急令太子摩揭巡视。太子得令，即带兵将，绕海巡视，只见采和脚踏玉板，浮海而过。太子曰："我在龙宫，万宝俱备，未见如此物之奇妙可爱者，求之决不可得，不如使人夺之。"乃命手下向前夺其玉板，连采和皆没于海中。太子将采和囚在幽室，持宝归宫。一时宫殿光明，如添日月，龙王大喜，设宴庆贺。

且说众仙登岸，不见采和，等待多时，杳无踪迹，众仙惊讶。铁拐曰："此必龙王作怪，还当寻之。"果老曰："吾谓酒后不必逞兴，不意果有此祸。"钟离谓洞宾曰："此事系汝创议，今采和之失，须当汝往寻之，我等先往会上专听消息。"洞宾应声，前往海滨遍寻不得，乃高声叫曰："龙王好好送人还我，如其不然，举火

---

[*] 吴元泰，明朝人，字不详，号兰江，生卒年不详。好为通俗小说，著有《东游记》二卷。

烧干汝海。"有夜叉闻得,报知太子曰:"有人在岸叫骂,若不还人与他,便将此海烧干。"太子听罢大怒,即出海上问曰:"何人大胆,在此放肆出言?"洞宾曰:"吾乃上仙吕纯阳也。因道友蓝采和没汝海中,故来寻回,可报龙王,急送还我。"太子曰:"不还汝将如何?"洞宾曰:"举火烧干汝海。"太子曰:"休得狂言,可速回去,不然连汝擒下。"洞宾大怒,拔剑赶去。太子复入水中去了。洞宾乃把火葫芦投入海中,须臾变出千百葫芦,烧得水面皆红,海中鼎沸。龙王问曰:"外面如何喧嚷?"左右禀道:"前者太子夺得玉板,并擒其人,囚于幽室,今吕纯阳在外要人,太子不还,彼将葫芦烧红水面,大众惊恐,所以喧嚷。"龙王曰:"既夺其物,不当更囚其人,传令即放还之。"左右送采和上岸,正遇洞宾,略言被擒之故。洞宾收了葫芦,与采和同见仙友商议去了。

注释

〔1〕拍板:一种乐器。通常由五六块板组成,最多者九板,最少者三四板。

〔2〕玉版:古代用以刻字的玉片。

评析

《东游记》,又名《上洞八仙传》《八仙出处东游记》,共二卷五十六回。作者为明代吴元泰。与杨致和的《西游记传》、余象斗的《南游记》《北游记》合称《四游记》。内容为铁拐李、汉钟离、吕洞宾、张果老、蓝采和、何仙姑、韩湘子、曹国舅八仙的神话传说。鲁迅《中国小说史略》云:"书中文言俗语间出,事亦往往不相属,盖杂取民间传说作之。"但全书情节跌宕起伏,光怪陆离,引人入胜,故此行销一时,成为明代神魔小说的代表性作品之一。

本回故事因袭自杂剧《争玉板八仙过沧海》,主要讲述八仙用自己的法宝渡海之时，蓝采和的法宝拍板被龙王太子看中，太子抢宝物、囚采和，引得吕洞宾火烧东海之事。其后数回，八仙与龙王几番大战，甚至惊动天庭，经过众仙调解后终于讲和。

明代神魔小说经常涉及海洋，这是一个值得注意的现象。海洋与神仙在人们眼中似乎有着理所应当的联系。海洋的汹涌波涛阻碍了人类探索的脚步，遥望波谲云诡、神秘莫测的大海，人们就生出无穷无尽浪漫奇异的想象。早在《山海经》的年代，海洋就与神仙自然地联系在一起。明代是中国航海事业的高峰，科学技术的快速发展、海外贸易的利益驱动让越来越多的人敢于踏上那片深蓝色的未知之地，郑和下西洋的壮举更进一步促进了航海事业的繁荣。人类对海洋的探索取得了巨大进展，笼罩在海面之上的迷雾渐渐散开，然而关于海洋的想象却未曾褪色。钱曾《读书敏求记》记载："盖三宝下西洋，委巷流传甚广，内府之剧戏，看场之平话，子虚亡是，皆俗语流为丹青耳。"关于郑和下西洋的种种虚假不实的传闻成为街谈巷议的热点话题，甚至进入史册，足见航海事业的发展引起了人们对于海洋前所未有的兴趣。由此，人们关于海洋的想象愈加奇妙迷离，海洋文学的发展也得到极大促进。于是本就常常与海有关的神魔故事，便包含了更多的海洋情结。《西游记》有孙悟空龙宫取宝，《封神演义》有哪吒大闹东海，更不用说以郑和下西洋的盛事为原型创作的《三宝太监西洋记通俗演义》等。《东游记》八仙渡东海的故事也是其中之一，与其他作品一道组成明代海洋文学中妙趣横生的一环。

海底的龙宫，在中国古代文学当中，常常以华美瑰丽、宝物众多的面目出现。"龙宫取宝"是我国古代小说中的常见母题，张生煮海、哪吒闹海等诸多故事，都围绕这个母题展开。《东游记》的本回故事，讲的也是吕洞宾龙宫取宝的故事。有趣的地方在于，吕洞宾大闹东海取走宝物之前，作者将"龙宫取宝"反其意而用之，上演了一出"龙王夺宝"。龙宫在人们想象中本是宝物众多之地，富足的龙王觊觎他人宝藏的情节很少见。《东游记》中龙太子说龙宫"万宝具备",八仙进入龙宫后更是见到"富贵非常,珍宝满地"之景,龙太子却仍要抢夺蓝采和的拍板。一来,见惯富贵的龙王和太子都对蓝采和的玉板喜爱非常,这样就写出了八仙的法宝的珍贵奇异、灿烂夺目。能拥有这样珍宝的八仙,自是法力高深、仙风道骨。通过夺玉板这个情节,读者可以想见八仙的法力和风仪,八仙的形象就刻画得更为高妙。二来,抢玉板的情节或许反映了元明两代的倭寇之患。杂剧《争玉板八仙过沧海》成书于元代或明代,《东游记》成书于明代嘉靖末前后。而从元代到明代,中国沿海地区饱受倭寇之害。元武宗至大元年已有倭寇为患的记载,此时倭寇已经不断骚扰沿海地区。到了明朝,倭寇更为猖獗,尤其在嘉靖年间,其势力达到顶峰,烧杀抢掠,无恶不作,使东南百姓深受荼毒。掠夺财物、仗势欺人的龙宫众人身上,有着劫掠平民、为非作歹的倭寇的影子。站在龙王对立面上的八仙,夺回玉板,二败龙太子,推山入海,让龙王一败涂地,也反映出广大人民征服大海、扫清倭寇的愿望。

海洋是如此的迷人,有法力高深的仙人,蕴藏着数不尽的奇珍异宝;海洋又如此的凶险,八仙法力高深,尚且还要凭借宝物渡海,尚且还会遭遇龙王劫掠,普通凡人面对大海,更是会遭遇狂风、巨浪、盗寇等种种磨难。美丽而危险,或许这就是海洋独有的魅力,它引人无限遐思,引人写下无数故事。

(孙文成)

东游记·第五十三回 八仙推山筑海

吴元泰

却说八仙逃至海岸,思量退去,又忍一场恶气。思量再战,龙王羽翼又盛。正无计可施,忽洞宾曰:"一不做二不休,我有一计,可胜百万之兵。"众问其计安在，洞宾曰："彼能以水溺我，我便以土掩之。方今四海龙王皆在东洋饮宴，不如推倒泰山以填之，此亦是攻其无备，出其不意。彼兵将虽众，方救之不暇，焉能与我开战乎！此回虽压不死龙王，亦可必然胜矣。"众仙贺曰："此计甚妙，甚妙。"于是八人竟上泰山，先将余土沙石搬入东洋，然后八人分作八面，齐力将泰山一抬，震天响了一声，那山倒入海中去了。只见沧海变为桑田。八仙拍掌大笑曰："此可以雪被溺之耻矣。"视之良久，乃投龙华会[1]而去。

却说四海龙王正在饮宴，忽报沙石乱坠，南海龙王曰："此必八仙走脱，又来攻击也。"四王出视，只见泰山将崩。急令军马走[2]时，泰山已倒海中，敖闰所领雄兵全军皆没。仅脱得四王，并左右数十骑耳。东海龙王回头一望，宫殿皆陷泥沙，海面尽成平地，槌胸大叫一声，口吐鲜血，倒于马下，左右救起，同三位龙王皆投南海商议而去。

注释

〔1〕龙华会：一般指浴佛节，又称佛诞节、佛诞日。

〔2〕走：跑。

评析

《东游记》前几回说到，八仙渡东海，龙太子看中了蓝采和的法宝拍板，命人横加抢夺。此事引发八仙与龙宫几番大战，八仙二败龙太子，烧干东海水，驻扎水晶宫。东海龙王联合其他三海龙王发动四方之水灌入水晶宫，以为战胜八仙，在东海宴饮庆功。此回便讲述了脱险的八仙将泰山推入东海，由此大胜龙王的故事。

八仙推山入海，让人联想到精卫填海的古老传说。《山海经》记载："女娃游于东海，溺而不返，故为精卫，常衔西山之木石，以堙于东海。"精卫填海是我国最古老的神话之一，精卫要填上溺死自己的东海，反映了远古先民不甘于受自然摆布的反抗精神和征服大海、征服自然的坚定决心。然而，柔弱的小鸟就算夜以继日将木石投入海中，也不过是沧海一粟。在生产力低下的远古，人的力量与自然相比太过渺小，人类无比脆弱、无比无能。陶渊明有诗云："精卫衔微木，将以填沧海。""微木"与"沧海"的对比，更显现出精卫的力量与茫茫大海的差距。明知无用却坚持，明知不可为而为之，明知千难万难却不改其衷，这是精卫留给后人的精神财富，却也是远古先民面对波涛汹涌的大海和不可撼动的自然留下的无力而悲哀的感慨。

历史的车轮滚滚向前，到了明代，人们眼中的大海已与远古时期不同。中国古代的造船业在明代达到高峰，航海技术也不断进步，海外贸易日益发展，郑和下西洋这一明初盛事让明朝的航海事业更为繁荣兴盛。相比前代，人们眼中的大海不再那么遥远和可怖，人们面对大海也增添了一份自信。《山海经》中逐日的夸父失败了，精卫填海的故事没有后续，但力量的对比如此悬殊，结果也是显而易见的。精卫失败了，但千年后的八仙，却帮她填平了东海；远古的先民面对大海只能做徒劳的努力，千年后的人们却已经有了改天换地、颠倒山海的自信和勇气。这种勇气和自信背后，正是一代代先贤不畏艰险地探索自然、与自然战斗、推动人类进步的伟大身影。

《东游记》里这个八仙斗龙王的故事中还有有趣的一点。古人认为中国国境有四海环绕，但不管是这个故事里八仙与龙王大战的海域，还是《西游记》里被孙悟空取走金箍棒的海域，抑或是《封神演义》中哪吒大闹的海域，都是东海；站在主人公对立面的，都是东海龙王。其实不仅如此，纵观中国古代写及海龙王的文学作品，东海龙王的出现频率是远远高于其他三海龙王的。这或许是因为实际上中国国土仅东部和南部临海，人们能真实见到的只有东海和南海，北海和西海只存在于虚拟的想象或种种没有定论的说法之中；东部沿海的人口数量、经济水平、文化发展在很长时间内又超过南部沿海。这种情况下，四海之中人们最为熟悉的是东海，在文学作品中就更多地提到东海。

（孙文成）

金云翘传·第十九回
假招安明山殒命　真断肠翠翘消劫（节选）

青心才人*

词曰：

道寡称孤，岂是英雄之正度。细究深图，招安有何负。死纵无辜，亦满世辜教，君休怒。一还一报，自是天之故。

——右调《点绛唇》

话说王夫人低头暗想："朝廷为尊，生灵为重，报私恩为小，负一人为轻，且为贼不顺，从逆当诛。"正费踌躇，忽徐海退入后营，夫人分咐设筵对酌。道起投降一事，夫人道："大王所主见何如？"徐海道："宁为鸡口，毋为牛后，只是不降的好。不降其便有三，一降其害有五。攻城掠地，无人拘束，一便也；金帛女子，唯吾所欲，二便也；胜则长驱直进，不胜则卷甲退守，三便也。降则必受天子诰命，官有官箴[1]，少失守则问罪，一害也；大明重文轻武，降则要受文官驱使，略不遂意则加弹劾，二害也；在化外则其威在我，降则调往他方，其势在彼，三害也；兵权在手，虽天子亦不得轻，权去则一力士擒之足矣，降则不能复拥重兵，四

---

* 青心才人，现在流传的《金云翘传》，均题"青心才人编次"。"青心"就是一个"情"字拆开为两个字，明显是个笔名。关于青心才人的真实身份，目前多为猜测，尚无定论。李致忠在《〈金云翘传〉整理后记》中通过大量材料细致考证，推测其作者很可能是明末遗民。

害也；江南之地，为吾等荼毒殆尽，士民恨不能啖吾肉，官府恨不活嚼吾心，以吾兵强将勇，或望风而逃窜，或赍金以买命，降则此辈欲还报于吾，五害也。以五害之凶，揆[2]三便之利，其不宜降也必矣。"夫人道："大王所见亦是。但知五害而权宜之，亦未见其不利也。受天子之诰命，而不任其官守，罪将奚问？受大明之官职，不受其驱使，弹劾安加？为天朝之臣子，而不离险要，势安在彼？名归顺，而身不入庙堂，力士何所施其擒？按兵不动，束甲以待，势仍在我，彼虽欲还报，其能之乎！以妾言之，降则不惟有三便，而且有五利。况不良非久亲之辈，寇盗乃不得已之为，恶何终身恋恋于此？且我与大王祖父，皆世受天子平成之福。今者残彼疆场，涂彼生民，掠其金帛，掠其子女，天子忧惶，食不下咽；宰臣悲悯，眉不自舒。江南之苦兵，非一日矣。屡屡招抚，皆体上天好生之德，以无事为荣者也。万一天子振怒，召六师以薄伐[3]，大王能保其必胜乎？若欲图王定伯，非德、位、时俱可，智、仁、勇足备不能也。德、位、时三者俱在天朝，而智、仁、勇又未全在大王。区区以甲兵之利，远人之助，而欲图大事，必不可成者也。又闻，识时务者为俊杰。乘此兵精威盛之日，因其招抚而降之，必将高官终身，共享富贵。此上策也。"徐明山遂决意道："夫人言之有理。今督府两次人来，未得降意，我且进兵，料他必又有人来招抚。"次日发兵前进。

且说罗中军回见督府，道徐明山之言，王夫人之语，献上明珠、珊瑚。督府道："他虽不肯归降，受我礼物，便有通好之意。再得一能事的陈说利害，辩言邪正，方可图矣。"忽报徐明山大兵长驱直进，州城俱不能守，忽求援兵救助。督府幕宾利便道："小生不才，领大人命，凭三寸舌，说徐明山来降，以解苏州城之困。"督府大喜，令旗牌官四员，服侍利生去说徐明山。先着游军飞马知会徐明山。明山有心归降，驻兵以待。利生到营，蓝旗手报过，徐明山分咐请入。利生进营，见其甲兵之盛，将士之雄，中国无其匹，暗暗称赏。徐明山迎入，礼毕，分宾主坐下。徐明山道："久闻先生督府嘉宾，今日光降，必有明示。"利生道："小生闻大王高风，愿求一晤。向因无物为贽[4]，不敢空见。今特以一生富贵为贽见大王，不知大王肯叱留否？"徐明山道："承先生高情意，又掷孤以富贵，孤岂不心悦诚服，以听先生之教乎？"利生道："别人送大王之富贵，必令大王进一步；小生送来的富贵，只要大王退一步。大王肯退，则一生富贵在手矣。"徐明山道："请问先生退步之方。"利生道："退无他法，唯归降而已。归降则有荣无辱，有贵无贱，富贵不可胜用矣。"徐明山道："孤亦思及于此，但其间不便甚多，故踌躇未决。"利生道："愿闻大王所以不便处。"徐明山道："孤扎兵化外以来，道寡称孤有日。今一旦举兵降顺，位不过总兵，爵不过二品，帐下军士称王已久，一朝顿改名色，虽受皇封，未免削色，一不便也；国家重文轻武，荫袭之家尚不难加以凌辱，况孤乃新降之人，孤立无援，构兵日久，此辈积怨自深，事权一落彼手，能必其不谋蘖[5]乎？二不便也；将士相随，多年化外，狂放已惯，称降则必削我兵威，分我大众，调我别任，我等狂夫，安能复受此辈愚弄！三不便也。"利生笑曰："大王过虑，似觉未便。若以小生论之，极便无疑。目今盗寇横行，天子明诏，能平寇者万户侯。今大王肯束甲归朝而歼盗寇，则封侯立至，称孤道寡何以异也？国家虽重文，大王非无用之荫袭。兵权在手，求为交欢而不可得，敢谋蘖乎？大王之兵，自归之大王，散与不散，皆由我，彼恶能愚弄也？大王中心肯降，小生即以大王高论申诸督府，转达天子，为请三事，然后议降何如？"徐明山大喜道："诚如先生言，孤愿归降无二念也。"分咐设筵，款待利生。酒完，托出黄金五百、白银五千，道："有劳先生远教，敬具不腆[6]，略表微意，事成当图厚报。"利生道："多谢大王厚意，却之不恭，谨登尊赐。望大王按兵莫动，小生回见督府，细陈大王之意，订三事之约，再来回复大王。"徐明山道："先生之为某虑，可谓周旋曲备也。"利生道："以一人之身，系两军之重，不得不竟业也。"作别。

回见督府，道徐明山之意。督府道："如此则名为归顺，实则抗衡也。万一稍不如意，则枭张狼顾[7]之心复发，罪将谁归？此事似觉未便。"利生道："时者难得而易失，机者可遇不可求。今徐明山拥十万之兵，横行东南，无有对手。若以兵力，未知胜负谁在。幸以三番招抚之勤，王氏于中之说，慨然以归降许。今因其所约而败之，彼必以从前招谕亦属牢笼。约八路之兵，奋三军之武，以薄我师，诚未见其强弱也。莫若将计，就许之以三事，令佐贰官与之定盟，约日发兵迎降，外张鼓乐，内伏大兵，乘其无备而攻之，徐明山可掳也。兵不厌诈，小生之计如此，不知大人之意何如。"督府大喜，道："先生之计，国家之福也。"乃令通判权宜，游击纽合，同利生复往徐明山营中定盟。

徐明山迎入，宾主礼毕。权宜道："学生奉督府大人命，特来与大王定盟，大王有何高论？"徐明山道："某以三事，浼[8]利先生转达督府公，未知肯俯允[9]否？"权宜道："督府公多多致意大人。此三事极便利无碍，大人归降，崇隆名号，以为归顺之榜样，收拾未附之人心，大人虽降，化外犹未平，正欲借大人威武，镇压外邦，招抚亡命。大人欲内仕，犹烦章奏抗疏，若只在外土，为东南之藩屏，此可一力保奏也。"徐明山道："化外狂夫，不堪与天朝文武趋跄[10]，得为海外波臣足矣。"因与歃血定盟，尽欢而散。

徐明山退入后营，对王夫人道："始讲归降，吾深觉其不便，今为卿苦劝，行之反觉便于为寇也。受大明之封诰，则不与父母之邦为仇，且可以荣耀宗祖；握兵外境，则兵权在我；实受其爵禄，而不蒙文官之凌辱。外可得志，内亦顺情。非夫人之良论，徐海之见终不及此。"夫人道："此天子之福，国家之幸，大王之威，督府之德，将士之功，妾何力焉？"因举觞为寿云："今朝化外波臣，明日天朝辅弼[11]。恭喜大王去逆效顺，万年福禄。"徐亦回祝道："贤哉夫人，忠君爱国。委婉曲成，令徐海免为万世之罪人者，夫人之赐也。愿与夫人共享富贵。"此日大劳三军，谕以归降之意，且云得官荣归乡里，各军欢呼震地，竟无斗志，俱收拾行囊，作归家之想。器械衣甲，竟置不理；刁斗[12]不严，队伍不肃，旌旗不整，巡逻不谨，饮酒自乐，交头接耳，殊非昔日之军营矣。徐明山亦以既归天朝，不必严兵肃伍，亦与王夫人宽袍大袖，放心畅饮，略不为备。

　　细作打听得这个消息，忙报与督府。督府道："两军对垒，一面虚词，而遽不设备，此自送死也！"令游击张能，领雄兵五千，从东路杀进；参将李进，领雄兵五千，从西路杀进；总兵阴谋，领雄兵五千，暗伏迎降军中，斩营突入，要取徐明山首级，方为大功；王氏有功朝廷，误伤者斩不赦。张、李二将领兵先行，督府下令，大张旗鼓，高扯代天招抚杏黄旗。马上鼓乐，队队鲜明；地下旌旗，人人齐整。先着利生同罗中军见徐明山，道迎降之意。徐明山大喜，分咐摆香案迎接。又对王夫人道："莫非其中有诈，我整兵以防，不然何如？"夫人道："彼以迎降来，设兵反开疑端。莫若示之诚，令招抚者好安心上奏。"徐明山深然之。乃令军士大开营门，焚香以待。轻袍宽带，悉除武备，伺候天朝玉音。又令利生、罗中军报知督府。督府闻报大喜，催军前进。徐兵见南兵鼓乐喧天，军中高扯代天招抚旗号，以报徐明山。

　　明山同夫人到营前观望，徐明山着了一惊，对夫人道："夫人，中计了！此非迎降之兵，乃袭营之计！你看他杀气激扬，士卒愤怒。"急忙传令，三军整备厮杀。军士听得迎降，卷甲束戈，何曾打点战斗？忽闻此令，慌得有鞍无马，有兵无甲，忙做一团。徐明山披挂不及，急叫备马，马已卸鞍，怎来得及？忙叫抬斧来，斧未抬至，大兵已到。一声炮响，战鼓频催。阴谋一马当先，舞刀突入，徐明山上马不及，斧又不在手中，往后就走，夺得官军一把朴刀，奋威步战，抵住阴谋。马步相交，大战十余合，被徐明山一刀捌伤阴谋马腿，翻身落马。徐明山飞步来取阴谋首级，忽张能杀至，救了阴谋，接着徐明山厮杀，枪刀并举，马步纵横。徐明山身中数枪，全无惧怯。纽合一军又至，并力来攻。徐明山提刀拔步就走，纽合飞马赶来，徐明山回手一刀削去，正中纽合胸膛，落马而死。张能赶至，阴谋一马又到，徐明山手无寸铁，一手抓着一个军士头发冲锋迎战，打出营外，勇不可当。阴谋道："此贼勇而耐战，若能一得兵马，其锋难敌矣。"即令攒箭手三千，因而射之。

箭手得令，三千强弩齐发。徐明山提着两个人在乱箭中横冲直撞，犹然不屈。约有一时，身之中箭，几无完肤，遍身疼痛，渐渐不振，大叫道："夫人误我！夫人误我！"出师未捷身先死，常使英雄泪满襟。长叹而死，立而不扑。两三个时辰，诸军方敢近前，犹闻叹息声，退走数十步。见死尸不动，然后知其真死，即报阴谋、张能。二将见此光景，令军士推之，如石凿成，如金铸就，那里推得倒？

忽翠翘为诸拥至，见徐明山立死不扑，翠翘泣道："彼英雄士也，以妾言苦劝，归降不得，其死怨气不散，故虽死犹然骨立，待妾亲拜慰之。"对死尸拜祝道："明山大王，妾实误你！然终不敢独生，以辜大王厚德！"言毕，放声大哭。徐明山立的尸首，把眼一睁，泪如雨落，尸亦随扑。翠翘以头触地求死，军士急救之，得免。

是役也，贼兵被歼五万，甲士之偕亡者十万，而寇之声势煞矣。归而献凯督府，督府因召翠翘，分咐道："是功实成于尔，尔有甚说？"翠翘道："徐海亦英杰士，以信抚爷之过，乃致败亡。

幸怜此点肫诚[13]，以一抔浮土，掩其骸骨，妾愿足矣。"言讫，咽哽不能语。督府亦恻然，令收徐海尸葬。分咐设大飨[14]于辕门贺功，诸将士俱有犒劳。

酒半酣，督府道："吾闻王翠翘能胡琴，善新声，今日贺功，当令之行歌侑酒，以助筵中之乐。"诸大参皆曰善。乃召翠翘，翘不敢不从，含泪提琴，抚今思昔，乃所作《薄命怨》，心戚于中，声形于外。愀愀唧唧，咽咽呜呜，一人向隅，满堂人皆为不乐。停杯以听，有赋为证。赋曰：

　　徘徊顾慕，拥郁仰按。
　　盘桓毓养，从容秘玩。
　　闵尔奋逸，风骇云乱。
　　牢落凌厉，布获半散。
　　丰融披离，斐辫奂烂。
　　间声错糅，状若诡赴。
　　双美并进，骈驰翼驱。
　　初若时乖，后卒同趋。
　　曲而不屈，直而不据。
　　相凌不乱，相离不殊。
　　劫特慷慨，怨妒踌躇。
　　飘遥轻迈，留连扶疏。
　　参谭繁促，复叠攒反。
　　纵横络绎，奔遁相遇。
　　拊吹累赞，间不容息。
　　环艳奇伟，殚不可识。
　　闲舒都雅，洪纤有宜。
　　清和条昶，案衍陆离。
　　温柔怡怿，婉顺委蛇。

乘险投会，邀隙趋危。
鹍鸣清池，鸿翔会崖。
纷若斐尾，谦缪离纚。
微风靡靡，余音猗猗。

督府正襟静听，候弹完，问翠翘道："此是何曲，令人闻之凄惨如此？"翠翘道："此犯妇幼时所作《薄命怨》。今事到其间，果应此词。抚今追昔，不觉兴念及此，情愈不堪耳。"督府道："眼底兴亡，其不可逆料者，大约如此。然以子才色，岂无问奇之人，而必恋恋于亡贼乎？"翠翘低头不语，微微流泪。时督府酒酣心动，降阶以手拭翘泪道："卿无自伤，我将与偕老。"因以酒戏弹之道："此雨露恩也，卿独不为我一色笑乎？"翠翘凝眸熟视，移时道："亡命犯妇，怎敢奉侍上台。"但见两行清泪，生既去之波；一转秋波，夺骚人之魄。督府益心属之，乃以酒强翠翘饮，翠翘低头受之。体虽未亲，但嫩蕊娇音，已沁入督府肺肝矣。诸参佐俱起为寿。督府携翠翘手受饮，殊失官度。夜深，席大乱，翠翘知道祸必及己，辞之不得脱身，直至五更乃散。

次日天明，督府以问门官，门官悉陈其颠末。督府暗悔道："昨夜之事，岂是我大臣所为。若收此妇，又碍官箴；欲纵此妇，又失我信，不如杀之，以灭其迹。"又转思道："三次招抚，谁人不知？因平彼寇，士民皆识，功高而见杀，何以服天下万世之人心？留之不可，杀之不忍，如之何则可？"点头道："得之矣。将彼赏了一军人，既灭其迹，又不杀其身，人岂议我乎？"出堂召翠翘道："尔有灭寇之功，免尔之死。今将汝配一永顺军长，可随他终身。"翠翘泣道："翠翘命薄，失配徐海。以国家事大，诱而杀之。不赦则请死，得赐不杀，愿求老爷开恩放雪衣[15]，令翠翘黄冠归故里，以遂归顺之初意。若配军长，非妾愿也。"督府道："念尔之功，恕尔不杀，以配军长，何负于汝？须知胜如贼人妇。"

乃召所调永顺酋长，问其无妻者，以翘赐之，即令回军永顺。

翠翘不得已，含涕从之，登舟长发。诸军为酋长作宴庆贺。舟泊钱塘江，但见此江：

> 巴东之峡，夏后疏凿。绝岸万丈，壁立皴驳。虎牙嵥竖以屹崒，荆门阙竦而磐礴。圆渊九回以悬腾，溢流雷响而电激。骇浪暴洒，惊波飞薄。迅澓增浇，涌湍叠跃。砯岩鼓作，漰湁濴潏。渫灂瀯淑，濆濩浅濶。濔湟忽决，澹泂润渝。漩濘潆滢，濎濎渍瀑。漫减浐涢，龙鳞结络。碧沙溃洍而往来，巨石硨矶以前却。潜演之所汩湿，奔波之所碨错。厓陫为之泐嶙，碕岭为之岩崿。幽涧积阻，营硌磱硧。若乃曾潭之府，灵湖之渊。澄澹汪洸，濆滉闶汯。泓汯洞潦，涒邻渊潾。混瀚灝涣，流映扬焆。溟溚渺沜，汙汙洫洫。察之无象，寻之无比。气瀹渤以雾杳，时郁律其如烟。类胚浑之未凝，象太极之构天。长波浃渫，峻湍崔鬼。盘涡谷转，凌涛山颓。阳侯砇硞以岸起，洪澜涴演而云迴。浥沦溁瀺，乍泡乍堆。礮如地裂，豁若天开。触曲崖以萦绕，骇崩浪而相礧。鼓唇窟以漰浮，乃溢涌而驾隈。

众军吃了喜酒，大家各回床去睡了。那酋长道："娘子睡了吧，还再吃杯酒？"翠翘道："且坐一坐。"那酋长见他欢无半点，愁有千端，也不敢相强。翠翘决意自尽。恐人救起不雅，故迟迟捱至三更。忽见冰山一座，自海门涌将上来，轰雷怒震，可闻数百里。翠翘问酋长道："此是何声？"酋长道："这叫潮信。"翠翘因潮信二字，顿悟道："如此，这是钱塘江了。"那酋长连连答应道："正是，此就是钱塘江。"翠翘点头道："我王翠翘该在这里结束了。刘淡仙十五年之约，其在此矣。"乃问酋长道："军中可有笔砚？"酋长道："有，娘子要写字么？"就取笔砚递与翠翘。翠翘题云。诗曰：

十五年前有约,今朝方到钱塘。

百世光阴火烁,一生身事黄粱。

潮信催人去也,等闲了却断肠。

题毕,大呼道:"明山遇我甚厚,我以国事误杀之。杀一酋而属一酋,有何面目立于天地之间?我今不惜一死,以谢明山也。"飞身跃入江中。酋长急救之不得,众兵俱惊起。时潮头正长,立脚不住,怎能打捞救人?浑至天明,只得拿了那辞世诗来见督府。督府顿足称冤,深自愧恨,然事亦无及矣。分咐地方打捞尸首,收葬不题。

注释

〔1〕官箴(zhēn):做官的戒规。

〔2〕揆(kuí):估量;揣测。

〔3〕薄伐:征伐;讨伐。

〔4〕贽(zhì):初次求见人时所送的礼物。

〔5〕谋孽:图谋叛逆。

〔6〕敬具不腆:恭敬献上不丰厚的礼物。送礼时的谦辞。

〔7〕枭张狼顾:如枭之张翼,如狼之视物。形容猖狂恣肆,凶狠贪婪。

〔8〕浼(měi):托别人帮忙的客气话。

〔9〕俯允:敬称对方、上级允许。

〔10〕趋跄:指入朝做官,出仕。古时朝拜晋谒须依一定的节奏和规则行步。

〔11〕辅弼:辅佐君主的人。

〔12〕刁斗:古代军队中用的一种器具,铜制,有柄,白天可当锅供一人煮饭,夜间用来敲击以巡更。

〔13〕肫(zhūn)诚:诚挚。

〔14〕大飨：指上级以酒食慰劳下级。

〔15〕放雪衣：雪衣，即白色羽毛，泛指某些白色的鸟类。此处为翠翘恳求督府释放自己。

评析

《金云翘传》，又名《双合欢》《双奇梦》。全书共四卷二十回，署名青心才人编次，成书于顺治、康熙年间。此书据史改写，明清间述王翠翘事者，尚有茅坤《纪剿徐海本末》及《附记》、王世贞辑《续艳异编》、余怀《王翠翘传》等。18世纪到19世纪间，越南阮朝诗人阮攸根据中国明末清初青心才人原著小说《金云翘》，将其改编成主要用越南本民族文字喃字写成的3254行的叙事诗。

《金云翘传》所记叙的时间是明王朝嘉靖中后期，大约为嘉靖二十年（1541）到三十七年（1558），以这个时期东南沿海的"倭乱"为背景。在东南"倭乱"期间，政府、军队的腐败已达到十分严重的程度，秩序混乱、法纪废弛、贿赂公行、残害人民的社会现象比比皆是。如此宏大的叙事背景，可以作为我们观照海洋文化的一个视角。

明代，造船业的高度发展，极大地降低了人们远渡重洋、横跨大江大河的风险，所以人们在碧波大浪中可以欣赏周边的美景。本回所选内容对于钱塘江的描绘可谓妙绝，"骇流暴洒，惊波飞薄"写水之凶、猛。"迅澓增浇，涌湍叠跃"写水之迅、疾。"砯岩鼓作，湍渀荣潏"写水声之大。钱塘八十八日大潮，惊涛拍岸，声如雷霆，震撼激射，吞天沃日，势极雄豪，且两岸山势依水冲击成蜿蜒曲折之貌。

中国游记一般是以散文的形式出现，且较早的多以记山为主，比如最早的山水记是袁崧的《宜都记》，多描绘的是山景，如山峦之险峻，攀爬之艰难。到后来北魏晚期郦道元的《水经注》详细记载了一千多条大小河流及有关的历史遗迹、人物掌故、神话传说等，是中国古代最全面、最系统的综合性地理著作，是一个系统关注水脉的著作。而到了明代,由于各类水陆交通工具完备,游山涉水有更大的自由和选择,人们能够通过航海涉猎海洋风景,各类小说家的笔触也伸及海洋,在这方面也出现了许多有关海洋的小说。

目前学者对《金云翘传》的研究主要在其才子佳人的情节与主题思想上,选录此篇,是为大家提供一个视角关注其中对于海洋的描绘,可以窥见当时人们对于海洋的微妙心理,并回溯当年的自然地理环境。作者妙笔生花,对钱塘江水势极力铺陈,我们可管中窥豹,一睹当日钱塘风采。这部小说的潜在影响是让更多人去探索海洋,去体味异样的风景,同时也让人们极力开发更先进的航海技术去征服海洋。

(沈伟)

水浒后传·第三十六回
振国威胜算平三岛　建奇功异物贡遐方

陈忱*

却说关白倭兵尽皆冻死,后来倭王闻得,知道天命有归,再不敢来侵犯。只是青霓岛铁罗汉、白石岛屠岠、钓鱼岛佘漏天这三岛结党煽乱,恐其终久不靖,朱武[1]劝国主[2]出师征讨。李俊就命栾廷玉[3]、扈成[4]、童威[5]领兵一千,战船二十号,征青霓岛;关胜[6]、杨林[7]、童猛[8]领兵一千,战船二十号,去征白石岛;朱仝[9]、黄信[10]、穆春[11]领兵一千,战船二十号,去征钓鱼岛。传下号令,各自整兵不题。

却说铁罗汉三人因破了水寨,各自逃回本岛,闻得革鹏被杀,

---

* 陈忱,字遐心,号雁宕山樵,浙江乌程(今浙江吴兴县)人,大约生活在明末至康熙初年。入清后,绝意仕进,曾与顾炎武、归庄等组织惊隐诗社。

关白倭兵尽皆冻死，铁罗汉心内踌躇道："我歃盟煽乱，不料溃败，李俊必兴兵要来，所有雄兵都杀死了，存者不过数百老弱，哪里敌得过！再要去日本借兵，那倭王必不肯发。欲要逃去，又舍不得这好基业。又一时无处安身。若是投降，恐怕被他耻辱。"左右两难，又想道："且把岛中百姓强壮的都拿来，面上刺字，充了兵，也有一千多名。待他来时，与他抵敌，也未必便能奈何我！"一面准备不提。

却说那青霓岛无险阻可恃，只是平畴[12]沃野，田地肥饶，广出五谷，各岛无米的都来贩籴，若是不肯卖，尽要饥馁了。况铁罗汉又生性强悍，力敌万人，好不好就要厮杀，所以各岛俱畏惧他。岛中有座铁罗山，出得好镔铁[13]，打起刀来，锋利异常，再不肯轻易与人，所以他自号"铁罗汉"。山脚下有一石潭，看来澄清，其实有毒，这是铁汁浸润的，若误吞一口，即时肚疼，到一周时，溃腹烂肠而死。铁罗汉的法度，若有犯法的，也不加刑，只把这水一碗灌下，其人立死，岛人因此不敢犯法。

先说栾廷玉、扈成、童威到了青霓岛，见那并无城郭，都是沃野，村落中百姓人家正收割稻子上场。栾廷玉传令，不许动民间一草一木。领兵一直进去，到铁罗山下，见铁罗汉屯在山顶，四围俱用木栅拒住。栾廷玉见天色将晚，不知上山路径，且扎下寨栅，明日进兵。遂埋锅造饭，见石潭内的水清洁，就汲起煮饭。不吃万事全休，一吃下去，军士都叫肚疼，栾廷玉、扈成、童威还在饮酒，不曾用饭，所以不曾中毒。栾廷玉道："偶然肚疼，这是常有的，怎么一千人都疼起来？必然中毒！恐是这石潭里的水缘故。"急寻土人[14]查问，果然这水吃不得的，到周时腹烂而死。栾廷玉心慌，即使童威到国中问安道全[15]解法，速去速来。童威驾船飞也似去了。那些军士沉重起来，一个个弯着腰，攒眉叫苦，栾廷玉无可奈何。

次日早上，只听得鼓角齐鸣，铁罗汉率领蛮兵，各执长刀，泼风也似卷来。军士哪里厮杀得，栾廷玉忙叫退军，自与扈成断后，走得迟的，已被杀了一百多人。铁罗汉看看赶近，栾廷玉假作败走，等他将次近身，回手奋力一枪，正刺着他左腿，扑地便倒，他那里众兵齐上，救回去了。栾廷玉、扈成回到船中，见军士尽皆要死，心焦得紧。到晌午，童威领五百生力军来，说道："安道全说，甘草汤可解，盒着一大盘药末，叫把清水调服。"军士各吃几大碗，吐出无数黑水，方才疼止，且在船中养病。

次日，栾廷玉、扈成引了生力军重来交战。这番铁罗汉不屯在山上了；一片平阳地上，铁罗汉把蛮兵摆开，在那里毒骂。栾廷玉大怒，挺点钢枪，领兵赶去。只听天崩地裂一声响，都跌下陷坑，两边伸出挠钩来捉人。栾廷玉拔出腰刀，斩断挠钩，踊身一跳，跳出陷坑。扈成、童威连忙收步，不致跌下。栾廷玉复挺枪刺去，铁罗汉将铜挝[16]抵住，斗了十余合。扈成、童威大宽转赶到，挺枪助战，铁罗汉虽勇，终是左腿昨日着伤未愈，怎当得三条枪，败阵而走。栾廷玉紧紧追着，到一洞口，铁罗汉便钻入洞去。蛮兵钻不及的，砍杀了几个，其余四散逃走。有一个跌倒在地，栾廷玉正要砍下，那人大叫道："我不是蛮兵，是好百姓。"栾廷玉喝道："既是百姓，怎么助这逆贼？"答道："铁罗汉因兵少，拿我百姓脸上刺字充兵的。"栾廷玉道："且饶了他。今后遇脸上刺字的，不许杀害。且问你：这是什么洞？深浅何如？里面是何光景？"百姓道："此名乌龙洞。洞口甚窄，只可一人钻进，里面宽大，能容二三百人，昼夜点火。这洞是一块大石生成，打凿不开。铁罗汉把金银珍宝藏着，自有预备的干粮，将铁门闭上，任有千军万马，也攻不开。一应家眷，都在里面。"栾廷玉道："可有后路？"百姓道："并无后路。"栾廷玉道："这便易处了。"唤军士取炭堆在铁门边，用火煽着，不消半日，铁门熔开了，只是不能进去。又唤将柴草烧着，用长叉推进。那洞里烟气灌满，火焰冲进，焦渴烦闷，怎生过得。外面只管把柴烧进，一昼夜光景，铁罗汉已熔成汁了。栾廷玉料他已死，拨兵守定洞口。出榜安民，蛮兵俱准投降。革除了饮潭水酷政，百姓以后不消干这杯酒了，都来拜谢。到三日后，叫军士钻进，那死尸如墨炭一般，一个个抬了出来。把铁罗汉首级割下，放在木桶里。又问知仓廒，查数封贮，搜出金银十万余两，遣童威解去报捷。国主就命栾廷玉、扈成镇守不题。

再说朱仝、黄信、穆春到钓鱼岛。那岛对面两座小山，对着山腰里架一座石桥，通人往来，石桥上造一敌楼。佘漏天闻有兵到，先领蛮兵守在敌楼上，桥底下排了铁楞，进去不得。朱仝到了两日，佘漏天不来交战，若近桥边，敌楼上用竹弩打来。那竹弩利害，用石炮压住，机彀一发，打到三百步之外，一弩定伤十多个人，所以船近不得。朱仝焦躁，把船移到东边三里之遥，有路可登，同黄信、穆春上岸。走上冈子一看，有座天生石台，直靠在海外，如建康燕子矶一样，玲珑剔透，文采可观，遍生琪花瑶草，石壁上镌着六个大字，虽然风雨剥落，还认得出是"任公子钓鱼处"。朱仝道："原来有此古迹，所以得名。"看那一带冈子，天然一座城垣。望见岛内田畴屋宇，鸡犬桑麻，甚是葱郁。一路随小冈走出，都是荔棘葛藤，纠结盘绕，甚是丛杂。穆春道："铜墙铁壁也要设法开来，何况这些荔藤！朱提督，你且到前边拒住，我同黄提督领兵到山后，用刀斧慢慢开辟出来，从背后杀进，他一定守不住。"朱仝依计，先下船。分三百兵随黄信、穆春拣一幽僻之所，剪开荔薜，等到夜深，爬下山冈。

那佘漏天是一勇之夫，只管其前，不顾其后，况且兵少，分拨不开。黄信、穆春点了十数个火把，把民房烧起，火光冲天。佘漏天见了，急下敌楼，看哪里失火。不防黄信走到，一刀砍为两段。蛮兵尽拜伏降顺，黄信叫一个也不杀。朱仝见里面火起，敌楼上又无人守护，就攻破上岸，进来搜出佘漏天家口，尽行诛戮。事已大定。那钓鱼岛不比青霓岛富盛，却是民风朴素，家给人足，倒是安乐之土。佘漏天为人刻薄，凌虐小民，百姓见灭了，无不欢喜。朱仝将金银之物并首级，命穆春解去报捷，出榜安抚居民，秋毫无犯。百姓感激，抬一件东西来，送与两位提督。朱仝、黄信一看，原来是条大蛇，有十丈多长，三百斤多重，垂首丧气，似将死的一般。朱仝道："要这大蛇何用？"百姓禀道："此名'巴豕'，其肉甚美，食之益精延寿。那胆如鸭卵大小，价值百金；一应风疾，服之立愈，兼能消痰定喘，壮人筋骨。平时不易得的，勇健如飞，螫[17]人立死。四季来朝任公子，预先张网，方可捕得。将药酒每日灌他，似醉一般；十日之外，毒气全无，然后将来或糟或腊，甘美异常。其胆将火逼干，贮在瓷罐，自有别岛人来求买。马国主在日，佘漏天不肯贡献，唯共涛丞相送他一瓶。佘漏天每年责限收捕，百姓不知受了几多屈棒，也没有这样大的。老爷是中华福人，故有此异物出现。"朱仝呼主人割开，果然胆似鸭子，金光闪闪。依法逼干收贮，把肉煮起来，肥甘如熊掌，与黄信同尝了些，将去送与马国母与李大将军。安道全道："此蛇之胆，真与黄金同价，沉疴[18]立起。前日疗高丽王的病，亦须此品。肉亦有益于人。"大将军便分给与众位。就命朱仝、黄信镇守钓鱼岛不题。

再说那白石岛境界更奇。天生成这石岛，雪也似白，光溜溜并不生草木，屏风峭壁，四面环绕，出入傍海。一个大洞，中央一片平地，方幅百里，地极肥饶。出一种香糯，如桐子大，取岛中金沙泉酿起酒来，香甜浓馥，容易上口，醉了三日方醒，又不坏人，名为"香雪春"。还有一件珍物，形如鹧鸪，在竹林中哺出来的，春时极肥，用米粉蒸熟，骨脆肉腴，名为"竹鸠"。此两种是白石岛进贡的方物。

那屠腔凶恶，比铁罗汉、佘漏天更加贪淫纵酒，岛中的人无不切齿的。屠崆闻有兵到，把洞门下了铁板，随你攻打，并不得开。岛中钱粮广有，无求于外，两三年也守得定。关胜、杨林、童猛领兵到了，并不见一人。洞门铁板闸定，那石壁从海底生起来，无陆路可登。那股海水流入洞里，船进方可登岸。石壁有三丈多高，像白玉碾成，没有痕迹可用手脚。将船周回摇转，看时多是一样。杨林道："天生的石壁，哪里破得！闻得栾廷玉用炭熔开乌龙洞铁门，我这里也用几万柴炭熔开。"童猛道："洞是海底下环起的，把柴炭放在哪里煽火？若在船上，船先烧了。"皆笑起来。杨林道："到国中再请兵将来商议。"关胜道："这里兵将尽足，只是无可用力。青霓、钓鱼皆已攻破，同发三支兵，若我们破不得，有何面目去见大将军！"关胜坐卧不安。

　　只见有只小船海面上远远荡来，兵卒把挠钩挽住，只有两个船家，一个坐舱的。关胜看那坐舱的，相貌古朴，年纪有五旬，不像外洋人。问道："你是什么人，来做奸细？"那人道："小的是扬州人，唤做方明，不是奸细。"关胜道："到此何干？"方明道："小人十年前合伙到此贸易，翻了船，伙计皆死，回去不得。流落在这里一个小澳里，地名黄沙洲，卖些草药度命。原有个女儿，年方八岁，乳名秀姑。因丧了母，无人看管，就带在身边，今年十六岁了，有些姿色。因这屠崆淫纵，闻知了，一月前被他抢去。小的彼时也跟了来，住了几日，屠崆便把女儿占了。谁知他那蛮婆极是厉害，生性妒忌，岛中妇女不知坑陷多少。如今不知我的女儿死活存亡，故来探望。不晓得将军在此，有失回避。"关胜道："那屠崆武艺何如，有多少蛮兵，钱粮支持得几时？"方明道："那厮没甚本事，蛮兵不过四五百；只有钱粮充足，便十年不出来，也不打紧。马国主嗔他不贡香雪春，兴兵来征；他闭了洞口，奈何他不得。若见有兵，便缩了进去，所以唤做'石乌龟'。"关胜道："因他借日本国兵来煽乱，我奉暹罗国王之令，差来征讨，只是攻打不开,你若要救女儿,可有什么算计,使我进去?"方明想一想道:"将军差两个人进去,在里面做奸细,就可破了。"关胜道:"洞门紧闭,如何叫得开?"方明道:"将军把船移过,那洞边峭壁上有一小孔,如钱眼大,他把千里镜照看,见外面兵退,自然开洞。"关胜大喜道:"我着两个人同你进去,若成了功,将女儿还你,还要封你官职。"就赏以酒食,命杨林、童猛藏了暗器,随方明进去。就把战船移在侧边,果然不消半日,洞门开了。

杨林、童猛已在方明船里,摇进洞口,那守洞口的蛮兵认得方明是小夫人的父亲,放船进去。那洞口只容一船,里面一条大溪,直贯上去,接那山水下来,清澈见底,多是五色石子。两岸田园屋舍,茂林修竹,竟是个桃源。沿溪行了五七里,方到屠崆的住所。高厅邃阁,极是齐整,门边有四五十蛮兵站着。方明向前通了来意,蛮兵摇手道:"进去不得。"方明正要再问备细,只见屠崆气烘烘走出来,上路飞跑。后面一片喊声,蛮婆手执双刀,五六个蛮妇跟出来。杨林、童猛闪在一边,看那蛮婆怎生模样:

　　头结黄毛髻,珠翠铺匀;身穿毲[19]红衫,绒绦束紧。眉浓眼大,搽腻粉如初放绣球花;喉破躯雄,展娇声似出林狮子吼。不是吃人罗刹女,定为缚鬼夜叉婆。

那蛮婆提着双刀,一头赶,一头骂。骂道:"你这石乌龟,偏向那小妖精,做我老娘不着,今日一同杀了你。"屠崆只是飞跑,再不回头。蛮婆赶不着,喘吁吁的指着骂。蛮妇劝转,扣着胸脯进去了。杨林暗笑道:"直得什么,原来是个怕老婆的元帅。"方明再细问,蛮兵答道:"为你这女儿,岛主宠爱他,另住在上面一所房子内。"指里边道:"那个主儿不忿,终日厮闹。"方明问道:"另住在哪里?"蛮兵努嘴道:"不上一里路,我引你去。"方明、杨林、童猛随蛮兵走去,有一小门楼进去,见屠崆变着脸坐在红毯上。方明向前施礼。屠崆也不起身,叫他坐下,问道:"这两个是谁？"方明道："一般的亲眷。"屠崆也叫坐了，说道："你的女儿在这里安享富贵，你来瞧什么？只吃那婆娘不良，要和我厮并，少不得杀了他，同你女儿快活。你不要回去了。"叫唤小夫人出来，杨林偷看时：

芙蓉为面柳为腰，人在扬州廿四桥。
何事飘零东海外，石龟深洞锁妖娆。

那秀姑见了父亲，道个万福，瞧那杨林、童猛，却不认得，也道万福。杨林、童猛起身回礼。屠崆扯秀姑坐在方明肩下，秀姑与方明说些家常话，不觉流泪。蛮女捧出两个蹄膀，一只熟鹅，大盘肉包子，斟上香雪酒。屠崆并不让客，把解手刀割那鹅肉，大碗酒只管吃。杨林、童猛闻得馨香，也便大吃。吃了多时，屠崆大醉，蛮女扶进去睡了。秀姑哭道："蛮婆日日果来杀我，性命决然不保。今日得见父亲一面，死也甘心了。"方明附耳说道："我儿不要忧心。这两位将军是暹罗国王差来的，今晚要开除他，你躲开些。"秀姑道："他醉了，明日晌午方醒。卧房内只有几个蛮女，下手不妨。我且进去服侍他睡好。"再叫拿酒来，秀姑自进去了。蛮女又拿酒来，童猛道："这酒果是好滋味，不要也醉了，耽误正事。"杨林道："屠蛮倒是直汉子，并不疑心。"童猛道："见丈人引来，是内亲了，故此托胆。少停下手，只要蛮婆不知觉，便不妨事。"起来看了出入的路，又吃了一回。

候到三更，方明引童猛、杨林走进卧房，见秀姑对着孤灯而坐，那屠崆鼾声如雷，两眼开着。杨林、童猛拔出短刀，揭开锦被，按着脖颈，割下首级。两个蛮女都倚壁边而睡，童威也要动手，秀姑道："不可！这是服侍我的。"杨林提了首级，叫秀姑出来，把卧房锁着，等到天明，对方明道："你同女儿在此，不要走漏消息，我们去接关提督来杀那蛮婆。"放首级在船头内，叫水手摇船到洞口，唤拽起铁板，放他们回去。蛮兵放开闸板，杨林道：

"我们还要转来,且开着。"

到战船边,关胜悬悬而望。杨林提了首级,跨上船来,说了一遍。关胜大喜,叫快把船放进。仍是这只船引路,进了洞口,后面的鱼贯而入。守门的兵不敢拦挡,遂直到里面。蛮婆并不知觉,关胜把兵围住。蛮婆披头散发,舞双刀而出;关胜执青龙刀劈去,蛮婆倒地,兵卒也把来割了首级,蛮兵尽来投伏。关胜出榜安民,一面唤把屠崆夫妇尸骸掘地埋了。谢方明道:"全亏你得破此岛。待申过国主,重重赏你。"方明道:"将军与岛民除害,又救了小女,老汉何功之有?"关胜查点仓库,也有金银米谷珍异之物,香雪春堆满一屋,竹鸠还有醉的在那里,开了酒,与杨林、童猛、方明一同享用,大赏军士,申文开方明功绩,并解香雪春、竹鸠、屠崆首级去报捷。过两三日,回文转来,留关胜、杨林镇守,方明授守备职衔,一同协理。掣童猛回去。

童猛辞了关胜等,回到国中。李俊道:"兄弟多有功绩了。那香雪春你们先吃几多?解来的送了十瓶到宫中去,余下的与众弟兄同吃,还不够。"阮小七[20]道:"我一生尝得两番好酒滋味,这香雪春是一番了。前在梁山泊,太尉陈宗善来招降,龙凤担内装十瓶御酒,被我偷吃了六瓶,也还不如得这香雪春哩。"童猛道:"那岛果然生得奇特,真如白玉琢成。闸了铁板,再进去不得。幸遇方明跟了进去。那屠崆是酒色之徒。我与杨林认做小夫人亲戚,一同坐下,斟下香雪春来吃,我们不敢多吃,恐误正事。昨日回来,方与关胜、杨林吃得畅快。如今香稻新熟,已唤岛民酿来了。那屠崆先倒了运,被蛮婆赶杀,不敢回拳,可见怕老婆的不是好汉。"众人皆笑起来。

李俊道:"自从共涛篡位以来,有大半年征战,日夜操心。幸喜关白、革鹏就戮,三岛戡平,可以高枕无忧,且与众弟兄快乐过此残冬。"燕青[21]道:"安不忘危,有国家的不比庶民,须要兢兢业业。若偷安纵逸，大则丧国，小则亡身。如道君皇帝用蔡京为相，奸党互结，上下蒙蔽，不亲政务，致陷了汴京，父子北狩。马赛真优柔不断，权归共涛，有篡弑之祸。大将军初开国基，务须励精图治，不宜自耽逸乐。目下有件震威柔远之事，可宜速行。"正是：

家破必因浮荡子，国兴知有谠言[22]人。

不知燕青说出甚么事来，且听下回分解。

注释

〔1〕朱武：梁山好汉，绰号"神机军师"，大聚义排名第三十七位。

〔2〕国主：即李俊，梁山好汉，绰号"混江龙"，大聚义排名第二十六位。此时已为暹罗国国主。

〔3〕栾廷玉：原为祝家庄枪棒教师，梁山好汉"病尉迟"孙立的师兄。

〔4〕扈成：原为扈家庄庄主，梁山好汉"一丈"青扈三娘之兄。

〔5〕童威：梁山好汉，绰号"出洞蛟"，大聚义排名第六十八位。

〔6〕关胜：梁山好汉，绰号"大刀"，大聚义排名第五位。

〔7〕杨林：梁山好汉，绰号"锦豹子"，大聚义排名第五十一位。

〔8〕童猛：梁山好汉，绰号"翻江蜃"，大聚义排名第六十九位。

〔9〕朱仝：梁山好汉，绰号"美髯公"，大聚义排名第十二位。

〔10〕黄信：梁山好汉，绰号"镇三山"，大聚义排名第三十八位。

〔11〕穆春：梁山好汉，绰号"小遮拦"，大聚义排名第八十位。

〔12〕平畴：平坦的田野。

〔13〕镔铁：古代的一种钢，把表面磨光再用腐蚀剂处理，可见花纹，又称"宾铁"。

〔14〕土人：当地人。

〔15〕安道全：梁山好汉，绰号"神医"，大聚义排名第五十六位。

〔16〕铜挝：铜鞭，古代兵器之一。

〔17〕螫（shì）：毒虫或毒蛇咬、刺。

〔18〕沉疴：重病。

〔19〕毳（cuì）：鸟兽的细毛。

〔20〕阮小七：梁山好汉，绰号"活阎罗"，大聚义排名第三十一位。

〔21〕燕青：梁山好汉，绰号"浪子"，大聚义排名第三十六位。

〔22〕谠言：正义、慷慨之言。

评析

《水浒后传》原本四十回，书前题署"古宋遗民著""雁宕山樵评"。根据现代学者考证，小说的作者与评者均为明代遗民陈忱。通过作品开篇诗句"白发孤灯续旧篇"可以推断，《水浒后传》当为作者晚年的作品。

在《水浒传》的众多续书中，陈忱的《水浒后传》是成就较高的一部。小说将北宋末年的抗金斗争作为背景，接续百回本《水浒传》的故事，续写了以阮小七、李俊为首的三十二位梁山未死英雄，在金兵大举南下，民族矛盾激烈，官府昏庸腐败的情势下，揭竿而起，重整义军，抗击外族入侵者，诛杀贪官污吏，最后在海外成基立业的故事。作者在《后传论略》中称《水浒后传》是一部"愤书"，"假宋江之纵横而成此书，盖多寓言也"，即借发生在南、北宋之交的水浒英雄故事，反映明末清初的社会生活，寄托作者的亡国之思、种族之恨，以此借古人之酒杯，浇作者心中之块垒。

本书所选择的这篇鉴赏文字出自整部小说的后半部分，此时梁山好汉已全伙儿聚集于海上，拥立李俊为暹罗国国主，继而开拓海岛，建立基业。在击败来犯的倭寇后，由栾廷玉、关胜、朱仝等人兵分三路，收复青霓岛、白石岛、钓鱼岛，进而巩固海疆的故事。在艺术结构上，陈忧的《水浒后传》与原著类似，前半部分为阮小七、燕青、李俊等人的独立故事，犹如长江上游支流繁多，各具神韵，后半部分为梁山义军重新组建后的英雄群像，宛若长江下游百川汇聚，奔流入海。在这段节选的文字中，梁山义军海上征战的经历，虽未能摆脱原著后半部分情节空洞雷同的弊病，但对海外奇异风物的描写，如钓鱼岛上"胆如鸭卵大小"、可治百病的大蛇"巴豕"，白石岛上酿酒可醉人三日的金沙泉等，均显示出原著所不具备的海洋特色，由此自有一番风韵。

在整部《水浒后传》中，作者将水浒英雄放在靖康之耻这一更为复杂的历史背景中加以塑造，歌颂英雄救国的壮举，抨击奸臣误国的恶性，以艺术的形式点明了这场民族灾难的根源在于统治阶级的昏庸腐朽，即本篇文字最后燕青对于李俊的劝诫："安不忘危，有国家的不比庶民，须兢兢业业，若偷安纵逸，大则丧国，小则亡身。如道君皇帝，用蔡京为相，奸党互结，上下蒙蔽，不亲政务，致陷了汴京，父子北狩。马赛真优柔不断，权归共涛，有篡弑之祸。大将军初开国基，务须励精图治，不宜自耽逸乐。"可见，整部作品虽不乏为皇帝开脱之辞，但作者还是对最高统治者保持了客观公正的态度，体现出作者在当时的政治环境中较为先进的思想。

与原著相比，《水浒后传》有两处情节比较特殊，这在本段节选文字中均有体现。一是把原著中与梁山关系并不密切，甚至是敌对人物如栾廷玉、扈成等，均纳入义军之列，由此显示出面对异族入侵、朝廷黑暗，越来越多的社会阶层投入到保家卫国的斗争之中，如栾廷玉、扈成便成为文中收复青霓岛的实际指挥者。二是李俊海外称王的情节虽明显受到唐传奇《虬髯客传》的影响，但随着历史环境的变化，作者又于其中注入了新的思想内涵，即对明末清初张煌言、郑成功等海上抗清行为的影射，以及明代遗民寄希望于海上以及坚决不屈服于异族统治的普遍心态，表现出炽热的民族热情，文中梁山义军收复三岛，并以此建立新根据地的军事行动，便是明清易代之际对海上抗清行为的直接体现。

作为《水浒传》的续书，《水浒后传》在语言上虽未能超越原著，但叙述语言同样可以做到明白晓畅，并在当时的口语基础上加工成为明白如话的书面语言，同时辅以少量文言句式，使行文错落有致、通俗自然。人物语言则与水浒英雄的个性特征相契合，正如所选文字中童猛凯旋后与众人的对话，阮小七将偷盗御酒的旧事重提，显示出豪爽不羁的性格；李俊作为全军统帅，话语老成持重中流露出领袖的威严；燕青作为续书作者着意刻画的忠义之士，所言则思虑周全，卓有见识。

《水浒后传》作为《水浒传》众多续书中的佼佼者，其艺术成就是多方面的，而鲜明的海洋特色，更使其在中国古代小说之林中自成一体，独树一帜。

（王双腾）

绿野仙踪·第五十九回
剿倭寇三帅成伟绩　斩文华四海庆升平

李百川[*]

词曰：

随军旅，满目干戈飞血雨。船海崇明城里，斩获知几许！

---

[*] 李百川，约生于清康熙五十八年（1719），约卒于清乾隆三十六年（1771），生平事迹不详，籍贯或言江南人氏，或言山西人氏。著作《绿野仙踪》约成书于乾隆十八年（1753）至二十七年（1762）之间，历时近十年。据《绿野仙踪》中的《自序》，知其平时"最爱谈鬼"，常与友人"共话新奇"，早年家道富足，后因代人借债而破产，乃携带家眷旧物，远赴扬州，又遇骗而财物尽失。生活无着，遂至盐城，投靠其叔父，受叔父"著书自娱"的劝告，产生创造小说的念头。其后辗转漂泊，四处奔走，先后去过直隶、梁州、河南，在旅途中完成《绿野仙踪》的创作。

天子闻捷嘉予，赏功罚罪始。佞臣相对愁无语，身首皆异处。

——右调《归国遥》

且说夷目妙美、辛五郎听陈东、汪直，复行残破杭州，又破了苏州，并各郡县地方，杀败了赵文华，又破了常州、镇江。见文华统数万兵卒，退守扬州，无一军一将与他作对，把中国人视同无物，因此去攻打江宁省城。打算着得了此处，其子女、金帛必多于别郡县百倍。攻了月余，攻打不破。夷目妙美恼了，将各路诸贼尽数调来，在他看着，不过至多用三五天功夫，再无不破之理。亏得陆凤仪遍帖示谕，详言城破之害，并倭贼杀戮之惨，凡现在大小官员，并城内绅衿[1]以及商贾士庶，无分贵贱，俱要一体保护，自全性命，并非全为国家仓库城池打算。藩王府中，亦尽出丁壮相助，人人皆存死守之心。缘此倭寇虽众，竟不能得手，陈东、汪直也防备有救兵来，时时差人打探，见赵文华拥大兵死守扬州，知道他是神魂吓坏之人，总有百万人众，量着他也不敢再来。又见朝廷不发兵救应，他两个也就心胆大了，隔数日才差人打探一次。

那日，正与夷目妙美、辛五郎商议破城之法，贼党报道："中国有兵从江中来，此时已上岸了。"夷目妙美道："约有多少人马？"贼党道："远望也不过二万来人。"陈东道："怎么来得这样快？想是连夜走的。"辛五郎道："恐怕还是扬州人马，赵文华遣来救应。"夷目妙美道："管他是那个差来的，着众头目分兵一半围城，使城中不能救应；我带一半去迎敌，必须杀他个尽绝才好。"徐海道："说得是！我们大家去来。"

于是传下令去，众贼分了一半，跟夷目妙美迎来。林岱上了岸，骑马率兵遥望贼众，不下五六万人，却没队伍，一个个手执利刃，喊天震地，直奔我军。林岱顾众将大叫道："我们止一万余人，他倒有五六万人马；若容他与我兵杀在一处，未免军士心内各存多寡之见。你们看：众贼中间有一杆红旗，甚是长大，与贼众别的旗号大不相同。我想贼首必在此旗下。你们可将人马排开，列阵莫动；待他临近，我先入贼中，斩其主帅，倒他那枝大旗。贼帅被杀，余贼自胆落矣！"

少刻，贼大众齐至，势如山岳一般压来。林岱高叫道："有胆力的汉子，先随本镇立功去来！"语未毕，有百十余兵丁，还有三四个将备，暴雷也似的一声答应，各飞马随林岱冲去，步兵在后跟随。只见林岱当先接戟直入贼阵，百余人随后跟来。马头到处，贼众如波开浪裂一般，颠颠倒倒，往两边乱闪。夷目妙美正在大旗下，同汪直、徐海并众贼头目催军迎敌。猛见众党类纷纷退躲，心下大怒。忽见一金甲大汉，跨马舞戟，后面有百十人马相随，急同风火，瞬息间已到面前。夷目妙美大为惊骇，正欲上前，林岱戟已到上边，急忙用刀隔架，无如林岱力大戟重，那里隔架的过！响的一声，已透心窝，倒撞在地。徐海率众举刀乱砍，被林岱用戟一搅，打倒十三个。百余将士齐上，早将徐海、汪直杀死。那枝大旗，便丢在了地下。众贼不见了大旗，又望见中军摇动，俱知主将有失，心上都慌乱起来。我军看见大旗一倒，知是林岱成功，一个个勇气百倍，大呼陷阵，无不以一挡十。贼众见中国军士和猛虎一般，枪刀过处，迎刃即倒，遂各没命的乱跑。

辛五郎在城下见党类败回，招动号旗，贼众放起炮来。围城倭寇，俱解围赶来对敌。辛五郎率众直迎林岱，被林岱一戟刺倒。众头目拼命报仇，林岱戟刺鞭打，纷纷倒地。官军呐喊攻击，贼众胆怯，又失了主帅，一个个向江上奔逃，寻他们的船只。陆总督同众文武军民，在城上早看得明白，见一金甲大将，所到之处无不披靡。本欲开门遣兵迎接，见贼势甚大，未敢迎敌；今见群贼乱奔，陆凤仪率众杀出。两处人马合击，只杀得尸横遍野，平地血流。林岱见城内人马分四面杀出，便领兵沿西北江岸追杀下来。少刻，陆凤仪人马亦追杀而至。林岱忙差人知会，着凤仪架船，在江内追杀。凤仪向差人道："贼船尽在江内停泊，此时追杀，使他无暇上船；少为宽纵，便皆逃去矣。你可上覆林大人，我且顾不得会面，也惜不得兵力，乐得杀一个，与江浙百姓报一个仇恨！"说罢，打马催兵，向倭寇多处追杀去了。

众贼沿江岸跑了许多路，眼睁睁看得本国船只跟随下来救他们，只是被官军追赶的连一线余暇没有。林岱倒记得俞大猷穷寇莫追的话，只因陆凤仪不住手，也只得随着下来。众倭寇亡命乱奔，猛听得一声大炮，人马雁翅排开，拦住众贼去路。众贼到此田地，各喊杀拼命战斗。正战间，凤仪人马赶至，两下合击，前后斩杀约有三万余贼众，人马践踏死的无算。

林岱随后亦到，一面传令前军放众贼一条生路，一面着人留住陆总督。彼此下马相见，凤仪大喜。林岱传令三处人马，就在此处扎营，歇息造饭。凤仪道："着兵将歇息甚好，只怕倭贼归海，放他去了，他将来还要害人！"林岱笑道："旱路凡通海口处，俱有兵将埋伏；沿江水路，亦有重兵等候杀贼。文炜朱大人、镇台俞大猷，专司其事，他走到那里去？"凤仪拍手大笑道："怪不得镇台大人，着架船从江中追赶，原来水旱两路俱有埋伏，我若早知，也要爱惜兵力，不像这样追赶了。"又道："林大人真神勇也！我在城头，从一交战时，就见大人带百十人，匹马直入贼阵。自那杆大旗倒后，贼众即乱矣。"

正言间，众军已先将营盘立起，两人同入坐定。凤仪问赵、胡二人在扬州举动，并起兵来南原委。林岱将凤仪本章入都，严嵩隐匿说起，直说到他三人领兵，今日杀贼方上。陆凤仪听了，乐得拍手大笑，叫快不绝。问林岱道："令侄系新科榜眼，我们俱知其名，但不知年纪多少？"林岱道："他今年二十二岁了。"凤仪大惊道："小小年纪，敢做此天大事业，将来定是柱国名臣！我告急本章[2]，若非令侄老先生参奏，此时还怕圣上未必知道。"又回头指着江宁说道："这座城池，也只是早晚为贼所得了。我当年做御史时，也曾参过严嵩，几乎丢了性命。"两人谈说了半夜，甚是投机。次日，又各带人马，追走下去。

再说倭寇被官兵杀得七断八续，又跑了五六里，见追兵渐远，一个个寻至江边，止有二十多只海船，众贼争渡，自相残杀。人多船少，通船俱皆载满，连撑船扯棚空隙俱无。众贼还扳拉不放，掌船人即拔刀砍断其手臂者甚多。嚎哭之声，惊天动地。上不了船的，还在江岸奔走。即至将船开去，人多船重，又沉了几只。内中也有善水的，又扒上岸来奔命。少刻，日本船只沿江下来三四十只，将众贼前后渡去。奈天意该绝，到此偏遇顺风，只得折樯行走。又坏了几只船，伤了几千贼众。岸上跑的贼，有未及上船者，无一不力倦神疲，腹中饥馁，沿路倒毙，或不能行动者，尽被官兵斩绝，何止四五千人！天明，追兵又至，四处搜拿。即投降，亦必杀戮。皆因此辈屠害江浙官民过甚，为天道人心两不相容也。

船内贼众正走间，忽听得江声震撼，一声大炮，满江都是战船；火炮、火箭，如雨点一般乱打。倭寇中箭炮者，伤损几尽，翻在江中者，又去了数只。前后倭船，凡到文炜等候处，十丧其九。即有逃去船只，到焦山地界，又被大猷火炮连船打得粉碎。倭寇善水者，俱身带重伤，在水中也不过随波逐流，多延半刻性命而已。水路中端的未走脱一船，生全一人。各处海口，大猷俱有埋伏，斩杀逃贼亦极多。即有逃匿隐藏者，官军去后，又无船可渡，被百姓看见，那个肯饶放他，其死更苦，端的没走一人。其中奔逃至日本四人，亦为官军所杀。文炜收功后，又分拨战船，遣将各带水军，沿江上去，巡察倭寇并船只下落；贼虽未得，到得了许多倭船。日落时，大猷架船收功回来，与文炜同到镇江。水陆诸将，各陆续报功。

至次日午，林岱同凤仪人马俱至，大家会合在一处。凤仪盛称大猷之谋，大猷亦谦让之至。凤仪又言："林岱斩贼帅夷目妙美、辛五郎于数万强寇之中，功冠诸军；文炜尽灭丑类，使无遗种，从此江浙永无倭寇之患，皆三位大人之盛德也！"文炜道："弟等上赖圣上洪福，诸将军用命，侥幸成功，何敢当大人过奖？"又道："倭寇虽说杀尽，穷之未尽者尚多。弟文臣不谙武事，今与众位大人相商：日本远在大洋之外，剿灭须大费经营，重耗国帑[3]；崇明原是内地，今为倭寇来往潜聚之所，若不斩绝余党，克复国家版图，数年后定必复来。朱某欲请二位镇台大人，攻夺崇明；我与陆大人，分路搜杀逃逸贼寇，于沿江要地，安军将永行镇守。再烦二位镇台，速发谕帖[4]，差人止住直隶、河南人马，各回本镇。一面查点军士，一面上本奏捷，其有功将士，统候崇明收功后，再行奏闻。未知众位大人，以为是否？"凤仪道："朱大人分派极是！我辈俱遵议行。但奏捷本章不必公上，我定要另上一本，细表三位大人之功。"俞大猷道："我们所率水师，今日是以逸待劳，又无伤损。既去崇明，便一日不可缓迟。查沿江所得倭寇船，不下二十余只，可拣大而坚固者，挑选一半，我同林大人连夜入海，想贼众还未必知道信息。"林岱道："俞大人所见极是，理合即刻起兵。"朱文炜道："小弟还有一拙见：沿江死亡倭寇极多，可遣人剥其衣甲，尽着我军穿戴；再于路拾其遗下的旗帜，挂于船上。崇明贼众自必认为自己党类，不行防备，可率众直入，不劳而定也！二位镇台，明日午时起兵何如？"陆凤仪拍手大笑道："此计妙不可言！我军可省无数气力，管保一矢不发，入崇明城矣。"随请文炜发令箭，遣军士星夜办理，定限明日辰巳两时到齐。文炜因各军交战劳苦，命中军官于城内外未出征军士内，点五千名，星夜前往沿江一带，剥取倭寇衣甲、头盔，旗帜不过沿途拾取，定限明日辰巳二时到齐，违误者斩首。先领令去了。

四人饭罢，至二鼓时，于副、参、游、守水陆两营内，派火公同拣阅，择精壮勇悍者一百余员；于总督陆凤仪带来将官内，也挑了二十余员。又吩咐所挑人员，于水军内，各行拣选少壮勇悍兵丁二万六千，于陆营内，挑选四千，将倭寇战舩搭配分用，定于明午起行赴崇明。众将各归营办理去了。次日差去兵丁于辰巳二时，将剥来倭寇衣甲、旗帜俱在辕门〔5〕交纳。文炜发出令箭，随行兵将穿戴。到午时，林、俞二人带兵下船，赴崇明去了。

文炜同凤仪一面修本奏捷，一面行文江浙文武等官，晓谕战胜倭寇原由，饬令搜杀逃散余贼。又于沿海地方加兵把守，俟崇明收功后再行安排。陆凤仪去苏州，朱文炜去浙江，分头安抚被害州县。捷音报到扬州，赵文华吓得心胆俱碎，向众家人道："怎么成功如此之速？岂非天意！"胡宗宪倒喜欢起来，喜文炜成功，可以救已也。又隔了一日，提骑到来，将两人俱锁拿入都。扬州人恨文华纵兵殃民，日日在地方追索各项公用，今见拿去，阖城商民焚香庆幸。

再说林、俞二人，领兵趁顺风，两日夜便到崇明。却好众倭寇将去岁今秋两次所得子女、金帛，俱收贮在崇明，此番若打破江宁，便心满意足，一总运归日本。不意他没福享受中国之物。林、俞二人领兵到来，这日众头目与中国妇女并清俊子弟饮酒作乐。众巡视的倭寇，望见有海船数百只，趁风扬帆，如飞而至，大是惊惧！即到近界，才看明是自己船只、本国旗号，连忙报入去，俱一齐欣喜跳跃，出来迎接。此时我军早已上岸，杀将起来。众贼做梦也想不起有这一日，林、俞率兵先抢入城，众贼四下惊走。林岱等一边动手，一边令军士分门把守，到者即杀；又差人谕令未入城军兵，将城围住，不许放走一贼。崇明百姓，听知军兵入城，各持棍棒刀斧帮杀；又领官军于大街小巷、庵观寺院，处处搜寻。本国还有落后船只，皆陆续俱到。从辰时杀起，至午初时分，将群贼洗净。又分遣诸将，率兵于各乡镇搜拿。地方百姓听知大军到来，那一个还肯饶放？家家户户，到处搜查，可怜众贼，一个未得生全，即有逃至海边者，船只俱被明军所得，除非跳入海中。四处搜杀了两日夜，诸将交令。

林、俞两人，出示晓谕，安抚百姓，委官查点倭贼掳掠的江浙男女约三千余人，俱着问明地方名姓，开写册籍，将男女分为两处养育。俟大军回后，再差官押船搬取他们还乡。又将抢掠的金银珠玉并各色货物，以及古玩珍宝，不下十余库，各堆积如山。林、俞二人相商：歇兵六日，议定将金银珠玉、珍宝古玩，他二人领水师五千，做第一起押解起行；各色货物、绸缎、铜锡等类，委参、副将带水师五千，做第二次起行；其余物件，委游击都司等，做第三起押解，亦带水军五千起行。又每一库，委大小武官十员，公同点验，各封记号数；按所分三项，以次搬运在一处，以便上船。查点仓粮，共三十余万石。起出十一万石，分赈本县民人；余俟补授新官到日收管。又分派了镇守大小官员。诸项完妥，然后大排贺功筵席，以酬诸将勤劳。又从库中颁发银两，赏随行军士。

歇兵至第四日三更时分，陡起大风，刮的海水吼声如雷。须臾天地昏暗，军士皆惊；通城士庶，无不悚惧，皆言自来未有之风。至五鼓风息，依就清明如故。到第五日，开库搬运上船，谁想一物无存。连忙报与林、俞，二人大为惊异。将各库打开，库库皆然。诸军众将，神色俱失，言妖魔神鬼盗去者，议论不一。大猷向众将道："此昨晚三鼓大风所由来也，其中有天意。中国与倭寇俱不能得耳！言之何益？定于明日一同起身罢了。"原来是冷于冰知道林岱、大猷收功崇明，有此项财物，因此弄神通取归洞府，为普天下穷民济急之用。

到第六日，林、俞二人留官镇守，率众将祭神，放炮开船。约走到未曛时分，陡然起一阵大风，将前前后后各船俱刮拢在一处，在水面上旋转起来，诸军众将叫喊不绝。正在危急间，忽然换转风头，卷定诸船，向北飞走，少刻，大雾弥漫，看不见东南西北，耳边但闻风声、水声相为吼应。林、俞二人虽然有胆气，到此亦惟有虔心默祷，许愿叩头而已。估计有八九个时辰，渐次天清月朗，众军将各拭目观望，前面隐隐似有城池。船行切近，细看乃杭州东门外也，也不知从那个海口入来。此亦是冷于冰之作用。知林、俞二人起行日子不好，到申时要起飓风，此风与别的风大不相同，一起则东西南北四面乱刮无定，舟船遭遇，无不坏者。于冰恐伤中国军士，因此命连城璧来救应诸军将至杭州。只是他送得太勇猛些，致令大众担无限的惊险。

　　再说杭州城外百姓，同城上巡逻军士，瞧见数百只海船，都以为倭寇又至。此时文炜在城上安顿一切，住居在巡抚衙门内。听得传报，说倭寇大至，连忙从被中扒起，发令箭，晓谕阖城军民官吏，都着上城防守，顷刻哄动了一城。林岱遣人到城下叫喊，城上不是放炮，就是放箭。俞大猷道："怪不得他，爽利等到天明，有什么要紧？"文炜在城上坐守了半夜，到天大明，方知是林、俞二人带兵回来，心下大喜，率各官到城外船内相见。林、俞二人先言今日海风之险，几乎不得相见，诸军众将和做梦一般，不知怎么，便到杭州城下。此天意着与老弟遇也。又详说崇明杀贼，并一切事。

　　问文炜是几时到杭州，文炜道："自二位老哥起兵后，我与陆大人亦各分开。弟回江宁，派遣文武各官，办理江南被寇地方事务。昨日有字来，他已在苏州。我到杭州，查办被寇地方郡县事务，屈指仅十一日。不意二位老哥已收功，航海归国，真是天大喜事！可一同入城，安息几日。军士疲劳，也该令其休息。我此刻即遣官驰驿，传报陆大人。"林岱道："我们的船只人数，还不知有伤损否？俟查明入城。"文炜道："只用委官三四员，便可立办，何用亲查？"说罢，一同上岸，骑马入城，同到巡抚衙门。

文炜大设酒筵，请崇明得胜大小官员贺功。三日后，将各路水师俱打发回镇，倭船留在杭州，备搬运抢去男妇使用。过了几天，诸文武俱皆销差[6]。已查明通省被害郡县，兵火之后，仓库空虚。文炜只得从未被害郡县，提取银米，遣官按户挨查男妇人数，分别赈济，将来与陆凤仪会奏罢了，浙民甚是感戴。诸事安顿俱毕，三人坐船赴苏州。凤仪率文武迎接，入城贺功，叙说各办事务，同具一公本奏捷。凤仪又另上一本，表奏三人之功。文炜于奏捷本内，又添一本，特奏赵文华、鄢懋卿贪婪不法等事，并前假冒军功。

且说明帝见了朱文炜等头一次报捷本章，帝心大悦，立即传齐九卿来问道："朱文炜、林岱、俞大猷到扬州，止点兵三日，第四日即各分水陆两路进兵。不意赵文华拥水军八万，河东人马三万，死守扬州。他的意思，朕亦深知，并非为保守扬州，不过为保守自己，怕倭寇来杀他耳！江浙两省之失，生灵受害，皆坏于赵文华一人之手，言之痛恨！前严嵩奏称，江浙人望赵文华甚殷，朕不解江浙人望此屠毒何益？"严嵩听了，心若芒刺。又问众臣："赵文华拿到否？"刑部堂官奏道："计程缇骑应回，想只在早晚必到。"明帝道："朱文炜等，于文华所统水军八万，止用了五万，河东人马三万，止用了一万九千。两总兵本部人马一人未用，仍是赵文华所统之兵。一日夜，水陆杀贼数万，使无遗类，屈指成功，究系一朝。嗣后选将，不可不慎也！且更有可喜者，破倭寇之谋，虽出于大猷和文炜，而林岱于江宁城下，领百余人，首先驰入贼阵，于数万人中斩其贼首夷目妙美；夺大旗后，复杀贼副帅辛五郎，此非有拔山扛鼎之力，不能奏此奇功也！贼首既去，群贼自瓦解矣。陆凤仪开城接应，昼夜驰追，文臣能如此，足见勇敢。保全江宁，月余不破，凤仪之功，可与文炜、大猷等相同。刻下林岱、俞大猷，已去崇明，收功想亦在指顾[7]。徐阶保荐得人，足见忠心为国。统俟捷音再至，朕另降谕旨。"诸臣顿首辞出，商酌上表庆贺。只有严嵩，虽对众强为色笑，却心上难过得了不得。本日晚，即将文华、宗宪解到，交送刑部。严嵩立即托尚书夏邦谟，向刑部堂官代讨情分；又差人入监安慰二人去了。

不四五日，又接到崇明收功，并陆凤仪、朱文炜安插抚恤两省被寇郡县本章。随下旨：陆凤仪保守江宁，深费心力，加太子太傅，赐蟒衣玉带，荫一子，入监读书。林岱着升授提督，充补江南通省军门，统辖各镇，驻扎镇江，防御诸处海口。朱文炜即补授浙江巡抚，挂通省军门衔，统辖各镇，防御诸处海口。俞大猷着升授提督，驻扎山西大同府，挂通省军门衔，统辖各镇。尚书徐阶，着充经筵讲官，加太子太保。并赐徐阶、朱文炜、林岱、俞大猷各蟒衣玉带一袭。其余水陆有功诸官，俟朱文炜、陆凤仪奏到日，再降谕旨升补。

看第二本是朱文炜参奏赵文华于去岁奉旨督兵，在直隶沿途索诈地方官金帛古玩，复于扬州、苏州二府种种贪贿，敛积商民银两，折收船马价值，兼复假冒军功；并参鄢懋卿在盐院任中，骄侈不法等款，又替赵文华派敛诸商金珠古玩，侵吞盐课等事。明帝览奏，越发大怒，敕下：江南总督陆凤仪，锁拿鄢懋卿入都，抄没本籍并任中两处家私，兼详查寄顿地方，监禁老少男女，毋得轻纵一人。与赵文华一同赴刑部，严刑审讯，定罪奏闻。又看到胡宗宪，文炜替他极力开脱，说他原本书生，未娴武略；其赵文华贪贿诸事，委不知情。明帝看后，也就不深究了。又想起林润曾参奏赵文华在前，竟是个少年有胆识的官儿，随下旨：升林润兵科给事中，巡按江南通省地方事务。

旨意一下，徐阶、林润、邹应龙各大喜，只有个严嵩父子是畏惧。满朝文武，谁不知赵文华、鄢懋卿是严嵩得力门下？今前后两个俱倒，如去了他左右手一般。刑部堂官见明帝甚怒，也不敢尽依严嵩脸面，将索诈苏、扬二州矜商士庶银两问实，假冒军功问虚。又过了几日，将鄢懋卿解到，审出欺隐盐课四十余万两；又拉出巡盐御史袁淳，协同纳贿。胡宗宪刑部照文炜参本，也替他以"不知情"三字开脱，具奏入去。明帝大怒，将赵文华解赴苏州斩决；其子赵怿思同妻女俱发烟瘴地方，永远充军。鄢懋卿解赴扬州斩决，其子发边地永远充军，妻女卖与人为奴。袁淳解赴扬州立绞，亦令抄没家私。胡宗宪于刑部未审之前，他不知从何地弄了白龟两个、白鹿一只进献。刑部拟他为革职，也奉旨依议。赵文华自入刑部后，日夜愁惧，肚上起了一疮。京差解至常州，其疮肿痛异常，哀呼一夜，将肚腹崩裂，五脏皆出而死。江南人听得将他解赴苏州斩决，家家焚香称庆；还有许多人等他斩决时，大家要零割其肉，盼望他来。后听得他死在常州，未蒙显戮[8]，百姓又都不快活起来。总督陆凤仪恼他在江南百般索诈商民，拥兵自固，致失陷苏、常、镇江等府。旨意原无号令之说，凤仪竟把他斩尸，传首号令，苏州人心才略为舒服。

朱文炜将倭贼抢去的男女，从浙江遣官于崇明运回，江南人押交陆凤仪，浙江人着亲属具结认领。又于未被兵火之府县，题请转运仓粮，赈济被兵火地方，兼请恩免累年拖欠钱粮，并恩赏曾经战胜并阵亡军将。三事俱蒙天子恩准，浙民感激切骨。怀庆总兵林桂芳，见林岱爵尊功大，便告老乞休。明帝知是林岱之父，下许多温旨，赏给服物，加太子太保兵部尚书衔，准其致仕，真武职中未有之际遇也。林岱、林润此时同在江南，各差人迎请到镇江衙门养老，天天非游玩山水，即宾客满座看戏。朱文炜每年定请去游西湖，住一月两月不等。这老翁大是快乐。

再说冷于冰一日向连城璧道："刻下江浙倭寇已平，百姓流离冻馁者十有八九，朝廷虽有恩典，焉能使一夫不失其所？我前在崇明摄来财物，理合赈济穷乏。我此刻即入后洞，你们不得惊动我。

过百日后，方许你们见我，我好办理此事。"说罢，入后洞趺坐入定[9]，用分身法化为数千道人，施散银物等类，不但江浙被寇地方赈济无遗，即普天下穷困无倚赖之人，也有许多沾了恩惠，全活不下百万生命，约费三个来月日方完。

不邪等止见财物日少，直自一无所存，方见于冰出定。问起来，方知是用分身法，立此大功德，各心悦诚服。于冰又吩咐猿不邪道："与你柬帖[10]一联，书字一封，可速去江西广信府万年县城外拆看。办完事体后，回洞缴吾法旨。"不邪领命，驾云去了。

正是：

　　一阵成功倭寇平，捷音报到帝心宁。
　　文华腹裂悬头日，百万灾黎[11]颂圣明。

注释

〔1〕绅衿：绅，绅士，有官职而退居在乡者；衿，青衿，生员所服，指生员。泛指地方上体面的人。

〔2〕本章：奏章。

〔3〕国帑：国家的公款。

〔4〕谕帖：上级给下级的手令、告诫的文书。

〔5〕辕门：古代帝王巡狩、田猎的止宿处，以车为藩；出入之处，仰起两车，车辕相向以表示门，称辕门。此处指领兵将帅的营门。

〔6〕销差：旧指向上级回报已完成差遣任务。

〔7〕指顾：一指一瞥之间。形容时间的短暂、迅速。

〔8〕显戮：亦作"显僇"。明正典刑，陈尸示众。僇，通"戮"。

〔9〕入定：佛教语。谓安心一处而不昏沉，了了分明而无杂念。多取趺坐式。谓佛教徒闭目静坐，不起杂念，使心定于一处。

〔10〕柬帖：泛指信札、帖子等。

〔11〕灾黎：灾民。

评析

《绿野仙踪》描写了主人公冷于冰访道求师、修仙收徒的神话故事。小说以神仙法术为外衣,以人情为内容,并熔铸历史、传奇、神魔、世情于一炉,讲述了冷于冰抛弃万贯家财和娇妻幼子,斩妖赈民,广积阴德,引渡强盗、浪子、狐、猿等位列仙班,广泛展示了封建社会丰富的生活画卷,表现了那个时代浮躁喧闹的社会生活与刻薄炎凉的世态人情。而主人公冷于冰也寄托了作者李百川丰富的人生理想,作为一个封建文人,曾经的大家子弟,经历了家庭没落、科举不第的打击后,受儒家文化熏染形成的"齐家、治国、平天下"的人生理想无法实现,作者因而借助虚幻的神魔力量,使主人公冷于冰精通法术,斩鬼除妖,救义士、平叛逆、劫贪官、助贫弱,帮助作者在小说中完成了自身的人格升华。然则冷于冰虽是神仙,却立足人间,仙术虽然虚妄,却让人看到作者在积极探索救世良方,正是通过一位虚拟的世外仙人在人间的游历与修行,反映了作者对现实的不满,对入世的热情与关切。

本篇讲述了林岱、陆凤仪、文炜三员大将剿灭夷目妙美、辛五郎等一众倭寇,并惩治扬州贪官赵文华,使得江浙百姓重得太平的故事。小说塑造了林岱等将领英勇无畏的英雄形象,描写了惊心动魄的海上战争,波涛汹涌的海洋将倭寇的残忍与海战的冷酷渲染得淋漓尽致,双方将领斗智斗勇以及气势恢宏的战斗场面都给人留下了深刻的印象。

海盗倭寇的题材在古代涉海小说中占有很大的比重,早在唐宋时期就出现过海盗形象。如卢求《报应记》之《贬海客》,讲述了一位唐代富商"尝贾贩海外,夕宿于海岛,众商利其财,共杀之,盛以大笼,加巨石,并经沉大海",刻画了海盗残暴的形象。倭寇问题从元代开始出现,《元史》卷九九载"武宗至大二年七月,枢密院言'去年,日本商船焚掠,庆元官军不能敌'"。在至大元年,日本海盗商人已经有了对中国的侵略行径。而到了明嘉靖年间,更迎来了倭寇入侵的最高峰,仅嘉靖一代,倭寇入侵就有267次,倭寇对沿海居民的生活造成了严重的破坏，其所过之处，烧杀抢掠，无恶不作，百姓遭殃。嘉靖三十三年（1554），有一段记述，记载了倭寇进攻海盐时的情景："孤城被围凡四十五日，临城攻击大小三十余战，其六门并攻，被杀男女五百余人，被烧房屋两万间，被发棺椁计四十五口，其各乡村落凡三百五十里，境内房屋十去七八，男妇十去五六。"可见明清时期倭患严重危害了沿海居民的生活，也严重危害了王朝的统治。为了防范倭寇的侵扰，统治者又实行了严苛的海禁政策，这又迫使靠海为生的居民将正当的海外贸易转为私底下进行的非法活动，也间接导致明嘉靖以后一些渔民与倭寇勾搭在一起，成了"海盗"，更造成了倭患猖獗。严酷的海洋环境与严苛的海禁政策自然而然地刺激了海洋小说对这一主题的反映。

本篇小说还呈现出一种真实与虚构交织的独特风貌，小说本着立足现实的精神去叙述剿倭活动，而笔下却展现出想象的海洋，又采用了魔幻的叙述手法，其中神魔因素的植入，使得情节过渡借助超凡的力量而完成。冷于冰弄神通将倭贼掳掠来的财物取归洞府，为普天下穷民济急之用；他又知林、俞二人起行日子不好，到申时要起飓风，飓风一起则东西南北四面乱刮无定，舟船遭遇无不坏者，他恐伤中国军士性命，因此命连城璧来救应，将军士、船只以大风送到杭州。

这种荒诞的叙事风格是古代海洋小说的一种常态化描写，从《山海经》中"精卫常衔西山之木以湮东海"到《庄子·逍遥游》中"北冥有鱼，其名为鲲"，一直到后代《海内十洲记》《博物志》等涉海小说，无不浸润着虚幻想象的成分。此类叙述模式表现出海洋小说重要的叙述思维与创作手法，也表现出古代先民对海洋的崇敬心态和美好想象。

（沈伟）

绿野仙踪·第七十六回
救家属城璧偷财物　落大海不换失明珠

李百川

词曰：

一阵奇风迷旧路，得与儿孙巧遇。此恨平分取，夜深回里偷银去

不换相逢云里聚，夸耀明珠几度。落海因何故，被他押解妖王处

——右调《惜分飞》

且说连城璧同众道友在半空中观望，被一阵大风将城璧飘荡在一河岸落下。只见雪浪连天，涛声如吼。城璧道："这光景到像黄河，却辨不出是什么地方？"猛见河岸上顶头来了几个男女，内中一五十多岁人，同一十八九岁少年，各带着手肘铁链，穿着囚衣步走。又见一少年妇人骑着驴儿，怀中抱着个两三岁的娃子。又有十二三岁的娃子，也骑着驴儿，相随行走，前后四个解役押着，渐次到了面前。那年老犯人一见城璧，便将脚步停住，眼上眼下的细看。一个解役道："你不走做什么？"那囚犯也不回答，只向城璧看看，便问城璧道："台驾[1]可姓连么？"城璧道："你怎么想到我姓连？"那犯人又道："可是城璧么？"城璧深为骇异，随应道："我果是连城璧。你在何处见过我？"那囚犯听了，连忙跪倒，挝[2]住城璧的衣襟大哭。城璧道："这是怎么？"

此时众男女同解役俱各站住，只见那囚犯道："爹爹认不得我了？我就是儿子连椿。"又指着那十八九岁囚犯道："那是大孙儿。"指着骑驴的十二三岁娃子道："那是第二个孙儿。那妇人便

是大孙媳妇。怀中抱的娃子,是重孙儿。与爹爹四十年不会一面,不意今日方得遇着。"说罢,又大哭。几个解役合拢来细听。城璧见名姓俱投,复将犯人详视,见年已近老,囚首垢面,竟认不出,心里说道:"我那年出门时,此子才十九岁,今经三四十年,他自然该老了。"再细看,眉目骨格,到的还是,也不由的心上一阵凄感,只是没掉出泪来。急问道:"你们住在那里?"连椿道:"住在山西范村。"这话越发是了。城璧道:"因何事押解到此?"连椿忙慌跪下说道:"由范村递解来的。"城璧道:"你起来。"连椿扒起,拂拭泪痕。正欲叫儿子们来见,一个解役喝住,一个解役问城璧道:"你可认真他是你的儿子么?"城璧道:"果然是我的儿子。"又一个解役道:"我看这道人高高大大,雄雄壮壮,年纪不过三四十岁人,怎便有这个样老儿子?不像,不像!"又一个解役道:"你再晓得修养里头的元妙,你越发像个人了。现在他道衣道冠,自然是个会运气的人。"

说罢便又问道:"你就是那连城璧么?"城璧道:"我与你要怎样?"四个解役互相顾盼,一个道:"你儿子连椿事体破露,还是因你前案发觉。此地是河南地方,离陕西不过十数里。我们意思,请你同去走遭,你去不去?"城璧道:"我不去。"解役道:"只怕由不得你。"又一个道:"和他商量什么?他是有名的大盗,我们递解牌上述有他的事由,锁了就是。"众解役便欲动手。城璧道:"不必。我有要紧话说。"众解役听了,便都不动,忙问道:"你快说,事关重大。拿了你,就是天大的银子,那私不及公的小使费免出口。"城璧道:"他们实系我的子孙,我意思和你们讨个情分,将他们都放了罢。"四个解役都大笑道:"好爱人冠冕话儿,说的比屁还脆。"只见一个少年解役大声道:"这还和他分说什么?"伸着两只手,虎一般来拿城璧。城璧右脚起来,那解役便飞了六七步远,落在地上发昏。三个解役都吓呆了,城璧向连椿道：" 此地非说话之所，你看前边有个土岗，那土岗后面，想必僻静。可赶了驴儿，都跟我来。"说罢，大踏步先走。连椿等男女后随，同到土岗后面。

城璧坐在一小土堆上，将连椿和他大孙儿各用手一指，铁链手肘尽行脱落。连椿向城璧道：" 爹爹修道多年，竟有此大法力！"城璧道：" 这也算不得大法，不过解脱了好说话。"只见他大孙儿将妇人和小娃子各扶下驴来，到城璧面前跪倒叩头。连椿俱用手指着说道：" 这是大孙儿开祥。"城璧看了看，囚衣囚面，不过比连椿少壮些。又指着十二三岁娃子道：" 这是二孙儿开道。"城璧见他眉目甚是清秀，心上又怜又爱，觉得有些说不来的难过。又见他身边穿着，一件破单布袍，裤子只下半截在腿上，不知不觉的便掉下几点泪来。将开道叫至膝前，拉住他的手儿，问了会年岁多少，着他坐在身旁。向连椿道：" 怎么你就穷到这步田地？"正言间，那少年妇人将怀中娃子付与开祥，也来叩拜。城璧道：" 罢了，起来罢。你们大家坐了，我好问话。"连椿等俱各坐了。

城璧道：" 你犯了何罪？怎么孙媳妇也来？你母亲哩？"连椿道：" 母亲病故已十七年了，儿妇是前岁病故。昔日爹爹去后，只三个来月，有人于四鼓时分送家信到范村。字内言因救太伯，又在泰安州劫牢反狱，得大伯父冷于冰相救，安身在表叔金不换家，着我们另寻地方迁移。彼时我和堂兄连柏公写了回书，交付送字人。五鼓时去讫，不知此字爹爹见过没有？"城璧道：" 见过了。"连椿道：" 后来见范村没一点风声，心想着迁移最难。况我与堂兄连柏统在那边结了婚姻，喜得数年无事。后来母亲病故，堂兄听堂嫂离间之言，遂分家居住，又喜得数年无事。后来堂兄病故，留下堂侄开基，日夜嫖赌，将财产荡尽，屡次向我索取银钱，堂嫂亦时常吵闹。如此又养活了他母子好些年头。今年二月，开基陡来家中，要和我重新分家。说财产都是我大伯父一刀一枪拼命的挣来。我因他出言无次，原打了他一顿。谁想他存心恶毒，写了张呈词，说大伯父、爹爹曾和他在泰安劫牢反狱，相敌官军，出首[3]在本州案下。本州老爷将我同大孙儿拿去，重刑拷问，我受刑不过，只得成招。上下衙门往返审几次，还追究爹爹下落。后来臬司定了罪案，又将我们发配远恶之地不得，巡抚改配在河南睢州，同孙妇等一家发遣[4]，一路递解至此。"说罢，同开祥俱大哭起来。

城璧道："莫哭。我问你，家私抄了没有？"连椿道："本州系新任官，深喜开基出首，报上司文书，止有薄田数亩，将我所有财产尽赏了开基。听得说，为我们这事，将前任做过代州的都问了失查处分，目今还行文天下，要拿访爹爹。"城璧道："当年分家时，可是两分均分么？"连椿道："我母亲死后，便是堂兄管理家务。分家时，各分田地二顷余，银子四千余两，金珠宝玩，堂兄拿去十分之七，我只分得十分之三。"城璧道："近年所存银两，你还有多少？"连椿道："我遭官司时，还现存三千六百余两，金珠宝玩，一物未动。只几个月，想也被他耗散了许多了。"城璧听完，口中虽不说开基一字不是，却说心中大动气愤。那小孙儿开道一边听说话儿，一边爷爷长短的叫念。城璧甚是怜爱他，又着将小重孙儿抱来，自己接孙在手中细看。见生的肥头大脸，有几分像自己，心上也是怜爱。看后，付与开祥。向连椿道："你们今日幸遇我，我岂肯看你们受了饥寒？御史林润，我于他身上有些勤劳[5]。但他巡查江南，驻车无定。朱文炜现做浙江巡抚，且送你们到他那边，烦他转致，自然安置你们罢了。"正说着，土岗背后有人窥探。忙站起一看，原来是那几个解役，看见城璧立在岗后，没命的飞跑。城璧道："这必着他们回走二百里方好。"于是口中念念有词，用手一挥，那几个解役比得了军令还快，各向原路飞走去了。

再说城璧下土岗，向连椿等道："你们身穿囚服，如何在路行走？适才解役说此地离陕西最近，且搬运他几件衣服来方好。"随将道袍脱下，铺在地上，口诵灵文，心注在陕西各当铺内，喝声"到"！须臾，道袍高起二寸有余。将道袍一提，大小衣帽鞋袜十几件，又有大小女衣四五件，裤裙等项俱全。连椿父子儿妇一同更换，有不便更换者，还剩有五六件，开祥捆起。城璧又在他父子三人腿上各画了符篆，又在两个驴尾骨上也画了，向连椿等道："昔日冷师尊携带我们常用此法，可日行七八百里。此番连夜行走，遇便买些饮食，喂喂驴儿。我估计两天可到杭州。"令开祥搀扶[6]着妇人和孙儿上了驴，一齐走起来。耳边但觉风响，只两昼夜，便到了杭州，寻旅店住下。问店主人，知巡抚朱文炜在官署，心下大喜。

是晚起更后，向连椿等道："你们莫睡，我五鼓即回。"随驾云到范村自己家中，用法将开基大小男女呆住，点了火烛。将各房箱柜打开，凡一应金银宝玩，收拾在一大包袱内。又深恨知州听信开基发觉此案，又到代州衙门，也用摄法，搜取了一二千余两。见州官房内有现成笔砚，在墙上写大字一行道："盗银者，系范村连开基所差也。"复驾云，于天微明即回店。此时连椿父子秉烛相候，城璧将包袱放在床上，告诉于两处劫取的原由。至日出时，领了开祥去街上买了大皮箱四个，一同提来。把包袱打开，见白的是银，黄的是金，金光耀烂的是珠宝，锦绣成文的是绸缎。祖孙父子装满了四大皮箱，还余许多在外。城璧道："只还须得买两个大箱，方能放得下。"连椿父子问城璧道："怎么一个包袱便能包这许多财物。"城璧笑道："此摄之法也。虽十万金银，亦可于此一包装来。吾师同你金表叔用此法搬取过米四五十石，只用一纸包耳。我估计银子有四千余两，还有金珠杂物，你们可以饱暖终身。"又着开祥买了两个大箱收存余物。

向店主讨了纸笔，写了一封详细书字，付与连椿说道："我去后，可将此书去朱巡抚衙门投递，若号房并巡捕等问你，你说为冷于冰差人面投书字,不可轻付于人。"连椿道:"爹爹不亲去?"城璧道:"我有天大紧急事在心,只因遇着你们,须索耽延这几日,那有功夫再去见他?"又将朱文炜和林润始末大概说了一番:"想他二人俱是盛德君子。见我书字,无不容情。此后可改名换姓,就在南方度过日月。小孙、重孙,皆我所爱,宜用心抚养。嗣后再无见面之期,你们不必记念我,我去了。"连椿等一个个跪在地下痛哭,小孙儿开道拉住城璧一手,爷爷长短叫念起来。候至交午时候,以出恭为辞,出了店门拣人烟凑集处飞走,耳中还听得两个孙儿喊叫不绝,直走至无人地方。正欲驾云,又想起小孙儿开道,万一于人烟多处迷失,心上委决不下。复用隐身法术回店,见一家大人还在那里哭泣,方放心驾云,赴九功山来。

约行了二三刻功夫,猛听得背后有人叫道:"二道兄等一等,我来了。"城璧回头一看,是金不换。两人将云头一会,城璧忙问道:"你从何来?师尊可有了下落了?"不换道:"好大风。那日被风将我卷住,直卷到我山西怀仁县地界。离城三二里远,才得落下。师尊到无下落,偏与我当年娶的许联升老婆相遇,到知道他的下落了。"城璧道:"可是你挨扳子的怀仁县?"不换道:"正是。我那日被风刮的头昏眼黑,落在怀仁县城外,辨不出是何地方。正要寻人问讯,许联升老婆迎面走来,穿着一身白衣服,我那里认得他,他却认得我。将我衣服拉住,哭哭啼啼,说了许多旧情话。又说许联升已死,婆婆痛念他儿子,只一月光景,也死了,留下他孤身,无依无靠。今日是出城上坟,得与我相见。没死活的拉住我,着我和他再做夫妻。他手中还有五六百两财物,同过日月。我摆脱不开,用了个呆对法,将他呆住,急忙驾云,要回九功山,与师弟兄相会。行到江南无锡县,到耽延了两天功夫。"

城璧道:"你在无锡做什么?"不换道:"我到无锡时,天已昏黑。忽然要出大恭,云落在河傍。猛见隔河起一道白光,直冲斗牛[7]。我便去隔河寻看，一无所有。想了想，白天还找不着九功山，何况昏夜？我便坐在一大树下，运用内功。至三鼓后，白光又起。看着只在左近，却寻不着那起白光的源头，我就打算着，必是宝贝。到五鼓时，其光渐没。我想着师尊已死，二哥和翠黛、如玉也不知被风刮于何处，我便在那里等候了一天。至次晚，其光照旧举发，我在河岸边，来回寻的好苦，又教我等候了一天。到昨日四鼓时分，才看明白，那光气是从河内起的。我将衣服脱尽，押了逼水诀，下河底寻找，直到日光出时，那水中也放光华。急跑至跟前一看，才得了此物。"说着，笑嘻嘻从怀中取出一匣，将匣打开，着城璧看。城璧瞧了瞧，是颗极大明珠。圆径一寸大小，闪闪烁烁，与十五前后月光一般。城璧道："此珠我实见所未见，但你我出家人，要他何用？况师尊惨死，道侣分离，亏你有心情用这两三天功夫寻他。依我说，你丢去他为是。有他留下，要看玩，分了道心。"不换道："二哥说那里话？我为此珠，昼夜被水冰了好几个时辰，好容易到手，才说丢去的话。我存养他，有两件用处，到昏夜之际，此珠有两丈阔光华，可以代数支蜡烛。再不然，弄一顶好道冠，镶嵌在上面，戴在头上，岂不更冠冕[8]几分！"城璧大笑道："真世人俗鄙之见也。"

不换道："二哥这几天做些什么？适才从何处来？今往何处去？"城璧道："我和你一样，也是去九功山访问下落。"遂将被风刮到河南陕州遇着子孙，如何长短，说了一遍。不换道："安顿的极妙。只是处置连开基还太轻些。"城璧道："同本一支，你教我该怎么？我在州官墙上写那两句，我此时越想越悔。"不换道："这样谋杀骨肉、争夺财产的匹夫，便教代州知州打死，也不为过，后悔什么！"

又走了一会，城璧忽然大叫道："不好了，我们中了师尊的圈套了。"不换急问道："何以见之？"城璧道："此事易明：偏我就遇着儿孙，偏你就遇着此妇，世上那有这样巧遇合？连我寄书字与朱文炜，转托林润，都是一时乱来。毫不想算：世上安有三四十年长在一处地方做巡抚巡按的道理？我再问你：你在怀仁县遇的许联升妇人，可是六七十岁面貌，还是你娶他时二十多岁面貌？"不换道："若是六七十岁的面貌，我越发认不得了。面貌和我娶他时一样。"城璧连连摇头道："了不得，千真万真，是中了师尊圈套。你再想：你娶他时，他已二十四五岁，你在琼岩洞修炼三十年，这妇人最少也该有五十七八年纪。若再加上你我随师尊行走的年纪，算上他稳在七十二岁上下。他又不会学你我吞津咽气，有火龙祖师口诀，怎么他就能始终不老，长保二十多岁姿容？"不换听了，如醉方醒，将双足一跳，也大叫道："不好了，中计了！"谁想跳的太猛，才跳出云头外，朝下掉将下去。

  原来云路行走，通是气雾缠身，不换掉下去，城璧那里理论？只因他大叫着说了一句，再不听得说话。回头一看，不见了不换，急急将云停住，用手一指，分开气雾，低头下视，见大海汪洋，波翻浪涌，已过福建厦门海口。再向西北一看，才看见不换，相离有二百步远近，从半空中一翻一覆的坠下。城璧甚是着急，将云极力一挫，真比羽箭还疾，飞去将不换揪住。此时离海面不过五六尺高下，正欲把云头再起，只觉得有许多水点子从海内喷出，溅在身上。云雾一开，两人同时落海，早被数十神头鬼脸之人把两人拿住，分开水路，后推到一处地方来。但见水府内，其屋宇庭台，也和人世一般，并无半点水痕。不换道："因为救我，着二哥也被擒。"城璧道："你我可各施法力，走为上着。"于是口诵灵文，向妖怪等喷去，毫无应验。城璧着忙向不换道："你怎么不动作？"不换道："我已动作过了，无如一法不应，真是解说不来。"城璧将不换一看，又低头将自己一看，大声说道："罢了，罢了！怪道适才云雾开散，此刻法术不灵，你看我和你身上，青红紫绿，俱皆腥臭触鼻，此系秽污不洁之物，打在身上，今番性命休矣！两人说着，到一大殿内，见正中坐着一个似神非神、似鬼非鬼的妖王，相貌极其凶恶。但见：

双眉似剑，二目如灯；麻面纯青，镶嵌着肉丁数个；虬须尽紫，披拂如前串千条。虎口狼牙，谈笑如吞牛之气；蜂腰熊腿，步履藏扛鼎之威：拟作入金刚门徒，为何在海而不在寺？认为四大天王后代，却又姓腾而不姓魔；真是鱼龙丛中异物，龟鳖队里奇人。

城璧和不换俱各站着不跪，只见那妖王圆睁怪眼，大骂道："你们是何处妖道？擅敢盗窃我哥哥飞龙大王宝珠。还敢驾云雾从我府前经过，见了我腾蛟大王，大模大样，也不屈膝来跪？"不换道："你们在水中居住，我们在空中行走，怎么就窃盗了你们的宝珠？"那妖王大喝道："你还敢强嘴！此珠落在平地，必现光华，经过水上，必生异彩。你焉能欺我？左右搜起来！"众妖却待动手，不换道："莫动手，听我说。珠子我到有一个，是从江南无锡县河内得来，怎么就是你家飞龙大王的宝贝？"妖王道："取来我看。"不换从怀中掏出，众妖放在桌上。

妖王将匣儿打开，低头看视，哈哈大笑。又将众妖叫去同看，一个个手舞足蹈，齐跪在案下道："大大王自失此珠，日夜忧愁。今日大王得了，送还大大王，不知作何快乐哩！"那妖王笑说道："此珠是你大大王的性命，须臾不离，怎么就被这道士偷去！"众妖道："他云尚会驾，何况做贼！大王则动起刑来，不怕他不招。"妖王道："你这两个贼道，是何处人？今驾云往何处去？这宝珠端的是怎么偷去？可从实招来，免得皮骨受苦。"

不换道："我姓金，名不换，自幼云游四海。这颗珠子实系从无锡河中拾得，'偷盗'二字，从何处说起？"妖王问城璧道："你这道士，到好个汉仗[9]，且又有一部好胡须。为何这样人物，和一贼道相随？你可将名姓说来，因甚事出家？我意思要收你做个先锋。"城璧大笑道："名姓有一个，和你说也无益。你本是鱼鳖虾蟹一类的东西，才学会说几句人话，也要用做先锋？你晓得先锋是个什么？"那妖王气的怪叫，将桌子拍了几下道："打，打！"众妖将城璧揪倒，打了二十大棍，又将不换也打了二十，打的两人肉烂皮破。那妖王道："这个小贼道和那不识抬举的大贼道，我也没闲气和他较论。你们速押解他到齐云岛，交与你大大王发落去罢。"又传令："着大将游游不定和随波逐流两人先带宝珠进献，就说我过日是要吃喜酒去罢。"众妖齐声答应，将城璧、不换缚捆出府。推开波浪，约两个时辰，已到齐云岛下。众妖将二人拥上山来，那游游不定和随波逐流先行送珠去了。正是：

　　一为儿孙学窃盗，一缘金宝守河滨。

　　两人干犯贪真病，落海逢魔各有因。

注释

〔1〕台驾：敬辞，尊称对方。

〔2〕挝（zhuā）：同"抓"。

〔3〕出首：检举、告发别人的犯罪行为。

〔4〕发遣：遣送；流放。

〔5〕勤劳：指功劳。

〔6〕挡（chōu）扶：搀扶。

〔7〕斗牛：二十八宿中的斗宿和牛宿。

〔8〕冠冕：体面，光彩。

〔9〕汉仗：指身体个头。

评析

《绿野仙踪》作为一部神魔小说，其中不乏一些荒诞离奇、虚幻想象的描写，这不仅增添了小说的趣味性，也让读者领略到各种光怪陆离的神魔世界。本篇讲述了连城璧与金不换施法未成，阴差阳错地落入海底蛟洞，这里"屋宇亭台，也和人世一般，并无半点水痕"，而其内海洋神怪更是光怪神奇，腾蛟大王"二目如灯""虎口狼牙"，让人大开眼界。这种对海底世界的奇特描写，让我们不得不叹服作者丰富的想象力。

关于海洋的想象在古代涉海小说中有着悠久的历史，早在先秦时期，庄子《秋水》就描述过"北海若"这一海神形象。对海洋的神话想象是早期海洋小说主要的叙述方式，被誉为"中国海洋小说之祖"的《山海经》就塑造过"海神"群体，他们人面鸟身，耳朵上挂蛇作为耳环，脚下还踏着海蛇，他们是各个海域的统治神。这显然是我们古代先民对海洋充满敬畏的体现。海洋是神圣、怪异、神秘的，对海洋的陌生、恐惧与向往，表现在文学文本上便是变异、想象的融合，风格自然瑰丽、奇幻。随着航海技术的发展，越来越多的海上贸易、海上探险活动得以开展，这些海上活动撩起了大海神秘的面纱，也还原了海洋的本来面目，关于海洋奇幻瑰丽的想象，被实际内容所取代，海洋叙事神秘感也逐渐消散。到了明代，随着郑和下西洋等海洋实践活动的逐渐展开，海洋的神秘也慢慢被消解，征服海洋，追寻海洋财富一度成为时代主题，人类仿佛成了海洋的主人。但是，对于"海洋想象"的传统并未被抛弃，明清时期的神魔小说中不乏对光怪陆离海底世界的描写，这是人们对于海洋认识从科学理解又回到了文学体会。于是在《绿野仙踪》中，我们看到了和人世一般的水府，看到了圆睁怪眼的腾蛟大王，这丰富的海底世界不是人们认识的倒退，而是人们对海洋理解进入了文学象征的层次。《西游记》也是这方面杰出的代表，书中记载，在南海有一片紫竹林，神圣、庄严、佛法无边，在这物欲横流的人类世界之外弥漫着一种圣洁之音，而这圣洁的声音正来自海洋。

小说中还有一处关于"海底宝珠"的描写："此珠落在平地，必现光华，经过水上，必生异彩"，这颗宝珠是飞龙大王的宝贝，"须臾不离"，有着神奇的作用，是海底奇珍。像这样的海底珍宝在我国古代涉海小说中比比皆是，它们携带着海洋的神秘气息，具有神奇的功能，通过各种途径呈现在人们面前。比如唐代小说《梁四公记》中就曾记载一则龙宫换宝的故事，"龙以气辟水，霏如轻雾，昼夜光明，东海龙王之七女掌龙王珠藏，小龙数千卫护此珠"，杰公知"龙畏蜡，爱美玉及空青及嗜燕，若使遣通，可得宝珠"。因此帝召可使龙者，备龙脑香、美玉、空青、烧燕等前往龙宫换宝，"龙女知帝礼之，以大珠三，小珠七，杂珠一石以报帝"，最终杰公得到海底珍宝。广袤的海洋蕴藏着无尽的财富，众多关于海底宝藏的描写也表现了古代先民渴望探索海洋、追求财富的愿望。

此外，小说中还塑造了众多海底怪物的形象，比如腾蛟大王、龟壳军师、鳖甲元帅等，广袤的海洋神秘而危险，也孕育着许多神奇的生物，让出海航行的人们充满了畏惧。在古代涉海小说中，关于神秘海洋生物的描写多种多样，有蛇、蟹、鳌，还有食人的海怪。唐代陆励的《集异记·裴仙》篇中就讲述了一位从海上归来商贾的奇遇："八月十一日夜舟行，忽遇巨鳌出海，举首北向，而双目若日，照耀千里，毫末皆见，久之复没，夜色依然。"这位商人应当是遇到了海中巨鳌。这些神秘的海洋生物拥有人类无法抗衡的体形与力量，人类在它们面前显得渺小而脆弱，这些关于海洋生物的描写也表现出人类对海洋的敬畏与恐惧。

（沈伟）

红楼梦·第五十二回
俏平儿情掩虾须镯　勇晴雯病补雀金裘(节选)

曹雪芹*

晴雯服了药，至晚间又服二和[1]，夜间虽有些汗，还未见效，仍是发烧头疼，鼻塞声重。次日，王太医又来诊视，另加减汤剂。虽然稍减了些烧，仍是头疼。宝玉便命麝月："取鼻烟来，给他嗅些，痛打几个嚏喷，就通了关窍。"麝月果真去取了一个金镶双扣金星玻璃的一个扁盒来，递与宝玉。宝玉便揭翻盒扇，里面有西洋珐琅的黄发赤身女子，两肋又有肉翅。里面盛着些真正汪恰洋烟。晴雯只顾看画儿，宝玉道："嗅些，走了气就不好了。"晴雯听说，忙用指甲挑了些嗅入鼻中，不怎样。便又多多挑了些嗅入。忽觉鼻中一股酸辣透入囟门，接连打了五六个嚏喷，眼泪鼻涕登时齐流。晴雯忙收了盒子，笑道："了不得，好爽快！拿纸来。"早有小丫头子递过一搭子细纸，晴雯便一张一张的拿来醒鼻子。宝玉笑问："如何？"晴雯笑道："果觉通快些，只是太阳[2]还疼。"

宝玉笑道："越性尽用西洋药治一治，只怕就好了。"说着，便命麝月："和二奶奶要去，就说我说了：姐姐那里常有那西洋贴

---

* 曹雪芹（约1715—约1763），名霑，字梦阮，号雪芹，又号芹溪、芹圃，生于南京，籍贯沈阳，约十三岁迁回北京。出身清代内务府正白旗包衣世家，其祖父乃江宁织造曹寅，其父曹顒（一说曹頫）。康熙六下江南，曹家接驾四次。曹雪芹早年在南京江宁织造府亲历了一段锦衣玉食的富贵生活，后曹家因亏空获罪被抄家，曹雪芹随家人迁回北京老宅，靠卖字画和朋友救济为生。曹家早年藏书极丰，曹雪芹年幼时即饱览群书，尤爱诗赋、戏文、小说之类的文学书籍，对于戏曲、美食、茶道、养生、医药、制造等知识杂艺莫不杂学旁收。晚年经"披阅十载，增删五次"，终写成中国小说史上最伟大的作品——《红楼梦》，最后在贫病交加中去世。

头疼的膏子药,叫做'依弗哪',找寻一点儿。"麝月答应了,去了半日,果拿了半节来。便去找了一块红缎子角儿,铰了两块指顶大的圆式,将那药烤和了,用簪挺摊上。晴雯自拿着一面靶镜[3],贴在两太阳上。麝月笑道:"病的蓬头鬼一样,如今贴了这个,倒俏皮了。二奶奶贴惯了,倒不大显。"说毕,又向宝玉道:"二奶奶说了:明日是舅老爷的生日,太太说叫你去呢。明儿穿什么衣裳?今儿晚上好打点齐备了,省的明儿早起费手。"宝玉道:"什么顺手就是什么罢了。一年闹生日也闹不清。"说着,便起身出房,往惜春房中去看画。

刚到院门外边,忽见宝琴的小丫鬟名小螺者从那边过去。宝玉忙赶上问:"那去?"小螺笑道:"我们二位姑娘都在林姑娘房里呢,我如今也往那里去。"宝玉听了,转步也便同他往潇湘馆来。不但宝钗姊妹在此,且连邢岫烟也在那里。四人围坐在熏笼上叙家常,紫鹃倒坐在暖阁里,临窗作针黹。一见他来,都笑说:"又来了一个!可没了你的坐处了。"宝玉笑道:"好一幅'冬闺集艳图'。可惜我迟来了一步。横竖这屋子比各屋子暖,这椅子坐着并不冷。"说着,便坐在黛玉常坐的搭着灰鼠椅搭的一张椅上。

因见暖阁之中有一玉石条盆,里面攒三聚五栽着一盆单瓣水仙,点着宣石[4],便极口赞好花,"这屋子越发暖,这花香的越清香。昨日未见。"黛玉因说道:"这是你家的大总管赖大婶子送薛二姑娘的,两盆腊梅,两盆水仙。他送了我一盆水仙,送了蕉丫头一盆腊梅。我原不要的,又恐辜负了他的心。你若要,我转送你如何?"宝玉道:"我屋里却有两盆,只是不及这个。琴妹妹送的如何又转送人,这个断使不得。"黛玉道:"我一日药吊子不离火,我竟是药培着呢,那里还搁的住花香来薰,越发弱了。况且这屋子里一股药香反把这花香搅坏了。不如你抬了去,这花也清净了,没杂味来搅他。"宝玉笑道:"我屋里今儿也有病人煎药呢。你怎么知道的？"黛玉笑道："这话奇了。我原是无心的话，谁知你屋里的事。你不早来听说古记[5]，这会子来了，自惊自怪的。"

宝玉笑道："咱们明儿下一社又有了题目了，就咏水仙腊梅。"黛玉听了，笑道："罢，罢！我再不敢作诗了。作一回罚一回，没得怪羞的。"说着，便两手握起脸来。宝玉笑道："何苦来！又奚落我作什么。我还不怕臊呢，你倒握起脸来了。"宝钗因笑道："下次我邀一社，四个诗题，四个词题。每人四首诗，四阕词。头一个诗题《咏〈太极图〉》，限'一先'的韵，五言律，要把一先的韵都用尽了，一个不许剩。"

宝琴笑道："这一说，可知姐姐不是真心起社了，这分明难人。若论起来，也强扭的出来。不过颠来倒去弄些《易经》上的话生填，究竟有何趣味。我八岁的时节，跟我父亲到西海沿子上买洋货，谁知有个真真国的女孩子，才十五岁，那脸面就和那西洋画儿上的美人一样，也披着黄头发，打着联垂[6]，满头戴的都是珊瑚、琥珀、猫儿眼、祖母绿这些宝石；身上穿着金丝织的锁子甲洋锦袄袖；带着倭刀，也是镶金嵌宝的。实在画儿上的也没他好看。有人说他通中国的诗书，会讲五经，能作诗填词，因此我父亲央烦了一位通事官[7]，烦他写了一张字，就写的是他作的诗。"众人都称奇道异。宝玉忙笑道："好妹妹，你拿出来我瞧瞧。"宝琴笑道："在南京收着呢，此时那里去取来。"

宝玉听了，大失所望，便说没福得见这世面。黛玉笑拉宝琴道："你别哄我们。我知道你这一来，你的这些东西未必放在家里，自然都是要带了来的。这会子又扯谎说没带来，他们虽信，我是不信的。"宝琴便红了脸，低了头，微笑不语。宝钗笑道："偏这个颦儿惯说这些白话，把你就伶俐的。"黛玉道："若带了来，就给我们见识见识也罢了。"宝钗笑道："箱子笼子一大堆，还没理清，知道在那个里头呢。等过日收拾清了，找出来大家再看就是了。"

又向宝琴道:"你若记得,何不念念我们听听。"宝琴方答道:"记得是首五言律。外国的女子也就难为他了。"宝钗道:"你且别念,等把云儿叫了来,也叫他听听。"说着,便叫小螺来,吩咐道:"你到我那里去,就说我们这里有一个外国美人来了,作的好诗,请你这'诗疯子'来瞧去;再把我们那'诗呆子'也带来。"小螺笑着去了。

半日,只听湘云笑问:"那一个外国美人来了?"一头说,一头果和香菱来了。众人笑道:"人未见形,先已闻声。"宝琴等忙让坐,遂把方才的话重叙了一遍。湘云笑道:"快念来听听。"宝琴因念道:

　　昨夜朱楼梦,今宵水国吟。
　　岛云蒸大海,岚气接丛林。
　　月本无今古,情缘自浅深。
　　汉南春历历,焉得不关心。

众人听了,都道:"难为他!竟比我们中国人还强。"一语未了,只见麝月走来说:"太太打发人来告诉,二爷明儿一早往舅舅那里去,就说太太身上不大好,不得亲自来。"宝玉忙站起来答应道:"是。"因问宝钗宝琴可去。宝钗道:"我们不去,昨儿单送了礼去了。"大家说了一回方散。

宝玉因让诸姊妹先行,自己落后。黛玉便又叫住他,问道:"袭人到底多早晚回来?"宝玉道:"自然等送了殡才来呢。"黛玉还有话说,又不曾出口,出了一回神,便说道:"你去罢。"宝玉也觉心里有许多话,只是口里不知要说什么,想了一想,也笑道:"明日再说罢。"一面下了阶矶,低头正要迈步,复又忙回身问道:"如今的夜越发长了,你一夜咳嗽几遍?醒几次?"黛玉道:"昨儿夜里好,只嗽了两遍,却只睡了四更一个更次,就再不能睡了。"宝玉又笑道:"正是有句要紧的话,这会子才想起来。"一面说，一面就挨近身来，悄悄的道："我想宝姐姐送你的燕窝——"一语未了，只见赵姨娘走了进来瞧黛玉，问："姑娘这两天好？"黛玉便知他是从探春处来，从门前过，顺路的人情。黛玉忙陪笑让坐，说："难得姨娘想着，怪冷的，亲身走来。"又忙命倒茶，一面又使眼色与宝玉。宝玉会意，便走了出来。

正值吃晚饭时，见了王夫人。王夫人又嘱他早去。宝玉回来，看晴雯吃了药。此夕宝玉便不命晴雯挪出暖阁来，自己便在晴雯外边。又命将熏笼抬至暖阁前，麝月便在熏笼上。一宿无话。

至次日，天未明时，晴雯便叫醒麝月道："你也该醒了，只是睡不够。你出去叫人给他预备茶水，我叫醒他就是了。"麝月忙披衣起来道："咱们叫起他来，穿好衣裳，抬过这火箱去，再叫他们进来。老嬷嬷们已经说过，不叫他在这屋里，怕过了病气。如今他们见咱们挤在一处，又该唠叨了。"晴雯道："我也是这么说呢。"二人才叫时，宝玉已醒了，忙起身披衣。麝月先叫进小丫头子来，收拾妥当了，才命秋纹檀云等进来，一同伏侍。宝玉梳洗毕，麝月道："天又阴阴的，只怕有雪，穿那一套毡子的罢。"宝玉点头，即时换了衣裳。小丫头便用小茶盘捧了一盖碗建莲红枣汤来，宝玉喝了两口。麝月又捧过一小碟法制紫姜来，宝玉噙了一块。又嘱咐了晴雯一回，便往贾母处来。

贾母犹未起来，知道宝玉出门，便开了房门，命宝玉进去。宝玉见贾母身后，宝琴面向里也睡未醒。贾母见宝玉身上穿着荔色哆啰呢的天马箭袖，大红猩猩毡盘金彩绣石青妆缎沿边的排穗褂子。贾母问道："下雪呢么？"宝玉道："天阴着，还没下呢。"贾母便命鸳鸯来，"把昨儿那一件乌云豹的氅衣给他罢。"鸳鸯答应了走去，果取了一件来。

宝玉看时，金翠辉煌，碧彩闪灼，又不似宝琴所披之凫靥裘。只听贾母笑道："这叫做'雀金呢'，这是哦啰斯国拿孔雀毛拈了线织的。前儿把那一件野鸭子的给了你小妹妹,这件给你罢。"宝玉磕了一个头,便披在身上。贾母笑道:"你先给你娘瞧瞧去再去。"宝玉答应了,便出来,只见鸳鸯站在地下揉眼睛。因自那日鸳鸯发誓决绝之后,他总不和宝玉讲话,宝玉正自日夜不安。此时见他又要回避,宝玉便上来笑道:"好姐姐,你瞧瞧我穿着这个好不好?"鸳鸯一摔手便进贾母房中去了。宝玉只得来到王夫人房中,与王夫人看了;然后又回至园中,与晴雯麝月看过;复至贾母房中,回说:"太太看了,只说可惜了的,叫我仔细穿,别糟蹋了他。"贾母道:"就剩了这一件,你糟蹋了,也再没了。这会子特给你做这个也是没有的事。"说着,又嘱咐他不许多吃酒,早些回来。宝玉应了几个"是"。

老嬷嬷跟至厅上,只见宝玉的奶兄李贵、王荣、张若锦、赵亦华、钱启、周瑞六个人,带着茗烟、伴鹤、锄药、扫红四个小厮,背着衣包,抱着坐褥,拢着一匹雕鞍彩辔的白马,早已伺候多时了。老嬷嬷又吩咐了他六人些话,六个人忙答应了几个"是",便捧鞭坠镫,宝玉慢慢的上了马。李贵和王荣拢着嚼环,钱启周瑞二人在前引导,张若锦、赵亦华在两边紧贴宝玉后身。宝玉在马上笑道:"周哥,钱哥,咱们打这角门走罢,省得到了老爷的书房门口又下来。"周瑞侧身笑道:"老爷不在家,书房天天锁着的,爷可以不用下来罢了。"宝玉笑道:"虽锁着,也要下来的。"钱启李贵等都笑道:"爷说得是。要托懒不下来,倘或遇见赖大爷林二爷,虽不好说爷,也劝两句。有的不是,都派在我们身上,又说我们不教爷礼了。"周瑞钱启便一直出角门来。

正说话时,顶头果见赖大进来。宝玉忙拢住马,意欲下来。赖大忙上来抱住腿。宝玉便在镫上站起来,笑携他的手,说了几句话。接着又见一个小厮带着二三十个拿扫帚簸箕的人进来,见了宝玉,都顺墙垂手立住,独那为首的小厮打千儿请了一个安。宝玉不识名姓，只微笑点了点头，马已过去，那人方带人去了。于是出了角门，门外又有李贵等六人的小厮并几个马夫早预备下十来匹马专候。一出了角门，李贵等都各上了马，前引傍围的一阵烟去了。不在话下。

这里晴雯吃了药，仍不见病退，急的乱骂大夫，说："只会骗人的钱，一剂好药也不给人吃。"麝月笑劝他道："你太性急了。俗语说：'病来如山倒，病去如抽丝。'又不是老君的仙丹，那有这样灵药！你只静养几天，自然就好了。你越急越着手。"晴雯又骂小丫头子们："那里钻沙[8]去了！瞅我病了，都大胆子走了。明儿我好了，一个一个的才揭你们的皮呢。"吓的小丫头子篆儿忙进来问："姑娘作什么？"晴雯道："别人都死绝了，就剩了你不成！"

说着，只见坠儿也蹭了进来。晴雯道："你瞧瞧这小蹄子，不问他还不来呢。这里又放月钱了，又散果子了，你该跑在头里了。你往前些。我不是老虎，吃了你！"坠儿只得前凑。晴雯便冷不防欠身一把将他的手抓住，向枕边取了一丈青[9]向他手上乱戳，口内骂道："要这爪子作什么！拈不得针，拿不动线，只会偷嘴吃。眼皮子又浅，爪子又轻，打嘴现世的，不如戳烂了。"坠儿疼的乱哭乱喊。麝月忙拉开坠儿，按晴雯睡下，笑道："才出了汗，又作死！等你好了，要打多少打不得，这会子闹什么。"晴雯便命人叫宋嬷嬷进来，说道："宝二爷才告诉了我，叫我告诉你们：坠儿很懒，宝二爷当面使他，他拨嘴儿[10]不动；连袭人使他，他背后骂他。今儿务必打发他出去，明儿宝二爷亲自回太太就是了。"宋嬷嬷听了，心下便知镯子事发，因笑道："虽如此说，也等花姑娘回来知道了，再打发他。"晴雯道："宝二爷今儿千叮咛万嘱咐的。什么花姑娘草姑娘，我们自然有道理。你只依我的话，快叫他家的人来领他出去。"麝月道："这也罢了。早也是去，晚也是去，带了去早清静一日。"

宋嬷嬷听了，只得出去唤了他母亲来，打点他的东西。又来见晴雯等说道："姑娘们怎么了？你侄女儿不好，你们教导他，怎么撑出去？也到底给我们留个脸儿。"晴雯道："你这话只等宝玉来问他，与我们无干。"那媳妇冷笑道："我有胆子问他去！他那一件事不是听姑娘们的调停！他纵依了，姑娘们不依，也未必中用。比如方才说话，虽是背地里，姑娘就直叫他的名字；在姑娘们就使得，在我们就成了野人了。"

晴雯听说，一发急红了脸，说道："我叫了他的名字了。你在老太太跟前告我去，说我撒野，也撑出我去。"麝月忙道："嫂子你只管带了人出去，有话再说。这个地方，岂有你叫喊讲礼的！你见谁和我们讲过礼！别说嫂子你，就是赖奶奶林大娘，也得担待我们三分。便是叫名字，从小儿直到如今，都是老太太吩咐过的。你们也知道的，恐怕难养活，巴巴的写了他的小名儿各处贴着，叫万人叫去，为的是好养活。连挑水、挑粪、花子都叫得，何况我们。连昨儿林大娘叫了一声'爷'，老太太还说他呢。此是一件。二则我们这些人，常回老太太太太的话去，可不叫着名字回话，难道也称'爷'？那一日不把'宝玉'两个字念二百遍，偏嫂子又来挑这个了。过一日嫂子闲了，在老太太太太跟前听听我们当着面儿叫他就知道了。嫂子原也不得在老太太太太跟前当些体统差使，成年家只在三门外头混，怪不得不知我们里头的规矩。这里不是嫂子久站的，再一会子，不用我们说话，就有人来问你了。有什么分证的话，且带了他去，你回了林大娘，叫他来找二爷说话。家里上千的人，你也跑来，我也跑来，我们认人问姓还认不清呢。"说着，便叫小丫头子："拿了擦地的布来擦地。"那媳妇听了，无言可对，亦不敢久立，赌气带了坠儿就走。宋嬷嬷忙道："怪道你这嫂子不知规矩。你女儿在这屋里一场，临去时也给姑娘们磕个头。没有别的谢礼罢了，——便有谢礼，他们也不希罕，——不过磕个头尽了心。怎么说走就走！"坠儿听了，只得翻身进来，给他两个磕了两个头。又找秋纹等，他们也不睬他。那媳妇嗐声叹气，口不敢言，抱恨而去。

晴雯方才又闪了风，着了气，反觉更不好了。翻腾至掌灯，刚安静了些。只见宝玉回来，进门就嗐声跺脚[11]。麝月忙问原故。宝玉道："今儿老太太喜喜欢欢的给了这个褂子，谁知不防，后襟子上烧了一块。幸而天晚了，老太太太太都不理论。"一面说，一面脱下来。麝月瞧时，果见有指顶大的烧眼。说："这必定是手炉的火迸上了。这不值什么，赶着叫人悄悄的拿出去，叫个能干织补匠人织上就是了。"说着，便用包袱包了，交与一个嬷嬷送出去，说："赶天亮就有才好，千万别给老太太太太知道。"

婆子去了半日，仍旧拿回来，说："不但织补匠人，就连能干裁缝、绣匠并作女工的问了都不认得这是什么，都不敢揽。"麝月道："这怎么样呢！明儿不穿也罢了。"宝玉道："明儿是正日子，老太太太太说了还叫穿这个去呢。偏头一日就烧了，岂不扫兴。"晴雯听了半日，忍不住翻身说道："拿来我瞧瞧罢。没个福气穿就罢了。这会子又着急。"宝玉笑道："这话倒说的是。"说着，便递与晴雯，又移过灯来细看了一会。晴雯道："这是孔雀金线织的。如今咱们也拿孔雀金线就像界线[12]似的界密了，只怕还可混得过去。"麝月笑道："孔雀线现成的，但这屋里除了你，还有谁会界线！"晴雯道："说不得我挣命罢了。"宝玉忙道："这如何使得！才好了些，如何做得活。"

晴雯道："不用你蝎蝎螫螫[13]的，我自知道。"一面说，一面坐起来，挽了一挽头发，披了衣裳，只觉头重身轻，满眼金星乱迸，实实掌不住。待不做，又怕宝玉着急，少不得狠命咬牙捱着。便命麝月只帮着拈线。晴雯先拿了一根比一比，笑道："这虽不很像，若补上也不很显。"宝玉道："这就很好。那里又找哦啰斯国的裁缝去。"晴雯先将里子拆开，用茶杯口大的一个竹弓钉牢在背面，再将破口四边用金刀刮的散松松的；然后用针纫了两条，分出经纬，亦如界线之法，先界出地子，后依本衣之纹，来回织补。补两针，又看看；织补两针，又端详端详。无奈头晕眼黑，气喘神虚，补不上三五针，便伏在枕上歇一会。

宝玉在旁，一时又问吃些滚水不吃，一时又命歇一歇，一时又拿一件灰鼠斗篷替他披在背上，一时又命拿个拐枕与他靠着。急的晴雯央道："小祖宗，你只管睡罢。再熬上半夜，明儿把眼睛抠搂[14]了，怎么处！"宝玉见他着急，只得胡乱睡下，仍睡不着。

一时，只听自鸣钟已敲了四下，刚刚补完。又用小牙刷慢慢的剔出毛来。麝月道："这就很好。若不留心，再看不出的。"宝玉忙要了瞧瞧，说道："真真一样了。"晴雯已嗽了几阵，好容易补完了，说了一声："补虽补了，到底不像，我也再不能了。"嗳哟了一声，便身不由主倒下了。要知端的，且听下回分解。

注释

〔1〕二和：即二煎药。即将煎过一次的中草药，再次加水煎成的汤药。

〔2〕太阳：即太阳穴。

〔3〕靶镜：带柄的镜子。

〔4〕宣石：产于安徽宁国市，石质坚硬，色泽洁白，多用于叠假山。

〔5〕古记：值得凭吊纪念的旧时景物事迹，在这里指故事、传说。

〔6〕联垂：一种发式，周围头发梳成许多根细辫子。

〔7〕通事官：翻译官。

〔8〕钻沙：比喻隐而不见。

〔9〕一丈青：兼带挖耳杓的细长首饰，一头尖细，一头较粗，顶端作小杓。

〔10〕拨嘴儿：犹噘嘴。

〔11〕嗐（hài）声跺脚：形容惋惜、焦急或气愤的样子。

〔12〕界线：手工刺绣和织补工艺中所用的一种纵横线织法。

〔13〕蝎蝎螫螫：形容人婆婆妈妈，在小事情上过分地表示关心、怜惜。

〔14〕抠搂：因熬夜或疲惫导致眼窝下陷。

评析

《红楼梦》一书并未直接写到人物的涉海活动，但《红楼梦》中所描述的器物不只限于中国范围内，琳琅满目的西洋物品显示出曹雪芹卓越的世界眼光，所谓"始知创物智，不尽出华夏"。当人们盛赞《红楼梦》是中华民族传统文化的"大观园"时，却忽略了它其实也是"洋味十足"的。翻开书本，其中的洋货几乎俯拾皆是，遍布在主人公的吃穿用度之中。如西洋画、自行船、自鸣钟、怀表、梅花式洋漆小几、穿衣镜、玻璃炕屏、洋糖、西洋葡萄酒等，不胜枚举。外来语汇也有"汪恰""依弗哪""温都里纳""福朗思牙"等等，不一而足。

《红楼梦》第五十二回不仅涉及诸多"洋货"，还有关于"西洋国度"与"洋人"的描述，可谓《红楼梦》中最为"洋气"的一篇。本回主要讲述了宝玉的丫鬟晴雯生病，中药医治一时不见好，宝玉便命人取来鼻烟和西洋药品为她治病；潇湘馆内姐妹们围坐叙家常，宝琴为大家念真真国西洋美人的诗；回到怡红院，宝玉领母命要去为舅舅拜寿，贾母送了他一件雀金裘，宝玉夜归说雀金裘被烧破了一个眼，所找的裁缝、绣匠、女工无人敢揽补，于是晴雯带病为之补裘。本回提到的与西洋相关的物事共有三处，其一是"汪恰"鼻烟与西洋药品"依弗哪"；

其二是真真国的西洋美人及其所作的诗;其三是哦啰斯国的雀金裘。

  首先是关于"汪恰"洋烟和西洋药品。晴雯在服用了王太医的汤剂后,仍不见好,宝玉便命人取来鼻烟让晴雯嗅,晴雯嗅了以后"接连打了五六个嚏喷,眼泪鼻涕登时齐流""果觉痛快些",可见较之中药汤剂,西洋鼻烟的效果较为显著。至于"汪恰"究竟为何意,历来在红学考证中争论不清,但有一点可以肯定,"汪恰"是由外文音译而来,所对应的外文到底为何尚无定论。庚辰本脂批在"汪恰洋烟"下双行墨批:"汪恰,西洋一等宝烟也。"晴雯嗅完鼻烟病情稍缓,宝玉便说"越性尽用西洋药治一治,只怕就好了"。同时又透露出这西洋药凤姐是"常有的",并且"贴惯了",由此可以看出在贾府中用洋药实属平常,也能看到贾府中人对洋药的接受态度。至于"依弗哪"究竟是何药物,历来考证也多,据猜测是一种外用药品硬膏剂的拉丁文音译。曹雪芹对中医之道颇为精通,书中多次写到太医诊脉、开方、治病等事,但他写到西洋药物时也并不排斥,可见其开放的世界眼光。另外值得注意的是,作者透过晴雯的视角,描述了洋烟扁盒上的图案,是一个"两肋又有肉翅"的"西洋珐琅的黄发赤身女子"。我们知道,书中后文"抄检大观园"事件的发生与傻大姐在山石上捡的那个有着裸体图案的绣春囊有直接关系。虽然此二者性质不同,但从宝玉、晴雯对待这个洋烟盒的态度上看,贾府至少是怡红院内对西方文化在一定程度上还是接受的,甚至是欣赏的,并非是"见裸色变"。

  其次是关于真真国外国美人的描写。薛宝琴在《红楼梦》中的"戏份"并不多,却令人印象深刻,除了自身才貌出众外,其出洋的经历也让她成为大观园中的异质美人,为幽闭的闺阁天地带来一股清新的海风。从第五十一回的怀古诗可以看出,她足迹甚广,薛姨妈说她"天下十停走了有五六停了",所言非虚。本回她又详细向大家诉说了自己的海外经历,首先提到她出海是跟父亲到西海沿上买洋货。清代的海上交通与海外贸易都有了新的发展,当时有一批像薛宝琴父亲那样的皇商,专为皇家出海经办洋货，因而这一段描述是有现实基础的。继而宝琴详细描述了所遇外国美人的相貌穿戴，从打扮上看，其穿着的衣物、佩戴的珍宝与倭刀都极具异域特色；而从相貌看，这位"披着黄头发"的外国美人大约是有欧美血统，宝琴形容她"和西洋画上的美人一样"，可见大观园里的众人虽未有出洋经历，但对于西洋画是熟知的。《红楼梦》第四十一回，刘姥姥酒后误闯怡红院，就曾提到过一幅美人画，这幅画看上去是"活突出来"的，但是用手摸去，"又是一色平的"，刘姥姥自然不识，但根据描述，很有可能就是西洋油画。薛宝琴讲述的这个美人不仅相貌好看，竟还精通中国的诗书经义，宝琴背了一首该女子所作的诗，众人都赞"竟比我们中国人还强"。这里一方面可以看出中国文化在对外交流中所产生的巨大影响，另一方面也能看出曹雪芹对西方文明的尊重，而不像其他小说家肆意妖魔化诋侮蛮夷番邦。如清末王韬的《淞隐漫录》中有一篇《海外美人》，文中所描述的外国女子虽然看上去"粉白黛绿，尽态极妍"，实则"奇丑异常"，乃天降圣人所制人皮所化，并且这些女子可以随意让人携归做妻妾，并无选择的权利。这些对外国女子香艳虚幻的描述，纯出于无聊文人的想象，与曹雪芹对"外国美人"的尊重与欣赏相比，可谓云泥之别。另外关于"真真国"的考证，历来也甚多。《红楼梦》中所提到的外国地名有十几个，其中有虚有实，虚构的有"女儿国""茜香国""西天大树国"等；实指的有福朗思牙（法国）、波斯（伊朗）、哦啰斯（俄罗斯）等；还有在虚实之间的，比如这个"真真国"，所谓"假作真时真亦假"，作者强调"真真"，岂非就是"假假"？

其三是关于哦啰斯国的雀金裘。曹雪芹幼年是在江宁织造府长大，他从小耳濡目染，对于服饰的款式、织造如数家珍。《红楼梦》中不仅涉及了大量关于中国民族服饰的描写，还有许多关于西洋布料、服饰的描写。就凤姐而言，因其娘家是海关总税务司总督，她不仅拥有众多洋玩意儿，就连服饰也多带着"洋"字，洋绉、洋缎、洋裙等几乎是她的家常服饰。宝玉这件"雀金裘"究竟为何物呢？据贾母说："这是哦啰斯国拿孔雀毛拈了线织的。"红学大家吴世昌先生认为，这是我国古代人民的工艺。也有学者提出，雀金裘在清代只有江宁织造府能做，也是该织造的绝活之一，书中言外边的织补匠人、裁缝、绣匠并女工无人敢揽，也是自然的。小说中作者将雀金裘说成是哦啰斯国之物，实际上哦啰斯国气候苦寒，并不产孔雀。此处作者采用"真事隐"的手法，故意将雀金裘说成是舶来品，以突出其罕有，收到真真假假、扑朔迷离之效。

曹雪芹能在书中涉及如此丰富的西洋物事，或许得益于曹家长期担任江宁织造一职，其主要功能就是为皇家织造丝绸，而丝绸一直是对外出口的大宗商品，因此曹家有许多与海外接触的机会。同时以曹家的地位，可以享受到大量海外诸国进贡的物品，《红楼梦》中贾家许多西方器物、食物、药品就来自各国贡品。同时，曹雪芹的祖父曹寅的藏书量极为丰富，据《楝亭书目》记载，有三千二百余种，计十余万卷，可谓包罗万象，甚至还有《华夷译语》和《东鉴》这样的书籍。拥有这样得天独厚的条件，曹雪芹的眼界和知识自然过于常人，最重要的是，他能将他所见、所闻、所学、所亲历的种种都糅合在小说创作之中，终于造就了中国文化史上最伟大的文学作品之一。

（沈伟）

海游记·第一回
虎蛇肆虐信天翁飘泊江干　欧鹭订盟管城子归来海外

佚名

诗曰：

说部从来总不真，平空结撰费精神。

入情入理般般像，闲是闲非事事新。
那有张三和李四，也无后果与前因。
一番海话荒唐听，又把荒唐转告人。

此诗乃作书的所作。作书的是谁，乃是个山人，以渔樵为活，不与外人往来，不但年代不知，连自己的姓名都忘了。那知山中出了虎，水里出了蛇，容不得身，只得卖了住房，买一个小船，到外河去捕鱼。

一日午睡，船未系牢，淌到江心，顺流而去。山人惊醒，推舵到江中一山泊住。山上树石围着寺宇。山人系好船，上山一望，见江到东越宽，直接大海。一点黑影飘来，渐近渐大，乃是一只海船。山人回船时，海船已抵山坡，送一老人出来，背着行囊跳上山坡，海船顺水回去。老人叫道："烦那船渡我到岸。"山人道："我不是渡船。看你年老，渡你到岸。"老人上船问山人的姓名，山人道："我姓名忘了，因见一种水鸟专吃鱼，又不会捕鱼，待鱼鹰剩下的方有的吃，名信天翁。古人有诗道：江上鱼鹰贪未饱，何尝饿死信天翁。我不善谋生，与这水鸟相似，遂以信天翁为名。"转问老人姓名来历，老人道："我作笔卖，人呼我管城子[1]。若问来历，我的踪迹太奇，一言难尽，渡江要紧。"信天翁道："尊府何处？有甚急事，无暇谈心？"管城子道："刘阮归来[2]，家也没有，还有甚事，只好随遇而安。此处风波险，若在安静处，谈几天也不妨。"信天翁道："恐到安静处，你要上岸。我最喜奇闻，定要请教。你既无家业，我也只一身，正是清风明月，一对闲人。何不在我船上，盘桓些日子。"管城子道："我原说随遇而安，既承款留，我们须结个渔兄渔弟，方好相处。"信天翁便与管城子对着江边鸥鹭，滴酒为盟，结为兄弟。信天翁把船摇到河口要住。管城子道："风波尚近，何不泊进些。"信天翁道："里面水窄鱼少。"管城子道："我海外带点东西来，二人睡着吃，也用不了。"说着取出一粒珍珠，递与信天翁道："若没处卖，便当了用。"信天翁上岸，当银五十两，连票交与管城子。管城子看票笑道："这字比外国的还难认些。"往河里一丢，那票随水淌去。随取银子，叫信天翁买齐应用的物件，把船移到安静处泊住。信天翁料理了酒饭，又烹了一壶茶，请管城子谈来踪去迹。正是：

目中敢谓空千古，海外原来有九州。

注释

〔1〕管城子：主人公名，借典故管城子，代执笔之意。唐代韩愈《毛颖传》中，说毛笔被封在管城，叫"管城子"。

〔2〕刘阮归来：据传汉明帝永平五年（62），刘晨、阮肇入天台山遇仙。及还乡，子孙已历七世。这里是管城子自言海外归来，孤身一人，无牵无挂。

评析

《海游记》是作于清朝中期嘉庆年间的小说，小说通过对海外岛屿社会的描写，重点突出一僧一道两个骗子的种种劣迹，对社会压迫的现实和官场黑暗的勾当做出了直截了当的揭露和强烈谴责。作者通过这样的批判表达自己的社会理想，并以此为出发点创作了这样一部具有改革意识的海洋小说。

本篇是《海游记》开篇第一回，主要写管城子海外归来，求一渔夫信天翁渡自己上岸，信天翁挽留管城子，两人结为兄弟，共同盘桓在船上，管城子开始讲述自己的来踪去迹，由此成书。

管城子在海外多年，经历的故事是海中无雷国之事，海上归来的管城子重返陆地成为第一回中最能引起人兴趣的事件，读者往往对管城子的经历有所疑问，进而引发阅读兴趣。

中国虽然是一个临海国家，但是中国人的传统观点完全是大陆式的，对大海缺少了解但是又充满向往，由此产生了数量众多的海游小说。受到作者个人经历的限制，历史上的海游小说往往不是建立在现实基础上，而是由作者想象创造出来的，所描写的海游经历也不是实际海游发生的故事，而是一些神奇荒诞的幻想故事。

《海游记》正是如此。《海游记》的行文笔法并不成熟，孙楷第在《中国通俗小说书目》中评价《海游记》"似仿《希夷梦》而文稍拙"。然而瑕不掩瑜，《海游记》虽在行文上略输几分，但是它所表达的思想却突破了前人。

之前的涉海小说在谈及海外世界时观点是比较一致的，海外国度或许更理想化，或许更奇异化，但它们的共同点就是与陆地上的国家迥然不同。

前人作品中，有将海外世界看成仙家所在之地的，其中最为突出的代表就是《西游记》。《西游记》中龙王龙宫所在之地是茫茫海底，观世音菩萨所在之地是南海蓬莱，在第二十六回中出现的"东海三岛十洲"是仙人们所在之地。更早的东汉《海内十洲记》将海外描写成长满仙草、令人长生不老、永获安宁的所在。诸如此类，可见大海在许多古人心中代表着一个纯洁安乐、没有黑暗的理想世界。还有将海外世界描写成奇异的新世界，如《镜花缘》，《镜花缘》中出现过的诸多国家都与陆地相去甚远，极端放大某些品质特点，形成了奇异的个性国度，如其中的"君子国"国中的人都谦让有礼，希望交往的对方获益，将君子的特质发挥得淋漓尽致。

《海游记》打破了这两种格局的限制，将管城子所生活的海外世界无雷国描写成与陆地国家完全一样的国度，照搬所有社会结构和现实问题，海外世界成为现实世界的复刻，这里没有理想的社会，有的是黑暗的规则和压迫。主人公管城子出海并不是为了寻求理想国度，而是幼时在海上偶然被吸入只进不出的无雷国。六十年以后，海流逆转得以回到陆地，他以为陆地才是自己的理想家园，但极为讽刺的是，他发现陆上与无雷国一般无二——海盗横行，骗子得势，官府助纣为虐，充满了悲剧。对海外世界和现实社会的刻画让人们认识到，茫茫世界，没有真正公正理想的所在，无论陆地还是海底，并没有本质区别，从而打破了人们对于海外理想国的幻想。可以说这是海洋文学中海洋意识更加成熟和丰富的体现。

时至今日，《海游记》体现出的思想价值值得我们深思。当我们对某些社会问题产生疑惑时，往往期待有一个纯粹美好的桃花源，也许我们缺少的并不是理想社会，而是愿意解决问题的主动性。面对问题，我们不能寄托于理想世界而逃避现实，脚踏实地解决问题才是社会最需要的。这样辩证的海洋思维或者说文化思维，与现代人不谋而合，可见其超前性。

（王昕洁）

镜花缘·第八回
弃嚣尘结伴游寰海　觅胜迹穷踪越远山（节选）

李汝珍*

林之洋道："俺因连年多病，不曾出门。近来喜得身子强壮，贩些零星货物到外洋碰碰财运，强如在家坐吃山空。这是俺的旧营生，少不得又要吃些辛苦。"唐敖听罢，正中下怀，因趁势说道：

---

* 李汝珍（约1763—1830），字松石，号松石道人，直隶大兴（今属北京市）人，清代小说家。少年时师从凌廷堪学习古代礼制、历算、疆域沿革。19岁随兄李汝璜居住海州，一生大部分时间在海州度过。李汝珍对八股文不屑，终生不达，仅做过河南县丞等小官。他一生耿直，不阿权贵，中年后感到谋官无望，便潜心钻研学问，晚年穷困潦倒，寂寂去世。李汝珍博学多才，除小说创作外，还精通音韵、围棋。著有《李氏音鉴》《受子谱》以及小说《镜花缘》。《镜花缘》成就尤高，被鲁迅称为能"与万宝全书相邻比"的奇书。

"小弟因内地山水连年游玩殆遍,近来毫无消遣。而且自从都中回来,郁闷多病,正想到大洋看看海岛山水之胜,解解愁烦。舅兄恰有此行,真是天缘凑巧。万望携带携带!小弟带有路费数百金,途中断不有累。至于饭食舟资,悉听分付,无不遵命。"林之洋道:"妹夫同俺骨肉至亲,怎说起船钱饭食来了!"因向妻子道:"大娘,你听妹夫这是甚话!"吕氏道:"俺们海船甚大,岂在姑爷一人。就是饭食,又值几何。但海外非内河可比,俺们常走,不以为意;若胆小的,初上海船,受了风浪,就有许多惊恐。你们读书人,茶水是不离口的,盥漱沐浴也日日不可缺的。上了海船,不独沐浴一切先要从简,就是每日茶水也只能略润喉咙,若想尽量,却是难的。姑爷平素自在惯了,何能受这辛苦!"林之洋道:"到了海面,总以风为主,往返三年两载,更难预定。妹夫还要忖度。若一时高兴,误了功名正事,岂非俺们耽搁你么?"唐敖道:"小弟素日常听令妹说,海水极咸,不能入口,所用甜水俱是预装船内,因此都要撙节[1]。恰好小弟平素最不喜茶,沐浴一切更是可有可无。至洋面风浪甚险,小弟向在长江大湖也常行走,这又何足为奇。若讲往返难以刻期[2],恐误正事,小弟只有赴考是正事,今已功名绝望,但愿迟迟回来,才逞心愿,怎么倒说你们耽搁呢!"林之洋道:"你既这般立意,俺也不敢相拦。妹夫出门时,可将这话告知俺家妹子?"唐敖道:"此话我已说过,舅兄如不放心,小弟再寄一封家信,将我们起身日子也教令妹知道,岂不更好。"

林之洋见妹夫执意要去,情不可却,只得应允。唐敖一面修书央人寄去,一面开发船钱,把行李发来。取了一封银子以作舟资饭食之费,林之洋执意不收,只好给了婉如为纸笔之用。林之洋道:"姑夫给他这多银子,若买纸笔,写一世还写不清哩!俺想妹夫既到海外,为甚不买些货物碰碰机会?"唐敖道:"小弟才拿了银子,正要去置货,恰被舅兄道着,可谓意见相同。"于是带了水手,走到市上，买了许多花盆并几担生铁回来。林之洋道："妹夫带这花盆，已是冷货，难以出脱；这生铁，俺见海外到处都有，带这许多，有甚用处？"唐敖道："花盆虽系冷货，安知海外无惜花之人。倘乏主顾，那海岛中奇花异草，谅也不少，就以此盆栽植数种，沿途玩赏，亦可陶情。至于生铁，如遇买主固好；设难出脱，舟中得此，亦压许多风浪，纵放数年，亦无朽坏。小弟熟思许久，惟此最妙，因而买来。好在所费无多，舅兄不必在意。"林之洋听了，明知此物难以退回，只得点头道："妹夫这话也是。"不多时，收拾完毕，大家另坐小船，到了海口。众水手把货发完，都上三板[3]渡上海船，趁着顺风，扬帆而去。

此时正是正月中旬，天气甚好，行了几日，到了大洋。唐敖四围眺望，眼界为之一宽，真是"观于海者难为水"，心中甚喜。走了多日，绕出门户山，不知不觉顺风飘来，也不知走了若干路程。唐敖一心记挂梦神所说名花，每逢崇山峻岭，必要泊船上去望望。林之洋因唐敖是读书君子，素本敬重，又知他秉性好游，但可停泊，必令妹夫上去。就是茶饭一切，吕氏也甚照应。唐敖得他夫妻如此相待，十分畅意。途中虽因游玩不无耽搁，喜得常遇顺风，兼之飘洋之人，以船为家，多走几时也不在意。倒是林之洋惟恐过于耽延，有误妹夫考试。谁知唐敖立誓不谈功名，因此只好由他尽兴游了。游玩之暇，因婉如生的聪慧，教他念念诗赋。恰喜他与诗赋有缘，一读便会，毫不费事。沿途借着课读，倒解许多烦闷。

这日正行之际，迎面又有一座大岭。唐敖道："请教舅兄：此山较别处甚觉雄壮，不知何名？"林之洋道："这岭名叫东口山，是东荒第一大岭。闻得上面景致甚好，俺路过几次，从未上去。今日妹夫如高兴，少刻停船，俺也奉陪走走。"唐敖听见"东口"二字，甚觉耳熟，偶然想起道："此山既名东口，那君子国、大人国，自然都在邻近了？"林之洋道："这山东连君子，北连大人，果然邻近。妹夫怎么得知？"唐敖道："小弟闻得海外东口山有君子国，其人衣冠带剑，好让不争；又闻大人国在其北，只能乘云而不能走。不知此话可确？"林之洋道："当日俺到大人国，曾见他们国人都有云雾把脚托住，走路并不费力；那君子国无论甚人，都是一派文气。这两国过去，就是黑齿国，浑身上下，无处不黑。其余如劳民、聂耳、无肠、犬封、元股、毛民、毗骞、无脊、深目等国，莫不奇形怪状，都在前面。将来到彼，妹夫去看看就晓得了。"

说话间，船已泊在山脚下。郎舅两个离船上了山坡。林之洋提着鸟枪[4]火绳，唐敖身佩宝剑，曲曲弯弯，越过前面山头。四处一看，果是无穷美景，一望无际。唐敖忖道："如此崇山，岂无名花在内？不知机缘如何。"只见远远山峰上走出一个怪兽，其形如猪，身长六尺，高四尺，浑身青色，两只大耳，口中伸出四个长牙，尤如象牙一般，拖在外面。唐敖道："这兽如此长牙，却也罕见。舅兄可知其名么？"林之洋道："这个俺不知道。俺们船上有位舵工，方才未邀他同来。他久惯飘洋，海外山水，全能透彻。那些异草奇花，野鸟怪兽，无有不知。将来如再游玩，俺把他邀来。"唐敖道："船上既有如此能人，将来游玩，倒是不可缺的，此人姓甚？可识字么？"林之洋道："这人姓多，排行第九，因他年老，俺们都称多九公，他就以此为名。那些水手，因他无一不知，都同他取笑，替他起个反面绰号，叫作'多不识'。幼年也曾入学，因不得中，弃了书本，作些海船生意，后来消折本钱，替人管船拿舵为生，儒巾久已不戴。为人老诚，满腹才学，今年八旬向外，精神甚好，走路如飞。平素与俺性情相投，又是内亲，特地邀来相帮照应。"恰好多九公从山下走来，林之洋连忙招手相邀。唐敖迎上拱手道："前与九公会面，尚未深谈。方才舅兄说起，才知都是至亲，又是学中先辈。小弟向日疏忽失敬，尚求恕罪。"多九公连道："岂敢！"林之洋道："九公想因船上拘束，也来舒畅舒畅？俺们正在盼望，来的恰好。"因指道："请问九公，那个怪兽，满嘴长牙，唤作甚名？"多九公道："此兽名叫'当康'，其鸣自叫，每逢盛世，始露其形，今忽出现，必主天下太平。"话未说完，此兽果然口呼"当康"，鸣了几声，跳舞而去。

唐敖正在眺望，只觉从空落一小石块，把头打了一下，不由吃惊道："此石从何而来？"林之洋道："妹夫，你看那边一群黑鸟，都在山坡啄取石块。方才落石打你的，就是这鸟。"唐敖进前细看，只见其形似鸦，身黑如墨，嘴白如玉，两只红足，头上斑斑点点，有许多花文，都在那里啄石，来往飞腾。林之洋道："九公可知这鸟搬取石块有甚用处？"多九公道："当日炎帝有个少女，偶游东海，落水而死，其魂不散，变为此鸟。因怀生前落水之恨，每日衔石吐入海中，意欲把海填平，以消此恨。那知此鸟年深日久，竟有匹偶，日渐滋生，如今竟成一类了。"唐敖听了，不觉叹息不止。

注释

〔1〕撙（zǔn）：节省。

〔2〕刻期：同"克期"，在严格规定的期限内。

〔3〕三板：小船名，现在一般写作"舢板"。

〔4〕鸟枪：旧式火枪。火绳：用于火枪等，点燃火药的引信。

评析

《镜花缘》是清代李汝珍所作的长篇小说，首刊于嘉庆二十三年（1818），是清代涉海小说的代表作。前半部分描写了唐敖科举失败出游海外，与林之洋、多九公等人乘船海上游历、经商的故事，包括他们在君子国、白民国、黑齿国等国的经历。后半部写由百花仙子托生的唐小山千里寻父，后与其他花仙子托生的女子考中科举，并在朝中有所作为的故事。结构独特，思想新颖，情节高潮迭起，手法神幻诙谐，可与《西游记》《封神榜》媲美，一问世就广受关注。

本回主要讲述唐敖对科举灰心，恰逢妻兄林之洋出海经商，便要求一同前往游历，由此开始海上行程、初窥海上奇观的故事。

本回写到的出海经商的三位主人公，都是士子出身。唐敖是个秀才，而且是个中过探花、读书有成的秀才。林之洋原本也是读书人。多九公幼年入学，因科举不中下海经商，"为人老诚，满腹才学"。可见在当时的时代，随着商品经济的发展、市民文化的兴起，弃儒就贾、出海贸易已是人们的常见选择。明清时期确曾出现"士商相混"的局面，"俊秀者多入贸易一途""天下之士多出于商""儒商""绅商"的说法屡见不鲜，尤其在《镜花缘》创作的嘉庆、道光年间，这种现象更是普遍。仕途举业不再是读书人的唯一道路，他们放下思想观念的桎梏，投身曾经的"下九流"，找到了实现自我的另一种方式。值得注意的是，唐敖、林之洋等人不仅弃儒从商，而且投身的是海洋贸易。众所周知，清朝实行海禁，闭关锁国。清政府自乾隆二十二年（1757）开始，关闭除广州之外的其他通商口岸，仅留一口通商。然而此后广州一个口岸的海外贸易总额与之前四个口岸的总和相比只增未减，并一直快速增长直至鸦片战争前夕。不难想象，集四个通商口岸的容量于一身且还不断发展壮大的广州该有多少商人来往，该有多么繁荣的海外贸易。《镜花缘》中的林之洋，正是居住在当时的广州。像唐敖、林之洋这样的"儒商""绅商"参与海洋贸易，正显示出当时海外贸易的蓬勃发展。然而我们也能看到，不断增长的贸易量背后，当时中国的海洋贸易仍然处于一种初级的、低质量的形态。林之洋称出海经商为"碰碰财运""碰碰机会"，在后文的故事中有时出乎意料赚得巨资，有时无可奈何蚀本而归，足见当时海外经商的收益有很大随机性。"到了海面，总以风为主，往返三年两载，更难预定"也显示出海外经商途中时间上的不确定性。中国的海洋商人们还未详细掌握海外的情况，还不知道怎么系统、准确地进行海洋贸易。

　　《镜花缘》最引人瞩目的一点，是它对唐敖等人海外游历、经商途中所遇到的各种奇花异兽、奇人异域的描写。这些描写多取材于《山海经》，此回提到的大人国、君子国、当康、精卫皆是如此。在描写这些事物的时候，《镜花缘》的作者回到了中国古代海洋小说的起点《山海经》，承袭着中国古代海洋小说中海上有殊方异域、奇人奇景的传统思维，用生花的妙笔塑造出一个奇幻多姿、引人入胜的海外世界。这个海外世界是千百年来中国人脑海中熟悉的海外世界，必定有时代赋予的新意，但仍然处处都演绎着中国人传统的海洋观念、海洋想象和海洋文化。应该说，《镜花缘》的文学价值和地位，很大一部分来源于这个海外世界的高潮迭起、趣味横生。然而考虑到《镜花缘》产生的时代和背景，这份美丽却不得不增添些遗憾的色彩。嘉庆末、道光初，距离西方列强打开中国大门还有不到二十年的时间，大洋彼岸的西方人正深入海洋进行丰富探索，正依靠海洋积累巨额财富，正挟坚船利炮渡过国人眼中不可逾越的太平洋渐渐逼近，我们却仍然沉醉于海洋的幻梦中不肯苏醒，不肯正视和挑战海洋真正的样子。想到之后中国长达百年的屈辱史，这实在不能不令人痛心。

　　《镜花缘》是清代涉海小说的代表作，从中我们可以读出关于海洋的各种信息，读出当时人们的海洋意识和海洋观念。即使距这部作品问世已接近两百年，它仍值得后人细细品味。

（孙文成）

蜃楼志·第一回　拥资财讹生关部　通线索计释洋商
庚岭劳人说、禺山老人编*

诗曰：
　　捉襟露肘兴阑珊，百折江湖一野鹇[1]。
　　傲骨尚能强健在，弱翎[2]应是倦飞还。
　　春事暮，夕阳残，云心漠漠水心闲。
　　凭将落魄生花笔，触破人间名利关。

坐井不可观天，夏虫难与言冰，见未广者识不超也。裸民诮雾縠[3]为太华，邻女憎西施之巧笑，愧于心者妒于面也。天下如此其大，古今如此其远，怪怪奇奇，何所不有。况男女居室之私，一日一夜，盈亿盈兆，而托名道学者必痛诋之。宵小窃发之端，由汉迄宋，蜂生蚁附，而好为粉饰者必芟夷[4]之。试思采兰赠芍，具列《风》诗；辛螫[5]飞虫，何伤圣治？奚必缄口不言，而自博君子之名，使后人无所征信乎！

广东洋行生理在太平门外，一切货物都是鬼子船载来，听凭行家报税，发卖三江两湖及各省客商，是粤中绝大的生意。一人姓

---

*《蜃楼志》的作者，旧题清朝"庚岭劳人说、禺山老人编"。《蜃楼志》序中只说道"劳人生长粤东，熟悉琐事，所撰《蜃楼志》一书"，并未提及"禺山老人"。由此可见，小说作者是庚岭劳人的可能性更大些，禺山老人或许只是在小说刊刻前做过修订工作。关于作者的姓名与生平还有待考证。从小说内容看，以作者对广东及其周边地区的熟悉程度，他应当在广东有过相当长的生活经历。

书中首末两回有两首作者自道的开篇词《鹧鸪天》和《西江月》，可以大致推测作者的生平经历。其中有"凭将落魄生花笔，触破人间名利关""心事一生谁诉，功名半点无缘"等句，可以推断，作者是一位仕途坎坷、穷困潦倒的落魄书生，现实理想难以实现，便将自己满腹牢骚抒发在这部小说之中。

苏,名万魁,号占村,口齿利便,人才出众,当了商总,竟成了绝顶的富翁。正妻毛氏无出。一子名芳,字吉士,乳名笑官,年才十四,侧室花氏所生。次妾胡氏,生女阿珠、阿美,还未字人[6]。他有五十往外年纪,捐纳从五品职衔,家中花边番钱[7],整屋堆砌,取用时都以箩装袋捆。只是为人乖巧,心计甚精,放债七折八扣,三分行息,都要田房货物抵押,五月为满,所以经纪内如兄若弟的固多,乡邻中咒天骂地者亦不少。此公趁着三十年好运,也绝不介意。

这日正在总行与事头公勾当,只见家人伍福拿着一张告示进来,仔细一看:

  监督粤海关税赫为晓谕事:照得海关贸易,内商涌集,外舶纷来,原以上筹国课,下济民生也。讵[8]有商人苏万魁等,蠹国肥家,瞒官舞弊。欺鬼子之言语不通,货物则混行评价;度内商之客居不久,买卖则任意刁难。而且纳税则以多报少,用银则纹贱番昂,一切羡余都归私橐[9]。本关部访闻既确,尔诸商罪恶难逃。但不教而诛,恐伤好生之德,苟自新有路,庶开赎罪之端。尚各心回,毋徒脐噬[10]。特谕。

万魁心中一吓,暗地思量打点。不防赫公示谕后,即票差郑忠、李信,将各洋商拘集班房,一连两日,并不发放。

这洋商都是有体面人,向来见督、抚、司、道,不过打千请安,垂手侍立,着紧处大人们还要留茶赏饭,府、厅、州、县看花边钱面上,都十分礼貌。今日拘留班房,虽不同囚徒一般,却也与官犯无二。各人面面相觑,不知葫芦里卖的什么药。内中一个盛伯时道:"大人票拘我等,料是凶多吉少。"一个李汉臣道:"告示本来利害,你我必须寻一个天大人情。"一个潘麻子道:"舍亲在抚台处办折奏,我们托他转求抚台关说如何?"众人都道极好。只有苏万魁道:"这赫大人乍到此间,与抚台并无瓜葛,如何便可说情？据弟愚见，赫公并非不通关节者，但须直上黄金殿，不必作曲折耳。"众商道："何以知之？"万魁道："前日告示上有'开赎罪之端'一句，这就要拿银子去赎罪的意思了。"众商道："大哥明见！只是要打点他，怕不是数万金，还要寻一个着当人过手。"万魁道："闻得关差此缺系谋干来的，数万金恐不足以了事。"众人道："我们横竖有公项银子，凭兄酌量就是。"

且说这关差姓赫，名广大，号致甫，三十内外年纪，七尺上下身材，为人既爱银钱，又贪酒色。夫人黄氏，工部侍郎名琮次女。侍妾十余辈。生女八人，还未有子。因慕粤东富艳，讨差监税，挈眷[11]南来。这一日，拘集洋商想他打干[12]。到第三日不见有人来说，唤总管包进才分付道："我的意思你们懂么？"进才道："小的怎不晓得。只是这些商人因向来关部骄养惯了，有些颠预[13]。小的们先透一个风，他们如不懂事，还要给他一个利害。"赫公点头道："且去办着。"

进才退出门房，叫他的小子杜宠分付："你到班房说，晚堂要审洋商一案，看他们有何说话。"杜宠应声出去。大堂上许多差役问道："二爷，何事？"杜宠说："不消你们伺候，咱自到一处去。"众差役暗暗诧异。

那些洋商正在班房纳闷，只见上边走下一个窄襟小袖、眉清目秀的小爷来，一齐迎上前，问道："爷贵步到这里有何台谕？"那杜宠全然不理，单说："大人分付，今晚带齐洋商听审，大班人役不要误了。"两边班房齐声答应。杜宠慢慢转身，只见一个软翅巾[14]的人上前挽手道："二爷何不到外边少坐。"那杜宠将他一瞧，说："尊驾是谁？咱还要回大爷的话，好吃早膳，那有功夫闲坐。"这万魁听他的口风，已知是跟门上的二爷了，即向身边解下洋表一看，说道："听见大人里面巳时早饭，此刻似乎尚早。"这杜宠见他拿着表，便道："借我一看。"万魁双手递过，杜宠仔细把玩：

形如鹅卵，中分十二干支；外罩玻璃，配就四时节气。白玉边细巧镶成，黄金链玲珑穿就。果是西洋佳制，管教小伙垂涎。

原来京里人有个毛病，口气最大，眼光最小。杜宠一见此物，赞不绝口。万魁连忙道："时刻尚准，二爷不嫌，即当奉送。"那杜宠乜斜一双眉眼，带笑问道："爷上姓？"万魁说："贱姓苏。还没请教二爷高姓？"杜宠道："咱姓杜。苏爷，咱们初交，怎么就好叨惠[15]？"万魁道："些微算什么，弟辈仰仗二爷之处甚多，且请外边一谈。"那杜宠方才同到福德祠一间空房坐下。万魁道："前日大人莅任[16]，一切俱照例遵办。未审缘何开罪，管押班房，望二爷示知，酬情决不敢草草！"杜宠道："我也不甚晓得，昨日大爷从上面下来，同几个爷们说，老爷出京用的银子太多了，现今那一家有人坐索[17]，须要设法张罗。看起来，无非要措办几两银子的意思。"万魁道："洋行生意不比以前，敢烦二爷转达包大爷，我们凑足五万银子呈缴爷们，二爷的在外，何如？"说毕便打一恭。杜宠忙拉着手道："苏爷，像你这样好人，再没有不替你商量的，只是此数怕不济事，咱且回了大爷再说。"拱一拱手别去。

这万魁回班房对众人说："看来此事不难了结，只是难为银子些。"众人道："全亏大哥见景生情，兄弟们叨庇[18]不浅。只是要用几多银子，必须上紧取了银票来。"万魁道："且等了回信，再去取银票未迟。先叫叶兴在关部衙门前铺中，借金花边五十圆应用。"叶兴去了。

那杜宠跨进宅门，包进才正同一班人门房看牌。这小子打个照会，进才踱到三堂左厢站定。杜宠禀道："小的到班房将大爷的话传出。这些商人着实害怕。一个姓苏的再四央及小的，情愿进奉花银。小的问他数目，他说五万两，爷们的礼在外。"进才道："叫他们不要做梦，这事办起来，一个个要问杖徒[19]。五万银子？好不见世面,不要睬他。"说毕径走上去。

杜宠忙到班房,低声告诉万魁道:"这事没有影响哩!大爷说,你们问罪都在杖徒以上,这五万银子送爷们还不够,怎么说呈缴大人?咱如今只好告别了。"那万魁连忙袖了金花边三十圆,递与杜宠道:"小意思儿,给二爷买果子吃,千万周旋为妙!"杜宠道:"咱效力不周,如何当得厚赐。"万魁道:"事后还要补情。"

这杜宠袖着辞去,一路走着,想道:"怪不得人家要跟关差!我不意中发个小财,只是要替他出点力儿才好。"一头想,走入人门房。进才坐在一张躺椅上,杜宠打一千,道:"敢求大爷,这些商人叫他添些银子,千万替他挽回了罢。"进才睁着眼道:"老爷着实生气,还不快去打听。"这杜宠悄悄的走上三堂左厢,转至西书厅,只见跟班们坐的、立的,都在门外伺候。这杜宠笑嘻嘻的问道:"老爷可在书房么?"原来杜宠是十七八岁的小子,十分乖巧,是进才的弄童,除进才外,毫不与人沾染,这些人都叫他"杜一鸟"。这日上来打听,一个卜良走来搂住说道:"一鸟官,老爷正在这里唤你。"杜宠道:"老爷从不唤我的。"卜良道:"任鼎在书房中干事,嫌他这半日吸不出精,教你去补数。"杜宠笑道:"好爷,不要耍,停一会书房无事了,给我一个信,好叫大爷禀话。"卜良还要燥脾,众人道:"不要混他,老包要作酸的。"这杜宠一溜烟走了。

却说老赫这日午后,在小妾品娃房内吃烧酒、尝鲜荔枝。吃得高兴,狂荡了一会,踱至西书厅,任鼎走上递茶。老赫见这孩子是杭州人,年方十四,生得很标致,叫他把门掩了,登榻捶腿。这孩子捏着美人拳,蹲在榻上一轻一重的捶。老赫酒兴正浓,厥物陡起,叫他把衣服脱下。这任鼎明晓得要此道了,心上却很巴结,掩着口笑道:"小的不敢。"老赫道:"使得。"将他纱裤扯下,叫他掉转身子。这任鼎咬紧牙关,任其舞弄,弄毕下榻,一声"啊呀",

几乎跌倒，哀告道："里面已经裂开，疼得要死。"老赫笑道："不妨，一会就好了。"任鼎扶着桌子站了一站，方去开门，拿洋攒镀金铜盆。走下廊檐，众人都对他扮鬼脸。这孩子满面红晕，一摆两摆的走出，叫茶房拿了热水自己送上，阑干外取进洋布手巾。

老赫净了手，坐在躺椅上。这卜良招呼进才回话。老赫问所办若何，进才禀道："这商人们很不懂事，拿着五万银子要求开释。小的想，京里来的人，须给他三十几万两，饥荒才打得开。这商人们银子横竖是哄骗洋鬼子的，就多使唤他几两也不为过，总要给他一个利害方好办事。"老赫道："很是。晚上我审问他们。"进才声喏而出。

先前，杜宠在窗外窃听十分明白，即忙取出随身纸笔，暗写一信叫人送出。一会儿，进才到了门房，杜宠替他卸下衣服，坐定，唤值日头役分付："大人今晚审问商人。"这头役传话出去。万魁等已先接了杜宠的字，大家全无主意，说道："公项中银子不过十余万，依着里边意思，还差两三倍，如何设措[20]方好？"只见郑忠、李信二人来，道："今日晚堂要审。"万魁道："只怕我们还要吃亏，全仗二位同朋友们左右照应！"郑忠说："有我们兄弟在此，但请放心。"万魁叹口气道："向来各位大人如何看待商人，今日出尽丑了！"李信道："看来要多跪一刻，断没有难为的事。"

正说间，只听得吹打热闹，许多人拥进来，慌得众商人顶冠束带，跟到穿堂伺候。这关部怎生排场：

旗竿两处，"粤海关"三字漾入青云；画戟中间，石狮子一双碾成白玉。栅栏上，挂着"禁止喧哗，锁拿闲人"之牌；头门口，张着"严拿漏税，追比饷余"之示。大堂高耸，四边飞阁流霞；暖阁深沉，一幅红罗结彩。扑通通放了三声大炮，乌森森坐出一位关差。吃喝一巡，赫公早已升座，分付将洋商带上。只见一个号房，拿着衔帖禀道："广粮厅申大老爷拜会。轿子已进辕门了。"这赫公将衔帖一看，道："原来师傅来了。"即叫带过一边，快开中门迎接。这赫公慢慢的踱下暖阁，申公已从仪门下轿进来了。赫公站在滴水檐[21]下，申公趋步上前打恭。赫公还揖道："又劳师傅贵步。"申公道："前日早该拜贺，勿怪来迟。"赫公道："学生还没有登堂。"二人一头说，走进西书房去了。约有一个时辰，方才送出，赫公又面约："明日候教。"申公应许，就在大堂滴水檐前上轿而去。

看官听说：这申公是个世袭勋衔。现任监督广粮厅，虽与关差不相统属，究竟官职稍悬；况赫公大刺刺的性子，督抚三司都不放在眼里，今日见了申公，如何这般谦抑？原来这申公讳晋，号象轩，江南松江人氏，当年在京师教读，赫公从学三年。后来申公中了进士，选入翰林，赫公袭职锦衣卫，待师傅最为有礼。这申公与宰执大臣不合，京察年分，票旨[22]外用，改铨[23]了广西思恩府烟瘴苦缺，推升陕汝兵备道。后因公错，部议降调，应得同知，却又是这个宰执，告诉部中，凡是府佐俱可补用，于是径补通判。今日晋谒海关，也算天末[24]故人，忽焉聚首。

赫公送客后回至二堂，叫带商人上来。两边吆喝一声，按次点名，一齐跪下。向来洋商见关部，一跪三叩首，起来侍立。此刻要算访犯，只磕了三个头，跪着不敢起立。赫公问道："你们共是几人办事？"万魁禀道："商人们共十三家办理，总局是商人苏某。"赫公说："我访得你们上漏国税，下害商民，难道是假的么？"万魁禀道："外洋货物都遵例报明上税，定价发卖，商人们再不敢有一点私弊。"赫公冷笑道："很晓得你有百万家财，不是愚弄洋船、欺骗商人、走漏国税，是那里来的？"万魁道："商人办理洋货十七年，都有出入印簿可查，商人也并无百万家资，求大人恩鉴。"赫公把虎威[25]一拍，道："好一个利口的东西！本关部访闻已确，你还要强辩么？掌嘴！"两边答应一声，有四五个人走来动手。万魁发了急,喊道:"商人是个职员,求大人恩典。"赫公喝道:"我那管你职扁!着实打!"两边一五一十,孝敬了二十下。众商都替他告饶。赫公道:"我先打他一个总理,你们也太不懂事,我都要重办的!"分付行牌[26],将一伙商人发下南海县从重详办。又骂郑忠、李信道:"这些访犯理该锁押,你两个奴才得贿舞弊,如何使得!"三枝签丢下,每人赏了头号十五板,另换茹虎、毕加二人管押,即便退堂。

众人走出宅门,仍旧到了班房,各家子侄都来问候,万魁含羞不语。这茹、毕二人拿着几根链条走来,说道:"众位大爷,不是我们糟蹋你,大人钧语[27]是大家听见的,只得得罪,将来到府赔不是罢。"众商个个惶恐。早有书房宋仁远、号房吕得心走来,说道:"大人这样分付,也是瞒上不瞒下的,你们何苦如此。"茹虎道:"郑、李二位是个样子。倘若上面得知,难道我两个不怕头号板子的?"宋、吕二人说好说歹,送三百两银子才担当出去。万魁道:"我们的事,怎么害郑、李二公受屈,也叫人送二百两银子去暖臀。"众商道:"只是我们还要商量,难道由他发下南海县去不成?"万魁道:"他如此妆做,不过多要银子,但为数太多。"众商道:"如今我们众人连局中公费,共凑二十万,大哥再凑些,此事可以停妥么?"万魁道:"我横竖破家,事平之后,这行业再不干了。诸公但凑足二十万,其余是我添补。只是里面没人出来,宋兄可有计策?"宋仁远道:"里面的事都是包大爷作主。教小弟通个信,理当效劳,只是许他多少?"万魁道:"料来少也无益,如今众人打算三十万之数,门礼另送,吾兄谢仪倒在外。"宋仁远道:"谢仪不要说。"连忙起身进去,不题。

再说万魁之子笑官,生得玉润珠圆,温柔性格。十三岁上由商籍夤缘[28]入泮[29],恐怕岁考出丑,拜从名师,在布政司后街温盐商家,与申广粮少君荫之、河泊所乌必元子岱云、温商儿子春才一同肄业。这一日，万魁在班房叫笑官到身旁，说道："我虽吃亏，谅亦无甚大事，你只管回去读书。"这笑官附耳说道："停一会宋老官出来，不论多少都应许他，但愿无事便好。"万魁点头。这洋商们也有问他近读何书的，也有问他可曾扳亲的。此时已有掌灯时候，万魁道："你回书房去吧，恐怕关城。"笑官道："城门由他，就陪父亲一夜也好。"正说间，宋仁远走来，众人问道："所事如何？"仁远道："弟方才进去，一一告诉包大爷，他说：'老实告诉你说，里边五十万，我们十万，少一厘不妥，叫他们到南海县监里商量去！'看他这等决裂，实是无法。"一番话说得众人瞪眼。这笑官插嘴道："父亲许了他，五十万待孩儿去设法，性命要紧。"万魁喝道："胡说！难道发到南海就杀了不成！"笑官不敢言语，宋仁远也就去了。

众商道："苏大哥，事到如今，我们只听天由命了。"只见杜宠已到，扯着万魁道："我们借一步说话。"万魁即同至西边小阁中坐下。杜宠道："咱受了苏爷的赏赐，还没报效，所以偷空走来。此事上头原没有定见，全是包大爷主张。我想出一个门路，不知苏爷可能钻得着否？"万魁急问道："是那一位？"杜宠道："就是今日来的申广粮。他是我们老爷的师傅，最相好的，说一听二。若寻人去恳求他，三十万之数决可以了事。明日申公到这里喝酒，一说必妥。包大爷给他千数银子，也就是了。"万魁道："承教多多，无不遵命。"杜宠道："速办为妙。"径自别去了。万魁走出外边，众商问道："这人又来则甚？"万魁道："这人一片好心，替我们打点，这会子看来有八分可办，但是此时且不要泄露。"因叫笑官附耳道："你速回馆中去，拜求先生明日一早出城，到广粮厅去，恳求申大老爷周旋此事。你再到家中取了三十万银票，即同先生亲送与申公，托他代送，日后我自重报。"笑官连声答应去了。

再说笑官的先生姓李，名国栋，号匠山，江苏名士。因慕岭南山水，浪游到粤。温盐商慕名敦请[30]，教伊子春才读书，后因匠山表叔申公谪任广粮，即欲延伊教读。匠山不忍拂温商好意，因此连申荫之都在温家一处读书。这温商待先生的诚敬与万魁无异，匠山琴剑不觉稽留了三年。

这日，笑官出城探父，匠山在灯下与荫之等纵谈古今人品，这乌岱云如无闻见，温春才已入睡乡，惟有申荫之点头领会。正讲到前汉陈万年卧病，召伊子陈咸受教床下，语至半夜，咸睡，头触屏风，万年欲杖之，曰："乃公教汝，汝反睡耶！"咸叩头曰："具晓所言，大要教咸谄也。"因说道："万年昏夜时疾，其事丙吉固失之谄，而陈咸卒以刚愎败。士大夫立朝，惟执中为难，又不可学了胡广中庸也。"正说间，春才忽然大叫道："不好了，早上姊姊捉一蝴蝶，我把丝线系在帘下，方才看见他飞去了！"匠山道："不要胡说！你先去睡罢。"又叫岱云也睡。对荫之道："春郎果然梦见蝴蝶，则庄生非寓言矣。"因各大笑。

忽见馆童禀道："苏相公来了。"那笑官走进书房，作了个揖站着。匠山问道："你进城如何恁迟？"笑官道："父亲有话恳求先生，教学生连夜到馆的。"匠山问何事，笑官道："申老伯系赫公师傅，里边有人送信出来，此事但得申公一言必妥。敢求先生明早到署中一谈，家父恩有重报。"说毕，连忙跪下。匠山扶起道："你且说个原委，教我得知。"笑官便将关部如何要银子、父亲如何受责、后来如何送信出来，一一告诉。匠山道："可不是，你父亲受屈了，明早自当替你父亲一行，今日且睡。"不知匠山向申公如何说法，且看下回。

注释

〔1〕鹇(xián)：鸟，尾长，雄的背为白色，有黑纹，腹部黑蓝色，雌的全身棕绿色。

〔2〕翎（líng）：鸟翅膀和尾巴上长而硬的羽毛。

〔3〕雾縠（hú）：薄雾般的轻纱。

〔4〕芟（shān）夷：铲除，削平。

〔5〕辛螫（shì）：指毒虫刺螫人，也比喻荼毒，虐害。

〔6〕字人：许配，嫁人。

〔7〕番钱：清代对外国流入的银铸币的称谓，即洋钱。

〔8〕讵（jù）：不料，哪知。

〔9〕私橐（tuó）：是指私人的钱袋。

〔10〕毋徒脐（qí）噬（shì）：不要徒然后悔。

〔11〕挈（qiè）眷：携带家眷。

〔12〕打干：钻营，活动。

〔13〕颟（mān）顸（hān）：糊涂，不明事理。

〔14〕软翅巾：古代官员戴的一种头巾。

〔15〕叨惠：谦辞，表示受到恩惠。

〔16〕莅任：（官员）到职。

〔17〕坐索：守候索取。

〔18〕叨庇：承受庇佑。

〔19〕杖徒：杖刑、徒刑。

〔20〕设措：筹措。

〔21〕滴水檐：房檐。

〔22〕票旨：明清时期，内阁学士代皇帝批答章奏，书写批语于票签，贴各疏面，谓之"票旨"。

〔23〕铨：选用官吏。

〔24〕天末：天边，天际。

〔25〕虎威：即惊堂木。

〔26〕行牌：下发令牌或公文。

〔27〕钧语：对长官话语的敬称。

〔28〕夤缘：指攀附上升，比喻拉拢关系，向上巴结。

〔29〕入泮：清代考中秀才为入泮，此处指想靠拉拢关系，谋求秀才名分。

〔30〕敦请：恳切地邀请。

评析

《蜃楼志》是清代长篇白话小说，以广东为背景，讲述了广州十三行洋商苏万魁之子苏吉士读书、经商、爱情及婚姻等事，展现了岭南地区的政治、经济和人情世态，具有强烈的时代特征和地域特征。与以往小说不同的是，这部小说对洋行、洋商贸易的描写在明清小说中是最早的，同时还充分展示了海关衙门、洋商以及地方政府之间的矛盾，为我们了解清代中期海关制度及商贸状况提供了珍贵的资料。郑振铎先生对此书给予高度评价："因所叙多实事，多粤东官场与洋商故事，所以写来极为真切；无意于讥刺，而官场之鬼蜮毕现，无心于谩骂，而世人之情伪皆显。"

本书选取的是《蜃楼志》第一回，开篇就讲述了广州十三行总商苏万魁及众行商被海关总督赫广大敲诈，要求上交五十万两银子，苏万魁等人尽力与之周旋。仅开场第一回就将当时腐败的海关制度及海关官吏暴露无遗，令人咋舌。

在这一回中，首先可以看到书中对清中期海关制度的反映。据史书记载，康熙二十四年（1685）开放海禁，设立江、浙、粤、闽四海关，从此中国开始有了真正意义上的海关。关于开设海关的目的文中写道："原以上筹国课，下济民生也。"可见此时清政府的海关是拥有独立权的，与清末很长时间内将海关关税作为战争赔款或借债抵押的状况截然不同。此外，海关及其所辖"行家"，有权对外商进行管理并征收关税，即文中所说"一切货物都是由鬼子船载来，听凭行家报价，……是粤中绝大的生意"。而海关总督赫广大在敲诈苏万魁等行商中所列种种罪状，虽多诬陷之词，但是在与外商交易过程中，确实也有利用外商言语不通任意欺瞒的行为。而小说更多的笔墨是对粤海关监督赫广大及其下属腐败行为的反映。赫广大的官职是靠"谋干"得来的，甫一上任，就借故给商行强加罪名，诬陷他们"上漏国税，下害商民"，以此来索贿敛财，并狮子大开口要五十万两银子才肯罢休。行商们几番周旋，最终以三十万两了结此事。这并非只是小说家言，海关官吏敲诈行商的行为在海关史上也是常事。而收受贿赂的并非只是官员自身，连官差家人也是如此，本回中就描写了差人郑忠、李信以及得宠的家人包进才、杜宠等人肆无忌惮地收取洋商的贿赂。

其次是对洋商、洋行的反映。"洋行"即十三行，"行商"即十三行商，设有"商总"，负责处理海关贸易事务。书中借苏万魁之口介绍商行及其职能："商人们共十三家办理，总局是商人苏某。""外洋货物都遵例报明上税，定价发卖。"可见，当时广东海关的洋行规模很大，贸易规则十分明确，对行商的管理也相当严格。相较于传统的小农经济，经商者易发家，与洋人做生意更是有利可图，像苏万魁这样做到十三行总局的已经是"绝顶的富翁"，书中多次写到苏家的富裕，如"家中花边番钱整屋堆砌，取用时都以箩装袋捆"。然而长期以来，受中国传统"重农抑商"政策的影响，商人的地位一直不高，并始终受到政府的钳制。即便是在十三行全盛时期，依然饱受政府的压榨与勒索。海关监督赫广大一上任就敲诈行商五十万两白银，即便以苏万魁的身份，依然被毫不客气地当堂掌嘴。由于不堪忍受官府的敲诈与侮辱，苏万魁萌生了退意——"我横竖破家，事平之后，这行业再不干了。"在后文中果然与其他几位洋商借故相继离开了十三行。

再次，书中对当时岭南地区的社会生活也做了真实的反映。小说中的行商苏万魁是个精明的商人，他的发家不只是在商行担任商总这一项，还有放高利贷，并在发家后捐了一个从五品职衔。在中国这个以"士农工商"划分等级的社会，发家后捐官买地的行为十分典型，中国商人在积累了财富之后通常就会通过买房买地来将流动资产转变为固定资产,并以捐官来提高自己的社会地位,同时还会鼓励自己的后代走上读书仕宦的道路。苏万魁就为自己的儿子笑官聘请名师从学,希望他将来能走上仕途。

《蜃楼志》的主人公所生活的广州是中国当时对外贸易的重要窗口,小说涉及广州商人生活的方方面面以及当地的政治经济、风土人情等等。《蜃楼志》一书真实反映了清中期岭南地区人民的现实生活状况及社会生活的新变化,"是中国小说中首先把笔墨投向开放口岸后的中国关口、洋商琐事的小说,是中国贸易、经济史的重要参考资料"。

(沈伟)

海上花列传·第一回
赵朴斋咸瓜街访舅 洪善卿聚秀堂做媒

韩邦庆*

按:此一大说部书,系花也怜侬所著,名曰《海上花列传》。只因海上自通商以来,南部烟花日新月盛,凡冶游子弟倾覆流离于狎邪[1]者,不知凡几。虽有父兄,禁之不可;虽有师友,谏之不从。此岂其冥顽不灵哉?独不得一过来人为之现身说法耳!方其目挑心许,百样绸缪,当局者津津乎若有味焉;一经描摹出来,便觉令人欲呕,其有不爽然若失、废然自返者乎?

---

* 韩邦庆(1856—1894),曾用名韩寄,字子云,号太仙。江苏松江(今属上海市)人。其父韩宗文曾任刑部主事,素负文誉。韩邦庆幼年随父居住京师,后南归考取秀才,但屡次考举人不第。曾任幕僚,后迁居上海,为申报馆撰述文稿。1892年,他创办了中国第一份小说期刊《海上奇书》,由申报馆代售,而他的小说《海上花列传》就在《海上奇书》上连载,然而成书出版不久后韩邦庆便病逝,年仅三十八岁。

花也怜侬具菩提心，运广长舌，写照传神，属辞比事，点缀渲染，跃跃如生，却绝无半个淫亵秽污字样，盖总不离警觉提撕之旨云。苟阅者按迹寻踪，心通其意，见当前之媚于西子[2]，即可知背后之泼于夜叉；见今日之密于糟糠，即可卜他年之毒于蛇蝎，也算得是欲觉晨钟，发人深省者矣。此《海上花列传》之所以作也。

看官，你道这花也怜侬究是何等样人？原来，古槐安国之北，有黑甜乡。其主者曰趾离氏，尝仕为天禄大夫，晋封醴泉郡公，乃流寓于众香国之温柔乡，而自号花也怜侬云。所云花也怜侬，实是黑甜乡主人，日日在梦中过活，自己偏不信是梦，只当真的，作起书来。及至捏造了这一部梦中之书，然后唤醒了那一场书中之梦。看官啊，你不要只在那里做梦，且看看这书，倒也无啥。

这书即从花也怜侬一梦而起。也不知花也怜侬如何到了梦中，只觉得自己身子飘飘荡荡，把握不定，好似云催雾赶的滚了去。举首一望，已不在本原之地了，前后左右，寻不出一条道路，竟是一大片浩森苍茫、无边无际的花海。看官须知道，"花海"二字，非是杜撰的。只因这海本来没有什么水，只有无数花朵，连枝带叶，漂在海面上，又平匀，又绵软，浑如绣茵锦罽[3]一般，竟把海水都盖住了。

花也怜侬只见花，不见水，喜得手舞足蹈起来，并不去理会这海的阔若干顷，深若干寻，还当在平地上似的，踯躅[4]留连，不忍舍去。不料那花虽然枝叶扶疏，却都是没有根蒂的。花底下即是海水，被海水冲激起来，那花也只得随波逐流，听其所止。若不是遇着了蝶浪蜂狂，莺欺燕妒，就为那蚱蜢、蜣螂[5]、虾蟆、蝼蚁之属，一味的披猖[6]折辱，狼藉蹂躏。惟夭如桃，秾如李，富贵如牡丹，犹能砥柱中流，为群芳吐气；至于菊之秀逸，梅之孤高，兰之空山自芳，莲之出水不染，那里禁得起一些委屈，早已沉沦汩没于其间。

花也怜侬见此光景,辄有所感,又不禁怆然悲之。这一喜一悲也不打紧,只反害了自己,更觉得心慌意乱,目眩神摇;又被罡风[7]一吹,身子越发乱撞乱磕的,登时闯空了一脚,便从那花缝里陷溺下去,竟跌在花海中了。

花也怜侬大叫一声,待要挣扎,早已一落千丈,直坠至地。却正坠在一处,睁眼看时,乃是上海地面华洋交界的陆家石桥。花也怜侬揉揉眼睛,立定了脚跟,方记得今日是二月十二日。大清早起,从家里出门,走了错路,混入花海里面,翻了一个筋斗,幸亏这一跌倒跌醒了。回想适才多少情事,历历在目,自觉好笑道:"竟做了一场大梦。"叹息怪诧了一回。

看官,你道这花也怜侬究竟醒了不曾?请各位猜一猜这哑谜儿如何?但在花也怜侬自己以为是醒的了,想要回家里去,不知从那一头走,模模糊糊趐[8]下桥来。

注释

〔1〕狎邪(xié):狭斜。小街;曲巷。借指妓院,妓女。

〔2〕西子:西子,指西施。

〔3〕罽(jì):用毛做成的毡子一类的东西。

〔4〕踯(zhí)躅(zhú):用毛做成的毡子一类的东西。

〔5〕蜣(qiāng)螂:俗称屎壳郎。

〔6〕披猖:猖狂。

〔7〕罡(gāng)风:强风。

〔8〕趐(xué):折回,旋转。

评析

《海上花列传》又名《绘图青楼宝鉴》《绘图海上青楼奇缘》,是清末韩邦庆所著的中国第一部方言小说,也是最为著名的吴语小说,鲁迅曾称赞这部小说"平淡而近自然"。整部书虽然以妓院为主要描写对象，但是少见一般妓院题材作品中的淫艳，也没有与之相对的教化批判，而是以最平淡的笔法写生活，为读者呈现出妓院中形形色色人物的求生现状。

故事以赵氏兄妹堕落挣扎的人生轨迹为主线，虽写妓院笔墨却染及官场商场，塑造出许多鲜活人物形象，其"穿插藏闪"的艺术结构、平淡自然的白描写法，历来为人所称道。

本篇为《海上花列传》第一回："赵朴斋咸瓜街访舅，洪善卿聚秀堂做媒。"主要讲赵朴斋进城访自己的舅父，抵不住城市中的多种诱惑，与张小村在洪善卿的引领下一同去"堂子"里开眼界，人生从此走向堕落。

本篇中我们重点关注的情节就是自称作者的黑甜乡主人花也怜侬的梦境，梦境中，他看到一片花海，只见花不见海，海面之上有被狂蜂浪蝶种种摧残的桃李牡丹，海面之下是早已溺毙于海中的菊梅莲花，这个隐喻不仅呼应小说名字《海上花列传》，更暗示了整部小说的内容以及结局，可谓高妙。

此处的"海"是指十里洋场，"花"则是十里洋场中周旋拼命的诸多妓女，而"花"中"梅菊莲"则是那些还留有品格，在十里洋场这样的声色场中仍不肯屈服的女性，她们早早就逝去了；那些可以舍弃尊严挣扎求生的妓女，则是那些漂在海面上的"桃李牡丹"，但往往也不能一直漂在海上，总有被"蚱蜢、蜣螂、虾蟆、蝼蚁之属，一味的披猖折辱，狼藉蹂躏"并最终溺亡的一天。也就是说，所有如花的女子，一旦进了这风浪滔天、深不见底的十里洋场，任凭你服从也好，挣扎也罢，总免不了零落凋残的命运。

这样的隐喻描写既表达出作者对这些妓女命运的同情，也有对"花海"即妓院共生圈"十里洋场"的强烈谴责，而且这个充满象征性的叙事能引起读者的注意，让读者产生一种强烈的情感共鸣。

花海无疑是美的，因为大海作为景观来看可以给人波澜壮阔的美感，再加上无数花朵，可以想象其光鲜夺目的表象之美，但是"花海"波澜壮阔的美丽下更有危险诡谲的一面。无论古代还是现代，海洋本身的危险性一直都是存在的，它深不可测、难以捉摸，除了风浪以外，海中的大型海兽也具有很大危险，比起现代人，对海洋缺乏系统认识的古人自然会对海洋产生更为严重的惧怕乃至厌恶的情绪，作者正是对这样的情绪加以利用，让读者更加深刻地感受到十里洋场的恐怖以及妓女们的悲惨命运。

海洋在这部作品中担任了一个负面场所的缩影，这是中国文学作品中海洋所代表的诸多意象中的一个，小说以"花海"开篇，将手无寸铁的读者带入了这个充满悲剧美的残酷世界：眼睁睁看着美好被毁灭却无力施救。所谓花海啊，美则美矣，悲也是真悲。

（王昕洁）

海底旅行·第十回
巨蟹横行电枪命中　老鱼吹浪偃伏逃生

红溪生述*

话说当时李梦走得甚快，站立数十步之外，招着手叫他们。欧露世远远望见，早知道那边是古利士堡，便示意高、李两人，急忙向森林处走去，赶着李梦同行。不多一会，已到古利士堡岛，只见周围几百株合抱大树，前前后后参参差差的生满一岛，老干横披，柔枝低拂，树根起伏纵横，如满地蛇龙将要作势飞腾，为云为雨的模样。树头绿叶成阴，满挂着如珠似露的果子，树下茸茸软草，好似在欧罗巴洲[1]大织造局订做的绿绒大毡，内中也有些开着花的，各种颜色都有，真是异蕙仙葩、琼枝玉朵，就摆着石崇的五尺珊瑚，张着王恺的十里锦帐，觉得此处仙气迎人，天然绝妙，世界上再没有这个去处，也再也没有这里色香两艳，拘人魂魄的，更有那大小游鱼，联群结对，在那里穿枝戏叶，恰如燕剪莺梭，去来无住。欧露世看得呆了，到此直不曾合过眼睛，只顾四下里张望，见

---

* 红溪生，生卒年不详，是《海底旅行》的主要译者，《海底旅行》自第五回开始均标为"红溪生述"。1902年11月14日，梁启超创办的《新小说》创刊号上刊登了中国第一部译制科学小说《海底旅行》。《海底旅行》被标为"泰西最新科学小说"，从创刊号连载至第十八号，共刊登二十一回，未刊登完结，作者署名为："英国肖鲁士原著，南海卢籍东译意，东越红溪生润文。"事实上，卢籍东和红溪生这一版《海底旅行》是由日本太平三次的日译本《五大洲中海底旅行》转译，原著是儒勒·凡尔纳所著的科幻小说《海底两万里》。

儒勒·凡尔纳（1828—1905），19世纪法国著名小说家、预言家、剧作家以及诗人。凡尔纳一生创作了大量优秀的文学作品，著有《海底两万里》《八十天环游地球》《气球上的五星期》《格林特船长的儿女》《神秘岛》等。他的作品对科幻文学流派有着重要的影响，因此他与赫伯特·乔治·威尔斯一道，被一些人称作"科幻小说之父"。

无木不奇，无草不慧，自己虽盛负时名，号称博识，却多有不曾知道名儿的，那时想问问李梦，又被器械碍着，只去拍高昔鲁肩头，表这惊喜的意思。再说他们一班人，由早上走起，走了几个时辰，到这会儿个个都觉得疲倦起来，各人坐在草地上，歇息歇息，那时身不由自主，各人倒头便睡。睡不多时，忽有一种怪声，由树林里冲将出来，先把欧露世惊醒了，急忙起身。只见鲷鲽之类，游泳自如。彼时日已西倾，光线渐渐暗没，把一座锦绣海岛，登时变成凄凉景况。欧露世见并无甚怪，乐得看看暮景。忽然怪声又起，回头望时，原来一只大蟹，甲径十五尺，两边张开来攫欧露世，欧露世惊骇大叫，那声浪又透不出来，只叫得苦。恰好李梦醒来，急提电铳[2]，向大蟹施放，登时蟹甲粉碎，结果了性命。众人也醒了，高昔鲁知主人几遭不测之险，幸亏李梦救全，才放了心。欧露世自遇这蟹，心下暗忖道：这海底还了得，时常在岸上见着钵头大的螃蟹，就奇怪的很，那晓得这里的螃蟹，竟要吃起人来，螃蟹尚然这样，别的凶物不必说了，自然是多的了不得。咱们虽带有电枪，奈强弱不敌，岂不白送性命，待要不去，又碍着李梦胆大如天，毫无惧色，死命的拉着同走，再没有法子推脱他，心里十分忧疑，只得硬着头皮，大着胆子，再跟着去。

那时傍晚时分，行于水底四百五十尺之下，已是辨不出路途来。各人把电灯点起，那电光本与火光不同，直照八十尺以外，海中妙境，历历在目。众人心头十分爽快，个个挣着精神，把困倦也忘了却，来到一处，一坦平阳，并不见一草一木，只见游鳞无数，趁着电光在人缝里东穿西插，真是十分有趣。不一时将一个古利士堡岛周围已经游过，李梦属下的地方，到此已尽。转路往左边走却是一幅高耸岩壁，挡住去路。李梦引着众人，攀援而上，此处地势渐高，距海面不过二十五尺。正走着，忽见李梦手提电枪向上狙发，众人摸不着头脑，忽由海面落下一物，原是一只水獭[3]，身长五尺余,这兽多产在中国、俄罗斯近海,他的皮子最值钱,每只要六七百块银子,因此猎夫争着来打,于今该处海面水獭差不多绝种了。当下李梦叫跟随的水夫,把水獭背在背上,正束扎清楚,走不几步,远远望着海面上,有一只大白鸟,在空中翱翔,水夫枪声一响,不端不正,子弹直贯咽喉,跟着沈将下来,李、高等倒惊诧起来,暗暗喝采道:他们主仆的手法,恁地高强,却也难怪。常言道:吃那行,溜那行。他们若没几道防身本事,就怕早已掉送性命了。一头想,一头走。只见隔半里路远,灯火辉煌,不知甚么去处。欧露世凝眸注视,才知道是回到内支士了,此时器械里面,空气将尽,身体也觉得疲困的很,恨不得一步就跳回船里。李梦突然停住脚,拔步走近欧露世身边,用力把欧露世的头按在地下。高昔鲁见得清楚,不由得不火起,又猜不着是什么原故,正竖着拳头,向李梦打去。忽的水夫也过来伸手叉住高昔鲁,踉踉跄跄倒在地上。欧露世吓得魂不附体,又恨李梦这般无礼,火起心头,连吃奶的气力都运用出来,揸住李梦的手腕,争奈李梦力猛如虎,莫想摇动得他一下。转眼间李兰操那个大虫,也被两三个水夫打倒在地,四肢动弹不得。欧露世暗忖:这事来得甚奇,看李梦平时为人并不是这么,定有原故,勉强伸头在乱草堆中,望将过去。忽见身长二百尺的两条大鲨鱼,如风的飞来,张着口,便像开了两扇大门,里面还插着刀枪剑戟,好不威武呢,那对眼睛足有灯笼儿大小,点上明白如雪的电灯,向李梦猛力扑来。欧露世本是文人,何尝见过这些,那时倒恨李梦按得不紧,何不直踹下泥窝里去,正在心头十五个吊桶七上八下,忽觉李梦一时松过手来,心头更突突的跳个不止,抬头望时,见鲨鱼去了,才放心起来。水手也放过李、高,一同赶回船去。到了内支士,外重门正开着,李梦同大家进去了,复把门关上,才敲二门,但听得里面喷水筒声,一时放干了水,水夫才开过门来。各人进去,脱下游水衣服,及各样器具。彼时李兰操愤愤不平,还要找李梦同那一班水手的晦气,骂道:"你这班鸟东西,敢在太岁头上动土。你不吃老虎的拳头,你晓不得厉害。"高昔鲁醒了,急忙上前止住他,又在兰操耳边悄声说道:"你还不识好歹,要是他们不打咱们下地,那鲨鱼还同你讲情,你瞧那大门儿似的一张口,就有你十个李兰操,也要你变孔夫子入公门,鞠躬如也呢。你还在这儿同人家闹,快别出声罢了。"李兰操大笑道:"再不曾听过这般趣话,幸亏你说破,要不是你说,咱老子的拳头是认不得人的。"高昔鲁也一笑,三人同进餐房,吃过晚餐,各归寝室,歇息去了。

到了次日,欧露世绝早起来,养息一夜,精神仍旧壮旺。此时内支士已浮出海面,轮换空气。欧露世洗漱毕,要看看海中朝景,顺步走上甲板,但见杲[4]日初出,万象澄清,波浪兼天,阳光四射,如万道金蛇滚做团。欧露世看得高兴,恰好李梦走来,欧露世正想招呼,李梦却并不见欧露世在他旁边,拿着仪器,只顾考察天文,一时考毕,吹响铜铃,几十名水手背着鱼网,齐齐的走到李梦跟前垂手侍立。欧露世见那些水手个个相貌狰狞,气象雄俊,有大半是法国产的,也有英国、希腊等国的人,说话依然是奇声怪语,一字不懂。李梦用手一指,水手急忙把窗前嵌板开了。忽然水中放出一道一道的光辉,无数游鱼跟着光线走来,众水手见鱼来的多了,忙把网撒开,顺势一拖,便如探囊取物,网获锦麟无算,只选顶好的留着,要来充当庖厨之用,其余全都不要。欧露世看得清楚,见这个顽意儿,倒也不俗,连声叫快,又恨不拉李、高两人,同来观玩。那晓得他两人,早在客堂窗前,凭栏纵目,比在甲板上好看得多呢。一时投网既毕,李梦才与欧露世见面,说了几句闲话,同回客堂,谈起昨天游猎的高兴,及今早打鱼的情景,都是人生不可多得的第一快事。李梦听了豪兴勃发,欧露世便问他网得多少鱼,荅道:"大约在九十吨以上。"欧露世又道:"都生养着吗？"李梦道："也有生养的，也有用盐腌着的。"欧露世又问："今日船往那边去？"李梦苔道："由这里取道东南，在太平洋底二百尺下进航。"谈话移时，李梦辞回自己房中，从此来客堂甚少。欧露世很觉寂寞，好在舰中嵌板，每天开放一两次，得望望海底鱼兽，藉此消遣无聊。一日欧露世在客堂读书，正好李、高两人也来了。欧露世便抛过书卷，同他们说些闲话，解解闷儿。恰好嵌板开放，三人一面说说笑笑，一面靠着窗栏，同看海景，见些海马、海豹，有睡在海草上的，有坐着岩石间的，无侮无争，摆出一种闲静的气象，倒令他们三个海底羁人枨[5]触愁肠，惹起无限的伤感。李兰操奋然道："若是我出得去的，我要一拳把这些海兽都要打死他大半呢。"高昔鲁笑道："你说的好，你现在在船里头说几句大话倒不妨，给你出了海里，恐怕难免他爪牙的伤害呢。"兰操道："说那里话，我这副拳头，久不打人，也涨得难过了，正要找些晦意东西来出出气呢。欧露世道："莫讲那些想得到做不到的闲话罢。你们看那游着的有尺来常的鱼，叫做什么名儿？"兰操道："我是晓得的，这鱼坎拿大地方最多，他的名儿叫做什么'鲁扶'的便是了。"欧露世笑道："我说你不晓得，你又不舒服，他那里是'鲁扶'，他正是一种沙鱼，叫做鲛鱼的就是他了。"高昔鲁也道："李兄，你总爱说你的本事，你样样都讲晓得，我试问你，生在对面那块石头上的海草，是叫什么名字？"兰操道："那是石菜花，难道我这点儿还不晓得。"高昔鲁一笑，忽见丫鬟拿了一盘食物送给他们，兰操接着便吃，却吃不出是什么东西，欧露世吃了一点儿，说道："莫非是鱼肉沙糖渍吗？"高昔鲁道："不错不错，是有点鱼的味儿，这物倒是美味珍品呢。"一头说一头说，慢慢的赏玩风景。高昔鲁忽然现出惊讶之色，忙向欧露世道："主人、主人，请看那边那个大东西，实在怕人得很，不晓得是什么呢。"

正是：

故国神游消永昼，浮生如梦太飘蓬。

　　要知此是何物，且听下回分解。

注释

　　〔1〕欧罗巴洲：欧罗巴指希腊神话中的腓尼基公主，被爱慕她的宙斯带往了另一个大陆，后来这个大陆被命名为欧罗巴。欧罗巴洲也就是现今的欧洲。

　　〔2〕铳：一种旧式火器。

　　〔3〕水獭：为鼬科、水獭属的一种动物。水獭躯体长，吻短，眼睛稍突而圆，耳朵小，四肢短，体背部为咖啡色，腹面呈灰褐色。

　　〔4〕昊：明亮。

　　〔5〕怅：触动。

评析

　　清末，在西方文化的冲击下，各种域外小说也纷纷传入中国，中国也出现了翻译域外小说的热潮。其中，作为中国科幻小说前身的科学小说也因其科学性与可读性并存而一度风行，受到了译者和读者的追捧。

　　说到中国的科学小说，自然要提到中国第一部科学小说——《海底旅行》。大约在19世纪末，"科学"一词传入中国，很快，"科学小说"也开始在中文里出现。1902年11月14日，梁启超创办的《新小说》创刊号上刊登了中国第一部译制科学小说《海底旅行》。《海底旅行》被标为"泰西最新科学小说"，从创刊号连载至第十八号，共刊登二十一回，未刊登完结，作者署名为："英国肖鲁士原著，南海卢籍东译意，东越红溪生润文。"事实上，卢籍东和红溪生这一版《海底旅行》是由日本太平三次的日译本《五大洲中海底旅行》转译，原著则是由儒勒·凡尔纳所著的科幻小说《海底两万里》。

　　《海底两万里》主要讲述鹦鹉螺号潜艇的故事。1866年，海上发现了一只疑似独角鲸的大怪物，阿龙纳斯教授及仆人康塞尔受邀参加追捕。在追捕过程中，他们与鱼叉手尼德兰不幸落水，到了怪物的脊背上。他们发现，这怪物并非是什么独角鲸，而是一艘构造奇妙的潜艇。潜艇是尼摩在大洋中的一座荒岛上秘密建造的，船身坚固，利用海水发电。尼摩船长邀请阿龙纳斯作海底旅行。他们从太平洋出发，经过珊瑚岛、印度洋、红海、地中海、大西洋，看到海中许多罕见的动植物和奇异景象。途中还经历了搁浅、土著围攻、同鲨鱼搏斗、冰山封路、章鱼袭击等许多险情。最后，当潜艇到达挪威海岸时，三人不辞而别，回到了各自的家乡。

《海底两万里》是儒勒·凡尔纳的巅峰之作，在这部作品中，他将对海洋的幻想发挥到了极致，表现了人类认识和驾驭海洋的信心，展示了人类意志的坚忍和勇敢。儒勒·凡尔纳为读者构造了一个奇幻的海底世界，在这里，有变幻无穷的奇异景观和各类生物。在尼摩船长的引领下，一行人进行海底狩猎，参观克雷斯波岛海底森林，采集印度洋的珍珠，探访海底亚特兰蒂斯废墟，打捞西班牙沉船的财宝，目睹珊瑚王国的葬礼……种种险象环生的情节显示了人类顽强不屈的优秀品质，展现了人类不懈的开拓精神。他提出了开发深海的可能性，鼓励人们去探索深邃的海底世界。《海底旅行》的译者卢籍东和红溪生或许正是被儒勒·凡尔纳笔下神奇瑰丽的大海吸引，所以将其用白话译出，并使其更容易被中国读者接受。比如小说中的人名"李梦""高昔鲁""李兰操"等都具有中国人名的特色。又如节选文中的对话"你这班鸟东西，敢在太岁头上动土，你不吃老虎的拳头，你晓不得厉害"，运用了中国的俗语，读起来也是颇为有趣。

值得一提的是，在《海底旅行》中，两位译者仍采用了章回体小说的形式，主要体现在标题使用了"第Ｘ回"这样的格式，并为之拟了一个对仗的章回名称。如本回的标题"巨蟹横行电枪命中，老鱼吹浪偎伏逃生"，在结尾处也有"故国神游消永昼，浮生如梦太飘蓬。要知此是何物,且听下回分解"这样的章回体结尾。这自然是受到了当时小说章回体盛行之风气的影响,但是同时,这样的文风和形式,又使翻译作品有了很强的中国特色,也更便于中国读者阅读与接受。

儒勒·凡尔纳的《海底两万里》是在波兰人民反对沙皇独裁统治的起义遭到残酷镇压这一历史背景下完成的,因此这部小说除了描写瑰丽的海底世界,更突出了对人道主义的追求和一种为了自由、和平而斗争的精神。他在小说中塑造了尼摩船长这个反对沙皇专制统治的高大形象,赋予其强烈的社会责任感和人道主义精神,以此来表达对现实的批判。而当时的中国,也正处于被侵略、被分割的境地。在《海底旅行》中,主角们,尤其是李梦船长也将勇敢斗争的精神淋漓尽致地展现了出来,相信这对当时的读者来说,也是一种强大的精神力量。

(王竹奇　王芳)

老残游记·第一回
土不制水历年成患　风能鼓浪到处可危(节选)

刘鹗*

这日,老残吃过午饭,因多喝了两杯酒,觉得身子有些困倦,就跑到自己房里一张睡榻上躺下,歇息歇息。才闭了眼睛,看外边就走进两个人来,一个叫文章伯,一个叫德慧生,这两人本是老残

---

* 刘鹗(1857—1909),字铁云,号云抟,笔名"鸿都百炼生",江苏丹徒(今镇江市)人,清末小说家。刘鹗学识博杂,在文学、算学、考古、治河等方面均有出类拔萃的成就,被称为中国近代史上的"通才"。他信奉太谷学派,主张以"教养"为大纲,发展经济生产,富而后教。

刘鹗一生著述颇丰,除小说《老残游记》以外,还有诗集《铁云诗存》,天算著作《勾股天元草》《孤三角术》,金石著作《铁云藏龟》,等等。

的至友,一齐说道:"这么长天大日的,老残,你蹲家里做甚?"老残连忙起身让座,说:"我因为这两天困于酒食,觉得怪腻的慌。"二人道:"我们现在要往登州府去访蓬莱阁的胜景,因此特来约你。车子已替你雇了,你赶紧收拾行李,就此动身罢!"老残行李本不甚多,不过古书数卷,仪器几件,收检[1]也极容易,顷刻之间便上了车。无非风餐露宿,不久便到了登州,就在蓬莱阁下觅了两间客房,大家住下,也就玩赏玩赏海市的虚情,蜃楼的幻相。

次日,老残向文、德二公说道:"人人都说日出好看,我们今夜何妨不睡,看一看日出何如?"二人说道:"老兄有此清兴,弟等一定奉陪。"秋天虽是昼夜停匀时候,究竟日出日入,有蒙气[2]传光,还觉得夜是短的。三人开了两瓶酒,取出携来的肴馔,一面吃酒,一面谈心,不知不觉那东方已渐渐发大光明了。其实离日出尚远,这就是蒙气传光的道理。三人又略谈片刻。德慧生道:"此刻也差不多是时候了,我们何妨先到阁子上头去等呢?"文章伯说:"耳边风声甚急,上头窗子太敞,恐怕寒冷,比不得这屋子里暖和,须多穿两件衣服上去。"各人照样办了,又都带了千里镜,携了毯子,由后面扶梯曲折上去。到了阁子中间,靠窗一张桌子旁边坐下,朝东观看,只见海中白浪如山,一望无际,东北青烟数点,最近的是长山岛,再远便是大竹、大黑等岛了。那阁子旁边,风声呼呼价响,仿佛阁子都要摇动似的,天上云气一片一片价叠起。只见北边有一片大云,飞到中间,将原有的云压将下去,并将东边一片云挤的越过越紧,越紧越不能相让,情状甚为谲诡。过了些时,也就变成一片红光了。

慧生道:"残兄,看此光景,今儿日出是看不着的了。"老残道:"天风海水,能移我情。即是看不着日出,此行亦不为辜负。"章伯正在用远镜凝视,说道:"你们看!东边有一丝黑影随波出没,定是一只轮船由此经过。"于是大家皆拿出远镜对着观看。看了一刻，说道："是的，是的。你看，有极细一丝黑线，在那天水交界的地方，那不就是船身吗？"大家看了一会，那轮船也就过去，看不见了。

慧生还拿远镜左右观视，正在凝神，忽然大叫："嗳呀，嗳呀！你瞧，那边一只帆船在那洪波巨浪之中，好不危险！"两人道："在什么地方？"慧生道："你望正东北瞧，那一片雪白浪花，不是长山岛吗？在长山岛的这边，渐渐来得近了。"两人用远镜一看，都道："嗳呀，嗳呀！实在危险得极！幸而是向这边来，不过二三十里就可泊岸了。"

相隔不过一点钟之久，那船来得业已甚近。三人用远镜凝神细看，原来船身长有二十三四丈，原是只很大的船。船主坐在舵楼[3]之上，楼下四人专管转舵的事。前后六枝桅杆，挂着六扇旧帆，又有两枝新桅，挂着一扇簇新的帆、一扇半新不旧的帆，算来这船便有八枝桅了。船身吃载很重，想那舱里一定装的各项货物。船面上坐的人口，男男女女，不计其数，却无篷窗等件遮盖风日，同那天津到北京火车的三等客位一样。面上有北风吹着，身上有浪花溅着，又湿又寒，又饥又怕。看这船上的人都有民不聊生的气象。那八扇帆下，各有两人专管绳脚的事。船头及船帮上有许多的人，仿佛水手的打扮。

这船虽有二十三四丈长，却是破坏的地方不少。东边有一块，约有三丈长短，已经破坏，浪花直灌进去；那旁，仍在东边，又有一块，约长一丈，水波亦渐渐侵入；其余的地方，无一处没有伤痕。那八个管帆的却是认真的在那里管，只是各人管各人的帆，仿佛在八只船上似的，彼此不相关照。那水手只管在那坐船的男男女女队里乱窜，不知所做何事。用远镜仔细看去，方知道他在那里搜他们男男女女所带的干粮，并剥那些人身上穿的衣服。章伯看得亲切，不禁狂叫道："这些该死的奴才！你看，这船眼睁睁就要沉覆，他们不知想法敷衍着早点泊岸，反在那里蹂躏好人，气死我了！"慧生道："章哥，不用着急。此船目下相距不过七八里路，等他泊岸的时候，我们上去劝劝他们便是。"

正在说话之间，忽见那船上杀了几个人，抛下海去，捩[4]过舵来，又向东边去了。章伯气的两脚直跳，骂道："好好的一船人，无穷性命，无缘无故断送在这几个驾驶的人手里，岂不冤枉！"沉思了一下，又说道："好在我们山脚下有的是渔船，何不驾一只去，将那几个驾驶的人打死，换上几个，岂不救了一船人的性命？何等功德，何等痛快！"慧生道："这个办法虽然痛快，究竟未免卤莽，恐有未妥。请教残哥以为何如？"

老残笑向章伯道："章哥此计甚妙，只是不知你带几营人去？"章伯愤道："残哥怎么也这么糊涂！此时人家正在性命交关，不过一时救急，自然是我们三个人去。那里有几营人来给你带去！"老残道："既然如此，他们船上驾驶的不下头二百人，我们三个人要去杀他，恐怕只会送死，不会成事罢。高明以为何如？"章伯一想，理路却也不错，便道："依你该怎么样？难道白白地看他们死吗？"老残道："依我看来，驾驶的人并未曾错，只因两个缘故，所以把这船就弄的狼狈不堪了。怎么两个缘故呢？一则他们是走'太平洋'的，只会过太平日子，若遇风平浪静的时候，他驾驶的情状亦有操纵自如之妙，不意今日遇见这大的风浪，所以都毛了手脚。二则他们未曾预备方针。平常晴天的时候，照着老法子去走，又有日月星辰可看，所以南北东西尚还不大很错，这就叫做靠天吃饭。那知遇了这阴天，日月星辰都被云气遮了，所以他们就没了依傍，心里不是不想望好处去做，只是不知东南西北，所以越走越错。为今之计，依章兄法子，驾只渔艇，追将上去，他的船重，我们的船轻，一定追得上的。到了之后，送他一个罗盘，他有了方向,便会走了。再将这有风浪与无风浪时驾驶不同之处,告知船主,他们依了我们的话,岂不立刻就登彼岸了吗?"慧生道:"老残所说极是,我们就赶紧照样办去。不然,这一船人实在可危的极!"

说着,三人就下了阁子,吩咐从人看守行李物件。那三人却俱是空身,带了一个最准的向盘,一个纪限仪[5],并几件行船要用的物件,下了山。山脚下有个船坞,都是渔船停泊之处,选了一只轻快渔船,挂起帆来,一直追向前去。幸喜本日刮的是北风,所以向东向西都是旁风,使帆很便当的。一霎时,离大船已经不远了,三人仍拿远镜不住细看。及至离大船十余丈时,连船上人说话都听得见了。

谁知道除那管船的人搜刮众人外,又有一种人在那里高谈阔论的演说,只听他说道:"你们各人均是出了船钱坐船的,况且这船也就是你们祖遗的公司产业,现在已被这几个驾驶人弄的破坏不堪,你们全家老幼性命都在船上,难道都在这里等死不成?就不想个法儿挽回挽回吗?真真该死奴才!"

众人被他骂的顿口无言,内中便有数人出来说道:"你这先生所说的都是我们肺腑中欲说说不出的话,今日被先生唤醒,我们实在惭愧,感激的很!只是请教有什么法子呢?"那人便道:"你们知道现在是非钱不行的世界了,你们大家敛几个钱来,我们舍出自己的精神,拼着几个人流血,替你们挣个万世安稳自由的基业,你们看好不好呢?"众人一齐拍掌称快。

章伯远远听见,对二人说道:"不想那船上竟有这等的英雄豪杰!早知如此,我们可以不必来了。"慧生道:"姑且将我们的帆落几叶下来,不必追上那船,看他是如何的举动。倘真有点道理,我们便可回去了。"老残道:"慧哥所说甚是。依愚见看来,这等人恐怕不是办事的人,只是用几句文明的话头骗几个钱用用罢了！"

当时三人便将帆叶落小，缓缓的尾大船之后。只见那船上人敛了许多钱，交给演说的人，看他如何动手。谁知那演说的人敛了许多钱去，找了一块众人伤害不着的地方，立住了脚，便高声叫道："你们这些没血性的人，凉血种类的畜生，还不赶紧去打那个掌舵的吗？"又叫道："你们还不去把这些管船的一个一个杀了吗？"那知就有那不懂事的少年，依着他去打掌舵的，也有去骂船主的，俱被那旁边人杀的杀了，抛弃下海的抛下海了。那个演说的人，又在高处大叫道："你们为什么没有团体？若是全船人一齐动手，还怕打不过他们么？"那船上人，就有老年晓事的人也高声叫道："诸位切不可乱动！倘若这样做去，胜负未分，船先覆了！万万没有这个办法！"

慧生听得此语，向章伯道："原来这里的英雄只管自己敛钱，叫别人流血的。"老残道："幸而尚有几个老成持重的人，不然这船覆的更快了。"说着，三人便将帆叶抽满，顷刻便与大船相近。篙工用篙子钩住大船，三人便跳将上去，走至舵楼底下，深深的唱了一个喏，便将自己的向盘及纪限仪等项取出呈上。舵工看见，倒也和气，便问："此物怎样用法？有何益处？"

正在议论，那知那下等水手里面，忽然起了咆哮，说道："船主！船主！千万不可为这人所惑！他们用的是外国向盘，一定是洋鬼子差遣来的汉奸！他们是天主教！他们将这只大船已经卖与洋鬼子了，所以才有这个向盘。请船主赶紧将这三人绑去杀了，以除后患。倘与他们多说几句话，再用了他的向盘，就算收了洋鬼子的定钱，他就要来拿我们的船了！"谁知这一阵嘈嚷，满船的人俱为之震动。就是那演说的英雄豪杰，也在那里喊道："这是卖船的汉奸！快杀，快杀！"

船主、舵工听了，俱犹疑不定。内中有一个舵工是船主的叔叔，说道："你们来意甚善，只是众怒难犯，赶快去罢！"三人垂泪，赶忙回了小船。那知大船上人余怒未息，看三人上了小船，忙用被浪打碎了的断桩破板打下船去。你想，一只小小渔船，怎禁得几百个人用力乱砸，顷刻之间，将那渔船打得粉碎，看着沉下海中去了。未知三人性命如何，且听下回分解。

注释

〔1〕收检：整理。

〔2〕蒙气：古指包围地球外面的大气。

〔3〕舵楼：船上操舵之室。

〔4〕捩（liè）：扭转。

〔5〕纪限仪：即六分仪，轻便测角仪器。航海或航空时用来测定天体的高度或地面上远处两点所成的视角。

评析

《老残游记》是清末中篇小说，小说以一位走方郎中老残的游历为主线，深入挖掘社会矛盾，深刻反映清末生活，表达出作者对国家危亡现实的强烈忧患意识。与李宝嘉《官场现形记》、吴趼人《二十年目睹之怪现状》、曾朴《孽海花》并称晚清四大谴责小说。其文字流畅雅洁，叙事写景状物皆生动鲜活，将西方小说与中国传统白话小说的创作技巧巧妙结合，达到了极高的艺术水平。

本回是《老残游记》开篇第一回，简单介绍了老残其人，又写老残医治好黄瑞和奇病，主要内容则是叙述了老残蓬莱阁观海救人，却反而遭遇误解深陷危险的梦境。作者在这里运用了象征隐喻的手法。破败的大船象征的正是岌岌可危的大清王朝。船身二十三四丈，指的是当时中国二十三四个省级区划。船主自然指的是清廷的最高统治者，其下四人是当时的军机大臣，管绳脚的人以及水手是清廷其他大大小小的官员。

船上的乘客，象征当时社会的普通百姓。高谈阔论的虚假英雄，是讥讽当时的革命党人。桅杆指的是朝廷的六部，新的船帆指学部，半新的则是当时的农商部。船身两处被浪花水波侵入的部分，是指当时受到外敌威胁的东北三省和山东地区。这条大船上有大量货物，是写中国自古以来物产丰盈；船上百姓却饥寒交迫，是哀叹当时民不聊生的社会状况。管帆的各行其是，是说清廷官员治国无方；水手夺去财务，是怒斥朝廷搜刮民脂民膏。老残和两位挚友想用罗盘和纪限仪拯救大船，是师从太谷学派的刘鹗想要用西方先进技术挽救中国的写照。刘鹗受人诽谤为"汉奸"，老残们也未能幸免。千夫所指之下，刘鹗不断受挫，老残们也船破沉海，生死未卜。

幅员辽阔、水土丰饶的大片国土上，中国发展起以农耕为基础的大陆文明。它高度发达，却也相对封闭、保守、自大。自晚清开始，西方列强挟炮火渡海而来，轻易破开中国大门，将这一直一隅自守的古老国度拖入时代大潮的滚滚洪流。曾经人们幻想，海外有云雾缭绕的仙山，有远离尘世的桃源，有数不尽的奇景奇遇、取不完的财富宝藏，而郑和远渡西洋，实现了中国与海外其他国家的交流，给人们带回愈加迷离浪漫的想象和天朝上国威加海外、亲抚蛮夷的自信。西方列强的入侵，让中国人第一次意识到重洋的彼岸还有闻所未闻的强大国家和高度发达的文明，以及由他们带来的巨大威胁。海洋揭开了自己身上的神秘的面纱，让中国付出巨大代价的同时，也将世界呈现在中国人眼前。此时的海洋在人们眼中不再只是奇境、奇域和奇珍异宝的代名词，它还与西方先进的政治、经济和文化以及西方对中国的巨大威胁紧密相连。清代康熙年间的诗人卓尔堪有句云："中华百货资百蛮，海国纷纷估客船。"还在说"海国"是蛮夷之地。到了道光年间，魏源写介绍西方先进技术的《海国图志》，已用"海国"一词代指物质文明和精神文明远远领先于当时中国的西方国家。老残们在蓬莱观海，身处这个缭绕着无数海洋浪漫传说的地点，他们看到的不再是海市蜃楼的幻象，不再是虚无缥缈的仙山,而是一只大船在洪波巨浪中千疮百孔。这海洋巨浪是时代的浪潮,更是将当时的中国冲击得满目疮痍的西方海洋文明。

列强的坚船利炮裹挟着西方文明跨海而来,对中国社会造成巨大冲击。面对民生凋敝、外侮纷至、国将不国的危险形势,有识之士开始向大洋彼岸的西方学习,希望找到救亡图存的良方。老残认为,中国的岌岌可危,是因为统治者享惯太平,不善应付危机,也没有预备应付危机的方针。中国的政治制度不应被推翻,只要学习西方的先进科学技术,就能挽救国家。这种观点当然有其局限性,但我们也应该看到,已经有先进的知识分子放下天朝上国的傲慢,打破华夷之辨的思想桎梏,放眼海洋,拥抱世界。

猎猎的海风自大洋彼岸而来,夹着洪波巨浪,终究冲破了古老中国隔绝世界的、一厢情愿、故步自封的藩篱,从此中国开始了长达百年的屈辱史,开始了汲取海外文明、救亡图存的不懈奋斗,也开始了不畏艰险、自强不息追赶世界航程的漫漫旅途。

(孙文成)

老残游记·第十一回
疫鼠传殃成害马 瘌犬流灾化毒龙(节选)

刘鹗

玙姑道:"先生不是不明白,是没有多想一想。大凡人都是听人家怎样说,便怎样信,不能达出自己的聪明。你方才说月球半个明的,终久是明的。试思月球在天,是动的呢?是不动的呢?月球绕地是人人都晓得的。既知道他绕地,则不能不动,即不能不转,是很明显的道理了。月球既转,何以对着太阳的一面永远明呢?可见月球全身都是一样的质地,无论转到那一面,凡对太阳的总是明的了。由此可知，无论其为明为暗，其于月球本体，毫无增减，亦无生灭。其理本来易明，都被宋以后的三教子孙挟了一肚子欺人自欺的心去做经注，把那三教圣人的精义都注歪了。所以天降奇灾，北拳南革，要将历代圣贤一笔抹煞。此也是自然之理，不足为奇的事。不生不死，不死不生；即生即。死，即死即生，那里会错过一丝毫呢？"

申子平道："方才月球即明即暗的道理，我方有二分明白，今又被姑娘如此一说，又把我送到酱糊缸里去了。我现在也不想明白这个道理了，请二位将那五年之后风潮渐起、十年之后就大不同的情形，开示一二。"

黄龙子道："'三元甲子'[1]之说，阁下是晓得的。同治三年甲子，是上元甲子第一年，阁下想必也是晓得的。"子平答应一声道："是。"黄龙子又道："此一个甲子与以前三个甲子不同，此名为'转关甲子'。此甲子，六十年中要将以前的事全行改变：同治十三年，甲戌，为第一变；光绪十年，甲申，为第二变；甲午，为第三变；甲辰，为第四变；甲寅，为第五变。五变之后，诸事俱定。若是咸丰甲寅出生的人，活到八十岁，这六甲变态都是亲身阅历，到也是个极有意味的事。"

子平道："前三甲的变动，不才大概也都见过了：大约甲戌穆宗毅皇帝上升[2]，大局为之一变；甲申为法兰西福建之役、安南之役，大局又为之一变；甲午为日本侵我东三省，俄德出为调停，借收渔翁之利，大局又为之一变。此都已知道了。请问后三甲的变动如何？"

黄龙子道："这就是北拳南革了。北拳之乱，起于戊子，成于甲午，至庚子，子午一冲而爆发。其兴也勃然，其灭也忽然，北方之强也。其信从者，上自宫闱，下至将相而止，主义为压汉。南革之乱，起于戊戌，成于甲辰，至庚戌，辰戌一冲而爆发。然其兴也渐进，其灭也潜消，南方之强也。其信从者，下自士大夫，上亦至将相而止，主义为逐满。此二乱党，皆所以酿劫运，亦皆所以开文明也。北拳之乱，所以渐渐逼出甲辰之变法；南革之乱，所以逼出甲寅之变法。甲寅之后文明大著，中外之猜嫌，满汉之疑忌，尽皆销灭。魏真人《参同契》所说'元年乃芽滋'，指甲辰而言。辰属土，万物生于土，故甲辰以后为文明芽滋之世，如木之坼[3]甲，如笋之解箨[4]。其实，满目所见者皆木甲竹箨也，而真苞已隐藏其中矣。十年之间，箨甲渐解，至甲寅而齐。寅属木，为花萼之象。甲寅以后为文明华敷[5]之世，虽灿烂可观，尚不足与他国齐趋并驾。直至甲子，为文明结实之世，可以自立矣。然后由欧洲新文明进而复我三皇五帝旧文明，骎骎[6]进于大同之世矣。然此事尚远，非三五十年事也。"

子平听得欢欣鼓舞，因又问道："象这北拳南革，这些人究竟是何因缘？天为何要生这些人？先生是明道之人，正好请教。我常是不明白，上天有好生之德，天既好生，又是世界之主宰，为什么又要生这些恶人做什么呢？俗语话岂不是'瞎倒乱'吗？"黄龙子点头长叹，默无一言。稍停，问子平道："你莫非以为上帝是尊无二上之神圣吗？"子平答道："自然是了。"黄龙子摇头道："还有一位尊者，比上帝还要了得呢！"

子平大惊，说道："这就奇了！不但中国自有书籍以来，未曾听得有比上帝再尊的，即环球各国亦没有人说上帝之上更有那一位尊神。这真是闻所未闻了！"黄龙子道："你看过佛经，知道阿修罗王与上帝争战之事吗？"子平道："那却晓得，然我实不信。"

黄龙子道："这话不但佛经上说，就是西洋各国宗教家也知道有魔王之说，那是丝毫不错的。须知阿修罗隔若干年便与上帝争战一次，末后总是阿修罗败，再过若干年，又来争战。试问，当阿修罗战败之时，上帝为什么不把他灭了呢？等他过若干年，又来害人？不知道他害人，是不智也；知道他害人而不灭之，是不仁也。岂有个不仁不智之上帝呢？足见上帝的力量是灭不动他，可想而知了。譬如两国相战，虽有胜败之不同，彼一国即不能灭此一国，又不能使此一国降伏为属国，虽然战胜，则两国仍为平等之国，这是一定的道理。上帝与阿修罗亦然，既不能灭之，又不能降伏之，惟吾之命是听，则阿修罗与上帝便为平等之国。而上帝与阿修罗又皆不能出这位尊者之范围，所以晓得这位尊者，位分实在上帝之上。"

子平忙问道："我从未听说过！请教这位尊者是何法号呢？"黄龙子道："法号叫做'势力尊者'。势力之所至，虽上帝亦不能违拗他。我说个比方给你听：上天有好生之德，由冬而春，由春而夏，由夏而秋，上天好生的力量已用足了。你试想，若夏天之树木、百草、百虫，无不满足的时候，若由着他老人家性子再往下去好生，不要一年，这地球便容不得了，又到那里去找块空地容放这些物事呢？所以就让这霜雪寒风出世，拼命的一杀，杀得干干净净的，再让上天来好生，这霜雪寒风就算是阿修罗的部下了。又可知这一生一杀都是'势力尊者'的作用。此尚是粗浅的比方，不甚的确；要推其精义，有非一朝一夕所能算得尽的。"

玙姑听了，道："龙叔，今朝何以发出这等奇辟的议论？不但申先生未曾听说，连我也未曾听说过。究竟还是真有个'势力尊者'呢，还是龙叔的寓言？"黄龙子道："你且说是有一个上帝没有？如有一个上帝，则一定有一个'势力尊者'。要知道上帝同阿修罗都是'势力尊者'的化身。"玙姑拍掌大笑道："我明白了！'势力尊者'就是儒家说的个'无极'，上帝同阿修罗王合起来就是个'太极'！对不对呢？"黄龙子道："是的，不错。"申子平亦欢喜起立道："被玙姑这一讲，连我也明白了！"

黄龙子道："且慢。是却是了，然而被你们这一讲，岂不上帝同阿修罗都成了宗教家的寓言了吗？若是寓言，就不如竟说'无极''太极'的妥当。要知上帝同阿修罗乃实有其人，实有其事。且等我慢慢讲与你听。不懂这个道理，万不能明白那北拳南革的根源。将来申先生庶几[7]不至于搅到这两重恶障里去。就是玛姑，道根尚浅，也该留心的为是。我先讲这个'势力尊者'，即主持太阳宫者是也。环绕太阳之行星皆凭这个太阳为主动力。由此可知，凡属这个太阳部下的势力总是一样，无有分别。又因这感动力所及之处与那本地的应动力相交，生出种种变相，莫可纪述。所以各宗教家的书总不及儒家的《易经》为最精妙。《易经》一书专讲爻象。何以谓之爻象？你且看这'爻'字——"乃用手指在桌上画道："一撇一捺，这是一交，又一撇一捺，这又是一交。天上天下一切事理尽于这两交了。初交为正，再交为变，一正一变，互相乘除，就没有纪极[8]了。这个道理甚精微，他们算学家略懂得一点。算学家说同名相乘为'正'，异名相乘为'负'，无论你加减乘除，怎样变法，总出不了这'正''负'两个字的范围。所以'季文子三思而后行'，孔子说'再思可矣'，只有个再，没有个三。

"话休絮聒，我且把那北拳南革再演说一番。这拳譬如人的拳头，一拳打去，行就行，不行就罢了，没甚要紧。然一拳打得巧时，也会送了人的性命。倘若躲过去，也就没事。将来北拳的那一拳，也几乎送了国家的性命，煞是可怕！然究竟只是一拳，容易过的。若说那革呢，革是个皮，即如马革牛革，是从头到脚无处不包着的。莫说是皮肤小病，要知道浑身溃烂起来，也会致命的。只是发作的慢，若留心医治，也不致于有害大事。惟此'革'字上应卦象，不可小觑了他。诸位切忌，若搅入他的党里去，将来也是跟着溃烂，送了性命的！

"小子且把'泽火革'卦演说一番。先讲这'泽'字。山泽通气，泽就是溪河。溪河里不是水吗？《管子》说：'泽下尺，升上尺。'常云：'恩泽下于民。'这'泽'字不明明是个好字眼吗？为什么'泽火革'便是个凶卦呢？偏又有个'水火既济'的个吉卦放在那里，岂不令人纳闷？要知这两卦的分别就在'阴''阳'二字上。坎水是阳水，所以就成个'水火既济'，吉卦；兑水是阴水，所以成了个'泽火革'，凶卦。坎水阳德，从悲天悯人上起的，所以成了个既济之象；兑水阴德，从愤懑嫉妒上起的，所以成了个革象。你看《象辞》上说道：'泽火革，二女同居，其志不相得。'你想人家有一妻一妾，互相嫉妒，这个人家会兴旺吗？初起总想独据一个丈夫，及至不行，则破败主义就出来了。因爱丈夫而争，既争之后，虽损伤丈夫也不顾了；再争，则破丈夫之家也不顾了；再争，则断送自己性命也不顾了：这叫做妒妇之性质。圣人只用'二女同居，其志不相得'两句，把这南革诸公的小像直画出来，比那照像照的还要清爽。

"那些南革的首领，初起都是官商人物，并都是聪明出众的人才，因为所秉的是妇女阴水嫉妒性质，只知有己，不知有人，所以在世界上就不甚行得开了。由愤懑生嫉妒，由嫉妒生破坏。这破坏岂是一人做得的事呢！于是同类相呼，'水流湿，火就燥'，渐渐的越聚越多，钩连上些人家的败类子弟，一发做得如火如荼。其已得举人、进士、翰林、部曹等官的呢，就谈朝廷革命；其读书不成无着子弟，就学两句爱皮西提衣或阿衣乌爱窝，便谈家庭革命。一谈了革命，就可以不受天理国法人情的拘束，岂不大痛快呢？可知太痛快了不是好事：吃得痛快，伤食；饮得痛快，病酒。今者不管天理，不畏国法，不近人情，放肆做去，这种痛快，不有人灾，必有鬼祸，能得长久吗？"

玙姑道："我也常听父亲说起，现在玉帝失权，阿修罗当道。然则这北拳南革都是阿修罗部下的妖魔鬼怪了？"黄龙子道："那是自然，圣贤仙佛谁肯做这些事呢？"

子平问道:"上帝何以也会失权?"黄龙子道:"名为'失权',其实只是'让权',并'让权'二字还是假名;要论其实在,只可以叫做'伏权'。譬如秋冬的肃杀,难道真是杀吗?只是将生气伏一伏,蓄点力量,做来年的生长。道家说道:'天地不仁,以万物为刍狗;圣人不仁,以百姓为刍狗。'又云:'取已陈之刍狗而卧其下,必眯。'春夏所生之物,当秋冬都是已陈之刍狗了,不得不洗刷一番,我所以说是'势力尊者'的作用。上自三十三天,下至七十二地,人非人等,共总只有两派:一派讲公利的,就是上帝部下的圣贤仙佛;一派讲私利的,就是阿修罗部下的鬼怪妖魔。"

申子平道:"南革既是破败了天理国法人情,何以还有人信服他呢?"黄龙子道:"你当天理国法人情是到南革的时代才破败吗?久已亡佚的了!《西游记》是部传道的书,满纸寓言。他说那乌鸡国王现坐着的是个假王,真王却在八角琉璃井内。现在的天理国法人情就是坐在乌鸡国金銮殿上的个假王,所以要借着南革的力量,把这假王打死,然后慢慢地从八角琉璃井内把真王请出来。等到真天理国法人情出来,天下就太平了。"

子平又问:"这真假是怎样个分别呢?"黄龙子道:"《西游记》上说着呢,叫太子问母后便知道了。母后说道:'三年之前温又暖,三年之后冷如冰。'这'冷''暖'二字便是真假的凭据。其讲公利的人,全是一片爱人的心,所以发出来是口暖气;其讲私利的人,全是一片恨人的心,所以发出来是口冷气。

"还有一个秘诀,我尽数奉告,请牢牢记住,将来就不至入那北拳南革的大劫数了。北拳以有鬼神为作用,南革以无鬼神为作用。说有鬼神,就可以装妖作怪,鼓惑乡愚,其志不过如此而已。若说无鬼神,其作用就很多了:第一条,说无鬼就可以不敬祖宗,为他家庭革命的根原;说无神则无阴谴,无天刑,一切违背天理的事都可以做得,又可以掀动破败子弟的兴头。他却必须住在租界或外国,以骋他反背国法的手段;必须痛诋人说有鬼神的,以骋他反背天理的手段;必须说叛臣贼子是豪杰,忠臣良吏为奴性,以骋他反背人情的手段。大都皆有辩才,以文其说。就如那妒妇破坏人家,他却也有一番堂堂正正的道理说出来,可知道家也却被他破了。南革诸君的议论也有惊采绝艳的处所,可知道世道却被他搅坏了。

"总之,这种乱党,其在上海、日本的容易辨别,其在北京及通都大邑的难以辨别。但牢牢记住:事事托鬼神便是北拳党人,力辟无鬼神的便是南革党人。若遇此等人,敬而远之,以免杀身之祸,要紧,要紧!"

注释

〔1〕甲子:干支纪年或记岁数时六十组干支轮一周称一个甲子,共六十年。三元甲子:术数家以六十甲子配九宫,百八十年作为一周期,中间有三甲子,第一甲子为上元,第二甲子为中元,第三甲子为下元,合称"三元甲子"。三元循环不已,术者以此占验天地、人事的变化。

〔2〕甲戌穆宗毅皇帝上升:指1874年(甲戌)同治皇帝之死。

〔3〕坼(chè):裂开。坼甲:草木种子外皮裂开而萌芽。

〔4〕箨(tuò):笋壳。解箨:竹笋从笋壳中挣脱出。

〔5〕敷:开(花)。

〔6〕骎(qīn)骎:很快。

〔7〕庶几:但愿,希望。

〔8〕纪极:终极,限度。

评析

《老残游记》第九至十一回,讲述了申子平为请刘仁甫任职衙署,长途跋涉进入桃花山，领略桃花山这世外桃源的美景，遇见玙姑、黄龙子等不同凡俗的高人，并与这些世外高人进行深刻对话的故事。此回主要是写黄龙子和申子平、玙姑关于"三元甲子""势力尊者"等话题的一番谈论。

从黄龙子、玙姑对自己观点的阐述中，我们能看出刘鹗的思想中既继承了传统文化精华，又吸收外来新思想的东西方文化交融的特点。他们既熟知《易经》"太极""无极"等东方哲学，又了解西方的天文知识和宗教观念，并将两者互补融汇成自己的思想，用以观照当时的中国频遭外侮、民不聊生的社会现实。这里虽然并未提到海洋，但西方的文化思想主要是经由海洋传播进入中国的，因此与海洋也有着密切联系。

自西方列强挟坚船利炮打开中国大门，中国人终于不再将自己的视线囿于海岸线以内的国土，开始突破海洋的屏障放眼海外、放眼世界。中国社会的政治、经济和文化等各个方面都受到来自西方海洋文明的冲击，西学东渐成为当时最重要的社会现象之一。如果不算明末清初那次主要由传教士进行的规模小、受众少、社会影响极其有限的西学东渐，此次的西学东渐或许是中国与海外的交流中，第一次不是作为"天朝上国"对落后的"化外之邦"骄傲地进行文化的输出，而是作为接受者狼狈地接受大洋彼岸先进文明的文化输入。西方的海洋文明改变了中国人对自我和整个世界的认知，让中国人的思想发生了前所未有的变化。黄龙子、玙姑、申子平的对话中出现了足以令前代人瞠目结舌的西方天文知识和宗教观念，就可见出这股海上而来的新思想之风产生的影响。然而他们的谈话中，也有对西方文化错误的理解。例如他们将天主教和佛教的概念杂糅在一起，又与天文知识混作一团。即使是航海技术领先世界的西方国家，在当时的条件下也无法在太平洋上任意驰骋、如履平地，无法忽略海洋在两地交流之间的阻碍作用，所以传入中国的西方文化仍是有限的。加之各种传统思想扎根于人们脑中无法轻易去除，夷夏之辨、中国上邦的观念造成盲目排外，西学东渐必然要经历一个漫长过程,所以《老残游记》中人物对西方文化的一知半解也是可以理解的。

虽然《老残游记》中"桃花山论道"的这一回历来饱受争议,思想上却有一个不可否认的闪光点。面对远隔万里渡海而来、比当时的中华文化先进得多也强大得多的海洋文明,作者没有盲目排外、故步自封,也没有全盘吸收、失去自我,而是将之与中华文化和而不同、不同而和地融会贯通在一起,海纳百川又大浪淘沙,建立起属于自己的文化。在作者这里,中华文明和西方文化共同演奏成"海水天风之曲",它们"相协而不相同",一同奏出美妙的乐章。直到今日,如何平衡民族文化和外来文化仍然是个难题。刘鹗的文化观念,在百年之后的当下,仍然值得我们学习。

(孙文成)

狮子吼·第三回
民权村始祖垂训　聚英馆老儒讲书(节选)

陈天华[*]

话说浙江沿海有一个小岛,名叫舟山,周围不满三百里。明末忠臣张煌言奉监国鲁王驻守此地,鏖战[1]多载,屡破清兵。后为

---

[*]陈天华,字星台,号思黄,湖南新化人。生于清光绪元年(1875),光绪二十六年(1900)到长沙岳麓书院、求实书院游学。光绪二十九年(1903)官费留学日本,入东京弘文学院师范科、东京法政大学学习。光绪三十一年(1905)在日本与孙中山、黄兴、宋教仁等发起成立"中国同盟会",首任书记部负责人,并参与创办同盟会机关报《民报》,任撰述员。

陈天华是一位杰出的资产阶级革命家,同时也是一位著名的文学家,他创作的弹词、杂剧、小说、散文表现了强烈的反帝、反封建的斗争精神,名作《猛回头》《警世钟》具有宣传资产阶级革命派政治理想的积极意义,在资产阶级民主革命斗争中产生过巨大影响。1904年开始创作长篇小说《狮子吼》,1905年为反对日本政府颁布的《清国留学生取缔规则》而投海自尽,小说未能完成。

满洲所执,百方说降,坚不肯屈。孤忠大节,和文天祥、张世杰等先后垂辉。那舟山于地理上,也就很有名誉,和广东的崖山(宋陆秀夫负少帝投海殉国于此)同为汉人亡国的一大纪念。

那舟山西南有一个大村,名叫民权村。讲到那村的布置,真是世外的桃源,文明的雏本[2],竟与祖国截然两个模样。把以前的中国和他比起来,真是俗话所谓"叫化子比神仙"了。该村烟户[3]共有三千多家,内中的大姓就是姓孙,除了此姓之外,别姓的人不过十分中之一二。有议事厅,有医院,有警察局,有邮政局;公园,图书馆,体育会,无不具备。蒙养学堂,中学堂,女学堂,工艺学堂,共十余所。此外有两三个工厂,一个轮船公司。

看官,你道当时中国如此黑暗,为何这一个小小村落倒能如此?这是有个大典故的。当满洲攻打舟山之际,此村孙家有个始祖,聚集家丁子弟、族人领里,据垣固守。满洲攻了好几次,终不能破。那老临死,把一村的人都喊到面前,嘱咐道:"老朽不幸,身当乱世,险些儿一村的人都要为人家所杀。今幸大难已过,然想起当日满洲的狠毒,我还恐怕、痛恨得很。我想满洲原是我国一个属国,乘着我国有乱,盗进中原,我祖国的同胞被他所杀的十有八九。即我们舟山一个孤岛,僻处海中,也不能免他的兵锋。四五年之中,迭次[4]侵犯我这一村。多蒙天地祖宗之灵,一村保全。然你们的祖父,你们的伯叔,你们的兄弟,已死了不少。你们的姑母姊妹,嫁在别村的,为满洲掳去,至今生死不明。这个仇恨,我已不能报了,望你们能报。你们不能报,你们的子孙总要能报。万一此仇竟不能报,凡此村的人,永世不许应满洲的考,不许做满洲的官,有违了此言的,即非此村的人,不许进我的祠堂。更有一句话:无事时当思着危难时候。这武艺一事,是不可丢了的。女子包脚很不便,我村不可染了这个恶习。"说完便死了。此村的人永远守着他始祖的遗言,二百余年,没有一个应考做官的。名在满洲治下，实则与独立国无异。

原先仇视洋人，看见洋人就磨刀要杀。满洲道光年间，舟山为英国所占，英兵从民权村经过，杀了村里二人。村中即鸣锣聚众，男女四五千人，器械齐全，把英兵团团围住。英兵主将得信，立即带了大兵往救，损了数百名兵丁，死了数员头目，才拔围而出。那时英兵和满洲官兵交战，没有败过一次，单单这次被民权村杀得弃甲丢枪，损兵折将。因此民权村的名，各国都知。

后民权村有几个名人，游历英、法、德、美各国回来，细考立国的根源，饱观文明的制度，晓得一味野蛮排外，也是不行的。必先把人家的长处学到手，等到事事够与人平等，才能与人争强比弱。单凭着一时血气，做了一次，就难做第二次，有时败下来，或不免折了兴头，不特前此的壮气全无，倒要对人恭顺起来，岂不可耻！所以他们回了民权村，即把人家的好处如何如何，自家照现在的所为，一定不行的话，切实说了。即提议把村中公费及寺观产业开办学堂。那时反对的人十有其九。这几个人也不管众人的是非，自己拿出钱财，开了一个学堂。又时时劝人到外洋求学。有些不懂事的人，说他们"如今入了洋教，变了洋鬼子，反了始祖的命令，了不得！"带刀要刺杀他们，他们有几次险些儿不免。但是他们依然不管，只慢慢的开导大众。数年以后，风气便回转来了，出洋的也日多一日了。把一个小小的村子，纯仿文明国的办法。并且有了这般的文明以后，仇满排外主义，比前越发涨了好多。前事少叙，话归本传。

且说民权村中有一个孙员外，孺人[5]赵氏，中年在南洋经商，因此发迹，家财千余万。好善乐施，年已五旬，膝下尚没有嗣息。一日，孺人身怀有孕，到了临盆时期，员外孺人老年产子，未免有些担心，请了几个产婆到家伺候。只听得"呱呱"之声，孩儿已生出来了。过了三日，员外抱来细看，生得面方耳大，一望而知为不凡之器，不胜大喜。及至周岁，替他取了一个名字，叫做"念祖"。念祖年三四岁，即聪慧异常。不到五六岁的时候，看见一个小小虾蟆，被一条二尺多长的蛇吃了，不胜愤怒。他拿起一根小木棍想打那蛇，带他的家人连忙要抱住他，那里抱得住。他说道："我要打死他！我看不得这些事！"这家人唤一个人来，把那蛇打死，他方才甘休。是岁入了蒙养学堂；蒙养毕业，入了村立的中学堂。这学堂的学生共有二三百人。

总教习姓文，名明种，原是江苏人氏，是一个大守旧先生。他讲了多年的汉学，所著的书有八九种，都是申明古制，提倡忠孝的宗旨。他视讲洋务者若仇，以为这些人离经叛道，用夷变夏，盛世所不容，圣王所必诛。凡欲在孔孟之徒的，不可不鸣鼓以攻之。他做了好几篇论说，登在《经世文编》内。又拟了几个条陈，打量请一个大员代奏朝廷，系言学堂不可兴，铁路不可修，正学必崇，邪说必辟等事。那些守旧党都推他老先生做一个头领，议论风生，压倒一时。文明种说一句，四处都传出去了，那班想要阻挠新政的朋友，倘若盗来写在奏折内，一定成功的。不料他有一个得意门生，瞒了他私往日本国留学。他得了信，怒的了不得，说等他回来，一定要将他打死。未有一年，那门生竟然回来了，一直来见文明种。文明种一见了那个门生，暴跳如雷，因为没有刑杖在身边，顺便拿起一根撞门棍，望那门生当头打去。那门生一面忙接住了撞门棍，一面禀道："请老师息怒，待门生把话说清，再打不迟。"文明种气填满了胸膛，喘着应道："你说！你说！"那门生又道："一时不能说清，请老师容我说六个日子。"文明种道："你且说起来。"那门生便把近世的学说，反复说了几遍。文明种又动了几次气，不能容了，又要起来打那门生。那门生扯着他不放，嘴里只管说下去。后来渐渐文明种的气平了，容那门生说。说到第三日上，文明种坐也不是，行也不是，便不要那门生说了。

那知他想了好几日，忽然收拾行李，直往日本，在某师范学堂里听了几个月的讲，又买了一些东文书看了，他的宗旨便陡然大变，激烈的了不得，一刻都不能安。回转国来，逢人便讲新学。那些同志看见他改了节，群起而攻他。同县的八股先生打开圣庙门，祭告孔圣，出了逐条，把他革出名教之外。文明种不以为意，各处游说。虽有几个被他说开通了的，但是合趣的终少。江宁高等学堂聘他当汉文教习，他以为这是一个奴隶学堂，没有好多想头，不愿去。

听得民权村很有自由权，因渡海过来，当了那里学堂的总教习，恰好念祖便在这一年入了学堂。文明种见那里一班学生果然与内地不同，粗浅的普通学问无人不晓。内中尤其有两个很好的：一个名叫绳祖，一个名叫肖祖，都是念祖的族兄弟，比念祖略小一点。绳祖为人略文弱一些，而理想最长，笔下最好。肖祖性喜武事，不甚喜欢科学。文明种把他二人连同念祖另眼看待，极力鼓舞。

到了次年，又有一个姓狄名必攘的，来此附学[6]。必攘住在舟山东北，离此七八十里，学问自然不及三人，却生得沉重严密，武力绝伦。十三岁时候，能举五百斤重的大石，文明种也看上了他。他虽不与三人同班，文明种却使他与三人叙交，他三人也愿交必攘。四人水乳相投，犹如亲兄弟一般。文明种看见这学堂的英才济济，心满意足，替学堂取了一个别号，叫做聚英馆。又做了一首爱祖国歌，每日使学生同声唱和。歌云：（歌文原稿已遗，故中缺）。那聚英馆的学生听了此歌，爱祖国的心，不知不觉生出来了。光阴似箭，转瞬已是三年有余，学生的程度水涨的相似，一天不同一天。

文明种晓得这里的种已下了，再想往别处下种。传齐全堂学生，于休息日到一个大讲堂坐下。只见文明种不慌不忙，拿着数本书，走上台来，向众低头行了礼，各学生一齐起身，向上也行了一礼，仍复坐下，寂静无声。文明种把玻璃杯的茶喝了几口，然后说道："鄙人无才无学，承蒙贵村的父老错举了来，当这学堂的总教习，于今也有好几年了。深喜诸君的学问皆有了长进，老拙实在喜欢的了不得！目下鄙人又要离别诸君，想往别处走一走。老拙对于诸君的种种爱护之情，无以为赠，只好把几句话来奉告。"说到这里，他又喝了一口茶，咳嗽了几声，即抗声续道："诸君诸君，学问有形质上的学问，有精神上的学问。诸君切不可专在形质上的学问用功，还须要注意精神上的学问呢。"念祖起身问道："精神上的学问怎样讲呢。"文明种道："不过是'国民教育'四字。换言之，即是民族主义。不论是做君的，做官的，做百姓的，都要时时刻刻以替民族出力之心，不可仅顾一己。倘若做皇帝的，做官府的，实在于国家不利，做百姓的即要行那国民的权利，把那皇帝官府杀了，另建一个好好的政府，这才算尽了国民的责任。"讲到此处，内中一个学生惊问道："怎么皇帝都可以杀得的！不怕悖了圣人的教训吗？"文明种把此人瞧了几眼，叱道："你讲的什么！你在学堂里多少久了？难得这些话还亏你说得出口！"众人忙答道："他不是本村的人，是从外面来附学的，到此才有几天。"

文明种道："这就难怪了。坐下来，我来讲给你听。《书经》上'抚我则后，虐我则仇'的话，不是圣人所讲的吗？《孟子》'民为贵，社稷次之，君为轻'的话，又不是圣人所讲的吗？一部五经四书，那里有君可虐民，民不能弑君的话？难道这些书你都没有读过吗？"那学生埋头下去，答不出话来。文明种又道："后世摘出'普天之下，莫非王土'那一句书，遂以为国家是君所专有，臣民是君的奴才。你们想一想，这句话可以说得去吗？"众人都没有出声，停了半晌，文明种又道："如果先有君，后有臣民，才可说得去。又必自盘古以来，只有他一家做皇帝，方可说得去。你们道有这些事吗?"众人都道:"没有这些事。"文明种道:"照卢骚的《民约论》讲起来,原是先有了人民,渐渐合并起来,才成了国家。比如一个公司,有股东,有总办,有司事。总办司事,都要尽心为股东出力。司事有不是处,总办应当治他的罪。总办有亏负公司的事情,做司事的应告知股东,另换一个。司事倘与总办通同做弊,各股东有纠正总办司事的权力。如股东也听他们胡为,是放弃了股东的责任,便失了做股东的资格。君与臣民的原由,就是如此,是第一项说不过去。"众人连道:"是,是。"

文明种又说:"三代以上勿论,自秦以后,正不知有多少朝代。每当一朝,大家口口声声都说要尽忠于此朝,和此朝做对敌的,都痛骂为夷狄[7],为盗贼。及那些盗贼夷狄战胜了此朝时,那盗贼夷狄又为了君,大家的声口又改了,又要尽忠于他,倘有仍想忠于前朝的,又说是乱臣贼子,大逆不道了。所以君咧,盗贼咧,夷狄咧,其名是随时而异的。这是第二项说不过去之处。何如以国为主,统君臣民都在内,只言忠国,不言忠君,岂不更圆满吗?"说到此处,众人都拍手。念祖起来问道:"适才先生所讲的卢骚是那一国的人?"文明种道:"是法国人。当初法国暴君专制,贵族弄权,那情形和我们中国现在差不远。那老先生生出不平的心来,做了这一本《民约论》,不及数十年,法国便连革了几次命,终成了一个民主国,都是受这《民约论》赐哩。"肖祖叹一口气道:"可惜我中国还没有一个卢骚!"

文明种道:"有有有!明末清初,中国有一个大圣人,是孟子以后的第一个人。他的学问,他的品行,比卢骚还要高几倍,无论新学旧学,言及他老先生,都没有不崇拜他的。"肖祖道:"到底那人为谁?"文明种道:"就是黄黎洲先生。先生名宗羲,浙江余姚县人。他著的书有一种名叫《明夷待访录》,内有《原君》《原臣》二篇,虽不及《民约论》之完备,民约之理,却已包括在内,比《民约论》出书还要早几十年哩。"绳祖道:"为何法国自有了卢骚的《民约论》,法国便革起命来,中国有了黎洲先生的《明夷待访录》,二百余年还没有影响,这是何故?"文明种道:"法国自卢骚之后,还有千百个卢骚相继其后;中国仅有黎洲先生,以后没有别人,又怎么能有影响呢?"肖祖奋臂起道:"以后咱们总要实行黎洲先生所言!"文明种道:"现在仅据黎洲先生所言的,还有些不对。何以呢?黎洲先生仅伸昌民权,没讲到民族上来。施之于明以前的中国,恰为对症之药,如今又为第二层工夫了。"

必攘于是起身出席问道:"请问民族的主义为何?"文明种道:"大凡人之常情,对于民族的人相亲爱,对于外族的人相残杀,这是一定的道理。慈父爱奴仆,必不如爱其子孙。所以家主必要本家的人做,断不能让别人来做家主;族长必要本族的人当,不能听外族来当族长。怎么国家倒可容外族人来执掌主权呢?即不幸为异族所占,虽千百年之久,也必要设法恢复转来,这就叫做民族主义。"必攘点头称是。

念祖又出席问道:"先生刚才说要离了此处,再往别方,这句话一定使不得,学生们离了先生,就好像孩子离了爷娘一般,我们一定要留住先生的驾的。"文明种道:"你们都已很好了,我在此也没有什么益处,不如让我到别处去走一遭,或可再能开导些人出来,也算我文明种稍尽一分国民的义务了。"众人总不答应,说:"只要先生过了今年一年,就容先生往别处去。"文明种道:"时已不早了,诸君且退,有话明日再讲。"即欠身走下台来。众人只得各归自修室去。至次日五点半钟,大家方才起来,号房忽然走进来说道:"文先生独自一人,手拿一个提包,于三十分钟前已去了。"众人急忙走出大门来赶,要知能赶到与否,且待下回分解。

注释

〔1〕鏖战：激烈地战斗；苦战。

〔2〕雏本：雏形。

〔3〕烟户：人户。

〔4〕迭次：屡次；不止一次。

〔5〕孺人：旧时对妻的通称。

〔6〕附学：旧时谓附入他人家塾读书。

〔7〕夷狄：古称东方部族为夷，北方部族为狄。常用以泛称除华夏族以外的各族。

评析

《狮子吼》是清末资产阶级革命家陈天华的未竟之作，全书共完成八回，从多个方面宣传了资产阶级民主主义的政治理想，批判了满洲贵族入关以来的种种暴行，揭露了晚清政府的腐朽没落，痛陈在帝国主义侵略下深重的民族危机。本文选自《狮子吼》第三回，详细阐述了几个主人公成长、学习的环境。

浙江沿海有一舟山岛，岛上民权村有三千多户人家。明末忠臣张煌言奉监国鲁王驻守此地，鏖战多年，屡破清兵，有着光荣的民族斗争传统。更为重要的是，这座世外桃源的村落竟与祖国其他地方截然两个模样，这里有议事厅、医院、警察局、公园、图书馆、体育会无不具备，蒙养堂、中学堂、工艺学堂应有俱有。不难想象，这样的世外桃源在当时的中国并不存在，这是作者在接受资产阶级民主制度的熏陶下虚构出的理想社会，这样的社会寄托着作者自由、独立的政治想象，也是对严酷的封建专制统治的绝对否定。作品中那些即将干出一番轰轰烈烈大事业的英雄狄必攘、孙念祖、孙肖族从小就是在这样的环境中成长，在学校中接受资产阶级民权主义的教育，在思想上对封建君主进行了彻底的否定。这座遗世独立的海中岛屿孕育了当时中国最先进、最纯粹的民主社会，同污浊落后、精神荒芜的内陆形成了强烈的对比。这样鲜明的差距正是隔着一片苍茫的大海，文明与开化只存在于缥缈海洋中的孤岛，如海市蜃楼般若即若离，让人憧憬又颇感无奈。这不禁让人联想到晋代陶渊明的《桃花源记》，捕鱼人在芳草鲜美、落英缤纷的桃花林中，探得世外桃源，这里"土地平旷，屋舍俨然，有良田美池桑竹之属……黄发垂髫，并怡然自乐"。《狮子吼》所构想的民权村与陶渊明笔下的世外桃源有异曲同工之处，没有腐朽政府的压榨，没有混乱的社会秩序，人们自给自足，一切井然有序。但让人遗憾的是，这样美好的社会终究是作者在残酷现实中的想象，让人憧憬，却遥不可及。

人们曾把《狮子吼》称为"新理想"小说，这部作品寄托着作者建立自由、独立的资产阶级共和国的政治理想。节选部分对民权村的总体勾勒，对蒙养学堂、学生自治会等组织的细绘，以及对文明种、狄必攘、孙念祖等人物形象的塑造，都付诸浪漫主义手法，使得小说充满了传奇色彩，具有鼓舞人心的力量。作者笔下的民权村人同仇敌忾，恪守祖训，原本对洋人无比仇视，开通风气后，纷纷到海外游历。他们漂洋过海，到达英、法、德、美等国，细考立国根源，详览文明制度，从此村中气象一新。其中中学堂总教习文明种，原先是一个守旧的顽固先生，后赴日本游学，受到民主制度思想的浸染，回国后应聘到民权村执教，向人们讲授新学，传播自由空气。

民国时期，国外资产阶级民主思潮涌入中国，一大批有识之士怀揣救国之心，漂洋海外，从他们身上可以看到古代海上探险家的冒险精神。神秘的海洋充满了危险，也隐藏着财富，明代"三言""二拍"中讲述了许多海上巨贾发家致富的故事，他们不畏挑战，劈波斩浪，最终收获大量的财富。《狮子吼》中的故事虽与海上寻宝模式有所差异，但其实狄必攘、文明种所追求的财富正是"民主""平等""人权"这些文明制度，摆在他们面前的挑战不是海浪、风暴，而是顽固不化的国民思想，唯一有效的救国良方存在于彼岸的异国远邦，等待着敢于冒险的有识之士前去探索和追寻。

不能否认,《狮子吼》中描写的民权村仅仅是"世外桃源"的幻想,但它确如苍茫沉寂中撼动苍穹的春雷,震醒了万籁俱寂的中华大地;又如寂静长夜中光芒刺眼的闪电,划破了古老国度漆黑的夜空,它激励着自强不屈的中华儿女为救亡图存而奔走不息。

(沈伟)

孽海花·第一回
一霎狂潮陆沉奴乐岛　卅年影事托写自由花

曾朴*

江山吟罢精灵泣,中原自由魂断!金殿才人,平康佳丽,间气钟情吴苑[1]。轺轩[2]西展,遽瞒着灵根,暗通瑶怨。孽海飘流,前生冤果此生判。群龙九馗[3]宵战,值钧天[4]烂醉,梦魂惊颤。虎神营荒,鸾仪殿辞,输尔外交纤腕。大千公案,又天眼愁胡,人心思汉。自由花神,付东风拘管。

却说自由神,是哪一位列圣?敕封[5]何朝?铸象[6]何地?说也话长。如今先说个极野蛮自由的奴隶国。在地球五大洋之外,哥伦布未辟、麦哲伦不到的地方,是一个大大的海,叫做"孽

---

* 曾朴(1872—1935),字小木,又字籀斋,号铭珊,笔名东亚病夫。江苏常熟人,中国清末民初小说家、出版家。

曾朴生于书香世家,曾家是常熟望族之一,祖上世代为官。曾朴自幼聪明好学,其父对他寄予厚望,然而曾朴十分厌恶封建科举制度,关心国家大事,曾参与"戊戌变法"。曾朴热爱文学,醉心文艺,阅读了大量法国文学作品、文学批评论著以及许多法译的西欧各国文学名著。《孽海花》原为1903年金松岑(金天翮,笔名爱自由者)应东京的江苏留学生办的《江苏》杂志之约而作,但金松岑不擅长写小说,只写了开头六回。1904年8月,曾朴创办小说林书社于上海,金松岑即将所作《孽海花》前六回交给曾朴续写。

海"。那海里头有一个岛,叫做"奴乐岛"。地近北纬三十度,东经一百十度。倒是山川明丽,花木美秀;终年光景是天低云黯,半阴不晴,所以天空新气是极缺乏的。列位想想:那人所靠着呼吸的天空气,犹之那国民所靠着生活的自由,如何缺得!因是一般国民,没有一个不是奄奄一息,偷生苟活。因是养成一种崇拜强权、献媚异族的性格,传下来一种什么运命,什么因果的迷信。因是那一种帝王,暴也暴到吕政[7]、奥古士都[8]、成吉思汗、路易十四的地位,昏也昏到隋炀帝、李后主、查理士、路易十六的地位;那一种国民,顽也顽到冯道[9]、钱谦益[10]的地位,秀也秀到扬雄、赵子昂的地位。而且那岛从古不与别国交通,所以别国也不晓得他的名字。从古没有呼吸自由的空气,那国民却自以为是:有"吃",有"着",有"功名",有"妻子",是个"自由极乐"之国。古人说得好:"不自由,毋宁死。"果然那国民享尽了野蛮奴隶自由之福,死期到了。

去今五十年前,约莫十九世纪中段,那奴乐岛忽然四周起了怪风大潮,那时这岛根岌岌摇动,要被海若卷去的样子。谁知那一般国民,还是醉生梦死,天天歌舞快乐,富贵风流,抚着自由之琴,喝着自由之酒,赏着自由之花,年复一年,禁不得月啮日蚀[11],到了一千九百零四年,平白地天崩地塌,一声响亮,那奴乐岛的地面,直沉向孽海中去。

咦,咦,咦!原来这孽海和奴乐岛,却是接着中国地面,在瀚海之南,黄海之西,青海之东,支那海之北。此事一经发现,那中国第一通商码头的上海,地球各国人,都聚集在此地,都道希罕,天天讨论的讨论,调查的调查,秃着几打笔头,费着几磅纸墨,说着此事。内中有个爱自由者闻信,特地赶到上海来,要想侦探侦探奴乐岛的实在消息,却不知从何处问起。那日走出去,看看人来人往,无非是那班肥头胖耳的洋行买办,偷天换日的新政委员,短发西装的假革命党,胡说乱话的新闻社员,都好像没事的一般,依然叉麻雀,打野鸡,安垲第[12]喝茶,天乐窝[13]听唱;马龙车水,酒地花天,好一派升平景象!

爱自由者倒不解起来,糊糊涂涂、昏昏沉沉地过了数日。这日正一个人闷闷坐着,忽见几个神色仓皇、手忙脚乱的人奔进来嚷道:"祸事!祸事!日俄开仗了,东三省快要不保了!"正嚷着,旁边远远坐着一人冷笑道:"岂但东三省呀!十八省早已都不保了!"爱自由者听了,猛吃一惊,心想刚刚很太平的世界,怎么变得那么快!不知不觉立了起来,往外就走。一直走去,不晓得走了多少路程。忽然到一个所在,抬头一看,好一片平阳大地!山作黄金色,水流乳白香,几十座玉宇琼楼,无量数瑶林琪树,正是华丽境域,锦绣山河,好不动人歆羡呀!只是空荡荡、静悄悄没个人影儿。

爱自由者走到这里,心里一动,好像曾经到过的。正在徘徊不舍,忽见眼前迎着面一所小小的空屋。爱自由者不觉越走越近了,到得门前,不提防门上却悬着一桁[14]珠帘,隔帘望去,隐约看见中间好像供着一盆极娇艳的奇花,一时也辨不清是隋炀帝的琼花呢,还是陈后主的玉树花呢?但觉春光澹宕[15],香气氤氲,一阵阵从帘缝里透出来。爱自由者心想,远观不如近睹,放着胆把帘子一掀,大踏步走进一看,哪里有什么花,倒是个蠢首蛾眉[16]、桃腮樱口的绝代美人!爱自由者顿吓一跳,忙要退出,忽听那美人唤道:"自由儿,自由儿,奴乐岛奇事发现,你不是要侦探么?"爱自由者忽听"奴乐岛"三字,顿时触着旧事,就停了脚,对那美人鞠了鞠躬道:"令娘知道奴乐岛消息吗?"那美人笑道:"咳,你疯了,哪里有什么奴乐岛来!"爱自由者愕然道:"没有这岛吗?"美人又笑道:"呸,你真呆了!哪一处不是奴乐岛呢?"说着,手中擎着一卷纸,郑重地亲自递与爱自由者。

爱自由者不解缘故，展开一看，却是一段新鲜有趣的历史，默想了一回，恍恍惚惚，好像中国也有这么一件新奇有趣的事情，自己还有一半记得，恐怕日久忘了，却慢慢写了出来。正写着，忽然把笔一丢道："吓，我疯了！现在我的朋友东亚病夫，嚣然[17]自号着小说王，专门编译这种新鲜小说。我只要细细告诉了他，不怕他不一回一回的慢慢地编出来，岂不省了我无数笔墨吗？"当时就携了写出的稿子，一径出门，望着小说林发行所来，找着他的朋友东亚病夫，告诉他，叫他发布那一段新奇历史。爱自由者一面说，东亚病夫就一面写。正是：

三十年旧事，写来都是血痕；

四百兆同胞，愿尔早登觉岸！

端的上面写的是些什么？列位不嫌烦絮，看他逐回道来。

注释

〔1〕吴苑：吴地的园囿。因借指吴地或苏州。

〔2〕輶（yóu）轩：古代使臣的车，代指古代使臣。

〔3〕九逵：指大路。

〔4〕钧天：原指天的中央。古代神话传说中天帝住的地方。这里引申为天帝。

〔5〕敕（chì）封：皇帝颁诏书封赐臣僚爵号。

〔6〕铸象：铸造人像。表示对某人的敬仰或纪念。

〔7〕吕政：指秦始皇嬴政。据传秦始皇为吕不韦所生，被称为吕政，含有轻蔑之意。

〔8〕奥古士都：盖维斯·屋大维·奥古斯都，罗马帝国的第一位元首，元首政制的创始人，统治罗马长达40年。

〔9〕冯道：（882—954），字可道，号长乐老，瀛州景城（今河北沧州西北）人，五代宰相。因多次变节为人诟病。

〔10〕钱谦益：（1582—1664），字受之，号牧斋，晚号蒙叟、东涧老人。东林党的领袖之一，明亡后，马士英、阮大铖在南京拥立福王，建立南明弘光政权。后降清，为礼部侍郎。

〔11〕月啮（niè）日蚀：形容岁月侵蚀。

〔12〕安垲第：上海张园内一栋楼。

〔13〕天乐窝：上海一茶楼。

〔14〕桁（héng）：指横木。

〔15〕澹（dàn）宕（dàng）：荡漾，指恬静舒畅。

〔16〕蓁（qín）首蛾眉：蓁：蝉的一种。蓁首：额广而方；蛾眉：眉细而长。形容女子容貌美丽。

〔17〕嚣然（xiāo）：得意的样子。

评析

《孽海花》是晚清著名的谴责小说，与《老残游记》《官场现形记》《二十年目睹之现状》并称为晚清四大谴责小说。一经问世就在文坛引起轰动，范烟桥在《孽海花侧记》中记录《孽海花》"行销十万部左右，独创记录"。《孽海花》引起了诸多文学家、文学评论家的关注，鲁迅先生对其多有褒扬，在《中国小说史略》中称之"结构工巧，文采斐然"；文学大家林琴南也有语道："吾于《孽海花》叹观止矣。"可见其强大的影响力。

作者记录了中国自同治初年到甲午战败这三十年间上流人士的交往，由此展现出中国人尤其是中国的知识分子阶层由故步自封的愚昧到睁眼看世界、探求强国之道的心理变化。

本篇选自《孽海花》第一回，主要讲述《孽海花》一书的由来，故事开篇用"孽海"上的"奴乐岛"隐喻中国，奴乐岛与世隔绝，遇怪风大潮，岌岌可危，而岛上的人还是醉生梦死，沉湎于享乐，最终"奴乐岛"向海中沉去。有位"爱自由者"特地赶到上海打听"奴乐岛"的传言,但是却毫无所得,偶然遇到一位美人,并且得到一段新鲜的历史,受此影响托付朋友"东亚病夫"写成了这部小说。

所谓"孽海"一词,在中国早已有之,在佛教用语中"孽海"就是"业海",指种种恶因累加如海,佛经有"罪始滥觞,祸终灭顶;恶心不息,孽海转深"的表述,这里的孽海就是人的罪恶。清代文学作品中"孽海"一词也很常见,《红楼梦》中贾宝玉神游太虚幻境中一个宫门匾额的名字就叫作"孽海情天",这里的"孽海"对应"情天","孽"与"情"相同,是一种男女之间的爱欲。在《镜花缘》中,仙子口中的"孽海"是"情愿堕落红尘,受孽海无边之苦",这里的"孽海"是仙家眼中的俗世。"孽海"在文学作品中还有"地狱""人生"等含义。

但在《孽海花》中,"奴乐岛"所在的"孽海"与上面的这些含义都有所区别,"奴乐岛"是闭塞落后而不自知的中国,"孽海"表面是指"奴乐岛"的地理所在,但实际上暗示了中国当时的社会状态——歌舞升平,醉生梦死,不问世事。"孽海"在这里的含义与蒙昧的社会更为贴近。虽然在意义上有细微区别,但作者对"孽海"的感情倾向明显——是带有负面的否定情绪。这样的现象除了跟"孽"字本身的意义有关外,显然也受到了"海"字的影响,不然为何不说"孽天""孽地"而偏偏是"孽海"呢。

古往今来,大海因其广阔和富饶、危险与深邃让人类产生了许多遐思,面对海洋产生的各种情感体验也和大海本身一样变化多端。其正面的情感体验往往表现为大海纯净有灵、多宝聚财,如《西游记》中,南海观世音的道场蓬莱仙岛就位于海上,且与仙界有关的场所也大多与海有关;再如《八仙东游过海》中龙王太子说:"我在龙宫,万宝具备。"而负面的情感体验多表现为大海危险难料、不可战胜,如《海上花列传》中将肮脏难堪的十里洋场比喻为漂满各色花卉的大海。

无论正面和负面,大海给人最为直观的感受就是"大",引申而来的感觉就是"深",二者结合,大海最为突出的特点——"广阔深邃"

便显现出来,因为它的广阔深邃已经超越人类所能驾驭的范畴,因此,凡与海相关的东西往往就显得人为不可控,比如仙境,比如命运,比如消亡。

在海中沉沦而导致的消亡最为彻底,正因如此,海的危险就使人警惕,在作者看来,当时的中国人就像身在"孽海"而浑然不觉的"奴乐岛"子民,刻不容缓地需要能让他们警觉清醒的当头棒喝,让他们睁开眼好好看看自己身处的"孽海",好好体味海上带来新空气的飓风,如此,中国才能避免像"奴乐岛"一般沉没。

(王昕洁)

廿载繁华梦·第三十八回
闻示令商界苦诛求　请查封港官驳照会

黄世仲*

话说马氏把被抄的情形,及将香港银两安放停妥的事,把个电报通知周庸佑,总不见覆电,心里自然委放不下。这时冯、骆两管家都被扣留,也没人可以商议各事的,还幸当时亲家黄游击[1],

---

* 黄世仲(1872—1913),字小配,号棣荪,别署黄帝嫡裔、禺山世次郎、世次郎、配工、老棣、世界第一人等,广东番禺人,资产阶级革命家、宣传家、小说家。光绪三十一年(1905)参加同盟会。1911年3月参加黄花岗起义。1912年春,因与广东军政府代理都督陈炯明意见相左,被其罗织罪名后逮捕杀害。除了参加过大量的革命实际工作外,黄世仲还是著名的报人,他曾在《天南新报》《中国日报》《世界公益报》《香港少年报》等十多种革命报刊担任主编或参加编辑工作。他创作了大量小说,有《洪秀全演义》《大马扁》《廿载繁华梦》《宦海升沉录》《吴三桂演义》《黄粱梦》《宦海潮》等,其作品充满强烈的民族思想和革命激情,反映了晚清社会尖锐的民族矛盾和阶级矛盾,表现了革命党人改造中国的决心和胆识,是革命派小说创作群体中的佼佼者。《廿载繁华梦》于光绪乙巳年(1905)在香港《时事画报》连载,光绪三十三年(1907)出版单行本,共四十回。

因与太吏意见不投，逃往香港，有事或向他商酌。奈这时风声不好，天天传粤中大吏要照会香港政府拿人，马氏不知真假，心内好不慌张。又见潘子庆自逃到香港之后，镇日不敢出门，只躲在西么台上大屋子里，天天打算要出外洋，可见事情是紧要的无疑了。但自己不知往哪里才好，又不得周庸佑消息，究竟不敢妄自行动。怎奈当时风声鹤唳，纷传周庸佑已经被拿，收在上海道衙里，马氏又没有见覆电，自然半信半疑。

原来周庸佑平日最是胆小，且又知租界地方原是靠不住的，故虽然接了马氏之电，惟是自己住址究不欲使人知道，因此并不欲电覆马氏，只挥了一函，由邮政局付港而已。那一日，马氏正在屋子里纳闷，忽报由上海付到一函，马氏就知是丈夫周庸佑付回的，急令呈上，忙拆开一看，只见那函道：

马氏夫人妆鉴：

昨接来电，敬悉一切。此次家门不幸，遭此大变，使廿年事业，尽付东流。回首当年，如一场春梦，曷胜浩叹！差幸港中产业生理，皆署别名，或可保全一二耳。夫人当此变故之际，能及早知机，先逃至港，安顿各事，深谋远虑，儿子亦得相安无事，感佩良多。自以十余年在外经营，每不暇涉及家事，故使骄奢淫逸，相习成风，悔将何及！即各房姬妾，所私积盈余，未尝不各拥五七万，使能一念前情，各相扶持，则门户尚可支撑。但恐时败运衰，各人不免自为之所，不复顾及我耳。此次与十二宅既被查抄，眷属又被拘留，回望家门，诚不知泪之何自来也。古云"罪不及妻孥"，今则婢仆家人，亦同囚犯，或者皇天庇佑，罪亦无名，未必置之死地耳。愚在此间，亦与针毡无异，前接夫人之电，不敢遽覆者，诚惧行踪为人所侦悉故也。盖当金帅盛怒之时，凡通商各埠，皆可以提解回国。此后栖身，或无约之国如暹罗者，庶可苟延残喘而已。

港中一切事务,统望夫人一力主持,再不必以函电相通。愚之行踪,更宜秘密,待风声稍息,愚当离沪,潜回香港一遭,冀与夫人一面,再商行止。时运通塞,总有天数,夫人切勿以此介意,致伤身体。匆匆草覆,诸情未达,容待面叩。

敬问贤助金安。

愚夫周庸佑顿首

马氏看罢,自然伤感。惟幸丈夫尚在沪上,并非被拿,又不免把愁眉放下。一面派人回省,打听家属被官吏拘留,如何情景。因为有一个未出嫁的女儿,统通被留去了,自不免挂心。迨[2]后知得官府留下家属,全为查问香港自己的产业起见,也没有什么受苦。这时反不免悲喜交集,喜的是女儿幸得平安,悲的就怕那些人家,把自己在港的某号产业、某号生理,一概供出,如何是好?还亏当时官吏办理这件案实在严得一点,周氏两边家人,都自见无辜被拘,一切周家在香港的产业都不肯供出。

在周乃慈的家人,自然想起周乃慈在生时待人有些宽厚,固不肯供出,一来这些人本属无罪,与犯事的不同,也不能用刑逼供,故讯问时都答话不知,官吏也没可如何。至于周庸佑的家人,一起一起的讯问,各姨太太都说家里各事向由马氏主持,庶妾向不能过问的,所以港中有何产业,只推不知。至于管家人,又俱说香港周宅另有管家人等,我们这些在省城的,在香港的委实不知。

问官录了供词,只得把各人所供,回覆大吏。大吏看了,暗忖这一干人都如此说,料然他不肯供出,不如下一张照会[3]到香港政府去,不怕查封他不得。又看了那管家的供词,道是管理周家在省城的产业,便令他将省城的产业一一录了出来,恐有漏抄的,便凭他管家所供来查究。因此再又出了一张告示,凡有欠周栋臣款项,或有与周栋臣合股生理,抑是租赁周栋臣屋子的,都从速报明。一切房舍,都分开号数,次第发出封条。其生理股本及欠周氏银两的,即限时照数缴交善后局。因此上省中商场又震动起来。

　　大约生意场中,银子都是互相往来的,或那一间字号今天借了周栋臣一万,或明天周栋臣一时手紧,尽会向那一间字号借回八千,无论大商富户,转动银两,实所不免。因当时官府出下这张告示,那些欠周栋臣款项的,自然不敢隐匿。便是周家合股做生理的,周家尽会向那字号挪移些银子;若把欠周家的款项,及周家所占的股本,缴交官府,至于周家欠人的,究从那里讨取?其中自然有五七家把这个情由禀知官吏。你道官吏见了这等禀词,究怎么样批发呢?那官吏竟然批道:"你们自然知周庸佑这些家当从哪里来,他只当一个库房,能受薪水若干?若不靠侵吞库款,哪里得几百万的家财来?这样,你们就不该与他交易,把银来借与他了,这都是你们自取,还怨谁人?且这会查抄周家产业,是上台奏准办理的,所抄的数目,都报数入官,那姓周的纵有欠你们款项,也不能扣出。况周庸佑尚有产业在香港的,你们只往香港告他也罢了。"各人看了这等批词,见自己欠周家的,已不能少欠分文,周家欠自己的,竟无从追问,心上实在不甘,惜当时督帅一团烈性,只是敢怒不敢言而已,所以商家哪有不震动起来。

　　偏是当时衙门人役,又故意推敲,凡是与周家有些戚谊〔4〕,与有来往的,不是指他私藏周家银物,便是指他替周庸佑出名,遮瞒家产,就藉端鱼肉,也不能尽说。所以那些人等,又吃了一惊,纷纷逃窜,把一座省城里的商家富户,弄成风声鹤唳。过了数十天,人心方才静些。

　　一府两县,次第把查抄周、傅、潘国家的产业号数,呈报大吏。那时又对过姓周家属的供词,见周庸佑是落籍南海大坑村,那周庸佑自富贵之后,替村中居民尽数起过屋子。初时周庸佑因见村中兄弟的屋子湫陋,故此村中各人,他都赠些银子,使他们各自建过宅舍,好壮村里观瞻,故合村皆拆去旧屋,另行新建。这会官府见他村中屋子都是周庸佑建的，自然算是周庸佑的产业，便一发下令，都一并查抄回来。

这时大坑村中居民眼见屋子要入官去了，岂不是全无立足之地，连屋子也没得居住？这样看来，反不若当初不得周庸佑恩惠较好。这个情景，真是阖村同哭，没可如何，便有些到官里求情的。官吏想封了阖村屋宇，这一村居民都流离失所，实在不忍，便详请大吏，把此事从宽办理，故此查封大坑村屋宇的事，眼前暂且不提。

只是周庸佑在香港置下的产业，做下的生理，端的不少，断不能令他作海外的富家儿，便逍遥没事，尽筹过善法，一并籍没[5]他才是，便传洋务局委员尹家瑶到衙商议。□大吏道："现看那四家抄查的号数，系姓傅的居多，那周庸佑的只不过数十万金。试想那四家之中，自然是算周庸佑最富，不过因傅家产业全在省城，故被抄较多。若周庸佑的产业在省城的这般少，可知在香港的就多得很了。若他在港的家当，便不能奈得他何，试想官衙员吏何止万千，若人人吞了公款，便逃到洋人地面做生理，置屋业，互相效尤，这还了得！你道怎么样办法呢？"那尹家瑶听了，低头一想，觉无计可施，原来尹家瑶曾在香港读过英文，且当过英文教习，亦曾到上海，在程少保那里充过翻译员，当金督帅过沪时，程少保见自己幕里人多，就荐他到金督帅那里，还亏他有一种做官手段，故回粤之后，不一二年间，就做到天字一号的人员，充当洋务局总办。他本读英文多年，只法律上并未曾学过，当下听得金督帅的言语，便答道："香港中周庸佑生理屋业端的很多，最大的便是□□银行，占了几十万的股份，但股票上却不是用他的名字。其次，便算那一间□记字号，比周乃慈的那□□昌字号生意还大呢！只是他用哪一个名字注册，都无从查悉。其余屋业，就是周、潘三家也不少，究竟他们能够侵吞款项，预先在香港置产业，好比狡兔三窟，预为之

1328

谋，想契纸上也未必用自己名字了，这样如何是好？"金督帅道："不如先往香港一查，回来再行打算。"尹家瑶答道："是。"金督便令草了一张照会，知照港督，说明委员到港，要查姓周的产业来历。尹家瑶一程来到香港，到册房，从头至尾，自生理册与及屋业册，都看过一遍，其中有周、潘名字的很少，纵有一二，又是与人暗借了银款的，这情节料然是假。惟是真是假，究没有凭据，胡混过了两天，即回到省里，据情回覆金督。

自经这一番查过之后，周、潘两家人等，少不免又吃一点虚惊。因为中、英两国究有些邻封睦谊，若果能封到自己产业，因是财爻[6]尽空，且若能封业，便能拘人，想到这里，倍加纳闷，只事到其间，实在难说，惟有再行打听如何罢了。过了数日，金督帅见尹家瑶往香港查察周、潘产业，竟没分毫头绪，毕竟无从下手，便又传尹家瑶到衙商议，问他有什么法子。尹家瑶暗忖金督之意，若不能封得周、潘两家在港的产业，断不干休，但他的性情又不好与他抗辩，便说道："此事办来只怕不易，除是大帅把一张照会到港督处，说称某项屋业，某家生理，是姓周、姓潘的，料香港政府体念与大帅有了交情，尽可办得好，把他来封了。且知道又是亲往香港查过的，算有些证据，实与撒谎的不同。此计或可使得，未知大帅尊意如何？"金督听了，觉此言也有些道理，便问尹家瑶道："究竟哪号生理、哪号屋业，是姓周、姓潘的，你叫说来。"尹家瑶便不慌不忙的说道："坚道某大宅子，西么台某大宅子，及周围与合股□□银行，□荣号，□记号，此人人皆知。至于某地段某屋铺，统通是姓周的。又西么台某大宅子，对海油麻地某数号屋铺，以及港中某地段屋，某号生理，统通是姓潘的。"源源本本说来，金督一一录下。

次日，即再具一张照会，并列明某是周、潘的产业，请港督尽予抄封。港督看了，即对尹家瑶道："昨天来的照会，本部堂已知道了。论起两国交情，本该遵办，叵耐[7]敝国是有宪法的国，与贵国政体不同，不能乱封民产，致扰乱商场的。且另有司法衙门，宜先到臬司[8]衙门控告，看有何证据，指出某某是周、潘两家产业，假托别名，讯实时，本部就照办去便是。"

尹家瑶满想照会一到，即可成功，今听到此话，如一盆冷水从头顶浇下来，没得可答，只勉强再说两句请念邦交的话。港督又道："本部堂实无此特权，恕难从命。且未经控告，便封产业，倘使贵部堂说全香港都是周、潘两家产业生理，不过假托别人名字的，难道本部堂都要立刻封了，把全个香港来送与贵国不成？这却使不得。请往臬衙先控他吧。"尹家瑶见此话确是有理，再无可言，只得告辞而去。正是：

政体不同难照办，案情无据怎查封？

要知后事如何，且听下回分解。

注释

〔1〕游击：清代军营将官。

〔2〕迨（dài）：等到；及。

〔3〕照会：国际间交往的书信形式，是对外交涉和礼仪往来的一种重要手段。

〔4〕戚谊：亲戚。

〔5〕籍没：登记并没收。

〔6〕财爻（cái yáo）：财运。

〔7〕叵耐：也作叵奈。不可容忍，可恨。

〔8〕臬司：清代按察使。

评析

《廿载繁华梦》创作于1905年，最初连载于广州革命党人主办的

《时事画报》上，共四十回，作者黄世仲。全书通过周庸佑一生的荣辱浮沉，反映出晚清官场的黑暗与腐朽，并借此客观描述出近代社会的人情冷暖、世态炎凉，是近代革命派小说创作中艺术成就较高的作品。

小说主人公周庸佑是一个搏击于近代，带有典型半封建半殖民地时代特色的投机者形象。周庸佑原本是社会底层一个不起眼的小人物，但通过各种卑劣的行径一步步发迹致富。他首先骗取舅舅兼恩人傅成的"库书"职位，并趁机霸占另一位恩人晋祥的爱妾香屏及四十万家私，在结发之妻被气得吐血身亡后便续娶时任"关里巡河值日"马竹宾的妹妹马秀兰，由此结交官绅十一人连同自己称为"十二友"而横行社会。黄世仲笔下的周庸佑，由此成为晚清社会诸多无耻小人的典型。

黄世仲在塑造周庸佑形象时，始终按照人物性格的发展逻辑进行描写，并在人物性格中强行加入某些特质。周庸佑的一举一动、一言一行都是自然而然的，展现出的都是生活的本来面目，并未像近代其他谴责小说那样因对人物进行过分的夸张渲染而最终失真。本书节选的这段文字出自全书的后半部分，此时周庸佑已经因商海失利而处于破产的边缘，家产全部抄没，自己藏身租界，官府则设法查抄其存于香港的财产。在这段文字中，即使身处末路，周庸佑依然保持着其机敏奸诈的性格，在接到身处香港的妻子马氏的消息后，周庸佑"知租界地方原是靠不住的""惟是自己住址究不欲使人知道，因此并不欲电覆马氏，只挥了一函，由邮政局付港而已。"透过这段文字，黄世仲以白描手法刻画人物，进而使谴责讽刺的写作特色得到很好的体现。

这段文字以周庸佑在香港的资产作为核心线索，清朝官吏在查抄时的自以为是与最终的束手无策，显示出近代守旧官吏面对西学东渐的中西融合大潮时的狂妄自大与彷徨失措。本想一纸照会解决问题，却在港督的一番"政体不同论"面前成为笑料。"未经控告，便封产业，倘使贵部堂说全香港都是周、潘两家产业生理，不过假托别人名字的，难道本部堂都要立刻封了，把全个香港来送与贵国不成？"与其他谴责小说近乎谩骂的手法不同,港督的这番论断,读来极尽揶揄,却也从一个侧面暴露出近代中国政体的落后,进而显示出《廿载繁华梦》高超的讽刺艺术。

最后,同样写小人物发迹,与中国古代小说大多选取内地城镇作为故事发生地不同,《廿载繁华梦》将其背景选择在以上海、香港为代表的沿海城市,这一转移显示出近代中国发展重心由内陆、长江、运河两岸向沿海地区的转移,《廿载繁华梦》等近代小说所蕴含的海洋因素由此得以空前强化。

(王双腾)

海外扶余·第十五回
败荷兰兵夺台湾岛　访隐逸礼聘陈永华

陈墨峰*

诗曰:亡国孤臣,飘流无主;海上生涯,忽辟新土;用以修文,用以经武;殖民事业,于焉千古。

却说台湾自从郑芝龙[1]去后,就有荷兰国遣人到来,取了台湾,但他们荷兰人不征收田赋,只和耕种之人及山番贸易通商,并不害人,所以大家也相安无事。后来贸易越大,通到南洋吕宋[2]各处,荷兰人便在台湾作了几处城池,派了一位王爵名华司德的守住。那日忽有人进来报说:"澎湖被中国人夺了,现在有千余号的

---

* 陈墨峰,名渊,字墨峰,别号白萍生、光复子,近代民主革命者。1898年肄业于福建武备学堂,回绍兴后进入大通学堂学习,深受徐锡麟器重。1905年冬,东渡日本留学学习巡警。1906年回国辅助秋瑾于上海创办《中国女报》,后再赴日本学习药物化学。归国后,欲暗杀清朝大臣铁良,为徐锡麟劝阻。1907年参与徐锡麟安庆起义,刺杀安徽巡抚恩铭,率巡警学生攻占军械局,在战斗中英勇牺牲。

大船，十几万的中国人，不日便要来了。"华司德大惊道："我们这里人马，就连客商也都算入，还不满三千，如何抵得住他呢？"当下忙集齐了许多职员商人，会议抵御之策，有的道开战的，有的道逃生走的，有的道投降的，有的道纳币议和的，纷纷不一。后来有一个商人名康尔伦的便道："各策都不好，只有死守最好。"华司德道："还是守城呢？还是守口呢？"康尔伦道："都不好，守城时粮易尽，守口时兵太少。他大军前来，其势正猛，这只可以智取，不可以力敌。"华司德道："如何叫作智取，如何叫作力敌？"康尔伦道："和他一刀一枪、你来我往、我去你还，这个便叫作力敌。"华司德道："智取呢？"康尔伦道："智取吗，却不是这个样。王爷可去海口边鹿耳门地方，把一只大大的海船凿破了沉在下底。"华司德道："那岂不把路塞了吗？"康尔伦道："王爷要他进来吗？"华司德道："明天他兵退之后，我们出路岂不塞断了。"康尔伦道："我们要出去之时，不会把它拿开吗？"华司德大笑道："我忘记了，妙计妙计，真是妙计！"当下忙叫人去带了两只大兵船来，在鹿耳门[3]口"叮叮当当"一阵斧凿，沉了下去，然后大家躲入台湾城中静听消息，不提。

却说成功[4]得了澎湖之后，进兵鹿耳门。原来鹿耳门是台湾全土口隘，平时潮来水深不满五尺，潮退水浅不上三尺，一向出入只可用小舟来往，就海船也不能进，何况战舰；又被沉了两只大船，论理是不能进去了。正是无巧不成书，——一半也是天意，成功的船正要进时，值潮涨时候，这次的潮与别次不同，只见滔滔滚滚，涨个不了，半日工夫，已涨到二丈余高，那凿沉的船也不知被潮冲到哪里去了。成功便命了船乘潮而入，一点也不难，竟自直抵台湾。成功带兵登岸攻城，华司德大惊道："中国人莫非有神仙术，不然如何能入这口隘？"旁边一个名马尼的便接口道："王爷不可信他，哪里有什么神仙，不过是被康尔伦骗去罢了。"华司德道：

"如何见得？"马尼道："王爷只想：康尔伦说我们要过去时便把船捞起，难道只有我们好捞，他不好捞起吗？"华司德大怒道："不错，我被他骗了。"便叫人去把康尔伦叫来，大骂道："你这该死的！你如何骗我口外沉船，敌人便不能入？如今敌人数十万都进来了，你却何说？！"康尔伦也大惊道："敌人如何会进来？真奇怪了！"华尔司道："有什么奇怪，不过他把船捞起罢了。"康尔伦道："他进来是如何神气呢？"华司德便说了一遍，康尔伦忙道："不是，不是，一则捞船也不容易，我们虽然可以捞起，但他哪里晓得呢？就晓得也没有这许多工夫；二则王爷只想平常时候水浅水深都只不过渔船出入，那里能容他战船进来？这沉船之计，不过是代人守口，怕他小舟入来罢了。就让他捞起来时，也不过小船入来罢了，如何大船也能进来呢？"华司德听了，呆了许久，才说道："你言不差，但如今如何是好？"康尔伦道："如今势已如此，只好守城罢了。"华司德点头称是，便点了二千人马上城防守。到得成功到时，一看除四门悬下国旗之外，并无一面旗帜，城上虽有人防守，但都往来不定，哪里有什么行列。成功暗笑道："如此用兵，不死何待！"便传令攻城。城上也不慌张，只把脚立定不动。看看兵薄城下，不晓得是何军器一声响亮，城上大炮一齐往下打来。成功大败了一阵，折损了二千余人，晓得荷兰火炮厉害，非弓矢所能敌，便传命也改作火炮对打，无如炮力不及荷兰炮远，自己炮还未曾打到城上，却被敌炮打死无数。成功不乐，只得暂退，歇了一夜，心中想道："蔡宝文不晓得在不在城中？如在城中时，是必有信来的。"到了次日，又去攻打，也不得下。一连几日，蔡宝文还未有信来，成功心中十分焦急，看看半月毫无影响，成功无奈，只得发狠叫人用大炮攻城，众人得令，把大炮都抬到城边，弹药装好，一声令下，轰天烈地的一声响，打了出去。谁知却是作怪，那炮打到城上时，只听"噌"的一声，倒震了起来，跌到地下去。成功心疑炮坏了，便亲自走到炮架边看过装好，打出去时，仍是如是，一连十几个，不能伤他分毫。成功大惊，只得乱攻了一阵，然后退下，慌忙叫军士去把土人寻了来。不一歇把土人寻到，成功便问道："你晓得这城是什么土筑的吗？"土人道："这城是乱石叠出，用火锻过，都变作红石灰，所以叫作赤嵌城。现在全座城已结成一块，听他们说，随便什么东西都攻他不破呢！"成功听了点头，命赏过土人放去。当下想了一策，传令军士，每人备柴草一束，水油四两，积在军中。到了次日，成功命把水油都泼入柴草中去，然后每人带了一束，走到城边，隔着濠丢了过去，都积在城下。荷兰人不晓得何意，都立在城上看着笑，成功命把爬城的翻梯备好，只等柴草堆齐了，一声弦响，火箭齐发，着在柴草上的，烈烈腾腾，登时烧了起来。城上大惊，忙把水泼了下来，谁知水油遇水，那火越高了起来。荷兰人害怕，束手无策，都往两旁边躲着看。成功乘势把翻梯推了过去，正要爬城时，城中军号又响，那炮弹如雨地向梯上打来，梯杆忽被打断了两架，那梯折了下来，压死跌死了无数。成功大惊，慌忙调回时，已打坏翻梯三架，死伤了兵勇千余人，心中好生不乐，想来想去，只有围死他一法。

到了次日，便传命分一万兵马围城，便一日一换，十日轮转，也不攻打，只不放他出来。果然围了月余，飞鸟不通，城中樵采路绝，只得夜间偷出城外砍柴。起先还是荷兰人自出，后来被成功捉住便杀，荷兰人害怕，只驱着中国人出来。成功笑道："你想捉人替死，叫本帅来杀自己人吗？本帅岂上这当！"便传下一令，凡系荷兰人出城，捉住便杀；中国人出城，无论如何只留下所得的东西，便放入去，不许妄害一人。众军得令之后，荷兰人虽然驱着中国人出来，无如回去时只有中国人，自己人又不见了，而且回来时仍是赤手空拳，一丝也不能带入。又加着城中百姓多半是郑芝龙带来的，也不愿替荷兰人供役，所以有出来时只略砍些柴草，待走到

1335

城下,只待荷兰头目被杀之后,便把东西放下,竟自入城而去,习以为常,只算送给成功略助军用罢了。

闲话少提。起先荷兰人本想积点粮草为长守计,后来见是中国人都有回去,是荷兰人都不见回来,几次之后,便也晓得上当,不敢再出。看看围了半年,城中柴草渐尽。那日天黑,又驱了百余的中国人偷走出来。成功看见,故意不追,只叫人留心防守,等要天亮时,只见砍柴的人马都回来了,每人背上都各背着一捆的柴草。成功领了一队兵马,一声断喝,众人弃了柴草便走。成功叫人认定荷兰人不可放过,果然认出一个荷兰人杂在众人之中逃走,被军士赶上前去,一把捉住,也不问长短,一刀杀了,然后把柴草收起来。有个军士忽得了一封书,忙呈上给成功看。成功看时,上写着"郑元帅",开折下写着"陈永华[5]"三字。成功狐疑,忙带回营中拆开,上面有两行字道:

赤嵌坚固,骤未易拔。元帅欲以围困之,虽足致命,然城中死守,尚非旦夕可下,旷日持久,计未为得。城东偏有水名赤溪者,城中所倚以为命者也;若塞其源,三日当告变矣。

成功看完,大喜道:"此计大妙!但不晓得陈永华何人,想来谅必总在城中,待破时倒要去访他去呢。"到了次日,成功领了百余骑兵到城东来巡看,果然有一条溪从西而东,长二三里,那水便流在城濠中,环城而入。成功依着溪旁的路行了数里,见是发源一座山中。当下回来,便调了三千兵马来溪旁,捡了一处水势稍慢的地方,筑起一道坝来,挑土打桩,不消一歇工夫,早已筑好,直高出水面一丈开外。成功见工程已毕,便命骁将李有德领三千兵马管住坝,以防敌兵偷决;一面自己仍旧回到城下,照常围住,又写了封信,射入城去,劝他投降,并说:"只要还我土地,汝所有贸易资本金银等一概不要,让汝带去。"城内荷兰人得了这封信,便忙呈与华司德。华司德便叫了通事来讲解一遍,心下狐疑未定,忽见有人来报道:"城中各处的水源一时都干了。现在只剩有各处池中一点水,眼见得也要尽了,不知是何缘故?"华司德大惊道:"不好,一定赤溪之水被他所阻;不然,永远不竭的水,如何会干呢?如今既如此,我可不得不投降了。"当下连忙上城,请成功答话。成功便也坦然而来,毫不疑忌。华司德便叫通事传语道:"小王有言:贵元帅如肯放松,小王情愿避去,将地让出;但金银财帛贵元帅应允过了,可以带回,那可不许中途拦截的。"成功道:"本帅言出于口,岂肯做此失信之事?不信时,本帅和你立誓吧。"通事传语过,华司德大喜,请成功立了誓,然后又叫通事传语道:"小王收拾各物,传会各人,一时也不容易清楚,请三日内避出。贵元帅可把水放出,免得城中缺水吧。"成功道:"放水不难,但三日内若不避出时如何?也要贵王立个誓来。"华司德听了,便也立下了誓。成功道:"既然如此,本帅暂把水放出。若三日内不避出时,贵王也不免要应誓,本帅也可以再把水拦住。"华司德答应了,当下别去。成功退兵十里,把坝也决开了,那水便滔滔滚滚的直流了下来。果然到了第二日,华司德领了一行人众,把所有积蓄一担担的挑了出去,到都去尽了,华司德也来见成功,成功称谢了一番,然后别去。

成功进得城来,百姓家家结彩,户户燃灯,迎接大兵。成功一一慰谕了几句,随即进华司德的王府住下,只见有几个年老的百姓进来要求见,成功便叫了进来。这几个年老人叩见了起来,说起芝龙从前带他们来的恩德,个个都感激不已。成功也问了几句台湾的事体,然后每人赏了四两银子,众人叩谢去了。成功一查仓库时,原来都被荷兰人收拾得干干净净了,成功好笑道:"他倒真的收拾得清楚。"当下便叫人去访问蔡宝文和陈永华二人,众人齐道:"蔡宝文倒有这个人,先前在华司德衙当个通事,这几个月来不见这个人,听说往荷兰去了。陈永华倒没有人晓得。"成功因新得的台湾原是一块新土，各物空虚，事事都要创办起来，过了两日，便叫人往思明州把文武大小官员都移了来，只留下儿子郑锦守思明州；又把所有粮饷以及军械等物都搬到台湾来，起衙署，安置百官，忙个不了。那日又想起陈永华这人来，心中自忖道："他既肯写名字，必非忘世的一流人物，但我自寻不着他，所以他也耻于自荐罢了。但如何方能寻得着他呢？"想来想去，想出了一法，写了一道榜文，出榜招贤。谁知这里所有的人，除了芝龙带来的外，也都是这里做贸易的人，哪里有什么贤人，所以成功这道榜文虽然贴出，不但陈永华不能招来，一连招了几日，就连个报到的也没有。成功一想道："我错了，他既是贤才，任是如何热心，也不肯自行投到，须是我自去访他去。但他在哪里，我如何得知呢？"想了一歇，忽然自笑道："我为何忘记了他这信从哪里来的，就该从哪里想去了。"当下忙出了一道告示，只说从前出城砍柴的人，所砍来的柴都被本帅拦了，如今事定，如有砍过柴可都来投到，每人赏银一两。这告示出了之后，领赏的人纷纷不绝，都感元帅的厚恩，却哪里晓得成功的用意。原来成功于发赏的地方，写下几个大字道："有能知陈永华之处者，赏银百两。"叫人在那里守着，凡来领赏的，便问他陈永华三字。果然，一日如此，两日如此，问了几日，那日就有跟人带了个乡人来向成功道："他识得陈永华的。"成功大喜，忙问道："你晓得陈永华在哪里呢？"乡人道："在哪里不晓得，小人只晓得陈永华这个人罢了。"成功道："既然晓得他这个人，何以在哪里会不晓得呢？"乡人道："他这人原是去年来的，他虽不说出何事，看神气大约也是避乱来的。他初来时卖卜为生，所以小人晓得他的名字。后来又替人经理书记，人便只称他陈先生，所以他名字就少有人晓得了。但小人说虽如此说，这不过小人所认得的陈永华，至于是不是他，此外还有没有陈永华，小人可不晓得了。"成功道："一定就是他了，哪里还有第二个呢？"乡人道："若果是他，元帅爷不必写陈永华，只写'顺德杂货铺书记陈先生'，倒有人晓得他，此刻虽不在那里，却也就容易寻了。但他只一个人，元帅爷却出一百两赏格寻他则甚呢？"成功道："你不晓得，你留心去寻罢了，如能寻着时，自有重赏。"说着，叫人赏了乡人十两银子。乡人大喜，叩谢了出去，逢人便问，一人传十，十人传百，不两日工夫，早已有人来见成功，说明了所在。成功大喜，忙穿好礼服，坐了一乘轿，叫乡人引路，一直来到陈永华家里。原来陈永华他自己并没有家，所住的还是别人的住屋。当下成功到来时，只见土墙三尺，篷壁四围，低着头走了进来，那乡人便高叫道："陈先生在家吗？"里面有人答应道："是哪个？"乡人道："陈先生，是我，新来的王爷在此寻你呢。"里面不作声，停了许久，才走出个人来。成功看时：头戴元色方巾，身穿二蓝长袍，足登一双旧云履；面如满月，五柳长须，两道浓眉，一双俊眼，映着人奕奕地乱动，看去约莫四十岁左右的人。成功走上前来，躬身一揖，道："陈先生请了。"陈永华也忙回了一礼道："元帅驾到，生员失迎，有负之至。"成功谦让了几句，然后分宾主坐下，众人都立在草堂外面听。成功先开口道："此次凶夷抗固不下，小弟已无可奈何，幸得先生指教，才得破他。今日小弟特来致谢。"陈永华道："元帅说哪里话了，天下之事，天下人共有其责。生员不才，不能尽天下之责任。元帅以独力任天下大事，实能为天下人赎罪。此次之事虽似为元帅尽力，其实也不过转了一转的尽责任罢了。元帅若必言谢，倒见得生员是为元帅一人尽力了，生员不愿受此言。"众人在堂外听了，一齐称奇，只听成功又道："小弟失辞了，先生休怪。但先生既热心天下事，小弟正欲聘先生出山，不知先生肯应允吗？"陈永华道："生员本欲致力于天下，但恨不得其人，独立不能支柱。及元帅一来，生员就想除却夷人，奈彼众我寡，不能如愿。后来幸得出城之便，致书元帅处，果然除了夷人。及元帅进城来，生员本欲趋见，因为一则未知元帅性质如何，二则也形近于干进[6]。如今既晓得元帅为人，生员还有不遵的吗？"成功大喜道："先生既已应允过了，小弟明日自当来迎，但不知府上还有何人，小弟也好一齐预备。"陈永华叹口气道："合家遭难，孑身独逃，还有何人！"成功吃惊道："先生向在何地？还有何人？何时遭难？"陈永华也不乐提，只约略说了几句，然后成功告辞起身，回来叫人照约赏了乡人一百两银子去，不提。

到了次日，成功命人把自己全副仪仗去迎接陈永华。及到了那里，陈永华看见，笑道："区区微身，何劳元帅过礼，永华又不封王拜帅，如何用这许多仪仗。"便都辞了，只留下一乘轿，乘了到成功府中去。成功连忙接了进来，相见之后，大家坐下。成功便开言道："先生不弃，肯辱教诲，小弟从此各事都仰仗着先生了。"陈永华道："生员不才，辱蒙奖拔，自当有知必言；但此刻台湾，只一片土，百事空虚，都要从根基做起。元帅以为哪一样顶要紧，要最先办呢？"成功道："先生指教。"陈永华道："生员愚见只有两样，一措饷，一任人。措饷之事，台湾一地荒土既多，元帅兵马也不少，尽可使兵屯田，就百姓也是元帅先人带来的；那征收田赋一事也还容易，只要果不浪费，此地土地肥沃，就多征点也不妨。至于任人，却要分个名目，不可杂乱，生员记得元帅不是受过便宜封拜的诏书吗？"成功道："是。"陈永华道："如此便容易了。第一要分六部，然后事有专责。这六部之中，吏部可暂不设，改作农部，以管屯田各事。第二要分各镇，使各将带兵分地镇守，无事则使兵为农，有事又变农为兵；设欲出征，则齐挑选；设敌来攻，则各将各镇其地，各领其兵；春夏耕耘，秋冬讲武，兵不游惰，武不废弛，而饷源又视于此。"成功不觉拍手称妙起来。陈永华又道："第三要兴学校，此地人才既少，读书又缓，所仗的元帅带来的几个人，但这几个人足济甚事？为今之计，宜速起太学，远近之人，闻有太学在，必定肯来，那时还怕没人才吗？至于太学既起之后，更宜多起馆舍，以便居住名人和朝廷旧臣来归的。此外，兴盐铁、制币帛，各种兴利便用之事，也都要次第举行，就法律也一定不可少的。这且等生员以后订定再讲吧。"成功道："先生高见，自然不差，小弟即日就行吧。"当下又谈了一歇，陈永华言言中要，条理分明，成功大喜。到第二日，便拜陈永华内阁大学士，参议机密。陈永华辞道："生员既无微功，又无重望，骤居显要，恐人心不悦。"成功道："汉高祖之拜韩信，也是如此，何尝有甚重望微功？事虽不同，理实一也，先生休辞吧。况且小弟倚望先生将来办事，件件要先生经理，若无重职，如何作事呢？"陈永华听了，这才受了。

过了几时，陈永华便教成功把各文武选定，为六官七十二镇，每镇领兵数千不等，都自往各处开土地辟草莱去；又把赤嵌城改为承天府，置天兴、万年二县，把百姓户口编定；兴盐铁、定货币、铸军械，件件事体都办得井井有条，成功大悦。陈永华又劝成功把大船往漳、泉、惠、潮各处招百姓，果然心念故朝的百姓来归者何止数十百万，大家都蓄发复明的故装，在台湾做个遗民。不几时工夫，竟把荆棘丛莽的台湾也就装成了世界了。陈永华又向成功道："百姓既来，阁下可要防有朝臣在内，若个急兴太学，不独无以安插遗才，且何以使人知景仰呢？"成功听了不错，便择日兴工，动起土木来，到得太学馆竣之后，从前朝廷的遗臣故老、学士文人络绎不绝。成功益服陈永华之识，事事都更加委任了。

光阴似箭，转瞬冬初。各镇将都要把兵马操练过，成功便择了十二月望日[7]，在赤嵌城会齐大阅。到了那日，各将都早已赶到，大操了一日的兵马。成功回到府中，便办了几十桌的酒席，请各将饮酒。到得夜深席散，成功忽觉得心胃疼痛，起先还强忍着，后来十分无奈，只得叫人去请郎中。陈永华闻知，连忙赶了进来看视。成功向陈永华说了一遍，陈永华也不晓得是何缘故。不一歇医生请了来，乃是崇祯帝手里做过太医院十三科医生胡天耀。成功叫了进来，诊过了脉，开了药方，大意是讲劳苦积郁所致。胡天耀去后，成功向陈永华道："时候不早了，陈先生请回吧。"陈永华答应着，看成功服过了药，然后回去。当夜成功直痛得一夜不曾合眼，第二日一早，各文武官员都来问疾，成功一一谢了回去。跟人又报进来道："各镇将军前来问疾。"成功记起各将还不曾回去，便一面叫人致谢了去，一面叫人去请陈永华来。不一歇陈永华来了，成功便向陈永华道："各将都领有兵马，此处不便久留。烦先生传言，各回信地[8]，小弟贱疾，不必挂念吧。"陈永华道："阁下放心，诸事小弟自能担当罢了。"当下陈永华出来，向各将说了。各将领命，来府中传名辞了成功，然后回去，不提。

却说成功病了十余日不能起来，幸亏所有各事，都是陈永华一人经理；众官员来问疾时，成功好了一点，便也办了两件事。看看腊尽春回，到了元旦那日，百官都到府中来，一半贺喜，一半问疾。成功怕烦，都辞了去，独个人昏昏沉沉的睡在床上。正是：

　　世上难寻不死药，人间安得返魂香。

要知后事如何，且听下回分解。

注释

〔1〕郑芝龙（1604—1661）：字飞黄，一说字飞龙，原名一官，泉州南安石井镇（今福建泉州南安石井）人。郑成功之父。明末清初东南沿海、台湾及日本等地第一大海盗，最大的海商兼军事集团首领，先后归附明清两朝为官。在17世纪中国明朝海禁与世界海权勃兴的时代的背景下，以民间之力建立水师，周旋于东洋及西洋势力之间，并于1633年在泉州金门岛的料罗湾海战中成功击败西方海上势力，在郑和船队退

出南中国海200年后,重夺海上主导权,是大航海时代东亚海域举足轻重的人物。与颜思齐、李旦等人及部众在台湾建立基础,为汉人移台的主要据点,并为其子郑成功留下强大海上基业,郑成功以此资本抗清并在南京兵败后以海上武力成功驱逐荷兰人,收复台湾。

〔2〕吕宋:古国名,即今菲律宾群岛第一大岛吕宋岛,宋元以来中国商船常到此经商。

〔3〕鹿耳门:中国明清时期台湾岛西南岸重要港口航道,位于今台南市安平镇西北。

〔4〕成功:即郑成功(1624—1662),本名森,又名福松,字明俨、大木。福建泉州南安人,祖籍河南固始。郑芝龙之子。明末清初军事家,抗清名将,民族英雄。因蒙隆武帝赐明朝国姓"朱",赐名"成功",并封忠孝伯,世称"郑赐姓""郑国姓""国姓爷"。又因蒙永历帝封延平王,也称"郑延平"。1645年清军攻入江南,郑成功率领父亲旧部在中国东南沿海抗清,成为南明后期主要军事力量之一,一度由海路突袭、包围清江宁府,但终遭清军击退,只能凭借海战优势固守泉州府的海岛厦门、金门。1661年率军横渡台湾海峡,翌年击败荷兰东印度公司在台湾的驻军,收复台湾,开启郑氏在台湾的统治。

〔5〕陈永华(1634—1680):字复甫,抗清名将,明朝福建省漳州府龙溪县(今漳州台商投资区石美村)人,明末举人陈鼎之子。郑成功麾下重要谋士、将领。先后辅佐郑成功、郑经父子三十二年。病逝于台湾。

〔6〕干进:钻营谋取官职地位。

〔7〕望日:阴历每月十五日。

〔8〕信地:宿地。再宿为信。

评析

《海外扶余》为陈墨峰所著,又名《郑成功传》,共十六回。据王立兴考证,《海外扶余》问世时间当在1905年9月到1907年4月之间,极可能在陈墨峰回浙江绍兴平水养疴至返沪主编《中国女报》的半年内。全书由郑芝龙继承养父郑天寿财产,占据沙港对抗官府,郑成功出世写起,至郑芝龙为清廷所害,郑成功悲愤而死终止,以艺术的手法再现郑成功的一生。"扶余"为传说中的古国名,一说为今天的日本,也有说为今天的南美洲,比喻遥远的与世隔绝的异国他乡。唐代杜光庭《虬髯客传》中记载过虬髯客在东南扶余国称王的故事。陈墨峰在全书的结尾写道:"(郑成功)旋即辟地台湾,斩荆棘,辟草莱,礼遗臣,招远人,臻臻丕丕之中,俨然变成一小独立国。虽不久而蒇,而一粒种子播于四方,二百余年来,数次震动,将来如何,犹未可知,百世之下,犹令人景慕风采。"可知在小说中,"海外扶余"应当特指孤悬海外、与中国大陆隔海对峙、坚持抗清的台湾岛。

本书节选的文字出自小说的第十五回,已是全书的尾声,此时郑成功发动金陵之役失利后,将战略重心转向东南,准备夺回被荷兰侵略者占据的台湾作为持续抗清的后方基地。在攻打赤嵌城的过程中,郑成功多次出击未果,后得陈永华之计断绝城中饮水,最终迫使荷兰守军投降。占据台湾后,郑成功千方百计寻访陈永华,以国士之礼聘之,在其辅佐下使台湾得以进一步开发。就艺术手法而言,本段文字采取线性叙事,将郑成功收复台湾的丰功伟绩娓娓道来,条理清晰,简洁明快。但与其他同类著作相比,这样的处理方式显得过于简单,对于历史事件多为粗线条的勾勒,而缺乏细节描写,如本段文字中对于收复赤嵌城的描写,将惨烈的攻坚战役仅以"大败了一阵""乱攻了一阵"等笼统语言一笔带过,不仅未能表现出战斗的惨烈,反而给人以失真的感觉。这种近乎粗疏的笔墨,是重题材隐喻、轻文笔雕琢的近代革命小说的通病,《海外扶余》在这一方面则表现得更为明显。

纵观中国历代小说的发展,明清两代是海洋因素融入较为频繁的时期。明代小说中的海洋因素多与商业活动有关,创作动机较为单纯。与此相比，清代小说中的海洋因素则有着更为复杂的隐喻，即明清易代之际张煌言、郑成功等人的海上抗清活动。清初遗民、清末革命家出于现实政治的需要，有意识地选择此类题材时，不自觉地将海洋因素融入小说创作之中，由此迎来中国海洋小说在旧文学体系中的最后一段繁荣期。随着近代"小说界革命"的兴起，海洋小说随同整个中国小说体系一起浴火涅槃，获得新生，进而进入新的发展阶段。

（王双腾）

海上魂·第十五回
陆秀夫负主投海　张世杰殉国亡身

陈墨涛*

诗曰：

更听萧萧风雨哀，古来争战几人回；

出师未捷身先死，一寸相思一寸灰。

话说张弘范[1]当晚想了一计，心中忖道："我不如且如此如此，看他肯降不肯降。他若果然不肯降时，我再用此计破他便了。"想定主意，次日便下令把舟师一齐退出十余里以外来，然后将大军分作两路，命李恒[2]领着左右两军为一路，去崖山北面守住，以绝宋军汲水[3]之路；自己领着前后两军守住海口，以绝宋军运粮之路；却日日命军中开宴大饮，细乐齐奏，似乎不把这军事放在心里一样，不时又遣一队小军鸣金擂鼓的冲过来，宋军急

---

* 陈墨涛，名湛，原名师良，又名简，字墨涛，号耕石，生于清光绪九年（1883）癸未，卒年不详。《海外扶余》作者陈墨峰嫡兄。其生平事迹多不可考。从《海上魂》可以看出，作者是一个炽热的爱国主义者，具有反帝反清的革命思想。据王立兴考证，《海上魂》问世时间当在1906年至陈默峰殉难之后一段时间。小说中的招魂之哀，应该是有感而发。

准备接战时，他却又回转去了，如此一连相持了二十余日。张世杰[4]在舟中见了这光景，心知是计了，却想不出法子来破他。原来这崖山北面有几个港湾，一直可通到里面乡村的小河，以此山脚下海水皆淡而可饮，张世杰军中所吃的水皆取于此。自从李恒屯住崖山北面，张世杰军中便不能来此取水了，此时张世杰兵马尚有十二万余，舟中藏水无多，勉强能支持了十余日，舟中粮虽未尽，那淡水却没有了，只剩得中军还留有十余船淡水，以供皇太妃、帝昺[5]和各大臣等饮食。张弘范此时晓得张世杰已经受困了，便遣了使者来劝张世杰投降，无如张世杰心如铁石，死不可转，那使者一连来了三次，皆被张世杰骂回去。张弘范无奈，只得仍旧守住海口不战，以困宋军。张世杰因军士无水吃，便亲自与士卒同吃干粮。那军士见元帅与自己同甘苦，便也苦而无怨，皆乐吃干粮。无如吃了三四日之后，众将士一个个口渴欲死，没奈何，只得大家都汲起海水来饮。那海水是非常之咸，如何饮得？众将士皱着眉勉强饮了下去，多半皆当时连水连干粮仍旧吐出来；那一半侥幸不吐的，腹中却也非常难过。如此又勉强支持了两三日，那饮过海水不吐出来的众军士，一个个皆腹中疼痛，登时大泻起来。无日无夜的泻了两日，只泻得众士卒一个个筋疲骨软，气力毫无，只急得张世杰走投无路，看看众将士已躺下一半了，中军的淡水却也没有了。

这日，皇太妃、帝昺及各大臣也吃了一日干粮。到晚上，张世杰无奈，正想遣将率小舟偷到北山下去取水，忽见一个军士飞奔来报道："元帅，好了！如今有崖山旁村民送了百余船的水到了。"原来崖山旁的村民皆非常忠勇，他们这日因无意中探听得宋军被困无水，当晚便冒死偷载了百余船的水，暗渡出港湾，径送到张世杰军前来。当下张世杰得了这信息，喜出望外，连忙令众士卒去挑水，自己跑到船头向各村民称谢。不一回，军士挑完了水，那村民竟自回舟归去了。张世杰得了这水，真如甘露一般爱惜，没奈何只得先给中军多藏了些，其余的便按着船只各分给了。次日，众军士仍旧吃干粮，不过将这水来解渴罢了。到得晚上，那水早又吃尽了，张世杰重新又愁起来，心中忖道："他若能再送我三四百船的水，军中可以支持得三四日，等众将士病好了，我便可以去夺回北山港湾了。"正在呆想之际，忽见军士又来报道："村民又送水来了。"张世杰听说，连忙跑到船头来看时，果见众军士已经纷纷在那里挑水了。张世杰又向众村民称谢了一回，便道："你们明日晚上能否再多载百余船来？我军中可以支持两日之用，等众将士病好了，我便可以去夺回北山港湾了。"众村民一齐答应了，当下众军士挑完了水，那村民仍旧回归旧路去了。

次日无话。到得晚上，张世杰和众军士皆在船头坐着，呆等那村民送水来。哪里晓得偏是有意等他，却等来等去只管等不到，急得张世杰满腹狐疑。看看等到四更尽，才见那村民果然载了有三百余船的水到了。张世杰见了，非常欢喜，连连称谢不迭。那众村民却也没有说什么话，只等军士挑完了水，依旧如常的回去了。

看官，你道那村民这晚送水为何这么迟才到呢？这便是说书的一支笔难写两下里事的明证了。原来那村民一连两夜偷渡港湾，送水到宋军，却早为元兵探知这信息了。这日晚上，正是第三夜，众村民把村中大小船只收尽了，得了三百余只，又集了合村少壮之人，载了这三百余船的水，便暗暗渡出港湾来。刚走有一里多路，忽见迎面来了一军拦住去路，大叫道："好大胆的东西，你送水到哪里去？"众村民手无寸铁，只吓得回舟就走。才逃到港湾，早见那港口已有元兵截住去路，众村民心知不好，一齐大叫道："我们率性随他去吧，看他将我们拿去怎么样？"当下众村民一个个垂手听着元兵生擒活捉去了。那元兵便把众村民一齐带到中军大舰上来，见了李恒，众村民皆直立不跪。李恒因他是无知小民，便也随他去，因问道："你们还是无知还是有意？为何敢犯我军令，偷送水与敌人？"当时众村民中有一个口齿伶俐的，便连忙高声应道："送水有禁？元帅这军令是几时发的？我们并未奉到。我们乃大宋子民，送水于宋军，何谓敌人？"李恒听了，点头微笑道："很好，你们可不愧为中原民族了。但如今你们文丞相[6]已被擒，陈丞相又逃走了，宋人大势已去，靠你们这点心力也何济于事？我看不如早早投降了我吧！"那村民中又有一个乖巧的，便故意道："如今我们张元帅尚在，安见大势已去？元帅若能破得我们张元帅，我们便甘愿投降。"李恒听了，哈哈大笑道："可以，你看我十日之内，管教宋军无一人生存便了。"那个村民却也冷笑道："元帅以堂堂之鼓，正正之旗，纵不能与人斗力，也斗智也，奈何却死守在这里不敢出战？徒欲以绝断水道坐困宋军，不用说宋军会移师他处，不致为元帅所困；即使宋军不肯走，被元帅困死，象这样战胜，非大丈夫所肯为，我们也是不心服的！"李恒被他这篇话倒说得无言可答，因强口道："不战而胜，本来也可算是斗智；但你既说非大丈夫所为，我明日便离了北山，让他来取水便了，我另有法子破他。你们如今且回去吧！"那村民道："元帅既然放我们回去，我们便要送水去了。"李恒只得道："我明日还要让他们来取水，难道还怕你们送水去吗？你们只管去便了。"众村民只叫一声："好！"便一哄而散，去送水去了，所以到得宋军前已是四更将尽了，这且不提。

却说李恒自众村民去后，心中想来想去，却左右为难，便连夜乘了一只小舟，径到张弘范营中来，和张弘范商量。当下两人相见了，李恒便把众村民的情形细细说了一遍，张弘范笑道："原来如此。不要紧，你明日便把舟师移来这里，我自有计策破他便了。"李恒答应着，也不再谈，当时便乘了小舟径回到自己军中去了。

次日黎明，李恒果然把舟师一齐移向海口来，张弘范便传令把大军分为四队：吕师夔与阿尔哈雅前后两军合为一队，为东路兵马；索多与蒙固岱左右两军合为一队，为北路兵马；李恒合张弘正舟师为一军，为西路兵马；自己与陈懿战舰合为一军，为南路兵马。当下分派已定，又各各受了暗令，然后三声炮响，鼓角齐鸣，四路舟师四向齐进。张世杰在舟中见了大惊，看看那新病初愈的众士卒，一个个神凋气丧，骨软筋疲，坐在那里还是头晕眼花，却如何好叫他去接战呢？没奈何，只得督着那无病的士卒，四面鸣金擂鼓，准备迎战。少顷，两军相近，只见元军那南北两队战舰离宋军还有一里之遥，便一齐停了泊，只在那里擂鼓助战，那东西两路舟师便直薄宋军接战。张世杰、苏刘义、方兴、张达等亲率众将士前后迎敌，两军擂鼓血战了一回，一直战到巳末午初时候，两军各有死伤。忽听得元军中一声鸣金，东西两军齐齐整队而退。那李恒是由西边退到北边，与索多合为一军；东边是吕师夔率了舟师退下来，径到南边与张弘范这军相合，登时四队兵马变成两路大军。张世杰也恐元军还要来攻，便忙令军士速速传午餐，一面留心防元军乘午餐无备来攻围。少顷，午正潮生，猛听得张弘范军中细乐齐奏，张世杰心神这才一松。众军士也是听惯了，晓得是张弘范午宴了，便大家放心吃午饭。

且慢——看官，你道张弘范他真个当此战士军前半死生的时候，还有心开午宴奏细乐吗？原来他一连开了二十余日午宴，奏了二十余日细乐，正为今日要将这细乐作为号令之用。当下宋军听见这细乐，正好放心吃午饭。那元军众将士听见这细乐，却是得了号令了，登时南北两路大军乘潮齐进，只听得一片笙萧嘹亮，忽变成两军鼙鼓声高。可怜宋军众将士只慌得抛碗掷箸，摸刀索枪来迎战，无如此番元军的来势，却比前凶猛得多了，那军士皆冲锋冒刃，纷纷舍命跳过宋军战舰来。宋兵只顾得迎战自己舰上的元兵，那敌舰上的元兵又是接连不断的跳过来，眼见得越来越多了。此时只有张世杰和苏刘义率着众将士在北面死命抵杀了许久，那舰上的元兵才渐渐杀尽了，自己的兵士却也死了不少。那南面大将是方兴、张达等，抵挡不住元兵的凶猛，转眼满战舰上已皆是元兵了。此时宋军中幸亏将士同心，那些新病初愈的众士卒见元兵凶猛，便一齐皆强提精神，跑到南面战舰上来擂鼓助战。起先那擂鼓的众士卒便抛了鼓槌，摸了兵刃，一拥齐上，也有到船头拦住敌舰上元兵接战的，也有在舟中迎战元兵的。少顷，宋军中的兵马也有一半陆续都奔到前面来助战。可怜那南面战舰上直杀了两三点钟之久，只杀得血流满舱，尸盈船旁。那宋舰上的元兵虽然尚未杀尽，却也剩得无多了。此时元军南北两面战舰上，也皆有无数宋兵跳过去厮杀了。这一场恶战，真杀得天昏地黑，鬼哭神号。直战到黄昏时候，宋军中鼓声暂缓，原来是那些擂鼓士卒新病初愈，擂了这几点钟的战鼓，早已精疲力尽，所以那鼓声就暂低缓了。看官，须知这战鼓乃军中最要紧的东西，士气盛衰全视鼓声高低缓急为依凭。所以那韩世忠大破金人于黄天荡时候，梁夫人就会以桴鼓〔7〕出名；还有那《左传》上曹刿论战时有说过的，他说是"一鼓作气，再而衰，三而竭"，便是这个缘故了。

　　闲话休提，言归正传。却说当下宋军中鼓声一低一缓，那士卒的勇气果然消了一半。张世杰急命一队生力军士去替代那病卒擂鼓时，忽然天昏地黑，海风大作，怒浪翻空，只打得那战舰东斜西歪，乍浮乍沉，两军将士皆奋勇死战不肯退。俄而，宋军中有一只战舰前面和中间两杆樯桅皆被风打折了，那船登时前高后低，海水打入，满舱都是。幸亏是两旁战舰有铁链锁住这船，所以一时还不会沉下去，那船上的将士皆纷纷逃上两旁战舰来。正在忙乱之际，紧接着又是一阵恶风从东南上猛打来。那元军战舰是散的，被风打了，不过是东斜西歪的乱撞，有时不好也不过撞沉了两三只罢了。那宋军战舰是用铁链四围贯锁得非常坚固，以此无论如何大风，那船总不摇动，只是一排列着与风硬抵。当下那一阵恶风从东南上猛打来,宋军东南上一排战舰前面的樯橹皆被风硬打断了,也有连当中的樯橹都折了,那一排战舰登时皆船首朝天,波浪滚滚打进后舱来。那一排战舰受了水,船多力重,渐渐要沉下去了,连那两旁的战舰皆被他牵歪了。众军士纷纷向两旁战舰上逃生,张世杰连忙下令将铁锁打开,铁链烧断,那一排战舰登时便沉下去了。

那战舰一解开,那元军便不顾生死一拥齐进,竟冲入中军来了。张世杰见势不好,忙领了精兵,也奔回中军来救护。那元军却早已冲到中军,将士皆纷纷跳过宋军舰上来,口口声声大喊道:"你们张元帅已死了,你们还不投降,等待何时?"宋军将士听了,不知虚实,只吓得魂飞魄散,措手不及,皆被元兵纷纷杀死海中去了,也有胆小的便自己投海身死。

却说帝昺和各文臣的大舟正在中军前面,原来只有皇太妃和宫嫔的大舟是在中军的后队。当下陆秀夫见元兵已迫近帝昺的大舟,那大舟偏又是一排五百只连锁住,一时解不开,要逃走也来不及。陆秀夫[8]没奈何,只得连忙先把自己妻子皆迫她跳入海中死了,自己却两步作一步地跑上帝舟,抢进中舱,只见帝昺躺在床上,已吓得如死人一般昏过去了。陆秀夫见了帝昺,也不暇行礼,便大叫道:"陛下,不好了,大事去了!德祐皇帝为元人所执,辱国已甚,陛下不可再为所辱!"那帝昺被他一声大喊倒醒转来,微微睁眼一看,只叫得一声:"谁来救朕?"陆秀夫早抢到床前高应道:"微臣在此!"说罢,抱起帝昺跑出舱来,只见船尾上已跳上七八个元兵,奔向前来抢帝昺。说时迟,那时快,陆秀夫只大叫一声:"不好!"便抱着帝昺极力向空中一跃,只听得"扑通"一声,君臣一齐投入海中去了。那内侍和群臣手脚快的都纷纷投海身死,迟了一步的便被元兵所害了。

紧接着张世杰也赶到了,见帝舟上已立满了元兵,张世杰一看,知事不好,眼见离帝舟还有一丈多远,张世杰急了,便一跃跳过来，挥动大刀，把元兵如砍瓜切菜一般，转眼间已杀得干干净净。张世杰便抢进舱中，见还有两三个内侍战战兢兢地伏在那里，张世杰大声问道："圣上在哪里？"那内侍抬起头来见是张世杰，便一齐哭道："元帅来迟了！陆枢密因恐圣上为元兵所辱，已抱着圣上投海殉社稷了。"张世杰听了，大叫一声："罢了！"登时"哇"的吐出一口血，昏倒舱中。那两三个内侍正在惊慌无措，忽见苏刘义带着几员将官慌慌张张跑进舱来，见了这光景，大惊道："怎么样了？"那内侍哭诉了一遍，众人连忙把张世杰扶着坐起来，喊救了一回，张世杰才慢慢醒转来。当下睁开双目，并不理众人，却仰天睁目切齿骂道："老天，老天！你就瞎了眼也不该起这阵大风，助那异种肆虐，却来与我作对！我如今偏要与你抵抗了！"说罢，跳起来拿了大刀，跑出舱来，大叫道："你们随我来吧！"众人一齐随出来，跳过战舰上。当下张世杰便领千余精兵、十余只战舰，一路杀出来，直杀出崖山海口。忽遇一小队宋军，张世杰急催舟向前相会时，原来是方兴、张达等奉了皇太妃逃走到这里。

当下两军相会合在一处，张世杰等便过舟来见了皇太妃。皇太妃忙问道："嗣君在哪里了？"张世杰便将陆秀夫负主投海的情形哭诉了一遍。皇太妃听了，失声痛哭道："奴所以数年忍死飘流至此者，正为赵氏一块肉尚在耳，今无望矣！"说罢，号啕大哭。众宫嫔和群臣含泪劝解了一回，皇太妃却也想定主意，便止住哭，等群臣退去之后，乘宫嫔不留心时，忽地跑出舱外，向海中一跃；众宫嫔急奔出舱外呼救时，却早已来不及，那皇太妃竟随波逐浪殉国去了。众宫嫔见皇太妃已死，便也一齐投海而死。过了几日，只有皇太妃的尸首浮出水来，流到岸旁，那大宋百姓看见便把她收葬了。这是后事，不提。

却说当下苏刘义等见帝昺和皇太妃都死了，大家都没有主意，便齐向张世杰问计。张世杰叹口气道："我为赵氏尽力亦已至矣,奈天欲绝赵氏何!我如今想到占城[9]去劝占城百姓起义,再寻一个姓赵的,只说是宋室之后,我们便奉以为主;或者天下志士未尽,闻风而起,再和那异种争胜负也未可知。"苏刘义等无计可思,只得点头称是。当时便下令众战舰一齐向占城进发。哪里晓得无日无夜、辛辛苦苦奔到占城,却正值占城百姓在议降元人的时候,张世杰得了这信息,只气得头昏眼花。正是:

　　天下由来皆奴隶,中原底事乏英雄。

当下张世杰没奈何,因想:"广东民气忠勇,我不如再到广东去吧。"看官,原来此时广州的元兵早已班师回去了,却是说书的这支笔不好,不能双管齐下,所以一时写不到这段事迹,只得等下回再写吧。

如今且说那张世杰,当时想定主意,便令众战舰重新回转旧路来。才走到海阳县境界,忽然天昏地黑,飓风大作,惊涛怒号,只吓得众将士一个个叫苦不迭。苏刘义便劝张世杰移舟泊岸,张世杰摇头道:"不必,不必,这点风浪就害怕,何时才能到得广东呢?"苏刘义也点头称是。当下便冒死前进,走有半点钟之久,那风势越紧起来,吹得怒浪翻空,一个个浪头接连着从船尾打来,只打得那把舵的兵士浑身淋漓如落水的鸡一般,却死命把住舵不敢放松。此时海面上是黑茫茫的,咫尺不能相见,也辨不出东西南北,那船只趁着风势如箭地飞去。众将士呆坐在船上,毫无一策,也不知此刻是什么时候了。约略走有五六点钟之久,那战舰早已沉了十余只了,风势却有增无减,那浪头左一个,右一个,只打得船身东倒西歪,众士卒一个不留心便要被他摔下海去。张世杰见势不好,便登上舵楼,仰天长叹道:"苍天,苍天!你若有心灭中国、助异族,你便率性把这战舰一齐翻入海中,不必留我这残生吧!你若苟留我三寸气在,我是总要扶助中国,诛灭异族的。苍天,苍天!你要中国或兴或败,早早决定主意吧!"说罢,独自一个坐在舵楼上长叹不已。少顷，果然风浪愈甚，登时又翻了十余只战舰，张世杰坐的那只战舰也翻入海中，可怜把个百折不回的英雄，竟送入惊涛怒浪之中作波臣去了。此时只听得风鸣浪吼，鬼哭神号，还剩下那十余只战舰如断线的风筝一般，在那怒涛中飘飘荡荡，一直飘到次日天明，那风浪才稍静了。众士卒拼命地拢到岸边泊定了，大家一看，只剩得十三只战舰，五六百名士卒，大将中只剩得苏刘义一个人，还有几员小将官。那苏刘义此时才晓得张世杰、方兴、张达等昨夜皆翻入海中去了。自己一想，剩下自己一个人也是无济于事了，当时大叫一声，也投海而死。剩下那几个没廉耻的小将官，便劝了众士卒一齐投奔元朝，投降去了。正是：

成败安能笑志士，死生最易误聪明。

欲知后事如何，且听下回分解。

注释

〔1〕张弘范（1238—1280）：元初大将，张柔第九子，字仲畴，今保定市定兴县河内村人。曾参加襄阳之战，后跟随元帅伯颜南下攻打南宋，为忽必烈灭宋之战的主要指挥者，先后击败南宋将领文天祥、张世杰，官居江东道宣慰使，深受元世祖忽必烈的器重。至元十七年（1280）正月十日病死，时年四十三岁。元世祖赠予银青荣禄大夫、平章政事，予谥武烈。

〔2〕李恒（1236—1285）：字德卿，号长白，元称唐兀氏，元朝名将，西夏宗室后裔。从军伐宋，破樊城、襄阳、鄂州、汉阳，以功迁明威将军、宣威将军等。至元十四年（1277），败文天祥于江西，拜参知政事。至元十六年（1279），与张弘范在厓山灭宋。至元二十一年（1284），随镇南王脱欢征安南，中毒箭而死。追赠平章政事，谥武愍，又追封滕国公。

〔3〕汲水：取水。

〔4〕张世杰(？—1279)：涿州范阳(今属河北范阳)人。宋末抗元名将，与文天祥、陆秀夫并称为宋末三杰。崖山海战主要指挥者，海战失败同年死于平章山下。

〔5〕帝昺(bǐng)：即赵昺(1272—1279)，南宋第九位皇帝，宋末三帝之一，宋朝最后一位皇帝。为宋度宗第三子，宋恭帝、宋端宗的弟弟，曾封信国公、广王、卫王等爵位。景炎三年(1278)四月在冈州(今广东湛江硇洲岛)即皇帝位，改元祥兴。祥兴二年(1279)三月十九日，南宋朝与蒙元在崖山展开决战，史称"崖山海战"，宋军被元军击败，左丞相陆秀夫背着年仅八岁的赵昺在崖山跳海而亡，十万军民也相继投海殉国，南宋覆灭。

〔6〕文丞相：即文天祥(1236—1283)，初名云孙，字宋瑞，一字履善。道号浮休道人、文山。江西吉州庐陵(今江西省吉安市青原区富田镇)人，南宋末政治家、文学家，爱国诗人，抗元名臣，与陆秀夫、张世杰并称为"宋末三杰"。祥兴元年(1278)十二月，在五坡岭(今广东海丰北)被俘。次年，元朝蒙、汉军都元帅张弘范将其押赴厓山(今新会南)，令招降张世杰。文天祥拒之，书《过零丁洋》诗以明志。后被解至元大都(今北京)，元世祖忽必烈亲自劝降，许以中书宰相之职。文天祥大义凛然，宁死不屈。元至元十九年(1283)一月九日，于大都就义，终年四十七岁。

〔7〕枹鼓：击鼓以激励士气。枹，击鼓杖。

〔8〕陆秀夫(1236—1279)：字君实，一字宴翁，别号东江，楚州盐城长建里(今江苏省建湖县建阳镇)人。南宋左丞相，抗元名臣，与文天祥、张世杰并称为"宋末三杰"。崖山海战兵败，身背小皇帝赵昺赴海而死，时年四十四岁。

〔9〕占城：古国名。位于中南半岛东南部，北起今越南河静省的横山关，南至平顺省潘郎、潘里地区。

评析

《海上魂》全书共十六回，由贾似道兵败被诛，文天祥起兵勤王写起，至崖山海战宋军兵败，文天祥慷慨就义结束，以艺术的手法全面还原了宋元易代之际，南宋流亡朝廷覆灭的全过程，热情歌颂了以文天祥、陆秀夫、张世杰为代表的南宋军民，在南宋灭亡危机空前严重的时刻，力图挽狂澜于既倒，无奈最终全部玉碎的崇高民族气节，同时作者也对贾似道等误国奸臣、张弘范等叛国降将以及南宋朝廷的昏庸无能进行了无情的揭露。在以南宋史实为题材的历史演义中，《海上魂》是较为出色的一部作品。

本书节选的这段文字出自《海上魂》倒数第二回，已是整部小说的尾声，此时南宋朝廷困守崖山，以铁索连舟之阵与元军对峙，南宋存亡在此一役。本回一开始，元军张弘范切断宋军取水途径，希望以此消耗宋军，实现不战而胜，无奈宋军将帅齐心，同仇敌忾，宁饮海水也绝不投降。此后村民冒死送来的淡水虽使困局暂时得以缓解，但在接下来的决战中，宋军依然中计惨败，陆秀夫与小皇帝同沉海底，张世杰虽突围成功，但仍死于此后的飓风之中，南宋朝廷由此最终覆灭。

崖山海战是宋元之间最后的决战，直接决定南宋的生死存亡。面对关乎民族存亡的生死时刻，作者以其如花妙笔表现出极为高超的叙事手法。例如，当宋军饮水告急、命悬一线的时刻，几只村民送水的小船如清风一般掠过已经紧张到令人窒息的崖山战场。此后，作者笔锋一抖，在生死决战的前夜插入了村民送水被执、智斗元军的故事，村民一番关于服与不服的巧辩，竟将元将李恒说得张口结舌。这样的处理，使决定最终命运的生死大战平添几分诗情画意，而不再如现实一般惨烈可怕，对于崖山之战的宏观叙述由此张驰有度，富有节奏感，尽显作者高超的叙事技巧。

崖山海战是南宋对于蒙元侵略者最后一次有组织的抵抗活动，因此也成为宋元之间的决战。陆秀夫、张世杰等人在绝境中所表现出来的民族气节和知其不可为而为之的勇气令人叹服。但从战术层面而言，张世杰、陆秀夫等人无疑部署失当，对战役的最终失败负有不可推卸的责任。崖山之战中宋军在舰船数量及参战人数上占有优势，却未能借涨潮之机以部分兵力冲出海港，绕至元军背后呈前后夹击之势，反而以铁索连舟，形成舟阵与元军对峙，这一消极防御的策略最终使宋军在海港内坐以待毙，不得不进行殊死一搏。《海上魂》中，作者以高度的热情赞扬赞颂南宋军民宁为玉碎、不为瓦全的崇高气节，对于宋军战术上的失当则进行了有意无意的淡化，如插入村民送水的情节缓解宋军危机，将宋军最后的失败归结于不期而遇的大风。此外，在村民送水的情节中，作者借村民与李恒的争辩表达出鲜明的情感倾向，即广大人民对于家国的忠贞热爱以及对异族侵略者的仇恨蔑视。《海上魂》这一情感特征，在同样属于少数民族统治的清代，显然别有深意。

  崖山之战后，南宋最终覆灭，有人认为这标志着古典中华文明的衰败与陨落，进而悲叹："崖山之后，再无中国。"当然，这是杞人忧天。正如现代史学家陈寅恪所言："尚气节而羞势利，天水一朝之文化，竟为我民族永远之瑰宝；华夏民族之文化，历数千载之演进，而造极于赵宋之世。后渐衰微，终必复振……"陈墨涛的《海上魂》以艺术的手法为我们还原了数百年前南宋与元朝在大海之中的殊死搏斗，标志着中国古代小说中海洋因素的进一步融入，而崖山海面上的一缕缕忠义之魂，也必将护佑着华夏文明浴火重生，绵延千古。

（王双腾）